BESTSELLER

Chufo Lloréns (Barcelona, 1931) estudió derecho, promoción 1949-1954, pero desarrolló su actividad en el mundo del espectáculo. Apasionado por la historia, este autor poco prolífico inició su carrera literaria hace más de veinte años. Entre sus obras se encuentran *La otra lepra*, *La saga de los malditos*, *Catalina, la fugitiva de San Benito* y *Te daré la tierra*. Su última novela, *Mar de fuego*, ha afianzado su prestigio como uno de los autores más apreciados por los lectores.

Biblioteca
CHUFO LLORÉNS

La saga de los malditos

DEBOLS!LLO

La fabricación del papel utilizado para la impresión de este libro está certificada bajo las normas Blue Angel, que acredita una fabricación con 100% de papelote posconsumo, destintado por flotación y ausencia de blanqueo con productos organoclorados.

Por este motivo, Greenpeace acredita que este libro cumple los requisitos ambientales y sociales necesarios para ser considerado un libro «amigo de los bosques». El proyecto «Libros amigos de los bosques» promueve la conservación y el uso sostenible de los bosques, en especial de los Bosques Primarios, los últimos bosques vírgenes del planeta.

Primera edición con este formato: junio, 2011

© 2003, Chufo Lloréns
© 2010, Random House Mondadori, S. A.
 Travessera de Gràcia, 47-49. 08021 Barcelona

Quedan prohibidos, dentro de los límites establecidos en la ley y bajo los apercibimientos legalmente previstos, la reproducción total o parcial de esta obra por cualquier medio o procedimiento, ya sea electrónico o mecánico, el tratamiento informático, el alquiler o cualquier otra forma de cesión de la obra sin la autorización previa y por escrito de los titulares del *copyright*. Diríjase a CEDRO (Centro Español de Derechos Reprográficos, http://www.cedro.org) si necesita fotocopiar o escanear algún fragmento de esta obra.

Printed in Spain – Impreso en España

ISBN: 978-84-9908-863-1 (vol. 781/5)
Depósito legal: B-17739-2011

Compuesto en Lozano Faisano, S. L. (L'Hospitalet)

Impreso en Barcelona por: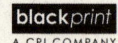

P 888631

A mis nietos, «la propina de Dios»:

Víctor Blasco,
Paula Monerris,
Javi Monerris,
Tomás Triginer,
Hugo Blasco,
Carla Lloréns,
Pepe Triginer,

por orden de edades

Para que cuando os pregunten
vuestros amiguitos qué hace vuestro abuelo,
les respondáis: «Escribe cuentos para mayores»

Y a mi mujer, Cris, con quien estaré
eternamente en «números rojos».
Tu fe, tu consejo y tu insomnio,
todo te lo debo... dame tiempo para pagarte

NOTA DEL AUTOR

La saga de los malditos es una novela histórica y, como tal, los personajes de ficción se mezclan con los reales. Los escenarios en los que se mueven unos y otros son los que fueron, así como las costumbres y los ambientes de cada época. He procurado respetar la cronología de los hechos al máximo, y cuando la he variado ha sido por conveniencia del relato, advirtiéndolo en una nota.

Como afirmó Alejandro Dumas: «La historia es un clavo del que yo cuelgo a mis personajes».

A Alejandro Dumas, Victor Hugo, Liev Tolstói, Robert Louis Stevenson, Edgar Rice Burroughs, Daniel Defoe, Margaret Mitchell, Henryk Sienkiewicz, Lewis Wallace y Arturo Pérez-Reverte, quienes escribieron respectivamente *El conde de Montecristo, Los miserables, Guerra y paz, La isla del tesoro, Tarzán de los monos, Robinson Crusoe, Lo que el viento se llevó, Quo Vadis?, Ben-Hur* y *El capitán Alatriste*, auténticos folletines.
Y a Miguel Delibes.

Con mi más sincera envidia. Gracias por los maravillosos momentos que me habéis regalado.

RELACIÓN DE PERSONAJES

Abranavel ben Zocato, Isaac: gran rabino de Toledo, recaudador de Juan I de Trastámara
Esther: hija de Isaac, de gran belleza. Protagonista.
Ruth: segunda esposa del rabino y, además, tía de Esther.
Sara: ama de Esther, a la que ha criado desde niña.
Gedeón: mayordomo de los Abranavel.
Ben Amía, Samuel: comerciante. Amigo íntimo del gran rabino. (Labrat ben Batalla.)
Rubén: hijo de Samuel. Estudiante de la Torá. Coprotagonista.
Simón: enamorado de Esther. Judío humilde. Protagonista.
Silva, Zabulón: padre de Simón.
Arenas, Judit: madre de Simón.
David: amigo íntimo de Simón.
Caballería, Ismael: rabino de una de las sinagogas de Toledo y tío de David.
Mercado, Abdón: *dayanim* de la aljama de las Tiendas.
Antúnez, Rafael: jefe de la tercera aljama de Toledo.
Gómez Amonedo: médico de los Abranavel.
Enrique II, el de las Mercedes: primer rey de la casa de Trastámara.

JUAN I: hijo y sucesor del anterior.

CANCILLER LÓPEZ DE AYALA, PEDRO: primer ministro en ambos reinados y escritor famoso.

HERCILLA, INÉS: vieja buhonera que vive oculta en un bosque próximo a Toledo.

DOMINGO: apodado Seisdedos o, simplemente, Seis. Joven de una fortaleza asombrosa, nieto de la anterior.

TENORIO Y HENRÍQUEZ, ALEJANDRO: obispo de Toledo.

HENRÍQUEZ DE ÁVILA, ALONSO: cardenal y tío del anterior.

DEL ENCINAR, FRAY MARTÍN: coadjutor.

PEÑARANDA, MAESE ANTÓN: afamado maestro de obras.

BARROSO, RODRIGO: bachiller, más conocido como el Tuerto. Antagonista principal.

RUFO: apodado el Colorado. Socio del anterior.

PADILLA, CRESCENCIO: compinche del anterior.

FELGUEROSO, AQUILINO: compinche de los dos anteriores y seguidor del bachiller Barroso.

MARTÍNEZ, FERRÁN: arcediano de Écija y perseguidor fanático de judíos.

NÚÑEZ BATOCA, SERVANDO: obispo adjunto de Sevilla.

LEVÍ, DOM SOLOMÓN: banquero cordobés.

OBRADOR, MATTHIAS: contable de la casa de banca del anterior.

VIDAL GOSARA, MYRIAM: cordobesa. Amiga de Esther.

BENJAMÍN: hijo pequeño de Esther.

RAQUEL: hija pequeña de Esther.

MAYR ALQUADEX: gran rabino de Sevilla.

DRACÓN: comerciante fenicio y capitán de su nave, *El Aquilón*.

RELACIÓN DE PERSONAJES

PARDENVOLK, LEONARD: joyero alemán. Judío.
GERTRUD: esposa del anterior. Católica.
HANNA: hija del matrimonio y gemela de Manfred. Protagonista.
MANFRED: hijo. Coprotagonista.
SIGFRID: hermano mayor de los anteriores. Coprotagonista
KLINKERBERG, ERIC: amigo íntimo de Sigfrid y novio de Hanna. Protagonista.
HEMPEL, STEFAN: médico. Amigo de Leonard Pardenvolk.
ANELISSE: esposa del anterior y amiga de Gertrud desde la juventud.
HERMAN: criado de los Pardenvolk.
MATTHIAS: dependiente de la joyería.
HELGA: muchacha afiliada al Partido Comunista. Hija de Matthias.
BREITNER, HUGO: rival de los hermanos Pardenvolk desde tiempos escolares.
KAPPEL, ERNST: coronel de las SS.
KNUT, KARL: comunista.
GLASSEN, FRITZ: comunista.

BUKOSKI: comunista y jefe de la célula.
WEMBERG, CONRAD: médico comunista.
VORTINGUER, KLAUS: atleta. Amigo de Hanna y compañero universitario de Sigfrid.
BRUNNEL, HANS: capitán, ayudante de Ernst Kappel.
NEWMAN, AUGUST: profesor de la Universidad de Berlín, amigo de Vortinguer. Protagonista.
SCHMORELL, KARL: conferenciante antinazi.
KAUSEMBERG, FREDERICK: cuñado de Leonard.
LEIBER, padre ROBERT: personaje del clero vaticano.
PFEIFFER, PANKRACIO: superior de los Salvatorianos.
WINKLER, OLIVER: oficial de submarinos.
SCHUHART, OTTO: comandante de submarinos.
JUTTA: madre de Eric.
INGRID: hermana de Eric.
COSMODATER, EMIL: universitario antinazi.
ROSEMBERG, LEONARD: cirujano judío.
FREISLER, ROLAND: juez nazi.
LUCKNER, GERTRUD: directora de Caritas en Berlín.
SOLF, LAGI: condesa Ballestrem.
HILDA: judía.
ASTRID: comadrona en el campo de Flossembürg.
TROMBADORI, ANTONELLO: jefe del GAP.
ANGELA: partisana en Roma.
POELCHAU: sacerdote del convento de las Adoratrices.
HASS, WERNER: veterinario del matadero de Grünwald.
TONI: residente en Grünwald.

Toledo

La casa situada a la derecha de la sinagoga del Tránsito, entre la calle del mismo nombre y la de Santo Tomé, era modesta por fuera y hasta diríase que común, al punto que nadie habría podido sospechar, viendo la humilde y enjalbegada tapia que la circunvalaba, que en su interior albergara tanta riqueza y suntuosidad; nada tenía que envidiar a cualquiera de las mansiones que la nobleza ocupaba en la parte alta de la ciudad. Presidía ésta una de las aljamas que los judíos habitaban en Toledo, y la familia que la poseía tenía entrada franca en el alcázar del rey. Isaac Abranavel ben Zocato, al igual que su padre y su abuelo, amén de rabino principal, era uno de los hombres más acaudalados e importantes de la comunidad; su fortuna databa de los tiempos en que su abuelo sirviera al rey Fernando IV como administrador real y recaudador de impuestos, oficio que heredó su padre en la corte de Alfonso XI y que Isaac se esforzaba por cumplir, así mismo, en la de Juan I, tras haberlo hecho en la del padre de éste, Enrique II de Trastámara.

El barrio era una sucesión de calles y callejas —ubicadas entre la parte exterior de la muralla y el río, en el faldón de la peña donde se alzaba Toledo—, que bordeaban Santa María la Blanca y cuyo punto de encuentro era el zoco donde se llevaban a cabo todas las transacciones comerciales de aquel industrioso pueblo. Los judíos toledanos eran de natural discretos, ya que los tiempos no eran propicios para mostrar riquezas ni despertar envidias entre la población de los míseros barrios cristianos que se afanaban por medrar hacinados, eso sí, entre los muros de la capital.

La mañana era fría, tal como correspondía a aquel mes de *shevat*[1] de 1383; una neblina baja proveniente del Tajo lo envolvía todo cuando Samuel ben Amía se dirigía, con paso mesurado, hacia la casa de su amigo el gran rabino Isaac Abranavel. Dos eran las cuestiones que embargaban su espíritu: la primera henchía su alma de gozo y la segunda de zozobra. Su primogénito, Rubén ben Amía, desde su Bar Mitzvá,[2] estaba comprometido en matrimonio con Esther, la jovencísima y bella hija de su amigo, y ambos debían acordar tanto la fecha del *shiduj*[3] como las *tenaim*[4] a la que habían de comprometerse antes del definitivo *nadán*.[5] Los muchachos se conocían desde la infancia y ambas familias habían decidido que, llegada la edad oportuna, estaban destinados a contraer el sagrado vínculo. Su fortuna e influencia entre la comunidad no era ni con mucho comparable a la del gran rabino, pero éste no quería para su hija una boda de interés y, por otra parte, el prestigio de Rubén, como *lamdán*,[6] pese a su juventud, había crecido entre la comunidad hebrea hasta límites insospechados. El motivo de su gozo era pues éste, pero otro muy diferente era el de su zozobra: el arcediano de Écija, Ferrán Martínez, seguía inflamando, con sus diatribas, el odio que los cristianos alimentaban contra su pueblo, y además, el papa Gregorio XI había recordado al rey su obligación de no brindar su protección a aquellos súbditos que tan bien le servían. Su dilatada experiencia y su afinado instinto le decían que aunque el fuego se encendiera en un lugar apartado, el viento lo atizaría sin duda y una espurna podría saltar y propagarlo hasta cualquier alejado lugar; esto ya había ocurrido otras veces, y el juego de quemar aljamas judías era algo que apasionaba a los vasallos del rey de Castilla. En estos vericuetos andaba su mente cuando, tras doblar la esquina de la Fuente de la Doncella, se encontró ante el modesto arco de piedra que guardaba la entrada del jardín de los Abranavel, presidido por el escudo del rabino, que en tiempos había sido otorgado a su abuelo por el rey Fernando IV; consistía en un bajorrelieve que representaba un libro abierto y un cálamo que cruzaba sus páginas, y en la orla había una leyenda: *FIDELIS USQUAM MORTEM*.[7] Se recogió el borde de la túnica y, ascendiendo por el empinado y estrecho sendero, llegó hasta la puerta de la casa, descansó un instante para recuperar el ritmo de su respiración y, cuando ya lo hubo conseguido, sacó la diestra por un corte de su sobreveste, alcanzó la aldaba, golpeó con ésta firmemente sobre la plancha de metal que protegía la hoja de grueso roble, y esperó. El sonido se propagó y al cabo de un tiempo unos pasos contenidos le anunciaron que alguien se acercaba. Luego escuchó el ruido de una mirilla al abrirse. Unos ojos cautos lo observaron con detenimiento; la mirilla se cerró, y el chirriar de pasadores al retirarse le confirmó que había sido reconocido. Lentamente la puerta se abrió y apareció ante él un doméstico de la casa de Abranavel que, inclinando su cabeza, le invitó a pasar al interior.

—¿Está el rabino?

—Don Isaac lo está esperando en la galería del huerto.

Samuel ben Amía entró y, entregando al fámulo su picudo sombrero y su capa, le ordenó que avisara a su amo; el doméstico, tras cerrar la puerta silenciosamente, indicó al comerciante con un gesto que lo siguiera hacia el interior.

No era la primera vez que acudía a la mansión de los Abranavel, pero jamás dejaba de admirar su armónica belleza y el lujo contenido y sobrio de las estancias por las que pasaba. Llegaron ambos hasta la antesala de la galería, donde el fámulo le pidió que esperara un instante en tanto él iba a anunciar su presencia al amo. El criado partió, dejando al recién llegado en pie en medio de la estancia. Era ésta una amplia cámara que destilaba buen gusto y riqueza por doquier. Bajo un techo artesonado de trabajada madera se alojaba, en un lateral, un tresillo forrado de buen cuero cordobés de color verde con cojines repujados en un tono más oscuro; en medio, una mesa baja sobre la que descansaba una inmensa bandeja de cobre de procedencia mudéjar; al otro lado, una mesa de despacho de negro ébano taraceada con incrustaciones de nácar y marfil, con recado para la escritura de concha de tortuga y plata, y frente al mismo había un tintero con el tapón del mismo metal trabajado cual si fuera un encaje, además de una pluma de ave y el salerillo con los polvos secantes. Las paredes estaban atestadas de anaqueles llenos de libros, incluidos rollos de pergamino y de vitela, y en sus lomos se podían leer títulos destacados y autores tan importantes como Maimónides o Ben Gabirol. Junto a las obras de este último se hallaban una copia del *Itinerario* de Benjamín de Tudela y *La vara de Judá* de Ibn Verga, y en el anaquel inferior, junto a obras de cabalistas como *El Zohar*, estaba la historia de Flavio Josefo. En el rincón más alejado había un candelabro de siete brazos, y en un facistol, una copia del Talmud de la escuela jerosolimitana[8] abierta en la página del Nashim, en la que se podía leer todo cuanto se relacionaba con la unión en matrimonio de dos personas.

Todo aquello admiraba Samuel cuando la voz grave y rotunda de su amigo lo saludó desde el fondo de la cámara.

—*Shalom*,[9] Samuel. ¿Cómo está mi dilecto amigo y querido hermano?

—*Shalom*, Isaac. Estoy admirando las maravillas de tu biblioteca y deseando departir contigo de tantas cosas que no voy a saber por cuál comenzar.

Ambos hombres, amigos desde su juventud, se tuteaban con plena familiaridad.

—Tiempo habrá para todo si bien lo distribuimos. —El rabino se había llegado a la altura de Samuel y, tomándolo por los brazos, acercó su barbado rostro al de su amigo y lo besó en ambas mejillas—. Pero... sentémonos, que mejor conversaremos si nos acomodamos.

Seguido por Samuel, Isaac se dirigió hasta el tresillo y ambos se sentaron.

—Primeramente, háblame de lo que tanto te acongoja. Te conozco bien, amigo mío, y hasta que no descargues los pesares que embargan tu espíritu, me consta que no estarás para el negocio que nos ha reunido.

Samuel se arrellanó en el repujado sofá y tras un hondo suspiro comenzó a desgranar su catarata de cuitas.

—Cierto es que estoy harto preocupado; no me gusta el ambiente que respira la ciudad ni me placen las nuevas que llegan a mis oídos.

—No te alarmes, ya sabes que nuestro pueblo sufre cíclicamente calamidades sin fin, pero luego las aguas vuelven a su cauce y la vida continúa. Estamos hechos de carne de superviviente; así ha sido y así será siempre.

—¿Te has enterado de los planes del obispo Tenorio con respecto a la ampliación de la catedral?

—No hagas caso, querido amigo, casi siempre resultan ser habladurías de gentes desocupadas. Además, ¿te parece el tema más preocupante que los cuarenta años de peregrinación que nuestro pueblo pasó en el desierto tras la marcha de Egipto? ¿No fue peor cuando nuestros padres partieron de nuevo hacia la esclavitud en tiempos de Nabucodonosor? ¿Y qué me dices de cuando Tito destruyó el Templo de Jerusalén?

—Aquello pasó, Isaac, y nosotros estamos aquí y lo que me preocupa es el hoy, no el ayer.

—Tú lo has dicho, «aquello pasó y nosotros estamos aquí»... Nada ni nadie podrá con la supervivencia de nuestro pueblo. —El rabino golpeó cariñosamente con su diestra la rodilla de su huésped—. Nuestra sangre es demasiado espesa, querido amigo; pase lo que pase, sobreviviremos.

—Tal vez tengas razón. ¡Adonai[10] sea siempre alabado! Pero yo no tengo la misma fortaleza que tú, y si esta boda que estamos planificando no goza del fruto de una vida apacible y nuestros hijos tienen que vivir como perros, el hecho de que los hijos de sus hijos nos recuerden encuadrados en unos tiempos terribles no me consuela.

—Dime qué es lo que tanto te desasosiega.

—Se dice en los corrillos de la lonja que el obispo Tenorio pretende ampliar el claustro de la catedral y que para ello necesita derribar quince o veinte casas del barrio de la aljama de las Tiendas. Como sabes, yo vivo al lado mismo y mi negocio está a cuatro pasos; si esto es cierto, va a ser mi ruina.

—Estás poniendo el carro delante de los bueyes, pues nada de eso ha ocurrido. Cuando algo se concrete, yo dejaré caer las palabras oportunas en los oídos convenientes. Nada temas, querido amigo; hablemos ahora del asunto que nos compete y que tanta alegría ha de traer a tu casa y a la mía.

Tenorio

El prelado frisaría en los cincuenta, pero su aspecto era el de un hombre que todavía no había cumplido los cuarenta años. Alto y atlético, con un cuerpo ahormado por el ejercicio físico, dueño de una abundante cabellera castaña de la que se mostraba muy orgulloso, un perfil griego que podía hacer palidecer de envidia a cualquiera de las copias de las estatuas de Praxiteles y de Fidias que ornaban su cámara, y un mentón que señalaba sin duda una voluntad inquebrantable. Segundón de una familia de la baja nobleza, había ido escalando los puestos de la jerarquía eclesiástica, desde coadjutor, párroco, presbítero, canónigo y arcipreste hasta su actual estatus, beneficiándose, sin duda, de las prebendas y ventajas que representaba tener un tío carnal cardenal de la curia romana. Su ambición no conocía límites, y cualquiera que hubiera sido su profesión, ya que la eclesiástica fue una mera coyuntura, habría llegado a lo más alto; tal era su desmedido afán y su tenacidad. Tenía por costumbre marcarse metas y cumplirlas, y una vez conseguidas, saltaba al siguiente proyecto sin dilación, no dudando en dejar a la orilla del camino, rotos y malparados, a todos aquellos que hubieran tenido la osadía de oponerse a su colosal pasión o a su férrea voluntad. Acostumbraba vestir ropas seculares, y los únicos símbolos que denunciaban su condición de eclesiástico eran la tirilla roja que ceñía su cuello, la cruz de Malta de su capotillo y el solideo morado que cubría su tonsurada cabeza.

Aquella mañana estaba el prelado Alejandro Tenorio y Henríquez en su despacho, dictando correspondencia a un numerario que con una escribanía portátil abierta sobre sus rodillas se las veía y deseaba para poder seguir fielmente el rápido dictado de su ilustrísima.

—Perdón, reverencia, ¿podéis repetir el último párrafo?

—¡A fe mía que estáis espeso esta mañana! ¿Desde dónde queréis que repita?

—Desde: «… se tomarán las…».

—Se tomarán las medidas oportunas, con la mayor brevedad y diligencia, para que la obra quede terminada para la festividad de San Judas Tadeo del próximo año, a fin de que para dicha señalada celebración podamos honrar la visita de su eminencia el cardenal Henríquez de Ávila mostrándole la obra que a mayor gloria del Señor se haya hecho en el templo. ¿Lo habéis captado?

—Desde luego, ilustrísima.

—Pues ponedlo en limpio y no en pergamino precisamente; quiero que sea en vitela. Y dádselo al coadjutor para que me lo pase a la firma a fin de que lo selle con mi lacre.

—Así se hará, si no mandáis otra cosa.

—Podéis retiraros.

El hombrecillo recogió rápidamente los trebejos de la escritura, y cuando ya alcanzaba la puerta, la voz del prelado lo retuvo.

—Decid a mi secretario que haga pasar al maestro de obras.

—Ahora mismo, reverencia.

El amanuense abrió la puerta con sigilo y abandonó la cámara.

El obispo Tenorio se retrepó en su imponente sillón de madera de roble oscuro, cuyos brazos estaban rematados por cabezas de grifo y cantos de baobab, y en tanto llegaba el coadjutor ordenó sus ideas. Su catedral debía superar en magnificencia, riqueza y boato a las más reputadas de todo el orbe hispánico, y para ello tenía que reformarse la entrada de poniente y dar al claustro la proporción y dignidad que el conjunto del templo requería a fin de que su armonía fuese perfecta. Su plan tenía un doble motivo: en primer lugar, hacer méritos ante su tío, el cardenal Henríquez, para que su próxima promoción no pareciera una razón de nepotismo familiar sino una verdadera cuestión de méritos adquiridos; en segundo lugar, satisfacer su odio irrefrenable que, como descendiente fanático de converso, profesaba hacia aquella raza maldita a la que sus ancestros habían pertenecido y habían renunciado gracias a que, en tiempos, abrazaron la fe de Jesucristo.

Unos nudillos golpearon suavemente la hoja de la maciza puerta, y apenas se abrió una cuarta, asomó por ella el orondo y rubicundo rostro de su fiel secretario, fray Martín del Encinar, que desde tiempos muy lejanos estaba a su servicio.

—¿Dais vuestra venia?

—Pasad, fray Martín, y acomodaos. Debo despachar con vos asuntos que requieren de vuestra discreción, capacidad y eficacia.

—Soy todo oídos, reverencia.

El clérigo descargó su oronda humanidad en uno de los dos sillones que se ubicaban frente a la mesa del obispo.

—Imagino que llamasteis a maese Antón Peñaranda según mi mandato, ¿no es así?

—Esperando en la antesala lo tenéis.

—Bien. Es, como sabéis, un excelente artesano y afamado maestro de obras.

—Me constan sus capacidades; tiene en la ciudad más trabajo del que puede asumir. Me contaba hace un momento que se ha visto obligado a dar empleo a gentes recién llegadas que no están habilitadas para oficio tan exigente como el suyo, de tal guisa que pierde más tiempo adiestrándolas en el menester del cartabón y la plomada que preparando en su taller planos y medidas que luego deberán ser interpretados a fin de bien realizarse. Asegura que no es posible estar en misa y repicando.

—Pues va a tener que delegar, ya que la obra que le encomendaremos requiere plena dedicación, esfuerzo y, desde luego, su presencia continuada.

Los ojos del fraile denotaron curiosidad.

—¿Qué es lo que queréis hacer?, si es que os cuadra decírmelo.

El prelado se recostó en su frailuno sillón y sonrió con aire misterioso.

—La basílica está inacabada, eso es evidente.

—No os comprendo... La iglesia es una de las más hermosas y reputadas del reino

—Es por lo que os digo que está inacabada. Debe ser la más hermosa, solemne e importante, no una de ellas, ¿me comprendéis?

—Y ¿qué pretendéis hacer para que tal sea?

—La puerta de poniente no está a la altura de las otras dos. Ya sabéis que el escultor del pórtico, don Diego Cabezas, murió al caer de lo alto del andamio y que las estatuas de los cuatro evangelistas están por terminar.

—Ciertamente, pero no es obra que maese Antón deba atender en exclusiva; se puede ir haciendo a poco que el maestro encuentre un buen lapidario que trabaje bien la piedra que se traslade a Toledo y sea capaz de asumir el encargo; haberlos, haylos, y muy buenos en el reino de Murcia.

—No es allí donde se requiere su presencia.

—¿Entonces...?

—Atended lo que voy a deciros. Quiero que el templo tenga el claustro y el peristilo que merece, y para ello es para lo que necesito la presencia y la dedicación absolutas de maese Antón.

—Pero, ilustrísima... ¿por dónde queréis agrandar el claustro? Como no sea invadiendo la aljama, no veo yo posibilidad alguna.

—Exactamente. Vuestra caridad, en su perspicacia, ha dado con la solución del problema.

—Pero, reverencia, allí viven gentes, y no creo yo que abandonen de buen grado sus casas para que vuesa merced pueda ampliar el claustro.

—Nadie ha dicho que lo hagan de buen grado. Lo que sí os digo es que lo harán.

Al añadir esto último, los ojos del prelado emitieron un acerado brillo y una expresión de dureza que no pasaron inadvertidos al coadjutor.

—Viven en ella gentes que tienen el paso franco y que entran en el alcázar real casi todos los días; son adversarios a tener en cuenta —apuntó el clérigo.

—«*Deus vult.*»[11] ¿Os dice algo esta divisa?

—Entiendo, reverencia, pero no veo la manera.

—Cuando el pueblo quiere algo, ni el rey osa oponerse. Nuestra misión es hacer que el pueblo lo desee ardientemente, ¿me habéis comprendido? Si conseguimos despertar este anhelo, habremos allanado el obstáculo.

—Pero, reverencia, cuando la yesca prende y el viento sopla, las consecuencias son imprevisibles.

—Muy al contrario, son absolutamente previsibles. Podremos ampliar el claustro y librar a los buenos cristianos de Toledo de esta inmunda plaga; mataremos dos pájaros de un tiro y el futuro de la cristiandad alabará nuestro gesto. Decid al maestro que pase.

Esther

Esther Abranavel tenía quince años y era la más hermosa flor de la aljama del Tránsito. Había crecido bajo el manto protector del gran rabino, su padre, quien en ella había volcado todo el torrente de amor que anteriormente había entregado a su esposa, muerta hacía ya ocho años, cuando la epidemia de peste asoló la ciudad. Desde entonces, la niña siempre estuvo bajo la tutela de una aya, doña Sara, que ocupó en el corazón de la muchacha el lugar que al morir dejó vacante su progenitora, y aunque su padre, cumpliendo con la ley mosaica, había contraído, hacía ya tres años, nuevas nupcias con una hermana de su difunta madre, viuda y sin descendencia, que fue siempre muy bondadosa con ella, la persona que más quería, luego de su padre, era sin duda su aya. La escena se desarrollaba en la cámara de la muchacha ubicada en el segundo piso de la vivienda. Abatida y anegada en llanto, echada boca abajo en su cama adoselada, lloraba Esther desconsoladamente en tanto que el ama, sentada a un costado del lecho, acariciaba con paciencia su hermosa cabellera e intentaba en vano calmar tanta aflicción.

—Ahora no lo entendéis, pero cuando pasen los años veréis cuán sabia es la decisión de vuestro padre. Una decisión que, además, es sin duda la más adecuada y conveniente para vos.

La muchacha respondía entre hipidos y lágrimas.

—Así, boca abajo y de esta manera, no os comprendo. Si os dais la vuelta y me relatáis vuestras cuitas como una mujer adulta, entonces tal vez podáis convencerme de vuestras ideas.

Esther se volvió lentamente, con un gesto característico en ella se retiró los cabellos del rostro y contuvo su desesperado llanto. El ama enjugó sus lágrimas con un pañuelo.

—Esto está mejor. ¡Ea! Decidme ahora, sin histerismos, qué os aflige.

—¡Pues ocurre, ama, que jamás me casaré con Rubén! ¡No le quiero...! Y mi padre no parece entender lo que le digo.

—Vamos a ver, muchacha, vuestro señor padre, como padre y como rabino, sabe perfectamente lo que os conviene, inclusive por encima de lo que vos podáis creer. Os lo repito: ahora no lo entendéis, pero cuando pasen los años lo comprenderéis mucho mejor y le estaréis agradecida.

—¡Que no y que no, ama! No vais a convencerme. No me casaré, y si se me obliga, me escaparé.

—Y ¿adónde vais a ir, muchacha? No digáis despropósitos. Os encontrarían en unas horas, y lo que conseguiríais sería irritar al autor de vuestros días, cuyo único defecto ha sido malcriaros en demasía... El resultado de tanta condescendencia salta a la vista. Además, Rubén ben Amía es un excelente muchacho que os dará hijos y un lugar notable dentro de la comunidad.

—¡No estoy enamorada de él y no me casaré, pese a quien pese! ¡Ya lo sabéis, ama!

—No sabéis lo que estáis diciendo. Ninguna mujer ama a su marido cuando la desposan; es luego cuando el amor florece, al igual que el chopo al ser bañado por el río, y va entrando en la pareja.

—No me convenceréis. Mi amiga Judit era un cascabel; ved que hace un año la casaron, y no he vuelto a verla a sonreír.

—Rubén os ama desde que erais niños, y será un buen esposo.

—¡Tal vez para otra, pero no para mí! Yo le aprecio, ama, pero como amigo y compañero de juegos, no para desposarme y darle hijos.

—No sé qué mal pájaro se os ha metido en esa loca cabecita vuestra, pero estoy cierta de que cuando cumpláis los veinte pensaréis de otra manera.

—¡Cuán equivocada estáis! No quiero enterrar mi juventud al lado de un hombre mustio y deslucido que se dedica a estudiar los viejos manuscritos, día y noche, a la luz de un candil.

—Tanta cerrazón me asusta y no la entiendo… Ahora intentad dormir; no es bueno que vuestro padre os vea de esta guisa.

Al esto decir, el ama se levantó del gran lecho y obligó a Esther a levantar las piernas para retirar el cobertor. La muchacha se refugió entre las frazadas de las finas sábanas y la mujer la cubrió con el grueso edredón relleno de lana de recental. Luego se acercó a la ventana y corrió los espesos cortinajes de recamado terciopelo de Coimbra flecado de oro, después paseó su mirada en derredor para comprobar que todo estaba en orden, hecho lo cual y antes de partir, se inclinó sobre la joven y le depositó su nocturno y acostumbrado ósculo en la frente. Acto seguido, alzando el candil a la altura de su voluminoso pecho, se aproximó al candelabro de cuatro brazos que lucía en el rincón sobre el arcón de madera de sándalo, y tras aplicar la capucha del apagavelas a cada uno de los encendidos pabilos, abandonó la cámara cerrando tras de sí la gruesa puerta.

Esther, después de asegurarse de que el ama no iba a regresar, retiró el cobertor, se levantó del lecho con tiento y se calzó las babuchas cordobesas. Fuese hacia la palmatoria, prendió la torcida mecha con la piedra y la yesca, y alzando el candil se aproximó a la ventana. Apartó el cortinón, abrió el postigo e hizo que la luz recorriera lentamente el marco del mismo, esperando que su señal llegase a quien iba dirigida. Luego lo cerró todo, dejó nuevamente en su lugar la palmatoria y tras apagarla regresó a su lecho.

Los Pardenvolk

Leonard Pardenvolk condujo el pesado Mercedes por Verterstrasse, y circunvalando Leibnitzplatz, pasó frente al Gran Hotel, que se alzaba donde antes había estado el café Bauer, y entrando en Unter den Linden, enfiló el camino que conducía a su mansión.

La radio de la inmensa berlina vomitaba himnos patrióticos cuando, súbitamente, la música se interrumpió y la voz metálica de una locutora anunció que el mariscal Hindenburg iba a dirigirse al país. Leonard redujo la marcha del vehículo y subió el volumen del aparato de radio a la vez que ajustó el dial para oír mejor al viejo soldado. Tras un wagneriano introito musical, la banda sonora se detuvo y sonó la conocida voz: «Alemanes, la responsabilidad histórica que recae sobre mis hombros me obliga, como jefe de Estado, a transmitiros la decisión que he adoptado. La patria requiere en estos momentos enérgicas medidas, y mi obligación es adoptarlas. El desempleo se apodera de Alemania, la economía se derrumba y los enemigos exteriores acechan. Las extraordinarias circunstancias que han rodeado nuestra amada patria, consecuencia del humillante Tratado de Versalles, me han llevado a tomar una decisión trascendental que quiero comunicaros. Voy a otorgar mi confianza al jefe del partido más votado, que no es otro que el Nacionalsocialista, a cuyo líder, el señor Adolf Hitler Pozl, nombro nuevo canciller y jefe de Gobierno. A partir de la toma de posesión, presidirá él las sesiones del Reichstag y adoptará las decisiones que a su cargo competen».

Leonard Pardenvolk apagó la radio.

Cuando llegó a la verja de hierro que rodeaba el parque de su casa, el portero salió de su garita y abrió la cancela para que el gran automóvil negro pudiera avanzar. Leonard aceleró, y el lujoso vehículo, con un potente rugido, venció la cuestecilla en tanto el hombre se llevaba respetuosamente la mano a la gorra en señal de saludo; luego, cuando el coche ya se hubo alejado, escupió en la gravilla y sus labios dibujaron por lo bajo un despectivo «*swain!*».[12]

Leonard hizo transitar al pesado Mercedes por el caminal bordeado de hayas, y tras tomar la última curva rodeó el gran estanque y se detuvo bajo el ovalado torreón de más de dos siglos de antigüedad que, ubicado en un ángulo de la cuadrada mansión, sobrepasaba su altura notablemente, cubierto por completo de hiedra perenne y perforado por una bóveda sostenida por tres nervaduras cruzadas de medio punto. Además de dar carácter a la casa, el torreón hacía las veces de pabellón de entrada a la misma e impedía que los visitantes estuvieran expuestos a las inclemencias del tiempo al descender de sus vehículos; además, permitía que éstos entraran por un lado y salieran por el otro. Allí esperaban otro portero, en esta ocasión uniformado con librea, y su mecánico, cubierto con un guardapolvos gris con solapas negras, quien se precipitó hasta la portezuela del Mercedes y la abrió. Leonard descendió del coche, y al ver el Wanderer de su médico e íntimo amigo, Stefan, aparcado al borde del camino, indagó.

—¿El doctor Hempel está en casa?

Stefan Hempel estaba casado con Anelisse, íntima amiga de la esposa de Leonard, Gertrud, desde los lejanos tiempos del colegio, y era el jefe del servicio de traumatología del hospital Werner. El portero, que aguardaba al otro lado del vehículo, aclaró:

—Creo que el señorito Sigfrid se ha lesionado esta mañana en la universidad. Su amigo el señorito Eric lo ha traído en su coche y la señora ha llamado al doctor.

Leonard se dirigió al mecánico en tanto tomaba su cartera.

—Meta el coche en el garaje y esté preparado por si tenemos que salir.

—Como mande el señor.

El chófer se encaramó al asiento del conductor, puso la primera, soltó el freno y aceleró. Leonard, sin dar tiempo a que partiera el vehículo, se dirigió hacia el interior del palacete. Nada más entrar, una camarera con uniforme negro, delantal blanco impoluto y cofia se apresuró a tomar el abrigo y la cartera que portaba en la mano Leonard, quien, mientras se desembarazaba de la prenda, preguntó:

—¿Dónde está la señora?

—En la habitación del señorito Sigfrid, con el doctor Hempel.

Leonard Pardenvolk ya no preguntó nada más. Se precipitó hacia la gran escalera cuya barandilla de caoba cubana estaba ornada, en su comienzo, por un efebo de hermosas facciones que tocaba una flauta pastoril, y subió los peldaños de dos en dos. Al fondo del pasillo estaba la habitación de su hijo, y hacia ella encaminó sus acelerados pasos; abatió el picaporte y abrió la puerta sigilosamente. En la cama, recostado en dos almohadas con un rictus de amargo sufrimiento en el rostro, vestido únicamente con un ligero pantalón de deporte, una camiseta y un aparatoso vendaje en la rodilla derecha que le llegaba hasta media pantorrilla, yacía su hijo mayor. Al lado de la cama, Gertrud, su mujer, conversaba con el doctor Stefan Hempel. Al otro lado, difuminado por el contraluz de la ventana, le pareció vislumbrar a Eric Klinkerberg, el inseparable amigo de Sigfrid. Pese a su sigilo, el inevitable ruido avisó a su mujer, quien al punto volvió el rostro hacia donde él estaba.

—¿Qué ha ocurrido, Gertrud? —preguntó Leonard acercándose al lecho.

Stefan se adelantó.

—Tu hijo ha tenido una mala caída en la salida de la barra fija en el gimnasio de la universidad.

Leonard se acercó al lecho del muchacho y, sentándose en el borde, le puso, con suavidad, la mano en la frente.

—¿Cómo ha sido, Sigfrid? Cuéntame.

—Como le ha dicho tío Stefan, he intentado una salida nueva en los ejercicios libres de la barra fija y he caído fuera de la colchoneta.

Ahora quien interrumpió fue Eric.

—Habíamos quedado en el gimnasio a la salida de la clase de estructuras. Le dije que no lo intentara, pero fue inútil; es tozudo como un prusiano. La práctica ya había terminado, y ya nos íbamos cuando ha querido probar un ejercicio que no le había salido anteriormente: ha intentado una carpa con vuelta y ha caído sobre la pierna derecha en mala postura; se ha oído un crac y se ha quedado tendido en el suelo sin poder levantarse. Lo demás... ya se lo puede imaginar; he pedido ayuda, nos hemos vestido y le he traído a casa.

Leonard, arqueando las cejas, dirigió una mirada inquisitiva al médico.

Éste se dio por interpelado.

—Nada podemos decir todavía. Hay que realizarle una inspección radiológica, pero no tiene buena pinta.

—Pero hijo... ¿cuándo vas a aprender a ser prudente? El año pasado el tobillo saltando en el trampolín de Garmisch-Partenkirchen y ahora esto.

—Ha sido mala suerte, padre, créame. Sé que puedo hacerlo; si no lo intento no lo conseguiré nunca, y la selección para el equipo olímpico de gimnasia va a ser dentro de seis meses.

—A mí me mataréis a disgustos... No sales de una y ya te has metido en otra. Reconoce, hijo, que te excedes; ahora veremos qué va a pasar con esta rodilla. —La que de esta manera habló fue su madre.

Las miradas de los esposos convergieron en el médico, inquietas.

—Insisto, nada se puede decir hasta que hayamos finalizado la correspondiente exploración. —El doctor Hempel, que conocía a la amiga de su mujer, quería curarse en salud—. De momento —añadió—, absoluto reposo, en la cama. Ya sabéis lo que dice el proverbio respecto a las roturas: «La pierna en el lecho y la mano en el pecho». Y pocas visitas.

—Pero ¡tío Stefan...! ¿Podré entrenar antes de quince días?

—Primeramente, vamos a ver si puedes caminar. Hasta que examinemos tu rodilla nada se puede decir. —Luego, dirigiéndose a los padres, añadió—: Y ahora, si os parece, vamos a continuar hablando fuera de la habitación. Le he suministrado un calmante fortísimo que va a empezar a producir su efecto y le he inmovilizado la pierna. Lo que más conviene a Sigfrid es descansar.

Gertrud se acercó al lecho de su hijo y tras besarlo en la frente se volvió hacia Eric.

—Gracias, querido, eres Metatrón.[13] No sé cómo te las arreglas pero siempre estás, cuando haces falta, en el lugar oportuno.

—No hay por qué darlas, señora. Sigfrid es mi mejor amigo. Mañana telefonearé para ver cómo va todo.

—Entonces, si os parece, vayamos saliendo. ¿Quieres que te ajuste los postigos, Sigfrid?

—Gracias, madre, están bien así.

Partió la comitiva. Gertrud se adelantó para despedir a Eric y los hombres descendieron la escalera lentamente.

—Gracias también a ti, querido Stefan. Apenas salimos de una nos metemos en otra. Si no tienes inconveniente, me gustaría que te quedaras a comer.

—No hay problema. Déjame hacer un par de llamadas a casa y a la clínica, y soy todo tuyo.

Llegaron al final de la gran escalera y ambos hombres se dirigieron a la biblioteca. Nada más entrar, Leonard, en tanto que Stefan hablaba por teléfono, se acercó a la imponente mesa de despacho de estilo imperio que la presidía y pulsó el timbre. Al punto compareció un criado de librea.

—¿Señor? —El criado se detuvo en la entrada y esperó órdenes.

—Diga a la señora que avise a la cocina que el doctor Hempel comerá con nosotros.

—Sí, señor.

Ya se iba a retirar el doméstico cuando Leonard añadió:

—Herman, cuando salga cierre la puerta, por favor.

—Sí, señor.

El sirviente cerró con cautela la gruesa puerta al salir, y

Leonard se dirigió al médico, que en aquel momento colocaba el auricular en la orquilla del negro aparato.

—Me intranquiliza la rodilla de Sigfrid.

—A mí también, pero no nos preocupemos antes de hora. Lo que le he recetado le bajará la inflamación y luego, con calma, podremos hacer cuantas pruebas radiológicas sean necesarias para calibrar el alcance de la lesión. En principio, parece que se han visto afectados el ligamento posterior derecho y el menisco externo del mismo lado.

—Pero ¿tendrá consecuencias?

—No me obligues a adelantar un diagnóstico… Aun así, creo que la gimnasia de alta competición tal vez ha acabado para él.

—¿Estás seguro?

—Te repito que no me obligues a adelantar un diagnóstico, pero cabe en lo posible.

—El muchacho va a tener un disgusto tremendo.

—Lo importante es que pueda caminar. Y puestos a buscar beneficios en esta desgracia, lo que sí te adelanto es que se ahorrará que lo enrolen en el ejército, cosa que en los tiempos que corremos no es poco.

—¡Elohim sobre todas las cosas!

—Que tu dios o el mío lo ayuden es lo que hace falta.

Los dos hombres se habían acomodado en el tresillo estilo chesterfield que estaba ubicado junto al gran ventanal. Leonard sacó de su bolsillo una elegante pitillera de oro y ofreció un cigarrillo a su amigo.

—No, gracias, prefiero los míos.

El médico sacó un paquete de Navy Cut, extrajo de él un cigarrillo y se lo llevó a los labios. Al momento, la llama del encendedor de Leonard, que iba acoplado a su carísima pitillera, estaba frente a él. El médico aspiró con fruición hasta que el extremo prendió; entonces, tras dar una fuerte y golosa calada y expulsar el humo, se dispuso a escuchar a su amigo, quien había hecho lo propio.

—¿Has oído la radio hace una hora, Stefan?
—¿A qué te refieres?
—A la proclama del mariscal.
—No he oído nada porque estaba examinando la rodilla de tu hijo.
—Ha nombrado a Hitler canciller.
—No me extraña. Si te he de ser franco, casi lo esperaba... Y me atrevo a decirte que las cosas mejorarán sin duda.
—Estás loco, Stefan, igual que lo está ese cabo bastardo que intentó hacerse con el poder hace diez años, y al no conseguirlo se ha dedicado con su verbo a idiotizar al pueblo alemán. Que engañe al pueblo lo entiendo, pero ¿a ti?
—De cualquier manera, no debes preocuparte. Muchos lo han votado por ver si cambian las cosas, pero auténticos partidarios tiene pocos. No olvides que en las primera elecciones sacó únicamente doce diputados. Además, sus verdaderos enemigos son los comunistas, cosa que no me parece mal, y en segundo lugar los socialistas y los liberales. Le gusta demasiado el poder, y sin dinero es muy difícil hacerse con él, por eso se ha arrimado a los Krupp, los Meinz, los Thyssen y a otras familias que están con él y que se ocuparán, sin duda, de embridarlo fuertemente para que no se pase de la raya y le dictarán sus normas; ya sabes que cuando el capital apoya a alguien es por algo. Además la Iglesia católica, a través de su nuncio, el cardenal Pacelli, también lo apoyó en su día recomendando a sus fieles que lo votaran. No debes preocuparte en demasía, Leonard. Ya verás como las aguas vuelven a su cauce; estoy absolutamente seguro.
—Pero ¿acaso no sabes cómo funcionaban sus camisas pardas antes de ser canciller? Ni imaginarme quiero lo que puede ser ahora con el respaldo de la legalidad. Corre la voz de que ya se han llevado a algunos judíos de barrios periféricos, y cuando estas cosas comienzan, nunca se sabe cómo terminan.
—Hace poco más de un mes traté en el hospital, de una conmoción cerebral, muy grave por cierto, al hijo de un ge-

rifalte del NSDAP[14] al que habían descalabrado en una reyerta de estudiantes, y a propósito del problema judío me aclaró que los detenidos, que los ha habido, no voy a negártelo, los ha habido, lo han sido por ser elementos antisociales, no por su condición de judíos... Tú mismo has reconocido que las detenciones se han producido en barrios periféricos.

—Yo de momento voy a contactar con mis socios en Viena y en Praga, y voy a sacar del país las piezas principales de la fábrica y de las dos joyerías.

—Tiempo habrá para todo si las cosas se pusieran feas. Pero no temas; eres tan alemán como puedo serlo yo, y si me apuras, más... Yo no estoy condecorado por méritos de guerra, y tú sí. No te preocupes, Leonard, que nada ocurrirá a los de tu clase

Unos discretos nudillos golpearon la puerta y la voz de Herman demandó la venia para entrar.

—Pase, Herman.

—Perdón, señor, dice la señora que le comunique que la comida está servida.

—Dígale que vamos al instante.

Partió el sirviente, discreto y silencioso, y ambos se pusieron en pie para acudir al comedor.

—Si no te importa, Stefan, durante la comida no toques el tema del que te he hablado y que tanto me preocupa. Ya sabes que Gertrud se asusta fácilmente, y no quiero angustiarla; bastante lo está con el desgraciado accidente de Sigfrid.

—Descuida, que sabré mantener la boca cerrada. Y te repito que quien no debe preocuparse eres tú.

Llegaron a la puerta de la biblioteca, y Stefan se hizo a un lado y con el gesto cedió la preferencia a Leonard.

—Por favor.

Leonard tomó al médico por el brazo y lo obligó a salir antes que él.

—Después de ti.

Partieron hacia el comedor. Se accedía a él por una puerta de marco curvo y de doble arcada de madera noble; entre ambos arcos, sostenían unos grandes cristales biselados que permitían que entrara la luz al tiempo que impedían ver a través de ellos. Era ésta una estancia de considerables proporciones que gozaba de una vista excelente, pues tenía toda una parte acristalada con vidrios emplomados, formando grupos de hojas de acanto y flores de tonalidades verdes y rojas, y daba a la zona posterior del parque de la casa; todo ello hacía que la naturaleza se mezclara con el vitral, formando un efecto maravilloso de luces y de colores. Dos inmensos trincheros, sobre los que lucían sendos grupos escultóricos de Sèvres, que representaban a unos criados sujetando por la traílla a los podencos en una cacería de ciervos, y una gran chimenea completaban la pieza. A la llegada de los dos hombres, Gertrud, que ya estaba sentada a la mesa en su lugar habitual, indicó al doctor, con unos ligeros golpecitos sobre el mantel, que se ubicara a su derecha. Stefan así lo hizo, y al ver únicamente cuatro servicios se extrañó.

—Veo, querida, que falta alguno de tus hijos, además de Sigfrid.

—Siéntate y no te preocupes. El tiempo en que yo gobernaba esta casa ya pasó. Los hijos crecen y poco o nada puedes hacer para que las cosas sean como antes; vuelan como gorriones y reclaman su ración de independencia, de modo que no puedes impedir que el uno se rompa la crisma ni que el otro no venga a comer casi ningún día y no avise la mayoría de las veces... Tampoco que Hanna, invariablemente, llegue tarde. Aunque esta vez está excusada, pues hoy le entregaban el diploma de su quinto curso de violín y sexto de armonía, y a fe mía que ha trabajado duro, porque además está en el equipo de gimnasia rítmica de su escuela.

Leonard se había sentado a la cabecera.

—Tus hijos siempre han tenido una gran facilidad para los deportes.

—Es bien cierto. Pero además Hanna es tremendamente elástica. Ya lo era de pequeña.

—La niña siempre es la mejor en todo lo que hace... Ya sabes, Stefan, cómo son las madres. Pero luego, cuando se retrasa, hace que yo sea quien se preocupe —argumentó Leonard.

—Lo que me molesta, y tú lo sabes, es que campen por sus respetos y no me avisen

—Mujer, los hijos hacen lo que nosotros hicimos anteriormente.

—Eran otros tiempos.

—También nuestros tiempos fueron diferentes de los de nuestros padres. —Y dirigiéndose a Stefan añadió—: El consabido enfrentamiento generacional...

Un joven criado había llenado las copas de vino, y Herman apareció por la puerta que daba a las cocinas portando una bandeja de plata sobre la que humeaban cuatro tazones de porcelana de Rosenthal; solemnemente, sirvió a los comensales y se retiró discreto junto al mayor de los trincheros. La conversación versó, en primer lugar, sobre el percance acaecido a Sigfrid, y Stefan hizo lo imposible por tranquilizar a Gertrud. Luego, ya con el segundo plato, que consistió en un guiso de carne con salsa de arándanos acompañado con *Saverkraut*,[15] que luego de ser servido reposó en un calientabandejas alimentado por un infiernillo de alcohol dispuesto en el segundo trinchante, el tema fue desviándose hacia otros derroteros.

—Esta carne es excelente, Gertrud.

—Nos la sirve nuestro *shohet*[16] de toda la vida. —Aunque la religión de Gertrud era la católica, desde su matrimonio con Leonard intentaba complacerlo siguiendo, en lo posible, las costumbres hebraicas.

—Me he acostumbrado en vuestra casa a la comida *kosher*[17] y la verdad es que la encuentro excelente. Prescindo de su significado religioso porque no creo en esas paparruchas, pero el resultado es magnífico.

—Toda la vida has sido un ateo, Stefan.

—Di mejor agnóstico. ¿Sabes lo que ocurre, querida?

Gertrud enarcó las cejas.

—Que ni de estudiante, en la sala de disecciones, ni posteriormente, ejerciendo la cirugía, he visto jamás algo parecido a vuestro *neshamá*.[18]

—No te excedas, Stefan, no vaya a ser que el *nezá*[19] se acabe para ti.

El postre fue un delicioso *Marmorkuchen*.[20]

—Reconozco la receta maestra de tu madre; lo has hecho tú, sin duda.

—Me distrae mucho la repostería.

—Así estoy yo, empezando el régimen un día sí y otro también

—¡Pobre Leonard, qué lástima me das!

La puerta del comedor se abrió y apareció Hanna, arrebolada y alegre como correspondía a sus dieciocho estallantes años. Vestía una falda entablillada, de cuadros verdes y grises; camisa crema de cuello abierto en pico y un chaleco de gruesa lana, de un color verde más oscuro, que le venía algo grande y que había hurtado del armario de su hermano Manfred; calcetines verdes lisos y zapatos planos con un adorno de lengüeta con flecos de cuero.

—¡Perdón, perdón, perdón! Ya sé que llego tarde. No me riña, madre, que no sabía que venía a comer mi tío favorito. —Los hijos de los Pardenvolk llamaban tíos a Stefan y a Anelisse. La chica intuyó, por las caras de todos, que algo grave pasaba. Lanzó su boina de punto al desgaire sobre una de las sillas laterales y, con un peculiar movimiento del cuello, ahuecó su oscura melena. Dio un beso a Stefan y un fuerte achuchón a su padre—. ¿Qué sucede, quién se ha muerto?

Gertrud respondió, seria.

—Nadie se ha muerto. Tu hermano Sigfrid se ha dañado fuertemente la pierna, esta mañana.

Hanna se llevó ambas manos al rostro y se sentó de lado en el lugar en el que se veía su sitio vacío.

—Pero ¿cómo ha sido?

Stefan la puso al corriente del infausto percance, y la muchacha hizo el gesto de levantarse para ir a ver a su hermano.

—No, ahora no le molestes; está descansando. El tío le ha dado un sedante, y está durmiendo.

—¿Eric está con él?

—No, Eric ya hace rato que se ha ido.

Herman, ayudado por el joven fámulo, sirvió la comida a la muchacha, pero ésta apenas probó bocado.

—¿Cómo va el violín? —indagó Stefan.

—Muy bien, tío. El profesor me ha dicho que puedo optar a la beca que otorga la escuela para ir un año a Polonia al curso de avanzados que da Biloski.

—Eso sería magnífico.

—No. Prefiero quedarme en Berlín. Además, tendría que dejar a mis compañeras del equipo de gimnasia, y eso sería una faena.

—¿Cuál es tu especialidad?

—El aro y los ejercicios en el suelo.

—Me parece a mí que no es a tus compañeras únicamente a quienes no quieres dejar. Si te parece, Stefan, vamos a tomar el café a la biblioteca y permitamos que las damas hablen de sus cosas.

Ambos hombres se levantaron de la mesa y se dirigieron al salón de fumadores, dejando a Gertrud con su hija.

—Te atrae Eric, ¿no es verdad, Hanna?

—¿Por qué lo dice, madre? —Hanna se había puesto como la grana.

—No quieres ir a Varsovia, y sé que podrías obtener la beca. En la fiesta final de curso fue evidente que ninguna de tus compañeras tocaba como tú. Te conozco bien, hija mía, y es lo más normal del mundo que te sientas atraída por el amigo de tu hermano mayor... Yo también me enamoré como una loca de un amigo de tío Frederick.

—¿Usted, madre?

—Pues ¿qué crees, que nací casada con tu padre? No, hija, no. Cuando una muchacha despierta a la vida se enamora del amor, y eso es lo que te ocurre a ti en este momento.

—Y ¿por qué no se casó con él?

—Eran otros tiempos... Él era protestante, y entonces tus abuelos no lo aceptaron.

—Pero... papá es judío...

—Yo ya era más mayor y tu padre supo ganarse al mío.

Hanna, que estaba esparciendo, desganadamente, el pastel por el plato sin apenas probarlo, saltó de su silla y se fue a sentar al lado de su madre, tomándole la mano.

—Es cierto, madre, a usted no puedo engañarla; me gusta Eric. Y me siento egoísta, pues he preguntado si se había quedado con Sigfrid porque quiero verlo, antes que preocuparme por cómo está mi hermano... Soy una mala chica, ¿no es cierto, madre?

Gertrud le acarició el rostro con ternura.

—No eres una mala chica, Hanna, es el amor, una enfermedad que nos ataca a todos antes o después. —Gertrud suspiró—. Ya eres una mujer, Hanna, y créeme que en los tiempos que corremos me gustaría más que fueras una niña.

—¿Es grave lo de Sigfrid, madre?

—¡Dios sobre todas las cosas! Mañana sabremos el alcance de su lesión, y esperemos que todo se resuelva.

—Pero podrá volver a caminar, ¿no es cierto?

Gertrud exhaló un profundo suspiro.

—Caminar, espero que pueda; lo que no sé es cómo.

—¿Qué quiere decir, madre?

—Es la rodilla, Hanna; tengo miedo.

—Pero, madre, si Sigfrid queda cojo se puede morir.

—Su obligación es vivir, y tendrá que hacerlo pese a la prueba que Adonai le envía desde allá arriba.

Hanna quedó un instante pensativa.

—No saques conclusiones, hija. Lo que tenga que ser será; todo está escrito en el libro de la vida. —Luego añadió—: Eric es un buen muchacho, aunque es protestante y no sé qué opinará tu padre, pero los tiempos no son los de antes, y si mi instinto de madre no se equivoca, tú también le gustas a él. No le digas nada a tu padre, él cree que siempre serás su niña. Éste va a ser un secreto entre tú y yo.

La muchacha se precipitó a los brazos de su madre.

—¡Cómo la quiero, madre! Voy a telefonearle con la excusa de lo que ha pasado.

En aquel momento entró Herman.

—Señora, ha telefoneado el señorito Manfred. Dice que no vendrá a comer.

—¿Le ha explicado usted el percance que ha sufrido su hermano?

—No me ha dado tiempo, señora. Apenas me ha comunicado su recado, ha colgado el auricular; llamaba desde algún establecimiento público. —Al ver la cara disgustada de su ama, añadió—: Se oía mucho ruido de fondo.

—Está bien, Herman.

—¿Puedo retirar los servicios?

—Hágalo.

Gertrud salió del comedor tras los pasos de Hanna y se dirigió al dormitorio de Sigfrid para ver si descansaba o estaba despierto.

Manfred

Manfred, al igual que su hermana gemela, había cumplido diecinueve años. Era alto para su edad, moreno y nervudo, tenía el pelo ensortijado al igual que su padre y unas facciones que denunciaban su naturaleza mediterránea, un carácter tenaz como todos los Pardenvolk, un corazón que clamaba por cualquier injusticia y una rebeldía interior que hacía que no se plegara fácilmente ante cualquiera que pretendiera imponerle algo sin explicarle el porqué de las cosas.

Tras colgar el auricular se caló la gorra y salió de la cervecería Munich rumbo a la sede clandestina de la célula del Partido Comunista Alemán a la que estaba adscrito tras la prohibición oficial. Se había afiliado a él por remordimientos sociales; consideraba que no se podía vivir como él vivía cuando otras gentes apenas podían llevar a la mesa un mendrugo de pan. Los tiempos, en aquella Alemania, eran muy desiguales: los ricos lo eran mucho, y los pobres, demasiados; el desempleo sacudía muchos hogares. Él se sentía avergonzado del estatus de su familia e intentaba, por todos los medios, remediar, dentro de sus posibilidades, algunas cosas. Dobló la esquina de Sauerlandstrasse y subió por Bregenzerstrasse para coger el tranvía amarillo que le conduciría a su cuartel clandestino, que estaba situado en una calleja detrás de Olivierplatz. La gente caminaba deprisa huyendo del posible aguacero que se avecinaba. Llegó a la parada, se colocó en la cola y esperó a que el coche eléctrico apareciera por el extremo de la calle; comenzaba a llover y se subió el cuello de la cazadora impermeable. Por una de las bocacalles que desembocaban en la plaza apareció un grupo de aquellos tipos de la nueva Alemania que tanto le desagradaban. Todos tendrían entre veinte y treinta años, vestían pantalones cortos bávaros de cuero vuelto con dobladillo hacia fuera, tirantes tiroleses con peto, camisas pardas y el pañuelo negro anudado al cuello, calcetines altos, botas cortas de suela de clavos; en la manga lucían un brazalete rojo con la esvástica en negro dentro de un círculo blanco, y se cubrían indistintamente con gorros cuarteleros también negros o de montaña de color pardo, con orejeras recogidas en la parte superior, chulescamente ladeados sobre sus cabezas; en el cinturón llevaban un cuchillo enfundado, y en las cachas de la empuñadura, otra vez la cruz gamada. Se acercaban dando gritos, profiriendo consignas fascistas y obligando a saludar con el brazo en alto a cualquier transeúnte con el que se toparan, fuera un viejo, un niño, un seglar o una monja. Manfred había tenido varias escaramuzas con aquellos tipos que se dedicaban a reventar mítines políticos de otros partidos y a apalizar a cualquier persona o grupo que no pensara como ellos. Súbitamente dobló la esquina una pareja de mediana edad, que iba cogida del brazo. El grupo se detuvo frente a ellos y les conminó con amenazas a efectuar el consabido saludo nazi. El hombre se negó —imaginó Manfred que, entre otras razones, porque llevaba un maletín en dicha mano—. Fue visto y no visto. La cuadrilla de energúmenos se abalanzó hacia él y empezaron a apalizarlo ante el estupor de la gente, que no se atrevía a intervenir, y los gritos de la mujer, quien, aterrorizada, pedía auxilio. El individuo cayó al suelo plegado sobre sí mismo, encajando el diluvio de patadas en postura fetal, y el portafolios se abrió y un sinnúmero de cuartillas y documentos salieron volando calle abajo. Por el otro extremo de la misma asomó una pareja de gendarmes que al observar el desorden detuvieron sus pasos a la espera de ver en qué paraba todo aquel barullo. Súbitamente aquellos bestias empezaron a insultar al caído, y los gritos de «¡Traidor y judío asqueroso!» invadieron el aire. Por la avenida frente a la parada donde se encontraba, Manfred vio venir un autobús de dos pisos rotulado con el número 21; en un momento tomaría la curva, y no tenía parada hasta cuatro o cinco calles mas allá. No lo pensó dos veces: tomó impulso y se precipitó con los pies por delante hacia la espalda del energúmeno que parecía llevar la voz cantante. El impacto y la sorpresa actuaron al unísono. El gigantón se fue al suelo, su cara impactó con el hierro de la barandilla que protegía una manga de riego y comenzó a sangrar profusamente mientras los demás intentaban adivinar de dónde venía aquel inesperado ataque. Manfred vio por el rabillo del ojo que el autobús llegaba a su altura, tomó carrerilla y de un ágil brinco se encaramó a la plataforma posterior sin dar tiempo a que ninguno de aquellos animales reaccionara. Cuando lo hicieron, era tarde, pues el vehículo había ganado ya una cantidad de metros que hacía imposible que fuera alcanzado. Dos calles más allá saltó en marcha, corrió hacia la primera esquina y se ocultó tras un poste de los que se empleaban para pegar carteles. Un instante después pasaban dos taxis, con la característica cenefa cuadriculada en blanco y negro en los laterales, ocupados por siete u ocho de aquellos enloquecidos que, asomados por las ventanillas y con los brazos extendidos, señalaban a los conductores el lejano autobús. Manfred se caló la gorra hasta las cejas y comenzó a caminar hacia la sede del partido.

Simón

Simón esperaba nervioso junto a la fuente del Sauce. La luz en la ventana, la noche anterior, le había confirmado claramente que, aunque pudiera tener problemas, Esther acudiría al lugar acordado y a la hora anunciada en el billete que guardaba en el bolsillo de su jubón y que ella había deslizado en su mano aprovechando la coyuntura de ir, acompañada de su aya, a comprar cintillos y peines para el pelo a la tienda que su padre, junto con su tío, regentaba en la calle de la Paja, en la aljama de las Tiendas, la tarde del lunes anterior. Simón se resguardó del frío en el soportal de uno de los almacenes de la plazoleta y, en tanto esperaba, su pensamiento voló como una alondra en primavera. Tenía veintidós años y un mundo de ilusiones se abría dentro de él. Jamás habría podido imaginar, ni en el más elucubrante de sus sueños, que Esther Abranavel, única hija del rabino mayor de la aljama del Tránsito, pudiera haber reparado en un mozo de su condición, hijo de un comerciante menor de la aljama de las Tiendas. Recordaba aquel día como un milagro. Estaba subido entonces a una pequeña escalera y colocaba el género, que había traído aquella tarde un buhonero, en el anaquel superior del almacén, cuando la luz de la puerta se oscureció obstruida por el voluminoso bulto de la dueña y de Esther. Al principio y al contraluz sus ojos no divisaron claramente las facciones de la doncella, pero cuando estaba descendiendo y su pie tanteaba el penúltimo escalón, tropezó y casi dio con sus tristes huesos en el suelo, tal fue la impresión que la belleza de la muchacha causó en su ánimo. Trastabillando se ubicó al otro lado del mostrador, pero sus labios apenas supieron balbucear un torpe «¿Qué desean vuesas mercedes?». El ama pidió que les mostrara unas peinetas de ámbar y unos abalorios. Simón fue a buscar el género y siguió comportándose como un bobo, y un pícaro destello reverberó en el rabillo de los ojos de la muchacha. La visita volvió a repetirse a la semana siguiente, y a la otra, y al cuarto día y aprovechando la coyuntura, pues su padre estaba mostrando una mercancía recién llegada al aya, se atrevió a hablar con la joven; mejor dicho, a responderle, ya que quien inició el diálogo fue ella.

—¿Cómo os llamáis? Decidme, pues mal puedo dirigirme a vuesa merced cuando necesito alguna cosa de vuestra tienda y estáis de espaldas, como soléis, haciendo que buscáis en los estantes, si no es con un impersonal «vos».

—Me llamo Simón, señora. Éste es mi nombre, para serviros.

—Y ¿por qué, Simón, jamás venís en persona a mi casa a traer mis mandados y siempre enviáis a un mozo a tal menester cuando vos sois la persona que me ha despachado al hacer la compra y a la que quiero reclamar si algo no me cuadra o no es exactamente de mi gusto?

El mozo recordaba haberse sentido confundido y haberle respondido:

—Mi padre es el que decide quién es la persona que ha de cumplir cada encargo, yo me limito a obedecerle.

—Pues a partir de ahora vos seréis el recadero de mis mandados. De no ser así, me veré obligada a cambiar de tienda y a comprar en otra donde se tenga más cuido de mis pedidos.

Simón respondió un torpe «Descuide vuesa merced, para mí vuestros deseos son órdenes». Y al atardecer del día siguiente se encontró frente a la puerta posterior de la casa de los Abranavel con un paquete en la mano y tirando de la cadena de una campanilla que sonaba lejana en el interior de la mansión. Cuando imaginaba que un sirviente iba a franquearle la entrada, se encontró con que quien apareció para abrirle la puerta era la quimera de sus fantasías en persona.

—He estado vigilando vuestra llegada; desde mi ventana, que es aquélla.

La muchacha, con el gesto de su mano y con el brazo extendido, le indicó el primer piso. En él, un balconcillo de piedra, rodeado de hiedra, se abría al exterior mostrando una pequeña columna de la que partían dos arcos de estilo mozárabe. Ambos vanos estaban cubiertos con vidrios coloreados cuyo trabajo emplomado dejaba ver en su centro una pieza transparente y rarísima, que permitía ver el exterior con claridad. A Simón no se le ocurrió otra cosa que decir:

—Aquí os traigo vuestro pedido.

—¿A quién le importa eso ahora? ¡Seguidme!

La muchacha tomó del brazo al asombrado mozo y tirando de él lo condujo hacia el cenador del jardín posterior de la casa, ubicado junto a una rosaleda. La visión del mismo la impedía una celosía de madera pintada de color verde por cuyos entresijos se iban atando lianas y florecillas, de tal manera que todo el conjunto formaba algo parecido a un muro de enramada que circunvalaba un pequeño palomar. Las aves comenzaron un peculiar zureo al percibir la proximidad de su ama.

Nada más llegar al escondrijo, la muchacha retiró de su cabeza la redecilla que le recogía el cabello y dejó resbalar su frondosa y oscura cabellera sobre los hombros.

—Veamos si los prendedores de carey que os encargué cuadran con el color de mi pelo.

Diciendo esto, arrebató de las manos del asombrado mozo el paquete del que era portador, lo depositó sobre una piedra y, tras deshacer el lazo que lo sujetaba, procedió a abrir el estuche y a examinar su interior. Allí estaban sus compras. La joven tomó un prendedor, lo entregó a Simón y, dándole la espalda, ordenó:

—¡Colocádmelo!

El atolondrado mancebo procedió al mandado con los dedos temblorosos y la garganta seca.

Cuando ya el cometido hubo acabado, la muchacha, que percibió divertida el apuro del joven, se volvió hacia él y, seductora, se le insinuó.

—¿Me encontráis hermosa?

—No tengo palabras. Irradiáis el candor de una paloma y la belleza de un nardo.

—¡Sois un adulador! Veo que no os faltan esas lisonjas que tanto halagan a las mujeres.

—¡Creedme, señora, que os digo lo que pienso!

—¡Zalamero, no os creo! —La muchacha hizo un mohín que a Simón le pareció delicioso—. De cualquier manera, me habéis comparado a una paloma y eso me halaga; es uno de los animales que más amo porque evoca paz y armonía.

—¿Os gustan las palomas?

—Son mi pasión. El palomar que veis a mi espalda es regalo de mi padre y todas las aves que veis son mías. Tengo más de veinte torcazas. Yo las cuido: mis manos son las que se ocupan de ellas y nadie más que yo se acerca al palomar.

—¿Sabéis, señora, que también son mi pasión?

Los ojos de la muchacha adquirieron un brillo especial.

—No me llaméis «señora», mi nombre es Esther.

Simón no creía lo que estaba viviendo.

—Está bien, seño... Esther. Si me lo permitís, mañana os haré presente de lo que más quiero en este mundo, claro está, luego de mis padres.

La muchacha lo miró entre coqueta y curiosa.

—Y ¿qué es ello?

—Mis dos mejores mensajeras.

—¿Tenéis mensajeras?

—Ni el rey las tiene más rápidas y resistentes —respondió orgulloso.

—¡No puedo aceptaros presente tan valioso!

—¡Me haríais el más feliz de los mortales! ¡Por favor, señora!

—¡Llamadme Esther, os digo!

—¡Por favor, Esther!

—¡No, por el momento, no! Pero a veces las mujeres decimos no cuando queremos decir sí... Es a vos a quien corresponde dilucidar.

Y de esta manera comenzó la increíble aventura y el deleite absoluto de Simón. Lo de ambos fue un flechazo a primera vista. Cupido extrajo dos flechas de su aljaba y atinó en el corazón de los muchachos al mismo tiempo. Al día siguiente, se las arregló para llevar las palomas a Esther. Luego, uno y otro inventaron mil excusas para justificar sus encuentros y acordaron ciertas claves crípticas que sólo ellos entendían para concertar sus citas, las cuales iban desde una luz que recorría el marco de la ventana del dormitorio de Esther si era de noche hasta un pañuelo blanco anudado a media asta en el palo del palomar si era de día, y en repetidas ocasiones se juraron eterno amor. Desde esos sucesos ya casi habían transcurrido once meses. Vivía el mancebo en el séptimo cielo y no terminaba de creer su buena estrella, pero cada vez que intentaba tocar el tema e insinuar a la muchacha el hecho cierto de que el gran rabino no consentiría jamás aquellos sus amores, Esther le respondía, misteriosa, que, llegado el tiempo, sabría convencer a su padre, y caso de no conseguirlo, ya vería lo que habría que hacer. Su frase predilecta siempre era la misma: «No quiero preocuparme por lo que aún no ha ocurrido; ya lo haré si ocurre».

Empezaba a lloviznar. La plaza estaba desierta y Simón comenzó a desesperar de ver aparecer a la muchacha. Se le ocurrió que tal vez hubiera surgido, a última hora, algún inconveniente imprevisto y que Esther no había tenido tiempo de avisarle. En esas devanaderas andaba su caletre cuando por los pórticos de la bocacalle del Santo Espíritu apareció, presurosa y sin embargo vigilante, la silueta inconfundible de su amada, quien, mirando a un lado y a otro, embozada en un negro manto con capucha, avanzaba hacia él con aquel su caminar airoso, inconfundible y adorado. Llegado que hubo a su lado, se retiró el embozo y comenzó a hablar apresurada y nerviosa como, hasta la fecha, jamás había tenido él ocasión de verla.

—Simón, tengo poco tiempo. Vayamos a un rincón disimulado donde pueda contaros, sin temor a ser oída, lo que debo deciros.

—Esther, me asustáis. ¡Venid!

Cerca de la plaza se ubicaba una cuadra donde alquilaban caballerías y carros para diversos menesteres y que pertenecía al padre y al hermano de un amigo de Simón con el que había compartido las clases de un maestro que les había enseñado en la madraza las primeras letras y los rudimentos de la Torá.[21]

—¡Venid! ¡Seguidme!

Y tomando de la mano a la muchacha, la condujo, a través de un estrecho callejón que transcurría bajo unos soportales, hasta un gran portalón de vieja madera que permanecía abierto y que daba a un gran patio donde se arreaban las cabalgaduras y se preparaban las galeras y las carretas de alquiler. Traspasaron el arco de la entrada y, evitando las huellas que las roderas de los carros habían marcado en el lodo y los grandes charcos que la lluvia había ido formando aquella tarde, llegaron hasta un gran cobertizo. Simón, tras decir a Esther un breve «Esperadme aquí un instante, vuelvo al punto», partió hacia una garita de madera pintada de verde, levemente iluminada, que se veía al fondo del recinto. Esther retiró la capucha de su rostro, sacudió el borde de su capa a fin de que escurriera el agua y se dispuso a esperar. Simón llegose hasta el ventanuco del cuartucho, y a través de él y a la luz de un candil pudo ver el pecoso rostro de su amigo inclinado sobre un mugriento libro mayor en el que con un cálamo que mojaba en un tintero, no menos deteriorado, iba anotando ristras de números.

—¡David! —llamó.

El otro levantó la cabeza de la escritura y al punto reconoció a su amigo.

—¿Qué os trae por estos lares, Simón?

—Ahora no tengo tiempo para explicaciones. Necesito que me hagáis un favor.

David se había aproximado al ventanuco, tras dejar sobre la mesa la caña todavía húmeda de tinta.

—Vos me mandáis, soy todo oídos.

—Necesito de un lugar discreto para mantener una conversación con una dama de calidad que es para mí muy importante.

—Y ¿se puede saber quién es esa dama? —interrogó el pecoso con curiosidad.

—¡Que Asmodeo[22] os lleve! Ahora no es el momento ni os incumbe. ¿Podéis satisfacer mi demanda o no podéis hacerlo?

—Ya veo que el asunto es importante para vos. Al fondo de la cuadra podréis ver una carroza que mi padre alquila para viajes a los principales de la ciudad cuando quieren partir discretamente sin llamar la atención llevando sus propios coches... Dentro de ella estaréis confortables y calientes, y a salvo de cualquier indiscreción.

—¡Gracias, amigo, no olvidaré jamás vuestro favor!

—No hay por qué darlas, Simón… Hoy por vos y mañana por mí; los de nuestra raza siempre se ayudan.

Partió Simón a la busca de su amada y la encontró sentada en la estribera de una de las galeras.

—Venid, seguidme, Esther. Ya tengo el lugar donde estaremos cómodos y donde podréis explicarme vuestras congojas.

Lo siguió la muchacha procurando evitar los charcos para que sus *sankas*[23] no se embarraran. De no hacerlo, luego su aya adivinaría que había salido.

El lujoso carruaje estaba aparcado al fondo del cobertizo, aparte de los demás carros que constituían el grueso del negocio. Era éste una gran carroza de cuatro ruedas, dos pequeñas delante y dos más grandes y ballesteadas atrás, de color azul cobalto con el tejadillo negro acharolado y el pescante del auriga mucho más elevado y exterior. Simón abrió la portezuela para que Esther subiera, y ésta, al apoyar el pie en la estribera, dejó al descubierto un fino tobillo cuya visión produjo en el muchacho un leve mareo. Gimieron las ballestas y ascendió la muchacha, acomodándose al fondo sobre el lujoso asiento del coche, tapizado de rico terciopelo de Béjar. A continuación y a su lado se colocó Simón, quien cerró la portezuela.

—Decidme pues, amada mía, cuál es la aflicción que turba vuestro pecho.

—¡Ay de mí, Simón amado! Mi padre quiere desposarme con Rubén ben Amía, y yo me moriré antes de consentir.

Simón quedó un instante perplejo y mudo ante el impacto de la revelación; luego tomó la mano de la muchacha entre las suyas y habló.

—Calmaos, Esther. En primer lugar, ¿quién es el tal Rubén?

—El hijo de un buen amigo de mi padre al que yo aprecio desde niña. Pero no estoy enamorada de él. ¡Yo os quiero a vos, Simón!

El muchacho meditó un momento su respuesta.

—Siempre os dije, amada mía, que vuestro padre jamás

consentiría que os casarais con un joven de mi condición. Vuestra fe y vuestro amor han hecho que durante un tiempo olvidara el asunto y mi mente obviara el problema, pero en el fondo siempre esperé algo así y en vez de ignorarlo lo que debo de hacer es enfrentarme a él.

—¡Si no es con vos no me casaré con nadie! ¡Antes prefiero que me encierren de por vida!

—No os encerrarán, tened calma. Se avecinan malos tiempos e intuyo que nuestro problema pasará a segundo plano.

—¿Qué queréis decir?

—Vos vivís en un nido de oro y hasta vos no llega lo que acontece día a día en la calle.

—No os entiendo, Simón. ¿Qué insinuáis?

—No insinúo, querida niña, afirmo. Las aguas bajan turbias bajo los puentes para los de nuestra raza. La gente está revuelta, y alguien está calentando los ánimos y encrespando las voluntades de los cristianos contra nosotros. Y cuando esta oleada comienza, crece imparable y se lleva, durante un tiempo, todo aquello que pilla por delante. Luego las aguas se remansan y vuelven a su cauce, pero en tanto nuestro pueblo sufre y el mal ya está hecho.

—¿Y qué va a ocurrir, Simón?

—No lo sé a ciencia cierta. Sólo puedo intuir lo que se comenta en el mercado. Lo que sí puedo aseguraros es que si sabemos esperar durante un tiempo, nadie va a tener un momento para ocuparse de nosotros. Tened confianza, Esther, que la providencia de Elohim cuida de sus siervos; y sobre todo estad atenta a cuantas noticias lleguen a la casa de vuestro padre, pues es evidente que el gran rabino será sin duda el mejor informado.

—Descuidad, que tendré los ojos abiertos y los oídos atentos, e intentaré transmitiros al punto todo cuanto pueda averiguar. ¡Os amo con toda mi corazón, Simón!

—¡Y yo a vos, lucero de Israel!

—¡Adulón!

—¡No hay en el *Cantar de los Cantares* adjetivo capaz de describir vuestra belleza!

—¡Bobo! Ahora debo irme. El aya puede descubrir mi ausencia… Aunque eso me preocupa mínimamente porque la tengo ganada desde siempre, y aunque haga ver que se enfurruña, luego se le pasa. Pero si mi padre me llama, correré un gran peligro. Cuando pueda veros, os enviaré una señal a través del pañuelo en el palo del palomar; el lugar será éste y la hora la misma. ¡Adiós, amado! Mi corazón sangra al apartarme de vos, pero debo irme.

La niña rozó con sus labios la mejilla de Simón y depositó en ella un beso ligero cual vuelo de mariposa.

—¡Idos, si no lo hacéis ahora no seré capaz de dejaros partir!

La muchacha abrió la portezuela y, recogiendo con donaire el borde de su garnacha y de su manto, se apeó. Simón la vio descender y alejarse entre un rumor de sayas y de briales en tanto él quedaba en el coche aspirando con deleite el perfume a jazmín que flotaba en el ambiente y que la muchacha había dejado a su paso.

El plan de Tenorio

Fray Martín del Encinar introdujo a la presencia del obispo a un personaje que en verdad no cuadraba en el ambiente de aquel despacho. El bachiller Rodrigo Barroso tenía un algo de furtivo en su ladeada y torva mirada de animal acosado, y un talante hosco y mal encarado que impedía, a quienes llegaban a conocerlo, olvidarse de su catadura; sus padres habían sido *anusim*[24] y él había abrazado la fe de Cristo con el fundamentalismo del converso. Era de menguada estatura, más bien bajo pero macizo, tenía la cara alargada, la piel cetrina, un velo casi transparente le cubría el ojo izquierdo —de ahí su mote, el Tuerto— y, para hacerlo más peculiar e inconfundible, una alopecia parcial aparecía en medio de su negra melena. Entró en la cámara del prelado dando vueltas a la gorra que llevaba en las manos. Azorado, casi tropieza en la gruesa alfombra, y ya en su presencia, le sorprendió gratamente el amable recibimiento del obispo.

—Pasad, hijo querido, no os dejéis impresionar por las apariencias de las cosas mundanas. —Luego, señalando en derredor, añadió—: Son las gabelas fijas que deben pagar los cargos eclesiásticos, los honores que los hombres necesitan ver para entender que se representa a Dios, pero estos oropeles no son más que paja y humo, vanidad humana. Lo que importa es el alma, y ante Dios Nuestro Señor, todos somos iguales. Pero ¡venid, acercaos! Y vos, fray Martín, podéis retiraros.

Salió el coadjutor de la estancia y quedaron frente a frente el prelado y el bachiller.

El obispo se adelantó hacia el tresillo del despacho y, aposentándose en uno de los dos sillones y luego de componer los pliegues de su loba, indicó al bachiller que hiciera lo propio. Éste se acomodó en el borde mismo del canapé, como si no se atreviera a ocuparlo en su totalidad, y torpemente comenzó a disertar.

—Es un inmenso honor, ilustrísima, que me hayáis llamado a vuestra presencia.

El obispo adoptó un tono cercano y cariñoso.

—La necesidad ha hecho que os llame, y no sois vos el honrado sino yo el agradecido de que tan presto hayáis acudido a mi llamada.

—Vuestro humilde servidor, excelencia.

—Aunque encerrado en estas paredes, estoy muy al corriente de cuantos sucesos acaecen en mi circunscripción eclesiástica.

El bachiller rebulló, inquieto, ante el inicio del prelado,

y tal circunstancia no pasó desapercibida al perspicaz clérigo.

—Nadie debe inquietarse cuando sus actuaciones se dedican a la defensa de la fe y a mayor honra y gloria de la verdadera religión, ¿seguís lo que os digo?

—Desde luego, excelencia.

—Ha llegado a mis oídos un comportamiento de vuesa merced que no solamente justifico sino que aplaudo y que os honra, amén de hablar muy bien de vuestras capacidades

—No sé a qué os referís.

El bachiller se mostraba nervioso.

El prelado prosiguió.

—Lo sabéis perfectamente, y no olvidéis que la humildad es la virtud de los que no tienen otra. Si mis fuentes no me engañan y si mis noticias son fidedignas, que lo son, hará unas tres semanas promovisteis un altercado en el mercado del grano del que salieron descalabrados algunos hombres cuyos ancestros crucificaron a Nuestro Señor.

—No lo niego, ilustrísima; son malas gentes y siempre actúan en perjuicio de los cristianos viejos. Ellos son los provocadores.

—No tenéis por qué justificaros. Tenéis razón, me reafirmo en ello; que no abracen la verdadera religión y continúen con sus supercherías en cuanto a guardar el sabbat, circuncidar sus prepucios, no comer cerdo e ingerir únicamente pescado con escamas o animales desangrados... En fin, tantas y tantas costumbres que desorientan a los buenos cristianos mala cosa es. Y si, por el contrario, se convierten falsamente en cristianos nuevos, y por ello los nobles e inclusive el mismo rey los colman de honores, todavía resulta peor, ya que entonces acumulan ingentes fortunas a costa de la sangre de los cristianos viejos y vengan su encono cobrando con usura las alcabalas que la corona les encarga en nombre del rey, a quien le está prohibido recaudarlas. Parece en verdad un dilema irresoluble.

El bachiller, al verse apoyado, se envalentonó.

—Son malas gentes, excelencia. Amén de crucificarnos con los impuestos, se hacen con los mejores puestos en el mercado, se protegen entre ellos y usan de sus influencias para cobrar ventaja, de modo que el pueblo cada vez es más pobre en tanto que ellos, día que pasa, acumulan más poder y riqueza.

—Veo que estamos muy de acuerdo en el meollo de la cuestión. —El obispo se mesó la barbilla con parsimonia y prosiguió—: Ha llegado a mis oídos que el sábado pasado tuvisteis un rifirrafe con un grupo de infieles y que, tomando la iniciativa, os encaramasteis a un banco de la plaza del mercado y enardecisteis a las buenas gentes, de modo que éstas no aguardaron la llegada de los alguaciles y la emprendieron a golpes con los culpables tomándose la justicia por su mano. Creo que hubo alboroto, que alguno de los puestos del mercado fue a parar al suelo, perdiéndose la mercancía, y que alguna cabeza quedó descalabraba.

—Así fue, excelencia. Vuestra información es correcta.

—Bien, bien, mi querido amigo. Voy a ser muy franco con vos.

El bachiller no perdía comba.

—Me gustaría y me haríais un favor si, por el momento, cada sábado acaeciera lo mismo pero si cabe en mayor medida. Claro es que los pequeños gastos que tuviereis, como reunir gentes y preparar lo que fuere menester, correrían de mi cuenta personal, y mi bolsa sabría, como es de justicia, abrirse para agradeceros generosamente vuestros servicios.

Los oídos de Rodrigo Barroso no daban crédito a lo que estaban oyendo.

—¿Me estáis insinuando que organice acciones punitivas contra esos perros?

—Lo dejo a vuestra comprensión y, desde luego, a vuestro libre albedrío. Pero creo que cualquier acción que coadyuve a que los cristianos estén con los cristianos y los marranos[25] con los de su raza será sin duda una acción meritoria que Nuestro Señor vería con buenos ojos.

—¡Habéis encontrado a vuestro hombre, excelencia! ¡Nada puede complacerme más que hacer la vida imposible a esos herejes, a los que Dios confunda!

—Veo que habéis captado mi idea a la perfección.

El prelado se levantó del sillón donde se ubicaba, se llegó a una consola de oscura madera rematada con marquetería de nácar y palo de rosa, extrajo de un cajón una bolsa de cuero y regresó junto al bachiller.

—Tomad; creo que será suficiente para vuestros primeros gastos.

El bachiller sopesó codiciosamente la escarcela que le alargaba el prelado y demandó instrucciones.

—Decidme, excelencia, qué es lo que deseáis que haga en primer lugar.

Ambos hombres se habían sentado de nuevo.

—Creo que en un inicio debéis encender el fuego algo alejado de la capital para que la noticia circule por toda la provincia y posteriormente, dado a que las llamas corren empujadas por el viento, debéis llegar hasta aquí. No me gustaría que pensaran que mi primera intención es egoísta sino una mera consecuencia de lo que pasa en otros lugares.

—Y esa consecuencia a la que aludís ¿cuál es?

—Mi buen amigo, me gustaría que todos los negocios y los puestos de venta que se apoyan en el muro de mi basílica fueran desalojados. Al Señor, quien echó a los mercaderes del Templo, no le agrada que se comercie en el pórtico de su casa y menos aún que lo hagan quienes lo crucificaron; esas casas de cambio, esas abacerías, son una ignominia. ¿Me vais comprendiendo?

—Desde luego, excelencia, pero ¿hasta dónde debe llegar el desagravio?

—Por el momento, con que derribéis los tenderetes y les

impidáis mercar será suficiente. Luego, cuando actuéis en Toledo, si en el ínterin se cuela fuego en alguna casa, son percances fatales que ocurren con relativa frecuencia; ya sabéis que la madera y el adobe son como yesca... arden fácilmente.

—Y ¿si alguien se opusiera?

—Bueno, a veces es inevitable que haya alguna desgracia... Si vuestras gentes fueran atacadas, entonces no habrá más remedio que repeler la agresión.

—Os he comprendido a la perfección, excelencia, pero ¿y si acude la ronda?

—No os preocupéis. Si acude el alguacil, lo hará tarde y con pocas ganas de intervenir, y si la globalidad del suceso sobrepasa cualquier acción puntual, de sobra sabemos que lo mayor engloba a lo menor; lo que ocurra a unos cuantos judíos al lado de un posible incendio en la catedral carecerá de importancia, como comprenderéis. Quiero que esas gentes entiendan que es peligroso trapichear cerca del templo, y que convengan que la explanada debe quedar franca al paso y limpia de mercaderes. En un par de meses necesito, ¿me entendéis?, necesito, repito, que todo el recuadro que abarca la parte izquierda quede expedito; y cuanto antes lo entiendan, mejor les irá.

—Y ¿si son tan cerriles que no lo comprenden?

—Para entonces ya habremos pensado en otras soluciones.

—En tal caso, monseñor, si no mandáis nada más...

El bachiller se había alzado para hincar, a continuación, la rodilla en el suelo, al tiempo que el obispo alargaba su mano y le daba su bendición trazando sobre su frente la señal de la cruz.

—Id, hermano. La cizaña es mucha y debéis contratar a los segadores.

Rodrigo se retiró de la presencia del obispo reculando hasta la puerta de la cámara y con la gorra en la mano, sin acabar de creer en su buena estrella. Iba a hacer lo que más le placía en el mundo: apalear herejes y dar rienda suelta a su brutalidad, y además iba a ganar con ello un buen dinero.

Posturas encontradas

La personalidad de Sigfrid Pardenvolk había cambiado por completo; del muchacho alegre y deportista que se preparaba concienzudamente para la Olimpiada de 1936 nada quedaba. La lesión crónica en su rodilla derecha le había producido una cojera que le había agriado el carácter hasta tal punto que, a excepción de Eric, su gran amigo, ya nadie iba a verle a su casa, aunque era evidente que él no era el único motivo por el que Eric todavía visitaba asiduamente la residencia de los Pardenvolk.

El dictamen de Stefan fue determinante. Tras prolijos análisis y los correspondientes estudios de su rodilla a través de los rayos Roentgen,[26] emitió su veredicto, que para el muchacho fue como una sentencia de muerte.

—Lo siento, Sigfrid, como no sea el billar, se acabó cualquier deporte de alta competición para el que hagan falta las piernas.

El silencio en la sala de rayos X junto al aparato Siemens, uno de los más modernos de Alemania, fue total. Al cabo de un minuto, que se hizo eterno, su madre se atrevió, con el ánimo encogido, a hablar.

—¿Qué estás insinuando, Stefan?

—Tristemente no insinúo, Gertrud, afirmo… Si tu hijo consigue volver a doblar la rodilla será un milagro, y desde luego sin forzarla para nada y a base de mucho tiempo. Mirad.

Al añadir esto último se dirigió a su amigo, quien, desencajado, asistía al diálogo, y tomando las radiografías las colocó en un cristal translúcido que había en la pared. Luego apretó un pequeño interruptor y una luz atravesó la placa para mostrar al trasluz todos los detalles que, pese a la explicación del galeno, a ambos cónyuges les parecieron un montón de sombras blancas y grises, de tonos más o menos subidos, totalmente incomprensibles.

Stefan tomó una regla de la mesa y señaló.

—Sigfrid, además de haberse fisurado la meseta tibial, se ha roto la tríada, es decir, los ligamentos cruzados anterior y posterior y el menisco interno. Bastante haremos si conseguimos que no quede inválido total y pueda llevar una vida decente. Hay que esperar hasta que ceda la inflamación, y en cuanto sea posible entraremos en quirófano.

Desde aquel infausto día ya habían transcurrido dos años. Sigfrid volvió a caminar, pero ya nunca más pudo hacer deporte alguno, y durante muchos días, tras moverse en una silla de ruedas, tuvo que usar muletas y posteriormente un bastón.

Eric lo visitaba con asiduidad.

—No te derrotes de esta manera. En la vida hay muchas cosas que puedes hacer. No todo consiste en pegar brincos y dar patadas a un balón.

—Para ti es muy fácil; puedes correr, saltar y hacer deporte. Yo, en cambio, no puedo ni coger un autobús en marcha.

Eric quiso animarlo.

—Sí, pero te has puesto como una mula de cintura para arriba y no hay quien te eché un pulso en toda la universidad.

—Qué más da, preferiría haberme roto la crisma que sentirme inválido. El día menos pensado me temo que voy a hacer un disparate.

—No digas barbaridades. Deja de pasarte la vida mirándote el ombligo y lamentándote. Cosas muy importantes están ocurriendo que afectan al resurgir de Alemania para que tú estés instalado en un lamento continuo.

—Es muy fácil aconsejar cuando se está sano y entero. Me siento como un trasto inútil. El año que viene será la olimpiada, y tú sabes que me habrían seleccionado... Bueno, o tal vez no; ahora no es suficiente con ser el mejor, hay otras limitaciones.

—¿Qué quieres decir?

—Pues que para acabar de arreglarlo, soy judío, Eric; soy un judío lisiado, es decir, la mierda de la mierda.

—Ya veo que tienes el día.

—No tengo el día, Eric, tengo todos los días. —Sigfrid se golpeó con la mano la pierna lesionada—. Esto está jodido, hermano, y me acuerdo cada mañana en cuanto pongo la pata en el suelo de que soy un judío cojo... o un cojo jodido, que viene a ser lo mismo pero más.

—¿Adónde quieres ir a parar?

—¿Es que no lees los periódicos ni escuchas la radio? Pero ¿tú en qué país vives? ¡Estás ciego! Los tiempos que corren son muy malos para los míos, y el viento todavía puede soplar más fuerte. ¡Jamás me habrían seleccionado para representar a Alemania! Importa una mierda que esté cojo o que sea el *Apolo de Belvedere*, soy de una raza inferior. —Sigfrid estaba alterado—. Por favor, vete, Eric. Márchate de una vez, quiero estar solo.

—Cuando se te pase la calentura, llámame.

Eric abrió la puerta y salió de la habitación, circunvaló todo el rellano del primer piso y, cuando ya embocaba la escalera de bajada, alcanzó a ver que Hanna abría la puerta de la cristalera del invernadero y salía al jardín. Corrió tras ella bajando de dos en dos los escalones y, abriendo a su vez la puerta corredera, la llamó.

—¡Hanna!

La chica se volvió al instante y le sonrió desde lejos, devolviéndole el saludo con un rictus de tristeza en su rostro que no pasó desapercibido al muchacho. Eric saltó de un bote los tres peldaños que le separaban del jardín y en dos zancadas estuvo a su lado.

—Hola, Hanna, no sabía que estabas en casa. Imaginé que a estas horas estarías en el conservatorio.

—Ya no iré más; me han recomendado que es mejor que no asista a las clases de violín.

—¿Qué quiere decir que «te han recomendado»?

Hanna no contestó a la pregunta de Eric.

—¿Tienes prisa? —preguntó a su vez.

—No, hasta después de comer no tengo clase —explicó el muchacho—. Además no es importante; son unas prácticas de morse[27] y si no voy no pasa nada.

—¿Me invitas a tomar algo?

—Claro, Hanna. Además te va a gustar mucho el lugar.

—¿Adónde me llevas?

—Han abierto una cafetería nueva en el hotel Adlon, junto a la puerta de Brandenburgo, a la que, si se quiere, se accede desde la calle. Además de comer muy bien, verás pasar a todos los jerarcas del partido nazi; es un auténtico espectáculo.

La chica quedó un instante pensativa, pero su curiosidad venció a su miedo

—Déjame coger el bolso y un abrigo, y salgo enseguida. Espérame en la puerta.

Se dirigió Hanna hacia el interior de la mansión en tanto que Eric se instalaba en su pequeño Adler Junior, dispuesto a esperar a la muchacha.

—Herman, di a mi madre que no vendré a comer, que no me esperen.

El criado estaba en mangas de camisa con un delantal de paño verde limpiando todas las piezas de plata ayudado por una camarera.

—Como mande la señorita.

—¿Qué estás haciendo?

—Su madre ha ordenado que se limpie la plata y que se embale la porcelana.

—¿Y eso? ¿Es que ya nos vamos de veraneo?

—Yo cumplo órdenes, señorita; eso es lo que se me ha mandado.

—Está bien, Herman, no te olvides de darle mi recado.

—Descuide, fräulein.

Hanna se dirigió al armario ropero del recibidor, tomó un abrigo color camel, una bufanda, una boina granate y un saco que se colocó en bandolera, y saliendo por la puerta principal, se dirigió hacia el pequeño coche que la esperaba con el motor en marcha.

Al verla por el espejo retrovisor, Eric abrió la portezuela del coupé descapotable y esperó a que la muchacha se instalará en el vehículo.

—¡Uy!, qué calentito se está aquí dentro.

—Ya ves, he puesto el motor en marcha para que funcionara la calefacción. ¿Te das cuenta de cómo te cuido?

—Desde que era una cría siempre me has cuidado. Aún recuerdo cuando tú y Sigfrid me llevasteis al zoo y me perdí, y tú me encontraste junto al recinto de los osos… Estoy viendo la cara de alivio que pusiste cuando me viste, ¿te acuerdas?

—Lo que recuerdo es el pánico que me entró al imaginarme la cara de tu madre al presentarnos ante ella sin ti.

El coche recorrió el caminal de hayas que conducía hasta la verja. Al llegar y tocar el claxon, el portero, que en aquel instante estaba charlando con uno de los jardineros, asomó la cara por la ventanilla de la garita y, tras comprobar cuál era el vehículo que iba a abandonar la casa, se dispuso a abrir la gran puerta de hierro. El coche aceleró y se perdió entre el tráfico, mientras el hombre, luego de cerrar la verja, extrajo una pequeña libreta de tapas negras de hule del bolsillo superior de su guardapolvo.

—¿Qué haces? —interrogó el jardinero, asomándose a la puerta de la caseta.

—Ya ves, apunto la hora y compruebo los coches que salen y entran cada día de la casa, como es mi obligación.

—¿El señor Pardenvolk te ha ordenado que hagas eso?

—Yo me debo a otras personas. El señor Pardenvolk no es mi amo.

—Entonces ¿quién es tu amo?

—El partido que está librando a la gran Alemania de esta maldita plaga de sanguijuelas.

El tránsito por Unter den Linden era intenso y tardaron casi una hora en llegar.

Eric detuvo su automóvil en la entrada del Adlon. Un portero, uniformado con el preceptivo traje azul marino y el capote gris marengo del establecimiento, y con una gran letra A bordada en el bolsillo superior, se precipitó, gorra en mano, hacia la portezuela de Hanna. Descendió la muchacha del automóvil, y Eric hizo lo propio y entregó sus llaves a un guardacoches para que aparcara el vehículo. Luego tomó a la chica del brazo y se introdujeron en el vestíbulo del impresionante hotel a través de la puerta giratoria. El barullo dentro era notorio; la gente iba y venía, y un número elevado de personas se aglomeraban frente al mostrador de recepción, donde cinco conserjes uniformados, cual si fueran almirantes, con unas llaves de oro bordadas en las solapas de sus chaqués, atendían al público. Los uniformes del ejército y de la marina se mezclaban con los del partido nazi y con los de las SS, estos últimos negros y con el inevitable brazalete rojo y la esvástica negra dentro de un círculo blanco. Los ojos de Hanna lo devoraban todo, asombrados.

—¿No has dicho que había una entrada directa desde la calle? —indagó la chica.

—Quería que vieras esto, ¿verdad que es impresionante?

—A mí me asusta.

—No te asustes, niña, es el resurgir de la gran Alemania.

Eric tomó a Hanna de la mano y atravesó el inmenso vestíbulo en dirección al bar americano, arrastrando a la joven a través de la gente. Ella le seguía como podía, sujetando su bolso en la mano de la que él la estiraba y aguantando con la otra la boina granate, que se le caía de la cabeza. Finalmente llegaron al bar, al fondo, y en aquel mismo momento un velador quedó libre. Eric se precipitó hacia él, tomaron asiento y le cogió las manos por encima de la mesa.

—¡Lo hemos conseguido, Hanna, somos unos fenómenos!

Ella se soltó de sus manos. Dejó la bolsa y la boina en una silla desocupada, y porfió para quitarse el abrigo sin levantarse del asiento. Cuando lo consiguió se enfrentó a Eric, interrogante.

—¿Qué has querido decir con lo del «resurgir de la gran Alemania»?

El muchacho se puso serio.

—Yo soy un alemán auténtico, Hanna, y hay que reconocer que desde que ese hombre está en el poder —dijo, y señaló con la barbilla una inmensa fotografía del Führer que, de perfil y con los brazos cruzados, presidía la cafetería—, Alemania vuelve a ser un gran país.

—¡Yo soy tan alemana como tú, y mi padre luchó por Alemania en la guerra del catorce! Pero parece ser que los de mi religión o los de mi raza, como prefieras, no somos buenos alemanes, o por lo menos se nos considera alemanes de segunda clase.

—Tú sabes, Hanna, lo amigo que soy de tu hermano y lo que quiero a tus padres, pero debes reconocer que la totalidad de los judíos no son como vosotros.

—¡Qué deducción más sutil, Eric! Me has decepcionado; te creía mucho más inteligente. Lo que afirmas es tan peregrino como decir que el camarero que sirve aquella mesa solamente se parece a ti en que es rubio y tiene los ojos azules.

—No levantes la voz, Hanna, no hace falta.

La chica estaba lanzada y había puesto la directa.

—¡Defiendes lo indefendible, Eric! ¿Sabes cuál es la diferencia? Que él es pobre y tu padre tiene una de las industrias químicas más importantes de Essen.

—Hanna, no he querido ofenderte, pero debes reconocer que este país es otro; no hay desempleo, se han construido autopistas, volvemos a tener un ejército y el año que viene se celebrarán los juegos olímpicos aquí, en Berlín. Está naciendo una gran Alemania y el Tercer Reich durará mil años.

—¡A costa de marginar a los judíos alemanes como, por ejemplo, mi hermano, cuya ilusión era la olimpiada... y mejor que se haya quedado cojo ya que, de no ser así, se habría hundido en la miseria sólo de pensar que por ser medio judío no podía defender la bandera de su patria!

—Estás excitada, Hanna. Reconozco que a veces pagan justos por pecadores y que tal vez mi comentario ha sido inoportuno, pero tú debes reconocer que tu familia es una familia judía atípica; normalmente, los judíos no quieren mezclarse con los demás, se protegen los unos a los otros y, practicando una endogamia absoluta, se casan entre ellos formando de esta manera un clan impenetrable. Yo soy primero alemán, Hanna, después alemán y finalmente alemán. Un judío es primeramente judío, y luego alemán o lo que sea. En dos palabras: os automarginá is. Durante siglos, los judíos os habéis ganado a pulso la antipatía y el odio de las naciones, ¿o acaso piensas que los pueblos se han puesto de acuerdo para haceros apátridas? Rusia, Inglaterra, Polonia, España, Francia, Portugal, nadie os ha querido... ¿No crees que algo tendrá el clásico judío cuando nadie le quiere?

En aquel momento un camarero se acercó a la mesa, lápiz y bloc de notas en ristre, para anotar la comanda.

—¿Qué desean los señores?

Eric miró a Hanna.

—Gracias, no quiero nada.

Insistió.

—Toma algo, Hanna.

—¡He dicho que no me apetece nada!

—Si la señora se encuentra mal, puedo traerle un té o un poleo —intervino el mozo.

—Muy amable, pero no me encuentro mal. Gracias, no quiero nada.

El mesero se volvió hacia Eric.

—¿El señor?

—Tráigame una cerveza negra y dígame qué le debo.

—Si me da el número de su habitación, se lo cargarán en cuenta.

—Gracias, prefiero pagar.

El hombre se retiró para comparecer al punto con la comanda.

Eric intentó romper aquel silencio ominoso.

—¡Hanna, nos han tomado por una pareja de recién casados!

—¡Antes muerta que casada con un racista como tú! Y termina pronto la cerveza que quiero volver a casa.

Horas inciertas

En la mansión de los Pardenvolk habían ocurrido muchas cosas en el transcurso de los últimos tiempos. Aquel lunes, al caer la tarde, Leonard y Stefan se reunieron en la biblioteca. El ambiente era tenso, y las precauciones que tomó Leonard fueron extraordinarias. Primeramente, corrió las gruesas cortinas de terciopelo morado que separaban la biblioteca de la galería acristalada que daba al parque; a continuación, hizo lo propio con la puerta corredera que daba al vestíbulo central de la casa, luego de observar si alguno de los sirvientes rondaba por las inmediaciones; finalmente, tras encender la lámpara de pie que estaba junto al tresillo y cuya apergaminada pantalla matizó de amarillo la luz de la bombilla, ocupó su acostumbrado sitio en uno de los sillones chesterfield y esperó a que Stefan hiciera otro tanto. Cuando los amigos se encontraron frente a frente, Leonard rompió el silencio.

—¿Te apetece tomar algo, Stefan?

—Gracias, tal vez luego. Me ha inquietado tu llamada; prefiero que me cuentes.

—Bueno, ya ves, Stefan, que el tiempo me está dando la razón. Todo lo que te profeticé el último Yom Kippur[28] está sucediendo.

—Leonard, comprendo que estés asustado, pero como te he dicho infinidad de veces, lo que está ocurriendo no va contra gentes como vosotros. Ya te he dicho en repetidas ocasiones que no tienes nada que temer; más aún, tú sabes que, aunque no pertenezco a él, simpatizo con el partido, soy el médico particular de Reinhard Heydrich[29] y me debe la vida de su hijita; si fuera necesario, recurriría a él por ti.

—No te entiendo, Stefan. Un liberal como tú, un científico, un intelectual, alguien que siempre ha defendido la igualdad entre todos los hombres… y que me digas que simpatizas con esa ralea de fanáticos. Créeme si te digo que no te entiendo.

—No es tan sencillo como tú lo planteas. Este país estaba hundido, el Tratado de Versalles y la ineptitud de nuestros dirigentes habían hecho de Alemania el estercolero de Europa, nuestra autoestima estaba por los suelos, el marco se hundía en todos los mercados, el desempleo asolaba la mayoría de los hogares alemanes, no teníamos ejército… Y en el fondo de este desalentador panorama aparece el hombre providencial que hace que el orgullo nacional renazca, que la sonrisa vuelva al rostro de las gentes, que ya no nos miremos por las calles temerosos y avergonzados de ser alemanes, y consigue que su idea del partido único, el Nacionalsocialista, triunfe no sólo en Alemania sino también en la Italia de Mussolini, cuyo *fascio* es casi lo mismo, y el pueblo con el fino instinto que le caracteriza, a la hora de escoger al hombre oportuno, lo elige a él. No dudes, Leonard, que Adolf Hitler conducirá al pueblo alemán a la cabeza de los pueblos del mundo; son horas de cambio, querido Leonard, ¡no lo dudes! «*Deutschland, Deutschland über alles.*»[30]

Tras esta diatriba, Leonard miró a los ojos de su amigo intentando ver en ellos alguna señal que le indicara que, en el fondo, no creía lo que estaba diciendo. Sin embargo, Stefan le aguantó la mirada, impertérrito, y un largo suspiro se adelantó a sus palabras.

—Y ¿cuál es el precio que debemos pagar por todo este mundo feliz de Huxley[31] que preconizas, Stefan? ¿Ignoras lo que está pasando en las calles? ¿Cierras los ojos ante el hecho de que hay gentes que desaparecen en la noche y ni vecinos ni allegados se atreven a preguntar que ha sido de ellos? ¿No te han dicho que pegan carteles en los escaparates de nuestras tiendas recomendando que nadie entre a comprar en ellas, y que paralizan nuestras fábricas? ¡Y si solamente fuera eso! Pero se habla de que hay lugares donde se encierra a los disminuidos físicos y a otros que ellos llaman diferentes o razas inferiores, como gitanos o testigos de Jehová, etcétera?

—En lo que dices respecto a los gitanos tal vez sea así, pero es porque se intenta reeducarlos. En cuanto a los judíos... que cuatro exaltados cometan alguna tropelía y quemen algún comercio no puedo negarlo; sin embargo, debo decirte que no es nada oficial, y si algunos han merecido alguna sanción ha sido por ser elementos antisociales e indeseables, gentes de raros pelajes, como tú bien has dicho, pero no por ser judíos.

Leonard se encrespó.

—Y ¿qué me dices de los comunistas?

—Que son subversivos, y la subversión se ahoga en sangre o te destroza. Es como la espuma de la cerveza: cuando empieza a escaparse de la botella no se puede parar intentando taparla; hay que tirarla y abrir una nueva. El mismísimo cardenal Eugenio Pacelli los teme hasta tal punto que cuando era nuncio, si mal no recuerdo, firmó el concordato en el que se recomendaba a los católicos votar a Hitler.

—¿Puedes negarme que hasta entre ellos se matan en una total impunidad? ¿No fue acaso tu cliente quien montó la Noche de los Cuchillos Largos?[32]

—El cuerpo humano crea sus defensas ante una infección, ¿qué de extraño tiene que el cuerpo social expulse de su seno a gentes que son peligrosas para la grandeza del partido? Las SS acabaron con el mal que representaban algunos elementos de los camisas pardas de Ernst Röhm, pero esto ¿qué nos va a nosotros?

—Hablo del fuero no del huevo, Stefan. Si el Estado no respeta el orden, y el poder ejecutivo invade los espacios del legislativo y del judicial, y hay jueces venales que se prestan a ello, dime, ¿adónde vamos a parar?

—No quieres entenderlo, Leonard. Ya lo dijo Goethe: «Es mejor un orden injusto que un desorden justo». ¡He aquí el problema! Si una idea debe imponerse, y esa idea está dirigida al bien común, entonces, nos guste o no, tienes que admitir que el fin justifica los medios. Amén de que el orden establecido no es injusto; tú sabes que salió de las urnas y que el pueblo lo eligió.

—Pero ¿de dónde sales, Stefan? ¿Qué argumentos falaces arguyes? Lo que está sucediendo es muy grave, te lo repito por si no me has entendido o, mejor, no has querido entenderme. Cuando el Estado se constituye en legislador, juez y ejecutor de planes indignos, entonces no hay donde recurrir ante cualquier abuso. En nuestras leyes, que tienen más de cuatro mil años, se preconiza que la obligación de un buen judío es levantarse contra el tirano cuando éste gobierna mal, pero te confieso que yo ya no estoy para heroísmos, y creo que es una sabia medida la decisión que he tomado y que espero me ayudes a llevar a cabo. Y perdona si me he acalorado, pero todo lo que está pasando me desborda y tengo los nervios a flor de piel.

—Leonard, creo que te precipitas. Comprendo tus nervios, pero no tienes que tomar medida alguna; lo que debes hacer es quedarte quieto en casa. Una revolución es un parto, y un parto es inconcebible sin sangre, pero de la revolución nacionalsocialista nacerá una Alemania renovada y poderosa a la que el mundo libre no tendrá más remedio que respetar, de la que nos podremos sentir orgullosos y de la que nos beneficiaremos todos.

—¡Qué pena me da tu ingenuidad, porque quiero pensar que lo que me dices lo piensas de buena fe! ¡Entérate, Stefan, debo cerrar la fábrica porque ya no me dan cupos de oro ni de plata para fabricar lo que yo vendo! He tenido que echar a la calle a la mitad del personal, y los que quedan pasan los días mirándose los unos a los otros, mano sobre mano, porque no hay nada que hacer.

—«Si quieres la paz, prepárate para la guerra.» A ti siempre te gustaron los clásicos, Leonard. Pero ¿te has interesado, alguna vez, por las teorías de Karl von Clausewitz?[33] Lo que ocurre es que has tenido la desgracia de que el Estado se ve obligado a limitar aquellas industrias cuya materia prima le es necesaria para subsistir, y debes reconocer que, si hemos de comprar en el exterior, lo que nos hace falta como nación, por encima de todo, es oro y plata. Nadie quiere fiarnos y nuestra moneda no goza de crédito. Tu mala suerte es que a ti también te hacen falta el oro y la plata, pero no me das ninguna lástima, Leonard: sobrevivirás aunque esta situación dure años. Te lo repito por si me escuchas: lo mejor que puedes hacer es quedarte quieto en casa hasta que pase este viento desfavorable para tus negocios, que te reconozco que lo hay, y las aguas vuelvan a su cauce.

—¡¿«Viento desfavorable» llamas a este huracán que va a arrasar todo lo que pille a su paso?! ¡No, querido, no... si crees que voy a quedarme aquí quieto esperando a que esto escampe, es que además de estúpido me tomas por loco!

Tras esta perorata ambos recuperaron fuerzas.

—Dejémoslo, Leonard. Ahora sí que te aceptaré una copa.

—¿Qué te apetece?

—¿Tienes Petit Caporal?

—Todavía.

—Me va bien.

Leonard tomó del mueble bar una copa balón, y tras escanciar en ella una medida prudente del dorado licor, la colocó tumbada en el calientacopas y encendió el alcohol del artilugio con su mechero a fin de templarla. Cuando tras darle una vuelta consideró que estaba en su punto, la tomó por el pie y la entregó a su amigo, no sin antes apagar la llama con el capuchón de plata que estaba sujeto a una cadenilla. Stefan paladeó con deleite el coñac.

—Excelente, éste es uno de los placeres que adornan el otoño de la vida. —El ambiente se había relajado—. Bueno, veamos qué puedo hacer por ti.

—Quiero salir de Alemania aprovechando la confusión que creará la clausura de los juegos olímpicos, Stefan. Ahora, aun con restricciones, estamos a tiempo. Después, y ese después va a ser muy pronto, creo que será imposible para los judíos salir en condiciones normales como cualquier otro alemán.

Stefan quedó con la copa balón en la mano, mirando a su amigo con incredulidad.

—No estarás hablando en serio.

—Jamás en toda mi vida he hablado más en serio.

—Y ¿qué necesitas que yo pueda hacer?

—Te pediré dos cosas, ambas igualmente importantes.

—¿Cuáles?

—Me consta, porque ya lo han intentado conocidos industriales amigos míos, que es inútil pretender partir con toda la familia... De hacerlo así, debes renunciar a todos los bienes que tengas inventariados y donarlos al Estado, amén de que teniendo hijos de la edad de los míos es prácticamente imposible.

—¿Entonces...?

—Pretendo partir hacia Viena, donde me reuniré con Frederick, mi cuñado. Según me dice en la última carta que me ha enviado a través de un proveedor, allí las cosas no están tan mal como aquí. Mi deseo es poder salir con Gertrud y con Hanna; de momento, Sigfrid y Manfred se quedarán, y una vez tome tierra y me instale, daré todos los pasos necesarios para que puedan reunirse con nosotros.

—Y ¿qué piensas hacer con todo esto? —Stefan hizo un gesto señalando alrededor—. Cuando todos os hayáis marchado.

—De momento, como te digo, los chicos van a quedarse. Tres podemos intentarlo; todos sería un suicidio.

—¿Y...? —Stefan restaba expectante.

—Lo tengo todo preparado. Iremos a ver a Peter Spigel, ya sabes, mi notario, y montaremos una venta ficticia para que todo esté a tu nombre; inútil es decir que todos los gastos correrán de mi cuenta. Anelisse y tú no tenéis hijos, así que creo que sería magnífico que os trasladarais a vivir aquí. Podrías cerrar tu piso de Breguenstrasse e instalaros; únicamente tendríais que traer la ropa y los efectos personales, lo demás está todo, excepto el Petit Caporal, que se me ha acabado. —Leonard intentó quitar hierro a la situación—. De esta manera la casa permanecería abierta y ello daría una sensación de normalidad; incluso estarías más cerca de la clínica de lo que lo estás ahora y yo tendría la tranquilidad de saber que mis hijos están bajo la tutela de alguien como tú hasta que puedan salir... Eres el tutor de Manfred, no lo olvides. Y recuerda que mis hijos, aparte de su circuncisión, han vivido como alemanes católicos, y sé y me consta que es por mí que en esta casa se siguen costumbres de mi pueblo y que así se hace por deferencia de mi mujer, pero la verdad que poco hay de judío en mi familia.

—Y ¿qué pasará cuando vean que no vuelves y que has usado una estratagema para quedarte fuera de Alemania?

—Nada podrán objetar si tú me ayudas. Lo imposible es salir como turistas y no regresar. Lo procedente es inventar una excusa para obtener un permiso temporal. Por ahora no hay ley alguna que prohíba a un judío vender sus bienes, si es que encuentra quien se los compre; por lo tanto, nuestra operación será legal y no tendré, como expatriado definitivo, que ceder todo cuanto tengo al Estado, que es la condición que exigen para poder emigrar de Alemania. Luego, si una vez en el exterior consigo los medios necesarios para instalarme en otro país, tampoco hay ley alguna que se oponga, siempre y cuando consiga los permisos de residencia necesarios para vivir en el país que me acoja, y de eso ya me ocuparé en su momento moviendo influencias y dinero; ninguna de ambas cosas me ha de faltar. Por lo pronto, parece ser que hay una brecha en la ley, según me ha dicho Spigel, y debo aprovecharla antes de que sea demasiado tarde.

—Y ¿qué harás con tu negocio?

—No me preguntes qué haré, pregúntame, más bien, qué he hecho. Lo mismo que te propongo a ti se lo propuse en su día a un joyero amigo y para más seguridad suizo. Ni la joyería ni la fábrica me pertenecen, oficialmente. Si este vendaval pasa, algún día podré recuperar mis pertenencias.

—Y ¿si alguien os denuncia y hace que se abra una investigación?

—Si eso sucede, espero que mis hijos ya estén conmigo, y tú habrás comprado esta casa antes de que yo haya faltado a mis obligaciones con respecto a Alemania.

Stefan quedó unos instantes pensativo.

—Y ¿qué más pretendes que haga?

—Que me ayudes… He conseguido ya todos los papeles; únicamente me falta un visado de las SS que debo presentar a la policía junto con el pasaporte, conforme tengo autorización para salir de Alemania con mi mujer y con Hanna, quien además de como mi hija figurará como mi secretaria. ¿El motivo? Asistir, por motivos de mi negocio, a un congreso de gemología que se celebrará en Viena. Una vez esté fuera, pienso que obtener una prórroga será relativamente fácil. Desde Viena seguiré con atención el devenir de los acontecimientos. Si tu opinión prevalece, que no es otro mi deseo, volveré, pero si las cosas se tuercen y suceden como sospecho, entonces, Stefan, no regresaré a mi patria y me convertiré en otro judío errante.

—¿Qué les dirás a los chicos? Ninguno tiene siete años.

—Hanna creerá que la invito a un viaje; de otra forma se negaría a venir con nosotros, ya sabes cómo es la juventud, no ve el peligro y no querría alejarse de sus amigos, sobre todo de uno de ellos. El equipaje será el que convenga. En cuanto a los muchachos, el único que lo sabrá es Manfred; creo que Sigfrid, en su estado actual, no está en condiciones de preocuparse.

—¿Gertrud?

—Mi mujer, Stefan, no debe, por el momento, saber nada, y aunque no tiene un pelo de tonta, jamás imaginará que mi plan es salir para no regresar, caso de que las circunstancias así lo requirieran.

Stefan se crujió los nudillos de las manos en un gesto reflejo y tardó unos instantes en responder.

—Cuenta con mi gestión ante las autoridades para que consigas tus papeles. En cuanto a lo otro, como comprenderás, debo consultarlo con Anelisse, y aunque nada le diga de lo del notario, a una mujer no se la puede cambiar de domicilio así como así; de todos modos, cuenta con su silencio… si yo le hablo seriamente. Pero ¿puedo sugerirte algo?

—Desde luego.

—Habla con Gertrud; no la lleves engañada. A fin de cuentas hará todo lo que tú le digas y más si sabe que es por el bien de la familia,.

—Tal vez tengas razón; déjame que lo piense.

—Hazlo, pero conste que creo que te precipitas y que estás levantando una tempestad en un vaso de agua.

El bachiller Rodrigo Barroso

Subido a un tablero de recia madera colocado sobre unas patas en V invertidas, el bachiller Rodrigo Barroso enardecía, animado por unos acólitos estratégicamente repartidos, a una muchedumbre que había ido a mercar a la aljama de las Tiendas y que escuchaba embobada sus diatribas en contra de los judíos.

El bachiller, obedeciendo la consigna de su protector, se había reunido anteriormente con tres de sus secuaces en el figón del Peine, en la calle del Santo Apóstol. Habían acudido a la cita Rufo el Colorado, Crescencio Padilla y Aquilino Felgueroso, este último alquilador de mulas para carruajes. Se sentaron al fondo del establecimiento, donde no pudieran escucharles oídos inconvenientes, y pusiéronse a secretear, como cuatro conspiradores, ante cuatro vasos de tinto peleón que les arrimó la mesonera, moza garrida, todavía de buen ver aunque algo entrada en carnes, que mostraba generosa, por el hueco de su escote, unos pechos voluminosos e incitadores y a la que su pariente, que era consentidor,[34] promocionaba entre la parroquia para mejor industriar su negocio. Cuando ya la mujer se alejó, el bachiller abrió el fuego.

—He convocado a vuesas mercedes para proponeros un negocio que puede rendirnos pingües beneficios y que además nos acarreará, sin duda, gratitudes de personas influyentes.

—Ya dirá vuesa merced de qué se trata el avío —dijo el Colorado.

Barroso bajó la voz, y al punto los otros tres arrimaron sus cabezas.

—Hete aquí que personas de calidad, y más capacitadas para juzgar de lo que lo estamos nosotros, piensan que es hora ya de que alguien ponga en su sitio a esa piara de marranos que perturban la vida y emponzoñan el comercio de esta ciudad, y que actúan principalmente, para desdoro y oprobio de los cristianos viejos, en el lugar que más debería cuidarse a causa de la proximidad de la catedral.

Crescencio Padilla, que era muy proclive a dejar muy claras las cuestiones que atañían a los dineros, indagó.

—Y ¿qué beneficio va a reportarnos bailar esta pipironda[35] con tan incómoda pareja de danza? Tened en cuenta que son gentes influyentes y que se mueven en los aledaños de la nobleza y de la corte.

—En primer lugar, unas buenas doblas castellanas que alegrarán nuestras bolsas; en segundo lugar, que si lo desean vuesas mercedes no tendrán que descalabrar cabeza alguna, y finalmente, que nuestro protector tiene, frente al rey, la más alta influencia.

—Y ¿en qué va a consistir ese trabajo tan fácil y, por lo que dice vuesa merced, tan bien remunerado? —Quien ahora interrogaba era Aquilino Felgueroso, el mulero.

—El fuego es lo que quema un pajar, ¿no es cierto? Para ello hace falta una espurna y un poco de viento, Bien, nosotros seremos eso.

Los tres intercambiaron una mirada artera y cómplice.

El bachiller prosiguió.

—Vamos a pregonar en plazas y mercados cuantas más noticias mejor sobre las maldades de esa execrable ralea de asesinos de Nuestro Señor, no por sabidas menos odiadas, pero que el buen pueblo llano olvida con frecuencia. ¿Quiénes cometen usura, a veces de más del treinta por ciento, y hacen que los campesinos tengan que empeñar, para poder sembrar, el fruto casi entero de sus cosechas? Los judíos. ¿Quiénes son los encargados de cobrar las alcabalas reales, que cargan más de lo autorizado por el rey a cambio de unos días más de plazo? Los judíos. ¿Quiénes se convierten falsamente al cristianismo y se proclaman conversos a fin de poder gozar de prebendas y privilegios que les otorga la corona para así mejor estrujarnos? Los judíos. ¿Quiénes envenenaron los pozos y propagaron de esta manera el contagio de la peste negra que asoló este país hace pocos años? Los judíos. Y así, de esta manera, el cante llegaría hasta ciento.

—Y ¿quién es nuestro valedor, si vuesa merced puede publicarlo? —Quien había hablado había sido Padilla.

—«Por sus obras los conoceréis», dicen los Evangelios... Y he aquí sus obras.

Y acompañando la palabra con el gesto, el bachiller abrió su escarcela y desparramó sobre la mesa un puñado de doblones que tintinearon ostentosamente e hicieron saltar chiribitas de las avariciosas pupilas de los conspiradores.

—¡A fe mía que es hablar alto y claro! —comentó Felgueroso.

El bachiller recogió parsimoniosamente los dineros y aguardó cauto el resultado de su ostentación.

—¿Qué es lo que debemos hacer?

En esta ocasión fue el Colorado quien interrogó ansiosamente.

—Vuesas mercedes se dedicarán a frecuentar los lugares más concurridos y expondrán, a todo el que quiera oírlo, lo que aquí se ha opinado, convenientemente sazonado y condimentado, claro es, para que el guiso sea mas digerible.

—Y ¿en qué va a consistir ese adobo? —interrogó Felgueroso.

—Vuesas mercedes conocen perfectamente cómo son las gentes del pueblo llano. Basta que les vendan un palmo de sarga para que ellos presuman ante sus vecinos de que han comprado una vara castellana, y un real de vellón[36] lo transforman, más deprisa de lo que tardo en contarlo, en dos o tres ducados. Pues bien, además de definir la forma de actuar de esos infieles, tal como os he comentado anteriormente, vuesas mercedes lo aderezarán con historias de esas de «Pues me ha dicho un compadre que vive en Rocieros que han intentado violar a una muchacha» o «¿Saben que han escupido al paso de la procesión del Santo Niño?». De esta guisa iremos calentando el ambiente y preparando la traca final; ya saben vuesas mercedes que la murmuración es como la harina que se desparrama sobre la arena: luego es imposible recogerla.

—Y ¿cuándo y dónde serán esos fuegos de artificio? —indagó Crescencio.

—Vuesa merced quiere galopar antes de caminar. Primeramente y en días muy señalados, en ferias, mercados, fiestas… donde sepamos con certeza que el personal va a acudir en tropel. Os mezclaréis entre las gentes, y cuando vean que yo, subido en cualquier punto elevado que me haga más visible y notorio, empiezo a perorar comentando en pública voz lo que vuesas mercedes ya conocen, entonces comenzarán a gritar dándome vivas y azuzando a todos con frases como «¡Hay que ir a por esos perros judíos!, «¡Ladrones de cristianos!», «¡Asesinos de infantes!», «¡Malditos mil veces!», «¡A la hoguera!». Y de esta guisa, cuantas lindezas se les vengan a las mientes.

Luego el bachiller repartió un montón de maravedíes entre los compinchados, y tras pagar otra ronda de vino y dar una generosa propina a la vez que una igual palmada en las posaderas de la condescendiente moza, quien al sentirlo hizo un quiebro retozón, partieron para comenzar su tarea cuanto antes, ya que el día escogido para la apoteosis final iba a ser el primer viernes luego de la Semana Santa, para la que faltaban tres meses escasos. Así aprovecharían la circunstancia de que los judíos guardarían el sabbat y no saldrían de sus casas.

Preparando la boda

Isaac Abranavel ben Zocato estaba instalado en su despacho rodeado de una interminable lista de nombres y de cifras al lado de las cuales, y con sumo cuidado, iba anotando, con un cálamo bañado en tinta roja, un signo cabalístico que únicamente él podía descifrar. Vestía un ropón morado de anchas mangas recubiertas por unos forros negros para evitar el roce y las manchas, protegía sus dedos con medios mitones, ceñía su cintura una banda de terciopelo grana y, para resguardarse del frío, se cubría con una túnica de color rojo vino y un casquete de lana a juego; al cuello llevaba un collar de oro con un gran medallón pendiente de él que conformaba la estrella de David, obsequio del mismo rey, en cuyo centro se veía engarzada una inmensa aguamarina. En verdad que no le placía en absoluto aquella delegación del monarca, pero era su deber servirlo y sabía que de esta manera, además de obtener pingües dividendos, beneficiaba a su comunidad. De todas formas, en cuanto pudiera y de un modo sutil que no ofendiera al soberano, pensaba zafarse de tan incómoda obligación, ya que últimamente aquel su oficio le había proporcionado más de un disgusto. El pueblo llano dispensaba una particular malquerencia al recaudador de alcabalas, sin tener en cuenta que era el rey el beneficiario de las mismas, ya que a quien veían y odiaban era aquel que directamente venía a llevarse sus dineros, y éste no era otro que él mismo.

La voz de su fiel mayordomo le sacó de sus cavilaciones y trabajos anunciándole que la comida del día estaba servida.

—Dile a mi esposa que bajo al punto.

Partió el criado con la comisión, y el rabino, luego de recoger todos sus papeles y guardarlos en una gran caja de cedro que se ubicaba al lado de la imponente mesa y cerrarla con una llave que extrajo del hondo bolsillo de su túnica, procedió a quitarse las falsas mangas y los mitones, descendiendo por la ornamentada escalera al piso inferior. Ruth, su mujer, estaba esperando en pie al otro extremo del comedor, respetuosa y atenta, a que él presidiera los rezos del día. El rabino, en homenaje a ella, entonó antes del Ha Motzi[37] el Eshet Jail.[38] Luego, separando sus manos y volviendo hacia arriba las palmas, impartió su bendición a todos los manjares que iban a consumir, tras lo cual la pareja procedió a sentarse.

—¿Qué nos deparáis hoy, esposa mía?

—Hoy es la octava de la fiesta del Januccá.[39] Tenemos prohibida la carne y debemos comer pan ácimo y pescado de escamas, como bien sabéis. Pero como sé que no os place, he dicho en la cocina que os preparen un hojaldre de setas sin levadura; esto sí os gusta y lo podéis comer.

—Gracias, esposa mía. Bien sabe Yahvé que el ayuno es, a mi edad, el sacrificio que más me cuesta. ¿Lo ha guardado Esther?

—Desde luego. Ha comido con su ama antes, tal como tenéis ordenado. Me duele no tenerla a la mesa, pero en esta casa siempre se cumplen vuestras órdenes.

—Y así será hasta que entre en razón. Temo que la habéis consentido en demasía y que se ha vuelto díscola y malcriada. ¿Dónde se ha visto que una muchacha se oponga a la decisión de su padre a la hora de comprometerse en matrimonio y que éste tenga que escuchar sus protestas y quejas?

—Quizá tengáis razón, esposo mío, pero al no ser yo su madre y siendo vuestra única hija, tal vez, en verdad, la haya consentido en demasía por ganarme su afecto; me resulta muy duro ser severa con ella. Intentad comprenderla, Isaac, es muy joven todavía; parece que era ayer cuando preparé su primera *micvá*,[40] y ya estáis planeando su boda.

—Nuestras costumbres son siempre las mismas y obviamente inalterables; hora es ya de concertar su compromiso aunque la ceremonia de la entrega esté aún lejana. Vino a verme Samuel y quedamos para, en un futuro próximo, concretar el día en el que el *shadjaán*[41] acuda a nuestra casa para la correspondiente ceremonia y procedamos a redactar el Ketubá.[42]

—Tal vez si esperáramos un poco más, estaría mejor dispuesta.

—No voy a ceder a sus caprichos ni a sus veleidades. Cuando vuestro padre acordó conmigo mis primeros esponsales con vuestra hermana, ella ni tan siquiera fue consultada.

—Eran otros tiempos y otras circunstancias, Isaac. Habéis de tener en cuenta que hoy día las muchachas conviven con otras culturas menos rígidas que la nuestra. En Toledo coexisten cristianos y árabes, amén de conversos y mudéjares, y es inevitable que sus costumbres influyan en nuestros jóvenes y hagan que se relajen y desorienten. Cierto que nosotros no podemos practicar nuestra religión lejos de las sinagogas, pero tampoco los mudéjares tienen almuédano[43] ni pueden en público rezar sus cinco oraciones; todos sufrimos las leyes que se derivan de la pretensión de guardar incontaminada la religión dominante, pero por lo demás es inevitable influir e influirse de los demás... Observad que los hábitos, con el roce, cambian, Isaac.

—Pero no las tradiciones, y menos las de esta casa, mujer.

El mayordomo les llevó las viandas, y el matrimonio ya no volvió a hablar más del asunto.

El castigo

Esther permanecía castigada en su cuarto sin salir de él desde la tarde en que, llamada a la presencia de su padre, se rebeló ante el anuncio de que éste iba a concertar su boda con Rubén, el hijo de Samuel ben Amía.

—No, padre mío. Con el debido respeto debo decirle que

no quiero, por el momento, contraer matrimonio, con este ni con ningún otro muchacho.

Permanecía en pie ante el rabino, confundida y temblorosa. El momento fue terrible; desde niña el gran despacho la atemorizaba y el hecho de enfrentarse a su progenitor, cosa que no había hecho jamás a lo largo de toda su existencia, le producía un especial desasosiego. Por el momento ni se le ocurrió hablar de su amor por Simón ya que eso habría colmado el vaso de la paciencia del rabino. Sin embargo, la respuesta de éste fue fulminante.

—¡Os casaréis con quien yo determine y cuando yo lo decida!

La muchacha, con el rostro lívido, argumentó:

—Jamás os he desobedecido, padre mío, pero no seré la esposa sumisa de un *matmid*.[44]

—¿Qué pretendéis, jovencita, ser la deshonra de nuestra *mishpajá*?[45] Desde ahora mismo y hasta que yo lo diga no abandonaréis vuestras habitaciones. ¡Y ahora salid inmediatamente de mi presencia!

Partió la muchacha, desolada, a refugiarse en los brazos de su aya, triste por haber disgustado a su padre y a la vez satisfecha por haberse atrevido a dar aquel paso. Ignoraba adónde la conduciría su actitud, pero se sentía liberada al pensar que los días irían pasando y que el tiempo suavizaría las cosas echando agua al vino.

Padre e hijo

Habían pasado dos años y medio desde que su hermano Sigfrid se había quedado cojo. Manfred, a sus veintiún años, observaba entre horrorizado e iracundo lo que estaba ocurriendo en su querida patria desde que aquel cabo austríaco, gaseado en la guerra mundial, había alcanzado el poder. Todas aquellas personas que no pertenecían al partido nazi, como los liberales y los socialistas, eran marginadas y tildadas de desafectas, y los comunistas, que eran los que realmente se batían el cobre en las calles, eran además proscritos y, como tales, perseguidos con saña. Los judíos como él, los gitanos, los eslavos, los testigos de Jehová, etcétera, eran considerados razas inferiores, y cualquier persona que tuviera aspecto de turco o de rumano, o meramente un color oliváceo, podía ser parada en la calle y obligada a enseñar su documentación. Las SA y las Juventudes Hitlerianas campaban por sus respetos cometiendo desafueros y abusos sin fin, y la temible Gestapo registraba domicilios, propinaba palizas tremebundas y se llevaba gentes sin que sus vecinos, aterrorizados, se atrevieran ni siquiera a preguntar de qué eran acusadas. El decreto secreto Niebla y Noche funcionaba a toda presión.[46] Todos los que podían hacerlo se habían ido o estaban preparando la salida de Alemania.

La noche anterior, cuando su padre lo citó en el despacho de la joyería en vez de hacerlo como siempre en su casa, Manfred intuyó que algo grave estaba a punto de ocurrir.

¡Parecía mentira cómo habían cambiado las cosas! De aquel magnífico establecimiento ubicado en una de las arterias más importantes de Berlín, cuyos escaparates eran la admiración de propios y extraños, apenas quedaba nada; tras los inmensos cristales únicamente se veían cuatro piezas de plata y otros objetos de escaso valor. Las gentes iban atareadas a su trabajo, y todo eran banderas y símbolos nazis; la avenida se veía concurrida y las terrazas de los cafés estaban repletas de gentes que parecían no darse cuenta de lo que pasaba. Miró a ambos lados de la calle y esperó a que el semáforo se pusiera verde parea cruzar; luego, calándose la gorra sobre los ojos, atravesó la calzada y se dirigió a la tienda, empujó la negra puerta serigrafiada con un PARDENVOLK LTD. en plata y se adentró en ella. El viejo Matthias, que lo había tenido en sus brazos cuando era un bebé, se levantó apresurado de su silla, ubicada tras uno de los seis mostradores —cinco de los cuales se veían vacíos—, y se adelantó a recibirlo.

—¡Manfred, qué alegría verte por aquí! Qué caro eres de ver...

—Hola, Matthias, qué más quisiera yo que venir más a menudo. Pero ¿dónde está la gente? —preguntó, señalando los pupitres vacíos.

—Esto demuestra el tiempo que hace que no vienes por aquí. En la tienda solamente quedamos dos, Henie y yo, y en el taller de las chicas nada más queda Helga, mi hija, que antes estaba aquí. —Manfred la recordaba perfectamente de cuando lo dejaban jugando con ella en el patio del almacén, aunque le llevaba cuatro años, en las ocasiones en las que, acompañando a su madre, iba a recoger a su padre al despacho—. Los demás se han ido yendo, pero tampoco hacen falta, ya te habrá dicho tu padre que la venta está algo parada.

Manfred vaciló.

—Sí, algo me ha dicho.

—¿Cómo está tu hermano?, a tu padre casi no me atrevo a preguntarle.

—Bien, está bien, Matthias, va tirando. ¿Está mi padre arriba?

—En el despacho lo tienes.

—Luego te veo.

Manfred se dirigió al fondo del establecimiento, desde donde, tras una cortina de tupido terciopelo, una escalerilla ascendía al altillo del primer piso; subió por ella y en dos zancadas se plantó ante la puerta del despacho de su padre. Un recuerdo le asaltó la mente. Era de muchos años atrás, de un día en que su hermano y él, tras suspender el curso por un incidente que tuvieron en el colegio y por el que fueron castigados a presentarse a los exámenes de septiembre, su madre les obligó, al llegar a casa, a ir a la joyería a dar una explicación a su padre.

Estaban Sigfrid y él en un internado, que por imposición de su madre era de confesión católica, a las afueras de Munich y era la hora de la cena. Aquel día estaba él de «samaritana», nombre con el que se distinguía al encargado de rellenar la jarra del agua cuando ésta se terminaba. Las mesas eran de seis internos y un correturnos establecía tanto el orden de servirse como el destinado a ser el mochilero de los demás... Todo pasaba muy rápido por su mente. Aquel día se habían publicado en la pizarra del estudio los nombres de los componentes del equipo de fútbol que iba a competir con el de un internado rival, el del colegio católico de los jesuitas. Sigfrid, además de ser un buen estudiante destacadísimo en matemáticas y dibujo, quería desde siempre ser arquitecto, era el eterno capitán, ya fuera del equipo de esquí, del de hockey sobre hielo o del de cualquier otro deporte, y él, sin duda por su influencia, había sido nombrado masajista del equipo. La voz de Hugo Breitner, quien siempre ansiaba figurar y que por lo visto encajó mal su nombramiento, resonó en su cabeza a través del túnel del tiempo.

—A ver, ¿quién está hoy de «samaritana»...? —alguien exclamó—. Le toca a Manfred. —La voz resonó de nuevo.

—¡Hombre, qué casualidad!, está de «samaritana» la Pardenvolk pequeña.

Ahora era la voz de Sigfrid la que recordaba.

—Mi hermano se llama Manfred. Si quieres que vaya por agua, llámalo por su nombre —silbó más que habló.

—Yo lo llamo como me pasa por el arco de triunfo.

Recordaba que él intervino.

—Déjalo, Sigfrid, ya voy.

—Tú no vas a ningún parte, ¡quédate quieto!

—¡Sois un par de judíos maricones y no vale la pena ensuciarse las manos con vosotros! —gritó histérico Breitner.

¡Fue su perdición! Sigfrid, rápido como una centella, se

levantó, se colocó tras la silla de Breitner y, cogiéndolo de los pelos, le metió la cara en la sopa, que estaba ardiendo. El tumulto fue de los que hacen época y de los que se recuerdan en los colegios a través de las generaciones. El profesor, que estaba hablando con un colega, al oír el barullo se acercó de inmediato, tomó a Breitner y se lo llevó a la enfermería. Al rato compareció de nuevo con el chico hecho una máscara de color amarillo, efecto de la pomada que para la importante quemadura le habían aplicado. Luego vinieron las explicaciones, y Sigfrid y él fueron enviados a casa con una carta de expulsión temporal que luego se cambió por el suspenso hasta septiembre por la influencia de tío Frederick, hermano de su madre, que era uno de los grandes benefactores del centro.

Todos esos sucesos acaecidos hacía ya diez años regresaron a su mente mientras golpeaba con los nudillos la puerta del despacho.

—¡Adelante!

La voz inconfundible de su padre resonó en el interior.

Asomó Manfred la cabeza por el hueco abierto e inquirió:

—¿Puedo?

—Pasa, hijo, y cierra la puerta.

¡Cómo había envejecido su padre en aquellos dos años! No es que hubiera adelgazado; había perdido volumen hasta tal punto que su hermosa testa leonada, ahora casi blanca, se veía, con relación al cuerpo, mucho más grande, casi desproporcionada, y su chaqueta desabotonada le caía lánguida por ambos costados como si hubiera sido confeccionada para una persona mucho más gruesa.

—Hola, Manfred, te agradezco que hayas venido.

Manfred rodeó la mesa y besó respetuoso la mano tendida de su padre.

—¿Cómo quiere que no acuda cuando usted me lo pide?

—Imagino que, tal como quedamos, ni tu madre ni tus hermanos saben que has venido.

—Nada he dicho. ¿No fue eso lo que usted me indicó?

—Gracias, Manfred, no esperaba menos de ti. Siéntate... Verás, hijo, no sé cómo empezar. He preferido citarte aquí que hablar en casa.

—¡Me tiene usted sobre ascuas, padre!

Leonard jugueteó con un abrecartas con el mango de lapislázuli que estaba sobre su mesa, en tanto que Manfred se acomodaba en uno de los dos sillones que estaban frente a ella.

—Los tiempos son malos, hijo, e intuyo que pueden ser todavía mucho peores, y los negocios son un desastre, aunque en estos momentos eso no es, ni de lejos, lo más importante... Ya casi no podemos comprar ni vender, y nuestros mejores clientes no se atreven a entrar en la joyería.

—¿Y la fábrica? —quiso saber Manfred.

—No nos suministran ni oro ni plata. Como comprenderás, en estas condiciones no podemos subsistir: me he visto obligado a despedir a la mitad de la plantilla y no creo que pueda hacer otra cosa que cerrarla o malvenderla.

Manfred rebulló inquieto en su silla.

—Debo decirte algo, hijo, y espero que me entiendas: el tío Stefan me ha ayudado a conseguir los papeles para que tu madre, tu hermana y yo podamos salir hacia Viena dentro de un tiempo aprovechando la relajación que, sin duda, se apoderará de los funcionarios de aduanas y guardas fronterizos para dar salida a la infinidad de turistas que abandonarán Berlín al finalizar los juegos olímpicos. Tú y Sigfrid, por el momento, os quedaréis, ya que sería imposible salir todos juntos sin levantar sospechas. Yo, desde fuera, según sean las circunstancias, haré lo imposible para que podáis reuniros con nosotros cuanto antes.

Un silencio se estableció entre los dos, hasta que Manfred, con la voz contenida por la emoción, habló.

—Me deja de piedra, padre. Con el debido respeto, a mí, por lo menos, nadie va a echarme de Alemania. No me atrevo a hablar en nombre de Sigfrid, pero creo que pensará lo mismo que yo.

—Me rompes el corazón, pero me siento orgulloso de ti.
—De cualquier forma, prosiga, padre.

Leonard puso a su hijo al corriente de todas las decisiones tomadas, comunicándole que había rogado a su tío Stefan y a su tía Anelisse que fueran a vivir con ellos durante un tiempo, a la espera de que se aclararan los acontecimientos.

—¿Lo sabe mi madre?

—Pese al consejo de Stefan, todavía no se lo he dicho; tiempo habrá para ello, amén de que sería imposible ocultárselo por mucho tiempo

—Y ¿dónde van a vivir ustedes?

—De momento, cuando lleguemos a Viena, en casa del tío Frederick, luego ya veremos.

—Pero, padre, Hanna no va a querer marcharse de Berlín; ya sabe que tontea con Eric y que aquí está su mundo, su conservatorio y sus amigos.

—Por eso mismo, las leyes son terminantes y la Gestapo se ocupa de que se cumplan. A partir del Congreso de Nuremberg ningún ario puede casarse con una judía, y viceversa. Lo que quiero es evitar a tu hermana mucho sufrimiento, que es sin duda lo que le espera, y de paso evitárselo también a Eric, al que apreciamos mucho. Sé que me entiendes, hijo. Es una prueba que Yahvé nos envía y debemos afrontarla.

—Pero nosotros, padre, somos una familia atípica; mi hermano y yo fuimos circuncidados, pero mamá no es judía, y bien que ustedes se casaron. Hemos sido educados en la tolerancia y en la comprensión, y ahora mismo, antes de entrar, recordaba mi estancia en el colegio católico al que nos enviaron.

—Al terminar la guerra del catorce, dos de cada tres judíos se casaban con mujeres alemanas, pero esta gente está intentando erradicar a nuestro pueblo, y la campaña antisionista está orquestada desde el poder.

—Pues yo, padre, con todo el respeto, me siento alemán por los cuatro costados y no entiendo qué tiene que ver la patria de uno con la religión que profesa.

—No sigas, hijo. Sea la que sea la educación que recibisteis, nunca dejaréis de tener un cincuenta por ciento de sangre judía porque yo soy judío, aunque no ortodoxo, y por cierto poco practicante. Pero esta gente cada vez estrecha más el círculo y no entiende de matices; soy el padre de familia y eso os marca a todos.

»Ahora mismo, en las condiciones de tu hermana, se requiere un permiso especial para contraer matrimonio con alguien de sangre aria y dentro de poco será imposible, amén de que los padres de Eric, según tengo entendido, son acérrimos seguidores de Hitler. ¿Me has comprendido, hijo mío? Los tiempos que se avecinan van a ser terribles para nosotros.

—No se preocupe, padre, sabremos sobrevivir. Pienso que el Dios de los cristianos no prueba tanto a su pueblo, ni exige tanto sacrificio y tanta prueba... Creo que ser judío y guardar la ley de Moisés no compensa, padre.

—No blasfemes, hijo, hazlo por mí. Ya verás, esto será una tempestad pasajera y Jehová prevalecerá contra todo.

—Pero ¿a qué precio, padre?

—No es tiempo de dirimir estas materias en vanas discusiones a las que, por otra parte, tan proclives somos los de nuestra raza. Te ha traído aquí, además, para otra cosa.

—Le escucho, padre.

—Manfred, el nuestro siempre ha sido un pueblo con el equipaje ligero y a punto, siempre hemos procurado adquirir cosas fácilmente transportables y fáciles de amagar.

El muchacho era todo oídos.

—Lo que me debo llevar ya está oculto y disimulado en un lugar conveniente y seguro, pero no quiero dejaros a ti y a tu hermano indefensos ante cualquier circunstancia de emergencia en la que podáis encontraros.

Leonard se levantó del sillón que ocupaba tras la mesa y se dirigió a un panel de la pared. Bajo la presión de su dedo medio, una de las molduras se retiró, y entonces, ante los ojos asombrados de Manfred, que jamás lo habría sospechado, apareció una caja fuerte, pequeña y empotrada. Leonard hizo girar las ruedecillas de la combinación y, tirando de una cadena de oro sujeta a su cinturón, extrajo un llavín del bolsillo y lo introdujo en la cerradura. Al girarlo, sonaron los pasadores de los cerrojos de acero y la gruesa puerta se abrió a continuación. Desapareció su mano en el interior y apareció de nuevo con un saquito de terciopelo negro apretado en ella. Leonard lo guardó en el bolsillo de su chaleco en tanto cerraba la reforzada puerta y movía nuevamente las ruedecillas de la combinación. Luego regresó a la mesa y, tras encender la lámpara que sobre ella había, aflojó las cuerdecillas que cerraban la embocadura de la bolsa y, bajo el haz de luz, volcó el contenido del saquito sobre la negra superficie de cuero. Ante el pasmo de Manfred refulgió una miríada de rayos azules que destellaron en las facetas de las purísimas piedras.

—Esto, hijo, es una fortuna. He escogido estas gemas personalmente, una a una, porque creo que es más fácil cambiar estas piedras en el mercado negro y comprar voluntades que si fueran otras de mayor tamaño. Ninguna de ellas pesa más de cuatro quilates y no las hay más puras en ningún rincón de Alemania. Llevo coleccionándolas hace un montón de años. Mi anhelo es que jamás os veáis en una situación en la que sea necesario emplearlas, y deseo con toda mi alma que esto sea un mal sueño y pase pronto, pero partiré más tranquilo si sé que guardas esto.

—Pero, padre, ¿por qué no carga esta responsabilidad en los hombros de Sigfrid?

—Tu hermano no es el que era, temo por él; me fío más de tu buen criterio... Y todavía debo decirte más: a ti te encargo que cuides de él. Mi mensaje es bíblico, Manfred, lo dice el libro: Cuando Dios pregunta a Caín por Abel, quiere indicar que ésta es su obligación, y cuando éste se desentiende y contesta: «¿Acaso soy yo el guardián de mi hermano?», desagrada al Señor.

—Que así sea, padre, pero le pido permiso para explicarle

todo esto en el momento que usted crea oportuno; sé que de no hacerlo se dolería muchísimo.

—De acuerdo, hijo, creo que, tras la carga que he depositado sobre tus hombros, te debo complacer en lo que me pides. Pensaba hacerlo yo mismo cuando estuviéramos a punto de partir, pues no querría amargarle los juegos, y no aportará nada que lo sepa con anticipación. En cuanto a los tíos, todavía no sé si accederán a vivir en nuestra casa.

—¿Con nosotros?

—Sí, contigo y con tu hermano, ya te lo he dicho. Voy a simular una compraventa con el tío, ahora que aún se puede, y de esta manera quizá salve nuestras posesiones. Además, Stefan tiene pacientes importantes dentro del partido y puede, llegado el caso, ser vuestro escudo protector.

—Y ¿no cree que Anelisse se lo dirá a mamá?

—Está sobre aviso, y el tío le ha hablado muy seriamente. No, no temas, nadie más que yo hablará del tema con tu madre y en el momento oportuno. ¡Ah!, otra cosa... Mensualmente mi notario os suministrará lo necesario para que podáis vivir sin apuros.

—Cuente conmigo para todo, padre, y sepa que siempre tendrá mi admiración como ser humano y mi amor como hijo.

Leonard salió de detrás de la mesa y con la mirada húmeda se fundió en un abrazo con su hijo pequeño.

Manfred abandonó la tienda. Caía la tarde y comenzaba a chispear; se subió el cuello del gabán. En el parque de enfrente, bajo la luz de un farol a pocos metros de la joyería, un desaforado individuo con el uniforme de los camisas pardas, encaramado en el quiosco donde los días festivos una orquestina entretenía al personal tocando música ligera, y rodeado de acólitos que repartían entre las gentes unos pasquines, enardecía los ánimos de una muchedumbre borreguil y entregada, en tanto que unos compinches lo jaleaban.

Tiempos tenebrosos

—Isaac, he hablado con Sara y me dice que vuestra hija se está marchitando como flor de invernadero. Bueno sería que fuerais clemente con ella y la dejarais bajar al jardín, sin salir de casa, a tomar el aire y el sol. Cuando la he visto esta mañana, me ha llamado la atención su palidez; se está desmejorando día a día y no es la muchacha que era; lleva así tres semanas y creo que el castigo es excesivo.

—¿Qué queréis que haga, mujer? ¿Pretendéis que haga dejación de mi autoridad y ceda ante sus caprichos? ¡Se casará con quien yo diga, y cuanto antes deponga su actitud, mejor será para ella!

—Yo no digo que remitáis en vuestra autoridad —argumentó Ruth mansamente—. Pienso que, bien al contrario, saldrá reforzada si adoptáis una actitud clemente. La clemencia es virtud de los fuertes, y ella advertirá que su padre es más fuerte si ve que se permite el lujo de suavizar su castigo sin por ello deponer su actitud.

El rabino quedó unos momentos meditando. En él pugnaban dos sentimientos: por un lado, la afirmación de su principio de autoridad; por el otro, el amor que profesaba a su hija. Finalmente pudo este último.

—Sea —dijo—. Decidle que puede bajar a la rosaleda por las tardes o llegarse al palomar a cuidar sus palomas, pero que ni se le pase por las mientes salir de casa.

—¡Gracias, esposo mío!

—No me las deis, los hombres estamos perdidos cuando las mujeres de una casa se aconchaban contra uno... Me confieso impotente ante vuestra alianza con Sara; sois demasiado fuertes para mí.

Aquel cónclave era inusual; los cuatro hombres tenían por costumbre reunirse el día 15 de cada mes siempre que la fecha no coincidiera con el sabbat, pero en aquella ocasión la gravedad de los acontecimientos les había obligado a hacerlo de inmediato, mediante cita previa. El día acordado cayó en lunes y el lugar del encuentro fue el de siempre, la pequeña sinagoga que Isaac Abranavel había hecho construir en el jardín posterior de su casa. El gran rabino la tenía para sus devociones, y la usaba cuando necesitaba de un lugar seguro y discreto, alejado de posibles y curiosas escuchas.

Aquella tarde estaban citados los *dayanim*[47] de las tres aljamas: Abdón Mercado, Rafael Antúnez e Ismael Caballería. Llegaron por separado, aunque dos de ellos casi juntos; las caras de ambos denotaban la tensión acumulada y en sus ojos se reflejaba la angustia provocada por los acontecimientos de los últimos días. Primero apareció Antúnez y luego Mercado, pero Isaac determinó que hasta que no hubiera llegado el último de los conjurados, no se comenzarían a debatir los graves sucesos que habían provocado la reunión.

Cuando los cuatro hombres estuvieron dentro, el gran rabino atrancó la gruesa puerta y, tras correr las tupidas cortinas adamascadas, encendió los candelabros para que la luz invadiera la estancia sin que la claridad denotara, a aquella hora del atardecer, la presencia de gentes en la pequeña sinagoga. Cuando ya los conspiradores se hubieron desprendido de sus capas y despojado de sus picudos gorros, se acomodaron en un banco semicircular que presidía la sala de reuniones y que estaba instalado debajo de una gran estrella de David y al lado de la *menorá*[48] que se encendía en la fiesta de Januccá. Entonces el rabino abrió el debate para tratar de aclarar los episodios que, se decía, venían aconteciendo en los últimos tiempos y que tan apesadumbrados tenían a los miembros de las diversas aljamas, a fin de llegar a una conclusión y tomar, si hubiera lugar, las pertinentes medidas.

—Queridos hermanos, me han llegado noticias por varios frentes de los sucesos acaecidos los últimos días. Sin embargo, os he convocado hoy aquí para que, como jefes que sois de vuestras comunidades, me deis fidedigno relato de cuantas noticias hayan podido llegar a vuestros oídos ocurridas en vuestras respectivas circunscripciones, pero sin las exageraciones a las que tan dados son nuestros correligionarios y que tan comunes resultan cuando las noticias corren de boca en boca, de tal manera que un simple aguacero se convierte, al pasar de unos a otros, primeramente en tormenta y posteriormente en diluvio universal. Por tanto os exhorto, hermanos míos, a que seáis cautos en vuestros planteamientos y medidos en vuestras apreciaciones; nada me disgustaría más, si es que he de presentar quejas al rey, que me tildara de poco veraz o, peor, tal vez de mentiroso.

Los tres hombres se miraron por ver cuál de ellos debía comenzar. Lo hizo finalmente el de más edad, que era Abdón Mercado, el jefe de la aljama de las Tiendas.

—Respetado rabino —comenzó—, no querría pecar de desmedido y me ceñiré a la verdad de los hechos que hasta mí han llegado. Las noticias que traigo son de testigos presenciales e incluso, en algún caso, de parientes míos aunque lejanos. —Aquí hizo una pausa y tomó aliento; los otros dos, como si hubiera la menor posibilidad de ser oídos, aproximaron sus cabezas—. Hace ocho días, el cuñado de mi hermana partió para la feria de Huélamos, pues es guarnicionero y, al dedicarse a fabricar arreos para caballerías, y siendo que es ésta una fiesta de ganado importante donde se merca con burros, acémilas y caballos, asiste él para hacer negocio, ya que, muchas veces, para que los animales luzcan mejor, ya sea para ajustar un precio o como pieza final de «regateo», los comerciantes compran arreos nuevos. Llegó el día anterior y, como siempre, se dirigió al alguacil para alquilar un puesto en el mercado donde exponer su mercancía. Cuál no fue su sorpresa cuando le respondieron que todos estaban ocupados y que no había sitio para los de su raza. El cuñado de mi hermana se reunió con otros hebreos a los que les habían respondido lo mismo y decidieron montar una feria paralela en las afueras del pueblo, en campo abierto, más allá de la jurisdicción del alguacil; sus precios eran buenos y, tras el viaje, nadie quería volver de vacío. Cada quien colocó lo que traía a la vista, y los carromatos, además de para dormir, hicieron de puestos de feria. A la mañana siguiente llegó uno de ellos desde el pueblo, alarmado, diciendo que había un grupo de hombres que estaban soliviantando a los lugareños a fin de que nadie quisiera feriar con ellos; entonces se delegó a una comisión de tres comerciantes para que se arribaran al lugar y vieran lo que estaba ocurriendo. Como fuera que tardaban, decidieron llegarse varios, mas no fue necesario, pues las gentes ya se acercaban con garrotes, hoces, azadas, picos y otros aperos de labranza los cuales, mal empleados, pueden causar mucho daño. El cuñado de mi hermana pudo huir ya que, estando hacia el final de la fila de carros, tuvo tiempo de enganchar las caballerías y tomar las de Villadiego, pero otros no tuvieron tanta fortuna. Hubo gran quebranto material, se volcaron carromatos y se perdieron mercaderías... ¡Y si solamente hubiera sido eso...! Lo peor fue que descalabraron a algunos; parece ser que a dos de ellos muy gravemente, sobre todo el hijo del tintorero de Ávalos, que acudía a la feria a mercar tinturas para teñir el cuero y ahora se debate entre la vida y la muerte.

—¿Tienes la certeza de que todo cuanto me dices es la sola verdad? —inquirió el rabino.

—Tan cierto como que estoy aquí.

Isaac Abranavel se mesó la barba y ordenó:

—Tú, Ismael, ¿qué tienes que contarme?

—Hay una conspiración contra nosotros, rabino.

—Habla.

—Verás, como sabes, mi negocio es el alquiler de carruajes. Anteriormente, siguiendo la tradición familiar, y de ahí mi apellido, Caballería, a veces los arrendaba con los animales incluidos y a veces sin ellos. Bien, hace un año decidí prescindir de las bestias, pues me ocasionaban muchos quebraderos de cabeza, amén de que me hacía falta más espacio en mi negocio. Los tiempos cambian y hay que adecuarse a ellos, y de esta manera no debería ocuparme de forrajes ni de llamar al chamán cuando alguna de ellas enfermara. Vendí los animales a un tal Aquilino Felgueroso, que se dedica en exclusiva al alquiler de caballerías, y llegué a un acuerdo con él para que, cuando necesitara de caballo o acémila para algún cliente, a él se las arrendaría. Tengo un sobrino, David es su nombre. Hará unos días lo envié al figón del Peine a entrevistarse con el individuo ya que me eran necesarias un par de acémilas para un negocio muy concreto. Allá que se fue mi sobrino, y volvió al cabo de poco totalmente traspuesto, pues el tal Felgueroso, junto con otros dos, estaba arreando a las gentes para azuzarlas contra los nuestros, culpándonos de cuantas desgracias les acontecen y argumentando que somos nosotros los causantes de sus apreturas ya que cobramos las alcabalas del rey y nos quedamos con las diferencias. Pretenden organizar grandes alborotos los días de mercado y quieren reventarnos los puestos.

—Y ¿para cuándo planean todo ello? —indagó el rabino.

—Nada de esto se habló allí, o por lo menos nada pudo oír David ya que marchó antes por miedo a ser reconocido.

Quien intervenía ahora era Antúnez.

—Yo puedo aportar luz al respecto.

—Habla.

—Tengo amigos en Calasparra y en Charcales, y sé más cosas. Uno de ellos es un converso que en privado sigue practicando nuestra religión; un pariente suyo se entrevistó con uno de esos elementos que posiblemente aquel día había cobrado y soltaba su lengua en un figón, y sea por aliviar su conciencia o sea porque aún se siente judío, el caso es que en cuanto tuvo conocimiento de lo que le contó su pariente, vino a verme y me relató lo que os expongo a continuación. Hay un individuo con un ojo velado y una parcial calvicie que lo hacen inconfundible, quien al frente de un grupo se desplaza a los lugares donde hay paisanos reunidos y se dedica a encrespar los ánimos del pueblo, que andan ya muy revueltos. Pretenden crear gran incomodidad los días de mercado hasta conseguir que las gentes se asusten y dejen de acudir a comprar... Pero eso no es todo, y el tema principal que les ocupa es otro.

—Te ruego no andes con dilaciones y digas lo que tienes que decir de una vez. —El rostro del rabino mayor denotaba una gran preocupación.

—Pues verás, rabino, proyectan aprovechar la coyuntura del sabbat, sabiendo que la fiesta obliga a que cada uno de nosotros esté en su casa, para atacar la aljama de la Tiendas que está junto a la catedral, y crear tal espanto en las familias que allí habitan que éstas prefieran marchar a otras ciudades, o por lo menos a otros barrios, para que aquel espacio quede expedito a fin de que el obispo pueda ampliar su templo.

—Lo que me decís es muy grave; y si es seguro, mañana pediré audiencia en el alcázar para ver al rey.

—Y si el rey no nos hace caso, ¿qué es lo que recomiendas, rabino? —dijo Caballería.

—Tiempo habrá de tomar medidas, pero no adelantemos acontecimientos.

Abdón Mercado se revolvió, inquieto.

—Pienso, rabino, que mejor sería que ambas cosas caminaran parejas, no vaya a ser que soplemos el *shofar*[49] y no nos haya dado tiempo a reunir la asamblea.

—Tal vez tengas razón.

Cuando los hombres se disponían a salir, Esther, que los había visto entrar desde la rosaleda y que se había colocado junto al ventanuco de atrás impelida por su curiosidad, a fin de intentar escuchar lo que allí se decía, partió muy asustada para su cuarto antes de que los conjurados abrieran la puerta que daba al jardín.

El alcázar

El alcázar de Juan I de Castilla estaba en lo alto del cerro que dominaba la ciudad. Pese a la recomendación del pontífice, las familias de los Abranavel, Caballería, Santangel, Mercado y otras tenían paso franco en él, ya que el rey debía atender antes a las conveniencias del reino que a sus rencores personales. No olvidaba la ofensa que los hebreos habían infligido a su padre al decantarse a favor de su medio hermano, defendiendo la puerta de Cambrón en la guerra que ambos sostuvieron por el trono de Castilla. Sin embargo, siempre que alguno de sus principales solicitaba audiencia, era recibido. El monarca sabía que era mucha más la utilidad de «sus judíos»[50] que su perjuicio, pero la presión exterior hacía que se anduviera con cuido en su proceder, ya que, si bien le interesaba continuar usando en su beneficio a aquellos súbditos, no le convenía en modo alguno topar con la Iglesia ni encrespar al pueblo, y en aquel caminar al filo de dos abismos, en difícil equilibrio, consistía su acción de gobierno. Sin embargo, no olvidaba a la persona a quien debía la corona, ya que cuando en la lucha fratricida que sostuvo su padre, Enrique II de Castilla, en la jornada de Montiel, éste cayó debajo de su hermanastro, Pedro el Cruel, el caballero francés Bertrand du Guesclin, que acompañaba a Enrique, dio la vuelta a los contendientes y, colocando a Enrique encima de Pedro en posición ventajosa, dijo aquella frase que permanecía viva en el recuerdo de Juan y que cambió el rumbo de la historia del reino de Castilla: «Ni quito ni pongo rey, pero ayudo a mi señor».

El fuego crepitaba en las chimeneas del alcázar, pugnando con un viento gélido que se colaba por los intersticios de las troneras y abombaba ligeramente los tapices que las cubrían pese a las embreadas pieles que cerraban las aberturas. Estaba en el salón del trono y despachaba aquella tarde los asuntos que el canciller don Pedro López de Ayala, gentilhombre de su casa, le iba presentando.

—Señor, tenéis ahora una enojosa cuestión que no me he atrevido a despachar ya que estos asuntos, me consta, queréis tratarlos personalmente.

—¿Qué es ello, canciller?

—El gran rabino ha pedido audiencia con premura, y está esperando en la antesala.

—Nada bueno auguran las precipitaciones. Decidle que pase.

Bajó del estrado del trono el canciller y con un discreto gesto de su mano llamó a un paje, que se acercó al punto, deslizó en su oído unas palabras y el doncel partió retrocediendo hacia la puerta. Al cabo de unos instantes la vara del maestresala de turno golpeó el entarimado del suelo anunciando al visitante.

—¡Audiencia real! El gran rabino de las comunidades de Toledo don Isaac Abranavel ben Zocato y don Ismael Caballería.

Se abrió la puerta del fondo y penetraron en la estancia los dos judíos, con el picudo sombrero entre sus manos, descubiertas sus cabezas y vistiendo sus mejores galas. La pareja de hebreos avanzó por el salón hasta llegar a los dos escalones que sustentaban el baldaquín bajo el que se alojaba el trono del monarca y allí se detuvieron, inclinándose en profunda reverencia, que no cejó hasta que la voz de Juan I resonó bajo el artesonado del techo, autorizando que se alzaran; ambos hombres así lo hicieron y esperaron a que el rey hablara. Hubo un largo silencio únicamente interrumpido por el crepitar de la cera de las bujías que, en dos círculos concéntricos de hierro trabajado, crepitaban en las lámparas visigóticas que colgaban del techo y en los gruesos hachones que, alojados en sus candeleros, ayudaban a iluminar la escena desde las columnas.

—Mi corazón se alegra de veros, rabino. ¿Qué es lo que ocurre que con tanta premura habéis solicitado audiencia?

—Majestad, sé cuán valioso e importante es vuestro tiempo, y creedme si os digo que si la encomienda que hoy me trae ante vuestra presencia no fuera de capital importancia para mi pueblo, no me atrevería a molestaros.

El rey, apoyado en el respaldo del trono y con gesto desmayado, accedió indolente.

—Hablad, rabino. Decid, ¿qué es lo que acongoja vuestro ánimo?

El judío vaciló unos instantes y luego comenzó a desgranar la retahíla de sus quejas, motivo de sus angustias.

—Veréis, majestad, hace ya un tiempo que se van sucediendo hechos por los aledaños de Toledo que siempre acaban perjudicando a los de mi pueblo. Al principio no quise hacer caso de las noticias que hasta mí llegaban y quise atribuirlas más bien a la casualidad e incluso a los hados del destino, pero cuando los hechos se repiten tozudos, periódica y obstinadamente, y tras ellos están siempre las mismas personas, no cabe atribuir estos lances a rachas de fortuna adversa o a malicia por parte de quienes los relatan, sino que realmente cabe sospechar que tras todos ellos se mueven intereses inconfesables de alguien cuya mano negra mueve los hilos de la trama.

—Sed más claro, os lo ruego.

—Perdón por la digresión, majestad, pero para que os hagáis cargo de lo que está ocurriendo, debía poneros en antecedentes.

—No hace falta ser muy listo para entender que algo os aflige y que lo que intentáis transmitirme perjudica a los de vuestra raza y pone en peligro intereses de vuestra comunidad.

—A ello llego, señor. El caso es que siempre que algún suceso de esta índole acaece, antes o después, nos llegan nuevas de que en la cercanía del mismo se mueve un individuo de peculiares características físicas; tiene un ojo velado por una nube y una calva parcial afea su negra melena. Dicen las gentes que es bachiller y que maneja buenos dineros poco acordes con sus supuesta condición; su nombre es Rodrigo Barroso, a quien apodan el Tuerto.

El rey se volvió hacia López de Ayala.

—¿Habéis oído algo, canciller?

—Algo ha llegado a mis oídos... He tenido noticia, por algún alguacil o corregidor, de algún altercado. Sin embargo, lo he atribuido más a pendencias que acostumbran originarse, mayormente en los mercados o en las ferias donde concurren muchas gentes, que a animadversiones particulares contra una de las comunidades más útiles de vuestro reino.

—Proseguid, buen rabino.

Isaac, con medidas palabra, puso al rey al tanto de los hechos de los que, hasta aquel momento, había tenido conocimiento y de sus temores con respecto a futuras actuaciones del grupo de agitadores que comandaba el Tuerto; tuvo buen cuidado de no implicar en los hechos a los súbditos cristianos de su majestad y mucho menos al obispo, y cargó, únicamente la culpa a aquella cuadrilla de exaltados.

El monarca quedó unos instantes meditabundo y luego, sopesando cuidadosamente sus palabras, habló.

—Y ¿para cuándo decís que se están preparando esos disturbios?

—Para el sabbat... Perdón, majestad, para el sábado siguiente a la fiesta cristiana del Viernes Santo.

—Por el momento todo son sospechas a las que les falta el rigor de la certeza; puede ser que vuestras conjeturas sean ciertas y puede que sean casualidades a las que vuestra suspicacia haya dado categoría de asertos. Estaremos atentos al devenir de los acontecimientos, y nadie dude que si alguien osa tocar a «mis judíos» o es instigador de alguno de los deleznables hechos de los que me habláis, sobre él caerá la ira del rey y el peso de la justicia.

—Vuestras palabras me tranquilizan, majestad, y así se las transmitiré a mi pueblo, cuya devoción hacia vuestra persona es notoria. Si no mandáis nada más, no quiero abusar de vuestra bondad ni de vuestro tiempo.

—Tal vez, y aprovechando vuestra visita, daros una noticia que sé que no os será grata pero que es irremediable.

Ambos judíos se pusieron en guardia.

—Os escucho, señor.

—Las arcas del reino están esquilmadas y este año vence el último plazo del compromiso que heredé de mi padre con Bertrand du Guesclin, sin cuya eficaz ayuda la casa de Trastámara jamás habría tenido la posibilidad de reinar en Castilla, por cierto, muy a pesar de los vuestros, con quienes tan clemente me muestro ahora. —El rey aprovechaba la ocasión para recordar al rabino la dura resistencia que habían ofrecido los judíos en la defensa de Toledo cuando las Compañías Blancas del francés atacaron la puerta de Cambrón en los días de la guerra fratricida—. He decidido, por tanto, aumentar un cinco por ciento los pechos[51] que debéis pagar a las arcas reales a cambio del permiso que cada año os extiende mi tesorería para mercar fuera de las aljamas.

Isaac comprendió que no era momento de debatir el impuesto, y pese a que, mirando con el rabillo del ojo, diose cuenta al punto de la palidez cadavérica que inundaba la faz de su acompañante, nada objetó; muy al contrario.

—Mi pueblo hará siempre un esfuerzo para complacer a su rey.

—Podéis retiraros. Y sabed que la guardia del rey estará atenta a los acontecimientos que auguráis en cuanto se aproxime la fecha señalada.

Los dos hombres recogieron en el antebrazo el manto que llevaban sujeto a sus hombros mediante una fíbula y retrocedieron lentamente dando siempre la cara al monarca. Cuando ya hubieron abandonado el salón de audiencias, Enrique se volvió a su intendente y le espetó:

—Ved qué buena ocasión nos ha deparado la Providencia para aumentar las alcábalas a estos súbditos, tan suspicaces siempre en las cuestiones relativas a su bolsa.

—Majestad, vuestra manera de enfocar los más enrevesados asuntos es proverbial.

—Si no fuera así, ¿cómo creéis, mi buen López, que habríamos llegado hasta donde lo hemos hecho? El momento oportuno y el lugar oportuno, ésta ha sido siempre la divisa de nuestra casa. El ejemplo me lo dio mi padre; ¿acaso no supo él pactar con la madre de su enemigo?[52]

—Sin embargo, majestad, debo deciros que los ánimos de vuestros súbditos castellanos están inquietos, que alguien está atizando el fuego contra los hebreos y que el odio de los cristianos viejos[53] es más virulento contra los *anusim* que contra los que guardan, todavía, la ley mosaica.

—De cualquier manera, tenedme al corriente de este asunto. Quiero saber a quién me enfrento y quién está detrás de todo ello; no querría obrar con desmesura.

—Así será, majestad.

Tras este diálogo, el rey abandonó la estancia.

Rindiendo cuentas

A la misma vez que los judíos visitaban al monarca, el bachiller Rodrigo Barroso rendía cuentas al obispo Alejandro Tenorio.

El lugar, el despacho del prelado. El obispo, sentado en su imponente sillón y jugando indolente con un abrecartas de mango de marfil. Ante su mesa y en pie, el bachiller, con su gorro de lana en la mano, sin poder remediar el estado de nerviosismo que la solemne presencia del clérigo le causaba.

—Y bien, explicadme cómo van nuestros asuntos y dadme cuenta de los planes que hayáis pergeñado para el futuro.

A Barroso le costaba el inicio, pero tras un carraspeo para aclarar su garganta comenzó a hablar.

—Como ya os dije, excelencia, lo primero que hice fue rodearme de buenos y seguros colaboradores, que en los tiempos que corren no es precisamente cosa baladí.

El obispo creyó que el prólogo iba dirigido a hacer méritos a fin de sacarle más dineros, y se apresuró a marcar su terreno.

—Imagino que para una causa tan justa y bien remunerada no han de faltar buenos cristianos dispuestos a cumplir con su deber.

—Además de buenas gentes han de ser competentes para el tal menester, amén de discretos; personalmente, prefiero un tunante astuto que un buen cristiano.

—¡Por la cruz de san Andrés, a fe que sois práctico! ¡Me agradáis, Barroso! Proseguid.

El bachiller puso al corriente al prelado, en pocos instantes, de la cantidad y calidad de sus socios, así como, también, de la preparación de sus truhanerías y de la manera en la que habían sido llevadas a cabo. Al terminar su relato quedó en pie, esperando ansioso el veredicto del prelado.

—En verdad que habéis trabajado astuta y diligentemente. Está muy bien lo que habéis hecho, pero decidme, ¿qué pensáis hacer ahora? El plazo se agota y querría llegar a tiempo para cuando mi tío, el cardenal Alonso Henríquez de Ávila, venga a hacernos su pastoral visita.

—No se preocupe, su excelencia, todo está medido y meditado.

—Me preocupa que esa ralea de herejes pueda echar la culpa ante el rey a algún cristiano viejo; me gustaría que no pudieran averiguar de dónde parten las flechas.

—No os preocupéis por ello. El plan es perfecto y ya se ha iniciado su preparación

—Adelantadme algo.

El bachiller se regodeó en el pequeño triunfo que representaba tener al obispo pendiente del devenir de su relato.

—Su ilustrísima no ignora que las casas de madera y adobe que se apuntalan en el muro de la catedral tienen a su costado el pajar y la corralera de las bestias, ¿no es cierto?

—Eso me parece recordar.

—Bien. Cuando falte un día para la festividad de su sabbat, desaparecerán misteriosamente los corderillos sin destetar que esas gentes guardan en sus casas para celebrar su fiesta y que, como es lógico, querrán volver junto a sus madres si escuchan sus balidos.

—¿Y bien?

—Aprovechando que todos estarán recluidos en sus casas rezando a su Dios y que ese día no pueden dar ni un paso que represente algún trabajo, alguien de buen corazón soltará a las bestezuelas para que sin dudar regresen a sus rediles junto a sus madres.

—No veo qué puede importar que unos animales regresen a sus encierros antes o después.

—Sí importa, si sujetos a sus cuellos llevan unos montoncillos de paja encendida dentro de un saquito de vitela.

—El invento es ingenioso, pero ¿vos creéis que puede dar resultado?

—Ya lo he comprobado, excelencia. Los animales adultos no buscan protección y huyen despavoridos cuando intuyen fuego, pero no así los tiernos, que tienden a ir a donde están sus madres, amén de que la paja, al estar en un saquito cerrado y al no tener aire, quema despacio y hace brasa, sin, por el momento, abrasarlos a ellos; cuando quieran darse cuenta, los pajares y las cuadras estarán ardiendo.

—Me descubro ante vuestro ingenio, bachiller; bien se os nota que sois hombre de estudios.

Barroso prosiguió.

—De esta manera serán sus propios animales los que desencadenarán el incendio, y ya nos habremos ocupado anteriormente de exacerbar los ánimos culpándoles del fuego que pueda dañar algunas de las casas de cristianos que están al otro lado.

—Si todo sale como decís, tened por seguro que vuestro obispo es hombre que sabe pagar a los buenos servidores.

—Mi placer es serviros, excelencia, pero cuando vuestras órdenes coinciden con mis deseos de eliminar a esa piara de marranos, entonces se me junta el hambre con las ganas de comer.

—No os preocupéis, que ocasión habrá para que saciéis vuestro apetito.

En aquel instante apareció sigilosa, por la puerta entreabierta, la cabeza tonsurada de fray Martín del Encinar, quien anunció la siguiente visita concertada por el prelado. Éste se puso en pie dando por finiquitada la audiencia, y Barroso se retiró a continuación entre serviles reverencias.

La olimpiada

En la terraza del Yungfrau, uno de los cafés más cosmopolitas de Breguenstrasse, Hanna, Sigfrid y Eric charlaban animadamente. El día era hermoso y la ciudad rebosaba de visitantes. Banderas de las cuarenta y nueve naciones que participaban en los Juegos Olímpicos de 1936 ondeaban al viento, intercaladas con la blanca de los cinco aros multicolores que simbolizaba el ideal olímpico, a lo largo de toda la avenida de los Tilos. El público llenaba las calles y los berlineses estaban orgullosos de su ciudad. Todo el mundo andaba con horarios y programas en la mano para poder informarse de los diferentes medios de transporte, como tranvías, autobuses y metros, que los llevaran a los diversos lugares donde iban a desarrollarse las pruebas de sus eventos favoritos: palacios de deportes, pabellones acondicionados, etcétera. Pero, sin duda, la estrella del anillo olímpico era el estadio de forma oval y con capacidad para cien mil espectadores, inaugurado al efecto para tan señalada ocasión y al que se accedía a través del Maifeld, la plaza que lo acogía y que tenía una capacidad para un número de personas cinco veces mayor. La obra *vedette* de los undécimos juegos había sido planificada y realizada por el arquitecto Werner March, y el día de la inauguración fue la admiración de propios y extraños. En el desfile inaugural participaron cuatro mil sesenta y seis deportistas, y al aparecer por la puerta de Marte el equipo alemán con Fritz Schilgen, su abanderado, al frente —el mismo atleta que había recibido la antorcha olímpica, la cual había partido de Grecia el 20 de julio anterior, de manos de Kyril Kondylis—, quien lo hizo precedido por las Juventudes Hitlerianas que abrían el desfile a los acordes de la *Marcha de Tannhäuser*, y por el himno del partido nazi, el *Horst Wessel Lied* —que luego habría de sonar cuatrocientas ochenta veces durante los juegos—, la multitud estalló en una ovación absolutamente delirante, sólo comparable a la que momentos antes había prodigado a Adolf Hitler cuando, junto a sus invitados, el rey de Bulgaria, el príncipe del Piamonte y la princesa María de Saboya, los herederos de las coronas de Suecia y de Grecia, y Edda, la hija de Benito Mussolini, ocupaba el palco de honor y saludaba a la muchedumbre enardecida, brazo en alto con la palma abierta, en el típico ademán nazi.

En este acto, además de por la plana mayor de su gobierno, el canciller estaba acompañado por los miembros del Comité Olímpico, al frente del cual figuraba su presidente, el barón Henri Baillet Latour, con quien tuvo grandes problemas ya que, antes del inicio de los juegos, Hitler hizo lo imposible por eliminar a uno de los miembros del Comité Olímpico

Alemán, Theodore Lewald, por su condición de judío, y pretendió sustituirlo por Hans von Tschammer und Osten, fiel hitleriano.

Sigfrid pasaba unos días en los que la alegría de poder presenciar una olimpiada en su país se mezclaba con la tristeza de no haber podido participar en ella a causa de su invalidez. De cualquier manera, el primer sentimiento dominaba al segundo, y más aún aquella tarde en la que tenían dos planes sucesivos y apasionantes: llegarse al palacete Brosemberg, donde se iban a celebrar las finales de florete masculino y femenino, disciplina que apasionaba a Eric, para a continuación acudir el estadio olímpico y asistir, entre otras pruebas, a la final de los cien metros, en la que un negro americano, Jesse Owens, partía como claro favorito ante Lutz Long, la emergente estrella alemana, ya que desde el año anterior tenía un registro de 10,2 obtenido representando a la Universidad de Ohio durante la Big Ten Conference celebrada en Ann Arbor (Michigan).

—No me diréis que todo esto no es maravilloso —comentó Eric, señalando la animación que se veía por todas partes.

—Es una lástima que no sea siempre así —repuso Sigfrid.

—No seas cenizo. ¿Qué quieres decir con lo de «siempre»?

—Que hemos de mostrar al mundo nuestra cara amable; estaría feo que comprobaran lo que aquí está pasando los días de diario.

Hanna intervino.

—Déjalo, hermano, y tengamos la fiesta en paz. Disfrutemos de este tiempo maravilloso; somos jóvenes, el día es magnífico y los juegos no se celebran cada año en Alemania.

Ahora quien estaba encorajinado era Eric.

—Lo siento, Hanna, pero es que me cabrea la negatividad de tu hermano... Por cuatro incidentes de cuatro detenciones que cualquier país que se precie llevaría a cabo ante una ocasión tan importante, resulta que meter en la cárcel a unos indeseables es delito de leso exterminio étnico.

Sigfrid tenía el día irónico.

—Pero ¿a que entre esos cuatro delincuentes no hay ninguno rubio y con ojos azules como tú?

—¡Eres un imbécil, Sigfrid, y ya me voy hartando de que con la excusa de tu cojera tengamos que aguantar todos los días tus impertinencias!

—No irás a decir que no pasa nada… ¡No te lo crees ni tú! ¡Pasen, señores, pasen, vengan y conozcan Nazilandia, el paraíso de los gitanos y de los judíos!

—¿Quieres bajar la voz?

—¿Por qué? ¡No pasa nada, Eric, a tus amigos no les importa lo que sea cada quien!

—¡Mira si les importa que esta tarde vas a ver a Helene Mayer, una tiradora de esgrima judía, compitiendo por la medalla de oro! Y ¿sabes por qué?

—Porque es la imagen externa que quieren dar, ¡idiota!, su bandera de libertad ante todos los que han venido a la olimpiada, para que, al llegar a sus países, digan: «Si no pasa nada; fíjate, la campeona de Alemania de florete y finalista olímpica es judía». ¿No han autorizado durante estos días la música jazz? Pues lo mismo.[54]

—Estás muy equivocado, Sigfrid. Lo que ocurre es que la Mayer es una buena alemana, y al régimen no le importa si es judía o si es musulmana; lo que le importa es que es una buena deportista y ama a su país.

Sigfrid estaba encendido.

—¡Lo que pasa es que es una judía educada en América y para impedirle participar hacen falta muchos redaños! ¿Qué ha ocurrido con Frantz Orgler, Werner Schattmann, Max Selingmann o Gretel Bergmann?[55]

—¿Que qué ha ocurrido? Pues que no obtuvieron las marcas mínimas en la previas.

—¡Ya, ya te entiendo! Pero ¿es posible que seas tan ciego que no te des cuenta de que hasta han retirado de las calles, durante estos días, los carteles antisemitas y que *Der Stürmer*, el libelo de ese indeseable de Julius Streicher, no está en los quioscos?[56]

—¿Queréis dejarlo, chicos? ¿Por qué no discutís la semana que viene, que yo estaré haciendo turismo en Viena?

—No me lo digas que me pongo de mal humor. —A Eric se le hacía muy cuesta arriba que su novia se fuera de viaje.

—Tonto, sólo serán quince días. —Hanna lo despeino, juguetona, halagada por que al muchacho su ausencia le pareciera una eternidad.

Sigfrid intervino.

—Si no queréis llegar tarde, hemos de empezar a movernos.

Llamaron al camarero y, tras pagar las consumiciones, partieron hacia el palacete donde se desarrollaban las competiciones de esgrima. La Mayer ganó la plata detrás de la húngara Ilona Schacherer, que fue oro, y por delante de la austríaca Ellen Preis, que fue bronce. Cuando sonó el himno alemán, la deportista no pudo contener las lágrimas.

—¿Te das cuenta, Sigfrid, de que se puede ser judío y buen alemán?

Hanna intervino.

—No, otra vez no. No empecemos otra vez, Eric, ¡por favor!

Luego, haciendo dos transbordos, fueron por Rominter hasta Hanns Braun, llegaron finalmente al estadio olímpico y accedieron a unas magníficas localidades, regalo del padre de Eric.

El ambiente era indescriptible, y tras varias especialidades llegó la prueba reina de la olimpiada, los cien metros lisos. Los atletas se colocaron en sus puestos aguardando las voces correspondientes; por el pasillo tres corría el alemán y por el ocho el americano. A la orden conveniente colocaron un pie en el cajón y, agachándose, apoyaron únicamente el pulgar y el índice de ambas manos en el límite de la marca. El silencio se podía cortar; de nuevo otra orden y los ocho se alzaron sobre el apoyo, sonó el disparo y partieron como una exhalación multicolor, acompañados por el rugido de un mar de gargantas. Al principio el alemán y el inglés cobraron una ligerísima ventaja, pero cuando iban por la mitad de la carrera, apareció una sombra negra que, como el viento, los sobrepasó sin que nadie pudiera seguirlo. ¡Owens había ganado! La gente no daba crédito a lo que estaba viendo. Entonces sucedió algo impensable: el atleta alemán Lutz Long se dirigió hacia el atleta de color y, tomándolo de la cintura, dio la vuelta al estadio.[57] Luego, en el podio, se repartieron las medallas y las coronas de laurel. Finalmente, Owens se dirigió al palco presidencial para estrechar la mano del Führer; no solamente el estadio sino Berlín entero pudo verlo a través de la televisión:[58] Hitler, antes de que el negro consiguiera subir la estrecha escalera y llegar hasta él, ante la mirada atónita de las delegaciones extranjeras y acompañado de sus ilustres invitados, dio la espalda al atleta y abandonó el palco.

Sigfrid, sonriente, se volvió hacia su amigo.

—Debe de haberse constipado, Eric, o tal vez tenga que hacer la cena para sus invitados.

La hora de las confidencias

Manfred se había citado con su hermano en el estudio que los dos compartían en el torreón de su casa. Era éste su rincón preferido ya que, desde pequeños, habían instalado en aquella buhardilla su cuartel general. Se ubicaba ésta justamente bajo el tejado de la torre, y se refugiaban en ella de una forma instintiva cuando habían hecho alguna travesura o debían compartir algún secreto. Lo que había sido una leonera con trenes eléctricos, *puching balls* de boxeo y otros maravillosos juguetes, se convirtió, en su adolescencia, en un cuarto de estudio con dos escritorios de persiana colocados contra las paredes, y después, pasando el tiempo, terminó siendo su sanctasanctórum con cómodos sofás, una gran librería adosada, carteles de propaganda, fotos de chicas y de ídolos deportivos, y un equipo de radio emisor y de música carísimo en el que, con la antena que su amigo Eric, que era muy apañado para esos menesteres, había colocado en el exterior y alrededor de la casa metida entre la hiedra, podían escuchar por la noche cuantas emisoras extranjeras les viniera en gana y así mismo ponerse en contacto con otros radioaficionados de todo el mundo. El tejado bajaba a cuatro aguas, y en el centro de una de ellas había una claraboya que se podía abrir mediante un largo tornillo dotado en su extremo de una manivela que llegaba hasta abajo. Dos ventanas apaisadas, junto con la claraboya, dotaban a la pieza de una claridad absoluta durante el día, y de la hermosa visión de un trozo de firmamento durante las noches estrelladas, cosa que, mediante un potente y carísimo telescopio de la firma Zeiss, llevaba a cabo Sigfrid, quien desde muy pequeño estaba fascinado por todo lo referente a los astros.

Manfred se había instalado en uno de los dos sofás y esperaba a su hermano escuchando música de la Dietrich, cuyas películas *Fatalidad*, *El expreso de Shanghai* y *La Venus rubia* había visto repetidas veces y cuya ronca voz cantando «*Lili Marlene*» le entusiasmaba. La inconfundible cadencia de los pasos de Sigfrid le anunciaron que su hermano estaba coronando la escalera. Manfred se levantó y fue hacia la gramola a retirar el brazo articulado de la aguja que, al haber finalizado la canción, se deslizaba, perezosa y concéntrica, sobre el disco de baquelita en cuya carátula agujereada se podía ver un perro que escuchaba atentamente la trompa de un antiguo gramófono bajo él, el nombre de la canción y el de la intérprete, y en letras más grandes, la marca de la editora: La voz de su amo. Lo despegó del rodante fieltro verde y lo guardó, amorosamente, en la correspondiente funda de cartón. La puerta se abrió y apareció su hermano, con el rostro perlado de sudor y su peculiar y algo cínica sonrisa colgada de la comisura de sus labios.

—Hermano, qué poco respeto tienes a mi pierna; para mí esto ahora es el Montblanc.

Manfred ignoró la chanza y con un gesto que hizo que Sigfrid cambiara la expresión de su rostro dijo:

—Pasa, cierra la puerta y ponte cómodo.

—¿Por qué tanto misterio? Estamos solos; nuestros padres y Hanna han ido a cenar a casa de los tíos para despedirse.

Ante la expresión de su hermano, Sigfrid cerró la puerta y se instaló en el otro sofá.

—Soy todo tuyo, Manfred.

—Voy a empezar desde el principio.

En dos largas horas, Manfred desgranó en los oídos de su hermano todas sus angustias, sus secretos, todos sus miedos y todas sus ansias. Le confesó su afiliación al Partido Comunista Alemán, sus luchas callejeras, la desaparición de algunos de sus mejores amigos y, por último, la misión que su padre le había encomendado. Al finalizar, una rara laxitud se apoderó de su espíritu y se quedo ante su hermano yermo, despoblado y vacío, cual si estuviera desnudo.

Sigfrid al principio no respondió. Cuando lo hizo, comenzó lento, en un tono de voz muy bajo y sopesando cada una de las palabras que salían de su boca.

—Eres mi hermano pequeño, Manfred, y esta noche me he dado cuenta de que has crecido, has abierto ante mí tu particular caja de Pandora.[59] Agradezco a nuestro padre su tacto para conmigo y su prudencia, pero lo que más me ha asombrado ha sido tu valiente actitud ante los momentos que está viviendo Alemania y tu compromiso activo para con ella, cosa que jamás imaginé, puesto que los años y las circunstancias nos habían separado, en tanto que yo me avergüenzo de haber estado todo este tiempo compadeciéndome de mí mismo, dedicado a entretener mi ocio copiando miniaturas a plumilla, renegando de todo pero mirándome el ombligo y sin hacer nada por mi patria, creyendo que mi cojera era lo más importante del mundo. Como tú dices, van a venir tiempos muy duros, Manfred, pero tal vez sirvan para reconstruirme, levantarme e intentar ser un hombre. Tu actitud me servirá de ejemplo para comenzar una nueva forma de entender mi compromiso con la vida. Quiero que me presentes a tus amigos; diles que si puede servirles de algo un cojo, aquí me tienen, aunque antes quiero preguntarte algo: ¿por qué los comunistas? Tú no das el tipo que ellos manejan.

—Te lo diré, Sigfrid: porque son los únicos que desde el principio se la han jugado en las calles. Nuestro pueblo se lamenta pero no hace nada más que esconder la cabeza bajo el ala, ¿comprendes?

Sin apenas darse cuenta, los dos hermanos se hallaron de pie fundidos en un apretado abrazo.

La estación central

Los andenes, que cubría la inmensa marquesina de cristal y hierro de la estación de Potsdam, estaban llenos a rebosar. Una multitud variopinta, que iba y venía haciendo y deshaciendo trabajosos caminos, la ocupaba por completo entre los humos del carbón y la voz amplificada por la megafonía que salía de los altavoces y que en tres o cuatro idiomas iba informando de las salidas de los trenes y de los números de los andenes que correspondían a cada uno de ellos. Gritos nerviosos, que eran como la respiración de un monstruo de mil cabezas, formaban el telón de fondo de aquel trajín desquiciado que las gentes organizaban al intentar acceder a sus correspondientes vagones. De vez en cuando, el seco pitido de una humeante locomotora anunciaba que estaba entrando un mercancías y al punto era respondido por otro que indicaba que se disponía a partir un tren de pasajeros; éstos entrechocaban sus maletas y bultos cual si fueran hormigas que tanteaban sus antenas, porfiando por llegar a sus destinos con el menor quebranto posible en sus personas y en sus equipajes. Unas vallas metálicas debidamente colocadas obligaban a que cada cual entrara en el recinto por el lugar correspondiente y en el orden preestablecido; las colas se formaban desde la sala central hasta los andenes, ordenadas y vigiladas por hombres de la Gestapo que llevaban sujetos por la traílla parejas de perros pastores alemanes adiestrados, los cuales cuidaban que los rateros y descuideros profesionales, que se movían como pez en el agua en aquel ambiente favorable a sus poco edificantes intenciones, no pudieran campar a sus anchas desprestigiando el orden y la pulcritud que el Führer deseaba para la nueva Alemania. También vigilaban hombres de las SS, que lucían los temidos uniformes negros con las plateadas siglas de la doble S en las solapas y el símbolo de la calavera en las gorras; éstos se dedicaban, preferentemente, a pedir la documentación a aquellos que les parecieran ilegales o sospechosos. La fila más vigilada era la de los ciudadanos alemanes que abandonaban el país, y en algunos de los rostros se detectaba una tensión inusual que no se descubría en las colas de los turistas que regresaban a sus respectivos lugares de origen, alegres y bulliciosos, tras haber pasado unos días inolvidables en Berlín, presenciando aquellos brillantísimos juegos olímpicos.

Los Pardenvolk habían llegado a la estación en tres vehículos: el Mercedes de Leonard, el Wanderer de Stefan y el nuevo Volkswagen[60] Escarabajo de Eric, en el que habían ido Hanna y este último. Los coches fueron aparcados en el lugar destinado a los viajeros que debían descargar maletas y, al instante, un tropel de mozos y de maleteros que parecían porfiar por ver cuál de ellos decía la imprecación más grande o la maldición más rotunda se precipitó sobre ellos ofreciendo sus servicios. Los chóferes descargaron el equipaje y los mozos contratados lo cargaron en sus carretillas, y en tanto Eric y los dos conductores iban a aparcar los coches, el grupo se dirigió hacia el interior del edificio de la gran estación. Abrían la marcha Leonard y Stefan, conversando quedamente; a continuación, caminaban las dos amigas, Gertrud y Anelisse, en animada y sin embargo tensa conversación, y cerraban la marcha los tres hermanos, ellos con el gesto adusto, conscientes de que aquélla podía ser una larga separación, y Hanna alegre y ajena a todo, pensando que iba a hacer un hermoso viaje, a visitar una capital que siempre le había fascinado y que a la vuelta iba a encontrar a su amado más enamorado que nunca.

—No te pongas nervioso, Leonard. Te han informado mal. Te digo que para salir no te hace falta ningún otro visado; todo está en orden y nada puede pasar. —Quien así hablaba era Stefan.

—Lo siento, hasta que no me vea en Viena no estaré tranquilo... Bueno, decir «tranquilo» es mucho decir, pues, como comprenderás, dejando aquí a los chicos no voy a dormir bien hasta que todo esto haya pasado.

—Exageras, Leonard. Te he dicho mil veces que esto no afecta a gentes como vosotros.

—¡Por Dios, Stefan! No hay peor ciego que aquel que no quiere ver. ¿No te das cuenta de lo que está pasando todos los días? ¿No ves los carteles que hay en las calles?

—El gobierno ha dado la orden de retirarlos, no se puede impedir que cuatro fanáticos de cualquier partido coloquen cuatro pasquines y carguen siempre contra vosotros.

—¡No seas iluso, Stefan! Los han retirado para no dar mala imagen ante el mundo entero; la olimpiada era un escaparate demasiado importante para que pudieran cargar a Alemania con el baldón del antisemitismo. Pero acuérdate de lo que te digo: esto va a acabar muy mal, las leyes que van saliendo coartan cada vez más las libertades y los derechos de los judíos.

—Eso es pura demagogia y se hace para tener motivos legales y apartar de la circulación a los antisociales. Insisto, no se aplicarán a gentes como tú. —Stefan intentó cambiar de conversación—. Qué raro se me hace verte con ese sombrero tirolés.

—¿Qué de extraño tiene? ¿Acaso no me voy a Austria?

—Sí, pero está llegando el verano.

Tras ellos iban las dos mujeres.

—Anelisse, se me hace un mundo separarme de ti en estas circunstancias. —Ahora era Gertrud, a la que finalmente su marido le había explicado la verdad, quien se dirigía a su amiga.

—Va a ser una separación corta, querida, ya lo verás. Dice Stefan que todo pasará pronto y que son maniobras políticas para acallar al pueblo alemán, que por lo visto anda revuelto.

—Cuida de mis hijos, que por el momento se quedan con vosotros. Tu marido ha dicho que si, por cualquier circunstancia, demoráramos nuestro regreso, tendrán los permisos a punto para que puedan reunirse con nosotros en Viena.

—No te preocupes, Gertrud. Tus hijos son, ya lo sabes, como si fueran míos, y tu casa estará cuidada igual o mejor que si tú estuvieras en ella.

—Gracias por todo, querida. —Gertrud no pudo evitarlo y tuvo que llevarse un pañuelo de fino encaje de batista a la nariz.

—¡Chicos! Pero ¿qué funeral es éste? —La voz risueña de Hanna era la que, en esta tesitura, se dirigía a sus hermanos—. ¡Ni que nos fuéramos tres años a Siberia! ¡No me amarguéis este viaje, que bastante me cuesta separarme de Eric! ¡Venga, Manfred, alegra esa cara! Y tú, Sigfrid, a ver si ejerces de hermano mayor.

—Pásatelo muy bien, hermanita, tú que puedes. Nosotros vigilaremos a tu novio, que tras la olimpiada ha quedado mucha extranjera suelta por la calle.

Alrededor de Hanna se había levantado un muro de silencio del que todos eran cómplices. Le habían explicado que, a la vuelta de Viena, la familia saldría para Innsbruck, como cada verano, a pasar un mes y medio en la montaña. Aquel año, el mes y medio de balneario había sido sustituido por la olimpiada. Le habían explicado que regresarían a Berlín en octubre. Nada se le había dicho del traslado de sus tíos a su casa, y en cuanto a sus hermanos, Hanna pensaba que aquel año se quedarían en Berlín hasta más tarde para preparar los exámenes de septiembre, ya que, así mismo, la olimpiada había trastocado los planes de estudios a mucha gente.

Todo el grupo, excepto Manfred, quien se dirigió acompañando a los maleteros a la consigna de equipajes para dejar en ella momentáneamente las maletas, se encaminó a la cafetería de la estación reservada a los pasajeros de los coches cama y a los de primera clase, ya que era allí donde habían quedado para reunirse con Eric. Leonard empujó la puerta giratoria para que entraran las mujeres, luego lo hicieron él y Stefan, y finalmente Hanna y Sigfrid. El lujoso local se veía concurrido de gentes de elevado nivel y el servicio era el que correspondía a una clientela de alto poder adquisitivo. Los granates sofás capitonés, los oscuros muebles, los techos artesonados, los grandes mostradores, la reluciente cafetera cromada repujada con adornos de latón cobrizo, todo invitaba al confort y al silencio. El grupo se situó en una de las mesas del fondo del salón y, apenas acomodados, acudió presto un mesero que, sobre el uniforme, llevaba un mandil de color verde con el escudo de la compañía de los grandes expresos europeos, dispuesto, lápiz en ristre, a tomar nota de la comanda. Hanna, que conocía sus gustos, pidió por Eric y por su hermano pequeño. Al cabo de un tiempo comparecieron ambos; cada uno venía de su avío. El ambiente era tenso y, en un momento dado, se hizo un extraño silencio. Hanna se dio cuenta de que algo ocurría e indagó.

—No sé lo que pasa. Esto, en vez de un viaje de placer, parece el funeral de alguien querido.

—Tienes razón, hija. Por lo que a mí respecta, cada día se me hace más cuesta arriba salir de casa —comentó Gertrud.

—A mí sí que se me hace un mundo que te vayas aunque sea por unos días, Hanna.

—Pasarán muy deprisa, Eric, ya lo verás. Además, así podré ver cuánto me quieres —dijo, coqueta, bajando la voz—. La distancia, si el amor es firme, lo aumenta, y si es frágil, lo rompe.

—No digas tonterías. Voy a echarte mucho de menos.

Llegó el camarero con una bandeja repleta, en milagroso equilibrio sobre su hombro derecho, y situó, frente a cada cual, el pedido. Leonard, tras una ligera discusión con Stefan, quien insistía en abonar la cuenta, pagó, y el hombre se alejó del grupo tras una historiada reverencia motivada por la generosa propina. Stefan tomó una cucharilla y golpeó con ella su copa, que vibró con un sonido cristalino, recabando la atención de todos; acto seguido la alzó y brindó en voz muy baja.

—*Lejaim!*[61] Como puedes comprobar, sé hablar tu lengua, Leonard.

Todos alzaron sus respectivas consumiciones; Anelisse y Gertrud, sus tacitas de porcelana con el té, en un gesto simbólico.

—Por la de todos, amigo mío, y por que pronto estemos de nuevo reunidos.

—Dentro de quince días —replicó Hanna—. No entiendo las solemnidades que rodean este viaje.

—Sin duda, hija mía, los mayores somos muy sentimentales.

Cuando ya la conversación se fragmentó, y los jóvenes hablaron de sus cosas y los mayores de las suyas, Leonard acercó sus labios al oído de su amigo.

—Veo que con tus hechos entiendes lo que te digo aunque intentes rebatir mis palabras.

—¿Qué quieres decirme?

—Que cuando has brindado por nuestras vidas, en *yiddish*, has bajado la voz y has mirado en derredor tuyo, por si alguien podía escuchar tu brindis.

—Bueno, Hanna, imagino que enviarás alguna postal desde Viena a tus hermanos entre carta y carta para éste. —Manfred señaló ostentosamente a Eric.

—No lo dudes, pero voy a estar muy ocupada y voy a llegar yo antes que el correo.

—Ahora, los que os quedáis vais a hacerme un favor: en cuanto nos pongamos en marcha, os vais; no me gustan nada las despedidas. —Gertrud había vuelto a llevarse el pañuelo a los ojos.

—¡Por lo que más quiera, madre, parece que esto sea el principio de una odisea! —Sigfrid, que lo era y mucho, no quería ponerse sentimental.

—Bueno, creo que va siendo la hora, hay mucha gente ahí fuera y no es conveniente ir justos de tiempo. —Stefan se puso en pie. El grupo hizo otro tanto y todos partieron hacia el vestíbulo de la gran estación. Manfred y Sigfrid se dirigieron a la consigna a recoger las maletas, en tanto Eric y Hanna se retrasaban un poco para despedirse más cómodos.

—Hanna, te lo digo en serio: escríbeme en cuanto puedas, y que los museos no te hagan perder la noción del tiempo, que para los que nos quedamos va a pasar muy lentamente.

—¡Tonto, si solamente van a ser dos semanas! Además, aprovecha para apretar, que los exámenes de septiembre se te echarán encima y debes pasar a tercero de ingeniero sin ninguna colgada.

Manfred, que había oído a su hermana, intervino.

—Los de telecomunicaciones no son ingenieros, son telefonistas.

—¡Déjale en paz, idiota! —Hanna defendía a su novio.

Algo más atrás, las dos amigas iban hablando de sus cosas en tanto llegaban a la cola de los pasajeros que, siendo alemanes, partían para el extranjero.

—Bueno, querida, aprovecha este tiempo y ya verás que dentro de nada volvemos a estar juntas.

Delante de todos marchaban los dos hombres.

—¡Qué tiempo nos toca vivir, Stefan! El mundo está loco, ¿qué va a pasar con esa sublevación militar que ha protagonizado el ejército español de África y al frente de la cual está ese tal Franco?

—Flor de un día, Leonard, esas asonadas militares son típicamente españolas pero propias del siglo pasado, ¡estamos en el siglo veinte!

Cuando ya estaban al final de la cola que transcurría entre dos vallas metálicas, los muchachos se unieron al grupo llevando las maletas.

Gertrud insistió.

—Ahora si que os lo ruego: ¡idos, por favor, no quiero ponerme triste!

—Bueno, padre, ¿qué quiere que hagamos? —Manfred dirigió una significativa mirada a su progenitor—. ¿Nos vamos o nos esperamos?

—Marchaos, hijos míos. Dejad las maletas en el carro y despidámonos, ya que vuestra madre se va a poner a llorar.

—Tú vete también, Eric; ahora ya está todo y a mí tampoco me gustan las despedidas. —Hanna, aunque se hacía la fuerte, en el fondo también estaba afectada.

—Bueno, entonces es mejor que los jóvenes os marchéis... Y tú, Anelisse, también; vete en el Mercedes. Y vosotros podéis iros en el coche de Eric. Yo me esperaré a que hayáis pasado el control de pasaportes y luego me iré a la clínica en mi coche.

El grupo, tras los consiguientes abrazos y besos y alguna lágrima de Gertrud, se disgregó. Eric y Hanna hicieron un aparte y se besaron.

—Siempre te recordaré como la otra tarde, Hanna.
—Tonto, me vas a hacer poner colorada.
—¿No fuiste feliz?
—Inmensamente feliz, pero debemos esperar a que estemos casados.

Finalmente el grupo se dispersó. Los muchachos acompañaron a Anelisse al Mercedes y ellos se dirigieron al Volkswagen.

Los viajeros, llegados a este punto, observaron frente a una ventanilla una gran cola de gentes que ordenadamente aguardaban su turno para llegar hasta la cabina, donde dos funcionarios se ocupaban de comprobar escrupulosamente las correspondientes documentaciones. La cola avanzaba, pero mucho más lenta que la otra, formada por turistas, ya que la inspección era, sin duda, mucho más exhaustiva. Los viajeros entraron entre las vallas metálicas, y Stefan fue avanzando a la altura de ellos pero por el exterior de las mismas. Leonard cargaba las maletas ayudado por Hanna por el estrecho pasillo que transcurría entre las vallas, dado que hasta el final del mismo y ya en la zona en la que las gentes se reunían después de pasar los controles no volvía a haber maleteros ni podían pasar mozos hasta llegar a los andenes. Leonard sudaba copiosamente; en un momento dado, soltó el neceser de su mujer, extrajo un pañuelo del bolsillo derecho de su pantalón y, tras quitarse el sombrero tirolés, se enjugó las gotas que perlaban su frente. Stefan avanzaba a su mismo nivel desde el otro lado de la barrera. Ya tan sólo les faltaba una pareja para que llegara su turno, y ahora eran mares lo que caía de la frente de Leonard. Súbitamente se encontraron en la ventanilla de una encristalada garita, en la que se ubicaban dos funcionarios, quienes, con gesto aburrido y en tanto hablaban de sus cosas, iban revisando las documentaciones, y de la que partían dos pasillos en direcciones opuestas, el uno hacia los andenes y el otro hacia unos despachos que se veían al fondo. El funcionario saludó con un gesto rutinario a Leonard y esperó a que éste dejara, sobre la rayada superficie metálica que soportaba la ventanilla, la documentación pertinente. Leonard así lo hizo y aguardó a que el hombre comprobara los sellos y las fotografías. El tiempo se detuvo. El individuo alargó el cuello y, en escorzo, observó el rostro de Hanna y el de su madre para comprobar si las fotos de carnet que figuraban en los papeles correspondían a las mujeres que aguardaban tras el caballero que estaba en primer término. A Leonard le pareció que todo se había detenido y que hasta la segundera del gran reloj que presidía la estación se había parado. La voz metálica del hombre llegó nítida hasta Leonard.

—Doctor Pardenvolk, parece que en sus papeles hay un posible equívoco.

Leonard fue consciente de que la sangre huía de su rostro.

—¿Qué está usted diciendo?

—La fecha de la visa es anterior a la del pasaporte, y para sacar los visados hace falta llevar los pasaportes. —El hombre se concentró de nuevo en los papeles y después levantó la vista—. Y esta anomalía se repite en el caso de las señoras. No comprendo cómo la policía ha dado las visas sin que usted mostrara los pasaportes.

—¿Y eso representa algún inconveniente?

El individuo llamó a su compañero e intercambiaron algunas palabras; luego alzó de nuevo la cabeza y se dirigió a Leonard.

—De momento su documentación queda retenida. Ahora le acompañarán, en tanto las señoras aguardan en la sala de tránsitos.

Leonard estaba demudado y dirigió, a través de la valla metálica, una mirada suplicante hacia Stefan, quien desde su lejana ubicación era consciente de que algo anormal estaba ocurriendo. El hombre había apretado el pulsador de un timbre y comparecieron por el fondo del pasillo que conducía al interior dos agentes de la Gestapo uniformados que se colocaron a ambos lados del doctor Pardenvolk. Uno de ellos se hizo cargo de la documentación, mientras una agente femenina de aduanas indicaba a Gertrud y a Hanna que la siguieran. Cuando Leonard y los dos guardias estaban a punto de desaparecer de la vista de Stefan, éste llamó con tal autoridad al policía más cercano que hizo que ambos se detuvieran. El más próximo avanzó hasta la valla metálica y, tras escuchar las palabras de Stefan, que Leonard desde la distancia no pudo oír, el hombre retiró la valla a fin de que el individuo que en aquel tono le hablaba se uniera al grupo. Partieron luego hacia las oficinas del otro lado, donde se ubicaba el puesto de la policía de ferrocarriles y, al lado, el de visados y aduanas. Stefan se volvió hacia su amigo y, dándole un ligero golpe en el codo, dijo:

—No te preocupes.

Al final de un corredor se veía una puerta rotulada con letras negras sobre un fondo de esmalte blanco en la que se podía leer: JEFATURA DE VISADOS. El guardia golpeó la puerta con los nudillos, y al otro lado una voz respondió un seco «¡Pase!». El espacio era amplio y cuadrado; una bandera con la esvástica se veía en un pequeño podio, y una gran mesa, tras la que se ubicaba un funcionario uniformado, ocupaba el centro de la estancia bajo un gran retrato del Führer, quien, de perfil y con los brazos cruzados sobre el pecho, parecía abarcar, con la mirada, toda la estancia; frente a dicha mesa había dos sillas de rejilla, y a su costado, otra de reducidas dimensiones, con una máquina de escribir sobre ella. El policía que parecía llevar la voz cantante respondió a las preguntas que le formuló el funcionario de más graduación, y a continuación, y tras entregarle la documentación, obedeciendo órdenes, la pareja se retiró a la antesala.

El que estaba tras el despacho se puso a examinar detenidamente los documentos que habían depositado ante él; luego, alzando la vista, procedió a inspeccionar a ambos hombres, observando que ninguno de ellos llevaba en la solapa la inevitable insignia del partido nazi. El funcionario se retrepó en su sillón e invitó desabridamente a Leonard, que mostraba su angustiado estado de ánimo haciendo girar el sombrero entre las manos, y a Stefan a que ocuparan las sillas que se hallaban frente a su mesa. Así lo hicieron, en tanto que el individuo que les había abierto la puerta se colocaba frente a la máquina de escribir.

—Parece ser que esta documentación no está en regla.

—Esta documentación está totalmente en orden, y el doctor Pardenvolk y su familia tienen que tomar el tren que sale dentro de... —Miró su reloj—. Tres cuartos de hora.

El funcionario se sintió algo desconcertado ante la actitud de Stefan; luego reaccionó y, sintiendo la presencia de su subordinado, que observaba extrañado aquella escena, empujó el respaldo de su sillón hacia atrás y respondió.

—Las visas no coinciden con las fechas de expedición de los pasaportes; ésa es una anomalía que tendrán que subsanar si quieren partir.

—Ustedes son los que tendrán que arreglar este descuido, y el funcionario que lo haya cometido responderá de su incapacidad, pero el doctor Pardenvolk y su familia partirán en el tren que les corresponde.

—Hasta que esto se arregle, el doctor Pardenvolk no podrá viajar a ninguna parte... Y los funcionarios del partido no acostumbran cometer equivocaciones.

—Pues en este caso, sin duda, la han cometido. Ni el doctor ni yo nos dedicamos a sellar documentos, y aquí la negligencia de un funcionario del partido es evidente.

—¡Su nombre, señor!

—Hempel, doctor Stefan Willem Hempel. Y ¿cuál es el suyo? —respondió Stefan, abrupto, extrayendo del bolsillo interior de su chaqueta una agenda de tapas de cuero y su pluma Montblanc.

Ahora el funcionario estaba completamente desconcertado; entonces reaccionó.

—Subteniente de policía de ferrocarriles Dieter Muller. Los papeles del doctor Pardenvolk no están en orden, y hasta que esto se aclare no va a coger ni el próximo tren ni ninguno.

El sombrero tirolés danzaba frenético entre las manos de Leonard.

—¿Puedo usar su teléfono? —preguntó Stefan.

—Fuera tiene usted todas las cabinas de la estación.

—Si usted prefiere desplazarse y que le hagan poner al teléfono fuera de aquí, yo no tengo inconveniente —dijo Stefan poniéndose en pie

El otro recogió velas.

—¿Adónde quiere usted llamar?

—A la cancillería, y que me pongan con el despacho del capitán ayudante del *Obergruppenführer* Reinhard Heydrich.

Al oír el nombre, al funcionario se le movieron las gafas, que cabalgaban sobre el puente de su nariz. Hubo un tenso silencio que se hizo eterno; la mano derecha del hombre descansaba sobre el auricular negro del teléfono sin levantarlo de la horquilla hasta que abandonó el aparato y la actitud del subteniente cambió notoriamente.

—No creo necesario molestar a nadie en la cancillería cuando este inconveniente se puede subsanar aquí.

A Stefan también le convino moderar su actitud.

—Jamás he dudado de su competencia y efectividad. ¿Qué cree usted que se debe hacer?

—Simplemente añadir un sello de REVISADO sobre el que no coincide en la visa, y cuando el doctor vuelva a Berlín, en la misma policía se lo resolverán definitivamente.

—Tendré en cuenta su efectividad y colaboración, y no olvidaré su nombre.

—Para eso estamos, doctor, para servir a los buenos alemanes. —Luego, volviéndose al funcionario que esperaba frente a la máquina de escribir, ordenó—: Coloque el sello sobre los pasaportes del doctor y de su familia, y agilice los trámites, no vaya a ser que el señor Pardenvolk pierda el tren. ¡Ah!, y llame a los de vigilancia de andenes para que les lleven el equipaje y que nadie los moleste.

El subteniente se puso en pie a la vez que lo hacían los dos amigos.

—*Heil, Hitler!* —exclamó, alzando enérgicamente su mano derecha haciendo el saludo nazi y entrechocando los talones de sus botas al mismo tiempo que su ayudante.

Leonard hizo lo mismo, entre nervioso y aliviado, y Stefan alzó su mano desmayadamente como quien cumple una obligación impuesta pero está en situación de elegir la manera.

El subalterno llamó a los policías que aguardaban en el exterior y dio órdenes precisas para que fueran a buscar a Gertrud y a Hanna y las acompañaran hasta el despacho a la vez que traían los equipajes. Luego, tras despedirse de los funcionarios, los Pardenvolk salieron a los andenes. Stefan se dispuso a acompañarlos hasta la misma escalerilla del vagón.

Gertrud quería saber qué había sucedido.

—He pasado una angustia de muerte, ¿qué es lo que ha ocurrido?

—Nada, mujer; luego te lo explicará Leonard en el tren, así tenéis tema para el viaje —respondió Stefan.

Llegaron al humeante convoy en pocos minutos, precedidos por dos mozos de estación y de los guardias de la Gestapo que abrían paso para que nadie les incomodara. Luego de abrazarse a Stefan, ambas mujeres subieron al coche cama, y los dos amigos quedaron frente a frente.

—Nunca podré olvidar lo que has hecho por mí, Stefan.

—Lo mismo que habrías hecho tú, sin duda.

La máquina, a la vez que escupía un chorro de vapor, soltó un pitido largo y agudo.

—Adiós, amigo mío, espero que volvamos a vernos en mejores circunstancias.

—No lo dudes, Leonard. Estas incomodidades pasarán

pronto, son torpezas propias de los comienzos, pero no dudes que el Reich durará mil años; podremos decir a nuestros nietos que nosotros vivimos los inconvenientes del parto.

—¡Que Adonai te escuche!

—Ya verás como será así.

—Entonces adiós, amigo mío, cuida de mis hijos.

—Más que si tú estuvieras en Berlín.

Otro pitido, acompañado esta vez del silbato de un jefe de estación, anunció que el convoy se iba a poner en marcha. El ferroviario que, carpeta en mano, aguardaba en la portezuela del vagón les avisó que el tren estaba a punto de partir. Ambos hombres se fundieron en un abrazo y Leonard, con una lágrima furtiva pugnando por escapar de sus ojos, se encaramó al estribo del vagón. El tren se puso en movimiento con un entrechocar de topes y un ritmo uniformemente acelerado. La figura de Stefan, en el andén, con su pañuelo en alto comenzó a empequeñecerse en la distancia. Leonard acabó de subir al coche y quedó un momento en la plataforma en tanto el mozo del vagón ajustaba la portezuela y al instante quedaba amortiguado el inconfundible ruido que hacían las ruedas al pasar sobre las juntas de los raíles; las bielas que unían las ruedas de la máquina aumentaban su ritmo a la vez que por su cabeza pasaban mil pensamientos... ¿Volvería alguna vez para celebrar el reencuentro con su amigo?

La paloma

Simón estaba angustiado. A las dificultades que hasta el momento había tenido para ver a su amada se sumaba ahora aquella reclusión a la que Esther estaba sometida al haberse negado a obedecer a su padre en lo referente a la boda que éste había concertado con Samuel, el padre de Rubén ben

Amía. La última noche no pudo conciliar el sueño hasta altas horas de la madrugada, cuando la luna que entraba por el ventanuco de su azotea estaba ya muy alta, y una vez que lo hizo cayó en una profunda pesadilla en la que se mezclaban castigos y penalidades terribles que sobrevenían a su amada sin que él pudiera remediarlas. Un ruido inusual le despertó inundado en sudor y con las frazadas de su catre tiradas en el suelo hechas un revoltijo. En el tejado, donde había construido su palomar, las aves andaban inquietas. Saltó Simón de su cama y trastabillando se acercó al escabel donde la noche anterior había dejado sus ropas. Medio dormido todavía, se puso sus calzones y sobre la camisa de felpa, que le llegaba por debajo de las rodillas y con la que dormía, se colocó una casaca abierta únicamente por la cabeza, que se ciñó con una soga. Luego, con prisas, se embutió las gruesas medias de lana y se calzó los recios zapatos de cuero vuelto y, sin acercarse a la jofaina —donde cada noche dejaba preparado el jarro de cinc con la embocadura en forma de pico de pato con el agua que por la mañana necesitaba para asearse—, se precipitó a la escalera vertical que, atravesando una trampilla, desembocaba en medio del tejado. El viento le golpeó el rostro apenas asomado a la altura, y procedió con cuidado, ya que las tejas del torreón estaban heladas y los resbalones desde aquella altura podían tener graves consecuencias. Desde allí, alzando la vista, divisó todas sus palomas dentro de la gran jaula, apretujadas al lado norte, donde por el exterior y junto a la enjaretada pudo ver el inconfundible perfil de Volandero. Su fuerte plumaje, una prominente carúncula sobre su pico, la quilla profunda y su cuello de hermosos reflejos metálicos hacían diferente al magnífico ejemplar ojo de perdiz que junto con Esquivel constituía la pareja de mensajeras más veloces de Toledo y que había regalado a Esther en cuanto supo, en su primer encuentro, que la muchacha adoraba; aquellas aves. Procedió a partir de ahí con doble cuidado; primeramente, por mor de las húmedas tejas, y en segundo lugar, porque cualquier movimiento brusco podía asustar a la avecilla que, regresada a su palomar, zureaba a sus compañeras. Lentamente fue ascendiendo y en tanto le hablaba se fue aproximando al palomo. Éste, ante su proximidad, alzaba el plano de su cola y daba pasos cortos de uno a otro lado por el alero de la cubierta, balanceando ostensiblemente su cabeza en señal de reconocimiento.

—¡Quieto, Volandero sosegado! Ya estás en casa, ¡tranquilo!

El animal, reconociendo su voz, iba y venía inquieto, muy despacio. Simón echó mano al bolsillo y extrajo unos guisantes, que siempre llevaba consigo y que junto con algún cereal y algo de cáñamo eran su alimento cotidiano, y los colocó en la palma de su mano izquierda ofreciéndosela abierta. El ave se rindió al argumento de la manduca y acudió al reclamo. En cuanto se puso a tiro, el muchacho la agarró con la diestra, suave aunque firmemente. Entonces se dio cuenta: al voltearla vio que, amarrada con una anilla a su pata izquierda, venía una misiva. El corazón de Simón se puso a latir cual tripa de timbal, pero no por ello descuidó su tarea. Colocó a Volandero en el interior de la abertura de su casaca y procedió a ajustar los cordones del escote. El ave quedó presa entre la cuerda que le ajustaba la cintura y la cerrada escotadura. Luego, mirando cuidadosamente dónde colocaba sus pies y ayudándose con las manos, Simón fue ascendiendo hasta llegar a la puerta del palomar. Al abrirla se mezcló el ruido que el vuelo corto de las aves producía, semejante a sordos cachetes, con el chirriar de los goznes. Simón tapó el hueco con su cuerpo a fin de impedir que alguna de las otras aves intentara una salida inoportuna; luego, agachándose, se introdujo en la jaula y cerró la puerta tras de sí. Cuando extrajo del interior de su casaca al palomo, le temblaba la mano. Con sumo tiento procedió a extraer la anilla de la patita sin dañar al animal y después lo soltó entre sus compañeras, que lo recibieron alborozadas. Lentamente, casi como si realizara un rito, fue desenrollando la misiva, y cuando la tuvo desplegada procedió a leerla, a la luz tenue de la mañana, con el corazón desbocado ante las noticias que sin duda le enviaba su quimera.

>Amado mío:
>Cuando ésta llegue a vuestras manos, mi corazón sangrará de pena y envidiará al papel que recoge estas letras, por que estará con vos.
>La decisión que ha adoptado mi padre es inaplazable y si no ocurre algo excepcional para las fiestas de Rosh Hashaná me prometerán en matrimonio con Rubén ben Amía, al que respeto y aprecio, como os dije, pero en modo alguno amo, pues, de sobra lo sabéis, vos sois el único dueño de mis pensamientos y el elegido de mi corazón.
>Si todo lo que me habéis jurado es cierto, ¡os ruego que me libréis de esta cárcel y me salvéis de este destino cruel, ya que la vida, si no es a vuestro lado, no quiero vivirla!
>Se acercan tiempos de congoja, oscuridad y crujir de dientes. No es éste el momento oportuno ni el medio adecuado para explicaros todo lo que he oído, pero hablad con vuestro amigo David Caballería, el del almacén de carros, y él os podrá poner al corriente de lo que se avecina.
>Mi aya no se atreve a contradecir a mi padre y no es capaz de llevaros este mensaje, pero si, cuando vaya a vuestra tienda, le dais un recado para mí, me ve tan desesperada que sé que me lo transmitirá.
>Amado mío, estoy dispuesta a todo y haré cuanto me digáis. ¡No me abandonéis en este trance!
>Vuestra o muerta,
>
>>ESTHER

Simón, con un tembleque en el cuerpo que no se debía precisamente al relente de la madrugada, abrió la puerta del palomar. Cerrándola tras él, fue bajando por las húmedas tejas hasta alcanzar la escalera que descendía a su azotea.

Durante toda la mañana anduvo como alma en pena por

la tienda que su tío compartía con su padre, despachando a parroquianas con la única esperanza de que se hiciera el milagro y apareciera por la puerta el ama de Esther. Pero no ocurrió tal cosa; lo que sí sucedió fue que su tío tuvo que amonestarlo un par de veces, pues su trabajo no fue el acostumbrado y su diligencia dejó mucho que desear. El tiempo transcurrió lento y espeso, y no veía el momento de que llegara el descanso del mediodía y se cerrara el negocio para poder acudir junto a su amigo David, tal como le indicaba su amada en la misiva que, por cierto, cada dos por tres extraía de su bolsa para leerla una y otra vez. Finalmente y tras despachar a una dueña dubitativa que no acababa de decidirse entre unos zarcillos y una pulsera, su tío dio la tan ansiada orden y él partió como rayo del Sinaí hacia el almacén de carros donde su amigo David Caballería ejercía su oficio de alquilador de carruajes en el negocio de su tío. Llegó con la respiración entrecortada y el corazón batiéndole como la tapa de una marmita de agua hirviente puesta al fuego, hasta tal punto que tuvo que detenerse junto al arco de piedra de la entrada para recuperar el resuello. Desde allí, y en tanto sosegaba la respiración, divisó a su amigo en la garita del fondo. David estaba sujetando el cálamo en su diestra mano, que cubría con un mitón negro de dedos descabezados —imaginó Simón que para protegerse del frío que le ocasionaba incómodos sabañones—, y, como era su costumbre, trasladando a unos pergaminos sujetos con una guita una ristra de números. Cuando Simón comenzó a caminar sobre el sendero de barro que conducía a la caseta del cobertizo, el otro levantó la cabeza de la tarea y, al divisarlo, saludó alegremente. Simón llegó al ventanuco y se apoyó en el marco del mismo. David supo, por la expresión de su amigo, que algún asunto grave le llevaba allí.

—*Shalom*, amigo mío. ¿Qué ocurre que tan atribulado os veo? —saludó David.

—*Shalom*, David. ¿Tenéis tiempo ahora para atenderme?

—Para vos siempre tengo tiempo, pero mejor será que

nos apartemos un poco de aquí, no vaya a ser que vuelva mi tío hecho un asmodeo y me arme un sacramental como si hubiera extraviado la *mezuzá*[62] de la casa. Venid, seguidme.

Partió David seguido de Simón y atravesando el barrizal del patio lo condujo hasta una puerta posterior que daba a una calle mal llamada de San Bartolomé, ya que los judíos la conocían comúnmente como la del Patriarca. Cerró la puerta tras ellos echando la llave y se dirigió con paso apresurado hacia el figón que llamaban del Esquilador, pues el que lo regentaba había desempeñado en otros tiempos tal oficio, ubicado en la esquina de la Platería junto a la Fuente Amarga, aunque en su puerta figurara un cochambroso y deteriorado rótulo en el que se podía leer con dificultad FIGÓN DE LAS TINAJAS. Entraron ambos amigos y observaron que, aparte de un par de carreteros que libaban sus duelos apoyados en el mostrador ahogándolos en sendos cuencos de loza llenos hasta el borde de un vino peleón y «matapenas», nadie se veía alrededor. Pasaron ante ellos, se llegaron hasta el fondo y se sentaron en un banco de desbastado pino, alumbrado apenas por la lánguida luz que un desmayado candil de agostada mecha esparcía, desde la correspondiente mesa, sobre él. Apenas ubicados, el mesonero se llegó solícito ofreciendo sus servicios. Ambos amigos, solicitaron una ración de *challá*[63] y una bebida muy en boga que se hacía con la flor del lúpulo y que habían traído, de Centroeuropa a Castilla, tiempo ha, las tropas de las Compañías Blancas de Bertrand du Guesclin. En cuanto el mesonero dejó frente a ellos el pedido, soplaron la espuma de las jarras y brindaron.

—*Lejaim!*, Simón.

—*Lejaim!*, David, que Jehová os escuche.

—Contadme, amigo mío, lo que os acongoja, ya que vuestro rostro denuncia que algo grave os ocurre.

—¡Ay, David! Soy el rigor de las desdichas. ¿Qué es lo peor que le puede pasar a un enamorado?

—Imagino que no ser correspondido por su amada.

—Si cabe, peor aún... Ella me ama, pero su padre la quiere desposar con otro hombre y, si tal ocurre, me mataré.

—¡No habréis venido a mí para que apadrine vuestro duelo!

—Descuidad, amigo mío. He venido por indicación de Esther, que algo ha oído, para que me contéis todo lo que sepáis al respecto de lo que está ocurriendo en estos días y que afecta a nuestro pueblo.

—Pero ¿qué relación tiene ello con vuestros males?

—Lo desconozco, pero hoy he recibido una misiva y en ella...

Entonces Simón, extrayendo de su escarcela el arrugado billete que la paloma le había portado por la mañana, lo entregó a su amigo. Al acabar de leerlo, el rostro de David estaba tenso y concentrado.

—Entiendo, Simón. Vuestra amada algo barrunta porque sus indicaciones no van desencaminadas. Voy a contaros lo que yo sé, que si bien es malo para nuestro pueblo, tal vez sirva para que lo que tanto teméis y a vos respecta no ocurra o, por lo menos, no ocurra de inmediato. Los mayores estarán tan atareados que creo que, durante algún tiempo, nadie tendrá un momento para ocuparse de una boda y mucho menos de vos ni de vuestra amada.

David habló largo y tendido sobre lo que había averiguado escuchando las catilinarias de Aquilino Felgueroso y de otras nuevas que posteriormente habían llegado a sus oídos.

—Creedme, amigo, se avecinan días amargos y lo vuestro es un grano de mostaza comparado con lo que puede llover.

—Y ¿para cuándo intuís que estos acerbos vaticinios pueden llegar a cumplirse?

—Se murmura que para la Pascua de los cristianos. No os puedo precisar el día; todo son conjeturas. Las gentes están inquietas, pero a ciencia cierta nadie sabe qué va a ocurrir.

—Pero ¿vos que opináis?

—Que cuando salte la chispa el fuego se extenderá rápidamente, y mejor haréis estando preparado.

—¡Gracias, amigo mío! Os debo una. Cuando tenga algo pensado, os lo comunicaré.

—Ya sabéis, si en algo puedo serviros, contad conmigo.

Tras estas palabras los dos jóvenes se separaron y cada cual fue a su avío.

Tres días habían transcurrido desde la entrevista de los dos amigos, y a Simón le parecieron tres eternidades. Pasaba las noches en vela y los días espiando si por la tienda asomaba la oronda figura de la dueña. A la mañana del cuarto día, la imagen de Sara apareció en la puerta. Se la veía inquieta y desconfiada, mirando a uno y a otro lado como temiendo que alguien la hubiera seguido intentando controlar sus pasos o sus actitudes. Una vez dentro, y ante la extrañeza del tío de Simón, quien siempre la atendía, se dirigió directamente hacia donde estaba el muchacho y, acercando a través del mostrador su voluminosa humanidad, recurrió a él con voz queda.

—Hago esto aunque no debería, guiada únicamente por el amor que profeso a mi ama, que día a día se desmejora, y porque temo por su salud, ya muy quebrantada; de otra forma, jamás defraudaría la confianza de mi señor.

Simón, cuyo gozo al poder contactar con su amada era infinito, procedió a ganarse su simpatía y a tranquilizarla, antes de transmitir el mensaje que había pensado a fin de ganar tiempo para así poder madurar su plan y contando con que la perspicacia de su adorada interpretaría su propósito ante la incertidumbre de que la buena mujer fuera descubierta y él no tuviera manera ni ocasión de volver a contactar con Esther.

—Mi buena Sara.

—¿Cómo sabéis mi nombre?

—Vuestra pupila no hace otra cosa que hablarme de vos en los términos más encomiásticos. —Tras esta digresión ditirámbica, procedió—: No debéis angustiaros porque nada malo vais a hacer ni, mucho menos, que perturbe vuestra conciencia.

La mujer pareció respirar aliviada; de todas formas, no bajó la guardia.

—Si estoy aquí, quiere esto decir que he tomado una decisión y que mis actos los guía el mal menor; si así no fuera, no habría venido.

—Pero es que lo que voy a encomendaros no tiene malicia ni consecuencia alguna, de tal manera que si alguien os sorprendiere, no podría tildaros de infiel y mucho menos de desafecta a vuestra casa.

Las palabras de Simón tranquilizaron a la mujer y despertaron su curiosidad.

—Y ¿qué es lo que puedo hacer para servir a mi ama sin sentirme desleal a la casa donde he nacido?

Simón respondió a la pregunta del ama con otro interrogante.

—¿Alguien en su sano juicio podría tildaros de infiel si os sorprendiera llevando una bolsa en cuyo interior portéis simplemente una inocente paloma?

—No, ciertamente.

—Pues eso es lo único que van a hallar en el caso de que os registren. Vais a llevar a Esther un palomo que yo os entregaré, y si ella lo tiene a bien, regresaréis en cuanto tengáis ocasión, trayéndome el que ella os entregue para mí.

—Si es eso únicamente...

—Esperad un instante, si tenéis la bondad.

Desapareció el muchacho en el interior de la trastienda y apareció al punto portando una bolsa en la que, de manera intermitente, un bulto se movía.

—Tomad, entregad esto a vuestra señora. —Y al decir estas palabras colocó la bolsa en el mostrador—. Dadle, con mi regalo, el testimonio de mi más rendida admiración. Decidle así mismo que pronto recibirá noticias mías y que no se preocupe, que todo se arreglará.

El ama, desconfiada, deslió las guitas de cuero que cerraban la embocadura de la bolsa y registró con la mirada su interior, en el que se hallaba cómodamente instalado el palomo. Luego ajustó de nuevo los cabos y, ante la inocencia del cometido, se vio en la obligación de ser amable con la persona que tan gentilmente había aliviado su conciencia.

—A través del sufrimiento de mi ama me había formado una opinión desfavorable de vos... Me alivia ver que sois un joven prudente y dotado de buenas intenciones. Os agradezco, en suma, que hayáis disipado mis dudas, y si todo ello redunda en bien de mi niña y en darle una pequeña alegría que alivie su pena, os estaré eternamente agradecida.

Simón entregó a la dueña, ante la desconfiada mirada de su tío, la bolsa con Volandero, que rebullía inquieto deseando salir de aquella estrecha mazmorra de cuero. El ama la tomó en sus manos y salió de la tienda circunspecta y orgullosa, casi deseando que alguien la detuviera y preguntara qué era lo que llevaba en el morral.

Simón la vio partir aliviado, al haber dado con la manera de contactar con su amada, y contento de haber podido exonerar al ama de cualquier culpa que alguien quisiera cargar sobre ella, caso de sorprenderla entrando o saliendo de su casa, llevando una bolsa en cuyo interior se alojaba una paloma. Pero sobre todo se sentía feliz al tener unos días de margen para rematar el plan que lentamente se iba perfilando en su cabeza.

Audiencia real

—Me parece una imperdonable desconsideración que el rey haga esperar a su ilustrísima tanto tiempo.

Quien en estos términos se dirigía a su obispo era fray Martín del Encinar que, apoplético y nervioso, medía con sus pasos, junto al prelado, la estancia, antesala de su majestad Juan I, atestada a aquella hora de cortesanos que pretendían, así mismo, ser recibidos por el monarca.

—La paciencia no es una de vuestras principales virtudes, fray Martín. No olvidéis que nosotros somos en esta ocasión los pedigüeños, que venimos sin audiencia concertada y que él es rey. Veamos, pues, si somos lo suficientemente hábiles para lograr que entienda nuestras necesidades y nos conceda lo que en justicia se le pide.

—Pero ¡no me negaréis que, sabiendo vuestro rango y jerarquía, la espera es excesiva!

Apenas había pronunciado el coadjutor la última palabra cuando las puertas del salón del trono del alcázar se abrieron de par en par y el chambelán anunció la audiencia real golpeando con su vara el entarimado del suelo, como era preceptivo, y voceando el nombre y título del obispo.

—¡Audiencia real para su ilustrísima don Alejandro Tenorio, obispo de la archidiócesis de Toledo y presidente del cabildo de la catedral!

El obispo y su acompañante se dirigieron hacia la puerta, guardada por dos alabarderos que portaban dos adargas protectoras y lucían sobre sus cotas de malla unas casacas ajedrezadas con los colores de los Trastámara y en cada recuadro alternativo el león rampante y la torre, y lo hicieron con paso contenido y sin mostrar signo alguno de apresuramiento, atravesando, entre los grupos de personas que pretendían ver al rey, la alfombra roja que se extendía desde la misma entrada hasta el escalón inferior de la tarima donde se alzaba el trono en el que, indolente, se recostaba Juan I de Castilla.

Llegaron ambos clérigos, y en tanto el coadjutor ensayaba una poco airosa reverencia, el prelado inclinaba la cabeza brevemente, lo que no pasó desapercibido al monarca.

—Y ¿cuál es el motivo que os trae por estos lares y os hace salir a tan desusada hora de vuestra catedral, querido obispo?

Alejandro Tenorio, curtido en mil avatares y conociendo

las normas de protocolo de la corte, hizo ver que ignoraba la descortesía del monarca y simuló no haber reparado en que el rey se había dirigido a él sin el correspondiente saludo.

—Dios guarde a vuestra majestad muchos años y colme a este reino de bendiciones.

—Que así sea. Pero imagino que no habréis venido tan sólo a bendecir el reino, ¿no es cierto?

—No, ciertamente. He venido a poner en conocimiento de vuestra majestad ciertas noticias que son malas para este obispo y para el buen pueblo de Toledo, y que, por tanto, siendo malas para sus súbditos, también lo serán para su rey.

El rey dirigió una mirada sesgada a su intendente, quien, unos pasos retirado, asistía impávido a la entrevista.

—¿Creéis, don Pedro, por un casual, que el rey no está al corriente de lo que pasa en su reino?

El intendente, al ser interrogado directamente, se adelantó un par de pasos y, colocándose a la altura del trono y al costado del monarca, respondió adulador.

—No sólo lo creo improbable sino prácticamente imposible. —Y dirigiéndose al obispo apostilló—: Los oídos del rey están en todas partes, ilustrísima. Ya sabéis que el mejor informado es el más poderoso, y nos aseguramos de que nuestras fuentes sean inmejorables. Me atrevo a deciros que os asombraríais si supierais cuán permeables pueden llegar a ser hasta las mismísimas paredes de la catedral.

A Tenorio le gustaban los duelos dialécticos y no rehuyó el envite. Tuvo buen cuidado, no obstante, de dirigirse al secretario.

—Vuestro obispo tiene una fuente de la que incluso el rey, sin duda, el más poderoso, carece.

El monarca se incorporó un tanto y, tras aderezarse la corona sobre sus augustas sienes, preguntó entre socarrón y curioso.

—Y ¿cuál es ella, obispo?

—La confesión, majestad.

Al rey se le ensombreció el rostro.

—Y ¿qué es lo que habéis averiguado?

—Veréis, majestad, la otra tarde, a eso de las ocho, estando en uno de los confesonarios de la catedral cual si fuera un monje ordinario, cosa que procuro hacer siempre que mis ocupaciones me lo permiten, pues ello me acerca al pueblo llano, amén de hacerme sentir como un humilde fraile de cenobio, vino un pecador arrepentido buscando consuelo tras descargar el saco de sus culpas. —Tenorio hizo una ostentosa pausa—. Lo escuché atentamente y lo que me contó me pareció harto peligroso.

—¿Pretendéis jugar a los acertijos, obispo?

—Nada más alejado de mi intención, majestad.

—Pues proseguid, ¡vive Dios!

El coadjutor permanecía inmóvil, presenciando la esgrima verbal de ambos personajes.

—Resulta ser que el individuo en cuestión es herrero en una población de estos reinos, y hace un tiempo llegaron a su casa unos emisarios de Toledo que apestaban a judío y, sin darse a conocer pero argumentando buenos dineros, le encargaron ciertos hierros que, de sobra es sabido, el pueblo hebreo tiene prohibidos desde que, en tiempos, se decantaron por el rey Pedro en contra de vuestro padre.

—¡Pedro jamás mereció el nombre de rey!

El obispo recogió velas.

—Cierto, majestad, perdón por el error; quise decir el usurpador.

—Proseguid, obispo.

Evidentemente el talante del monarca había variado.

—El hombre receló, sabedor de que los judíos tienen prohibidas las armas, máxime cuando lo natural sería que las buscaran en su ciudad si hubieren licencia para ello. En principio se negó, pero al ser el encargo suculento y mucho el beneficio, comentó el suceso con su mujer y ésta, ya sabe vuestra majestad cuán flaca es la condición femenina, le instó para que aceptara el negocio ya que entre espadas, lanzas, mazas, rodelas y puñales eran más de ciento, y pese a que ningún cristiano puede mercar estos productos con seguidores de la ley mosaica bajo pena de pecado mortal, cayó, cual Adán, nuestro padre, en la culpa. Luego, el arrepentimiento invadió su alma y vino hasta su obispo a confesar su pecado.

—Y ¿quién es ese hombre que se atreve a desobedecer a su rey?

—El pecado os puedo decir, no así el pecador; ya sabéis que el secreto de confesión es inviolable. —La añagaza del prelado había surtido efecto.

—Entonces de poco me sirve vuestro aviso, si no me decís el pueblo ni el herrero ni el día ni el trayecto… Los días del año son muchos; los pueblos y herreros de mi reino, incontables, y los caminos, las trochas y los senderos a guardar, infinitos.

—Yo únicamente os prevengo, majestad. Es evidente que los judíos de Toledo se están armando. Ignoro cuáles pueden ser sus intenciones; si fueran honestas y enfocadas a vuestro servicio, os habrían solicitado la correspondiente venia; en otras ocasiones puntuales y en defensa del reino se la habéis otorgado. Cuando buscan armas sin vuestra aquiescencia y a escondidas en otro lugar, algo perverso están tramando.

El rey quedó pensativo unos instantes y luego se dirigió a su secretario.

—¿Qué concluís de todo esto, canciller?

—Corren malas nuevas para «vuestros judíos», majestad. —López de Ayala subrayó lo de «vuestros»—. Tal vez quieran preparar una defensa por si son atacados… Ya sabéis, corren voces. ¿Que no han demandado vuestro permiso? Cierto es, pero de eso a que quieran emplear las armas contra su rey va un abismo insalvable. Lo que haremos, si os cuadra, majestad, será reforzar la vigilancia de las puertas por si conviniere tener un control más exhaustivo sobre las mercancías que entran en la plaza, no vaya a ser que alguien intente pasar sin pagar los debidos aranceles.

El rey se volvió hacia Tenorio.

—No dudéis que agradecemos vuestro interés por el reino y que se indagará vuestra denuncia, pero tened la certeza de que si estos buenos súbditos son atacados injustamente, el peso de la justicia del rey caerá sobre aquel que cometa tamaño desafuero.

—Tales súbditos no son precisamente dilectos para el pontífice.

—Dejad que el Papa se ocupe del Vaticano, que yo me ocuparé de Castilla. Y si no tenéis nada más que decir, vuestro rey tiene otras muchas audiencias que atender de gentes que la habían pedido con anterioridad.

Al obispo no le agradaron las últimas palabras del monarca.

—Majestad, recordaros únicamente que el Papa es el representante de Cristo en la tierra y...

—Os agradezco vuestro memento, pero no olvidéis sus palabras: «Al César lo que es del César y a Dios lo que es de Dios». Que tengáis un buen día, obispo.

Alejandro Tenorio, acompañado de su edecán, partió hacia su catedral. Cuando se encontraron en el patio del alcázar esperando que un palafrenero les portara la blanca hacanea del obispo y la más humilde cabalgadura del clérigo, los labios del primero profirieron *sotto vocce* una amenaza.

—¡No tientes a Dios, Trastámara, que reyes más altos han caído!

La decisión paterna

Esther, a pesar de vivir con la decisión de su padre pendiendo sobre su cabeza y entendiendo que el día menos pensado se podía cerrar el trato sobre su boda con Rubén ben Amía, vivía confiando en que, llegado el momento, Simón sabría adoptar la providencia adecuada. El hecho de que su aya le hubiera traído la mensajera de su amado y ella, por el mismo conducto, le hubiera enviado una de las suyas le daba tranquilidad ya que sabía que de esta manera un hilo sutil, a través de la distancia, la unía a su idolatrado Simón. Cada mañana, lo primero que hacía al levantarse era dirigirse al palomar, donde sus aves zureaban felices, y ver si la paloma que había entregado a Sara había regresado portando las ansiadas noticias de su bienquisto enamorado. Después cambiaba el agua de los bebederos de las aves y rellenaba los comederos con guisantes y semillas de mijo. Aquélla era su única distracción, ya que su padre, a pesar de los ruegos de su buena madrastra y tía suya, se había mostrado inflexible; no había cedido, y solamente por mor a su salud, la dejaba salir al jardín a cuidar de sus aves y a expurgar los rosales que se encontraban junto a la pequeña sinagoga. De esta manera, entre la angustia y la dulce espera de noticias, pasaba sus horas la enamorada muchacha

—¡Esther!

La voz de su aya la llamaba desde la ventana del primer piso, que daba sobre la rosaleda. Alzó la vista y vio la oronda figura de su querida Sara asomada al balconcillo, dejó en el cesto los aperos de jardinería que estaba usando y avanzó entre los rosales para colocarse a la vista de la dueña.

—¿Qué queréis, ama? Estoy aquí.

—Vuestro señor padre os reclama. Venid a arreglaros, que parecéis una campesina, y acudid a la biblioteca.

—Ya subo, ama. Recojo todo esto y en un momento estoy arriba.

Regresó la muchacha junto al cestillo y, tomándolo en sus manos, lo llevó hasta el cobertizo y lo depositó en la mesa dispuesta para ello. Luego se deshizo del delantal con grandes bolsillos que usaba para sus tareas de jardinería y, tras colgarlo de un gancho que estaba en la pared donde apoyaba los rastrillos y la pequeña pala, se dispuso a partir para acicalarse, a fin de estar debidamente arreglada para la entrevista con su padre, al que respetaba y amaba pero al que sus jóvenes años no comprendían en aquella su decisión de casarla contra su voluntad. Atravesó el jardín y entrando en la casa se dirigió a la escalera que conducía al piso superior, donde se hallaba su dormitorio. El ama ya había colocado sobre la cama las ropas y los sobrios oropeles que Esther debía vestir y se dispuso a ayudarla a fin de que pudiera presentarse ante el rabino de la morigerada manera que a éste placía.

Isaac Abranavel estaba harto preocupado por los acontecimientos que estaban sucediendo y las noticias que llegaban a sus oídos, un día sí y otro también, desde los pueblos de alrededor. Particularmente los día de mercado, los destrozos en los puestos de sus hermanos eran continuos, y los perjuicios por pérdida de mercancías y por daños eran grandes. Los tenderetes de venta de lana eran quemados; la alfarería, rota y desparramada por los suelos; los toldos, destrozados, y las casas de cambio, asaltadas y descalabrados sus cambistas; esto si además no había que lamentar daños más graves a las personas, como apaleamientos e intentos de colgar a alguno, caso que hubiera intentado defender sus intereses. Las armas que él y los otros rabinos de las aljamas habían comprado al herrero de Cuévanos, a través de discretos emisarios, todavía no habían sido entregadas, y pese a que el hombre se había comprometido, ya había aplazado la fecha de la entrega en dos ocasiones no obstante habérsele pagado puntualmente la mitad convenida del dinero. El buen rabino conocía perfectamente la prohibición real de poseer armas que pesaba sobre los suyos, pero tras evacuar largas consultas con sus compañeros, decidieron intentar hacerse con una colección de ellas ante el peligro latente que se avecinaba y ante el riesgo de que un gran desastre se abatiera sobre aquel su pueblo tantas veces probado. El caso era que sin dilación, aquella semana, David, el sobrino de Ismael Caballería, y otro muchacho debían partir con una galera grande hacia Cuévanos a recoger la mercancía y entrarla en Toledo por la puerta de la Bisagra, guardada aquella noche y antes de su cierre por un capitán sobre el que el largo brazo del rabino había prodigado su munificencia.

Estaba Isaac en su bien dotada biblioteca leyendo, precisamente, *Crónica troyana* de Guido della Colonna, cuya traducción se debía al canciller del rey, don Pedro López de Ayala, mientras esperaba la llegada de su hija, cuya boda pactada con Rubén, el hijo mayor de su buen amigo Samuel ben Amía, había demorado a causa de los acontecimientos que su comunidad estaba viviendo pero que, sin embargo, había decidido no volver a postergar. Unos pasos breves y ligeros sonaron en el maderamen de la escalera que descendía del segundo piso, y él reconoció, al punto, el alado caminar de los menudos pies de Esther, quien, siguiendo la moda de las muchachas mudéjares, tenía por costumbre calzar sandalias de fino cuero cordobés. Por un momento pensó preterir su decisión atendiendo a la extrema juventud de su hija y a aquella su negativa de contraer matrimonio, tal era el amor que profesaba a aquella criatura, pero al punto se rehízo y se reafirmó en su primera decisión. Isaac Abranavel, rabino mayor de la comunidad de la sinagoga del Tránsito, jamás había faltado a la palabra empeñada. Unos tímidos nudillos golpearon la puerta de la biblioteca.

—Adelante, Esther, puedes pasar.

A veces, en aras del amor que profesaba a su hija, la tuteaba, y esta vez lo hizo para destensar la situación.

El picaporte se abatió lentamente y al abrirse la hoja apareció en el vano de la puerta la figura de su amada niña vestida como una mujer, con un brial de damasco verde, adornados los bordes y el cuadrado escote con una franja de pasamanería dorada, cubriendo una camisola cuyas mangas asomaban por las aberturas laterales de la túnica; pálida la faz, los enormes ojos, oscurecidos con alheña, hondos como pozos de Samaria;

la piel blanquísima, y su negro pelo recogido por un broche de concha de tortuga. Entonces el rabino entendió que tal vez era todavía muy tierna para contraer el sagrado vínculo que la ataría a un hombre de por vida. La muchacha se quedó a escasa distancia de su padre, esperando respetuosa a que éste le tendiera la mano para que ella se la besara. Pero el rabino, haciendo de tripas corazón, reprimió el gesto para evidenciar su disgusto, aunque aquella circunstancia le apenaba, si cabe, todavía más que a su hija. La situación se hizo tensa, y en tanto el rabino dejaba en una mesa auxiliar el volumen que estaba leyendo, la voz de la muchacha llegó a sus oídos nítida y cristalina.

—¿Me habéis hecho llamar, padre mío?

Isaac decidió intentar razonar con Esther.

—Sí, hija, quiero que hablemos como lo hacíamos cuando eras la niña que obedecía ciegamente cuanto decía su padre.

—Es que, aunque mi amor de hija sigue siendo un caudal incesante como el Tajo que rodea Toledo, ya no soy una niña.

El judío, con un ligero gesto de su mano, indicó un escabel de tijera que estaba a un lado.

—Siéntate, Esther.

La muchacha se dirigió hacia la pequeña banqueta y, plegando graciosamente el vuelo de su brial, se sentó en ella. Entrambos se produjo un denso e incómodo silencio, que rompió la muchacha.

—Aquí me tenéis, padre.

El rabino se mesó la barba con un gesto rutinario que en las situaciones tensas era característico y espontáneo. Su tono, cuando comenzó a hablar, fue paternal y conciliador.

—Querida hija, sabes de sobra el motivo de mi llamada. Querría creer que este tiempo de meditación y aislamiento te ha hecho reflexionar y que habrás decidido deponer tu actitud, por otra parte para mí incompresible.

—¿Os referís al hecho de contraer matrimonio con Rubén?

—¿A qué otra cosa si no?

—Con todo el respeto, padre mío, y con el ardiente deseo de ser comprendida, yo no amo a Rubén y no estoy dispuesta a pasar a su lado el tiempo que Jehová me otorgue de vida en este mundo. —Las manos de la muchacha temblaban visiblemente—. Además, él no debería casarse.

—Y ¿a qué se debe esta última y peregrina afirmación?

—Es evidente que es un *ba'al-Shem*.[64]

—Tu aseveración, a fuer de gratuita, es injusta. Rubén será un excelente esposo y un padre amante que a ti te llenará de hijos y a mí de nietos, que serán la alegría de mi vejez y la prolongación de mi estirpe.

—Daría la vida por no disgustaros, pero no puedo desposarme con un hombre que no amo.

La actitud del judío cambió y también el tratamiento.

—¡De cuándo acá una joven de vuestra condición desobedece a su padre! —Luego bajó la voz, cuyo tono no por ello fue menos amenazante—. ¡Os casaréis con quien yo diga y cuando yo lo diga! Jamás he faltado a la palabra dada, y no va a ser ésta la primera vez, amén de que no hago sino seguir las costumbres de nuestro pueblo. ¿Cuándo una mujer aún menor de edad ha sido consultada por su padre para concertar su boda? Creo que habéis perdido el juicio. La semana que viene pagaré vuestra dote y la víspera del tercer sabbat del próximo mes se celebrará la ceremonia de la entrega de la esposa. Y ahora, podéis retiraros.

Esther se puso en pie mirando a su padre con los negros ojos arrasados en lágrimas y, tras una breve reverencia, se dirigió a la puerta de la biblioteca. Cuando estaba a la mitad del trayecto, la voz de su progenitor la detuvo, sonando en otra tesitura mucho más conforme con lo que era su costumbre.

—Cuando pasen los años me lo agradeceréis y entenderéis lo que ahora no alcanzáis a comprender. Las muchachas, a vuestra edad, os enamoráis del amor. La vida es otra cosa, hija mía; el amor conyugal viene más tarde.

Esther reemprendió su camino y tras cerrar silenciosamente a su espalda la puerta de la biblioteca, salió de la estancia.

La misiva era corta pero terminante. Aquella tarde despertó Simón de su siesta alarmado por el barullo que formaban sus palomas en la azotea y, temiendo que una rapaz se hubiera acercado al palomar, se desperezó y, tras ponerse la camisa y ajustarse la guita que le sujetaba las calzas, se encaramó por la desvencijada escalerilla y se asomó por la lucerna que desembocaba en el tejadillo. Nada más asomar la cabeza, el corazón le dio un alegre brinco. Zureando, caminando de un lado a otro y balanceando su pequeña cabeza, Esquivel, uno de los dos palomos que había enviado a Esther, pugnaba por introducirse en el palomar. Simón se aupó de un ágil brinco a la cubierta y echó mano al bolsillo en el que invariablemente llevaba unos granos de mijo, que ofreció a la avecilla en tanto le hablaba de un modo acariciante y conocido.

—¡Hola, pequeño, has vuelto a casa! Ven, hermoso, ven.

Y acompañando la palabra tendía su diestra abierta con la pitanza bien a la vista. La mensajera, sesgando el metálico cuello y mirando de soslayo con sus vivísimos ojos, parecía reconocer la voz y, dudando, iba y venía para acercarse. Finalmente, se decidió a comer de la mano de Simón. Éste, apenas tuvo cerca a la paloma, la tomó con firmeza por debajo de las alas, sintiendo la redondez de su quilla y la poderosa musculatura que la recubría; luego, inmovilizándola con tiento, buscó en su pata la anilla que sujetaba el mensaje y, tras dar con ella, retiró la misiva para, a continuación, abrir la trampilla del palomar y depositar en su interior a la avecilla, que fue festivamente recibida por sus compañeras. Acto seguido, descendió con sumo cuidado por las húmedas tejas y cuando llegó al tragaluz de su buhardilla se deslizó por él hacia el interior. Apenas instalado en su jergón, procedió a leer el mensaje.

Amado mío:

Todo cuanto temía ha sucedido. Mi padre no ceja en su empeño de casarme, en contra de mi voluntad, con Rubén ben Amía. Si no lo remediáis, la tercera semana del próximo mes me entregará a él, y entonces mi suerte estará echada y seré, sin duda, la mujer más desgraciada del universo.

Estoy dispuesta a escapar con vos y a hacer lo que me digáis. No viviré hasta que reciba vuestra contestación. Enviadme la respuesta a través de la paloma que os mandé, tal como yo hago.

Vuestra siempre o muerta,

ESTHER

Simón, tras releer la carta varias veces, se echó en su catre y puso su mente a trabajar a toda presión. Al cabo de dos horas, había fraguado un plan en su cabeza, y casi sin darse cuenta se encontró sentado frente a su modesta mesa con una caña en la mano y un billete en blanco, presto para escribir su mensaje.

Manfred, 1938

Manfred y Eric se habían citado en el café del Planetarium situado en la prolongación de Joachimsthaler Strasse dentro del zoo berlinés. El día era templado, y bajo la inmensa cristalera donde se ubicaban las mesas de mármol apenas se veía personal: una pareja de enamorados, un anciano, que con la pipa apagada entre sus labios y unos viejos lentes sin montura a caballo de su nariz, leía *Der Stürmer*, y un grupo de cuatro camareros que, ante la falta de trabajo, entretenían su ocio charlando animadamente acodados en el mostrador. Una brisa fresca movía las hojas de los árboles que envolvían la inmensa pajarera, y en lontananza se podía oír la cacofonía que formaban los diversos ruidos propios de cada una de las especies de animales que poblaban el afamado zoo berlinés.

Manfred llevaba la gorra calada hasta las orejas, pues era consciente de que en cualquier momento podía ser detenido. Era evidente la represión de ciertos grupos de personas que, por diferentes motivos, eran incómodas al régimen nazi, y las células comunistas lo eran y mucho, ya que su ideología chocaba frontalmente con la del partido en el poder y además eran muy activas. Las cosas habían cambiado mucho desde los días gloriosos de la olimpiada porque Hitler, al sentirse fuerte, se había quitado la careta y ya no le importaba lo que opinaran los gerifaltes de las demás naciones. Si no se cumplían los pactos del Tratado de Versalles, lo único que podían hacer los gobiernos en litigio era recurrir a la vía diplomática, de modo y manera que el trasiego del ir y venir de embajadores a la capital era continuo. En el fondo, no obstante, lo que había era miedo, mucho miedo, y un tremendo respeto hacia las decisiones que pudiera adoptar el canciller, pues era de sobra conocido el potencial de su ejército y tal vez las ansias que tenía de invadir la zona de los Sudetes, a la que consideraba, al igual que Alsacia y Lorena, y particularmente el pasillo de Dantzig, propiedad arrebatada a Alemania al finalizar la guerra de 1914-1918, por el inicuo Tratado de Versalles. Las potencias vecinas, celosas del orden, la estabilidad y el floreciente resurgir de la gran Alemania, dudaban y no se decidían a intervenir frontalmente, amén de que el nuevo gobierno alemán contaba con simpatizantes entre ellas. El mismísimo duque de Windsor, que había renunciado al trono inglés —al que había accedido con el nombre de Eduardo VIII—, para casarse con mis Wallis Simpson, una divorciada americana, había mostrado públicamente sus simpatías por el Führer y su opinión había arrastrado a muchas personas de buena fe, de allende el canal de la Mancha, que consideraban que dentro de Europa el aliado natural de Inglaterra era Alemania. El escaparate de las autopistas, que recorrían en todos los sentidos el suelo alemán, y las chimeneas humeantes de las acererías de la cuenca del Ruhr trabajando día y noche era la mejor de las publicidades para los intereses del canciller. Benito Mussolini había visitado Munich el mes de septiembre anterior, y los primeros ministros de Inglaterra y de Francia, Neville Chamberlain y Édouard Daladier, respectivamente, no tenían más remedio que mirar hacia otro lado ante acontecimientos evidentes que, de haberlo querido, eran motivo más que suficiente para haber desencadenado las hostilidades.

En el interior habían pasado muchas cosas que en cualquier país auténticamente democrático serían impensables. Las persecuciones de judíos, cíngaros, disminuidos físicos, gitanos, testigos de Jehová, etcétera, ya no eran acciones que se hicieran a escondidas e intentando justificarlas, sino que la policía política, la temible Gestapo, actuaba a toda presión y los periódicos presumían de ello. La humillante fotografía de una pareja constituida por un muchacho judío y una chica alemana con un cartel colgado en su cuello en el que se podía leer «SOY UNA CERDA QUE ME APAREO CON CERDOS» había saltado a los rotativos de todos los periódicos. Lo que se intuía pero no se sabía con certeza, aunque muchas versiones corrían sobre el tema, era lo que ocurría cuando una familia entera desaparecía del barrio, y nadie se atrevía a preguntar qué era lo que le había ocurrido ni adónde la habían trasladado.

Los deficientes mentales, los disminuidos psíquicos y todos aquellos que padecieran una anomalía física importante eran encerrados en casas de salud donde se les irradiaba hasta conseguir su esterilidad o bien, al cabo de un tiempo, se comunicaba a sus familiares en una historiada carta del Ministerio de Sanidad que «su pariente había adquirido una enfermedad contagiosa de la que había fallecido repentinamente y había tenido que ser incinerado a causa del evidente peligro de contagio». Las leyes para mantener la pureza de la raza aria se sucedían una tras otra.

Manfred se sentó en uno de los veladores del fondo y, calándose la gorra hasta las orejas, extrajo del bolsillo exterior de su gabán un periódico deportivo y simuló ponerse a leer, en tanto que con el rabillo del ojo vigilaba la entrada del establecimiento.

Las cosas habían cambiado, y mucho, desde el día en que sus padres habían abandonado Berlín. Él ya no vivía en la mansión familiar, y los motivos para cambiar de domicilio fueron varios. En primer lugar, la certeza de que antes o después irían a buscarlo allí y de que su presencia comprometía a sus tíos, quienes, si bien nada sabían de sus actividades ni nada habían objetado, suspiraron de alivio al conocer su decisión. En segundo lugar, su compromiso cada vez mayor con el partido le obligaba a extemporáneas ausencias, que eran menos comprometidas cuantas menos explicaciones tuviera que dar de ellas. Luego estaba el hecho de que en los últimos tiempos se había vuelto inevitable que Manfred se viera con personas que no cuadraban ni en su casa ni tan siquiera en el entorno del barrio donde se ubicaba la residencia de los Pardenvolk y que, le constaba, desagradaban sobremanera a Anelisse, aunque, desde luego, ella jamás insinuó nada al respecto. Karl Knut, su amigo y jefe de la célula a la que pertenecía, técnico en voladuras y experto en detonadores que trabajaba en una fábrica estatal, le dio la solución. Una tarde a las siete y en la sede de su grupo, que se ubicaba en un pequeño almacén de chatarra de un taller mecánico en la confluencia de Libenstrasse con Zermattplatz y que era una espléndida tapadera, quedaron citados con la persona que, por indicación de los mandos del partido, lo alojaría en su casa. Llegó a la cita con antelación, y la sonrisa de su jefe le indicó que algo se traía entre manos. Helga, la hija de Matthias, el dependiente del taller de joyería de su padre, aquella pequeñaja flaca con quien había jugado alguna que otra tarde de su niñez, pertenecía al partido, sin que jamás Manfred lo hubiera sospechado, y vivía en uno de los bloques de viviendas que el partido Nacionalsocialista había construido para trabajadores, en Windit, uno de los barrios extremos del nuevo Berlín, y que eran verdaderos hormigueros humanos donde las personas que en ellos habitaban lo hacían en el más absoluto anonimato, tal era el número de gentes que vivían en aquellos bloques, exactamente iguales, de monótono hormigón gris.

La muchacha había entrado ya de jovencita a trabajar en el taller por ser hija de quien era, y jamás habrían sospechado que aquella chica discreta y silenciosa, a la que habían mirado con la displicencia con la que un chico de ocho años mira a una niña de seis, tuviera alguna inclinación política ni fuera capaz de pertenecer a un grupo perseguido, en aquellos tiempos, con verdadera saña. Manfred recordaba aquel día como si hubiera sido la tarde anterior: la expresión del rostro de la muchacha le indicó que la sorpresa para ella no era tal. Karl hizo las presentaciones.

—Manfred, te presento a la camarada Rosa. —Todos tenían nombres en clave para garantizar la seguridad de la célula; él era el camarada Günter Sikorski—. Ella va a ser la que, a partir de ahora, se ocupe de alojarte y de cubrir tus necesidades vitales. Se os van a dar documentos que justifiquen que desde ahora sois marido y mujer, ante preguntas indiscretas de vecinos y gentes ajenas al grupo

Manfred recordaba la sorpresa inmensa que le causó el descubrimiento.

—Pero, Helga, ¿cómo, tras tantos años, no habías insinuado nada?

Quien habló de nuevo fue Karl.

—Yo te lo diré: porque es una buena comunista y conoce perfectamente sus obligaciones hacia el partido a fin de salvaguardar la seguridad de sus camaradas.

La muchacha observaba su asombro entre tímida y sonriente.

—Te advierto que yo me he enterado hace unas horas de mi nueva situación, y debo decirte que lo último que me habría pasado por la cabeza era que el hijo del patrón de toda la vida de mi padre fuera un comunista... Reconocerás que entre los de vuestra clase social no es donde comúnmente busca el partido nuevos adeptos. Además, creo que en los tiempos que corren y con lo que está cayendo, tampoco hay que ir por ahí pregonando que perteneces al partido.

—Tienes razón, Helga, pero me resulta un tanto raro haberte visto desde que eras una cría venir con tu madre a recoger a tu padre los sábados, y que ahora me digan que eres la camarada Rosa y que, en estos tiempos tan difíciles, vas a alojarme en tu casa.

—¿Y tu hermano? ¿Qué es de él?

Manfred sintió sobre él la mirada de Karl y se salió por la tangente.

—Bien, ya sabes, como siempre; desde que se accidentó y le pasó lo de la pierna, es otra persona.

Helga no podía imaginar siquiera hasta qué punto había cambiado Sigfrid.

Eric lo vio sentado en uno de los veladores del fondo del café del zoo; la silueta de Manfred leyendo el periódico le avisó que, por el momento, el campo estaba libre. La noche anterior habían fijado por teléfono la hora y el lugar precisos. Ambas cosas iban variando siempre, y procuraban no trivializar sus costumbres ni bajar la guardia, llamando desde teléfonos públicos y acordando ciertas claves que advertían al que llegaba si algo había cambiado o se cernía un peligro momentáneo. En aquellos días, Berlín hervía de delatores a los que la policía estimulaba con premios en metálico por cada denuncia viable que llevaran a cabo.

Eric se acercó a la mesa e hizo un breve saludo convencional, como la persona que ve a otra casi todos los días. Manfred se llevó un dedo a la visera de la gorra y correspondió al saludo. Uno de los camareros acudió a la mesa para atender al nuevo cliente, y ambos aguardaron a que el hombre les sirviera el pedido antes de comenzar a hablar, con el fin de no tener que interrumpir su charla ante la presencia de un extraño y dando la sensación de que tenían poco que decirse.

Quien comenzó fue Eric.

—Hola, Manfred.

—¿Qué tal?

—Ayer tuve la sensación de que tenías algo importante que decirme.

—Siempre que te aviso es por algo importante; soy consciente de que corres peligro y únicamente cuando es inevitable procuro verte. Pero esta vez existen dos motivos.

—Habla.

—Primero la obligación y luego la devoción. Si quieres hacer un acto de servicio a tu patria, es necesario que quedes con mi hermano cualquiera día de éstos, cuanto antes mejor. Es preciso aumentar la potencia del equipo que instalaste en el torreón de casa, de forma que pueda transmitir a larga distancia a radioaficionados de Francia y de Inglaterra; ahora aún estamos a tiempo, luego será tarde.

—¿Sabes que lo que me pides está absolutamente prohibido?

—Si fuera algo oficial, llamaría a cualquier técnico en radiotransmisiones. No es eso, Eric. Todo ha de quedar como está ahora, y hay que hacerlo al margen de los canales oficiales. Desde luego, nadie ha de saber nada ni tienes por qué ser tú quien haya ampliado la potencia de la señal.

—¿Es importante?

—No puedes ni imaginarte lo importante que puede llegar a ser; a lo peor algún día es vital.

—Me hará falta un material imposible de obtener.

—No te preocupes. Haz una lista, y en cuanto haya podido reunirlo, te avisaré.

Lo que no le dijo Manfred era que el partido, a través de un miembro de la delegación comercial, Alexei Koubulov, había suministrado a los comunistas alemanes dos potentes transmisores, una clave cifrada y dinero por valor de trece mil quinientos marcos.[65]

—¿Lo sabe Sigfrid?

—No lo sabe pero lo sabrá. Él no quiere saber nada de política, ya sabes cómo es. Pero si yo se lo pido, no se opondrá a que hagas tu trabajo.

Eric seguía preguntando.

—¿Y el portero? Todos sabemos qué pie calza... Cada vez que voy a ver a tu hermano, anota mi matrícula y la hora o yo qué sé. Ahora ya no se oculta, lo hace con total descaro.

—Podríais encontraros fuera de casa, pero conviene que todo siga como hasta ahora. Además, no cometes ninguna ilegalidad yendo a verle; por ahora, las leyes aún respetan a los judíos con un cincuenta por ciento de sangre alemana, siempre que no vivan como judíos y no practiquen la religión mosaica ni sus costumbres,[66] aunque esto sin duda cambiará pronto. No te preocupes, será una visita más, y cuando vayas a realizar tu trabajo, que es lo importante, no estará en la garita de la entrada porque será por la noche. Me consta que cuando mis padres se fueron acudió a la policía, pero a los de mi clase entonces solamente les estaban ahogando los negocios ya que lo que pretendían era quedarse con su bienes. Si un judío cedía todo su patrimonio al partido, en teoría lo dejaban marchar. Luego ya se vería qué país lo acogía; todos hablaban pero ninguno se mojaba el culo y daba el paso. Si mi padre, cuando se marchó, hubiera regalado la fábrica de joyería, las tiendas, la casa y todos sus bienes al partido, en aquel momento le habrían puesto un puente de plata, pero como creía que este viento pasaría y se sentía tan alemán como el que más, no le dio la gana de ceder el fruto de su esfuerzo a esa panda... Por eso tuvo que irse como lo hizo. Pero las cosas se pondrán peor; la persecución auténtica aún no ha comenzado de verdad, por lo menos para nosotros. Hitler teme al *lobby* judío norteamericano. Yo estoy fichado por comunista, no por judío, pero todo llegará.

Eric escuchaba la feroz diatriba de su amigo y, porque ya no tenía argumentos y en el fondo le daba la razón, desvió el tema.

—Te advierto que el material que hará falta es bastante voluminoso.

—Se te suministrará una camioneta con todo el equipo que hayas solicitado; no te preocupes por ello. Entrarás por detrás, Sigfrid te esperará en la puerta posterior del jardín, la que da al garaje, y entre los dos lo trasladaréis a la torre en varios viajes, explotando las ausencias de los tíos, ya que aprovecharemos uno de los muchos fines de semana que se van al campo a casa de la madre de Anelisse.

—Pero ¿sabes a lo que expones a quienes viven en la casa en el caso de que os descubran?

—Lo sé, pero no hay más remedio. Las órdenes que tengo son precisas. Además, el beneficio supera en mucho al riesgo. Lo que te pido que hagas puede salvar, en el futuro, un sinfín de vidas. Todo está calculado.

—Por mí no hay inconveniente. ¿Cuándo piensas que podré ponerme a trabajar?

—Sigfrid te lo comunicará. Lo primero es que me proporciones la lista de los materiales que precises para llevar a cabo lo que te pido.

—¿Cuándo y dónde quieres que te la entregue?

—Dásela a mi hermano; él se ocupará de hacérmela llegar.

—Cuenta con ello. Imagino que tú y los tuyos sabéis lo que os lleváis entre manos.

—Descuida, nos jugamos mucho en este envite para obrar con ligereza.

—Bien, ¿qué es eso bueno que tenías que explicarme?

Manfred se acomodó en su silla, hizo una pausa y compuso un gesto solemne, queriendo indicar con todo ello que lo que iba a rebelar era importante.

—Hanna va a regresar a Berlín.

La expresión de Eric cambió por completo. Un leve parpadeo denunció el impacto que la noticia le había causado y casi se le derramó la bebida.

—Tengo tantas cosas que preguntarte que no acierto por dónde empezar... Lo primero es: ¿cuándo?

—Lo ignoro. Te diré lo que yo sé. En primer lugar, tú eres el motivo de su regreso, eso no lo dudes. Mi hermana es ya una mujer y ha tomado en sus manos las riendas de su destino. Su carta ha llegado a un apartado de correos que únicamente conoce mi padre, y desde el momento en que ella escribe es que mi padre le ha facilitado la dirección. Además, hay que leerla entre líneas.

—¿Tienes aquí la carta?

Manfred no contestó. Se limitó a rebuscar en el bolsillo superior de su cazadora, del que extrajo un sobre color crema que tendió a Eric a través de la mesa. Éste lo tomó en sus manos sin dejar de mirar a Manfred; luego, antes de abrirlo, extrajo de su pitillera de plata un cigarrillo inglés y, tras encenderlo nerviosamente con su mechero Dunhill y expulsar el humo, se excusó ante su amigo y le ofreció la pitillera.

—No, gracias, Eric. Lee.

El muchacho, tras observar con deleite la amada y pequeña escritura que tan sólo señalaba la numeración y el código de un apartado de correos, extrajo la carta del sobre y se dispuso a leer.

> Querido amigo:
> Como ya te expliqué en mi última carta, he finalizado los estudios y antes de integrarme en el mundo laboral he decidido ampliarlos y hacerlo, claro está, en la Universidad de Berlín a fin de familiarizarme con la nueva Alemania de Adolf Hitler. De todas formas, tú me conoces desde los tiempos de la olimpiada y no puedo engañarte. Mucho ha influido en mi decisión el recuerdo de aquel estudiante de ingeniería de comunicaciones que conocí durante aquellos inolvidables días y

del que hace tiempo no sé nada. Te ruego me busques una pensión modesta o mejor una familia que pueda alojarme hasta que decida mis planes de futuro, que reconozco dependen en gran manera de si se acuerda él de mí como yo de él. Todavía desconozco el día de mi llegada y el medio de locomoción; en cuanto lo sepa, te lo comunicaré para que vayas a recogerme ya que no conozco bien Berlín y una ciudad tan cosmopolita asusta a una muchacha provinciana y de un país pequeño como el mío.

Da recuerdos a todas las personas que me presentaste aquellos días, y tú recibe el afecto de tu amiga,

Renata Shenke

Las preguntas que hizo un Eric transido de felicidad fueron infinitas, ya que aquella carta críptica necesitaba de aclaraciones, que Manfred le dio en la medida de sus posibilidades. Avanzada la tarde, los amigos se separaron. Acordaron verse para aclarar cualquier duda sobre el trabajo a realizar o cuando éste hubiera terminado, o antes si el acontecimiento anunciado al respecto de Hanna llegaba a producirse.

Sigfrid

Se había consagrado en cuerpo y alma a la lucha contra el partido nazi, y si bien las ideas comunistas no habían calado en su ánimo, reconocía que únicamente perteneciendo a él podía hacer algo por los suyos, ya que tras la charla con su hermano la noche en que éste le explicó lo que venía haciendo hacía ya años, se sintió profundamente egoísta y aquella nueva tarea le ayudó a despertar su aletargado espíritu de luchador y a recuperar su autoestima. Karl Knut aceptó, de mil amores, al nuevo recluta, tras consulta previa con Bukoski, el comisario político encargado de su grupo. Además de ir avalado por su hermano, ofrecía unas ventajas que intuyó rápidamente: su porte atlético, su decisión, su amor al riesgo y su estatus social, que convenía mantener, podrían rendir pingües beneficios al partido siempre que se le supiera fabricar una imagen de vividor, de persona generosa y amiga de divertirse con sus amigos.

Una cosa quedó clara desde el primer momento: su afiliación debía ser absolutamente secreta. Por tanto, su íntimo amigo Eric, por el momento, nada debía saber de su nueva actividad. Así pues, de esta manera quedó el tema: Manfred, que era el raro y el bohemio de su casa, abandonaría la residencia de los Pardenvolk, y él, Sigfrid, quedaría en ella como el hijo amargado por su desgracia y al que nada importaba la política. Eso creyeron Stefan y Anelisse, y en el fondo de sus corazones se alegraron de que la situación quedara así resuelta ya que, pese a la protección de Reinhard Heydrich, temían que un día u otro compareciera la Gestapo, indagando sobre el paradero de los Pardenvolk, y pese a que la compra de la mansión se había llevado a cabo dentro de los estrictos límites de la legalidad, en aquellos tiempos era fácil retorcer los argumentos y buscar las vueltas a las personas, sobre todo cuando dicha compra había sido llevada a cabo pocos meses antes de que tres de los miembros de la familia abandonaran Alemania.

Eric

El año anterior había cambiado la vida de Eric. Poco quedaba de aquel joven soñador y optimista que creía a pie juntillas que el destino de Alemania había dado un giro de ciento ochenta grados gracias al nuevo régimen. Los hechos eran tan apabullantes que era imposible aplicar paños calientes a la situación, y su repertorio de justificaciones ante la batería de argumentos de Manfred resultaba vano e intrascendente. Pese a todo, su amor a Alemania, fomentado desde su niñez por su madre, y la esperanza de que el gobierno depusiera aquella actitud antisemita prevalecían en su ánimo. Luego, y por encima de todo ello, estaba Hanna. Fue al mes y medio de su partida cuando se dio cuenta de que la causa judía tenía que ver, y mucho, con su vida. Lo que debía haber sido un tiempo corto de separación se había convertido en algo que escapaba a su control y que, por las cartas que le enviaba Hanna y por las conversaciones que había mantenido con sus hermanos, intuía largo y nebuloso. Al principio fueron alegres noticias de lo maravilloso que estaba resultando el viaje y lo mucho que la joven le echaba de menos; luego el tono fue cambiando, y algo en su interior le dijo a Eric que tras todo aquello se ocultaba una situación que no alcanzaba a descifrar pero que, sin duda, era grave y preocupante. Hanna le daba a entender en sus cartas que lo amaba apasionadamente, pero también que su separación sería larga y que escapaba a su control lo que la vida les deparara en un futuro. Más adelante le insinuó que por el momento iba a residir un tiempo en Viena, pero que iba a cambiar de domicilio y que le iba a resultar imposible escribirle, y añadió que tampoco él lo intentara. Finalmente, un silencio hosco se instaló sobre todo el tema, y si bien Eric intentó sonsacar la nueva dirección a Sigfrid, éste le respondió que aunque le pareciera imposible, tampoco él la sabía. La familia Pardenvolk había desaparecido, el antiguo teléfono sonaba y sonaba en el vacío más absoluto, y una impersonal voz de telefonista le informaba de que el número que marcaba había sido dado de baja. El hecho era que Leonard había conseguido, con dinero e influencias, tal como había dicho a Stefan antes de partir, un indefinido permiso de residencia para toda la familia y de trabajo para él, a fin de poder ejercer el comercio. El poderoso Gremio del Diamante, cuya central se ubicaba en Ámsterdam, era casi omnipotente y jamás abandonaba a los suyos. Sin embargo, la única condición que se le exigió, cuando su representante en Viena le entregó los nuevos documentos, fue que por el momento no diera ni a sus más íntimos sus nuevas señas de identidad ni su nueva dirección. Éste fue el motivo por el que ni los más allegados tuvieron noticia de lo que había ocurrido con los Pardenvolk.

Los tiempos en los que Eric se molestaba en negar o por lo menos en justificar cualquier actuación del régimen habían pasado a la historia. Los hechos eran evidentes y negarlos era estúpido, y aunque la gente evitara hablar de ello y corriera sobre el tema un espeso muro de silencio, nadie dudaba que era mal asunto en aquellos tiempos ser amigo de judíos y más aún de comunistas. Sin embargo, Eric hacía caso omiso de estas recomendaciones y su amistad con Sigfrid permanecía inalterable; se mostraba solidario con sus fobias y sentía en carne propia las variaciones de sus estados de ánimo, que iban de una extraña melancolía a una euforia injustificada, a tal punto que alguna vez sospechó que Sigfrid tomaba estimulantes. Eric pensó que su amigo, desde la partida de sus padres y la marcha de su hermano pequeño, se sentía muy solo, y en su opinión, su afición al buen coñac le estaba matando. A Eric le costaba arrancarlo de su hedonista forma de entender la vida, aunque lo intentaba frecuentemente, y se acercaba a él ya fuera para hacerle compañía, ya para tratar de sonsacarle algo de la situación de Hanna. La respuesta era invariable: «Nada sé, pero aunque lo supiera nada te diría. Ellos lo quieren así, pues que así sea. Además, no me interesa la política; a mí me han jodido la vida y lo único que quiero es divertirme. Yo no soy como Manfred; él es un idealista y yo soy un epicúreo. El tiempo que me quede pienso pasarlo lo mejor posible, y mientras no se metan conmigo o con los míos, para mí son iguales los nazis que los comunistas, mismos perros con distintos collares».

Hanna

Un año y medio había transcurrido desde que los Pardenvolk habían abandonado Alemania al finalizar los fastos de la olimpiada.

Los primeros días en Viena pasaron rápidamente. Madre e hija se dedicaron a visitar la bellísima ciudad acompañadas por Adelina, la mujer del tío Frederick, y entre visitas al palacio imperial de Hofburg, la catedral de San Esteban, Schönbrunn, museos, conciertos de violín, funciones de ópera, exhibición de los caballos lipizzanos de la Escuela Española de Equitación de Viena y tiendas del Ring, pasaron los días sin casi darse cuenta. Mientras tanto, Leonard se excusaba un día sí y otro también, y acompañado por su cuñado realizaba infinidad de visitas y celebraba pequeñas reuniones de las que daba pocas o casi ninguna explicación a las mujeres.

Un día, cuando tuvo todos los cabos anudados, las reunió en el salón de la casa de Frederick, que se ubicaba junto al Mozart Café, cerca de Mozartgasse. Una lluvia pertinaz repiqueteaba en los cristales de la tribuna del principal, que era el piso de los tíos. Hanna, por la forma de comportarse de su padre, supo que lo que allí se iba a decir aquella tarde sería determinante. Asistían a la reunión, además de las dos mujeres y de Leonard, los tíos y un representante del Gremio del Diamante, cuya sede central radicaba en Ámsterdam. Un silencio espeso aguardó a que la criada terminara de servir el té con pastas y se retirara con el carrito. Ante la sorpresa de Hanna, quien tomó la voz cantante fue el invitado, al que únicamente conocía por el nombre al serle presentado por su padre.

—Bien, señoras mías, me ha sido encomendada por el señor Pardenvolk la delicada misión de ponerles al corriente de las extraordinarias circunstancias que concurren en estos momentos y que requieren la mayor de las discreciones.

Un suave carraspeo partió del fondo del salón, donde estaba Gertrud, denunciando el estado de nervios en el que se hallaba sumida. Hanna miró a su madre totalmente concentrada, y demandando silencio, el hombre prosiguió.

—Los días que vive Alemania son muy preocupantes y gentes que están en el meollo de estas cuestiones anuncian que las circunstancias, sin duda, empeorarán. El Gremio del Diamante, institución mundial a la que en estos momentos represento y que está por encima de nacionalidades, países, credos políticos o cualquier otra forma en la que los hombres se agrupen o distingan, jamás ha dejado en la estacada a ninguno de sus miembros cuando alguien solicita ayuda, ya sea por circunstancias generales o particulares o, como es el caso que nos ocupa, por ambas condiciones. —Llegado a este punto, herr Hupman sorbió un poco de té y se secó los labios con una servilleta de hilo mientras todas las miradas convergían en él—. La persecución y la inmediata deportación de hermanos que no tenían una posición social relevante comenzó hace tiempo, como bien saben ustedes, y tenemos noticias de que se están haciendo a marchas forzadas nuevas instalaciones para acoger judíos. A Dachau han seguido otras granjas reformadoras como son Buchenwald, Sachsenhausen, Bergen-Belsen y Ravensbrück, todo lo cual se ha llevado en el más absoluto secreto. Pero nuestras fuentes son fidedignas, y en este momento esos bárbaros se dedican a apoderarse de cualquier negocio que huela a semita. La dificultad que hayan podido tener ustedes para llegar a Viena no es nada comparado con lo que ha de venir. Tengo a su disposición la serie de conclusiones a las que ha llegado el Congreso Mundial del Sionismo que se ha celebrado en Cincinnati. Hitler no admite que institución alguna rebase los límites del partido Nacionalsocialista, y mucho menos que una religión aglutine a hombres de diferentes credos políticos y distintas nacionalidades y que tengan firmemente arraigados sus negocios en el entramado social de muchos países.

En ese instante se dejó oír la voz de Hanna, inquieta, que desde la mesa camilla junto a la que estaba sentada interrumpió al orador:

—Herr Hupman, por favor, deje a un lado el preámbulo de su discurso político y vaya al grano. Explíquenos hasta qué punto nos atañe todo esto.

Leonard enarcó las cejas y en un tono conminatorio se dirigió a su hija.

—Hanna, ten paciencia, todo es demasiado importante para que urjamos a herr Hupman. Continúe, por favor.

—Comprendo su angustia, señorita, pero ya llego a lo que a usted concierne. A través de mi amigo Frederick Kausemberg fui requerido para recabar ayuda al Gremio del Diamante, al que su padre pertenece por derecho propio desde hace ya muchos años, con el fin de buscarles los permisos necesarios para residir en Viena, poder hacer negocios en esta ciudad y, lo que es más importante, darles una nueva documentación perfectamente legal y mostrable en cualquier ocasión y lugar donde fuera requerida y que acreditara quiénes son ustedes y cuál es su identidad. Todo el proceso ha sido costoso en tiempo y en dinero ya que ha involucrado a muchas personas, y la premura con que se ha llevado a cabo ha obligado a descuidar algo la ocultación de huellas y el secretismo con el que se realizan estas operaciones que, como comprenderán, no han sido las primeras. Es por ello que el gremio ha dictado medidas severísimas de protección, al punto de que, caso de no seguirlas al pie de la letra, automáticamente se desentendería de ustedes. Hay demasiados intereses creados para permitir que una sola indiscreción ponga en peligro toda la red de ayudas cuyo entramado tanto ha costado conseguir. ¿Queda claro esto último?

Fue Hanna quien contestó.

—¿Quiere eso decir que somos algo así como unos apestados que debemos olvidar a nuestros amigos y toda relación anterior?

Hupman, en tanto limpiaba con un pañuelo los gruesos cristales de sus gafas, respondió.

—Antes de contestar directamente a su pregunta, voy a referirles el conjunto de leyes que hasta este momento se han promulgado, que ya rigen en Alemania y que lo harán en todas aquellas naciones donde pise la bota del nazismo. En primer lugar, los judíos de primera y segunda generación han sido declarados enemigos de la raza aria; en segundo lugar, se les ha prohibido tener tierras, no pueden ser editores de periódicos, desde enero del treinta y cuatro han sido eliminados del frente del trabajo y desde mayo del mismo año no pueden servirse del seguro médico nacional. A estas medidas se suma la exclusión del servicio militar, y las leyes raciales punitivas del mitin de Núremberg de septiembre del treinta y cinco niegan la ciudadanía alemana a los judíos que, como su padre, se jugaron la vida en los campos de batalla de la guerra europea defendiendo a Alemania, de modo que tampoco pueden ser miembros de colegios profesionales ni tener servicio social, así como tampoco asistir a escuelas y universidades mixtas.[67] Y ahora, ¿cree usted que hace falta que conteste a su pregunta? Su señor padre ha escuchado esta mañana lo que ha tenido a bien comunicarle la máxima autoridad del gremio en Viena.

Leonard intervino de nuevo.

—Sí, hija, tú has de renunciar, por el momento, a tus amigos y a tu violín; y tu madre y yo, a nuestros hijos. Pero no voy a engañarte: hay una dirección que, en caso de apuro y para comunicar alguna novedad importante, me pondrá en contacto con tus hermanos; pero solamente la emplearé yo. Si queremos salvar la vida y escapar de esta pesadilla, hemos de obrar como nos indiquen las personas que ya han transitado estos caminos salvando, antes que a nosotros, a otros muchos que de haber sido indiscretos habrían impedido que nos hubieran podido ayudar. Hanna, antes que nosotros hubo otros, y si obramos con prudencia, después de nosotros habrá otros; pero si una indiscreción nuestra da al traste con toda la organización, causaremos un daño irreparable a nuestro pueblo.

Gertrud lloraba silenciosa en un rincón, consolada por Adelina, y Frederick daba nerviosas caladas a un apagado Hoya de Monterrey cuando la voz de Hanna sonó tensa e iracunda.

—No tengo diez años, padre, y creo que ante una decisión como la de abandonar a mis hermanos y a mi patria debía usted haber contado conmigo. Por lo que veo, no se ha fiado de mí y me ha tratado como a una colegiala estúpida, y ahora se me pide que deje de escribir y de telefonear a la persona que más quiero en este mundo, ¡es terriblemente injusto!

Frederick, lentamente, extrajo del bolsillo de su chaqueta un recorte de periódico.

—Creo que debería leer esto, señorita —sugirió, tendiendo hacia Hanna el recorte—. Su padre ha pensado quizá en usted más que en ninguna otra persona.

Hanna tomó en sus manos el libelo de *Der Stürmer* y lo desdobló lentamente. Ante sus ojos apareció la foto de la pareja formada por el chico judío y la muchacha con el infamante pasquín colgado al cuello.

Leonard habló de nuevo.

—¿Es esto lo que quieres para Eric?

Hanna, lanzando al suelo el arrugado periódico, abandonó corriendo la estancia sin poder sofocar el profundo sollozo que salió de sus entrañas en tanto.

—¡Su pueblo, padre! ¡Es su pueblo, padre, no el mío! ¡Yo no soy judía!

La respuesta

El día era soleado y Esther, como cada mañana, bajó a la rosaleda. Aguardaba con ansia el momento de ver de nuevo una paloma posada en el alféizar de la ventana del pequeño palomar. Sabía que era la única manera de contactar con su amado ya que el aya, desde el día de la decisión de su padre y al enterarse de ella, se negó en redondo a volver a ser correo de aquellos insensatos amores.

La vio desde su lobulado ventanal, y al divisarla, se restregó los ojos con fuerza, pensando que al abrirlos otra vez aquella ensoñación habría desaparecido de su vista, cual oasis que se fundiera en la distancia como un espejismo de su atormentado espíritu. Abrió de nuevo los ojos y la mensajera estaba allí, dando cortos paseos y cabeceando, de regreso a su casa.

A pesar de que su alma deseaba precipitarse hacia el jardín, contuvo su anhelo y, cual si nada le importara, se volvió hacia Sara y displicentemente le dijo:

—Ama, voy a cuidar los rosales. Creo que si no empleo mi tiempo en algo me volveré loca.

El corazón de Sara, que sangraba por su niña, cedió al instante.

—Salid y tomad el sol y el aire, niña mía. Distraed vuestro espíritu y poneos hermosa, que estáis a punto de vivir el día más importante de la vida de una mujer judía. —Luego añadió—: No salgáis del jardín; ya sabéis que vuestro padre lo ha prohibido.

Esther, conteniendo su irrefrenable deseo, se dirigió lentamente hacia la puerta y cuando, tras cerrarla, tuvo la certeza de que nadie la veía, se precipitó escalera abajo hasta alcanzar la salida que daba a la parte trasera del camino del huerto. Llegando allí, retuvo de nuevo sus ansias y acortó el paso, ya que desde la ventana de la biblioteca de su padre se divisaba aquella zona que conducía hasta el túnel de enredadera del parral. Cuando se introdujo en él, se recogió el vuelo alborotado de sus sayas y corrió, como alma que persiguiera Maimón,[68] hasta alcanzar la rosaleda que ocultaba el palomar. Desde allí divisó a su ave favorita, y en cuanto la paloma la vio a ella, voló rápidamente a su encuentro y se posó en la mano que la niña había tendió hacia ella. Esther acaricio la pequeña cabeza, y la paloma zureó agradecida. Luego la ocultó en el delantal y se dirigió a la caseta de los lavaderos. La puerta estaba abierta y ninguna de las criadas que se dedicaban a aquel menester había bajado a tender la ropa blanca. Esther se sentó en un montón de ella, deshizo el rebujo de tela donde había ocultado la paloma y la extrajo de su escondrijo. Tras retirarle la anilla donde estaba sujeto el mensaje, soltó la avecilla, que al verse libre, con un corto vuelo rasante, se posó en el alféizar del ventanuco del lavadero. Después, como entendiendo que su ama quería estar sola, voló hasta el posadero del palomar donde le esperaban sus compañeras, al frente de las cuales figuraba Volandero, el segundo y último palomo regalo de Simón. Luego, con los dedos torpes y temblorosos, deslió el papelillo y leyó con deleite el mensaje que le enviaba su amado.

>Dueña de mis pensamientos...
>Luz de mis horas...
>Esther:
>No sufráis, prenda amada, que jamás os abandonaré a vuestra suerte, que es la mía, pues Elohim ha tenido a bien sellar nuestros destinos.
>
>Quedan cinco semanas para la fatal fecha en la que vuestro padre ha decidido entregaros a otro hombre y apartaros de mí.
>
>He sido escogido por el rabino de mi aljama para que, dentro de un mes, lleve a cabo una comisión, de la que no os puedo hablar y que es de vital importancia para nuestro pueblo. Luego ya estaré libre para poner en marcha el plan

que he trazado con el fin de poder huir con vos y empezar una nueva vida en otra parte. La fiesta del Viernes Santo de los cristianos, la semana anterior a la que ha destinado vuestro padre para los esponsales, es apropiada para nosotros ya que los de nuestro pueblo, ese día, no se mueven de sus casas por no provocar incidentes que puedan generar violencia. A las nueve de la noche de dicho día, la procesión de la Pasión estará en medio de la ciudad, y ambas comunidades estarán harto atareadas, cada una a su avío; nadie se ocupará de nosotros. Aprovechad la oscuridad y estad preparada con ropa de viaje junto a la puerta de la rosaleda que da al huerto. A esa hora pasaré a buscaros; si no lo hago, he de estar muerto.

Tened fe en mí, que no he de defraudaros jamás. Soy consciente de lo que representa para vos dejar a los vuestros y huir conmigo, pero no dudéis, amada mía, única flor de mi paraíso, que sabré compensar tanto sacrificio. Acudid ligera de equipaje. Aunque no volváis a saber nada más de mí hasta ese día, salid a la puerta cuando veáis que por el extremo de la calle asoma un buhonero portando un farolillo rojo, montado en una gran mula castaña con dos grandes alforjas y tirando de otra descabalgada; ese buhonero seré yo, si bien es posible que, a causa del disfraz, no me reconozcáis.

No lo olvidéis: nuestra fecha es el Viernes Santo de los cristianos.

Os ama y sueña esperando esa noche,

SIMÓN

La muchacha besó la misiva y, tras quedar pensativa unos instantes, dobló el papel entre sus dedos en cuatro dobleces y lo ocultó entre sus senos junto a su corazón, introduciéndolo por el hueco de su cuadrado escote. Luego se puso en pie y, sacudiéndose las hierbecillas que se habían adherido a su pellote de estrechas mangas,[69] se dirigió al interior de la casa.

Las armas

En la fecha prevista, la carreta partió de Toledo cubierta con un gran toldo que había de hacer más discreta la carga cuando la hubiere. A bordo de la misma viajaban los dos amigos, a quienes el rabino de su comunidad había encargado, de acuerdo con los demás, el negocio con la orden de viajar sin detenerse en lugar alguno ni hablar con persona desconocida como no fuera por una necesidad inexcusable. Tras la carreta, que iba arrastrada por un tiro de seis mulas, viajaban, sujetos a ella por una traílla, sendos caballos de monta debidamente enjaezados que, en caso de necesidad, podrían ofrecer una más que segura huida a sus jinetes. El de David era un tordo castrado que frisaría los ocho años, propiedad de su tío Ismael Caballería. El de Simón, de capa alazana y careto, era de su propiedad; el muchacho lo había cuidado desde potrillo y era un animal fiel y seguro. Intentaron viajar por caminos secundarios, aunque aptos para el paso de la carreta, a fin de no encontrarse con incómodas preguntas, y con la orden expresa de volver cuando hubieran recogido la mercancía, viajando siempre de noche. Ambos entretenían las horas hablando de sus recuerdos de infancia, de cuando bajaban al Tajo a pescar truchas asalmonadas y de cuando alguna noche salían de la aljama, saltándose la prohibición, para ver pasar a una cristiana bellísima que siempre, a la misma hora y junto a su dueña, acudía a hacer una visita al Santísimo que estaba expuesto en la catedral las veces que los cristianos celebraban una adoración nocturna. Cuando ya habían pasado Ondiviela, Simón creyó oportuno hacer partícipe de sus cuitas a David, pensando en el fondo que posiblemente iba a necesitar un aliado para llevar sus planes a buen fin. Con un fuerte tirón de riendas retuvo el paso del tronco de tal manera que David, tras observar el camino, se volvió con mirada interrogante hacia él, demandando una explicación que aclarara el porqué de aquella brusca maniobra.

—¿Qué hacéis, Simón? ¿Por que retenéis el tranco de las mulas?

—Es necesario que os explique algo, David, amigo mío.

—¿Qué es ello?

—Dentro de muy poco voy a tener que huir de Toledo para siempre.

—¿Qué estáis insinuando?

—Nada insinúo, afirmo. Las circunstancias me obligan a ello... o a renunciar a mi amada.

—Pues ¿qué es lo que os ocurre?

Llegado a este punto, Simón se explayó, y explicó a su amigo sus desventuras y las conclusiones a las que había llegado.

David, tras un largo silencio, habló.

—No lo conseguiréis. El gran rabino ha empeñado su palabra respecto a la boda de su hija, y goza de la protección real. En cuanto os pongáis en camino saldrán tras vos, cual lebreles, partidas de hombres que tarde o temprano os han de hallar.

—No si soy lo bastante listo para escoger el momento oportuno y el día adecuado.

—Tened la amabilidad de explicaros.

Entonces Simón detalló prolijamente sus planes de huida a David.

El regreso

La orden recibida por el herrero de Cuévanos de parte del obispo era clara y tajante. Debía entregar a los comisionados para recogerlas todas las armas encargadas por los judíos, a fin de tener argumentos contra ellos cuando se les requisaran durante el camino de regreso. Luego, tras comunicar el incidente al canciller don Pedro López de Ayala, se les aplicaría sin duda una cuantiosa multa, que iría a engrosar las arcas del rey, por haberse atrevido a transgredir las ordenanzas reales que prohibían a los hebreos tener cierto tipo de armas, y predispondría al monarca a favorecer cualquier iniciativa que partiera de su obispo. De no atraparlos con las manos en la masa y en la tesitura incuestionable de que, quien fuera, estaba conduciendo un carromato lleno de armas hacia Toledo, siempre cabría la posibilidad de que aquellos astutos individuos se zafaran de su responsabilidad alegando que se les quería cargar un mochuelo que no era suyo.

Arribaron los muchachos por la mañana, y apenas llegados el herrero abrió las puertas de la forja para que la gran galera accediera al patio de la herrería a fin de que las gentes de la calle no pudieran ver lo que en ella se cargaba. Simón, que en aquel momento conducía el tiro de mulas, las espoleó con un silbido y con un chasquido del rebenque. La reata arrancó arrastrando el carricoche, que crujió, como un leño húmedo en la lumbre, cuando las ruedas atravesaron las roderas de piedra que evitaban el desgaste del suelo del zaguán. Tras tascar el torniquete del freno, los dos amigos, que habían sido escogidos por los rabinos para aquel delicado negocio, saltaron desde lo alto del pescante.

Quien primero habló fue David, cuya responsabilidad era mayor ya que, al ser sobrino de Ismael Caballería, éste, de acuerdo con los otros rabinos, lo había colocado al frente de la expedición.

—¿Sois vos Matías Obregón, herrero de Cuévanos?

El hombre, que en aquel momento estaba cerrando las hojas de roble de la puerta y encajando en el suelo el vástago de hierro que las aseguraba, se volvió lentamente y respondió, desabrido, señalando el delantal de cuero que denunciaba su oficio.

—Si os parece voy así vestido por celebrar el carnaval.

Simón intervino.

—Si es ésta la manera que tenéis de recibir a clientes que van a haceros ganar un montón de buenas doblas castellanas, mal comienzo es ése.

El hombre distendió la plática.

—Excusadme, pero cuando se pasan cuarenta y ocho horas en la embocadura de una fragua para cumplir un cometido y el horno vomita más fuego que la boca del infierno, a veces el humor se altera ante preguntas innecesarias.

—Cuando se viaja dos días sin detenerse ni un instante para recoger un cargamento que hará rico a un hombre y éste recibe a los portadores de su buena fortuna con malos modos, lo procedente, y si de mí dependiera así lo haría, sería regresar por donde se ha venido... Pero estamos aquí para cumplimentar un encargo y vos para facilitárnoslo; o sea, que vamos a intentar llevarnos bien porque lo que más deseo en estos momentos, aparte de una buena cama, es estar de nuevo en Toledo, seguro y en paz.

—No se preocupen vuesas mercedes, que todo está a punto y, si no hay novedad, mañana mismo podrán emprender el camino de vuelta.

David intervino.

—Eso está mejor. Os diré lo que vamos a hacer. En primer lugar, desengancharemos las mulas y las llevaremos a abrevar, a que les suministren pienso y paja frescos, y a que descansen en una cuadra; luego iremos a cualquier figón donde se puedan hallar dos jergones libres para descabezar un sueño. Una vez que hayamos reparado fuerzas, regresaremos para revisar la mercancía y procederemos a cargar el carro. Cuando todo haya terminado, os pagaré y saldremos hacia el anochecer, pues preferimos andar en los caminos cuando viajen menos personas.

—Sea como decís, pero ganaríamos tiempo si cargáramos el carro en tanto descansáis; de esa manera podríais partir antes.

—De cualquier manera, debemos revisar la carga. Mejor será hacerlo a medida que vayáis colocándola en la galera.

—¿No os fiáis de mí?

—¿Contaréis los dineros cuando os entregue la bolsa?

—Ciertamente.

—¿No os fiáis de mí? Entonces ¿qué os extraña que yo haga lo propio?

—¡A fe mía que sois un hábil dialogador! ¿Me dicen vuesas mercedes sus gracias para poder hacer el recibo?

—No hay tal. Poned que se ha pagado lo acordado, y los detalles huelgan. No os interesa saber quiénes somos ni para quién son las armas.

—Pues si éste es vuestro gusto, no se hable más.

—Entonces vamos al tajo, que lo que falta es tiempo.

Acularon el tiro donde indicó el herrero y tras desenganchar las mulas procedieron a acondicionarlas de la forma y en el lugar que indicó el hombre. Cuando ya las bestias estuvieron atendidas, hicieron lo propio con sus caballos y luego buscaron un mesón donde pudieran descabezar un sueño corto aunque lo suficientemente reparador para recuperar fuerzas ante el largo camino de regreso que les quedaba por hacer.

La emboscada

La noche se cerró sobre el cielo que iluminaba la comarca y una moneda falsa de plata, desvaída, burlona y misteriosa, se asomó por un horizonte de nubes desflecadas portadoras de malos augurios.

El bachiller Barroso, con sus tres compinches capitaneando una tropa de nueve, aguardaba, escondido en un robledal junto al camino que conducía desde Cuévanos hasta Toledo, a que el carromato con las armas asomara por un recodo del mismo que allá desembocaba, en la cuesta de un puente romano cuya estructura impedía, al que entraba por él, ver la salida, ya que ésta descendía, muy empinada, hacia el otro lado, atravesando un río que en aquellos días llevaba poca agua. Su plan estaba totalmente perfilado. Felgueroso, con cinco hombres, se escondería en la floresta junto al camino, y cuando la galera hubiera pasado y ya estuviera enfilando la entrada del puente, saldría de la espesura con las antorchas encendidas y atacaría el carricoche por la retaguardia. El Colorado y Crescencio Padilla, junto con los otros cuatro forajidos, esperarían a que el carro estuviera en medio del puente para que fuera imposible intentar cualquier otra maniobra, y saliendo del recodo, así mismo con las antorchas encendidas, cerrarían el paso por delante y se abalanzarían para sujetar el tiro de mulas a las que, sin duda, el fuego habría aterrorizado. Entonces, con el carro inmovilizado y el factor sorpresa jugando a su favor, saldría él de la espesura para dirigir el ataque contra los portadores del cargamento. En el improbable caso de que ofrecieran resistencia, de cualquier manera los reducirían y tras confiscar la mercancía los conducirían, debidamente aherrojados, hasta Toledo.

Un rumor a su espalda hizo que el bachiller se volviera rápidamente, y bajándose el embozo de su capa silbó más que habló.

—¡Voto a bríos! ¡Parad quietos, engendros de Satanás, atajo de bergantes, o haréis que emplee el vergajo con vosotros en vez de contra los malditos infieles! Preparaos para ocultaros en el bosque, y que cada cual ocupe su lugar.

La carreta traqueteaba por la trocha; cada agujero, hoya o pedrusco hacía que la galera gimiera como un moribundo y que el toldo se bamboleara de un lado a otro. Los dos amigos, tras descansar unas horas, habían regresado a la herrería y fiscalizado todas y cada una de las cajas de modo que pudieran dar fe de lo que en ella se había cargado: espadas, picas, azagayas, puñales, mazos, hachas de mango corto y, lo más importante, veinte ballestas con su correspondiente carga de dardos; todo ello estibado convenientemente con cuerdas que impedían que las cajas se desplazaran en cualquier accidente del camino. David iba al pescante, látigo en mano, arreando las mulas, que tiraban de la galera con un trote cochinero y sostenido. En tanto, Simón reposaba tumbado sobre una manta que había extendido encima de las cajas que contenían las ballestas en la parte posterior del carromato, intentando, sin conseguirlo, descabezar un sueño para tomar el relevo de su amigo, cuando conviniera, con el ánimo mejor dispuesto. Súbitamente se desperezó, y por los entresijos de la lona vio que la luna estaba muy alta y que debía de ser ya la hora de sustituir a David en el pescante. Se sentó sobre las cajas y, tras restregarse los ojos, observó que al empinarse el camino llegando a un puente que cruzaba el Pusa, uno de los afluentes menores del Tajo, David aminoraba la marcha, momento que creyó oportuno para encaramarse al pescante del auriga y tomar las riendas, a fin de que su amigo descansara un rato.

—Dejadme a mí, que ya estoy fresco, y aprovechad para tumbaros un poco. Queda aún una larga jornada por delante.

David, quien tras la operación de carga todavía no había bajado del banco, entregó las riendas sin porfiar. La carreta había coronado el puente y se dirigía a la salida del otro lado cuando un resplandor que se acercaba por detrás les sorprendió. Al punto se dieron cuenta de la maniobra: ¡alguien intentaba cortarles la retirada!

—¡Vamos, Simón, arread las mulas!

La correa del largo látigo restalló sobre las cabezas de los animales, que movieron las orejas al unísono, y del tirón pareció que la galera iba a partirse en dos mitades. Los caballos que iban amarrados a la trasera relincharon, sorprendidos por la brusca aceleración del carromato, que encaró la salida del puente casi al galope. Los dos iban en precario equilibrio; Simón, apoyado su pie derecho en el borde del pescante, las riendas en la zurda enrolladas en el antebrazo y sujetas en el puño y el rebenque en la diestra; David, detrás de él, agarrado con una mano al hierro curvo que soportaba la capota y con la otra al respaldo del pescante. Los perseguidores, por el momento, parecía que no podían reducir el trecho que les separaba.

—¡Arreadles fuerte, Simón, que esos bergantes vienen a por nosotros!

La galera enfiló la salida del puente derrapando y se aproximó a la embocadura. Cuando ya se aprestaba Simón a darse la vuelta para hacerse mejor el cargo de cómo estaba la situación, un nuevo resplandor le sorprendió, esta vez por delante, obligándole a tirar de la rienda a fin de calibrar el nuevo peligro. Los gritos de los perseguidores sonaban ahora mucho más cercanos. David había forzado el cierre de una de las cajas y se había hecho con una maza rematada por una cadena con una bola de hierro y puntas en su extremo.

—¡Vienen a por nosotros, Simón, y son muchos!

Frente a ellos apareció una tropa de cinco jinetes portando antorchas, y Simón, sin pensarlo dos veces, abalanzó el carro contra quienes hacia ellos iban, derribando a dos, pero las mulas, ante el resplandor de las antorchas, se negaron a avanzar, y al frenar el animal guía, las demás, con un ruido aparatoso y un crujir de maderas, correas y metales, detuvieron el carro. Entonces, todo pasó en un instante. Por delante y por detrás comenzaron a encaramarse sombras. David comenzó a abrirse paso hacia la parte posterior del carro repartiendo golpes de maza a diestra y siniestra, en tanto que Simón, tras haber desmontado a uno de los rufianes enrollándole la cinta de cuero del látigo al cuello y tirando bruscamente, soltó el mango del rebenque y echó mano de su daga, dispuesto a vender cara su vida. La noche se llenó de gritos, lamentos e imprecaciones; ambos se batían con coraje, sabiendo lo que se jugaban en el envite. De repente y tras descalabrar a otro, David, tirando a un lado la maza, saltó sobre su caballo y gritó a Simón que hiciera lo propio, en tanto que con su daga cortaba las cuerdas que sujetaban a ambas cabalgaduras. Justo en el instante en que Simón saltaba a horcajadas sobre su corcel, uno de los atacantes lanzó una antorcha sobre el animal, que, asustado, emprendió un alocado galope sin dar tiempo a que Simón calzara los dos estribos, de tal forma que, perdiendo el equilibrio, cayó al suelo sin descalzar el diestro a tiempo, y el espantado animal lo arrastró sobre el polvo del camino, haciendo que su cabeza rebotara una y otra vez en los pedruscos y en los desniveles, en su frenética carrera. Dos de los atacantes estaban sujetando los caballos del grupo; otros, a bordo de la galera; dos más, en la parte delantera trabando las mulas, y en el suelo, tres descalabrados. La noche se pobló de vituperios y reniegos del bachiller, de cuya boca salían sapos y culebras, quien en medio de aquel pandemónium daba órdenes a diestro y siniestro, que nadie obedecía. David vio partir a su amigo arrastrado como un muñeco roto y dejando a su paso un inmenso reguero de sangre. Cuando uno de los esbirros intentó sujetar a su cuartago por la brida, no tuvo opción; entrevió un agujero por la parte delantera y, sin pensarlo dos veces, lanzó su daga contra el que sujetaba su montura. Éste, con un grito rabioso, se llevó la mano diestra al hombro herido, intentando retirar el mango de la hoja que allí asomaba, y soltó la brida del animal. Entonces David, dando talonadas, se metió en la noche en dirección a Toledo; otra cosa no podía hacer.

El bachiller Rodrigo Barroso chillaba histérico.

—¡Id tras él, pandilla de tunantes! —Luego señaló hacia donde había partido el caballo de David—. ¡Y vosotros dos, tras el otro, que ya lleva lo suyo!

La tropa, en tanto se reorganizaba y calibraba sus bajas y las magulladuras de los heridos, se disgregó. El Colorado y Felgueroso partieron a caballo en dirección a Toledo siguiendo a David, al tiempo que Crescencio Padilla y tres de los rufianes lo hacían tras las huellas del caballo de Simón, que asustado y en veloz carrera había abandonado la trocha principal, al encontrarse en el suelo una de las antorchas encendidas que en la carrera alguien había perdido, y se había metido por un atajo de la espesura, que se fue abriendo a su paso y cerrándose después. Jirones de nubes cubrían la luna, y la noche se había oscurecido definitivamente, ayudando a los huidos. Los perseguidores, a los que la cabalgadura de Simón llevaba considerable ventaja, no atinaron con el desvío y siguieron camino adelante un buen rato hasta que, viendo la inutilidad del esfuerzo, decidieron regresar junto al bachiller, que en aquel momento estaba haciendo inventario de su presa cual pirata que hubiera capturado un bergantín. El galope de los que volvían le hizo levantar la cabeza de su negocio.

—¡¿Qué ha ocurrido?!

Crescencio Padilla tascó el freno de su cuartago llegando a su altura y respondió.

—La noche se ha cerrado, no se ve a un palmo. Lo hemos perdido. —El caballo, con el bocado lleno de espuma, caracoleaba al lado de la cargada carreta—. Pero no irá muy lejos; el reguero de sangre que salpica el camino es definitivo. En cuanto salga el sol, es nuestro. No os preocupéis, que cobraremos la pieza.

Por el otro lado llegaba el resto de los perseguidores. La voz del bachiller resonó de nuevo.

—Y a vosotros, ¿cómo os ha ido?

Quien habló fue Rufo el Colorado.

—Lleva un buen caballo y nos ha tomado mucha delantera.

—¡Está visto que si no hago yo las cosas no puedo confiar en nadie! —Luego añadió—: Da igual, antes o después daremos con ellos. Mirad lo que estos angelitos llevaban a Toledo.

La luz de varias antorchas iluminó las cajas abiertas que yacían al fondo de la galera, y todo el surtido de armas del herrero de Cuévanos relució metálico y siniestro reflejando las vacilantes llamas.

El caballo de Simón había disminuido el tranco, muy adentrado ya en la floresta, y entonces, como por encanto, el pie de Simón se desprendió del estribo y el muchacho, como un muñeco roto, quedó tendido sobre el húmedo suelo del boscaje. El animal, al verse libre de su ancla, reemprendió su alocada huida y su instinto lo encaminó hacia su cuadra.

David llegó a Toledo hecho unos zorros. Cabalgó toda la noche, y solamente cuando tuvo la certeza de que sus perseguidores habían renunciado a sus aviesas intenciones, aflojó el paso de su cabalgadura a fin de que ésta no reventara a causa del esfuerzo. Una nube de vaho salía por los ollares del noble bruto, al que sin duda debía la vida, y su mente retrocedió hasta el instante en que vio la cabeza de su amigo rebotando, una y otra vez, en el barro y en las piedras del camino. La luna había llegado al cenit de su nocturno viaje, las nubes se habían disipado, y el alto le permitió otear el horizonte a su espalda y aguzar el oído para asegurarse de que nadie venía tras su huella. En la lejanía, un rumor de aguas corriendo le anunció que el río no debía de estar lejos. Su cabalgadura también lo detectó, de modo que, sin esperar a que él la azuzara con los talones, se arrancó y se dirigió hacia el agua siguiendo su instinto, con el exacto sentido que tienen las bestias cuando tienen sed. Al cabo de un tiempo relativamente corto y atravesando el bosquecillo de chopos que lindaba con el camino, apareció la plateada sierpe que bajaba mansa por aquellos parajes. El animal profirió un corto relincho, se llegó hasta la corriente e, inclinando su noble cabeza, sumergió los belfos en ella y comenzó a beber. David, tras otear a uno y otro lado por si alguien rondaba por allí, descendió de la grupa y, echándose al costado de su caballo, se dispuso a hacer lo mismo. Cuando hombre y bestia hubieron saciado su sed, y el muchacho refrescado su cara, ató al tordo a una rama baja y, tras sentarse en el suelo y apoyar su maltrecha espalda en un tronco, comenzó a pensar en todo lo que había acontecido aquella aciaga noche y a sacar conclusiones. Lo primero que se le vino a la cabeza fue la preocupación por la suerte de su amigo, y concluyó que si no le había ocurrido algo más grave, lo menor fuera que otro grupo igual al de aquellos desalmados que le habían perseguido a él hubieran ido, así mismo, tras Simón y seguramente, si es que hubiera podido detener a su caballo y ponerse en pie, cosa harto improbable, lo hubieran apresado, si no algo peor. ¿Quiénes podían ser sus atacantes? ¿Era una casualidad su encuentro? ¿Eran bandidos de los que merodeaban con frecuencia por los caminos? No parecía tal… Normalmente, de noche raro era el caminante o viajero que se arriesgaba, y por tanto aquellos que pretendían vivir del asalto y de la rapiña permanecían escondidos en sus guaridas, ya que necio sería aquel que donde nada había que pescar perdiera tiempo en un recodo del río, con la caña a punto, sabiendo que allí no había peces. ¿De dónde había salido un grupo tan organizado y numeroso? De no ser que alguien hubiera dado el cañuto[70] de que una galera cargada con valioso cargamento iba a pasar por allí… Su mente iba procesando todos los datos que le suministraba su memoria, y David, que no tenía un pelo de tonto, iba extrayendo conclusiones. Sin duda, intereses de alguien muy poderoso andaban en juego, y aquella operación abortada iba a perjudicar en gran manera a sus hermanos de raza, caso de que pudiera demostrarse que a ellos pertenecía el cargamento. Luego debía andarse con mucho cuidado llegando a Toledo ya que alguien podía estar esperándolo.

Cuando ya la ciudad, en la amanecida, apareció en el horizonte, su plan ya estaba perfilado. Entraría, dado que a aquella hora ya estaría abierta, por la puerta de Valmardón, que era la más transitada y la más difícil de controlar, pues los labriegos de los alrededores la usaban para acudir en masa, con sus carros cargados, al mercado de la Bisagra. Además, si no se entretenía, llegaría antes de que sus perseguidores tuvieran tiempo de adelantarle, puesto que él, buen conocedor de aquellos andurriales, les llevaba una buena delantera. Una vez dentro de las murallas, acudiría a dar la novedad de los tristes sucesos a su tío para que éste a su vez transmitiera al gran rabino todo cuanto había acaecido aquella noche.

Su plan salió tal y como lo había pergeñado. La aglomeración de carros y caballerías era notable, y de lo único que se preocupaban los soldados encargados del fielazgo[71] era de cobrar las alcábalas que devengaban la cantidad y calidad de los diferentes productos que posteriormente se venderían en el mercado. Cuando ya estuvo cerca de la puerta, esperó a que se aproximaran dos carretas muy cargadas y, tras demandar y obtener permiso del carretero de la segunda, se colocó entre ellas alegando que no demoraría su entrada ya que no tenía nada que declarar. Se fue acercando a la puerta y, tal como había supuesto, casi ni lo miraron, pues un hombre solo a caballo y con aquel aspecto poco tendría que mercar en la plaza; en cambio, la carreta que tras él venía era de las que acostumbraba pagar bien el favor de dejarla pasar a cambio de una leve inspección. Cuando hubo franqueado la aduana, David se dirigió, siguiendo el trayecto menos concurrido, hacia la casa de su tío, y no se sintió seguro hasta hallarse en el patio interior. Allí descabalgó y, después de que un mozo se hiciera cargo de su agotada montura, sintió el ruido de una ventana al ser abiertos sus postigos; alzó la vista y en su marco pudo observar el barbado rostro de su tío Ismael que, ceñudo y preocupado, le hacía un gesto indicándole que subiera de inmediato.

Un año y medio después

—Lo siento, padre, pero me conoce y sabe que mi decisión es irrevocable.

La límpida mirada de Hanna estaba clavada en los ojos de su progenitor.

—Hija mía, ¿sabes lo que estás diciendo?

—He cumplido la palabra que le di. En todo este tiempo no he intentado ponerme en contacto con Eric ni con mis hermanos, únicamente he tenido noticias de ellos a través de usted. Pero estoy en el mundo y voy a la universidad, y sé que hay jóvenes en mi patria que están haciendo cuanto pueden para impedir que el nazismo arrase todo el mundo civilizado... Y yo estoy aquí, mano sobre mano, sin hacer nada y esperando que los demás me saquen las castañas del fuego. ¡No, padre, no estoy dispuesta a sentir remordimientos durante el resto de mis días!

—Pero, Hanna... ¿qué crees que puedes hacer tú?

—Desde aquí, nada, por supuesto.

—Entonces ¿qué pretendes? ¿Acaso regresar a Alemania?

—Eso es lo que pretendo, y si usted no quiere ayudarme, entonces tendré que arreglármelas como pueda.

—Pero, Hanna, ya sabes que no debemos comprometer a nuestros amigos.

—No haré ni diré, nunca jamás, nada que pueda perjudicar a quienes tanto nos han ayudado y tanto están haciendo por los de mi raza.

—Pero, hija, yo no puedo ocultarles tus planes; no sería justo... Además, tu madre se moriría; cada día clama por tus hermanos, y si ahora tú te vas...

—Lo siento en el alma, padre, pero soy ya mayor de edad y quiero vivir la vida que yo elija, no la que usted y mi madre elijan para mí. Mi vida es Eric, y si él encuentra la manera de que, en algún rincón del mundo, podamos estar juntos, me iré con él... Y si no es capaz de arrostrar los peligros que implica estar con una superviviente de esta raza de apestados que al parecer somos, prefiero saberlo.

—Pero su familia es adicta al régimen y él...

—¡Él me ama sobre todas las cosas, y si no es así, pronto lo veré!

Leonard comenzó a ceder.

—Pero, Hanna, al llegar a Alemania, ¿qué identidad adquirirías?

—Como Hanna Pardenvolk no podría ni pisar la calle. ¿No dijo herr Hupman que mis nuevos documentos eran perfectos? Ahora tendré ocasión de comprobarlo.

—Y ¿dónde vas a vivir? Llamándote Renata Shenke y siendo austríaca no puedes volver a casa; todos los criados te conocen, si es que aún están allí, y los tíos estarían en peligro.

—Soy consciente de ello. Ya me las arreglaré.

Leonard se derrumbó ante la firme decisión de su hija.

—Déjame que prepare algo, dame unos días. Si éste es tu deseo inquebrantable, me veo incapaz de retenerte aquí.

—Es inquebrantable, padre mío. Quiero regresar a mi país y hacer todo lo que esté en mi mano para que siga siendo la patria de todos los buenos alemanes... Y, por cierto, según me ha contado mi madre, cuando usted fue al frente en la guerra del catorce, se alistó a escondidas del abuelo.

Leonard emitió un profundo suspiro y abrazó a Hanna.

—Estoy muy orgulloso de ti, hija mía, pero me partes el corazón, y no sé qué voy a explicar a tu madre.

Íntimas revelaciones

El edificio en el que estaban instalados Manfred y Helga era el perfecto escondite para alguien que quisiera pasar desapercibido. Una colmena de atareadas abejas en la que cada una iba a su avío sin tiempo ni ganas de meter las narices en las vidas de los demás. Su bloque, junto con otros tres, estaba ubicado en una travesía que unía Ägyptiannenstrasse con Knobelsdorff junto al cementerio de Mirissén Kirche, de confesión católica, y la estación del elevado de Spandauer. Se había construido para la olimpiada y fue destinado a alojar a acompañantes de menor rango de las diferentes legaciones que iban con los equipos; al acabar los juegos, se alquilaron a parejas de clase baja con pocas posibilidades económicas. Delimitaba los bloques un gran patio interior cuyas galerías estaban cubiertas, de arriba a abajo, por unas construcciones de ladrillos verticales e intermitentes que, al colarse el aire por sus intersticios, generaban una corriente que servía para que la ropa tendida en los alambres se secara lo antes posible. Cada rellano tenía ocho apartamentos y el ascensor lo partía justamente por el centro; el de Manfred y Helga era el 5.º B izquierda. A la entrada se abría un pequeño recibidor al que daban dos puertas; la de la derecha correspondía a un despacho en el que se ubicaba, además de la mesa y las correspondientes sillas, una librería y un sofá que, en caso de convenir, se transformaba en una cama; la otra puerta daba a un pasillo estrecho y a su comienzo estaba la pieza principal, una pequeñísima salita comedor con la correspondiente mesa arrimadero que, al plegarse, dejaba espacio suficiente para que el rincón donde se encontraba el tresillo pudiera ser ocupado por cuatro personas y cuya ventana daba a la calle trasera del edificio. Estaba decorado como cualquier apartamento de unos jóvenes alemanes recién casados de clase media baja, y nada hacía sospechar el color de su afiliación política. El corredor describía en su mitad un ángulo recto en el que había un perchero de brazos; al final del mismo estaba la cocina, y a la izquierda de ésta había un pequeño distribuidor, al que se asomaban tres puertas: la de un baño mínimo y las de dos dormitorios. En el más pequeño y alejado de la cocina dormía Manfred, y en el principal, Helga. El mobiliario era sencillo y modernista, y cada uno había colocado sus pertenencias de forma que cada pieza reflejara el gusto y carácter de ambos.

Helga había constituido una sorpresa para Manfred. Jamás habría pensado que aquella muchacha, hija del que fuera empleado de su padre y con la que una vez al mes pasaba la tarde en el patio del almacén de la joyería los días en los que su madre iba a recoger a su esposo, no fuera más que una sencilla chica alemana con las aficiones y gustos de la clase a la que pertenecía. Las veladas en las que ambos jóvenes, al regresar de sus deberes cotidianos, se sentaban en el sofá del pequeño comedor y comenzaban a hablar de música clásica, para seguir haciéndolo de filosofía y terminar discutiendo apasionadamente de política eran una auténtica delicia para Manfred, quien, sin darse cuenta, esperaba con verdadera fruición que llegara el momento de volver a casa cual si fueran un pareja auténtica de recién casados a los que las obligaciones de cada día separaran durante unas horas. Helga, que al principio de su relación guardaba una respetuosa e instintiva distancia respecto al hijo del jefe de su padre, a quien durante toda su vida había observado desde un plano inferior, se había transformado poco a poco en una magnífica compañera, y sus dotes de polemista apasionada habían salido a flote. Manfred admiraba esa cualidad, y si estaba con ella le pasaban las horas sin sentir; cuando quería darse cuenta eran ya las dos o las tres de la madrugada, y un día sí y otro también, el toque de las campanas de la iglesia católica de San Pablo, muy próxima a su domicilio, sorprendía a ambos jóvenes en una acalorada y profunda discusión sobre si las teorías de Engels estaban en el origen de las ideas de Karl Marx o si el *Tannhäuser* de Wagner superaba en majestuosidad e ímpetu a la *Patética* de Beethoven, o en otras de color más mundano y menos trascendentes, tales como la superioridad de Schmeling[72] sobre Louis o si el suicidio de Kurt Tucholsky[73] había sido motivado por un ataque de melancolía o por presiones del partido.

Por otra parte, y para evitar muchos peligros, cada uno de ellos tenía encomendada una misión distinta dentro del partido y, así mismo, pertenecían a células diferentes; lo único que debían conocer el uno del otro era el tipo de tapadera que ocultaba sus actividades en la vida civil y todo lo concerniente a su vida en común, así como los antecedentes familiares de ambos respecto a las circunstancias y a las personas que figuraba que eran, según las documentaciones que les habían sido entregadas.

Los días de aprendizaje y las pruebas a las que fueron sometidos con el fin de unificar sus declaraciones ante cualquier imprevisto fueron exhaustivos, y tanto Manfred como Helga conocían a la perfección los antecedentes de sus familias ficticias, el cómo, dónde y cuándo se habían conocido y los detalles de sus personas, circunstancia que les produjo, sobre todo a Helga, una violenta situación y que ésta recordaba con precisión alguna que otra noche de insomnio.

Una tarde les fue comunicado por sus respectivos jefes que, al día siguiente, debían acudir a una clínica de planificación familiar que estaba situada en el 197 de Wertherstrasse, a un par de manzanas del Instituto Anatómico Forense de la capital, y que era prioritario que nadie supiera nada de la cita.

Llegaron a la dirección señalada y se encontraron ante la verja de un pequeño hotelito que desentonaba entre dos modernos edificios y que, sin duda, en breve estaba destinado a desaparecer. Manfred empujó la puerta de la verja y, seguido de Helga, atravesó el diminuto espacio que transcurría entre dos descuidados arriates gemelos. Subieron una escalera de tres peldaños que desembocaba en una pequeña superficie recubierta de viejas y desiguales losas de rústico material, que llegaba hasta la puerta del chalet. Llegados allí, se demoraron un instante buscando el pulsador del timbre, oculto por las hojas de la enredadera que cubría la fachada de la pequeña villa. Al fin, Helga dio con él y apretó el botón. La espera fue breve y al cabo de poco tiempo ambos intercambiaron una mirada cómplice cuando, en lontananza, se oyeron los pasos mesurados de alguien que se aproximaba. La mirilla de latón dorado se abrió y un ojo, agrandado por una gruesa lente de un oculto Polifemo,[74] los observó desde el interior a la vez que la voz de la persona que sin ser vista les observaba preguntaba por sus nombres dentro del partido.

—Yo soy Günter y ella es Rosa.

La voz ya no se dejó oír de nuevo, y sí oyeron, en cambio, el ruido mecánico del pasador al descorrer la doble vuelta que aseguraba la cerradura. Entraron ambos y se encontraron ante un hombre canoso de mediana edad que, tras mirar al exterior para ver si alguien les había seguido, cerró la puerta. Clavó en ellos sus miopes ojillos semiocultos por los gruesos cristales de sus gafas y les sonrió; al hacerlo, una miríada de finísimas arrugas, aumentadas por las dioptrías de sus gafas, aparecieron silueteando sus ojos grises. El hombre les indicó con un gesto que le siguieran y avanzó por un deteriorado pasillo hasta una salita cuyo desvencijado aspecto no dejó de causarles un extraño efecto. Las paredes se veían desconchadas y con alguna que otra mancha de humedad; los cuadros eran simples litografías enmarcadas, al parecer recortadas de un calendario de temas de botánica; las revistas que yacían en las mesa central correspondían a fechas muy anteriores y habían pasado por mil manos; el suelo era de linóleo de color gris y la cubierta se levantaba por una de las esquinas que se ajustaba junto a una pequeña rinconera; el mobiliario lo constituían seis sillas de hule y metal, así como dos pequeños sofás de modesta y desgastada tapicería, pegados a las paredes; la iluminación provenía de una semiesfera translúcida colocada en medio del techo de la habitación, y su luz era pobre y desangelada.

—Dentro de un momento, el doctor Wemberg los recibirá. Esperen.

Tras decir esto último el celador desapareció, dejando a ambos jóvenes inquietos y desorientados.

Helga recordaba que Manfred le preguntó:

—¿Qué te parece todo esto, Helga?

—Nada, no me parece nada. Ya sabes que el partido no acostumbra dar explicaciones, y toda prevención es poca en los tiempos que corremos.

—Pero es la primera vez que nos hacen acudir juntos a una reunión. Pertenecemos a células distintas, y tu trabajo y el mío nada tienen que ver.

—Imagino que lo que tengan que decirnos atañerá a los dos.

Algo iba a responder Manfred cuando la puerta de la sala de espera se abrió y el celador de las gruesas gafas compareció anunciando que el doctor Wemberg los recibiría de inmediato. Los muchachos se pusieron en pie, dispuestos a seguirle. El hombre los acompañó hasta la puerta del despacho del médico y, golpeando la hoja con los nudillos, pidió permiso para entrar. Una voz interior autorizó la entrada, y ambos fueron introducidos en una pieza de regulares dimensiones que contrastaba con la espartana decoración de la sala de espera. El despacho era amplio y estaba perfectamente instalado. Una mesa central lo presidía, y tanto el sillón giratorio que se veía tras ella como los dos asientos que se ubicaban enfrente eran de buena madera de cedro. A su derecha se hallaba una librería atestada de títulos de medicina, y a su izquierda, un armario de instrumental con todas sus piezas perfectamente alineadas e impecables. A la derecha de la estancia, un biombo separaba la pieza de otro ambiente, y tras él, que estaba a medio desplegar, se adivinaba una mesa de curas de acero y cristal, para el reconocimiento de los pacientes, y a su lado un aparato de rayos X, todo ello de un blanco impoluto.

El doctor Wemberg los aguardaba en pie, sonriente en medio de la estancia.

Manfred, al que aquella situación incomodaba, saludó al galeno con un escueto «Buenas tardes» y Helga le sonrió tímidamente.

—Siéntense, por favor.

Los muchachos ocuparon los sillones frontales en tanto que el doctor se instalaba tras la mesa.

—La verdad, doctor, es que no sé a qué hemos venido.

Fue Manfred quien abrió fuego.

El doctor Wemberg jugueteó un instante con un abrecartas que estaba sobre la mesa y, tras una estudiada pausa, tomó unos papeles de la carpeta y los leyó atentamente. Un silencio ominoso se abatió sobre la habitación, y luego de dejar sobre el despacho la carpetilla, el médico habló.

—No he de decirles que todos bogamos en la misma dirección. El partido me ordena que les ponga en antecedentes de ciertas cosas y que, en lo posible, intente ayudarles para que no acabe en drama el peligroso juego en el que todos andamos metidos.

Manfred se revolvió nervioso en su asiento. Mientras Helga lo observaba con expresión interrogante, el médico prosiguió, apeando el «usted».

—Según me consta en el expediente que me ha sido entregado, vosotros sois marido y mujer, y vuestros superiores os han provisto de una documentación absolutamente auténtica y que resistiría cualquier investigación a la que fuera sometida, ya que los datos registrales que en ella constan son de difícil comprobación. Por otra parte, habéis sido instruidos a fin de que, en caso de un interrogatorio, vuestras declaraciones coincidan… aunque siempre quedan cabos sueltos que son muy difíciles de ligar.

—Doctor, todo lo que nos dice ya lo sabemos. Lo que ignoramos son los motivos que nos han traído hasta aquí.

El doctor Wemberg, sin contestar la indirecta pregunta de Manfred, prosiguió.

—Hay cuestiones médicas en vuestro caso particular que deben solucionarse a fin de que las circunstancias externas coincidan con las peculiaridades de una pareja de recién casados de tan incómoda condición, en los días que corremos, como son las tuyas.

Al decir esto último sus ojos estaban fijos en Manfred.

—Si no nos habla más claramente, me temo que tardaremos demasiado en enterarnos del autentico motivo de esta visita.

El galeno, sin solución de continuidad, prosiguió.

—Tú eres judío, o por lo menos fuiste bautizado como tal, y esa condición añade un plus de peligrosidad a esta mujer, caso de ser interrogada. Ya sabes lo que ocurre cuando una muchacha alemana se casa o, y perdonadme la claridad, se acuesta con un judío.

Helga había enrojecido hasta la raíz del pelo.

—La mujer no puede desconocer ciertas singularidades de su marido; por tanto, hemos de negar tu condición, cosa harto difícil ya que tu pene ofrece una peculiaridad diferente a la de cualquier cristiano de cualquier confesión.

Manfred no daba crédito a lo que estaba oyendo. El doctor, como si no se diera cuenta de la violencia que estaba creando a ambos jóvenes, prosiguió.

—Es obvio que una mujer conoce perfectamente el cuerpo de su compañero; por tanto, ante la evidencia de que estás circuncidado, no nos queda otro remedio que justificar tal estado, y para ello se ha redactado este documento.

Al decir esto último, el médico extrajo de su carpeta un certificado que amarilleaba por el paso del tiempo y lo tendió a Manfred. Éste lo tomó en sus manos sin atreverse a apartar su mirada de los ojos del galeno. Luego, lentamente, bajó la vista y comenzó a leer.

En Budapest,
a 15 de marzo de 1926

Hospital Walcoviak

En el día de hoy, a las 10,30 de la mañana, ha sido intervenido por segunda vez el paciente Günter Sikorski Maleter, de diez años de edad, que padece una balanopostitis. Se le ha practicado una recesión completa del la piel sobrante del prepucio y se ha limpiado la zona afectada.

Deberá permanecer hospitalizado un lapso de tiempo de tres días y se le tratará con sulfamidas.

Firmado,
Dr. Paul Brineski

Al terminar la lectura, Manfred, alzó la vista del escrito.

—¿Qué quiere decir todo esto?

—Sencillamente, que el hecho de estar circuncidado no obliga a que, indefectiblemente, seas judío. Es posible que esta justificación te sirva algún día, pero sin duda a quien justifica es a tu esposa... Una mujer que hace uso del sexo no puede ignorar esa anomalía del cuerpo de su marido, y en todo caso la salva de haberse unido a un judío.

—¿Qué es todo esto, doctor?

Ahora quien interrogaba era Helga.

—Este documento justifica la anomalía que, como católico, tiene tu, digamos, marido.

Helga volvió la vista hacia Manfred y éste le entregó el certificado. En tanto leía, la voz del doctor Wemberg se dejó oír de nuevo.

—La circuncisión de tu marido se llevó a cabo cuando tenía diez años, y fue por un problema médico, no por una cuestión de religión.

Helga, cuando devolvió el escrito, estaba roja como la grana.

—Sé que esta conversación no es grata, pero es necesaria. No tengo que aclarar que en el archivo del hospital Walcoviak de Budapest figuran los antecedentes de esta intervención. Y ahora, lamentando violentarte, he de hablar contigo, Helga. Voy a ser muy conciso porque es necesario que lo sea. ¿Eres virgen? —Ahora el doctor Wemberg miraba directamente a la muchacha—. Mi pregunta os atañe a los dos.

Helga dudó unos instantes, y cuando habló, su voz era apenas audible.

—Sí, no he hecho el amor con nadie.

El doctor prosiguió.

—¿Tienes novio?

—Salgo con un muchacho.

—Entonces me alegro, ya que las órdenes del partido, al respecto, son determinantes y, siéndolo, mejor será que su cumplimiento no sea traumatizante.

Manfred estaba desconcertado.

—Perdone, doctor, pero no comprendo.

—Es elemental: no existe una sola pareja en Berlín que tras meses de haber contraído matrimonio, ella todavía conserve intacta su virginidad. Sé que esto crea una situación incómoda, pero más incomodidad pueden crear las matronas de la Gestapo en caso de una revisión, cuyo resultado afectaría a ambos.

La voz de Helga era un hilo.

—Y ¿qué se supone que debo de hacer?

El médico sonrió con ternura.

—Si lo que estamos viviendo no fuera tan serio, te respondería de otra manera... Se me ha ordenado que te haga una revisión dentro de un mes, y ése es el tiempo que tienes para resolver el problema. Caso de que lo prefieras, hay otros medios que solventan la cuestión con una pequeñísima intervención. ¿Me has comprendido?

—Desde luego, doctor; no soy tonta.

La voz del médico esta vez sonó cariñosa.

—No hagas una tempestad de un vaso de agua; tu novio va a estar muy contento. Y ahora, si no tenéis nada que consultarme, me esperan otros pacientes.

Ambos jóvenes abandonaron la clínica del doctor Wemberg en silencio y agobiados por las revelaciones de las que los dos habían sido partícipes. Una lluvia persistente caía sobre Berlín y las calles mojadas reflejaban las luces de los faroles que rielaban en los charcos. A lo lejos, divisaron la parada del tranvía por la que pasaba el 83, que les dejaría a dos manzanas de su casa. Manfred se despojó de su tabardo, que al tener capucha protegía mejor de la lluvia, y se lo colocó a Helga sobre los hombros, cubriendo sus rubios cabellos con el capuz de la prenda.

—¿Qué haces? ¡Te vas a empapar!

El muchacho se levantó el cuello de su cazadora forrada.

—Tápate, yo voy bien.

De nuevo el silencio se instaló entre ambos, y al llegar a la parada del tranvía se sumaron al grupo de personas que aguardaba bajo la encristalada marquesina que los resguardaba de la lluvia. Pasaron varios coches que iban a diferentes lugares y, finalmente, vieron aparecer en lontananza un 83. La gente comenzó a agitarse, ya que aquel coche hacía un recorrido circunvalante que convenía a muchas personas. Al frenar frente a ellos, una pequeña cortina de agua saltó del canal del raíl obligado por las ruedas del coche eléctrico, manchando de barrillo y agua las piernas de ambos jóvenes. La gente fue encaramándose al tranvía y apretujándose en su interior, ocupando, los afortunados, algunos asientos que estaban libres. El vagón amarillo y blanco se puso en marcha en medio de un rechinar de hierro y del sonido de una campanilla que el conductor hacía sonar pulsando un botón instalado a sus pies. El revisor hacía milagros desplazándose entre el personal, y al llegar a la altura de Manfred, éste se desasió de la anilla de cuero que pendía de una barra metálica sobre su cabeza y, extrayendo dificultosamente su cartera del bolsillo posterior de su pantalón, entregó al hombre el abono del mes.

—Cobre dos trayectos.

El hombre, con un perforador, taladró dos agujeros y devolvió el abono al muchacho, quien, colocándolo de nuevo en su billetero, lo guardó en el bolsillo al tiempo que el conductor, soltando un exabrupto, frenaba violentamente el vehículo, lo que obligó al personal a desplazarse, con brusquedad, hacia delante. Manfred, sin pretenderlo, y al no haber tenido tiempo de volver a coger el asidero, se fue hacia Helga, estrujándola contra el cristal.

—¡Huy, perdona! ¿Te he aplastado?

La muchacha, medio prensada, volvió su hermoso rostro hacia él.

—No ha sido nada, no me has hecho daño... Más me ha dolido lo que he tenido que oír esta tarde. De verdad, no ha sido nada.

Manfred, que había vuelto a recuperar la vertical, se disculpó.

—Es que estaba guardando la cartera cuando ese bestia ha pegado tal frenazo que si no llegamos a ir como sardinas nos salimos por delante.

—De veras que no ha sido nada.

Se había roto el hielo.

—¡Golfilla! No me habías dicho que tenías novio.

Sintió que rebullía, inquieta.

—¡Hay tantas cosas que ignoramos el uno del otro...! Después de tantos años, solamente sabemos quiénes somos y quiénes nos han dicho que somos. Yo voy a cumplir diecinueve y tú, si no recuerdo mal, veintiuno. Algo habremos hecho durante todos estos años... vamos, digo yo.

—¿Lo conozco? —Manfred iba a lo suyo.

Helga dudó un instante.

—No, no lo conoces. Es un muchacho de mi barrio cuyos padres eran amigos de los míos.

—¿Alguna vez te acompañó a la joyería?

—¡No seas plomo, Manfred! ¿Te pregunto yo algo sobre tu vida, a qué muchachas has conocido y si tienes alguna amante?

—No te enfades, mujer. Desde luego no tengo por qué meter las narices en tus asuntos. He asumido que ésta es una situación temporal y que luego cada uno seguirá su camino.

La lluvia siguió salpicando las calles, y de nuevo un silencio triste se instaló entre los dos. Helga apoyaba su frente en el marco de la ventana, ensimismada en sus pensamientos, en tanto que dos gotas de agua que se deslizaban perezosas por el cristal caminaron paralelas un trayecto; finalmente, cada una se fue hacia un lado distinto. La muchacha pensó que, cuando toda aquella pesadilla terminara, ocurriría lo mismo con sus vidas.

El caso fue que el recuerdo de los sucesos acaecidos aquella tarde volvían una y otra vez a su pensamiento.

La carta

La carta llegó al día siguiente de la visita al doctor Wemberg. Manfred se dirigió por la mañana a la oficina de Bregenzstrasse donde tenía el apartado de correos. Una vez allí, y tras firmar en el libro que le presentó un funcionario vestido con un guardapolvo azul marino, le fue entregada la correspondencia. Aquél era uno de los medios por el que los miembros del partido se transmitían mensajes: empleaban inocuas postales en las que, mediante un lenguaje críptico, cifraban desde órdenes hasta citas clandestinas. Nada más ver el matasellos, supo Manfred que aquella carta venía de fuera de Alemania y que le traía noticias de los suyos. Conteniendo sus ansias, y como si la carta no tuviera para él excesiva importancia, la dobló y, guardándola en el bolsillo superior de su cazadora, salió de la oficina de correos. Ya en la calle, encendió un pitillo, dio una profunda calada y expelió el humo mientras echaba una mirada a uno y a otro lado, costumbre adquirida sin casi darse cuenta, para comprobar si alguien estaba interesado en su persona. Después dirigió sus pasos a un bar situado en la misma calle, y tras acercarse a la barra y pedir un café, examinó atentamente el sobre y comprobó, inspeccionando el matasellos, que el recorrido de la misiva había sido el de costumbre: en el anverso, su nombre, Günter Sikorski, y en el remite, el nombre que figuraba en la nueva documentación de su padre, Hans Broster. Luego extrajo la carta y tras rasgar el sobre comenzó a leer.

    Apreciado señor Sikorski:
    Deseo que al recibo de la presente se encuentre bien de salud y las cosas caminen por buenos derroteros. Nosotros también estamos bien aquí, y la vida transcurre con los problemas inherentes que siempre acompañan a los hombres en su peregrinar a lo largo y ancho de este mundo. Mi mujer, dedicada siempre a sus buenas obras y recordando los días maravillosos que pasamos juntos, acude frecuentemente a casa de herr Max [era el nombre en clave de Jehová], y lo atosiga con sus cosas y siempre les nombra.
    El motivo de ésta es anunciarle que el próximo día 22 va a ir a Berlín aquella muchacha que le visitó en 1936 durante unos días y que había trabajado conmigo. Su nombre es Renata Shenke. Apenas conoce la ciudad, y le agradecería infinitamente que la recogiera en la estación de Falkensteiner, a la que arribará a las 11.15 en el tren correo que llega de Budapest (el número del convoy es el 13355), y se ocupara de su alojamiento y de sus primeros días en esa hermosa ciudad. Su intención es matricularse en filología germánica. Por si sus ocupaciones le impidieran ir a buscarla en persona y tuviera que enviar a alguien de su confianza, me ha dicho que irá vestida con un suéter de cuello cisne color verde y una falda de franela color mostaza, y que llevaría encima una trenca beige y una bufanda del mismo color.
    Espero sus noticias, y no deje de escribirme explicándome los detalles del encuentro.
    Transmita mis recuerdos a todos los amigos que conocí a través de usted y reciba, con el saludo de mi esposa, la consideración de mi más profundo respeto,
                                                            HANS BROSTER

Manfred guardó la carta en el bolsillo de su cazadora y se dirigió al teléfono del fondo, no si antes pedir al mozo de la barra que le suministrara una ficha.

Dando explicaciones

Rodrigo Barroso se hallaba en presencia de su excelencia reverendísima don Alejandro Tenorio y Henríquez. Su explicación había sido prolija y detallada, y ahora esperaba inquieto la respuesta del prelado. Su único ojo recorría inquieto la estancia, admirando la riqueza del conjunto y calculando, por lo corto, cuánto le reportaría la exitosa acción llevada a cabo. El obispo jugueteaba indolente con una cálamo de escritura, con cuya pluma se acariciaba la barbilla.

—No esperaba menos de vos. Si se os dice el cuándo y el dónde, se os proporcionan los medios necesarios en hombres y material, la sorpresa está de vuestro lado y la diferencia es tanta, no veo yo el mérito de que os hayáis podido hacer con el carro de las armas, cosa que me alegra pero no me sorprende. Lo que sí, en cambio, me disgusta e incomoda es que no hayáis podido detener a los portadores del cargamento, ya que ellos son la evidencia de que esa maniobra partía de los judíos. Tenemos el pecado, pues evidentemente habéis traído la carga, pero no tenemos al pecador, y mi denuncia ante el rey adolecerá de fundamento, ya que el testimonio del herrero de Cuévanos carecería de validez. Él no es persona de calidad, y su majestad podría creer que ha sido manipulado para cargar el mochuelo a «sus judíos», amén de que si anteriormente me excusé en el secreto de confesión para no delatar al responsable, mal puedo ahora aportarlo como testigo. —El obispo lanzó la pluma violentamente sobre el escritorio y subió el tono de su diatriba—. ¡Me habéis defraudado, bachiller, no es ése el trato acordado! ¡Necesito saber quiénes eran los hombres que traían la mercancía para llevarlos amanillados a la presencia del rey, eso sí sería una evidencia!

—Entiendo, excelencia, que de ser éste vuestro auténtico deseo, y no el de haceros con las armas para vuestro mejor servicio, entonces mejor habría sido hacer detener a los interfectos a las puertas de Toledo.

—¡No entendéis nada! Si hago lo que decís, no adquiero mérito alguno ante los ojos del rey. De la manera que estaba planeado, era yo quien le entregaba las armas y la evidencia de mi razón en contra de la opinión del canciller.

Barroso tragó saliva, y su nuez subió y bajó visiblemente recorriendo su garganta.

—Veréis, señor, la luna se había retirado y la oscuridad era solamente disipada por la luz de las antorchas. En el fragor del combate nuestro primer objetivo fue hacernos con las armas, ya que pensábamos que al terminar tiempo habría de ver el rostro de aquellos rufianes, pero los acontecimientos nos superaron; fuimos atacados con mazas de combate y cuchillos.

—¡Fuisteis atacados por dos granujas!, según vos mismo habéis relatado. ¿Me diréis, tal vez, que os rodearon? —escupió el obispo con sorna.

El bachiller captó la puya.

—Tuvieron suerte, señor. No contamos con que tras el carro llevaban dos buenos caballos... Saltando sobre ellos, se dieron a la fuga.

—Proseguid.

—Uno de ellos salió como una saeta hacia delante, y en cuanto nos repusimos y nos hicimos con nuestras cabalgaduras, varios hombres salieron en su persecución. Pero montaba un buen caballo y nos llevaba mucha ventaja; fue imposible darle alcance.

—¿Y el otro?

—Otro grupo salió tras él, ya que su corcel lo desmontó

arrastrándolo, pues uno de sus pies quedó enganchado del estribo. Sin embargo, el animal, en lugar de detenerse como suelen hacer los caballos en tal circunstancia, espantado sin duda por una antorcha encendida, salió como alma que lleva el diablo, y pese a que mis hombres se organizaron rápidamente y lo persiguieron con celo, fue imposible encontrarlo; perdieron el rastro en la oscuridad de la noche. Mas como iba herido y sangraba profusamente, di orden de aguardar la madrugada para poder encontrar la huella, cosa que hicimos en cuanto amaneció. Pero la señal se perdía dentro de la floresta y desaparecía en una trocha, de tal modo que no pudimos dar con él, sin duda muerto, ni con su caballo.

—¿Por que aseveráis con tanta seguridad que estaba muerto? Y si lo estaba, ¿cómo es que no disteis con él?

—Veréis, excelencia, el reguero era muy grande y recorría un largo trecho en el camino, amén de que en el interior del boscaje el charco de sangre coagulada era impresionante.

—¿Y el cadáver? ¿Dónde está el cadáver?

—No lo comprendo, excelencia. Tal vez el Maligno...[75]

—¡No digáis sandeces, el Maligno no se dedica a llevarse cuerpos de judíos muertos!

—Entonces, tal vez los lobos... Se han dado casos en los que, al acercarse el tiempo frío, la manada arrastra la comida hasta un lugar seguro, alguna guarida, y la entierra para el invierno.

—Y de la huella del reguero de sangre, ¿qué me decís?

—Había perdido tanta que había disminuido notablemente. Además, ya sabéis que la hierba de la floresta es tan abundante que apenas la aplasta algo, se vuelve a levantar y... Y muchas veces, los lobeznos lamen la sangre golosamente mientras sus mayores tiran de la presa.

—Más me cuadra esa teoría que la de que el Maligno se lo haya llevado a los infiernos, como sugeríais anteriormente. ¡Maldita sea!

La otra cara

Las bulos corrían como el viento entre la comunidad judía y, pese a que los rabinos tenían buen cuidado de no propalar aquellas noticias que pudieran perjudicar a los suyos, algo había llegado a oídos de Esther, que se pasaba los días enteros tras el vitral de su ventana aguardando la indefectible reunión de rabinos que, sin duda y como de costumbre, tendría lugar en la pequeña sinagoga ubicada en el fondo del jardín de su casa, junto a la rosaleda.

Al anochecer del tercer día, vio atravesar el jardín a su padre acompañado de Ismael Caballería, Abdón Mercado y Rafael Antúnez. Sus rostros evidenciaban la gravedad del momento, y apenas se introdujeron en la sinagoga y cerraron las puertas, la niña se precipitó sigilosamente escalera abajo y, atravesando el parral, se ocultó junto al ventanuco del fondo para escuchar lo que allí se dijera. El rumor de las voces no se hizo esperar, y Esther aguzó el oído hasta conseguir que llegaran a ella retazos de conversación. Cuando el que hablaba era su padre, perdía el diálogo ya que, como suponía, Isaac estaba de espaldas al ventanuco por el que le llegaban los sonidos. En cambio, cuando era uno cualquiera de los otros tres el que hablaba, entonces la voz llegaba nítida y rotunda hasta ella. Ahora era Abdón Mercado quien había tomado la palabra.

—Hemos fracasado, rabino. Todo nuestro esfuerzo se ha malogrado: el carro ha sido atacado y hemos perdido toda la mercancía.

—Si únicamente fuera eso... —Ahora intervenía Ismael Caballería.

—Si no os explicáis mejor, tardaré mucho tiempo en enterarme de los pormenores del suceso. —La voz de Isaac llegó velada a los oídos de su hija.

—Pues veréis, como no ignoráis, enviamos a recoger el cargamento a Cuévanos a mi sobrino David y a un muchacho de toda confianza, valeroso, decidido y sin embargo prudente cuyo nombre es...

Una tos seca, característica de Rafael Antúnez, impidió a Esther oír claramente el nombre del mozo a quien se estaban refiriendo, pero su instinto de mujer hizo que su corazón comenzara a latir aceleradamente.

—El caso fue que a mitad del camino, en el puente sobre el Pusa, los esperaban y les tendieron una emboscada.

—¿Quiénes? —indagó Isaac.

Retomó el relato Rafael Antúnez.

—Dos grupos de hombres que se les vinieron encima por delante, cerrándoles el paso, y por detrás, impidiéndoles retroceder.

La explicación, que resultó prolija y detallada, fue llegando al final.

—Entonces el sobrino de Ismael pudo regresar a la ciudad entrando por la puerta de Valmardón, confundido entre la muchedumbre que la atraviesa los días de mercado, y llegando a su casa relató todo lo ocurrido a su tío.

—¿Y por qué no vinisteis de inmediato a verme? —indagó Abranavel.

—Por no despertar sospechas, pues es evidente que alguien sigue nuestros pasos y, de reunirnos inmediatamente, habríamos confirmado el recelo de que éramos nosotros los conjurados, en tanto que si ven que algo de este calibre acontece y nosotros no nos reunimos acto seguido, nuestro espía albergará dudas sobre nuestras responsabilidades en el asunto —habló Antúnez.

—Prudente decisión —apostilló el rabino.

—Y, además, porque yo estaba fuera de Toledo y no había de regresar hasta ayer por la tarde. Las aljamas están alejadas, y hasta que no coordinamos nuestras actuaciones, pasa el tiempo... Amén de que de haberlo hecho, no habría tenido la historia el remate que ha tenido esta mañana. —Quien hizo la aclaración fue Caballería.

—¿Y cuál es ese remate?

La confirmación de lo que tanto temía oír Esther llegó a sus oídos en el último segundo, aterradora y contundente, pues hasta ese instante y desde el principio en que fue nombrado, cuando la tos de uno de ellos le impidió enterarse de su nombre, siempre que se refirieron a él durante el relato de la terrible historia, lo habían hecho como «el otro muchacho», «el infeliz» o «el infortunado».

—Esta mañana ha aparecido en nuestra cuadra el caballo que guardaba en ella Simón, el amigo de David. Venía el animal destrozado, sin su jinete y con los belfos sangrantes. David opina que tal como lo vio la última vez, arrastrando a su jinete por el estribo sobre las piedras del camino, con la cabeza rebotando en los agujeros y sangrando profusamente, lo más propio es que esté muerto, ya que, de no ser así, Simón ya habría regresado. Si ha muerto a causa de las heridas o lo han asesinado posteriormente los bandidos que los atacaron y lo han enterrado en algún recóndito lugar para ocultar su crimen, no podremos saberlo jamás.

Un ruido sordo llegó hasta los conspiradores, y los cuatro se precipitaron al exterior, temiendo que oídos inoportunos hubieran estado espiando sus palabras. El cuadro que presenciaron al dar la vuelta y acudir a la parte posterior de la pequeña sinagoga fue descorazonador. Allí, desmayada sobre los arriates donde el viejo rabino cultivaba sus plantas medicinales de ajenjo, cilantro y acónito, lívido el rostro como un espectro, yacía exánime el cuerpo de Esther, la bellísima hija de dom Isaac Abranavel ben Zocato.

Consecuencias

Un clima de tristeza se había abatido sobre la casa de los Abranavel; todo parecía estar en penumbra. Sara y Ruth se alternaban en la cabecera del lecho de la muchacha, y ésta se limitaba a existir con los ojos abiertos, negándose a injerir alimento alguno; su amor había muerto y su vida carecía de sentido. El ama se esforzaba en subirle, desde las cocinas, las viandas que anteriormente habían sido sus predilectas, pero, pasando los días, hasta la tarta de maíz, levadura y fresas silvestres que siempre fuera su preferida regresaba a la alacena intocada. El doctor Díaz Amonedo, médico y viejo amigo de la familia, fue convocado por el rabino y acudió sin demora. Escuchó a Isaac y examinó a la muchacha detenidamente en presencia de ambos esposos y del ama, y su diagnóstico fue claro.

—Vuestra hija, Isaac, sufre un mal que ataca a muchas jovencita de su edad. No es nada físico que yo pueda curar, es un mal del espíritu; su nombre es amor, rabino.

El rabino, sin negar la evidencia, indagó.

—¿Y qué pronóstico tiene? Porque está desmejorando a ojos vistas y se niega a tomar alimento alguno.

—Solamente el tiempo cura estos males, si no es la presencia del amado. Pero en el ínterin —se dirigió a las mujeres—, ved de darle extracto de miel de abeja reina untada en finas obleas de torta de trigo, así como también un bebedizo de naranjas, limones y unas gotas de cilantro. Eso reforzará su naturaleza. Otra cosa no puedo recetar hasta que ella se vea con ánimo de ingerir otros alimentos.

Sara gimoteaba en un rincón de la estancia y sus hipidos pusieron nervioso al rabino.

—¡Tú, mujer necia, eres en gran parte la culpable de esta situación! De no haber protegido estos amores imposibles, mi hija no estaría ahora en el triste estado en que se halla. ¡Vete a las cocinas, que lo último que me falta ahora es oír tu histriónico llanto!

Ruth intervino, conciliadora.

—Dejadla, querido esposo. Sara adora hasta tal punto a vuestra hija que es incapaz de negarle nada.

—Pues ved, señora, adónde conducen los excesivos mimos y el descuido en ciertas situaciones. Siento decirlo, pero creo que todas las mujeres de la casa son algo responsables de esta triste circunstancia.

Ruth encajó con humildad la reprimenda de su esposo y puso su mano suavemente en el hombro del ama, indicándole con dulzura que se retirara. Poco a poco, la estancia se fue vaciando y la muchacha quedó sola en tanto el doctor, acompañando a sus padres, se encaminaba a la planta baja.

Cuando la terrible noticia se fue abriendo paso entre las brumas de su espíritu, al principio Esther creyó morir. Después reaccionó como una autómata y hacía las cosas de cada día de una forma totalmente mecánica sin darse plena cuenta de las tareas que llevaba a cabo; inclusive los pasatiempos que le eran más queridos dejaron, de repente, de tener sentido, hasta tal punto que su aya tuvo que ocuparse de dar de comer a las palomas y de limpiar el palomar, así como de cuidar las rosas, ya que a ella todo le era indiferente. Su mente evocaba una y otra vez las conversaciones y los ratos que había pasado con el amado, y cualquier mínimo detalle, por insignificante que fuera, afilado por su memoria adquiría una dimensión nueva y maravillosa. Un dolor lacerante le hendía el pecho. Todo su mundo había muerto, y ella, sin embargo, estaba condenada a vivir eternamente con el recuerdo del amor perdido y, por demás, de una forma cruel e impensada. Leyó su última carta miles de veces y odió a aquel su pueblo al que su amado había ofrendado su joven vida llena de proyectos. ¡Ya no sentiría nunca más cómo su mano tibia la acariciaba ni volvería a notar la presión de sus labios sobre su boca! Desde el momento que rozó su piel, supo que era él su elegido y que jamás podría sentir por otro hombre un amor parecido. Ya todo daba igual; continuaría viviendo sin querer vivir… como el agua del río va hacia el mar, sin que pueda hacer nada por evitarlo. Ya todo daba igual.

Furtivos

La camioneta se detuvo junto a la cancela de hierro de la pequeña puerta que daba a la parte posterior del jardín de la antigua mansión de los Pardenvolk y que se abría a un callejón sin salida. El vehículo era un furgón de reparto y a ambos lados, sobre fondo blanco y en letras azules, se podía leer el nombre de una conocida tintorería. De la cabina descendió el conductor y esperó junto al vehículo. La noche había caído, y los faroles del callejón daban una luz desmayada y lechosa a causa de la neblina que subía del canal poblando el entorno de claros y sombras. El muro de piedra que circunvalaba el parque era alto y, por encima de los pinchos de hierro que lo coronaban, sobresalían las ramas de los árboles más cercanos.

Eric observó atentamente el paso de las gentes que atravesaban la bocacalle del fondo y entendió que, a aquella distancia, nadie podía ver sus maniobras; únicamente podría observarle un transeúnte que se introdujera en el callejón, hecho bastante improbable a aquellas horas. Las once sonaron en un reloj cercano, tapando por un instante las bocinas de los coches y los ruidos propios de la gran avenida de Charlottenburger prolongación de Unter den Linden, arteria principal de Berlín, y que se abría a la salida de la bocacalle situada en Kastanienallee en su confluencia en Kurfürtenplatz, en el interior del gran parque de Tiergarten. Cuando confirmó que no había nadie en los alrededores, comenzó a silbar una melodía muy de moda en los postreros días de septiembre de 1938 y que hacía furor en los bailes interpretada por casi todas las orquestas. Pasó un brevísimo espacio de tiempo y su aguzado oído, acostumbrado a percibir los suaves bip-bip del telégrafo de Morse en la Escuela de Telecomunicaciones, percibió el ruido del oxidado cerrojo al abrirse. Los goznes chirriaron levemente y apareció entre la hojarasca que se enredaba en las rejas la silueta de Sigfrid, quien, avisado por su hermano, lo esperaba a aquella hora para llevar a cabo los planes urdidos por ambos.

—¿Qué tal, Eric?

—Ya ves, actuando como un proscrito y jugándome, por lo menos, la expulsión de la escuela por contravenir las órdenes del gobierno. Tu hermano está un poco para allá; me parece que su cabeza no rige o que por lo menos no es consciente de los líos en los que mete a la gente. Y el caso es que cuando quiero darme cuenta, no sé por qué regla de tres, ya me ha convencido.

Sigfrid no contestó directamente a la argumentación de Eric. Consultó la esfera fosforescente de su cronógrafo de pulsera y respondió a su amigo:

—Chaladuras de Manfred. A mí también me mete en sus líos, ya sabes cómo es. Los tíos están a punto de irse a Oberammergau, a la casa que tiene la madre de tía Anelisse, para ver *La Pasión*.[76] Esperemos un poco y así podremos trabajar mejor. Además, Herman ya se habrá retirado, aunque por ese lado no hay problema. ¿Quieres que vayamos a algún sitio?

Eric separó los brazos y mostró su vestimenta a Sigfrid.

—Con esta pinta, ¿adónde quieres que vaya? No van a dejarme entrar en ningún local; parezco un mozo de cuerda. Mejor nos sentamos en la furgoneta y matamos el tiempo hablando; hace mucho que no hablamos.

Sigfrid ajustó la verja en tanto que Eric se instalaba en el puesto del conductor y, alargando el brazo, retiraba el seguro de la puerta del otro lado. Sigfrid la abrió, se sentó en el asiento del acompañante, se ayudó con la mano derecha para colocar su lesionada pierna y cerró a continuación la portezuela.

—Como puedes ver, continuo siendo un trasto inútil.

—No me des la vara, que hoy no tengo el día... Me he comprometido a hacer algo que me repugna, que es desobedecer las leyes de mi país, y solamente me faltas tú con tus monsergas.

Sigfrid se demoró unos instantes antes de responder, extrajo trabajosamente una pitillera de su bolsillo y, tras ofrecer un cigarrillo a su amigo, quien lo rehusó, encendió el suyo, abatió el cristal de la ventanilla un par de dedos para que el humo no los incomodara y comenzó a hablar con tiento.

—Vamos a ver, Eric, ¿cuánto tiempo hace que me conoces?

El otro lo miró extrañado.

—¿A qué viene ahora esa memez?

—No es ninguna estupidez. Creo que somos amigos desde antes de la universidad, cuando acudimos al primer campamento de verano, y nunca jamás nos hemos ocultado cosa alguna, ¿es o no es así?

Eric, al observar el tono del otro, se puso serio.

—Así es, pero no entiendo a qué viene todo esto.

Manfred, como si recitara un soliloquio, prosiguió.

—Voy a revelarte cosas trascendentales que el solo hecho de conocerlas va a comprometerte y que, a su vez, expondrán a otras personas. Si no quieres que continúe, dímelo y me callo. Pero si, por el contrario, asumes su conocimiento, me has de jurar por Hanna que jamás saldrá de tus labios nada de lo que te confiese.

Al escuchar la exigencia de su amigo, Eric entendió que lo que iba a serle revelado era algo muy importante.

—¿Tan trascendental es el tema que me pides que jure por tu hermana?

—Tú sabes bien lo que mi hermana representa tanto para mí como para Manfred... Si te pido que jures por ella, es que el asunto es vital para todos.

—Está bien, te juro por Hanna y por mi vida que jamás repetiré a nadie lo que me digas.

Sigfrid dio una fuerte calada al pitillo y comenzó a explicarse. Pese a la pequeña apertura de la ventanilla de su lado, el parabrisas de la furgoneta se había empañado totalmente y el habitáculo invitaba a la confidencia.

—Es evidente que se aproximan tiempos terribles y que nadie puede presumir de conocer el futuro que nos deparará la vida. Lo que era una presunción durante los días de la olimpiada ahora es un hecho irrefutable. La persecución de la que es objeto no únicamente mi raza sino también otros colectivos, como los gitanos, las gentes de color o los discapacitados, por parte de ese loco de Hitler, únicamente un ciego puede negarla.

—Los buenos alemanes nada tienen que ver con todo eso... Y ten la certeza de que pasará. Pero prosigue.

—Los buenos alemanes lo votaron, y te ruego que no me interrumpas hasta que termine. Te consta que mis padres y Hanna se marcharon, y para hacerlo tuvieron que sufrir mil y una peripecias ya que, de no ser así, mi familia habría perdido todo el esfuerzo de su trabajo. Luego vino un período de silencio, obligado por las circunstancias, que tú mismo padeciste. Mi hermano es un miembro activo del Partido Comunista, sin ser un afiliado natural del mismo, ya que no es ni un obrero ni un sindicalista, pero pensó, y de eso ya hace tiempo, que los únicos que daban la cara y se batían el cobre en las calles eran ellos. Ahora viene lo que a mí concierne... Te recuerdo tu juramento, porque ahora estoy contraviniendo las órdenes del partido. Yo también pertenezco a esas gentes, aunque de un modo diferente, ya que no veo otra formación capaz de parar los pies a estos bestias; por el momento solamente soy un liberado.

Hubo un tenso silencio entre los amigos.

—¿Qué quieres decir con lo de «liberado»?

—No estoy adscrito a ninguna célula ni consto en archivo alguno. Mi misión consiste en intentar husmear cuantas cosas puedan ayudar a los míos y pasar información, notificando cuanto interese al respecto de los planes futuros de los nazis y, así mismo, ser un comando de apoyo dentro de Berlín. Ahora, si lo que te he revelado te escandaliza y consideras que es tu obligación denunciarme, hazlo.

Eric tenía la mirada en un punto lejano, como si pudiera taladrar el espacio pese a la oscuridad y a través del cristal empañado.

—Te he hecho un juramento, y si alguien me conoce bien, ése eres tú, Sigfrid. Tengo un orden de prioridades y sé qué antepongo a qué. Ello no quiere decir que esté conforme con tus criterios, pero para mí la amistad es lo primero, y en el caso de tu familia, los límites han sido desbordados por mi amor hacia tu hermana. Cuenta con mi absoluto silencio. Si alguna vez me pides algo que repugne a mi conciencia, que sé que no lo harás, tal vez lo rechace, pero de mi boca no saldrá una palabra que pueda comprometer ni a ti ni a los tuyos. Por otra parte, creo que en algunas cosas los nazis se han pasado, y mucho, pero estoy seguro de que remitirán los abusos.

—Pues yo pienso lo contrario, y creo que lo peor aún está por venir. Además, ¿tú crees que se fundamentan en algún derecho las leyes que han promulgado? ¡Mi padre tuvo que cerrar sus negocios, pero eso tal vez sea intrascendente ante el cúmulo de barbaridades que se han cometido y que se siguen cometiendo cada día en nombre de no sé qué leyes ni qué mierda de superioridad de la raza aria!

Sigfrid se iba exaltando.

—Sosiégate, que yo no legislo este país y ya te he dicho que no estoy conforme en muchas cosas.

Sigfrid se lanzó imparable cuesta abajo.

—¿Te acuerdas del hijo del conserje de la Escuela de Alpinismo? Era cojo de nacimiento, no como yo... Pues bien, vinieron a buscarlo una mañana para recluirlo en un centro para discapacitados físicos.

—¿Y...?

—Pues que hace un mes comunicaron a sus padres, eso sí, en una correctísima y sentida nota, que había tenido un percance y que había muerto de una caída.

—¿Qué insinúas?

—No insinúo, te cuento hechos comprobados. Cuando

fueron al lugar, ya lo habían incinerado y enterrado. ¿Tú crees que eso se puede consentir?

—A lo mejor tenía alguna enfermedad infecciosa.

—¡Eres más perspicaz que todo esto, Eric, te ruego que no menosprecies mi intelecto! ¿Qué me dices de los juicios sumarísimos y de las condenas de gentes que prácticamente comparecen ante sus jueces sin dar tiempo a que sus abogados preparen su defensa?

—Sé que todo es una barbaridad, pero a pesar de ello, yo creo en Alemania.

—Pues yo ya no. Únicamente en la universidad hay voces discordantes.

Eric calló y una nube de silencio se instaló entre ambos amigos. Luego Sigfrid rompió la tensión de la escena cambiando de tercio.

—Déjalo, tú no tienes la culpa de esta siniestra ceguera ni tampoco de haber nacido en el seno de una familia puramente aria. Vamos a lo nuestro.

Ambos descendieron de la furgoneta y, tras comprobar que no divisaban a nadie en la bocacalle, se fueron a la trasera, abrieron las puertas y comenzaron a descargar los sacos y cajas que iban alojados en su interior.

La tarea no fue sencilla. Los bultos pesaban y transportarlos hasta la parte posterior del palacete les llevó un buen rato. Cuando tuvieron todo apilado junto a la escalerilla que daba al invernadero, se detuvieron para recuperar el resuello. Eric había cerrado la camioneta tras aparcarla en el vado del garaje y Sigfrid le aguardó junto a los paquetes.

—Pero ¿todo esto es necesario para realizar tu trabajo?

—Es lo que me ha suministrado tu hermano. A lo mejor alguna cosa sobra, pero no quiero que por una tontería no pueda terminarlo y debamos volver otra noche.

—Pero ¿qué pretendes, montar una central de transmisiones?

—Tu hermano ha dicho que aumente la señal tanto como

pueda. He de cambiar el transmisor y alargar la antena. —Señaló un paquete de forma circular—. Esto es hilo de cobre. Debo salir al tejado y rodear la casa, para ocultarlo detrás del canalón del desagüe por debajo del voladizo y empalmarlo con la instalación que ya hice y que está oculta bajo la hiedra. Nos va a llevar bastante tiempo. Si no puedo terminar hoy, acabaré el próximo día... O sea, que démonos prisa.

Sigfrid extrajo de su bolsillo un manojo de llaves y tomando un llavín de sierra lo introdujo en la cerradura de la puerta y la abrió en silencio. El acarreo fue lento y cuidadoso. Fueron transportando todo, paquete a paquete, hasta la base de la escalera principal. De vez en cuando los ruidos propios de la noche les obligaban a detenerse y a aguzar el oído; ahora crujía el parquet y luego el gran carillón del comedor daba los cuartos o las medias. La casa, a aquella hora y en tanto cumplían aquella tarea, resultaba solemne y extraña; a ambos les parecía que eran unos furtivos cometiendo un delito. Los criados dormían en el ala este de la mansión y no era fácil que alguno, caso de levantarse, acudiera a aquellas horas donde ellos estaban. En el primer piso hicieron una parada, para luego proseguir hasta que, finalmente, todo el material llegó a la buhardilla. Entonces Eric, ayudado por su amigo, comenzó su tarea. A las cinco de la mañana el trabajo interior estaba finalizado. Los papeles de embalaje, cordeles, restos de fino alambre, herramientas de la caja de Eric, plomo de soldadura junto al soldador.... todo yacía por el suelo en un desorden controlado. Sigfrid intentaba ayudar en todo lo que su amigo le mandaba.

—Bueno, esto ya está.

—No sé cómo te aclaras con tanto cable y tanta conexión.

—Es mi trabajo; no solamente nos exigen hacerlo bien sino hacerlo deprisa. El martes llegó a casa una orden de alistamiento... Dicen que van a asimilarnos a transmisiones militares de la Kriegsmarine, pero son cosas de radio macuto. Nadie sabe nada, pero en la escuela se habla.

—¿Te incorporarás?

—¿Qué crees, que todos podemos alegar una incapacidad?

—Mira por dónde ahora resulta que ser cojo vale la pena... si eres rico, claro.

—Pese a todo lo que hemos hablado, sigo pensando que cuando pase todo esto la gran Alemania resurgirá, y yo quiero integrarme a ella de pleno derecho. Por lo tanto, agotadas mis prórrogas de estudio, debo incorporarme a su marina durante mi servicio. Otra cosa es que prefiera que no estalle ningún conflicto durante ese tiempo y que Hitler pierda las próximas elecciones.

Sigfrid no hizo comentario alguno. Entonces señaló el hilo de cobre que permanecía enrollado en su carrete de madera.

—Y ahora, ¿qué es lo que hay que hacer? —quiso saber.

—Lo primero, traerme una escalera, y luego, abrir la claraboya del tejado. Si me dices donde está, iré yo.

—Es más complicado explicártelo que ir a por ella.

Salió Sigfrid de la habitación, y cuando regresó, llevando la escalera sobre el hombro, halló a su amigo pertrechado con un herraje de alpinismo que le sujetaba por las piernas y por la cintura, y del que pendía un gancho que cerraba con un gatillo.

—¿Qué pasa ahora? ¿Vas a escalar el Jungfrau?[77]

—Pasa que no quiero matarme resbalando por las tejas mojadas por el relente.

—Me gusta porque eres precavido.

—Menos guasa, que se hace tarde. —Luego comenzó a desliar una cuerda de *rappel*[78] y procedió a pasarla por la anilla del gancho.

—Busca un punto firme y átame. No quiero acabar estrellado porque a tu hermanito le ha dado por hablar con Australia.

Sigfrid tomó el extremo de la cuerda y miró alrededor.

—¿Te parece ahí?

Señaló la pata de una de las camas.

—No creo que el catre pase por la abertura del tragaluz, haz firme.

Sigfrid procedió a sujetar sólidamente el extremo del cabo en la pata de hierro de la cama, y cuando se dio la vuelta, Eric había desplegado la escalera y subía los cuatro peldaños hacia la gatera del techo. Luego la abrió sin dificultad y antes de salir al exterior dio órdenes a su amigo.

—Cuando esté fuera me pasas la bolsa de las herramientas y la linterna, y cuando te lo pida me das el hilo de cobre.

Dándose impulso en el marco de la claraboya, Eric asomó medio cuerpo a la noche. Una lluvia fina y pertinaz comenzaba a caer sobre Berlín, y sobre la dificultad natural de aquel arriesgado ejercicio de funambulismo, se añadía la humedad de la tejas de barro vitrificado. Eric extendió sus brazos de una forma asombrosa, desapareció por el agujero y, en un instante, la cara del alpinista se enmarcó en el tragaluz.

—Si puedo, voy a trabajar sin encender la linterna; no quiero que alguien pueda verme desde la calle. Ahora ve soltando cuerda, que voy a bajar hasta el borde.

La tarea resultó larga e incómoda. Al cabo de una hora y media, cuando clareaba la madrugada, Eric, empapado y aterido de frío, regresaba a la buhardilla. Descendió patoso los peldaños de la escalera y se acercó al radiador.

—Bueno, ya está. Vamos a ver ahora si esto funciona.

Ambos se colocaron frente a los mandos del nuevo transmisor, y Eric, que entre tanto se había desprendido de los herrajes de escalador, se puso a manipular los botones, interruptores y ruedecillas que movían los diales. Súbitamente, tras varias tentativas infructuosas dando su código de radio, entre toses y carraspeos de la estática, una voz lejana que llegaba a través del éter respondió desde Escocia.

Preparando el regreso

Desde el día de la cita con el doctor Wemberg la actitud de Helga hacia Manfred había cambiado. Las veladas en las que se enfrascaban en interminables discusiones sobre música o sobre política habían dado paso a noches en las que, ante la falta de respuestas de la muchacha, Manfred tomaba el volumen que estaba leyendo y se entregaba a la lectura. Sin embargo, cada vez que levantaba la cabeza de las páginas, sus ojos se topaban con la mirada de ella, quien al instante la desviaba hacia lo que estaba haciendo, ya fuere a veces una labor de punto que tenía aromas de eterna o bien un aburrido crucigrama, a los que era muy aficionada.

—¿Qué te ocurre, Helga?

La respuesta siempre era la misma.

—¿A mí? Nada.

O bien:

—Cosas mías que si te las explicara no llegarías a entenderlas. Estoy deseando que venga tu hermana. Los hombres sois un jeroglífico que no acierto a resolver. Quiero hablar alguna vez de cosas intrascendentes, ¡yo qué sé!, trapos, vestidos, la última película de Emil Jannings[79] o el reportaje sobre moda que ha filmado Leni Riefenstahl.[80] Estoy un poco harta de que haya recaído sobre nosotros la tarea de arreglar el mundo.

Eran las ocho de la noche. Él ponía la mesa para los dos y Helga trajinaba entre los peroles.

—¿Pongo plato de sopa?

La voz de ella llegó desde la cocina del apartamento.

—Hoy tenemos restos; es final de mes y nos hemos de ajustar el cinturón, así que plato único.

La chica apareció en el pequeño comedor con una bandeja de humeantes raviolis.

—¡Pasta! Ya sabes que la comida italiana no me gusta, y

además te he dicho mil veces que yo pagaré el gasto de esta casa, da igual que sea final de mes que primero de año.

Manfred carecía de problemas económicos ya que, antes de su partida, su padre había dejado las cosas arregladas a través de la cuenta de una fundación de la que era ficticio administrador el notario de su familia y que le suministraba fondos suficientes y generosos, tanto a él como a Sigfrid, de forma que la reserva de purísimas piedras que le había entregado para cualquier emergencia permanecía intacta y oculta en un escondrijo seguro.

—No se olvide de que está usted viviendo en mi apartamento, señorito quisquilloso, y que debe acostumbrar su exquisito paladar de niño rico a las circunstancias.

Manfred se alegró del tono de Helga y siguió la broma.

—Y usted recuerde que todo marido que se precie debe correr con los gastos de su casa.

—Eso será entre los de su clase. Entre los de la mía, la buena esposa alemana y trabajadora aporta al hogar su modesto jornal para ayudar a su marido, que acostumbra ser un obrero inscrito al partido Nacionalsocialista.

—Pero yo no soy obrero; tengo estudios y un buen pasar económico, por ahora.

—Pues como quiero que te dure y tampoco eres mi marido, ya lo sabes, o raviolis o a la cama sin cenar como un chico malo.

Manfred sonrió y se alegró de que aquella noche el humor de Helga hubiera cambiado.

—¿A qué se debe este repentino cambio de humor de la señora?

—Las mujeres tenemos días, y yo, mientras dudo y hasta que tomo una decisión, acostumbro estar muy ensimismada. Cuando ya la he tomado, para bien o para mal, entonces vuelvo a ser yo misma.

—¿Y cuál es esa importantísima decisión que tan concentrada te ha tenido estos días, si se puede saber…?

—Pues no, por el momento no se puede saber.

En aquel instante sonó el teléfono. Tres timbres y colgaron.

—Mi hermano, Eric o mi jefe de célula. Bajó a la cabina de la calle.

En tanto tomaba el tabardo y ya desde la puerta exclamó:

—Empieza sin mí, no te importe si se enfrían los raviolis, no me gustan ni fríos ni calientes.

En aquel instante la cabina del ascensor estaba ocupada. Manfred descendió la escalera saltando los peldaños de dos en dos y en un santiamén se halló en el portal. Abrió la puerta con el llavín y en un momento llegó al locutorio del teléfono público que estaba ubicado junto a la parada del tranvía. Apenas cerró la puerta tras él, cuando el aparato comenzó a sonar. Descolgó el auricular y esperó. La voz de Eric sonó al otro extremo del hilo.

—¿Eres tú?

—Sí, ya me ha dicho mi hermano que todo ha ido fenomenal y que hicisteis la prueba.

—Acabamos a las siete de la mañana. Y quiero decirte algo, lo he estado pensando mucho... Te ruego en nombre de nuestra vieja amistad que no vuelvas a pedirme una cosa así, porque después de hacerlo me he encontrado muy mal conmigo mismo. Creo que os estáis pasando de rosca, y yo quiero ser un alemán al que su conciencia no le recrimine nada.

—No te preocupes, mensaje recibido: ésta será la última vez que requiero tus servicios. ¿Has dormido luego o has empalmado?

—He ido directamente a la escuela; tenía clase de transmisiones y el catedrático es un hueso. Me voy a dormir, pero ¡ya!

—Si eres capaz de aguantar una hora, tengo una gran noticia para ti.

—¿Vale la pena?

—Yo creo que mucho.

—Está bien, ¿dónde nos vemos?

—En los billares, dentro de media hora.

El Stadion Billar estaba a diez minutos de donde se encontraba, y pensó que debía avisar a Helga para que no se inquietara. Marcó desde allí el número de su teléfono. El timbre sonó cuatro veces. La clave era que si la conversación era delicada, al tercer timbre el interlocutor, que únicamente podía ser Eric, Sigfrid o Karl Knut, colgaba y entonces Manfred bajaba a la cabina; a partir del cuarto timbre, la llamada era normal. La vocecilla de la muchacha llegó nítida a sus oídos.

—¿Quién es?

—Soy yo, Rosa. Tardaré un poco; no me esperes despierta, si no quieres.

La voz de ella sonó desilusionada e inquieta.

—¿Pasa algo?

Manfred esbozó una sonrisa.

—Nada de particular. No te preocupes, que tu maridito llegará pronto.

—Está bien, Günter, ya sabes que te he hecho para cenar raviolis, que tanto te gustan.

—Bueno, pues hasta ahora.

—Adiós, y abrígate que hace mucho frío.

Esperó a que colgara ella y luego lo hizo él. Salió de la cabina y, tras subirse el cuello del tabardo y mirar hacia ambos lados de la calle, costumbre inveterada que sin querer había adquirido en los últimos tiempos, se metió entre las gentes de aquel barrio que a aquella hora regresaban presurosas a sus respectivos domicilios tras una agotadora jornada laboral.

La calle Von Richthofen, así nominada en recuerdo del as de la aviación germana en la Guerra Mundial, más conocido como el Barón Rojo, desembocaba en Maybachplatz junto a Schnakenberg, una recoleta plazuela en la que en las horas diurnas y a la sombra de sus plátanos se podía ver en los bancos un buen número de gentes sencillas leyendo los periódicos o jugando a la petanca. Al sur de la misma se hallaba el Stadion, que era como un casino de estudiantes y de obreros en el que se servían comidas y también se podía pasar el tiempo jugando al billar de carambolas o al de palos, y así mismo celebrar partidas de dominó o de cartas en unas desvencijadas mesas de mármol. Manfred llegó al lugar antes de la hora prevista y se colocó en un rincón de la barra desde cuyo ángulo se divisaba la puerta del local. Colgó su gorra en un perchero y se desembarazó del tabardo, que colocó en el respaldo de una silla de una mesa desocupada para reservarla y de esta manera poder hablar con su amigo de una forma más íntima. El mozo, del que únicamente veía el medio cuerpo que sobresalía de la barra del mostrador, apareció ante él secándose las manos en un delantal rayado que llevaba sobre una camisa blanca adornada con una mugrienta corbata de pajarita.

—¿Qué va a ser?

—Estoy esperando a un amigo, pero póngame una cerveza negra y un café. Él siempre toma lo mismo —se justificó.

Cuando el hombre se alejó, Manfred divisó, a través de los cristales de la puerta, a Eric, que al entrar se detuvo y paseó su mirada por el personal, buscándole. Manfred le hizo un gesto alzando la mano en tanto emitía un característico silbido, que flotó por encima del barullo de la gente e hizo que el otro lo viera en el acto. Eric, zigzagueando entre las mesas, esquivando los tacos de los jugadores de billar que sobresalían al inclinarse éstos sobre los verdes tapetes para atacar las bolas respectivas, llegó hasta su lado al tiempo que el mesero, tras limpiar el mármol con un trapo, ponía las consumiciones frente a ellos.

—Nos vamos a sentar, yo las llevo.

Y sin dar tiempo a que Eric llegara hasta donde él estaba, Manfred tomó las dos consumiciones y se acercó a la mesa donde había dejado el tabardo, que se ubicaba junto a una pared algo alejada del centro. Su amigo lo siguió. En tanto que Eric colgaba su gabardina en un gancho de latón de la pared, él dejaba sobre la mesa la cerveza y el platillo con la taza de café.

—¿Querrás azúcar?

—Ya sabes que no. ¿Qué tal, cómo va todo? —indagó Eric.

Ambos se sentaron.

—Bailando al son que tocan. Y tú, ¿qué tal?

—Mis cosas marchan bien, y no tan bien cuando me meto en líos por complacer a mis amigos, que son una panda de insensatos.

—No volverá a ocurrir, no te preocupes. Ya he hablado con mi hermano, no quiero forzar tu conciencia de buen alemán.

—No lo entiendes, ni sé ya cómo te lo tengo que decir... Han pasado y pasan cosas con las que no puedo estar de acuerdo, pero ya hemos recuperado los Sudetes[81] y las demás naciones no han tenido más remedio que darnos la razón en los Acuerdos de Munich, porque ahora nos respetan, ¿sabes?, y era una reivindicación histórica. Además, aparte del problema policial contra algunos colectivos, que sin duda existe y con el que no puedo estar conforme, es innegable el progreso que ha realizado el Führer en el tiempo que lleva gobernando este país.

—De veras, Eric, no quiero volver a empezar. Ni voy a convencerte ni tú vas a convencerme a mí. Ahora hablo en serio: no volveré a pedirte algo que repugne a tu conciencia. El tiempo dará la razón a quien la tenga. Y ahora dime, ¿cómo quedó lo de ayer?

—Un radioaficionado escocés me contestó al segundo o tercer intento.

—¡Eso es magnífico! Y ¿hasta dónde alcanza ahora la potencia del aparato?

—En una noche afortunada puedes hablar hasta con Sudáfrica, por ejemplo. Depende de la climatología, pero lanzarás a las ondas del éter tu mensaje y si quien lo espera está atento, es impensable su alcance. Eso sí, de no hablar en clave, todo el mundo que se halle en el aire y sintonice tu frecuencia podrá escucharte y saber quién eres.

—¿Y si yo no digo mi nombre ni quién soy?

—Da lo mismo, no se sabe quién habla pero sí desde dónde.

Manfred quedó un instante pensativo.

—Buen trabajo, Eric. Algún día te alegrarás de haberlo hecho.

—O lo lamentaré, eso ya se verá.

—Te aseguro que nadie sabrá que tú has sido quien ha hecho el milagro.

—Me he limitado a colocar las piezas en su sitio. El emisor que te han dado, no sé ni quiero saber quién te lo ha facilitado, pero es una bestia en cuanto a potencia se refiere. No había visto algo así, nunca.

—No importa; cuanto menos sepas, mejor. Pero el mérito es tuyo. Una cosa es darte el tornillo y otra saber dónde hay que ponerlo.

—Bueno, dejémoslo así, prefiero no saber.

Callaron un instante mientras los dedos de Eric jugaban con un llavero.

—Quiero advertirte que un equipo fijo como el tuyo, si lo empleas con más potencia de la autorizada, puede ser detectado si alguien se lo propone.

—Únicamente en un caso extremo lo emplearé con la intensidad de señal que has instalado; normalmente seré un radioaficionado corriente que trabaja con la potencia autorizada. ¿Qué has querido decir con lo de equipo fijo?

—Que si, por ejemplo, el equipo que tú tienes lo instalaras en un coche con una buena antena y te fueras moviendo cada vez que entraras en el éter, entonces sería mucho más difícil localizarte.

—¿Y eso se puede hacer?

—Hoy día todo es posible, pero ¿qué estás pensando?

—Nada, déjalo. Pero si no me muevo, ¿qué puede ocurrir?

—Que con tres radiogoniómetros que crucen sus señales

en un mapa, en cuanto detecten tus cristales magnéticos te tienen localizado.

—De lo cual se infiere...

—Pues que si pretendes que no te localicen, has de ser muy breve.

Hicieron una pausa y Eric, tras dar un sorbo a su café, inquirió:

—Bueno, ¿cuál es esa noticia tan importante que tenías para mí?

Manfred se recreó un instante y luego, consciente del impacto que iba a causar en su amigo, habló.

—El día 22, Hanna regresa a Berlín.

Como si le hubieran dado con un mazo en la cabeza, Eric dejó de beber y casi se derrama el café encima.

—Repite lo que has dicho.

—Mi hermana vuelve a Berlín, y no hace falta que te aclare que regresa por ti. Lo hace con documentación falsa y se juega la cárcel. Ya sé que dices que no está pasando nada, pero yo opino lo contrario y, como es lógico, he tomado precauciones.

Eric se mesó los rubios cabellos con la diestra y el otro prosiguió.

—Si la pillan, le harán pagar el hecho de que es judía, que se marchó sin permiso y que ha regresado con documentación falsa. Su ventaja sobre mí es que ella no es comunista. Pero el amor es así de insensato.

—Tengo tantas cosas que preguntarte que no sé por dónde empezar. En primer lugar, ¿cuándo vuelve y cómo?

—El día 22 a las 11.15 en un tren que llega hasta la estación de Potsdam desde Hungría, el número del convoy es el 13355, pero ella bajará en Falkensteiner.

—¿Dónde va a vivir?

—De momento, conmigo. Luego ya veremos qué decide, porque Sigfrid no quiere vivir con los tíos por no comprometerlos, y a lo mejor vive con él. Ya sabes que, como no haya cambiado mucho, e imagino que no desde el momento en que regresa en contra de la opinión de mis padres, cuando a Hanna se le mete algo en la cabeza es imposible apartarla de su idea.

—Quiero ir a la estación a recogerla, me lo debes.
—Cierto, pero he de consultarlo.
—¿A quién? Ella no pertenece al partido.
—No querrás ponerla en peligro. —Ambos se miraron con intensidad—. De acuerdo, te lo debo. Ah, por cierto, tu novia se llama ahora Renata Shenke y es austríaca.

Un rumor les hizo levantar la cabeza y observar su origen. Dos parejas de la Gestapo habían entrado en el local y, comenzando por el lado opuesto al que ellos estaban, avanzaban pidiendo documentaciones.

—Esto parece un país ocupado; cada día se llevan gente.
—No te pases, Manfred, en cualquier país del mundo, la policía busca a los delincuentes en los barrios donde sabe que se refugian. ¿Llevas tu documentación?
—Llevo una documentación que por ahora me ha servido. Espero que esta vez no sean muy meticulosos. Por si acaso, vete a la barra, y si hay complicaciones, no me conoces.

No hizo falta. Aquella vez buscaban a alguien concreto, y al parecer lo habían encontrado. Se produjo un pequeño altercado y alguien intentó huir, derribando en su intento un par de mesas. La Gestapo actuó con contundencia y precisión. El hombre salió del local entre los guardias; su cabeza sangraba profusamente por una brecha que le había abierto la porra de un policía.

Las gentes que comentaban el hecho se fueron calmando y cada grupo volvió a su tarea; los jugadores de cartas, a sus naipes, y los billaristas, a sus carambolas. El hecho no dejaba de ser un suceso ordinario en aquellos lares; casi cada día se llevaban a alguien y la circunstancia no perturbaba en demasía el paisaje urbano; la gente se había acostumbrado, y si el tema no iba con ella prescindía completamente.

Ambos amigos ganaron la calle.

—Espero que me digas algo al respecto de ir a la estación a esperar a Hanna.

—Descuida, que si no hay peligro te llamaré, y si lo hay, de cualquier manera, me pondré en contacto. Como comprenderás, no podría parar a mi hermana aunque quisiera; ella ha venido a estar contigo.

—Adiós, Manfred, buena suerte.

—Nos va a hacer falta a todos, ¡cuídate!

Los muchachos se separaron.

La procesión

Los ánimos estaban encrespados. Los últimos días había corrido el infundio, sabiamente propalado por el bachiller Barroso y sus esbirros, de que los semitas habían pretendido armarse para atacar a los cristianos. Las provocaciones se sucedían un día sí y otro también cada vez que en la ciudad se celebraba un día de mercado, y cada día había «banca rota».[82] El derribo de puestos, las palizas a cualquier judío que pretendiera salir de su aljama, aunque fuera en hora autorizada, y el expolio de mercaderías estaban al orden del día. Cuando el ir a cualquier lugar era algo inexcusable, los judíos debían organizarse en grupos, y cuanto más numeroso el número de elementos que lo formaran, mejor, y desde luego tenían que pasar únicamente por calles autorizadas e incluso pedir protección al canciller, que les obligaba, entre otras cosas, a llevar un círculo de ropa de color amarillo cosido a sus vestiduras para distinguirlos de los cristianos viejos.

Así estaban las cosas cuando llegó el Viernes Santo. La procesión salía de la catedral, a las ocho de la tarde, rodeada de la pompa y del boato esplendoroso que estaba al uso en

Toledo. Las calles estaban abarrotadas de fieles, que esperaban uno de los acontecimientos más importantes del año, y una cuádruple hilera de personas reseguía ambos bordillos durante todo el recorrido por donde la procesión iba a pasar. Los costaleros, en las capillas laterales, se afanaban, diligentes, junto a sus respectivos pasos, cuidando los detalles de última hora, cada uno de ellos rodeado de sus respectivos penitentes debidamente encapuchados y con las vestimentas tradicionales de los diferentes colores propios de sus cofradías: rojo, amarillo, azul, morado... Los encapuchados veían al personal por los agujeros recortados a la altura de los ojos. Para que el capirote no se moviera, iba sujeto bajo la barbilla por un barboquejo, y la fíbula de plata, que representaba un corazón atravesado por tres puñales, fijaba el pico de tela que bajaba hasta el pecho. Todos portaban en la mano un hachón encendido. Los «jefes de vara» daban las últimas órdenes pretendiendo que su paso fuera el más lucido de la procesión. La salida sería por la puerta del Reloj, y en su porche, bajo la arquivolta que enmarcaba su tímpano, aguardaba la primera compañía de lanceros del rey al mando de su oficial, portando el estandarte real. La procesión ya se había formando en la nave central de la catedral y el orden iba a ser, aquel año, el siguiente: tras la compañía de lanceros que, con atabales y añafiles, abriría la marcha a paso lento, desfilarían los abanderados portando las enseñas de la casa de Trastámara y el pendón morado de Castilla; luego dos filas de cofrades rodearían cada paso, que iría precedido por cohortes de legionarios romanos; en medio de ellos caminaban los clérigos de la catedral asignados por el obispo, debidamente vestidos para la ocasión: deanes, chantres, cabildo mayor, presidente de la colegiata, etcétera. Al ritmo de los tambores marchaban, alumbradas por las antorchas, dos compañías de armados, y cada veinte varas, una imagen: «El prendimiento en el huerto de los Olivos», «Jesús ante Pilatos», «La flagelación», «La primera caída con el Cirineo ayudando a Jesús», «La Verónica»,

«La crucifixión», «El descendimiento», «La Dolorosa», y, en un túmulo de alabastro, un Cristo yacente con cuatro gruesos cirios en las esquinas. Cerraba la procesión el obispo Tenorio, revestido de ceremonial con capa pluvial recamada de pedrería, portando un cimborio de refulgentes rayos encerrando la hostia consagrada, rodeado de frailes presbíteros y monaguillos con incensarios. Cerrando el cortejo, y en representación del rey, el canciller don Pedro López de Ayala custodiado por una compañía de la guardia de palacio —a cuyo mando figuraba un capitán, vástago de una de las nobles casas adictas al monarca—, vestidos los soldados con casco y cota de malla bruñida, y cubiertos con las casacas ajedrezadas, que en cada cuartel, sobre fondo blanco y morado, lucían el castillo y el león rampante, en plata y oro, respectivamente.

Todos los semitas permanecían recluidos en sus aljamas sin atreverse a pisar las calles de la urbe ni tan siquiera para una apremiante necesidad, con las luces de los faroles apagadas y únicamente un modesto candil sobre las cancelas de las casas. Ellos sabían que cada Viernes Santo, por cualquier fútil motivo, varios de los suyos eran apaleados, y aquel año, precisamente, los acontecimientos anteriores presagiaban amargos sufrimientos para los de su raza. Otro de los motivos para permanecer en sus domicilios era que desde la puesta de sol del viernes comenzaba el sabbat judío, y su religión prohibía durante este tiempo realizar actividad alguna.

El bachiller Rodrigo Barroso había organizado su plan para intentar recobrar el favor del obispo. Sus huestes, casi los mismos hombres que habían asaltado el carromato de las armas, estaban estratégicamente distribuidas junto al muro de las casas que constituían el linde exterior de la aljama de las Tiendas justo al otro lado de la catedral donde la procesión debía terminar; cada uno tenía puntualmente asignada y definida su misión. Rufo el Colorado estaba al cargo, junto con dos más, de los corderos que en los días anteriores habían sido sustraídos del lado de sus madres. Cada una de las bestias llevaba, sujeta al cuello con una soguilla, un saquito de cuero fino lleno de paja embreada que a su debido tiempo se prendería. La muralla presentaba en su recorrido lienzos libres por ambos lados, y el Colorado se había encaramado a uno de ellos, junto a varios compinches, y había aupado al muro mediante unas maromas unos cestos enormes, en cuyo interior se alojaban, apretujados y emitiendo lastimeros balidos —que el ruido de los redobles no dejaba oír—, todos los corderillos. La tapa de cada cesto estaba sujeta con una cuerda, que se podía maniobrar para abrirla desde la altura. Crescencio Padilla debía, junto con otros tres estratégicamente distribuidos, lanzar, a voz en grito, unas concretas consignas en cuanto acaeciera el hecho principal que desencadenaría el cataclismo y que correría a cargo del bachiller en persona y de Aquilino Felgueroso. Para ello, este último se había encaramado a un saliente del muro que estaba junto al balcón de una de las casas y que tenía un contrafuerte muy grueso, donde un hombre podía ocultarse con facilidad de la vista de aquellos que pasaran por la calle. Felgueroso portaba consigo una olla de barro llena de orines de caballo, que mantenía en precario equilibrio sobre la balaustrada del cerrado balconcillo.

La luces de la procesión se veían ya en lontananza y las gentes intentaban cambiarse de sitio para ver la entrada de los pasos que, luego de ser «bailados» por sus costaleros, entrarían en la catedral. El gentío se arremolinaba a los lados de los conjurados en apretadas filas. La cabeza de la procesión había ya superado el punto donde se hallaba Barroso y, al ritmo cadencioso del redoble de los atabales, avanzaba lenta ante los cristianos, quienes, al paso de la custodia, se iban arrodillando; los hombres descubrían sus cabezas, destocándose de gorros, caperuzas y otros adminículos; las mujeres, al revés, cubrían sus cabellos con mantillas, encajes y pañuelos. En un momento dado y a una señal del bachiller, los hombres del Colorado, que ya habían prendido los saquillos de lenta combustión que pendían del pescuezo de los animales, comenzaron a bajar los cestos a la parte interior de la aljama y, tirando de la guita, abrieron las tapas de mimbre que los cubrían a fin de que los corderos se esparcieran libres cada uno buscando su aprisco. Al poco unas llamas, débiles al principio, fueron apareciendo aquí y allá, propagando el fuego desde el interior. La imagen de la Dolorosa avanzaba en aquel mismo instante ante Barroso, quien dirigió a la altura su único ojo haciendo una leve señal. Felgueroso captó el mensaje y se dispuso a cumplir su cometido. Tomó en su diestra el recipiente con los orines y, con un rápido balanceo de su brazo, desparramó sobre la imagen de la Virgen el apestoso líquido, ocultándose a continuación tras el contrafuerte. Al principio y durante una fracción de segundo, se detuvo el tiempo y el personal no reaccionó; luego, la voz rotunda de Rufo el Colorado, acompañada por la de sus adláteres distribuidos sabiamente a trechos entre la filas del público, atronó el espacio: «¡Se han meado en Nuestra Señora! ¡Sacrilegio!». Desde el otro lado de la calle, otra voz respondía: «¡Han profanado a la madre de Jesús!». Veinte pasos más allá, otra más ronca y potente bramaba: «¡Han sido los judíos, vamos a dar una lección a esos perros!». La multitud comenzó a tomar conciencia de la magnitud del pecado y a moverse como un solo hombre. Los costaleros de los pasos habían colocado los puntales de soporte en las varas y asomaban las cabezas, sudorosos, bajo los faldones para enterarse de lo que había ocurrido. «¡Han tirado esa mierda desde una ventana de la aljama de las Tiendas!», replicó otra voz. Entonces, alzada sobre una tarima a la que se había encaramado, apareció la figura del bachiller arengando a las gentes.

—¡Hermanos! ¡Han sido los de siempre, los perros semitas que arruinan nuestro pueblo y violan a nuestras mujeres! ¡Vayamos a por ellos: entremos en sus aljamas y paguémosles con la misma moneda!

En aquel instante la muchedumbre pareció despertar y

comenzó a agitarse cual bestia iracunda, herida e incontrolada. Las gentes se abalanzaron sobre los nazarenos que portaban las antorchas, arrebatándoselas de sus manos. De nuevo se dejó oír la voz de Barroso: «¡A las puertas, vayamos a las puertas!». Como un solo hombre, la turba se dirigió a la puerta de la aljama de las Tiendas, que estaba cerrada a cal y canto. Unos intentaron, sin éxito, echarla abajo. Las llamas del interior iban *in crescendo*, el griterío iba en aumento y ya por la calle se acercaba un grupo conducido por dos de los esbirros del bachiller, portando entre todos las andas de grueso roble de uno de los pasos que había sido ya descargado en la nave central del templo y con las que habían construido un improvisado ariete. La vociferante chusma se retiraba a un lado a fin de permitir que llegaran hasta la puerta. El artefacto comenzó a funcionar, a la orden del bachiller, yendo y viniendo tozudo y metódico, golpeando con precisión las hojas de la gran cancela, la cual cedía al ritmo que marcaba la estruendosa horda. En alguna de las ventanas de las casas de los judíos que daban al exterior, comenzaban a encenderse luces y a asomarse cabezas temerosas, que observaban aterrorizadas cuanto estaba aconteciendo. El pasador de la puerta cedía y nadie parecía capaz de impedir lo que se estaba avecinando, máxime cuando el obispo Tenorio se había refugiado en la catedral sin dar ninguna orden o directriz encaminada a detener el tumulto. El portón estaba a punto de venirse abajo ante los golpes del improvisado ariete. Súbitamente y con gran estruendo se desmoronó ante los gritos jubilosos de la multitud. Las gentes se precipitaron hacia el interior de la aljama, sedientas de sangre y ansiosas de apoderarse de los ocultos y míticos tesoros que, sin duda, almacenaban los perros judíos. Las luces de las antorchas, yendo y viniendo, daban a la noche un aspecto fantasmagórico. Los corderos con el saquito de cuero encendido en su cuello se habían refugiado, desvalidos y asustados, intentando ganar sus apriscos. Lenguas de fuego comenzaban a lamer las bases de las casas; la madera y el adobe prendían como yesca. Varias familias de semitas comenzaban a asomar por la plaza, yendo de un peligro seguro a una muerte cierta. Los pajares ya estaban en llamas y el humo alcanzaba los primeros pisos de las casas. La calle se pobló de gritos y de blasfemias. La multitud, enfurecida, atacaba con hoces y palos a cuantos judíos, huyendo del fuego, habían osado pisar la calle. Aquello era una cacería indiscriminada de hombres, mujeres y niños.

Abdón Mercado, al ver el desafuero que la turba estaba cometiendo contra la aljama de los suyos, envió un recado urgente al gran rabino por ver si éste tenía posibilidad de recabar la ayuda del rey y detener aquella ordalía. El mensajero se descolgó por una ventana que daba a la parte posterior de la calle de las Angustias, sacó un caballo de la cuadra y, jugándose la vida ya que nadie podía abandonar el perímetro del barrio hasta el amanecer del lunes siguiente, partió al galope hacia la casa de Santa María la Blanca.

Ante la amenaza del fuego todos se vieron obligados a ganar la calle, y la matanza y las violaciones se consumaron con crueldad. Los asaltantes apartaban a las mujeres judías de los suyos y, llevándolas a cualquier rincón, les rasgaban las sayas y las violaban, eso si no cometían después una mayor crueldad, que consistía en embrearles el pubis y prenderles fuego, para purificar aquella parte que les habían contaminado, y cortarles la cabellera, para dejarlas marcadas ante los suyos, caso que salvaran la vida. La sangre y el horror se apoderaron de la noche, y los gritos, los lamentos y el crujir de dientes fueron el telón de fondo de aquella ordalía toledana.

El mensajero llegó a la casa del gran rabino en un breve tiempo, y en menos tiempo todavía le puso al corriente de los terribles hechos que estaban acaeciendo y que le habían obligado a acudir hasta allí.

Isaac Abranavel, antes de intentar ver al canciller en medio de la noche y pese a la oposición absoluta de Ruth, su esposa, quiso acercarse al barrio atacado para calibrar de un modo fehaciente la gravedad de los sucesos de los que, en aquel momento, el emisario le estaba dando cuenta, y ver si podía parar todo aquello por sus medios, sin necesidad de acudir al palacio del rey.

Salió de su casa rodeado por cuatro aterrorizados servidores y a paso prieto se encaminó hacia la aljama de las Tiendas. Cuando atravesó Zocodover pudo divisar en la lejanía el resplandor rojo amarillento de las llamas y la gran nube de humo negro y de espurnas que cubría el barrio, y ya más cerca y apagados por la distancia, hasta sus oídos llegaron los gritos de desespero y terror que partían de las gargantas de sus horrorizados hermanos. El gran rabino aceleró el paso, urgiendo a sus acompañantes para que hicieran lo propio. Cuando ya embocaba la muralla, un inmenso tablón encendido cayó sobre su cabeza, dejándolo yerto y sin conocimiento. Los aterrorizados criados lo recogieron del suelo exánime y, envolviéndolo en su túnica, volvieron sobre sus pasos.

Llegó el Viernes Santo y Esther aguardó, inútilmente, apostada en la puerta posterior del huerto por ver si el milagro acaecía.

> Aunque no volváis a saber nada más de mí hasta ese día, salid a la puerta cuando veáis que por el extremo de la calle asoma un buhonero portando un farolillo rojo, montado en una gran mula castaña con dos grandes alforjas y tirando de otra descabalgada; ese buhonero seré yo, si bien es posible que, a causa del disfraz, no me reconozcáis.

Había releído la misiva de Simón un millar de veces, pero tras horas de inútil espera se convenció de que todo era en vano y regresó a su dormitorio sabiendo que su amor había abandonado el triste mundo. «Si no lo hago, he de estar muerto», había remarcado en esa última carta. Pese a lo avanzado de la hora, nadie había reparado en su ausencia. Sin embargo, siendo el día que era no le extraño; pensó que todos estaban demasiado preocupados por los sucesos de las últimas jornadas para reparar en ella, a la que sin duda ignorarían al haberla dejado el ama en su cámara tras la cena, y entrando ya en el sabbat, puesto que, por lógica, cada uno estaría a su avío. Deshizo su pequeño hatillo, volvió a colocar todo en su lugar y, sin poder reprimir las lágrimas, se arregló para acostarse; luego se tumbó sobre el lecho e intentó conciliar el sueño, sin conseguirlo. Ignoraba cuánto rato hacía que se había recogido cuando un ruido inusual la despertó y, sin saber cómo, se encontró sentada en su cama. Los flecos del baldaquín tremolaron cuando se puso en pie rápidamente, obligada por los ruidos que, a aquella desusada hora, se escapaban del piso inferior. Después de colocarse una mantellina sobre los hombros y calzarse unas babuchas moras, se asomó a la escalera. Al ver un hilo de luz que escapaba bajo la puerta del despacho de su padre, se atrevió a descender y a escuchar, oculta tras el vano, lo que una voz desconocida comunicaba a su progenitor. Al principio no pudo entender lo que hablaban, pero el tono le indicó que algo muy grave estaba sucediendo. A duras penas tuvo tiempo de retirarse y esconderse tras los gruesos cortinajes, cuando ya la puerta se abría y a grandes zancadas salía el rabino, seguido por un hombre que hasta aquella noche jamás había visto por la casa. Su padre, casi a saltos y con el vuelo de su túnica recogido en su mano diestra, descendió los peldaños del tramo de escalera que conducía hasta la planta baja. Por el hueco, Esther pudo ver cómo su madrastra lo despedía angustiada, y también cómo al rabino y al nocturno mensajero se les sumaban en la entrada varios criados de su casa, portando crepitantes antorchas encendidas y algún que otro sospechoso y alargado bulto bajo las capas. Tras la partida todo quedó en calma, y Esther regresó a su dormitorio, silenciosa y desapercibida, pero los acontecimientos de aquella noche le impidieron conciliar el sueño.

No era ella la única que velaba. El grupo regresó a la hora, y en cuanto Ruth, desde la ventana del salón, lo vio comparecer, supo que algo muy grave había ocurrido. Su intuición, en efecto, no la había engañado. Su querido esposo, el gran rabino Isaac Abranavel, era conducido de regreso entre cuatro hombres, en unas improvisadas angarillas formadas con dos capas anudadas por los extremos. La mujer abandonó el salón y se precipitó, demudada, hacia la escalera; el color había desaparecido de su rostro. Entraron al rabino e inmediatamente lo subieron a su dormitorio. Ruth, al ver su estado, envió a buscar al doctor Gómez Amonedo, quien pese a romper el sabbat, siendo como era vecino de la aljama de la Blanca y ante la gravedad de la situación, acudió de inmediato. Ruth hizo traer velones y candiles que iluminaran la escena, y la estancia se llenó de luz. El rabino yacía en su lecho, perdido el conocimiento, con una inmensa brecha en la frente; un hilillo rojo manaba de su oído izquierdo y un gran coágulo de sangre manchaba sus ropas. Los criados se hicieron a un lado para dejar el espacio libre al galeno. Éste procedió a examinar las heridas del rabino, y mientras lo hacía pidió que hirvieran agua y le trajeran una mesilla alta para poder dejar en ella su maletín de cirujano. Ruth, apoyada en Sara, se había retirado a un extremo de la estancia y, sin saber qué hacer, como protegiéndose de algo, se había llevado un pañuelo de encaje a la boca y con él contenía el llanto. El examen fue lento y minucioso. El físico, despojado de su túnica y arremangados los puños de su camisa, procedía con método. Pero cuando el doctor, al palparle la nuca, retiró su mano llena de sangre y observó que ésta procedía del oído izquierdo, llamó a dos criados para que le ayudaran a dar la vuelta al accidentado. Entonces se hizo cargo de lo ocurrido y de la terrible gravedad de la lesión. Ayudado por la descripción del percance que le hicieron los servidores que acompañaban al rabino, dedujo que éste tenía fracturados dos anillos del rosario de la columna vertebral a la altura del cuello, y comprendió que, si sobrevivía, quedaría, sin duda, paralítico para el resto de sus días. Ruth, al serle notificado el aterrador diagnóstico, sufrió un vahído del que se repuso cuando el ama acercó a su nariz un pomo de sales que extrajo el médico de su maleta.

—Pero, doctor, ¿creéis que recuperará la conciencia?

—Nada se puede decir, solo cabe esperar. —El doctor Gómez Amonedo era uno de los más renombrados físicos de la ciudad, e incluso, en ocasiones, era requerido a consulta en el alcázar real—. Sin embargo, pienso que sí, y entonces será cuando podamos calibrar con certeza el alcance de sus lesiones.

Esther había comparecido, silenciosa como una sombra, y escuchaba desde un rincón las palabras del físico.

Ruth indagó de nuevo.

—Y ahora, ¿no podéis adelantar un pronóstico?

Gómez Amonedo no respondió. Se limitó a rebuscar en su maletín y extrajo de él un grueso tubo alargado de madera, que dejó a su lado sobre la mesilla; luego retiró su capuchón, y aparecieron en su interior las cabezas de una serie de punzones que iban desde el tamaño de una aguja fina hasta el de un estilete. Después, de su cartera sacó una tablilla de cera donde, con un buril, dibujó la figura de un hombre echado en la misma posición en la que estaba el rabino y la colocó a su lado. Concluida toda esta preparación y antes de proceder, habló de nuevo.

—Voy a intentar averiguar hasta dónde alcanza su sensibilidad.

En aquel momento, y cuando el médico tomaba en su mano uno de los estiletes finos, el rabino movió lentamente los labios como si quisiera decir algo. Todo quedó en suspenso. Esther y Ruth se precipitaron hacia la mesa, pero el doctor, con un gesto autoritario, las detuvo. Dejó a un lado el punzón, e inclinándose de nuevo sobre su valija, extrajo dos frascos pequeños de esmerilado tapón. Pidió entonces una alcuza,[83] que le acercó al punto un servidor, y mezcló en ella una porción mínima de ambos botellines. Un brebaje oscuro de color violeta quedó en el fondo, y el doctor, apoyando con mucho tiento en su antebrazo izquierdo la cabeza del enfermo, procedió a acercar a sus labios el bebedizo. El rabino, con un movimiento reflejo, comenzó a beber. Cuando el doctor comprobó que su paciente había agotado la oscura pócima, con un cuidado exquisito depositó su cabeza sobre la almohada y, tras dejarlo reposar unos momentos, le habló dulcemente.

—Isaac, ¿podéis oírme?

El rabino abrió los ojos y movió imperceptiblemente los labios

—Bien, sabemos lo ocurrido. Voy a examinaros para conocer el alcance de vuestro mal. Vais a decirme qué es lo que sentís cuando yo palpe vuestras extremidades. Caso de que no podáis articular palabra o el hablar os fatigue en demasía, asentid con un movimiento de los párpados.

Un susurro se escapó de los resecos labios del rabino, y el color pareció regresar a su céreo y macilento rostro, en tanto que su esposa, sostenida por Sara, permanecía inmóvil en un extremo del dormitorio.

El físico tomó sus agujas y, con la más fina, comenzó a pinchar suavemente las plantas de los pies del rabino, en tanto que con el rabillo del ojo vigilaba sus reacciones. Cada vez que investigaba una zona, dejaba el estilete sobre la mesa y, tomando la tablilla de cera donde había dibujado el cuerpo desnudo del rabino, hacía una señal en la silueta acompañada de un número árabe, que le indicaría posteriormente el resultado de la exploración que estaba llevando a cabo. A medida que iba ascendiendo hacia el tronco, en su rostro se iba reflejando el desánimo que le acometía, que a su vez era interpretado por Ruth y por la angustiada Esther, quien ya no se preocupaba de disimularse en el rincón que ocupaba. El rabino no daba sensación alguna de sentir nada. El doctor había cambiado los estiletes por unos más gruesos, y en algún que otro punto llegaron a hacer sangre a Isaac, que manó fluida sobre su blanca piel, sin que por ello su rostro denotara el más mínimo dolor. La expresión del médico era de una concentración absoluta y reflejaba una preocupación intensa. Ahora estaba pinchando al rabino, incorporado éste por dos criados que lo sujetaban, en la base del rosario vertebral.

—¿Sentís algo? —preguntó el físico observando su rostro.

Un imperceptible hilo de voz salió de los enfebrecidos labios del hombre.

—Nada, nada siento.

El galeno terminó su examen, guardó las agujas en su estuche y, tras ordenar que recostaran al paciente en el lecho, se retiró a un lado junto a las mujeres.

—El rabino está muy grave. El tablón le ha fracturado, en su caída, las vértebras del cuello que estabilizan la cabeza y le ha afectado la médula espinal. Seguramente no podrá moverse nunca más, y mucho menos, caminar.

Ruth, mortalmente pálida, intentó indagar.

—Pero el tiempo y los cuidados... ¿no le mejorarán?

—Mucho me temo que todo sea inútil... Si conserva el habla, milagro será.

Entonces el rabino abrió ligeramente los ojos, que hasta aquel instante había tenido cerrados, y mirando al vacío emitió un susurro que hizo que todos los presentes se precipitaran a los costados del adoselado lecho donde de nuevo había sido depositado. Ruth y el físico por un lado, y Esther y el ama por el otro. La esposa tomó en sus manos la diestra del rabino, y Esther, tomando su siniestra, se inclinó con los ojos arrasados de lágrimas y depositó un tibio ósculo en el dorso de la mano de su amado padre.

La voz apenas era audible, y la respiración entrecortada hacía que el sonido pareciera salido de una caverna.

—Esto se acaba, y en cuanto Elohim lo disponga, partiré. Queda poco tiempo. —Las mujeres tenían que echarse casi sobre el rabino y acercar la oreja a sus labios, tal era la debilidad de sus palabras. Ahora se dirigía a Ruth—. Tenéis que ser fuerte, esposa mía. Vendrán tiempos terribles, y es mi deseo, antes de partir, que preparéis las nupcias de mi hija. No querría marchar dejando algo tan importante por terminar. —Parecía que le faltaba aire, y con un esfuerzo supremo prosiguió, ahora dirigiéndose a su hija—. Recordad, hija mía, la promesa que me hicisteis; yo he cumplido mi parte, y hoy termina el plazo que me demandasteis. Quiero que, si Dios me lo concede, sean vuestros esponsales la última cosa que recuerde mi mente antes de la partida.

Ambas mujeres rompieron en un llanto silencioso e incontenible. El ama se acercó y se llevó a Esther a un rincón, en tanto el galeno se hacía cargo de Ruth

A la cabeza de la niña acudió la escena que unas semanas antes había tenido lugar en el despacho de su padre.

—¿De manera que esto es lo que pretendéis de mí?

—Únicamente esto, padre mío

—No comprendo vuestro interés en aplazar la boda hasta ese día, pero si eso hace que cumpláis mis deseos más a vuestro gusto, me agradará poder complaceros.

—Tan sólo pretendo haber cumplido los dieciséis años, y eso será luego del Viernes Santo de los cristianos.

—Curioso deseo, ¡a fe mía!. Jamás llegaré a comprender el arcano misterio que se esconde en el corazón de las mujeres, y cuando son jóvenes todavía menos. Lo que sí haremos será preparar la ceremonia, que en los tiempos que corren será lo más discreta posible, pues no es conveniente despertar la envidia del pueblo ni llamar la atención de unos y otros. Convocaré a mi buen amigo Samuel ben Amía para acordar el día en que firmaréis la Ketubá y ajustaremos las condiciones del contrato.

—Haced lo que queráis; me caso por obedeceros. Jamás existirá una novia judía más desgraciada que yo.

El rabino se compadeció de su hija.

—Ahora no lo entendéis, pero cuando pase el tiempo y las canas adornen vuestra cabellera, comprenderéis que vuestro padre, que ya no estará en este mundo, tenía razón y que solamente vivió para vuestro bien.

Restañando heridas

Los días pasaban lentos y espesos como aceite de candil. El daño estaba ya hecho, y los judíos de Toledo restañaban como podían sus heridas. Toda la aljama de las Tiendas había quedado destruida, y las familias que en ella habitaban antes del cataclismo se habían refugiado en casas de parientes y amigos, avergonzadas de su ruina y, sobre todo, de sus hijas y esposas violadas. La desolación era palpable, y la rabia contenida ante tamaño desafuero desbordaba los diques de la prudencia. Abdón Mercado, Ismael Caballería y Rafael Antúnez, rabinos jefes de sus respectivas aljamas, habían acudido a palacio para presentar un pliego de agravios al canciller en nombre de don Isaac Abranavel, para que a través de aquél llegara hasta el monarca, al tiempo que se excusaba por no poder acudir en persona al alcázar. El canciller, apenas supo del grave incidente, preguntó al punto por el estado del rabino. Tras atender a los visitantes, prometerles todo tipo de reparaciones y decirles que el rey sabría castigar aquella tropelía, les aseguró que, a lo más tardar un día, habría de acudir a la casa de los Abranavel para interesarse por la salud de tan dilecto y distinguido amigo del monarca.

Al atardecer del segundo día, una carroza tirada por un tronco de cuatro hermosos caballos, en cuya portezuela destacaban las armas del rey, se detenía frente al arco de la casa del gran rabino y un palafrenero se precipitaba desde el pescante hasta la portezuela, antes de que el auriga hubiera detenido completamente el carricoche, a fin de abrirla y desplegar los dos peldaños de la escalerilla del estribo, en tanto el postillón terminaba de refrenar a los fogosos animales para que el canciller del reino pudiera apearse del vehículo. Cuando finalmente éste se detuvo, descendió de ella, altivo y consciente de su rango, don Pedro López de Ayala. Tenía la expresa misión de transmitir el saludo real a su doliente siervo, además de asegurarle que el castigo sería severo y fulminante, ya que el rey no permitiría que acto tan vil quedara impune. Subió el ilustre visitante la pequeña cuesta que ascendía hasta la puerta principal de la mansión, precedido por dos guardias reales y por un secretario amanuense, quien tomaría puntual cuenta de todas las órdenes que el canciller tuviera a bien impartir. Una campanilla sonó en el interior y, casi al instante, la pesada puerta de cuarterones se abrió. Un criado de los Abranavel apareció en el quicio de la misma y al punto, con una profunda reverencia, invitó a pasar al ilustre personaje en tanto que por el pasillo avanzaba presto y agobiado, retorciéndose las manos, el mayordomo de la casa.

—Excelencia, de haber sabido que veníais hoy, habríamos preparado un recibimiento acorde con vuestro rango. Perdonad cualquier falta, ya que en estos momentos esta casa está totalmente desbordada por los terribles sucesos acaecidos.

—Por eso vengo. Y ya que no puedo remediar el pasado, el rey nuestro señor me envía para encauzar el futuro.

—Ahora mismo paso a informar de vuestra llegada a mi ama a fin de que ésta disponga lo procedente para que podáis visitar al rabino.

—Decidme, ¿cómo se encuentra?

—Mal, muy mal, excelencia. Dicen los doctores que el daño es irreversible y que si sobrevive, cosa harto improbable, será en unas condiciones inhumanas; puede quedar totalmente paralítico.

—¿Puede hablar?

—Con mucha dificultad y durante poco rato.

—Bien pues, avisad a vuestra señora ama y anunciadle mi presencia. Decidle que tengo potestad absoluta otorgada por el rey para tomar las decisiones que crea oportunas.

—Ahora mismo, excelencia. Tened la bondad de aguardar un instante.

Partió el mayordomo hacia el interior de la mansión y quedó el canciller en la biblioteca, admirando la calidad y cantidad de manuscritos y originales que atesoraban los anaqueles de la librería: Orígenes, Aristóteles, Horacio, Ovidio, Séneca, Columela, Homero, Hesíodo, Maimónides, Averroes, Avicena y muchos otros nombres, sin distinción de razas ni de religiones, que eran compendio de todo el saber de la Antigüedad y honra de la Escuela de Traductores de Toledo, que tanto había contribuido, patrocinada por él, para reunir lo más granado de su mundo. En tanto, su amanuense aguardaba, respetuoso y distante en un ángulo de la estancia, a que el canciller tomara alguna decisión al respecto de lo que él debía hacer. Unos pasos leves y ligeros denotaron una presencia que avanzaba por el pasillo, y don Pedro López de Ayala se dio la vuelta, aguardando solemne a que la causante de aquel rumor cobrara cuerpo. La puerta se abrió y la imagen de Ruth se materializó en la entrada. Apenas vio la mujer al alto personaje se abalanzó a sus pies, abrazándose a sus rodillas presa de una agitación convulsa y sacudida por un llanto incontenible. Don Pedro se inclinó y, tomándola suavemente por los brazos, la obligó a levantarse.

—¡Ea, señora, alzaos! A nada conduce ahora esta actitud doliente. Habéis de ser fuerte para ayudarnos a cumplir con nuestra obligación y, de esta manera, poder castigar a quienes tanto daño han hecho a vuestra familia y a la convivencia que, hasta estos momentos, auspiciada por el rey, ha sido orla y prez de esta ciudad.

La esposa del gran rabino se puso en pie, ayudada por el canciller, y comenzó a hablar entre llantos y sollozos.

—¡Justicia del rey, excelencia, justicia del rey! Han matado a mi esposo... o lo que es peor, lo han condenado en vida a la inmovilidad.

—Contádmelo todo, señora mía, que yo sabré impartir la justicia que demandáis.

Entonces, una Ruth estremecida y atormentada comenzó a explicar los gravísimos sucesos acaecidos y que tan alto precio se habían cobrado entre los de su pueblo.

—Habladme en concreto y explicadme todo aquello que ataña a vuestro esposo, ya que lo otro, como comprenderéis, me ha sido ya relatado con detalle, amén que lastima mi conciencia el hecho de que si no hubiera dado la orden de que la guardia se reintegrara a palacio, como es costumbre año tras año, al pasar frente al alcázar y hubiéramos seguido hasta la catedral, ahora no estaríamos lamentando tan terribles aconteceres.

Ruth, más calmada, pormenorizó los sucesos de aquella noche y explicó prolijamente todo lo acaecido.

—Pero perdonadme, excelencia, tal es mi congoja que no he atinado en ofreceros alguna cosa.

—No os preocupéis, querida amiga. He venido para, si fuera posible, ver a vuestro esposo, transmitirle las condolencias del monarca e industriar, así mismo, los medios oportunos para que se repare tanto daño.

—Entonces, señor, permitidme acompañaros a su cámara.

Salió el canciller de la biblioteca precedido por la mujer y seguido por el amanuense, a quien, con un signo, había indicado que marchara tras él. Fueron atravesando estancias y pasillos, y López de Ayala no pudo evitar darse cuenta del lujo y la distinción del palacete de los Abranavel. Finalmente llegaron ante una puerta que, custodiada por un criado, se hallaba al final del corredor del primer piso. Al llegar la comitiva, el sirviente se hizo a un lado a la vez que abría la puerta y, precedidos por la mujer, el canciller y el amanuense entraron en la estancia donde yacía el rabino. La tenue luz que iluminaba la escena provenía de dos candiles de mecha bañada en aceite perfumado, un gran candelabro de siete brazos ubicado en una mesa y un inmenso ambleo situado en el extremo opuesto del espacioso dormitorio, a la derecha de la gran cama. En ella estaba postrado el rabino, cubierta su cabeza por un gorro de lana y la canosa barba que poblaba sus macilentas mejillas reposando sobre los lienzos que cubrían su cuerpo. El canciller restó inmóvil donde estaba. Sin embargo, alguna extraña percepción hizo que Isaac Abranavel abriera los ojos y los clavara en don Pedro López de Ayala. Éste, que recordaba el brillo de su otrora viva mirada, extrañó lo apagado de la misma y el aspecto macilento de su piel, y algo lo apremió a, sin dilación, aproximarse al costado del lecho e instintivamente encoger su donosa figura a fin de introducir su magnífica testa bajo el baldaquín del adoselado lecho y tomar la inerte diestra del enfermo entre sus manos.

—¿Cómo os encontráis, querido amigo?

El anciano judío pareció fijar su perdida mirada en el rostro del dignatario, como si no lo reconociera. Pero luego, frunciendo el entrecejo y haciendo un tremendo esfuerzo, sus ojos enfocaron la inclinada figura y de sus labios resecos se escapó un hilo de voz que obligó a don Pedro a inclinarse todavía más sobre la doliente efigie a fin de captar lo que el rabino iba diciendo.

—Voy a morir, amigo mío, pero eso no importa… Todos, un día u otro, deberemos irnos.

La respiración era agitada y arrítmica

—No digáis necedades, don Isaac. El rey os necesita, y no podéis abandonarnos a causa de un estúpido percance al que todos estamos expuestos.

El judío prosiguió como si no hubiera oído la voz de su ilustre visitante.

—Se acercan malos tiempos para mi pueblo, y quiero pediros protección para mi raza y ayuda para mi casa.

—La habéis tenido siempre, y no vamos a permitir que

cuatro exaltados calienten al buen pueblo de Toledo contra «nuestros judíos». —El canciller, como tenía por costumbre, recalcó las últimas palabras.

El rabino prosiguió como si las respuestas de López de Ayala no llegaran a sus oídos. Su respiración se había hecho más regular, y sus palabras habían adquirido una claridad y consistencia de la que al principio carecían.

—Han destruido la aljama que lindaba con el muro de la catedral y, tarde o temprano, atacarán a las demás.

—No dudéis, querido amigo, que los culpables serán hallados y castigados.

—Es inútil, excelencia; el río nunca corre hacia arriba. Un día u otro volverán a explotar los disturbios; están en la raíz del pueblo cristiano, auspiciados por quienes debían predicar la caridad.

—Os repito que sean quienes sean los culpables, éstos serán hallados y el peso de la justicia del rey caerá sobre ellos. Pero decidme, ¿cuáles son las peticiones que deseáis elevar a mi señor y que afectan a vuestra casa?

El judío jadeaba de nuevo ostensiblemente y su respuesta se demoró un instante.

—Mi hija va a contraer matrimonio. Deseo un salvoconducto real para que ella y su esposo puedan salir de Toledo e instalarse en cualquiera de los dominios de mi señor sin ser importunados por nadie, para lo cual, además del más absoluto anonimato a fin de que nadie pueda reseguir la huella de los apellidos Abranavel y Ben Amía, os pido que una escolta del rey los acompañe hasta los límites del reino. Luego pido protección para mi pueblo... Permita Yahvé que mi casa sea derruida la primera si la más humilde de la aljama es atacada.

El canciller se dirigió al amanuense.

—Tomad buena nota de las peticiones de don Isaac, y que quede constancia escrita de ellas. Quiero que dos testigos, ya que él no puede firmar, certifiquen cuantas reclamaciones tenga a bien hacer a su majestad.

El esfuerzo realizado por el rabino había resultado excesivo para sus flacas fuerzas y volvía a respirar agitado. En aquel instante la puerta se abrió y el barbado rostro del doctor Gómez Amonedo asomó por ella, acercándose al punto al lugar donde se hallaba el canciller.

Ruth se precipitó a hacer las correspondientes presentaciones.

—Excelencia, el doctor Gómez Amonedo es el galeno de nuestra casa desde hace muchos años.

—Sé de sus capacidades; su nombre está en boca de muchas gentes y en más de una ocasión ha visitado el alcázar. —Entonces, tras intercambiar con él un protocolario saludo, pasó a interrogarlo someramente—. ¿Cuál es el estado real de nuestro amigo, doctor?

El galeno desvió la mirada hacia el ilustre enfermo y, al verlo tranquilo y amodorrado, invitó al canciller a que se alejara del costado del lecho, llevándoselo hacia la ventana.

—Posiblemente no volverá a hacer uso de sus extremidades; quedará paralítico el tiempo que vuestro Dios o el mío, que creo que es el mismo, le otorguen de vida.

—¿Tenéis la certeza de lo que decís?

—La certeza es la adhesión a la verdad sin temor a equivocarnos, y eso, excelencia, en medicina no existe. Nos movemos siempre en el terreno de lo empírico, y la experiencia me dice que en estos casos el movimiento no vuelve jamás a los miembros.

—Entonces ¿insinuáis que nuestro buen amigo permanecerá siempre en este estado de postración?

—Si así fuera, me daría, como médico, por satisfecho... Pero no es el caso. A su edad, el cuerpo se irá deteriorando e incluso llagando, si no se obra con sumo cuido y diligencia, hasta que llegue su final. Nuestra única misión será impedir que se ulcere para que sus dolores sean soportables.

El canciller se acercó de nuevo al lecho. Al fondo de la cámara sonaban los contenidos sollozos de la esposa, y a su demanda había comparecido Esther en la puerta, acompañada del ama. Todos estaban alrededor del rabino. Éste abrió de nuevo los ojos y, con un esfuerzo supremo, volvió a hablar.

—Hija mía querida, vuestra madre preparará vuestros esponsales, cuya esperanza va a ser lo único que me mantenga con vida. Luego, ya todo será igual. Deseo que marchéis de Toledo, y el rey me garantiza vuestra partida, ¿no es cierto, canciller? —López de Ayala asintió con la cabeza sin soltar la mano del enfermo. Después el rabino se dirigió a Ruth—: Preparadlo todo cuanto antes, esposa mía, o no creo poder asistir.

Ya no articuló palabra alguna. Su pecho, afilado y angosto cual quilla de pájaro, subía y bajaba como el fuelle de un herrero. Las dos mujeres se precipitaron sobre el lecho del padre y esposo en medio de un llanto incontenible, en tanto que el canciller real y el médico se retiraban hacia el rincón donde el amanuense recogía sus trebejos de escritura.

La revelación

Cuando Manfred llegó a su casa, el silencio reinaba en la escalera. Subió hasta su piso e introduciendo el llavín en la cerradura abrió la puerta con tiento, a fin de no despertar a Helga, cerró despacio y, sin encender la luz, se dirigió a su cuarto. Una vez dentro procedió a desvestirse, repasando *in mente* los sucesos del día y preparando la agenda de lo que debía hacer al día siguiente; se puso el pantalón del pijama, y pasó al baño a hacer sus abluciones nocturnas y a lavarse la boca. Luego regresó a su habitación y, al pasar por el distribuidor, le pareció oír el clic del interruptor del cuarto de Helga y supuso que quizá había estado leyendo hasta aquella hora. Se metió en la cama, encendió la lamparilla de la mesilla de noche, cuya pantalla en forma de tulipa invertida le proporcionaba un matizado círculo de luz, y se dispuso a leer *Mein Kampf* [Mi Lucha], escrito por el Führer en la cárcel mientras cumplía condena por el intento de asalto al poder en el Golpe de Munich. El libelo había sido publicado posteriormente por el partido Nacionalsocialista, y se había convertido en el credo ideológico y obligado evangelio de culto de aquellos enfebrecidos fanáticos, dando, por demás, extraordinarios dividendos a su autor.[84] Al cabo de una media hora dejó el librillo en la mesa de noche y, tras colocar la aguja del despertador para que sonara a las siete y media, se dispuso a dormir. Algo lo tenía desvelado, y la luz fosforescente de la esfera del reloj iluminaba su inquieta noche. Muchos eran los episodios que revoloteaban por su cabeza alejándole el sueño. En primer lugar, el regreso de Hanna le ilusionaba y le inquietaba a la vez. Le parecía extraño que aquella chiquilla, su querida alma gemela, su *alter ego*, con quien había compartido aventuras y ensueños de niñez, fuera ya una mujer hecha y derecha que quisiera gobernar su destino y que demostrara tanto amor a un hombre que estuviera dispuesta a arrostrar una serie de peligros latentes con el fin de estar a su lado. ¡Qué misterios no tendría el amor para que una muchacha, ignorando los riesgos que su decisión entrañaba, dejara a sus padres y la seguridad de su momentáneo exilio en Viena y se dispusiera a afrontar un futuro incierto junto a alguien que, si bien era una maravillosa persona, no era de su religión y en aquellos momentos pertenecía a una raza que se creía superior y preconizaba la destrucción de la suya! ¿Lograría él, quizá alguna vez, alojar en su corazón aquel, por lo visto, incomparable sentimiento?

Dirigió la vista a la iluminada esfera y vio que había transcurrido media hora desde que había apagado la luz. De pronto le pareció percibir un rumor de pies descalzos en el distribuidor del pasillo. Lentamente, la puerta de su habitación se abrió y se cerró a continuación. Manfred tuvo la certeza de que Helga había entrado en la estancia.

—¿Helga? ¿Estás ahí?

No obtuvo respuesta, pero sintió claramente cómo el hermoso y desnudo cuerpo de la joven, apartando las frazadas de ropa, se deslizaba a su lado.

—Pero ¿qué estás haciendo, muchacha?

Ella susurró a su oído:

—Si he de perder mi virginidad, quiero que seas tú el primero.

—¡¿Te has vuelto loca?!

Helga se acurrucó junto a él, colocando la pierna derecha sobre su cuerpo.

Manfred quedó petrificado sin atreverse a mover ni un músculo, percibiendo el calor, la tersura y el aroma de su piel.

—Pero Helga.

—Chist. Calla, no digas nada. —Sintió un dedo sobre sus labios—. Todos estos días en los que me preguntabas qué era lo que pensaba... pues ya ves qué era.

—No vayas a hacer algo de lo que luego puedas arrepentirte... ¿No dijiste que tenías un novio?

Helga jugueteó con el vello de su pecho.

—Te mentí. He salido con muchachos de mi edad, pero ninguno ha llegado a interesarme. Y no quiero parecer una mojigata y que me desvirgue un instrumento del doctor Wemberg, ni tampoco buscar a alguien que me haga un favor ni entregar este instante, del que siempre me acordaré, a alguien que no me importe nada.

—Pero ¿por qué yo?

—Porque tienes un alma noble, eres bueno, solidario, leal e inteligente, y querría que, si algún día tengo un hijo, se parezca a ti, camarada Günter... Y porque te quiero, ¡idiota!

La cabeza de Manfred era un torbellino. La sangre de sus venas, ante la desnudez y la actitud de la muchacha, se convirtió en una torrentera de lava hirviente. Súbitamente se sintió elegido para algo que para cualquier mujer representaba el capítulo más importante de su vida. Helga había optado por lo que tantas hembras habían hecho a través de siglos de historia: elegir al macho que a su criterio era el más apto para perpetuar la especie.

La noche se alumbró de estrellas, y sus cuerpos y sus almas quedaron para siempre unidas en el recuerdo.

Hanna, 1939

Las instrucciones de Manfred fueron tajantes. Hanna iba a apearse en la estación de Falkensteiner, que era la anterior a Potsdam. Su tren era el que provenía de Budapest, pero compartía estación con los expresos provenientes de Basilea, Frankfurt, Dresde, Munich y Leipzig. Supo por sus contactos que aquél era el lugar en el que la vigilancia era menos estricta ya que, al no ser la estación central y proceder muchos de los trenes del interior de Alemania, se suponía que la gran mayoría de los pasajeros eran alemanes que se desplazaban dentro del país hacia la capital por negocios o por turismo interior. Recordó a Eric que la aguardase en la sala central, donde el número de viajeros era más elevado. Le dijo que se pusiera junto a la valla metálica que impedía que quienes esperaban invadieran los andenes, donde Hanna podría verlo y acercarse a él. Si no había ningún problema a la vista, Eric debía llevar la gorra en la mano. Caso contrario, al primer indicio de vigilancia anormal, aunque fuera el mero hecho de ver una pareja de policía pidiendo documentaciones, debía ponérsela. También le indicó que recordara que ahora su novia se llamaba Renata Shenke y que venía a matricularse en la Universidad de Berlín en filología germánica. Para que desde lejos pudiera divisarla entre la multitud, iría vestida con un suéter verde de cuello de cisne, una falda color mostaza, una trenca y una bufanda beige, y una boina granate en la cabeza. No era fácil que alguien la reconociera; aquélla no era su estación habitual. Eric debía tener presente que era una simple amiga a la que iba a recoger tras una larga ausencia; las efusiones, pues, debían ser las de los buenos amigos; luego ya tendrían tiempo de explayarse. Manfred añadió que ahora su hermana llevaba el pelo muy corto y mucho más claro. El círculo de amigos íntimos en el que, antes de la partida, se movía habían dejado de frecuentarse a causa de las procelosas circunstancias por las que atravesaba el pueblo judío. Todos habían adquirido una rara habilidad para disimularse, y en público tenían la precaución, si no era en condiciones de absoluta seguridad, de no saludarse para no comprometerse. En cuanto a Sigfrid, la vería después, cuando todos se reunieran en el lugar que acordaran para no bajar la guardia y que alguna involuntaria indiscreción pudiera comprometerlos. Manfred, por su parte, debía andarse con sumo cuidado. La policía lo había fotografiado en varias algaradas, si bien su nueva identidad no constaba en ningún expediente y como ciudadano judío había desaparecido. Como tal, no se había dado la circunstancia que el Estado lo hubiera requerido para algo en concreto, ya que el servicio militar estaba suspendido para los de su raza, y en cuanto a organizaciones juveniles, los judíos estaban condenados al ostracismo más absoluto. Manfred se había dado de alta en la relación de ciudadanos extranjeros en tránsito, con la nueva identidad que el partido le había facilitado. Éste, además de los correspondientes carnets de conducir y de identidad, le había provisto de la cartilla de la Seguridad Social para extranjeros residentes, a nombre de Günter Sikorski Maleter, ciudadano húngaro residente en Berlín; jamás la usaría, pero en caso de una inspección policial en la calle, le serviría para que no lo detuvieran por indocumentado. El partido tenía grandes amigos dentro de la embajada de Hungría. El domicilio que figuraba en sus papeles era ficticio, pero para darles autenticidad constaba que había residido en él, aunque hacía tiempo que se había marchado sin dejar una nueva dirección.

Eric, a pesar de sentir la emoción incontenible de ver a Hanna, estaba dispuesto a seguir las instrucciones de Manfred. Si bien le costaba asimilar cuantas cosas decía su amigo, el hecho era que la realidad se iba imponiendo día a día y era irrebatible. Había que ser muy cerril o muy fanático para no darse cuenta de que las ordenanzas y leyes que se iban promulgando contra el pueblo semita hacían que el cerco se fuera estrechando más y más, incluso en torno a una familia tan heterodoxa y, por otra parte, tan alemana como la de sus amigos, que eran judíos únicamente por parte de padre y que habían seguido algunas de las costumbre judías por respeto a su progenitor quien, por demás, se había casado con una mujer alemana de religión católica y seguía la ley mosaica de una forma totalmente atípica. El titular del día de la mayoría de los rotativos no podía ser más explícito al respecto de todo aquello, y al abrir *Der Stern* aquella mañana, las letras le hicieron daño.

A PARTIR DEL PRÓXIMO LUNES, TODOS LOS CIUDADANOS DE ORIGEN JUDÍO, SIN EXCEPCIÓN, TENDRÁN LA OBLIGACIÓN DE LUCIR EN LA PARTE ANTERIOR DE SUS VESTIMENTAS, A LA DERECHA Y A LA ALTURA DEL PECHO, UNA ESTRELLA AMARILLA DE UN TAMAÑO NO MENOR DE DIEZ CENTÍMETROS, EXPONIÉNDOSE, CASO DE NO HACERLO, A FUERTES SANCIONES ECONÓMICAS E INCLUSIVE A PENAS DE CÁRCEL.[85]

Eric aparcó el Volkswagen y, con el corazón en un puño, se dirigió al interior de la estación. Los sentimientos encontrados de ver a su amor y las circunstancias que lo rodeaban, al tener que hacerlo como si fuera un delito, pugnaban dentro de su pecho, y pese a su amor por Alemania, un sentimiento de ira creciente se iba albergando en lo más profundo de sus entrañas.

La boda

La ceremonia se preparó en el jardín al cabo de una semana, el día amaneció soleado y la *juppá*[86] se ubicó en la rosaleda de la sinagoga al fondo, al lado del palomar. Junto al novio, Rubén ben Amía, alto y desgarbado, de bondadosa expresión, ojos algo estrábicos y barba recortada, se hallaba su padre, Samuel, así como los rabinos de las otras aljamas: Ismael Caballería, Rafael Antúnez y Abdón Mercado, este último encargado de la celebración por expreso deseo de Isaac Abranavel. Junto a ellos, siete hombres a fin de que sumaran el número de varones requeridos para que hubiera *Miñán*[87] y la ceremonia tuviera validez. Tres días antes, Esther se había sometido a la *micvá*, el baño ritual purificador en aguas corrientes. En el jardín de la casa de los Abranavel se habían reunido, además de los criados de la casa, los amigos y deudos del rabino, quien en aquellos momentos y por su expreso deseo era conducido, recostado en unas angarillas, hasta la primera fila del lugar donde se iba a celebrar el acto. Junto a él se hallaba Ruth, su esposa, y el doctor Gómez Amonedo, atento y vigilante a cada expresión o gesto que asomara al rostro de su paciente, el cual, dentro de su inmensa gravedad, parecía vivir únicamente para alcanzar a ver aquella ceremonia. Todos los invitados a la solemnidad restaban expectantes. La novia compareció por el fondo de la rosaleda bellísima y, sin embargo, a través del fino velo que siguiendo el ritual cubría su rostro, se la veía intensamente pálida. Precedida por sus cuatro mejores amigas, que portaban guirnaldas de flores blancas, y por su ama, Sara, que le sostenía el *talit*[88] que la futura desposada debía entregar al novio cuando éste le impusiera el anillo antes de firmar el Ketubá. Un murmullo de admiración se alzó entre los presentes ante la aparición de la muchacha que, pese a no llevar afeites ni maquillajes, lucía bellísima vestida con un brial blanco de ajustadas mangas, rematado en las caderas con pasamanería portuguesa del mismo color, que descendía hacia el centro de su cuerpo en forma de V en tanto que por el escote y por los costados abiertos asomaban el cuello y las mangas de una camisa de encaje que su madre había lucido en el día de su boda sobre su cabeza. Cubriendo una gruesa trenza que le llegaba a la cintura, portaba un blanco velo de lino,[89] y en los pies calzaba unos escarpines de raso. Abdón Mercado se adelantó a recibirla, pues era el rabino celebrante, y Rubén se colocó bajo la *juppá* —abierta por los cuatro costados como símbolo de la hospitalidad que debía dispensar todo hogar judío—, esperando su llegada emocionado y sin acabar de creer que él era el afortunado mortal que iba a desposar a aquella criatura. La pareja se ubicó bajo el pequeño toldo y comenzó la ceremonia. Abdón Mercado fue desgranando las palabras del ritual, y los novios fueron cumpliendo con las acciones que marcaba el protocolo. Esther, luego de entregar el *talit*, recibió el anillo propiedad del novio y sin dibujo alguno, como mandaba la tradición; después dio las siete vueltas alrededor de la *juppá*, como marcaba el ritual. Finalmente Abdón, una vez que Rubén retiró el velo a la muchacha, cubrió los hombros de los esposos con el *talit*, y luego Rubén rompió la copa de cristal[90] sellando así el matrimonio. Las palabras del celebrante sonaron solemnes: «Un hombre rico es aquel que tiene una esposa virtuosa». Un suspiro de alivio pareció recorrer la concurrencia cuando todo hubo finalizado, al ver que el gran rabino había resistido las emociones de aquella ceremonia y, con los ojos muy abiertos, había observado todos y cada uno de los detalles. Por fin, los contrayentes y los testigos pasaron a una estancia, dentro de la sinagoga, para firmar el Ketubá. Y ya todo terminó.

Esther había sido la protagonista principal, y sin embargo sus actos habían sido mecánicos ya que su pensamiento estaba muy lejos de allí. Imaginaba la ceremonia, pero con su amado Simón entregándole el anillo y alzándole el velo. Y mientras esas abstracciones asaltaban su espíritu, dirigió una mirada hacia el palomar, desde donde Volandero, el palomo mensajero regalo de Simón, la observaba con fijeza. Sin poder remediarlo, una lágrima furtiva escapó de los bellísimos ojos de Esther.

Rubén era la expresión de la dicha. Jamás habría creído que aquella ceremonia llegara a celebrarse, pero al ir quemando etapas, despacio muy despacio, consideró que aquel su oculto deseo, desde que Esther era una niña, tal vez sí se cumpliría. Aunque sabía que la muchacha no le correspondía, su paciencia era infinita, y además pensaba que era mucho mejor amar que ser amado, ya que lo primero lo sentía en su corazón cada mañana al levantarse y cada minuto del día y, en cambio, lo segundo era un relámpago fugaz, un momento escaso, únicamente perceptible en una efusión, en un detalle del que sabría prescindir mientras supiera que Esther era suya. Rubén ben Amía era un buen muchacho cuya única pasión había sido el estudio de los sagrados textos; a partir de aquel momento, también lo sería ver salir el sol al lado de Esther. Si bien sabía que no era el elegido del corazón de la muchacha, tendría todo el tiempo del mundo para conseguir su amor.

La ceremonia terminó y todos se fueron retirando hacia el interior de la casa. Los criados cargaron con las angarillas del inválido, quien, con los ojos cerrados, estaba ausente de cuanto pasaba a su alrededor como si el esfuerzo hubiera acabado con sus escasas fuerzas y él hubiera por fin coronado un monte. Ruth iba a su lado, cuidando que nadie tropezara y atenta a todo lo concerniente al traslado de su marido. Los nuevos esposos, acompañados de sus amigos, caminaban en medio del cortejo, y cerraban la marcha los tres rabinos y Samuel ben Amía, que iba departiendo con ellos, todavía emocionado por el maravilloso hecho de haber podido emparentar con los Abranavel, sobre la reciente ceremonia y los últimos sucesos acaecidos en Toledo. Al llegar al interior del palacete, esperaba al enfermo el doctor Gómez Amonedo, que se había adelantado y que rápidamente se incorporó al cortejo para aposentar al paciente de nuevo en sus habitaciones. Los demás pasaron al comedor, donde se iba a servir un frugal refrigerio acorde con la situación y en consonancia con los tristes acontecimientos que la rodeaban.

Esther veía todo aquello envuelto en una espesa neblina, como si no fuera ella la protagonista del suceso ni el mismo tuviera algo que ver con ella. Súbitamente, un pálpito la hizo excusarse ante su esposo e ir al piso superior, donde se encontró, casi sin darse cuenta, frente a la entrada de la cámara de su padre. Sin dilación, penetró en ella. A un costado del lecho se hallaban su madrastra y el doctor; al otro, un secretario real con los distintivos de correo mayor, que era portador de un mensaje de la cancillería y que en aquel mismo instante, estirando su brazo a través del lecho, lo estaba entregando a Ruth. La voz del enfermo detuvo la acción. Esther sintió los ojos de su padre clavados en ella, y la voz jadeante de Isaac inundó la estancia.

—Esther, hija mía, ve a buscar a tu esposo y regresa enseguida. Que suban con él los tres rabinos. Quiero que todos estén presentes cuando dicte mis últimas voluntades.

La apagada voz y la irregular respiración indicaron a Esther que el ruego era urgente. La muchacha se precipitó escalera abajo y al punto regresó, arrastrando a Rubén de su mano. Ambos se aproximaron al lecho, presintiendo que algo trascendental estaba a punto de ocurrir. Cuando llegaron, más despaciosamente, Ismael, Abdón y Rafael, el gran rabino habló de nuevo y, dirigiéndose al mensajero, susurró:

—Entregad la carta a mis hijos; creo que en ella está escrito su destino.

El hombre obedeció el deseo del enfermo y entregó el pergamino a Rubén. Éste, rasgando el sello, procedió a desenrollar al cartucho. Luego dirigió la vista hacia su suegro, demandando licencia, y cuando éste, cerrando los párpados, asintió, comenzó a leer.

De la cancillería de su majestad Juan I
A don Isaac Abranavel ben Zocato

Dilecto amigo:
Os adjunto los documentos que solicitasteis a fin de que vuestros hijos puedan viajar por todo el territorio sin impedimento alguno, morar en cualquiera de las ciudades, villas o pueblos de mis reinos y a salvo de cualquier contingencia, y, así mismo, registrarse, con los apellidos familiares que ellos designen, ante los corregidores, alguaciles o autoridades que me representen.

Y para que así conste, emito ambas reales cédulas.

Firmado por poder y en nombre del rey:
Pedro López de Ayala,
canciller

Llegado a este punto, el mensajero extrajo de su escarcela otros dos documentos y, esta vez sin consultar, los entregó a Rubén. Éste procedió.

Cédula real de viaje

Los esposos portadores de este documento, Rubén ben Amía y Esther Abranavel, tienen licencia para viajar por todas las posesiones de mis reinos y lo hacen bajo mi directa protección, pudiéndose establecer donde mejor les pluguiere. Incurrirán en grave delito todos aquellos alcaides, alguaciles o corregidores que se opusieren a este mi real deseo, ateniéndose a gravísimas penas aquellos que desobedecieren estas mis órdenes.

En mi alcázar, despachado en la real cancillería.
En Toledo a 12 de marzo de 1384.

Firmado por poder y en nombre del rey:
Pedro López de Ayala,
canciller

El segundo decía así:

> Autorizo a dom Rubén ben Amía a que, según su disposición y criterio, pueda registrarse en cualquier archivo, censo o padrón de mi reino con los apellidos familiares que a él más le pluguieren, por los que a partir de este momento se le conocerá.
>
> Firmado por poder y en nombre del rey:
> Pedro López de Ayala,
> canciller

La tensión podía cortarse con un cuchillo. Ruth, apoyada en el doctor, sollozaba conteniendo los gemidos. El ama, que había entrado en la estancia a hurtadillas, hacía lo propio. Los tres rabinos presenciaban la escena circunspectos, esperando que se les dijera lo que se pretendía de ellos. El visitante, imbuido de su cargo en representación del canciller, componía el gesto y estiraba la figura. Y Esther, con los ojos enrojecidos, miraba a Rubén, pues como buena judía sabía perfectamente que, a partir de aquel día, todas sus acciones estaban sometidas a la autoridad de su esposo. Éste, pálido y superado por las emociones de aquella jornada, aguardaba impávido lo que de alguna manera debía suceder a continuación, y ello fue que la voz del gran rabino se hizo oír de nuevo, débil y sin embargo firme.

Primeramente se dirigió al correo real.

—Señor —dijo—, transmitid a mi rey mis gratitudes. Y no os vayáis todavía, pues quiero que seáis testigo de mis últimas voluntades. —Ahora con la mirada abarcaba a todos los demás—. Ruth, esposa mía, traed de mi despacho la caja de negra madera, regalo de su majestad, que está en el arcón de cuero repujado donde guardo mis documentos.

Tras el esfuerzo, pareció que el rabino, cerrando los ojos, descansaba recostado sobre un gran cuadrante que cubría la almohada. La mujer partió presta a la encomienda, en tanto los demás permanecían quietos cual esfinges, cuasi hieráticos, conscientes de lo trascendental del momento. La clepsidra se detuvo y los segundos parecieron eternidades. A la postre, regresó Ruth con la caja entre sus manos y la depositó sobre el lecho del enfermo. La voz del rabino sonó nuevamente ligera como un suspiro.

—Retiradme la pequeña llave que llevo colgada al cuello.

La esposa así lo hizo.

—Abrid la caja y entregad el único documento que hay en ella a Ismael para que lo lea ante testigos… Es mi testamento.

Ahora la respiración del judío se hizo gorgoteante y entrecortada. Ruth, pálida y llorosa, obedeció la orden de su esposo. Cuando ya el documento estuvo en las manos de Ismael, la debilitada voz se dejó oír de nuevo.

—Proceded, amigo mío.

El rabino de la aljama de Benzizá, consciente de la solemnidad de aquel instante, desenrolló el pergamino lentamente. Tras calarse en la órbita de su ojo derecho un redondo cristal tallado de una aguamarina que llevaba pendiente de una cadenilla, procedió a la lectura del documento. El silencio era tenso y la espera angustiosa. El gran rabino yacía respirando afanosamente, y los demás no osaban mover un músculo, ni tan siquiera parpadear.

La voz de Ismael se hizo oír durante largo tiempo, procediendo a la lectura del testamento. Todos los bienes del moribundo, tras liquidar las alcabalas reales, debían ser repartidos entre su mujer y su hija a partes iguales, luego de que los tres rabinos, constituidos en albaceas del testamento y a fin de cumplimentarlo, liquidaran sus posesiones, casas, tiendas, negocios y participaciones en sociedades. De esta manera, podrían enviar los dineros resultantes a las bancas que se les indicara e incluso a la correspondiente ceca[91] si la ciudad escogida por el esposo de su hija fuera Granada, ya que, según se decía, los hebreos podían vivir más libremente en ella de lo que lo hacían en los reinos del rey cristiano. La orden era clara: ambas mujeres debían abandonar Toledo en cuanto se hubiera llevado a cabo su inhumación; su esposa regresaría con los suyos a Jerusalén, de donde era oriunda, y su hija se establecería en el lugar que designara su esposo. Luego venían las mandas piadosas para los criados de la casa, y el testamento proveía también a cuantos le habían servido a lo largo de los años de cuantiosas sumas, que resolverían su necesidades de por vida. Finalmente, condonaba todas las deudas que con él tuvieran sus clientes y amigos. Al finalizar, todos eran conscientes de las inmensas riquezas que había acumulado en vida el ahora agonizante gran rabino.

Hubo una larga pausa silenciosa que nadie osó perturbar, tras lo cual Isaac habló de nuevo, lenta y trabajosamente.

—Mi deseo es que os vayáis de Toledo... Las cosas se han puesto mal para nuestro pueblo e irán a peor. —Ahora se dirigía a Ruth—: Vos, esposa mía, regresaréis al lado de vuestra familia; con los vuestros estaréis a salvo. —Su habla era doliente y entrecortada—. Cuando yo muera, nadie, ni tan siquiera el rey, podrá garantizar vuestra seguridad; cuando el volcán del odio entra en erupción, su lava arrastra todo aquello que encuentra a su paso. —Ahora dirigía la mirada hacia su hija y, haciendo un supremo esfuerzo, prosiguió—: Vos, hija mía, os estableceréis lejos de aquí, donde decida vuestro esposo. Sea cual sea el lugar, allí os enviarán mis albaceas lo que os corresponda al liquidar mis bienes, tras realizar sobre la Torá solemne juramento de no revelar jamás el lugar donde hayáis decidido estableceros. Seréis un matrimonio inmensamente rico. Tras mis exequias, que serán muy pronto, partiréis; no quiero que restéis en esta ciudad ni un minuto más de lo necesario. —Luego se dirigió a Rubén—: A vos os la entrego, hijo mío. Cuidadla como la más preciada rosa de Jericó que jamás se abrió en mi jardín, y que vuestro árbol florezca a fin de que mis descendientes propaguen la raíz de mi estirpe tal como obligan nuestras leyes. Si tal hacéis, honraréis mi memoria y mi paso por este mundo no habrá sido en vano. En cuanto a mis despojos, deseo que reposen en la tierra del panteón de mi casa, que se alza en el cementerio judío.

Tras este esfuerzo quedó exánime sobre el lecho y ya no volvió a recuperar la conciencia.

El gran rabino Isaac Abranavel ben Zocato entregó su espíritu al Gran Hacedor.

El entierro

La circunstancia era tan peculiar que los tres rabinos se reunieron en urgente conciliábulo para decidir lo que había que hacer para no transgredir la ley. En primer lugar, y siguiendo los deseos del difunto, juraron sobre la Torá y allí mismo que, ni aun bajo tormento, revelarían el lugar donde deberían enviar el oro y los pagarés que equivaldrían a la liquidación de los bienes del rabino. Después procedieron.

La boda se había celebrado, por expreso deseo de Esther y con la aquiescencia de su padre, la mañana del octavo día contado desde el cataclismo ocurrido en la aljama de las Tiendas la tarde noche del Viernes Santo de los cristianos. El día siguiente coincidía con el sabbat judío, cuando toda actividad estaba prohibida. Por tanto, cualquier plan anteriormente programado quedó en suspenso, inclusive la celebración de la comida de la boda, y todos se dispusieron a cumplir las directrices que partieran de la reconocida autoridad de los líderes de las tres aljamas. Las dos mujeres, transidas de dolor y apoyándose la una en la otra, abandonaron la estancia y se dirigieron, seguidas por el ama a prudente distancia, al salón principal, donde los parientes y allegados más próximos aguardaban inquietos que se les notificara oficialmente la muerte del rabino. Allí, consoladas por todos y asistidas por Rubén y por su padre, recibieron las señales de condolencia de los presentes. El correo del canciller que había portado las cartas del rey partió, llevando al alcázar la triste nueva en forma de breve comunicado que redactó, cuando el médico certificó el óbito, Abdón Mercado en misiva cerrada y lacrada con el sello del difunto —sello que, a continuación, fue destruido, como era costumbre—, y entonces los tres hombres se dispusieron a cumplimentar los rituales que preconizaba la ley mosaica en lo relativo a las inhumaciones de los judíos. Así pues, ordenaron que los criados de la casa trajeran dos tinajas llenas de agua en las que vertieron el contenido de dos pomos de espeso aceite aromatizado, que les proporcionó Ruth, y con la mezcla lavaron el desnudo cuerpo del rabino hasta el más íntimo de sus orificios, teniendo sumo cuidado de no voltear su cabeza, como era de ritual. Después procedieron a revestirlo con *tajrihim*,[92] blancas y sencillas vestiduras a las que añadieron las filacterias[93] del difunto tras cortarle los flecos, como ordenaban las escrituras. En estos trajines andaban cuando los criados entraron en la estancia portando una sencilla caja de pino que igualaba a todos los hombres en el trance supremo, ya que de esta manera eran enterrados desde los más poderosos hasta los más humildes. En ella depositaron los despojos del gran rabino, no sin colocar bajo su cabeza una minúscula urna de madera de sándalo que contenía un puñado de tierra de Israel y que, así mismo, les había proporcionado la esposa. Finalmente, cuando todo el ritual que ordenaba la tradición fue cumplimentado, ayudados por dos de los criados, colocaron el ataúd sobre la cama y comunicaron a los deudos que la inhumación se llevaría a cabo al siguiente día, ya que retrasarlo más era ofender la memoria del difunto. Hecho y dicho todo ello, los invitados a la boda que de tal infausta manera había terminado procedieron a retirarse, dejando a ambas mujeres solas y desconsoladas, acompañadas únicamente por un desorientado

Rubén que, de tan insólita y fúnebre manera, comenzaba su vida de casado y que ignoraba, en aquella precisa circunstancia, cuál debía ser su papel y cómo debía proceder con respecto a su esposa.

El lunes, después de la *shmirá*,[94] los deudos y amigos se reunieron en la mansión de los Abranavel a fin de acompañar al rabino a su última morada. Los hombres sacaron el ataúd de la habitación en tanto entonaban el Male Rajamim, y luego los jóvenes cargaron en un humilde carruaje, tirado por un solo caballo, el cajón de madera de pino que albergaba los despojos del que fue en vida influyente personalidad. Tras él se formó el cortejo. En primer lugar iban los rabinos jefes de las aljamas, y junto a ellos los varones de la familia, es decir, Rubén y su padre, Samuel. Los seguían las mujeres, entre las que destacaban Ruth, Esther y Sara, vestidas con negros ropajes y con velos sobre los rostros, entonando una triste salmodia que encogía los corazones de los presentes. A continuación iban los criados de la casa, y finalmente, los clientes, quienes, en tropel, querían despedir al que durante tantos años había dirigido los pasos de la comunidad y sin cuyo favor se sentían huérfanos y desvalidos. Allí se mezclaban gentes de todas las profesiones y oficios, y todos ellos se sentían en deuda con el finado: físicos, plateros, recaudadores y receptores de bienes confiscados,[95] sastres, batidores, pellejeros, alarifes,[96] escribanos, zapateros, almojarifes,[97] especieros, jubeteros, tundidores, alfayates, anzoleros, herreros, tintoreros y tejedores.[98] Los rostros reflejaban la tristeza y la preocupación del desamparo. A los lados del fúnebre cortejo y cerrándolo, marchaban hombres del rey, a cuyo mando iba un capitán de la guardia con el fin de evitar cualquier desafuero que, instigado por los agitadores habituales, intentara perturbar la calma de la triste ceremonia.

Llegado que hubieron al cerro de la Horca,[99] donde se ubicaba el sagrado recinto, los enterradores bajaron la caja y la depositaron al lado de la abertura que previamente se había horadado en el frío suelo del camposanto, eso sí, dentro del panteón de mármol blanco de los Abranavel. En tanto la multitud se colocaba alrededor para presenciar la inhumación del rabino, el capitán dio la orden a sus hombres para que éstos se situaran cubriendo el perímetro exterior del gentío. Luego, Abdón Mercado, cubierto con la *kipá*,[100] subido a un talud, disertó haciendo un panegírico de las virtudes que en vida adornaron las acciones del rabino y, por qué no decirlo, también en su muerte. Finalmente su yerno, Rubén, con el taled[101] colocado según le correspondía al ejercer por vez primera como jefe de familia —aun sin serlo de hecho ya que, dada la gravedad y excepcionalidad de las circunstancias y en un acto de suma sensibilidad hacia su joven esposa, aquella primera noche no había consumado el matrimonio—, extrajo de su bolsillo el *siddur*[102] y, buscando la parte correspondiente a la Kaddish,[103] dirigió la oración de los presentes comenzando con las palabras extraídas del Libro de Job y recitadas en arameo: «Dios dio y Dios quitó, bendito sea su santo nombre», y terminando luego según el ritual: «El que hace la paz en las alturas nos dará la paz a nosotros». Después pasaron una cinchas bajo la caja que reposaba sobre cuatro piedras y, alzándola, la descendieron entre seis hombres al fondo del agujero. Cuando estuvo aposentada en él, primeramente Ruth, luego Esther y en último lugar Sara se asomaron al borde, portando en una mano unos pétalos de rosas y en la otra un repelón de tierra que lanzaron sobre el ataúd. Después, tras rasgarse las vestiduras, al igual que Rubén, y lanzando un puñado de ceniza sobre sus cabezas y apoyadas en las plañideras que las acompañaban, se fueron retirando a un costado para dejar paso a los rabinos y a los principales de la aljamas, quienes hicieron otro tanto. Acto seguido, la multitud se fue aproximando para cumplir con el ritual, y en tanto los parientes iban recibiendo el pésame de los que iban pasando frente a ellos, los enterradores, que ya habían retirado las cinchas, tapaban el hueco —que rebosaba de hojas y tierra—

colocando sobre el mismo la lápida, aún sin inscripción, que provisionalmente cubriría el reposo del difunto. A continuación, bajo un encapotado cielo que comenzaba a desgranar sobre todos una lluvia fina y persistente, Abdón Mercado entregó la llave del panteón a la viuda, mientras los presentes formaban dos filas, entonando el Ha-Makom Ienajem —que comenzaba así: «Que Dios os consuele entre todos los dolientes de Sión y Jerusalén»—, para que los parientes fueran confortados en su dolor, en tanto pasaban entre ambas. A la vez, el capitán ordenó que un pelotón de alabarderos acompañara a los principales a la casa de los Abranavel donde, como era costumbre, se serviría un refrigerio cuyas viandas serían aportadas por deudos y amigos,[104] en tanto que un retén de soldados haría guardia hasta nueva orden en el panteón, a fin de impedir que los profanadores de tumbas, acuciados por su insaciable codicia y por el alimentado odio a los judíos, intentaran violar el eterno descanso del alma del rabino.

La justicia del rey

En el vestíbulo del salón del trono del alcázar de Juan I aguardaban quienes por su aspecto eran sin duda dos importantes personajes: el obispo Alejandro Tenorio y su tío materno, el cardenal Alonso Henríquez de Ávila. La prosopopeya, el empaque y el boato de sus personas era notable, al punto que los servidores del rey vestidos con sus cortas casacas ajedrezadas y sus medias moradas, y las otras gentes que deambulaban por los salones de la antecámara del trono, parecían más bien sencillos mercaderes en vez de lo que eran: servidores destacados y notables señores. El príncipe de la Iglesia vestía una hopalanda morada recamada de oro y capa púrpura forrada de armiño, en tanto que su sobrino lo hacía con las vestimentas propias de su cargo, pectoral y anillo. Ambos calzaban escarpines de piel de gamo, acorde ésta con el color de sus ropones. La doble puerta se abrió y un maestresala provisto de una alabarda golpeó el entarimado de fresno con la contera de la vara, anunciando a los personajes.

—¡Audiencia real para su eminencia el cardenal don Alonso Henríquez de Ávila y para su excelencia reverendísima el obispo de Toledo, don Alejandro Tenorio!

Al oír sus nombres, ambos prelados se alzaron del banco donde esperaban y, con pasos solemnes y comedidos, se dirigieron a la entrada, seguidos por las curiosas miradas de los presentes.

La sala del trono era amplia y largo era el trayecto que iba desde la puerta hasta la tarima donde esperaba el rey. Ambos personajes lo cubrieron sin acelerar el paso ni bajar la mirada, pausados y seguros de su rango, conscientes de que la Iglesia les otorgaba su protección y una jerarquía semejante a la del monarca. Cuando llegaron frente al trono detuvieron sus pasos y saludaron al soberano y al canciller, que se ubicaba en pie a la diestra del rey, con una corta y contenida reverencia que más bien fue una inclinación de cabeza. El rey, con un desmayado gesto de su mano, respondió al saludo e inició el dialogo.

—Siempre es un placer recibiros, y más en tan preclara compañía, querido obispo.

Cuando Alejandro Tenorio se disponía a responder, la voz de su tío resonó a su lado.

—Majestad, un príncipe de la Iglesia acostumbra sentarse antes de iniciar cualquier diálogo con sus iguales.

El rey se molestó.

—Perdonad, eminencia, pero no veo en el salón otro monarca que no sea yo mismo.

—Sabéis perfectamente que los reinos que representamos deben convivir en este mundo, aunque en precario equilibrio en multitud de ocasiones, y sin embargo el que yo simbolizo continuará en el otro ya que es imperecedero, en tanto que el vuestro es finito. Os ruego, por tanto, que ordenéis nos sean ofrecidos asientos dignos de interlocutores reales.

El canciller López de Ayala iba a intervenir cuando la voz y el gesto del rey le contuvieron.

—Canciller, ofreced a nuestros distinguidos visitantes asientos dignos de su rango.

A una imperceptible seña del canciller, desapareció de su costado un chambelán que se ubicaba justamente al pie y a un costado de la tarima del trono. Al punto, compareció seguido de tres criados que portaban entrambos dos lujosos sillones curules de tijera de estilo romano, cuya madera estaba trabajada con incrustaciones de marquetería de marfil y ébano, que colocaron al pie del entarimado frente al monarca, aunque en un plano inferior. Los ilustres clérigos, tras una inclinación y luego de plegar sus ropones con un airoso gesto, se sentaron frente al trono.

—¿Se encuentran a gusto vuesas mercedes para poder explicarme el motivo de tan precipitada audiencia? —indagó el Trastámara.

—Ahora sí —remarcó el cardenal.

—Entonces hablad. Vuestro rey, en la tierra, claro está, os escucha —remarcó, no carente de sorna, el rey Juan.

El cardenal captó la indirecta, pero prefirió soslayarla. Tenorio presenciaba aquel duelo dialéctico con curiosidad y expectación, pues conocía las innegables dotes de su pariente para la alta diplomacia de la Iglesia.

—Veréis, majestad, el caso es que vuestros jueces, sin duda mal informados, han cometido una injusticia... si no una tropelía inaceptable.

El monarca dirigió una significativa mirada a su canciller, y preguntó al prelado:

—¿Podemos saber de qué incuria acusáis a los jueces de mi reino?

El cardenal Henríquez de Ávila se retrepó en su asiento.

—Ha llegado a nuestros oídos el relato de los disturbios habidos en Toledo, siempre a causa de los mismos, claro está... Pero esto último no viene al caso.

—Sin duda os referís a los tristes sucesos vividos el último Viernes Santo.

—A ellos, majestad, me refiero.

—¿Y bien?

—Ya conocéis, sin duda, los hechos.

—Vamos, si os parece, a cotejar nuestras informaciones ya que, por lo visto, no son parejas... Me refiero a vuestra subliminal acotación al respecto de quiénes tienen la culpa.

—Como comprenderéis, majestad, el buen pueblo de Toledo no puede consentir que en el día más importante del calendario cristiano esos renegados ofendan a la verdadera religión arrojando orines sobre una imagen sacra. Las consecuencias lamentables de tan ominoso e infame acto son impredecibles, y si bien como prelado lamento que alguien reciba daño, no puedo dejar de comprender a aquellos que con tan exaltado celo defienden la única y verdadera religión.

El de Trastámara quedó pensativo unos instantes y luego, ceñudo, habló.

—Mis informes, como supondréis, no coinciden con los vuestros. El lamentable resultado de esa explosión de ira no es atribuible a «mis judíos», y como comprenderéis, mis noticias son fidedignas.

—Entiendo vuestra tesitura, pero como cualquier lego puede colegir, esa afrenta no pudo cometerla ningún buen cristiano, entonces.

—Vuestra deducción sin duda es exacta y ahí está la clave; evidentemente, habláis de «buenos cristianos», pero ¿quién os dice que quienes prepararon tal afrenta, que fue la mecha que prendió la hoguera, no eran malos cristianos o malas gentes, que es lo mismo?

—Conocemos a los que vuestros alguaciles han apresado y respondemos de ellos. Son hijos de la Iglesia y fieles seguidores de Cristo, tal vez un poco apasionados pero gentes bautizadas y leales súbditos. Que han intervenido en los disturbios es cosa innegable, pero de eso a haber exaltado al pueblo con falacias y mentiras para lanzarlo a destruir una aljama va un abismo, y podemos dar fe de que todo lo que de ello se ha dicho es una vil calumnia.

Juan I se volvió hacia su edecán.

—¿Tenéis esos nombres?

Don Pedro López de Ayala extrajo de su faltriquera un trozo de pergamino enrollado y sujeto por un cordoncillo y lo entregó al monarca. Éste, tomándolo en sus manos, tras desenrollarlo leyó en alta voz.

—«Y es probado que los antedichos bachiller Rodrigo Barroso apodado el Tuerto, Rufo Ercilla también conocido como el Colorado, Crescencio Mercado y Aquilino Felgueroso han sido los inspiradores de los altercados que se han ido sucediendo en el tiempo tanto en los mercados como en las ferias de los pueblos limítrofes y que han culminado en los terribles hechos que han desencadenado la destrucción de la aljama de las Tiendas. —El rey levantó la vista del pergamino e hizo una pausa. Luego continuó—: ¿Es necesario que prosiga?

El cardenal, que había escuchado con atención la perorata del rey, tras una meditada pausa comenzó su discurso.

—Señor, si sabéis leer entre líneas, lo que esos infundios demuestran es que esos hombres son buenos y probados súbditos de vuestra majestad y mejores cristianos. Me explico: ellos son quienes por casualidad apresaron el carro que, lleno de armas, pretendían esas gentes entrar subrepticiamente en Toledo… ¿Imagináis para qué? Yo os lo diré: fueron los judíos quienes se sublevaron y defendieron la puerta de Cambrón cuando Enrique, vuestro padre, disputaba la ciudad a su medio hermano Pedro, y la defendieron luchando contra sus afanes. ¿No pensáis que tal vez pretendían hacer lo mismo ahora, y esas armas eran para perjudicar los intereses del reino y hasta, quizá, para promover una sublevación contra vos? Los hombres a los que aludís se mueven entre esas gentes, frecuentan sus mercados y sus ferias, y supieron de sus aviesas intenciones, pero, no estando seguros de ello, actuaron por su cuenta en vez de denunciar los hechos. Eso es lo único que podéis achacarles, su exceso de celo. Sea como sea, el caso es que trajeron las armas a Toledo y abortaron, sin duda, un peligro para vuestro reino.

El rey y el canciller escuchaban atentamente los increíbles argumentos del cardenal, en tanto que el obispo se asombraba de las argucias de su tío para defender lo que era probado y no tenía defensa.

—Yo os diré lo que esas gentes han hecho. En primer lugar, han conculcado las órdenes por mí dadas para que esta raza pueda comerciar en todo el reino sin sufrir por ello quebrantos. En segundo lugar, han enardecido al pueblo llano para lanzar a las masas contra ellos sin motivo alguno, porque yo os digo que si el resto de mis súbditos supiera trabajar como lo hacen «mis judíos», mejor irían las cosas en el reino… Y en tercer lugar, se han permitido tomar la justicia por su mano ya que, si algo tienen en contra de mis leyes, cauces tienen a través de sus corregidores para hacerme llegar sus quejas. Amén de que nadie ha demostrado que el carro de armas perteneciera a los judíos.

Un tenso silencio se abatió sobre los presentes hasta que finalmente el cardenal lo rompió.

—Buen rey, creo que en el término medio está la virtud. Es innegable que vuestros jueces han obrado de buena fe, pero no me negaréis que los hechos se pueden ver a la luz de muchas candelas y que los sucesos del Viernes Santo, vistos bajo otro prisma, se pueden atribuir a exceso de celo o defensa a ultranza de nuestra religión. Os ruego, por tanto, que reconsideréis vuestra postura y que ejerzáis la magnanimidad que es privilegio de reyes y a la que tan proclive sois.

—Como comprenderéis, cardenal, no debo inmiscuirme en las sentencias de mis jueces, ya que si tal hiciera se me podría tildar de déspota o de caprichoso... y no es mi deseo pasar a la posteridad con tales apelativos.

Entonces fue cuando el obispo Tenorio se dio cuenta de la inmensa capacidad de maniobra de su tío y de cuán profundamente conocía éste el alma humana.

—No apelo a vuestra justicia, que habéis depositado en los tribunales de vuestro reino. Apelo a vuestra clemencia y al derecho que el Señor ha depositado en el rey para ejercer a través de él la caridad, que es virtud teologal, y la magnanimidad... ¿Acaso no llamaban a vuestro padre el de las Mercedes? Pues bien, os sugiero que lo imitéis en tan oportuna ocasión. Yo, Alonso Henríquez de Ávila, cardenal de la Santa Madre Iglesia y súbdito de vuestro reino, os pido indulgencia y la gracia del indulto para estos, si queréis, excesivos servidores vuestros que tal vez se han extremado en su celo de defender, como buenos hijos, a su madre, que es la Iglesia de Roma, pero que lo han hecho provocados por un suceso que sobrepasó su capacidad de raciocinio y que obnubiló sus elementales talentos hasta el punto de precipitarse a defender a su soberano y a su religión.

El rey se mesó la barbilla, y su entrecejo se frunció en profunda meditación. Por un lado era consciente de que «sus judíos» habían sido atacados injusta y cruelmente, y no olvidaba que había prometido, a través de su canciller, un castigo ejemplar y una profunda reparación a aquel desafuero. Por otro lado, le agradaba sobremanera mostrarse generoso y complacer a aquel poderoso e influyente personaje atendiendo en parte sus peticiones y, de esta manera, tenerlo a precario, aun a sabiendas de que había apelado a su magnánimo corazón, el cual le impelía a la generosidad. En esta disyuntiva, indagó:

—Y ¿qué es lo que vuestra eminencia me sugiere para que, sin caer en arbitrariedad, pueda atender sus peticiones sin soslayar mis obligaciones de reparar cuanto daño ha sido inferido a los semitas?

El cardenal intuyó que había ganado la partida y habló de nuevo.

—Señor, ya que el motivo de tanto dolor ha sido ocasionado por defender la única y verdadera religión, os sugiero que entreguéis a mi sobrino, su ilustrísima el obispo Alejandro Tenorio, a los reos que los jueces han declarado como convictos para que en sus mazmorras cumplan sus penas; de esta manera, la Iglesia se ocupará de esos pecadores y de sus almas. Y dado que el barrio ha sido destruido y sus moradores se han ubicado en lugares más acordes con su situación, os sugiero humildemente que apadrinéis la nueva puerta que mi sobrino pretende abrir en el atrio que linda con el barrio, la cual se llamará de Nuestra Señora del Rey, en honor y desagravio de la Santa Madre de Dios y en recuerdo de vuestra benevolencia.

El rey meditó unos instantes y consultó a su canciller.

—¿Qué opináis, don Pedro, de esta solución que ofrece su eminencia?

El canciller don Pedro López de Ayala, aun a riesgo de que su opinión fuera impopular, guiado por su honestidad y su lealtad al monarca y sabiendo que en aquel preciso momento se ganaba un poderoso enemigo, respondió:

—Señor, si incumplís vuestra palabra y no desfacéis el entuerto que ha sufrido la familia de vuestro siervo el difunto Isaac Abranavel, perderéis la fe de este laborioso pueblo que tan bien os sirve y que tanto os ama, y cuando un monarca pierde la confianza de sus súbditos, en ese caso lo ha perdido todo.

El cardenal no pudo impedir que una iracunda mirada se posara en el de Ayala, y tal circunstancia no pasó inadvertida al monarca.

—Os diré, eminencia, cuál es nuestra decisión, y os ruego que la consideréis inapelable y definitiva. Nuestros jueces han determinado que los reos han de sufrir cárcel y que el instigador de todo ello, el bachiller Barroso, apodado el Tuerto, debe sufrir además el castigo del flagelo hasta cien veces. Nos impartiremos dicha pena, y cuando esa sentencia sea cumplida, os lo entregaremos para que permanezca en las mazmorras de la Iglesia el tiempo al que ha sido condenado. De esta manera cumplirá el rey con la justicia y a la vez ejercerá la clemencia que me habéis solicitado. Y ahora, cardenal, si os place, os sugiero que os retiréis antes de que me vuelva atrás en lo dicho y las palabras de mi edecán hagan mella en mi decisión.

El cardenal consideró que había sacado suficiente fruto de la entrevista y, tras hacer una leve indicación a su sobrino, se puso en pie e inclinado la testa en un breve saludo salió de la estancia con paso lento y sin menoscabo de la dignidad que representaba.

Al amanecer del tercer día, luego de la entrevista que sostuvieron el rey y el canciller con el cardenal y su sobrino el obispo Tenorio, una galera tirada por cuatro cuartagos fue introducida en el patio posterior del alcázar y de ella descendieron cuatro guardias a cuyo mando iba un alguacil. En tanto que el auriga arreglaba las cosas para que el carricoche cumpliera con la finalidad a la que había sido destinado, los armados se dirigieron a la puerta de rastrillo, cuyos reforzados hierros guardaban el pasadizo que alojaba las mazmorras del alcázar. El alguacil, que llevaba la voz cantante, se dirigió al carcelero que, medio adormilado, vigilaba la entrada.

—Buenos días tengáis.

El otro se restregó los ojos y devolvió el saludo con un desvaído:

—Lo mismo os deseo. ¿Qué es lo que se os ofrece a estas horas de la madrugada, cuando las buenas gentes aún están recogidas y los lobos aún no se han retirado al monte?

—Venimos a por cuatro pájaros que deben cambiar de nido según esta orden. —Al decir esto, entregó al carcelero, a través del enrejado, un pergamino convenientemente lacrado con el sello del canciller.

—Aguardad un momento. Debo entregar vuestra misiva al alcaide de la prisión, él es quien tiene potestad para entregar prisioneros... Amén de que yo no sé leer.

Partió el hombre hacia el interior y dejó a los guardias expectantes en la puerta del pasadizo que conducía a las mazmorras durante un breve espacio de tiempo. Al cabo de éste, compareció de nuevo acompañando a un individuo de mejor porte que, prendido del cíngulo que ceñía su gruesa cintura, portaba un aro de hierro del que pendía un manojo de llaves de diferentes tamaños y que llevaba en su diestra el pergamino que minutos antes había entregado el oficial al adormilado celador. El hombre, con voz poderosa y algo colérica, interpeló al que mandaba la pequeña tropa.

—¿Éstas son horas para venir a recoger prisioneros?

—Las horas son las que son, y si tenéis algún inconveniente, reclamad al maestro armero, que en este caso es quien firma el pergamino.

—¿Sabéis que uno de estos individuos fue azotado ayer?

—La vida de vuestros prisioneros, como comprenderéis, no es de mi particular incumbencia. ¡Qué me importa a mí si lo azotaron ayer o si le cortaron sus atributos! Me han ordenado que me lo lleve y a eso he venido. Si no podéis entregármelo, mi misión termina notificando vuestra actitud a quien corresponda, y quien sea tomará las medidas que crea oportunas. Si eso os causa algún problema, no es asunto mío. ¿He hablado claro?

El carcelero emitió un hondo suspiro y habló de nuevo.

—No pretendo complicaros la vida... y mucho menos perjudicarme. Vamos a proceder según el reglamento. Seguidme.

El hombre dio la espalda al grupo de armados y se internó por el pasadizo que conducía al interior del lóbrego recinto. El que mandaba la tropa dio media vuelta hacia su partida y ordenó:

—¡Dos de vosotros, conmigo, y los otros dos, preparad el carro!

Partieron los tres hombres hacia el fondo siguiendo los pasos del que parecía mandar la guardia. Éste les condujo hacia un patio interior de forma rectangular, al fondo del cual se veía un abrevadero de bestias y cuyo suelo estaba lleno de paja húmeda en todo el perímetro. En las paredes del patio, a la altura de una vara, sobresalían varias argollas de las cuales pendía una cadena terminada en un grillete de hierro, que ceñía la muñeca de cada uno de aquellos desgraciados que en incomprensibles posturas intentaban conciliar sus atormentados sueños. El que llevaba la voz cantante llamó a un individuo que, sentado en un escabel, vigilaba a los prisioneros.

—¡Tú, ven para acá!

El individuo dejó la banqueta donde se ubicaba y se acercó al grupo, saludando torpemente a su superior.

—¡Has vuelto a dormirte, imbécil! ¡Como en alguna de tus guardias haya un incidente, rodará tu cabeza!

El hombre se excusó.

—¿Qué queréis que pase si todos están sujetos y nadie tiene un margen de cadena para poder moverse?

—No es la primera vez ni será la última que un preso intente fugarse… Y si ese día llega, el cuello que peligrará será el tuyo, ¿lo entiendes? ¡Pedazo de sieso![105]

Los dos guardias y el alguacil presenciaban divertidos la bronca del carcelero a su subordinado. Ésta prosiguió.

—Ahora prepara la entrega de la siguiente escoria: Rufo el Colorado, Aquilino Felgueroso y Crescencio Mercado. Suéltalos y entrega su custodia a esta escolta, ¿me has entendido?

—Son cuatro los hombres que he venido a recoger. Me falta uno.

—El que os falta lo tengo en otro lado. Tened la bondad de seguirme.

El bachiller Rodrigo Barroso rumiaba su rencor en una mazmorra aparte de los demás condenados. Cuarenta y ocho horas antes se había cumplido la injusta sentencia, y aunque su ilustrísima el obispo Tenorio había llegado hasta él para reconfortarlo y para anunciarle la recompensa que alcanzaría si aguantaba con entereza el castigo, su más íntimo «yo» se revelaba ante la injusticia y no entraba en sus entendederas cómo unos jueces venales castigaban a un buen cristiano por azuzar a las gentes contra los perros judíos, que tanto mal causaban a los buenos ciudadanos de Toledo. ¿Cómo era posible que lo que parecía justo a su obispo no le pareciera cabal al rey? Él creía entenderlo: los judíos, y principalmente aquella maldita familia de los Abranavel, proporcionaban ingentes ganancias a la corona a costa del sufrimiento del pueblo llano, y buena parte de esos recursos iban a parar, sin duda, a sus faltriqueras. La indignación que embargaba su espíritu era únicamente comparable al dolor insoportable que sufría su cuerpo tras el descomunal castigo recibido, que había hecho crecer en su corazón, hasta límites insospechados, el odio hacia aquella familia.

La mañana del martes, lo habían sacado a rastras de su celda y lo habían conducido, aherrojado, al patio de la cárcel. Al principio la luz del astro rey le obligó a cerrar los ojos. Luego, un guardián, mediante un brusco empellón que le obligó a trastabillar, lo acercó hasta una alargada piedra redondeada por su parte superior y montada sobre un poderoso caballete construido con madera de roble, y cuando ya su vientre tocaba el pedrusco, lo violentó, tirando fuertemente de la cadena que unía los cepos de sus muñecas, obligándole a doblegar su espinazo y a recostarse sobre él. Cuando su pecho sintió la rudeza del mineral, Barroso entendió que alguien, a quien no podía ver, le estaba atando una corta cadena que unía el eslabón medio de la que juntaba sus muñecas al que hacía el mismo oficio entre los grilletes que sujetaban sus tobillos; de tal guisa que quedó totalmente inmovilizado y curvo sobre aquel potro de tortura. Entonces, en aquella forzada e incomodísima posición, pudo abrir los ojos y hacerse cargo de lo que estaba a punto de ocurrirle. A lo largo de las cuatro paredes del rectángulo carcelario se ubicaban los convictos que iban a contemplar el castigo; la visión del mismo los alejaría de cualquier veleidad delictiva que cupiera en sus cortas molleras. Hacia él caminaba el alcaide con un pergamino en la mano, con la evidente intención de leerlo ante aquella crapulosa concurrencia. La voz todavía resonaba en sus oídos.

Orden del rey:
El recluso convicto Rodrigo Barroso, apodado el Tuerto, habiendo sido hallado culpable de delito de incitación a las masas para delinquir y, así mismo, tomado parte activa en los tristes sucesos del último Viernes Santo, con las gravísimas consecuencias que de sus acciones se derivaron, cual fue la quema de la aljama de las Tiendas y el quebranto de tantos ciudadanos de Toledo, queda condenado por los jueces de esta capital a las siguientes penas: recibirá un castigo de cien azotes que se le suministrarán en al patio de la prisión del alcázar y en presencia del resto de los condenados, para que éstos escarmienten en cabeza ajena.

Permanecerá posteriormente en las prisiones del palacio episcopal por un tiempo de cinco años a partir del día de hoy.
Dado en Toledo,

Firmado y rubricado:
El rey

De esta manera recordaba haber visto a un esbirro, mejor dicho, sus piernas, embutidas éstas en unos calzones sujetos bajo sus rodillas a sendas medias de color arena por dos apretadas cintas y calzados sus pies por unos ordinarios borceguíes. También vio que portaba en su mano un rebenque de mango corto del que partían tres tiras de fino y flexible cuero, e incrustados en ellas, pequeños trozos de plomo que se alternaban con otros de hierro fundido en forma de gancho. El verdugo, a una orden del alcaide, comenzó su tarea de una forma metódica y profesional. La espalda del bachiller se fue desgarrando a tiras a medida que el látigo caía sobre ella haciendo dibujos cárdenos sobre la misma y arrancando trozos de carne cada vez que uno de los pequeños garfios se clavaba en su atormentado torso. Al principio, Rodrigo Barroso intentó contener sus lamentos, pero a la cuarta vez que el flagelo descendió sobre él, el patio se lleno de gritos, lamentos apocalípticos e imprecaciones, principalmente contra los judíos y sobre los jueces que lo habían condenado a tan terrible y, para él, injusto castigo. Luego se desmayó y tuvo ráfagas de conciencia envueltas en nuevas pérdidas de conocimiento. Cuando ya terminó todo, sintió que lo desataban y que entre cuatro convictos lo trasladaban a su celda. Allí lo tumbaron en su jergón y perdió definitivamente el sentido. Por la noche entró alguien y derramó sobre su desecha espalda un jarro de agua, para luego cubrirla con unos lienzos. Inútil decir que no podía mover ni un dedo; la fiebre hizo su aparición y su frente ardió toda la noche.

—Éste es el hombre que os falta.

La voz que resonó en la cancela de su celda hizo que el bachiller abriera su único ojo útil e intentara ver lo que acontecía. Junto a la reja se hallaban cuatro hombres, armados tres de ellos, que, sin duda, acudían a buscarle. Sintió más que vio cómo el carcelero arrimaba su grueso vientre a la puerta, y escogiendo una de las llaves del aro de hierro que colgaba del cíngulo de su grueso abdomen, la introducía en la oxidada cerradura y la hacía girar. Saltó el muelle y a continuación el carcelero empujó la reja. Ésta giró sobre sus goznes chirriando, cual felino al que pisan el rabo, y cedió después. La puerta se abrió, y los cuatro hombres se introdujeron en la mazmorra.

—Esta boñiga es el preso que me reclamáis.

El Tuerto se sintió observado cual insecto colocado bajo un vaso invertido y escuchó la voz del hombre decir:

—A mí me han encomendado su traslado y cumplo órdenes.

Entonces sintió que lo incorporaban tomándolo por los sobacos, y sin que sus pies tocaran apenas el suelo, medio en volandas, fue trasladado al exterior.

La pálida luz de la amanecida comenzaba a realzar el perfil de las cosas. Ya a su claridad pudo ver una galera tirada por un tronco de cuatro caballos que aguardaba a la salida de la prisión. El carromato era un vulgar transporte habilitado para la conducción de malhechores en trayectos cortos. Estaba provisto de cuatro ruedas, y su cajón, de altas paredes cubiertas por un curvo toldo, ofrecía una apertura por la parte posterior, donde un estribo de hierro se desplegaba para que hombres encadenados pudieran acceder al interior. El aire de la mañana le hizo bien y pareció que las brumas de su mente se disipaban. Cuando sus guardianes lo aproximaron a la entrada del carruaje, pudo observar que en su interior estaban enclavados dos bancos, uno frente al otro. En el de la derecha se ubicaban sus compinches, que, en silencio, lo observaban. Luego sintió que lo izaban con algún miramiento y después lo acostaban, boca abajo, en el banco que se hallaba libre, cuidando de que nada rozara su destrozada espalda. Posteriormente, el que parecía mandar la tropa se volvió al carcelero y le espetó:

—Por el momento todo parece estar conforme. Vos habéis cumplido con lo vuestro y yo puedo cumplir con lo mío. Lamento haberos importunado a tan temprana hora, pero así son las cosas: unos mandan y otros debemos obedecer, si es que no queremos tener problemas.

El otro, tras un breve gesto con su diestra, se retiró entre un tintineo de llaves, en tanto mascullaba algo entre dientes.

—A mí me da igual. Cuanta más mierda queráis llevaros de esta pocilga, mejor viviremos todos.

Cuando el gordo se hubo retirado, uno de los armados se introdujo bajo la lona de la galera y desajustó un largo hierro que estaba en el suelo de la misma, entre los dos bancos, y atravesando el carro de parte a parte, procedió a pasar por el extremo suelto de las cadenas que sujetaban los grilletes de las muñecas de los tres presos sentados y, a continuación, lo fijó ajustando en su extremo un grueso perno agujereado que traspasaba el suelo del carromato y asomaba por la parte inferior. Otro de los armados, que aguardaba bajo el carro, introdujo un pasador por el agujero del perno; de esta manera, si no era desde el exterior, resultaba imposible soltar las cadenas, y cualquier intento de fuga resultaría inútil. Siguiendo órdenes, al bachiller lo dejó suelto, amodorrado en su banco. Finalmente, los guardias se auparon en la parte posterior del carricoche, y cuando el que mandaba la tropa se encaramó al pescante del auriga, el carro se puso en marcha entre un crujir de cinchas, chirriar de ruedas, traquetear de maderas y chasquear de látigo. Al sentirlo, al Tuerto se le puso la piel de gallina en las únicas partes de su espalda que no estaban laceradas por el rebenque del verdugo.

El doliente séquito atravesó la plaza de la Tenería y, bajando por la cuesta de los Penitentes, llegó al palacio episcopal. Atravesando el patio de los Gavilanes, se dirigió al portón que daba a las mazmorras del edificio. Allí aguardaba el médico del obispo, quien presidió el desembarco de la tropa y dirigió, personalmente, las operaciones encaminadas a mejor ubicar a los presos, en particular al flagelado. A los tres compinches, tras quitarles los hierros que laceraban sus muñecas, los ubicaron en una amplia celda ventilada por un ventanuco que daba a un patio interior y dotada de ciertas comodidades, impropias de individuos que iban a cumplir una condena. Tres camastros bastante dignos, con las mantas plegadas a los pies de las colchonetas, y un aguamanil con su correspondiente jarra de pico de pato los aguardaban. Así mismo se podían ver en la celda, alineados en un rincón, tres cubos destinados a las necesidades del cuerpo. Allí quedaron por el momento los tres convictos, Rufo el Colorado, Aquilino Felgueroso y Crescencio Mercado, aguardando a ver en qué paraba todo aquello.

Al bachiller Rodrigo Barroso lo trasladaron en unas parihuelas, siempre con la espalda hacia arriba y bajo la jurisdicción del galeno quien, vistiendo solemne su verde hopalanda, daba órdenes a los improvisados angarilleros para que obraran con cuido a fin de no perjudicar la precaria salud del lisiado. De esta forma procediendo condujeron al bachiller a una celda que habría podido ocupar sin desdoro, caso que el lugar hubiera sido un monasterio, cualquier monje de rango medio cual fuere un chantre[106] o un miembro menor de cualquier cabildo. La estancia, orientada a poniente, tenía las pétreas paredes recubiertas de estoras que la resguardaban de humedades; una pequeña ventana se habría al huerto, el cual dotaba de excelentes verduras a su ilustrísima, y el mobiliario, aunque no lujoso, era el suficiente para que cualquier persona se acomodara, sin lujos pero con más desahogos de los que ofrecían la mayoría de los mesones que salpicaban la ciudad. La comitiva llegó hasta la pieza y, bajo la dirección del galeno, procedieron los camilleros a colocar al preso, siempre boca abajo, en la cama que, arrumbada a la pared, ofrecía una anchura holgada y una colchoneta rellena de lana de una calidad muy superior a la que correspondía a un convicto. Luego los hombres de las angarillas se retiraron y entró en escena un acólito portando en una mano una jofaina y en la otra el maletín del físico, que depositó en el alféizar de la ventana. El médico, tras recogerse las amplias mangas que ornaban su hopalanda, se dispuso a retirar los lienzos que cubrían el dorso del flagelado. Para ello, tras abrir su valija, tomó un esmerilado frasco que contenía un espeso liquido violeta y, después de retirar el tapón, lo vertió en el agua de la jofaina que sostenía su asistente, produciendo en ella raros y flotantes dibujos. Posteriormente, tomó un paño y lo impregnó en la coloreada solución. Con él se acercó al costado libre de la cama del fustigado.

—Bien, no sé si podéis oírme con claridad… Voy a proceder a retiraros los paños que cubren vuestra espalda. Estoy aquí por orden de su ilustrísima, y voy a hacer lo imposible para aliviar vuestros dolores que, me consta, son terribles, pero para ello debo contar con vuestra fortaleza ya que no podré evitar el lastimaros, ¿me habéis oído?

Un gruñido fue la respuesta que llegó al físico cuando éste se dispuso a comenzar su cometido. En primer lugar, con sumo cuidado, procedió a humedecer la espalda del desventurado con la poción que empapaba el paño; nada más tocarla, un gemido profundo se escapó de la garganta del azotado.

—Ya os he dicho que os va a doler, pero si quiero aliviaros, que es la orden que me ha dado su ilustrísima, no puedo proceder de otra manera.

Entonces una voz de ultratumba pareció escaparse de los resecos labios del convicto.

—Proceded como debáis, el dolor es asunto mío… Si salgo de ésta, mucho más quebranto del que yo sufra lo han de sentir los causantes de mi mal.

—Pensad en lo que queráis, si eso os ayuda a mejor soportar el sufrimiento.

—No os preocupen mis lamentos ni mis quejas. Vos ejerced vuestro oficio, pero, ¡por Dios bendito!, haced lo imposible para que salga de ésta.

—Con este ánimo seguro que conseguiréis sobrevivir.

La operación fue prolija y dificultosa. El galeno, con paciencia infinita, fue retirando de la deshecha espalda del bachiller los inmundos trapos que la cubrían, impregnados de coágulos de sangre seca, mientras Barroso intentaba contener sus quejas y lamentos mordiendo un pico de la manta que cubría el lecho. Cuando el dorso quedó al descubierto, el médico, que estaba de vuelta de muchas visiones apocalípticas, se asombró del minucioso y terrible trabajo del sayón: ni una pulgada de la espalda de el Tuerto había escapado del terrible castigo. El galeno, con sumo cuidado, fue lavando los abiertos costurones con un desinfectante, y al acabar procedió a untar, con un ungüento fabricado con vísceras de serpiente machacadas, las laceraciones que las finas tiras de cuero de piel de toro, los ganchos de acero y las bolas de plomo habían dejado en la espalda del bachiller. Éste se retorcía de dolor, y pensó que no soportaría el fuego que el médico estaba aplicando a su espalda. Sin embargo, pasado un tiempo, lentamente el ardor fue remitiendo; un singular alivio fue ganando terreno, y al rato el sufrimiento se hizo soportable. En aquella misma postura y sin que el físico terminara su labor, la modorra lo venció y al rato dormía un inquieto sueño.

La conversación

La escena se desarrollaba en el comedor de la antigua mansión de los Pardenvolk, y los protagonistas eran Sigfrid y el matrimonio Hempel. Stefan ocupaba la cabecera de la mesa y a ambos lados se sentaban, respectivamente, Anelisse y el muchacho. Herman, el viejo sirviente, los atendía con la diligencia habitual en él, como una sombra llevando del bufé a la mesa los manjares que sabía consumían cada uno de ellos para desayunar. En el calentador y al baño María, se mantenía la temperatura de los huevos revueltos con bacón y salchicha de Frankfurt troceada que Stefan y Sigfrid tomaban cada mañana. Frente a Anelisse, su desayuno cotidiano: un platillo de porcelana con pastas y una taza de humeante té de menta, que Herman acababa de servir en aquel momento con una tetera de plata que en su pico portaba una esponjilla sujeta con una goma —para impedir que goteara manchando el níveo mantel de hilo blanco de Alsacia— al que siempre añadía una nube de leche.

Ante Stefan se hallaba el ejemplar de *Der Stürmer* con el ignominioso titular de la portada en inmensos caracteres negros y góticos.

—Ya ves, Stefan, hasta dónde han llegado las cosas. Creo que esto es definitivo: no se va a salvar ni el apuntador.

El médico levantó la vista por encima de unos diminutos lentes que cabalgaban sobre su nariz y miró a Sigfrid.

—No sé qué decir… Me avergüenzo de ser alemán, e ignoro adónde quieren ir a parar.

—Yo te lo diré, comenzaron apartando de la circulación a gentes cuya visión molestaba a todo el mundo, y nos fuimos acostumbrando a que el hecho de retirar de las calles a la escoria social que todas las grandes ciudades producen era normal. Luego, para que los turistas que acudieran a ver la olimpiada gozaran de un Berlín inmaculado, transigimos con todo, ya que era un beneficio para la gran Alemania que propugna el Führer. Lo que no quisimos ver, pues miramos hacia otro lado, era adónde iba a parar toda esa gente. Cuando acabaron los juegos, siguieron lentamente con su táctica y persiguieron a los que ellos llamaban «antisociales o diferentes», ya fueran gitanos, gentes de color, testigos de Jehová o comunistas, y dejaron para el final a los judíos ricos porque pretendieron despojarlos de sus bienes dentro de los límites de la legalidad por ellos establecida, entre otras cosas por no estigmatizar la imagen que el partido nazi pretendía dar en el exterior. Entonces se dio rienda suelta a los mastines y se puso en marcha la caza de brujas, que ahora ya alcanza a todas aquellas gentes de mi raza y clase que no han tenido la visión o la habilidad de escapar del infierno que se ha desatado, como hizo mi padre en su día.

Anelisse estaba sobrecogida.

—Pero entonces ¿qué pretenden?

—Está claro, tía, quedarse con todos los bienes que tienen los judíos en Alemania y forzarlos a exilarse. Para ello promulgan leyes claramente antijudías que condenan al pueblo de mi padre, en principio, a ser ciudadanos de segunda clase y, seguramente después, pretenden acabar con todos nosotros, inclusive con aquellos que como yo solamente tenemos una parte de sangre semita, y con quienes, no estando conformes con tamaños atropellos, nos hayan ayudado.

Un silencio descendió sobre los tres, únicamente interrumpido por el laborioso ajetreo de Herman junto al gran trinchero. Luego de una pausa, Sigfrid prosiguió.

—Creo, tío Stefan, que mi presencia se ha tornado ahora no sólo incómoda sino altamente peligrosa, y creo así mismo que, si algo ocurriera, ni las altas instancias en las que, por tu carrera y prestigio, te mueves podrían hacer algo por ti… y eso no me lo perdonaría de por vida. Por lo tanto, es mi decisión abandonar esta casa e irme a vivir a algún lugar en el que mi estancia no perjudique a nadie. Porque os adelanto desde este momento que no voy a poner ninguna estrella amarilla en mi ropa pese a quien pese.

Herman, que había visto crecer a los tres hermanos, se retiró silencioso con los ojos al borde del llanto, y cuando hubo desaparecido por la puerta que daba a los servicios, Sigfrid se dirigió a Anelisse bajando la voz.

—Aunque no debería, he de deciros algo importante.

—¿Qué es ello, hijo? —indagó la mujer.

—Hanna regresa hoy a Alemania.

El matrimonio intercambió una mirada de sorpresa, y Stefan habló.

—Permite que ponga un poco de orden a tanta noticia. Quede claro que sigo creyendo que todo lo que está pasando remitirá; que ésta es tu casa, que por nosotros no tienes por qué irte. Yo entré en ella e hice a tu padre la compraventa ficticia, pues en aquel momento no había ninguna ley que lo prohibiera, y por tanto asumo ese riesgo del que hablas y en un caso extremo recurriría a «mi cliente». —Se refería a Reinhard Heydrich—. Y ya sabes que su protección es un seguro de vida de incalculable valor; ni la Gestapo se atrevería a actuar contra su influencia.

—No, tío, mi decisión es irrevocable.

—Déjame continuar. En los momentos en los que vivimos, es una imprudencia que Hanna regrese a Berlín. Tu padre nada me ha comunicado al respecto en su última carta, ¿sabes tú algo más?

—Únicamente lo que me ha dicho mi hermano, nada más puedo decirte; ni sé cuándo llega ni por qué medios. Cuando lo sepa, os pondré al corriente; aunque el motivo es obvio y tiene un nombre: Eric.

Ahora la que habló fue Anelisse.

—¡Me haría tanta ilusión verla…!

—Y estoy seguro de que a ella también verte a ti. En cuanto sea posible me pondré en contacto con vosotros para que pueda daros un abrazo y contaros cosas de nuestros padres. Algo te quiero pedir, tío Stefan, antes de irme.

—Tú dirás, hijo.

—Si no te importa, por el momento, voy a dejar algunas cosas en el tercer piso de la torre, ya que el lugar adonde vaya seguro que no va a ser tan grande como esta casa. En cuanto pueda, lo retiraré todo.

—Deja lo que te convenga; esta casa es inmensa, más aún para dos personas. El tío y yo únicamente usaremos la parte baja y el dormitorio; lo demás quedará como está ahora. Y además, ven a vernos cuando quieras —respondió la mujer.

—No lo entiendes, tía, esto se ha acabado. Si no, sería innecesario que me fuera. Cuando quiera veros lo haré en secreto y en un lugar donde no pueda comprometeros. Hasta aquí lo hemos hecho muy bien. Era lógico que, habiendo vendido la casa, mi padre me dejara encargado de resolver los flecos pendientes del trato y, dada la amistad de nuestras familias, que yo quedara aquí durante el tiempo que fuera necesario para traspasároslo todo. Pero no tendría sentido que me quedara a vivir; nadie compra una casa para compartirla con el hijo del vendedor.

—Si quisieras, podrías utilizar la antigua casa de los guardeses, la del fondo del jardín. Hace tiempo que está vacía.

Anelisse porfiaba.

—No insistas, mujer, creo que Sigfrid tiene razón.

—Y ¿dónde vas a vivir?

—No lo sé todavía, y aunque lo supiera no os lo diría... Por el momento, es mejor que no lo sepáis.

Sigfrid sí lo sabía. Tenía un pequeño apartamento en Brabanterplatz, junto a Hildegardstrasse, que había compartido con Eric desde sus tiempos de universidad, y que aún estaba a nombre de su antiguo ocupante, quien había marchado de Berlín el año anterior. En él habían pasado momentos inolvidables. Sin embargo, su amigo no había querido volver desde que Hanna había partido hacia Viena. Muchas veces habían hablado del tema, pero a Sigfrid no le había parecido necesario ocultarse. El día en que hablaron de la llegada de su hermana, le comunicó que, a partir de aquel día, iba a trasladarse a vivir allí, precisamente para que ella pudiera alojarse con él ya que era evidente que no podía volver a vivir en la mansión que había sido su casa.

La llegada

Anunciando su llegada por la vía cuatro, la locomotora del tren en el que Hanna regresaba a Berlín emitió un silbido corto, y un vapor blanquecino salió bajo el bigote de barras rojas de acero que, en forma de cepillo tendido y vertical, iba sujeto a la parte delantera de la máquina a efectos de impedir que alguien que cayera a las vías fuera a parar directamente bajo las ruedas del convoy.

La muchacha había bajado la ventanilla de su compartimiento y oteaba ansiosa por ver si adivinaba en la distancia la figura de su amado. En aquellos instantes, Eric aguardaba dentro de la estación, impaciente, tras la barrera de seguridad establecida, a que los trenes fueran entrando en los correspondientes andenes y los pasajeros, tras los consabidos controles, ingresaran en el recinto central. Cuando la máquina, entre bufidos de vapor, chirriar de frenos y entrechocar de topes, detuvo su andadura, Hanna se despidió de sus compañeros de viaje, que como ella estaban trajinando en las redecillas de los portaequipajes ubicados sobre los asientos para recuperar sus bultos y maletas. Tras rescatar las suyas, Hanna salió al pasillo y aguardó nerviosa su turno en la cola que se había formado para ganar la portezuela. La muchacha fue avanzando trabajosamente, arrastrando con el pie una maleta, con una gran bolsa sujeta mediante una cincha de cuero a su hombro derecho, su bolso en la otra mano junto a su neceser y su boina en precario equilibrio sobre sus cortos cabellos. Finalmente, recorrió el tramo final y, sobrepasando la puerta de los servicios del vagón, llegó a la plataforma posterior y se dispuso, no sin grandes esfuerzos, a descender los dos peldaños del estribo de hierro que le permitiría pisar de nuevo el suelo de su patria. Un amable compañero del compartimiento le ayudó a bajar la maleta, y ya en tierra Hanna requirió los servicios de un mozo, quien acudió solícito con su carretilla de mano provista de dos ruedecillas delanteras y, con la habilidad adquirida por los años de oficio, se hizo cargo de su equipaje. En aquel instante le asaltaron todos los miedos que hasta entonces no había sentido. Era la primera vez que, en territorio alemán, iba a comprobar la solidez de su documentación. Fue avanzando en medio de la corriente humana que en el mismo sentido se iba desplazando lentamente, como la lava de un volcán, y que la conducía de modo inexorable hacia la cola formada frente a una garita verde en la que, de lejos, podía observar a dos policías de ferrocarriles uniformados. Éstos, tras los cristales, iban pidiendo las respectivas documentaciones a los pasajeros, quienes las iban depositando, uno tras otro, en una bandeja de latón acanalado ubicada bajo la ventanilla; luego, los policías las devolvían a la bandeja una vez inspeccionadas someramente, en tanto hablaban y sonreían. De pronto la cola se detuvo. Ante la caseta se encontraba un individuo barbudo con aspecto eslavo. Desde la distancia, Hanna pudo observar cómo el de la taquilla descolgaba el auricular de un teléfono y hablaba con alguien. Al punto aparecieron dos guardias de la Gestapo uniformados e intercambiaron con el hombre unas palabras. Luego éste tomó del suelo su deteriorada maleta, atada con una cincha de lona, y desapareció por el fondo, cabizbajo y resignado, entre los dos policías y un paisano, con sombrero negro y abrigo de cuero del mismo color, que portaba en su diestra los documentos intervenidos hacía unos momentos en la caseta. Pasado el incidente, la cola se puso en marcha de nuevo como si nada hubiera ocurrido y los pasajeros reactivaron sus conversaciones sin casi comentar el incidente. Llegó el turno de Hanna. Por primera vez, la muchacha fue consciente del peligro que comportaba su decisión. Depositó sus papeles frente al policía, que la midió con una mirada ambigua y desprovista de cualquier interés, revisó su documentación superficialmente y, con un gesto rutinario, mientras seguía conversando con su compañero, tomó un tampón de goma que se hallaba junto a su mano diestra y, tras humedecerlo en la esponjilla negra que ocupaba el interior de una cajita blanca de latón en cuya tapa abierta se veía la imagen azul de un pelícano y unas letras, lo estampó con un golpe seco sobre la página del pasaporte de Hanna, bajo su fotografía y junto a un apartado en el que se podía leer la palabra «entrada». El hombre le devolvió sin más el documento, y con un sentimiento de clandestinidad, Hanna retomó de nuevo trabajosamente sus pertenencias, que el maletero había dejado en el suelo al embocar la cola de pasaportes, y avanzó hacia la sala central de la estación cargando todo su equipaje.

Nada más asomarse, se esforzó en divisar a cualquiera de

sus hermanos, o a Eric, que hubieran ido a recibirla, ya que aunque antes de salir de Budapest, hasta donde se había desplazado desde Viena, había telefoneado a sus padres por última vez, éstos no habían podido decirle quién acudiría a su encuentro; lo único que le recordaron fue que debía apearse del tren en la estación de Falkensteiner. Súbitamente, el corazón le dio un brinco; allí, entre la gente que esperaba a los pasajeros tras la valla metálica, hermoso como un dios nibelungo, rubio y atlético, estaba Eric, quien, con su inconfundible mechón sobre la frente, oteaba la lejanía por encima de los demás mortales intentando descubrirla. ¡Dios todopoderoso, qué guapo era y cómo había cambiado! Del muchacho que hacía casi ya dos años la había despedido al hombre que estaba viendo mediaba un abismo.

Eric, sintiendo el pálpito de su corazón en la vena del cuello, divisó entre los viajeros que iban desembocando en la sala central de la estación una silueta inconfundible que, vestida como le había indicado Manfred, avanzaba hacia él cargando una maleta, una bolsa grande en bandolera y un bolso de mano. Intentando contenerse, se abrió paso entre la gente, y ambos fueron acelerando su cadencia hasta que se hallaron a pocos metros el uno del otro. Entonces fue inútil toda precaución por su parte. Hanna, dejando su maleta en el suelo y descolgando de su hombro la gran bolsa, se abalanzó hacia él, que la acogió entre sus brazos con unas ansias y un anhelo largamente reprimido. Al principio ni se hablaron. Eric sentía la tibieza del cuerpo de Hanna entre sus brazos y aspiraba el perfume fresco de su piel, que le invadía el espíritu. Luego se separaron para mejor verse y se sintieron una isla en el río de gente que pasaba a su lado sin fijarse en ellos. Después sus labios se buscaron con la avidez y la desazón del náufrago que, en medio de la tempestad, logra tragar una bocanada de aire, y por unos instantes fueron los únicos habitantes del planeta. Finalmente, Eric recobró el sentido y, apartándola con suavidad, comenzó a hablar.

—Hanna, ¡por fin! En algún momento perdí la esperanza, creí que no volvería a verte, me estaba volviendo loco, ¡han ocurrido tantas cosas…!

—¡Ya he vuelto, amor, y nunca más me separaré de ti!

En aquel instante bajaron los dos del limbo en el que se habían instalado, y se dieron cuenta de que estaban en medio de una estación de ferrocarril y rodeados de personas que, si bien los ignoraban, pues cada cual se afanaba en sus diligencias, de vez en cuando alguna reparaba en aquella pareja de jóvenes que se besaban como si se estuviera acabando el mundo.

—Ven, Hanna, vayamos al coche.

Retrocedieron ambos y se aprestaron a recoger el equipaje de ella para dirigirse a continuación al lugar donde Eric había dejado aparcado el automóvil. Caminaban por la calle el uno junto al otro, se miraban y sonreían como dos colegiales felices en día de fiesta, y no acababan de creer que volvieran a estar juntos.

—He hecho todo al revés de lo que ha dicho tu hermano.

—Papá me informó de las precauciones que debía tomar cuando viera a la persona que viniera a recogerme, imagino que por sugerencia de Manfred, pero cuando te he visto se me ha olvidado toda medida de prudencia.

—A mí me ha ocurrido lo mismo.

Pero ¿tan mal están las cosas?

—Ya sabes cuán reacio era a creer que mi patria se iba a comportar de esta manera con los buenos alemanes, pero la evidencia de las circunstancias ha dado la razón a tu hermano.

Llegaron al coche, y en tanto Eric colocaba la gran bolsa en el pequeño portamaletas delantero del Wolkswagen, Hanna dejó la maleta en el asiento posterior y se acomodó en el del copiloto. Luego él se puso al volante y, tras cerrar la puerta, volvieron a besarse apasionadamente. De vez en cuando el muchacho la miraba con detenimiento, al tiempo que acariciaba su cara y sus cortos cabellos como si temiera que la aparición de pronto se desvaneciera.

—Dime la verdad, ¿hay tanto peligro como ha querido insinuarme mi padre o son exageraciones y temores propios de la gente mayor?

Eric se mesó la cabellera con un gesto rutinario que Hanna había recordado mil veces en su exilio de Viena.

—Mira, Hanna, no voy a engañarte: han ocurrido y están ocurriendo muchas cosas. Sin embargo, pienso que es una situación pasajera, aunque larga, y que un día u otro terminará. Hitler y sus acólitos tienen al pueblo llano hipnotizado, pero llegará el día en que la venda caerá de los ojos de la gente y todo lo que está pasando será como un mal sueño.

—Pero ¿qué pasará entre tanto? Si las aguas de este diluvio nos arrastran a todos, cuando esta situación se arregle, a lo peor ya no estamos nosotros.

Eric volvió a besarla.

—No temas, amor mío, que todo se arreglará.

Luego puso el motor en marcha y comenzó a maniobrar para salir del aparcamiento.

—¿Adónde me llevas?

—Ha dicho Manfred que nos encontraremos en el estudio con él y con Sigfrid a las dos y media. Creo que por el momento vas a alojarte allí junto con tu hermano mayor, que hace ya un tiempo se fue de casa de tus tíos, entre otras razones para no comprometerlos.

—Creía que estaba al corriente de la vida de mis hermanos, pero lo que me cuentas es nuevo.

—Cierto, imagino que la noticia, si no les ha llegado, estará a punto de llegar a tus padres a Viena, aunque da igual, pues la única dirección que interesa es la del apartado de correos. En los tiempos que corremos, cada día trae una novedad y hemos de adaptarnos a las circunstancias, que son cambiantes... Aunque desde fuera a veces no se entienden decisiones que hay que adoptar sobre la marcha, y que desde dentro son evidentes.

—Pero cuéntame el porqué de esta decisión.

Eric, aprovechando la luz roja de un semáforo, colocó su mano cariñosamente sobre la rodilla de la muchacha.

—No hay tiempo ahora, Hanna. Cuando lleguemos, ellos te contarán.

Callaron ambos unos minutos, y Hanna se dedicó a observar su ciudad con deleite tras tanto tiempo de ausencia. Eric condujo con cuidado hasta llegar Brennerstrasse. En aquel momento, del aparcamiento vigilado salía un coche igual al suyo. El lugar quedaba algo alejado del estudio, pero prefirió dejarlo allí antes que arriesgarse a dar muchas vueltas buscando un hueco más cercano.

Descendieron ambos, y Eric se dirigió al vigilante de la zona que, con su cartera en bandolera y su placa de latón, expedía los vales que daban derecho a circular por las calles. Eric compró uno de dos horas, colocó el papelillo junto a las toberas de aire del parabrisas y, antes de cerrar el coche con la llave, entre los dos trajinaron el equipaje, con el que luego se dirigieron a la portería del apartamento. Había comenzado a llover, y el pavimento húmedo y los paraguas abiertos de los transeúntes dificultaban su avance.

—¡Tengo tantas ganas de ver a los chicos…! —exclamó Hanna.

—Y ellos a ti. Por una parte, están preocupados por tu decisión, pero por la otra, felices y orgullosos de tu vuelta.

—Oye, Eric, yo recuerdo perfectamente a la Helga del despacho de la joyería, pero no puedo imaginármela de pareja de Manfred.

—Es una pareja sui géneris para guardar las formas, nada más. Por lo que a mí concierne, me he llevado una inmensa sorpresa. Aparte de ser una chica guapa, es inteligente y muy responsable. Si este país no tuviera un partido único, Helga tendría por delante una brillante carrera política.

El portal de la casa donde se ubicaba el estudio estaba justamente en la esquina que formaban una pequeña calle sin salida, Lienichstrasse, con Paretzerstrasse junto a Brabanterplatz. El edificio era relativamente moderno, y en la zona vivía una gran cantidad de artistas, sobre todo pintores y músicos; el barrio, singular por el aspecto de sus residentes era, más que pintoresco, estrafalario. Se reunían por las noches en un sótano de la Livländichestrasse junto a Hildegardstrasse en el que, además de libar cantidades industriales de cerveza negra, colgaban sus pinturas en los ladrillos vistos de sus paredes a modo de exposición. El local tenía en su fondo un pequeño escenario, y cada noche grupos o solistas deleitaban al personal interpretando su música o sus canciones acompañados por un pianista que, en un piano vertical ubicado al pie del escenario, pertrechado con una visera y manguitos verdes, se peleaba con las partituras que le entregaban, además de un bajista que lo había sido del teatro Odeon y un batería que golpeaba con las baquetas sus platillos y timbales en tanto que con el pedal del pie le daba al bombo con más voluntad que acierto, para que luego el público asistente depositara, en dos cestos colocados a tal fin junto a las dos barras, el óbolo que considerara conveniente. Más de una noche, en los viejos tiempos, a Sigfrid y a Eric les había sorprendido la salida del sol abandonando los últimos el Schiller Kabarett, tal era el nombre del local.

A su llegada al edificio donde se hallaba el apartamento, la garita de la portería estaba vacía, por lo que Eric supuso que el conserje estaría por el edificio repartiendo correo o haciendo alguna diligencia.

—Mejor así, Hanna. En los tiempos que corren, nadie sabe de qué pie calza cada uno.

Metieron el equipaje de la chica en el ascensor y pulsaron el botón correspondiente. Hanna creyó oír el latido de su corazón rebotando en las paredes de la cabina. Súbitamente, el patín de madera del mecanismo de final de carrera apartó la ruedecilla del freno mecánico y el ascensor se detuvo en la cuarta planta.

—Ya hemos llegado, Hanna. ¿Te encuentras bien? Estás muy pálida.

—Estoy bien. ¡He pensado tantas veces en este momento que me parece mentira que haya llegado!

—Todo llega Hanna, todo llega; también lo bueno.

Descendieron de la cabina y amontonaron los bultos en el rellano. Tras cerrar las puertas del ascensor, Eric pulsó el timbre-zumbador del apartamento con una cadencia adoptada con antelación. Al instante, unos pasos rápidos se oyeron al otro lado de la puerta. Ésta se abrió, y en su marco aparecieron los dos hermanos, casi pugnando por ser los primeros, y algo más atrás la melena rubia de la cabeza de Helga, quien se asomaba con timidez, curiosa y sonriente.

Un inmenso abrazo los unió a los tres sin dar tiempo a que de los labios de Hanna saliera el menor sonido. Eric y Helga esperaban, el uno intentando recoger el bolso de su novia, que en el apretujado recibimiento se le había caído al suelo, y la otra sin poder seguir adelante en el pasillo. Cuando aquel nudo humano se deshizo, todos fueron pasando al interior del pequeño apartamento. Las voces se atropellaban, desatadas por la emoción del momento. Cuando ya los ánimos se serenaron, quien arrancó el diálogo fue Manfred, que no soltaba la mano de su gemela.

—Me parece imposible, Hanna. ¡Cómo has cambiado!

La miraba arrobado, sin acabar de creerse que su otro yo, su gemela, la persona que más quería en el mundo y con quien había compartido andanzas y travesuras, hubiera regresado y estuviera, en aquel momento, a su lado después de tan larga ausencia y de días tan amargos.

—¿Recuerdas a Helga?

—Claro que la recuerdo. Lo único es que ha cambiado tanto que si me la hubiera encontrado por la calle, no la habría reconocido.

—Yo a ti sí. Lo que ocurre es que cuando acudía a la joyería era muy pequeña, y tú, no sé por qué, no venías como

Manfred a buscar a tu padre. Cuando ya trabajé en la sección de contabilidad, lo hice en el almacén, y entonces dejamos de vernos. Pero los más pequeños siempre recordamos a los mayores; pasa como en el instituto.

Hanna y Helga, tras reconocerse, se besaron y se fundieron en un cálido abrazo. Luego comenzó un duelo verbal; las preguntas y las respuestas se encaballaban, y los tres hermanos pugnaban por aclarar las dudas y las carencias de aquellos dos turbulentos años. Hablaron de mil cosas diferentes, de cómo estaban sus padres, de su vida en Viena, de cómo había resuelto su progenitor la parte económica, de cómo se seguía en Austria la cuestión alemana. Hanna preguntó por la persecución antisemita, de si era tal como decían en Viena, de si los matrimonios entre judíos y *goim*[107] estaban permitidos, y un larguísimo etcétera. Al cabo de un rato, casi se habían olvidado de las circunstancias que los rodeaban y hablaban de ellas como si nada tuvieran que ver con ellos; el gozo de estar juntos y su juventud prevalecían sobre cualquier otra eventualidad. Eric y Helga asistían a la reunión de los hermanos como meros testigos de un acontecimiento histórico del que fueran sólo espectadores. Por fin se impuso la cordura, y comenzaron a hablar del futuro con un poco más de orden y concierto. De nuevo se dejó oír la voz de Manfred.

—Vamos a ver, Hanna, si soy capaz de explicar en qué punto están las cosas, y luego cada uno dirá lo que crea más conveniente. En primer lugar, voy a empezar por mí mismo para que sepas en qué ando metido, y lo que diga de mí puedes aplicarlo a Helga. Nosotros dos pertenecemos, desde antes del ascenso al poder de ese loco, al Partido Comunista, que es la única formación que ha plantado cara a esos bestias... No es que sea el no va más de mis ideas, pero en la práctica es lo que hay.

Helga, que hasta aquel momento había permanecido callada, intervino.

—Para mí sí es lo más grande, y creo de buena fe en lo

que propugna el partido. Y cuando la humanidad sea más solidaria y los que lo tienen todo compartan sus riquezas con los que nada tienen, el mundo irá mejor.

Manfred la interrumpió.

—Helga, no vayamos a hacer ahora un mitin político; expongamos la situación tal como está, y hablemos de lo que cada uno quiere y puede hacer en esta circunstancia.

Entonces cada uno expuso sus deseos, sus planes inmediatos y aquellas acciones que creía que podrían ayudar a los demás. Las aguas comenzaron a aclararse. Hanna supo de las luchas que su gemelo y Helga tenían en las calles intentando ganar adeptos y asistiendo a las reuniones clandestinas de sus correligionarios. Supo también que su hermano Sigfrid había decidido vivir en el estudio, por no comprometer a los tíos, y que de alguna manera frecuentaba círculos de militares influyentes e intentaba sacar de aquellas fuentes información, que luego transmitía a su hermano, quien a su vez la traspasaba al partido. Finalmente, Eric notificó a todo el mundo que habiendo terminado sus estudios de telecomunicaciones, había sido llamado a filas y que tenía, tras la pertinente instrucción, que incorporarse a la Kriegsmarine en su calidad de ingeniero de transmisiones. Hanna palideció y, con un hilo de voz, preguntó:

—¿Es inaplazable, Eric?

—Así es, amor mío. He agotado todas las prórrogas de estudios y ahora debo incorporarme. Pero no te preocupes, será un tiempo que pasará deprisa y además luego tendré permisos. No te agobies, Hanna. Si para ti es duro, para mí lo es más. Piensa que siempre quise servir a mi patria, pero en estas circunstancias voy por obligación; mi patria es Alemania, no el partido Nacionalsocialista.

—¿Cuándo lo has sabido, Eric? —interrogó ella.

Él extrajo de su bolsillo posterior un telegrama arrugado y, cuando lo tendió a Hanna, Manfred lo tomó y, tras examinar a la luz de la ventana el matasellos, lo abrió y procedió a leer en alta voz el comunicado de la marina. Tras los protocolarios saludos decía así:

> Habiendo finalizado todas sus prórrogas de estudio y sin posibilidad de renovación, se le notificará en breve tiempo la fecha de su incorporación a la Kriegsmarine, en cuyo momento deberá presentarse en el acuartelamiento de la Waldemarplatz n.º 19, donde se ubica la 5.ª Sección de Transmisiones de la Marina de Guerra alemana, y donde le comunicarán la fecha y el lugar de la convocatoria de su reemplazo.

—Ahora que he conseguido volver, tú te marchas —se lamentó la muchacha.

—Hanna, ya me he informado. El servicio que voy a prestar no es el de un alemán de a pie; a los de telecomunicaciones nos tratan de una forma especial porque les hacemos falta. Cuando me incorpore permaneceré en Berlín varios meses, luego haré unas prácticas en un barco de guerra y finalmente regresaré a Berlín con la graduación provisional de teniente primero. Y además, ya verás cómo, en cuanto entre, me buscaré alguna recomendación para que me dejen salir del acuartelamiento.

Hanna le tomó de la mano, entre resignada y feliz, dispuesta a aprovechar hasta el último segundo para estar con él, y a la vez preguntó a sus hermanos:

—¿Y qué hay de vuestro servicio?

—A mí no me quieren por cojo y éste... —dijo Sigfrid, y señaló a Manfred—. A éste, como Pardenvolk, no lo quieren... Los judíos no defienden Alemania, y con su otro nombre no existe.

—Dijo padre en su carta que tenías intención de matricularte en filología germánica, ¿qué hay de eso, Hanna? —Quien preguntaba era Sigfrid.

—Realmente ésa era mi intención, lo que ocurre es que voy a tener que hacerlo por libre porque el curso comenzó en septiembre y estamos prácticamente en noviembre.

Manfred intervino.

—Puede ser peligroso. Te conocen muchas personas, chicos de tu generación.

—Ya lo he pensado. En primer lugar, ten en cuenta que me matricularé, como te he dicho, por libre, de manera que no estoy obligada a asistir a las clases. En segundo lugar, como he perdido dos cursos, mis compañeros serán dos años más jóvenes que yo, y dos años a mi edad son mucho. En tercer lugar, mis amigos eran judíos…, y los judíos no van a la universidad; mi facultad es minoritaria, y en caso de que me encuentre a alguno de ellos, no es probable que me salude en público ya que estará, por lo menos, tan preocupado por su seguridad como yo.

—Entendido, hermana. No soy quién para discutir la forma de defender a tu patria que hayas decidido, haciendo la labor que creas oportuna; cada uno se arriesga como quiere. Helga está matriculada en la facultad de derecho; son las órdenes del partido. Estaréis bastante cerca la una de la otra.

—¿Y por qué derecho?

Helga habló.

—Mira, Hanna, en el partido no discutimos las órdenes, nos limitamos a cumplirlas.

Hubo un segundo de silencio y todos miraron a la muchacha. Ella se creyó interpelada y arguyó:

—En los tiempos que corren, hemos de confiar en que las órdenes que nos transmiten nos son dadas por gentes que están en contacto con los líderes de Moscú, y éstos saben lo que se traen entre manos. Si cada uno de nosotros cuestiona su conveniencia, entonces estamos perdidos. Yo pretendo ser una buena comunista y me limito a obedecer; tu hermano sabe hasta qué punto.

Al decir esto último, Hanna observó que Helga cruzaba una mirada cómplice con Manfred. Éste, algo violento, cambió de tema.

—De momento, Hanna, vas a vivir aquí con Sigfrid. De

esta forma no tendrás que presentar tu documentación; aunque me consta que es excelente, cuanto menos tengas que mostrarla mejor.

Al mediodía Manfred y Helga bajaron al colmado y compraron viandas y bebidas para los cinco. Más tarde ya llenarían la cámara frigorífica, casi vacía porque hasta aquel momento el estudio había estado ocupado por una sola persona. Después de comer y de celebrar el reencuentro, continuaron hablando hasta bien entrada la tarde. Finalmente, fueron marchando por separado. El primero fue Sigfrid, quien, sin nada que hacer, se dirigió al Schiller Kabarett a quemar un par de horas escuchando música entre sus amigos pintores, a fin de que los tórtolos quedaran solos.

—Pero quédate —dijo Eric.

—Dos es compañía, tres es multitud. Tendréis muchas cosas que contaros, y ya es hora de que disfrutéis de un rato de intimidad.

El comentario hizo que su hermana enrojeciera como una amapola.

Luego se marcharon Helga y Manfred, que cruzaron la calle prendidos del brazo como un joven matrimonio. Hanna los observó desde la ventana de la pequeña salita. Guiada por su sexto sentido, no acababa de creer que la relación de su gemelo con la antigua contable de la joyería fuera una mera obligación impuesta por el partido.

Cuando por fin los enamorados se quedaron solos, no hizo falta que cruzaran una sola palabra. Lo que iba a ocurrir lo sabían ambos, y habían soñado infinidad de veces con aquel reencuentro. Eric la tomó de la mano y la condujo al que iba a ser su dormitorio a partir de aquella noche, ya que Sigfrid dormiría en el sofá desplegable del salón. La luz estaba apagada, y Hanna pidió a Eric que no la encendiera. Se desnudaron ansiosamente y se metieron bajo las sábanas.

—¡Cuánto tiempo he esperado este momento, amor mío!

—Y yo, Hanna. Alguna vez llegué a pensar que no iba a producirse nunca. El recuerdo de la última vez que hicimos el amor antes de tu marcha, en casa de mis padres, ¿recuerdas?, se me aparecía como un espejismo de mi imaginación.

Las manos de él comenzaron a explorar, hambrientas, todos los rincones del cuerpo de la muchacha.

Unos haces de luz intermitentes, rojos y azules, provenientes de un anuncio luminoso del bar de enfrente, que se colaban a través de los rendijas de la persiana a medio bajar, teñían de matizados colores los turgentes pechos de Hanna. Eric, con un gemido, hundió la cara entre ellos y lloró. Luego se fundieron en la eterna danza de los amantes. Eric fue paciente y tierno, teniendo sumo cuidado en complacerla antes que en ser complacido. El cuerpo de Hanna alcanzó los registros de un arpa pulsada por un músico experto, hasta que, finalmente, sus cuerpos se acoplaron en un arpegio sublime. Luego, la noche se hizo madrugada.

El despertar

La cabaña era amplia y sombría. Una luz difusa que entraba por un ventanuco vencía la penumbra, y un polvillo amarillo flotaba en el ambiente. Simón estuvo entre la vida y la muerte durante muchas jornadas, delirando la mayor parte del tiempo e ignorando si lo que pasaba por su cabeza era sueño o realidad. Cuando al fin despertó, su primer pensamiento fue para Esther, y al principio no supo si estaba en el mundo de los vivos o si amanecía en las tinieblas de Asmodeo. Se dio cuenta de que había transcurrido una eternidad desde el día en que sus ojos vieron la luz por última vez. La estancia era amplia y rectangular, los muebles eran vastos y artesanales, una chimenea encendida caldeaba el entorno y una olla colocada sobre las brasas ardientes emitía unos efluvios que le recordaron olores que en otros tiempos habrían conseguido que un roedor empezara a hurgar en su estómago. Sus ojos se fueron acostumbrando a la media luz reinante, y entonces fue cuando lo vio. Sentado en un pequeño taburete al fondo, desbordándolo con la inmensa humanidad de su persona, se veía a un joven gigante de bondadosa y cohibida sonrisa, ojos garzos, pelo rubio y piel desusadamente blanca para la que acostumbraban lucir los pobladores de aquellos parajes. Vestido con unas ajustadas calzas y una corta túnica que le llegaba a media pierna, el hombretón lo observaba con curiosidad. En principio ni ánimos tuvo para intentar satisfacer su interés; dejó que su mente errática vagabundeara y fuera recopilando datos y sumando recuerdos hasta donde alcanzara su memoria. De esa guisa pasó varios días en un duermevela intermitente en el que sus ratos de conciencia siempre estaban presididos por la misma figura. Recordaba vagamente que a la vuelta de Cuévanos habían sido atacados y que, requerido por David, había saltado sobre el lomo de su cabalgadura y, al no poder alcanzar el segundo estribo, había caído al suelo y había sido arrastrado de un modo lastimoso hasta sentir que su cabeza reventaba, como una calabaza hueca, al golpearse con las piedras del camino. Le dolían todos los huesos de su cuerpo, y al intentar incorporarse sintió que le abandonaban las fuerzas y se creyó inválido como un niño de pecho. Entonces volvió a reparar en el coloso que, alzándose del escabel y tomándolo suavemente por las axilas, le incorporó con la facilidad de quien recoge un palillo del suelo. Tras colocarle una almohada en la espalda, el hombretón, sin nada que decir, se acercó a la marmita que hervía sobre el fuego, y tomando con un cucharón una generosa ración del humeante caldo, lo escanció en un cuenco y lo acercó a los labios del muchacho, indicándole sin hablar que bebiera lentamente. Simón le dejó hacer y, siguiendo sus indicaciones, bebió poco a poco el espeso calducho, que se abrió paso penosamente a través de su maltrecho y escuálido gaznate. El esfuerzo lo agotó y se vio obligado a recostarse de nuevo, pero antes de que sus ojos se cerraran, le pareció observar que, en su mano izquierda, el coloso tenía seis dedos. Sin embargo, su embotada mente lo atribuyó en principio a su lamentable estado y no a una realidad manifiesta. No supo si se quedó dormido o si de nuevo perdió la conciencia; el caso fue que al cabo de un tiempo —ignoraba cuánto—, al abrir de nuevo los ojos, las personas que le estaban observando eran dos: el gigantesco individuo que le habían suministrado el caldo y una anciana de pelo blanco, mirada amable, ojillos risueños y tez muy pálida, menuda ella, que todavía parecía más pequeña al lado de aquel individuo.

—Por lo que se ve, el descanso os ha sentado bien.
—¿Dónde estoy? —se oyó decir Simón.
La mujer se acercó al lado de su catre.
—Nada os dirá el nombre del lugar. En cambio, os conviene saber que lleváis muchos días durmiendo y que, de no ser por la fortuna que tuvisteis al ser hallado por mi nieto —dijo la anciana, y señaló con la barbilla al peculiar muchacho—, tal vez a estas horas los lobos habrían dado buena cuenta de vuestros huesos.
—¿Cuánto tiempo hace que me habéis recogido?
—Va para más de una luna… casi dos, y ha sido un milagro de la Divina Providencia que, en el estado en que llegasteis, hayamos podido, aunque de mala manera, con mucha paciencia y a base de líquidos, alimentaros; de no ser así habríais muerto.

Durante un tiempo Simón cerró los ojos y permaneció en silencio. Luego, muy lentamente, comenzó a indagar cuantas circunstancias habían contribuido a conducirle hasta el estado en que se hallaba. Se sentía débil como un perrillo recién nacido, pero su ansia de saber era tanta que hizo un esfuerzo supremo.

—En primer lugar, señora, gracias por salvarme la vida…

a ambos —añadió señalando al descomunal individuo—, pero si tenéis la bondad, me gustaría conocer todos los detalles de mi odisea.

El habla de Simón era lenta y vacilante cual la del infante que comienza a balbucear.

—Hijo… —La mujer se dirigió al hombrón—. Alcanzadme el escabel de la chimenea. —El jayán así lo hizo y la mujer, recogiéndose las sayas, se sentó a horcajadas en la banqueta y comenzó a hablar—: Mi oficio es el de carbonera y éste es el trabajo que Domingo —al decirlo, señaló al mocetón— y yo llevamos a cabo en el bosque. —Simón había cerrado los ojos y la mujer demandó—: ¿Me vais siguiendo? Si os canso paro; tiempo habrá de que conozcáis toda la historia.

—Perdonadme, es que no soporto la luz. Pero proseguid, por favor.

A una indicación de la vieja, Domingo, con la zurda, corrió la ajada cortina que cubría la ventana, industriando una media penumbra que alivió la incomodidad de Simón y además, por otra parte, le aportó la certeza de que la apreciación al respecto de los seis dedos del jayán no había sido una elucubración de su debilitada mente.

La mujer prosiguió.

—Cierta mañana, hará de ello unas cinco o seis semanas, mi nieto fue a recoger un tipo de madera que produce un carbón muy apreciado en la feria de Cuévanos, cuando, llegando a un calvero de la floresta que se halla cercano al lugar donde tenemos el horno, se topó con vuestra persona completamente inconsciente, con las ropas destrozadas y lleno de plastrones de sangre seca, de lo cual se infiere que llevabais en aquel estado varias horas. Mi nieto os cargó al hombro, con cuidado, y os trajo a la cabaña donde, luego de desnudaros, lavó vuestras magulladuras y os vendó las heridas, que eran principalmente debidas a los golpes que habíais recibido en la cabeza. Luego os acomodó en un catre tras comprobar que estabais hecho un Cristo pero que respirabais, aunque penosamente.

Simón bebía más que escuchaba las explicaciones de la mujer.

—Proseguid, por favor.

—Bueno, lo demás fue un monólogo de días y noches entre la penumbra del delirio y ratos en los que, sin ver, abríais los ojos, mirabais sin intentar descubrir quiénes éramos y dónde estabais, para, al poco, continuar vuestro sopor profundo y vuestra charla inconexa.

—¿Y qué es lo que decía?

El muchacho respiraba afanosamente.

—Hablabais de una emboscada y del peligro que sin duda iban a correr vuestros hermanos de religión. —Aquí la anciana hizo una pausa—. Sabemos que sois judío, no olvidéis que hemos lavado vuestro cuerpo muchas veces, aunque eso a nosotros no nos incumbe. —Tras este inciso, la mujer añadió—: Por sobre todo nombrabais a una mujer... Esther era el nombre que mencionabais una y otra vez.

Simón lanzó un hondo y aliviado suspiro, quedó un rato pensativo y al cabo de un espeso lapso de tiempo y ya mucho más suelto indagó.

—¿Dónde estoy?

—En medio de un bosque a unas veinte leguas de Toledo.

—¡Tengo que partir lo antes posible, es necesario!

—En el estado en el que os encontráis, difícil lo veo. Antes debéis recuperar las fuerzas, y va para largo.

—¡Mi misión es capital para mi pueblo, debo visitar urgentemente al gran rabino!

—El gran rabino lleva esperándoos mucho tiempo, no le vendrá de unas semanas... Amén de que el viaje deberéis hacerlo a pie, y yo que vos lo haría campo a través buscando trochas discretas y senderos poco frecuentados; tal como pintan las cosas, no es prudente que salgáis a los caminos.

—¿Qué queréis decir?

—Aquí las noticias llegan con retraso, pero llegan... Los cristianos han arrasado la aljama de las Tiendas.

La nueva hizo que Simón, con un esfuerzo extraordinario, se incorporara en el catre y con ambas manos se cubriera el rostro; su mente trabajaba como el fuelle de una fragua.

—He fracasado ante los míos; mi misión consistía en aportar lo necesario para que esto no ocurriera.

—Vuestra misión consiste en recuperar fuerzas, ya que de otra manera no serviréis ni ahora ni nunca.

Al tiempo que la mujer decía esto último, el gigantón, apoyando suavemente su inmensa y curiosa zurda en el pecho de Simón, lo obligaba a recostarse.

Cayó el muchacho en un convulso y angustiado letargo, agitado por sollozos intermitentes que sacudían su desmejorado cuerpo sin que él pudiera remediarlo

Los días fueron pasando y Simón comprendió que la vieja le había dado un sabio consejo. Su fuerte naturaleza y la juventud de sus veintitrés años hicieron el resto, y a las pocas semanas era otro. Hablaban mucho, y aprovechaba cualquier circunstancia para interrogar a la mujer, ya que el jayán apenas abría la boca. Acostumbraban charlar al caer la tarde, cuando los últimos rayos del astro rey se retiraban y el bochorno era soportable, y lo hacían invariablemente bajo el emparrado de uvas que se enroscaba en unas primitivas vigas, soportadas por cuatro postes de madera de pino sin desbastar, que se ubicaba frente a la cabaña y que procuraba una agradable sombra a la hora del sol y un encantador refugio a la anochecida, pues el calor dentro de la cabaña, al estar el hogar encendido para cocinar, era insoportable. Bajo el emparrado, en un rústico banco y en dos no menos primitivos sillones, se instalaban los tres. Cuando ya Simón supo todo cuanto había llegado al conocimiento de la mujer al respecto de los tristes sucesos acaecidos el último Viernes Santo de los cristianos, decidió recuperar fuerzas lo más rápidamente posible, a fin de regresar de incógnito a Toledo para ponerse en contacto con Esther, rogando a Jehová que su amada no hubiera sufrido daño alguno. En esa confianza pasaba los días, argumentando dentro de su cabeza que las desgracias habían acaecido en la aljama de las Tiendas, no en la del Tránsito, amén de que la distinguida posición que ocupaba el padre de su amada, Isaac Abranavel, en la corte toledana de Juan I la protegía de cualquier posible malaventura.

Cierta noche espetó a la anciana:

—Vuestra habla, señora, no corresponde a vuestro actual menester. ¿Cómo vinisteis a parar a estos andurriales?

—Es una larga historia… No siempre fui carbonera, mas eso no os atañe por el momento.

Simón, como si no hubiera escuchado lo último, insistió en un principio con la testarudez de los que han estado fuera del mundo por una pérdida traumática de la consciencia. Pero súbitamente, cambiando su argumentación cual veleta que gira al menor soplo de viento, inquirió:

—¿Qué es lo que mercáis?

La mujer lo observó comprensiva, y al sonreír, una miríada de finas arrugas apareció alrededor de sus risueños ojillos.

—Carbón de calidad y pieles de alimañas que mi nieto caza con las trampas y los lazos que instala en la floresta.

La charla prosiguió de esta guisa hasta que el relente y el cansancio hicieron mella en el convaleciente, quien, casi sin darse cuenta, quedó dormido. Entonces Seisdedos, que así llamaba la mujer a su nieto muchas veces, con un cuidado extremo lo tomó en sus brazos, lo llevó dentro de la choza y lo depositó en el catre, dando por concluida la velada.

El tiempo transcurría, y cada día que pasaba, la juventud de Simón obraba un nuevo milagro. Se levantaba del jergón ya sin ayuda, y cada mañana salía al campo y efectuaba cortos paseos, que jornada a jornada eran más largos, siempre acompañado por Seisdedos, que no lo dejaba ni a sol ni a sombra, ya que cada vez que Simón abría los ojos encontraba los del coloso fijos en él, vigilándolo como si fuera un recién nacido que hubieran confiado a sus cuidados. El hércules tenía un rostro bondadoso y una expresión algo bobina. La mujer le dejaba hacer. Sin embargo, extendía sobre él una sutil protección que no encajaba con el físico del muchacho, ya que su fuerza era descomunal, como pudo comprobar Simón el día en que retiró la pareja de bueyes, única posesión de su abuela, tomó la lanza de la carreta en sus manos y, tirando de ella, introdujo el pesado carromato en el cobertizo, que se usaba para tal menester, sin aparente esfuerzo.

Muchas veces, luego de la frugal cena, hilvanaban el hilorio.[108] Una noche, la anciana, distendida y achispada por el vaso de un orujo que ella misma fabricaba y que en generosa ración se servía en cada sobremesa —tal vez por tener alguien con quien poder conversar, ya que Seisdedos apenas hablaba lo imprescindible—, y sin que Simón tuviera que tirarle de la lengua, comenzó a salmodiar vivencias sin orden ni concierto, ya que su cabeza no estaba para muchas digresiones y no era capaz de hilar muy delgado. Y de esta manera supo el muchacho muchas de las cosas que le habían intrigado desde el primer día y que hasta entonces no habían obtenido respuesta.

La mujer, aquella noche, estaba singularmente inspirada. La luna rielaba en la charca, y cada vez que el muchacho lanzaba una piedrecilla al agua, la plateada reina del crepúsculo temblaba azogada como una virgen que se enfrenta a su noche de bodas.

—Voy a responderos a la pregunta que me hicisteis el otro día cuando os extrañasteis de mi forma de expresarme.

Por cierto que en aquel momento su habla era singularmente estropajosa. Simón, que en aquel instante estaba trazando en la tierra círculos concéntricos con una caña, alzó la cabeza y clavó su mirada en los alegres y sin embargo cansados ojillos de la mujer.

—Soy todo oídos.

La mujer se suministró un lingotazo del licor y tras chasquear la lengua contra el paladar comenzó su historia.

—Nací en un caserío de Navarra, que por aquel entonces era francesa y mucho más rica que Castilla. Mis progenitores, que eran gentes del campesinado aunque holgados, pudieron pagar mi primaria instrucción, con el inconveniente de que cada día debía caminar dos leguas hasta la aldea vecina, ya que en mi predio únicamente éramos dos niños. Tuve un buen maestro y aprendí las letras, cosa insólita en aquellos tiempos y más aún siendo mujer. Me casé muy joven, y mi marido, al que conocí acompañando a mi padre a una feria de ganado, era de una pedanía de Toledo, de manera que en cuanto se celebró la boda emigramos a su tierra y allí cultivamos un campo que pertenecía al marqués de Vivanco. Éramos todo lo felices que pueden ser los pobres en este mundo de Nuestro Señor... Y a los dieciséis años ya era madre. Tuvimos una hija que colmó nuestra felicidad y que fue creciendo robusta y lozana y, no es por decirlo, hermosa en demasía. Pasaron los años y, sin darnos cuenta, la niña se hizo mujer y comenzó a sufrir las tentaciones de la carne que, invariablemente, padecen las mozas desde que el buen Dios hizo este asqueroso mundo que, al ser el primero, le salió mal; cuando haga otro, tendrá ocasión de remediar los defectos. —Aquí la mujer hizo una pausa que aprovechó de nuevo para atacar al orujo. Simón la seguía sin pestañear—. Se le despertó el demonio del sexo, y a esa edad, cuando el instinto de procrear se despierta, es muy difícil de sujetar. —Simón dedujo que a la mujer, decididamente, se le había subido el licor a la cabeza, ya que, si no, era impensable que se explicara de aquella guisa, más ante un extraño, y no entendía bien adónde quería ir a parar—. Andaba salida... En el lugar había pocas oportunidades y los hombres escaseaban, cuando un día compareció por aquellos pagos el hombre más gallardo que haya podido parir madre de entre todos los que yo hubiera podido ver desde que mi padre me hacía ir con él a las ferias. Era un soldado de las compañías mercenarias de Bertrand du Guesclin que había alquilado su fierro al anterior rey, Enrique II, quien, por cierto, obligaba a sus súbditos a alojar a la soldadesca en sus haciendas, bajo fuertes penas, y a darles aceite, pan y un lugar junto a la lumbre. Jamás en mi vida había visto un cabello tan blondo como el que tenía aquel hombre y unos ojos tan azules; parecían talmente dos luceros instalados bajo una bóveda dorada. Entonces ni mi hombre ni yo nos dimos cuenta, pero cada noche de las que se hospedó en nuestra casa, nuestra hija se escapaba a las cuadras. Ignoro cómo se entendían, ya que su idioma era el bretón. Mejor dicho, comprendimos, demasiado tarde, que hablaban el lenguaje sin palabras que desde que el mundo es mundo ha servido para que los hombres y las mujeres de todas las razas y religiones se entiendan pese a quien pese. El caso es que una mañana se fue tras él como una vulgar maleta,[109] al igual que la bola sigue al preso. Poco después nos enteramos del resto de la historia: mi hija fue a la guerra y quedó preñada; nada dijo a su hombre por miedo a perderlo, y de esta guisa quedó viuda antes de ser casada, ya que en el sitio de Olmedo una piedra lanzada por una culebrina la dejó sin hombre. —A la mujer el recuerdo la había serenado de repente y una lágrima disimulada escapó de sus ojos—. Entonces no quiso seguir al ejército del rey, pues nada se le había perdido en aquella guerra que no era la suya ya que con Pedro o con Enrique su vida iba a ser igual de miserable. Lo que tenía claro era que no iba a ser una de las barraganas que seguían a la tropa, así que, en la primera ocasión que se le presentó, desertó de aquel ejército de hurgamanderas y regresó a casa con una barriga que atentaba contra la honra de su padre… y el disgusto causó la muerte de mi hombre. Tuvo a este hijo. —Señaló al muchacho—. Lo parió en domingo y de ahí su nombre; lo único que heredó de su progenitor fue una fuerza inmensa, los ojos azules y el pelo rubio. Pero el parto vino mal. Aquella noche cayó el diluvio y la partera no pudo llegar a tiempo, ya que, siendo sábado, estaba en la feria de uno de los pueblos colindantes. Cuando, tras muchas horas, lo sacó del vientre de mi hija, ésta ya había muerto. El chico siempre fue limitado, y nació con una peculiaridad que sin duda habréis observado... Ved que en su mano izquierda conviven amigablemente «seis dedos» en vez de cinco, y éste fue el mote que le asignó la crueldad y la mofa de los hombres, y por lo que nos apartamos del mundo y paramos en este lugar. Las gentes comienzan poniendo un apodo para mofarse del desventurado y terminan persiguiendo a todos aquellos que son diferentes y, si llega el caso, dicen que es el demonio el que ha marcado con aquella señal al infeliz que la posee. Pero mi nieto es muy bueno y, sobre todo, muy fiel.

—Sé a qué os referís, mi pueblo sabe mucho de ello.

—No es lo mismo una comunidad que un individuo; una colectividad se defiende, un ejemplar único no tiene opción.

La mujer calló de pronto, y a Simón le dio que los vapores del vino se le habían evaporado. Un raro silencio se instaló entre los tres. Luego, la anciana arrancó de nuevo.

—Éste es el motivo de que haya escogido este tipo de vida y no otro. Aquí nadie se ríe de él... Y es que cuando tal ocurre, mi nieto se convierte en un ciclón y puede arrasar a quien pille por medio, y tal circunstancia puede acarrearle graves consecuencias. —Volvió a callar un instante—. Algo querría pediros a cambio de la vida que os ha salvado.

—Vos me diréis; cualquier cosa que yo pueda hacer por vos o por vuestro nieto, dadla por hecha.

—Cuando estéis recuperado y marchéis a Toledo, ¡llevadlo con vos!

A Simón se le pusieron los ojos como platos, y como restara sin contestar del asombro que la petición de la vieja le había causado, la mujer, tomándole la mano, suplicó:

—¡Aquí, cuando yo muera, y no he de tardar mucho, no sabrá qué hacer! Ya os he dicho que es muy bueno y, sobre todo, leal y honrado. Pero es muy joven... ¡Ya veis, con este cuerpo y solamente tiene diecisiete años! Necesita que alguien le mande, y vos seríais un buen amo y él un excelente criado o escudero, lo que mejor os cuadre u os haga menester.

Simón observó al jayán con detenimiento y habló de nuevo.

—Jamás habría sospechado su edad. —Luego hizo una pausa y prosiguió—: ¿Por qué decís que faltaréis pronto?

La mujer quedó muda unos instantes.

—A mi edad —respondió—, el manantial rojo de la vida ya se ha secado. En mi caso, no sólo no lo ha hecho sino que mana de continuo y los dolores que me aquejan aquí abajo a veces son insoportables... Sé que moriré pronto.

De nuevo, un largo silencio se abatió sobre el trío. Al rato Simón escuchó su propia voz cual si no fuera suya y él no tuviera potestad para gobernarla.

—No sé qué va a ser de mí, pero os he dado mi palabra y os debo la vida. Si ése es vuestro deseo, Domingo... o Seisdedos, como mejor os cuadre, irá conmigo a donde yo vaya.

El encuentro

La magnífica presencia de su ilustrísima Alejandro Tenorio se materializó en la puerta de la celda del bachiller. Los atentos cuidados del galeno y las exquisitas comidas venidas directamente de las marmitas del palacio episcopal habían transformado por completo el aspecto de Rodrigo Barroso, cuyo cuerpo presentaba un excelente aspecto, claro es, si no se quitaba el jubón y la camisa y mostraba la espalda, cruzada en todos sentidos por un sinfín de cicatrices más o menos anchas que en alguna ocasión llegaban a costurones. El Tuerto, apenas intuyó la presencia del obispo, se puso inmediatamente en pie al borde del cómodo catre donde descansaba. La mayestática figura adelantó unos pasos y se introdujo en la estancia; ambos hombres se observaron con detenimiento. El prelado tomó la palabra.

—He seguido puntualmente la evolución de vuestra convalecencia y me satisface sobremanera ver que vuestra recuperación es manifiesta.

—Más me satisface a mí sin duda.

El resentimiento del bachiller hacia su protector era manifiesto. El obispo comprendió que debía salvar aquel escollo y se dispuso a hacerlo.

—Comprendo vuestro disgusto, pero como podéis comprender, si en mi mano hubiera estado el ahorraros tanto dolor, no dudéis que lo habría hecho.

—Quizá fue mi culpa al sopesar malamente vuestra influencia en la corte... Debía haber sido más cauto antes de entregarme a vos en cuerpo y alma.

—No se trata de influencias. Daos cuenta de que fue mi tío el cardenal Henríquez de Ávila quien se entrevistó, en mi presencia, con el rey y solamente pudo conseguir lo que os consta que se logró. ¿O creéis que ha sido una fútil tarea el rescataros de la prisión del alcázar, en la que, sin duda, os habríais podrido durante muchos años caso de no haber muerto, que era lo más probable, y traeros aquí, donde habéis sido atendido por mi médico particular y habéis comido las mismas viandas que llegan a mi mesa?

—Imagino que no ha sido una cuestión baladí, pero la espalda que destrozaron fue la mía, y todo para desagraviar a un marrano que, por lo que colijo, tiene más influencia en la corte que vos y que vuestro respetable tío.

El bachiller no cejaba en su actitud provocativa, y el obispo se molestó.

—Si tal fuera como decís, no estarías aquí ahora, ni en este estado ni en mi presencia ni siendo el sujeto de mis futuros desvelos. Debéis asumir que en cualquier acción existen riesgos... y vos habéis corrido uno de ellos, pero vuestros benefactores no os han desasistido ni podéis estar quejoso de las ganancias que os ha reportado y que puede todavía proporcionaros este envite.

La astucia del bachiller encendió una alarma dentro de su sesera, y plegó velas. Al fin y al cabo, el pasado no tenía remedio y lo que convenía era cobrar ventaja de cara al futuro.

—Os entiendo, excelencia, pero comprended que es muy duro ser castigado injustamente por unos jueces venales por defender la verdadera fe contra unos individuos que son la escoria del reino y enemigos declarados de los buenos cristianos.

—Os reconozco que son ladinos y arteros, y que tienen sus peones muy bien colocados dentro del alcázar, pero no dudéis que la partida no ha hecho sino empezar.

—Decidme entonces, excelencia, ¿qué va a ser de mí y de mis socios?

—Este son me es más grato. Sentaos. Vuestro estado aún no es del todo bueno para que dialoguemos de pie. Escuchadme.

Rodrigo Barroso, con una mueca de ficticio dolor, se aposentó en el borde de su camastro y a su lado se acomodó el prelado.

—Procedamos con orden. En primer lugar, debo deciros que, sin llegar al nivel de cuidados que hemos prodigado a vuestra persona, vuestros amigos están gozando de una regalada existencia que no habían tenido anteriormente en toda su vida, ¿me vais siguiendo?, ya que, excepto mujeres, que es una cuestión que podemos pactar, gozan de un bienestar como no han conocido jamás y del que, sin duda, carecerán en cuanto abandonen las paredes de mi palacio. Por lo tanto, y antes que nada, quiero comentar los planes que he pergeñado para vos.

—Os escucho; todo mi futuro está en vuestras manos.

El obispo pasó familiarmente un brazo por los hombros del bachiller y éste, ante el halago que ello significaba, casi alcanzó un orgasmo.

—Veréis, las gentes ya no hablan de los incidentes del Viernes Santo, vos no ignoráis cuán voluble y tornadizo es el pueblo, y ahora ya están encalabrinados con el nacimiento de un nuevo príncipe... Y el rey, que por ahora no esperaba descendencia, a su vez anda en lo mismo y está tan feliz con la idea de ser padre que nada ha comentado al respecto de las obras que ya ha iniciado, por encargo mío, maese Antón Peñaranda para agrandar el claustro que daba a la aljama de las Tiendas. Y los judíos, como siempre, se han conformado, tras mucho dialogar y discutir entre ellos, que al fin y a la postre es lo que mejor saben hacer y lo que mejor les cuadra; de manera que las familias que allá vivían se han buscado un nuevo acomodo y se han reubicado en otras partes, principalmente cerca del puente de Barcas, junto al río, más allá de Santo Tomé.

—¿Qué tiene todo esto que ver conmigo?

—Aguardad, dentro de nada ya nadie se acordará de vos y entonces vuestra fuga será un hecho. Partiréis de Toledo convenientemente disfrazado y con el dinero suficiente para instalaros donde os convenga, y allá adonde vayáis, seréis lo bastante rico para comprar voluntades, si alguien os reconociera, y, desde luego, para iniciar la vida que tengáis a bien llevar.

El bachiller había perdido la vergüenza e inquirió acucioso:

—¿Cómo de rico?

—Únicamente os digo que día ha de llegar en que bendigáis todos y cada uno de los verdugazos que os han suministrado, ya que os he de pagar, cada uno de ellos, a precio de oro.

Lo último acabó de desarbolar las defensas de bachiller.

—¡Excelencia, siempre supe que no me abandonaríais en esta ordalía! Únicamente os pido que cuidéis de mis socios y que sepáis que yo, esté donde esté, seré siempre un azote de este pueblo de ratas inmundas y un fiel servidor de vuestra excelencia.

Entonces el Tuerto, sin un adarme de vergüenza, se abalanzó a los pies del prelado y empezó a besarle los escarpines.

La partida de Esther

La casa de los Abranavel había sufrido una transformación absoluta. Los albaceas del testamento del gran rabino habían cumplido al pie de la letra sus instrucciones y, como era preceptivo, ninguna voz se alzó para intentar discutir el más nimio de los detalles. Todas las disposiciones al respecto del reparto de la herencia habían sido tenidas en cuenta: ya los servidores tenían en su poder las mandas y las dádivas a ellos destinadas, las dependencias de la casa habían sido desembarazadas del mobiliario pertinente, y así mismo, las inmensas riquezas atesoradas en ella habían sido convenientemente embaladas para poder enviarlas a su posterior destino. Los albaceas habían tenido buen cuidado de que fueran a parar a las arcas del rey los correspondientes pechos, pues no convenía despertar la inextinguible codicia de Juan I, necesitado siempre de liquidez para hacer frente a los fuertes dispendios a que le obligaban sus inacabables enfrentamientos con la nobleza; el monarca jamás habría podido llegar a imaginar el patrimonio que había conseguido acumular su buen súbdito. El resto de los cuadros, muebles, estatuas, libros, incunables, joyas, piedras preciosas, etcétera, que constituían una fortuna, habían sido vendidos lentamente para acrecentar el grueso de dinero y pagarés que serían atendidos sin duda en cualquiera casa de cambio judía o en cualquier ceca de cualquier lugar dominado por el rey moro de Granada, amén del propio palacete, adquirido en subasta por una noble dama que consiguió que, a partir de aquella fecha, el edificio fuera conocido por el pueblo de Toledo como el de la Duquesa Vieja.

Las dos mujeres, acompañadas por Rubén ben Amía y por Samuel, se habían instalado en el que fuera el salón principal de la casa de los Abranavel para escuchar lo que tuvieran a bien decirles los albaceas del testamento del padre y esposo. Ambas vestían negras camisas, y velos y briales sin adorno alguno que no se quitarían hasta que el tiempo que marcaba el protocolo para la circunstancia del luto hubiera prescrito. Quien habló en primer lugar fue Ismael Caballería.

—Las disposiciones del gran rabino se han ido cumpliendo y ya poco queda por hacer. Pienso que a más tardar un mes podréis partir de Toledo, si ésta es vuestra voluntad, con todos los temas económicos resueltos. Vos, señora, podréis marchar hacia Jerusalén, y vos, Esther, podréis vivir donde os plazca y bajo los apellidos que escoja vuestro esposo, tal y como fue el último deseo del buen rabino.

La que respondió fue Ruth, cuya natural palidez había aumentado a causa de la crispación y el desasosiego que la terrible circunstancia había generado.

—La obediencia debida a mi querido esposo hará que parta de Toledo y vuelva a Jerusalén. Mi deseo habría sido quedarme aquí, donde sus restos reposan, y ni el recuerdo del monstruoso suceso ni el temor a posibles venganzas me habrían apartado de su lado. Pero tal no fue su deseo, y parece ser que mi destino es otro, ya que él pensó providentemente que estaríamos ambas más seguras permaneciendo separadas. Por lo que a mí respecta, estoy presta a partir. Y aunque mi corazón sangra al apartarme de la que considero mi hija, comprendo que ella ha de seguir su destino y que ahora es su marido quien debe determinar adónde ella vaya... Me quedará el consuelo de escribirle y la esperanza de que los hados, que ahora me apartan de ella, nos reúnan de nuevo en un futuro... ¡Elohim quiera que no lejano!

Tras este triste discurso, un silencio denso se abatió sobre los presentes, hasta que la voz de Rubén lo rompió.

—Dudo que nadie haya vivido el que debería ser el día más feliz de su vida con la incertidumbre y la desazón que me ha deparado el destino. Pero debo afrontar las circunstancias, y la primera obligación que tengo hacia el recuerdo de aquel que me dio a su hija por esposa es honrar su memoria y darle un heredero que perpetúe su nombre. A él le pareció que los tiempos que se avecinan en esta ciudad iban a ser todavía más terribles que los que se han vivido hasta ahora. Por lo tanto, voy a partir, y la prudencia me dicta que debo hacerlo en silencio y sin nada decir de mis futuros planes. Sé dónde se hallan vuesas mercedes, y en su momento, cuando la tormenta escampe, sabré contactar con todos y explicar adónde me ha llevado el destino y, si el mensajero es seguro, cuál será mi nuevo patronímico. —Entonces se dirigió a Ruth—: Vos, señora, en cuanto lleguéis a Jerusalén tendréis nuevas que os revelarán dónde nos hallamos Esther y yo, y ni que decir tengo que allá donde me halle tendréis siempre vuestra casa. Y por lo que a mí respecta, nada he de añadir... Únicamente que si el rey, tal como prometió a través de su canciller, nos da escolta, pienso partir antes de la próxima luna.

Luego de las palabras de Rubén y tras las protocolarias despedidas, la reunión se disolvió y cada uno partió a su avío.

Cuando los nuevos esposos llegaron a la casa de los Ben Amía donde ahora vivían, Esther rogó a su marido que escuchara su ruego y le permitiera llevar consigo adondequiera que fuese a su querida Sara. Rubén accedió gustosamente a ello, y le dijo que todo cuanto él pudiera hacer por que fuera feliz lo haría sin dudarlo un momento.

La muchacha creía vivir una historia que no era la suya. De ser la hija mimada y consentida del gran rabino había pasado a ser, sin solución de continuidad, la esposa recién casada de un *lamdán* que, si bien era una bondadosísima persona, no cumplía en absoluto las premisas que Esther había soñado, desde su más tierna infancia, como las indiscutibles virtudes que deberían adornar a quien la desposara. La personalidad del gran rabino había marcado fuertemente las expectativas de su hija, hasta tal punto que un hombre bueno y discreto que no tuviera la capacidad de mando y de liderazgo de los suyos era para ella un ser incompleto. Eso sin contar que ahora ya no era una chiquilla y que estaba desesperadamente enamorada de la sombra de un recuerdo que cada noche crecía y crecía y se hacía más presente e insoportable. Su amado Simón había muerto defendiendo el carro de las armas que debían salvar a los de su raza e intentando ayudar a los suyos, y en su mente había adquirido la dimensión de un héroe como podían serlo para los de su pueblo, en la antigüedad, los Macabeos[110] o los defensores de Masada.[111] El recuerdo de las horas pasadas juntos y su decisión de huir con ella acrecentaban su figura aumentando, si ello fuera posible, su prestigio de tal forma que la memoria de Esther, virgen de cualquier acontecer que pudiera enturbiar su querida imagen, todavía lo evocaba más puro, hermoso e inteligente de lo que pudiera ser en la realidad.

Las noches para la muchacha eran un misterio. Rubén, respetando la magnitud de su dolor, tras depositar en su frente un cálido ósculo, se recluía en su escritorio y se dedicaba durante largas horas a sus estudios del Talmud. Cuando ella lo oía regresar, sentía cómo se introducía en silencio en la alcoba conyugal sin apenas hacer ruido y sin intentar acercarse a ella, cosa que Esther le agradeció infinitamente e hizo que en su interior naciera un cálido afecto hacia aquel ser a tal extremo delicado que todavía no había consumado el matrimonio.

Una mañana, cuando la niña iba a salir para dirigirse con Sara a la casa que había sido de su padre, Rubén la detuvo y le rogó que entrara en su despacho. Esther así lo hizo, indicando a su ama que la esperara en la entrada del jardín. La pieza era una cámara de mediano tamaño llena de libros, manuscritos y documentos que más parecía un almacén de viejo que el despacho de un estudioso. El muchacho apartó con sumo cuido unos papeles que ocupaban un escabel y la invitó a sentarse. Esther se recogió la túnica con la mano diestra y se ubicó en el lugar que le indicó su esposo. Éste lo hizo tras la mesa atestada de papiros y, tras observarla con detenimiento, comenzó su disertación.

—Querida esposa, dado a los sufrimientos que habéis padecido, he procurado que el tránsito que para toda mujer representa el cambio de soltera a casada haya sido lo más sosegado posible, y mi deseo es que os encontréis a mi lado tan serena y segura como lo estabais en casa de vuestro padre, que Elohim haya acogido en su seno.

—Os doy las gracias, esposo mío, y jamás podréis saber cuánto os agradezco la paciencia y el tacto que habéis mostrado para conmigo a fin de que me acostumbre a mi nuevo estado. Espero ser con el tiempo una buena esposa para vos y daros la vida placentera que merecéis y que tan grata y necesaria os es para vuestros trabajos.

—No tenéis por qué agradecerme nada. Vuestro cuerpo es joven y hermoso, pero me es mucho más caro vuestro espíritu. Tiempo habrá para que, en mejores condiciones, ejerzamos de marido y mujer y consumamos nuestra unión; de hacerlo en estas circunstancias, me habría comportado como un animal cualquiera... y no es éste mi caso. Pero os he hecho entrar aquí para tratar otras cuestiones que a ambos nos conciernen y que, como esposa que sois mía, debo comunicaros.

Se hizo el silencio, y las cejas de Esther se alzaron interrogantes.

—Veréis, amada, aunque aún no somos una sola carne, sí somos ya un solo espíritu, y justo es que cada circunstancia que vaya a afectar a nuestra vida en común sea sometida al criterio de ambos.

—Y ¿qué es ello, Rubén?

—Me han enviado un mensaje desde la cancillería del rey, notificándome que el próximo miércoles nos recogerá una guardia de seis hombres, a cuyo mando estará un teniente del rey, para acompañarnos adondequiera que queramos ir hasta instalar nuestro hogar en cualquier lugar dentro de los confines del reino.

—Y ¿puedo saber cuál es el lugar que habéis escogido para que iniciemos nuestra vida de casados?

—Es prematuro. En primer lugar, nos dirigiremos a Córdoba, y allí tomaré la decisión final cuando la garantía del secreto de nuestro destino sea absoluta. Donde residamos deberemos vivir de mi trabajo; otra cosa no me parecería digna.

—Pero sabéis que la cuestión económica no nos apremia y que con la herencia de mi padre podemos establecernos donde mejor os pluguiere. ¿Qué necesidad tenemos de depender de vuestro esfuerzo?

—Veréis, Esther, yo agradezco y respeto la decisión del gran rabino en cuanto a vuestra herencia, pero pretendo que mi familia viva de mi trabajo y desearía que mi decisión, que es criterio cerrado, fuera de vuestro agrado.

—Conozco mi obligación: os debo el respeto y la obediencia que anteriormente dediqué a mi padre. Iré con vos adondequiera que sea e intentaré ser una esposa ejemplar.

—Mucho agradezco vuestras palabras, y quiero que lo que os he comunicado permanezca en el más absoluto secreto entre vos y yo. Nada diréis a nadie de lo hablado, y cuando decida nuestro destino final, seréis muda inclusive para vuestra ama. Pretendo que lo que aquí hemos vivido no se repita nunca jamás, y aspiro a que nuestros hijos no tengan que pasar por un trance semejante, para lo cual la discreción y el sigilo deberán ser, desde ahora, los mejores compañeros de viaje.

—¿Decís que no debo comentar lo hablado ni siquiera con mi ama?

—Exactamente, sabéis cuán dadas son las de su condición a comentar con comadres y amigas cualquier novedad que ataña a sus monótonas vidas; no pretendo que la hablilla y el rumor compañeras inseparables de la murmuración a la que tan dadas son las comadres, acompañen nuestro viaje. En cuanto a vuestra madre, tendrá noticias nuestras cuando esté instalada en Jerusalén. No olvidéis que vuestro padre fue un personaje rico e influyente, y por tanto envidiado; no pretendo que sus posibles enemigos intenten saciar en nosotros la venganza que no pudieron cobrarse en vida.

—Entonces, si esto es todo, esposo mío, dejadme ir a la

casa que fue de mi padre a fin de que mis ojos se saturen de su recuerdo y, a la vez, recoger algo que me es muy querido y que querría que me acompañara en este destierro.

—Esther, este destierro, como vos lo llamáis, lo decretó precisamente vuestro padre. Yo tan sólo pretendo salvaguardar vuestra vida siendo cauto y prudente, y cumplir con sus deseos. Desde luego, podéis ir a donde os plazca.

Tras estas palabras, Rubén se levantó de su asiento, dando por finiquitada la entrevista

Partió Esther, acompañada de Sara, hacia Santa María la Blanca, y cuando sus pasos enfilaron la cuesta que desembocaba en el arco que guardaba la entrada del caminal que conducía a la casa, y vio el escudo de piedra que lo ornaba, no pudo evitar que su corazón se desbocara dentro de la jaula de su pecho. Los recuerdos se agolparon en su mente y un río de vivencias la asaltó. Sonó la campanilla, y apenas el eco del sonido del badajo al golpear el bronce se extinguió, cuando abrió la cancela el viejo mayordomo, que andaba como alma en pena y que no aceptaba la muerte de su amo. En cuanto entrevió a Esther y a Sara, se arrojó a los brazos de la primera y su llanto se trocó en un lamento incontenible.

En aquel triste lance, a Esther le pareció más familiar y entrañable tutear al viejo sirviente.

—Cálmate, querido amigo, y sosiega tu espíritu. Todos estamos rotos, pero de todo esto hemos de sacar la fuerza necesaria para seguir viviendo, que es lo que mi padre quiso siempre que hiciéramos.

—Pero ¡es que es muy duro y terriblemente injusto! ¿Por qué tanto dolor aflige siempre a nuestro pueblo? ¿Cuándo dejarán de divertirse matando judíos? ¿Qué es lo que hemos hecho, aparte de pretender vivir en paz siguiendo las leyes de nuestros antepasados?

—Yo tampoco tengo respuestas para tus preguntas, Gedeón. Tan sólo sé que los perjudicados siempre somos los mismos. Pero deja de atormentarte... Cuando todo haya terminado y tal como te indicó mi madre el otro día, cierra la casa y entrega la llave al administrador de doña Aldonza de Mendoza, la Duquesa Vieja,[112] hija del almirante de Castilla don Diego Hurtado de Mendoza y esposa de don Fadrique, duque de Arjona, que es quien ha comprado la casa, e intenta ser feliz en otro lado.

—Éste es mi mundo, ama, y ésta es mi casa. Cuando todos hayáis partido, ¿adónde debe ir a morirse un viejo como yo? ¿En qué nueva tierra deberá descansar este saco de gastados huesos?

Esther se compadeció del anciano.

—¿Vendrías conmigo, Gedeón?

Los acuosos ojillos del viejo parecieron cobrar vida.

—¡Al fin del mundo, ama!

—Está bien, yo hablaré con mi esposo, viejo amigo, para que me autorice a llevarte conmigo y para que hable con los albaceas y designen a otro para entregar las llaves de la casa.

Lo que era un surco de lágrimas se convirtió en un río incontenible, y el anciano ya no pudo articular ni una palabra. Esther respetó su silencio, y al cabo de un lapso prudente de tiempo y cuando ya el hombre, con un raído pañuelo que extrajo del fondo del bolsillo de su almilla, se enjugaba el húmedo rostro, la muchacha indagó.

—¿Está mi madre en casa?

—No, ama, ha salido a la sinagoga; hoy han enterrado al viejo Asclepios, el que fue maestro de griego y de latín de la comunidad, y ha acudido a sus exequias.

—Está bien, Gedeón. El aya y yo vamos a estar en la rosaleda. Si vuelve en este tiempo, dile dónde estoy. —Y cambiando el talante preguntó—: ¿Tienes un saco de buena arpillera o de estopa?

—Claro, ama, voy a por él.

Regresó el hombre al poco portando en las manos dos sacos de diferente tamaño y calidad; el primero olía a cebada y el segundo ni siquiera había sido estrenado.

—Aquí tenéis, niña, perdón, ama... No me acostumbro a veros como una mujer casada.

—Gracias, Gedeón, éste valdrá. —Esther tomó de las manos del viejo criado el saco más pequeño, que no estaba estrenado—. Recuerda: si vuelve mi madre, dile que estamos en la rosaleda.

—Descuide, ama.

Partieron las dos mujeres hacia el fondo del huerto, y al llegar al límite del emparrado era tal el cúmulo de recuerdos que asaltaban la cabeza de Esther que la muchacha tuvo que detenerse para dar tiempo a que su respiración se acompasara. Luego circunvalaron la pequeña sinagoga familiar, y en un instante pasaron por su mente desde los días felices en que allí se ocultaba para esperar a Simón hasta el infausto día de su boda, que siempre iría asociado al ataque que acabó con la vida de su amado padre. Súbitamente un palpitar de alas y plumas acompañado por un alegre zureo la volvieron a la realidad. Sus palomas, sus adoradas avecillas, la reconocían y la saludaban alborozadas, intuyendo que una ración de mijo u otro goloso y extemporáneo grano iba a caer en sus comederos.

—Date cuenta, Sara, de cuán agradecidas son las palomas y cómo me reconocen, a pesar de que en los últimos tiempos me ha resultado imposible hacerles caso.

—Tenéis razón, niña. Lástima grande que las personas no sean como ellas.

—Dadme, ama.

La dueña entregó a Esther una pequeña bolsa que contenía una mezcla de granos que enloquecían a las aves, y la muchacha se introdujo en el palomar. Apenas lo hizo cuando una cantidad de ellas se le encaramaron a los hombros, posándose en sus brazos, impidiéndole casi mover las manos para extraer del saco el precioso alimento.

—¡Quietas, ansiosas! ¡Si no dejáis que me mueva, no podré daros mi regalo! ¡No os peleéis, hay para todas! ¡Quieta, Colorada; no me agobies, Pico rojo; así está mejor, Flor de Gnido!

Andaba la muchacha en estos trajines cuando divisó, en lo alto de la cucaña que remataba el palomar, un palomo que la miraba arrogante; no quería compartir sus caricias con las demás y lucía orgulloso en su pata derecha una cucarda[113] bicolor. La muchacha lo reconoció al punto y le habló con un cariño especial.

—¡Estás ahí, querido amigo, y sientes como yo siento la orfandad de tu amo! ¡Tú has perdido a un padre y yo la más bella ilusión de mi vida! ¡Volandero, mi raudo y fiel amigo! Eres el único recuerdo que conservo de mi amor y quiero que vengas conmigo a donde nos lleve el destino. Es por ti por quien he venido; a donde yo vaya irás tú, y puedes estar cierto de que jamás nos separaremos. ¡Baja, vanidoso! No tengas celos, tú eres el rey de mi palomar.

El palomo pareció entender las palabras de la muchacha y, con un medido vuelo corto y certero, se colocó en la tendida mano de Esther, quien lo acunó con cariño. La avecilla emitió un alegre zureo y pareció mirar a las demás aves con suficiencia, como diciendo: «¿Habéis oído lo que dice el ama?».

—Sara, hacedme la merced de abrir la embocadura del saco.

El aya obedeció el mandado, sorprendida.

—¿Qué es lo que pretendéis, muchacha?

—Ya lo estáis viendo. Volandero irá con nosotros.

Esther, con un hábil movimiento, introdujo al palomo en la bolsa y ajustó el cordoncillo de la embocadura.

—Hacéis mal, niña. Esta avecilla os recordará siempre a alguien que no debió jamás entrar en vuestra vida, y de esa circunstancia me siento algo culpable.

—Entonces, ama, sois «culpable» de los únicos momentos de felicidad que he conocido, y que ni debo ni quiero olvidar... Y si he de vivir, lo haré recordando todos y cada uno de los instantes que compartí con Simón, ¿lo habéis entendido?

—Yo no quiero saber nada de este palomo. No seré de nuevo indigna de la confianza que en mí ha depositado vuestro esposo como, a causa del afecto que os profeso, fui indigna de la que en mí puso vuestro padre, circunstancia que, eternamente, roerá mi conciencia. ¡No, mi niña, no! Ahora sois una mujer casada y no podéis faltar a vuestro esposo ni con el pensamiento.

—Ama, mi vida, sin el recuerdo de Simón, no tiene sentido. Seré una buena esposa para Rubén, pero no creo hacer daño a nadie si mi pensamiento recorre pasajes más felices y escenarios pasados mucho más gratos.

—Sea como decís, pero no contéis conmigo para nada que ataña a la honra de vuestro esposo; eso es lo que vuestro padre habría querido que os dijera y ésta será a partir de ahora mi línea de conducta.

En tales controversias andaban las dos mujeres cuando por el emparrado que conducía a la rosaleda avanzaba Ruth con las manos tendidas hacia la joven. Llegó a su lado y, tras cambiar con el ama un cariñoso saludo, besó a su hijastra en ambas mejillas.

—¿Por qué no me habéis comunicado que ibais a venir? Os habría esperado en casa.

—Madre, todo ha sido improvisado, y además me ha dicho Gedeón que habéis debido asistir a las exequias de Asclepios.

—Vuestro padre le apreciaba, le gustaba su estoicismo y su peripatética forma de enseñar, y sé que él le habría acompañado hasta el inicio de su último viaje. Pero ¡os veo tan poco y queda tan escaso tiempo que si llego a saber que me ibais a visitar sin duda no habría salido! Pero ¿qué hacéis aquí? ¿Por qué no me habéis esperado en la biblioteca tomando una infusión?

Esther, mirando al ama con el rabillo del ojo, respondió:

—Quería despedirme de mis queridas aves, ¿no es verdad, ama?

La pobre Sara escuchó su propia voz diciendo:

—Eso me dijo ayer.

Leyes nefandas

Los meses pasaron raudos y sin casi darse cuenta nadie llegó diciembre de 1938.

«Nefandas» no era la palabra exacta que cuadrara, ni el calificativo que merecían el conjunto de leyes, disposiciones transitorias y reglamentos que los nazis habían ido promulgando desde 1933. Sigfrid, mientras preparaba su desayuno, calentando en un pequeño fogón un cazo de leche, leía las columnas que Julius Streicher publicaba en *Der Stürmer* en forma de editorial.

Aquello era infame, ignominioso además de vil y, lo que era peor, ¡perverso! Había tanta maldad encubierta en esas leyes que sus consecuencias podían ser el fin de su pueblo.

Un oficial medio borracho de la Kripo[114] le había confesado que cuando nombraron a aquella bestia gobernador de Franconia había hecho cortar las hierbas del jardín de su casa de campo con los dientes a un grupo de presos políticos.[115] ¿Qué se podía esperar de un ser así? Aquello era la crueldad de un maníaco, pero quienes conformaban y proponían las leyes para que el Reichstag[116] las sancionara y promulgara eran juristas competentes, y las que habían decretado a lo largo de aquel año de 1938, habrían hecho enrojecer hasta al último de sus jueces en cualquier país civilizado. El 26 de abril, por ejemplo, ordenaron que todos los judíos debían registrar sus bienes y propiedades. Menos mal que cuando sus padres se fueron a Viena todavía se podían hacer transacciones, aunque veladas. En julio salió una ley que ordenaba que los judíos mayores de quince años debían obtener una carta de identidad en la policía para que todos estuvieran controlados, y también se decretó que los médicos judíos no podían ejercer su profesión. En agosto, otra ley ordenaba que todas las mujeres judías debían agregar el nombre de Sara a sus documentos y los hombres el de Israel. Posteriormente, en octubre, se promulgó una disposición que obligaba a marcar con una J roja los pasaportes; ello constituía una marginación total y la declaración velada de que todos los judíos eran alemanes de segunda clase. Y finalmente habían expatriado a diecisiete mil judíos polacos expulsándolos de Alemania, donde residían desde hacía más de dos generaciones. Nadie hablaba de ello, pero un oficial de la gendarmería le había asegurado que, como el gobierno de su país no los readmitía, vagaban en tierra de nadie como almas en pena.

Hanna había vuelto en octubre, y en marzo del siguiente año Alemania invadió Austria. Por las cartas recibidas conocieron las aventuras vividas por sus padres para lograr huir a Budapest. Por lo visto la documentación facilitada por el Gremio del Diamante a nombre de Hans Broster había funcionado a la perfección. Las cosas habían cambiado a peor. Sigfrid, quien tan sólo había dado su nombre de pila a sus recientes conocidos, también había adoptado nuevos apellidos, y por tanto una nueva identidad, gracias a la documentación que él mismo se había fabricado con la eficaz ayuda de su hermano, que le proporcionó los materiales y útiles necesarios para ello: tipos de papel, tintas, buriles, troqueles, punzones, cinceles, etcétera. El nombre decidió no cambiárselo, ya que mucha gente lo conocía únicamente como Sigfrid y le convenía no tener que dar explicaciones a cualquier curioso. Esta singular destreza la había adquirido y adiestrado durante su larga convalecencia a raíz del accidente en el gimnasio. Había comenzado como un entretenimiento, para salvar el tedio de las horas muertas y para distraer la mente, y con el tiempo había cultivado una actividad que le condujo a ser totalmente capaz de copiar letras capitales de códices antiguos, sellos de correo y otras miniaturas, para terminar reproduciendo el complicado filete de una acción societaria, que le dio su padre de muestra, a fin de probar su habilidad.

Tras la confesión de la noche del torreón, lo que fue en un

principio una adhesión sentimental a la tarea que su hermano menor se había impuesto se convirtió, con el tiempo y a la vista de las injusticias que se estaban cometiendo con las gentes del pueblo de su padre, en la empresa fundamental de su vida y en su principal tarea. Su natural simpatía, la generosidad que mostraba con los funcionarios del nuevo régimen, con los agentes de la autoridad y con los oficiales del ejército que frecuentaban cervecerías y tertulias —y que él se preocupaba de seleccionar a fin de que fueran elementos interesantes y susceptibles de sonsacarles información—, así como su aguante a la hora de beber y su deliberada afición a perder invariablemente en las timbas de póquer que, de vez en cuando, se organizaban en diferentes lugares, todo ello hizo de él un personaje apreciado y popular entre gentes poco escrupulosas que sólo estaban interesadas en la capacidad económica de los jugadores que, tras la visita de rigor al Kabarett, se instalaban ante el tapete verde hasta altas horas de la madrugada. Lo que para él comenzó siendo un juego resultó para el partido una inestimable fuente de información que en más de una ocasión salvó a personas de registros domiciliarios y de arrestos improcedentes. Así pues, Sigfrid cada vez andaba más metido en aquel apasionante y peligroso juego.

Hanna, por su parte, al poco de su llegada se pudo matricular en la universidad, con su estrenada identidad. Primero lo hizo como oyente en las clases de filología germánica que se impartían para ciudadanos alemanes, condición que cambió posteriormente a regular cuando pudo acceder a ello, dado que en marzo de aquel año el ejército alemán había invadido Austria, con el consentimiento y la alegría de sus habitantes, y por lo tanto los súbditos del país vecino habían adquirido todos los derechos inherentes a su nueva ciudadanía.

La que la introdujo en el núcleo de estudiantes, en el que ella se desenvolvía como pez en el agua, fue Helga, quien, así mismo, estaba matriculada en la facultad de derecho. Sin embargo, se trataba de una tapadera, ya que cursar una disciplina académica era una excusa para poder llevar a cabo una labor de proselitismo y, de esta manera, atacar al partido nazi en su raíz, pues la juventud intelectual era un campo de cultivo excelente para la subversión y el inconformismo.

El ruido de la llave anunció a Sigfrid que su hermana regresaba. Llegó arrebolada y con su ya no tan corta melena arreglada de una forma nueva. Apenas entró, espetó a su hermano:

—¿Sabes a quién he visto esta mañana?

Sigfrid la miró ceñudo por encima del periódico y la interrogó con el gesto.

—A tía Anelisse.

La sorpresa se instaló en el rostro del joven.

—Me lo podías haber dicho antes. Cuando comuniqué a los tíos que estabas a punto de regresar y me dijeron que sería maravilloso volver a verte, yo les respondí que era peligroso y que era mejor, por el momento, andarse con cuidado; que llegada la ocasión, les facilitaría el encuentro. Y ahora tú me dices que has visto a la tía esta mañana.

—Ha sido la casualidad, ya que, como sabes, hasta ahora únicamente había hablado con ellos por teléfono tres veces, pero vernos, no nos habíamos visto, te lo aseguro. Ha sido una coincidencia, y sin el sexto sentido que he ido desarrollando desde que he regresado, a lo mejor habría metido la pata.

—Cuéntame. —Sigfrid dobló el periódico.

—Estaba harta de mi pelo; desde mi vuelta no había ido a la peluquería y quería sorprender a Eric. Helga me había recomendado un salón de belleza donde no existía la menor posibilidad de que me reconociera alguien, y no caí en que estaba en el barrio donde había nacido tía Anelisse. El caso es que esta mañana acudí para que me adecentaran, ya que no hay nada más horrible que una melena que ha crecido salvaje y sin ningún cuidado. Quería hacerme un flequillo y cambiar de *look*, así que me dije: «Hoy que no tengo clase voy a dedicar la mañana a adecentarme». Dicho y hecho. Fui a la parada del 27 y me dirigí a Fontanepromenade, que está junto al sacramental de Friedrich Werder Kirchheim. Cuando me bajé del autobús, vi a una persona que me miraba fijamente desde el otro lado de la acera. Al principio no la reconocí, pero al poco me di cuenta de que era tía Anelisse. Ella, por lo visto, sí supo al instante que era yo y se dispuso a atravesar la calzada para darme alcance; al ver que yo la rehuía, adecuó su paso al mío y esperó a ver qué hacía. Entonces me refugié en un pequeño salón bar y me situé al final de la barra, vigilando que no hubiera alguna presencia incómoda, pero únicamente había dos mujeres, una comprando y la otra vendiendo, que hablaban de sus niños, así que vi que la tía miraba a uno y a otro lado y se acercaba a mí, disimulando, sin duda advertida por mi comportamiento, como si nos hubiéramos visto la tarde anterior.

Anelisse había acudido aquella mañana a colocar unas flores en la tumba de sus padres, que estaban enterrados en el cementerio protestante de Friedrich Werder Kirchheim, y luego de rezar sus oraciones decidió dar un paseo por Garnisonplatz hacia Urbanstrasse, recorriendo sus antiguos barrios.

La mansión de los Pardenvolk, en la que en la actualidad vivía, estaba alejada de allí, pero aquella mañana, al salir del camposanto, le apeteció dar una vuelta por el paisaje que la había visto nacer. Circunvaló Kaiser Friedrich Strasse, demorando su presencia en los cristales de aquellos escaparates en los que de niña había pegado su naricilla curiosa. Súbitamente el corazón le dio un vuelco, ya que a pesar del tiempo transcurrido y de la lejanía, los gestos y la forma de moverse eran inconfundibles: en la parada del 27 descendía del autobús, sin duda alguna, Hanna Pardenvolk. A la memoria le vinieron de inmediato todas las recomendaciones que una y mil veces le había dictado Stephan y ratificado Sigfrid antes de su partida de la casa. A mayor abundamiento, aquel día había amanecido con un clima político enrarecido por los luctuosos sucesos del día anterior en París. En un momento dado observó que sin duda Hanna la había reconocido y que, aligerando el paso, comenzaba a caminar en sentido contrario. Anelisse no estaba dispuesta a perder aquella ocasión y, sin descuidar sus precauciones, se dispuso a seguirla manteniendo una prudente distancia. La muchacha, tras una breve mirada indicativa, se introdujo en un salón de té que en tiempos ella había frecuentado con su madre, pero intuyó que había cambiado de propietario, como tantos negocios en Berlín, al observar que el rótulo de la puerta era otro: ya no figuraba el de PASTELERÍA ROSENGARD, sino que ahora se llamaba SALONES BAVIERA. Hanna desapareció en su interior, y Anelisse, haciendo ver que examinaba el escaparate, observó a través de los cristales la actuación de la muchacha. En la barra del establecimiento, que por lo visto en la actualidad era una mezcla de bar y charcutería, se veía a una rolliza mujer que, vestida con una impoluta bata blanca, despachaba productos del cerdo a una clienta tan voluminosa como ella. Nadie más se veía en el interior. Anelisse se decidió a entrar; empujó la puerta de madera repujada, más conforme con la actividad del antiguo establecimiento, y se dirigió hacia el fondo, donde una contenida Hanna la esperaba sonriente.

Las dos mujeres se miraron intensamente. Luego, como dos amigas que han quedado para hablar de sus cosas, se dirigieron, sin llamar la atención, a una de las mesas que se ubicaba en el rincón más alejado del establecimiento. Cuando estuvieron seguras de que nadie reparaba en ellas, se tomaron de las manos y permanecieron unos segundos gozando en silencio de la intensidad del momento y dejando que fueran sus ojos los que hablaran por ellas; después se sentaron y comenzaron a hablar atropellada y, sin embargo, quedamente.

—¡Qué maravillosa casualidad, Hanna! ¡Pensé que este día no iba a llegar jamás!

Hanna, tomaba las manos de Anelisse a través de la mesa,

con un ansia que reflejaba los sentimientos que la embargaban en aquel instante.

—No me llames Hanna, tía; mi nombre ahora es Renata, Renata Shenke.

—Pero ¿cómo...?

—Es muy largo de explicar... Si quería regresar, tenía que hacerlo con otra identidad; como Hanna Pardenvolk estaba condenada por prófuga. Pero dejemos eso. No me cabe en la cabeza que seamos las mismas que hace casi tres años... Entonces, jamás habría dicho que para abrazarte tendría que obrar con tanto disimulo y hacer tantas maniobras.

Anelisse se comía con la mirada a su sobrina postiza.

—Nosotras somos las mismas, Hanna, el que ha cambiado es este país. Pero cuéntame, ¿qué sabes de tus padres? Desde que salieron de Viena no hemos recibido ninguna carta.

—Fíjate, ¡pobre papá!, tanto oponerse a que yo regresara para no caer en los peligros del nazismo y ahora resulta que Austria se ha entregado, como una ramera, a Alemania y quien manda allí es esa bestia de Adolf Eichmann.[117] Por lo que ha escrito a Manfred, parece ser que han podido refugiarse en Budapest, ya que los húngaros, por el momento, no parecen dispuestos a entregarse a Hitler.

En aquel instante acudió la gruesa dependienta, provista de un bloc y un lápiz, dispuesta a tomar nota de sus consumiciones. Ambas suspendieron sus confidencias y pidieron sendos cafés. En tanto regresaba la mujer y en previsión de posibles indiscreciones, mantuvieron una conversación intrascendente sobre las actividades que desarrollaba Hanna en Viena, sobre la vida artística de la capital austríaca y sobre sus clases de violín. La mujer regresó junto a ellas, depositó los cafés sobre la mesa y se retiró.

—Y ¿cómo os desenvolvisteis económicamente?

—No hubo problemas. Papá pudo sacar, ocultos en el cordón del sombrero tirolés, una buena cantidad de brillantes purísimos que herr Hupman fue colocando en el Centro del

Diamante en Ámsterdam, quien además lo introdujo en la comunidad judía de joyeros... ya sabes que en esos ambientes se mueve como pez en el agua. Es una auténtica pena que «el cabo»[118] se haya anexionado Austria, pues los papás, dejando a un lado la pena de no tener a los chicos, por lo demás se habían adecuado perfectamente. Incluso iban a la ópera y al ballet, pues allí la vida cultural y artística es floreciente. Eso sí, el nuevo apellido de la familia es Broster.

—Ya lo sabía, las cartas que se cruzan con nosotros ya llevan en el remite ese nombre. Pero cuéntame, ¿cómo os arregláis aquí los tres?

—No tenemos problemas al respecto. Nuestro padre, antes de la partida, dejó todo arreglado con su notario, Peter Spigel, y mis hermanos son los que tratan con él. Pero cuéntame tú, ¿cómo está el tío Stefan?

—Ya sabes cuál es su vida, del quirófano a casa y de casa al quirófano. Desde que salvó la vida al hijo segundo de Heydrich, la cantidad de clientela nazi se ha duplicado o triplicado y, aunque los jerarcas del partido no le gustan, he de reconocer que ha corrido la voz y nadie se atreve a molestarnos respecto al hecho de vivir en vuestra antigua casa o a cualquier otra circunstancia. Lo malo es que ahora Heydrich no da un paso sin que Stefan esté cerca, e imagino que pronto tendremos que irnos con su familia a donde lo destinen.

—¿Y qué es de Herman y de la chicas?

—Todos siguen con nosotros, algo más viejos y desencantados por el rumbo que han tomado las cosas, pero ahí están. El único ufano y feliz por lo que está ocurriendo es el portero; el día que Heydrich vino a casa a tomar café casi le da un síncope. Desde ese día nos respeta más que nunca y se ha hartado de decir a quien quiere oírle que somos más nacionalsindicalistas que Hitler.

—¿Ese indeseable estuvo en nuestra casa?

—Así son las cosas, hija. Stefan se vio obligado a corresponder. Es demasiada la influencia y la protección que ejerce sobre nosotros e indirectamente sobre vuestros bienes; no olvides que es el jefe de la policía de seguridad del país. De no ser por él, y con la nuevas leyes, no estoy segura de que hubiéramos podido conservar vuestras propiedades, a pesar de que cuando tu padre dispuso las cosas no se cometió ninguna ilegalidad y lo que se hizo se podía hacer.

Luego hablaron de sus hermanos, de los fines de semana en que los tíos se iban al campo a ver a la madre de Anelisse y, finalmente, del triste suceso acaecido el día anterior en París. Un judío de diecisiete años, Herschel Grünspan, había comprado una pistola y había asesinado al tercer secretario de la embajada alemana, Ernst von Rath, como venganza por la postura del gobierno alemán, que había expulsado a los judíos polacos, entre ellos al padre del chico, Sendel Grünspan, sastre en Hannover, que vagaba como alma en pena junto a veinte mil compatriotas más, en tierra de nadie y sin casi poder comer, entre ambos países, ya que el suyo de origen no lo readmitía. La noche del 8 de noviembre, al ser informado, el Führer había abandonado la cena de la conmemoración de la fundación del partido en el Feldherrnhalle, en duelo por lo que llamó «ofensa imperecedera a todo el pueblo alemán» y que el ministro de Propaganda e Información, el lisiado Goebbels, se apresuró a magnificar en el discurso de cierre, instigando a todos los buenos alemanes a vengar aquella afrenta en el cuerpo social de los judíos, ya que oficialmente el gobierno nada podía hacer, aparte, claro estaba, de juzgar y castigar al culpable.[119]

—Ahora lo entiendo… Cuando venía en el autobús he visto a jóvenes de las Juventudes Hitlerianas y a grupos de camisas pardas montando algaradas en las esquinas y cortando el paso a los transeúntes, pidiendo documentaciones.

—Más te he de decir, Hanna: parece ser que la sinagoga de Fasanenstrasse esta mañana estaba en llamas, y cuando los bomberos han acudido a apagar el fuego, la Gestapo no les ha permitido aproximarse.

—Pero ¡eso es un horror, tía Anelisse!

—Son los tiempos terribles que nos ha tocado vivir; nada podemos hacer.

—¡Yo sí, tía! Bien sabe Dios que, aunque mi padre es judío, yo soy católica como mi madre, y me he educado entre ambas religiones, si bien en casa, por respeto a él, mamá nos hacía seguir los rituales de la religión judía. Y a pesar de que, en conciencia, yo no me siento como tal y por tanto no me debería sentir lastimada en sentido religioso, sí me afecta como ser humano... No puedo ni con la prepotencia ni con el fanatismo, y esos bestias representan lo uno y lo otro; es decir, lo peor del género humano.

Luego siguieron charlando de muchas cosas, y Hanna le habló de su amor, que estaba a punto de incorporarse a la Kriegsmarine en la base de submarinos de Kiel en calidad de oficial de transmisiones, de su actividad en la universidad y de las luchas en la misma entre los estudiantes de uno y otro bando, aunque más del setenta y cinco por ciento eran nazis.

—¡Ten mucho cuidado, Hanna, esa gente no se anda con chiquitas!

Transcurrieron dos horas sin que apenas se dieran cuenta y, finalmente, ambas mujeres decidieron separarse, no sin antes acordar que, pesara a quien pesase, se reencontrarían por lo menos una vez al mes y se tendrían al corriente de cualquier circunstancia que les concerniera, acordando una clave telefónica para ello. Luego abandonaron la charcutería por separado. Las banderas nazis ondeando al viento, portadas por hordas de exaltados, invadían las calles. El clima era irrespirable.

El ruido del llavín en la cerradura hizo que los dos hermanos dirigieran sus miradas a la puerta, aguardando la entrada de Manfred, que era sin duda quien, en aquel instante, pugnaba por entrar en el estudio. Su aspecto les ratificó la certeza de que algo gravísimo se estaba cociendo; venía con un gorro de lana —de los que usaba para ir a la montaña— hundido hasta las cejas, una cazadora de piel forrada con el cuello levantado, pantalones ajustados y calzado ligero para poder correr rápida y silenciosamente; pero, sobre todo, lo que indicaba el grado de preocupación que le embargaba era la expresión de su mirada, huidiza y vigilante. Se desprendió del gorro lanzándolo sobre el sofá y, cerrando la puerta sin casi saludar a sus hermanos, les espetó:

—¿Sabéis lo que ha pasado?

—Todos los periódicos hablan de ello —respondió Sigfrid.

—Vengo ahora de la calle —intervino Hanna—. Me he encontrado a tía Anelisse, pero ya te contaré. A mí me preocupa lo que se está cociendo.

—¡Te dije que no la vieras hasta que yo te avisara! Esto no es un juego, Hanna. ¿Cómo ha sido?

—No importa ahora, Manfred. Ha sido una casualidad que no he podido evitar: ella se me ha acercado y yo... ¡no podía salir corriendo! Hablemos de lo que nos preocupa. ¿Qué hacemos ahora?

Manfred pareció calmarse.

—Helga ha ido a la universidad y tú, Hanna, debes hacer lo mismo; procurad enteraros entre las dos de la postura que adoptan al respecto las diversas facultades. Tú, Sigfrid, ve al bar del hotel Adlon y habla con tus conocidos, a ver si logramos anticiparnos a alguno de los movimientos de esa gente, que sin duda son inminentes, y salvamos los muebles... porque se avecina algo gordo.

Pero fue inútil, y los sucesos de aquella noche rebasaron las fuerzas de los hermanos. Las turbas nazis se lanzaron a las calles ante la inoperancia de la policía, arrasando los comercios de los judíos, quemando sinagogas, acabando con la vida de noventa y un buenos alemanes y dejando malheridos a otros tantos. Amaneció la ciudad, tras aquella noche de locura colectiva, sembrada de cristales consecuencia de las lunas rotas de los escaparates de las tiendas. El paisaje era dantesco. Berlín parecía una ciudad que amaneciera tras una batalla. La historia bautizó aquella jornada como *Kristallnacht*, la Noche de los Cristales Rotos.

Schiller Kabarett

La tácita autorización del gobierno que dio luz verde a los desmanes que se cometieron en la noche del 9 de noviembre de 1938 contra el estamento judío culminó en Alemania con la detención e internamiento en campos de concentración de más de treinta mil personas, la destrucción de unos siete mil negocios, así como también de sinagogas y cementerios, y una multa de un millón trescientos setenta y cinco mil marcos al gobierno nazi que los judíos tuvieron que pagar como compensación por lo que, se alegó, era una provocación por el asesinato del diplomático destacado en París Ernst von Rath a manos de Herschel Grünspan, un muchacho de diecisiete años que quiso de esta manera vengar la infamia que se había cometido con su padre. Todos los que participaron en semejante ignominia fueron absueltos por el Tribunal Supremo del Partido «siempre que durante la acción no hubieran cometido algún acto de indisciplina ni tenido ningún contacto vergonzoso para la raza aria».[120] El encargado de negocios británicos de la embajada de Berlín comunicaba en un escrito fechado el 16 de noviembre que no había encontrado entre todos los estamentos del pueblo alemán un solo individuo que no desaprobara el hecho, ni entre los políticos del partido Nacionalsocialista ni entre los altos mandos del ejército, y concluía: «Pero creo que todo ello no va a tener la menor influencia en la horda de enajenados mentales que actualmente ejerce el poder en la Alemania nazi».[121]

Dos nuevas leyes acabaron de ensombrecer el panorama para el resto de los judíos que no habían podido o no habían querido huir de Alemania. La primera, promulgada el 3 de diciembre, les prohibía acudir a gran número de teatros, piscinas y conciertos, e incluso pasar por ciertas calles, entre ellas Vosstrasse y Wilhelmstrasse desde la puerta de Brandenburgo hasta el cruce con Blücherstrasse. La segunda de esas leyes, fechada el último día del año, decretaba, por parte del jefe de policía de Berlín, la prohibición a los judíos de conducir cualquier clase de vehículos. Como contrapartida a estos vergonzosos hechos se pudo registrar algún gesto que mantenía la fe en la dignidad de algunas personas. Así, el general Beck, jefe de Estado Mayor, dimitía de su cargo por desacuerdos con la política represiva y belicista de Hitler, siendo sustituido por el general Franz Halder; por su parte, el que fuera campeón del mundo de boxeo del peso pesado, Max Schmeling, quien se negó a pertenecer al partido, salvó, aquella noche, la vida de dos hermanos judíos, ocultándolos en su habitación del hotel;[122] su popularidad entre la juventud alemana le libró, por el momento, de la venganza de Hitler.[123]

En cuanto a la política exterior, las potencias occidentales, y en nombre de ellas el primer ministro de Francia, Chamberlain, y su homólogo inglés, Daladier, aceptaron el 29 de septiembre, en lo que se conoció como el Pacto de Munich, la proposición del «intermediario» de Hitler, Benito Mussolini, y acordaron que, del 1 al 10 de octubre Alemania ocuparía el territorio de los Sudetes. Este cambio del *premier* inglés, que contravenía su primitiva postura adoptada el 22 del mismo mes en la reunión que había mantenido con el Führer en el hotel Dreesen de Bad Godesberg, se debió a que Hitler declaró que ésa era la última exigencia territorial de Alemania con respecto a Europa. El acuerdo de Munich hizo fracasar el golpe antinazi de los generales Oster, Halder y Von Witzleben preparado para el caso de una declaración de guerra por parte del Führer, que habría involucrado a su patria en una conflagración mundial.[124]

Los comienzos de 1939 trajeron, si cabe, peores augurios para el pueblo judío. En enero, Hitler se quitó la careta y declaró abiertamente su intención de aniquilarlos. Para ello ordenó a Goering y a Reinhard Heydrich que establecieran la obligación de la emigración total, y en febrero se publicó la ley que obligaba, bajo pena de muerte, a todos los judíos a entregar cualquier cantidad u objeto de oro o de plata que tuvieran en su poder. En marzo, las tropas nazis entraron en Checoslovaquia y, en el mismo mes, los judíos perdieron todos los derechos que como inquilinos tenían y fueron expulsados de sus casas y reubicados, en míseras condiciones, en barrios marginales.

Finalmente, el talante y la hipocresía del resto del mundo se hicieron patentes cuando en mayo se obligó al *San Luis*, barco de pasajeros con más de novecientos treinta judíos a bordo, a regresar a Europa luego de negársele la entrada en Cuba y en Estados Unidos.

Todas estas circunstancias habían influido de forma definitiva en las vidas de los hermanos Pardenvolk, así como en las de Eric y de Helga.

Ésta y Hanna habían dirigido todos sus esfuerzos a desprestigiar, dentro de la universidad, al partido en el poder, y para ello les vino como anillo al dedo el descubrimiento de la Rosa Blanca.[125] Por otra parte, a Helga le habían decepcionado, y no poco, las noticias que llegaban de la Unión Soviética. Ésta, secundando a Alemania, a la que estaba unida por el tratado de no agresión firmado por Molotov y Von Ribbentrop en presencia de Stalin el 23 de agosto de 1939, había comenzado a someter también a sus judíos a *progroms* degradantes.

La cosa fue que un amigo de confianza les avisó que a las ocho de la tarde alguien que venía de Munich iba a hablar en el Schiller Kabarett de un tema muy importante que podía interesarles. El local se había visto forzado a cambiar de actividad, dada la represión que sufrían todos los lugares dedicados a las variedades y aquellos en los que un cómico pudiera coger un micrófono y desde el escenario burlarse o imitar a los jerarcas del partido con chistes de doble intención. Ante este panorama, su propietario, Werner Fink,[126] que también lo era del Katacombe, lo alquilaba para eventos puntuales en los que no se llevara a cabo actuación artística alguna, de tal manera que la Gestapo, al conocer que la actividad prohibida había cesado, raramente acudía al local. Ése era el motivo de que en aquella ocasión lo hubiera alquilado al grupo que organizaba la reunión, creyendo que era cosa de estudiantes e ignorando lo que allí se iba a cocer.

A las preguntas que hicieron Hanna y Helga al respecto de quién iba a asistir, su amigo contestó que gentes como ellas, cuidadosamente seleccionadas, que amaban la libertad y que no estaban conformes con lo que ocurría en Alemania. Entonces les suministró unas contraseñas que extrajo de su cartera. Las chicas comentaron el hecho a Manfred, quien ejercía su autoridad sobre el grupo, y tras recomendarles prudencia aceptó que fueran, aunque con los ojos abiertos y el oído atento. Al llegar al pequeño local de la Livländischestrasse, observaron que el tipo de público que concurría aquella noche no era el de cada día. La clientela habitual, de artistas aficionados, rostros barbudos y gentes que rondarían los treinta y cinco años, había sido sustituida por un tipo de público mucho más joven, de aspecto universitario, pues se acercaba al local cargando con mochilas de hule y libros sujetos con gomas elásticas. Al aproximarse a la puerta, ambas pudieron observar que la entrada estaba al cuidado de cuatro fornidos muchachos que, sin que fuera evidente, custodiaban de manera sutil el paso al interior. La cola no llegaba a formarse, pero en la puerta se arremolinaba el personal. Cuando llegaron a la altura de uno de los seudoporteros, observaron que éste interrogaba al grupo que las precedía, y que la gente comenzaba a revolver en sus bolsillos y carteras en busca de los cartones que les había suministrado su compañero; tras hacerlo, pasaban al interior. Helga y Hanna prepararon los suyos y, al ser requeridas, los entregaron. A continuación, se dejaron llevar hacia el interior por la marea de estudiantes en la que estaban inmersas; de no haber tenido la precaución de darse la mano, habrían sido separadas, ya que Helga, que era menudita, apenas tocaba con los pies al suelo. Al entrar se dieron cuenta, tras comprobar la selección de la entrada y el tipo de público que había acudido, de que lo que ellas imaginaban iba a ser una reunión como tantas otras de las que se hacían en las aulas de la universidad, y a las que acudía la gente con la sana intención de armar alboroto para acabar pegándose en el patio central con los partidarios del partido nazi, era en realidad una auténtica reunión clandestina cuyos organizadores eran conscientes de que lo que allí se iba a dilucidar podía tener, caso de ser descubiertos, unas dramáticas consecuencias. El humo del tabaco hacía que el ambiente, en verdad, estuviera caldeado, y si se osaba levantar un brazo para intentar coger la consumición que uno de los atareados camareros pretendía alargar desde la barra, el problema era acercarlo de nuevo al cuerpo. Todas las mesas estaban ya ocupadas y así mismo los taburetes adosados a las paredes. Al final y junto al pasillo que conducía a los servicios, alguien levantó una mano, intentando hacerles una señal.

—Sígueme, Helga. Allá está Klaus Vortinguer, y me parece que guarda dos sitios.

—¿Quién es Klaus Vortinguer? Yo no lo conozco.

—Ahora te lo presento. Antes estudiaba farmacia, y a veces lo encontraba en el bar; era amigo de mi hermano.

—Entonces sabe que no te llamas Renata Shenke.

—No te preocupes, es judío como yo y hoy en día nadie habla de nada hasta que sabe que el interlocutor es de confianza. ¡Sígueme!

Las dos muchachas consiguieron lenta y heroicamente acercarse al lugar donde, ¡milagro!, se veían dos sillas desocupadas, que Klaus defendía a brazo partido. Vortinguer había sido el capitán del equipo de atletismo de farmacia y había tenido que abandonar la facultad por su condición de judío. Hacía por lo menos medio año que no se habían vuelto a ver, y el hecho de encontrarlo en aquel lugar indicó a Hanna que lo de aquella noche iba en serio.

—¡Hola! ¡Cuánto me alegro de verte, no sabía que eras de mi cuerda política! —le largó nada más verla.

—Y yo a ti. Desapareciste de repente y no supe nada más. Te podías haber despedido de los amigos, vamos, digo yo —argumentó Hanna.

—Hablemos en serio. No me fui, me echaron como a todos, y tengo que andarme con mucho cuidado ya que, a causa del atletismo, era demasiado conocido. ¿Qué es de Sigfrid?

Klaus era amigo de su hermano, aunque tres años más joven, y antes del percance compartía el gimnasio con él.

—Ya sabes que tuvo que dejar el deporte. La pierna le funciona, pero le ha quedado una cojera crónica que le impide cualquier actividad deportiva... como no sea el tiro con arco o el billar.

—Fue una pena; era un gimnasta impresionante, y tres años antes de la olimpiada estaba inmenso. Pero... tal vez mejor así, porque imagino que no le habrían dejado competir. Dale muchos recuerdos míos y dile que si quiere algo me llame.

—¿Adónde?

—Voy a darte una dirección y un teléfono.

En tanto el muchacho intentaba extraer su billetero del bolsillo trasero de su pantalón para poder sacar una tarjeta, Hanna le preguntó.

—¿Para quiénes eran estos sitios?

—Iban a venir August Newman y su hermana, gente que piensa igual que nosotros, pero no han podido venir.

—Newman... Newman... me suena mucho

—Claro, lo habrás visto alguna vez. Es profesor auxiliar de filología inglesa, un tipo estupendo.

—Y tú, ¿cómo es que tienes este sitio tan bueno? ¿Has llegado el primero?

Klaus había conseguido al fin sacar su cartera y ya tenía en la mano una tarjeta en la que anotaba unas señas y un teléfono. En tanto se lo entregaba a Hanna, comentó jocoso:

—Eres muy fisgona, chica. ¿No te han dicho que es mejor no preguntar?

—Curiosidad femenina únicamente, las mujeres somos así.

El muchacho se puso serio.

—Esos angelitos que has visto en la puerta son gente mía, y los que han organizado el acto me han encargado la seguridad. Ahora me dedico a esto, y, por cierto, cada día hay más trabajo. Por eso quiero que me llame tu hermano. Preséntame a tu amiga.

—Mira, ella es Rosa, compañera de niñez y ahora de facultad.

Los jóvenes se saludaron dándose la mano y sin casi oírse, tal era el tumulto de voces. Todos se fueron acomodando. Súbitamente, detrás de Klaus apareció, como por ensalmo, un individuo ancho como un armario ropero que, venciendo el barullo con la voz, le interrogó:

—¿Te parece que empecemos ya?

Klaus miró la esfera de su reloj.

—Avisa a la puerta; di que no entre nadie más. Y adelante con el programa.

El «armario» desapareció por una puertecilla lateral que daba a una escalera de servicio. Al cabo de unos minutos, las luces se fueron apagando y, por un efecto mimético, las voces, a la vez, disminuyeron de volumen.

Una rueda de luz iluminó el fondo del escenario por donde los artistas acostumbraban salir en los días en los que el Schiller desarrollaba su actividad normal. De repente, rompiendo el círculo blanco que iluminaba la cámara negra, apareció un estudiante que, tirando del cable del micro que se había enganchado en el cortinaje, se presentó ante el público.

—Amigos, hoy es un día especial para todos aquellos que soñamos con una Alemania diferente de la que nos venden a diario la radio y los periódicos. Y para que veáis que no estamos solos en nuestra lucha, hoy ha venido desde Munich alguien que va a hablarnos de lo que allí están haciendo los universitarios de las diferentes facultades. Creo honestamente que están más unidos que nosotros y que no hacen distingos entre una y otra facultad; van todos a una, que es lo que nosotros debemos hacer si queremos desarrollar una labor efectiva y seria. ¡Con vosotros, Alexander Schmorell![127]

El introductor se hizo a un lado y, colocándose el micrófono bajo el brazo, a fin de dejar las manos libres, inició el aplauso, que fue seguido por el joven auditorio. Entonces, apartando la cortina del fondo, apareció un joven peculiar cuyo aspecto subyugó inmediatamente a la concurrencia. Era alto y desgarbado, con el pelo color zanahoria y la piel muy blanca, como casi todos los pelirrojos, y sobre su nariz cabalgaban unos gruesos lentes con montura de concha. Vestía un pantalón de canutillo, camisa blanca, chaleco de cuello en pico azul marino y zapatillas de deporte. Pero lo que llamaba la atención de la gente eran sus manos huesudas y de largos dedos, que al tomar el micro que le ofrecía el otro, denotaban una sensación de fuerza y de seguridad que contrastaban con su apariencia frágil y que inmediatamente subyugaron a aquel auditorio joven e idealista.

—Mi nombre es Alexander Schmorell, tal como se os ha dicho, y soy de Munich. Se me ha encomendado la misión de contactar con los estudiantes de Berlín a la vez que otros compañeros están haciendo lo mismo en Viena, Frankfurt, Stuttgart, Kalsruhe y Mannheim, a fin de coordinar voluntades y poder oponernos a tanta insania. Mi ciudad se siente responsable ante Alemania de haber alojado en sus entrañas y parido a semejante monstruo.

Los aplausos sonaron de inmediato, mostrando claramente el color político de los asistentes, en tanto el conferenciante, con un gesto autoritario de su mano izquierda, reclamaba silencio.

—No perdamos tiempo en aplausos porque tenemos poco y hay mucho que hacer. Aunque mi religión es la protestante y soy ario, no puedo estar conforme con lo que se está haciendo con otros compatriotas, tan alemanes como yo, por el hecho de tener otras creencias religiosas. Las leyes que han promulgado el cabo Adolf y sus acólitos no tienen parangón en cualquier otro país civilizado, y esto no ha hecho más que comenzar. Se están invadiendo países por motivos que el buen pueblo alemán no alcanza a comprender, y gobernados por ese insensato, vamos a vernos inmersos en una guerra de imprevisibles consecuencias.

El silencio era absoluto, y la gente no daba crédito a lo que estaba oyendo. Era necesaria una inmensa dosis de ingenuidad o un descontrolado valor temerario para dirigirse a un auditorio en aquellos términos. El orador prosiguió.

—Ahora son los judíos, los gitanos y otras razas consideradas inferiores por esos energúmenos, pero si no hacemos algo dentro de nuestras posibilidades, pronto se dedicarán a otros colectivos que se oponen a sus perversos planes. —El tono iba *in crescendo*, y el gesto crispado del conferenciante galvanizaba al auditorio—. Que nadie caiga en la trampa saducea de pensar que «como no va conmigo el asunto, me desentiendo del problema», porque cuando vaya con el que así piensa, los demás tampoco se interesarán por él. ¿Sabéis que han quemado libros de autores alemanes porque no se ajustaban a su ortodoxia? A los nazis les asusta todo aquel ente con vida que tenga capacidad de pensar y por tanto de discernir, y los estudiantes somos su principal objetivo. O se está con ellos o contra ellos, no hay término medio. —El cálido verbo del orador prendía como la yesca en aquel auditorio joven y entusiasta, captando adeptos. Hanna se dio cuenta, al ver el rictus y la tensión del muchacho, de que estaba ante un auténtico genio de la comunicación. Cuando se le escuchaba, aquella aparente fragilidad se convertía en un torrente de fuerza que embarcaba a los oyentes—. Os diré cómo descubrí a los doce años los turbios manejos de esos canallas para hacerse con mi voluntad. Yo era un niño muniqués y, como todo niño, permeable a cuantas cosas sonaran a heroísmos y a secreto. Mis padres me apuntaron a un campamento de verano que organizaban las juventudes del partido Nacionalsocialista en las montañas del Tirol. Marchábamos de un lado a otro precedidos de trompetas con banderolas colgando en su empuñadura, tambores y timbales vestidos con damascos brillantes a rayas negras y rojas cuyos flecos ondeaban al ritmo de nuestro paso, entonando cantos marciales con los estandartes y guiones al viento. Acampábamos al lado de vetustas ruinas de castillos teutones. Descubríamos el hermoso sentimiento de la camaradería en el círculo de los que participan de unos mismos ideales patrios. En el deporte y en el juego, así como en las veladas, íbamos creciendo juntos y enfocando la vida como una fantástica aventura. Durante todo el tiempo, de día en las clases y de noche alrededor de los fuegos que se organizaban, nos fueron metiendo en la cabeza que el partido era más importante que la familia, que el Führer estaba muy por encima de nuestros padres y que debíamos denunciar cualquier actitud que hubiéramos observado en nuestros mayores que no coincidiera con los principios que allí se promulgaban. Cuando faltaban pocos días para marcharnos y en uno de los últimos fuegos de campamento, uno de los más jóvenes acusó a su padre de desviacionista. En el acto, nuestros jefes lo aplaudieron y nos lo pusieron como ejemplo. Al regresar a casa, el padre de aquel muchacho fue detenido y lo borraron del paisaje habitual de nuestra ciudad; a su hijo lo condecoraron delante de todos los compañeros, en las aulas de la escuela, y el jefe local, al considerarlo modelo de Flechas Negras, le impuso una medalla que brillaba mucho y lo ascendió a abanderado de la sección, y, por tanto, le encargó llevar el guión del grupo en todos los actos y desfiles que se celebraran. A partir de aquel día, muchos niños denunciaron a sus padres, y me consta que alguno falsamente, pero todos querían la condecoración y el ascenso.[128] Es así como esos individuos ganan voluntades. Quiero deciros algo que entronca con el nombre de este local. Dice Schiller en su ensayo *Las leyes de Licurgo y Solón*: «Jamás el Estado es un fin en sí mismo; todo debe estar orientado al bien de todos los ciudadanos». ¿Es esto acaso lo que están haciendo esa pandilla de iluminados? ¿Que qué podemos hacer? Infinidad de cosas que otros ya han hecho, u otras nuevas que salgan de la impronta y del ingenio de los estudiantes de todas las facultades. Os pondré un ejemplo. Hace una semana, la Grünwalderstrasse de Munich apareció con más de setenta pintadas en las fachadas que decían «Abajo Hitler».[129]

El discurso fue subiendo de tono hasta que, finalmente, se dieron las consignas a seguir por los que quisieran aunar sus esfuerzos con los de la Rosa Blanca,[130] que así se llamaba el grupúsculo nacido en Munich y que ya tenía adeptos en muchas de las universidades de Alemania.

Al terminar, la gente, obedeciendo las consignas dadas a través del micrófono, fue saliendo del local en parejas, en tríos o en pequeños grupos que no llamaran la atención de los transeúntes. Cuando el local se hubo vaciado, Hanna pidió a Klaus que le presentara al orador. Se fueron por el pasillo del fondo hasta un camerino habilitado para la ocasión, y al llegar, las chicas observaron que no eran la únicas que deseaban conocerlo. En la puerta estaba el «armario», controlando la entrada e impidiendo que en aquel reducido espacio coincidieran a la vez más de cuatro o cinco personas. Klaus hizo las presentaciones y tuvo la precaución, avisado por la propia Hanna y dado que entraban con una pareja desconocida, de aludir a ella como Renata Shenke, estudiante austríaca de filología. El orador se había quitado las gafas y la camisa, y se había envuelto en una toalla, con la que se secaba el torso.

A Hanna le pareció mucho más niño, y observó que su mirada, algo estrábica, tenía el fuego de los visionarios y que, al natural, se le veía algo más bajo que en el escenario, extremadamente delgado pero nervudo y como iluminado por la misión que se había impuesto.

—Me ha encantado tu discurso y creo que en Berlín se puede hacer una gran labor.

—Me llamo Rosa —intervino Helga, dando el nombre que le había asignado el partido— y me tienta mucho más tu discurso que el de los míos.

—¿Eres comunista? —indagó él.

—Sí, pero no me convence lo que está pasando en Rusia con los judíos.

—Lo mismo que aquí... pero de una manera mucho más directa y menos solapada. Ten en cuenta que el judío ruso no es una tentación en cuanto a su expolio se refiere. Aquí se le quiere quitar todo para luego destruirlo, y las leyes que han promulgado, y que sin duda se van a promulgar, van encaminadas a ello.

—Yo soy judía por parte de padre. Puedes, a partir de este momento, contar conmigo —dijo Hanna.

—Y conmigo —añadió Helga.

—Ahora, a la salida, os tomarán los datos.

Ante el cruce de miradas de las dos chicas, aclaró:

—No os preocupéis. Las listas son en clave. Nadie, aun en el caso de perderse, podrá sacar nada de ellas.

—¿Por qué no vamos a tomar algo antes de irnos a dormir? —añadió Klaus.

—Eso está hecho, si las damas no tienen inconveniente.

Salieron todos y se dirigieron a Grumpy, una cafetería del centro. Casi sin darse cuenta, y hablando de muchas cosas, pasó el tiempo y dieron las dos de la madrugada. Cuando Helga regresó a su casa, Manfred estaba en la ventana esperándola. La muchacha, apenas cerró la puerta, se dirigió a él lleno de entusiasmo.

—He conocido a alguien fantástico que quiero que conozcas. Forma parte de un grupo cuyos planteamientos políticos están mucho más cerca de nuestras ideas que las del partido. Están organizados, y a tu hermana y a mí nos han convencido. Se dedican a distribuir panfletos denigrando a los nazis. Les he dado mis datos.

—¡Estás loca! ¿Acaso no os he dejado claro a lo que ibais? ¿Cómo se te ocurre dar tus datos a un desconocido? ¿Qué sabes de él?

—Hanna también lo ha hecho —se justificó Helga.

Manfred se mesó los cabellos.

—¿Para qué os doy instrucciones? ¡Sois infantiles! ¡Ya he conocido a muchos de esos revolucionarios de salón! ¡Los únicos que nos batimos el cobre en la calle y nos jugamos la vida somos los comunistas! ¡No son panfletos lo que hay que tirar, son bombas! ¡Además, no son horas... me has tenido angustiado! ¡Mañana hablaremos, buenas noches!

—¿Qué te ocurre, Manfred, estás celoso?

Manfred no se dignó responder. Dio media vuelta y, aquella noche, se dirigió a su dormitorio.

Cruce de caminos

La puerta de la Bisagra se abría cada mañana a las cinco en punto, tras recoger el capitán de turno la correspondiente llave en el convento de Santa Clara.[131] La guardia allí instalada se preocupaba mucho más de las mercancías que entraban en la ciudad y que debían pagar la alcabala de portazgo[132] que de aquellas personas que la abandonaban, ya que si no había una orden expresa de busca y captura de alguien, poco importaba que quien quisiera abandonara la capital.

Aquel miércoles, antes de la apertura de la puerta, una caravana de cinco carricoches, tres galeras y dos carrozas de viaje, custodiadas por una escolta de seis soldados a cuyo mando iba un oficial del rey, se aproximó a la inmensa y poderosa puerta. El teniente al mando exigió la presencia del capitán de la guardia, quien, avisado por el centinela, apareció abrochándose el talabarte que sujetaba su espada sobre la cota de malla, con el rostro soñoliento y el gesto adusto y malhumorado.

—¿Cuál es ese apremio que hace que no podáis esperar la hora de apertura de la puerta?

—Yo solamente hago que cumplir órdenes, al igual que vos, y si me ordenan que escolte a estas gentes hasta las fronteras del reino con la mayor brevedad posible, entenderéis que si no salto la muralla con las carretas, empresa harto dificultosa, si no consigo que me abráis la puerta, poco puedo hacer para cumplir mi cometido. O sea, que, lamentando interrumpir vuestro descanso, si sois tan amable de leer las disposiciones que me ha remitido la cancillería real...

Y acompañando con el gesto su discurso, el teniente del rey se inclinó desde la silla de su cabalgadura y entregó al capitán de la guardia el mensaje que a su vez le había entregado en persona don Pedro López de Ayala. El capitán, mosqueado, lo tomó en sus manos y, a la pálida luz de un candil que le acercó un centinela, leyó con atención. El clarísimo documento no dejaba lugar a dudas sobre el comportamiento que debían observar todos aquellos vasallos de Enrique que fueran requeridos para mejor proporcionar un buen viaje a los ilustres súbditos que circulaban en las carrozas acompañados por sus domésticos y enseres.

El capitán de la guardia, sin nada comentar, devolvió el papel al teniente. Éste, a su vez, lo guardó en su faltriquera y con un gesto autoritario ordenó a sus hombres que retiraran el inmenso travesaño de roble y hierro que cada noche, encajado en tres inmensas piezas del mismo metal, habría de impedir que un ejército dotado del mejor de los arietes pudiera abatir la inmensa y reforzadísima puerta. Las hojas de ésta giraron lentamente sobre sus chirriantes goznes, y a la orden del teniente que mandaba la expedición, los tiros de las pesadas galeras y de las dos carrozas, azuzadas por los gritos y el restallar de los látigos de sus respectivos aurigas, arrancaron a paso lento, metiéndose en la madrugada.

Esther, desde el cómodo asiento de su carroza y a través de una pequeña ranura que dejaba una lona embreada ajustada al marco de la ventana —la cual servía para impedir que la lluvia entrara en el coche—, presenció el dialogo de ambos hombres. Su esposo iba a su lado, pensativo y ensimismado en sus cosas, y ella, con el corazón partido, avanzaba hacia su incierto destino unida de por vida a un hombre bueno al que no amaba, con el alma transida por el dolor y con el espíritu lleno de recuerdos ligados a la ciudad que abandonaba, a su niñez, a la memoria de su amado padre, enterrado en el cementerio judío de Toledo, y al hombre que había dado su vida por los de su raza sin ni siquiera haber tenido el consuelo de tenerla en sus brazos por última vez. Enjugó una lágrima que se asomaba al balcón de la aterciopelada cárcel de sus pestañas con un pequeño pañuelo que, antes de partir, le había entregado su ama, que viajaba en la otra carroza junto a Gedeón, el viejo mayordomo que su madre le había cedido. La muchacha dirigió la vista al cielo. Una luna grande y rojiza iluminaba el horizonte con un reflejo cobrizo, y pensó que era inútil huir del destino, y el de los suyos era sin duda vagar por el mundo sin paz ni rumbo fijo; estaban condenados a ser eternamente un pueblo maldito y errante. Eshter se juró a sí misma que no volvería a volcar su afecto en persona alguna, y que si se veía obligada a abandonar algo, sería con el alma vacía y el corazón ligero de equipaje.

La noche fue creciendo, y cuando vio que a su lado Rubén dormía un inquieto sueño, se volvió, angustiada, y, alzando la lona de su ventanilla, miró por última vez su ciudad, circunvalada por el Tajo, bella y engalanada de luces como una novia y envuelta en un áurea grana que presagiaba sangre. Luego, el cansancio hizo presa en ella y se durmió.

La suelta de la rata

La voz del carcelero le precedió, y antes de que la gruesa figura compareciera en la poco convencional celda del bachiller, éste ya sabía que su guardián estaba a punto de aparecer en el marco de su puerta. Cuando lo hizo pareció disminuir la luz de la mazmorra, tal era el volumen del individuo.

—¿Qué tal se ha descansado esta noche?

El Tuerto se puso en pie dejando su catre, que gruñó como gato al que hubieran pisado la cola.

—Lo cierto es que cada día voy mejor.

—Sois el preso más cuidado de cuantos pisaron las celdas del obispo, si es que a este acondicionado habitáculo se le puede llamar así.

—¿No creéis que si es tal como decís, será por algún motivo especial?

—De ello no me cabe la menor duda. Sois, desde luego, un «asunto» muy reservado para su ilustrísima. Es por ello que se me ha ordenado que os entregue estas ropas y que cuando os hayáis adecentado os conduzca a su presencia.

El hombre se introdujo en la estancia y entregó al bachiller un paquete de ropas que, si bien usadas, tenían un aspecto decente. El Tuerto las inspeccionó con mirada crítica.

—Merezco mucho más, pero ya vendrán tiempos mejores.

Cuando el carcelero se retiró y Barroso quedó solo, comenzó a desvestirse y procedió a quitarse la camisola y el viejo jubón. Los costurones de la espalda habían adquirido un tono violáceo, pero ya el dolor insoportable había remitido; ahora unas líneas cárdenas cruzaban su torso y le recordarían de por vida la afrenta, que por culpa de los Abranavel, había sufrido injustamente. Cuando estuvo cubierto únicamente por sus calzones de paño se dirigió al aguamanil y, tras rellenar de agua la jofaina con la jarra de estaño que se acomodaba entre sus tres patas y que servía para tal menester, tomó una pastilla de rústico jabón de sosa y, tras frotarlo con una áspera raíz, procedió, con decisión, a restregarse el pecho y las axilas, y luego de hacer unas enérgicas abluciones, se secó con un trapo burdo que pendía de una anilla del artilugio. Después se quitó los calzones y, sobre unas medias de lana, se puso los que el carcelero le había proporcionado, que, aunque usados, estaban en mejores condiciones que los suyos, y se los ajustó a la pantorrilla mediante unas cintas. A continuación tomó de encima del catre una camisa de hilo y se la colocó sobre los entumecidos hombros, pasando a continuación los brazos por las mangas y agradeciendo in mente al prelado la finura de la tela, que apenas rozaba su maltrecha espalda. Finalmente, tras remetérsela por la cintura, se puso un juboncillo que le cubría cual si fuera un chaleco de mesonero, y para completar su atuendo apartó a un lado sus viejas albarcas de esparto y calzó unos borceguíes de buen cuero que, así mismo, venían en el paquete. Cuando hubo finalizado su acicalamiento, se pasó por la revuelta cabellera las manos humedecidas en agua, colocándose el pelo de forma y modo que le cubriera la calva, y se dispuso llamar al guardián.

—¡Ea! Ya estoy presto para lo que requiráis de mí. Si su ilustrísima tiene ganas de verme, más tengo yo de verlo a él.

El cancerbero acudió a su reclamo y quedó asombrado ante el cambio.

—¡Voto al chápiro verde! ¡Por Belcebú que parecéis talmente un caballero! Si no fuera porque os he estado viendo cada día, juraría que os han cambiado.

—No me han cambiado, pero ¡juro por la entrepierna de mi padre que me van a cambiar de tal manera que nadie va a conocer, en el futuro, a Rodrigo Barroso!

—Espero que cuando estéis en vuestro paraíso particular os acordéis del buen ladrón que he sido.[133]

—En este asunto estáis en lo cierto: sois un ladrón... pero los hay peores.

Llegados a aquel punto, el carcelero hizo una cómica reverencia inclinando su cerviz ante el bachiller y con un acento y unas maneras que querían ser las del chambelán cuando introducía en el salón del trono ante el rey a los nobles que lo visitaban, exclamó:

—¡Paso a su excelencia don Rodrigo Barroso, paniaguado del señor obispo y ex convicto de grandes expectativas! ¡Que Dios lo guarde muchos años!

Entonces el Tuerto, con paso grave e imbuido de su papel, traspasó la cancela de su mazmorra cual si fuera uno de los encumbrados personajes que acostumbraban visitar al de Trastámara y, haciéndose a un lado, esperó a que el cancerbero le precediera. De esta guisa fueron atravesando el lóbrego pasillo, y en tanto iban pasando ante las rejas de las demás celdas, se oían las chanzas y las recomendaciones de los otros cautivos, que de esta manera daban rienda suelta a su odio o a su estado de ánimo, dependiendo ello de cada caso o de cada peregrina situación.

Uno soltó:

—¿Qué ocurre, bachiller? ¡Malditos sean vuestros huesos! ¿Vais acaso a yantar hoy con su ilustrísima? ¡Invitadme a vuestra mesa!

—Eso es lo que vos querríais, pedazo de sieso.

Otro:

—¿Adónde vais tan gentil y compuesto que parecéis una maritornes?[134]

—Para alejarme de vuestro maldito hedor a perro muerto, iría al mismísimo infierno.

Un tercero:

—¿Qué ocurre, engendro, acaso tenéis una cita con la barragana del obispo?

—¡No sabía que vuestra madre hubiera llegado a tan alto honor, maldito bujarrón![135] Y no me cisco[136] en vuestro padre porque podría ser yo.

El Tuerto respondía con agudeza según fuera el color de la chanza, pavoneándose de su condición de bachiller.[137]

De esta manera, y tras pasar el último de los hachones encendidos que iluminaba el final del pasadizo, llegaron a la altura del cuerpo de guardia en el que tres armados esperaban la llegada del prisionero. Al verlo, el que parecía tener más autoridad se dispuso a aherrojarlo, preparando para ello dos argollas, unidas mediante una corta cadena, con las que sujetar sus muñecas. La voz del carcelero interrumpió la operación.

—Yo que vos no lo haría. No va a ser necesario y a su excelencia no le va a agradar.

—¡Qué de particular tiene ése! ¿Es acaso pariente de su ilustrísima?

—Tal vez sea un amigo más útil que un pariente. De cualquier modo, si su excelencia pregunta, yo os lo he entregado sin hierros.

Un segundo armado intervino:

—Dejadlo tal cual, no vaya a ser que el traslado de éste nos acarree alguna molestia.

El bachiller se dirigió a su carcelero con sorna.

—Os lo repito, algún día estaréis conmigo en el paraíso.

—Bueno, basta de monsergas y vayamos a lo nuestro. Este hombre debe ser conducido a la sede episcopal, y no sé yo el porqué, ni quién es el que desea verlo... A mí, como si el limosnero lo quiere para encabezar la tropa de lisiados y desgraciados que atiende todos los días. —Entonces se dirigió a Barroso—: ¿Me habéis comprendido? Pues andando, que luego se hace tarde. Y no se os ocurra correr, que más corren las flechas de mi ballesta.

Dos de los guardias se colocaron a los lados del preso, y el que estaba al mando, delante. La reducida comitiva se dirigió a la puerta de la prisión donde esperaba una carreta que conduciría al bachiller Barroso a la presencia del prelado.

La puerta del palacio episcopal estaba, como de costumbre, guardada por una guarnición exigua al mando de un oficial, quien a su vez rendía cuantas a un clérigo de la confianza del obispo. El fraile, al ver llegar al prisionero, despegó su ampulosa humanidad del sillón que ocupaba en una garita ubicada frente al cuerpo de guardia y se adelantó a recibir a aquella tropa, antes de que el oficial tuviera ocasión de hacerlo.

El que estaba al mando inició una explicación:

—Cumpliendo órdenes os entrego...

—Está bien, oficial, me hago cargo del prisionero. Su excelencia lo espera hace ya rato; no hay tiempo para formalidades ni para divagaciones filosóficas.

—Pretendía únicamente cumplir con lo estipulado en las ordenanzas.

—Lo doy por hecho, pero no soy un soldado. Soy fray Martín del Encinar, coadjutor, además, de su excelencia reverendísima. Os dispenso de cualquier formalidad por mor de diligencia que requiere el asunto; yo me hago responsable. —Luego se dirigió a Barroso—: Si tenéis la bondad de seguirme...

Los guardias, tanto los de la puerta como los que lo habían acompañado, se miraron perplejos. El menos señalado de los que lo habían transportado comentó, dirigiéndose al compañero que estaba al mando:

—Menos mal que no lo habéis esposado... Nos hemos librado por el canto de un maravedí; aún nos podía haber caído una buena. Hoy día no se sabe quién es quién; uno está abajo por la noche y al día siguiente está arriba, y viceversa... Mejor es no crearse enemigos.

—Lo de estar abajo y luego arriba sin duda lo decís por el anterior monarca, padre de nuestro rey,[138] que se alzó con la corona por decreto —comentó el teniente de guardia.

El otro miró a ambos lados y se llevó el dedo índice a los labios.

—Chist, no seáis osado; las paredes a veces oyen.

En tanto se mantenía este diálogo en el cuerpo de guardia, el fraile condujo al bachiller, atravesando regias estancias, junto a la entrada de los aposentos privados del obispo Tenorio. Un tonsurado y joven clérigo que estaba sentado frente a una mesilla guardando la puerta, al ver llegar a su superior, amagó en el fondo de su bolsillo las cuentas del rosario que estaba entre sus dedos y se precipitó a su encuentro.

—Si tenéis la amabilidad, anunciad a su ilustrísima que espera en la antesala la persona que me ha mandado recoger.

Al frailecillo se le veía nervioso.

—Veréis, excelencia, acaba de entrar el canciller y se me ha ordenado que, hasta que salga de despachar con el señor obispo, no anuncie a nadie.

—Está bien, haremos un ejercicio de paciencia, que es siempre bueno a los ojos de Dios. —Entonces, dirigiéndose al bachiller, añadió—: El aviso es oportuno. Quizá será mejor que aguardemos en mi despacho; hay visitas a las que no conviene tener que dar explicaciones. Si tenéis la caridad de seguirme...

Ambos hombres se dirigieron hacia el aposento en el que trabajaba fray Martín del Encinar, contiguo al del obispo, y lo hizo el bachiller caminando tras los pasos del clérigo.

Don Pedro López de Ayala, jubón granate y negro con alamares de trencilla sobre finísima camisola de seda, calzón amplio al estilo mudéjar, embutido en botas de delicadísima gamuza cordobesa, regiamente vestido como correspondía a la importancia de su cargo, rendía una sorpresiva visita a don Alejandro Tenorio, obispo de Toledo. El prelado, repuesto de su primitiva sorpresa, se preparaba a disputar un asalto de fina dialéctica florentina con un enemigo avezado e influyente.

La estancia era regia y el canciller, acostumbrado a la opulencia del alcázar, no pudo dejar de admirar el boato que rodeaba al obispo. Dos de las paredes estaban cubiertas con magníficos tapices italianos que representaban escenas de caza, afición que cautivaba al metropolitano. La tercera pared estaba ocupada en su totalidad por un inmenso tríptico, de valiosas maderas y dorados perfiles, con la representación de una imagen de la Virgen con el Niño en los brazos, que se abría en su mitad disimulando la puerta de la estancia. En el lienzo de pared que figuraba tras el sillón del prelado, había un ventanal de vidrios emplomados formado por dos arcos separados por una pequeña columna gótica, y a ambos lados, dos anaqueles llenos de volúmenes incunables y pergaminos miniados por dedos hábiles de monjes especialistas que dedicaban su vida y perdían la vista en los conventos a causa de tales menesteres. La mesa, de torneadas patas y cantos de bronce, estaba atestada de papiros y documentos de fina vitela. A un lado de ésta, destacaba un candelabro de cuatro brazos de plata labrada cual si fuera un cimborrio, todavía apagadas sus palmatorias; al otro costado, una imagen de un Cristo doliente en la cruz, obra sin duda de un imaginero de rango, y en el medio, los trebejos de la escritura, un inmenso tintero de cristal veneciano tallado con el tapón de plata labrada, la cajita de polvos secantes, dos plumas de ave y la navaja para adecuar la punta de las mismas. Tras la mesa, la imponente figura del mundano prelado, que en la intimidad vestía como un antiguo señor feudal con los únicos distintivos de una preciosa cruz de oro, regalo de su tío el cardenal, que colgaba de su cuello pendiente de una cadena del mismo metal, y de su anillo pastoral en el anular de su diestra. El obispo Tenorio estaba sentado en un imponente sitial que anteriormente había presidido una famosa colegiata, y frente a él había dos sillones de menor entidad, para los visitantes. En uno de ellos se hallaba en aquel instante el canciller del rey, don Pedro López de Ayala.

—Veo que vuestra magnificencia se sabe rodear de un ambiente excelente para trabajar.

—Bien decís; el servicio del Señor obliga a estos sacrificios. Los hombres, tristemente, se dejan influir por estas vanidades y un representante de Dios no debe ser menos que cualquier noble de este reino... Amén de que debo reconocer que rindo mucho mejor si desarrollo mi trabajo en un entorno más proclive a mis gustos.

Al canciller le complacía debatir con el prelado.

—Sin embargo, un clérigo menor o el párroco de Santo Tomé también representan a Dios y no creo yo que vivan en el lujo y la riqueza.

El clérigo no cejaba fácilmente.

—¿No es el rey un hombre igual que otro a los ojos del Sumo Hacedor? Y sin embargo conviene que los súbditos vean en él a su majestad, por eso vive como vive y sus vasallos le respetan y obedecen. Cada ministerio requiere, según su jerarquía, una dignidad u otra, y de no ser consecuentes, no mereceríamos el respeto, el rey de sus súbditos y yo de mis feligreses, el rey como tal y yo como príncipe de la Iglesia.

—Pero los reyes y los gobernantes de todos los tiempos, al ejercer cargos mundanos, jamás renunciaron a las pompas y honores de este mundo, y Jesús y sus apóstoles, en cambio, predicaron la pobreza y la caridad entre todos los hombres. Por tanto, los hombres de la Iglesia deberíais imitar al Nazareno... ¿Captáis lo que quiero decir?

—Perfectamente, pero tened en cuenta que los tiempos son otros y que de vivir en éstos, sin duda el Señor habría tenido que adoptar otras maneras para que el pueblo llano le hubiera seguido, amén de que os digo, honestamente, que el mismo Pilatos le habría tenido más en cuenta de haberse presentado como lo que era, el Rey de Reyes, y no como un pobre judío al que sus correligionarios quisieron matar y, al final, los malditos, cumplieron su propósito.

—De ellos os vengo a hablar… —repuso el canciller tras un instante de silencio—. Veamos, ¿cómo siguen los presos que el rey confió a vuestra custodia y que habéis confinado en vuestras mazmorras?

—Como comprenderéis, no estoy al tanto de sus vicisitudes, pero por lo que ha llegado a mis oídos, colijo que al que sufrió la terrorífica tanda de azotes poco le falta para abandonar este perro mundo. —Y añadió—: Tengo entendido que pidió confesión.

—Lo comprendo. Tales acciones, terribles y abominables, deben de atormentar la conciencia de cualquier hombre.

—En este punto disentimos, excelencia. Opino, personalmente, claro es, que los descendientes de los perros que mataron a Dios no deberían ser acogidos en ningún reino de cristianos, y que si son acogidos, deben atenerse a las consecuencias.

—Vuestra opinión no es muy cristiana, ilustrísima. Ya sabéis que hay que perdonar setenta veces siete, lo dice el Evangelio, Mateo 18, 21-22.

—Ciertamente, pero tan sólo a los verdaderos arrepentidos, no a los que hacen gala de su religión o, lo que es peor, simulan una conversión que no sienten, para seguir medrando cerca del rey y practicando en sus privacidades cultos demoníacos que otros monarcas menos proclives a usar de sus servicios supieron cortar de raíz.

El rostro del canciller cambió de expresión y un rictus hierático pareció congelar sus facciones.

—¿Acaso disentís de la actitud del rey?

—No tal, únicamente digo que otros monarcas en la antigüedad fueron mucho menos condescendientes con esa chusma.

—¿A qué os referís?

—Por citar un ejemplo, y hablamos de muchos siglos

atrás, el buen rey visigodo Ervigio castigó aquellas actitudes que se referían a seguir practicando en la clandestinidad ritos de la religión hebraica y ordenó, y sirva de ejemplo, cortar los genitales tanto al circuncidado como al circuncidador. De esta manera se extirpaba una costumbre bárbara que los ha distinguido desde la noche de los tiempos.[139]

—Si no estoy equivocado, Jesús fue circuncidado.
—Por eso mismo vino Él a cambiarlo todo.
—Entonces, si de vos dependiera...
—No lo dudéis, cortaría los testículos a esos malditos y acabaría con su estirpe. La castración es un gran recurso... Muerto el perro, se acabó la rabia.
—Los tiempos son otros, ilustrísima; es mejor aprovecharse de ellos que exterminarlos. Decidme, ¿acaso no doma el hombre a los irracionales para mejor usar de ellos? Eso sí, si intentan defraudar, en el intento les ocurre lo que a Samuel Leví; ya sabéis que llegó a ser administrador del rey Pedro I y que, al intentar aprovechar tal circunstancia en su beneficio, no sólo perdió la hacienda sino también la vida.[140]
—Entonces decidme, ¿cómo ha acabado el asunto de los bienes de los Abranavel?
—No es el caso de Samuel Leví. Dado que el rabino sirvió fielmente a la corona, el rey compró todos los bienes inmuebles que la familia tenía en Toledo, eso sí, a un precio razonable, para posteriormente venderlos a su conveniencia, como ya ha hecho con el palacete del Tránsito. Todo lo demás se convirtió en dinero o pagarés; de esta manera, sus herederos, que lo han sido su esposa y su hija, podrán cambiarlos cuando convenga en cualquier ceca árabe o casa de cambio cristiana. También dejó el rabino mandas piadosas a sus criados y servidores más íntimos.
—Por cierto, tengo entendido que ambas mujeres han partido hacia otros lares. ¿Sabéis vos adónde han dirigido sus pasos?

El canciller no cayó en la burda trampa.

—No estoy autorizado para hablar de ello. Únicamente os diré que pueden ir a donde les plazca dentro de los reinos que constituyen la corona. Y bien, ¿cómo van las obras de ampliación de vuestra catedral?

—Maese Antón Peñaranda ya está en ello... Y lamentando las consecuencias del fuego, no me negaréis que Toledo habrá ganado un claustro mucho más hermoso que las infectas tiendas donde los judíos chalaneaban tan cercanos a la casa de Dios.

—Vamos a dejar de lado tan triste asunto que ya es pasado y que no tiene enmienda, pero no me pidáis opinión sobre el mismo ya que disiento de vuestro punto de vista; existen otros métodos para conseguir los mismos fines.

—No es que yo tenga nada que ver con los hechos acaecidos, pero debo deciros que el fin justifica los medios. ¿O acaso parece que el rey Enrique no pensó lo mismo cuando se hizo con el trono de su medio hermano, a quien, por cierto, vos también servisteis fielmente, al igual que al actual monarca.[141]

—La munificencia de los Trastámara ha sido proverbial desde el de las Mercedes, y en particular generosa con mi persona. Pero estamos hablando de hechos pasados, y no se puede extrapolar una circunstancia del tiempo en que se vivió... ¿No fueron, acaso, vuestros abuelos conversos?

Ambos contendientes refrenaron sus ímpetus considerando que entraban en temas espinosos y optaron por salir del mal paso estableciendo tablas.

Tras una embarazosa pausa, el canciller del rey habló.

—Bien, cumplido mi encargo, os recomiendo continuéis ejerciendo vuestra vigilancia sobre los presos. Y tenedme al corriente de cualquier novedad, si es que la hubiere.

—No dudéis que así se hará.

—Entonces, paternidad, no tengo más que añadir.

Don Pedro López de Ayala se puso en pie, dispuesto a partir. El clérigo lo imitó, al tiempo que hacía sonar una campanilla de plata que estaba a su diestra. Al punto apareció en el marco de la puerta que se ubicaba en medio del retablo la tonsurada cabeza del frailecillo.

—¿Habéis llamado, ilustrísima?

—Acompañad a su excelencia hasta la salida.

El páter se hizo a un lado, ofreciendo la preferencia al De Ayala. Éste, tras una fría y seca inclinación de cabeza, salió de la estancia precediendo al fraile.

La campanilla volvió a sonar de un modo diferente, un sonido largo y otro breve, y en tanto el prelado se sentaba de nuevo, una puertecilla disimulada que se ubicaba detrás de uno de los tapices se abría y entraba por ella el coadjutor del obispo, fray Martín del Encinar, quien sin decir palabra, ya que estaba enseñado, se quedó en pie ante la mesa esperando a que su superior le indicara el porqué de la llamada.

—¿Habéis realizado mi encargo?

—El mandado aguarda en mi despacho, a la espera de que el canciller se retirara. Cuando indiquéis, le haré entrar.

—No os demoréis, fray Martín, ya que, tras la visita de López de Ayala, mi decisión ha pasado de ser rutinaria a ser urgente sin quererlo; el señor canciller ha precipitado los acontecimientos.

—¿Le hago pasar, entonces?

—Id, coadjutor.

Desapareció el fraile por la disimulada puerta, y apenas el obispo había compuesto la figura cuando regresaba ya el clérigo con el bachiller Barroso, al que, invariablemente, aquella solemne estancia producía un incómodo desasosiego. Entraron ambos y se quedaron a respetuosa distancia, aguardando a que el obispo terminara de escribir en una vitela unas fingidas notas. El obispo Tenorio había adquirido tal costumbre, pues la experiencia le decía que tal actitud le producía pingües beneficios ya que, aunque el escrito fuera una simulación, el mero hecho de hacer aguardar en silencio a un visitante en pie y sin atenderlo creaba a éste un clima de inseguridad y de temor que posteriormente redundaba en su beneficio. Luego de un breve tiempo que al Tuerto le pareció una eternidad, el prelado alzó la cabeza y lo observó como sorprendido de hallarlo en su presencia.

—¡Ah! Sois vos... Me había olvidado de que os había hecho llamar. ¡Son tantas las obligaciones que me atosigan...! —Y después, sin nexo de tiempo, añadió—: Fray Martín, podéis retiraros.

Partió el fraile, y los dos hombres quedaron frente a frente.

—Sentaos, amigo mío. Ha llegado la hora de que vos y yo tengamos una larga conversación.

—La espero ha largo tiempo, ilustrísima.

El obispo, recogiéndose su ropón, se acomodó nuevamente en su sitial y lo observó con detenimiento.

—Os veo bien, ¡a fe mía! Mis cuidos y desvelos no han sido en balde.

El bachiller meditó su respuesta. Pugnaban dentro de él dos tendencias: una le aconsejaba una desabrida respuesta inspirada en el rencor que el inhumano castigo recibido aún le provocaba; la otra era acomodada, ya que el mal sufrido no tenía remedio e intuía que de cara a su futuro sería más productivo lisonjear a su protector que malquistarse por su encono.

—El tiempo, excelencia... Nada como el tiempo para amortiguar las heridas del cuerpo, que las del alma no se curan jamás, y, si me apuráis, os diré que el hombre se nota vivo en tanto ama u odia; más lo segundo que lo primero. Y si he de hacer caso a mis sentimientos, yo viviré siempre, ya que la semilla de odio que llevo dentro de mi entraña me hará vivir en la esperanza de que, algún día, la familia que ha sido la causante de mi ignominia sea a su tiempo castigada, al mismo interés que ellos cobran a los buenos cristianos, y pague la deuda que ha contraído conmigo al ciento por uno.

—Comprendo cuanto decís, y no andáis descabellado en vuestro aserto. De no ser por la inmensa influencia de la que los Abranavel han gozado en la corte, os aseguro que nada de lo que os ha acontecido habría sucedido. Más os diré, habéis pagado la desgraciada muerte de ese perro más cara que todas las otras muertes y la quema de la aljama de las Tiendas, que era, como os consta, mi única pretensión. Además, en la balanza del ánimo del rey ha pesado más dicha defunción que todo lo acaecido, y bien sabéis que, aunque me ha complacido el resultado, no entraba en mis cálculos esa contingencia, para mí afortunada y para vos infausta, de la que, por cierto, no me hallo responsable.

—Yo cumplí con nuestro trato, y aunque la muerte de cualquier marrano debería ser siempre causa de gozo, las gabelas que por ello he pagado injustamente han sido inicuas y desaforadas.

El prelado luchó por salvar la faz.

—Sin embargo, he pugnado por evitaros ese mal paso y, dentro de lo posible, ayudaros a soportarlo sin que el rey pudiera decir que no he cumplido lo pactado. Todo ello me ha hecho transitar al filo de incumplir mi palabra y que tal trascendiera ya que, aunque lo creáis imposible, los espías y paniaguados del canciller husmean en cualquier rincón. Sin embargo, nadie podrá decir que no habéis ocupado la última mazmorra del primer pasadizo al igual que un prisionero cualquiera. Los tres carceleros que se han turnado son hombres de mi absoluta confianza que nada han de decir; vuestra celda fue cuidadosamente escogida para que nadie pudiera verla desde los otros calabozos, pues no convenía que se supiera el arreglo y acomodo que se hizo de su interior; el médico, como es mi cristiana obligación, os ha visitado... Ya veis que he hecho por vos todo lo que estaba en mi mano, y si seguís bajo mi férula, continuaré haciéndolo. Sin embargo, de cara a los demás, habéis sido un penado más.

Una lucecilla astuta, que no pasó desapercibida al obispo, brilló en el fondo de la única pupila útil del Tuerto.

—Y ¿en qué va a consistir, a partir de ahora mismo, esa protección?

—Yo soy hombre que cumple siempre lo que promete. Vais a morir, querido amigo, para que podáis pasar a mejor vida.

El bachiller rebulló, inquieto.

—No alcanzo a comprenderos, paternidad.

—Atendedme y parad atención a lo que os digo.

—Soy todo oídos, excelencia.

—Veréis, el martes próximo es la festividad de Cristo Cautivo y, como es costumbre, los presos del obispo, que no del rey, tendrán un ágape especial. Se servirá, a toda la población reclusa, una carne acompañada de setas como plato principal; las de todos serán setas comunes; las vuestras, de una especie, la *Amanita phaloides*, que da alucinaciones a quien las ingiere y le produce unas terribles convulsiones. Os pondréis rígido, tieso como una tabla, babearéis ostentosamente... En ese momento se os sacará del calabozo y se os pasará ante las celdas de los demás presos. Puedo aseguraros que antes de medianoche el canciller sabrá lo ocurrido, y al día siguiente correrá la voz de que habéis muerto.

El bachiller estaba pálido.

—Y ¿cómo puedo saber que no vais a hacer que me asesinen?

—¡No seáis lerdo! Si tal fuera mi intención, ya lo habría hecho... o lo haría sin explicaros nada.

Barroso pareció calmarse y una sonrisa torcida se dibujó en su boca.

—¡Proseguid, excelencia, proseguid!

—Se os amagará convenientemente, durante unos días, hasta que estéis recuperado de la disentería que os ocasionarán las setas. Luego, un difunto al que se le habrá proporcionado una calvicie artificial, semejante a la vuestra, y con el rostro adecuadamente cubierto, desfilará en unas angarillas ante los demás penados y será enterrado fuera de sagrado, como corresponde a un asesino. Este último acto de la comedia que representaremos llegará, así mismo, a los oídos del canciller. Entonces vos partiréis, en un buen caballo, a donde os lleven vuestros pasos, y como os prometí en su momento, lo haréis siendo un hombre muy rico.

El bachiller, sin decir palabra, se alzó del escabel donde se hallaba y, tomando la mano del prelado a través de la mesa, se precipitó a besar su pastoral anillo.

El obispo sonrió obsequioso y, retirando la diestra, habló de nuevo.

—Una única obligación habréis adquirido conmigo.

—Decidme, soy todo vuestro.

—Si un día requiero vuestros servicios, deberéis atender mis solicitudes.

—Contad con ello, excelencia. ¡Donde paren mis huesos tendréis a vuestro más rendido y humilde siervo!

—Entonces, amigo mío, no demoremos más vuestra libertad.

El prelado se puso en pie e hizo sonar de nuevo la argéntea campanilla.

Al cabo de quince días, y a una hora muy temprana de la mañana, un jinete cubierto por una capa que casi le embozaba el rostro, montando un gran caballo ruano castrado que portaba a la grupa dos grandes alforjas y en la cruz un reforzado saco de cuero, atravesaba la puerta de Alcántara al paso y sin ser molestado por los guardias, como era costumbre referida a todos aquellos que partían de Toledo. A la vez y en la misma puerta, casi tropieza con dos hombres humildemente vestidos al modo de modestos comerciantes que, guardando la cola, pretendían entrar en la ciudad. El primero cubría su cabeza con un turbante mozárabe, de un rojo apagado, que le oscurecía el barbudo rostro; su larga túnica negra, ceñida por un cinturón de cuero, le llegaba hasta las botas; era un tipo de estatura común que pretendía pasar desapercibido. No así el segundo, quien a su inmenso tamaño añadía una anomalía, que si no se observaba atentamente pasaba inadvertida: en su mano izquierda, que él se ocupaba de disimular ocultándola en su faja, se advertían seis dedos. Ambos llevaban sobre sus hombros sendos sacos de bellotas que pretendían vender en el mercado de aquel día.

Las ventajas del póquer

El hotel Adlon era un soberbio y cuadrado edificio barroco que había sido en 1822 el palacio Kamecke. Estaba ubicado al comienzo de Unter den Linden, detrás y a la izquierda de la puerta de Brandenburgo que separaba esa famosa avenida de los Tilos de la prolongación de Charlottenburg. El ornato exterior del edificio era suntuoso. La solemne entrada, con sus no menos imponentes porteros y aparcacoches, estaba en medio de unos lujosos ventanales que, cubiertos por unos semiesféricos y vistosos toldos rojos en cuyo centro y en letras doradas figuraba una A —inicial del apellido de su propietario, Lorenz Adlon—, engalanaban toda la planta baja. Sobre dicha planta se alzaban cinco pisos. El primero estaba circunvalado por una balaustrada de piedra que daba la vuelta al edificio; su luz provenía de grandes ventanas. La cuarta planta ostentaba una balconada de hierro, que la hacía más importante al tener terraza en todas sus habitaciones. Cubría el edificio una mansarda, cuyo tejado de pizarra a dos aguas exhibía los mástiles en los que ondeaban, junto a la de la esvástica, las banderas de las naciones de aquellos huéspedes del hotel que eran importantes para el partido nazi.

Una de las obligaciones diarias que se había impuesto Sigfrid era visitarlo cada tarde, con los ojos y los oídos bien abiertos, e intentar formar parte del paisaje cotidiano de gentes de todas las nacionalidades que se movían por sus salones, los cuales, por otra parte, constituían un seudocuartel general de los jerarcas del partido nazi. Desde los conserjes hasta los clientes fijos habían reparado en aquel joven impecablemente vestido que padecía una ligera cojera y que, tanto por sus gustos de *gourmet* experto como por su legendaria magnanimidad a la hora de repartir propinas, se delataba como un *bon vivant* internacional de gran poder adquisitivo. Cuando alguien se interesó por el tipo de actividad económica que desarrollaba, Sigfrid, aconsejado por su hermano y siguiendo las directrices impartidas por el partido, dio suficientes pistas para que asociaran su imagen a la del representante de un grupo sumamente discreto que trabajaba para el gobierno alemán y que, para sus investigaciones, necesitaba adquirir grandes cantidades de diamantes industriales destinados a la fabricación de armas que estaban en experimentación. De esta manera, sus conocimientos de joyería le rendían pingües servicios en cuanto a los lugares donde los diamantes se podían adquirir, a la vez que era capaz de mantener, sin desdoro, cualquier conversación con cualquier experto versado en la materia en cuanto a calidades, precios, tipos de piedras e incluso nombres de las principales minas de Sudáfrica. Su ficticia misión era en concreto la de enlace y representación de sus patrones frente a los agregados comerciales de la embajada del gobierno sudafricano, en aquel momento tapadera perfectamente creíble ya que éstos, llevados por su odio a Inglaterra tras la guerra de los Bóers, eran claramente partidarios del Tercer Reich.

Procuraba ubicarse cada día en el mismo lugar, y contaba para ello con la ayuda del encargado, quien, debidamente aleccionado, le reservaba siempre la misma mesa. Su territorio favorito era el ventanal central de los siete que daban al Pariser Platz. La situación de cara al interior era perfecta; lo malo era que una vez instalado en su observatorio, cuando los peatones que por allí transitaban dirigían sus miradas al lugar donde él se ubicaba, Sigfrid se sentía como un pez de colores nadando en una inmensa pecera.

Allí, con un ejemplar de *Der Stürmer* ostentosamente

abierto ante sus ojos, se dedicaba a observar con disimulo cuanto de importante sucediera en el vestíbulo del hotel.

Súbitamente, alzando la vista sobre el periódico, vio que se acercaba un capitán de la Wehrmacht que había compartido con él, con diversa fortuna, el tapete verde de la mesa de póquer. La mente de Sigfrid hizo un esfuerzo por recordar su nombre, y lo consiguió. Hans Brunnel se llamaba, y si no le fallaba la memoria, era ayudante del *Obersturmbannführer*[142] Ernst Kappel de las SS, adjunto a la dirección general de la Gestapo, y además se rumoreaba que tenía algún cargo secreto en la sección de criptografía y claves del Ministerio de Espionaje del ejército.

—¿Da usted su permiso? —dijo el militar inclinándose sobre el respaldo de la silla que estaba libre frente a Sigfrid.

El muchacho bajó el periódico como si descubriera en aquel instante su presencia y, tras doblarlo sobre sus rodillas, respondió, correcto:

—¡Por favor! Me honra usted. ¿Qué tal, capitán, qué se cuenta?

—A lo mejor soy inoportuno. ¿Tal vez esperaba a una dama? —dijo el otro, y se sentó en el ángulo del pequeño sofá más cercano a Sigfrid.

—No, desde luego. Cuando tal sucede, no lo hago donde pueda comprometer su reputación; la espero directamente en la suite... yo soy un caballero.

El militar sonrió en tanto limpiaba con un impoluto pañuelo su monóculo. Luego de pedir al camarero un jerez y preguntar a Sigfrid si deseaba tomar algo, comenzó a hablar de temas triviales como deportes, mujeres y juegos de azar, hasta que, después de transitar por vagos circunloquios, tocó un asunto que Sigfrid intuyó era el auténtico motivo de su acercamiento aquella tarde.

—Me han dicho que es usted un verdadero experto en diamantes.

Sigfrid simuló que se ponía en guardia, en tanto que cruzando las piernas repasaba la raya de su planchado pantalón.

—¿Y quién ha dicho tal cosa?
—Uno tiene sus canales de información.
—Digamos que mi trabajo me obliga a conocer la gemología para impedir que engañen al gobierno.
—Y que su trabajo consiste en importar ciertas piedras.
—Parte de él.

El militar pareció dudar un instante sobre la conveniencia de proseguir o detener allí su diálogo.

—Prosiga, capitán, soy todo oídos.
—No querría abusar de la confianza que me da el hecho de haberme sentado con usted varias veces a la mesa de juego.
—¡Por favor, no se detenga! Precisamente en el juego es donde se distingue a los caballeros.
—Me frena el hecho de que mi petición le obligue a variar el concepto que se haya formado de mi persona.
—¡Adelante, amigo mío! Desde el momento en que ha pensado en mí para cualquier cosa que le interese es porque me honra con su amistad.
—Verá, se trata de la petición de mano de mi prometida. Si fuera posible, y desde luego pagando lo necesario, me haría un inmenso favor si pudiera proporcionarme, a un precio razonable, un brillante de unos tres quilates y de una pureza garantizada... Ya sabe que los joyeros principales eran judíos y que ahora este negocio está en manos de desaprensivos.

Sigfrid hizo ver que se sorprendía, en tanto que su cerebro iba codificando la información.

—Verá, capitán, mi especialidad no son las piedras preciosas; lo mío son los diamantes industriales, y mis fuentes no están referidas precisamente a los brillantes.
—Pero sin duda sus contactos son muy superiores a los míos. No me negará que es más difícil para mí que para usted encontrar una buena piedra.
—Yo trabajo el corindón, cuya variedad pura es el zafiro.
—Pero, a buen seguro, usted conocerá a alguien que trate el brillante.

—Bien, capitán, deme un plazo razonable y veré qué puedo hacer al respecto.

—Tómese su tiempo. Si puede hacer algo por mí, estaré en deuda con usted.

—No le prometo nada... En una semana le diré algo.

—Herr Flageneimer, quedo a sus órdenes.

El militar acabó de un trago la consumición que había dejado el camarero ante él unos minutos antes y, poniéndose en pie y dando un fuerte taconazo, se dirigió a la barra a pagar, no sin antes preguntar a Sigfrid si le hacía el honor de permitir que lo invitara. Éste agradeció la gentileza, y cuando el capitán se alejaba, recordó una frase que su padre les decía a él y a su hermano cuando iban a pescar al río en los veranos de su ya lejana niñez: «Si queréis pescar, hay que tener mucha paciencia y poner en el anzuelo un buen cebo».

Las piezas del puzle

La reunión se llevó a cabo en la trastienda de una cervecería que estaba en el número 46 de Goethestrasse, muy cerca de la iglesia de la Trinidad. Los conjurados eran cuatro: por una parte, Manfred y Sigfrid; por la otra, el jefe de su célula, Karl Knut, y el comisario político del partido, Tadeo Bukoski, un polacoalemán que debidamente escondido había evitado su deportación a Polonia. Este último solamente pisaba la calle en ocasiones excepcionales, ya que de hallarlo la Gestapo su suerte estaba echada, y no sería otra que el campo de Flossembürg, donde se internaba a los elementos antisociales considerados peligrosos para el partido nazi. De cualquier forma, el individuo no caía especialmente bien a Manfred; era un comunista fanático, no simpatizaba con los judíos, carecía de iniciativa y, decía, todo había que consultarlo a Moscú.

Era por ello que los hermanos no le comunicaban ciertas cosas que, creían, era mejor que no supiera.

Llegaron por separado y fueron pasando conforme el bodeguero, consuegro de Bukoski y admirador del partido, les iba haciendo un leve gesto con las cejas para indicar que la reunión era al fondo del local, en tanto secaba los vasos.

Hacía dos semanas que Sigfrid, de acuerdo con las directrices de sus superiores y tras demorarlo lo suficiente para que el capitán Hans Brunnel creyera que el asunto no era fácil, había entregado a éste un brillante River de un peso de tres quilates y medio, sin ningún carbón o impureza en su interior que lo desmereciera y absolutamente blanco. Se lo había proporcionado su hermano, escogido de entre los que su padre le había entregado antes de partir, para que les sirvieran de seguro en caso de necesidad. Tras colgar sus zamarras y trencas en un perchero de cuatro brazos que sobresalía de la pared y en tanto se sentaban, Bukoski, sin casi saludar, fue al grano.

—He hablado con Moscú, y el partido os agradece el gesto. Desde luego, se os reintegrará en su momento el importe de la piedra si como insinuáis, cosa que dudo, la cosa ha valido la pena.

Sentados los cuatro en un velador, tras los saludos correspondientes y luego de cruzar una mirada de complicidad con el bodeguero a fin de que fuera él en persona quien se acercara a la mesa a servir las consumiciones, comenzaron a hablar del tema que había motivado la reunión. Karl Knut abrió el fuego.

—Te he hecho salir —se dirigía a Bukoski— porque creo que hemos dado con la posibilidad de asestar un golpe muy significado a esos cabrones, pues, como sabes, ése es uno de los asuntos pendientes tras la Noche de los Cristales Rotos.

—Cuenta, soy todo oídos. Sin embargo, creo que en esta ocasión en particular nos han hecho el trabajo sucio, ahorrándonos tener que hacerlo nosotros en un futuro.

Manfred, que era consciente de que había que navegar entre dos aguas, al ver que el puño diestro de su hermano se cerraba hasta blanqueársele los nudillos, le dio bajo la mesa un discreto golpe en la rodilla para evitar que, al defender a los judíos, se delatara ante alguien que sabía que tarde o temprano se convertiría en un enemigo. Las últimas conversaciones mantenidas con Helga le habían convencido de ello, pero en aquellos momentos actuar por libre era una locura y le hacían falta los comunistas.

—Mejor que yo, el camarada te lo explicará —añadió Karl.

Todas las miradas convergieron en Sigfrid, quien, tras un ligero carraspeo, tomó la palabra.

—Como sabéis, mi misión es, además de emitir los mensajes que me encomendáis para que los radioaficionados del mundo, particularmente mi enlace escocés, sepan lo que aquí se está cociendo...

—Ahórrate los detalles —le espetó Bukoski—. Entre camaradas no es necesario hacer méritos.

Sigfrid prosiguió, aguantando la repulsión que le ocasionaba aquel individuo, sin hacer ningún caso.

—Mi misión... consiste en frecuentar lugares donde pueda hallar información y procesar cualquier noticia que pueda evitar la detención de algún compañero o una noche como la que vivieron nuestros hermanos hace unos meses.

—Ve al grano —terció Bukoski, otra vez y con acritud, ya que la coletilla final que Sigfrid había lanzado expresamente, pese a la indicación de su hermano para subrayar que no comulgaba con la postura del comisario político, no le había agradado.

—Resulta que me he ganado la voluntad del capitán Brunnel, que no sabe cómo agradecerme el auténtico regalo que le hemos hecho, ya que lo que le he cobrado es una minucia teniendo en cuenta el valor real de la piedra. No se la he regalado para que no sospechara, pero él se había movido anteriormente en el mercado y es consciente de que ha pagado una cuarta parte de su precio... Pero voy al grano —dijo mirando a Bukoski—. Como os dije, es el ayudante del *Obersturmbannführer* de las SS, Ernst Kappel, que fue quien, en 1932, cuando era capitán de las SA, persiguió con saña a los comunistas tras la muerte de Horst Wessel[143] y condujo las represalias en la algarada de la Alexanderplatz con Königstrasse, donde tuvimos tantas bajas. Hace dos días me abordó el capitán Brunnel, ante quien, como os he contado, he procurado perder frecuente y disimuladamente al póquer y que, repito, no sabe qué hacer para agradecerme el favor. Bien, en el acto observé que estaba sumamente agobiado y que no sabía cómo comenzar. Jugaba con su gorra y se pasaba el dedo índice entre la tirilla de la guerrera y el cuello, intentando separar el celuloide de su piel. Tras los saludos de rigor, se arrancó, y éste fue, aproximadamente, el diálogo:

»"Querido amigo —me dijo—, estoy ante un verdadero compromiso."

»"¿De qué se trata, capitán? —le dije—. Ya sabe que si está en mi mano ayudarle..."

»"Es que me doy cuenta de que es un abuso, pero me veo forzado a ello."

»"¡Adelante! Aprecio contarme entre sus amigos, y los amigos se ayudan en los momentos de apuro."

Sigfrid reproducía fielmente la entrevista, imitando inclusive las inflexiones de voz del capitán Brunnel.

—Creo que allí vencí sus reservas y se confió. Puedo decir, y creo no equivocarme al afirmarlo, que está en mis manos. —Sigfrid prosiguió con el diálogo:

»"Lo que voy a decirle es una absoluta confidencia; confío en su discreción."

»"Descuide, capitán, soy hombre que sabe guardar un secreto."

»"El caso es que mi superior tiene un amor oculto."

»"¡Eso es hermoso, y el riesgo lo hace más apetecible! El único inconveniente de los amores extramatrimoniales es que la esposa sea muy celosa."

—El capitán Brunnel se esponjó como hacen los amigos que comparten secretos de alcoba y los encubren. Acercó su cabeza a la mía, no sin antes lanzar una ojeada al rededor para asegurarse de que únicamente mis oídos escuchaban su confidencia y, en un tono de conspirador, prosiguió.

»"Lo cierto es que está casado con una sobrina del general Von Rusted, que es por cierto muy celosa, y tiene un amor muy especial entre el elenco artístico del teatro Odeon.

»"¡Qué interesante! No será Marika Rökk[144] —dije yo—. Eso sería ciertamente peligroso."

»"No, no es la *vedette* el amor de mi coronel. Es el primer bailarín, un efebo, bellísimo por cierto, y eso que le aseguro a usted que mi debilidad no son, precisamente, los hombres; me gustan tanto las mujeres que si yo fuera mujer, sería lesbiana."

—Chanceó, riendo su gracia e intentando rebajar la tensión que me había producido la revelación.

»"Vaya, vaya, qué sorpresas depara la vida —dije para evitar hacer cualquier tipo de comentario que pudiera malinterpretarse—. Y ¿en qué me atañe a mí esta, digamos, afición?"

»"Perdone, Sigfrid, pero mi gratitud hacia usted y mi vanidad estúpida me han colocado en un aprieto."

»"Prosiga, todo en la vida tiene remedio... Para eso son los camaradas, capitán."

»"Verá, amigo mío, la ilusión que me hizo la piedra que me facilitó para mi prometida me llevó a mostrar el brillante al *Obersturmbannführer* y a decirle el conducto por el que había llegado a mi poder. El caso es que me ha rogado le pida a usted, abusando de su amistad, un zafiro para el bailarín, ya que la noche del día 22 hay una gran fiesta, que da uno de los jefazos de las acererías Meinz, a la que asistirán todos los que sienten y piensan como él, y por cierto que en el Estado Mayor y en las SA hay varios, y yo he de hacerle de tapadera por si su mujer llama al despacho, cosa que acostumbra hacer siempre que la reunión es por la noche, y atender al teléfono para argumentar que está reunido."

—Me cogió tan de sorpresa que, para ganar tiempo, me oí decir:

»"¿Y no podría ser otra piedra más asequible?"

»"Ha de ser un zafiro —me contestó sonriendo—. El novio tiene los ojos azules."

»"Ya, y ¿quiénes serán el resto de los invitados?"

»"Bailarines del Odeon, miembros de profesiones liberales y, sobre todo, jerarcas del partido. La condición es que una vez dentro y después de la cena, los invitados se disfracen de dioses del Olimpo, y los chicos del ballet, de ninfas y náyades. Ni que decir tiene que dentro se montará una sauna y una piscina, y del pastel surgirá una Afrodita saliendo del baño. Todo esto se lo aclaro para que entienda mi compromiso. La única ventaja es que, como tengo que hacer de telefonista, me voy a ahorrar la asistencia; usted me entiende..., tendría que pasarme la velada con aquella parte del cuerpo donde la espalda pierde su honesto nombre pegada a la pared. —El capitán volvió a reír su gracia y yo indagué:

»"Y ¿cuántas personas van a asistir al evento?"

»"Unas cien en total."

»"No habrá más remedio que buscar esa piedra.... No le voy a dejar al aire sus partes pudendas, capitán."

»"¡Me da usted la vida, querido amigo! En tal ocasión sería particularmente peligroso —me respondió, golpeándome la pierna familiarmente—. Y le reitero que jamás olvidaré el favor."

Tanto Bukoski como Knut quedaron atónitos, y en silencio. Entonces se oyó la voz de Manfred, que estaba al corriente de todo.

—¡Mejor ocasión para intentar algo no se nos ofrecerá jamás! Cualquier cosa que proyectemos les obligará, dada la condición de la curiosa celebración, a mantenerla en secreto; no podrán echarnos encima a la prensa porque tendrán miedo, y tendrán que tragarse toda su mierda. La fiesta la da un particular, así que las medidas de seguridad no serán tales hasta la noche, cuando acudan los invitados de las SS y de la Gestapo, y además, el plan que tengo en mente podremos prepararlo sin grandes problemas; tened en cuenta que únicamente se han producido dos atentados contra los nazis en todos estos años, y tanto el de Rath como el de Gustloff[145] han sido fuera de Alemania. ¡Ahora o nunca! ¿No buscábamos el momento para vengar Noche de los Cristales Rotos? ¡Pues ésta es la ocasión! Hasta ahora nadie se ha atrevido a golpear a las altas esferas dentro de Alemania; no dudéis que los pillaremos desprevenidos... porque no les cabe en la cabeza que alguien se atreva a desafiarlos.

—A mí me va cargarme nazis, enemigos del proletariado, más aún si son importantes, y de paso vengar la muerte del camarada Van der Lubbe.[146] Si otros lo hacen por otros motivos, allá cada cual con sus demonios particulares —dijo Bukoski.

La vuelta a casa

Además del aspecto, las actitudes de los dos comerciantes que, por el puente de Alcántara, ingresaban en la capital del reino diferenciaban completamente a ambos personajes. Al gesto asombrado y al tamaño exorbitante del primero se oponían el afán de pasar desapercibido, la mirada huidiza y la delgadez extrema del segundo. A Seisdedos todo le parecía asombroso: la multitud de transeúntes, el tamaño de los edificios, la magnificencia de los arreos de algunas cabalgaduras y los gritos de la abigarrada multitud que por todas partes le atosigaba. A Simón le obsesionaba, en cambio, la precaución de metamorfosearse entre las gentes y de acercarse a donde pudieran darle razón de lo ocurrido el último Viernes Santo, del que ya tenía vagas noticias por los encuentros habidos en el camino de regreso pero no la certeza de los acontecimientos vividos aquella infausta noche.

Habían salido del bosque de los aledaños de Cuévanos hacía nueve días. La abuela de Domingo, que se despidió de los caminantes con el ánimo entero y la gratitud asomando en sus cansados ojos, en la certeza de que no volvería a ver nunca más a su nieto, les había provisto para el viaje de manera que si les conviniera, no tuvieran por qué parar en ningún figón del camino, que, por otra parte, buen cuidado tendrían de que no fuera el principal, sino trochas de montaña y senderos que transitaran lejos de los más concurridos. A Simón le admiró el talante de la anciana, y el muchacho se despidió de ella como quien va por agua a la fuente, no entendiendo el sacrificio infinito de la mujer, quien, con aquel gesto, entregaba sin duda su vida y se condenaba a la soledad más absoluta —en tanto llegara la parca con su curva guadaña—, a fin de que su querido nieto tuviera una oportunidad, como la que en aquel momento le había deparado la Providencia. Simón, haciendo honor a la palabra dada, se había responsabilizado del futuro del chico y había adquirido el compromiso de cuidar de él para, de esta manera, agradecer el haber podido conservar la vida. En su cabeza había pergeñado un plan, en tanto que recuperaba fuerzas en la cabaña, de lo que debía hacer en llegando a Toledo. En primer lugar y como prioridad absoluta, estaba el conocer noticias de su amada. Luego, antes de comprometer a ninguno de los suyos, debía tomar el pulso a la situación y cerciorarse de la veracidad de los sucesos de los que había ido teniendo noticias. Era primordial averiguar hasta qué punto peligraba su vida; debía saber si su ausencia se había atribuido a su participación en la aventura de las armas y se le daba por huido, o si bien no se le imputaban tales hechos y no se le buscaba, o si tal vez se le había dado por muerto. Según fueran las noticias que de ello hubiere, debería ajustar sus planes de futuro; no era lo mismo comparecer ante los suyos como aquel que regresa de un viaje que hacerlo como un proscrito que debe amagarse porque su cabeza tiene un precio. Era, por tanto, de urgente necesidad llegar hasta su amigo David, conjeturando que éste hubiera salvado la vida y que, así mismo, no anduviera oculto o, peor aún, preso, como era de suponer caso de que se le arrogara responsabilidad en la compra y recogida de las armas.

Su corazón pudo más que su cabeza y, sin casi darse cuenta, se encontró dirigiendo sus pasos hacia la mansión de los Abranavel, anidando la remota esperanza de que sus ojos alcanzaran a ver a su amada saliendo o entrando, o simplemente pudiendo atisbar de lejos el paso de su ama. Siguió la muralla y circunvalando la ciudad llegó a la puerta de la Bisagra para acercarse por la parte exterior a la aljama del Tránsito. La gente iba y venía diligentemente a sus afanes y nadie parecía reparar en él; más bien, llamaba la atención la envergadura prodigiosa de su acompañante, que le seguía a unos pasos de distancia lo mismo que un can sigue la huella de su amo. La precaución hizo que avanzara con el embozo cubriendo al desgaire una parte del rostro y, como quien no quiere la cosa, tapándose la otra con el antebrazo derecho, cuya mano sujetaba el saco de bellotas, que cargaba sobre ese hombro. De esta guisa llegó, con el corazón brincando dentro de su pecho, a la cuestecilla que conducía hasta el arco que marcaba la entrada de la mansión de su amada. Pero al alzar la vista, algo le dijo que ya nada era igual.

En aquel momento subían la pendiente que llegaba del río dos aguadores con sendas mulas, que llevaban en la cruz de su cabalgadura unas grandes alforjas de esparto adecuadas para transportar en ella las correspondientes tinajas de barro.

—Buenos días tengan vuesas mercedes.

—Con Dios, hermano. —Los aguadores detuvieron el paso de sus acémilas.

—¿Pueden informarme de si ésta es la casa de los Abranavel?

Los hombres intercambiaron una mirada cómplice.

—¿Sois de Toledo? —indagó el más alto.

—De Burgos, soy de Burgos y traigo una encomienda para el gran rabino.

—Mal se la podréis entregar, si no acudís al cementerio; hace ya unos meses que don Isaac entregó su alma al Sumo Hacedor.

Simón intentó sobreponerse ante la infausta nueva.

—Pero ¿y su familia? —preguntó, con un hilo de voz—. Alguien quedará de su familia, ¿no es verdad?

—No en la casa. Ahora pertenece a la Duquesa Vieja, aunque tengo entendido que, por el momento, nadie vive en ella.

—Y ¿adónde ha ido su familia? Es importante que entregue a alguien la misiva.

—De eso no podemos informaros... y dudo que alguien en Toledo pueda hacerlo. Se hacen muchas cábalas, pero, a ciencia cierta, nadie sabe nada; todos se fueron y nadie sabe adónde.

—Gracias por la información... y tengan vuesas mercedes un buen día.

Partieron los hombres tirando del ronzal de sus bestias y Simón quedó anonadado cual si le hubieran arreado de nuevo un mazazo en la cabeza. Seisdedos lo observaba pendiente de lo que debía hacer, y Simón, en aquel instante, fue consciente de la responsabilidad que había adquirido ante la abuela del muchacho, ya que si no sabía a ciencia cierta qué iba a hacer con su vida, mal podía proveer sobre la vida de otro ser humano. Dio media vuelta y, subiendo por la cuesta de las Monjas y pasando Zocodover, se dirigió, siempre seguido de Domingo, hacia la catedral para ver en qué había quedado el asalto a la aljama de las Tiendas del que, por encima, había tenido noticias, si bien en su cabeza no estaban cuantificados los daños finales recibidos. Cuando avistó la catedral, sus ojos no dieron crédito a lo que estaban viendo; mejor dicho, no viendo, porque el barrio ya no existía. Una multitud de carreteros, albañiles, carpinteros, canteros, maestros de obras y plomeros invadían la explanada en la que no quedaba piedra sobre piedra de los edificios que habían albergado todos aquellos comercios, casas de banca y viviendas particulares que habían recostado sus paredes sobre la muralla que circunvalaba la aljama, de manera que, al estar el terreno expedito, desde el lugar donde él se hallaba se divisaban los contrafuertes, arbotantes y arcos de capillas laterales de la catedral. Intuitivamente dirigió su mirada a la abacería que había pertenecido a su padre y a su tío, y en el lugar percibió tan sólo un muñón negro de piedras lamidas por el humo y las llamas, producto sin duda del fuego que arrasó el lugar. Seguido siempre por su hercúleo amigo, Simón descendió hacia la explanada y se metió entre los atareados operarios que trajinaban por toda ella, deseando pisar lo que anteriormente había sido su hábitat natural. Dejaron ambos los sacos en el suelo cuando un suceso casual vino a marcar aquella jornada de una forma indeleble que haría que, por siempre, quedara el hecho en la memoria de las gentes que lo presenciaron.

Simón estaba pisando las ruinas de la que había sido la tienda de su padre cuando un ruido estremecedor, acompañado de lamentos y gritos, vino a despertarlo de su ensimismamiento. Un polispasto cargado en la torre norte del que pendía una inmensa piedra se había soltado porque la cuña que encajaba en los dientes de la rueda de madera que sujetaba el freno del cilindro donde se iba enrollando la cuerda se había partido y los dos hombres que lo manejaban se habían visto impotentes para sujetar la manivela del artilugio, que giraba enloquecida. La inmensa piedra tomó velocidad y se estrelló contra la plataforma de un carro de cuatro ruedas que volvía de vacío de transportar a la base de la torre otra piedra que sería izada a continuación. El impacto fue brutal. El pedrusco destrozó el carromato, partiendo las ruedas delanteras. Los percherones, cuyas yugadas estaban sujetas a las varas del carro, cayeron, aprisionando las piernas del carretero entre el eje de la plataforma destrozada por la piedra y el suelo. Los gritos del hombre se mezclaban con las exclamaciones de los observadores de la desgracia, los consejos atolondrados que siempre parten de la multitud de curiosos que presencian un percance, y las órdenes imprecisas y apremiadas de uno de los encargados que, sobrepasado por lo urgente de la maniobra, no atinaba con lo que se debía hacer. El personal se arremolinaba alrededor del lance, y entonces, apartando a manotazos a los curiosos, apareció un hombre que, con la cabeza en su sitio, comenzó a dictar órdenes acertadas y precisas, y que por lo menos daba la sensación de que sabía lo que se traía entre manos. Rápidamente se presentaron un par de obreros portando una gruesa estaca para hacer palanca y una piedra de menor tamaño para buscar en ella el punto de apoyo necesario. El problema subsiguiente fue que no había manera de introducir bajo el carromato volcado el brazo de palanca necesario para hacer una fuerza capaz de mover la plataforma. Además, parecía tarea de titanes soltar los arreos de las caballerías para que éstas, libres de sus cinchas y colleras, pudieran ser apartadas a fin de que no entorpecieran la operación. Los gritos del carretero cuya pierna había quedado aprisionada atronaban toda la plaza. El maestro de obras, Antón Peñaranda, vacilaba, y la situación se había tornado harto comprometida en tanto los lamentos del hombre iban remitiendo en intensidad. Entonces Simón, asombrado, captó lo que estaba a punto de suceder: Seisdedos, apartándole a un lado, se había abierto paso hasta el grupo. Desprendiéndose de su capa, el hombretón introdujo la prenda entre sus manos y la plataforma, a fin de no lastimarse. Acto seguido, arqueando sus poderosas piernas cual si fueran los flejes de una catapulta, comenzó a tirar de la plataforma hacia arriba ante el asombro de los presentes, que vieron cómo los tendones de su cuello se tensaban cual cuerda de ballesta. Cuando parecía que Domingo iba a reventar, la plataforma se movió lo suficiente para que, sin meter la palanca, los presentes pudieran tirar del carretero por sus axilas y liberar su maltrecha pierna. Una ovación espontánea salió de las gargantas de los espectadores, a los que la demostración de fuerza del mozo había cautivado. Una voz sonó a la espalda de Simón, donde de nuevo Seisdedos había ocupado su lugar, obligándole a voltearse.

—¡A fe mía que jamás había visto cosa igual! —El maestro de obras Antón Peñaranda se dirigía a Simón—. ¿Es vuestro criado este angelito?

—Más que criado, digamos que es mi pupilo.

—He adquirido con él una deuda de gratitud. El hombre al que ha salvado la pierna es uno de mis más queridos operarios, y lo que hoy he visto, y he visto muchas cosas, no lo había presenciado en mi larga vida de constructor de catedrales. Si queréis dejármelo para que aprenda un oficio, con gusto tomaré esa tarea bajo mi competencia, y puedo aseguraros que como cantero le auguro un buen y remunerado porvenir.

Simón vio el cielo abierto ante el ofrecimiento del maestro de obras, a fin y efecto de librarse de la obligación contraída con el mozo. Interrogó a Domingo con la mirada, pues sabía que su parquedad en palabras rozaba la mudez, y ante su asombro, escuchó la voz del jayán, quien, compungido y cabizbajo, argumentó:

—Yo, si no me echáis a la fuerza de vuestro lado, jamás querré apartarme de vos.

—A eso llamo yo fidelidad, rara moneda en los tiempos que corren, ¡a fe mía!

Entonces el maestro de obras extrajo de su escarcela un

papelillo doblado en el que se podía leer, junto a su nombre, una dirección y lo entregó a Simón.

—Si en alguna ocasión puedo hacer algo por vos o por vuestro pupilo, cuyos pasos, es evidente, guió hasta aquí esta mañana el buen Dios, no dudéis en buscarme. Soy hombre que acostumbra pagar sus deudas.

Y dando media vuelta dejó a Simón en medio de la explanada, asombrado, con el papel en la mano y mirando a Seisdedos sin acabar de creer lo que habían presenciado sus ojos.

Tomaron de nuevo los sacos de bellotas del suelo y se dirigieron sin demora al barrio del Peso del Rey, que se había edificado en lo que fuera el solar de los Escribanos. Allí, mezclados, cristianos y judíos, habían alquilado sus tiendas al cabildo y en él tenían sus negocios. Al lado de los primeros se encontraban comerciantes tan importantes como Yucaf, bolsero; Jacob Chapatel, tendero; Mair Mohep Benjamín, alfayate; amén de mesones y otros negocios de prestamistas y cambistas, como de Abrahem Alfandari, y plateros, como Mose David. Cruzaron de nuevo la ciudad, y descendiendo por la calle del Hombre de Palo y atravesando el callejón del Fraile llegaron a Chapinería para desembocar en la calle del Nuncio Viejo, donde el padre de Simón tenía su modesta vivienda. Lo primero que columbraron los ojos de éste, al atravesar el callejón de las Ánimas, fue el tejado de su casa y sobre él, alzada, la torreta del palomar artesanal que Simón había construido con sus manos a fin de cuidar a sus amadas avecillas. Seguido por Seisdedos, fue llegando hasta la entrada del patio y al cruzar la cancela, al fondo, junto al pozo, divisó la figura de su madre, quien, vistiendo negro luto, estaba cuidando las flores de un arriate. Al verle, a la mujer se le cayó de las manos la jofaina con la que estaba regando las macetas, y llevándoselas a la cara y cubriéndose el rostro con ellas, tuvo que sentarse en el brocal para no desmayarse.

Toda la tarde pasó la familia junto a la lumbre intercambiando noticias y dando gracias a Adonai por la buena fortuna de haberse podido reunir de nuevo con vida unos y otros, pese a que la suerte parecía haberse apartado del camino de los judíos de Toledo.

Cuando ya se calmaron las ansias de las mujeres, arreglaron un cuartucho en el desván para que hiciera de dormitorio para Domingo. La madre de Simón se fue a descansar, extenuada por tantas emociones, y éste quedó a solas con su padre. Zabulón —tal era su nombre—, una vez recobrado del pasmo que había representado la recuperación de su hijo, porfiaba con él sobre la conveniencia de lo que se debía hacer a fin de no llamar la atención y pasar lo más desapercibido posible en aquel Toledo en el que a los judíos los dedos se les antojaban huéspedes. La conversación ante dos medidas de orujo se alargó casi toda la velada, y Simón, a través de las explicaciones de su padre, pudo calibrar la inmensa tragedia que se había desencadenado la noche del último Viernes Santo.

—Todo esto se veía venir; de ahí colijo que nuestros rabinos, intuyéndolo, industriaran los medios pertinentes para poder defendernos. Es por ello que os enviaron a vos y a David, quien por cierto ha desaparecido de Toledo, a recoger las armas que se habían comprado en Cuévanos. Pero alguien, por lo visto, dio el cañuto, y las consecuencias fueron las que fueron y casi os cuestan la vida. Lo que no os perdonaré jamás es la falta de confianza en vuestro padre; hasta el día de hoy, nada me habíais dicho de lo peligroso de vuestra misión.

—Habría faltado a mi juramento. El empeño era de tal importancia que, a fin de no preocuparos, inventé una ausencia para un negocio de amores que vos, desde vuestra experiencia y dada mi juventud, pasasteis por alto sin nada preguntar, pensando que cuando dos amigos se van a una feria sin nada que mercar, andan por medio sayas o briales... Y de haber ido todo según lo planeamos, jamás os habría dicho nada.

—Cuando el rabino de la sinagoga de Benzizá, tío de

vuestro amigo, dom Ismael Caballería, se presentó en esta casa a los dos días de la quema de la aljama, al instante comprendí que algo muy malo había ocurrido. Su sobrino David había regresado, y por él supo de vuestra desventura, aunque no el final, lógicamente, y tal cual me la transmitió. Ahora no quiero que la inmensa alegría de haberos recuperado obnubile mi buen juicio respecto a lo que debemos hacer, para que este gozo no devenga en drama. La pérdida de mi comercio fue un duro golpe, pero ni vuestra madre ni yo soportaríamos perderos a vos de nuevo... ahora que os hemos recuperado.

—Padre, antes de determinar qué voy a hacer con mi vida, he de preguntaros muchas cosas, ahora que las mujeres se han retirado.

—Todo lo que yo pueda hacer para ayudar a aclarar vuestras dudas nada más tenéis que preguntármelo. Una única cosa os pido, y es que no me ocultéis nada. Cuando seáis padre lo entenderéis. Lo peor del mundo es la ignorancia. Tened en cuenta que tras la visita del rabino rezamos el Kaddish en dos ocasiones.. Lo que he pasado estos meses en la duda inmensa de vuestro destino y en la angustia inmensurable de vuestra pérdida ha hecho que la nieve de la decrepitud haya blanqueado mis cabellos.

Simón abrió el corazón a su padre, y luego de explicar todo cuanto había sucedido desde el lejano día en que Esther pisara junto a su dueña la abacería hasta el momento de su visita, aquella misma mañana, a lo que había sido su tienda, nada quedó sin esclarecer. Zabulón lo escuchó sin interrumpirlo, con la sapiencia que dan los años y el amor inmenso que anidaba en su alma por el hijo único dado por perdido y recuperado. Entre los dos se estableció un silencio tácito, y luego el padre, mesándose la barba, habló de nuevo.

—La juventud es osada e imprudente. Nada puedo deciros si no que el *golem*[147] del gran rabino fue enterrado a menos de un mes del terrible suceso, que antes se llevó a cabo la boda de su hija con Rubén ben Amía, que apenas cumplido el tiempo del Shivá[148] todos partieron y que de los Abranavel, en la casa de la aljama del Tránsito, no queda ni la *mezuzá*. En esta ocasión, la comparación ha resultado cierta, pero no porque la *mezuzá* fuera destruida sino porque Esther la extrajo y quiso llevarla consigo fuere a donde fuere.

—Pero, padre, ¡alguien sabrá lo que ha sido de ellos!

—No os digo que no, pero nada ha trascendido al respecto. Y no olvidéis, hijo mío, que soy un modesto comerciante, en estos momentos casi en la ruina, a quien los rabinos que tienen paso franco en el alcázar nada deben decir de las cosas que solamente conciernen a los principales. ¿Que alguien sabrá lo que ha sido de esa familia? Ciertamente, pero puedo aseguraros que aunque los rumores siempre corren, nada se ha dicho en los mentideros donde el pueblo acostumbra inventar hablillas y murmuraciones. De lo cual se infiere que ni sus criados sabían el cuándo ni el dónde, porque, de lo contrario, se habrían divulgado. Además, debo deciros que Lilith[149] debió de poseeros, ya que imaginar que el gran rabino dom Isaac Abranavel iba a consentir que un muchacho como vos fuera a desposar a su hija es cosa de enajenados.

Simón no consideró oportuno aumentar la congoja de su progenitor anunciándole que estaba dispuesto a huir con Esther, y que de no haber mediado el amargo lance de la aciaga noche de la carreta de las armas, ambos estarían a esas horas a muchas leguas de Toledo.

—Padre, seguiré vuestro consejo y procuraré, hasta que la borrasca escampe, no mostrarme en público. Pero quiero que entendáis que mañana iré a visitar a dom Ismael Caballería para que me diga algo al respecto, amén de que con esta desazón no puedo vivir.

—Me parece lógico. Luego de que habléis con él, decidiremos lo que haya que hacer con vos y las precauciones que debamos adoptar. Consideraré prudente que vuestro amigo, a quien jamás podré pagar la deuda que con él y con su santa abuela he contraído, se abstenga de pisar la calle, ya que después de lo que me habéis relatado del negocio de esta mañana en la explanada de la catedral y debido a su singular presencia, hasta las ratas del mercado andarán en habladurías sobre el hecho, y no conviene remover el guiso de las berenjenas.[150] Si debéis ocultaros por un tiempo, no es bueno que os asocien a él, pues por el hilo se saca el ovillo o, si mejor os cuadra, por el humo se sabe dónde está el fuego.

Tirando del hilo

Lo primero que vieron los ojos de Simón al despertar fue la imponente figura de Domingo instalado en un escabel a los pies de su cama; silencioso como siempre pero extrañamente vigilante, parecía intuir que su amo tenía problemas. A lo primero, Simón creyó que todavía se hallaba en la cabaña; sin embargo, pronto sus sentidos se alertaron y tomó conciencia de todo lo acaecido el día anterior. Algo importante había ocurrido dentro de la cabeza del gigantón, pues en cuanto él se sentó en la cama, escuchó la casi desconocida voz de Seisdedos, quien poniéndose en pie le interrogaba.

—Amo, ¿qué queréis que haga?

—Pon agua en la jofaina y acércame la ropa que está sobre el arcón. ¿Qué tal has descansado?

Simón intentaba provocar el diálogo para cerciorarse de que en verdad algún mecanismo se había ajustado milagrosamente en la cabeza de Domingo luego de su hazaña en la explanada de la catedral.

—Bien, amo, muy bien.

Parecía cierto que el milagro se había producido, pues el jayán razonaba y ajustaba sus respuestas como si jamás hubiera adolecido de la palabra. Aquel su lenguaje monosilábico se había metamorfoseado en un habla coherente, aunque parca. Domingo, respondiendo a la demanda de su amo, se dirigió al arcón sobre cuya abombada y claveteada tapa de remaches de cobre reposaba la ropa de Simón y, tomándola, la depositó sobre la cama. A continuación se dirigió al aguamanil, asió la jarra que reposaba entre sus curvas patas y llenó de agua la jofaina. Cuando el mandado fue cumplido, volvió la mirada hacia su amo demandando instrucciones.

—Baja a la cocina y aguarda allí; yo estaré enseguida contigo.

Seisdedos se desplazó con su acostumbrado sigilo de animal de bosque, cosa que invariablemente sorprendía a Simón, ya que parecía imposible que un corpachón de tal envergadura consiguiera ser tan cauteloso.

Simón hizo sus abluciones, y tras colocarse una calzas limpias y una camisola impolutos, se calzó las botas de piel de jineta. Luego bajó a la cocina, donde su madre y las otras mujeres, pretendiendo recuperar el tiempo perdido, habían colocado sobre la larga mesa una cantidad ingente de viandas, raciones y delicados manjares que el paladar de Simón casi había olvidado. En una olla, colgada de un hierro sobre las ascuas de fuego que ardían en el suelo del hogar, borboteaba un guiso cuyos efluvios obligaban a las aletas de la nariz de Seisdedos a ventear el aire. El padre de Simón presidía la mesa, y ante el alborozado parloteo de las mujeres, hizo valer su autoridad.

—Judit, ¿por qué no os lleváis a otro lado esta pajarería a fin de que vuestro hijo no se arrepienta de haber regresado?

—Perdonadnos, esposo mío, pues es tanta la alegría que nos embarga que comprendo que seamos inoportunas; pero al instante os complaceremos.

La madre, atendiendo el mensaje que le transmitía el esposo, tras besar a Simón y secarse las manos en el delantal que llevaba sujeto a la cintura, dio dos briosas palmadas que indicaron a las fámulas que debían abandonar la estancia. Simón, ante el asombro de su progenitor, conociendo las costumbres de su amigo y consciente de las penurias de los días pasados, alcanzó una de las bandejas que se empleaban para el servicio común y llenándola de viandas la colocó ante Seisdedos cual si fuera la ración corriente que acostumbra consumir una persona. Éste, como si fuera lo más natural del mundo, se dispuso a dar cumplida cuenta de los volátiles, empanadas, hojaldres y vaca que le habían adjudicado, regándolo todo, entre bocado y bocado, con un caldo de fabricación casera destilado al modo *kosher* que, puesto en un jarrillo con asa, le ayudaba a deglutir la comida.

—¡Por Samael[151] que un *ibbur*[152] parece haber poseído a este *goy*! ¡Jamás había visto ingerir de una sentada tal cantidad de comida!

—Tiene la fuerza de tres hombres, padre, justo es que coma por ellos.

Domingo actuaba como si todo aquello nada tuviera que ver con él, dando buena cuenta de los manjares puestos a su alcance, resarciéndose de las miserias pasadas.

Zabulón tomó de nuevo la palabra.

—¿Habéis pensado, hijo, qué os conviene hacer ahora?

—No sé bien si me conviene, padre mío, pero indefectiblemente sé qué voy a hacer.

—Y ¿qué es ello? Si es que puede saberse.

—He de averiguar qué ha sido de Esther, y la única persona que puede informarme al respecto es dom Ismael Caballería. Amén de que quiero preguntar por David; si bien me habéis notificado que no se encuentra en Toledo, deseo saber qué ha sido de él y, si es posible, verlo.

—Corréis un riesgo grande saliendo a la luz, pero comprendo que, aunque os aconseje lo contrario, no haréis caso de mis recomendaciones; es imposible poner puertas al campo, al igual que quimérico es intentar embridar un corazón enamorado. ¿Habéis indicado a vuestro amigo la conveniencia de, por el momento, no mostrarse en público?

—No os preocupéis por ello, hará lo que yo le indique y no se apartará ni un ápice del cometido que le marque.

Seisdedos había dado cuenta de su descomunal yantar y miraba expectante a su amo, aguardando instrucciones.

—Mejor será que le deis trabajo u algo que hacer en vuestra ausencia; no conviene que esté aquí mano sobre mano, las mujeres se asustarían. Por cierto, y... al hilo de ese dedo, intuyo que el apelativo le viene por esa rara anomalía.

—Cierto, y ése es el motivo por el que su abuela lo quitó de en medio; ya sabéis que no es bueno entre los cristianos ser diferente. —Simón se dirigió al muchacho—: Muéstrale tu mano a mi padre.

El gigante extendió ambas manos a través de la mesa y en su zurda pudo ver el judío, que quedó perplejo, aquella su rara singularidad. La palma tenía el tamaño de una buena chuleta de vaca y de ella salían, en vez de cinco, seis dedos que eran talmente como seis morcillas; a simple vista se podía adivinar la potencia de aquellas extremidades.

Seisdedos intuyó lo que en aquel momento se requería de él y, llegándose al hogar, tomó de un gancho uno de los hierros que servían para atizar el fuego. Sin aparente esfuerzo, cual si fuera un prendedor de cabello de mujer, lo dobló entre sus manos ante el asombro de Zabulón, no así de su hijo, quien ya había tenido ocasión de observar las capacidades del titán.

—¡Loado sea Adonai! La de cosas buenas o malas que se pueden hacer con semejantes herramientas.

—Eso no es nada, padre mío; ya tendréis ocasión de sorprenderos. Además, creo que ya tengo el cometido que puede llenar sus horas en mi ausencia.

Simón se levantó de la mesa y, haciendo un significativo gesto al muchacho, le invitó a seguirle. Éste alzó su asombrosa humanidad del banco que había ocupado y la madera crujió, aliviada, al verse libre de la carga.

—Imagino, padre, que en este tiempo no habréis tenido ánimo de ocuparos de mis palomas.

—Cierto, hijo mío. Vuestra madre ordenó a una de las criadas que de vez en cuando limpiara el palomar y que se encargara de que los comederos y bebederos estuvieran llenos, pero desde luego las aves no están como vos las teníais.

—Éste va a ser el trabajo de Domingo.

Simón, seguido por su sombra, se encaminó al segundo piso de la vivienda. La trampilla se abría en el tejado donde se ubicaba el palomar, pero la escalerilla de mano que hasta allí ascendía era más bien enclenque y Simón temió que cediera al soportar el peso de su amigo.

—Anda con tiento, no vaya a venirse abajo.

Primero ascendió Simón y, cuando ya en el tejado se fue a asomar por el hueco para ver cómo se las arreglaba su descomunal criado, vio como éste, prescindiendo de la escalera, había pegado un brinco y, sujetándose a los bordes de la lumbrera y mediante una poderosa flexión de sus brazos, ya mostraba medio cuerpo por la lucerna.

—Contigo nunca se sabe...

Las aves revoloteaban inquietas ante el estímulo de la voz de su amo al que, sin duda, habían reconocido, y la alegría de Simón al verlas se mezcló con la tristeza de los recuerdos que acudían a su mente al contemplar a sus palomas. El palomar se veía abandonado y sucio, y el muchacho, abriendo la escotilla, se pasó adentro, en tanto que con su habla tranquilizaba a las avecillas. Éstas se encaramaban a él, jubilosas, intentando compensar el tiempo de su ausencia.

—Hete ahí tu trabajo, Seis. Pide a mi madre los útiles que necesites e intenta adecentar todo esto —dijo señalando a su alrededor.

—Mejor se lo pedís vos.

—No, Domingo. Me has demostrado que puedes expresarte, procura hacerlo. Ve, y en tanto, yo te esperaré aquí arriba.

Partió el gigantón y Simón lo aguardó retozando con sus avecillas. Al rato, el doliente crujir de la escalera le indicó que Domingo estaba de regreso. El hombretón asomó por el portillo cargado con un cubo, un cepillo y un saquito de polvos de grasa de jabón, y depositándolo todo en el borde, comentó, alegre e inocente:

—Lo he pedido yo solo, y no se ha roto la escalera.

Simón, ante el comentario de Seis, no pudo por menos de sonreír. Cuando ya éste se hubo encaramado al tejado, el muchacho se deslizó hacia el tragaluz que había quedado expedito y, girándose y asomando por él todavía medio cuerpo, le dijo:

—Cuando hayas terminado, baja a comer; yo no sé si habré regresado. Mi padre se ocupará de ti, y sin su permiso, no pises la calle.

—Mi abuela me dijo que no os dejara jamás.

—Tu abuela no está aquí ahora y debes hacer únicamente lo que yo te ordene. Además, soy yo quien debe cuidar de ti, no tú de mí, ¿ha quedado claro?

—Sí, amo.

—Pues lo dicho, limpia el palomar y espérame abajo, que yo regresaré a la anochecida.

Pareció Domingo quedar conforme y, dando la espalda, se dispuso a cumplir su tarea.

Simón, descendiendo del tejado, se dirigió a su dormitorio y allí disimuló su apariencia trastocando su indumentaria. Se colocó una capa sobre su tabardo con mangas de ala y, cubriendo su cabeza, se puso un gorro que terminaba en un cono truncado y del que pendían dos lienzos que, descendiendo por los lados, le protegían del frío tapándole las orejas y, en caso necesario, también le procuraban un buen embozo ocultando su rostro. De esta guisa encaminó sus pasos hacia la casa del rabino de la sinagoga de Benzizá.

Tomó por Caleros y, pasando por el aljibe del Postigo del Fierro, que alimentaba la piscina del mismo nombre donde las mujeres judías en los días señalados celebraban el *micvá*, desembocó en la calle de Arriaza para dirigirse, finalmente, a la esquina de la calle de los Alamillos, donde se ubicaba la casa del tío de David, dom Ismael Caballería. Con el corazón en la boca se asomó Simón a la puerta de la entrada. Ante sus ojos apareció un patio de terrazo con altas ventanas lobuladas en su parte izquierda. El muro lateral que se hallaba a su derecha mostraba una fina labor de lacería, y en medio de él lucía un arquillo mudéjar bajo el cual arrancaba una escalera que conducía al piso superior. Al frente, un hermoso y amplio arco de herradura cubierto por un tejadillo protegía al caminante de las inclemencias del tiempo. En tanto Simón aguardaba a que le abrieran la puerta principal, en cuya jamba lateral se veía la ranura de la *mezuzá*, se llegó hasta la cancela y, sintiéndose los pulsos en la carótida, tiró de la cadena que obligaba a una campanilla a sonar en el interior. El clan-clan se oyó lejano, y a Simón le pareció que una eternidad transcurría desde el instante que su mano se apoyó en el asidero del llamador hasta que su oído captó el eco de unos pasos que se aproximaban. Tras la aldaba se abrió un cuadradillo, y el muchacho se sintió observado por unos ojos cautos y expertos que calibraban la entidad del visitante. Una voz le interpeló, imaginó que acuciada por el embozo que cubría su rostro y que no invitaba particularmente a la familiaridad.

—¿Quién va y qué se os ofrece?

Simón respondió con una pregunta.

—¿Está en casa el rabino?

—Para según quién... Y si no habéis pedido cita previa, seguramente no estará para vos.

—Decidle que soy un amigo de su sobrino David y que he estado mucho tiempo alejado de Toledo en la misión que él mismo me encomendó.

—Aguardad ahí, voy a ver.

Cerró el hombre la mirilla y se alejó en tanto que Simón, despojándose de su gorro, dejaba al descubierto su faz. Al poco regresaron los pasos y al muchacho le pareció que venían algo más apresurados. La puerta se abrió con un ruido de fallebas y pestillos, y apareció el mayordomo de una guisa muy diferente.

—Pasad. Dom Ismael os aguarda en la biblioteca.

Cerró el sirviente el portón y, seguido de Simón, fue adentrándose en la casa atravesando estancias y pasillos hasta una puerta de cuarterones sobre cuyo marco y en yeso resaltaba la estrella de David en medio de un cabalístico laberinto de signos judaicos. El hombre golpeó suavemente con los nudillos en una de las hojas y de inmediato sonó en el interior la voz del rabino autorizando la entrada. Empujó el sirviente el picaporte y, retirándose a un costado, invitó a Simón a que se introdujera en la estancia. Era ésta una pieza noble de buen tamaño, dos de cuyas paredes estaban tapizadas con espesos cortinajes de damasco verde cuyo faldón lo adornaba una cenefa dorada en forma de greca; la tercera pared la cubría un tapiz importado desde Damasco en el que lucían los trabajos de Hércules; en la cuarta había un anaquel de maderas finas y trabajadas. En dicho anaquel figuraban traducciones e incunables de la Escuela de Traductores de Toledo que, auspiciada por el canciller don Pedro López de Ayala, había alcanzado merecida fama entre los eruditos de todos los reinos, desde Albión hasta el Ponto Euxino y desde las frías tierras vikingas hasta los reinos bereberes. Al fondo de la estancia había una mesa de despacho de trabajadas patas, así mismo atestada de documentos, pluma y tintero de cristal y plata, y cajita de polvos secantes; tras ella, un cómodo sillón, de brazos también labrados y terminados en sendos grifos mitológicos, con respaldo y asiento de cuero repujado; frente a la mesa, dos escabeles cuadrados de cordobán de estilo mudéjar que invitaban más a reclinarse que a sentarse en ellos. La luz la proporcionaban una lámpara colgada del techo, de estilo visigótico, en cuyo doble aro lucían dieciséis bujías, y un candelabro de siete brazos, ubicado éste en la mesa del rabino.

Dom Ismael Caballería esperaba mayestático en el centro de la estancia. Vestía una hopalanda granate de amplias mangas y cubría su cabeza con un casquete del mismo color; de su cuello pendía una cadena de oro con un dije del mismo metal que imitaba una Torá en miniatura. Apenas retirado el sirviente y cerrada la puerta, abrió los brazos a Simón, invitándole al encuentro. El joven avanzó los pasos que le separaban del rabino y éste, posando sus manos sobre los hombros del chico, acercó su barbado rostro al de Simón y por tres veces depositó un ósculo sobre sus mejillas; luego se apartó de él y tomando distancia lo examinó cual si fuera un espectro.

—¡La *rahamim*[153] ha descendido hoy sobre su humilde siervo y le ha otorgado el don de volver a veros, bendito sea por siempre su nombre!

Luego, sin solución de continuidad, invitó a Simón a sentarse delante de su mesa, en tanto él lo hacía en el sillón del otro lado.

Una vez que estuvieron acomodados, habló el rabino.

—Ni sé por dónde debemos comenzar. Mi sobrino os dio por muerto, más aún cuando vuestro caballo regresó con la silla vacía, y pese a que volvimos sobre sus pasos y anduvimos rastreando los alrededores del puente, no encontramos restos de vuestra persona… Pasando los meses, conjeturamos lo peor.

—Y sin duda así habría sucedido de no mediar la *Shefá*,[154] que sin duda me protegió.

—Contadme todo, hijo mío, y no obviéis detalle alguno. Comenzad por el principio.

—Voy a intentarlo, rabino, pero a veces, por causa de los golpes recibidos, me falla la memoria y se me mezclan en la cabeza los sucesos; tal me ha acontecido al hablar con mi padre. En tales casos, no sé si una cosa ocurrió antes o después. Pero antes de que yo hable, decidme, por favor, cómo está David y si podré verlo.

—A lo primero os responderé que se encuentra bien; a lo segundo, que no es posible por el momento, pues se halla fuera de Toledo y va para largo.

—No podéis imaginaros cómo ha sufrido mi corazón durante este tiempo al ignorar la suerte que le cupo... Mi cabeza hizo mil cábalas, y lo imaginé prendido y muerto por aquellas alimañas.

—Contadme todo, hijo mío. Tomaos el tiempo que necesitéis, pero sabed que de vuestra explicación dependen las decisiones que adoptemos y que éstas pueden afectar, y mucho, a vuestros hermanos.

Simón comenzó a desgranar el cúmulo de desdichas que le habían acaecido a partir del regreso de Cuévanos, y a medida que hablaba, su memoria se iba afilando como un estilete y las remembranzas afloraban lentamente. Su disquisición fue tan prolija y detallada que el criado tuvo que entrar dos veces a cambiar las bujías del candelabro. Cuando el muchacho terminó, quedó vacío y roto como un odre de vino agostado, porque el relato, por lo minucioso, le había hecho revivir todas las amarguras y miserias pasadas. El rabino bebió más que escuchó toda la narración, y al terminar comentó:

—Parece un milagro. Adonai estaba de nuestro lado. David os dio por muerto cuando vio que vuestra cabeza rebotaba contra las piedras y os perdíais arrastrado por vuestro caballo.

—Tenéis razón. Hoy, cuando he amanecido en la casa de mi padre, he creído estar soñando.

—Y, decidme, ese criado vuestro al que sin duda debéis la vida y cuya hazaña de ayer en la explanada de la catedral está en boca de todos, y que por lo mismo ha llegado a mis oídos, ¿es tan fuerte como las lenguas del mercado sugerían esta mañana?

—Todavía más, rabino. Es un sansón; su fuerza es la de cuatro o cinco hombres.

—La alegría de veros a la vez que la urgencia de saber todo lo ocurrido me ha hecho olvidar las más elementales leyes de la cortesía, pues no os he ofrecido nada; dispensadme.

Dom Ismael hizo sonar la campanilla que descansaba sobre su mesa. En esta ocasión, pasado un tiempo prudencial, no acudió nadie a su llamada.

—Perdonadme un instante.

Se levantó el rabino de su mesa y, seguido por el vuelo de su ropón, salió de la estancia.

La cabeza de Simón bullía; no hallaba la manera de enfocar el tema de su amada sin despertar la sospecha de dom Ismael, y en tanto el rabino regresaba se estrujó las meninges buscando la fórmula de indagar sin despertar recelos. Al cabo de un tiempo prudente compareció de nuevo el dom, despotricando de los tiempos en los que les tocaba vivir y maldiciendo a los criados de su casa.

—Si en tiempos de mi señor padre éste tiene que acudir a las cocinas en busca de sus criados y los halla en el jardín trasero departiendo de sus cosas, no dudéis que los muele a palos midiéndoles la espalda con una vara de fresno. Pero ahora ya nada es como antes, y a todo se atreven estos zangolotinos aprovechados.

—No deberíais haberos molestado.

—De ninguna manera. Os he tenido aquí huero de alimento, seca la garganta, explicando vuestra alucinante historia, y ni siquiera he atinado a cumplir con los más elementales deberes del buen anfitrión. La jornada es joven, e intuyo que aún debemos conversar mucho rato. Ahora nos servirán un ligero condumio y proseguiremos nuestra plática.

Simón, que había pergeñado una estratagema, se dispuso, mediante circunloquios, a llegar al tuétano de la cuestión que deseaba averiguar.

—Rabí Ismael, creo que el gran rabino murió intentando proteger la aljama de las Tiendas; decidme, ¿es eso cierto?

—En el camino, cuando acudía a socorrer a tanto hermano en la desolación, le cayó en el occipucio un tablón ardiendo y ése fue el principio de su fin.

—Pero ¿murió allí mismo?

—A los pocos días, el doctor Gómez Amonedo hizo lo que pudo. No obstante, más que su sapiencia, lo mantuvo con vida el ansia de presenciar la boda de su hija.

Simón sintió que una palidez cadavérica invadía su rostro y temió que la misma delatara el estado interior de su espíritu ante la confirmación de la noticia que le había anticipado su padre. La llegada del criado con las viandas y bebidas encargadas por el rabino le ayudó a superar la angustiosa situación.

—La casa del gran rabino está cerrada, ¿acaso han partido todos hasta aliviar los días del duelo?

Simón fue consciente de que la expresión de dom Ismael se tensaba ante su pregunta, y supo que éste, sin ofenderlo, quizá iba a tratar de eludir la respuesta.

—Nunca he mentido, y jamás he defraudado la confianza que el gran rabino depositó en mí. Únicamente os diré que ordenó en su testamento que la mansión fuera vendida y que su mujer y su hija marcharan lejos de esta ciudad maldita. Lo que no puedo decir es adónde fueron; en el caso de la hija, porque no lo sé, y en el caso de la esposa, porque no debo.

Simón, ante tan diáfana respuesta, entendió que debía dirigir sus indagaciones en otro sentido.

—Habladme de David; estoy dispuesto a acudir adondequiera que se halle... tantas son mis ansias por abrazarlo.

—A David lo obligamos a partir; no era bueno que se quedara en Toledo... Y vos deberíais hacer lo propio. De cualquier manera, procuraré industriar los medios necesarios para que podáis dar un abrazo a vuestro amigo. Por otra parte, ignoro si los bellacos que os atacaron serían capaces de reconoceros, amén de que a los verdaderos instigadores del drama no les conviene mostrar su auténtica faz. Oficialmente, el rey no puede permitir que alguien tome en sus manos las atribuciones que competen en exclusiva a su autoridad. El obispo ya está agrandando el claustro de su catedral, y ha sido castigada una pléyade de desgraciados que, si bien fueron las manos que cometieron la tropelía, no fueron las cabezas pensantes que la diseñaron. Ahora todos están contentos. Por cierto, creo que el bachiller que fue azotado en el patio de las prisiones del rey murió posteriormente en las mazmorras del obispo; los demás aún andan en ellas... y va para largo.

—¿Por qué decís que debo partir?

—No conviene exacerbar los ánimos. El pueblo buscará un chivo expiatorio si intuye que tiene a mano a alguien que represente para los cristianos un peligro latente. Es mejor que vos y vuestro amigo, ese sansón del que me habéis hablado, desaparezcáis un tiempo del desfile.

—Hablaré con los míos, rabí Ismael, y os comunicaré mi decisión.

Cuando el muchacho regresó a su casa, la luna iluminaba Toledo y la ciudad aparecía ante los ojos de Simón resplandeciendo por los remates, circunvalada por las curvas del Tajo, como una corona de rubíes dejada al desgaire junto a un rebenque de plata.

El atentado

El Berlin Zimmer, ubicado en la conjunción de Fasanenstrasse con Joachimsthaler Strasse, era un barroco palacete cuya construcción databa de 1822. Constaba de dos plantas con cinco ventanales en cada fachada y una tercera abuhardillada y cubierta por un tejado de pizarra, ornamentada en sus esquinas por cuatro gárgolas que imitaban las bocas de cuatro dragones. La entrada estaba ubicada bajo el frontón de un templete griego, a imitación de un pequeño Partenón, sostenido por dos columnas dóricas. La salida del edificio por su parte posterior daba a una terraza elevada, rodeada por una balaustrada, que a su vez descendía mediante una amplia escalinata de mármol a un parque de espesa vegetación —con sicomoros, robles, arces, arbustos, parterres de flores y arriates— que ocultaba sinuosos y estrechos caminos, en cuyos recoletos y románticos rincones se escondían bancos de madera junto a evocadoras estatuas griegas, los cuales confluían en una glorieta ubicada en la parte posterior; en el centro del parque había un inmenso estanque de irregulares bordes en el que flotaban grandes nenúfares y nadaban, majestuosos, cinco parejas de cisnes blancos y negros, una miríada de peces de colores y varios grupos de plateadas carpas. Un altísimo muro que impedía cualquier curiosa intromisión desde el exterior circunvalaba el conjunto ocupando toda la manzana, pues lindaba con Kudamm por el este, con Uhlandstrasse por el sur y con Lietzenburger por el oeste.

La semana anterior, Manfred, Karl y Fritz Glassen, otro de los componentes de la célula, que trabajaba como montador en la sección de radios de campaña de la Telefunken, se habían turnado para controlar las salidas y entradas del edificio, y habían considerado que el plan de Manfred era viable.

Manfred, que tenía grandes aptitudes histriónicas, se había hecho socio del Kleist Casino y del Silhouette, dos de los locales más afamados y exclusivos de Berlín por la misma idiosincrasia de sus asociados, quienes se hallaban entre lo más granado de la sociedad berlinesa: prohombres del régimen, grandes industriales, dirigentes del partido y hasta algún que otro jefazo de las SS. Manfred tuvo que rellenar un escrito de inscripción y entregar con éste cuatro fotos de carnet. Contó con la inapreciable ayuda de Sigfrid, quien buscó de entre sus deudores de póquer dos socios de los referidos centros cuyas firmas le sirvieron para falsificar dos avales.

Allí, primero desnudo con una toalla sujeta a la cintura y sudando en los bancos de madera de la sauna, y después arreglándose en los vestuarios, había entablado conversación con varios de los individuos que frecuentaban aquellos parajes, tomando buena nota tanto de su amanerada forma de hablar como de su manera de vestir. A tal punto conseguía imitarlos que, ensayando un día en el espejo de su casa, no pudo impedir las carcajadas de Helga, que creía que todo era una artimaña para congraciarse con ella mostrándose ocurrente y divertido tras el enfado por su tardanza la noche de la conferencia en el Schiller.

En tanto Karl Knut y Fritz Glassen, ayudados por dos especialistas del Partido Comunista habían preparado el material, Sigfrid había dispuesto, con su habitual habilidad, una carta con el sello de las acererías Meinz firmada por el apoderado que acostumbraba alquilar el palacete, cuya rúbrica había sido suministrada por uno de los miembros de su célula que trabajaba en el departamento de contabilidad de las fábricas.

A las nueve de la mañana del día del evento, se detenía en la puerta del palacete un pequeño descapotable conducido por un Manfred atildado y compuesto exageradamente según el modelo aprendido, y seguido por una camioneta de reparto en cuyos laterales se podía leer en letras azules: INSTALACIONES DE AUDIO Y TELEFONÍA ROCHER.

Manfred se apeó del vehículo y, con paso de bailarín, subió los tres peldaños del templete, observado por un impasible portero que, acostumbrado a ver por allí a personajes amanerados y acicalados de aquella guisa, leía el periódico en su garita, absolutamente indiferente a cuanto pasara en aquel recinto que se alquilaba para las más diversas actividades, puesto que ya nada podía rebasar su capacidad de asombro. Al mismo tiempo, Karl Knut y Fritz Glassen descendían de la camioneta y, abriendo la compuerta trasera, comenzaban a descargar una serie de cajas.

El portero detuvo a Manfred intuyendo que era el responsable de la descarga.

—¿Qué están haciendo? Llévese el coche y diga a ésos que carguen en la camioneta lo que están descargando. ¡Y circulen! Aquí no se puede descargar.

—¡Uy, qué modos, por Dios! ¿No le han enseñado a informarse?

Apareció entonces un individuo con aspecto de conserje, vestido con un uniforme azul marino que en la bocamanga de la chaqueta llevaba un galón dorado más ancho que el del portero y que en aquel momento asomaba por la puerta con unos papeles en la mano:

—¿Qué pasa aquí? —interpeló

—Nada, señor, estos individuos, que al parecer están descargando algo... y eso que hay un aviso bien visible que prohibe la carga y descarga.

El plan previsto basaba su eficacia en la sencillez y contaba con la natural sumisión del buen pueblo alemán ante alguien que tuviera el aplomo de expresarse con cierta autoridad. Manfred, controlando sus nervios, adoptó un tono entre sardónico y autoritario.

—«Estos individuos», como usted dice, tienen mucho trabajo en otro lugar y se marcharán gozosos siempre y cuando tengan ustedes la amabilidad de informar a herr Staler —dijo Manfred, en referencia al apoderado de la industrias Meinz— de que no se ha montado el sonido para el discurso que hay en los postres, y eso porque unos bedeles celosos de sus prerrogativas lo han impedido.

El conserje, recogiendo velas y lanzando una furibunda mirada al portero, argumentó:

—Nada se nos ha dicho al respecto, compréndalo. Si tiene el pase y la bondad de explicarme cuál es su trabajo, gustoso colaboraré en facilitárselo; para eso estamos, ¿no es verdad Archivald?

El otro, aliviado porque su superior le había librado de toda responsabilidad, se refugió en la caseta sin nada añadir.

—Excúseme, señor. ¿Tendría la bondad de explicarme el motivo de su visita? —añadió el subalterno, obsequioso.

—Herr Staler ha encargado a mi empresa el montaje del sonido para esta noche.

—Pero, señor, debe de saber que hay un excelente equipo que funciona siempre que hay alguna fiesta, y no es por decirlo, pero hacemos muchas al cabo del mes, y el equipo se oye perfectamente por todo el palacete y también por el jardín.

—Me consta. Sin embargo, no es lo que pretende herr Staler.

El hombre dudaba y quería asegurarse de que la decisión que tomara fuera la correcta. Manfred se dio cuenta y procedió a aclarar sus dudas exagerando sus afectados modales.

—Pues mire, resulta que al acabar la cena habrá unos parlamentos desde la presidencia, y antes de que dé comienzo la celebración propiamente dicha, herr Staler pretende que la palabra salga desde donde esté ubicado el orador para dar más presencia y relevancia al acto, ¿me comprende?

—No del todo, señor.

Manfred simuló ponerse nervioso.

—¡Odio explicar cosas a personas legas en la materia! ¡Por Dios, qué aburrimiento, siempre lo mismo! A partir de ahora voy a presentar dos facturas de honorarios, una por trabajar y otra por explicarme.

El otro, entre mosca y receloso, comentó:

—Comprenda que yo me limito a cumplir con mi obligación... como hace usted con la suya, señor.

Karl intervino simulando calmar a Manfred.

—Entiéndelo, él no tiene por qué saber en qué consiste tu trabajo. ¡Un poco de paciencia!

—Empiezo de nuevo: la palabra tiene que salir desde donde está situado el orador, y con el sonido general que tienen instalado, un convidado que tenga un altavoz más próximo a su espalda verá mover los labios al disertante y lo oirá por su culo, y eso que he nombrado, no me lo negará, se ha de emplear para otros menesteres más gratos, ¿no es cierto? ¿Me he explicado bien o ha pasado un carro?

—Creo que lo he entendido —respondió el otro violentísimo—. ¿Me hace el favor de mostrarme la autorización?

—Está usted en su perfectísimo derecho.

Manfred extrajo del bolsillo la carta con la firma del apoderado de las industrias Meinz y la entregó al hombre, que poniéndose unas gafas comenzó a leer.

El texto no dejaba lugar a dudas. La empresa Rocher quedaba contratada para montar un equipo de sonido de refuerzo —amplificadores, altavoces, mesa, micrófonos, etcétera—, expreso para palabra y ubicado precisamente detrás de la presidencia. El hombre, luego de leer el texto, vaciló un momento. La comprobación del documento era irrealizable, pues era sábado y no había nadie en las oficinas de las industrias Meinz. Por otra parte, le pareció que los sellos y la firma eran los de siempre. Decidió no arriesgar su puesto por un hecho tan fútil. Volvió a quitarse las gafas y, reivindicando su autoridad y salvando la faz de su compañero, dijo:

—Todo está claro, pero, sintiéndolo, aquí no se puede descargar. Tienen que ir por detrás.

—¿Ve como todo puede arreglarse hablando? —arguyó Karl.

Manfred, que conocía el paño, pensó que no podía perder la ventaja adquirida cediendo a la pretensión del hombre.

—¡Lo que me faltaba! Ahora debo entrar por la puerta de servicio como si fuera un pastelero! ¡Vámonos, que hagan su discurso con un canuto! Pero ¿con quién se ha creído que está tratando? ¡Yo soy Theodor Katinski. —El nombre, lógicamente, era inventado—. ¡Soy uno de los mejores decoradores de esta jodida ciudad, y me largo! ¡Quieres complacer a un amigo y te tratan como una mierda!

Al otro no se le pasó por alto lo de «amigo».

—Es que ya está montado todo y hemos retirado las fundas de las alfombras. Es por eso, señor Katinski, que le he rogado que, si no le importaba, accediera por la puerta del jardín.

—¡No! ¡Usted no me ha rogado, usted me ha mandado a la puerta de servicio, y no se lo acepto!

El conserje se vino abajo definitivamente.

—Por favor, le ruego me excuse, pero no dude que ha sido un malentendido; pasen por aquí mismo. —Entonces, volviéndose hacia la garita del portero, chilló—: ¡Archivald, llama a cocinas y que suban dos hombres a ayudar a los señores!

El portero, tras los cristales, tomó el telefonillo y se puso a hablar.

El grupo fue entrando en el palacete. El barullo y la confusión que armaban los distintos industriales que montaban la recepción era tremendo; cada uno iba a lo suyo arrimando el ascua a su sardina y las discusiones por invadir el terreno del otro eran incesantes; los floristas luchaban a brazo partido por ocupar las mejores peanas para colocar sus flores; los restauradores querían paso franco para camareros y lugares apropiados para las mesas de rango, y los encargados de la decoración interior bregaban con adornos, cintas y oropeles.

Al cabo de dos horas, la camioneta y el descapotable abandonaban el palacete. Tras la larga mesa de la presidencia lucían dos grandes altavoces colocados sobre los correspondientes trípodes. Ante ellos, y para disimularlos, habían sido dispuestos dos altos ramos de flores, que amortiguaban, además, el ligero tic-tac que salía del de la izquierda.

La fiesta comenzó a las ocho con puntualidad germánica. Los invitados fueron entrando en grupos, más o menos juntos, y mirándose con curiosidad festiva. La puerta estaba discretamente vigilada por miembros de la Gestapo vestidos de paisano con negros abrigos de cuero largos —que los delataban, quizá más aún que si hubieran ido de uniforme—, quienes controlaban las invitaciones pidiendo a muchos de los asistentes sus acreditaciones. Los invitados eran de muy diversa condición y se diferenciaban tanto por su edad como por su aspecto. Los había con uniformes, y también hombres maduros elegantemente vestidos con ternos de alto precio, así como jovencitos de aspecto exagerado y cabellos tintados. Y todos, en su conjunto, emanando una seguridad impropia de aquellos tiempos en los que el Estado perseguía a los homosexuales, como personas que estuvieran por encima del bien y del mal. Lo cierto era que pese al recuerdo de la Noche de los Cuchillos Largos, en la que el Führer hizo asesinar a Ernst Rhöm en plena orgía, y pese a las leyes que castigaban el vicio contra natura, éste había florecido de tal manera entre la influyente clase política e industrial que todos eran conocidos en el Berlín de la preguerra, y los nombres de muchos de ellos estaban en boca del pueblo e incluso eran veladamente aludidos por los cómicos que en los *Kabaretts* hacían las delicias del respetable.

La mansión era un lujo, y la admiración de todos los que iban entrando se reflejaba en las expresiones de asombro que se oían. Los invitados dejaban sus abrigos, gabanes y sobretodos en la guardarropía, y se adentraban en los salones. Allí eran recibidos por un tropel de sirvientes, uniformados con impecables libreas, que les ofrecían diversos cócteles o copas de champán rosado de una exclusiva y carísima marca. Los grupos se iban repartiendo, y en tanto los de más edad pasaban a los jardines y terrazas, los más jóvenes se dirigían a los dormitorios del primer piso, siguiendo los nuevos las directrices de aquellos que habían asistido ya en otras ocasiones a aquel tipo de fiestas. Un cuarteto de cuerda amenizaba sin molestar las conversaciones, y de los pebeteros emanaban efluvios de sándalo que contribuían a hacer la atmósfera más íntima y recargada. El comedor ofrecía un magnífico aspecto. La mesa de la presidencia era alargada y ocupaba en su totalidad la pared del fondo, cuyo paño central, justo entre dos ventanales, estaba cubierto por un tapiz de gobelinos que representaba una cacería con motivos mitológicos, los cuales a su vez se repetían fraccionados, reproducidos en esculturas de porcelana de Rosenthal, a lo largo de la mesa y así mismo ocupaban, rodeados de coronas de flores y de un velón encendido de distintos colores, los centros de cada una de las mesas de ocho comensales distribuidas ordenadamente en el gran salón. El champán y las bebidas iban alegrando el ambiente, y los uniformes de las SS y los esmóquines de los civiles iban ocupando en los veladores los lugares respectivos, que estaban determinados por unos historiados tarjetones en cuyo centro, en letras góticas, figuraban los nombres de los invitados de una forma alternativa; es decir, en medio de dos lugares marcados por un cartoncillo había uno sin marcar. Los hombres fueron ocupando, entre bromas y risas, los puntos designados, en tanto especulaban con los nombres de los que iban a ser sus fortuitos acompañantes, designados por el azar o por la influencia de los más importantes. Cuando todos estuvieron sentados, un chambelán de solemne aspecto llamó la atención con un seco golpe de vara en el parquet. Entonces el anfitrión se levantó del lugar central que ocupaba en la mesa presidencial y tomó la palabra.

—Buenas noches, queridos amigos, y gracias, señores, por su asistencia. —La voz salía potente y diáfana por los dos altavoces que se hallaban ubicados tras el personaje—. Nos hemos reunido aquí para pasar un rato en amable compañía sin la enojosa presencia de nuestras esposas, que, por cotidiana, se hace a veces algo monótona. —Se escucharon risas de los asistentes—. En la culta Alemania del siglo veinte es normal que, tras haber cumplido con la obligación de criar hijos para el Führer, podamos permitirnos alguna que otra licencia que antes que nosotros se permitieron pueblos tan cultos como fueron los griegos o los romanos, sin caer, no obstante, en la tentación de cambiar alguna de nuestras queridas consortes por una cabra o dos ovejas... como hacen todavía pueblos de la cordillera del Atlas. Sé que a más de uno le he dado una idea. —Más risas—. Es por ello que en ocasión tan señalada como es el ascenso a *Standartenführer*[155] de mi muy querido amigo mayor Ernst Kappel, he decidido homenajearle con esta pequeña fiesta sorpresa entre amigos. Ahora se preguntará más de uno: «¿En qué consiste la sorpresa?». Voy a calmar de inmediato la curiosidad que haya podido despertar mi anuncio. Solamente él tendrá derecho a escoger pareja de baile, y ya suponemos a quién va a elegir. Para los demás, será una cuestión de azar el acompañante que la suerte o la natural simpatía les depare esta noche. Pero es mejor un ejemplo vivo que mil palabras. ¡Señores, levanto mi copa a la salud del coronel! Que por muchos años pueda prosperar al servicio del partido y que podamos reunirnos todos para celebrarlo.

Tras estas palabras, como un solo hombre, los invitados se pusieron en pie con las copas alzadas y mirando a la presidencia, en tanto el anfitrión y el coronel Kappel se daban un afectuoso y cómplice abrazo.

—Y ahora, damas y... ¡Perdón, es la costumbre! Rectifico: ¡ahora, caballeros, que empiece la fiesta!

Al momento se apagaron las bujías de la lámpara central y de los apliques de las paredes, y quedó la estancia en la penumbra, iluminada apenas por las llamas de los pabilos de las velas. Las puertas se abrieron y entraron en el comedor unos jovenzuelos cubiertos únicamente por unas cortas clámides blancas, calzados sus pies con doradas sandalias de cintas anudadas a las pantorrillas y ornadas sus cabezas por coronas de mirto. En unas altas parihuelas y al son de flautas de caña, tamboriles de pastor y cítaras, portaban a Stanislav Karoli, bailarín estrella del teatro Odeon, maquillado de tal forma que sus ojos parecían talmente dos lagos azules y vestido con las mallas y aditamentos que usó Nijinski cuando estrenó en Berlín *La siesta de un fauno*, en el debut de los Ballets Rusos de Diaguilev. El joven fue depositado junto al lugar vacío que había al lado de Kappel. Entonces, entre los aplausos de los asistentes, herr Meinz tomó de nuevo el micrófono y, dirigiéndose a los efebos, dijo:

—Señores, lo dicho, ¡cada oveja con su pareja! Que cada uno se coloque donde la fortuna lo llame o donde mejor le cuadre, y el invitado que no se conforme que piense que peor estaría en su casa con la propia.

Grandes risotadas acompañaron las últimas palabras del anfitrión. Luego, a la vez que los jóvenes eran llamados desde todos los rincones del salón e iban ocupando, alegres y risueños, los lugares que había entre los comensales, se encendieron de nuevo las luces y, al ritmo de un vals de Strauss, entraron los criados, uniformados a la federica, con calzón corto azul, casaca roja festoneada de pasamanería dorada y medias y guantes blancos. Unos portaban soperas de una crema fría de apios y rábanos; otros, sobre el hombro, bandejas en las que lucían faisanes, decorados con sus auténticas plumas, acompañados de una guarnición de exquisitos manjares. Todos los criados se colocaron al lado de las mesas. Luego, a una señal del *maître*, comenzaron a servir al unísono entre el jolgorio de los travestidos jovencitos y las exageradas muestras de afecto que los encopetados comensales prodigaban a sus respectivas parejas.

A las diez de la noche, un criado se acercó a la mesa de la presidencia y deslizó al oído del coronel unas palabras que hicieron que éste, dejando su servilleta sobre el mantel, se dispusiera a levantarse para acudir al teléfono; el único que sabía dónde estaba aquella noche era su ayudante, el capitán Brunnel. Kappel se agachó y a su vez habló al oído de su joven amigo, quien asintió con un mohín de contrariedad. En tanto el militar se alejaba, luego de excusarse con su anfitrión, el joven se quedó mirando fijamente su mano izquierda, en cuyo dedo anular refulgía, con iridiscentes reflejos, un hermoso zafiro.

Kappel llegó a la cabina, cerró tras de sí la encristalada puerta y habló.

—Dígame, Brunnel. Imagino que el tema debe de ser importante para que me importune aquí, en circunstancia tan especial.

Al otro lado del hilo, la voz de su ayudante sonaba atribulada.

—Verá, coronel, ha llamado su esposa y me ha obligado a

buscarle. Creo que su hijo pequeño ha sufrido quemaduras importantes jugando con una botella de gasolina en el garaje de su casa. Lo han llevado urgentemente al hospital de San Pablo, que está entre Ringerstrasse y Pfalzburgerstrasse al lado de Hohenzollerndamm. Su esposa me ha amenazado diciendo que si no le aviso, acudirá personalmente hasta aquí e interrumpirá la reunión, pese a que le he dicho que se desarrollaba en el despacho del general Beck... Me temo que no me ha creído. Pienso que sería bueno que usted acudiera o la llamara al hospital. Coronel, si se me presenta aquí, ¿qué hago?

—No lo hará en tanto su hijo esté en peligro. ¿Quién está al mando en ese centro?

—El cirujano jefe es el doctor Stefan Hempel. Esté tranquilo, mi coronel. Hempel es un excelente profesional; fue el que salvó la vida del hijo del *Obergruppenführer* Reinhardt Heydrich.

En el teléfono hubo un silencio ominoso a ambos lados de la línea. Luego, la voz de Brunnel se dejó oír de nuevo, y era la de un hombre angustiado.

—Perdone que insista, mi coronel... Si por aquellas cosas se presenta su esposa, ¿qué hago?

—Váyase a su casa y diga al oficial que esté al cargo que si acude mi mujer, le comunique que he salido hacia el hospital.

El militar colgó el auricular y se dirigió de nuevo al salón del banquete. Sospechaba que la llamada obedecía a una de tantas argucias de su mujer, cuyos celos la impelían a provocar situaciones que obligaran al coronel a dejar cualquier cosa que estuviera haciendo y acudir a su lado. Aun así, se dijo que en aquella ocasión debía de ser cierto, ya que no la creía capaz de llegar tan lejos. De cualquier manera, la noche se había roto y el coronel comenzó a pensar en la excusa que tendría que dar a su amante.

En aquel momento, y cuando ya se dirigía al comedor, el cielo pareció venirse abajo. Una horrísona explosión hizo que el palacete temblara, crujiendo toda su estructura y estremeciéndose como un animal herido. Las luces se apagaron, las lámparas se vinieron abajo y los cuadros se descolgaron de las paredes. El coronel Kappel se vio proyectado contra una chimenea, en medio de una nube de polvo, por la fuerza expansiva de la deflagración, quedando un segundo atontado, sin comprender qué era lo que había ocurrido. Luego comenzaron a pasar ante él sombras gimientes con las ropas hechas jirones, y las caras tiznadas de humo y llenas de sangre. Poco a poco una idea terrible se fue abriendo paso en su mente: ¡el gas! Sin duda, una fuga de gas había explosionado al incentivo de cualquier chispazo o a la llama de cualquier mechero. Intentó ir contracorriente y dirigió sus pasos hacia el salón del banquete, apartando a empellones y codazos a todos los que se interponían en su camino. Pisó cuerpos, e incluso llegó a golpear caras que se le acercaban intentando disuadirle de su empeño. Por fin pudo asomarse a una de las puertas laterales del salón del banquete: el espectáculo era dantesco, el siniestro era total. Cuerpos inánimes cubrían el parquet; las llamas habían prendido en tapices, cortinajes y manteles; había heridos que clamaban en el suelo, hechos un amasijo de colgajos de carne y sangre, tendiendo sus manos hacia el vacío; y, entre todo el caos, cadáveres descoyuntados y miembros esparcidos, restos de cristal y porcelana en todas direcciones. Dirigió su mirada hacia la presidencia. Sin saber cómo, su atención quedó clavada en un hecho singular: a los pies del que había sido su anfitrión aquella noche, se hallaba un brazo arrancado de cuajo en cuya mano destellaba, con un brillo fúnebre y acerado, una gota de hielo azul… Era el zafiro que acababa de regalar a su amante. El recién ascendido coronel Kappel se apoyó en un canterano y vomitó.

Córdoba

El viaje de los Ben Amía tocaba a su fin. Había durado nueve días con sus correspondientes noches y había transcurrido por muy diversos parajes siguiendo la ruta alternativa de Al Idrisi.[156] Siempre los había precedido la escolta que el rey había tenido a bien concederles para cumplir la promesa hecha al gran rabino en su lecho de muerte; la sola presencia de aquellos hombres disuadía de acercarse a aquellos cuyo único oficio radicaba en el expolio y la rapiña de los viajeros. De Toledo habían dirigido sus pasos a Yébenes para, pasando por Malagón, descender a Calatrava y de allí, en dos etapas, a Caracuel, para descansar una jornada completa en la Venta de la Alcudia. Luego, bien protegidos por la escolta —que anduvo ojo avizor y mano presta al pomo de la espada, a causa de las partidas de bandoleros, indistintamente moros o cristianos, que anidaban en aquellos riscos—, pasaron Sierra Morena por los abruptos puertos de Yebel-Harir (monte de la Seda) y Calatraveño, para dejar atrás el castillo de Pedroche, dirigirse a Montoro y finalmente desde allí descender hasta Córdoba.

Esther había partido de Toledo absolutamente desolada, pero a medida que el viaje transcurría y los días iban mitigando su dolor, fue captando las indiscutibles calidades que adornaban el espíritu de su esposo, no sólo a través de las conversaciones mantenidas con su ama sino también por el trato exquisito que aquél tenía para con ella. Todo ello coadyuvó a que, poco a poco, Rubén fuera ganando su voluntad, y lo que más influyó en tal logro fue la actitud de respeto que el muchacho mostró hacia su persona, pues no hizo insinuación alguna en lo referente a consumar el matrimonio, permitiendo que cada noche y en las paradas que iban haciendo —ya fuera en una población donde hallaran acomodo en un posada, venta o albergue, o en campo abierto donde a veces las circunstancias les obligaba a detenerse y a pernoctar en las galeras— la muchacha compartiera acomodo con Sara, que no comprendía la manera de comportarse del recién casado. Cierto día, habiendo ya sobrepasado Puertollano, Rubén invitó a Esther a montar la mansa acémila que a veces cabalgaba Gedeón, ya que el día era hermoso e invitaba a viajar al aire libre y a respirar fuera de la carroza. El viejo criado se encaramó en el carricoche junto a Sara, y Esther, a quien su juventud le pedía ejercicio y los días pasados bajo la lona de aquel carruaje se le hacían eternos, agradeció la oportunidad que se le brindaba de hacer el camino como lo habría hecho con su amado Simón, caso de que sus planes referidos a aquel maldito Viernes Santo de los cristianos hubieran salido tal como había planeado y no hubieran caído sobre sus cabezas el cúmulo de desventuras que habían acaecido en aquella infausta noche.

Cabalgaba Esther, instalada en sus pensamientos, acomodada de costado en la alta montura de dama que, al desmontar Gedeón, habían ajustado los postillones.[157] La muchacha iba rumiando lo increíble de toda aquella circunstancia cuando percibió que su esposo había adecuado el paso de su cabalgadura al de la de ella. Nunca olvidaría aquel diálogo.

—Tenemos pocas ocasiones de hablar, esposa mía. Durante el día debo andar vigilante junto a la escolta para que nada perturbe la seguridad de vuestro viaje… Y de noche, roto por el cansancio y por el respeto que tengo a vuestro reposo, me parece improcedente turbaros con exigencias de marido que, en estas circunstancias, se me antojan inadecuadas.

Recordaba que, azorada, respondió algo parecido a:

—Estoy aquí, acatando la póstuma voluntad de mi padre el gran rabino, y dispuesta a ser una obediente y buena esposa.

—Cosa que os agradezco, Esther. Pero mi deseo más íntimo es que algún día consiga ganarme no vuestro respeto sino vuestro amor, que, por otra parte, intuyo pertenece a otro.

Ella no esperaba aquella respuesta, y su momentáneo silencio corroboró a Rubén que su conjetura estaba justificada.

—Considero, Rubén, que malo es fundamentar en la mentira cualquier relación, sea de amigos o de marido y mujer, y no va con mi carácter ni jamás ha sido ésta mi manera de proceder. Realmente tenéis razón, pero os habéis equivocado en el tiempo del verbo: no es «pertenece», es «pertenecía», pues el hombre al que yo había entregado mi corazón ofreció su vida por nuestro pueblo... y eso hizo posible que me desposarais. Sois un buen hombre, y si esta unión ha sido el último acto que pude hacer por complacer a mi padre, ésta fue mi ofrenda... porque ya todo daba igual.

—Aquélla, en verdad, fue una noche terrible. Y ¿puedo saber quién era el elegido de vuestro corazón?

—Qué más da; dejemos a los muertos con los muertos. Seré vuestra esposa de hecho y consumaré nuestros esponsales cuando vos lo deseéis. Os agradezco que hayáis respetado mi duelo y aplazado nuestro primer encuentro como marido y mujer para mejor ocasión, pero sabed que estoy dispuesta.

—¿Añadiréis, tal vez, que al sacrificio?

—No es preciso el amor para cumplir la obligación que me he impuesto. Entendedlo, Rubén: el día que dispongáis, me hallaréis preparada.

—Difícil me lo ponéis, señora. Si ignorar quién es mi rival es asaz complicado, más lo es tener que disputar vuestro amor a un fantasma cuya muerte lo ha adornado, ante vuestros ojos, de las más excelsas virtudes.

Tras este razonamiento, Rubén permaneció en silencio un buen rato en tanto que la mente de Esther evocaba momentos y frases que formaban el acervo de recuerdos que los cortos instantes vividos junto a su amor habían depositado en su corazón cual rescoldo de hoguera inextinguible.

Súbitamente sintió que el pecho de Rubén exhalaba un profundo suspiro y escuchó de nuevo su voz.

—Os agradezco infinito vuestra actitud que, por otra parte, os ennoblece, y descubro en vos cualidades más propias de hombres, cuales son la sinceridad y la conciencia del deber, que no de mujer. Si no una amante esposa, cierto estoy de que en vos hay un excelente y fiel camarada que velará por nuestros comunes intereses. Creo que merecéis la confianza que voy a depositar en vos, relativa a todas aquellas cosas que conciernan a nuestra familia y que he arreglado.

Esther lo miró, interrogante.

—Me honráis. Y no lo dudéis: si no amor, hallaréis en mí una firme compañera; vuestra empresa será la mía y míos vuestros intereses.

Rubén, sin demora, comenzó a hacerla partícipe de sus planes y a ampliar todas las confidencias que anteriormente le había hecho en Toledo.

—Antes de partir, me puse en contacto con el rabinato de Sevilla a través de mi padre, pero sin decir que soy su hijo, y he obtenido plaza de maestro en el *jeder*[158] de la aljama para dar clases a los jóvenes. Así mismo, ejerceré de *chazán*[159] en la sinagoga que está junto a la puerta de las Perlas[160] en la plaza de Azueyca y que tiene su entrada por la calle de Archeros, y además también practicaré de *mohel*,[161] tarea para la que igualmente creo estar dotado. Sin contar con la herencia de vuestro padre, podremos vivir con dignidad del fruto de mi trabajo. Sevilla es una gran ciudad y, al igual que a Toledo el Tajo, baña sus aledaños el Guadalquivir, un río caudaloso y navegable, a cuya orilla viviremos en una quinta preciosa que he adquirido a través de apoderados que lo fueron de vuestro padre, que Elohim haya acogido en su seno, ya que don Juan Alonso Pérez de Guzmán, alguacil mayor de Sevilla, nos ha autorizado, como a alguna otra familia, a morar fuera de la aljama. Gozaremos de la protección real. Y ahora, debo deciros lo más importante.

Esther lo miró, expectante.

—Cuando lleguemos a Sevilla desaparecerán los apellidos

de Ben Amía y de Abranavel. El rey nos ha autorizado a cambiarlos por los segundos de mi familia, Labrat ben Batalla, a fin y efecto de que se desvanezcan los vestigios de nuestra historia, para lo cual ya me he proveído de los correspondientes salvoconductos y acreditaciones selladas por el mismísimo Juan I. De esta manera, espero que nuestros días transcurran en paz con nuestros vecinos y que nuestros hijos no tengan que sufrir otra calamidad como la que asoló la aljama de las Tiendas. En llegando a Córdoba despediré a la escolta y continuaremos hacia Écija sin ella; prefiero arriesgarme a un encuentro embarazoso que, a través de alguna indiscreción, se sepa en Toledo adónde hemos encaminado nuestros pasos y cuál es el destino final de nuestro viaje.

—Agradezco infinitamente vuestra confianza, y no dudéis que de mi boca nada ha de salir sin vuestra autorización, aunque no os niego que va a resultarme dificultoso recordar que a partir de este momento ya no me llamo Abranavel. Pero decidme, ¿qué es lo que vais a hacer con los criados?

—Los únicos que seguirán con nosotros serán el viejo Gedeón y Sara, vuestra ama; a los demás se les abonará la mitad de sus emolumentos en Córdoba y la otra mitad en Toledo a su regreso. Nadie sabrá nada al respecto de nuestra nueva identidad.

Tras esta larga charla, Esther regresó a la carreta.

Córdoba la Sultana, arrebatada al islam por Fernando III, apareció en una revuelta del camino ante sus asombrados ojos, hermosa y engalanada como una novia. La riqueza de su vega y su desbordante arquitectura árabe contrastaban fuertemente con la sobria construcción de la ciudad castellana dejada atrás junto a sus recuerdos más queridos. Tal como había dispuesto, Rubén despidió a la escolta a la vista de Medina Azahara, la ciudad palatina que Abderramán III, enamorado, mandó edificar en el año 936 en un risco a dos leguas de Córdoba, sembrando las laderas del monte de flores de azahar a fin de que su amante cristiana, la bella Al-Zahara —La Flor—, viera en la amanecida la blancura de la nieve a la que estaba acostumbrada en el frío reino del norte del que procedía. En Medina Azahara, en tiempos estandarte y orgullo de la dinastía omeya, Rubén agradeció a la escolta los servicios prestados, entregando al capitán una fuerte suma, a repartir con sus soldados, y diciéndole que habían llegado al final de su viaje. El destacamento volvió grupas, tras desearles los mejores augurios. A las dos horas, las galeras de Rubén y Esther, acompañadas de las cabalgaduras de los criados, se adentraron en la ciudad a fin de descansar unos días y reponer fuerzas, antes de completar la última etapa de su viaje que pretendía Rubén fuera en compañía de algunas de las caravanas de comerciantes que se dirigían a mercar a Sevilla. Antes, debía hallar la fórmula de asegurar el transporte de los tesoros que iban ocultos en el interior de las carretas, para lo cual en Córdoba tenía que acudir a la Casa de la Blanca, antigua ceca mora, y ponerse en contacto con el *dayanim*, que además ejercía de banquero, un antiguo amigo de su padre al que, por cierto, éste debía algunos favores.

Fueron entrando en la ciudad, y aunque su momento de esplendor ya había pasado, Esther, que observaba calles, palacios y edificios por la rendija que mediaba entre la persianilla que cubría la ventana y el marco de la misma, quedó prendada del espectáculo que se ofrecía ante sus ojos. Las gentes eran muy diferentes a las de Toledo, y el contraste entre la seriedad de los castellanos —forjada por las inclemencias del tiempo y la dureza del agro de Castilla— y la alegría que, por todos los poros, respiraba aquella ciudad la sorprendió y cautivó su espíritu.

—Ama, ¿ven vuestros ojos lo que ven los míos?

Sara replicó, adusta:

—No es conveniente que os distingan desde el exterior, niña. Tiempo habrá, si vuestro esposo nos da permiso, de acudir a las plazas y visitar lo que haya que ver.

—¡Qué rancia sois, ama! ¡Harta estoy de consejas[162] de

vieja! Por mi vida que no pienso ser una sumisa esposa hasta el punto de no mover un dedo sin la autorización de mi marido. Cuando era soltera, porque era soltera y estaba sometida a la autoridad de mi padre, ¡que Adonai haya acogido en su seno! Y ahora que me he casado, porque debo respeto y obediencia absoluta a mi marido. ¿Me queréis decir cuándo una mujer judía puede disponer de su tiempo a su libre antojo?

—Nunca, niña; el libro así lo dice: «La mujer deberá ser como la candela encendida que aguarda, alumbrando la noche, el regreso del esposo».

—Pues ese libro no me interesa.

—¡A fe mía que, además de atrevida, sois olvidadiza! ¿A mí queréis decirme que siempre guardasteis obediencia a vuestro señor padre? Si tal hubierais hecho y mi amor por vos no me hubiera empujado a intentar aliviar vuestras cuitas, nos habríamos ahorrado un sinfín de desazones y quebrantos.

El recuerdo de Simón volvió a la mente de Esther, quien, sin pretender lastimarla, arremetió contra Sara.

—¡Ama, tenéis el don de la oportunidad! ¡No sé cómo lo hacéis, pero siempre que algo me place y me ayuda a olvidar, conseguís que la tristeza y la añoranza se instalen de nuevo en mi espíritu!

En aquel momento el caballo de Rubén llegó a la altura del carricoche y, al oír voces en el interior, alzó la cortinilla:

—¿Ocurre algo, señoras?

—Nada, esposo mío. Comentaba con mi ama cuán diferente parece ser esta ciudad respecto a Toledo.

—Los climas son los que condicionan el carácter de las gentes, señora: el invierno en Toledo es crudo e invita a resguardarse en el interior de las casas y arrimarse al amor de la lumbre; aquí, en cambio, es templado y durante medio año las gentes hacen vida en las calles.

La llegada de Rubén había propiciado la oportunidad de

dejar alzada la cortinilla de la galera, circunstancia que Esther aprovechó.

—¿Os importa, esposo mío, que alce la cortinilla a fin de que Sara y yo podamos ver desde aquí la animación de Córdoba en tanto llegamos a nuestro destino?

—No tenéis por qué ocultaros, esposa mía. Nosotros somos judíos, y nuestra religión no obliga a las mujeres a ocultar el rostro tras un velo... y más aún un perfil como el vuestro, al que sin duda envidian los ángeles. El recato no está reñido con la mesura.

Esther lanzó sobre Sara una mirada triunfal que el aya acusó.

—No me refería a ningún precepto de nuestra religión, aludía únicamente a la obediencia que debéis a vuestro esposo y al recato y decoro que deben presidir los actos de una esposa judía.

En el ínterin, Rubén había espoleado al noble bruto, y sus oídos, habiéndose adelantado cuatro o cinco varas, no pudieron captar el último párrafo de la conversación que mantenían las dos mujeres.

—Como comprenderéis, no voy a pasar toda mi vida pidiendo autorización para nimiedades. Os lo repito por última vez: soy una mujer casada y creo tener criterio para distinguir entre las cosas que conciernen a mi marido y las que dependen de mí. Pediré permiso cuando crea que debo hacerlo, procurando no importunar a mi esposo con pequeñeces, y espero que, a la vez, vos hagáis lo propio conmigo y que, por cierto, dejéis de considerarme como una chiquilla y me tratéis con el respeto y la consideración que corresponde a mi nuevo estado, para que os hagáis un barrunto, lo mismo que tratabais a mi madre.

En esto andaban cuando, a los gritos y silbos del auriga y con los pertinentes chasquidos del restallar del rebenque y el crujir de los ejes, el carricoche se detuvo en la puerta de una posada, y tras él lo hicieron las otras carretas.

Rubén, que había desmontado, se acercó a la portezuela del carruaje, y en tanto el postillón sujetaba los caballos, asomándose a la ventanilla se dirigió a su joven esposa.

—Aquí descansaremos un par de días a fin de que pueda llevar a cabo las diligencias que he venido a hacer. Los criados bajarán vuestros baúles y las caballerías recibirán el trato pertinente. Cuando ya estéis instalada, y en tanto regrese, creo que os agradará visitar el zoco; su mercado es famoso desde tiempos inmemoriales, y en él encontraréis telas, abalorios, perfumes, marfiles, jades y otras mil mercancías valiosísimas que vienen de lejanos países y que no habéis visto jamás... No olvidéis que, en tiempos de Abderramán, esta ciudad fue faro del mundo. Y pese a que, desde que es cristiana, ya no es lo que era, todavía conserva vestigios de su antigua grandeza.

Descendieron las mujeres de la galera y, recogiendo el revoloteo bullanguero de sus sayas para evitar el polvo, atravesaron la cancela de la posada y se introdujeron en un umbrío patio empedrado con grandes e irregulares losas, cuya sombra la procuraba un tupido limonero y su frescor el regate de una fuente cantarina que manaba de un historiado caño en forma de basilisco.

Apenas llegadas, un servicial posadero salió al encuentro de aquel grupo que parecía adinerado a fin de ofrecerle los servicios de su afamada hostería. Vestía el hombre un jubón cerrado en su escote con un fino cordón y que le llegaba hasta los muslos; cubrían sus piernas unos calzones de ruda sarga que ajustaba bajo sus rodillas mediante una cintas, las cuales, a su vez, sujetaban unas medias de vasta urdimbre que se embutían en unos zuecos de cuero y madera; cubría todo el conjunto un delantal que, en tiempos, debía de haber sido blanco pero que en la actualidad ofrecía un tono amarillento y que mostraba algún que otro lamparón.

—¡Bienvenidos, señores, al Mirlo Blanco, la mejor hospedería de Córdoba! Aquí hallaréis reposo para vuestros cansados huesos y condumio excelente para reponer el desgaste del camino, amén de cualquier cosa que pueda hacer más placentera vuestra estancia. Todo aquello que no tengamos a mano y que os plazca, industriaremos, sin duda, los medios necesarios para que podáis hallarlo y buscaremos quién pueda ofrecéroslo, sin cobraros por la información y por mediar en el trato una maldita dobla castellana o un maldito dírham, que todavía circula por aquí moneda árabe. Lo primero para nosotros es el bienestar de nuestros parroquianos. Quien prueba la hospitalidad del Mirlo Blanco sin duda repite. Deseo que vuestra estancia entre nosotros sea inolvidable.

Y tras este verborreico discurso, el hombre enderezó su espinazo, que desde el principio de la ditirámbica perorata había doblado en servil reverencia. Se volvió hacia el interior de la casa y, dando voces y palmadas, urgió a los domésticos para que acudieran al patio a atender a los huéspedes y a recoger los bultos de mano que éstos portaban, en tanto los mozos del camino trajinaban los baúles y los enseres grandes. Esther quedó anonadada y, acercando sus labios discretamente al oído de su aya, comentó:

—¿Os habéis fijado en el acento de este prójimo? No solamente el aspecto exterior de la ciudad sino también las gentes son distintas. ¿Habéis visto, ama, la cantidad de palabras que ha gastado el buen hombre para darnos la bienvenida? En Toledo tal verborrea no se estila ni entre los voceadores de mercancías que intentan, los días de mercado, atrapar a los posibles blancos[163] invitándoles a comprar.

En éstas andaban cuando Rubén atravesó la cancela del patio precediendo a los criados que venían cargando los grandes bultos. El posadero avanzó obsequioso hacia él, y antes de que lo importunara con su incontenible y fecunda labia, intervino Esther.

—Yo me ocuparé de todo, esposo mío, no vayáis a llegar tarde a vuestra encomienda tras tantas leguas recorridas.

Rubén captó el mensaje.

—Queda todo en vuestras manos, señora. Deshaced el

equipaje, que los sirvientes coman y descansen, y decidles que nadie abandone la posada hasta mi regreso. Yo voy al asunto que ya conocéis. Visitad, tal como os he dicho y si os place, el zoco con el ama. Y descansad; hace días que no gozáis del deleite de un buen lecho.

Partió Rubén a sus afanes y quedó Esther en medio del patio con un sinfín de bultos a su alrededor y la mirada expectante de los criados clavada en ella. Entonces, por vez primera en toda su vida, fue consciente de que aquél era su sitio y de que ella era la única dueña de su destino.

Apenas salido de la posada y seguido por dos criados armados y de su absoluta confianza, encamino Rubén sus pasos hacia la aljama cordobesa y se dirigió, evitando la calle del Potro, donde anidaban los *malasines*,[164] a la calle del Espíritu Santo, entre la puerta de Almodóvar y lo que había sido la mezquita, donde se ubicaban los establecimientos judíos dedicados a los negocios de la banca, a los que los cristianos no podían acceder ya que su religión se lo prohibía, y también las cecas moriscas que, por su parte, trajinaban los dineros de los mudéjares. El bullicio era notorio, y al punto distinguió el joven cuáles eran los establecimientos importantes y quiénes instalaban sus negocios en pequeños bancos a los que se acercaban, así mismo, gentes de humildes pelajes que pretendían conseguir préstamos de poca monta para aliviar sus cosechas o comprar algún animal de tiro o de crianza. Las discusiones eran inacabables y las simulaciones de «ahora me voy pero regreso» eran continuas.

Un cartel fijado en un hierro a modo de banderola anunciaba en medio de la calle la firma que andaba buscando. Sobre una madera pintada de verde que ocupaba de lado a lado el frontispicio de la entrada, y en pomposas letras negras, se leía el oficio y el patronímico del propietario: CASA DE BANCA DE SOLOMÓN LEVÍ. Rubén se abrió paso entre la muchedumbre que atestaba el lugar, y llegado que hubo a la puerta, indicó a los domésticos que le aguardaran sin alejarse del sitio en tanto que él llevaba a cabo las diligencias que allí debía realizar.

El recinto era solemne. A la sensación de seguridad que respiraba todo el inmueble se unía el recogimiento que inspiraba la elevada bóveda de ladrillo cocido al estilo mudéjar que, unido al grosor de las paredes que lo envolvían, hacía que las conversaciones que allí se desarrollaban fueran contenidas, ya que el eco, derivado de las condiciones acústicas del lugar, inspiraba a los asistentes una prudencia reverencial, pues parecía que cualquier cosa que allí se dijera podía ser oída por quienquiera que estuviera instalado en el otro extremo del establecimiento. Apenas entrado, abordó a Rubén un amable joven vestido al uso y costumbre de los hombres dedicados a los temas de los dineros, con hopalanda hasta los pies de color azul oscuro, amplias mangas y silenciosos mocasines de piel negra. El joven se interesó por la presencia de Rubén en la banca.

—Vengo desde muy lejos y necesito ver a dom Solomón.

—¿A quién debo anunciar?

—Decidle que soy el hijo de Samuel ben Amía y yerno del difunto rabino mayor de Toledo dom Isaac Abranavel.

El joven, que al punto supo captar la importancia del posible cliente, indicó a Rubén, con un amable gesto, que aguardara en uno de los bancos de madera noble que ocupaban, junto a las paredes, el perímetro del establecimiento.

—Tened la bondad... Voy a anunciar vuestra presencia.

Partió diligente el muchacho hacia el interior del edificio, desapareciendo por una puerta ubicada al fondo entre dos de los mostradores que, al cargo de sendos amanuenses, se dedicaban a atender las demandas de los parroquianos que en ordenado turno aguardaban en la pertinente cola.

Rubén, en tanto, tuvo tiempo de observar el funcionamiento del negocio. Sus hermanos, desde tiempo inmemorial, habían dedicado sus afanes a las profesiones a las que las diversas leyes promulgadas sucesivamente los habían avocado. Las restricciones en cuanto a ser terratenientes y a poseer bienes raíces, sumado ello a severas prohibiciones al respecto de desarrollar actividades que pudieran entrar en conflicto con los cristianos, había dado a su pueblo la posibilidad de desarrollarse en campos muy diversos. Los pobres habían dedicado sus afanes a labores más bien ciudadanas, como tintoreros, guarnicioneros, sastres, zapateros y alarifes; los ricos, a la banca, la filosofía, la medicina, y a profesiones tan diversas como la de medieros,[165] joyeros y, sobre todas ellas, la más promocionada por los monarcas de todas las épocas, la de almojarife, ya que los reyes debían delegar en otros tal actividad, al no poder ejercerla directamente, pues su religión se lo impedía, y ¿quien mejor y más capacitado para tal empeño que «sus astutos judíos»? Esta labor había proporcionado a estos últimos pingües beneficios y, a la vez, no pocos quebraderos de cabeza, aparte del natural encono que inspiraba aquel que directamente se llevaba las rentas de los campesinos mediante un por ciento que, en ocasiones, le constaba a Rubén, era abusivo y que obligó en cierta ocasión al canciller don Pedro López de Ayala a calificar a los de su raza como «cuervos carroñeros que chupan la sangre del pueblo».[166]

En éstas andaba su discurso mental cuando la puerta se abrió de nuevo y apareció en ella un hombre de mediana edad lujosamente vestido quien, tras recorrer con la mirada el establecimiento y a una leve indicación del ordenanza que había aparecido tras él, se dirigió sonriente a su encuentro con las manos tendidas y el paso franco.

—¿Cómo por esta ciudad el hijo de mi dilecto amigo Samuel?

Rubén se alzó, respetuoso, del banco donde se hallaba y se aproximó al ilustre personaje, sintiendo la curiosa mirada del acompañante fija sobre su persona.

—Mis más respetuosos saludos en el nombre de mi señor padre y en el mío propio.

—¡A mis brazos, muchacho, el hijo de mi amigo es algo hijo mío!

El responsable y propietario de la afamada banca judía cordobesa acercó su barbado rostro al de Rubén y depositó en sus mejillas tres cálidos ósculos, como era costumbre entre gentes de pareja calidad, ante el asombro de los presentes, que no acostumbraban a observar tales demostraciones de afecto en tan encumbrado personaje y que, a la vez, propalaban la estirpe del recién llegado al tratarlo como a un igual.

Solomón Leví pasó su brazo por los hombros de Rubén, y mientras se interesaba por su familia y por el motivo de su viaje, lo condujo afectuosamente hacia su despacho.

—Allí estaremos mejor y podremos hablar con mayor privacidad. Fuera hay demasiados oídos interesándose por las cosas ajenas.

Rubén se dejó conducir a través de salas y pasillos hasta la soberbia pieza, y en llegando a ella no pudo dejar de admirar tanto la amplitud de la estancia como la riqueza de la ornamentación. Era ésta una sala de regias proporciones con amplios ventanales a dos calles que, cubiertos por translúcidos cristales, proporcionaban al aposento una luz matizada. Al fondo y bajo el abovedado techo se veía una imponente mesa de trabajo de roble, de torneadas patas, taraceada en finas maderas de palo de rosa y cubierta de documentos; a su derecha, una mesa auxiliar de menor tamaño ocupada por un escribano, que en aquellos instantes pasaba a limpio un historiado documento; tras ellas y en la pared, un fastuoso esmalte que en policromados colores representaba un negocio de banca en el que dos hombres depositaban ante otro individuo una cantidad de monedas, de diferentes pesos y países, para que este último las guardara en un cofrecillo abierto entre ellos; las vestimentas y abalorios de las tres figuras correspondían a la forma de vestir de un comerciante veneciano, un almojarife genovés y un banquero judío a la moda mudéjar. Rubén se fijó también en que bajo las ventanas lobuladas había sendos armarios venecianos, y frente a la mesa principal, dos sillones del mismo estilo destinados a los visitantes.

—Podéis retiraros, Matías. Acabad lo que estabais haciendo, poned al día las cuentas de don Fidel Santangel y preparad la letra cambiable que vendrá a recoger don Jusarte Orabuena; ambos comparecerán a retirar sus respectivos documentos antes de que acabe el día.

La voz del banquero resonó bajo el abovedado techo mientras indicaba lo que debía hacer el amanuense. Éste se retiró al punto, no sin antes recoger sus trebejos y listas de números, cerrando la puerta tras él.

—Acomodaos, Rubén, que debemos hablar de muchas cosas.

El joven tomó asiento ante la imponente mesa y esperó a que se acomodara el banquero en su no menos soberbio sillón. Ya ambos solos y relajados, procedieron a darse noticia de todo aquello que interesara al otro.

—Y decidme, amigo mío, ¿a qué debo el honor de vuestra inesperada visita?

Rubén rebuscó en su bolsa de viaje y de ella extrajo una carta que, a través de la atestada mesa, entregó a su anfitrión. Éste, haciéndose con un abrecartas de mango de ámbar gris, se dispuso a rasgar el sello de lacre. Luego, tras tomar una lupa provista de una piedra tallada y colocársela sobre el ojo derecho, recostándose en el respaldo de su sillón se dispuso a leer. A medida que sus ojos recorrían las apretadas letras, un tono ceniciento invadía su cara en tanto que su mirada adquiría una expresión henchida por un igual de horror y de angustia. Cuando llegó al final de la misiva, depositó sobre la mesa el pergamino junto a la lupa y, luego de un silencio preñado de nefastos augurios, se dirigió a Rubén.

—Pero esto es tremebundo, mucho más terrible que las noticias que hasta mí habían llegado.

—Mi padre me leyó la carta antes de sellarla. Creo que se ha quedado corto en sus apreciaciones. Los hechos desbordaron en mucho el relato, los sucesos fueron aún más terribles. La aljama de las Tiendas ha sido arrasada por completo. Nada volverá en Toledo a ser como antes.

—Pero ¡por Adonai! ¿Cómo es posible tanta vesania y tanto odio contra nuestro pueblo? ¿Qué culpa tenemos nosotros de que un preso judío fuera crucificado hace más de mil años por Roma? ¿Qué precio debemos pagar por ello?

Rubén procedió, por indicación del banquero, a relatar con pelos y señales los sucesos ocurridos en Toledo el último Viernes Santo, así como también los avatares de su boda, del entierro del rabino y de su partida. Al concluir, tenía la boca seca y el ánimo acongojado, tal era el cúmulo de recuerdos que asaltaban su mente. Dom Solomón, al verlo tan afectado, le ofreció una copa de vino especiado que en una frasca reposaba sobre una mesilla auxiliar. El joven bebió con avidez.

—Tengo mucho miedo de que llegue el día en que debamos lamentar aquí en Al-Ándalus algo semejante... Hace unos años algo así era impensable. Durante muchos siglos ésta fue tierra de acogida para nuestros hermanos. Los tiempos del Califato y luego los de los reinos de taifas fueron buenos para nuestra raza... Meir Aiguadés y Abiatar ben Crescas llegaron a ocupar el alto honor de ser médicos de los califas, y Yehuda Shenofer fue su astrónomo predilecto. Inclusive se instauró aquí la Academia Rabínica, famosa en toda Europa... Pero ahora sopla el viento del otro lado y los cristianos, realmente, no son los islámicos. Fijaos bien que cuando los visigodos eran arrianos no teníamos problemas. Éstos llegaron cuando sus reyes se convirtieron al cristianismo. Estas gentes no perdonan que su Dios fuera judío y muriera en la cruz.

—¿Por qué decís que hasta aquí puede llegar otra hecatombe?

—Hace ya tiempo que alguien está azuzando a los perros.

—Y ¿quién es ese alguien?

—Ferrán Martínez es su nombre, y su cargo es el de arcediano de Écija.

—Y ¿qué es lo que está haciendo?

—En cuanto tiene ocasión, y desde todos los púlpitos, lanza furibundas diatribas y arremete contra nuestro pueblo, y no va a parar hasta que el fuego prenda y arrase todas las aljamas de Al-Ándalus.

—Y ¿qué hace el rey?

—Lo mismo que hizo en Toledo: quiere y duele. Le venimos muy bien para muchas cosas, si bien no osa enfrentarse abiertamente al Papa de Roma. Pero no seamos aves de mal augurio... Decidme, ¿qué puedo hacer por vos?

Rubén se llevó la copa a los labios y tras una pausa habló de nuevo.

—Quiero instalarme en Sevilla, donde me esperan. Hasta aquí he tenido la protección de la escolta que brindó el rey, no a mí sino a la hija del gran rabino, al que el canciller don Pedro López de Ayala prometió salvaguardar en su lecho de muerte, y que es mi esposa... Pero ahora deseo garantizar la seguridad de los bienes que hasta aquí he traído, ya que no dispongo de protección hasta Sevilla.

—Y ¿por qué no os hicisteis acompañar hasta Híspalis?

—No deseaba que persona alguna que regresara a Toledo supiera mi destino final. La inquina y malevolencia que todavía despierta el apellido Abranavel es inaudita, al punto que el rey me ha autorizado a cambiarlo y a usar, en llegando a Sevilla, mi segundo apellido, a fin de desorientar a cualquiera que nos busque para nuestro mal.

—Y ¿a nombre de quién he de redactar los documentos que haya lugar para llevar a cabo los negocios que os interesen?

—Labrat ben Batalla son los apellidos adoptados, y así se conocerá a los miembros de mi familia a partir de ahora y a mis descendientes el día de mañana. Quiero tener la certeza de que quien busque a un Ben Amía o a un Abranavel hallará el vacío más absoluto.

—Os comprendo y alabo vuestra prudencia, pero entonces decidme, ¿qué puedo hacer por vos?

—Desearía proteger mis bienes durante el viaje hasta Sevilla, más si me decís que ese arcediano tiene su centro en Écija, por donde, inevitablemente, debo transitar. ¿Existe alguna fórmula para ello?

—Sin duda, amigo mío, es parte de los riesgos que acostumbramos asumir.

—Y ¿cómo se lleva a cabo este negocio?

—Los dineros no implican problema alguno. Vos me los traéis al banco y yo os libraré unos pagarés que en cualquier banca de cualquier país os cambiarán; el crédito de mi negocio alcanza todos los rincones del orbe conocido. —Esto último lo dijo el banquero con un adarme especial de orgullo—. En cuanto al ajuar y a vuestros bienes físicos, empleamos habitualmente otra fórmula.

—Y ¿cuál es ella?

—Enviaré dos tasadores de mi confianza a donde me indiquéis, y allí peritarán y consignarán toda aquella mercancía que tengáis a bien mostrarles. Ése será el precio de compra. Mi banca se ocupará de transportarla a Sevilla por los medios más seguros y custodiada por mis hombres. Una vez llegada a su destino final, vos me la recompraréis por un precio superior, que acordaremos antes de vuestra partida. De esta manera, si algo acontece durante el camino, mía será la responsabilidad y por tanto la pérdida, y si nuestro negocio llega a buen fin, la diferencia del precio entre la compra y la venta será el beneficio de la banca. ¿Habéis captado el quid de la cuestión?

—Perfectamente, dom, pero si os robaran...

—Ya me ocuparé yo de que tal no ocurra, por la cuenta que me trae. Mi beneficio radica en que vuestros bienes lleguen a Sevilla sanos y salvos; así pues, el riesgo es de mi banca, y justo es que el beneficio, si lo hay, también sea de ella.

A Rubén aquella fórmula para asegurar sus bienes le pareció óptima ya que le libraba de los peligros del camino y reducía en mucho el número de carros y, por tanto, de gastos necesarios para tan complejo transporte,[167] máxime teniendo en cuenta que en Córdoba iba a licenciar a sus criados.

—Bien, dom Solomón, no os robaré más tiempo. Estoy en la posada del Mirlo Blanco. Mañana mismo podéis enviar a vuestros hombres a tasar las mercancías; a partir de las diez les estaré esperando.

Ambos hombres se pusieron en pie.

—Mi tiempo es de mis amigos, y vuestro padre y yo lo compartimos en los años felices de nuestra juventud, ¿qué menos puedo hacer en su honor que atender a su hijo igual que él habría hecho con el mío, caso de que esta situación fuera a la inversa? Cuando ya mis hombre hayan cumplido con la tarea, os espero aquí para entregaros los pagarés. Y, creedme, obráis con mesura y prudencia; no es bueno en los tiempos que corremos ponerse en camino sin las debidas precauciones.

—Entonces, dom Solomón, hasta mañana.

—Que Adonai guíe vuestros pasos, y lamento que no os quedéis más días en Córdoba, pues habría sido un honor para mí y para mi familia compartir con la vuestra mesa y mantel.

—En otra ocasión, sin duda. Tras tantos días tengo ya ganas de llegar a mi destino.

Ambos hombres salieron hacia la puerta de la banca, y al llegar a ella, dom Solomón tomó al joven entre sus brazos. Tras los ósculos de rigor, el banquero vio cómo Rubén, seguido por sus criados, se perdía entre la multitud.

Confidencias

Hanna y Helga se habían reunido, a instancias de la segunda, en el bar de la facultad de ésta, que estaba situado en el sótano del edificio. Se descendía a él por una escalera de dos tramos, desde el pasillo que conducía a los despachos del decano y a la sala de juntas del claustro de profesores. La noche anterior, cuando Helga la telefoneó, Hanna supo por el tono de voz que algo importante preocupaba a la muchacha.

—Tengo que verte sin falta.
—¿Pasa algo?
—Muchas cosas... y no todas buenas.
—Adelántame algo.
—No es para explicarlo por teléfono.
—¿Te parece entre la clase de las once y la de semántica?
—Solamente hay media hora, pero de acuerdo. ¿Dónde?
—¿Te parece en el bar de tu facultad?
—Allá estaré sin falta. Por favor, no me falles.
—No me asustes, te noto angustiada.
—Te espero a las doce y media.
—Hasta luego, Helga, y ya verás como todo tiene arreglo.
—Adiós.

Ambas colgaron el teléfono.

Helga llegó con antelación y, a la espera de que su amiga acudiera, compró un periódico y se dispuso a leer haciendo tiempo. Las noticias eran las de todos los días: editorial alabando la política de Hitler al respecto de la Cruz de Honor de la Madre Alemana; artículos de fondo sobre la producción de la factoría del Wolkswagen que decían que, en lo sucesivo y por orden del Führer, fabricaría un auto que se llamaría «Auto de la fuerza por la alegría», cuyo precio quedaba establecido en 990 reichmarks, que todo el mundo podría comprarse ahorrando semanalmente 5 reichmarks. En la sección de ciencia, se destacaba el logro de Otto Hahn y de Fritz Strassmann, que habían conseguido por primera vez la escisión del núcleo del átomo de uranio. También se reseñaba la entrega de los Premios del Arte y de la Ciencia durante el congreso del partido en Núremberg, en el que fueron galardonados: Fritz Todt, inspector general de carreteras del Reich, el constructor Ferdinand Porsche, padre del coche del pueblo, y los fabricantes de aviones Willi Messerschmidt y Ernst Heinkel. En los estrenos cinematográficos se reseñaba la crítica de la película de la UFA[168] *Pour le mérite*, sobre los aviadores de guerra y su mundo, calificada como valiosa para la juventud y especialmente meritoria en lo político y en lo artístico. Finalmente, en la sección de deportes, aparecía el récord mundial de vuelo establecido por un avión Focke-Wulf en el trayecto Berlín-Hanoi-Tokio, que recorrió la distancia de mil cuatrocientos kilómetros en cuarenta y seis horas y media, y también se hablaba de las victorias del equipo alemán de fútbol en Chemnitz sobre el combinado polaco y en Bucarest sobre los rumanos, ambas por cuatro a uno, con dos goles de preciosa factura de Helmut Shön, quien marcó un tanto en cada encuentro.[169] Una noticia captó la atención de Helga en la sección de última hora del rotativo. Destacada al final de la página de cierre y en negrilla, decía así:

> Última hora: Ayer por la noche una explosión de gas causó víctimas mortales y grandes desperfectos en el Berlin Zimmer de Fasanenstrasse.
>
> A las 22.30 de la noche, una fuerte explosión, se cree que debida a un escape de gas, causó grandes daños en el Berlin Zimmer, en cuyos salones se celebraba una fiesta organizada por el industrial del acero Joseph Meinz en honor del *Standartenführer* de las SS Ernst Kappel. La deflagración ha causado seis víctimas mortales y un considerable número de heridos. La rápida actuación de los bomberos ha impedido que las consecuencias de tan trágico suceso hayan sido aún más graves. La calle fue acordonada rápidamente por las fuerzas del orden, y se ha prohibido el paso de viandantes y de vehículos ante el peligro de un derrumbamien-

to. En las páginas de sucesos de mañana ampliaremos la información.

Ésta fue la nota que se había pasado a la prensa. La Kripo, la policía criminal de la Gestapo, había tomado rápidamente cartas en el asunto, prohibiendo la entrada de periodistas y dando la reseña que todos los periódicos habían de publicar después. Por otra parte, ante lo obsceno de la reunión, habían obviado los detalles escabrosos de aquel escándalo de homosexuales que, de conocerse, tanto daño habría causado a la imagen del régimen, debido a la relevancia social de los invitados. A las once de la noche, la actividad en los alrededores del palacete era frenética. Además de coches de bomberos y de policía, el número de ambulancias era notable. Los muertos eran cargados en furgones fúnebres y los heridos eran atendidos in situ según fuera la gravedad de su estado. Teniendo en cuenta el factor humano, la policía empezó a tomar filiaciones de todos los asistentes que pudieran dar razón de su nombre, trabajo y dirección. Todo el personal de la casa fue interrogado a fondo, y en cuanto el fuego fue dominado, los detectives de la Kripo y sus peritos especializados entraron en el salón donde se había iniciado el fuego y comenzaron a recoger muestras para llevarlas a sus laboratorios, donde, sin ningún tipo de dudas, se aclararía el origen de aquel estrago. Un hecho destacó, hasta el punto de que fue el comentario general de todos aquellos que lo presenciaron: entre cuatro hombres, casi no pudieron arrancar de los brazos del coronel un cadáver irreconocible al que le faltaba un brazo.

Hanna compareció en el marco de la puerta e inmediatamente miró a uno y a otro lado buscando a su amiga. Helga, enfrascada como estaba en la lectura, no la vio, y tapada como estaba por el periódico abierto, tampoco fue vista. Hanna se dirigió a la barra pensando que había llegado la primera. Ya había pedido un aperitivo cuando el rostro de Helga quedó un instante al descubierto al girar la página. Entonces Hanna, tras pagar el Martini y tomar en sus manos la consumición, fue a sentarse al lado de su amiga.

Helga cerró el diario y se hizo a un lado para dejar sitio en el banco junto a ella.

—No te molestes, Helga, me siento aquí y ya está —dijo Hanna, señalando el asiento de enfrente.

—No, mejor ponte a mi lado y así podré hablar más bajo.

—Como quieras.

Hanna se sentó junto a su amiga en el gastado banco tapizado de hule granate.

—Bueno, ya me tienes aquí. Cuéntame eso tan grave que no podías explicar por teléfono.

—Hanna, estoy embarazada.

A Hanna se le cayeron los libros al suelo. Al principio creyó haber oído mal.

—¿Qué has dicho?

—Pues eso, que estoy esperando una criatura.

—¡Madre mía! ¿Lo sabe Manfred?

—No, no lo sabe... y no se lo voy a decir. ¿Qué quieres, que con todos los problemas que está enfrentando, ahora tenga yo que venirle con esto? No pienso hacerlo.

—Y ¿qué vas a hacer?

—Por el momento tengo un par de meses para pensar, luego ya veré.

—¿De cuánto estás?

—De ocho semanas; he tenido la segunda falta.

—Creo que deberías decírselo, al fin y al cabo es el padre y tiene derecho a opinar.

—¿Qué quieres que opine? Voy a tener ese niño aun en el supuesto de que él no quiera hacerse responsable. Siempre quise un hijo de tu hermano, y él sabe que es así.

—¡Díselo, Helga! Sé que va le hará feliz.

—No, Hanna. La vida de todos es muy complicada y la

de Manfred más aún. No soy una menor y siempre he sabido a qué me exponía. Ya te conté cómo ocurrió: él no me obligó ni me pidió nada; fui yo la que se metió en su cama. Además, no nos engañemos, estoy loca por él. Lo de si él está enamorado de mí es harina de otro costal y lo pongo en cuarentena, pero de cualquier manera es secundario. Siempre supe que mi finalidad en este mundo era amarlo. Si además él me amaba a mí, entonces sería el desiderátum.

—Manfred es demasiado legal, Helga; si no sintiera nada por ti, puedes estar segura de que no se acostaría contigo... y, por lo que me has contado, dormís juntos.

—Yo lo quiero con toda mi alma, Hanna. Creo que lo he amado desde que era una cría, cuando iba a recoger a mi padre a la joyería. Soy una chica afortunada; de no ser por las circunstancias del destino, él jamás habría reparado en mí como mujer, pero a causa de lo que está ocurriendo en Alemania, mi sueño se ha cumplido y Manfred se ha dado cuenta de que existo. Voy a confesarte algo: ¡ojalá esto dure!, porque cuando las circunstancias se normalicen sé que lo perderé.

—Insisto, debes decírselo; si no lo haces tú lo haré yo.

—¡No me traiciones, Hanna! Te he contado esto porque eres la única persona en la que puedo confiar. Voy a reflexionar dos meses, ése es el tiempo que tengo antes de que mi embarazo sea evidente, y según se desarrollen los acontecimientos, obraré en consecuencia... Precisamente ahora no es el momento más conveniente.

—¿Por qué dices eso?

—Estos últimos días no ha parado en casa, cuando se ha metido en la cama no ha pegado ojo, está como una pila, y si me preguntas, no sé responderte por qué. Pero algo me dice que tiene o ha tenido entre manos algo muy gordo. Casi cada noche el teléfono ha sonado en clave y ha tenido que bajar a la cabina de la calle, algunas noches hasta tres y cuatro veces. Ahora no es el momento de crearle una angustia sobrevenida;

me horrorizaría que se creyera obligado para conmigo, tiempo habrá.

—Ahora que lo dices, también Sigfrid ha estado muy misterioso.

Y no hubo forma de apartarla de su decisión; cuando a Helga se le metía algo en la cabeza, era muy tozuda. El tiempo pasó sin sentir, y cuando Hanna miró el reloj del establecimiento, se dio cuenta de que no llegaba a la clase de semántica.

—Tengo que marcharme, Helga. Hoy en la clase me darán instrucciones del grupo de Munich.

—Ándate con cuidado. Cada día hay más chivatos, y el noventa por ciento de los estudiantes están afiliados al partido.[170] ¿Conoces a la persona?

—No, pero él a mí sí. He de sentarme en el último banco al lado de la ventana, él acudirá como oyente. Llámame esta noche y te diré cómo me ha ido. ¿Qué vas a hacer ahora?

—Me voy a casa; debe de ser psicológico, pero últimamente tengo mucho sueño.

Ambas mujeres se pusieron en pie.

—Cuando todo esto pase y tu hijo esté en el mundo, me gustaría mucho ser la madrina.

—Y a mí que lo seas.

—Dale un beso a Manfred.

—De tu parte.

—¡Te quiero, Helga!

—¡Yo también, y mucho!

Las dos muchachas se besaron en ambas mejillas. Luego Hanna se dirigió al mostrador a pagar y Helga se sintió mucho más ligera, como si hubiera descargado un equipaje de sentimientos encontrados sobre los hombros de su amiga.

La guerra

Aquel primero de septiembre de 1939 todas las emisoras del país comenzaron a vomitar himnos patrióticos anunciando que el Führer hablaría a la nación a las doce en punto. Las fábricas pararon la producción y en las plazas, cafés y establecimientos las gentes quedaron expectantes. A la hora anunciada, el ministro de Prensa y Propaganda, Joseph Goebbels, comunicó a la nación que Adolf Hitler iba a dirigirse al pueblo alemán desde el edificio de la Ópera Kroll, frente al que muchas personas se habían congregado para escuchar su discurso, en el que notificaría el nuevo estado de guerra.

Y el pueblo alemán quedó sobrecogido y en silencio sin mostrar el menor signo de entusiasmo ante la noticia de que las tropas alemanas habían invadido Polonia sin encontrar apenas resistencia. El tono del discurso fue vibrante, lleno de razonamientos y reivindicaciones históricas. Hitler aludió a la humillación a la que había sido sometida la patria desde la Paz de Versalles que en 1918 se había firmado en aquel denigrante vagón de tren en Compiègne. Se refirió después a la paciencia que había mostrado hacia los aliados de la nación invadida, Francia e Inglaterra, intentando convencer a sus dirigentes de que aquélla era una cuestión únicamente alemana y que nadie debía inmiscuirse, por muchos tratados que se hubieran firmado. Finalmente, Hitler prometió que ni un solo pelo de un ciudadano alemán sería rozado, y concluyó diciendo que la guerra sería corta y, desde luego, victoriosa.

Las gentes regresaron a sus casas con el ánimo encogido, pero a los pocos días, al comprobar los éxitos de su ejército en lo que se dio en llamar la *Blitzkrieg*,[171] y comprobar la rapidez con que las tropas alemanas terminaron de invadir Polonia —ésta solamente pudo oponer sus heroica caballería a los blindados alemanes—, se tranquilizaron y empezaron a vanagloriarse del éxito de sus armas.

Éste era el clima que se respiraba en Berlín en aquel septiembre de 1939.

Las repercusiones que la conflagración trajo a la vida de los judíos fueron varias. Arreciaron las medidas extraordinarias excusadas por la declaración de la guerra, y las interdicciones fueron casi totales. Se les prohibió permanecer fuera de sus casas después de las ocho de la tarde en invierno y de las nueve en verano. Así mismo, se les vedó poseer aparatos de radio y acudir a lugares públicos donde se dieran noticias relacionadas con el conflicto.

Estos acontecimientos de importancia mundial no influyeron en la Gestapo ni mucho menos en el coronel Kappel al respecto de olvidarse del atentado del Berlin Zimmer, que le acarreó, además de la muerte de su amante, la separación de su esposa, ya que ésta le pidió el divorcio. Las pesquisas para esclarecer la causa de la explosión siguieron imparables. Sin embargo, se ponderó exhaustivamente el hecho de tomar represalias policiales contra los participantes de aquella orgía de homosexuales. Se tuvo muy en cuenta, en primer lugar, la importancia e influencia de los asistentes, y en cuanto al coronel, su impresionante hoja de servicios y el hecho de que urgía echar tierra encima, lo más rápidamente posible, sobre aquel embarazoso asunto que desprestigiaba por igual tanto al ejército como al mismísimo régimen.

David

La mañana era fría, una pertinaz lluvia obligaba a los viajeros a buscar cobijo y los caminos se veían menos transitados que de costumbre. Tal condición favorecía a dos jinetes que en sendas mulas, la una torda y la otra castaña, y cubiertos por amplias capas con capucha, salían de Toledo por la cuesta de

Cabestreros para enfilar el puente de San Martín. Simón, tras prolijos y reiterados esfuerzos, había logrado concertar una cita a través de dom Ismael Caballería con el sobrino de éste, David, al que no había vuelto a ver desde la infausta jornada de Cuévanos. La cita era al atardecer, y el lugar, una venta disimulada y poco frecuentada que se hallaba ubicada en el cruce de una trocha con el antiguo camino de Ocaña. La inmensa y embozada mole de Seisdedos lo seguía como un mastín vigilante, y los pocos caminantes que en aquella jornada transitaban la calzada no podían por menos de volver la cabeza para mejor observar la imponente corpulencia de aquel coloso al que su mula soportaba con resignación.

Una barahúnda de pensamientos ocupaba la mente de Simón. Hacía ya once meses que había regresado a Toledo y aquella existencia casi proscrita le estaba destrozando. Ni él ni Seisdedos debían dejarse ver por las calles. Éste era, más que el consejo, la orden recibida de los *dayanim* de las aljamas, tal era el miedo que había de que su presencia, si era reconocido, redundara en perjuicio de sus hermanos. Las aguas parecían haber vuelto a su cauce desde el infausto día, pero cualquier provocación podía encender la chispa del odio y de nuevo desencadenar la tragedia. Una serie de dudas rondaban incesantemente dentro de su cabeza; una de ellas iba a dilucidarla aquella tarde: tenía la urgencia casi física de saber adónde había ido a parar la dueña de su corazón. La desazón que le causaba su ausencia y el desconsuelo de saber que era de otro le impedían conciliar el sueño; una madrugada sí y otra también se encontraba encaramado en el palomar hablando con sus avecillas, como si éstas tuvieran la respuesta que atormentaba su espíritu. Su corazón ansiaba, así mismo, volver a ver a su amigo y compañero, David, con quien había compartido cuitas y peligros, y conocer de primera mano todas las vicisitudes que rodearon aquella aciaga noche. También quería que le contara qué pensaba hacer, ya que si bien a él le era negada la posibilidad de pisar la calle, David ni siquiera podía vivir en Toledo.

La senda caracoleaba entre cañadas y valles, y la lluvia impedía casi distinguir cualquier cosa que estuviera a un cuarto de legua de distancia. Domingo iba un tanto retrasado porque su mula no podía seguir, cargada como iba, el paso del animal de Simón. Súbitamente éste, saliendo de un robledal, distinguió a través del fino aguacero y en la lejanía la forma inconcreta de una construcción que apareció ante ellos, borrosa entre la neblina, como una presencia fantasmagórica. Simón tiró de la rienda de su cabalgadura y esperó a que su compañero le diera alcance. Al poco llegó éste a su altura y detuvo a su lado la caballería, de cuyos ollares salían torrentes de vapor.

La lluvia había amainado y Simón, alzando apenas el borde de su capucha y haciendo visera con su diestra, pudo intuir, más que ver, un caserón de troncos y adobe que indiscutiblemente había vivido mejores tiempos pero que, sin embargo, estaba habitado, pues un penacho de intermitente y negro humo surgía de su escuálida chimenea. Fuera, amarrada a un tronco horizontal y junto a un abrevadero, se podía ver una cabalgadura de buen porte que Simón al punto reconoció: era, sin duda, el caballo de David. El corazón le brincó de gozo dentro del pecho y, dando talonadas en los ijares de su mulo, se plantó en menos de un suspiro al costado del poderoso caballo, que, cual si fuera un rey, miró a la humilde mula de Simón con la altivez y displicencia con la que Juan I habría podido mirar al último de los mendigos de su reino. En tanto que Seis llegaba junto a él y recogía la brida que le entregaba para atar en la barra a ambas bestias, Simón, sin poder contenerse, se precipitó hacia el interior del humilde mesón. Al principio, la oscuridad y el humo reinantes le impidieron distinguir el entorno. Luego discernió una sombra que se precipitaba hacia él y sintió los fuertes brazos de su amigo, que lo estrechaban en un apretadísimo y demorado abrazo. De esta guisa permanecieron ambos sin pronunciar palabra y unidos en el recuerdo, en tanto que sus pensamientos, cual caballos desbocados, se centraban en los acontecimientos acaecidos la última vez que estuvieron juntos. Al tiempo que una inmensa sombra se proyectaba en el suelo, ambos se separaron para, a través de la oscura penumbra, poder divisar mejor sus rostros y reconocerse. Uno y otro exclamaron al unísono:

—¡David!
—¡Simón!
—¡Qué inmensa alegría, querido amigo!
—¡Creí que habíais muerto, sois como una aparición!

Seis había entrado, y los tres fueron conscientes de que, aparte del mesonero, eran los únicos habitantes de aquel recóndito lugar.

El guiso de una olla podrida bullía en una marmita, emitiendo unos efluvios que llenaban el ambiente y que despertaron en los jóvenes un apetito que se convirtió al rato en unos deseos irrefrenables de yantar y, ante un colmado plato de aquella pitanza, comenzar a debatir las cuestiones que hasta allí les habían llevado. Ambos se instalaron a la mesa que había ocupado David y, ante la extrañeza de Simón, Domingo se ubicó en el rincón opuesto —como queriendo hacerse invisible para no poner trabas a las confidencias que, sin duda, tendrían que hacerse los dos amigos— y, pese a la insistencia de su amo, se obstinó en permanecer aparte. Simón aclaró someramente a David quién era el inmenso personaje y le dijo que constituía una parte importantísima de la historia que debía contarle, ya que, de no ser por él, no estaría en el mundo de los vivos. Se sentaron ambos plenos de gozo y, luego de encargar al mesonero un plato del guiso y dos jarras de vino, y lo mismo pero doblado para Seis, se prepararon para alimentar sus almas, al igual que sus cuerpos, con las peripecias de cada uno, a fin de saciar las ansias de conocer los padecimientos, aventuras y desventuras que había vivido el otro.

—¡Simón, os di por muerto!
—Y sin duda, tal como os he relatado, así habría sido de

no depararme el destino la inmensa fortuna de dar con gentes tan buenas como Domingo y su abuela Inés Hercilla. Pero relatadme vos, ¿qué pasó luego de que el caballo me arrastrara?

La explicación de David, cuando ya el mesonero hubo portado las viandas y en tanto los dos amigos daban buena cuenta de ellas, fue prolija y detallada.

—La última visión que tuve de vos no invitaba al optimismo. La imagen de vuestro cuerpo arrastrado por vuestra cabalgadura y vuestra cabeza rebotando ensangrentada sobre las piedras del camino me ha perseguido durante muchas vigilias en las que el sueño tardó en visitarme... Y claro es, en cuanto vimos que vuestra caballo regresaba a Toledo sin vuestra persona y que los días iban pasando, supusimos lo peor.

—¿Tuvisteis problemas a vuestro regreso?

—A lo primero y tras presentarme a mi tío me escondí, y únicamente me reclamaron para acompañar a un grupo de hombres a rastrear el lugar del puente donde fuimos asaltados por ver si había rastro de vos. Luego, el suceso del Viernes Santo acaparó la atención de las gentes, y ya cuando los ánimos se calmaron y tras la muerte del rabino, los *dayanim* se presentaron ante el rey clamando justicia y fueron apresados los que yo sabía responsables del asalto. Sólo entonces se ocuparon de mí, y los rabinos consideraron oportuno, en bien de todos, que me recluyera momentáneamente en la finca donde vivo desde entonces, no fuera a ser que los soltaran y alguno me reconociera.

—¿Os dio tiempo, en medio de la oscuridad y entre la confusión de aquellos momentos, de distinguir algún rostro?

—El rostro del bachiller Barroso era peculiar; su ojo velado y la particularidad de su cabello lo hacían inconfundible... No olvidéis que aquella noche había salido la luna. Por otra parte, lo recordaba de haberlo visto alguna vez en compañía de Aquilino Felgueroso, pues, por motivo de su oficio de alquilador de mulas para carruajes, en ocasiones puntuales había acudido a su almacén a cerrar algún trato con él.

—Entiendo. Y ahora dejadme que os pregunte lo que para mí es lo más importante... Ya sé que Esther se casó con Rubén ben Amía y que el *golem* del gran rabino yace en un sudario, pero ¿podéis decirme qué ha sido de ella y adónde ha ido a parar? Talmente parece que la tierra se haya tragado a carros y a cabalgaduras. Pese a que con discreción he intentado hacer averiguaciones, nadie parece saber nada. Y quienes algo saben, como vuestro tío Ismael, dom Abdón Mercado o dom Rafael Antúnez, se niegan, aludiendo al juramento hecho al rabino en su lecho de muerte, a soltar prenda. Mi razón, pues, está a punto de perderse, tal es mi sinvivir.

David meditó unos instantes.

—Se dicen muchas cosas, se hacen conjeturas, las gentes hablan... pero nadie parece saber nada en concreto. Algunos insinúan que cierto día salió una caravana, muy bien custodiada al parecer, y que a partir de esa fecha nunca más se volvió a ver por Toledo ni a Esther ni a su ama, que todos los días acudía al mercado.

—Y ¿qué se sabe de su madre?

—Al poco tiempo partió, en su caso, con menos misterio, aunque nadie comenta nada al respecto.

La tarde iba transcurriendo lentamente, pero eran tantas las preguntas sobre el pasado que hasta bien entrada la noche no comenzaron a hablar del futuro.

—Y decidme, David, no pensaréis pasar la vida amagado en ese predio donde vuestro tío os tiene confinado, ¿verdad?

—En verdad han sido muchas las horas que he tenido para reflexionar, y he tomado una decisión.

—Y ¿cuál es?

—Los tiempos son malos y serán todavía peores para nuestro pueblo. Pienso partir hacia el extranjero. Tengo noticias de que en algunos lugares no sólo no estamos proscritos sino que incluso se nos respeta: Italia, Países Bajos, tal vez

Estambul... Hasta el gran turco trata a los nuestros con más consideración de la que gozan en los reinos cristianos. Pretendo vivir en paz; no quiero que mis hijos, si un día los tengo, pasen por la prueba que sufrimos el último Viernes Santo.

—Y ¿cómo pensáis partir?

—Vestiré los ropajes del peregrino, me colocaré en el cuello las conchas que caracterizan a quienes hacen el camino de Santiago y, a través de la ruta jacobea, atravesaré los Pirineos y pasaré al reino de los francos. Desde allí veré hacia dónde dirijo mis pasos.

—Y ¿cuándo pensáis partir?

—En la primavera; ése es el mejor tiempo para poder transitar los puertos de montaña.

—Y ¿qué dice vuestro tío?

—No solamente apoya sino que bendice mi plan. Teme que el tal Felgueroso me reconozca y, sin nada decir, pues no conviene remover el asunto, junto con sus compinches quiera vengar en mí su desgracia. Y vos, ¿qué planes tenéis?

—Restar en Toledo y esperar un milagro; si algo descubro o tengo alguna noticia, únicamente puede ser allí. En tanto quede una remota esperanza para que pueda hallar la pista de Esther, no he de moverme aunque tenga que hacer la vida de un condenado.

—Hablando de condenados, hasta mí han llegado nuevas sobre los malditos que nos atacaron en el camino de Cuévanos.

—Yo también hice averiguaciones y sé que el principal de todos ellos murió en las cárceles del obispo.

—Cierto, Barroso la espichó en la mazmorras del palacio episcopal... Aunque corren bulos sobre envenenamientos, imagino que a causa de la felpa[172] que le suministró el verdugo del rey antes de entregarlo al obispo. Y tengo entendido que sus compadres andan ya sueltos. Rufo el Colorado y Crescencio Padilla ya zascandilean por Toledo. No creo que os reconozcan, pues aquella noche los hechos transcurrieron rápidamente. Sin embargo, guardaos de Aquilino Felgueroso. Nadie sabe de él pero ése es el peor; lo conozco porque, tal como os he dicho, en más de una ocasión le había alquilado cabalgaduras para el negocio de mi tío. Parece ser que se lo ha tragado la tierra, pues nadie ha vuelto a verle. Pero, repito, no os descuidéis; es peligroso como una sierpe.

—Andaré con tiento, amigo mío.

David, con un gesto, señaló a Seis, que dormitaba al amor de la lumbre de la gran chimenea.

—Tenéis, por cierto, quien cubra vuestras espaldas. La hazaña que me habéis relatado en la explanada que había sido de las Tiendas llegó a mis oídos, y la creí exagerada hasta que hoy me la habéis confirmado.

—Realmente su fuerza es portentosa y su fidelidad absoluta. Miedo me da a veces pensar que si un día no puedo controlarlo llegue a desencadenar una catástrofe.

—Creo, Simón, que en vuestra situación más es beneficio que quebranto.

La noche cubrió con su eterno manto la inacabable charla de los dos amigos, y la madrugada los sorprendió todavía hablando. Luego, tras tantas emociones y arrebujados en sus capas descabezaron un sueño reparador, hasta que finalmente la luz de la amanecida se coló por los rendijas del figón venciendo a la penumbra. Al día siguiente se despidieron, después de reponer fuerzas, y se juramentaron para estar en contacto a través del tío de David, antes de que este último decidiera emprender el viaje siguiendo de vuelta la ruta de los peregrinos que visitaban la tumba del apóstol.

Sevilla, 1385

Mucha agua había pasado bajo los puentes desde que los Ben Amía habían abandonado Toledo. Al año siguiente de su partida, falleció la reina y el monarca se halló en una situación precaria al respecto de la nobleza debido a las diferencias con el reino de Portugal y a la incursión de la armada de Castilla en aguas del Támesis, lo que requirió una captación de ingresos en menoscabo de la popularidad de la corona, que se sumó a su protectora actitud al respecto del problema judío. El arcediano de Écija, Ferrán Martínez, pese a los buenos oficios del cardenal arzobispo de Sevilla Pedro Gómez Barroso, que con frecuencia lo reprendió por sus prédicas,[173] y pese a las repetidas amonestaciones reales,[174] continuaba con sus soflamas incendiarias atribuyendo a los judíos todos los males que acosaban al reino y censuraba al monarca por no obedecer las directrices del Pontífice. Según éstas, y desde el IV Concilio de Letrán, se imponía el confinamiento de los semitas en aljamas cerradas, pero ahora con horarios de entrada y salida fijos. Así mismo, y como ya habían hecho los califas cordobeses, se les obligaba a llevar en sus ropajes un distintivo que los diferenciara claramente de los cristianos y, en su día, también de los musulmanes.[175] Consistía el tal símbolo en una marca circular no menor de un palmo de color amarillo y un gorro picudo cual si fuera un cuerno.[176] Con todo, los judíos contaban con la autorización de eximirse de esta obligación cuando emprendieran viaje, a fin de que los bandidos que frecuentaban los caminos y asaltaban a los viajeros y los almogávares[177] que vivían y merodeaban por las fronteras no los distinguieran, ya que, fuere por su trabajo de recaudadores de impuestos o por sus oficios de comerciantes adinerados, frecuentemente manejaban oro y plata, y acostumbraban moverse llevando en sus alforjas suculentas sumas de dinero. Otro argumento que esgrimió el arcediano Ferrán

Martínez, y que le sirvió en sus escritos de plataforma legal y excusa para desobedecer al monarca y a la vez justificar sus acciones, fue que él se limitaba a sostener en sus prédicas lo mismo que el Papa legitimaba, y que eran las actitudes que coadyuvaban a justificar los entusiasmos de aquellos que querían destruir el judaísmo. Dicha bula fue promulgada por Gregorio XI el 28 de octubre de 1375, y en ella el Pontífice conminaba al entonces monarca reinante, Enrique II, a prestar apoyo al converso Juan de Valladolid en su activo proselitismo antisemita, a la vez que censuraba su protección a los hebreos y le ordenaba poner en marcha las leyes de segregación. Este clima de odio contra los judíos no era nuevo, y periódicamente se reproducían los incidentes. En ocasiones porque se les atribuían los orígenes de todas las desgracias, cual fue el brote de peste negra que asoló la península y causó la muerte en 1348 a Alfonso XI; entonces se les imputó el envenenamiento de las aguas, y este pretexto valió de subterfugio al populacho enfebrecido para asaltar los *calls*[178] de Barcelona y Valencia. Otras veces se les acusaba de atraer la maldición de los destrozos que pudiera desencadenar la naturaleza, como inundaciones o carestía de víveres por cosechas desastrosas, con la subsiguiente hambruna, e inmediata acusación que los tildaba de acaparadores de alimentos y explotadores del pueblo. Ya en 1328, fray Pedro de Olligoyen reunió a miles de seguidores en Navarra y los convenció de que la única solución para el problema judío pasaba por asaltar las aljamas y dar a elegir a sus habitantes entre bautismo y muerte; de esta manera, arrasó Estella, Funes, Tudela, Pamplona, Tafalla y Viana, saqueando y asesinando por doquier.

La aljama Sevillana estaba delimitada de una parte por un muro que enlazaba con la muralla general que arrancaba del alcázar e iba hasta muy cerca de la puerta de Carmona; por la otra, el límite lo fijaba el muro interior que seguía por Borceguinería, Clérigos Menores y Soledad hasta llegar a San Nicolás, cruzaba por delante de esta iglesia y continuaba por Toqueros hasta la plaza de Las Mercedarias, de allí seguía por la calle del Vidrio, y por la callejuela de Armenta entraba en el barrio de los Tintes, lo atravesaba y terminaba, de nuevo, en la muralla de la ciudad. A lo largo del recorrido se abrían varias puertas: la de las Perlas era la principal; la puerta de Minjoar se hallaba en el muro interior; también había un postigo que se abría donde desembocaba la calle de la Pimienta; finalmente, como salida de la judería hacia el centro de la ciudad, existía una puerta de hierro en la Borceguinería.

Esther se hallaba en la galería descubierta de su quinta, desde la que dominaba el arenal del Guadalquivir, repasando en compañía de Sara un brial color berenjena que era el último regalo de Rubén, para celebrar el nacimiento de su segundo hijo. Mentira le parecía que hubieran transcurrido ya cinco años desde su llegada a Sevilla y casi seis desde la infausta fecha que marcó un punto y aparte en su vida. El ama, ya achacosa, cosía frente a ella en tanto que con un ojo vigilaba las idas y venidas del pequeño Benjamín, quien a sus cuatro años pululaba por el huerto intentando descubrir si dos hormigueros se comunicaban entre sí. Sara, que era feliz mientras tuviera una criatura que dependiera de ella, había volcado el caudal de sus cuidados maternales en aquel pequeño ser al que amaba con todas las fuerzas de su generoso corazón, y ahora que éste ya empezaba a reclamar su ración de independencia, podía dedicar sus cuidos y desvelos a aquella niña rosada y pequeña a la que habían impuesto el nombre de Raquel y que en aquel momento dormía feliz y saciada en el moisés de mimbre.

Esther recordaba y pasaba revista a todos los aconteceres que habían ido jalonando los tramos de su existencia a lo largo de aquellos años.

Arribaron desde Córdoba sin novedad remarcable, y

apenas llegados, Rubén dedicó sus energías a instalarla como creía era su deber, intentando que no añorara las comodidades y los lujos de los que había disfrutado anteriormente en la casa de su padre, en lo que a ella le parecía un nebuloso pasado allá en la lejana Toledo. Rubén había demostrado ser un buen compañero, amén de un hombre precavido, y una vez puesta a buen recaudo la fortuna dejada por el gran rabino, se dedicó a presentarse a las correspondientes autoridades judías. Visitó en primer lugar la asamblea de los *muccademín*[179] que lo remitieron a la de los *dayanim* y en último lugar tuvo que presentarse al *nasi*.[180]

En cuanto llegaron sus enseres, se los recompró a Solomón Leví, pagándole el plus acordado en el pacto, y los guardó en un gran almacén vigilado día y noche que se hallaba ubicado en la calle de la Pimienta. En tanto acondicionaba la hermosa almunia[181] que habían adquirido, por excepción real, fuera de los límites de la aljama y junto al Guadalquivir, instaló a Esther en la mejor posada de Sevilla, que era por aquel entonces el mesón del Darro, donde estuvieron viviendo cuatro meses; allí perdió ella su flor y además quedó embarazada. Esther recordaba haberse sentido nerviosa y desazonada los primeros días, ya que esperaba cada noche que su marido acudiera a su tálamo. Al cabo de un tiempo, sin embargo, dejó de preocuparse por ello, pues Rubén parecía ocupado en mil tareas que no eran precisamente cumplir con el débito conyugal. Se había presentado en la *yeshivá*,[182] sita en la conjunción de la calle de la Pimienta con el callejón del Agua, y nada más comenzar a dar las clases a los estudiantes de último curso, su fama de erudito y de estudioso de la Torá empezó a crecer al instante; esto, y sin duda las muestras externas de su nivel económico, a las que tan sensible era la comunidad hebrea, hizo que fueran aceptados de inmediato en aquel cerrado círculo. Muy pronto fueron invitados a las reuniones de los judíos notables, que cada semana se encontraban en la casa de alguno de ellos para comentar los avatares políticos y los temas de religión en inacabables y porfiadas discusiones, a las que tan aficionados eran los de su raza. En ellas, los conocimientos de Rubén le auparon en poco tiempo a la máxima consideración entre sus iguales, en tanto que las esposas, en salones aparte, hablaban de las cuestiones propias de las mujeres, las cuales se resumían, según coligió Esther, en tres apartados: niños, guisos y temas de alcoba, en los que ella no participaba ya que temía ser preguntada y no estar lo preparada y ocurrente que se suponía debía estarlo una joven esposa. Cierta noche, y Esther podía decir que impensadamente, su esposo se presentó en su cámara y algo en la expresión de su rostro le dijo que el día que desde jovencita había tantas veces comentado con sus amigas había llegado. No estaba nerviosa; Rubén se había ganado su confianza y era su mejor amigo; además, el recuerdo de su amado Simón era lejano e inconcreto, y aunque su presencia siempre la acompañaba, de tanto evocarlo, su semblante se le aparecía como en una nebulosa. Rubén llegó hasta el costado del gran lecho y apartó el cobertor, recordaba Esther. Luego le preguntó, sonriente y tímido: «¿Queréis aceptarme?». Ella no respondió. Se incorporó en el lecho y comenzó a quitarse la historiada camisa de dormir. Nada fue como había soñado, y en nada se pareció a las alocadas esperanzas y anhelos de juventud tantas veces comentados con sus amigas; podía decirse que ni siquiera le dolió. Luego de desflorarla, lo hizo dos veces más; sin embargo, la sangre tantas veces anunciada no apareció. Rubén quedó tendido a su lado, laxo y feliz. Aquélla iba a ser la primera mañana que amanecieran juntos. A las cinco, todavía no se había dormido, y volviendo la mirada observó a su esposo y sintió por él una especial ternura, agradeciendo sus cuidados, su prudente actitud, su absoluta devoción y la paciencia infinita que había mostrado hacia su persona. Se sintió vacía como mujer pero plena como esposa. Ahora ya podría intervenir en las conversaciones de las casadas de más edad. A la vez, sintió un extraño afecto hacia aquel excelente hombre que ocuparía en su corazón, a partir de aquella noche, el hueco inmenso que había dejado en él su padre, el gran rabino. Cuando daban las seis en la campana de la espadaña del convento de los terciarios de San Juan, antes de que la invadiera el sueño, su último pensamiento fue para Simón. Cierta estaba que con él «aquello» no habría sido así.

La quinta era una antigua construcción de noble aspecto, cuadrada y maciza, con casamatas en las esquinas cual si fuera una pequeña fortaleza y almenas circunvalando la parte superior, de estilo mudéjar. Tenía dos plantas, así como amplias y ventiladas galerías, y sus antiguos dueños la habían dotado de unas peculiaridades muy acordes con los gustos en boga en la península en tiempos del Califato. La discreción y lo recoleto de alguna de sus estancias, sobre todo aquellas que dedicaron a las mujeres, junto con lo recogido de los jardines, hacían que Esther gozara de mil y una posibilidades de observar la vida exterior sin ser vista y de pasear desde el jardín del estanque hasta el huerto por sendas cubiertas de enramada, umbrías y olorosas. El jazmín, la rosa y la hierbabuena mezclaban sus fragancias, provocando en Esther antiguos y aromáticos recuerdos que la transportaban a Toledo, pues ésa era la mixtura de efluvios que brotaban de los arriates del jardín de la casa de su padre y que excitaron su olfato desde su más tierna infancia. Ni que decir tiene que desde que se estableció en la almunia y se sintió en su casa, hizo instalar al final del caminal, que ella bautizó como paseo de la Huida, un armazón de madera y alambre que vino a ser la copia exacta del palomar de Toledo. Allí alojó a sus queridas palomas: la que trajo consigo en su huida, las que compró posteriormente en el zoco de la ciudad y las que se hizo traer desde los aledaños de Sevilla. El nombre del sendero lo decidió argumentándose que desde allí se sentía libre como un pájaro y que su pensamiento liberado podía volar independiente al igual que sus avecillas. El recuerdo del amado, en cuanto veía a Volandero, se hacía tan presente que el dolor le atenazaba las entrañas. La heroica muerte de Simón, en aras de la salvación de su pueblo, había nimbado su imagen con la corona del martirio, y el corazón de Esther lo había investido con los aromáticos aceites con los que los antiguos ungían en las olimpiadas a los elegidos para la gloria.

Esther recordaba con una fijación casi dolorosa la tarde aquella que pensó que su egoísmo mantenía en prisión al símbolo de su pasión, y que el hecho venía a ser algo parecido a cargar de cadenas, otra vez, el corazón del amado. Su sacrificio iba a consistir en quemar sus naves y dar la libertad a la divisa de su amor perdido. Recordaba que escondió el mensaje, hecho un canutillo, en el bolsillo exterior del delantal que se ponía para cuidar el palomar, y que luego lo extrajo de él con mano temblorosa, desenrollándolo para leerlo por última vez.

>Bien amado Simón:
>Volandero irá hacia donde vos estéis y dejará al hacerlo mi corazón sangrante. Jamás una mujer amó tanto a su hombre como yo amo vuestro recuerdo. Sin estar, seguís estando más presente que nunca y cada día que pasa aumenta el río desbordado de mi amor. Vos, Simón, seréis siempre el eje de mi mundo. Mi vida caminará sin sentido, cual navío al que la tormenta en la noche no le permite ver los astros que deberían conducirlo a puerto seguro, e irá tanteando a ciegas los recuerdos que sembrasteis en mi alma el poco tiempo que un Dios, al que no comprendo, permitió que estuviera a vuestro lado. Para mí no existe la dicha en la tierra, y únicamente espero que este tránsito sea breve para por siempre permanecer junto a vos en algún lugar, aunque mi alma tenga que hacerlo sobre la alfombra donde reposen vuestras sandalias.
>Siempre vuestra,
>   ESTHER

Cuando, desde mi terraza, en las noches claras de estío, veo en el Guadalquivir el reflejo del cielo tachonado de estrellas, imagino que desde alguna de ellas podéis verme.

La imagen se le vino a la memoria con la nitidez de algo que hubiera sucedido el día anterior. Se vio introduciéndose en el palomar, y recordó cómo el viejo Volandero, intuyendo que iba a cumplir la misión más importante de su vida, se abalanzó sobre ella aleteando cual si comprendiera sus congojas. Luego lo tomó en sus brazos.
Esther se oyó decir de nuevo:
—¡Quieto, compañero de fatigas! Ve y sé feliz. Me has acompañado mucho tiempo y tienes derecho a compartir tu vida con quien tú quieras. Hazme el favor de ser libre por los dos, y perdona mi egoísmo. Un último favor voy a pedirte: lleva mi mensaje hacia el cielo, y quienquiera que lo recoja sepa intuir que en él va el alma de una mujer enamorada.
Luego recordó que introdujo el canutillo en una argolla y lo aseguró en la pata del palomo; abrió la puerta, tapándola con su cuerpo a fin de que las demás aves no escaparan, y depositando el roce de un beso en las metálicas plumas del cuello de la avecilla, la lanzó hacia la luna que, burlona, acababa de asomar entre el follaje. Recordaba que se quedó plantada siguiendo con la mirada el vuelo del palomo. Éste ascendió sobre la vertical del huerto y, así que hubo tomado altura, describió dos grandes círculos y, cuando ya los cristales de su pequeño cerebro le marcaron el rumbo, salió disparado como si desde algún lugar ignoto alguien, con un cordel, tirara de él. Al cabo de unos instantes, la muchacha lo despidió agitando un pañuelo en su diestra, hasta que la avecilla se hizo un punto en el firmamento y se perdió de vista.
Su pensamiento seguía transitando libre por sus recuerdos. En aquellos años había sellado una profunda amistad con una muchacha algo mayor que ella, casada con un comerciante de Esmirna. Se llamaba Myriam Vidal Gosara, y la

había conocido en una de las reuniones semanales que se celebraban en los domicilios de quienes constituían las fuerzas vivas de la aljama. La coyuntura que las unió en un principio fue su común carencia de hijos y su inexperiencia compartida en temas de sexo. Una de las tardes que las casadas compartían confidencias entre risas contenidas e insinuaciones de carácter íntimo, hizo Myriam un aparte con Esther y se sinceró con ella al respecto de que, al ser su marido mucho mayor que ella, jamás había sentido en el tálamo las sensaciones de las que hablaban aquellas mujeres. Esther, al ver que alguien se sinceraba con ella en cuestión tan íntima, hizo lo propio. Comenzando aquella tarde por el asunto de la tardía consumación de su matrimonio, y siguiendo en días sucesivos por su peripecia vital al respecto de la muerte de su amado y su boda cumpliendo el deseo de su padre, abrió su alma a aquella gentil muchacha, que pronto fue su gran amiga y su mejor y única confidente. Luego Jehová la bendijo con dos embarazos. El vientre de Myriam, sin embargo, seguía yermo. Esther lo atribuyó a la avanzada edad del marido y no al hecho de que su amiga fuera estéril. Myriam fue, de esta manera, la única persona que tuvo conocimiento del auténtico motivo de la suelta de Volandero.

—¿Qué os ocurre, niña? ¿Ya habéis vuelto a instalaros en las Batuecas?

La voz de Sara la descendió de su ensueño.

—¡Os he dicho una y mil veces que ya no soy una niña! ¡Ocupaos de vuestros asuntos e id a bañar a Benjamín, que vendrá su padre y lo encontrará hecho una roña!

Y lanzando al cesto la labor que estaba realizando, abandonó con paso acelerado la galería del primer piso.

Destinos

El toque de queda al respecto de los judíos era terminante; aquellos que se atrevieran a estar fuera de sus domicilios después de las horas prefijadas se arriesgaban a no volver a ver nunca más a los suyos. Más de uno, al hallarse lejos de su barrio, al no poder conducir vehículos y tampoco acceder al transporte público a partir de las ocho de la tarde, optaba por acudir a casa de algún amigo y pedirle asilo para pasar la noche, avisando por teléfono a los suyos a fin de que no se angustiaran.

Manfred, Sigfrid y Hanna, puesto que sus documentos estaban perfectamente acreditados con otras identidades, seguían con sus vidas y cada uno de ellos intentaba cumplir con las obligaciones que se había impuesto, aunque eran conscientes de que se jugaban la vida. Sigfrid supo, a través del capitán Hans Brunnel, la verdad extraoficial del suceso del Berlin Zimmer, e hizo el papel de hombre totalmente horrorizado y sorprendido. Y lo hizo tan bien que el otro no sospechó en ningún momento que tuviera algo que ver con el atentado. Hanna iba a la facultad de filología y allí procuraba captar para la Rosa Blanca estudiantes de otras facultades de cuyo color político tuviera seguras referencias. De cualquier manera, aquellos días, la obsesión constante de Hanna era Helga. No sabía cómo pero tenía que convencerla para que hablara con su hermano y le comunicara su embarazo.

Aquella tarde en particular tenía una extraordinaria misión que cumplir. Su amigo Klaus Vortinguer, el atleta amigo de Sigfrid al que había reencontrado la noche de la conferencia de Alexander Schmorell en el Schiller, le había dicho que aquel joven profesor ayudante de la facultad de filología inglesa, cuyos antecedentes antinazis eran seguros, el mismo que debía haber ido a la conferencia de Schmorell con su hermana, tenía mucho interés en conocerla. Quedaron citados en el distrito de Wilmersdorf, en el café Duisbgr, ubicado en el número 116 de la calle del mismo nombre. El lugar lo determinó Klaus, cuyo odio al «cabo Adolf», como él lo llamaba, era notorio; cualquier cosa que pudiera hacer a favor de un disidente, ya fuera comunista, anarquista, trotskista o judío, la llevaba a cabo sin vacilar. A tal punto era así que Sigfrid, al saber que Hanna lo frecuentaba, le advirtió: «Ten cuidado con Vortinguer; siempre ha sido un apasionado y para el trabajo que hemos escogido los tres, eso es malo. Los patriotas no debemos ser temerarios; la temeridad ofusca el buen juicio y a la larga hace que te equivoques. Creo que se la juega en exceso». Hanna había argüido: «Es demasiado buen contacto para despreciarlo; ya tomaré medidas».

El lugar era la clásica cervecería de corte bávaro decorada, como los típicos establecimientos muniqueses, con motivos rústicos de maderas claras, adornos tiroleses, cencerros de vacas colgando del techo mediante anchas tiras de cuero y un gran reloj de cuco. En las paredes había fotografías de saltos del equipo nacional de esquí, tomadas a vista de pájaro. El lugar destinado al público imitaba un tren de montaña, de tal manera que cada compartimiento se hallaba separado del otro y se podía conversar privadamente. Hasta que un camarero abría la puerta corredera de cristal para tomar las comandas o para atender a las llamadas de los clientes, cosa que se hacía tirando de una cadenilla que descendía del techo y que obligaba a bajar un número blanco en la pizarra electromagnética negra fileteada de oro del mostrador que indicaba la procedencia de la llamada, nadie podía oír a nadie y la intimidad era absoluta.

Cuando Hanna cruzó la puerta del local, los dos hombres que la estaban esperando la vieron llegar a través de los cristales de su compartimiento y, al acercarse ella al reservado, se pusieron en pie. Tras las presentaciones de rigor, se sentaron; Klaus y ella en un banco, y el joven profesor enfrente, tras la mesa, teniendo buen cuidado de cerrar la corredera de cristal. Klaus abrió el fuego.

—Vamos a pedir ahora para que después nadie nos interrumpa, y entretanto hablaremos de cosas intrascendentes.

Consecuente con sus palabras, alzó la mano y tiró de la cadenilla del techo. Al punto observaron cómo los dos camareros que estaban tras la barra levantaban sus ojos hacia la pizarra automática y, luego de ver el número que se había iluminado, miraban hacia el compartimiento donde se hallaban, y el más bajo tomaba un bloc de notas e iba hacia ellos. El trámite fue rápido, y apenas transcurridos unos minutos, se hallaron ante sus consumiciones y encerrados en su cubículo.

—El nombre de Renata siempre me ha gustado... Me ha dicho Klaus que estudias filología alemana y que eres austríaca.

—Eres muy amable. A mí August también me gusta.

Al principio mantuvieron una conversación banal e intrascendente, en tanto se estudiaban. Hanna tenía una confianza absoluta en su instinto y no acostumbraba errar cuando una persona, al primer golpe de vista, no le gustaba. Enseguida percibió que una sinergia positiva se establecía entre el joven profesor y ella. Su mirada inteligente bajo las gruesas gafas de concha, la barba recortada, su pipa de espuma, el suéter azul marino de cuello alto e inclusive aquel olor dulzón a tabaco de miel y a lavanda que desprendía su presencia, todo le agradaba y rápidamente entraron en materia.

—Creo que simpatizas con los de la Rosa Blanca.

—Así es. La otra noche dejé mi nombre por si les interesa contactar conmigo. Su idea de resistencia pacífica dentro de la universidad me parece magnífica, y es tan subversiva como poner bombas. Lo importante ahora es ganar adeptos, y creo que la palabra es la gran arma a nuestro alcance; además, no nos queda otra. El tiempo de las luchas callejeras entre los comunistas, que tampoco son de mi cuerda, y los nazis ya pasó a la historia. Ellos tienen el poder y han sido elegidos por el pueblo; si queremos despertar a los buenos alemanes para que se den cuenta de lo que está pasando, es a base de dar aldabonazos sobre sus conciencias; eso solamente se hace con la palabra, hablada o escrita, y es lo que están haciendo los hermanos Scholl.

El profesor la miraba, lleno de admiración y curiosidad, Klaus intervino.

—¿Qué? Te gusta, ¿no es cierto? Ya te dije que era una fiera.

—Ciertamente, no es normal que una muchacha tan joven tenga las ideas tan claras.

Luego se habló de los judíos, se tocó el tema de la invasión de Polonia y el de la explosión de gas del Berlin Zimmer.

—¿No crees que ha podido ser un atentado?

—No lo creo —respondió ella—. No hay nadie preparado para una cosa así, y si alguien lo ha hecho... que Dios lo ampare.

—Pues yo sí lo creo. Los periódicos no han removido el tema y han echado tierra encima demasiado rápido. Eso no habría ocurrido si una orden superior no los hubiera silenciado, y ésta ha venido porque al régimen no le interesa que se siga hablando del asunto.

—Y eso ¿por qué?

—Porque, evidentemente, tienen algo que ocultar y no van a echar la mierda al ventilador sobre algo que los desprestigiaría ante los ojos del pueblo alemán. Huelo algo turbio y, no sé por qué, me da que tras todo ello hay una trama de maricones y droga.

—Si es como tú dices, tarde o temprano se sabrá. Esas cosas terminan por ver la luz, y si así es, aprovecharemos la coyuntura para airearla y que la gente sepa la ralea moral de esa pandilla de fanáticos.

Se separaron al cabo de tres horas, y cuando August se alejó lo hizo con los hombros caídos, arrastrando algo los pies, con un andar cansino propio de la gente a la que no importa en absoluto la prestancia y el físico porque su mente está en otras cosas. Hanna tuvo el convencimiento de que

Newman era un gran tipo y de que a lo largo de su vida iba a encontrarlo de nuevo.

Asuntos personales

Helga había tomado una decisión trascendental y la culpable de ello era Hanna. Tras muchas horas de meditarlo y de hablarlo con ella, había decidido abrir su corazón a Manfred y explicarle que dentro de seis meses iba a ser padre. Su relación había prosperado y, luego de una apasionada noche de amor, él le confesó que la quería. «No puedo ofrecerte nada, Helga, pero el día que esta tormenta escampe y seamos libres, si me aceptas, quiero ser tu esposo», le dijo. La muchacha no pudo contener los sollozos y, acurrucada en su hombro, lloró. Cuando ya el sentimiento se lo permitió, enjugándose una lágrima furtiva, argumentó: «Pero, Manfred, tus padres no me aceptarán». «Tendrán que hacerlo —dijo él—. A mí tampoco me consultaron nada antes de casarse; si lo hubieran hecho, y ante la posibilidad de que naciera un loco como yo, no les habría dejado.»

Helga sonrió en la oscuridad sintiéndose la mujer más feliz del mundo, al extremo que estuvo a punto de confesarle aquella noche su embarazo. Pero, sin saber bien el porqué, se contuvo. Quizá fuera porque en su interior algo le decía que aquella nueva iba a trastornar y a comprometer en demasía las actuaciones de su amado, o quizá porque en aquellos días, desde la explosión del Berlin Zimmer, lo encontraba inquieto y receloso; sus salidas eran cada vez más frecuentes e imprevisibles, y cuando estaba en casa, cualquier ruido anómalo lo ponía nervioso y en guardia. Fuera por lo que fuese, no le dijo nada.

La Kripo y la Gestapo no cejaban en sus investigaciones,

de un modo discreto pero incansable. Como perros de presa, iban devanando la madeja de indicios siguiendo todas las pistas por tenues que fueran y a partir de los restos del naufragio iban tirando del hilo. En primer lugar, la sección de la policía científica que estaba especializada en explosivos dedujo rápidamente que el origen de la deflagración había sido una mezcla de cloratita y dinamita, colocada en uno de los amplificadores ubicados tras la mesa de la presidencia, cuya carga se había conectado, al cerrarse el circuito, mediante un temporizador que había puesto en marcha el mecanismo de ignición y que, al explosionar, había contagiado por simpatía a su gemelo, produciendo la masacre. Los detectives iniciaron sus pesquisas hablando con los porteros, a los que interrogaron a fondo en las dependencias de la central de Nattelbeck. Los asustados funcionarios dieron cuantas explicaciones y aclaraciones les exigió la policía, y hablaron largo y tendido de la visita que a última hora les hizo aquel grupo de instaladores de sonido a cuyo frente iba un afectado personaje, con ínfulas de persona importante, cuya condición de afeminado era innegable, el cual mostró una carta de autorización sellada en papel de la acererías Meinz y firmada por el apoderado que acostumbraba alquilar el palacete, que les obligó a dejar paso franco al trío a riesgo de buscarse complicaciones. El conserje entregó la carta a la Kripo. Las declaraciones de éste y las del portero, que fueron interrogados por separado, coincidieron y validaron la versión de ambos. La policía extendió sus tentáculos en dos direcciones. La primera, hacia las acererías Meinz, que estaban pasando un momento delicadísimo a causa de la muerte de su director general y cuyo apoderado negó haber dado autorización alguna con respecto al alquiler de un equipo de sonido para aquella noche, a pesar de que reconoció que la firma que ratificaba el documento era exactamente igual a la suya. Luego, los pasos de los investigadores se dirigieron, ante la descripción de los porteros, al Silhouette y al Kleist-Casino, los centros principales de los núcleos de homosexualidad distinguida y discreta de Berlín, cuyas saunas aglutinaban a los más diversos y encopetados personajes, tanto del mundo civil como del estamento militar, y allí recabaron sus archivos e inspeccionaron con lupa la lista de los socios. Cuando las fichas estuvieron en su poder, las mostraron a cuantas personas habían estado en contacto con el comando de instaladores. El resultado fue demoledor: de las treinta y dos personas que habían visto a aquellos individuos trabajando, veintinueve reconocieron al que llevaba la voz cantante por la fotografía del carnet de socio del gimnasio que los investigadores les mostraron: era Theodor Katinski.

La busca y captura comenzó de inmediato. Las fotografías de Manfred fueron publicadas en los periódicos como desviacionista y elemento peligroso, sin nombrar expresamente el asunto del Berlin Zimmer, y entonces ocurrieron varias cosas. En primer lugar, el portero de una mansión que había pertenecido a una familia judía acudió a la Kripo e informó de que el verdadero nombre del individuo cuya foto venía en *Der Stürmer* no era Theodor Katinski sino Manfred Pardenvolk, y añadió que desde el verano de 1936, cuando sus padres habían salido de Alemania, no vivía allí. También dijo que el otro hermano se fue al poco tiempo y que la hermana gemela de aquel individuo había marchado a Viena con sus progenitores y, que él supiera, no había regresado. La mansión estaba cuidada únicamente por el servicio, pues pertenecía ahora a un médico ilustre que lo era de Reinhard Heydrich —a quien el Führer acababa de nombrar protector de Bohemia y Moravia—, y que dicho doctor, pese a que en tiempos había mantenido una amistad con el antiguo dueño, era un auténtico alemán y no se podía dudar de su fidelidad al partido. Stefan Hempel era su nombre, y él y su esposa habían marchado recientemente a Praga en el séquito de la Bestia Rubia[183] ya que hacía unos años, desde que había salvado la vida de uno de los hijos de aquel que era uno de los prohombres más poderosos del Tercer Reich, atendía, casi en exclusiva, el cuidado de su familia.

Todo esto condujo al oficial de la Gestapo que estaba al frente de la investigación a limitarse a cursar una orden a Viena para que buscaran a la familia Pardenvolk, y al no encontrar rastro de ella, se limitó a alejarse de la mansión de los Hempel y a detener allí sus investigaciones no fuera a ser que, si incidía en aquella línea, molestara a un personaje que podía hundir su carrera. El oficial se dedicó en exclusiva a buscar por otras vías al hombre de Berlín que, al fin y a la postre, era lo único que interesaba a sus superiores.

En segundo lugar el *Obersturmführer*[184] de la SS Hugo Breitner, que había ido al colegio con los Pardenvolk, también reconoció a Manfred como el causante de la quemadura que aún adornaba su rostro, y no le extrañó que aquella sabandija fuera un enemigo del régimen. Este hecho, sumado a la cuenta pendiente que tenía con los hermanos, aventó las cenizas de su odio y, cumpliendo con su obligación, dio cuantas aclaraciones estaban a su alcance, entre otras los datos que conocía de la familia; a saber: que los miembros de la misma eran cinco, que el padre era judío y la madre era católica y aria, y que tenían una hija y dos hijos varones, uno de ellos gemelo de aquélla y, precisamente, el delincuente que se buscaba.

Por remate, un residente del barrio donde habitaba Manfred también acudió a la policía para denunciar el gran parecido físico del individuo de la foto con un vecino del bloque de al lado de su vivienda al que veía a menudo, en la parada del 27.

El mismo día en que tales individuos lo identificaron, Manfred también vio su rostro en la prensa, y se le heló la sangre. Ocultó el periódico para que no lo viera Helga, que no había acudido a la universidad porque estaba resfriada, y con una vaga excusa, colocándose una bufanda que le ocultaba el rostro, bajó a la cabina e hizo dos llamadas en clave. La primera, a Karl Knut, su compañero del partido que trabajaba de experto en espoletas en la fábrica de municiones de

Waldenmeyer y cuya miopía le había eximido de ser llamado a filas. La segunda, a su hermano.

El teléfono sonó en el apartamento de Sigfrid. Éste, al oír los timbres acordados, bajó al teléfono de la cervecería de enfrente y llamó al número perteneciente a la cabina en la que se hallaba aguardando su hermano. Sin nombrarse, como siempre hacían, y sin más preámbulos comenzó el diálogo.

—¿Has leído la prensa?

—Ayer me fui a dormir muy tarde; ni siquiera he oído a Hanna cuando ha salido esta mañana. No, no he leído los periódicos, ¿qué pasa?

—Mi fotografía está en primera página. Debo esconderme; es cuestión de horas que alguien me identifique. —Hubo una pausa—. ¿Estás ahí?

—Si, te he oído, déjame que piense un momento. ¿Has hablado con Karl?

—Sí, hemos quedado que en cuanto hable contigo lo llame para vernos donde nos encontramos con Bukoski, en la cervecería de Goethestrasse. El sitio es seguro y además está la trastienda como último recurso.

—Está bien, dime la hora y empieza a pensar adónde mandamos a Helga. Ella corre el mismo peligro que tú. A Hanna y a mí no tienen, por el momento, por qué buscarnos; nadie nos ha visto juntos en público ni nos apellidamos igual. Créeme, que Helga no pise la calle y no dejes la prensa a su alcance. Cuando hayamos tomado una decisión, la llamas en clave para que baje a la cabina y entonces le comunicas lo que deba hacer. ¿Te parece?

—Me parece. ¿Puedes a las cuatro?

—Allí estaré. —Colgaron.

Sigfrid regresó a su casa, y Manfred, luego de comunicar la hora de la cita a Karl Knut y decir a Helga que no saliera de casa y que no le esperara hasta la noche, se dirigió a un cinematógrafo de sesión continua para hacer tiempo. Oculto en la penumbra de la sala, pensando que todas las miradas de los espectadores convergían en él, se tragó tres documentales de la UFA sobre deporte en los campamentos de juventud en Alemania, la guerra de Polonia y varios cortos de dibujos animados. Luego, la misma tensión hizo que se amodorrara, y en ese duermevela pasó el tiempo hasta que las agujas de la esfera luminosa de su reloj le indicaron que debía partir hacia la cita acordada.

Cuando Hanna vio la fotografía de su hermano en la primera página de los periódicos, creyó morir. Un aldabonazo resonó en su conciencia, ya que, conociendo mejor que nadie el carácter de su gemelo, pensó que quizá era la única persona que debería haber previsto una cosa así y que algo debería haber hecho por impedirlo. Ya antes de la guerra, andaba Manfred metido en los disturbios callejeros y en las reyertas de los comunistas con los camisas pardas, y eso era mucho antes de que Hitler alcanzara el poder. Después, cuando supo de su negativa para salir de Alemania, imaginó que se quedaba por algún motivo importante, que no fue otro que la lucha clandestina contra las barbaridades de los nazis. Luego, sabiendo que su carácter, al igual que el de ella, no admitía ni la prepotencia ni la injusticia, tuvo la certeza de que dentro de su corazón iría anidando un odio elevado al rojo vivo por los desmanes que se estaban cometiendo contra el pueblo de su padre, a quien adoraba, y pese a que él lo único que tenía de judío era su circuncisión, aquello iba a sublevarle mucho más que si hubiera sido un rabino ortodoxo.

La gota que colmó el vaso fueron los sucesos de la Noche de los Cristales Rotos. Al día siguiente supo, mirándole a la cara, que algo muy gordo iba a ocurrir. Aun así, jamás imaginó que fuera capaz de organizar un atentado con las consecuencias del Berlin Zimmer. Casi sin darse cuenta, se encontró en la cabina de teléfono del bar de la universidad marcando el número de Eric.

La voz que se escuchó al otro lado del hilo telefónico fue la de su amor.

—Soy yo, ¿has leído la prensa?

—¡Esto es una locura! Creo que tu... que se ha vuelto loco. —Hanna se dio cuenta de que su novio intentaba protegerla, caso de que la línea estuviese intervenida—. ¿Dónde puedo verte ahora mismo?

—Estoy en el café de la universidad.

—No te muevas ni comentes esto con nadie, voy para allá. Además, he de decirte algo.

—Te espero.

—Hasta ahora.

Los dos hermanos y Karl Knut se reunieron en la trastienda del Goethe. Llegaron como conspiradores. Primero lo hicieron Sigfrid y Karl, que al entrar miraron instintivamente a uno y a otro lado como si temieran encontrarse a alguien inoportuno, pero a aquella hora el local estaba poco menos que vacío. Algo más tarde apareció Manfred, que entró con la bufanda cubriéndole casi el rostro. A medida que fueron llegando, y tras cruzar una mirada de complicidad con el bodeguero, quien parsimoniosamente se entretenía en secar vasos recién lavados con un mugriento trapo que llevaba colgado del delantal que cubría su rolliza cintura, se dirigieron a la trastienda del local, descendiendo una corta escalerilla que quedaba oculta a las miradas de los curiosos por una cortina verde de hule. La trastienda era un recinto cuadrado con estanterías metálicas adosadas a las paredes, donde se guardaban botellas y barriletes de cerveza, así como también conservas enlatadas de salchichas de Frankfurt y de pescado del mar del Norte, como caballa, arenque y salmón noruego. Allí abajo olía de un modo especial, y flotaba en el ambiente un no sé qué a salmuera y a alcohol. El centro del recinto lo ocupaba una mesa de madera rústica, y en derredor de la misma había varias sillas de tijera, más otras plegadas y arrumbadas a la pared. Al fondo, destacaba un gran arcón de roble cerrado con llave.

Llegados los tres, al principio se formó un denso silencio que rompió Manfred, en tanto se despojaba de la bufanda y del gabán, no sin antes extraer de su bolsillo un ejemplar de *Der Stürmer*, que desplegó y colocó sobre la mesa.

—Antes o después tenía que suceder.

Los conspiradores se sentaron alrededor de la desvencijada mesa, fijando su atención en la foto central.

—Y ¿qué hacemos ahora? —preguntó Sigfrid.

—Desde luego, ocultar a éste hasta que podamos sacarlo de Berlín —respondió Karl señalando a Manfred.

—No os preocupéis por mí; esas ratas no me cogerán, por lo menos vivo. La que me preocupa ahora es Helga; no sabe nada... y esta noche ya no debería dormir en casa.

—No hay problema. A mí no me buscarán, y si lo hacen será como Sigfrid Pardenvolk, y a Hanna tampoco la encontrarán con ese apellido. Deja a Helga con nosotros, por el momento, y cuando tú puedas salir de Berlín te la llevaremos a donde estés.

—Los camaradas del comité central ya encontrarán un lugar, imagino que en el campo, para que podáis ocultaros hasta que los hechos de la guerra distraigan la atención en otro sentido y se olviden un poco de todo esto —apostilló Knut.

—Esa gente no olvida jamás, y tú lo sabes, Karl —respondió Manfred.

—Pronto tendrán otros problemas de los que ocuparse. Lo que hay que hacer ¡ya! es proporcionaros una nueva documentación a ti y a Helga, y desde luego ella no puede volver a la universidad. ¿Te ocupas tú de los documentos, Sigfrid?

—Mensaje recibido. Dame unos días y podrás irte con otro nombre y papeles nuevos. En cuanto a tu novia, lo mismo te digo… y esta noche ya puede dormir en casa. Hanna estará encantada, aunque no sé qué va a decir Eric.

—Ya no es hora de paños calientes ni consideraciones, hermano; lo que piense «el patriota indefinido» de Eric no me interesa.

—Lo que sé es que es mi amigo y que ama a nuestra hermana. Eric jamás nos traicionará —respondió Sigfrid.

Karl intervino.

—Desconozco qué vía han usado para identificarte, pero por ahora no saben más, ya que si así fuera, mi foto también estaría en los periódicos. Por lo tanto, por ahora, no corro el peligro que tú corres. Te quedarás en la cueva y no saldrás hasta que te avisemos. En la nueva documentación debes mostrar otra imagen y otra identidad que excuse el hecho de que no estés incorporado a filas… Tal vez podrá ser cuando te crezca algo la barba y puedas dejarte perilla y patillas.

—No creo que sea suficiente —intervino Sigfrid—. Me temo que habrá que ingeniar algo más para que podamos hacerte unas fotos de carnet nuevas, e imagino que no tengo que decirte que no puedes moverte del refugio.

—Eso será a partir de mañana. Quiero ser yo quien diga a Helga lo que ha ocurrido y quiero que ella decida libremente lo que desee hacer. No se puede condenar a alguien a la clandestinidad sin contar con su opinión y darle al menos la oportunidad de decidir por ella misma… Hay cosas que están muy por encima del partido y del veredicto del camarada Bukoski. Esta noche iré a casa y luego regresaré a la «nevera».

Si se levantaba la tapa del arcón del fondo y, tras sacar la ropa que allí se guardaba, se apretaba un botón disimulado en un refuerzo, se disparaba un muelle que levantaba el tablón de la base. Retirando esa madera, aparecía un hueco, y en él se veía el principio de una gatera que descendía a un sótano suficientemente equipado para que un hombre, con ayuda exterior, pudiera ocultarse en él durante un período indefinido. Así mismo, y esto era lo más importante, en el suelo del sótano había una tapa de hierro que ocultaba un túnel; éste, pasando bajo la calzada del callejón, desembocaba en el sótano del almacén del otro lado de la calle que regentaba el cuñado del propietario de la cervecería. Eso era lo que ellos llamaban la «nevera».

Hanna, a pesar del humo y de la gente que se apelotonaba en la barra de la cafetería, divisó a Eric en cuanto éste asomó bajo el arco de piedra de la entrada. El muchacho fue haciendo eslalon entre los grupos de estudiantes y llegó junto a su novia, y ésta, retirando su sobretodo y su cartera del sofá, le invitó a que se sentara a su lado. Eric estaba intensamente pálido, cuando Hanna le tomó una mano.

—Estás helado.

—¿Cómo quieres que esté, Hanna? ¡Esto es una locura! Tu hermano está jugando a los héroes... y lo triste es que, de alguna manera, yo le he ayudado.

—Cálmate, no conduce a nada que nos pongamos nerviosos.

—¡Hanna, que esto no es un examen de carrera! Manfred está arriesgando su vida y, lo que es más grave, también la tuya, la de Helga y la de todos. —Sin darse cuenta, Eric había levantado la voz.

—No te excites, que así no iremos a ninguna parte.

Entonces, en un tono más bajo y contenido, si bien en la misma tesitura, arrancó de nuevo.

—Pero ¿es que no te das cuenta, Mata Hari,[185] de que si os pescan nos matan a todos, y a mí el primero por alta traición? ¿Acaso has olvidado que pertenezco a la Kriegsmarine y que me incorporo a la base de submarinos de Kiel dentro de nada?

Hanna, que pese a la gravedad de los acontecimientos no estaba dispuesta a que se tomara en broma su actividad dentro de la Rosa Blanca, al enterarse de que su novio iba a partir para enrolarse en el cuerpo de U-Boote[186] de la armada alemana, decidió bajar velas y no tomar en cuenta la gracia.

—¿Cómo que te vas?

—Pues eso: si no me detienen por montar radios clandestinas y colaborar en atentados terroristas, me han llamado y debo presentarme, mira.

Y al decir esto sacó de su cartera la citación con los correspondientes membretes y firmas, por la que se le convocaba, con carácter de urgencia, para incorporarse como oficial de radio y transmisiones, en situación de prácticas, a bordo del U-Boot *V 103*. Hanna leyó el documento, y en esa ocasión la que palideció fue ella.

—Y ¿qué va a pasar ahora?

Eric guardó de nuevo el papel y le tomó la mano.

—¡Yo qué sé, Hanna! El mundo está loco, y lo peor es que no podemos apearnos en otra parada porque no hay otra parada... Hemos de seguir a la velocidad que marca Adolf, que es quien conduce la locomotora... y dudo que sepa adónde nos lleva.

—¡Yo sí sé adónde nos lleva, él y su cuadrilla de asesinos, y mi hermano también lo sabe! ¡Si todo el pueblo alemán se levantara e hiciera lo que él ha hecho, esto se acabaría!

—¡Eso es imposible! ¿Olvidas que ese pueblo fue quien lo eligió y que ahora lo sigue a ciegas?

—No, pero te citaré una de las leyes fundamentales de la religión de mi padre: «La primera obligación de un judío es alzarse contra el tirano cuando éste gobierna contra los intereses de su pueblo». ¿Te das cuenta? Eso es lo que está haciendo Manfred.

—El loco de Manfred tal vez sí, pero no el resto de los judíos que se dejan atrapar como conejos.

—Y ¿qué haces tú? Te recuerdo que al principio de todo esto decías que se acercaba la época más esplendorosa de Alemania... y mira lo que está pasando... ¿Acaso no te acuerdas ya de la olimpiada?

Entre ambos jóvenes se estableció, durante un instante, una tregua tácita.

—Serenémonos, Hanna, que estamos muy nerviosos por todo lo que está pasando, y hablemos de lo que nos atañe... No hay mucho tiempo. Vayamos por partes; primero está lo de tu hermano, ¿has hablado con él?

—Todavía no, y me da miedo telefonear y meter la pata si se pone Helga. Hoy no ha venido a clase, ayer no se encontraba muy bien... Lo que ha pasado es demasiado gordo, y si no me llama es que aún no sabe nada. Hoy he salido de casa muy temprano y Sigfrid todavía dormía; estos días se está acostando muy tarde, lo sé porque le oigo llegar. Al primero que he llamado cuando he visto la fotografía ha sido a ti. ¡No sé qué hacer, estoy muy asustada!

Eric pasó su brazo por los hombros de la muchacha intentando calmarla.

—Esta noche iré a tu casa a dormir... Es lo que tenía pensado hacer el día de mi despedida. Sin duda entonces tendremos más información, porque Sigfrid sabrá algo, y según lo que nos diga, tomaremos una decisión u otra. Ahora los tres os apellidáis diferente; aunque hayan descubierto que él es Manfred Pardenvolk y lo busquen como tal, tú te llamas Renata Shenke y Sigfrid se apellida Flagenheimer. Oficialmente, Hanna Pardenvolk se fue a Austria y su hermano Sigfrid ha desaparecido; no tienen por qué relacionaros con Manfred en este momento. El peligro será que lo cojan, porque si lo cogen...

—Si lo cogen, ¿qué, Eric?

—Si lo cogen, le harán cantar, Hanna. La Gestapo no está para historias, y a un terrorista, antes de colgarlo, lo exprimen hasta que suelta todo lo que sabe.

Pálida como la imagen de la muerte, la muchacha respondió:

—A Manfred no lo cogerán vivo.

La otra carta

El obispo Tenorio, en el silencio recogido de su despacho, leía con deleite la carta que momentos antes su coadjutor, fray Martín del Encinar, había depositado sobre su mesa. Había llegado ésta en la saca que uno de los correos que lo comunicaba con los obispados ubicados en Al-Ándalus había entregado el día anterior y provenía de su amigo el reciente titular interino de la sede de Sevilla monseñor Servando Núñez Batoca, que había sucedido en la sede episcopal a monseñor Pedro Gómez Barroso, fallecido el 7 de julio de 1390. Al obispo Tenorio lo unían comunes intereses con su amigo, ya que ambos eran descendientes de conversos. Los términos de la misiva no dejaban lugar a dudas, y las decisiones que tomara estarían condicionadas por la misma.

Sevilla,
6 de septiembre de 1390, anno domini

Mi dilecto hermano en Cristo:
Tiempo ha que debía haberos escrito, pero las urgencias de estos días procelosos y el hecho de que transcurran las jornadas sin sentir y queden inacabadas las tareas que nos han sido encomendadas, al ponernos la Divina Providencia al frente de esta tan difícil diócesis, han hecho que demore hasta hoy mi respuesta.

Para poneros en antecedentes y para que podáis haceros una exacta composición de lugar, paso a relataros ciertos hechos que tienen que ver con el motivo de ésta. Como sabréis, tengo en mi jurisdicción a un personaje que, si bien me crea graves problemas con la autoridad delegada del rey, no por ello debo dejar de reconocer que nos es muy útil para embridar a la hornada de infieles que habitan este territorio, y no solamente me refiero a los moriscos sino particularmente a los judíos, quienes, por su peculiar forma de actuar, me crean incontables complicaciones. Su cargo y nombre corresponden al del arcediano Ferrán Martínez, del que en ocasiones creo haberos hablado. Este predicador aprovecha su ardiente verbo para decir, desde los púlpitos de la diócesis, las verdades que otros no se atreven a mencionar, pues conocen el servicio que prestan estos infieles a la monarquía y saben los riesgos que corren los que contra ellos actúen. El caso es que hace algo más de quince días se llegó a mi residencia un individuo con la pretensión de verme sin haber anteriormente solicitado audiencia. Como es lógico, mi chambelán le impidió la entrada y entonces el tal Barroso, que así se llama el sujeto, se atrevió a usar vuestro nombre indicando que se os demandara información acerca de sus antecedentes y que vuestra excelencia tendría a bien avalar su reputación. Tal impresión causó el personaje a mi coadjutor que le pareció oportuno escuchar sus pláticas y trasladarme luego sus pretensiones. Deduje muchas cosas del pasado y comencé a elucubrar otras de futuro, siempre y cuando vuestros informes avalen tanto la valía como la fidelidad y discreción del demandante.

Vuestro hombre, y perdonadme si he obrado con ligereza emitiendo un juicio de valor que no corresponda a la realidad, explicó que tiempo ha cumplió para vuesa paternidad un delicado y peligroso trabajo, que realizó con esmero, diligencia y pulcritud, y que habiendo sido castigado por el monarca por perturbar a «sus judíos», vuestra excelencia tuvo a bien guardarlo y protegerlo, de manera que salvó el pellejo por el canto de un maravedí y gracias a vuestra generosa ayuda vive en la actualidad decorosamente. Este hombre, como os digo, parece ser que ha ido siguiendo las prédicas del arcediano y que éstas han inflamado su corazón a tal punto que dice ser capaz de arrostrar los mayores peligros para colaborar en la extinción de esta maldición que desde hace más de mil años azota a los buenos cristianos de nuestras respectivas diócesis, contaminándolos con la baba ponzoñosa de sus ideas, favorecidos sin duda por la complacencia del rey y por la tibieza de algunos cristianos que tienen con ellos oscuros negocios, pues, de no ser así, no comprendo la negligencia de algunos en el cumplimiento de su deber. Su actitud le ha proporcionado no pocos incidentes y disgustos con el alguacil mayor, y ahora pretende ofrecerme un pacto como el que, dice, tuvo con vuestra reverencia en tiempos pasados. Pero yo no adoptaré decisión alguna que pudiera comprometer a esta diócesis antes de recibir noticias vuestras.

Ahora quiero relataros una situación que perturba el buen vivir de los cristianos de Sevilla y que, como veréis, tiene algo que ver con los sucesos acaecidos en Toledo hará ahora unos seis o siete años, si la memoria no me es infiel. El caso es que vino a instalarse en ésta, para dar clases en la *jéder*, un estudioso de la Torá, por lo visto rabino de reconocido prestigio cuya reputación ha ido aumentando entre los suyos de una forma alarmante, a tal extremo que muchas de las decisiones que afectan a la comunidad a la que pertenece pasan por su reconocida autoridad y su grey le hace más caso que al mismo *nasi* de su aljama, tal es su influencia. No he de deciros que si dicho individuo trasladara sus reales a otra ciudad, mi vida sería mucho más cómoda y placentera, y ya nada digamos si se convirtiera a la verdadera fe. Hace un tiempo lo cité ante mí y, tras largos circunloquios, le propuse dos pactos sustentados en lo que os he dicho anteriormente. Sin embargo, ninguno le pareció ni tan siquiera discutible, y no es necesario que diga que ambos estaban provistos de buenos dineros, pero por lo visto esto último parece carecer de la menor importancia para él. El nombre por el que se le conoce en estos lares es el de Rubén Labrat ben Batalla, si bien, según aseveró a mi coadjutor el que dice ser vuestro recomendado, es en realidad Rubén ben Amía, y su esposa es la hija del que fuera rabino mayor de la aljama del Tránsito, en Toledo. La primera de mis propuestas fue que si accediera a recibir el bautismo, ejemplarizando con ello a muchos de sus correligionarios, yo obtendría para él la misma cualificación que ahora tiene entre los de su religión (ya hay antecedentes de lo mismo, pues sabéis en cuánta consideración y estima se tiene en estos lares a Salomón Ha Levi, rabino de gran fama, que cambió su nombre por el de Pablo de Santa María, y que al renegar del judaísmo y convertirse a la verdadera fe fue nombrado obispo de Burgos),[187] pues bien, ni siquiera se puede decir que tomara en consideración esta propuesta. La otra fue que si saliera de estos reinos y se instalara en Granada, me ocuparía personalmente de que recibiera el mismo trato que aquí tiene y haría que el visir del rey de Granada lo instalara y atendiera de manera ventajosísima a fin de que pudiera desarrollar en aquella ciudad toda actividad pertinente a su cargo y estado (ya sabéis que entre infieles la tolerancia es mayor, que en Granada hay una abundante colonia judía y que cada uno hace su culto sin que por ello el otro se inmiscuya). Respondiome que no sabía que fuera delito vivir entre cristianos, que no había tenido noticia de ello, que pagaba a la corona más impuestos y alcabalas que muchos rumíes,[188] y que de no recibir una orden expresa del rey, no pensaba moverse por el desamparo en que quedaría su grey y el nefasto ejemplo que daría con ello. Le hablé de sus conciudadanos Pedro Fernández Benedeva, Juan Abenzarzal y Diego Alemán Pocasangre, este último nombrado mayordomo del Consejo de los Veinticuatro,[189] pero ni por ésas; me respondió: «Allá cada cual con su conciencia».

Todo esto me ha producido, por el ascendiente que tiene entre sus conciudadanos, un sinfín de problemas y sinsabores.

Entonces debo preguntaros: ¿es de toda confianza vuestro hombre, suponiendo que diga verdad al respecto de vuestro conocimiento? ¿Puedo confiar en él? ¿Y hasta qué punto?

Es de la mayor importancia para mí vuestra respuesta. Proceded, por favor, sin dilación, a vuelta de correo.

Sin otro particular, se despide vuestro hermano en Cristo,

SERVANDO NÚÑEZ BATOCA
Epíscopo interino de Híspalis

Don Alejandro Tenorio se retrepó en su sillón, y tomando la campanilla de plata que descansaba sobre la mesa de su despacho, con un leve giro de su muñeca diestra la volteó. Un sonido argentino resonó en el ambiente y al punto la tonsura coronada de blanco del coadjutor asomó por la entornada puerta.

—¿Llamabais, reverencia?

—Decid a fray Antolín que acuda a mi despacho.

—¿Ha de ser Antolín precisamente? Está terminando un delicado trabajo de iluminación que encargó el cabildo y...

—Ha de ser fray Antolín, ¡diantre!, a no ser que vuesa paternidad tenga amagado en su bocamanga un amanuense más veloz y diestro.

—Como mandéis, ilustrísima.

El obispo aguardó. Últimamente le ponían nervioso las dudas y quisquillosidades de su coadjutor, ya que desde los trágicos sucesos de la jornada de las Tiendas su carácter había cambiado, pues el hecho había afectado sobremanera su conciencia y todo lo cuestionaba. En tanto acudía el escribano, su pensamiento voló hacia aquellos hechos que, si bien habían acaecido hacía ya años, sin embargo aparecían en su mente nítidos y presentes, como mucho más cercanos. Por fin se enteraba de adónde había ido a parar aquella familia cuya influencia en la corte tantas zozobras le había ocasionado, y así mismo conocía el destino final de aquel su protegido de quien, en alguna ocasión y por el eco de sus desafueros, había tenido noticias.

Unos nudillos golpearon suavemente la maciza hoja de su puerta y una voz atiplada solicitó el correspondiente beneplácito para entrar. La pálida faz de fray Antolín se perfiló en el vano y su cuerpo enteco ocupó el marco de la misma.

—¿Habéis solicitado mi presencia, ilustrísima?

—Así es, fray Antolín. Tened la bondad de tomar asiento, y disponeos a escribir una larga y cuidada carta.

Entró el frailecillo en la regia estancia y, sentándose frente al obispo, desplegó su escribanía portátil sobre las rodillas. Luego la abrió y extrajo de ella una pequeña navaja con la que procedió a afilar los extremos de un cálamo y de dos plumas de ave que le servían para su menester; de éstas escogería la que mejor cuadrara según el tipo de letra que le fuera exigida. Acto seguido abrió un frasco de amplio cuello que contenía un líquido disolvente, y tomando una barrita de tinta sólida, procedió con la misma navaja a rayarla de modo que el polvillo que se desprendiera fuera cayendo dentro del frasco. Cuando todo estuvo a su gusto y preparado, alzó su mirada hacia el obispo a la vez que arqueó sus pobladas cejas en demanda de instrucciones.

—¿Pergamino o vitela, ilustrísima?

—Pergamino. Y no tengo que deciros que ésta es una carta confidencial y que una ligereza os reportaría un grave perjuicio.

—Ilustrísima, conozco mis obligaciones como amanuense y mis deberes como religioso que debe obediencia a sus superiores al respecto del secretismo de los trabajos que me son encomendados. Si el contenido de esta misiva llegara a oídos inconvenientes, tened por cierto que no será debido a indiscreciones de este humilde fraile.

—Pues entonces comencemos.

En aquel momento, con voz lenta y segura, su ilustrísima don Alejandro Tenorio procedió a dar cuenta a su colega de Sevilla de los acontecimientos habidos en Toledo y sus aledaños, iba ya para seis años, y también del papel destacadísimo que en ellos tuvo la persona del bachiller Rodrigo Barroso alias el Tuerto, así como de las vicisitudes que el pago de sus inapreciables servicios le ocasionó su rescate de entre las manos del canciller don Pedro López de Ayala. De igual manera ratificó que, ciertamente, el matrimonio formado por la hija del gran rabino y por Rubén ben Amía había desaparecido de Toledo y que parecía que se había tragado a ambos la tierra, y añadió que, a pesar de las gestiones realizadas al respecto, nadie le había sabido dar razón hasta la fecha y durante esos años de su paradero.

El regreso de Volandero

La vida de Simón durante aquellos años transcurrió triste y monótona. Su amigo David había tomado la ruta del camino de Santiago y había partido hacia tierras allende los Pirineos sin precisar cuál sería el destino final de sus pasos. Antes de su marcha se había entrevistado con Simón y en diversas y frecuentes ocasiones le había rogado que lo acompañara, pero éste adujo que la única posibilidad de conocer de alguna manera un indicio sobre el destino de Esther radicaba en la permanencia en la ciudad, ya que si partía de Toledo todo vestigio de rastro o pista se perdería para siempre. En infinidad de circunstancias encaminó sus pasos hacia la casa de la Duquesa Vieja en la vana esperanza de que algún milagro sucediera o que alguien supiera darle noticias del destino de su amada, pero resultó siempre pretensión baldía y, cada vez que lo intentó, regresó a sus lares con el corazón roto y la desesperanza instalada en su espíritu.

Por otra parte, la causa que originó la hecatombe en la aljama de las Tiendas había periclitado hacía años y el claustro de la catedral del obispo Tenorio estaba concluido. Por tanto, la provocada persecución de los judíos parecía por el momento calmada, y las gentes convivían en Toledo con los inconvenientes del cotidiano devenir pero yendo cada cual a su avío sin otros problemas. Lo que al principio fue una total reclusión en su casa con el tiempo fue cambiando, y si bien al inicio cuidó de no mostrarse en público en situaciones donde las gentes se aglomeraran, como ferias, mercados, reuniones y demás eventos parecidos, luego, lentamente fue saliendo más y a nadie le pareció extraordinario el verlo, ya que si los encontradizos eran hermanos de su aljama se cuidaban muy mucho de indagar, y si eran de fuera no acusaban su presencia porque no habían tenido ocasión de echarlo en falta.

No sabiendo qué hacer con Seisdedos, le vino al pelo que

el maestro de obras maese Antón Peñaranda acudiera a su casa en busca del muchacho, cuya fuerza descomunal lo había asombrado, ofreciéndose, en agradecimiento a la salvación de la vida de su hombre, a enseñarle el oficio de picapedrero, para lo cual debería acudir cada mañana al despertar el día a la cantera que se hallaba a tres leguas de Toledo en el camino que arrancaba del puente de Barcas de la Cava y se dirigía a Talavera de la Reina. Cada amanecida, el ya de por sí inmenso individuo montaba su mula torda y se encaminaba al trabajo. Su natural fortaleza y el manejo diario del martillo y las piedras hizo que, al paso de un año, la musculatura del muchacho fuera tan extraordinaria que a Simón, cuando transcurrido ya un largo tiempo se pudo mostrar en público, le divertía sobremanera acudir con él, en ocasiones señaladas, a ferias y a festejos y admitir apuestas con los gentes de otros predios que, desconociendo las capacidades de Domingo con las piedras, se atrevían a apostar sobre si era o no capaz de alzar sobre sus hombros alguna de aquellas que ni siquiera tres hombres corrientes lograban mover.

Cierto día a la mañana, Simón, que aún dormía, sintió que lo zarandeaban en su lecho. Abrió los ojos y distinguió, entre las brumas de su cerebro todavía no despabilado, la imagen de su protegido inclinado sobre él, que con aquella su peculiar habla, a veces monosilábica, intentaba decirle que algo extraordinario había ocurrido en el palomar.

—¿Qué quieres decirme, Domingo? ¿No sabes que mi padre se disgusta si no cumplo el sabbat?[190]

—Amo... un palomo... casi muerto... quiere entrar... con las otras.

Simón supuso que, como en anteriores ocasiones, un palomo torcaz buscaba a sus compañeras más civilizadas.

—Alcánzame las calzas y dame la casaca.

Simón se apresuró a ponerse las medias y a calzarse los zapatos, y estando en ello sintió de nuevo la voz del muchacho.

—Viene muy herido.

Algo en el interior de Simón comenzó a vibrar. Un presentimiento profundo, un pálpito, un aura que le anunciaba algo. No supo por qué pero, aun sin saber el motivo, se precipitó a la escalerilla que conducía al tejado, asomó la cabeza por el tragaluz y allí en el exterior, junto a la portezuela, lo vio. Era un palomo flaco, desmedrado y herido con las plumas del pecho llenas de sangre, que le miraba con sus ojillos encerrados en un círculo rojo. Nada más verlo, Simón intentó, sin conseguirlo, acercarse a él. El corazón comenzó a bombear a ritmo del de un galeote cuando se apresta a entrar en combate y el cómitre ordena boga de ariete. Su recuerdo evocó la imagen soberbia de un Volandero mucho más joven y en plenitud, cual fue el que él regaló a su amada. Rápidamente sacó el resto de su cuerpo por la abertura y se precipitó hacia el lugar donde la avecilla, en precario equilibrio, se mantenía junto a la entrada del palomar. Seisdedos, que había asomado su corpachón por el agujero, miraba extrañado sin saber a qué se debía aquella agitación que había acometido a su amo por que un palomo hubiera acudido junto al palomar. Simón ya lo tenía en su mano, y la avecilla, como si supiera que su misión había terminado, reclinó la cabecita y quedó yerta en sus brazos. La apretó el muchacho junto a su corazón con la certeza de que aquel palomo era su querido Volandero; su carúncula era inconfundible. Simón reparó en la anilla que llevaba en la pata y al punto se sentó en el borde del tejadillo a dos aguas que, en forma de caseta, se alzaba en la azotea para alojar una ventana, que era la que proporcionaba claridad a su cuarto. Tras dejar junto a él el cuerpo inane del ave, desenrolló con mimo el canutillo y se dispuso a leer la misiva. Las letras eran borrosas debido al agua que sin duda había caído en el trayecto, pero al instante descubrió la amada caligrafía de Esther y casi se quedó sin aliento. Leyó y releyó la carta una y mil veces. Luego, llevando el cuerpecillo del palomo consigo y sin dar explicación alguna a Domingo, quien seguía atónito y asombrado por el extraño comportamiento de su amo, comenzó a descender la escalera de madera que conducía a su buhardilla. Llegados a la estancia, Simón se dirigió a su amigo.

—Domingo, hazme un favor... No quiero romper otra vez el sabbat, y no puedo hacerlo yo aunque... ¡por Dios que querría hacerlo en persona! Baja al jardín y entierra junto a la balsa este palomo, justamente en el centro del arriate, pues quiero que descanse cubierto de flores. Marca el lugar con una piedra para que luego puedas reconocerlo e indicármelo.

Domingo, acostumbrado como estaba a no discutir orden alguna de su amo, tomó la avecilla entre sus manos y se dispuso a salir.

—Hazlo con tiento, amigo mío. Él me ha traído la nueva que más he esperado en toda mi vida, y si alguna posibilidad me resta de ser feliz, a él se la deberé.

Partió el gigante a cumplir la disposición de su patrón y Simón se tumbó en su camastro un buen rato, intentando aclarar sus ideas. Luego de mucho cavilar y siempre con la idea fija de partir, decidió hablar con su padre.

Era sabbat y Zabulón estaba en una pequeña estancia ubicada al lado del comedor leyendo el *Zóhar* o *Libro del esplendor* de Moisés de León.[191] A Simón aquella habitación le retrotraía invariablemente a su niñez y le causaba un gran respeto. Recordaba cuando, llegando del *jéder* con una anotación desfavorable en conducta escrita en la tablilla por su maestro, su madre le obligaba a presentarse en aquel aposento donde le aguardaba el barbado y, para él entonces, imponente rostro de su padre.

Simón, tras pedir y obtener la venia para entrar en la sala, se inclinó ante su padre.

—*Lejaim*, padre.

—Por la vuestra, hijo mío.

Tras dirigirse el ritual saludo, Zabulón interrogó:

—¿Habéis orado esta mañana?

—Aún no he tenido tiempo.

—Pues ésa es la primera obligación de un buen judío. Id a por vuestro *taled*, tomad vuestro *siddur* y tendré la satisfacción de entonar el Shajarit[192] con mi hijo.

Simón, que conocía a su progenitor, decidió no polemizar ya que de no obedecerlo en aquello no tendría ocasión de exponerle lo que tan importante era para él. Cumplió el mandado y regresó al punto, y para complacer mejor a su padre se colocó las filacterias, las cuales únicamente era obligado ponérselas en los actos celebrados en la sinagoga.

—Así me gusta, hijo mío. Observaréis que cuando un buen judío comienza de esta manera el sabbat, las cosas luego caminan mejor.

—¡Que Adonai os oiga, padre mío, que buena falta me va a hacer!

Zabulón se preparó al igual que su hijo y después, conducidas por él, rezaron ambos las pertinentes oraciones. Cuando ya hubieron terminado, se despojaron uno y otro de los signos del ritual y, con un talante totalmente positivo, Zabulón invitó a su hijo a que le explicara el motivo que le impelía a aquellas tempranas horas de la mañana y con tanta premura a hablar con él.

Se sentó Simón en un pequeño escabel frente a su padre y aguardó a que éste se acomodara para empezar.

—Veréis, padre mío, ya hemos hablado en infinidad de ocasiones del tema que motiva mis ansias e impide el reposo de mi espíritu.

—Ciertamente, hijo... Ya conocéis mi respuesta al respecto. Debéis luchar contra ese sentimiento, y cuanto antes lo desterréis de vuestro corazón, mejor recobraréis la calma y enderezaréis vuestra vida. Esa carrera que habéis emprendido no tiene final.

Simón, sin responder, extrajo del bolsillo de su corta túnica el mensaje y lo tendió a su padre. Éste, extrañado, lo tomó en su mano y poniéndolo ante sus ojos comenzó a leerlo. Al finalizar la tarea devolvió la nota a su hijo y lo miró con ternura.

—No imagino cómo ha llegado esta epístola a vuestras manos, lo que es evidente es que lo que me contabais no eran elucubraciones de vuestra arrebatada imaginación y que la hija del gran rabino, que Adonai haya tenido la caridad de mostrarle su rostro, os amaba, pero sabéis que es una mujer casada, que han pasado los años y, por otra parte, ignoráis su paradero... No entiendo qué queréis de mí.

—padre, ella, sin saberlo, me está buscando. La misiva ha venido del cielo, y me la ha traído una de las mensajeras que le regalé hace años. La avecilla ha llegado reventada de puro agotamiento; eso quiere decir que viene de lejos, aunque estos animalitos pueden volar ciento veinte leguas o más en una jornada. Quiero partir y ver de encontrarla, padre, y sería para mí muy importante que me dierais vuestra bendición.

El anciano se mesó la barba con un gesto familiar y casi reflejo.

—Me desgarráis el corazón por varios motivos, y de saberlo, vuestra madre moriría. Conocido es que los hijos deberán abandonar a sus padres y emprender su camino, lo dice la Torá. Todos lo hicimos llegado el momento, pero no de esta manera y con los fines que presumo pretendéis. Así, no puedo daros mi bendición.

—Dejadme explicaros, padre; no me hagáis partir sin ella.

—Os escucho.

—En primer lugar, voy tras mi destino; mi vida sin volver a ver a Esther no tiene sentido. En segundo lugar, sé que voy tras una quimera; ni sé dónde está ni siquiera si podré hallarla... Pero lo que es claro como la luz es que para mí la felicidad no existe mientras mis ojos no alcancen a verla.

—Es una locura, hijo mío, y vais a ser muy desgraciado. Ahora os parece que fuera de ella no existe la felicidad, a todo hombre le ocurre esto alguna vez, pero cuando peinéis canas y vuestros hijos os rodeen, veréis que estos amores de juventud son vientos huracanados que arrasan los corazones cuando éstos nacen a la vida. Os habéis enamorado del amor, que es lo que corresponde a vuestra edad; no lo confundáis con el amor sereno y definitivo, que es otra cosa. Cuando mi padre y el padre de vuestra madre acordaron nuestros esponsales, nosotros ni tan siquiera nos conocíamos... y hemos sido y somos muy felices.

—Eran otros tiempos, y no olvidéis, padre mío, que mi edad ya no es la de un adolescente.

—A todos nos ha parecido alguna vez que nuestros tiempos son otros. Y ya os daréis cuenta de que, en cuanto a experiencia de la vida, vuestra edad, para fortuna vuestra, aún no es nada.

Simón insistió empecinadamente.

—Si la encuentro y puedo respirar el aire que ella respira, ya me conformo.

—Quien busca el fuego se quema, hijo mío.

—Padre, como sea, he de volver a verla y, cuando menos, quiero vivir a la sombra de su sombra.

—Os repito, Simón, que es una mujer casada. Además, esa misiva nada indica acerca de sus intenciones. Una cosa es expresar sentimientos y otra muy diferente tomar decisiones; convertir la energía potencial en acción decisoria es muy difícil. Ella os supone muerto, como en su momento imaginamos todos, y ha lanzado a los cielos un mensaje de esperanza porque ese sentimiento que nació entrambos no ha tenido tiempo de corromperse en la vivencia del cada día y ella lo ha sublimado en su corazón. Además, no sabéis dónde hallarla... Únicamente dice que os recuerda.

Simón intuyó, en la última parte de la respuesta de su padre, un fallo en su coraza de argumentos.

—No me indica dónde hallarla pero me dice que ve las estrellas reflejadas en el Guadalquivir.

—El Guadalquivir recorre Baeza, Córdoba, Lora del Río,

Sevilla... ¡Ya me diréis dónde vais a hallarla! Ni tan siquiera os dice si sigue allí; creo que es buscar una aguja en un pajar.

—Pero, padre, la misiva dice más cosas. La primera, que está viva; la segunda, que ama mi recuerdo, y finalmente, que ve el río. ¡Y nada dice de que vaya a partir! Eso ya limita mi campo de búsqueda; el mundo es mucho más grande que las tierras que besan las aguas del Guadalquivir. ¡Padre, si me amáis, dadme vuestra bendición! Voy a partir de todas maneras, ¡no me obliguéis a marchar sin ella! No hablo de felicidad... ¡Es que dentro de mí no habrá paz ni sosiego si no vuelvo a verla, aunque sea por última vez!

—Me habréis de jurar que no haréis nada que vaya contra el santo vínculo que ha contraído.

—En nuestra religión está considerado el repudio. Si tal situación se diera, quiero estar cerca de ella.

—No sé qué clase de *ibbur* os ha poseído, hijo mío, pero os auguro grandes penalidades.

—Es mi vida, padre; quiero vivirla como me cuadre. Pero vaya a donde vaya y haga lo que haga, os aseguro que jamás tendréis que avergonzaros de mis actos.

—Nada diréis de todo esto a vuestra madre, se moriría de pena. Diremos por el momento que la comunidad os ha encargado una misión de la que nada podéis decir.

—Mi boca no hablará de lo que acongoja a mi corazón, y nada he de hacer que deshonre el apellido de los Silva Arenas.

—Os tomo la palabra y supedito mi bendición a ella... Arrodillaos.

Zabulón bendijo a su hijo y éste supo que, en aquel instante, una página del libro de su vida se cerraba y se abría otra.

La noche triste

Manfred, a las cuatro de la madrugada y luego de encargar a su hermano que telefoneara a Helga y le dijera que no se moviera ni cogiera el teléfono si no sonaba en clave, se dirigió a su casa. Cuando llegó a su calle, observó que la ventana que daba a su apartamento estaba iluminada. Helga ya estaba acostumbrada a sus tardanzas y, si no había bajado en todo el día, no era fácil, dada la poca comunicación con los vecinos, que se hubiera enterado de la noticia. Atravesó la calle y se dirigió a la portería. El tránsito era el de todos los días, y Manfred cruzó la calzada en dos zancadas. Entró en el portal y, viendo que un vecino metía el llavín en la cerradura tras él, se precipitó al ascensor para no tener que compartir la cabina con alguien que pudiera reconocerle. Al tiempo que el camarín se detenía en su rellano, sintió que Helga abría la puerta del piso, sin duda porque conocía su forma de actuar o porque le había visto desde la ventana. Cuando cerró la puerta del elevador, supo que la muchacha se había enterado de todo porque, sin casi tiempo de abrir sus brazos para acogerla, ella se precipitó a refugiarse en ellos, temblorosa y desconsolada.

—¿Qué ha pasado, Manfred? ¿Qué es lo que has hecho?

—¿Cómo te has enterado? —preguntó Manfred a su vez.

—Cuando he salido al rellano, he visto tu foto en el periódico de la vecina, que se lo habían dejado en la alfombrilla, y lo he cogido y me lo he llevado... Aunque es inevitable que algún vecino lo haya visto.

—Vamos adentro, pequeña; no es bueno que nos quedemos aquí.

Pasaron ambos al interior del estudio cogidos de la cintura, transidos de ansiedad, acongojados, desesperados, angustiados, desolados y afligidos, como dos niños perdidos en el bosque en una noche sin luna. Se sentaron en el sofá del comedor y estuvieron unos minutos sin decir palabra. Luego Manfred acercó sus labios al cabello de la muchacha y pareció que ésta, a su contacto, despertaba.

—¿Qué vamos a hacer ahora, Manfred?

—Nos iremos, Helga; en algún sitio del mundo habrá un rincón para nosotros. El tiempo apremia. De momento te llevaré a casa de Sigfrid, y yo me esconderé hasta que tengamos nuevas documentaciones; después nos iremos.

—Manfred...

—¿Qué, Helga? —Ante su silencio, él insistió—: ¿Qué pasa, Helga?

—¡Hagamos el amor!

—Has pasado mal día, y ahora mismo voy a llamar a mi hermano y voy a llevarte a su casa; ya habrá mejor ocasión.

—¡No, Manfred! ¡Hagamos el amor ahora!

Manfred la miró con ternura. Lentamente empezó a desabotonarle la blusa.

—Espera un momento.

—¿Qué vas a hacer?

—Voy a apagar la luz; no quiero que el de enfrente vea los pechos más hermosos de Berlín.

—¡Tonto! No apagues, nunca lo hemos hecho con la luz encendida.

—Tú mandas, hoy te lo debo.

Un timbre rasgó el silencio de la noche y Manfred se puso en pie como un resorte. Helga lo miraba, espantada, mientras se abotonaba la blusa. Una voz ronca sonó en el rellano.

—¡¡¡Abran, Gestapo!!!

Helga clavó sus hermosos ojos en él, interrogándole con la mirada.

Manfred dudó.

Esta vez un aporreo de puños acompañó a la voz.

—¡¡¡Abran inmediatamente!!!

—¡Un momento, estoy desnuda, aguarden a que me ponga algo encima! —Luego bajó la voz—: Por la galería, Manfred… Salta por el balcón a casa de los Schultz; ellos no están. ¡Intenta escapar o te matarán, amor mío!

Súbitamente Manfred pareció cobrar vida.

—Y tú ¿qué vas a hacer?

—No te preocupes por mí. Soy mujer y ya me las arreglaré. Me llevarán a comisaría, diré que no sé nada de ti desde hace tres días, diré que eres un crápula; me detendrán y luego me soltarán.

—¡¡¡Por última vez, abran o echamos la puerta abajo!!!

—¡Ya abro, un minuto!

Manfred tomó a Helga entre sus brazos y la besó. En tanto él se dirigía a la galería del patio interior, la muchacha se quitaba la blusa y se soltaba el sujetador. Cuando estuvo segura de que él había salido, se dirigió a la puerta.

A Manfred se le encendió la bombilla. Entrenado como estaba en las luchas callejeras y ágil como un gato montés, acostumbrado a soportar el vértigo de las alturas por su afición al alpinismo, pasó su pierna derecha por encima de la barandilla y de los alambres del tendedero. Así ganó la parte exterior del muro de ladrillos que cubría de arriba abajo el edificio, y entonces, tan rápido como le fue posible, metiendo los pies en las separaciones de los ladrillos que servían para intensificar la circulación del aire que secaba la ropa, fue bajando los cinco pisos pegado a la pared como un hombre-araña.

Helga abrió la puerta. Frente a ella se hallaban dos hombres vestidos con sendos abrigos de cuero negros, y tras ellos, dos miembros de las SS con el temible uniforme y el distintivo de la calavera plateada en las gorras. La visión de los senos de la muchacha les sorprendió. Ella les habló como si estuviera totalmente vestida y no hizo nada por cubrirse.

—¿Qué ocurre, caballeros? —Recalcó lo de «caballeros»—. ¿Me traen a casa al sinvergüenza de mi marido?

El más alto de los de paisano preguntó:

—¿Vive aquí un tal Theodor Katinski? O quizá lo conozcas como Manfred Pardenvolk...

La cabeza de Helga iba como una moto y al oír el segundo nombre la sangre huyó de su rostro. Pese a que no podía negar lo evidente, tuvo la presencia de ánimo de negarlo y aguantó el tipo.

—No sé de quién me están hablando.

La muchacha sintió que las miradas de los hombres convergían en sus senos; su obsesión era ganar tiempo.

El más alto hizo una señal con la cabeza a los policías y se hizo a un lado. Los dos SS pasaron adentro apartándola violentamente de la puerta. Ella siguió con su simulación.

—¡¿Qué es lo que ocurre aquí, por qué entran en mi casa?!

El alto la sujetó con su cuerpo contra la puerta en tanto los tres se precipitaban hacia el interior.

—¡¿No lees la prensa, perra?!

—¡Suélteme...! Llevo esperando todo el día a mi marido. He estado enferma y no he bajado a la calle. ¡No sé nada!

Desde el interior sonó la voz del otro detective.

—¡Si es que estaba aquí, el pájaro ha volado!

El hombre le manoseó los senos.

—Vas a venir con nosotros a Nattelbeck y ya verás como te refrescamos la memoria...

Al oír el lúgubre nombre de la central de la Gestapo, donde era vox pópuli que se atormentaba a los detenidos, a Helga se le abrieron las carnes y se le apareció el signo de la muerte.

—¡Puede haber saltado a la galería del otro lado! —dijo otra voz.

—¡Pues id allá, si está en el edificio no se nos puede escapar!

—¡No te preocupes —gritó el de la terraza—, en cuanto se asome a la calle, los de abajo lo detendrán, están con los perros!

Manfred había llegado al patio y, con la espalda apoyada

en la pared de ladrillos, respiraba agitadamente; su pecho subía y bajaba como un fuelle. Disimulado como un camaleón, había escuchado lo último que había dicho alguien que estaba en su galería. Desde donde se hallaba hasta la tapia que limitaba el patio interior de los tres edificios con la calle, había escasos metros cubiertos por la ropa tendida en los alambres de los inquilinos de las tres plantas bajas. ¡Debía, como fuera, llegar hasta allí!

Helga había oído las últimas palabras del que registraba el interior, y tuvo claro lo que debía hacer para distraer la atención de aquellos esbirros.

Sin forcejear, miró a los ojos al que la sujetaba.

—¿Va a dejar que me vista, oficial, o debo ir así?

El tipo la soltó, y levantando la voz ordenó al que estaba dentro:

—¡La perra va a vestirse, Joachim! ¡No la pierdas de vista!

—¡Con mucho gusto, mi teniente!

La muchacha llegó a su habitación y se colocó entre la puerta del balcón y la cama. El hombre la miraba con lascivia; sus ojos la acechaban lujuriosos y burlones. Ella lo miró como la hembra que, en un momento dado y por ganar voluntades, puede hacer concesiones.

—Si es tan amable, me gustaría lavarme y cambiarme la ropa interior, antes de salir.

El hombre pensó que el festín de sus ojos aún podía ser mayor.

—Si no le importa, alcánceme una braguita; están en el cajón inferior del armario que está detrás de usted. Y cierre la puerta; con que me vean un par de ojos tengo suficiente.

El de la Gestapo dudaba. Luego se decidió, alargó la mano y cerró la puerta.

—¿Dónde dices que están las bragas?

Súbitamente comenzó a tutearlo.

—Si eres bueno conmigo, voy a dejar que me las pongas tú... Las negras de encaje quiero, están al fondo.

El individuo dio media vuelta y abrió el armario, pensando que la mujer pretendía ganar un aliado.

Aquél era el momento esperado. Al mismo tiempo que el hombre le daba la espalda, Helga abrió el balcón y, sin pensarlo, puso un pie en el macetero donde cultivaba sus rosas y dándose impulso saltó al vacío.

Los pisos del edificio iban pasando ante sus ojos a cien por hora, al igual que por su cabeza pasaban los momentos importantes de su corta existencia. En su terraza sonaban gritos ininteligibles, que oía cada vez más lejos. El suelo se acercaba girando como la rueda de una noria. Su cuerpo fue rebotando en los alambres de los tendederos exteriores de los pisos más bajos, que amortiguaron levemente la caída. Finalmente, se estrelló contra el pavimento, quedando en el suelo del patio como un polichinela desarticulado.

Manfred la vio caer a sus pies y, sin aliento, se fue hacia ella en tanto que en su mente iba abriéndose paso la idea. Helga había hecho el máximo sacrificio que puede hacer el ser humano, ofreciendo su vida para que él pudiera seguir viviendo. Llegó hasta ella, se dio la vuelta y al estrecharla entre sus brazos vio que aún alentaba. Helga entreabrió los vidriados ojos y posó en él una mirada que lo perseguiría durante el resto de sus días.

—¡Alto o disparo! —Aquellos gritos que lo conminaban a entregarse procedían de arriba.

La voz de Helga era un susurro.

—¡Vete, amor mío, huye, vive por los dos! —Luego un borbotón de sangre brotó de su boca; su respiración sonaba como una cañería llena de aire—. ¡Adiós, Manfred, muero muy feliz! Llevo en mis entrañas un hijo tuyo.

Su cuello descoyuntado se plegó en un trágico rictus, su cabeza cayó hacia atrás y ya no volvió a hablar.

—¡Alto o disparamos!

La siniestra voz sonó de nuevo, y por lo visto había más de un agente.

El muchacho quedó anonadado... ¡Helga esperaba un hijo suyo... y le ordenaba que viviera! Ése era su legado, se lo debía. Y ¡por Dios que aquellas alimañas pagarían lo que habían hecho! Su mente volvía a funcionar como una dinamo. Depositó con ternura la cabeza de la muchacha en el suelo, y rápidamente se despojó de la cazadora y cubrió sus senos. No le dispararían, pensó; querían cogerlo vivo para interrogarlo, pues de no ser así, ya lo habrían matado. Medio oculto por las piezas de ropa tendida que, al flamear movidas por la brisa, obstruían la visión a los de arriba y metamorfoseado por las sombras, corrió entre los alambres y, tomando carrerilla, se encaramó a la pared del fondo del patio y saltó al otro lado. ¡Se había equivocado! Primero un zumbido de abejorro pasó junto a su oído y después un ¡bang-bang! repetido le advirtió que estaban disparándole. Quedó un instante quieto y observando antes de tomar una decisión, injertado en el muro que acababa de saltar. En el extremo del callejón se veía a una pareja de la Gestapo reteniendo a dos pastores alemanes que, sujetos por la traílla, ladraban, excitados por el ruido de los disparos, en tanto que sus portadores, advertidos, descolgaban del hombro sus respectivos subfusiles de asalto. «Estoy perdido», pensó Manfred. En cuanto soltaran a los perros, habiéndoles dado a olfatear una prenda de su armario, detectarían su olor y entonces todo habría terminado. Una leve claridad se fue abriendo vía entre las brumas de su cerebro. A pocos pasos, junto al bordillo de la acera, se veía aparcado el carro verde de las basuras, con las tapas abiertas sujetas por dos varillas de hierro colocadas de puntal. No había nadie a su cuidado. El basurero, pensó, debía de estar recogiendo los capazos de los distintos apartamentos, y en su barrio, al ser tan numeroso el vecindario, se amontonaban muchos detritus. ¡Si lograba introducirse entre los residuos de desperdicios y los restos de comida era posible que consiguiera engañar el olfato de los sabuesos! Cuando saltó al interior del carruaje, lo último que vieron sus ojos fue que alguien nuevo había entrado en su campo de visión y daba a husmear a los mastines una prenda de ropa. El olor en el interior del carro era nauseabundo. Buscó el rincón más alejado y oscuro y, rebozándose en mierda, esperó. Su atento oído le trajo los sonidos de gentes a su alrededor y ladridos de perros. El carro se había puesto en marcha traqueteando sobre el empedrado; la trompeta del basurero llamaba a los más indolentes, avisándoles que si no bajaban sus capazos tendrían que quedarse hasta el día siguiente con la basura en casa; los ladridos se alejaban... Amanecía, poco debía de faltar para las siete. Un dolor lacerante le atravesó el costado y, sin poder remediarlo, de sus ojos manaron lágrimas amargas por la juventud perdida de Helga, por el hijo al que jamás podría conocer, por Alemania y por todos los judíos del mundo. ¡Alguien pagaría un altísimo precio por todo aquello!

Futuro compuesto

A partir de «la noche triste», los sucesos se encadenaron. Manfred, aprovechando una parada del carro de la basura, pudo saltar y esconderse, beneficiándose de la coyuntura de que los basureros, siguiendo su rutinaria faena, se habían adelantado recogiendo capazos de desperdicios de porterías más adentradas en la calle. Se dirigió, luego de mojarse la cara y adecentarse mínimamente en la fuente de una plazoleta, hacia su escondrijo. La cervecería de la calle Goethe recién había alzado su persiana metálica y el bodeguero, hombre adicto al Partido Comunista, estaba barriendo la acera con un escobón de cerdas de alambre. Cuando vio llegar a Manfred, a lo primero no lo reconoció, a tal punto era desastrado su aspecto; pero cuando ya estuvo más cerca, y pese a su deteriorada apariencia, supo que era él y se descompuso. Miró alarmado a uno y otro lado de la calle, y tras comprobar que nadie se veía en los aledaños de su establecimiento, lo increpó.

—¡Te has vuelto loco! ¿Qué haces fuera de la «nevera»? ¿Eres consciente de que va a reconocerte medio Berlín y de que si te atrapan vas a ocasionar la ruina a todos los que te hemos ayudado? Me importa mucho el partido, pero tengo mujer e hijos... ¡Pasa adentro!

Y dejando el escobón apoyado en el marco de la puerta lo tomó por el brazo y lo obligó a entrar en la penumbra del local. Manfred se dejó conducir como un borracho por entre el bosque de mesas recogidas con las sillas invertidas encima de ellas. Ni fuerzas tuvo para rebatirle. El hombre, traspasando la verde cortina de hule, lo condujo hasta el arcón de la trastienda y, luego de abrir la trampa del doble fondo, lo ayudó a descender la escalera y lo obligó a tumbarse en el jergón.

—¡No vas a moverte y vas a entregarme la llave del pasadizo de la calle. Si no lo haces, ya puedes buscarte otro escondrijo! Manfred abrió los ojos, y su mirada fue tan terrible que el bodeguero bajó velas y aflojó su postura, pues se dio cuenta de que ante él se hallaba un hombre desesperado y dispuesto a todo. A la natural simpatía que siempre había sentido por Manfred, se sumó la admiración que despertaba en él el hecho de que aquel muchacho fuera el héroe que se había cargado a unos cuantos de sus odiados enemigos, el chico cuyo rostro estaba en los principales rotativos.

—Tienes una cara que da miedo. Voy a traerte algo para que comas y después dime qué debo hacer.

Manfred, tumbado en el catre, no respondió, pero el hombre tuvo la certeza de que algo terrible había ocurrido.

—¿Qué ha pasado?

La voz del muchacho sonó entonces como si saliera de las profundidades de una catacumba.

—No hay tiempo ahora. Llama a mi hermano y a Karl, y

diles que vengan. Y no me traigas nada de comer, tráeme únicamente un litro de café negro.

Ante el tono y la actitud del muchacho, el hombre salió del sótano cerrando la trampilla. Manfred cayó al instante en una agitada duermevela.

No supo cuánto tiempo durmió, pero al despertar encontró frente a su camastro el rostro angustiado de su hermano y la amistosa e inquieta mirada de Karl Knut.

—¿Qué ha ocurrido, Manfred?

En aquel instante todo lo acontecido aquella terrible noche regresó a su mente y un llanto convulso lo atacó, impidiéndole articular palabra. Ambos hombres respetaron su dolor mirándose inquietos, pues tal actitud no cuadraba con el carácter fuerte y decidido de Manfred. Los segundos se eternizaban y ninguno de los dos se atrevía a urgir al muchacho con el fin de obtener una respuesta. Súbitamente habló:

—¡Han matado a Helga!

Un hipo crispado lo atacó de nuevo, hasta que Sigfrid se sentó al borde del camastro y lo abrazó, apretándolo junto a su pecho y acariciándole el cabello.

—¿Qué estás diciendo?

Entonces, entre llantos y sorbos de café, Manfred relató la aventura terrible de su azarosa noche, y al hacerlo le pareció que depositaba la espantosa angustia que acongojaba su alma sobre los hombros de su hermano; su espíritu se remansó. Sigfrid y Karl se miraron en silencio. Después, este último, sentándose a los pies del jergón en una silla de tijera, comenzó a planificar, ponderado y conciso como él era, lo que se debía hacer.

—Lo que cuentas es terrible, Manfred, pero cuando hicimos lo que hicimos éramos conscientes del precio que deberíamos pagar en caso de ser descubiertos por la Gestapo.

—¡Nosotros, Karl! ¡Pero no Helga, quien ni sabía, hasta que vio mi foto en la prensa, qué había pasado!

—No queríamos verlo, pero es evidente que cualquier

persona que estuviera en el marco de nuestra intimidad se jugaba la vida. Ya sabes cómo son los interrogatorios de esta gente... Es mejor que haya muerto.

—¡Estaba esperando un hijo, Sigfrid, un hijo mío al que nunca conoceré!

De nuevo le sobrevino un desesperado llanto que le impidió seguir hablando.

—¿Y por qué no lo dijiste antes, hermano? Tal vez habría sido mejor mantenerte apartado de esto.

—Lo supe ayer, Helga me lo dijo cuando agonizaba. No la mataron, Sigfrid... Yo la conocía; se tiró por la galería por miedo a que la atormentaran para sonsacarle cosas que pudieran perjudicarme, y para ganar tiempo y que yo pudiera huir.

Un silencio hondo y preñado de venganza, sangre y violencia se instaló entre ellos. Luego habló Karl.

—He de notificar esto a Bukoski para que a su vez informe a Moscú. Pero entiendo que lo primero que debemos hacer es pensar la forma de sacarte de Berlín... y a ser posible de Alemania. Entre tanto, no saldrás de aquí. Piensa que ahora tienes a toda la Gestapo detrás de ti, y si te cogen aún caerá más gente. A mí no me han reconocido y a Fritz Glassen tampoco; si no, ya estaríamos contigo en las páginas de los periódicos... De modo que todavía puedo ser útil en la calle. En cuanto a tu hermano... Si te han reconocido como Manfred Pardenvolk, a él lo buscarán como Sigfrid Pardenvolk. Pero si solamente eras Theodor Katinski o Günter Sikorski, entonces el peligro para Sigfrid será el mismo que ha asumido hasta ahora.

—Como Sigfrid Pardenvolk ya no existo. De todas maneras, creo que mi tiempo se va agotando. El otro día tuve que cubrirme la cara con el periódico porque compareció por el vestíbulo del Adlon un antiguo compañero de universidad que ya entonces era nazi, aunque buena gente; de haber reparado en mí, sabe cuál es mi verdadero nombre y me habría ocasionado problemas. Algunos amigos judíos ya me han visto, aunque por ahí no vendrá el peligro; hoy en día ningún judío saluda a otro para no delatarse, pero intuyo que esto se acaba.

—También comentaré tu caso a Bukoski por si considerara oportuno cambiarte de destino, pero no olvides que tu papel de jugador y de crápula nos ha rendido grandes beneficios. Tu información es vital para el partido: has salvado vidas de compañeros y todos los datos que han servido para eliminar a esa panda de nazis han partido de ti.

—Pero la bomba la pusisteis vosotros.

—Cada uno ha de hacer su trabajo.

Karl abandonó el sótano y fue en busca de Bukoski. Sigfrid, tras salir al salón de la cervecería y hacer algunas llamadas telefónicas, se instaló en la silla de tijera al costado del catre de su hermano y veló sus agitados sueños. Cuando salió al relente de la noche que subía del canal del Berliner Spree, había anochecido.

Servando Núñez Batoca

El obispo de Híspalis, orondo y sanguíneo, cuasi apoplético, aguardaba en pie en medio de la biblioteca a que entrara el rabino de la sinagoga de Triana, dom Rubén Labrat ben Batalla. Había hecho un esfuerzo por levantarse del lecho, pues el asunto cuyo eje era aquel molesto y terco individuo le traía a mal traer y era de suma importancia para su sede eclesiástica. El día anterior el doctor José de Santos Fimia, judío por cierto, le había recetado reposo, colocado seis sanguijuelas en los lóbulos de las orejas y recomendado moderación absoluta en la comida y en la bebida. Pero el demonio de la gula lo acosaba y era consciente de que ese pecado capital, que no la lujuria tan común en otros clérigos, sería al fin y a la postre el que le llevaría a la tumba. El año anterior sintió muy cercano el aleteo del ángel de la muerte, pero en aquella ocasión pudo evitarlo adelgazando casi a la fuerza dieciséis libras que, por cierto, ya había recuperado. La biblioteca de su sede episcopal era el lugar idóneo para recibir al incómodo huésped, ya que, siendo la lectura el punto flaco del rabino, pensaba el obispo que, viendo la riqueza cultural de sus anaqueles, que guardaban incunables valiosos de las bibliotecas de Alejandría, Damasco y Estambul cuando aún era Bizancio, así como traducciones recopiladas de la Escuela de Traductores de Toledo, se daría cuenta de que estaba tratando con un hombre de su nivel intelectual que le aconsejaba bien, sobre todo al respecto de una serie de actuaciones que podían ser beneficiosas para su comunidad.

En medio de la gran sala acondicionada para la lectura y escritura, se veía una mesa con cubierta de cuero granate rematada por un tafilete más oscuro, con separaciones curvas, que podía alojar a la vez hasta doce lectores o amanuenses con los atriles correspondientes para soportar el volumen que debía ser copiado, el velón adecuado para proporcionar la luz suficiente y los trebejos propios de tan selecto oficio. La estancia en su conjunto resultaba regia y el entorno subyugante para cualquiera que fuera recibido en ella. Se abrió la puerta y el secretario introdujo en la estancia a un sujeto de estatura más que mediana y cabellos oscuros que por poco rebasaría la treintena; bajo unas cejas pobladas, le observaban unos ojos negros e inquisidores de mirada inteligente; la nariz era recta y, desmintiendo a los de su raza, perfectamente proporcionada; su porte era distinguido, diríase que casi aristocrático, y tenía las manos largas y los dedos afilados. Pero por sobre todo, al igual que la primera vez, volvió a sorprenderle el hecho de que no mostrara ante su imponente presencia el menor atisbo de temor o de servilismo al que tan acostumbrado estaba de otras visitas de más encopetado rango, por cierto, que aquel simple rabino.

—Si no mandáis otra cosa...

La voz del coadjutor, demandando instrucciones, devolvió al obispo a la realidad del momento.

—Gracias, padre, tan sólo deseo que nadie nos importune.

El clérigo cerró la puerta silenciosamente y ambos hombres quedaron frente a frente. El obispo, jovial y confianzudo, tomó a Rubén por el brazo, y en tanto lo conducía hacia los dos sillones que estaban junto a la balconada, habló con voz melosa y amigable.

—Mi buen rabino, imagino que la meditación y el sosiego habrán hecho mella en vuestro intelecto, y espero que vuestras ideas hayan madurado. Han transcurrido ya dos meses desde la última vez que nos reunimos, y desde entonces mucha es el agua que ha pasado bajo los puentes del Guadalquivir. Su ilustrísima el arzobispo Gómez Barroso aún vivía, y por lo tanto otro era entonces mi cargo. Ahora soy yo el obispo de esta diócesis y como tal os he convocado... Daos cuenta de que el tiempo apremia.

—Vos, antes y ahora, siempre habéis sido un hombre de religión, reverencia, y si bien sabéis que los hombres mudan, las leyes de Dios son inmutables. Todas mis creencias están sustentadas en la ley y en los profetas, igual que las vuestras. Es pena que las tres religiones que se fundamentan en el Libro estén separadas por una serie de cosas que para cada uno de nosotros son irrenunciables.

Ambos hombres se habían instalado en los sillones. El obispo había ocupado el que recibía la luz por la espalda, por lo que Rubén veía su figura silueteada por un nimbo resplandeciente y casi mayestático.

—Pero debéis tratar de entenderme, amigo mío. Jesús vino a cambiar la ley y a los profetas a los que vos aludís; justo es que intentéis, por el bien de vuestra comunidad, adecuaros a los tiempos. No podemos permitirnos que unas manzanas, digamos que en mal estado, contaminen las que constituyen el pueblo de Dios.

—Hablé en más de una ocasión con vuestro antecesor y jamás me insinuó el más mínimo comentario al respecto de que me conviniera cambiar de religión.

—Los tiempos en los que mi antecesor tuvo que desarrollar su pastoral tarea fueron ciertamente otros muy diferentes a los que nos tocan vivir ahora. No quiero juzgar su actividad en la diócesis, pero tal vez si se hubiera mostrado más severo respecto a algunas facetas del dogma, no habrían llegado las cosas al extremo al que han llegado ahora.

—Y el precio, según vuestra reverencia, es que este humilde rabino reniegue de una religión que es la madre de la vuestra y que tiene tres mil trescientos años de antigüedad.

—¿Qué habrían hecho al respecto los jueces de Israel con las gentes que tuvieran creencias diferentes?

—Sabéis que entre los judíos moraban en Jerusalén, ¡loado sea su nombre!, gentiles y gentes de otras creencias.

—Pero ninguno de ellos atentó contra la vida de alguno de sus profetas.

—Ninguno de nuestros profetas se atribuyó la filiación de Dios e intentó cambiar el mundo.

—Nos hallamos de nuevo en el callejón sin salida al que llegamos la otra vez. Hasta ahora os he hablado como a un colega en religión; ahora voy a hablaros como hombre que influye en las decisiones de la alta política.

—Os escucho.

—Ved que en cualquier circunstancia y época existen fanáticos, y tanto mi persona como la del alguacil mayor don Álvar Pérez de Guzmán intentamos por todos los medios enfriar los ánimos. Es por ello que he querido convenceros de la conveniencia de convertiros. Tal como os dije, ocuparíais un cargo preeminente, más importante del que ahora ejercéis, y vuestro ejemplo sin duda arrastraría a la nueva fe a muchos correligionarios vuestros, los cuales se notarían justificados en su decisión y confortados en sus conciencias al seguir el ejemplo de su rabino. Eso haría que la simiente de ese fanático arcediano, Ferrán Martínez, quedara estéril. De no hacerlo de esta manera, temo por vos y por los vuestros.

—¡Adonai sea loado! ¿Qué puedo hacer, pobre de mí, si no es dar ejemplo a los míos? ¿Pensáis que a mi pueblo le place crear tensiones? Toda la aljama a la que pertenezco y que me honra con su confianza no hace otra cosa que dedicarse a sus quehaceres y trabajos; no veo el porqué de esta inquina y de esta malevolencia. Os consta, al igual que a mí, que hemos vivido en paz muchos años, sobre todo cuando estos reinos estaban bajo el poder de los califas.

—La religión del islam es posterior a las nuestras y no ha tenido influencia ni roce alguno con la de vuestro pueblo... Y, por qué no decirlo, no se dedicó jamás a cobrar los impuestos de sus súbditos.

—Alcanzamos, y os consta, puestos de favor e influencia tanto dentro del Califato como posteriormente en los reinos cristianos. El buen rey Enrique nos protegió hasta su muerte, y nuestro actual monarca, el rey Juan I, siempre ha estado a nuestro lado. Fijaos que el doctor Ben Cresques ha sido el médico de las dos reinas, tanto de doña Leonor de Aragón como posteriormente de doña Beatriz de Portugal, y ambas nos protegieron. Y cuando se desencadenó contra mi pueblo una persecución, como lo fueron los sucesos de Toledo de hace seis años o los desmanes cometidos aquí en Sevilla el último marzo, os consta que el alguacil mayor don Álvar Pérez de Guzmán acudió acompañado de los alcaldes Ruy Pérez de Esquivel y Fernán Arias de Quadros, al frente de gentes de la nobleza, a proteger la aljama y que los culpables fueron condenados a azotes.

El tono de su excelencia reverendísima cambió súbitamente.

—¡Sabéis perfectamente que el castigo hubo de ser levantado por la presión ejercida por el pueblo amotinado!

—Ésa es mi queja, esa actitud es la que hace creer a las

gentes que los desmanes quedan impunes y animan a los desfachatados a atacarnos de nuevo.

La voz de Rubén era calmada pero tensa.

—¡No me entendéis o no queréis entenderme! A los de vuestra raza les encanta argumentar y perder el tiempo en estériles y vanos razonamientos. ¡Emplead vuestros argumentos con los vuestros, no conmigo! Las circunstancias me sobrepasan... y ningún hombre puede detener la lava de un volcán. Si no os allanáis a lo que os he propuesto y no os convertís dando ejemplo a vuestra comunidad, o no partís de Sevilla, me veo incapaz de garantizaros el futuro... Y lo que os ocurra a vos y a vuestro pueblo será de vuestra única y exclusiva responsabilidad.

Rubén sintió que en aquel instante la sangre abandonaba sus mejillas, helándose en sus venas, y se oyó a sí mismo responder:

—Reverencia, mi raza tiene la piel de la espalda curtida a latigazos desde hace siglos. No creo que los verdugazos que puedan recibir unos pocos alteren el curso de la historia de mi pueblo.

El prelado se levantó del sillón y yéndose al rincón de la biblioteca tiró de un grueso cordón. A lo lejos sonó una campanilla, y al punto se abrió la puerta y apareció el secretario que anteriormente había introducido a Rubén.

—Acompañaréis al rabino, que debe marchar.

Rubén se puso en pie.

—Os repito por última vez que de vos depende todo. Quedo desde este instante exonerado de cualquier desgracia que acontezca... Y jamás me digáis que no os previne o que no lo intenté por todos los medios.

—Agradezco, ilustrísima, vuestros desvelos, pero no queráis cargar sobre mis humildes hombros cuestiones que están debatidas hace mucho, y en círculos totalmente ajenos a mi modesta persona y sobre todo mucho más altos. Toda consecuencia nace de una acción definida. El hecho de que un pobre rabino se niegue a convertirse a vuestra religión o a marcharse de una ciudad, en la que tiene derecho a habitar porque así lo dictan las leyes del rey, no debería desencadenar nada en absoluto. Si así es, atribuídselo a la intolerancia y al fanatismo de muchos de los vuestros, no a mí.

—Podéis retiraros... id con vuestro Dios.

—Quedad con el vuestro.

Cuando Rubén llegó a su casa, vio aterrorizado que la enjalbegada tapia que circunvalaba el jardín se mostraba llena de pintadas obscenas y amenazantes que aludían a él y a los suyos, y su ánimo desfalleció.

El arcediano de Écija

La explanada del templo estaba llena a rebosar. Acogía a una variopinta multitud que dos horas antes del comienzo del sermón ya se afanaba, en las cercanías de la gran puerta, por intentar ocupar luego un lugar destacado y a ser posible próximo al barroco púlpito desde donde el arcediano Ferrán Martínez iba a derramar su arrebatada y elocuente dialéctica sobre la muchedumbre de sevillanos que, conocedores de los argumentos que acostumbraba esgrimir el predicador, se refocilaban en ellos, ya que quien más quien menos disfrutaba escuchando pestes y maldiciones sobre aquella raza maldita a la que, desde su más tierna infancia, habían enseñado a odiar a causa de los latrocinios y abusos que con ellos cometían algunos de sus miembros más desaprensivos en detrimento de aquellos otros cuya conducta era irreprochable.

Rodrigo Barroso y su compadre Aquilino Felgueroso también se hallaban allí para escuchar el sermón del arcediano. Felgueroso se había arrejuntado a Barroso meses después de salir de la trena, al recibir recado suyo, a través de un comerciante amigo del bachiller, por el cual supo que éste estaba vivo. Felgueroso guardó el secreto porque así se lo ordenaba el mensaje de su compinche. Habían oído el sermón del arcediano en repetidas ocasiones, y su verbo cálido había inflamado el odio, ya de por sí al rojo vivo, que desde siempre habían profesado a cuanto oliera a judío, amén de que atribuían su, para ellos injusto, castigo a la influencia que aquellos réprobos y detestados esbirros, representados por la familia de los Abranavel, habían alcanzado en la corte de Toledo y cerca del anterior monarca. La primera vez que coincidieron con el arcediano fue en Talavera, en las fiestas del patrón, y Barroso comunicó a su compadre, luego de escuchar el sermón, que había hallado a su ideólogo y que jamás había oído exponer a nadie con tanta claridad y acierto las cosas que él pensaba pero que su parvo verbo le impedía en ocasiones explicar. A partir de aquel momento, se dedicaron a seguir sus pasos y se constituyeron en los más entusiastas seguidores y por ende propagadores de su doctrina. En tanto iban bajando hacia el sur no perdían ocasión, donde hubiera reunión de cristianos, de fomentar el resentimiento y la intolerancia hacia los semitas, usando los más diversos argumentos y las teorías y calumnias más torticeras y adulteradas. La cumbre de su dicha la alcanzaron en Sevilla, ya que una casual coyuntura les llevó a saber que el nuevo y afamado rabino de la aljama de la puerta de las Perlas era Rubén ben Amía, quien años atrás había desposado a la única hija de dom Isaac Abranavel, a cuya muerte asociaban su castigo. El motivo de su odio tuvo ya un protagonista. En cuanto el bachiller supo de tal circunstancia, demandó sin dilación audiencia al nuevo obispo Servando Núñez Batoca, a fin de presentarse a él y ofrecerle sus servicios para cualquier misión que requiriera de alguien experto y discreto en perjudicar judíos. Ante la demanda de éste de informes que avalaran tal pretensión, le sugirió que se pusiera en contacto con su antiguo y dilecto protector don Alejandro Tenorio, epíscopo de Toledo. Por lo visto, el obispo ya lo había hecho, ya que un clérigo del cabildo se había presentado aquella misma mañana en el figón donde Barroso y su compinche alojaban sus huesos para comunicarle que su ilustrísima tendría el placer de recibirlo al día siguiente en su palacio a las diez en punto de la mañana.

Las puertas del templo de la Trinidad, que antes había sido mezquita, se abrieron de par en par y la ingente multitud se puso lentamente en marcha, ya que la angostura de la entrada debía canalizar hacia el interior aquella riada humana que casi a dentelladas pugnaba por un lugar junto al sol. Los mendigos y falsos lisiados que habían pretendido obtener aquella tarde pingües beneficios apelando a la caridad de tan devotos cristianos fueron arrollados sin contemplaciones, y los reniegos e imprecaciones llenaron el aire, en tanto algunos despabilados «aliviadores de lo ajeno» del afamado Patio del Compás, reputada escuela de tunantes sevillanos, intentaban por todos los medios hacer su agosto sin tener en cuenta que era mayo.

El bachiller Barroso y su compadre, una vez entrados en la iglesia y arrimados al muro, fueron avanzando, a la par que apartaban bruscamente a cuantas personas obstaculizaran su progresión. En cuanto al segundo, menos fanático y más mundano que el primero, no desaprovechaba ocasión, caso que se le pusiera a tiro, de pellizcar las posaderas de alguna que otra garrida moza que, descuidada, hubiera bajado la guardia de la defensa de su castidad en la confianza de que en tan santo lugar se suponía que los hombres iban a escuchar un sermón y a rezar, y no precisamente a magrear las carnes de alguna confiada devota. Los «id a tocar a la barragana de vuestra madre, tío cochino», murmurados a media voz, se mezclaban con los «¿por qué no os vais a fornicar al infierno, súcubo de Satanás?». De esta forma llegaron Barroso y Felgueroso a los aledaños del púlpito, y en cuanto vieron que el lugar que ocupaban al pie del mismo era de los más deseados por el público, cejaron en su empeño de buscar otro mejor. La iglesia estaba atestada. Excepto la colegiata, a la que era imposible acceder ya que estaba cerrada a cal y canto por temor a que la turba perjudicara la preciosa sillería que la adornaba, y excepto el presbiterio, donde los principales de la ciudad gozaban de una más espaciada ubicación, se podía afirmar que el resto estaba ocupado en su totalidad y no cabía un alma; inclusive en el coro la gente se arracimaba intentando asomar la cabeza por encima de la balaustrada.

La luz de los hachones y de las lámparas centrales proyectaba sobre los muros fantasmagóricas sombras que, expectantes, aguardaban inquietas a que el predicador ocupara su lugar. Precedido por dos acólitos que le abrían paso desde la sacristía, apareció el arcediano, quien, vistiendo sobre su hábito marrón una sobrepelliz blanca con adornos de encaje de amplias mangas, se dirigió a la base de la escalerilla que ascendía hasta el púlpito en tanto que a su paso la multitud se iba abriendo, respetuosa, como las aguas del mar Rojo lo hicieron para que pasaran los israelitas perseguidos por las tropas del faraón. Con paso mesurado y solemne, subió los ocho escalones que le conducían hasta la elevada y cubierta plataforma, y cuando su rostro se asomó por encima de la trabajada baranda de madera, un murmullo contenido y sordo se fue levantando entre los asistentes. El aspecto del hombre resultaba impactante: era flaco, casi enteco; las mangas de la sobrepelliz parecieron flotar alrededor de él, cual si fueran alas de un gran pájaro, cuando al hacer la genuflexión se agarró a la balaustrada y separó los brazos del cuerpo; tenía la faz pálida y cadavérica, el cabello ralo y escaso, y las manos huesudas con largos dedos cual afiladas garras. La visión del conjunto imponía un respeto reverencial. Un silencio curioso sobrevoló a la multitud, roto únicamente por el llanto de un niño al que su madre se apresuró a callar tapándole la boca con el pico del mantón.

Entonces el predicador volvió su rostro hacia el presbiterio y comenzó su prédica.

—Dignísimas autoridades civiles, militares y eclesiásticas,

amados míos en Cristo. —Hincó de nuevo su rodilla en el suelo de la plataforma y dirigió su mirada al sagrario—. Con tu permiso, soberano Señor sacramentado.

Una pausa larga y silente abarcó el espacio de las tres naves y miles de ojos parecieron quedar hipnotizados, prendidos en el embrujo de su mayestática figura. La voz que salió de aquel pecho era otra y mucho más grave que la que había iniciado la salutación.

—¡¿Habéis comido últimamente, hermanos?! —¿Qué era lo que decía aquel hombre? Ahora sí que no había un alma que no atendiera; aquel arranque había captado en un instante la atención de todos los presentes—. ¡¿Habéis comido el pan de la divina palabra?! ¡No! Bien al contrario, estáis ayunos de ella... Y es por ello por lo que estáis hoy aquí, hambrientos del verbo que alimentará vuestro espíritu, tan necesitado de ello como lo está vuestro cuerpo terrenal, que no puede subsistir si no cuidamos de él y le damos todos los días su alimento. He venido hoy para proveeros de tan elemental manjar del que a veces, y sin ningún derecho, se os priva; y se hace de un modo sutil, de manera que el cuerpo social que sois todos morirá un día de inanición espiritual porque día a día, y buscando su interés personal, quienes deberían cuidar de atenderos no lo hacen, pues anteponen mejor su propio beneficio al bien común, que es lo que deberían procurar... Sí, hijos míos, triste es decirlo, pero hoy día en Sevilla y en casi toda España vale más un mal judío que un buen cristiano. Y ¿sabéis por qué? Yo os lo diré: porque a la corona le rinden más servicios esos perros que las buenas gentes. —El tono iba *in crescendo*—. He dicho «perros» y lo he dicho a conciencia. Esos perros que olisquean las basuras no se integran en el cuerpo social; viven aparte porque así lo determinan las leyes al ver que ellos jamás se quisieron mezclar con los demás renunciando a sus prácticas heréticas, y de esta forma se protegen unos a otros, acaparan los buenos negocios y dejan que los trabajos más duros los realicen otros. Pero eso no es todo, hermanos. Cuando un campesino, trabajando de sol a sol y luchando a brazo partido con las inclemencias del tiempo, ha recogido su trigo, viene entonces el judío y se lleva el fruto de su trabajo con el inexcusable pretexto de que lo hace en nombre del rey. Es por ello que vale más para el monarca ese cuervo que un simple súbdito. Pero aún hay más: lo peor es que grava el impuesto con un interés superior al que corresponde y que ese rédito va a parar a sus arcas, de modo que el labrador debe pignorar la cosecha del siguiente año para poder comprar semillas, y de esta manera, al cabo de un tiempo, al no poder pagar los intereses, pierde el campo y deja a su familia en la miseria. Todo esto os lo digo de pasada, pues no es éste el foro para hablar de estos temas, pero sé y me consta que además del espíritu debéis atender vuestros cuerpos, los cuales, al ser templos del Espíritu Santo, sí son de mi competencia ya que un cuerpo debilitado no es capaz de sostener un espíritu libre, y sin esa capacidad de discernimiento no podréis tomar las decisiones que un buen cristiano debe tomar en momentos de crisis.

La calva del predicador transpiraba copiosamente, y durante una pausa buscada con habilidad para que las buenas gentes fueran digiriendo sus palabras, extrajo del hondo bolsillo de su sotana un pañuelo y enjugó las gotas de sudor con gesto ostensoso, a fin de que el público viera y captara la calidad de su esfuerzo. Luego prosiguió.

—¿Qué hombre bien nacido permitiría que los asesinos de su padre no solamente moraran sino que medraran a su costa y a su lado? Yo os lo diré… ¡Nadie! Quien tal hiciere sería un mal nacido y no merecería sino el desprecio de sus vecinos. Pues bien, vosotros permitís que a vuestra costa y a vuestro lado vivan gentes que no es que hayan matado a vuestro padre, no… Vosotros convivís y dais de comer a quienes mataron a Jesús, y Jesús no es únicamente vuestro padre; Jesús lo es todo: vuestro padre, vuestro hermano y vuestro Dios. Y vosotros, con vuestra actitud tibia, pasiva y desmedrada, volvéis a crucificarlo una y mil veces cada día. ¿Cuándo pensáis desagraviarlo? ¿A qué aguardáis? ¿Tal vez a una nueva señal del cielo? ¿Quizá una voz que os diga que la hora es llegada? Pues bien, esa voz es la mía y ya ha llegado. Sobre la conciencia de cada uno, caiga su desidia y la falta de una acción que nos salve de esa plaga inmunda. En los Evangelios está todo aquello que nos orienta en cualquier momento y situación de nuestra vida. ¿Qué es lo que dice el Señor a Judas cuando éste lo besa antes de entregarlo? La voz de Jesús se alza dolorida y dice aquellas palabras que aún resuenan en los oídos de los buenos cristianos: «Lo que tengas que hacer hazlo pronto». Yo os digo, mejor, ¡os conmino, os exhorto, os requiero, os exijo!, que lo que tengáis que hacer lo hagáis pronto... El día de la ira de Dios está cerca, y vosotros habéis de ser su instrumento.

Y de esta manera siguió su discurso el arcediano, encendiendo los ánimos de las buenas gentes, a las que su habilidad incitaba diestramente apelando a su obligación de cristianos contra aquellos que se llevaban el pan de sus hijos. Al salir del templo, Barroso tenía algo en la mirada que obligó a su compinche a interrogarlo.

—¿Qué de nuevo habéis captado en esta ocasión en el discurso de este hombre que hace que vuestra mirada tenga esta peculiar expresión?

—La Biblia dice algo al respecto de que hay que devolver «ojo por ojo y diente por diente», y no estoy dispuesto a cargar sobre mis hombros una nueva crucifixión del Señor.

—¿Y...?

—Pues que una crucifixión se compensa con otra crucifixión.

—No os comprendo.

—«Hay tiempo para hablar y tiempo para callar, y el tiempo de hablar aún no ha llegado.»

—¿Se os ha pegado el lenguaje evangélico del predicador? No entiendo qué queréis decir.

—Tomadlo así si así os place. No es momento todavía; cuando llegue el día, ya os lo aclararé.

Despedidas

A principios de la década de 1940, el ejército alemán triunfaba en todos lo frentes y la marea de la represión judía crecía imparable. En enero, se instalaban en Oswiecim (Polonia) los primeros barracones de lo que luego habría de ser el campo de exterminio de Auschwitz. En febrero, se hacía la primera deportación de judíos alemanes a la Polonia ocupada. En abril, los nazis ocuparon Dinamarca y Noruega, clausurando el gueto de Lodz con doscientos treinta mil judíos dentro. Y en mayo, invadieron Francia, Bélgica, Holanda y Luxemburgo.

El clima en Berlín era de euforia total. Los teatros, cines y cabarés registraban unos llenazos impresionantes. Desde las diez de la mañana, la gente se arremolinaba en las taquillas, y las colas de la primera sesión de la tarde en el Haus Vaterland y en el Wintergarten daban la vuelta a la manzana. Para poder asistir al espectáculo del Plaza *Fuerza por la alegría* debía sacarse una entrada con más de un mes de antelación. Todo el mundo comentaba el arte de la bailarina americana Myriam Verne, el sentimiento de exactitud en las actuaciones de las hermanas Höpner o el donaire de la húngara Rosa Barsony. De cualquier manera, la opereta continuaba siendo la reina en los gustos artísticos de los alemanes y el Admiralpalast y el Metropoltheater estaban permanentemente llenos. Sin embargo, dicho clima no era el mismo para todo el mundo. La presión que ejercía la Gestapo a fin de cazar a los responsables del atentado del Berlin Zimmer, aunque discreta y soterrada, no cejaba y se hacía insostenible, de modo que Manfred y Karl Knut se veían abocados a huir urgentemente de la capital so pena de caer en manos de aquellos verdugos.

En aquellos meses, el aspecto de Manfred había cambiado y no sólo exteriormente. El pelo crecido, la barba recortada y las largas patillas subrayaban una mirada taciturna y un rictus en su boca que delataban una amargura interior desaforada. De aquel alegre muchacho de los días de la anteguerra no quedaba nada y, en aquel sótano, nadie volvió a verle sonreír. Únicamente parecía despertar de su letargo cuando en su presencia se forjaban planes de huida para Karl y para él, o proyectos de venganza que tuvieran que ver con los causantes de su desgracia.

Sigfrid luchaba por dotarle de nueva documentación, pero su salida del escondrijo entrañaba grandes dificultades ya que si un muchacho de su edad sin el uniforme de alguno de los cuerpos del ejército o de la policía era, en aquel Berlín de 1941, una rara avis, el asunto de Manfred, cuyo rostro había salido en los periódicos, todavía entrañaba más peligro, y caso de ser detenido, el final estaba cantado.

El plan inicial estaba someramente bosquejado, aunque Sigfrid se mostraba disconforme con él. Pretendían sacarlo de la ciudad de noche y a pie, evitando las rutas principales, para, en diferentes etapas, llegar a Austria y pasar a Italia por los Alpes. Para todo ello era preciso armar una red de guías expertos y de refugios seguros que cubrieran los diferentes tramos; el partido debería ponerlo a su disposición, lo cual, si pretendían puentear a Bukoski, era harto complicado. Luego estaba el tema de Karl. La intención era que él también saliera de Berlín, pues tarde o temprano comenzarían a buscarlo. Pero si conseguir papeles y ayudas para uno era complicado, para dos todavía lo era más. Caso de conseguirlo, se integraría en las filas de la activísima célula comunista de Roma, en tanto que Manfred se dirigiría al núcleo semita de la Ciudad Eterna, ya que la persecución judía en Roma, al estar dominada por el *fascio*, no tenía, por el momento, la intensidad ni la virulencia de la de la capital de Alemania.

Eric, a través de Hanna, estaba al corriente de cuanto acontecía. De todas maneras, se citaba periódicamente con Sigfrid, quien le daba el parte de ciertas cosas, no de todas, sobre los avatares que seguía la vida de su hermano, sin nada decir acerca de dónde se hallaba escondido ni de los planes futuros que se pretendían seguir para sacarlo de Berlín. Lo que jamás hacían era verse los tres en un lugar público, a fin de que nadie pudiera asociar a Hanna con Sigfrid.

La muerte de Helga fue como un mazazo para todos, pero, aparte de a Manfred, a quien más afectó fue a Hanna, que en aquel instante tomó conciencia de que todo aquello no era un juego de estudiantes; la parca había mostrado su descarnado rostro y podían morir otros muchos.

Llegó la hora de la despedida de Eric, que debía incorporarse a la base de submarinos ubicada en Kiel en el plazo de cuarenta y ocho horas. Por la tarde se entrevistó con Sigfrid en la terraza del Adlon. Cada uno sentía un profundo afecto y un sincero respeto por el otro. Su amistad de tantos años se imponía al color de las ideas políticas, aunque las circunstancias hacían que éstas estuvieran cada vez más próximas, pues los acontecimientos habían arrinconado las convicciones de Eric y la venda, que en muchas ocasiones le había impedido ver hechos brutales que él justificaba como el parto que iba a alumbrar el nacimiento de la gran Alemania, había caído de sus ojos. Ambos habían madurado por encima de sus respectivas edades, y de aquellos muchachos idealistas y de creencias irrebatibles aunque opuestas, de la época de la olimpiada, poco quedaba. Luego de pedir algo para beber y ya cuando se quedaron solos, comenzaron su discurso.

—¿Cómo está Manfred? Me gustaría verlo antes de irme.

—No puede ser, Eric, ya sabes que no depende de mí; he de obedecer órdenes y todo lo que represente un riesgo que haga peligrar la seguridad de otras personas escapa a mis posibilidades.

—Lo entiendo. Transmítele de mi parte cuánto lamento la

muerte de Helga y hazle saber que siempre estaré con él. Dile que cada vez comprendo más cosas que antes me sonaban a elucubraciones suyas y que ha resultado que quien antes se dio cuenta de lo que iba a pasar fue él.

—No te hagas mala sangre. Yo tuve que caerme del caballo, como Pablo de Tarso, para darme cuenta de que mi rodilla no era lo más importante del mundo. Y si alguien sabe que lo que digo es cierto, ése eres tú… Pero todo esto ahora ya no conduce a nada; hablemos del futuro. Me has dicho que te vas de Berlín mañana por la tarde, ¿es definitivo? Y si es así, ¿cuánto tiempo estarás fuera?

—Todo se ha precipitado, Sigfrid. La mierda de esta guerra a la que nos vemos arrastrados por ese loco ha cambiado todas las cosas. Antes lo normal era hacer prácticas en el barco que te tocara durante un período de seis meses. Ahora… nada más puedo decirte que mi misión a bordo es la de oficial de radio y transmisiones, y que mi barco, finalmente, es el U-Boot *285* con base en Kiel, un submarino de novatos, aunque se comenta que, en cuanto se estabilice la cuestión francesa, la Kriegsmarine establecerá una base en Saint-Nazaire y nos integrarán a submarinos de combate.

—Pero ¿no sabes si regresarás a Berlín unos días o ya te vas definitivamente?

—Lo que te he dicho es todo lo que sé, lo demás son meras conjeturas.

—¿Te das cuenta de lo que está pasando? Hace unos años todos sabíamos, más o menos, cómo serían nuestras vidas; ahora un viento fatal se ha abatido sobre nuestro mundo y valores que parecían inamovibles se han desmoronado, como un castillo de naipes, por obra y gracia de ese iluminado.

—Tienes razón, y reconozco que me ha costado verlo… Pero él pasará y Alemania seguirá su camino, y aunque yo no pueda estar de acuerdo con la política que se ha llevado hasta ahora en lo interno y sobre todo en la cuestión judía, en la que me siento profundamente implicado, mi honor me exige defender a mi patria ante cualquier agresión externa. Además, me guste o no, a Hitler lo eligió el pueblo alemán por la vía democrática y, por ahora, el éxito de los ejércitos alemanes es incuestionable.

Ambos amigos quedaron en silencio unos segundos.

—¿Qué sabes de tus padres?

—¿No te ha dicho Hanna que ha llegado una carta desde Budapest?

—No he podido hablar con ella desde el viernes. Antes de mi marcha he tenido demasiadas cosas que resolver, pero hoy iré a dormir al estudio... Quedamos que la última noche la pasaríamos juntos. ¡Cómo me habría gustado poder casarme con tu hermana a la antigua usanza, rodeados de nuestras familias y felices! Pero hasta en la persona que elige tu corazón se ha metido el partido nazi. Si ahora nos casáramos, correríamos ambos un gran peligro. Espero que cuando todo esto acabe podamos regularizar nuestra situación; en caso contrario, me iré de Alemania.

Sigfrid, que había sacado la carta de sus padres del bolsillo interior de su cazadora, comentó a Eric al entregársela:

—Si mi madre supiera que Hanna y tú os acostáis sin estar casados, le daría un síncope.

—Si la mía supiera que mi novia es medio judía le daría otro. Pero ¿crees acaso que a mí me agrada estar con la mujer que amo como si estuviera haciendo algo malo y escondido como un proscrito? Son las malditas circunstancias y esas teorías absurdas de la superioridad de la raza aria que ha querido implantar el del bigote, imagino que por el complejo de inferioridad que debe de atenazarle sólo con mirarse en el espejo.

—Se dice que tiene sangre judía.

—No sé si es cierto, pero de lo que no hay duda es de que su sobrina Geli Raubal se pegó un tiro con su pistola cuando ese cerdo, que estaba encabronado con ella, que por cierto era menor de edad, se enteró de que tonteaba con su chófer.[193]

—Y ese pájaro es el que dicta las normas morales de Alemania.

Otra vez quedaron en silencio, hasta que Sigfrid se arrancó de nuevo.

—Volviendo al desmayo de mi madre, para mí como si Hanna y tú os hubierais casado. Que tu mejor amigo se convierta en tu cuñado es lo mejor que puede ocurrirle a cualquiera, porque de alguna forma escoge y no corre el riesgo de emparentar con un imbécil, cosa bastante frecuente y que sucede en las mejores familias cuando los padres intervienen en la elección de sus futuros yernos. Ahora quiero dejar claro algo: si algún día os hartáis de aguantaros, no pienso tomar partido por ninguno de los dos. Ya le he dicho a Hanna que, pase lo que pase, seguiré siendo tu amigo, y a ti te digo que ella siempre será mi hermana.

Eric no pudo dejar de sonreír ante la proclamación de amistad de Sigfrid.

—¿Me dejas leer la carta de tus padres?

—Sí, claro. Ten en cuenta que es anterior a todo lo de Manfred y que desde entonces no hemos tenido noticias de ellos.

Sigfrid tendió la carta a su amigo, y éste, tras mirar el matasellos y las señas y comprobar que iba dirigida a Manfred, la sacó del sobre y se puso a leer.

>Querido señor Sikorski:
>Deseo que al recibir la presente todos ustedes estén bien, como lo estamos nosotros.
>Paso a relatarle una serie de cosas que creo debe saber con respecto a los sucesos acaecidos desde que se fue a Berlín la estudiante que le recomendé, Renata Shenke, y que me consta, por las cartas que me ha ido enviando, que está bien atendida y que la han ayudado en todo lo que ha ido necesitando.
>Coincidiendo con su partida, como bien sabe, Alemania y Austria unieron sus destinos y en esas fechas decidieron mis superiores enviarme a Budapest, no sé si definitivamente,

pues eso nunca se puede afirmar con rotundidad ya que las circunstancias son cambiantes. En Budapest puedo seguir ejerciendo mi profesión gracias a las ayudas que mi gremio aporta a todos aquellos mutualistas que están en mis circunstancias. El traslado lo realicé de igual manera que la última vez, pero sin mayores problemas, ya que en esta ocasión no estaba cerrada la salida para nadie que tuviera la documentación pertinente en regla, y ése era mi caso. Mi esposa y yo mismo nos hemos adecuado bien a la vida de esta hermosa capital, aunque debo decir que ella ha encajado mucho peor el cambio ya que, al no tener aquí a sus seres más queridos, se pasa los días añorada y urgiéndome a que haga algo al respecto. Sin embargo, tal como están las cosas poco puedo hacer por el momento. Al no tener todavía una dirección fija, le ruego me escriba a Budapest al apartado de correos N.º 285213 a mi nombre, Hans Broster Shuman. Cuando lo haga, procure relatarme cuantas cosas pueda de todos los amigos comunes, porque al estar lejos todo cobra una dimensión diferente; además, y sobre todo, eso servirá para que mi esposa recobre, dentro de lo posible, la paz tan anhelada.

Reciba la muestra de mi consideración más distinguida,

Hans Broster

Cuando Eric le devolvió la carta, Sigfrid comentó:
—Como puedes ver, es anterior a todos los sucesos y desde entonces, imagino que porque han visto en la prensa la fotografía de Manfred, no han vuelto a escribir.
—Qué lástima me da la gente de la edad de tus padres, arrancados de su mundo y sin capacidad de acoplarse a todo lo que está viniendo, familias desgajadas y formas de vida extinguidas… A saber cuándo podremos reunirnos todos otra vez, como en los viejos tiempos.
—¿Cuándo? ¡Ya veremos si podremos a secas! Personalmente creo que este cataclismo arrasará Europa y que nada volverá a ser como antes.
—Todo es prematuro y aventurado. Pero, cambiando de

tema, quiero decirte algo. En cuanto tome posesión de mi cargo a bordo me enteraré de la fecha de embarque y veré las maneras de contactar con vosotros Tal como están las cosas, no soy capaz de estar desconectado durante meses.

—Imagino que «vosotros» quiere decir más bien Hanna.

—En especial ella, pero os quiero a todos y todos me preocupáis. Hablando de otra cosa, ¿qué tal funciona la radio que montamos?

—De primera... aunque, siguiendo tus consejos, mis mensajes nocturnos son muy cortos y espaciados. Ni que decirte tengo que siempre entro en la casa de madrugada. Ahora está completamente abandonada; ya sabes que los Hempel marcharon a Checoslovaquia porque Heydrich los reclamó. Desde que tío Stefan salvó a su hijo, lo lleva a cualquier destino adonde vaya con su familia, si no su mujer se niega a seguirle. Por otra parte, y conforme a la rutina de precauciones que me he impuesto, siempre me acompaña un camarada que se ocupa de la vigilancia; es un tipo fantástico, y los tiene bien puestos. Como ya te vas de Berlín, voy a cometer un desliz: se llama Karl Knut. Si algún día debes ponerte en contacto conmigo y no estoy localizable por lo que sea, él me encontrará; así que voy a darte su número de teléfono, su dirección y una clave.

Al decir esto último, Sigfrid anotó todo en una tarjeta y se la entregó a su amigo.

—Creo que cometes una imprudencia al descubrir la situación de la emisora a gente extraña. Además de éste, ¿quién conoce el lugar?

—«Éste», como tú lo llamas, fue uno de los compañeros de Manfred en el asunto del Berlin Zimmer. No te preocupes, no se irá de la lengua. Por otra parte, el Partido Comunista sabe que estoy en contacto con radioaficionados del extranjero, pero nadie sabe desde dónde emito ni cuál es mi frecuencia. Me tienen por una rara avis difícil de controlar. Saben que somos compañeros de viaje circunstanciales; ellos me usan y yo los uso a ellos. Y otra cosa: he redactado una especie de clave para que puedas entender lo que quiera decirte sin que te comprometa. Tenla en cuenta cuando te escriba y aprende a leer entre líneas. —Eric tomó el cartoncillo que le alargaba su amigo—. Como puedes ver, las frecuencias de radio están camufladas en fechas y los nombres son los que estamos usando ahora. Si hay alguno que me interese disimular por completo, el que te ponga en la carta tendrá las iniciales verdaderas. Si ocurre tal cosa, agudiza el ingenio.

Eric dio una breve mirada al papel y lo guardó en su cartera.

—Si todo no fuera tan serio, te diría que desde niño siempre te gustaron los misterios. Y ahora me largo. Te veré esta noche.

—No, no me verás.

—Voy a ir al estudio a despedirme de Hanna.

—Por eso mismo. Que seáis muy felices... yo tengo una partida de póquer y terminaré tarde.

—Está bien. Gracias por todo, Sigfrid.

Se pusieron en pie y se fundieron en un apretado abrazo.

—Dale otro abrazo a tu hermano. Estaremos en contacto.

Ahora sí que el silencio se hizo espeso y ambos amigos supieron que habría de pasar mucho tiempo antes de que volvieran a verse, eso en caso de que se vieran de nuevo.

Cuando Eric lo vio alejarse, con el tranco característico de su cojera, supo que en aquel instante se cerraba un ciclo de sus vidas y comenzaba otro. Ya nada volvería a ser como antes.

El ruido de los coches que transitaban por Brabanterplatz entraba por la ventana abierta del estudio. En él, refugiados como proscritos, Hanna y Eric yacían abrazados y desnudos el uno junto al otro. Las luces de neón del rótulo luminoso del bar de enfrente trazaban un calidoscopio parpadeante de violentos rojos y azules, tiñendo los pechos de Hanna de sombras y luces como de sombras y luces estaba cubierto el futuro de sus vidas.

Súbitamente el muchacho detuvo los rítmicos movimientos de la eterna danza de los amantes y, apartándose lo suficiente para poder enfocar el rostro de su amada, preguntó:

—¿Qué ocurre, Hanna?

—Nada, ¡no pares, mi vida, sigue, sé feliz!

—No, Hanna, yo seré feliz si tú también lo eres. Así, de esta manera, no.

—Lo siento, amor mío, no puedo, pienso que estamos tu y yo aquí, llenos de vida y Helga ya nunca más...

Eric se hizo a un lado y, estirando el brazo, tomó el paquete de tabaco de la mesilla. Extrajo de él dos cigarrillos, se los colocó en los labios, aplicó la llama de su encendedor, dando una calada los prendió y entregó uno de ellos a su novia.

—Hanna, ya no se puede hacer nada... Ella ha ido a donde todos habremos de ir un día u otro.

—No me consueles, amor. Tú sabes que no es así; no era el momento ni la manera de irse de este mundo. La vida no está hecha para que nadie someta a nadie y dicte hasta las normas más elementales por las que se debe regir la existencia de los seres humanos. La esclavitud estaba erradicada de la humanidad civilizada desde hace muchos años, hasta que esos bestias han intentado restablecerla; pero en tanto haya seres tan generosos y tan valientes como Helga, no lo conseguirán. Ella ha entregado su vida, el único bien irrecuperable que tiene el ser humano, y lo ha hecho para que el mundo futuro sea mejor. Me siento muy mal gozando de nuestro amor sabiendo que llevaba al hijo de Manfred en sus entrañas y que su sacrificio ha costado tres vidas: la de ella, la del niño y... la de mi hermano. Aunque no me han dejado verle, sé por Sigfrid que ya no es el muchacho maravilloso que era; han hecho de Manfred un ser lleno de odio que nunca más volverá a conocer lo que es el amor.

—Pero ¡la vida sigue, amor mío! Y ella murió precisamente para darnos una esperanza. Creo que es hacerle un desprecio ruin no aprovechar cuantas oportunidades tengamos para amarnos, porque su sacrificio fue puro amor. Y créeme, Hanna, no es sexo lo que busco en nuestros espaciadísimos encuentros; es la expresión máxima de lo que siento por ti, y sabes que mi sueño es poder estar a tu lado el resto de mis días cuando esta pesadilla termine y envejecer contigo... Y yéndome mañana, quería hacerlo lleno de ti para poder recordarlo siempre, caso de que algo trunque nuestras vidas.

Hanna se dio media vuelta y, pasando su brazo por debajo de la cabeza de Eric, lo atrajo hacia ella.

—¡Ven, amor! Quiero ser tuya.

—No, Hanna, cuando vuelva y todo lo ocurrido nos parezca una pesadilla, si Dios quiere, vamos a tener mucha vida por delante. Prefiero hablar contigo toda la noche; antes de irme, necesito dejar muchas cosas atadas.

Ambos se vistieron para instalarse en el sofá de la salita. Se sentaron con la luces apagadas y hablaron... Hablaron hasta que la madrugada venció a la noche y la luz del alba volvió a fabricar sombras. Entonces se quedaron dormidos, aferrados el uno al otro con el desespero del náufrago que se agarra a la madera que flota o como la hiedra que para subsistir necesita del tronco del árbol.

Distintas vías, mismos propósitos

Del humilde y asombrado personaje que hacía años había visitado al obispo Tenorio al que ahora se presentaba por segunda vez en la sede episcopal de Sevilla mediaba un abismo, y no solamente en su porte exterior, que si no en prestancia sí había ganado en aplomo y compostura, sino también en sus maneras que, de asombradas e inseguras, se habían tornado soberbias y altaneras, de modo y manera que se presentaba ante el prelado investido de un talante cual si se tratara de un igual, cosa que desagradó sobremanera al clérigo.

La estancia: la sala de recepciones del palacio episcopal. La hora y el día: las once de la mañana del 29 de julio del año 1390.

—Sin duda sois el bachiller Rodrigo Barroso —comenzó el obispo.

—Don Rodrigo Barroso, si no os importa, reverencia; hay que dar a cada uno los títulos y nombradías que correspondan —respondió el Tuerto.

Servando Núñez Batoca percibió la puntillosa y susceptible observación, e intentando recuperar la iniciativa y alzando su diestra adornada con el anillo pastoral, le invitó a avanzar.

—Perdonad mi vacilación, pero veo a tantas gentes al cabo del día que a veces confundo los títulos y honras que cada uno merece. Pero aproximaos, hijo mío.

Llegose el bachiller a su altura y tomando la mano que le ofrecía el prelado, con una ligerísima inclinación de cabeza y sin dejar de mirarlo a los ojos, acercó sus labios al dorso y lo rozó apenas.

—Sentémonos, si os parece, y procedamos.

Se llegaron ambos a un conjunto de mesilla y butacas que decoraba un rincón de la estancia, y tras acomodarse, ya repuesto el obispo del revés, condujo la charla hacia los derroteros que secundaban sus intereses.

—Y bien, ¿qué es lo que con tanta premura os trae a mi presencia?

—Me ciño a las instrucciones recibidas acerca del día y la hora que figuraban en la nota que me enviasteis al figón donde me alojo. Por la presteza en recibirme, intuyo que habéis recibido informes favorables de mi persona y que la entrevista nos interesa por igual a ambos.

De nuevo el descaro del hombre sorprendió al prelado, que en un acto reflejo tamborileó con los dedos de la mano izquierda sobre el tablero de la mesilla.

—La osadía y el comedimiento son virtudes elogiables cuando se emplean con mesura, pero creo que vuecencia va sobrado de la primera y, sin embargo, adolece de la segunda. Me pedisteis audiencia. Bien, os la he concedido... en atención a los méritos que adquiristeis al servicio del prelado de Toledo, de quien sin duda he recibido informes en los que se me dice, por cierto, que sois sujeto de genio vivo y que, si bien le rendisteis un buen servicio, así mismo le ocasionasteis no pocos quebraderos de cabeza a causa de vuestro temperamento incontrolado y de que a veces el odio ciega vuestro entendimiento y la vesania ofusca vuestra razón. Y ahora, ¡explicaos!

El tono del obispo había ido *in crescendo* durante la filípica al intentar no perder terreno, y el bachiller, que no tenía un pelo de tonto, intuyó que convenía plegar velas y adoptar una postura más acorde con el talante de quien va a ofrecer algo y desea ardientemente obtenerlo.

—Perdonadme, ilustrísima, pero soy cristiano viejo y me desespero ante algunas actitudes tibias de encumbrados personajes que pretenden lo mismo que yo ansío pero que no gustan de opinar en contra de influyentes voluntades porque su criterio no llegue a oídos del rey y caigan en su disfavor... A eso en el lenguaje del vulgo y trayendo a colación un refrán, por cierto judío, lo llaman «nadar y guardar la ropa».[194]

—Os comprendo, pero no es mi caso. Como obispo de esta diócesis, mi único superior es el cardenal Henríquez de Ávila, primado de España, y por encima de éste, únicamente el Santo Padre, cuya opinión sobre la cuestión que ambos sabemos os ha traído aquí bien os consta.

—Me congratulo de que así sea, reverencia, pero no dudéis que la edad y las circunstancias templan el ánimo de las personas y liman sus ímpetus, de manera que si bien soy el mismo que sirvió fielmente a don Alejandro Tenorio, no lo haría ahora con la fogosidad y la desmesura que lo hice entonces. Me he vuelto mucho más sutil y precavido; los resultados, los mismos, pero no deseo que me traigan las mismas consecuencias... Por ello, ahora obraría con mucha más discreción y astucia.

El obispo se dispuso a recuperar la iniciativa.

—Bien, seamos claros: tengo un problema que me incomoda y que debo resolver de un modo u otro; concierne al rabí dom Rubén Labrat ben Batalla, a quien, según dejasteis escrito en vuestra nota, conocíais bien de Toledo y cuyo verdadero apellido es Ben Amía.

—Podéis asegurarlo, ilustrísima. Descubrirlo fue una casualidad que surgió gracias a mi manía de bucear entre las gentes de las aljamas acerca de sus principales mentores. Y doy fe de que éste es el individuo que desposó a la única hija del gran rabino de Toledo, Isaac Abranavel, que Dios confunda. Sí, conozco bien al personaje.

—¿Cómo lo descubristeis?

—Veréis, excelencia, siguiendo las prédicas del arcediano, vine a parar a Sevilla y la casualidad hizo que diera con él, tal como manifesté a vuestro coadjutor el primer día que pisé vuestra sede. Desapareció de Toledo hace años, y aunque lo busqué, pareció talmente que se había evaporado. Cierta tarde observé que un crecido número de personas vestidas con sus mejores galas se introducían en la sinagoga que está en la plaza de Azueyca al final de la calle Archeros, así que me coloqué la *kippá* que siempre llevo conmigo para ocultar mi peculiar calvicie y, aprovechando el crecido número de invitados, me mezclé entre ellos. Un rabino se dispuso desde la *bemá*[195] a presentar al oficiante de la Pidyon Ha-ben[196] como el rabino Rubén Labrat ben Batalla, y cuál no sería mi sorpresa cuando compareció en el estrado el que yo conocía de fijo y de Toledo como Rubén Ben Amía, de lo cual deduje que el rabino era un impostor. Eso hizo de catalizador para que me decidiera, además de a denunciaros el hecho, a ofrecer mis servicios a su ilustrísima, dándole referencias de mi pasado y poniéndome a su entera disposición. Saber quién es cada cual es importante, sobre todo si alguien oculta su nombre, ya que quien tal hace tendrá seguramente motivos ocultos y perversos. De cualquier manera, celebro que la Divina Providencia haya guiado mis pasos hasta vos para poder brindaros mis conocimientos y que éstos os sirvan para mejor conocer a ese peligroso individuo dándoos pormenores del carácter del tal Rubén, pues las hablillas que de él me han llegado son todas coincidentes.

—Y ¿cuáles son esas hablillas?

—Creo que es hombre de convicciones profundas que tan sólo cambiaría si intuyera que las consecuencias de su cerrazón pudieran repercutir gravemente en su aljama, y tal vez no solamente en ella sino en toda la corporación semita y, por qué no decirlo, en particular en su familia.

El obispo había escuchado con atención la parrafada del bachiller y, tras una rápida meditación, decidió usar de sus cualidades sin comprometerse en exceso con aquel peligroso individuo. Pero antes de decidir, indagó:

—¿Alguien sabe algo al respecto de vuestro descubrimiento?

—En absoluto, ilustrísima. Creo que la discreción es la madre de los grandes logros; únicamente vuestro secretario tuvo conocimiento de mi afortunado hallazgo.

El prelado, tras escuchar las razones de Barroso en una larga perorata, puso en antecedentes al bachiller de los inconvenientes que le aportaban las actitudes del tal rabino y así mismo de las soluciones que le había ofrecido sin conseguir que éste aceptara ninguna de sus propuestas.

Rodrigo Barroso meditó su respuesta. En su interior estaba exultante al comprobar que el yerno del causante de los costurones que tenía en su espalda era el mismo que estaba ocasionando problemas al prelado. Sin embargo, decidió obrar con prudencia, no fuera a ser que su enardecimiento provocara sospechas; quería dar la imagen del cirujano aséptico que se dispone a extirpar un mal sin otro interés que remediarlo. Así, con voz calma, como experto en el tema, comenzó a aportar soluciones al problema aducido por el obispo.

—Está bien —repuso el prelado—, pero atendedme. No quiero entrar en un juego que me está vetado; no olvidéis que soy hombre de Iglesia y que mi religión me prohíbe perjudicar al prójimo. Aun así debo decir que estoy desorientado; he intentado por todos los medios convencer por las buenas a ese individuo a fin de que abrace la verdadera fe o abandone Sevilla, inclusive me he ofrecido para buscarle acomodo en Granada, con cuyo rey actual, Yusuf II, mantengo una, digamos, más que cordial relación, pero todo intento ha sido vano.

—No los conocéis bien, reverencia... Son una raza obstinada que no atiende a otras razones que el palo. No diré que la zanahoria no ayude, ya que aman el dinero por encima de cualquier otra cosa, pero cuando se les considera y se les trata como a iguales, entonces invariablemente surgen los problemas.

—Bien, agradeceré de un modo palmario cuanta ayuda podáis prestarme en tan espinoso tema, pero no quiero saber nada ni me hago responsable de los métodos que empleéis para conseguir vuestros fines. Soy, como os he dicho, un hombre de Iglesia y no puedo admitir ciertos procedimientos. Y si bien comprendo las dificultades que ello entraña, debo deciros que para mí el fin no justifica los medios.

—Os entiendo, pretendéis nadar y guardar la ropa. Pero no echéis en el saco roto del olvido que también don Ferrán Martínez es hombre de Iglesia y, sin embargo, no opina igual que vos.

—El arcediano de Écija tuvo grandes problemas con mi antecesor y con el monarca; no querría yo, para resolver una dificultad, meterme en otra de mayor calado; cada uno tiene un estilo de hacer las cosas. Quiero subrayar que, si bien remuneraré generosamente cualquier intento que hagáis por arreglar el asunto, no seré partícipe de actos que repugnen a mi conciencia. Aunque entiendo que, de una forma u otra, deberéis presionarlo. ¿Queda esto claro?

—Como la luz, ilustrísima. Dejadme hacer a mí, que no soy tan puntilloso ni tengo, a Dios gracias, una conciencia tan estricta. Descuidad, que la mano que se manchará en el empeño será mi siniestra. Pero ya sabéis la recomendación evangélica: «Que tu mano derecha no sepa lo que hace la izquierda».

—Bien está. Y dejémonos de citas sagradas y vayamos al grano, ¿cuál será el precio de vuestro trabajo?

—Si fuera hombre adinerado, no os cobraría por ello un mal maravedí, tal es el sentido del deber que como cristiano viejo me embarga. Pero no es el caso, amén de que deberé contar con colaboradores que me ayuden a conseguir el fin perseguido. Pero decidme vos, excelencia, que seguro entendéis mi postura, y lo que acordéis será justo y proporcionado al riesgo que sin duda correré al responsabilizarme de mis actos.

—¿Os acomodan cien doblas de oro, cincuenta ahora y el resto cuando consigáis el fin perseguido?

—Vuestra generosidad es manifiesta y vuestra munificencia legendaria.

El obispo abandonó la estancia dejando al Tuerto con el corazón batiendo acelerado ante el generoso ofrecimiento. El bachiller, al comprender que el único responsable de las acciones que emprendiera, concluyó que era justo que ese riesgo estuviera bien remunerado. Si fallaba, no podría recurrir, como la vez anterior, a la protección de su patrocinador ya que éste se desentendía de cualquier acción violenta. Y lo que estaba gestando su mente sin duda podía resultar, pero indefectiblemente no era un apacible paseo en barca por el Guadalquivir.

Regresó el prelado portando una fina bolsa de buen cuero cordobés abultada por lo que guardaba, y abriendo las guitas que cerraban su embocadura y volcándola sobre la mesilla, hizo que su áureo contenido se desparramara sobre ella con el inconfundible y alegre tintineo que produce la buena moneda.

—No son doblas castellanas, reverencia.

—Ciertamente, es moneda almohade tan sólida y fácil de cambiar como la nuestra pero menos rastreable, ya que viene de Granada y es más propia de los grandes comerciantes que negocian con los nazaríes que de su obispo. Ya os he dicho que me une con el califa una buena amistad... Sin embargo, nadie imaginará que el obispo pueda tener esta clase de moneda. El miedo guarda la viña y toda precaución es poca.

Barroso tomó en sus manos una de las doblas y la examinó a conciencia. En el anverso pudo leer: *«Al-hamdu li-llah rabb al-alamin»*. Y en el reverso: *«Al-hamdu li-llah wahdahu»*.[197]

—Me da igual quién la haya acuñado; el oro siempre es oro. La otra mitad me la abonaréis cuando haya conseguido nuestros propósitos.

—Vuestros propósitos; bueno será que no olvidéis esto último. Entendedlo bien: no volveréis a verme. Cuando todo haya terminado y con bien, alguien os transmitirá mis noticias y os pagará vuestros empeños, caso de que den resultado, de los que, repito, nada quiero saber.

—Sea como gustéis, ilustrísima. Y no dudéis que quedaréis satisfecho de mí y de mi trabajo.

Rodrigo Barroso recogió la bolsa y, ajustando los cordoncillos que cerraban su embocadura, la introdujo en su escarcela. Luego, tras el protocolario saludo del besamanos, que en esta ocasión fue mucho más rendido y efusivo, abandonó la estancia.

Don Servando Núñez Batoca, sin poder impedirlo, con la palma de su mano izquierda se frotó fuertemente el dorso de su diestra, allí donde el bachiller había depositado su ósculo, y respiró. Luego se dirigió a la ventana y la abrió para permitir que al aire de la calle invadiera la gran sala. Aquel individuo le había proporcionado una ingrata sensación; tenía algo de sierpe en la fijeza de la mirada de su único ojo y su tacto era viscoso como la baba del sapo. Cuando aquel enojoso asunto terminara, no deseaba volver a verlo.

La amenaza

La situación era tensa. Era evidente que el rey Juan necesitaba a los banqueros y cambistas judíos para obtener recursos y, de esta manera, hacer frente a una nobleza levantisca e inquieta, y por ello lanzaba sobre los pecheros de sus reinos jaurías de perros de presa que salían de las filas de los semitas para esquilmar hasta el último maravedí de los modestos contribuyentes. Los impuestos eran incontables; a la infurción y a la martiniega[198] seguían el marzazgo,[199] el yantar[200] y la fonsadera[201] pasando por el montazgo,[202] el diezmo del mar[203] y, finalmente, las monedas.[204] Acto seguido y para solventar los problemas que esto generaba, las gentes sencillas se lanzaban irremisiblemente a las garras de los usureros judíos en demanda de unos dineros inmediatos que salvaran por el momento la situación de ruina de sus comercios o de sus cosechas, pero que a la larga hacían que todo empeorara, y de esta manera el círculo se cerraba. El rey recaudaba pero el pueblo llano se moría de hambre. El campo estaba abonado y el tiempo era propicio para que la semilla del odio que esparcía el arcediano de Écija fructificara. La chispa que hiciera saltar todo por los aires podía producirse en cualquier momento, y desde la refriega del marzo anterior, cuya herida se había cerrado en falso, los ánimos estaban tensos. En sus sermones, aquel enloquecido personaje pedía que se demolieran las veintitrés sinagogas que, según él, existían en Sevilla ya que «estaban edificadas contra derecho»; pedía, así mismo, que las aljamas quedaran clausuradas y que la población judía no tuviera contacto con la población cristiana. Recomendaba a los habitantes de los pueblos que no permitieran a los judíos residir entre ellos, y ordenaba que todos los servidores musulmanes que trabajaran para los levitas se bautizaran y, de esta manera, ya no pudieran estar a su servicio al acogerse al decreto de que ningún cristiano podía servir a un hebreo. En repetidas ocasiones, el cabildo catedralicio le había llamado la atención por sus sermones que, más que homilías, eran inflamadas diatribas, hasta el punto de que en cierta ocasión llegó a decir que él mismo había recogido en sus manos cien prepucios de cristianos circuncidados, cosa que indignó al rey al extremo de que exigió que le mostraran todos aquellos prepucios, so pena de encarcelamiento.[205] Todo había sido en vano y él continuaba con sus flamígeras prédicas, que pronto tendrían dramáticas consecuencias.

La escena se desarrollaba en el comedor de la quinta de los Ben Amía. Habían terminado de comer y una de las criadas estaba retirando los servicios del postre

—Ama, ¿deseáis la infusión aquí o la sirvo en la galería?

—Hacedlo en la galería y dejadnos ahora.

La sirvienta se retiró silenciosa, llevándose los enseres del servicio.

Esther clavó los ojos en su esposo, sentado al otro extremo de la mesa, y aguardó a que éste acabara de leer el documento que tenía entre las manos. El *haroset*[206] que tanto le agradaba y que Esther procuraba servirle aun fuera de la Pascua, permanecía intocado ante él.

—¿Cómo ha llegado este engendro hasta aquí? —interrogó Rubén.

—Ha venido a verme Myriam. Estábamos en el jardín y a Benjamín, que jugaba con Gedeón, se le ha ido la pelota al estanque. Gedeón ha ido a buscar un palo a fin de traerla hasta la orilla, cuando alguien, por encima de la tapia, ha lanzado esto que os he entregado, sujeto a una piedra. Myriam lo ha recogido y lo ha traído hasta mí. Ni que deciros tengo que lo he leído y que me he quedado paralizada.

Rubén, sin responder, volvió a leer el pergamino que había depositado sobre la mesa.

En una letra menuda y en apretadas líneas decía así:

> La terquedad es mala consejera y no hará sino traeros graves dificultades. No conviene ni a vos ni a vuestra familia permanecer en Sevilla. Sé quién sois y de dónde venís, rabino Ben Amía. El tiempo se agota, al igual que la paciencia de los buenos cristianos que no soportan tanta humillación. Pensad que lo ocurrido en Toledo a vuestra familia es nada al lado de lo que puede suceder aquí.
>
> ¡¡¡MARCHAOS, PERROS!!!

Al terminar la lectura, Rubén dejó sobre la mesa el escrito y, con un gesto cansino y habitual, se frotó con el pulgar y el índice de la diestra el puente de la nariz.

—Rubén, esposo mío, la persona que ha escrito esto nos conoce bien, si no, ¿de qué iba a saber vuestro nombre y lo que nos pasó en Toledo? Hace unas semanas me relatasteis la entrevista que sostuvisteis con el obispo. Os dio dos opciones: la primera, cambiaros de religión, como parece ser que ya han hecho algunos de los más notables del reino; la segunda, marcharnos de Sevilla, lo cual cada día me parece más prudente. No estoy dispuesta a pasar otra vez por lo que pasamos.

—Calmaos, Esther. No es tan sencillo… Llevo examinando el tema desde aquel mismo día, he consultado con los *dayanim* de las aljamas y he pasado noches en blanco sin que el sueño reparador haya venido en mi ayuda, pero a cada argumento que mi lógica expone, le responde mi sentido del deber aconsejando lo contrario.

—Pero el tiempo apremia, esposo mío, y cuando las aguas bajan torrenciales entonces es ya tarde para salvar los enseres y las pérdidas son irreparables. Fijaos si no en los altercados del mes de *adar*.[207]

—Sabéis que lo material no me importa; convertir lo que poseemos en letras cambiables y partir hacia otros horizontes poco o nada me costaría, pero partir ¿adónde? ¿Quién me asegura que allá adonde vayamos no volverá a ocurrir lo mismo? ¿Hemos de ser un pueblo errante condenado a vagar por el desierto cada vez que se le pase por la cabeza a algún tirano? Vamos a esperar, esposa mía. Han acudido a ver al rey los más importantes de la comunidad, Mayr Alquadex, Samuel Mattut, Salomón Ha Levi y David ben Gedalya ben Yahía;[208] ellos llevan la lista de los ultrajes y desafueros que se están cometiendo todos los días contra nosotros, y le hablarán de la humillación que representó que se indultara a los causantes de los disturbios a los que anteriormente habéis aludido. El rey nos necesita. Dadme tiempo, y al regreso de los jueces estaré más capacitado para tomar la decisión acertada... Pero ya os adelanto que jamás harán de mí un apóstata.

—Ya os he dicho mil veces que a mí no me asustan ni las alharacas de gentes exaltadas ni las amenazas anónimas, pero debo recordaros que tenemos dos hijos, Rubén, y que si algo ocurriera a la pequeña Raquel o a Benjamín, a mí se me pararían los pulsos y se me acabaría la vida.

—Pienso en ellos tanto como podéis hacerlo vos, pero no veo salida para conciliar mi obligación con mi conveniencia. Si cambiara de religión y me cristianizara, posiblemente me sentiría el ser más desgraciado y abyecto del mundo. El hecho de abandonar, sin convicción y por miedo, la ley de mis padres me convertiría ante mis ojos y los vuestros en un paria despreciable, y por mucha pompa y boato que prestaran a mi conversión, no dejaría de ser, ante mi comunidad, un renegado. Eso sin contar el inmenso perjuicio que causaría, pues me consta, y por ello es por lo que el obispo insiste, que muchos apostatarían de su religión y tomarían la que yo adoptara.

—No seríais el primer converso ni el último. Mirad a vuestro alrededor: antes los judíos únicamente tratábamos los temas del dinero, de los impuestos y de la banca; ahora muchos de esos conversos ocupan cargos de responsabilidad junto al rey, y varios han llegado a obispos y a consejeros reales y aún tienen más influencia y poder que antes. Además, os consta igual que a mí que en sus casas continúan profesando la religión de sus padres. ¿Acaso no veis que envían a vuestra sinagoga aceite para las lámparas? ¿No sabéis que observan nuestras costumbres con respecto al luto y a las normas de la comida? ¿Vos creéis que Adonai exige, en los tiempos que corremos, una fidelidad hasta la muerte?

—Me duele oíros hablar de esta manera, esposa mía, e intuyo que os sentís más madre que judía. No sé qué harán los demás, únicamente sé lo que yo debo hacer... Y por el momento, no deseo hablar más de este asunto.

—Como buena esposa debo obedecer sumisa lo que mandéis, pero si veo que el peligro se cierne sobre mis hijos, antes que mi religión estarán ellos y habilitaré cualquier medio para salvarlos, aun a riesgo de tener que pediros el divorcio en caso de que persistáis en la cerril actitud de posponer vuestra familia a vuestras convicciones religiosas.

La voz de Esther sonó apenada pero firme.

—¿A tal llegaríais?

—He aprendido a quereros como quise a mi padre; por algo firmamos vos y yo las condiciones de nuestro matrimonio en la Ketubá. Pero no lo dudéis: si algo amenaza a Raquel o a Benjamín, ellos son para mí lo primero.

Un pactado silencio se estableció entre la pareja. Luego Esther lo rompió.

—Pero no hablemos ahora de ello. Quiero pediros algo antes de que los negros nubarrones devengan en tormenta.

—Si está en mi mano...

—Me da miedo vivir tan apartada del centro, máxime cuando vos estáis prácticamente fuera todo el día, a tal punto que con frecuencia no venís ni a comer, y cuando tenéis reuniones, llegáis muchas veces a altas horas de la madrugada.

—Mis obligaciones son muchas y variadas: el rabinato de mi sinagoga, mi cargo de *mohel* de la comunidad, que me obliga a circuncidar a los neonatos al octavo día, las clases en el *jeder* y las reuniones con los demás rabinos para discutir cuestiones fundamentales que afectan a nuestro pueblo, todo ello hace que el tiempo que reste para mi familia, pese a distribuirlo con sumo cuidado, sea escaso. En eso os doy la razón.

—Entonces, esposo mío, me agradaría dejar esta casa y trasladarnos a la que compramos en la aljama. Hasta el momento, sólo la hemos usado para almacenar las cosas que trajimos de Toledo que no nos han servido hasta hoy para nuestro hogar.

—Pero, Esther, no comparéis la vivienda de la calle Archeros con la que ahora habitáis... Cuando, en vez de salir al jardín, tengáis que asomaros a un patio interior al que a veces, según de dónde sople el viento, llegan los olores de la calle de los Tintes, os arrepentiréis de haber abandonado esta maravilla.

—Lo prefiero. Si algo ocurriera y vos no estuvierais, podría acudir a los vecinos.

—¿Os dais cuenta de que no veréis nunca el Guadalquivir?

—Prefiero la seguridad de mis hijos.

—Bien, lo hablaremos más despacio, pero si ése es vuestro gusto, nada tengo que objetar. Una última pregunta: ¿habéis hablado con alguien de este incidente?

—Estaba en casa Myriam, ella es la única que conoce el episodio.

—No es conveniente que deis un cuarto al pregonero al respecto de lo que ocurre en nuestra casa. Decid a Myriam, cuando la veáis, que nada diga; es malo que cunda el pánico.

—Lo siento, esposo mío, estoy todo el día sola con el

ama, Gedeón y los niños; si no puedo hablar con alguien de mi edad, me volveré loca.

Partió Esther del comedor, airada, dejando a Rubén sumido en las más negra de las reflexiones. Al cabo de un instante retomó éste la amenazante misiva y la leyó de nuevo.

La Rosa Blanca

Hanna había madurado mucho en muy poco tiempo. Se había convertido, por las especiales circunstancias vividas, en un ser desconfiado y astuto que veía enemigos por todas partes y cuya única finalidad era hacer el mayor daño posible al partido nazi. Su vida berlinesa había cambiado radicalmente. Eric se había incorporado a la dotación de un submarino y había partido hacia el mar del Norte en cuanto hubo cumplido con su período de entrenamiento. A su hermano Sigfrid casi no lo veía ya que, tras la muerte de Helga y por precaución, se había trasladado a otro domicilio que le proporcionó el notario de su padre, y seguía con la peligrosa tarea de buscar información entre la alta oficialidad que visitaba el Adlon. En cuanto a Manfred, luego de incontables vicisitudes, la había llamado, y en su voz halló algo extraño que le sonó a despedida.

—Te espero en el zoo delante del recinto de los osos a las diez —le dijo.

Aquella mañana, instalada en el lugar de encuentro media hora antes dando de comer a las fieras, apenas reconoció a su idolatrado hermano gemelo. Vestido con un impermeable verde de barrendero, manejando un escobón y llevando en su diestra un capazo lleno de hojarasca, se había acercado, sin que lo apercibiera, hasta la barandilla donde lo aguardaba y tras la cual jugueteaban dos oseznos ante la mirada vigilante de su madre. En el recinto había pocos visitantes, pero así y todo, cualquier precaución era poca. Sin retirarse la capucha del rostro y sin parar de barrer, la miró tiernamente. Después, tras observar y asegurarse de que nadie había en los alrededores, le habló, simulando recoger hojarasca.

—Adiós, Hanna… Estoy a punto de largarme de Berlín; la manera no es la idónea, pero ya no puedo más y voy a arriesgarme. Cuídate mucho, hermanita; esto no es un juego. No sé si volveré a verte. Eres el ser, junto con Helga, que más he querido en este mundo, y ahora ella ya no está.

La muchacha, sin saber qué decir, respondió:

—Pero, Manfred, ¿qué vas a hacer? Están Sigfrid y nuestros padres.

—Lo sé, no me olvido. A nuestros padres los veo lejanos como en una nebulosa, y su recuerdo es distante y borroso. En cuanto a Sigfrid, siempre lo querré, pero quizá porque es hombre y al fin no es mi gemelo, lo quiero de otra manera.

—¿Cuándo volveré a verte?

—Di, mejor, si volveremos a vernos. Si tuviera la certeza de que un día u otro vamos a reencontrarnos, marcharía hacia este destierro que me he buscado con otro talante, pero dadas las circunstancias que nos ha tocado vivir y siendo consciente de en lo que andamos metidos ambos, no hago planes de futuro.

—Pero ¿dónde puedo buscarte, si te necesito? ¿Podré escribirte?

—Ni yo mismo sé qué va a ser de mi vida… y aunque lo supiera no te lo diría. Es mejor que ignores todo lo que a mí concierne. Cuando pueda me pondré en contacto con Sigfrid y él te dirá. ¡Adiós, Hanna!

Entonces, tras una furtiva mirada a un lado y a otro, se retiró la capucha y, acercando su barbudo rostro a la tersa mejilla de su hermana, le depositó un beso clandestino que hizo que la muchacha se llevara la mano a la cara, pues quería conservarlo como un tesoro.

Cuando lo vio alejarse se dio cuenta de la inmensa metamorfosis sufrida por Manfred. Había envejecido notablemente. Ya no era el muchacho encantador y atolondrado que había sido, era un hombre que llevaba en el semblante cierto rictus amargo, modelado con el barro especial que conforman el sufrimiento y la muerte.

Al doblar la esquina de la caseta de los osos, algo le dijo en su interior que tal vez aquélla fuera la última vez que lo vería.

La vida, como queriendo compensarla de tanta soledad, le deparó un consuelo especial. August Newman, el amigo que debía haber acompañado a Vortinguer la noche de la conferencia del Schiller y al que luego conoció en el Duisbgr, habiéndose enterado por Klaus de la muerte de Helga —Rosa para él—, no así de las circunstancias que la rodearon ya que nada se dijo en los periódicos, y sabiendo que era amiga íntima de Hanna —Renata para él—, la buscó en el claustro y tras acompañarla en su pena la invitó a una cerveza en el bar de la facultad.

Cuando Hanna llegó, el establecimiento estaba atestado de estudiantes que se arracimaban alrededor de las mesas. Él la esperaba casualmente en aquella que tantas veces habían ocupado las dos amigas, de modo que apenas se puso en pie al verla, ella le sugirió:

—Si no te importa, cambiemos de sitio. Ésta era la mesa de Rosa.

August se disculpó con torpeza.

—Sí, claro. Perdona, soy un patoso.

A Hanna le hizo gracia el atribulado talante del joven, que por otra parte no tenía ninguna culpa de no haber acertado en la elección del lugar, y con la fina percepción que caracteriza a algunas mujeres, intuyó que el joven profesor no era un experto en relaciones con el sexo opuesto.

—No tienes por qué excusarte. Son manías mías, y tampoco tienes por qué saber que éste era nuestro rincón.

August tomó de la mesa su mechero, la pipa, su petaca de tabaco de miel y la jarra de cerveza negra.

—¿Dónde quieres que nos pongamos?

—Allá mismo, si te parece —indicó la muchacha, señalando una mesa del rincón que en aquel momento quedaba desocupada.

—A mí me parece bien donde te parezca a ti; además hay poco donde escoger.

Se trasladaron al lugar elegido por Hanna y apenas servido el café que demandó ella, comenzaron a hablar, bajando la voz casi sin darse cuenta a fin de evitar que oídos curiosos escucharan su conversación.

—Renata, Klaus me dijo que Rosa y tú erais amigas íntimas. He sentido mucho su desgracia y tu pérdida.

A Hanna, desde el primer día, el aspecto de August la había ganado, máxime conociendo cómo respiraba y de quién era amigo. Desde la muerte de Helga, la partida de Eric y la de los Hempel, y el cambio de domicilio de Sigfrid siguiendo las órdenes del partido, Hanna estaba casi siempre sola, y quizá por ello, la necesidad de todo ser humano de franquearse con alguien la llevó a sincerarse con aquel joven en el que hallaba un gran parecido moral con Manfred.

—Llámame Hanna —aclaró de repente—; soy judía y mi nombre no es Renata.

August se la quedó mirando y, tras dejar la pipa sobre el mármol de la mesa, comenzó a limpiar parsimoniosamente los cristales de sus gafas.

—Imagino que el hecho de utilizar un nombre que no es el tuyo no es gratuito, y al decirme que eres judía aún lo comprendo mejor. Gracias por tu inmensa demostración de confianza, que espero merecer y que en los tiempos que corremos no es común. ¿Qué es lo que te ha alentado a sincerarte conmigo?

—No lo sé. Si un hermano mío, que no sé si aún está en Berlín, supiera lo que he hecho, me diría que me he vuelto loca.

—Agradezco infinitamente tu confianza y, como no hay mayor seguridad que conocer los secretos de los demás, en contrapartida voy a darte un seguro de vida para que tengas la certeza de que el tuyo morirá conmigo. Y no me preguntes por qué, porque tampoco sé por qué lo hago.

Hanna lo miró interrogante.

—El factótum de la Rosa Blanca en Berlín soy yo. Y el motivo de este buscado encuentro, conociendo la disponibilidad que le ofreciste a Schmorell la noche de la velada del Schiller a la que no pude asistir por un gravísimo problema familiar, y luego de haberte escuchado el día en que nos conocimos en el Duisbgr, es intentar enrolarte para poder contarte entre los nuestros. Creo que harías una gran labor y que tu colaboración sería para mí una gran ayuda.

La muchacha se quedó de piedra y vio que su corazonada era cierta.

Entonces comenzó un duelo dialéctico para aclarar posiciones y los dos empezaron a desgranar una serie de explicaciones, cubriendo ambos la necesidad que tiene todo ser humano de explayarse y de confiar en otro.

El torrente que anidaba el corazón de Hanna se desbordó. Quién era su familia, dónde estaban su padres, a qué se dedicaban sus hermanos, quién había sido Helga en realidad, por qué había muerto, quién era y dónde estaba su novio…

Cuando supo August que Manfred había organizado el atentado del Berlin Zimmer y que Helga había muerto para cubrirlo, apretó la mano de Hanna sobre la mesa.

—No hay muchas ocasiones en la vida para estar frente a la hermana de un héroe. El día que en te conocí, dijiste que era hora de hablar ya que las palabras pueden hacer más daño que las bombas. Pero, por el momento, el riesgo del atentado del Berlin Zimmer supera en mucho al que se corre pegando carteles o repartiendo panfletos. Para lo que hizo tu hermano hay que tener valor; para lo que yo hago, con ser un intelectual inconformista y teórico es suficiente.

Entre ambos jóvenes se estableció una pausa.

—No puedes imaginarte la válvula de escape que me has proporcionado al pensar en mí. Me notaba inútil y desorientada. Ahora sé que voy a poder hacer algo para ayudar a mis hermanos y vengar en parte la muerte de Helga.

—Me has dicho que tu novio es alemán y que está sirviendo en un submarino.

Hanna intuyó la pregunta que se ocultaba tras aquella afirmación.

—Eric es un ser idealista y maravilloso al que amo desde que tengo uso de razón. Es un buen alemán como hay muchos. Lo que ocurre es que los hechos son tan abrumadores y evidentes que, aunque al principio creyó en Hitler, su desengaño ha sido proporcional a la ilusión que puso en su día en el resurgir de la nueva Alemania. Ya sabes que no hay peor crítico que alguien a quien se ha decepcionado. Ahora está por esos mares de Dios desencantado, escéptico y deseando que esto acabe de alguna manera para poder regresar a su patria y casarse conmigo.

—Los hay afortunados.

El comentario de August sorprendió a Hanna, quien se sintió íntimamente halagada en su condición de mujer. No obstante, lo atribuyó a una galantería de su acompañante. Entonces, para llenar el silencio que se produjo entre ambos, lanzó al vuelo una pregunta:

—¿Qué crees que puedo hacer por la Rosa Blanca?

—En primer lugar, déjame que te adoctrine un poco. Los hermanos Scholl, Sophie y Hans, son el alma del grupo. Ellos, guiados por su mentor, Karl Huber, fundaron la Rosa Blanca. El grupo, tal como explicó Schmorell, ha ido creciendo en muchas de las universidades de Alemania. Por ahora sus armas son la multicopista, los panfletos y las pintadas. La última octavilla que se lanzó en Munich decía lo siguiente: «El día del ajuste de cuentas ha llegado. ¡Libertad y honor! Durante estos años, Hitler y sus camaradas han exprimido, estrangulado y falseado las dos grandiosas palabras alemanas como sólo pueden hacerlo los advenedizos que arrojan a los cerdos los más sacrosantos valores de la nación…».

Cuando August terminó su disertación, Hanna estaba admirada.

—Pero ¿cómo te sabes de memoria todo el texto?

—A partir de ahora tendrás que memorizar muchas cosas. Nombres, teléfonos, direcciones y consignas. Es muy peligroso dejar algo escrito. Hemos de movernos en las sombras, y cualquier indiscreción puede perjudicar a muchos.

El tiempo transcurrió sin que Hanna se diera cuenta. Cuando se separaron era de noche. Se dirigió a su casa con el alma henchida de gozo por dos motivos: para empezar, tenía la certeza de que ella, al igual que sus hermanos, iba a aportar su granito de arena para cambiar el destino, consiguiendo que su amada patria volviera al camino de la dignidad y del honor; además, el encuentro con alguien de la calidad moral de August iba a llenarle muchos vacíos. Estaba segura de que había encontrado un buen amigo

El U-Boot *285*

El *U-285* navegaba a media máquina rumbo a un punto del mar del Norte al este de las Shetland. La «astilla de acero» —nombre que se daba a los submarinos alemanes en el argot marinero— acudía en compañía de otros «lobos grises»[209] a la reunión con la «vaca lechera»,[210] que lo proveería de combustible, alimentos, piezas de recambio, municiones para el cañón de cubierta, torpedos, cartas de los familiares, material pornográfico y, lo que era más importante, nuevas claves para el código de la máquina Enigma que solamente podría descifrar el comandante.[211] El submarino era de última generación, del tipo VII-B. Medía sesenta y seis metros de eslora, desplazaba setecientas treinta y cinco toneladas, alcanzaba los diecisiete nudos en superficie y se sumergía con rapidez. Su comandante era el famoso Otto Schuhart, que había recibido el mando de aquella moderna máquina de destrucción junto con la Cruz de Hierro de primera clase por haber hundido el 17 de septiembre de 1939, apenas iniciadas las hostilidades, el portaviones inglés *Courageous*, lanzándole dos torpedos.[212] Del primitivo *U-29*, con el que realizara aquella hazaña, al sumergible actual mediaba un abismo de tecnología, y su principal adelanto era el Snorkel, un tubo telescópico que asomaba tres metros sobre la tortea, dotado de una boya y de una válvula de cierre automático que permitía al submarino navegar bajo la superficie, tomando aire del exterior, con lo cual se conseguía navegar a profundidad de periscopio con los motores diésel en marcha. De esta manera, se podían cargar las baterías eléctricas que impulsarían la nave en inmersión profunda hasta que la energía se agotara y la falta de aire la obligara a salir a nivel de Snorkel para que los diesel recargaran de nuevo las baterías. En el centro de la torreta y bajo la esvástica, lucía orgulloso el distintivo de la nave y su leyenda.[213] Bajo el perfil de un clérigo cubierto con su sombrero y metiéndose el índice en el ojo se podía leer la palabra *holzauge*.[214] Pese a que Schuhart no tendría más de treinta y cinco años, la tripulación lo llamaba el Sabio en reconocimiento a su veteranía y pericia varias veces probada. La fe de los muchachos en su comandante era absoluta.

Eric llevaba navegando a sus órdenes más de un año, y su puesto en la nave era el de oficial de transmisiones.

Aquel atardecer estaba esperanzado. Había sabido, luego de ajustar los diales de su Enigma y combinar mediante el código de claves las tres ruedecillas que dotaban al teclado de la máquina de valores diferentes de los que indicaban las superficies de sus pulsadores, que se dirigían a un punto de encuentro que solamente conocería el comandante a través de los datos que él le suministrara. Allí se encontrarían con otros U-Boote y con su nave nodriza. Hacía seis meses que había zarpado de Kiel y, tras bordear Dinamarca atravesando los estrechos de Skagerrak y Kattegat, se habían internado en el mar del Norte. Allí, tras encontrarse con tres submarinos más, habían iniciado la cacería hundiendo más de cuarenta y tres naves, doce de ellas de guerra y las otras mercantes, pertenecientes a convoyes que suministraban provisiones y auxilio a Gran Bretaña. Eric no se acostumbraba a aquella pérdida de vidas humanas, aunque comprendía que de ello dependía el futuro de Alemania y, pese al peligro y a las condiciones extremas en las que transcurría su existencia, de no ser por la ausencia de noticias de Hanna y la angustia de estar lejos de los suyos, aquel ambiente de camaradería le era mucho más grato que el que se respiraba en Berlín en los últimos tiempos. El compañerismo, la intensa actividad y la responsabilidad de su trabajo le compensaban de las penurias y precariedades de la vida a bordo. Su acomodación a aquel medio no fue fácil y creía que a ciertas cosas no se adaptaría jamás.

La primera vez que, tras lanzar dos torpedos que fallaron por defectuosos, tuvieron que sumergirse rápidamente acosados por tres destructores ingleses que les lanzaron un sinfín de cargas de profundidad durante más de una hora y media, no se le olvidaría ni aunque pasaran cien años. El comandante ordenó inmersión rápida, y luego de sentir que el submarino temblaba de arriba abajo a cada explosión, como un animal herido, decidió acostar la nave en el fondo del lecho marino, al límite de la resistencia del tubo interior,[215] guardando un silencio ominoso y absoluto a fin de que los hidrófonos enemigos no los detectaran, aguantando estoicamente las acometidas de las cargas que sacudían la nave y abrían pequeñas vías de agua que atendían los hombres especializados en tal misión, esperando que la siguiente explosión fuera la definitiva. El recuerdo de aquella terrible experiencia todavía atormentaba sus escasos sueños. Todos los hombres que en aquellos instantes no eran necesarios estaban acostados en sus estrechísimas literas, porque estaba probado que un hombre inactivo consumía menos oxígeno; las planchas de las cuadernas y los montantes de los compartimientos estancos crujían, las juntas de los tubos rezumaban agua, y algún que otro tornillo saltaba súbitamente y su impacto contra el metal era como el disparo de una Luger.[216] Las luces innecesarias estaban totalmente apagadas y las órdenes del comandante se transmitían de boca en boca para no usar los tubos acústicos interiores. Cuando ya pareció que los destructores se alejaban y tras aguardar un tiempo de seguridad, la voz de Schuhart chirrió metálica por la megafonía, galvanizando a toda la tripulación.

—¡A los puestos de inmersión!

La dotación de guardia del puente se agrupó bajo la escotilla inferior en la sala de control, en tanto todos se ponían los impermeables por encima de los uniformes de cuero mientras que, nerviosamente, jugueteaban con los binoculares, a la vez que un suspiro de alivio recorría la nave. El ingeniero jefe ocupó su puesto detrás de los operadores de los hidroplanos, desde donde podría corregir el balanceo y vigilar los dos indicadores de profundidad y el indicador fino, el Papenberg, semejante a un termómetro grande, que marcaba la profundidad hasta diez metros y se usaba para el mantenimiento de la misma durante la observación del periscopio.

La voz del Sabio resonó de nuevo.

—¡Suelten lastre!

Lentamente la nave se despegó del fangoso lecho y comenzó a subir desde el fondo.

—¡Suban al máximo hidroplanos de proa! ¡Hidroplanos de popa arriba cinco!

El *U-285* se sacudió y gimió. La aguja indicadora del medidor de profundidad tembló. Los motores eléctricos comenzaron a zumbar a medida que la nave se deslizaba lentamente hacia arriba. En la sala de control reinaba un silencio total. El Sabio tenía la mirada clavada en las sondas de profundidad, cuyas agujas giraban en el sentido contrario a las del reloj.

—Ascendiendo a cincuenta metros.

A veinticinco metros, Schuhart ordenó una exploración hidrofónica. El operador no pudo captar ningún sonido a doscientos metros.

—¡Arriba periscopio!

Cuando la lente del prisma emergió en la superficie, el comandante se colocó la vieja gorra con la visera hacia atrás para que no le incomodara en la operación y echó un rápido vistazo alrededor. Todo estaba despejado y no se veía rastro alguno de destructores.

—¡Preparados para emerger!

La orden resonó como un alivio en los oídos de la tripulación.

—¡Vamos arriba! —indicó el jefe, en tanto ascendía por la escalera de metal que salía de la sala de control, a través de la escotilla inferior, a la torreta.

—¡Llenen todos los tanques de lastre!

El cabo de mar abrió las válvulas principales del panel de llenado. El aire comprimido entró siseando en los tanques y en el acto la nave comenzó a hacerse más ligera.

—¡En la superficie!

La ansiada orden había llegado y el *U-285* ya oscilaba con el movimiento del mar. El ruido de las olas golpeando la piel de acero del submarino se podía oír por encima del estrépito de la sala de control.

La voz del comandante resonó de nuevo.

—¡Igualen presión abriendo escotilla superior! ¡Ahora!

El aire fresco y frío entró en la nave cuando el comandante subió por la escalera de la torrecilla y abrió la escotilla superior que daba al puente. La guardia, entre la que se encontraba Eric, subió tras él.

—¡Establezcan máxima flotabilidad con los diésel! ¡Y preparen los motores principales! —rugió Schuhart a través del tubo acústico del audífono de la torreta.

El submarino se había convertido de nuevo en una nave de guerra de superficie, sacudiéndose violentamente cuando el comandante exigió al jefe de máquinas una velocidad de quince nudos y los diésel se embragaron, convirtiendo su rítmico palpitar en un rugido.[217]

Mientras el morro de la nave hendía el oleaje del mar del Norte, rociones de espuma azotaron el rostro de Eric indicándole que la pesadilla había terminado, por el momento, y entre las brumas de la noche y la incipiente luz de la aurora boreal se le apareció la carita de Hanna. El *U-285* viró hacia el oeste y se dirigió al encuentro de su nave nodriza.

El encuentro fue dos días después a las 15.35. A su llegada, otros dos «lobos grises» tenían sus mangueras empalmadas a la «vaca lechera», y la oleaginosa sangre ya circulaba por las venas de caucho, de la una o los otros, proporcionándoles la autonomía vital para seguir con su misión de combate o regresar a la patria.

Schuhart se abarloó a estribor de uno de los submarinos y, tras el protocolario saludo de los comandantes, comenzó la farragosa tarea del aprovisionamiento. Todos los hombres útiles estaban en las respectivas cubiertas, el día era bueno para aquellas latitudes, y las chanzas y los vituperios iban de una a otra tripulación relatándose hazañas exageradas y porfiando por ver quién había llevado a cabo más capturas. Las neumáticas hacían innumerables viajes llevando y trayendo infinidad de provisiones y hasta lujos de los que hacía meses no disfrutaban. Eric mandaba una de las lanchas, y con él iba un subteniente destinado a los cabrestantes que colocaban los torpedos en sus respectivas cureñas. Al ser éste de su edad, originario de la región del Ruhr y gran aficionado a la esgrima, al igual que él, se había convertido en su mejor amigo a bordo. Su nombre era Oliver Winkler, y en los aprovisionamientos le habían asignado el rol de cartero del submarino y responsable de la distribución del correo. Ni que decir tiene que en tales circunstancias su ascendencia sobre todos alcanzaba su grado máximo, pues lo que más ansiaban aquellos hombres eran noticias de los suyos.

La gran saca ya estaba a bordo del *U-285* y, tras la entrega protocolaria de la documentación destinada a Schuhart, éste autorizó el reparto del correo. En aquellas circunstancias, a bordo se organizaba un extraño rito. Los hombres que tenían asignadas tareas, en caso de tener correspondencia, eran sustituidos por otros menos afortunados que carecían de ella. Un silencio se formaba en el interior de la nave y cada uno procuraba refugiarse en su litera para poder gozar intensamente de aquel cordón umbilical que, a través de los mares, les unía a sus seres queridos, fuera la novia, los padres, los hermanos o los amigos. Cuando terminaban de leer, el silencio continuaba por un rato, y cada cual rememoraba el escrito, se alegraba de las buenas noticias y se entristecía con las que le comunicaban hechos luctuosos, que cobraban un significado especial debido a la lejanía y a la realidad irremediable de no poder hacer nada: muertes de seres queridos, en casa o en los frentes de combate, desastres familiares y pérdidas irreparables. Al instante se notaba, por los rostros y actitudes de la tripulación, si las nuevas habían sido gratas o sombrías.

Eric se refugió en su pequeñísimo espacio y se dispuso a leer con fruición las cartas que le había entregado Oliver Winkler. La letra del sobre de una de ellas era de una máquina de escribir y la otra mostraba la picuda caligrafía de su madre. En algunos submarinos, hasta que el oficial encargado no leía la correspondencia, ésta no llegaba a la tripulación. Pero no era ésa la actitud de Schuhart al respecto; él se sentía únicamente marino y, por cierto, nada afecto al régimen, de modo que no ponía trabas a que sus hombres tuvieran la presencia de los suyos, hecha papel y membretes, en sus manos con la máxima rapidez. La base actual del *U-285* era Saint-Nazaire y, por ende, desde allí salían las sacas destinadas a las «vacas» que abastecían a los submarinos cuya zona de combate era el Atlántico Norte.

Eric rasgó el sobre de su madre y recostado en su litera comenzó a leer.

*Essen,
30 de mayo de 1942*

Queridísimo hijo:
No sé cuándo te llegará esta carta ni siquiera si te llegará, pero el mero hecho de escribirte me acerca a ti e imagino que en cualquier momento puede abrirse la puerta de mi salita y asomar tu cabeza por ella.

En primer lugar, quiero decirte que no te apartas de mi pensamiento ni un instante y que en mis rezos siempre estás presente. Sin ti esta casa está vacía, y ni siquiera las voces y las risas de los hijos de tu hermana Ingrid consiguen disipar mi zozobra. Los niños están aquí, pues su marido ha sido destinado a las fábricas de Wuppertal y su cargo de ingeniero químico ha adquirido una importancia capital para el Reich ya que, al parecer, se está investigando la fabricación de un gas para la eliminación de plagas en el campo que es de suma importancia pues, como sabes, a nuestro país le es dificultoso obtener del extranjero ciertos productos, aunque sean de primera necesidad, y la industria de guerra es muy exigente. El producto se llama, según me dice tu hermana, Zyklon B[218] y la próxima semana saldrá listo para ser aplicado.

No quiero agobiarte con mis penas, pero, créeme, me es necesario conversar contigo porque casi siempre estoy sola, ya que apenase veo a tu padre. Se pasa el día entre Berlín y las visitas a las fábricas de la región; ya sabes que toda la producción pasa por sus manos. Cuando vuelve a casa habla de Goering, Doenitz, Goebbels, Speer y Ribbentrop como si fueran de la familia. Se pasa semanas enteras durmiendo en la fábrica. Dice el doctor Goebbels que el esfuerzo que hemos de realizar todos para acabar cuanto antes con esta maldita guerra debe ser solidario e intenso, pues el enemigo está en el exterior y en el interior. También nuestro Führer en sus discursos nos asegura que el cáncer de la nueva Alemania jamás volverán a ser los judíos. Me imagino que cuando te llegue esta carta estarás al corriente de las cosas que están ocurriendo, pero como me es imposible saber dónde estás e ignoro cuándo tocarás puerto, paso a comentarte los últimos acontecimientos.

Un atentado horrible, llevado a cabo el 27 de este mes, ha puesto en peligro la vida de Reinhard Heydrich, protector de Checoslovaquia. El Führer está muy afectado. Lo han operado de urgencia, pero parece ser que está muy grave. Imagino que habrán represalias, aunque ya sabemos que de cara al exterior la culpa será del buen pueblo alemán. Los terroristas son del pueblo de Lídice y la policía está investigando.[219]

Es injusto que el pueblo sufra y que Europa no sea consciente del servicio que está rindiendo Alemania a los demás países civilizados, ya que el auténtico peligro viene desde el exterior, de Rusia. El comunismo es la bestia negra que, si el Führer no lo impide, devorará a la humanidad; desde el interior, el peligro viene de los malditos judíos que, pese a las medidas tomadas, parecen una hidra de siete cabezas a la que jamás se consigue aplastar, porque se reproducen como las ratas de alcantarilla y son imposibles de erradicar.

Fíjate si tengo razón en mis apreciaciones que el papa Pío XII, cuando era nuncio en Alemania como cardenal Eugenio Pacelli, recomendó a los católicos que votaran a Adolf Hitler como canciller.[220] Todos sabemos que la Iglesia católica no acostumbra dar un paso de tal envergadura si no está segura de lo que hace. Créeme, hijo, si te aseguro que el gran peligro del mundo civilizado son las hordas de Stalin y esa lacra del mundo que son los semitas.

Tu hermana no me lo dice, pero intuyo que vuelve a estar en estado de buena esperanza. Es una buena alemana y sigue las consignas del partido, de manera que su finalidad es tener un mínimo de cuatro hijos, con lo cual ya puede aspirar a recibir la Medalla de Oro de la Madre Alemana.[221] Las feministas no comprenden que el lugar de la mujer alemana es el hogar y que su misión es traer hijos al mundo para mayor honra de la patria. Si nos hubieran permitido seguir con la paz de la que gozamos durante los siete primeros años del mandato del Führer, las muchachas alemanas se habrían dedicado a ser mujeres de su casa, no a quitar el trabajo a los hombres en las fábricas, ocupándose de sus hijos y cuidando a sus maridos; quiero remarcar que el Estado alemán premió con créditos blandos de hasta mil marcos a todas aquellas muchachas que formaron una familia y tuvieron hijos,[222] pero esta maldita guerra ha conseguido que todo lo hecho al respecto se haya desmoronado y ahora, dado que los hombres están en los frentes de combate, ellas han tenido que ocupar de nuevo puestos en las cadenas de montaje de las industrias de guerra.

Cuando todo termine con la victoria indiscutible de las fuerzas del Eje, nacerá una Europa libre gerenciada por el Reich que durará mil años. Cada día que pasa me siento más alemana y estoy más orgullosa de ti. Si fuera hombre, serviría en el puesto avanzado en el que te encuentras y en la vanguardia de nuestras fuerzas. Cumple con tu deber, hijo mío, y no olvides nunca que Alemania está por encima de todo; lo dice nuestro himno.

Recibe todo el amor de tu madre y, cuando te sea posible, escríbeme. Estoy ansiosa de abrazarte en cuanto tengas unos días de permiso.

Tu madre, que te recuerda todos los días,

JUTTA

Eric, al terminar de leer la carta de su madre, quedó pensativo. ¿Cómo una mujer culta y del nivel intelectual de su madre podía creer a pies juntillas las elucubraciones de aquel loco? Si eso ocurría con su madre, ¿qué no conseguiría aquel esquizofrénico de Goebbels con sus diatribas contra los judíos influyendo en mentes de gentes mucho menos preparadas y favorecidas que la de su madre? ¿Cómo se podía opinar indistintamente de todo un pueblo tal que si fuera una sola persona? Como personas que eran, cada una podía ser mejor o peor, pero jamás él atribuiría a una comunidad los males de Alemania. Cuando aquello acabara, se casaría con Hanna, le gustara o no a su madre. ¿A cuántos buenos alemanes se cargaría aquel loco por ser judíos? Ahora, vistos a través de los acontecimientos vividos hasta aquel 1942, resultaba que todos los prejuicios de su amigo Sigfrid tenían fundamento. Una infinidad de pensamientos acudieron a su mente. Estaba tan alejado de los suyos que, en medio de aquella inmensidad líquida, se había fabricado un mundo aparte, y le parecía que el de Berlín estaba tan lejano en el tiempo y en la distancia que, de no ser por la terrible añoranza que despertaba en él el recuerdo de su amada, habría pensado que se hallaba en otro planeta.

Poco a poco regresó al mundo, y tras tomar el segundo sobre, palparlo y darle la vuelta varias veces ante sus ojos, se dispuso a rasgarlo. Su escritura a máquina le impedía intuir de quién procedía. Sin embargo, al analizar el hecho de haberlo guardado para leerlo en segundo lugar, algo en su interior le dijo que las nuevas que le traía eran por lo menos inquietantes.

Rasgó la solapa engomada con su navaja y extrajo de su interior tres finas hojas de papel cebolla dobladas en tres pliegues. Se arrimó a la pantalla que alumbraba la cabecera de su catre y, tras torcer el flexo para mejor dirigir el rayo de luz, pudo leer la firma. Entonces, se dispuso a leer.

El viaje de Simón

Mucha agua había pasado bajo el puente de las Barcas desde los infaustos sucesos acaecidos que habían ocasionado tanto dolor a los habitantes de la aljama de las Tiendas. Juan I, «bravo en la guerra, humano con sus enemigos y dispuesto siempre a perdonar [...] la luz de la esperanza de aquellas gentes de sus pueblos que estaban cansadas de respirar una atmósfera turbulenta»,[223] regía los reinos de Castilla y de León. Para hacer las paces con los portugueses, tras la aciaga jornada de Aljubarrota, había desposado a Beatriz de Portugal[224] luego de haber enviudado de Leonor de Aragón, fallecida a consecuencia de un mal parto el 13 de septiembre de 1381.[225] Podría decirse que, excepto el reino nazarí de Granada, la península Ibérica era el predio particular de los monarcas cristianos. En cambio, las relaciones del rey de Castilla con los nobles eran muy diferentes de las que había mantenido su padre, Enrique II. Éste había asumido la corona merced a una serie de familias a las que tuvo que agradecer la ayuda que le habían prestado en la lucha fratricida que sostuvo con su medio hermano Pedro I, y las colmó de privilegios. Su hijo, en cambio, tuvo que frenar las excesivas ambiciones de una nobleza acostumbrada a pedir sin freno y, lo que era peor, a lograr todo aquello que ambicionara.

Una madrugada de mayo del año de gracia de 1389, dos jinetes en sendas cabalgaduras, un alazán árabe de nueve años el más disminuido y un garañón normando, poderoso y de gran alzada el segundo, atravesaban la puerta de Cambrón.

En el corazón de Simón se entremezclaban dos sentimientos antagónicos. Por un lado, le entristecía el hecho incuestionable de que abandonaba la casa de sus padres, y quizá para siempre. Pero, por otro lado, le llenaba el corazón de gozo la ilusión de que, tras aquellos desesperanzados años, cabía la posibilidad de hallar de nuevo a su amada, aun a sabiendas de que lo más probable fuera que si tal ocurría quizá lo único que cupiera fuera poner los ojos en ella sin poder siquiera cruzar una palabra. La despedida de su madre, pese a que arguyeron una añagaza para hacerle creer que su partida estaba motivada por asuntos de negocios y que no era definitiva, fue dura ya que el corazón de una madre es difícil de engañar, y Simón supo, al mirarla a los ojos, que, únicamente por respeto a Zabulón, la mujer simulaba que creía el engaño. Lo cierto fue que, tras abrazar a ambos, partió sin volver la vista atrás.

El día iba apuntando y la primavera estallaba, igual que su alma, renovando el paisaje castellano. Las ardillas brincaban gozosas encaramándose a los árboles y saltando de rama en rama al paso de las cabalgaduras, algún que otro conejo asomaba sus orejas tras un bancal oteando el horizonte y queriendo curiosear quiénes eran aquellos inmensos seres que perturbaban sus alegres correrías, los vencejos rasaban sus peculiares vuelos dibujando en el aire curiosos giros, y el rumor de la floresta le parecía el más hermoso de los conciertos.

¡Cuántas cosas habían acaecido durante aquellos años y cuántos cambios se habían producido en su vida! Por el momento en Toledo, ya fuera porque era la capital del reino y el monarca gobernaba a sus heterogéneos súbditos con mano firme, o fuera porque los rabinos habían vuelto a recuperar la hegemonía perdida, la calma era total aunque tensa, ya que si se auscultaba con atención se podía percibir que un oscuro y espeso latido palpitaba en su trasfondo, pues los vientos que desde el sur subían por la península lo hacían preñados de amenazas y de odio —y nada bueno auguraban para su probado pueblo—, y lo hacían siempre azuzados por aquel mismo y porfiado enemigo de su raza, el arcediano de Écija, quien irritaba a tal punto a los reyes de la península que Juan I de Aragón dio la orden de que «si asomara las narices por Zaragoza fuera arrojado al Ebro».[226]

En la alforja de su caballo llevaba Simón una carta, llegada justamente unas horas antes de su partida, que desde la lejana Amberes le traía nuevas de su amigo David, quien desde donde se hallara había procurado, durante aquellos turbulentos años y siempre que tuviera el mensajero idóneo, enviarle nuevas referentes a su vida. En aquella ocasión lo había hecho a través de un franco, comerciante en especias, quien aprovechando la ruta jacobea se había desplazado hasta la capital del reino para establecer nuevas rutas comerciales.

Habían llegado a un lugar donde un pequeño afluente del Tajo trazaba un meandro que formaba un vado apto para que las cabalgaduras atravesaran al otro lado, y Simón indicó con un gesto a su amigo que se detendrían allí a fin de abrevar a sus caballos.

Seisdedos se había convertido, a través del durísimo ejercicio de arrancar piedras de la cantera durante aquellos años, en un cíclope de descomunal fortaleza. Su carácter de por sí taciturno se había tornado sumamente huraño al regreso de un viaje que, con el permiso de Simón, había realizado guiado por una extraña premonición. Al llegar a la cabaña donde había pasado toda su niñez, halló en uno de los catres el cadáver de su abuela, quien sin duda había fallecido poco tiempo antes. Domingo cavó una zanja y, tras amortajarla, depositó en ella el cadáver de Inés Hercilla y lo cubrió de tierra. Después tomó un trozo de madera, hizo una tosca cruz con su navaja y la puso en la cabecera de la rústica tumba. Luego de enterrarla rezó la oración que de pequeño le había enseñado la buena mujer, y montando en su mula regresó a Toledo sin volver la vista atrás. A su llegada buscó a Simón para explicarle lo ocurrido y éste le interrogó al respecto de por qué súbitamente había querido volver. «Algo en mi interior me anunció que la abuela había muerto.» Y ante el estupor de Simón añadió: «A veces me ocurren cosas así; cuando os encontré medio muerto, aquella mañana salí en busca de alguien que estaba en apuros». Y no hubo forma de sacarle nada más.

Seisdedos, en cuanto vio el gesto de su amo, se apresuró a desmontar y sujetando la brida de su caballo se aproximó al de Simón para hacer lo propio. Echó éste pie a tierra y, en tanto Seis se acercaba a la rivera para que las bestias abrevaran, se acomodó en un tronco abatido y extrayendo la carta de David de su faltriquera se dispuso a releerla por enésima vez.

*Amberes,
a 6 de marzo de 1389*

>Querido hermano:
>Ha muchas lunas que tenía que haberme puesto a escribiros, pero lo ajetreado de las jornadas y el hecho de que no se me ofrecía la coyuntura de un buen mensajero ha ido postergando mi respuesta hasta el día de hoy que, como podéis ver por la fecha, ya anda entrado *nisam*.[227]
>Mucho ha llovido desde la última vez que tuve oportunidad de enviaros una misiva, ya que si no es por un correo seguro y amigo, no me atrevo a hacerlo, pues al querer comunicaros sin recelo ni censura todo lo que pienso y me acontece, podría, caso de caer mi carta en manos inconvenientes, poner en peligro la integridad de vuestra persona.
>Espero que al recibir ésta vos y vuestra familia gocéis de las bendiciones de Elohim y de la protección de su clemencia infinita, cosa que me consta, por propia experiencia, resulta muy necesaria en los pagos en los que moráis.
>No podéis imaginaros lo diferente que es la vida allende los Pirineos y el distinto trato del que gozamos los hebreos. No os hablo por boca de ganso, ya que lo que os relato he tenido ocasión de vivirlo en mis carnes y de primera mano. Los judíos, en las ciudades que he visitado y que voy visitando, viven en barrios apartados, pero no porque alguien los obligue a ello sino porque éste es su gusto y porque los *dayanim* consideran que es más favorable hacerlo de esta manera, para mejor preservar nuestras costumbres y negocios. La última localidad visitada ha sido Ámsterdam, y los barrios judíos de Houtgracht, Vloyenburg y Breedstraat constituyen lo más granado y selecto de la ciudad.

Por cierto, hablando de ello debo deciros que una importante novedad ha influido en mi futuro. Luego de pasar dos años en París, dirigí mis pasos a través de Germania, tal como creo os relaté en mi última carta, hacia Amberes, vía Ámsterdam, ciudad hermosa ubicada en la desembocadura del Escalda y que está bajo la protección del duque de Borgoña. Su puerto es de los más importantes de Europa y, por tanto, su comercio es floreciente; las mercancías se trasiegan por los canales, por lo que la gente va y viene a sus asuntos muchas veces por vía fluvial. Allí, una mañana, dirigiendo la vista hacia la galería de las mujeres de la sinagoga,[228] vi a un ángel del Señor, hermoso y blondo, que me miraba sonriente. Su nombre es Verónica Goldanski, y al verla comprendí los sentimientos de los que me hablabais al respecto de Esther. El caso fue que la esperé a la salida y, contrariamente a lo que ocurre en Toledo, iba sin aya que la acompañara y nadie la miró especialmente cuando se dirigió a mí interesándose por mi persona, ya que vio al punto que yo no era uno de los habituales de la sinagoga. Me permitió acompañarla en el camino hacia su casa y aproveché el trayecto para explicarle quién era y de dónde procedía, y quedamos citados para el día siguiente. A este primer encuentro siguieron otros, y supe de esta manera un sinfín de cosas y costumbres que os asombrarán como a mí me ocurrió al principio. A los judíos provenientes de España nos conocen en Europa como sefardíes, ya que Sefard es Híspalis, «tierra de conejos», y en cambio los que proceden de donde ella y su familia son oriundos son conocidos como asquenazíes. Todos, para adecuarse a su nueva patria, cambian sus apellidos y los transforman de manera que tengan algo que ver con el oficio o tarea que desempeñan, tomando la raíz de la profesión del padre y la terminación del país originario, que en el caso de Verónica es Polonia. Su padre trata en metales preciosos, de ahí que tomaran la cepa de su nombre, *gold*, que en castellano es oro, y le añadieran la terminación *anski*, que es polaca y que procede de la patria de sus abuelos. Goldanski, pues, es su apellido.

Tras estas divagaciones, que ya veréis adónde me conducen, os daré la gran nueva: ¡voy a casarme con ella! Es hija única, y al principio sus padres me acogieron con el natural recelo y la prevención consiguiente, pero al enterarse, a través de sus contactos comerciales, de cuál es mi familia y sobre todo al conocer que mi tío Ismael es el rabino de la sinagoga de Benzizá, consintieron de inmediato nuestro noviazgo. Una recomendación y un ruego me hizo mi futuro suegro. Lo primero, que sería conveniente que cambiara mi apellido, como todos hacen, para adecuarlo al país en el que voy a morar. Para ello me acompañó al registro judío de nombres donde, siguiendo las directrices del rabino que está al frente del archivo, ya he comenzado los trámites. Lo segundo, que me olvidara de los carros y de los caballos y me dedicara a su oficio, ya que al no tener hijo varón que perpetúe su estirpe, si yo no accediera a ello, todo su esfuerzo por acreditar su firma se perdería. De tal manera que ya me veis rumiando cómo debo llamarme y buscando un término que aquí en los Países Bajos tenga algo que ver con Caballería; hay varios. Ni que deciros tengo que en cuanto sepa cómo me llamo os enviaré la referencia de mi nuevo nombre para que podáis escribirme con la propiedad que convenga, entre otras cosas, para que el correo pueda hallarme. Por el momento, podéis poner el nombre y la dirección de mi futura, el cual os consigno al final de ésta. Como podéis ver, suplo con largueza mi falta de noticias y aprovecho ésta para poneros al corriente de mi vida como espero hagáis vos en vuestra próxima misiva. Sigo con lo segundo. O sea, que ya me imaginaréis aprendiendo los rudimentos de este oficio que nada tiene que ver con mi anterior profesión. De todas maneras debo confesaros que es menos cansado y mucho más pulcro, ya que no hay color posible entre tratar con carros y caballos o hacerlo en oro, plata y hasta gemas de gran valor.

Bien, creo que no me he dejado nada en el tintero y que os he puesto al corriente de los avatares de mi vida.

El correo por el que os envío esta carta es de toda confianza; si os da tiempo podéis contestarme a través de él, y si no, sé que industriaréis los medios oportunos para hacerlo en las próximas fechas.

Os deseo lo mejor del mundo tanto para vos como para

vuestros padres, a los que desde aquí envío mis más cordiales saludos, los mismos que extiendo a Domingo, vuestro criado que tanto me impresionó, y a todas aquellas personas que veáis en Toledo y que creáis oportuno darles nuevas de mí. No os digo que vayáis a ver a mi tío ya que he aprovechado el mismo conducto para enviarle una misiva.

Sin otro particular, recibid el testimonio de mi más rendido afecto.

Vuestro compañero de aventura,

David Caballería (por el momento)

El nombre y la dirección a la que debéis escribirme son: Doña Verónica Goldanski. Calle del Canal de Van Sea, n.º 8, Amberes.

Los caballos habían bebido y pastaban tranquilos la hierba del borde del río, sujetas sus bridas por Seis, quien, prudente, se había retirado un tanto para que su amo pudiera leer con calma aquella epístola que, al parecer, tanto le había impresionado ya que aquélla era la quinta o sexta vez que lo hacía. Simón devolvió la misiva a su faltriquera e indicó al muchacho que acercara las cabalgaduras, pues iban a partir. Éste dejó suelta la brida de la suya y entregó la del corcel árabe a su amo y, en tanto Simón la tomaba, sujetó el estribo para facilitarle la monta. De un ágil brinco Simón se instaló en la silla y aguardó a que el otro hiciera lo propio, pero tuvo que esperar un instante porque Domingo se entretuvo en recinchar su cabalgadura, pues, entre el calor que empezaba a apretar, el largo camino y su peso, la tira de cuero y lona que pasaba bajo el vientre del caballo se había aflojado. Partieron al fin los dos hombres y se prepararon para hacer un largo camino.

Simón había dispuesto recorrer, una vez llegados a Andalucía, todos aquellos lugares que en su trayecto recorriera el cauce del Guadalquivir, comenzando por las poblaciones menores, donde era imposible que una pareja notable se hubiera instalado sin ser apercibida por el vecindario, y siguiendo por las dos grandes capitales, donde parecía iba a serle mucho más dificultoso dar con Esther. Pensó que ambas posibilidades cabían en la cabeza de un hombre que quisiera ocultarse para pasar lo más desapercibido posible, e intentaba imaginar cómo debía de funcionar la mente de Rubén. La primera posibilidad tenía la ventaja de que instalándose en cualquier almunia privada alejada del centro del pueblo, tan común en aquellos pagos, difícilmente sería molestado por extraños inoportunos que vinieran a indagar sobre la vida de gentes que vivían discretas y retiradas; sin embargo, al ser menor el número de habitantes, más notoria sería la presencia de un nuevo foráneo, sobre todo si éste era notable e indudablemente rico. La otra posibilidad la fundamentaba Simón en que a lo mejor el marido de Esther no se resignaba a morar en un lugar donde la cultura no fuera cultivo de nadie, y también, por qué no, pensando que a veces donde mejor se disimula uno es entre muchas personas y en una populosa urbe. Un árbol solitario destaca en la llanura; en cambio, se enmascara bien en medio de un bosque. De esta guisa pues, y con la mente ocupada por la carta de David y el recuerdo de su amada en el corazón, Simón se dispuso a bajar hasta Andalucía y a indagar por toda la cuenca del Guadalquivir, sin orillar el menor indicio que pudiera conducirle hasta ella y dispuesto a buscar hasta debajo de las piedras si hiciera falta.

Durante ocho meses vagabundeó la extraña pareja por la campiña andaluza, indagando entre los lugareños y visitando pueblos y villorrios donde cupiera la menor posibilidad de que los Ben Amía Abranavel hubieran sentado sus reales; todo fue inútil, tal parecía que se los hubiera tragado la tierra. Baeza, Montoro, Lora, Villa del Río, Sanlúcar y un sinfín de aldeas y lugares fueron inspeccionados a la hartura, hasta que, finalmente, el 15 de *elul*,[229] Simón consideró que había llegado el momento de regresar a Córdoba, ciudad que, al igual que Sevilla, ya habían visitado dos veces sin ningún resultado, y a ella dirigieron sus pasos.

Antes de su partida, Zabulón había entregado a su hijo un tercio de la herencia que le correspondía, cifra por cierto nada despreciable, en la esperanza de que, como buen judío, algún día regresara por mor de percibir el resto. De ella vivieron aquellos largos meses en los que la tarea que se había impuesto le impedía realizar trabajo fijo alguno, pero el montante dinerario se había ido agostando y había llegado el momento de realizar un cambiable bancario que portaba bien guardado en el bolsillo interior de su zamarra.

Llegaron al mediodía a Córdoba la Sultana, y lo hizo Simón con el ánimo encogido y la desesperanza aferrada a su corazón como el remo a la mano del galeote. Una mezcla de desaliento e impotencia le asaltaba el espíritu y su cabeza iba forjando nuevos planes que pasaban desde regresar a Toledo para cuidar a sus padres hasta tomar la ruta de Santiago y marchar al encuentro de su amigo David.

Fuéronse adentrando en la ciudad y encaminaron sus pasos a la antigua alhóndiga[230] en la que se habían hospedado la última vez, conocida como la del Caballo Rojo. Allí descabalgaron y Simón, tras hacer los tratos pertinentes con la mujer del posadero, dejó que Seisdedos alojara las cabalgaduras en una cuadra adyacente. Luego de tomar posesión de su piltrofa[231] y de dejar en ella sus pertenencias, se dirigieron al zoco, pues era día de mercado y Simón no cejaba jamás en el empeño que era el motivo y fin de su viaje, que no era otro que el de encontrar algún rastro de la huella que pudiera haber dejado la familia de los Ben Amía. El día había salido hermoso y soleado, y el batiburrillo y la animación de la plaza del mercado era la que siempre percibía Simón entre aquellas gentes del sur, mucho más proclives a la fiesta y a la chirinola que los sobrios castellanos. Los puestos se alineaban unos a continuación de otros protegidos por unos ligeros toldillos de lona y, siguiendo una costumbre muy apegada a la raíz de su pueblo e imitada por los demás comerciantes, agrupados por gremios según la peculiaridad de los productos que en ellos se expusieran. Los especieros, tejedores, carniceros curtidores, abaceros, perfumistas, guarnicioneros y demás habían preparado las paradas en las que exhibían sus artículos con dedicación y esmero, y subidos, muchos de ellos, en unos altos taburetes pregonaban a voz en grito su mercancía intentando atraer al público deambulante. Los comerciantes se mezclaban, e indistintamente se podía ver a moriscos junto a cristianos y a éstos junto a orientales y bereberes. Sin embargo, todos aquellos que en sus vestiduras portaban el denigrante e inicuo estigma del círculo amarillo mercadeaban apartados. La mente de Simón le jugaba malas pasadas, y no era la primera vez que ante la aparición de una estilizada silueta o una hermosa trenza en la lejanía se precipitaba hacia ella, creyendo que había divisado a la dueña de sus pensamientos, apartando gentes a diestro y siniestro a manotazos, actitud que, en más de una ocasión, le había originado algún que otro incidente. Domingo iba tras él, apenas a dos pasos, con la mirada alerta y la mano en el pomo de la daga, que siempre llevaba presta al cinto por si algún insensato se acercaba a su amo con aviesas intenciones, cosa harto improbable si el imprudente que tal osara observaba la musculatura de los brazos que asomaban por las escotaduras del jubón y que pertenecían al «angelito» que seguía a aquel joven y que sin duda era su criado. Carretas de mano, gritos, empellones, zagales jugando a la guerra persiguiéndose entre los puestos armados con rústicas espadas de madera, charcos de orines, mugidos de animales encerrados en pequeñas corraleras valladas... Y mesillas de tahúres con el socio presto a engañar al menguado prójimo y a la vez vigilando la posible aparición del almotacén[232] o, lo que era peor, del *sahib-al-suq*,[233] que podían dar al traste con el negocio o suministrar a ambos compadres una buena tunda de bastonazos. Y también grupos de volatineros, relatores de cuentos, vendedores de mágicos ungüentos, sacamuelas y echadoras de cartas ante cuyas mesas guardaban cola un sinfín de mujeres, entre las que abundaban las mozas casaderas. En fin, todas aquellas gentes que intentando mercar lo que elaboraban se disputaban fieramente la atención de los posibles compradores. Y envolviéndolo todo, el continuo griterío que siempre acompaña, cual telón de fondo, a toda multitud variopinta que se reúne ansiosa de hacer negocios.

Luego de recorrido el recinto varias veces, decidió Simón, a fin de levantar su alicaído ánimo, entrar en un figón de la calle de la Cebada donde según le dijeron se expendía un vino de la mejor calidad. El tabuco estaba junto a una antigua casa de baños caída en desuso, pues indiscutiblemente los cristianos eran mucho menos proclives al agua que los mahometanos. Simón y Domingo se introdujeron en el lugar, que a aquella hora estaba atiborrado de una parroquia de comerciantes y tratantes de mulas que aspiraban a ajustar los precios de sus mercancías o bien a celebrar los acuerdos obtenidos momentos antes en el zoco, e intentaron llegarse hasta donde una mesonera de buen ver escanciaba mediante una abombada jarra, en los vasos de latón de los afortunados parroquianos que habían podido alcanzar un lugar junto a los tablones que hacían las veces de mostrador ubicados al fondo del garito, el dorado u oscuro líquido, según fuera el gusto del solicitante, que manaba de las primitivas espitas de madera de unos viejísimos toneles de roble. Seis abría la marcha y Simón iba pegado a su espalda. De vez en cuando, alguien se revolvía molesto al ser interrumpido en sus tratos o en su celebrada charla, pero al ver el tamaño del motivador de su quebranto, volvía el rostro hacia otro lado y se acomodaba como si tal cosa, no fuera a ser que se ganara la malquerencia de «aquella montaña de carne» y que el gigante reparara en él. De esta guisa fueron ganando terreno hasta llegar a la conjunción de los tablones con la pared y allí se acodaron. Apenas la garrida moza colocó ante ellos sus respectivos cuartillos, repararon en un joven que parecía tener problemas con tres coimas[234] que discutían con él la propiedad de unos maravedíes que había depositado sobre el mostrador en pago de su consumición. Hubo insultos, retos, agravios y las consiguientes maldiciones; nadie daba testimonio de la razón de uno o de otros, y ante el juramento de uno de ellos de que aquel dinero pertenecía a su compadre, el joven dio fin a la discusión mostrando su repleta bolsa y, extrayendo de ella una dobla, pagó de nuevo, no sin hacer desprecio de aquellos malandrines que ya cuando se marchaba lo insultaron por lo bajo llamándole «perro judío». Simón observó el incidente sin intervenir, ya que la experiencia le dictaba que malo era meterse en camisas de once varas cuando nada le iba en el envite. Al cabo de muy poco tiempo los malsines abandonaron rápidamente el tugurio, cosa que no pasó desapercibida a Simón. Éste, sin saber bien el por qué, dejó sobre el mostrador dineros sobrados y ante el guiño cómplice de la desenvuelta moza que se insinuó complaciente ante la gallarda presencia del muchacho, se fue abriendo paso hasta la salida. Ganaron la calle y se dirigieron hacia el albergue; no habrían dado unas docenas de pasos cuando al pasar por delante de los cerrados baños pudieron oír gritos demandando auxilio. Detuvieron su caminar, y Simón sintió la mirada de Seis clavada en su rostro. Por un momento imaginó que era él quien estaba en peligro y la gratitud que habría sentido si ante su demanda de auxilio alguien hubiera acudido en su socorro. No lo pensó dos veces y se precipitó hacia el interior de la abandonada construcción. Al principio la penumbra le impidió ver nada, pero en cuanto sus ojos se hicieron a la oscuridad, vislumbró al final de la sala, junto a lo que podía haber sido el gran aljibe, un bulto arrebujado que, intentando cubrir su cabeza con los antebrazos, se retorcía en el suelo en tanto tres sombras con sendos garrotes le suministraban una monumental paliza. Simón, sin saberlo, tuvo claro que el bulto era el hombre que había provocado el incidente en la taberna y que los atacantes eran sus antagonistas. Se fue hacia ellos y suministró al más próximo un empellón, que lo apartó al punto de su presa y que hizo que el otro se revolviera como un áspid para repeler el ataque, en tanto que sus compadres, desconcertados, suspendían el terrible reparto de estopa que estaban propinando al infeliz y se encaraban furiosos, garrote en mano, a aquel osado que se atrevía a intervenir a mano limpia en negocio que no era de su incumbencia. Simón comenzó a recular buscando la protección de la pared y entonces todo ocurrió muy deprisa. Desde detrás surgió la inmensa mole de Domingo, que se interpuso entre Simón y sus atacantes; éstos, al ver la catadura del coloso, vacilaron un instante, pero eran tres y no iban a soltar tan fácilmente su presa, de modo que, tras cruzar una mirada de inteligencia, se separaron algo para poder atacar cada uno de ellos por un flanco. Fue visto y no visto. Seis pegó un brinco e, impulsado por los flejes de sus poderosas pantorrillas, se abalanzó sobre el más cercano y tomándolo por la cintura lo levantó por encima de su testa y con un movimiento de balanceo lo estrelló de cabeza, cual si fuera la piedra de una catapulta, contra la base de la piscina. El individuo allí quedó, con el cuello torcido cual si fuera una de las marionetas que en las ferias se golpeaban, manejados sus hilos por el titiritero, ante el regocijo de una nutrida concurrencia de chiquillos. Simón había reaccionado y ya extraía de su cintura una daga para hacer frente a su agresor. El tercero en discordia, sin alcanzar el tamaño de Domingo, no era precisamente desmedrado, y se dispuso, garrote en ristre, a atacarlo. El hombre midió malamente la fuerza del coloso, y cuando descargaba sobre él el peso de su cachava, vio, aterrorizado, que éste paraba con su antebrazo el vuelo de la tranca y tirando de ella lo desarmaba, a la vez que tomando la gruesa madera con las dos manos la partía cual si fuera un mondadientes. El que enfrentaba a Simón vio la escena por el rabillo del ojo y tuvo bastante; dio media vuelta y, pies para qué os quiero, salió como alma que lleva el diablo, renegando maldiciones, en busca de aventura más propicia. El otro se engalló y tirando de puñal se abalanzó sobre Seis. Pero no era su día de suerte, pues Domingo lo sujetó por la muñeca y dio un violento tirón; la daga no se despegó de su mano, lo que sí lo hizo fue su brazo del hombro a causa de la tremebunda sacudida que le proporcionó el coloso. El hombre se miró el brazo inerte colgando a su lado y, lanzando al aire un chillido de bestia herida, se sujetó el brazo con la mano zurda y salió a la calle cojeando en franca retirada. Simón, que casi no había tenido tiempo de intervenir, miró a su amigo, y pese a que conocía de sobra sus capacidades, le espetó, tuteándolo:

—Eres increíble, Domingo, no dejas de sorprenderme cada día.

—Mi abuela dijo que me ocupara siempre de vos.

—De quien debemos ocuparnos es de este pobre —dijo Simón, señalando el bulto apaleado—. Y larguémonos pronto de aquí, no sea que vuelvan éstos con tropas de refresco o comparezca el *sahib-al-suq* al frente de los guardias del zoco y nos metamos en complicaciones.

Se inclinó Simón, luego de envainar su daga toledana, y descubrió el sangrante rostro del caído, quien en aquel mismo instante recobraba el conocimiento. Pese a la paliza recibida, estaba lúcido y al instante intentó ponerse en pie, aunque sin conseguirlo. Luego miró al caído que yacía a un costado, completamente desballestado, y volvió el rostro hacia sus salvadores.

Habló con un hilo de voz apenas audible.

—No sé quiénes sois, pero os debo la vida. De no haber acudido a mis llamadas, a estas horas estaría atravesando los siete círculos de la laguna Estigia en la barca de Caronte.[235]

—No es momento de cumplidos ni de presentaciones. Si podéis caminar, mi amigo y yo os ayudaremos a poneros en pie. Si no podéis, él os tomará en brazos. Pero sería mejor lo primero, no vaya a ser que llamemos innecesariamente la atención de los viandantes.

El hombre, renqueante y «apuntalado» entre Domingo y Simón, se dispuso a partir intentando pasar desapercibido, sin llamar en exceso la atención, algo así como cuando alguien bebe en demasía y se apoya en sus amigos para poder regresar a su morada sin que su etílico estado sea asaz notorio. De esta guisa ganaron la calle y se perdieron entre la torrentera de gentes que, tras realizar en el zoco sus transacciones, regresaban a sus comunes avíos. El hombre vivía en el segundo piso de una casa ubicada en una travesía de la calle del Aceite, y hasta ella condujo a sus providenciales salvadores. El portal era angosto, y el aspecto exterior del edificio, modesto. A la llegada, y a pesar de la ayuda recibida, el hombre sudaba copiosamente, estaba pálido como la muerte y respiraba con dificultad. Se detuvieron frente la pendiente escalera que se abría ante ellos.

—Sin duda —intervino Simón—, si no os ayudamos no vais a poder subir.

El individuo se resistía.

—Por hoy ya os he agobiado en demasía. Dejadme agarrar el pasamanos y lo intentaré yo solo.

—Permitid que ya que la hemos comenzado, terminemos la buena obra iniciada.

El individuo no se hizo rogar.

—Pues si no es abuso, vivo en el primero.

Los tres no pasaban por el hueco y Seis se adelantó.

—Si me permitís...

Tomó al otro en brazos sin el menor esfuerzo y, cual si fuera un infante, lo subió hasta la primera planta del edificio. Simón iba detrás llevando la capa y el morral del herido. Llegado que hubieron al descansillo, Domingo se hizo a un lado para permitir a Simón tirar del cordón de la campanilla. Un sonido lejano y cristalino llegó hasta sus oídos, y al abrirse la puerta apareció en su quicio una mujer de más que mediana edad. El herido perdió de nuevo la conciencia. La matrona, que vestía una saya negra cubierta por una almejía[236] de amplias mangas y cubría su cabeza con una toca de basta tela sujeta bajo su barbilla por una banda de tela más fina, al ver el cuadro de los tres hombres en el rellano de su escalera, se llevó la mano a los labios y exhaló un ahogado grito en cuanto reconoció al herido que, desmadejado, iba en los brazos de Seis.

—¡Elohim sea alabado! ¿Qué ha sucedido?
—No es tiempo ahora, señora. ¿Nos dejáis pasar?
La mujer se hizo a un lado rápidamente a la vez que se excusaba, consternada.

—Pasad, por favor, pasad. ¿Qué es lo que han hecho a mi hijo?

Fueron hasta el final de un pasillo y entraron en una amplia estancia que, intuyó Simón, era la principal de la casa. La mujer los seguía atribulada. Domingo depositó su carga en un sofá que se veía al lado de un escabel y de una rueca, donde sin duda la mujer estaba ovillando una madeja. La luz entraba por una ventana que se abría en el muro del fondo y por la que se filtraban los ruidos y olores de la calle. El hombre yacía desmayado. La mujer salió hacia el pasillo espiritada y desde la estancia Simón la oyó nombrar a alguien.

—¡Constanza, Constanza! Deja lo que estés haciendo y trae al comedor una jofaina con agua caliente y trapos... Y bájate a buscar al doctor Pedro Frías y dile que unos hombres han traído a Matías muy mal herido.

Simón oyó en el interior de la vivienda voces jóvenes, ruidos inconcretos de diversas actividades y, a la vez, el sonido de refajos y vuelos de sayas que regresaban por el pasillo. Entonces entró en el comedor una joven mucama con una gran palangana rebosante de agua recién sacada del fuego; a fin de no abrasarse, la sujetaba con los bordes del delantal que cubría sus sayas. La mujer iba tras ella, demudado el color de su rostro. Simón, asistido por Seis, uno desde cada lado del diván y sin nada decir, había comenzado a desnudar al herido, y éste gemía, inconsciente, en cada ocasión que se le forzaba a una postura a fin de irle sacando la ropa. Cuando Simón intentó porfiar con la manga izquierda del jubón, un grito agudo de dolor se escapó de los labios del herido. La mujer intervino.

—Mejor que vuesas mercedes esperen a que venga el galeno; Constanza no ha de tardar. El doctor Frías vive aquí al lado y es amigo de la familia.

—Lo que digáis, señora.

Simón indicó a Domingo que recostara al herido en el improvisado lecho. A la vista del lado del cuerpo que habían desnudado aparecieron las huellas de la terrible paliza recibida. Al verlas, la mujer indagó, horrorizada, el cómo, cuándo y dónde había sido el incidente. Simón pasó a relatarle lo poco que sabían, y no supo responder a la pregunta de quiénes habían sido los asaltantes y mucho menos si su ataque se había debido a la inquina o a la malquerencia que éstos pudieran profesar al agredido.

—Nosotros oímos los gritos y nos limitamos a acudir en su ayuda, como creo habrían hecho, «cualesquiera que fueran sus credos», hombres de buena fe.

Ante aquella frase gratuita, la mujer afirmó más que indagó:

—Vuesas mercedes son hebreos.

—Yo sí, mi compañero no, pero tales minucias a él ni le importan ni le influyen. Creo que es de gentes bien nacidas auxiliar a un ser humano en apuros, y eso es lo que hemos hecho.

El herido había comenzado a temblar y a murmurar cosas inconexas e ininteligibles, y cuando la anciana se disponía a cubrirlo, se escucharon los pasos acompañados de la criada, que regresaba con el galeno.

Apareció en la entrada de la estancia un hombre de elevada estatura y noble porte vestido a la moda de los médicos judíos: hopalanda oscura de amplias mangas, ceñida su cintura por una faja, sandalias árabes y cubierta su cabeza con un picudo sombrero, envuelto en su base por una amplia banda a modo de turbante. El médico dejó el sombrero sobre la mesa, junto con el maletín que portaba en su mano diestra. Saludó brevemente a la mujer, y luego, en tanto examinaba al herido, preguntó lo que había ocurrido. A la vez que Simón le iba dando respuestas, el galeno palpaba con tiento el maltrecho cuerpo. El examen fue metódico y prolijo, y en cuanto se hizo cargo de la diversidad y gravedad de las lesiones, abrió su maletín y, extrayendo de él varias clases de instrumentos, tablillas y frascos, comenzó a curar las heridas por orden de su importancia. Un silencio crispado se había abatido sobre los presentes en tanto el médico iba cumpliendo con su delicada tarea. La mucama iba y venía desde la cocina, trayendo en cada viaje una jofaina de agua caliente y llevándose otra ocupada por un líquido sanguinolento y trapos usados. Lo más complejo de la operación fue el entablillado del maltrecho brazo izquierdo, tarea que realizó el galeno ayudado por Simón y por Seis, que colaboró inmovilizando al inquieto y gimiente paciente, el cual, desvanecido, no dejaba de agitarse.

Cuando todo terminó y luego de suministrar un fuerte somnífero al herido, el doctor procedió a impartir órdenes al respecto de lo que se debía hacer para mejor proveer al cuidado del enfermo, y entonces sí que Simón tuvo que explicar de punta a cabo la cronología y la gravedad de los hechos.

—Imprudencias de juventud... Aunque nada hay ordenado al respecto de que los judíos no podamos acudir a las ferias siempre que cumplamos con las ordenanzas establecidas por orden del rey, y vigiladas por el almotacén, es una ligereza frecuentar a la salida del zoco los figones y posadas a los que acuden los rumíes, más aún portando en el hombro derecho el amarillo circulo infamante que nos distingue y humilla.

—La imprudencia es mostrar ante una pandilla de malasines una bolsa repleta de doblas —interrumpió Simón.

—Eso también influye. La envidia, hermana de la malquerencia y del rencor, es la reina y señora en estos tiempos, y el ser envidiados es el sino que acompaña a nuestro pueblo. —Luego, en tanto recogía sus cosas, se dirigió a la mujer que, sentada junto al enfermo, le acariciaba la frente con ternura—. Cuidad, Isabel, que no le suba la fiebre. Si le notáis muy caliente, suministradle la pócima que os he indicado, y si al cabo de un buen rato persiste, enviadme a buscar.

La mujer se alzó.

—Siempre estaré en deuda cos vos.

—Me limito a hacer mi trabajo.

—Decidme qué os debo.

—Nada, por el momento; aún debo proseguir. Cuando todo acabe, tiempo habrá para que arreglemos cuentas.

Entonces, volviéndose hacia ambos hombres, indagó:

—¿A quién tengo el honor?

—Mi nombre es Simón y a mi criado lo llaman Seis aunque su nombre es Domingo.

—Mote extraño, a fe mía. Y ¿se puede saber a qué se debe?

—Muéstrale tu mano al doctor —ordenó Simón a Seis.

Éste extendió su anómala mano ante la atenta mirada del médico.

—He visto manchas color vino y toda clase de peculiaridades en la morfología de muchos recién nacidos, pero jamás vi algo parecido. Mejor que no la mostréis a menudo en según qué círculos; los cristianos tienen raras teorías al respecto.

—Su abuela lo sabía bien, por ello me lo encomendó cuando era apenas un adolescente.

—Bien, tengo que irme. Espero volver a veros.

—Será difícil; estoy a punto de partir de nuevo.

En aquel instante la mujer se asomó por la puerta del pasillo.

—No será sin que me deis la oportunidad de intentar retribuir lo que habéis hecho por mi hijo. En cuanto mejore tendré mucho gusto en compartir con vuesas mercedes el pan y la sal.

—Lo siento, Isabel, pero debo partir —intervino el galeno—. No temáis por Matías, se pondrá bien.

—¡Constanza! —llamó—. Acompaña al doctor.

—No hace falta, Isabel, conozco el camino.

Partió el galeno hacia la escalera que conducía al portal, y quedaron junto al herido la mujer y sus huéspedes.

—Os espero sin falta el martes. Nuestra comida es humilde, pero será un honor compartirla con tan generosos samaritanos.

—El honor nos lo hacéis a nosotros. El martes al mediodía estaremos aquí.

Simón dirigió una rápida mirada al herido, que descansaba plácidamente gracias al hipnótico, y brindando una gentil reverencia a la mujer abandonó la estancia, seguido a poca distancia por Seis.

Los panfletos

Las reuniones eran cuidadosamente planificadas; los temas a tratar, concretos, y los conjurados, de toda confianza. La cabeza pensante era August Newman; el enlace con Munich, Vortinguer, y la encargada de la búsqueda de nuevos elementos, Hanna.

Aquella tarde la reunión era en el Duisbgr, dado que las condiciones del local para poder hablar, sin interrupciones ni escuchas, eran excelentes. Los tres conjurados fueron compareciendo, tomando todas las precauciones posibles, pues la búsqueda de disidentes y desviacionistas en el Berlín de 1942 era exhaustiva. Cuando Hanna llegó, Vortinguer ya estaba en el pequeño compartimiento ante un Orange-Crusch. Al principio, deslumbrada como venía de la luz de la calle, no lo vio. Luego, cuando sus ojos se acostumbraron a la luz eléctrica, lo divisó en el segundo cubículo comenzando por la izquierda. Una breve mirada a uno y a otro lado la convenció de que nadie conocido había en las proximidades. Hanna se dirigió a la barra y encargó una bebida para abreviar los trámites e impedir que el mozo tuviera que acudir dos veces al reservado. Abrió la encristalada puerta y tras saludar a Vortinguer se sentó frente a él.

—¿No ha venido August?

—Me ha llamado antes de salir de casa para decirme que tal vez se retrase. Parece ser que esta mañana ha habido problemas en su curso. El catedrático no está y ha tenido que dar él dos clases. No le ha dado tiempo ni de comer.

El camarero llegó con un café irlandés y, a la vez que lo dejaba sobre la mesa, la puerta rotatoria del Duisbgr comenzó a girar y apareció por uno de sus segmentos la figura alta y enjuta de Newman, empujando la dorada barra, con su sempiterna pipa colgada de la comisura de su boca como parte adyacente a su persona, y sacudiéndose el agua que bajaba por la falsa pieza sobrepuesta de su trinchera. Apenas los divisó, atravesó rápidamente el espacio que los separaba. Al cruzarse con el mozo, le encargó lo mismo que estaba tomando Hanna.

Se sentó junto a la muchacha y comenzó excusándose.

—Siento el retraso, me ha sido imposible acudir antes. —Luego, dirigiéndose a Vortinguer para que diera fe de ello, añadió—: Conste que he hablado con Klaus para que no os angustiarais por mí.

El camarero regresó con la comanda, la dejó sobre la mesa y se retiró.

—Cuenta, Klaus, ¿cómo te ha ido por Munich?

—Muchas novedades e indicaciones para aunar criterios. Aquella gente se la está jugando y, en mi opinión, está descuidando algo las precauciones. Pienso, tal vez deformado por mi oficio, que el enemigo está por todas partes y que cualquier exceso de confianza puede ser fatal. Hemos de seguir con nuestros planes pero sin bajar la guardia.

—¿Cuáles son las directrices y cómo hay que actuar? —interrogó Hanna.

—Las cosas están cambiando en el frente de Rusia y hay mucho alemán de buena fe que ya no comulga con ruedas de molino. La táctica se llevará a cabo en tres vías. En primer lugar, cartas anónimas que contengan las octavillas que se acuerden se repartirán por los buzones de los ferrocarriles; serán las mismas que han repartido ellos, pues, de esta manera, la gente que se mueva por Alemania verá que por donde vaya las consignas son las mismas y creerá que somos mucho más fuertes y numerosos de lo que lo somos en realidad; las direcciones se extraerán al azar de la guía telefónica. En segundo lugar, y esta decisión me parece peligrosa, se entregarán en mano a personas de confianza. Localizar a esas personas en la zona de Berlín será tarea de Hanna, a fin de que cada una las reparta, a su vez, en los ámbitos en los que se mueve. Repito, a mí particularmente está consigna me parece muy arriesgada. En tercer lugar y por último, todos los escritos finalizarán con la misma frase: «Apoyad el movimiento de resistencia, copiad y distribuid este volante, contribuid a montar esta cadena».

—Éste es el modus operandi, pero ¿y las consignas?

—Por el momento las he memorizado. No conviene llevar y traer papeles comprometedores en el tren. Tiempo habrá de copiarlos a ciclostil cuando haya que repartirlos. Acercaos.

Las cabezas de los tres confabulados se aproximaron y Vortinguer, bajando la voz, enunció los postulados:

—«¡Alemanes!, ¿queréis vosotros y vuestros hijos padecer la suerte de los judíos? ¿Queréis que os juzguen con la misma medida que a vuestros líderes? ¿Queréis que seamos para siempre el pueblo más odiado y excomulgado del mundo entero? ¡NO y mil veces NO!

»Nuestro pueblo está mirando conmovido la pérdida de más de un millón de alemanes en el frente ruso. Esos hombres han sido arrastrados irrazonable e irresponsablemente a la muerte merced a la genial estrategia del ex cabo de la guerra mundial. ¡Führer, te damos las gracias en nombre de todas las madres y esposas que han perdido a sus hijos y a sus maridos!»[237]

—¡Hay que reconocer que son unos patriotas y tienen redaños para dar y repartir! —expuso Hanna—. Todo lo que esté en mi mano, desde luego que voy a hacerlo.

—Hay hombres valientes y hombres temerarios, Hanna, y hay hombres vivos y hombres muertos. Lo que escasean son los temerarios vivos. —La voz prudente de August templó el exaltado ánimo de la muchacha—. A la larga, el exceso de valor se torna imprudencia y, al final, quienes obran movidos por la irreflexión a impulsos alocados acaban haciendo un flaco servicio a sus compañeros.

La influencia y el ascendiente de August se hicieron notar.

—Entonces ¿qué es lo que debemos hacer? —El que interrogó fue Vortinguer.

—Vamos a seguir las directrices que nos han impartido desde Munich, pero sin bajar la guardia.

—Y ¿eso cómo se come? —indagó Hanna, a quien el carácter de Newman cada día agradaba más.

—No poniendo el carro delante de los bueyes y andando con pies de plomo. Tú, Hanna, en particular comprueba los datos y antecedentes de toda persona que se acerque al círculo, y desde luego no hables sino lo justo y necesario, y sigue a rajatabla la consigna de las claves para ponerse en contacto unos y otros. Nadie debe saber dónde vive nadie. En pocas palabras: no te entusiasmes ni des nombres ni consignas hasta que yo apruebe el ingreso del candidato. Si en vez de tres días empleas una semana, da igual. Y tú, Klaus, no delegues las funciones del manejo de la multicopista en nadie. Pide a tu contacto de la imprenta el tiempo que necesites y haz el trabajo en persona.

Vortinguer intervino de nuevo.

—Os he de contar algo que ocurrió el último día de mi estancia en Munich y que puede ser el punto de inflexión en la lucha que estamos llevando a cabo.

—¿Qué es? —quiso saber Newman.

—El *gauleiter*[238] de Baviera, Paul Geisler, visitó la universidad de Munich, entre otras cosas, para comunicar a los estudiantes que los varones inhábiles para la guerra debían colaborar con otros trabajos en el frente. En medio del discurso se refirió burdamente al rol de las estudiantes mujeres y afirmó que lo mejor que podían hacer por Alemania era tener hijos, y añadió: «Si algunas de estas señoritas carecen del encanto suficiente para atraer a un compañero, asignaré, a cada una de ellas, a uno de mis hombres… y puedo prometerles una experiencia de lo más agradable».[239]

»No tengo palabras para explicar la que se armó en el paraninfo. Los estudiantes echaron a patadas a Geisler y a sus SS, y el hecho se transformó en una catarsis para todos los presentes, que recorrieron la ciudad, tras ocho años de opresión, gritando consignas, lanzando panfletos y escribiendo en las paredes la palabra "LIBERTAD".

—Pues nada de todo esto ha trascendido a la prensa oficial —argumentó August.

—No te preocupes, ni trascenderá. La censura es absoluta.

—Se sabrá… hay cosas que no se pueden ocultar —añadió Hanna.

Un silencio elocuente se instaló entre los tres. Todos eran conscientes de que se estaban jugando la vida. Para aliviar la tensión, Klaus preguntó:

—¿Qué se sabe de tu hermano, Hanna?

—De él quería hablaros.

Ambos hombres esperaron a que la muchacha prosiguiera.

—Se pone periódicamente en contacto conmigo; él es quien me provee económicamente de lo necesario y, tomando todas las precauciones del mundo, de tarde en tarde nos vemos. Anda metido en lo suyo y de otra manera desarrolla una labor tanto o más arriesgada que la nuestra. Desde que mi gemelo está escondido o se ha ido, cosa que ignoro, le ha entrado la neura de que es un cobarde y que Manfred es el que tenía valor. Ayer hablamos de ti. —Se dirigió a Klaus—. Sabe que te veo y que andamos en lo mismo. Me ha ordenado que te dé un número y una clave. Si algo me ocurriera, tenlo al corriente, y por si algo necesita de ti y yo no estoy disponible, me ha pedido que le explique la manera de contactar contigo, así que le he indicado cómo lo hago yo. Mi hermano es como si fuera yo misma.

August levantó las cejas, desconfiado.

Vortinguer intervino.

—Lo conozco desde mis tiempos de atleta. El hermano de Hanna es un fuera de serie y, por lo que a mí concierne, no tengo inconveniente en que pueda localizarme. Descuida, August, que es de los que no se van de la lengua.

—La Gestapo tiene maneras muy convincentes de interrogar.

—Hay hombres y hombres... yo sé lo que me digo. —Volviéndose a Hanna indagó—: Y ¿cuál es la clave?

—Memorízala.

—Dime.

—377237. Dejar que suene cinco veces, colgar. Llamar de nuevo y dejar que suene tres veces, colgar y marcar otra vez. Si está en casa, descolgará el teléfono, pero no responderá hasta que hables.

Quedaron los tres en silencio unos instantes en tanto

Vortinguer, con los ojos cerrados, memorizaba la clave. Cuando ya lo hubo hecho y en tanto tomaba el mechero y encendía un cigarrerillo, dijo:

—Debo ir a la imprenta. —Dirigiéndose a August demandó instrucciones—: Cuando tenga impresos los folletos, ¿qué quieres que haga?

—Llévalos a la dirección de siempre. Mañana por la tarde deben estar listos; hay que repartirlos el miércoles.

—De acuerdo. Hanna, si ves a tu hermano, dile que le llamaré. Adiós.

Calándose la gorra y dando un ligero toque en la visera con el índice de su diestra a modo de saludo, abrió la portezuela del compartimiento y, cerrándolo tras de sí, partió hacia la calle. Había anochecido y continuaba lloviendo.

Newman y Hanna quedaron solos frente a frente. A ella la presencia del joven profesor, sin saber por qué, la cohibía. Sus facciones angulosas, su hablar reposado, el gesto que siempre acompañaba a sus palabras y aquel olor especial a tabaco de pipa que impregnaba su presencia, todo ello le producía una sensación de seguridad que en el agitado Berlín de aquellos días la confortaba. Siempre que quedaban, procuraba alargar los encuentros y demorar el momento de regresar a su casa, pues últimamente lo que más le pesaba eran sus soledades. De pronto la voz grave de August interrumpió sus pensamientos.

—¿Qué sabes de tu novio?

—Hace más de tres meses que nada de nada. La última vez pasó lo mismo, y un buen día me llamó desde un hotelito francés junto a la base de Saint-Nazaire, diciéndome que tenía un permiso de una semana, pero no me dejaron verlo. Eso sí, hablamos cada día, pero aunque hizo lo imposible, no le dejaron salir.

—¿Siempre es así?

—Lo que pasa con los submarinos es muy peculiar. Desde la acción de Prien en Scapa Flow, los han elevado a la categoría de héroes de Alemania.[240] La publicidad y el secretismo es absoluto, y muchas veces, cuando tocan puerto, premian sus acciones alojando a los oficiales que puedan saber algo en lugares lujosos y bien acompañados, pero no las dejan salir de allí.[241]

—Si fuera mujer, no me gustaría que a mi novio lo encerraran acompañado de bellezas.

—A mí me fastidia infinito no poder verle. Por lo demás, tengo absoluta confianza en Eric.

—Si yo tuviera esperándome a una chica como tú, preferiría ser marinero sin rango a que me encerraran durante un permiso.

Hanna calló ante el comentario gentil de su acompañante y éste cambió el tercio.

—¿Qué tal es Eric? ¿Es alemán o nazi?

—No te he de negar que al principio creyó en Hitler y en el resurgir de Alemania, pero luego se desengañó. Su familia sí es afecta al régimen.

—¿Te casarás con él?

—Cuando esto termine, seguro.

—Si te dejan, claro.

—Si no nos dejan, nos iremos de Alemania. Eric me ama sobre todas las cosas y yo lo amo a él.

—¡Qué suerte tienen algunos!

—¿Siempre eres tan amable con tus alumnas?

—Solamente con algunas.

La luz

Cinco días habían transcurrido desde la jornada en la que Simón había acudido en ayuda de aquel muchacho que sin su oportuno auxilio tal vez ya no estaría en el mundo de los vivos. Domingo, al que no placían las gratitudes, le había pedido permiso para desligarse de la obligación de asistir a la comida en casa de su beneficiado, alegando que no se encontraba a gusto en situaciones donde el saber estar y las conveniencias sociales fueran imprescindibles, más aún si éstas eran costumbres hebraicas. Eso sí, dijo a Simón que le acompañaría hasta la puerta y lo esperaría a la salida, a la hora que le fuera indicada. Así que, esta vez en solitario, había acudido Simón a la casa de su patrocinado, a fin de informarse de su estado y cumplir con la colación a la que tan gentilmente había sido invitado.

El herido se había recuperado de sus lesiones y, aparte del brazo entablillado que le impedía desenvolverse con normalidad, su aspecto era inmejorable y las raspaduras y moretones de su rostro estaban en franca retirada. La comida fue excelente y la mujer puso todo su empeño en que los guisos que se ofrecieran al benefactor de su hijo tuvieran la calificación de exquisitas. Ni que decir tiene que todos los platos fueron cocinados según las directrices rabínicas de la cocina *kosher*, y desde el caldo de verduras, pasando por unas truchas al ajo y un hojaldre de carne guisada sin sangre, hasta un postre de miel, almendras y grosella, todo tuvo el marchamo del mejor estilo judío.

—Cuánto he sentido que vuestro criado no haya podido acudir... Realmente, sin él no sé qué habría sido de mí.

—Más que criado es un amigo, pero tenía una diligencia que hacer y me ha rogado que os presente sus excusas... Tenía que ver a alguien —justificó Simón.

—No hacen falta, siempre tendréis en esta casa una familia amiga; os debo la vida de mi hijo —apostilló la mujer—. Y ahora, permitidme que me retire, pues los jóvenes han de estar con los jóvenes.

La madre del herido se levantó de la mesa y, tras ordenar a la joven doméstica que atendiera el menor de los deseos de su huésped, desapareció del comedor dejando a ambos muchachos frente a sendas copas de un licor de cerezas de elaboración casera.

Al principio, hablaron del incidente acaecido y de hechos intrascendentes. Luego se adentraron en un tema innobviable, dado el ambiente que había en el Sur, y era éste que las prédicas del arcediano tenían más que alarmada a la comunidad judía. Entonces Simón, sin casi darse cuenta, aludió a los hechos acaecidos en Toledo referidos a la destrucción de la aljama de las Tiendas y se encontró, casi sin sentir, explicando el motivo de sus afanes, que no era otro que dar con el paradero de los Ben Amía, sin explicar, claro es, el cómo y el por qué de sus trajines.

—¿Y decís que desconocéis el paradero de esa familia desde hace más de seis años?

—Así es, y estoy casi a punto de rendirme. He recorrido la vega andaluza de cabo a rabo durante este último año y nadie ha sabido darme noticia de ellos.

El muchacho se quedó pensativo y algo hizo que el corazón de Simón comenzara a acelerarse.

—¿Qué estáis cavilando?

—El caso es que... no sé de dónde, pero ese apellido me rueda por la cabeza.

—¡Por el Arca de la Alianza, haced memoria!

Un silencio se alzó en la estancia. Solamente se oía la respiración agitada de Simón, el tamborilear de los dedos de Matías en el tablero de la mesa y las risas de Constanza, la joven mucama, desde la cocina. De repente, el rostro de Matías se iluminó.

—Ya lo tengo.

—¿Qué es lo que tenéis?

—Veréis, hace ya no recuerdo si cinco o seis años, acudió a la banca de Solomón Leví un joven que demandó por el banquero. Es éste un hombre circunspecto y poco dado a efusiones en público, por lo que a mí me sorprendió el trato que dispensó a aquella persona y todavía más cuando me encomendó la tarea de cambiar los nominativos de unos pagarés demasiado importantes en cuanto a su importe y ponerlos a nombre de otras personas sin aportar documentación alguna.

Simón bebía las palabras del otro.

—Proseguid, por favor.

—El caso es que además se hizo una compraventa poco común, si no es condicionada a viajes por mar, para un trayecto relativamente corto, ya que se trataba de ir de Córdoba a Sevilla. Yo en persona despaché ese negocio. Daos cuenta de que a no ser por la peculiaridad del mismo, se me habría ya olvidado, tal es la cantidad de asuntos que se despachan en la banca de dom Solomón.

—Y ¿decís que todo ese trajín se industrió para trasladarse a Sevilla? —La voz de Simón era un hilo.

—Ciertamente. Recuerdo que oí que se despacharían los criados y que partiría el hombre tan sólo con un par de servidores de toda confianza, una ama y su esposa. Lo que ignoro es si Sevilla iba a ser el final de su trayecto o si tenía intención de ir más lejos.

La cabeza de Simón bullía como una marmita al fuego.

—Por lo que más queráis, ¿podéis recordar el nombre al que fueron inscritos los pagarés?

—Recuerdo el del cedente: Ben Amía era el apellido y Rubén el nombre... Pero el del librado, la verdad, no lo recuerdo.

—Haced un esfuerzo. Si en algo valoráis el hecho de haber salvado vuestra vida, dadme ese nombre y me habréis devuelto la mía.

El otro parecía sorprendido.

—¿A tal punto llega vuestro interés?

—No podéis imaginarlo.

De nuevo quedó meditando Matías. Intento vano.

—Es inútil, es imposible. Pero hay una solución: acudid mañana a la banca de Solomón Leví, que está en la calle del Santo Espíritu, e intentaré encontrar en los archivos de hace cuatro o cinco años la referencia. Con todo, creed que no es empeño baladí, pues deben de haber más de mil asientos contables.

—¿A qué hora queréis que me presente?

—Hacedlo al mediodía, así me daréis tiempo; además, ésa es la hora en la que dom Solomón sale a comer.

—Si me dais ese nombre, quien estará siempre en deuda con vos seré yo.

¡Por fin un nombre!

A la hora convenida, entraba por la puerta de la banca de dom Solomón un Simón transido por la emoción y superado por las circunstancias. Seis se quedó fuera guardando las cabalgaduras ya cargadas, ya que si la gestión que iba a hacer Simón aquella mañana llegaba a buen fin, tenía intención de partir de inmediato para Sevilla. Nada más entrar, le abordó uno de los empleados.

—¿En que puedo serviros?

—Me espera Matías Obrador, uno de los contables.

—Tened la bondad de aguardar un instante.

Desapareció el hombre por una de las puertas del fondo de la gran sala circular, y Simón entretuvo su espera observando el trajín de un día común y viendo el atareado ir y venir de las gentes que necesitaban de los servicios de la banca. Por su porte y vestimenta podía clasificarlos. Se veían comerciantes, viajeros, rentistas, funcionarios, almojarifes... cada cual a su avío despachando en las sucesivas mesas que, equidistantes, estaban instaladas alrededor y en todo el perímetro de la banca. Súbitamente vio aparecer por la misma puerta por la que poco antes había desparecido el empleado y seguido por éste a su amigo, invadido su rostro por una gran sonrisa. Al acercarse, le hizo un significativo gesto con las cejas que Simón captó al punto, dándole a entender que no era conveniente que comenzaran a hablar delante de persona alguna.

—Bienvenido a esta vuestra casa, querido amigo.

—Bien hallado, Matías. Tal como os dije, me interesaría cambiar un pagaré que traigo de una de las bancas semitas de Toledo.

—Para eso estamos. Tendré mucho placer en atenderos. Si sois tan amable de seguirme...

Matías indicó el camino a su salvador y éste, recogiendo el vuelo de su capote de viaje, se adelantó hacia la puerta por la que había comparecido su amigo. Entraron en un oscuro pasillo y, sin poder contenerse, Simón dio media vuelta e indagó:

—¿Habéis conseguido algo?

—Me ha costado lo mío, pero creo que podré ayudaros.

El pequeño despacho de Matías estaba ubicado al final del pasillo y a él se llegaron. Tras entrar ambos, el contable cerró la puerta y, como justificándose, aclaró:

—Las paredes tienen oídos y lo que hago por vos podría costarme el empleo, pero más hicisteis vos por mí el otro día. Por favor, sentaos.

El lugar era un cuchitril. Estaba sólo alumbrado por la claridad que a través de las gruesas rejas que protegían un ventanuco entraba en la estancia, en la que apenas cabían una mesita llena, por cierto, de carpetas y protocolos, un anaquel ocupado por archivos y legajos, un perchero —en el que Simón colgó su capote—, la silla de Matías y un escabel en un rincón, que el anfitrión colocó frente a la mesa para que su amigo pudiera sentarse. Así lo hizo Simón, y sin dar tiempo a que el otro hiciera lo propio, preguntó:

—¿Habéis descubierto algo? Perdonadme, pero estoy sobre ascuas.

Matías tomó un archivo del anaquel y tras colocarlo sobre la mesa ocupó su modesto sillón.

—Han sido una concatenación de casualidades, pero Elohim está con vos.

—Hablad, por caridad.

—En primer lugar, dom Solomón está de viaje, de manera que he podido introducirme en su despacho y buscar entre sus papeles, cosa que, de haber estado él, habría sido del todo imposible. Luego, me consta que tiene por costumbre guardar en un poderoso arcón reforzado por flejes de hierro y cerrado con un candado, cuya llave siempre está en una cadena que pende de su cuello, los documentos que considera secretos, que, en estos tiempos y en negocios de banca, son muchos.

—Ahorradme el trasiego, ¡os lo suplico!

—Ya llego, ahora es cuando la diosa Fortuna se ha puesto de vuestro lado. Veréis que, por lo visto y durante mi ausencia motivada por lo que vos mejor que nadie conocéis, le llegó una orden de Sevilla que disponía cambiar en títulos de viaje una cifra de importancia, y la firma que reclamaba tal servicio era la del personaje que aquí estuvo cambiando los pagarés hace, como dije, seis años o más, de forma que dom Solomón extrajo del cofre de seguridad el protocolo perteneciente al tal Rubén ben Amía y lo dejó, luego de cumplir el mandato, sobre el anaquel, esperando sin duda la llegada de la confirmación del «recibí» para guardarlo de nuevo. Y da la casualidad de que en el lomo de ese archivo figuraba mi letra, cosa que hizo que yo lo reconociera de inmediato.

—¿Y...?

—Que la persona que buscáis vive en Sevilla y su nombre es Rubén Labrat ben Batalla. Y aquí hay una nota al margen y la letra es la de dom Solomón... Es raro que no me encargara a mí la adenda. Intuyo que debe de querer guardar el secreto de dónde vive, pero aquí dice que la quinta se llama El Esplendor, que está en el barrio del Arenal junto al Guadalquivir y que él ejerce el rabinato en la sinagoga que llaman de Bab el-Chuar o de la Perlas.

Simón transpiraba copiosamente.

—Adonai os ha puesto en mi camino. Pase el tiempo que pase siempre seré vuestro deudor.

La Ketubá

Fue una confirmación definitiva. De nuevo el ominoso correo fue una piedra lanzada sobre la tapia que rodeaba el hermoso jardín de la quinta del Guadalquivir. En aquella ocasión estaba Rubén en casa y, raudo, ganó la puerta para salir al exterior por ver de descubrir quién era el que enviaba aquellos amenazadores y anónimos mensajes. Rubén ya se había rendido en su empeño de mantener blanco el encalado muro, pues las aciagas y amenazantes letras negras, rebosantes de vesania y abominación que auguraban desgracias y voceaban insultos para él y para los suyos, aparecían una y otra vez. Las gentes iban y venían a sus negocios. Miró Rubén a uno y otro lado y, viendo que nadie parecía especialmente dedicado a aquel triste menester, regresó de nuevo al interior al tiempo que desenvolvía la piedra que había servido de vehículo para que la misiva tuviera peso suficiente para volar por los aires y saltar el muro. Se llegó luego hasta la mesa del jardín y, con un palo que encontró en el suelo, procedió a alisar el pergamino a fin de poder leerlo mejor.

> Parece ser que no hacen mella en vos los consejos que os vamos dando. El tiempo y la paciencia se acaban, y si no marcháis de inmediato de Sevilla, nos obligaréis a tomar medidas que redundarán en perjuicio de vuestra familia. La obstinación y la porfía pueden ser terquedad o farisaica postura para que vean las gentes sencillas cuán bueno y fiel es su rabino.

Vuestro orgullo os perderá y hará que recordéis por siempre la Pasión de Nuestro Señor.

¡No volveremos a avisaros!

Un amigo

En el instante en que Rubén había terminado la lectura, Esther llegaba hasta él, de manera que fue imposible evitar que no viera el arrugado papiro en las manos de su esposo.

—¿Me permitís? —dijo, y alargó una mano en demanda del escrito.

Rubén no tuvo fuerza moral para negarse y se lo entregó. Ella leyó con avidez las amenazadoras líneas y cuando terminó de hacerlo alzó sus ojos interrogantes hacia su esposo.

—Por enésima vez, ¿qué es lo que pensáis hacer?

—Lo hemos hablado mil veces, Esther, y eso son alharacas de fanfarrones; corremos el mismo peligro que corren todos nuestros hermanos.

—Pero a nuestros hermanos, que yo sepa, no les envían anónimos.

—Porque esos desalmados saben que si consiguen que el miedo anide en nuestros corazones, y por ende nos obligue a marchar de Sevilla, tendrán el camino expedito para sus fechorías, ya que muchos de los más pusilánimes seguirían nuestro ejemplo y la aljama quedaría vacía; entonces se apoderarían de nuestras casas, y si este ejemplo cundiera en el resto del país y ocurriera lo que pretenden que ocurra aquí en Sevilla, habríamos iniciado otra travesía de cuarenta años por el desierto.

—Me asombráis, esposo mío. ¿A tanto llega vuestra soberbia que entendéis que el comportamiento de todos los judíos de España depende de que un humilde rabino decida cambiar de residencia, que no de religión, con su familia?

—Parece mentira que aún no me conozcáis bien. Sé que poco importo y que nada soy, pero así mismo sé que el más incipiente de los fuegos, si se aventa a modo, puede quemar cantidades de arbolado y su consecuencia resultaría fatal para muchos. Recordad el incendio que organizó involuntariamente el año pasado Gedeón quemando unos abrojos y cuánto costó apagarlo; de no haber vivido a orillas del Guadalquivir, a estas horas, quizá esta casa no estaría aquí.

—Si esta vuestra decisión es firme, Rubén, quiero el divorcio. Yo no pienso que sea tema baladí una cuestión que atenta contra la salud de mi familia, y si vos no queréis salvaros, debo velar por que nuestros hijos tengan la posibilidad de vivir.

—Pero... Esther, ¿habéis pensado bien lo que estáis diciendo?

—Lo vengo pensando hace muchos días.

—Pero, Esther, sed razonable. ¿Qué es lo que pretendéis?

—Salvar la vida de los míos sobre los que tengo responsabilidad. Si vos no queréis atender a razones y os place el papel de mártir, es cosa vuestra y pienso que sois ya mayorcito para ello, pero no esperaré mano sobre mano a que mis hijos corran peligro.

—Pero ¿no entendéis que con esta actitud timorata y pobre de espíritu lo único que conseguiréis será perjudicar a la comunidad?

—¡Me importa un higo! Ellos no son mis hijos, y cada uno puede hacer de su capa un sayo. ¿Quién soy yo para impedir que cada cual haga aquello que crea más oportuno? —El tono incontrolado de Esther sorprendió a su marido, ya que jamás durante aquellos años se había dirigido a él en tal tesitura.

—El pánico os turba y hace que flaquee vuestro buen juicio.

—Por lo visto también le flaqueó a mi padre, que Yahvé haya acogido en su seno, la noche en que se quemó la aljama de las Tiendas. Ya no soy una púber de quince años y, gracias al Altísimo, tengo criterio para distinguir lo que es cerrazón y petulancia de lo que es auténtica prudencia y temor de Dios. Maimón, el demonio del orgullo, os ha poseído y hace que entre vuestra familia y los fieles de vuestra sinagoga escojáis a estos últimos. Pero no queráis hacerme partícipe de vuestros dislates; mis únicos fieles son mis hijos. ¿Es que no tenéis memoria? La *rahamín*[242] se acabará para los soberbios, Rubén. No lo dudéis.

—Amo a mis hijos y a vos con todo mi corazón, pero mi conciencia me impide faltar al pacto que hice con Yahvé.

—Entonces lo siento, esposo mío, pero mi decisión está tomada.

—Decidme, pues, qué pensáis hacer.

—Primeramente, iremos a ver al gran rabino Mayr Alquadex,[243] para regular nuestro divorcio y anular nuestra Ketubá. Luego deseo que vayáis a Córdoba para que en la banca de dom Solomón tramitéis los convenientes documentos a fin de que recupere parte de lo que mi padre me dejó en herencia, pues creo que es de justicia que el día de mañana pertenezca a nuestros hijos. Finalmente, industriaréis los medios necesarios para que pueda dirigirme junto a mi madre a Jerusalén. Después, cuando acabe esta locura, si es que todavía os interesa vuestra familia, podéis acudir a nuestro encuentro e intentar recuperarla.

—Entonces ¿para qué queréis el divorcio?

—Si algo os ocurriera, quiero ser libre.

—Si algo me ocurre, seréis viuda.

—Quiero mi libertad para cuando me ponga en camino, no quiero depender de vuestro permiso toda la vida por si os da la vena de permanecer siempre en esta maldita ciudad para poder cuidar de un montón de ovejas hasta el día que vayan al matadero... Y si sucediera lo que habéis dicho vos, que no yo, no quiero tampoco estar en manos de vuestra familia, ya que a mí no me queda nadie aparte de mi madrastra, quien, al no ser mi madre, como mujer no tiene sobre mí ascendiente alguno.

Al cabo de unas semanas, la casa del río se cerraba y los Labrat ben Batalla se trasladaban a vivir a la calle Archeros.

Metamorfosis

La huida de Manfred fue una epopeya, y finalmente su evasión se debió a una inesperada y afortunada coyuntura. La condesa Ballestrem,[244] de soltera Lagi Solf, era hija de Wilhelm Solf, ex embajador en Japón, y reunía los sábados en los salones de su casa o en los de su madre, según conviniera, a un grupo de intelectuales antinazis, para discutir maneras de ayudar a judíos y a enemigos políticos del régimen.

Sigfrid había conocido, en una conferencia sobre diamantes industriales a la que acudió por indicación de su amigo el *Hauptsturmführer*[245] Hans Brunnel, a un catedrático de física que había sido agregado cultural en la embajada de Japón en la época en que el embajador de Alemania era el padre de Lagi, mucho antes de que Hitler alcanzara el poder. Sigfrid intimó rápidamente con él. El hombre, que renegaba de todo aquel mundo de fanáticos, cierta noche, en el bar del Adlon, ante una botella de Petit Caporal —su coñac preferido— y del que, estimulado por Sigfrid, abusó en demasía, se sinceró al respecto de su trabajo, y Sigfrid, atendiendo a su estado etílico y pensando que a lo mejor allí había un filón interesante, le acompañó a su casa, le ayudó a subir la escalera del chalecito y, asistido por su criado, lo metió en la cama.

Al día siguiente, el caballero compareció por los salones del hotel para agradecer su gesto y para ponerse, incondicionalmente, a su disposición.

Una relación especial se estableció entre los dos hombres y, al cabo de unos meses, el profesor le confesó que su bisabuelo materno era judío y que temía que, en una de las purgas que periódicamente se realizaban en la universidad, fuera depurado y excluido de la misma; de esta forma, perdería su carrera o, peor, sería internado en uno de los campos de los que *sotto voce* se hablaba en Berlín. Si algo le ponía a cubierto de tal eventualidad era su condición de científico investigador integrado en el equipo de Wernher von Braun en el programa que éste dirigía y que trataba de descubrir las posibilidades del agua pesada, en Peenemünde, Noruega, para la propulsión de cohetes,[246] pues era difícil encontrar quien lo sustituyera en tan delicado cometido.

Sigfrid tomó buena nota de todo ello y tras las comprobaciones pertinentes, que se llevaron a cabo a instancias suyas, llegó a la conclusión de que la historia era cierta y que se podía sacar partido de la especialidad del científico.

El caso fue que, pasado un tiempo, Franz Raubach, que así se llamaba el cátedro, le invitó a un té que ofrecía una amiga suya, la condesa de Ballestrem, y al que acudían un reducido número de intelectuales que respiraban igual que él.

Al sábado siguiente, embutido en un terno impecable y luciendo en su rostro la mejor de sus sonrisas, Sigfrid fue presentado a la condesa y a sus amigos como herr Flagenheimer, delegado de la casa De Beer de Sudáfrica en Berlín.

En cuanto transcurrieron un par de horas, Sigfrid se hizo cargo del terreno que pisaba y pensó que había dado con un buen filón de posibles ayudas para todo judío que estuviera en la necesidad de salir de la capital de Alemania y, así mismo, para cualquier enemigo político del régimen. Dado que las medidas adoptadas para la partida de su hermano no acababan de concretarse, ya fuera por la ineptitud de Bukoski, el cual, finalmente avisado, no movía un dedo sin que se lo autorizaran desde arriba, o fuera porque el poder del partido aquellos días estaba muy mermado, el caso era que su hermano permanecía amagado en el sótano del Goethe, cada día más desesperado y deprimido, de tal manera que Sigfrid decidió mover ficha por su cuenta. A las dos semanas insinuó a la condesa que le gustaría hablar con ella de un asunto privado que tenía para él la mayor importancia. Lagi Solf, mujer sensible a los encantos masculinos, que encontraba fascinante la sonrisa de aquel muchacho e inclusive su peculiar forma de caminar, lo condujo de inmediato y de la mano a la salita china que estaba ubicada junto al mirador del jardín. Allí le obligó a sentarse en un «tú y yo» y al instante, con un guiño cómplice, le invitó a explicarse.

—El caso es que no sé cómo comenzar.

—Mi querido Sigfrid, no quiera hacerme creer que una vieja dama lo aturde.

—Permítame disentir del adjetivo escogido; las damas no tienen otra edad que la de su inteligencia. ¡Líbreme Dios de una jovencita inexperta atenta solamente al cuidado de su belleza y sin un atisbo de conversación inteligente!

—¡Adulador!

—Perdóneme, condesa, pero desde que he tenido la fortuna de pisar sus salones, encuentro insulsas y desleídas todas las reuniones de Berlín. En dos palabras, poco interesantes.

—Eso es porque las gentes que acuden a mi casa tienen un nivel intelectual de primer orden; yo solamente soy una pobre anfitriona.

—Disiento, condesa. ¿No fue Francia quien puso de moda las tertulias? ¿Quién se acuerda ahora de los asistentes? Lo que ha quedado para la posteridad han sido los nombres de las que fueron sus almas: madame de Sévigné, la Pompadour, madame Staël, madame de Récamier...

—Va usted a hacerme enrojecer. ¿Cómo va a comparar mi humilde persona con esas mujeres que han ocupado un lugar en la historia?

—El tiempo es el que da y quita razones. Cuando todo esto haya pasado, su nombre, condesa, estará escrito en la historia de Alemania y, caso de no ser así, en el corazón de muchas personas a las que ha ayudado a huir de este infierno, que al fin y a la postre es lo que cuenta.

Lagi Solf quedó un momento en silencio, profundamente halagada por las palabras de aquel amable joven que la comparaba con tantas heroínas de su juventud.

—Vayamos a su problema, ¿qué es lo que quería decirme?

—Verá, frau Lagi, es algo complejo.

—Si hemos de ayudarle, lo primero será conocer el acertijo.

—Cierto. El problema es el de siempre: alguien que ha de salir, pues peligra su vida, y por el momento parece imposible que lo haga.

—Nada hay imposible si se destina a ello la voluntad y el tiempo necesarios.

—La voluntad no falla, lo que parece fallar son los medios, y el tiempo se echa encima.

—Pues, si el caso merece la pena, y una vida humana siempre la merece, hallaremos los medios necesario. Y si no están a nuestro alcance, buscaremos a quien los tenga al suyo. Pero no perdamos el tiempo, que siempre escasea, en disquisiciones inútiles, y vayamos al grano.

Sigfrid en una hora explicó a la condesa Ballestrem todas la peripecias vividas por Manfred: el atentado del Berlin Zimmer, la muerte de Helga y lo dificultoso que estaba resultando, por el momento, sacarlo de Berlín.

Cuando la aristócrata descubrió la auténtica personalidad de Sigfrid y que era su hermano quien se había jugado la vida y no precisamente pontificando en una tertulia sino actuando contra aquellas bestias y vengando la Noche de los Cristales Rotos, respondió:

—Por ahora, nuestro círculo ha conseguido todo lo que se ha propuesto al respecto de ayudar a familias judías a escapar del terrible destino que esa gente les ha asignado, pero esta vez, con su hermano, vamos a sufrir una auténtica prueba de fuego para ver hasta qué extremo somos eficaces. Dígame exactamente cuáles son sus planes, no sólo para tratar de enfocar esa huida sino también para ayudarle una vez haya llegado a su destino.

—Cuando recurro a usted es porque por ahora no hemos dado con la manera de hacerlo nosotros. Mi hermano pertenece al Partido Comunista, y si bien al principio disputaron las calles a los nazis, desde que empezó la guerra los pocos que quedan han debido esconderse y sus limitaciones son grandes. Lo que Manfred desea es marchar hacia Roma; allí aún son fuertes, pues se han unido a los partisanos. Desde allí, quiere proseguir su guerra.

—¿Cuenta con alguien en Roma?

—Con el padre Robert Leiber, jesuita. Su cargo oficial es el profesor de historia de la Iglesia en la Pontificia Universidad Gregoriana, pero desde 1924 ha sido el íntimo colaborador en Munich, Berlín y Roma del cardenal Eugenio Pacelli y ahora es uno de los principales consejeros de su santidad Pío XII. A excepción de sor Pascualina Lehnert, puedo decirle que nadie le es más próximo. En su juventud, había montado a caballo, en Munich, con un hermano de mi madre, mi tío Frederick.

—Eso está muy bien... si se logra, pero personaje tan elevado me parece algo inaccesible. Desde luego, la Iglesia es mucho mejor refugio, desde siempre, que un partido político y más perdurable. En el Medioevo las gentes perseguidas se refugiaban en sagrado y ni los reyes osaban entrar a buscarlos. De alguna forma, en pleno siglo veinte, el invento aún funciona. A nadie le interesa enfrentarse a un club que tiene tantos socios repartidos por todo el mundo. Lo de «con la Iglesia hemos topado, Sancho» continúa vigente. Nadie quiere indisponerse con el Vaticano. Una encíclica[247] puede ser un arma terrible. Ningún gobierno quiere tener al Papa en contra. Pero prosiga.

—Hemos tenido varias reuniones y estamos en un callejón sin salida. La fotografía de Manfred salió en todos los periódicos; en cuanto pise la calle puede ser reconocido por alguien. Las medidas de seguridad desde la muerte de Reinhard Heydrich son extremas, y la edad es un *handicap* notable ya que quien no es judío está movilizado.

—¿Me permite usted que haga un par de llamadas telefónicas?

—Faltaría más, condesa.

Lagi Solf abandonó la estancia seguida del airoso vuelo de su irregular y blanca falda. En tanto, Sigfrid extrajo de su petaca un cigarrillo rubio, lo encendió, se recostó en el respaldo del «tú y yo» y lanzó al aire una espesa bocanada de humo. En aquel instante no supo si obraba imprudentemente, pero llegó a la conclusión de que, de no tomar aquella determinación, tarde o temprano la Gestapo daría con el escondrijo de Manfred y entonces todo habría acabado, además con un terrible final.

El tableteo de los tacones de la condesa sonó en la antesala del salón chino y el aumento de volumen denunció su proximidad. Cuando entró en la estancia, su rostro anunciaba buenas nuevas.

—Creo que hemos dado con el principio del «hilo de Ariadna» —dijo la aristócrata al tiempo que se sentaba de nuevo, envolviendo a Sigfrid en una vaharada de carísimo perfume al acomodar airosamente sobre los hombros su echarpe de plumas de marabú.

Sigfrid apagó el cigarrillo en un cenicero.

—Soy todo oídos, condesa.

—Si el problema, según parece, es el rostro de su hermano, vamos a cambiarlo.

—¿Qué quiere decir?

—Lo que está oyendo. Un cirujano plástico de toda nuestra confianza, pues pertenece al círculo, lo intervendrá. Cuando la cara de Manfred... Ése es su nombre, ¿verdad? —Sigfrid asintió y la condesa prosiguió—: Cuando su cara sea otra, el problema de que alguien le identifique habrá desaparecido o, por lo menos, quedará reducido a la mínima expresión. El intervalo de tiempo que esté escondido mientras cicatrizan las señales del bisturí, que en estos casos, por la misma índole de la estética, son finísimas, lo emplearemos para hacerle nuevos documentos con los sellos que tenemos de varias embajadas y organizaciones. Cuando ya su rostro sea el de otro, le hayamos teñido el cabello y puesto o no gafas, según convenga, le tomaremos fotografías nuevas. Un agregado consular o alguien perteneciente a ciertos organismos internacionales puede desplazarse, por según qué rutas, sin ser molestado. Esta vía ya la hemos utilizado otras veces. Dos problemas quedan por resolver: necesitamos un quirófano debidamente equipado y un buen falsificador de documentos de letra. El material y el equipo para realizar el trabajo lo tenemos, pero nuestro hombre está llevando a cabo unos encargos en Hungría por cuenta del Estado español, y hasta dentro de tres meses más o menos no habrá finalizado… y eso retrasaría nuestros planes.

—Me deja usted asombrado, condesa. Lo que ha resuelto con dos llamadas de teléfono nosotros no hemos podido resolverlo en meses. Por lo demás, no se preocupe, creo que tengo solución para ambas cosas.

El cambio de rostro

Para llevar a cabo la intervención se escogió, como único lugar viable y clandestino, la pequeña clínica del doctor Wemberg, en el 197 de Wertherstrasse. La proximidad del Instituto Anatómico Forense hacía que el tráfico de ambulancias fuera tan frecuente en aquella zona que las sirenas pasaban desapercibidas.

Ambos hermanos decidieron ocultar el hecho a Bukoski; y en todo caso, se lo dirían cuando todo estuviera consumado. Las noticias que Sigfrid trajo al sótano de la cervecería de Goethestrasse llenaron de esperanza a Manfred, quien consumía sus días como un lobo enjaulado rumiando venganzas contra aquellos que habían matado a Helga y a su hijo nonato. Sin embargo, le retrotrajeron al hermoso atardecer en el que por lo visto en la cabeza de su amada comenzó a germinar la idea de que él fuera el padre de su hijo.

Estaban ambos hermanos reunidos con Karl Knut en el estrecho escondrijo, rodeados de estanterías y de cajas, sentados en sendos taburetes y tomando unas jarras de cerveza que depositaban en un baúl que hacía las veces de mesa. Era la tercera vez que se reunían para concretar el tema.

Quien se explicaba era Sigfrid.

—Son gentes de fiar, entre otras cosas porque tienen mucho que perder. El conde Ballestrem es un oficial distinguido de la Wehrmacht y las reuniones se llevan a cabo en su casa cuando él está en el frente. Cuando está en Berlín, entonces se hacen en casa de la madre de frau Solf. Me he asegurado bien. Hasta ahora su labor ha sido impecable: han salvado a muchísimos judíos y a gentes desafectas al régimen.

—Bueno, si tú avalas sus actuaciones, a mí todo me vale con tal de que me saquéis de aquí. Me estoy volviendo loco.

—Ten paciencia, Manfred, todos hacemos lo que podemos. Las cosas están terriblemente difíciles, y la muerte de Heydrich ha acabado de complicarlas —apostilló Karl.

—Por cierto, ¿qué pasará ahora con los tíos? —indagó Manfred—. He leído que tío Stefan estuvo en la operación de la Bestia Rubia[248] y que de no ser por la septicemia Heydrich habría sobrevivido a la intervención.

—Lo que sé lo he sabido, como tú, por los periódicos. Parece ser que la explosión de la bomba le perforó la pleura y le fracturó las costillas, pero la operación que llevó a cabo el doctor Dieck asistido por el doctor Hohlbaum y por tío Stefan fue un éxito. Su mala suerte hizo que un fragmento de crin de caballo del relleno del asiento y del cuero de la tapicería del Mercedes se le alojara en el bazo, produciéndole la septicemia.

»Al respecto de lo que me preguntas, imagino que los tíos regresarán a Berlín en cuanto lo haga la viuda de Heydrich. No tiene sentido que permanezcan en Checoslovaquia.

—¡Pobres checos, las consecuencias serán terribles! —opinó Knut.

Hubo un silencio denso que rompió Sigfrid.

—Las consecuencias serán terribles para todos... Pero a nosotros además se nos han complicado las cosas. Menos mal que, como tendrás que esconderte de nuevo hasta que las cicatrices hayan desaparecido, cuando salgas el temporal habrá remitido.

—Vamos a lo que nos incumbe, hermano.

—Ya he resuelto lo del quirófano. El cirujano plástico que te intervendrá es un fuera de serie y es judío; creo que con esto está todo dicho. El anestesista es el de la clínica de Wemberg; es de toda confianza y pertenece al partido. El día elegido es el martes próximo. Las fotografías que te hicimos ya las tiene el cirujano, y el tiempo de recuperación depende de tu encarnadura, pero creo que a finales del mes que viene podrás salir de Berlín.

—¿Y mis papeles?

—Te los haré yo, con los sellos que me proporcionará frau Solf, en el estudio de su hombre... Él estará en Hungría durante un tiempo, arreglando documentos encargados por el gobierno de España.

—¿Y la operativa?

—La condesa ha contactado con una tal Gertrud Luckner,[249] protegida del obispo de Friburgo, Conrad Groeber, y delegada de Caritas en Berlín. Por lo visto, esta mujer, que también ha ayudado a multitud de personas a huir de Alemania pero por otras vías, pilotará tu huida. Ahora está montando la red de ayuda para finales de julio. Para todos eres un caso muy especial. Todo se hará a través de Caritas; el padre

Robert Leiber, el amigo de tío Frederick, te espera en el Vaticano. Allí te pondrá en contacto con quien convenga.

—¡Juro por la memoria de Helga que si salgo vivo de esto, esos hijos de perra se acordarán de mí!

—Tiempo habrá para todo, Manfred. No olvides que la venganza es un plato que sabe mejor si se come frío —apuntó Karl.

—¿Cómo me sacaréis de aquí para ir a la clínica?

—Todo está calculado. Pasarás por el subterráneo al otro lado de la calle y al caer la tarde una ambulancia te trasladará, con toda la cara vendada como si te hubieras quemado. En la clínica de Wemberg hay tres habitaciones para urgencias, allí estarás seguro hasta que hayas cicatrizado.

—¿Sabe Hanna algo de todo esto?

—No le he dicho nada. Aunque cada día me pregunta si ya te has ido. Tiene bastante con lo suyo. La muerte de Helga también le afectó mucho. Anda metida en algo muy serio, pero con gente que me parece muy cualificada. No son unos terroristas aficionados. A uno lo conozco desde que me preparaba para la olimpiada, y tú también lo conoces. Es Vortinguer, ¿lo recuerdas?

—Perfectamente.

—Y el otro es un ayudante de cátedra al que me presentaron y que me pareció un buen jefe. Es prudente, no se pone nervioso y cuida mucho de Hanna. Su nombre es August Newman.

—¿Sabes algo de Eric?

—En el último permiso contactó con Hanna, pero no pudo verla. Lo tuvieron recluido en un hotel francés de la región de Saint-Nazaire.

—¿Qué sabes de nuestros padres?

—Siguen en Hungría desde que se fueron de Viena. Padre está buscando antecedentes españoles para refugiarse en la embajada. El gobierno de España ha dado órdenes a su embajador, Sanz Briz, para que documente a todas aquellas familias judías que puedan demostrar haber tenido un ancestro sefardí.[250]

—Nuestros padres no me preocupan. Padre siempre sabe cómo salir de las situaciones comprometidas; está hecho, como él dice, de «pasta de superviviente». La que me preocupa y mucho es Hanna. Cuida de ella, Sigfrid, y cuídate tú.

—De momento ocupémonos de ti. A los demás no nos buscan.

—De momento —añadió Karl Knut.

La galería de las mujeres

El viaje de Córdoba a Sevilla lo realizaron a reventacaballos, así que bastó jornada y media para que ambos entraran en la ciudad, y prefirió Simón hacerlo dando un rodeo, por la puerta de Jerez. Dos eran los centinelas del fielato que cautelaban la entrada; el resto del cuerpo de guardia, a aquella hora del mediodía, estaba comiendo. Apenas demandó ninguno información a Simón sobre las mercancías que pudieran trasegar, pues viendo a dos hombres con dos caballos y un mulo que portaban únicamente dos pares de alforjas, sospecharon que poco sería lo que mercaran y que debiera pagar el portazgo. Un somero registro les convenció de que lo que llevaban en ellas era de su uso personal. Cumplido el trámite se dirigieron, al igual que la última vez, a un figón ubicado en los aledaños de la plaza de la Contratación, próximo a la parte posterior del alcázar, uno de cuyos lienzos daba directamente a la aljama. Allí quedó Simón con las alforjas y la bolsa que siempre llevaba sujeta al arzón de su silla y fuese Domingo a buscar acomodo para las cabalgaduras a una dirección que le suministró el posadero y que se hallaba en los límites de la plaza del Pozo Seco, en la periferia de la judería. Partió el mozo montado en su garañón y llevando en su diestra la riendas del alazán de Simón y un ronzal sujeto al bocado del mulo, que, liberado de su carga, lo seguía dócil y alegre. En tanto Simón, portando en sus hombros parte de los pertrechos, se adentraba en la posada ayudado por el mesonero, quien llevaba el resto. El hombre le condujo a una habitación situada en el entresuelo cuya ventana daba directamente a una callejuela que desembocaba en la plaza de Doña Elvira, y temiendo el mesonero que a su inquilino no le agradara la ubicación, abrió el postigo y le encomió la animación y bullicio de la plaza, que se veía de refilón.

—Mejor y más distraído que éste no hallaréis lugar alguno de Sevilla; esta ventana es talmente un ojo abierto al mundo.

Simón sonrió, y luego de pagar por adelantado una semana de estancia y de dar una generosa propina al hombre, que se retiró entre mil reverencias, cerró la puerta y se estiró feliz en uno de los dos camastros, radiante y esperanzado, intuyendo que tal vez había llegado al final de su viaje.

Llegose Domingo a la dirección indicada y se halló frente a una construcción de una sola alzada con cubierta a dos aguas hecha de teja árabe y de barro cocido, con una gran puerta en su fachada central y un rótulo sobre ella en el que en grandes caracteres se podía leer: ALQUILER Y PERNOCTA DE CABALGADURAS. AQUILINO FELGUEROSO. Desmontó el mozo y acercando su inmensa humanidad a la entrada tiró del aldabón, obligando a que el recio puño de hierro golpeara la puerta con estruendo. Al poco se oyó desde el interior un arrastrar de pies acercándose y una voz somnolienta emitiendo un cansino «Ya voy...».

El portón se abrió dificultosamente, chirriando sobre sus goznes mal aceitados y rozando su parte inferior con la arenilla que ensuciaba el enlosado del suelo. Apareció en la abertura un individuo malcarado vestido al uso de los mozos que trajinaban ganado, sujetos sus calzones con una guita y cubierta su camisa con un viejo jubón al que el tiempo había arrancado los adornos de galoncillos y alamares de madroños y bellotas; llevaba recogidas las greñas de su larga e hirsuta cabellera con un redecilla negra de burdo cordón, y calzando sus pies, unos zuecos de madera y cuero llenos de barro que cubrían unas vastas medias que, en tiempos, debieron de ser bermejas.

Desde que el obispo de Toledo impartiera su munificencia sobre el Tuerto, nada había faltado, ni a él ni a su socio, en cuanto a cubrir sus necesidades, pero siendo como era que los tiempos eran duros y las perspectivas de ganar dinero, si no escasas, si por lo general intermitentes, ambos decidieron montar un negocio de lo único que conocía Felgueroso, y fue semejante al que ya había regentado en Toledo: tratante de caballos y alquilador de cabalgaduras, tanto de monta como de tiro. Puesto que en la cuadra que les alquiló un socio tenían espacio suficiente, construyeron en la parte posterior de la edificación un altillo soportado por unas vigas de madera que se empotraban en unos huecos de la pared del fondo y por dos pilotes de ladrillo en la parte anterior; a él se accedía por una escalera de gato, y les servía para guardar el forraje de los animales a fin de que la humedad del suelo no lo corrompiera. Al fondo de este desván habían abierto una ladronera a la que se llegaba por una portilla que se abría a media pared y que quedaba disimulada e insonorizada por las balas de paja que se amontonaban frente a ella. Cuando estaban construyendo el escondrijo, Felgueroso inquirió de su socio una explicación que le aclarara la utilidad de tal chiribitil.

—Nunca se sabe —respondió el Tuerto—. Lo mismo vale para esconderse uno que para amagar cosa valiosa que se intente hurtar a miradas indiscretas, y no olvidéis que en los tiempos que corremos ambas posibilidades son dignas de tenerse en cuenta.

—Y ¿de quién nos hemos de amagar, si se puede saber, o qué es lo que queréis guardar aquí?

—A lo primero os responderé que, de momento, de nadie, pero estando nuestro negocio tocando a la judería, bueno es tomar precauciones; no sería la primera vez ni la única ciudad donde los marranos hubieran pretendido atacar a los buenos cristianos. En cuanto a lo segundo, voy a aclararos algo. Ya os he comentado la entrevista habida con don Servando Núñez Batoca y las propuestas que me ha hecho a fin de resolver el embarazoso negocio referido a ese testarudo rabino que se niega a partir de Sevilla…

—Perdonad que os interrumpa, pero también me dijisteis que el obispo consideraba una opción apetecible que se convirtiera a la verdadera fe.

—Puede que a su ilustrísima le pluguiere la tal solución, no a mí, ¡por Belcebú! No querría contribuir a instalar cerca de los aledaños del poder a otro más que colabore a cagar el estofado de los cristianos viejos, añadiendo a su condición de recaudadores de alcabalas, alfaqueques o rastreros otras más ventajosas. Por tal, puedo deciros que jamás colaboraré a hacer de ese individuo otro influyente converso, de manera que la única solución que nos queda para ganar honradamente la otra mitad de los dineros prometidos es sin duda lograr que se largue con viento fresco a tierra de moros y deje el campo libre a las intenciones del obispo, que es quien paga, aunque éstas son mucho más tibias y soportables que las que auspicia el arcediano y con las que particularmente estoy mucho más de acuerdo.

—Y ¿acaso no sería más rentable presionar al gran rabino don Mayr Alquadex, que de médico real ha pasado a dirigir las finanzas reales?

—El cazador que con una daga intenta matar un oso de los montes astures, si no un imbécil, es por lo menos un insensato. Ese personaje es intocable; no es bueno desperdiciar pólvora en fuegos de artificio ni prudente medir malamente las propias fuerzas. Si queremos cobrar la pieza, que es lo mismo que lograr nuestros propósitos, debemos ser sensatos y medidos.

—Y decidme, ¿qué tiene este agujero que ver con lo que me estáis diciendo?

—Se me ocurre que es buen sitio para amagar algo.

—¿Amagar qué?

—Todavía no lo he decidido; todo a su debido tiempo.

—Y ¿cuánto cobráis por el alquiler de un espacio para tres cabalgaduras?

—Seis maravedíes diarios y el forraje aparte. Otra cosa es que tenga yo que proveer de mozo que cepille y cuide de los caballos; en ese caso, cuatro piezas más.

—Entonces únicamente os pagaré el alquiler de la cuadra; yo acudiré todos los días a forrajear y atender a los animales.

—El pago es por adelantado y por semanas, si no os importa; o sea, que me debéis la modesta suma de cuarenta y dos maravedíes. El sábado, cuando vengáis, me pagaréis el forraje que hayáis consumido.

Ese amable e inusual trato se lo inspiró a Felgueroso el aspecto imponente del otro.

Domingo extrajo de su escarcela los dineros que le había dado Simón y saldó la deuda, y al hacerlo no pudo evitar que la mirada curiosa del socio del bachiller Barroso se posara inquisidora en la anomalía de su mano. Luego condujo a los animales al lugar donde le indicó Felgueroso y, tras acomodarlos, partió hacia el figón donde le aguardaba su amo.

Cuando llegó a la posada, por la cara de su amo supo que su viaje había terminado.

—Ya sé dónde encontrar a la persona que vengo buscando desde que salimos de Toledo.

—No hace falta que me aclaréis nada, vuestro rostro habla por vos.

—No me extraña, pues han sido muchos años de esperanzas vanas hasta el día de hoy. ¿Has encontrado acomodo para las cabalgaduras?

—Ya están a resguardo; el lugar está cercano y el precio se ajusta al que siempre habéis pagado por tal servicio. Pero decidme, ¿adónde debemos dirigir nuestros pasos?

—El rabino Rubén Labrat ben Batalla conducirá la oración de la tarde en su sinagoga. Tú, si quieres, puedes quedarte. Yo voy a acudir allí a las seis en punto; sería estúpido, tras tantos trajines y viajes, demorar un instante la posibilidad de ver a Esther.

—Mi abuela me dijo que no os dejara nunca. Si hemos llegado hasta aquí después de tantos inconvenientes, como comprenderéis, no voy a abandonaros ahora.

Simón, pese a que hacía muchos años que conocía a Domingo, nunca dejaba de admirar el cambio prodigioso que se había operado en aquel muchacho que al principio apenas hablaba y que con el paso del tiempo se había convertido en el más fiel de los servidores, aunque él lo tratara siempre como un amigo.

—Te he dicho mil veces que sé cuidarme solo, y fue a mí a quien encargó tu abuela que cuidara de ti.

Seis ni se dignó contestar el argumento de su amo, pues, por manido y reiterado, le resultaba ya caduco.

—¿Cuándo queréis que partamos?

—Ve y come algo. En cuanto lo hayas hecho, nos dirigiremos a la aljama. Quiero moverme por sus calles y ver cómo viven mis hermanos en Sevilla.

Al cabo de media hora, partieron Simón y su criado hacia la puerta de Minjoar y por ella se introdujeron en la judería. Las calles estaban animadas y concurridas por gentes que iban a sus negocios diligentes y con un talante mucho más vivaz que sus coetáneos de Toledo. Vestían ambos ropas que no desentonaban en absoluto con las que portaban quienes pasaban a su lado, e incluso Simón, al entrar en el barrio, se colocó a la altura del hombro y sobre su capote, como era preceptivo, el infamante círculo amarillo. El corazón le batía dentro de la caja de su pecho, al punto que el joven pensaba que alguien que pasara junto a él se daría cuenta de su estado de ánimo. Como siempre, miraba a uno y a otro lado buscando una silueta femenina, esa vez más esperanzado que nunca de que en cualquier momento apareciera ante sus ojos la figura de Esther. Recorrieron calles y plazas y no hubo rincón de la aljama que no inspeccionaran. Fueron siguiendo la muralla hasta la puerta de Carmona, recorrieron Borceguinería, Clérigos Menores, hasta llegar a San Nicolás; luego pasaron por Toqueros hasta las Mercedarias para, finalmente, recorrer la calle del Vidrio hasta la de la Armenta. Empeño inútil. Simón presentía que estaba muy cerca de su amada, pero por el momento parecía que el instante mágico no llegaba. Se acercaron a un mesón para hacer tiempo tomando un refresco y a las ocho se dirigieron a la sinagoga de las Perlas, donde se iba a celebrar la oración de la tarde. Las gentes caminaban apresuradas para ocupar su lugar en el templo y ambos hombres se apostaron junto a la puerta que daba acceso a la galería de las mujeres, ocultando Simón el rostro en el embozo de su capa a fin de disimularse, ya que de acudir Esther al templo indefectiblemente debía de pasar por allí y no quería que la visión de su persona, por completo inesperada, le causara un desvanecimiento o algo peor. Fueron entrando las mujeres y el amado rostro no asomaba. Cuando ya el celador cerraba la cancela, rogó a Seis que le aguardara junto a la puerta de los hombres. Colocose sobre los hombros el taled que guardaba doblado en su bolsa y, destocándose de su picudo turbante y cubriendo su cabeza con la *kippá*, entró en el sagrado recinto. Los murmullos de los presentes resonaban en sus oídos como un rumor lejano. Los hombres se saludaban a la espera de que el rabino ocupara la *bemá*. Simón dirigió instintivamente su mirada a la celosía del piso superior, donde el habla más aguda de las mujeres se dejaba sentir, e intentó adivinar, a través de la cuadriculada rejilla de madera, el perfil del amado rostro.

Componían el templo tres pequeñas naves; la central era rectangular y estaba separada de las dos laterales, más bajas, por cuatro columnas cuyos capiteles, adornados con relieves de simbología semita, estaban unidos entre sí por arcos lobulados de estilo mudéjar. Sobre las naves laterales se ubicaba la galería de las mujeres. Del techo pendían, sujetas por sendas cadenas, ocho lámparas visigóticas de siete brazos cada una con las correspondientes bujías encendidas, que proporcionaban una luz cálida y uniforme por todo el tabernáculo. Al fondo se alzaba una plataforma, y sobre ella se hallaba colocada a un costado la *geniza*, donde se guardaban los libros sagrados; al otro costado estaba la *bemá*, desde donde el rabino se dirigiría a los fieles, y en ella, para mejor poder seguir las lecturas, había un atril de tres patas para colocar el gran libro; a su lado estaba la *menorá* con los siete cirios encendidos.

El murmullo menguante anunció que el celebrante se aproximaba, y Simón se aprestó a estirar el cuello para mejor ver al que suponía esposo de Esther. En cuanto el hombre, revestido para la ceremonia, entró en el círculo de luz, Simón reconoció al punto el noble rostro de un joven de la aljama de las Tiendas que todos los días, allá en Toledo, pasaba junto al almacén de su padre, siempre cargado de libros y de manuscritos, camino de la *yeshivá*, aunque desde luego mucho más maduro, con una barba mucho más crecida en la que se veían hilos de plata y una expresión circunspecta y preocupada en la mirada. Un sentimiento ambiguo embargó su espíritu. De una parte, el pensamiento de que aquel hombre era el dueño de Esther le removió la fibra más íntima de su entraña. De la otra intuyó, sin embargo, al ver la dignidad de su porte y la mesura de su gestualidad, que de no mediar entre ellos situación tan peculiar seguramente habrían podido ser amigos.

El rabino subió el escaloncillo de la *bemá* y, tras una inclinación de cabeza hacia el lugar donde se guardaba la Torá, se dirigió a sus fieles con una voz cálida y profunda.

—Queridos hermanos —comenzó—, sed bienvenidos a la casa de Yahvé. —Hizo entonces una ostentosa pausa y un murmullo recorrió a los presentes como si una premonición luctuosa estuviera a punto de ser anunciada—. Quiero hoy aprovechar la ocasión de esta reunión para hablaros, antes de iniciar la oración de la noche, de asuntos muy delicados que afectan no solamente a aquellos de vosotros que moráis en esta aljama sino también a cualquier hermano que viva en Sevilla y, aún os diría más, en cualquier ciudad de las que florecen en los reinos cristianos de la península Ibérica. Me acongoja anunciaros que soy portador de malas nuevas y que tenéis dos únicas opciones: matar al mensajero o atender a las admoniciones que debo haceros. Los tiempos son malos, y la angustia y la confusión van a adueñarse de nuestros espíritus... porque el tiempo de la tribulación va a llegar de nuevo, pero siendo como digo malos, os auguro que pueden todavía ser mucho peores. Tristemente, yo ya he vivido una situación pareja, y los síntomas de entonces no eran, ni con mucho, tan alarmantes como los que ahora percibo.

»El pasado mes de *adar* tuvimos un anticipo de lo que puede venir, y os consta que, pese a los esfuerzos del alguacil mayor, don Álvar Pérez de Guzmán, y de los alcaldes de la ciudad, la furia desatada del pueblo amotinado contra nosotros, por este individuo al que no me atrevo a nombrar en la casa de Jehová, destrozó varios comercios y allanó más de diez de las casas de la aljama. Pues pese a todo ello, os digo que el día de la desolación y de la ira aún no ha llegado. —Una nueva pausa, que sirvió para que la congoja se apoderara de los espíritus allí reunidos, se transformó en un tenso y expectante silencio que hacía que el crepitar de las velas deviniera un fuerte sonido. Luego la voz de Rubén se hizo sentir de nuevo—. Hermanos, debo deciros que habrá entre vosotros algunos que, aterrorizados por los sucesos, apostatarán de su religión. No los juzguéis con acritud, porque el miedo es como el lobo y acosa a las almas de manera que las circunstancias no son las mismas para todos. Otros venderán sus negocios y partirán al destierro; si tal hacen y queréis comprarlos, no abuséis de tal situación y dadles un justiprecio... Y los que os quedéis, permaneced unidos a fin de ayudaros porque el tiempo del crujir de dientes está cerca. —Aquí hizo otra pausa—. He sido presionado para que reniegue de mi religión y me convierta al cristianismo. No he cedido, pero quien tal haga y no sea rabino, no debe ser juzgado. Mi conciencia me dicta que mi sitio está entre vosotros; si los pastores renuncian a sus tareas, ¿qué será de las ovejas? Ello añadiría a la apostasía, a mi modo de ver, una falta de escándalo puesto que algunos de vosotros me consideraríais un renegado, y no sin razón. Por tanto, empeño mi palabra, aquí y ahora, de que pase lo que pase yo estaré con vosotros hasta el final. He sido amenazado en aquello que más atribula y aflige a un hombre, que es la seguridad de su familia. Lo he meditado muy bien y soy consciente de a lo que me expongo y a lo que comprometo a los míos; tampoco por ahí ha flaqueado mi espíritu ni mi sentido del deber. Se me exige que abandone la dirección de esta sinagoga y marche de Sevilla; no conseguirán que mi ánimo flaquee. Podrán quizá matarme, pero vuestro rabino sabrá morir con dignidad... Pretendo presentarme ante Elohim con la cabeza alta y habiendo cumplido con mi deber, hasta el sacrificio máximo, que es renunciar a lo que más quiero y, tal vez, perder hasta la vida, pero nada ni nadie hará que os abandone.

La cara del rabino se había transfigurado y una palidez cérea cercana a la muerte invadía su semblante.

—Ahora, en vez del habitual Ma'arib,[251] como excepción, vamos a entonar los cantos del día de la Expiación. Abrid vuestros libros por la página de los *amoraim*[252] y acompañadme en la plegaria.

La voz rotunda de Rubén rebotó vibrante en las paredes de la sinagoga.

—«Hemos transgredido, Altísimo, hemos obrado mal, y

por el pecado dentro del que hemos pecado suplicamos tu clemencia. No abandones a tu pueblo, Señor en el día de la tribulación y de la tiniebla.»

El ruido de un cuerpo al caer hizo que todas las miradas convergieran en la galería de las mujeres. Luego una voz exclamó:

—¡Un médico, un médico, por favor, se ha desmayado una mujer!

Se produjo el consiguiente revuelo, e inmediatamente salió de entre la multitud un galeno que, acompañado por Rubén, se dirigió a la disimulada escalera que hasta allí ascendía, en tanto que las gentes iban abandonando el sagrado recinto, practicando aquello a lo que tan propenso era el pueblo judío, que consistía en debatir todas las cuestiones, unos comentando consternados el sermón del rabino, otros argumentando que eran exagerados sus augurios y, finalmente, otros hablando del incidente de última hora e intentando ver desde abajo, y a través de la celosía, lo que había ocurrido en la galería de las mujeres.

Simón, al terminar la oración, fue saliendo en busca de Domingo, consciente de que la necesidad de encontrar a Esther se había transformado en una cuestión de vida o muerte.

Bordeando el precipicio

La muerte del protector de Bohemia y Moravia produjo una convulsión en Berlín. Las honras fúnebres fueron las correspondientes a un jefe de Estado, y el Führer, en su elegía, lo designó como «el más leal y fiel servidor del nacionalsocialismo, desde los primeros tiempos de Munich».[253] A la Gestapo los dedos se les antojaban huéspedes, y veían enemigos por todos partes.

August Newman y Hanna se habían reunido en un café del barrio de Weding, en la periferia de Berlín, en el que vivían muchas familias obreras. El sitio era tranquilo y estaba muy cerca de la vivienda de Newman, aunque Hanna lo ignoraba.

—Perdona que te haya hecho venir hasta aquí, pero dentro de tres cuartos de hora tengo citado a Vortinguer en mi apartamento y no me daba tiempo de acudir hasta el centro.

—Está bien, no te preocupes.

Hanna miró en derredor. El café era uno de tantos y parecía el lugar de reunión de algún equipo de ciclismo debido al número de trofeos arrumbados que amarilleaban en las vitrinas y a los pocos carteles pegados en las paredes, en uno de los cuales se anunciaba la carrera de los Seis Días de Berlín, pues el régimen aprovechaba cuantas ocasiones se presentaban para dar una sensación de normalidad al pueblo. Se ubicaron al fondo junto a la puerta de servicios, vigilando, como de costumbre, la entrada del local.

August abrió el diálogo y al desgaire, como quien toca un tema intrascendente para hacer tiempo, preguntó:

—¿Qué sabes de tu novio?

—Nada, desde hace meses... Y pese a que le he escrito varias veces, me temo que él tampoco sabe nada de mi vida, y no me refiero a la que no puedo explicar, sino a meras noticias de mi persona. Es todo tan complicado... Piensa que debo enviar las cartas a Kiel o a Saint-Nazaire, y desde ambos lugares hacen por que los marinos reciban noticias en medio del mar. Si el correo de tierra va manga por hombro, imagínate que ocurre con el de los submarinos. Es un milagro que de vez en cuando llegue una carta.

August se quedó un instante pensativo. Tomó la petaca en las manos y, tras pedir permiso a la muchacha con un breve «¿Puedo?», cargó la cazoleta de su pipa parsimoniosamente. Luego, tras apretar la mezcla con el atacador, la encendió y, dando una larga calada, lanzó al aire unos círculos de humo que se fueron desflecando a medida que se agrandaban. A Hanna le recordaron los aros olímpicos, y su pensamiento fue mucho más lejos en el tiempo y le pareció que desde 1936 había transcurrido un siglo.

—¡Qué vieja soy! El año de la olimpiada tenía diecisiete... y ya tengo veintidós.

—¡Qué barbaridad! Eres realmente una anciana, Hanna.

—Pues te parecerá una tontería, pero creo que las circunstancias han obligado a nuestra generación a vivir muy deprisa.

August se puso serio.

—En esto te doy la razón. Es cierto que todos estamos haciendo cosas que jamás pensamos hacer y que nuestras vidas han sufrido unos batacazos que en circunstancias normales jamás habrían experimentado, pero es lo que hay. No puedes apearte de este tren en marcha. Al menos en mi caso, la conciencia me reprocharía que viviera sin intentar hacer algo, cuando tantos mueren sin haber cometido otro delito que haber nacido de un color u otro o en el seno de una u otra religión.

—A todos nos pasa lo mismo. Amamos a Alemania y odiamos la injusticia; ésos son los motores que empujan nuestro idealismo.

Con un movimiento reflejo, el joven, tomando el atacador, acondicionó la brasa de la pipa.

—Hanna, tú eres judía y él es ario; en Núremberg se promulgaron leyes que prohíben a un ario casarse con una judía o viceversa. Él está en un submarino defendiendo a esos animales. ¿Cómo se come este guiso?

La muchacha se sorprendió viendo el giro que tomaba su encuentro.

—La leyes de Núremberg de 1935 no me atañen. Entre los semitas, el linaje lo transmite la mujer. Mi madre es de credo católico aunque, por deferencia a mi padre, en mi casa siempre se respetaron las tradiciones judías, pero yo no soy judía. En cuanto a lo que me dices tocante a que está en un submarino defendiendo a esos animales, te diré que, en primer lugar, no tuvo opción, y en segundo lugar, que defender Alemania de la agresión de potencias extranjeras no es ningún delito. Esos animales, como tú los llamas y con razón, pasarán, y Alemania pervivirá.

Hanna se había mosqueado.

—Te aprecio demasiado y te admiro todavía más para desengañarte al respecto de muchas cosas, pero lo que no haré por no disgustarte es ocultarte lo que pienso. Esa gente no mide, aunque al principio así quisieron hacérselo creer al buen pueblo alemán, entre judíos que no lo son por parte de uno de los cónyuges y judíos que lo son porque la madre lo es. Te admitiré que matizan entre judíos de primera y de segunda clase, pero, al final, todos irán a parar al mismo saco.

—Si insinúas que Eric no se casará conmigo porque soy judía, te equivocas.

—Yo no he dicho tal cosa, pero si la guerra, que Eric está ayudando a ganar, acabara con la victoria de Hitler, no podríais vivir en Alemania.

—¡Pues viviríamos en el Congo!

—Lo siento, Hanna, ¡eres fantástica! Si algún día te hiciera falta un profesor idealista y algo chiflado para marchar al Congo porque algo en tus cálculos hubiera fallado, este imbécil que te ha hecho enfadar está en la cola —añadió adornando su expresión con una media sonrisa que confundió a la muchacha, la cual no supo si hablaba en serio o en broma.

—Perdóname tú. Sé que lo que me dices es verdad, pero no quiero oírlo. Si te parece, vayamos a lo nuestro.

August limpió con el rascador la cazoleta de su pipa.

—Todos estamos nerviosos, pero tienes razón, vayamos a lo nuestro. Han llegado noticias de Munich. Pasado mañana, miércoles, a las diez de la mañana y a la vez desde todas las universidades alemanas en las que esté constituida la Rosa Blanca, se han de repartir unas octavillas con este texto.

Diciendo esto último, August, tras comprobar que nadie había alrededor, extrajo del bolsillo superior de su cazadora un papel doblado y lo entregó a la muchacha.

Hanna lo leyó.

> PUEBLO DE ALEMANIA. YA HA CAÍDO UNO DE LOS MÁS ENCARNIZADOS ENEMIGOS DEL PUEBLO JUDÍO. DIOS HACE JUSTICIA PERO NECESITA BRAZOS EJECUTORES QUE CUMPLAN SUS DESIGNIOS. SI TENÉIS OCASIÓN DE BOICOTEAR, DE ALGUNA MANERA, EL SISTEMA, ¡HACEDLO! DE ESTA FORMA ABREVIAREMOS LA GUERRA PACTANDO CON LAS POTENCIAS EXTRANJERAS. CUANTO MÁS LARGA SEA LA CONTIENDA, MÁS DIFÍCIL SERÁ CONVENIR UNA PAZ HONROSA.
>
> POR ALEMANIA, ¡ACTÚA!, NO SEAS DE LOS QUE ÚNICAMENTE HABLAN.
>
> LA ROSA BLANCA

—Esto es fuego —comentó Hanna—. ¿Cómo dices que hay que distribuirlo y quién nos proveerá de este material?

—El paquete estará en el sitio que se indicará oportunamente en cada facultad. Cada uno lo repartirá según le parezca, buscando como siempre la mayor efectividad. Tú has de convocar a tu grupo y dar las órdenes pertinentes para que el material vaya a parar al mayor número de estudiantes posible. Si reparten ocho en cada facultad, hemos calculado que los objetivos se habrán cumplido.

—¿Lo sabe Vortinguer?

August tomó de las manos de la chica el manifiesto, encendió su mechero y, sujetando el papel entre el pulgar y el índice, le prendió fuego. En tanto se convertía en pavesas voladoras, respondió:

—Él es quien ha traído la orden de Munich y quien se está encargando de hacer las copias a ciclostil. El miércoles lo tendrás en la facultad. La mujer de la limpieza, cuyo hijo murió en Kransibor, lo introducirá entre sus cosas en la universidad; a ellas nunca las registran. El sitio te lo dirá Vortinguer; te esperará junto al estanque de los lotos a la nueve. Haz lo que puedas, pero no te arriesgues. Siempre sufro por ti.

La visión

A Esther, que había acudido a la sinagoga en compañía de Myriam, como tenía por costumbre, una hora antes para ayudar a su esposo a preparar el sagrado recinto y había accedido a él por la parte posterior, la llevaron entre Rubén y otros cinco hombres hasta la pequeña entrada del patio de la calle Archeros totalmente desvanecida. Seguían a la comitiva Myriam y Sara, que no cejaba en su empeño de emular a las plañideras que seguían los entierros, llevando las pertenencias de su niña, como aún la llamaba, en tanto explicaba al médico lo que ella habría hecho en caso de haberse encontrado sola en aquel aprieto, de modo y manera que la enterada en cuestiones de salud parecía ser ella y no el galeno. Al llegar a la cancela, el fuerte perfume del limonero que ornaba el pequeño jardín pareció vivificar a la muchacha, que ya volvía en sí; sin embargo, su lividez cadavérica alarmó a Rubén, quien ordenó a la comitiva que se detuviera en tanto el ama, Myriam y el doctor acompañaban a la casi desmayada Esther a su dormitorio. Los hombres que habían ayudado en el apurado trance se despidieron rogando, dos de ellos al rabino, que tuviera la amabilidad de recibirlos al día siguiente ya que, no siendo aquel el momento apropiado, querían evacuar consultas lo antes posible. En cuanto Rubén se encontró solo, subió rápidamente los tres peldaños que le separaban del porchecillo de su casa y se introdujo en ella. La vivienda, sin ser modesta, no era ni con mucho comparable a la quinta que, por insistencia de su mujer, habían abandonado junto al Guadalquivir. En la planta baja se ubicaba, en primer lugar, un recibidor, del que arrancaba una escalera que iba al piso superior. Tras el recibidor había dos puertas: la primera se abría a una salita con chimenea en la que hacían la vida de todos los días, y desde la que se accedía al despacho de Rubén y a un cuarto grande donde Benjamín pasaba horas jugando con su cachivaches; la segunda puerta se abría a una cocina, que a su vez daba a dos cuartos; en el de la derecha se alojaban dos criados, y en el de la izquierda, Gedeón —tan viejo estaba, que ya no podía subir escaleras—. La cocina daba a la parte posterior de la casa, donde había un pequeño jardín en cuyo fondo se hallaba un cobertizo, un lavadero y una leñera; desde ella, también se accedía al comedor. Todas las estancias estaban rodeadas por una pequeña y estrecha galería cubierta que rodeaba la construcción, y estaban provistas de sendas ventanas que proporcionaban claridad diurna durante las horas que el astro rey presidía la bóveda celeste. En la parte superior, allí donde desembocaba la escalera que arrancaba desde el recibidor, se hallaba un distribuidor con cinco puertas que correspondían a cuatro dormitorios y a un excusado, lujo este último que databa del tiempo de los árabes, que habían sido los constructores de la vivienda, y que constituía algo poco común en aquellos días, pues no era frecuente que una cañería que bajaba por el exterior adosada a la pared abocara, a través de un albañal, todos los detritus e inmundicias de sus moradores en un pozo negro.

Apenas pudo, Rubén se precipitó escalera arriba hacia la habitación en la que, en una gran cama, atendida por el físico y por Myriam y acompañada por los sollozos contenidos del ama, reposaba Esther, quien ocupaba aquel dormitorio desde que, de acuerdo con él, habían decidido dormir separados. Apenas entrado en la estancia y viendo su estado, el médico se adelantó a tranquilizarle.

—Ha sido producto del bochorno... El gentío y el humo

de las velas producen un calor que, sumado al que de por sí es propio de la canícula, al ascender se concentra en la parte superior de la sinagoga y hace que la galería de las mujeres esté ardiendo como una marmita al fuego, mucho más caliente que la parte baja, donde están los hombres. Además, por lo que me han contado vuestra ama y la esposa de dom Vidal, parece ser que vuestra esposa se ha instalado allí mucho antes de que abrierais las puertas a la gente, de modo que se ha ido sofocando. Todo ello, sumado a la angustia que puede haberle producido hoy vuestro sermón, por cierto muy alarmante, y al hecho añadido de que estaba menstruando, la ha superado y le ha provocado un vahído del que ya se ha recuperado. De momento, le he dado una pócima hecha con dormidera, en muy escasa medida, para que descanse. Le he recetado también unos polvos hechos con ajenjo, que le suministraréis cada mañana disueltos en una copa de vino de Málaga, y unas cataplasmas de hojas machacadas de perejil con maíz, semilla de lino y tomillo que, dispuestos entre dos lienzos finos, calientes, deberán colocarse en el bajo vientre; algunas mujeres tienen fuertes dolores durante su período... Espero que no sea nada importante. Pero caso de que no mejorara, cosa que estoy seguro que hará, mandadme buscar. De todas formas, muchos síntomas dolorosos de las mujeres cesan en cuanto se les acaba la menstruación. Resumiendo: no tengáis la menor desazón y alejad cualquier zozobra de vuestro espíritu; la crisis ha pasado, y mañana estará como una rosa.

—Gracias, doctor, me habéis devuelto la paz. Si sois tan amable de decirme qué os debo, ahora mismo en mi despacho saldaré mi deuda.

—No tengáis prisa, ya os enviaré la nota de mis honorarios. Y cuando lo creáis oportuno me enviáis a Gedeón, quien, por cierto, quiere que lo visite.

Ambos hombres se dirigieron hacia la puerta del dormitorio, no sin antes dar el galeno una somera mirada a la enferma, que descansaba recostada en una montaña de cojines.

Esther oyó, en el duermevela provocado por la dormidera, las voces que se alejaban hacia el distribuidor de la escalera, y advirtió que su marido, refiriéndose al viejo criado, decía al galeno: «No hagáis caso a ese viejo cascarrabias, que se incorpora al punto cualquier achaque del que tenga noticia por algún vecino, diciendo que es el rigor de las desdichas, que Jehová se ha olvidado de él y que todos los males hacen presa en su castigado pellejo».

Cuando las voces se perdieron, continuó con los ojos cerrados. Indicó a Sara que se retirara y apagara los velones, que la dejara con su amiga, que dijera a su esposo que iba a dormir y que, por favor, la dejara descansar.

Cuando el ama cerró la puerta, Esther se incorporó en la cama y a oscuras se dispuso a relatar a Myriam la auténtica raíz de su desmayo.

Su mente, ofuscada por la droga que le había suministrado el doctor, creía haber tenido alucinaciones.

—¡¡¡Le he visto!!!
—¿A quién habéis visto?
—¡He visto a Simón! ¡Sin duda era él!

¡Por mucha que fuera la distancia, a pesar de la penumbra y aun tapada por la celosía, no cabía la confusión! Su perfil amado, aquella manera de colocarse el taled, sus profundísimos ojos negros, que en tantas ocasiones la habían mirado con arrobo, y los rizos de su negro cabello, sedoso y ensortijado, que escapaban de su *kippá* no admitían confusión alguna. La providencia de Elohim había hecho el milagro y lo había regresado hasta ella, desde el país de los muertos, en la situación más angustiosa y necesitada de su vida. La droga iba aumentando su efecto y el sueño abatía sus párpados; no estaba cierta de si todo aquello era un desvarío o si había ocurrido en realidad.

—Es mejor que descanséis. Mañana vendré a veros. Hacía mucho calor y, en esas circunstancias, no sería extraño que hubierais tenido un espejismo.

—¡Le he visto tan claramente como ahora os estoy viendo a vos!

En aquel instante la puerta de la habitación se abrió y, alumbrada por una palmatoria, apareció la figura de Rubén, suspendiendo el diálogo de las dos amigas.

Su voz era un susurro.

—¿Estáis bien, esposa mía? ¿Puedo hacer algo por vos?

—Nada, Rubén; estoy mejor, dejadme descansar. Mañana hablaremos. Acompañad a Myriam, que ya se iba.

—Dejaré la puerta de mi dormitorio abierta; si queréis algo, no tenéis que hacer sino llamarme.

—No os molestaré, pero gracias de todos modos.

—Adiós, amiga mía, mañana vendré a veros. Si algo de mí os hace falta, nada más tenéis que hacerme avisar. —Myriam, con el dorso de su mano, depositó una leve caricia en la mejilla de Esther.

Ésta vio cómo la luz del pabilo de la vela se alejaba en tanto que las sombras de Rubén y de su amiga crecían en la pared del fondo del descansillo.

Lluvia de octavillas

Hanna llegó a la facultad a las ocho y media. El tráfico de estudiantes era el de siempre, pero el volumen de las discusiones tal vez era superior al de los días normales. La muerte de Reinhard Heydrich había soliviantado a la masa estudiantil y todos los comentarios versaban sobre el mismo tema. La muchacha se dirigió al rincón del estanque de los lotos, que era el lugar acordado para recibir las últimas instrucciones, y al llegar vio que Vortinguer la estaba aguardando. Con un gesto de su mano lo saludó desde lejos y cuando se acercaba vio cómo el otro arrojaba al suelo la colilla del cigarrillo que estaba fumando y, tras pisarlo con la punta del pie, se dirigía a su encuentro. Ella se detuvo bajo los arcos del claustro y esperó.

A su alrededor iban y venían estudiantes, saliendo unos y acudiendo otros a sus clases. Al llegar a su lado, Vortinguer bajó la voz.

—Lo que vas a repartir hoy es dinamita y tal vez sea el mensaje más importante que hayas podido transmitir. Es vital que llegue al mayor número de estudiantes posible. Prepara a tu gente; cuantos más seáis, antes acabaréis. Siento no poder ayudarte, pero debo dar las últimas instrucciones a las demás facultades. Tienes todo en una bolsa de deporte de lona amarilla que está en el cuarto de la limpieza, junto a la escalera, en el segundo piso. Procura que sea a las diez en punto. ¡Adiós y suerte!

Vortinguer se alejó con el paso elástico de antiguo atleta.

Hanna se dispuso a reunir a su equipo para transmitirles el mensaje. Bajó la escalera que desembocaba en el bar de la facultad de derecho y, antes de embocar el último tramo, salió a su encuentro Emil Cosmodater, quien hacía las funciones de enlace entre ella y el grupo.

—Lo tenemos chungo, Hanna. La gente está acobardada y solamente he podido reunir a tres.

Hanna se detuvo en el descansillo.

—¡Pero ¿cómo en el día más importante esos gallinas se esconden?! Hay que repartir el material, y si faltan cuatro es imposible que lo hagamos como de costumbre.

—Yo estoy aquí, a mí no me armes la bulla.

La muchacha reflexionó un instante.

—Está bien, reúne a la gente en el segundo piso, junto a la puerta del cuarto de trastos. Yo voy para allá.

Hanna subió los ocho tramos de escalera que la separaban de su objetivo. Miró a ambos lados, abrió la puerta del cuartucho y se introdujo en él. El olor a desinfectante y a humedad lo invadía todo. Buscó a tientas el interruptor de la luz y lo activó. Una bombilla de pocos vatios se prendió en la tulipa invertida del techo, esparciendo una tenue luz por la estancia. La bolsa amarilla estaba en el suelo, bajo un estante. Hanna abrió la cremallera a fin de comprobar el contenido. Ocho paquetes convenientemente encintados se hallaban en su interior. ¡Había que repartirlos! Su grupo no iba a ser menos que ninguno, y aquello era nada al lado del hecho protagonizado por su gemelo. Su corazón trabajaba a ciento cincuenta pulsaciones. ¡No había tiempo que perder! Tomó la bolsa y se asomó al exterior. Los tres componentes del grupo de Emil ya estaban allí. Entregó un paquete a cada uno de ellos.

—Repartidlos entre la gente que conocéis. No cometáis errores; la mercancía es muy importante, y no os ha de quedar ni una octavilla, pero ¡ojo! ¿De acuerdo?

Todos asintieron y cada uno se fue por su lado.

—¿Qué vas a hacer tú? —interrogó Emil—. Te quedan cuatro paquetes.

—No te preocupes, me las arreglaré.

El muchacho puso cara de «no sé cómo» y se fue con su paquete a cubrir su zona.

Hanna tomó la bolsa de deporte con el resto de la mercancía y bajó al bar. Allí el alboroto era si cabe más notable que en el resto del recinto. Los estudiantes iban y venían pugnando por un lugar junto a la barra. Hanna se abrió paso a codazos arrastrando la bolsa en un brazo y sus libros en el otro. Tras del mostrador servía un camarero que la conocía y que siempre la trataba con especial deferencia. Ante ella quedaba el último reducto de carne humana que, acodada en la barra, le impedía el acceso a la misma. El barman la vio.

—¿Quiere algo, frau Shenke?

Hanna respondió improvisando una voz nasal como si estuviera constipada.

—¿Puede darme cuatro huevos crudos? Me los beberé entre las clases, a ver si se me quita esto...

El camarero la miró con extrañeza.

—Si quiere le preparo un ponche; no he oído jamás que un catarro se cure con huevos crudos.

—Es una vieja receta de mi abuela, que es de la región de Maguncia.

—Cada día se aprende algo nuevo. Voy a por ellos.

El hombre desapareció en la trastienda apartando una cortina de ganchos metálicos, que quedaron danzando tras él, y al poco apareció de nuevo portando en sus manos cuatro huevos.

—Ahí tiene, fräulein, y que no sea nada.

—¿Qué le debo?

El hombre pareció indeciso.

—Voy a preguntar; nunca he vendido huevos crudos.

Se acercó a su compañero, que estaba al otro extremo de la barra, y tras una breve consulta regresó.

—Medio marco. ¿Le parece bien?

—Lo que me diga, y muchas gracias.

Hanna abonó el precio indicado y guardando con cuidado los huevos en la bolsa salió de la cafetería. En el reloj de la torre daban los tres cuartos. Le quedaban quince minutos para poner a punto su plan.

La escalera del bar ascendía desde el sótano hasta la planta de la calle; desde allí arrancaba la que iba a los cinco pisos superiores. En cada uno de ellos, la balaustrada circunvalaba la planta, y las puertas de las aulas y dependencias se abrían a ella, de modo que, asomándose a la barandilla desde cualquier punto, se dominaba toda la perspectiva de la entrada. Las clases se desarrollaban en los tres primeros pisos. En el cuarto se ubicaban la biblioteca del claustro de profesores y su sala de juntas. Y en el último estaban los despachos del rector, del decano, del vicerrector y de los jefes de estudio de cada una de las facultades. Hanna se había paseado por allí en compañía de Helga en infinidad de ocasiones. Desde el lado del despacho del rector, arrancaba una galería cubierta que se unía con otra, ésta al aire libre. Desde allí, una escalerilla interior conducía a los pisos inferiores, desembocando en un ángulo del patio central, lo que permitía a los altos cargos abandonar sus despachos, si convenía, sin tener que transitar entre los estudiantes.

Hanna, que de ninguna manera pensaba desengañar a quienes habían confiado en ella, había trazado su plan.

Subiría hasta el último piso, que en horario de clases estaba poco frecuentado. Simularía, si alguien le preguntaba, que iba a ver a su jefe de estudios. Aguardaría hasta que dieran las diez en el reloj de la torre. A continuación, cuidando que nadie apareciera por el pasillo, lanzaría los huevos al vestíbulo central por encima de la balaustrada. Por lógica, la masa estudiantil que estuviera transitando por allí dirigiría la mirada hacia el lugar donde hubiera sonado el impacto; entonces, aprovechando el alboroto y la confusión, Hanna volcaría el contenido de la bolsa por el hueco de la escalera, sin asomarse por la baranda. Después, aprovechando el pandemónium que sin duda se formaría, ganaría la galería cubierta para descender al patio del otro lado por la escalera secundaria y desde allí se dirigiría a la calle.

Cargó en un hombro la bolsa amarilla y en el otro la cincha de sus libros y se dirigió sin prisas hacia el quinto piso. La gente pasaba por su lado indiferente a los latidos del acelerado galope de su corazón. Llegó al quinto piso sin incidentes y, luego de dejar sus libros junto al banco destinado a las visitas ubicado frente al rectorado, procedió a retirar las cintas que sujetaban las octavillas.

Cuando todo estuvo preparado, aguardó tensa a que el gran reloj diera las horas.

Las campanadas comenzaron a sonar. Imaginó que cada uno de sus compañeros cumpliría con lo previsto, y ella no iba a ser menos. A la segunda campanada tomó la bolsa por las asas y se acercó a la barandilla. La tentación pudo más que la prudencia y asomó ligeramente la cabeza para ver el conjunto de los de estudiantes que se movían en aquel momento por el vestíbulo. Desde allí parecían talmente una legión de hormigas tanteándose con las antenas a fin de reconocerse y luego seguir cada una a lo suyo. Y lo suyo en aquel momento era repartir dos mil octavillas, en el mínimo tiempo posible, para que un gran número de estudiantes se concienciara y colaborara con la Rosa Blanca. Hanna aspiró profundamente, pensó en los miles de judíos deportados, pensó en sus padres, en sus hermanos, en Eric... Pero, sobre todo, pensó en Helga. A todos les debía lo que iba a hacer. August Newman estaría orgulloso de ella. El tiempo se acababa. Las campanadas avanzaban inexorables. Tomó dos huevos en cada mano y los lanzó al espacio por encima de la barandilla. El impacto quedó ahogado por los gritos y el tumulto que se formó al instante. A continuación, sin dar tiempo a que nadie reaccionara, volcó la bolsa amarilla por el inmenso hueco de la escalera central. Las octavillas fueron desapareciendo de su vista como una bandada de pequeñas golondrinas blancas y negras que ganaran su libertad. La tentación de nuevo volvió a ser demasiado poderosa y a hurtadillas volvió a asomarse para ver el alboroto que se había organizado abajo. La cosa no podía haber ido mejor. Las corrientes de aire ascendentes habían desviado alguno de aquellos folletos y éstos habían ido a parar a los pavimentos de los pisos inferiores, sin llegar a caer al fondo, de modo que estudiantes asistentes de todas las clases recogían de los suelos los demoledores y subversivos panfletos. Hanna se dispuso a huir por la escalera secundaria.

A Hans Fedelman, el vicerrector, un nazi convencido, la batahola le sorprendió en su oficina preparando una conferencia que el partido le había ordenado pronunciar al día siguiente en el paraninfo de la facultad de derecho. Alarmado por el barullo que llegaba de los pisos inferiores e imaginando que sería otra vez un altercado entre estudiantes, salió al rellano en el que se ubicaba su despacho y asomándose a la baranda vio el porqué de tal escándalo. Súbitamente un movimiento que se produjo justo enfrente del lugar donde se hallaba llamó su atención. Alguien se precipitaba hacia la galería por la que se descendía a los patios. No tuvo tiempo de reconocer a la persona; sin embargo, algo en el suelo despertó su curiosidad. Una llamativa bolsa de deporte de color amarillo yacía abandonada. Circunvaló el gran rellano y se dirigió hacia el lugar. Se agachó a fin de observar el interior del macuto y entonces los vio: amarrados con una cincha de cuero en el banco de las visitas del rector, descansaba, olvidado, un paquete de libros. Tomó uno de ellos y en la primera página pudo leer, escrito con buena letra gótica, el nombre de su propietaria. Aquellos días, debido al asesinato de Heydrich, la sensibilidad de los gerifaltes del partido estaba a flor de piel; su cerebro se puso a maquinar rápidamente. Se precipitó hacia el interior de su despacho y descolgando de su horquilla el auricular del interfono, que estaba sobre su mesa, tocó el botón correspondiente a la conserjería. La metálica voz del portero sonó en su oído.

—Martin, soy el doctor Fedelman. ¡Cierre inmediatamente las puertas de la universidad y que no entre ni salga nadie!

—¿Quiere usted decir nadie, nadie?

—Eso he dicho. ¡¿Es que está usted sordo?!

—No, herr doctor, me refería a los profesores.

—¡Nadie es nadie! ¿Me ha entendido?

El doctor Fedelman, luego de colgar el interfono, levantó el negro auricular de su teléfono y marcó el número de la central de la Gestapo.

Vortinguer aguardaba junto a su BMW a que dieran las diez para observar el efecto que causaba en los estudiantes, que iban a salir, el reparto de folletos. Luego pensaba dirigirse al bar donde acostumbraban reunirse para, mediante una serie de signos cabalísticos acordados con sus cómplices, dar cuenta del mayor o menor éxito de la misión.

Al momento observó que algo debía de haber ocurrido en el interior cuando vio a los conserjes precipitarse a la calle y disponerse a cerrar rápidamente las grandes rejas de hierro que custodiaban el acceso a la universidad. Un instante después el corazón se le vino a la garganta, pues en la lejanía su oído distinguió el ronco ulular de las sirenas que caracterizaba a los coches de la Gestapo.

Tres automóviles negros se detuvieron en medio de un chirriar de frenos frente a las puertas del edificio y de cada uno de ellos saltaron cuatro hombres que se precipitaron al interior mientras los conductores quedaban junto a los vehículos. Los guardias municipales, en tanto, habían acordonado la zona y obligaban a circular a los grupos de transeúntes que, curiosos, se habían estacionado para ver qué ocurría. Karl, junto a su motocicleta, hizo como si estuviera mirando algo del carburador que alimentaba el cilindro de la derecha.

Pasaron quince minutos, veinte, media hora. La sangre huyó de su rostro. Por la puerta principal, esposada con las manos a la espalda, como una delincuente común, entre dos hombres de la Gestapo, apareció Hanna. Su gesto era orgulloso y su actitud arrogante.

En dos empellones, agachándole la cabeza, la introdujeron en el primer coche. Al punto éste se puso en marcha y en medio de un aullar de sirenas arrancó violentamente.

Karl saltó sobre su motocicleta y, dando una patada a la palanca, la puso en marcha. Luego, sorteando el tráfico, se colocó a una prudente distancia del coche de la policía a fin de seguir tras él sin llamar la atención. Después de un zigzagueante recorrido que duró diez minutos, el fúnebre vehículo se detuvo ante el temido edificio de Alexanderplatz donde se alojaba la sección IV de la temida Gestapo.

Media hora después sonaba el teléfono en el pequeño apartamento de August Newman.

Una voz cubierta con un pañuelo dijo, escueta y lacónica:

—Han cogido a Hanna. Dentro de media hora donde siempre.

El Esplendor

El 9 de octubre de 1390 murió, en Alcalá de Henares, el rey Juan I de una caída de caballo. Muchas fueron las voces que se alzaron en los corrillos, achacando la desgracia a su hermano bastardo, el duque de Benavente, quien jamás perdonó al rey que, por cuestiones de Estado, hubiera desposado a su prometida, doña Beatriz de Portugal. Se decía que el duque, don Fadrique, había contratado los servicios de un alquimista judío a fin de que preparara una droga que haría que cualquiera que montara aquel animal fuera derribado a la primera carrera. Y eso fue lo que le sucedió al monarca. Para desgracia del pueblo semita, subió al trono un niño de once años, Enrique III, cuya regencia iba a ejercerla un consejo de diecisiete miembros, el cual, debido a las interminables consultas, retrasaba al infinito la toma de decisiones y la firmeza de las mismas. Esta circunstancia favorecía en mucho las actuaciones del arcediano y de todos aquellos que quisieran causar perjuicio al pueblo judío. Para más desgracia, el clan de los Guzmán fue alejado del poder, de modo que don Álvar Pérez de Guzmán fue sustituido por su más enconado enemigo, que no era otro que don Pedro Ponce de León, señor de Marchena. Así pues, además de perder a su valedor, los judíos caían en manos de uno de sus más implacables perseguidores.[254]

Simón, a la mañana siguiente de haber acudido a la sinagoga de las Perlas, encaminó sus pasos, nada más levantarse, hacia el barrio del Arenal, que se hallaba más allá de la muralla que rodeaba la ciudad. Preguntó a algunos de los viandantes que encontró en el trayecto y finalmente un aguador, que trasegaba una reata de mulas en cuyas alforjas de esparto cargaba unas tinajas de agua, supo darle razón del lugar donde se ubicaba una quinta llamada El Esplendor, pero añadió algo que hizo disminuir el entusiasmo que la noticia había causado en

Simón: «Parece que la alquería está deshabitada; hace unas semanas que no veo a nadie y eso que cada día paso por allí». Tras dar las gracias al buen samaritano, Simón, seguido de Seis, se dirigió a la dirección indicada. El corazón iba aumentando su ritmo a medida que se acercaba al lugar señalado, y cuando a lo lejos divisó la gran tapia que rodeaba una propiedad en cuyo centro se veía un caserón cuadrado cuyas ventanas estaban cerradas a cal y canto, su ánimo decayó de nuevo y pensó que Yahvé no estaba de su parte. Aquel amor que con tanto esmero había crecido en el vergel de su corazón era un amor prohibido, y los cielos que hasta allí lo habían conducido lo habían hecho para desengañarlo. Ambos se fueron aproximando, y cuando ya los detalles de la residencia estaban claros a su vista, tuvo la certeza de que la propiedad estaba vacía. A partir de la puerta de la entrada fue dando la vuelta, siguiendo el perímetro de la tapia, y se dio cuenta de que toda ella estaba pintarrajeada de inscripciones infamantes para los judíos, en especial para la familia de los Labrat ben Batalla. Las frases de las leyendas le abrieron la mente. Quienes allí moraban se habían trasladado, temerosos de ser atacados en aquel solitario lugar. Parecía escrito que su encuentro con el motivo de su existencia no había llegado. Cuando alcanzó la esquina del sur, que era la más próxima al río, su corazón casi le da un vuelco. La torre de un palomar vacía y fuera de uso asomaba orgullosa por encima del muro.

—Mira, Domingo, desde allí partió el pichón que llegó a Toledo y que te hice enterrar junto al arriate en el jardín de la casa de mi padre.

—Está vacío —fue la lacónica respuesta del muchacho.

Simón, por mor de aproximarse a su amada, fue siguiendo la tapia para acercarse al palomar y poder observar mejor los detalles. Entonces un pálpito le dijo que algo extraordinario había sucedido. En un palo que asomaba por el tejadillo de la construcción y que al principio no había podido observar debido a la situación del palomar, anudado a media asta, se divisaba claramente un pañuelo blanco que era, desde los lejanos tiempos de Toledo, la señal críptica de la que se valía Esther para indicarle que a la mañana siguiente se verían en el jardín de su casa. Su cerebro bullía; nadie sabía las claves de las que se valían los amantes para ponerse en contacto; por otra parte, si aquella contraseña estaba allí quería decir que Esther sabía que él se hallaba en Sevilla y que le había visto... Sin embargo, no se había acercado a él, y ello podía querer decir que estaba acompañada o quizá que el momento y el lugar, por los motivos que fueren, no eran los oportunos. Su cabeza era una taller de deducciones. Seis, con aquel su instinto especial que le hacía unas veces prever y otras intuir lo que estaba ocurriendo o lo que estaba a punto de acontecer, interrumpió sus cavilaciones, afirmando más que preguntando:

—Os han dejado un mensaje.

Cuando Esther se despertó, la cabeza le bullía, confusa y alterada a medias por la pócima suministrada y también por los sucesos del día anterior. Muy temprano, la puerta de su dormitorio se abrió y en la abertura apareció el perfil de Rubén, quien se detuvo un instante allí para observar si su esposa todavía dormía o ya había despertado. Ella restó quieta y con los ojos entornados, pues no quería hablar con nadie en tanto no hubiera aclarado sus ideas. La puerta se cerró de nuevo y escuchó los pasos de Rubén; comenzaba a bajar la escalera. Desde la cocina subía el alegre pajareo de la charla de Benjamín, que rogaba a Gedeón que le permitiera salir al jardín para ver si en la trampa que había colocado había caído algún pajarillo. También le llegó la ronca voz del viejo servidor, respondiendo al niño que hasta que no acabara el desayuno no se iba a mover de la mesa. Sara zascandileaba en el cuarto de su hija, y los balbuceos de la pequeña, todavía inconexos y vacilantes, llegaban hasta ella nítidos y canoros.

Antes de hacer sonar la campanilla que descansaba en el velador de su costado, Esther se dispuso a aclarar sus ideas. La visión del rostro de Simón alumbrado por la luz cenital de la lámpara del techo de la sinagoga no admitía duda alguna: era el amado perfil, aunque más maduro, que de tantas veces evocado durante aquellos años había provocado que le doliera el alma. Cuando lo vio a través de uno de los rombos de la celosía creyó que deliraba y, agarrándose a la barandilla, tuvo tiempo de asegurarse —en tanto los demás entonaban los cantos de última hora— de que sin duda alguna era él. Volvía a recordar el instante y la imagen retornaba una y otra vez, nítida y presente, recreando el segundo mágico. Entonces, en el momento en que él se levantó sobre las puntas de sus pies para mejor observar al oficiante y la luz iluminó un nuevo ángulo de su cara, tuvo la certeza. ¡Simón estaba vivo y había acudido a Sevilla! Un río de incertidumbres fluyó por su cabeza, y su mente intentó desbrozar las posibilidades de que su presencia se debiera a que de alguna manera se había enterado de dónde moraba y venía a buscarla, o bien la casualidad del destino había guiado sus pasos hasta ella. Los milagros existían... y el primero era que estuviera vivo.

Su cabeza comenzó a maquinar. La aljama alojaba más de cinco mil almas y apenas hacía unos días que, en secreto, se había trasladado a la calle de Archeros. Muy pocas personas conocían su nueva dirección; por tanto, si Simón intentaba ponerse en contacto con ella lo haría acudiendo —ya que el lugar era el que sin duda le indicarían— a la quinta del Guadalquivir. Ella no iba a poder salir durante todo el día debido a su debilidad, pues si lo hiciera resultaría, más que anómalo, absurdo. Tenía que industriar un medio para indicarle que conocía su llegada y que le vería al día siguiente. Si ella era el motivo de su venida, con seguridad acudiría Simón en un momento u otro a la alquería del río; y si no era ella la causa, porque ignorara su presencia o el tiempo hubiera mitigado su recuerdo, entonces el paso de los días le mostraría que su más hermoso sueño de juventud había muerto. De súbito en su cerebro se hizo la luz. Desde que habían abandonado la quinta, acudía Gedeón allí periódicamente, por ver si alguna de las palomas que había intercambiado con gentes de otras comarcas de Al-Ándalus regresaba a su casa, para rellenar los comederos y bebederos de las aves y, así mismo, a fin de dejar la comida para el perro de Benjamín que, al no caber en la nueva casa, había quedado de vigilante. De vez en cuando, todas estas tareas las realizaba ella en persona, y pasaba el día en El Esplendor, arreglando sus rosales y expurgando de insectos los arriates de flores del jardín. Enviaría al anciano mayordomo y le encargaría que colocara, a mitad del asta del palomar, un pañuelo blanco que indicara a Simón que acudiera al día siguiente. Así lo habían hecho en los lejanos tiempos del comienzo de su relación. Entonces, porque su padre hubiera salido y tuvieran la posibilidad de pasar unos instantes escondidos junto a la pequeña sinagoga familiar; ahora porque él supiera que ella conocía su llegada a Sevilla y lo citaba, al igual que en aquel lejano tiempo. El pañuelo luciría varios días y ella iría a la quinta cada mañana durante una semana, con la esperanza de que Simón acudiera al reclamo. Si tal no ocurría, entendería que la casualidad había llevado a Simón a Sevilla y que sin duda habría seguido viaje sin buscarla. En tal caso, ella, luego de establecer las cláusulas de su divorcio, partiría hacia Jerusalén.

A la mañana siguiente, y con el corazón en un puño, Simón, que no había podido conciliar el sueño en toda la noche, acudió de nuevo a la quinta del río con la esperanza de que el señuelo avistado tuviera el significado que le había atribuido. Domingo le seguía a unos pasos de distancia, vigilante y cierto; su rara intuición le anunciaba que aquél era el día tantas veces soñado por su amo. Apenas divisado el mástil del palomar, supo Simón que su aventura, para bien o para mal, estaba a punto de concluir. ¡Alguien había cambiado el punto donde, el día anterior, se anudaba el pañuelo, ya que sin duda en aquella ocasión estaba atado a más altura! La posibilidad de que Esther hubiera seguido amándolo durante aquellos seis años le parecía tan remota como elucubrante. Se había casado... ¿Tendría hijos? Si así era, ¿cómo serían? ¿Estaría allí para decirle que la olvidara? Pronto sus dudas iban a ser disipadas y de una forma u otra sabría lo que iba a hacer con su vida. Por un momento la imagen de David apareció ante él, recordándole que, en algún lugar de Europa, su amigo había dado un nuevo rumbo a su vida. Si su sueño se desvanecía, tal vez tomara el camino de Santiago, como había hecho David, y partiera para lejanas tierras donde nada le trajera el recuerdo de su amada. Hasta se le pasó por las mientes no acabar de llegarse a la alquería, dar media vuelta y dejar en la entelequia su memoria; de esta manera el recuerdo de Esther permanecería inmarcesible, ya que ella no habría tenido ocasión de decirle que se apartara de su lado, la cual cosa era lo más probable que sucediera. En éstas, y con los latidos de su corazón batiendo en sus sienes, llegó a la puerta posterior donde se ubicaba la entrada del jardín que daba al palomar, y cuando iba a tirar de la cadenilla que accionaba la campana que se hallaba en el interior, la puerta comenzó a abrirse.

Esther se había instalado en la galería superior y oteaba el recodo del camino, aguardando la presencia de su amado con la esperanza de que en un momento pudiera aparecer. Gedeón había colocado la señal, sin nada decir a Sara por expreso mandato de ella, y Esther, apenas llegada, la cambió de lugar para hacerla más visible. A medida que pasaba el tiempo, sus dudas iban aumentando y la visión que había creído tener en la sinagoga le parecía más y más quimérica, atribuyéndola, más bien, al panorama apocalíptico descrito por Rubén y a su deseo más ferviente de que así fuera por encontrar en el amor de su juventud un apoyo para su angustia y desasosiego. Entonces algo dentro de su corazón hizo que sus pulsos se aceleraran. Por el borde del río caminaban dos figuras, una de ellas asombrosamente grande que iba algo retrasada con respecto de la primera, y ésta inconfundible. A través de la distancia y a pesar de la neblina que subía del Guadalquivir, supo sin lugar a dudas que aquel espejismo que avanzaba por el camino del río era Simón. Bajó de su atalaya y casi trastabillando se dirigió a la puerta posterior del jardín, que se hallaba junto al palomar, y cuando escuchó voces en el exterior la abrió y en su marco apareció la imagen adorada de su amado.

Simón, con la mano a punto de asir la cadena, vio que la puerta se abría.

¡Allí estaba! ¡No era una elucubración de su mente, no era una quimera! Esther, hermosa y real, exactamente igual a la que tantas veces evocó su recuerdo, ocupaba el quicio de la puerta. Sus ojos sonreían a la par que el coral de sus rojos labios se entreabría, tembloroso, para mostrar las perlas perfectas de sus dientes. Simón avanzó hasta ella sin atreverse a respirar, y en tanto la tomaba en sus brazos en el ansiado cerco de los amantes, sintió que Seis cerraba el portón a su espalda.

Fue todo muy diferente a lo que ambos habían soñado tantas y tantas veces. A lo primero, en el estrecho abrazo, sus bocas se buscaron una y otra vez con glotonería infinita intentando recuperar el tiempo perdido. Luego, se separaban para gozar de la presencia del amado y se miraban a los ojos, todavía sin acabar de creer lo que estaban viviendo, en tanto sus manos buscaban con avidez el tacto del cuerpo del otro. Entonces ella le tomó de la mano y lo condujo al interior de la quinta; las ventanas estaban ajustadas y todo estaba en la penumbra. En la espadaña de la torre de San Nicolás, una campana anunciaba el ángelus de los cristianos. Las ropas de ambos quedaron esparcidas por la estancia. Ella le dijo que el día anterior había terminado su período, que no había acudido, todavía, a la *micvá*.[255] Simón sonrió. Los amantes se encontraron sobre la gruesa alfombra de nudos sin apenas darse cuenta, y entonces el sueño compartido durante toda su vida se hizo realidad. Las manos de Simón fueron recorriendo, sabias y diligentes, el cuerpo de la muchacha con dedicación y suavidad extremas, al igual que el jardinero acaricia la más bella rosa de su jardín. Las palabras sobraban. Esther, que creía conocer lo que era un hombre a través de la relación que había tenido durante aquellos años con su marido, se encontró de repente haciendo y sintiendo algo que jamás habría creído que existiera. Se había desdoblado y se observaba incrédula sin acabar de entender que fuera ella la que estaba viviendo aquellas sensaciones. Simón, como el sembrador que trabaja un campo, se afanaba explorando dulcemente las cuevas umbrías de su cuerpo. Oleadas rítmicas de un placer infinito iban acometiendo su vientre cada vez con más exigencia, un horizonte de arpegios mágicos y una sinfonía de colores nuevos se iba abriendo ante los ojos de su alma y creyó que iba a morir. Ella fue consciente de que sus manos sujetaban la cintura del amado y de que sus dedos se clavaban en ella, atrayéndolo con fuerza para impedir que el arado abandonara el surco. Súbitamente, la estancia se inundó de luz, el río de su amor se desbordó y el momento mágico pareció suspenderse en el tiempo. Los ojos de la muchacha estaban arrasados en lágrimas, entremezcladas de amor y gratitud. En aquel instante pensó que valía la pena haber nacido, que si aquella dicha se prolongaba en la eternidad, ya sabía en qué consistía el tan pregonado cielo de los justos, y se dijo que no necesitaba para nada conocer otra santa gloria que no fuera aquélla. Luego la invadió un llanto agradecido y convulso, y sus labios repitieron una y otra vez: «Simón... Simón...».

Cuando ya las luces se retiraban y la estancia iba quedando a oscuras, se levantaron de la alfombra que había sido su tálamo nupcial y, vistiendo sus ropas, se instalaron en el diván a fin de relatarse los avatares y las vicisitudes de su vidas.

Antes, Esther había acudido a la cocina y de la alacena había tomado un candil, que prendió mediante una yesca y un pedernal; la débil llama creció y, por vez primera, el salón apareció ante los ojos de Simón.

El joven explicó su peripecia vital desde que había partido para Cuévanos a buscar el carro de armas hasta que el destino le llevó el mensaje de Volandero y partió hacia lo desconocido, sabiendo únicamente que desde donde se había realizado la suelta del palomo se veía el Guadalquivir. Le habló de David, e hizo especial hincapié en explicarle con detalle quién era Seisdedos y lo que significaba para él. Finalmente, le contó cómo a través de aquella excepcional casualidad, había conocido a Matías Obrador, el contable de Córdoba, y de esa manera había podido averiguar cuál era el nuevo apellido de ella. Le aclaró que había sido consciente de que alguien se había desmayado en la sinagoga de las Perlas, pero que al haber estado en la puerta desde que se abrió viendo pasar a todas las mujeres que subieron a la galería, no pudo imaginar que fuera ella la que había sufrido el desvanecimiento y que hubieran llegado a estar tan cerca sin percatarse de ello.

Esther, a su vez, le explicó lo que había sido su vida durante aquellos años. Cómo lo esperó la noche del Viernes Santo de los cristianos por si se producía el milagro y la mula aparecía por la boca del callejón. Le habló de su boda y de la muerte de su padre, del viaje al Sur acompañados hasta Córdoba por la escolta del rey y por los criados. Le habló de su hijos y le explicó que el destino se había encargado de hacerla libre sin saber que volvería a encontrarlo. Le habló del carácter de Rubén y le dijo que, pese a que no lo amaba, era una excelente persona y que hasta aquel día había sido un buen esposo y un mejor padre, pero que lo habían puesto en la disyuntiva de escoger entre su obligación de rabino o la seguridad de los suyos y él había optado por lo primero; eso había hecho que ella se sintiera completamente responsable de sus hijos, y añadió que moriría si algo sucedía a Benjamín o a Raquel, y que antes de saber que algún día tendría la dicha de volver a encontrar a Simón, había pedido el divorcio a Rubén.

Simón le dijo que sus hijos serían como si fueran propios, que Yahvé había hecho el milagro de su encuentro y que nunca jamás volverían a separarse. Trazaron planes inmediatos y futuros, y habilitaron las condiciones para, a partir de aquel día, seguir viéndose hasta que pudieran, al fin libres, escapar del infierno que podía desencadenarse en Sevilla.

Medidas y decisiones

El teléfono de Sigfrid sonó en clave. Él esperó las pausas correspondientes y, tras comprobar que los intervalos eran los correctos, descolgó el auricular y aguardó. La antigua voz de los viejos años de universidad le habló.

La noticia fue entrando a rastras en su cabeza, como un tornillo que le perforara el cráneo, ya que su cerebro se negaba obstinadamente a reconocer que lo tan temido había llegado. Sus neuronas se revelaban, negándose a aceptar el hecho.

—Ha caído, la han llevado a Alexanderplatz. Voy a verme con mi jefe, tú ya le conoces. Creo que la situación debe ser estudiada a fondo y es necesario coordinar esfuerzos.

—¿Cuándo y dónde? —se oyó decir a sí mismo.

—En la cafetería del viejo Velódromo de Invierno a la una de la noche.

—Allí estaré.

Luego de colgar el teléfono, Sigfrid se sentó en el sofá de la salita del pequeño apartamento que ocupaba en Markgrafenstrasse desde que la prudencia le hizo abandonar el que había compartido con su hermana.

El universo parecía venírsele encima. En primer lugar, le obsesionaba la coordinación de la intervención quirúrgica de Manfred, que estaba programada para el martes siguiente; la partida de Berlín de su hermano dependía absolutamente del resultado de la misma. Luego estaba el tema de la nueva documentación, cuya confección le estaba proporcionando más quebraderos de cabeza de los previstos; el subterráneo que le había facilitado la condesa Ballestrem carecía de algunos de los materiales indispensables para llevar a cabo la tarea, pues su propietario se había llevado a Budapest parte del equipo que también a él le era necesario. El hecho de no poder recurrir a Bukoski, al considerar que por el momento era mejor que nada supiera, le dificultaba la obtención de dichos utensilios. Todo ello ocasionaba a Sigfrid y a Karl Knut un sinfín de complejidades, que iban soslayando a medida que iban surgiendo, con la inestimable ayuda de Lagi Solf, quien se multiplicaba para ayudarles. ¡Y ahora aquella noticia que había sido no por esperada menos terrible!

¡Su hermana, su querida Hanna, aquella muchacha apasionada y alegre cuya vida, antes de la subida al poder de aquel insensato, prometía un sinfín de buenos auspicios, había caído en manos de la Gestapo! Tarde o temprano, descubrirían su verdadera identidad y la asociarían, sin duda, al terrorista que había volado el Berlin Zimmer y entonces... todo habría acabado.

¿Qué hacer con Manfred? ¿Decírselo u ocultárselo? Obsesionado como estaba con su operación y su partida, nada podía hacer al respecto. ¡No! La responsabilidad era de Sigfrid, suya y solamente suya. Aguardaría hasta la entrevista con Klaus Vortinguer y con el jefe de la célula de la Rosa Blanca, con quien había hablado un par de veces, y después obraría en consecuencia. Luego estaba Eric. Tenía que hallar el medio para contactar con él; no sólo era su mejor amigo, sino que además era el amor de Hanna. En los momentos más duros, jamás había dado un paso atrás; ahora tenía derecho a saber qué era lo que estaba en juego para establecer definitivamente su orden de prioridades.

A la una en punto se reunieron los tres conspiradores. Aquél era un buen sitio y una buena hora. En el viejo velódromo se estaban celebrando los Seis Días de Berlín, y los componentes de la serpiente multicolor daban vueltas sin cesar día y noche al peraltado anillo, disputando la famosa y competida carrera que se desarrollaba, durante una semana ininterrumpidamente, por equipos de dos componentes que pugnaban por ganar vuelta o por sumar los máximos puntos posibles en los disputados *sprints* que cada quince minutos, anunciados por el toque de una campana, obligaban a los espectadores a ocupar sus asientos. En aquellos momentos la pareja líder de la prueba era la belga formada por Brunnels y Dekuisher; habían ganado vuelta a los alemanes, que iban en segundo lugar. El público asistía cruzando apuestas y animando a sus favoritos. Aquellas horas, antes de entrar en la madrugada, cuando en un pacto tácito se ponía fin a las escaramuzas y los ciclistas sesteaban en sus sillines, medio dormidos, por la pista, vestidos con rarísimos atuendos y sin entablar ninguna batalla, eran las de máxima concurrencia, ya que además el espectáculo que se desarrollaba en el centro de la *pelouse* era de primer orden. Orquestas, animadoras, personajes públicos, artistas entrevistados por los más famosos locutores, todo coadyuvaba al mítico esplendor de la prestigiosa prueba.

Tres hombres charlando en un rincón de la cafetería situada bajo el peralte norte pasaban totalmente desapercibidos. Ni tiempo hubo para los saludos. Apenas llegados y tras cruzar un leve movimiento de cabezas, Vortinguer comenzó a explicar las vicisitudes ocurridas aquella mañana. Newman estaba pálido como el espectro de la muerte y se sentía responsable de haber metido a Hanna en aquel fregado. Y Klaus, que había hablado con Emil Cosmodater y se había enterado del fallo de los tres colaboradores, aludía al hecho de que era él quien había urgido a Hanna a repartir todas las octavillas responsabilizándola del fracaso, y que el amor propio de ésta había hecho el resto.

—Y ¿qué pensáis hacer ahora? —inquirió Sigfrid.

—Se dice que fue el cabrón de Fedelman, el vicerrector, quien llamó a la Gestapo. Lo comprobaremos, y si es así, le daremos lo que merece —alegó Vortinguer.

—Eso no arregla nada.

—Hanna ha cometido una insensatez, ha bajado la guardia —repuso Newman—. Nos ha puesto en peligro a todos. Nuestra organización no tiene infraestructuras para la acción. Somos gente intelectual, provocamos la subversión repartiendo, por cualquier medio, escritos destinados a minar las bases del nazismo.

Sigfrid no pudo impedir responder, airado:

—Cuando se toman decisiones que pueden costar vidas humanas, se ha de estar preparado para defenderlas. No se puede ir con margaritas en la mano mientras ellos usan cañones, y se ha de estar a punto para la acción. Un buen jefe, y me habían dicho que tú lo eras, debe cuidar de sus hombres y estar dispuesto a socorrerles si caen, aun a riesgo de perder la vida.

August, sin perder la calma, replicó:

—Si supiera que entregándome yo iban a soltar a tu hermana, no dudes que ya estaría en la puerta de Alexanderplatz. Pero sé que eso no iba a conducir a ningún sitio.

—Lo siento, Newman, tus argumentos son una falacia y no me sirven. Antes de ordenar ciertas cosas, tienes que cubrir retiradas y evaluar las posibles pérdidas. Solamente así sabrás si vale la pena la estrategia que diseñes.

—¡Yo no ordené que se hiciera como se ha hecho!

—¡Y yo solamente sé que mi hermana está en las mazmorras de la Gestapo llevada sin duda por el ímpetu de su carácter, que tú, como superior suyo, deberías conocer!

Vortinguer intervino.

—No agravemos la situación discutiendo lo ocurrido. Lo que debemos hacer es intentar averiguar adónde la han llevado y cuántos días pueden retenerla.

—A mí me interesa más que me informéis de quién es el responsable de la sección IV de Alexanderplatz y en qué juzgado paran los incomunicados cuando pasan las noventa y seis horas de detención. Si conozco esos datos, intentaré mover mis hilos. Si no otra cosa, quiero asistir al juicio.

—El juez que preside el tribunal de disidentes es un magistrado con fama de fanático; Roland Freisler es su nombre. El que manda en la sección IV, te lo puedo decir porque me he enterado —respondió Newman—, es el coronel Ernst Kappel, que anteriormente estuvo destinado al Estado Mayor de Von Rusted, quien creo que era su suegro.

Sigfrid se quedó lívido.

—¿Qué te ocurre, Sigfrid? —indagó Vortinguer.

Cuando pudo hablar, Sigfrid respondió:

—La prensa nada dijo por el escándalo que ello representaba. Es el hombre cuyo amante era el bailarín que murió en el atentado del Berlin Zimmer. Ése fue el motivo por el que su mujer le pidió el divorcio y es por lo que dejó el Estado Mayor de Von Rusted. Sabe que el apellido de Manfred es Pardenvolk. Si consiguen hacer hablar a Hanna y descubren que es su gemela, está perdida.

—Si habla Hanna, todos estaremos perdidos. Pero le dará fuerza para resistir saber que su única probabilidad es mantener a pie y a caballo que ella es Renata Shenke —observó August.

—¿Qué pensáis hacer?

—Yo, esperar. Dejar de dar clases sería acusarme a mí mismo. Tengo en casa una cápsula de cianuro. Si vienen a por mí… que Dios me perdone.

—Nadie conoce el domicilio de nadie. Tú eres un profesor universitario, y es evidente que pueden dar contigo. Pero a mí nadie me conoce, y voy a desaparecer del escenario durante unos días hasta que se aclaren las cosas. De cualquier manera, siempre voy armado —apostilló Vortinguer, palpando el bolsillo posterior de su pantalón—. Y te juro que no me iré solo. Tengo ocho posibilidades, contando con que la última bala la guardaré para mí.

Los tres se miraron en silencio.

—Hemos de averiguar de qué acusan a Hanna en el juicio. Si habla y nos cogen, correremos todos su misma suerte. Si es fuerte y aguanta, solamente pueden acusarla de lanzar panfletos, y no creo que por una cosa así esos animales condenen a muerte a nadie, y menos a una muchacha tan joven y hermosa. No olvidéis que esos cafres tienen muy en cuenta la opinión pública, y la presencia de Hanna en el banquillo despertará simpatías. El juez no será insensible a ese hecho —razonó August.

—A esos animales, como tú los llamas, no les hacen falta demasiados motivos para matar. Están llenos de odio a los de mi raza. Hanna lo sabe. Deberá ser fuerte; es su única alternativa.

Cirugía plástica

Manfred fue ingresado el siguiente martes por la mañana en la clínica del doctor Wemberg, en el número 197 de Wertherstrasse. La ambulancia se detuvo frente a la reja del pequeño jardín y, tras abrir la puerta trasera, dos enfermeros se hicieron cargo de la momia que era Manfred, totalmente vendado, inclusive rostro y manos, tendido en una camilla. Ingresó en la clínica sin demora alguna y fue llevado a la antesala del quirófano, donde el doctor Wemberg lo recibió. Acompañaba al médico un hombrecillo menudo, de calva incipiente y gruesas gafas. En cuanto retiraron los vendajes a Manfred, el hombrecillo lo saludó inclinando la cabeza, afable y tranquilizador. Manfred miró en derredor y, al fondo de la sala, pudo ver a su hermano y a Klaus Knut, quienes, vestidos con sendas batas azules, habían ejercido de camilleros.

El viejo doctor le saludó también e hizo las presentaciones.

—Hay que ver cómo pasa el tiempo. Va a hacer dos años, si mis cálculos no fallan, que nos conocimos.

—Así es, doctor, y ¡cuántas cosas han ocurrido en este tiempo!

—Voy a presentarle a su cirujano.

El doctor Wemberg hizo un ligero gesto con la mano y el hombrecillo de las gruesas gafas se aproximó a la camilla.

—El doctor Leonard Rosemberg, cualificado cirujano plástico del Hospital General de Viena. Ha tenido usted la fortuna de hallarlo en Berlín, pero por pocos días; su especialidad, hoy por hoy, está muy solicitada.

El doctor le tendió la mano y, dándole una palmadita en el hombro, exclamó:

—Me agradaría que fueran otras las circunstancias y otros los motivos de nuestro mutuo conocimiento, pero qué le vamos a hacer, así son las cosas.

—De cualquier manera, es un placer conocerle —respondió Manfred.

La voz de Sigfrid sonó al fondo.

—Vayamos al grano, doctor. Y si no le importa, querríamos conocer los detalles de la intervención. —Al ver la mirada inquisidora que el cirujano dirigía a su colega, aclaró—: Soy su hermano.

—Acérquese, por favor.

Sigfrid y Klaus se aproximaron a la camilla y el doctor, tras tomar de una mesilla metálica las fotografías del rostro de Manfred de frente y de perfil, alfileteareadas por un sinfín de rayas y puntos que las cruzaban en todas direcciones, comenzó a explicarse.

—No se trata de corregir un defecto ni de arreglar un

desperfecto ocasionado por un accidente. En esta ocasión hemos de intentar que su hermano sea otra persona, salvando, naturalmente, la estética. Es decir, no se trata de hacer un adefesio de un muchacho guapo, pero sí de conseguir que ni sus más allegados lo reconozcan.

—Comprendo, para eso hemos requerido de sus conocimientos y acudido a sus manos.

El pequeño doctor prosiguió su soliloquio como si nadie le hubiera interrumpido, dirigiéndose ahora a Manfred.

—Dadas las peculiares condiciones que le acompañan, he obrado al revés de lo que acostumbro hacer. Sin ver al paciente, he trabajado únicamente sobre fotografías y he diseñado una cara aprovechando la ventaja de su fisonomía para crear un nuevo rostro que, apoyado en sus rasgos faciales, nada tenga que ver con el anterior. ¿Comprende lo que le explico?

—Lo voy captando, doctor.

—Debo decirle que esto no tiene marcha atrás y que una vez tomada la decisión, si el resultado no le complaciera, podría operarlo de nuevo pero jamás recuperaría el aspecto anterior.

—Entiendo muy bien lo que me dice, pero ahora escúcheme, doctor. Me tiene absolutamente sin cuidado el resultado de la operación y cómo quede mi cara. Lo único que pretendo es que nadie me reconozca y que pueda tener la certeza de que ni mi madre, si se cruzara conmigo por la calle, sabría que soy su hijo.

—Entiendo que lo que usted se juega es la vida, y la vida vale más que un rostro más o menos agraciado. No sé si el que voy a fabricarle le agradará. Lo que sí le garantizo es que será usted otra persona.

—Pues de eso se trata.

Se produjo un silencio que volvió a romper el pequeño cirujano.

—Quiero comentarle las líneas maestras de la intervención y en qué me he basado para diseñar su nuevo rostro.

Entonces el médico procedió, colocando los negativos de las fotos ampliados sobre una superficie iluminada, a explicar con pelos y señales cuáles iban a ser las líneas de la intervención.

—Hemos de suavizar los rasgos latinos de su rostro sin por ello perder su carácter. Hemos de dar más volumen a su boca, y para ello deberé retocar sus labios. Puedo, así mismo, achinar sus ojos. Y lo más importante en estos casos: voy a fabricarle una nueva nariz.

—Haga lo que deba hacer y hágalo pronto —lo apremió Manfred.

Ahora fue Karl quien intervino.

—Y el postoperatorio, ¿cuánto tiempo durará?

—Podemos hablar de unos treinta o cuarenta días, eso ya depende de la encarnadura del paciente. Hay resultados notables al respecto y situaciones que por una nimiedad se retrasan.

—Cuanto antes comience, doctor, antes acabaremos. Me gustaría pediros algo... —Manfred se dirigía a su hermano y a Knut. Éstos le miraron, interrogantes—. Quiero que hasta que esté en condiciones de salir a la calle nadie venga a verme ni a hacerme compañía.

—¿Y eso?

—Tengo mis razones.

—Entonces no hay más que hablar. ¿Quieres que nos vayamos ya?

—Pues sí. Nadie más que quienes intervengan en la operación deben estar en ella.

—Usted tiene la palabra, doctor.

El doctor Rosemberg cruzó una significativa mirada con Wemberg y éste respondió:

—Vamos a preparar unos análisis y unas pruebas en el preoperatorio. Si quieren quedarse, hasta las cuatro o cinco de la tarde no empezaremos. Ahora van a subirle a su habitación.

—¿Quieres que te hagamos compañía?

—No te lo tomes a mal, hermano, pero prefiero estar solo.

—Entonces Karl y yo nos vamos. ¿Algo en especial para alguien?

—Dale un beso a Hanna de mi parte, y dile que cuando esté listo, antes de irme, la veré.

A Sigfrid se le hizo un nudo en la garganta y no supo qué contestar. Tras una pausa, que no pasó desapercibida a Karl, respondió preguntando:

—Entonces, doctor Wemberg, ¿cuándo cree usted que debemos...?

—Estaremos en contacto —le interrumpió el galeno—. Ya sabe el modo de hacerlo. Si no hay novedad, llámeme dentro de un mes.

La sección IV

El negro vehículo frenó bruscamente en el patio central del complejo de Alexanderplatz y Hanna intuyó que había llegado a la estación término de su corta existencia.

La forma de actuar de la Gestapo y los métodos que empleaba con todos los enemigos del régimen, máxime si se negaban a colaborar, eran de sobra conocidos. Dependía de a qué destino llevaran al detenido para saber si iba a vivir o si iba a morir. En primer lugar, quedaban incomunicados por un período de tiempo que iba de las setenta y dos a las noventa y cuatro horas. Luego, tras el correspondiente interrogatorio, el preso, o lo que quedara de él, era entregado a un tribunal especial constituido para judíos, disidentes y para los que llamaban «elementos antisociales» que, presidido por un juez venal y fanático, el magistrado Roland Freisler, protagonizaba una especie de parodia de juicio que acababa de dos maneras: o Nattelbeck o Prinz Albrecht. Del primer centro se salía hacia el patíbulo y del segundo hacia uno de los campos de exterminio.

Hanna, maldiciendo su imprudencia pero con el ánimo entero, se apeó del vehículo y se dispuso a seguir a sus captores, que, colocados a uno y a otro lado, la dirigieron al interior del lúgubre e impresionante edificio. Recorrió pasillos, subió y bajo escaleras, y finalmente la condujeron a un semisótano en el que había algo parecido a un registro de ingresos. Un mostrador, varios hombres uniformados, máquinas de escribir, cajas con almohadillas entintadas para registrar huellas digitales, armarios archivadores y un largo etcétera. Lo más aterrador, la cola de individuos que, en su misma situación, aguardaban acobardados a que les hicieran la correspondiente ficha, vigilados por cuatro guardias de la Gestapo armados hasta los dientes.

Uno de sus captores le retiró el grillete de su muñeca izquierda y, conduciéndola a un banco sin respaldo que estaba arrimado a una de las paredes, la obligó a sentarse y la esposó a la pata del mismo. Luego, dirigiéndose al mostrador, depositó sobre él la maldita bolsa causante de su detención y habló con uno de los hombres que, a un costado del mostrador, se dedicaba a la recepción y registro de nuevos presos.

—Aquí te dejo este regalo, Kurt. Me imagino que os dará trabajo. Es uno de los integrantes de la Rosa Blanca. El jefe tenía mucho interés en cazar a alguno de esos intelectuales que no son otra cosa que revolucionarios de salón. Ya sabes, «por el hilo se saca el ovillo».

—Ya los conozco: en Munich han caído cuatro esta semana. Se dedican a lanzar panfletos y a enviar cartas, pero hacen daño porque desorientan con sus mentiras al buen pueblo alemán. El juez Freisler le dará lo suyo. Si de mí dependiera, los colgaba a todos de la horca, por subversivos. A veces hace más daño la palabra escrita que las bombas.

—Fírmame la entrega y que te vaya bien.

El del mostrador, en tanto firmaba el recibo que exhibía el otro, añadió:

—Si sale de ésta, se le habrán quitado las ganas de escribir papelitos y se dedicará a follar, como toda buena ciudadana, para parir hijos para el Reich. Aquí la entrenaremos. Al principio protestan, pero después a todas les gusta.

Una carcajada adornó las últimas palabras del hombre, y al marcharse, el guardia exclamó, mirándola:

—Para ésta no faltarán voluntarios. Ya sabes, me tienes a tus órdenes. Todo sea por mejorar la raza.

Hanna, que se sabía observada, no quiso darles el gustazo de mostrar miedo aunque por dentro temblaba como una hoja sacudida por el viento. Apoyó la cabeza en la pared y se dedicó a mirar las piernas de la gente que pasaba por delante del ventanuco del semisótano, que se abría a nivel de la calle; luego cerró los ojos. Pensó en Eric, en sus padres y hermanos, y tomó una decisión. Por su culpa no detendrían ni a Newman ni a nadie de sus amigos. ¿Por qué había hecho un punto y aparte con August? No lo sabía, pero en aquel trágico momento no quiso pararse a analizarlo.

Pasó un tiempo en el que nadie pareció acordarse de ella. La cola avanzaba. El hombre del mostrador llamó por el interfono y comparecieron dos guardias que la desamarraron del banco y la acompañaron para que el otro tomara sus huellas dactilares, obligándola a humedecer el índice en la almohadilla entintada y a rotarlo luego sobre un cartón. Tras este menester, le pusieron delante dos hojas que habían rellenado con los datos que figuraban en su documentación de la universidad y le hicieron estampar su firma debajo de las mismas. Después, siempre entre dos guardias, la condujeron al centro de fotografías y el encargado, luego de colocarla ante una pared blanca en la que constaban varias medidas, la fotografió de frente y de perfil. La mente de Hanna iba desbocada. Hasta el momento, la documentación que le había proporcionado tío Frederick a instancia de su padre, antes de partir de Viena, había funcionado perfectamente. Su situación era desesperada, pero empeoraría, sin duda, si descubrían que Renata Shenke Hausser no existía, que su verdadero nombre era Hanna Pardenvolk, huida a Austria, regresada a Alemania e inscrita en la universidad con identidad falsa. Y si además la asociaban al terrorista que había colocado la bomba en el Berlin Zimmer, entonces moriría igualmente, pero antes le harían lamentar haber nacido. Todo estaba en manos de Dios. Poco importaba que quien hiciera el milagro fuera Jehová, Jesús o su Santa Madre. Hanna comenzó a rezar.

Al salir de la sesión fotográfica, dos matronas uniformadas de la Gestapo se hicieron cargo de ella. Sin dirigirle la palabra, la condujeron al segundo sótano. Allí la desnudaron, la ducharon con una manguera y la desinfectaron; luego le cortaron el pelo al cero para, a continuación, introducir sus sucios dedos en todos los rincones de su cuerpo, por ver si amagaba alguna cosa. Se llevaron sus ropas y le dieron unas bragas de algodón áspero y una bata gris. Acto seguido la acompañaron al pasillo de celdas en las que se alojaban las mujeres y la entregaron a un carcelero. El correr y descorrer de cerrojos metálicos era continuo, y los lamentos de las desgraciadas que aquel día habían caído en las redes de la Gestapo llenaban el aire de una música siniestra y monocorde. El uniformado individuo, así mismo sin dirigirle la palabra, abrió una de las celdas que se hallaban al final del pasillo y con la cabeza le hizo un gesto para que entrara.

—Tienes suerte —le dijo—. La señora tiene habitación doble para uso individual, pero por poco tiempo.

Hanna obedeció y la puerta se cerró a su espalda. La pieza medía tres metros de largo por dos y medio de ancho. Dos camastros, un cubo y una jarra eran el único mobiliario que la adornaban, y una bombilla encerrada en una jaula de acero era la encargada de iluminar la estancia. Se tumbó en el jergón y volvió a rezar. Habrían transcurrido unos minutos... ¿o tal vez una hora? El tiempo allí dentro perdía consistencia. Súbitamente, el ruido de cerrojos al descorrerse le anunció que su puerta iba a abrirse. Así fue, y un maniquí desmayado, sujeto por las axilas, fue arrojado a sus pies, cerrándose a continuación la reforzada cancela de hierro.

El visor metálico se abrió y una voz desde el exterior dijo:

—Ya tienes compañía... cuida de ella porque a lo mejor mañana ella tendrá que cuidar de ti.

Hanna quedó sobrecogida. Se agachó y dio la vuelta al bulto que yacía en el suelo. Una mujer de unos treinta y cinco años, con las facciones hinchadas por los golpes, costrones de sangre seca y el cabello empapado respiraba agitada. Hanna pasó un brazo con mucho cuidado por debajo de su cabeza y la incorporó. Después alcanzó con la otra mano la jarra y, acercándola a sus labios, le dio de beber un poco de aquella agua, que pareció reanimarla. Los ojos de la desdichada la miraron con gratitud, y sus labios musitaron un silencioso «gracias».

Con un esfuerzo supremo, Hanna consiguió subirla al jergón. Cuando ya estuvo acostada, la mujer se agarró a su antebrazo y, sacando fuerzas de flaqueza, murmuró:

—Es inútil... Al final, siempre lo consiguen.

—¿Qué le han hecho y por qué? —musitó la muchacha, aterrorizada.

La mujer tardó en responder.

—Me han vendado los ojos y golpeado con calcetines llenos de arena, que no deja marcas, y casi me ahogan en una cisterna... —La mujer respiraba agitada—. Mi compañero era del Partido Comunista y luego de hacerme dos hijos se largó con otra... No sé dónde está ni me interesa, pero a ellos, por lo visto, sí les importa, porque lo buscan.

Luego de tan notable esfuerzo, la mujer se desplomó.

Hanna rasgó un jirón de la bata de su compañera que pendía medio arrancado, lo humedeció en la jarra, abrió el escote de la mujer y la frotó suavemente. Cada movimiento de su mano era un lamento, pero efectivamente no le habían dejado señales.

De pronto la bombilla del techo, tras un ligero parpadeo debido a los estertores del grupo electrógeno que la alimentaba, se apagó.

La infeliz pareció dormirse. Ya poco podía hacer. A tientas, Hanna buscó el borde de su catre y se acostó. Un roedor en su estómago le recordó que no había tomado alimento alguno desde la mañana, pero era inútil pedir alguna cosa e imaginó que al día siguiente algo le darían.

Un sueño agitado la venció y, de puro agotamiento, al cabo de un rato cerró los ojos.

No supo cuánto tiempo durmió. De repente unas manos bruscas la agitaron sacudiendo violentamente sus hombros y una linterna la deslumbró enfocando sus ojos. Sin ver nada, se encontró en pie y, casi sin rozar el suelo, sintió cómo dos hombres la llevaban en volandas por un pasillo hasta que sus agarrotadas piernas sintieron que comenzaba una escalera.

Cuando ya se hubo alejado, el centinela abrió de nuevo la puerta de la celda.

—Estás inmensa, Ilona, cada día te superas, van a darte el premio nacional de interpretación.

La mujer abrió los ojos y viendo al hombre se sentó en el catre. Luego, sacándose de la boca dos refuerzos de caucho que hinchaban sus maxilares, exclamó:

—Pagáis mejor que en el Kabarett. Al fin y al cabo, me voy a dormir a la misma hora y no he de aguantar a viejos babosos que me manoseen.

El divorcio

El fiel Gedeón hacía las veces de correo entre los amantes, pues Esther sabía que para aquel menester no podía contar con Sara, a la que nada había explicado de cuanto le había sucedido. Aquella mañana, el criado fuese al mesón donde se alojaba Simón a entregarle una misiva en la que Esther le explicaba que no debía acudir a la quinta del Arenal, ya que ella y su esposo habían sido citados ante el rabino mayor de todas las aljamas de Sevilla, a fin de escuchar las juiciosas recomendaciones que tuviera a bien hacerles el sabio anciano antes de incoar su separación.

Esther, acompañando a su marido, había acudido a la casa de Mayr Alquadex a escuchar las palabras del gran rabino, pero con la firme idea de que la vuelta atrás era más impensable que nunca. Sin embargo, su conciencia quedaba aliviada por el hecho de que su decisión había sido tomada antes del encuentro con su amado, y de haber accedido Rubén a cualquiera de las dos proposiciones que le había hecho, ella no habría tenido corazón para abandonarlo, pues sabía que era un hombre bueno y justo, el padre de sus hijos, y lo amaba con el amor respetuoso que había profesado a su progenitor.

El viejo rabino, que había alcanzado inmensos honores sirviendo a la corona pese a haberse mantenido fiel al judaísmo, les aguardaba en su despacho rodeado de papiros, pergaminos, expedientes y cartas.

Cuando el secretario anunció su visita, apeó las antiparras que cabalgaban sobre su inmensa nariz y se puso en pie para recibir a aquel su amado hijo, de quien tan buen concepto tenía, y a su respetada esposa, que le traían aquel espinoso asunto de tan difícil y salomónica decisión.

La casa de los Alquadex estaba ubicada junto al pasaje de los Levíes y había sido edificada en tiempos de Pedro I por el que había sido su tesorero, Samuel Leví —de ahí el nombre del pasaje—, al que el rey, luego de incautarse de sus bienes, hizo ajusticiar porque sospechaba que le había defraudado en sus cometidos, aunque la auténtica verdad radicaba en que el monarca envidiaba sus portentosas riquezas. Dom Mayr Alquadex, que había llegado a ser médico personal de Juan I, ocupaba ahora el palacete, y lo hacía contra su voluntad, pero el difunto monarca había querido que así fuera para «desfacer» el entuerto y enmendar el desafuero que se había cometido con su primer propietario.

Los pasos resonaban ya en la antesala cuando se abatió el picaporte, la puerta de cuarterones se abrió y su secretario introdujo ante él a aquella pareja que quería deshácer su matrimonio. Se retiró el servidor y, luego de saludar afectuoso y campechano a ambos cónyuges, por mor de desinhibirles y quitar hierro a la tensa situación, el gran rabino les invitó a que ocuparan los sillones ubicados frente a su mesa. En tanto se sentaban los tres, Esther que nunca anteriormente había pisado la estancia, no pudo dejar de admirar los títulos que lucían en los anaqueles de la bien provista biblioteca y le recordó al punto la sensación que le producía, allá en los lejanos tiempos de Toledo, la visita al despacho de su padre. El volumen de la traducción de la *Ética* de Aristóteles, realizado por encargo del rabino en papiro del mejor lino del Nilo y encuadernado en cordobán repujado, ocupaba un lugar preeminente. Al ver el aparente interés de la mujer por su libro, el gran rabino se dirigió a Esther.

—¿Os gusta Aristóteles?

—Mi cultura no llega a tanto, rabino. En la actualidad, solamente soy una pobre mujer atribulada, pero recuerdo que en casa de mi padre los libros eran lo más importante para él.

—Si mis noticias son fidedignas, vuestro padre era dom Isaac Abranavel ben Zocato, rabino principal de Toledo, y su sinagoga era la del Tránsito.

—Estáis bien informado, y también debéis de saber cuál fue su muerte.

—Claro, hija mía y, en su momento, lamenté tan valiosísima pérdida que afectó a todos las comunidades judías.

Esther aprovechó la coyuntura para defender su postura anticipándose a la conversación que, sin duda, iba a venir a continuación.

—Es por ello, rabí Alquadex, que no quiero que la vesania de muchos golpee de nuevo a los míos y algo parecido a lo que ya sucedió una vez en Toledo vuelva a ocurrir en Sevilla.

El inteligente rabino supo enseguida por dónde transcurrían los vericuetos mentales de Esther y, viendo que ella quería entrar en materia, respondió:

—Os entiendo, Esther, pero el sitio de la esposa está junto al marido, y la responsabilidad del vuestro frente a su grey es muy grande. Yo tampoco partiré al destierro, pase lo que pase, si no lo hago con todo mi pueblo.[256]

—Ya os he dicho que soy una pobre mujer, pero antepongo a cualquier otra cosa la salvación de mis hijos, que son pequeños y no están capacitados para elegir. Yo ya he vivido una hecatombe hace seis años y no creo que se me pueda exigir vivir otra.

El inteligente rabino limpió sus lentes con parsimonia mientras intentaba ganar tiempo y poner orden en su batería de argumentos. Luego se dirigió a Rubén y le exhortó a que se explicara.

—Mi querido amigo, si tenéis la bondad de ponerme en antecedentes, claro es, desde vuestro punto de vista, de todas las diferencias que tenéis con vuestra esposa, me ayudaréis, luego de escuchar así mismo sus argumentos, a intentar ser justo y a aconsejaros, con buen criterio, en este difícil trance.

Rubén, reflejando en su rostro una tristeza infinita, tras mesarse la barba con gesto reflexivo y mesurado, se explicó, sereno y comedido.

—Es muy difícil para mí ser imparcial en este asunto, pues, como comprenderéis, mi mayor deseo es tener reunida a mi familia junto a mí. Pero no quiero que este egoísmo me haga ser injusto con mi esposa, que es el ser que más quiero en este mundo. —Luego de este preámbulo prosiguió—: Si hay alguien que tenga capacidad para juzgar con cabal medida sus encontrados sentimientos, ése soy yo. Yo, mejor que nadie, sé lo que esta criatura, que Yahvé me concedió en su infinita bondad, pasó hace seis años en los sucesos de Toledo. Perdió a su padre y, por expreso deseo del mismo, su madrastra marchó a Jerusalén. Era para ella como una segunda madre, pues era tía suya, y su padre, como era su obligación, la desposó al quedar viuda y al no tener hijos.[257] Nuestra boda fue un pacto de familias y ella me siguió a este destierro por respeto a la última voluntad de su padre. Ahora se ciñen sobre nosotros negros nubarrones y vientos de tormenta, y luchan dentro de mí dos tendencias: una me dice que, pase lo que pase, mi sitio está aquí junto a mis fieles, y la otra me indica que lo mejor sería partir hacia otro exilio con mi familia. Luego de grandes dudas, mi decisión se ha decantado por la primera opción, que es permanecer en Sevilla, y ahí es donde radica la diferencia que nos separa, mi admirado rabino, ya que ella no está dispuesta a aceptar y, de alguna manera, lo comprendo.

El gran rabino volvió su mirada interrogadora hacia Esther.

—Hablad vos, hija mía, para que luego de escucharos y reflexionar pueda daros mi opinión al respecto de este triste dilema.

Con los ojos arrasados en lágrimas, la muchacha habló.

—No es todo lo que os ha contado Rubén. Si solamente fuéramos él y yo, podría ver su dilema con otros ojos, pero hemos sido amenazados en varias ocasiones mediante anónimos escalofriantes que proferían atroces amenazas hacia mis hijos, y sé que no soportaría que algo les ocurriera a mis pequeños por una cuestión de obstinación y testarudez infinitas.

—Decidme, rabino... —intervino de nuevo Rubén—. ¿Debo abandonar mi grey escandalizándola con mi nefasto ejemplo y partir al exilio dejándolo todo, en una huida vil e injustificable a ojos de la mayoría que me ha oído afirmar que jamás la abandonaré? ¿Debo oponerme a que mi esposa parta al destierro sin otorgarle el divorcio que me solicita? ¿Debo obligarla a que permanezca a mi lado contra su voluntad? ¿Qué es lo que debo hacer?

El gran rabino repreguntó, dirigiéndose a Esther:

—¿No estáis dispuesta a partir sin consumar vuestro divorcio?

—Me consta cuán pocos derechos tiene una viuda entre los nuestros. Si consumo nuestra separación, todos los bienes que aporté al matrimonio me serán devueltos al romper la Ketubá, y ello me permitirá establecerme en cualquier rincón del mundo donde quieran a los judíos. En caso contrario, si algo le sucediera a Rubén, siempre dependería de sus familiares para cualquier decisión que quisiera tomar. Si parto al destierro, lo haré con mis hijos y como una mujer libre. Aunque hay otra alternativa.

Esto último lo dijo Esther para justificar su decisión, sabiendo que Rubén no la aceptaría jamás.

—¿Cuál es ella? —indagó el viejo rabí Alquadex.

—Que nos convirtamos al cristianismo... No seremos los primeros conversos ni los últimos. Y en la intimidad podremos seguir las prácticas de la religión de nuestros padres.

Ahora, por vez primera, habló Rubén en un tono desconocido.

—¡Sabéis que no lo haré jamás! En primer lugar, Yahvé me libre de arrastrar con mi pernicioso ejemplo a muchos de mis conciudadanos, que se justificarían apostatando así mismo con la excusa de que su rabino había hecho lo mismo. Y en segundo lugar, jamás renegaré de la religión que tan a fondo conozco, en cuyo seno he crecido y tan bien me siento, y en la que me educaron mis padres.

—De lo cual colijo, esposo mío, que os importa más vuestro prestigio entre los vuestros que vuestra familia. Ved, rabino, que llegamos a un callejón sin salida.

—¿Estáis segura, hija mía, de que ésta y no alguna otra oculta razón es el único motivo para tomar decisión tan seria? —La intuición del anciano había dado en el blanco.

Esther palideció. Su respuesta fue ambigua, cosa que no pasó desapercibida al sabio rabino.

—Cuando por primera vez entablé este diálogo con mi marido, únicamente pesaba en mi ánimo la seguridad de mis hijos. Por tanto, mi decisión parte de una premisa clara... Luego, las cosas se han ido complicando.

Un silencio denso descendió sobre los tres allí reunidos, tras el cual el gran rabino habló.

—Dentro de la gravedad de la consulta que me habéis expuesto, una razón priva ante todas las demás. Un rabino jamás, en mi opinión, puede desligarse de sus obligaciones ni defraudar a aquellos que han confiado en él.

—Muchos lo han hecho anteriormente y no sólo no han perjudicado a nadie sino que, al ocupar nuevos cargos aún más importantes, han ganado en influencia y han podido, en mayor medida, ayudar a los suyos[258] —argumentó ella, tenaz, para mejor disimular su incomodidad.

El talante del anciano había cambiado sutilmente y Esther se dio cuenta de ello.

—Son vanas especulaciones, hija mía. El corazón de una mujer es un arcano misterioso que no conocen más que Jehová y ella misma. Haced lo que en conciencia creáis que es vuestra obligación y no busquéis subterfugios. Pero si es vuestra primera premisa la que prevalece, entonces decídmelo con tiempo suficiente para que pueda reunir los diez hombres que hacen falta para validar una situación semejante.[259]

Los esposos abandonaron el despacho del gran rabino. Rubén, cariacontecido y deshecho, sobrepasado por la circunstancia, consciente de que el paso que iba a dar era definitivo en su vida y sabiendo que sin Esther nada tendría sentido. Esther, cuyo secreto había adivinado el anciano, notando un peso en su conciencia y sabiendo que, por encima de los motivos que en principio había esgrimido para solicitar a Rubén el divorcio, estaba sin duda el regreso, desde el mundo de los muertos, de Simón, quien durante toda su vida y aun después de suponerlo fallecido había sido el centro de sus pensamientos.

La parodia

Cuando, al cabo de cuatro días, presentaron a Hanna ante el juez Freisler, poco quedaba de la muchacha fuerte que había ingresado en Alexanderplatz. La sala estaba llena de gente que, mediante pases especiales, se dedicaba a acudir a los juicios de los disidentes y que empleaba sus mañanas en aquel menester con la misma indiferencia de quien va al zoológico. Cuando la entraron por una puerta lateral, sus ojos apenas divisaron aquel mar de rostros que se apretujaban en la parte del público, tras la barandilla afelpada, mirando con curiosidad a los reos que iban a ser juzgados. Luego, sentada ya en el banquillo, el espectáculo quedó a su espalda. Su mirada perdida vagó por los artesonados del techo, indiferente a todo y dada por sentada su condena. Estaba casi cierta de que aquella comedia trágica desembocaría en el patíbulo. Sólo cabía dilucidar si allí le esperaría la horca o el hacha del verdugo. Los últimos días amanecían confusos en su manipulada memoria; confundía los antes con los después, las noches con los días y los atardeceres con las madrugadas. El tormento primordial consistía en no dejar dormir a los presos sometidos a interrogatorios, haciéndolos correr, a horas intempestivas, lloviera o tronara, descalzos por un patio interior.

Cuando la primera noche la arrastraron ante el interrogador, recordaba una potente luz enfocada sobre su rostro. Sus ojos no podían distinguir a la persona que la sondeaba tras la mesa. Aquello duró cuatro o cinco horas. La voz fue a ratos iracunda y a ratos conciliadora. Ella entendió que los entrevistadores se turnaban, pero se mantuvo en sus trece. Su nombre era Renata Shenke, era natural de Viena y acudía a la Universidad de Berlín, primeramente en calidad de oyente, y pasando a ser luego estudiante oficial por el derecho adquirido por los ciudadanos austríacos a ser considerados alemanes, al ser anexionada Austria con la aquiescencia de su pueblo y de su gobierno. También recordaba haberles dicho dónde vivía, ya que al constar ese dato en los documentos que le habían aprehendido, de no hacerlo habría parecido que quería ocultarles algo. Recordaba que cuando regresó a su celda, habían retirado a su compañera. Le dijeron que había muerto. Esa experiencia, junto con las correrías por el patio, duró varias noches. La comida era una bazofia y el despertar era siempre el mismo. El tercer día la tuvieron encerrada durante catorce horas en un cuartucho que era como un ataúd vertical, pues debía de medir algo más de un metro y medio de altura por poco más de cincuenta centímetros de anchura, de manera que no podía erguirse, y cuando se medio desvanecía, las rodillas tocaban la pared de enfrente. Cuando la sacaron de aquella caja, no podía desplegar las piernas, tenía las articulaciones agarrotadas y las desolladas rodillas le sangraban. La noche que la interrogaron sobre los panfletos que habían sido lanzados desde el último piso de la universidad, adujo que ella había ido a ver al vicerrector y que al sonar las diez no había podido esperar porque comenzaba una de sus clases; añadió que, con las prisas, se había olvidado la bolsa de los libros en el banco donde aguardaba. Aseguró, así mismo, que nada había visto y que a la Rosa Blanca la conocía por haber recogido del suelo, en alguna ocasión, alguno de sus escritos, al igual que todos los demás. Ningún alumno podía negar eso.

La última noche la condujeron a otra habitación. Dos forzudas matronas la desnudaron y la obligaron a echarse en una camilla de ginecólogo con las piernas separadas en los correspondientes soportes articulados, para luego atarla mediante unas correas. Entonces, a la orden de una voz que estaba en la penumbra cuyo propietario no alcanzaba a ver, le introdujeron un electrodo en la vagina y otro en el recto. Hanna apretó las mandíbulas y no pudo impedir que una lágrima desbordara sus ojos. Cuando ya, aterrorizada, pensó que aquello era el final, oyó que dos de los interrogadores discutían y que una de las voces decía algo así como que había llegado una orden. Luego, en boca del más amable, sonó una palabra: «Escopolamina».[260] Ante otra seca indicación, las matronas la soltaron, y tras retirarle los cables, la levantaron y la obligaron a echarse, esta vez en una camilla corriente. Entonces volvieron a sujetarla; sintió cómo colocaban en su antebrazo derecho dos cinchas de goma y cómo una aguja hipodérmica entraba en su vena. Poco después, una rara laxitud invadía su cuerpo.

La entrada del juez Roland Freisler, venal y furibundo antisemita, imponentemente ataviado con la toga negra y la capellina roja festoneada de armiño, tocado con una blanca e historiada peluca, acompañado por dos magistrados igualmente vestidos que ocuparon el estrado, interrumpió el lento vagabundear de sus atormentados pensamientos. El fiscal especial ocupó su tribuna y comenzó la parodia. El abogado que le asignaron de oficio, hombre de buena fe pero muerto de miedo, aunque apenas le dejaron hablar, insistió en el hecho de que nadie la había visto lanzar los panfletos y alegó el clásico aforismo jurídico: «*In dubio pro reo*».[261]

Luego de una hora, la voz del ujier ordenó:

—Póngase en pie la acusada.

Dos guardias tuvieron que agarrar a Hanna por los brazos para que pudiera cumplir lo ordenado por el juez.

—Léase la sentencia. —La voz del juez Freisler resonó en la sala.

El portavoz procedió. Tras una larga parrafada en la que hizo referencia a todos los cargos que se le imputaban, dictaminó:

—La acusada Renata Shenke Hausser será confinada para su reeducación, por un período de ocho años, en el campo reformatorio de Flossembürg en la Alta Baviera.

El mazo del juez percutió en la mesa.

—Se levanta la sesión. Desalojen la sala y pase el siguiente reo.

Al escuchar su falsa identidad, Hanna entendió que ni bajo los efectos de la droga había hablado. Totalmente mentalizada, como estaba, de que su salvación radicaba en ocultar su auténtica personalidad y su ascendencia judía, había resistido a sus efectos. Lo que no sabía era qué había dicho. Aunque la explicación del acusador aclaró bastante sus ideas.

Un hombre medio oculto con la cabeza gacha escuchaba atento al fondo de la sala. Era Sigfrid, que había logrado acceder a la vista, mediante un pase que le agenció su amigo el capitán Hans Brunnel. Desde allí vio, aterrorizado, qué había quedado de aquella muchacha vital, elástica, deportista y llena de fuego que había sido su querida Hanna, y lamentó la terrible sentencia. Sin embargo, pensó, no sin extrañeza debido a la terrible fama de aquel juez, que, al menos, le habían dejado la vida. Y se dijo que, mientras hubiera vida, habría esperanza.

También dedujo, al oír la falsa identidad de Hanna, que aún no habían conseguido descifrar quién era su hermana, dado el inmenso tráfago de aquellos días, pero sólo era cuestión de tiempo que descubrieran a quién correspondían sus huellas dactilares.

«¡Soy yo, hermano!»

La llamada del doctor Wemberg a través de Karl Knut le puso en marcha. Los días transcurridos tras el juicio de Hanna habían sido los peores de su vida e, hiciera lo que hiciese, la imagen de la muchacha saliendo de la sala del juicio entre dos guardias de la Gestapo no se le iba de la cabeza. Lo que ocurría en los campos de reeducación de disidentes era poco conocido por el pueblo alemán, pero no así por sus contactos del hotel Adlon que, más de una vez, le habían explicado en qué consistía el eufemístico término de «reeducación». Solamente pensar que Hanna tenía que pasar por aquella experiencia le ponía los pelos de punta, pero nada podía hacer por el momento al respecto ya que, de haber solicitado un favor para un condenado por desviacionismo, habrían recaído sobre él muchas sospechas. Y, por supuesto, peor sería si, finalmente, la verdadera identidad de su hermana salía a flote, cosa a la larga inevitable, y la asociaban con el autor del atentado del Berlin Zimmer y, si tanto se hubiera significado, a la postre, con él.

Dos misiones se había impuesto por el momento: resolver la cuestión de la partida de Manfred sin explicarle lo ocurrido a su gemela, y notificar a Eric la triste nueva por los medios que tuviera a su alcance. A sus padres, en Budapest, ni media noticia al respecto. Nada podían hacer y aquello iba a colmar el cáliz de su amargura. Lo que en aquel momento Sigfrid ignoraba era que su padre había tenido conocimientos del triste hecho a través de herr Hupman, que fue quien documentó a Hanna dándole el nombre de Renata Shenke, y había movido desde Budapest sus peones para procurar paliar el cataclismo.

Luego, en cuanto hubiera partido Manfred, se entrevistaría con August Newman y con Vortinguer para coordinar esfuerzos e intentar, de alguna manera, si no sacarla de allí, sí por lo menos que, a través de la Cruz Roja, dentro del campo pudiera vivir en las mejores condiciones posibles. Siempre, claro está, que la Gestapo no descubriera sus orígenes y detectara su condición de semita, ya que si tal ocurriera, Hanna moriría.

A las tres de la tarde, tal como se les había indicado, estaban ambos frente al pequeño chalet ubicado en el número 197 de Wertherstrasse, aguardando a que les abrieran la puerta. La rutina era la de siempre. En tanto esperaban que la mirilla se abriera y desde el interior comprobaran quiénes eran los visitantes, Sigfrid observó que entre todas aquellas agonías habían transcurrido más de cuatro semanas.

La voz de Knut, que estaba al corriente de todo lo acaecido a Hanna, lo bajó de su mundo.

—Parece que tardan, ¿no?

—No hace ni un cuarto de hora que he llamado desde la cabina de la parada del autobús para corroborar que llegábamos.

En ésas estaban cuando la puerta se abrió y el conserje de siempre los recibió.

—El doctor Wemberg ha tenido una urgencia. Me ha ordenado que les diga que tengan la bondad de aguardar un momento en la sala de espera.

Ambos hombres se miraron extrañados y en tanto se dejaban conducir a la salita, Karl comentó, bajando la voz:

—Es raro, ¿no has hablado con él en persona?

—Debe de haber sido después, porque no me ha comentado nada.

Llegaron a la susodicha sala y el hombre, empujando el picaporte y abriendo la puerta, les facilitó la entrada.

Al fondo de la misma y leyendo bajo la pantalla apergaminada de una lámpara de pie que lanzaba su aro de luz sobre la prensa que tenía en las manos, se veía a un hombre enfrascado en un viejo anuario de deportes. Al verlos entrar, levantó la vista y, mirando por encima de la montura de sus gafas, los saludó con una leve inclinación de cabeza. Tendría de treinta a treinta y cinco años, era pelirrojo, unas finas estrías silueteaban su mirada y su ancha nariz denunciaba que su propietario había practicado el noble arte del marqués de Queensberry. Cuando ya hubo cumplido con la cortesía del saludo, se enfrascó de nuevo en la lectura en tanto que ellos se sentaban enfrente.

El silencio se instaló entre los tres y Sigfrid, a su vez, tomó una revista deportiva del centro de la mesa e intentó distraer la espera, aunque sin conseguirlo.

Súbitamente, el hombre dejó el anuario en la silla de su derecha y, tras mirar la esfera de su reloj, comenzó una charla intrascendente propia de la sala de espera de cualquier profesional.

—Qué fastidio es la impuntualidad. En este país, los médicos y las autoridades son los únicos que tienen venia para hacer esperar al personal.

—Eso parece —fue la escueta respuesta de Karl.

—De cualquier manera, al doctor Wemberg hay que excusarlo; es un ser humano excepcional, ¿no les parece? —La voz era gangosa, propia de las personas que tienen un tabique nasal desviado.

—Ciertamente.

—¿Son ustedes de Berlín?

A Sigfrid no le gustó tanta confianza. La Gestapo colocaba delatores en todos los rincones y hablar con desconocidos, en según qué ambientes, entrañaba peligro.

—Del extrarradio —respondió indolente, y prosiguió la lectura.

El otro pareció fijarse en la lectura escogida por Sigfrid.

—¿Practica algún deporte?

—Antes.

—Yo fui boxeador aficionado. He venido porque tengo problemas de respiración desde que en el gimnasio de Vomerstrasse me partieron el tabique nasal cuando entrenaba para la olimpiada.

A Sigfrid el corazón le comenzó a latir aceleradamente. El gimnasio de Vomerstrasse era al que él acudía algunas tardes para reforzar la musculatura fuera de horas del de la universidad.

—A usted lo tengo yo visto. Me recuerda a un atleta que acudía alguna que otra tarde al gimnasio. Mi memoria es mala; los golpes, ya sabe. Padenvol... no. Panvolk, tampoco. Pardenvolk... Sí, eso es, Pardenvolk se llamaba.

Sigfrid sintió que los músculos de su cuello se tensaban y por el rabillo del ojo observó cómo Karl se llevaba discretamente la mano al bolsillo de su cazadora, donde siempre guardaba su navaja automática. Sin duda era un delator. La Gestapo había detenido al médico y les habían tendido una trampa. Rápidamente, comenzó a especular y a calcular posibilidades. Su mente era un torbellino. ¿Habrían descubierto el auténtico apellido de Hanna y al asociarlo con su hermano habrían indagado acerca de los criados de la antigua mansión de su familia y descubierto su anónima identidad? Pero ¿cómo habían dado con Manfred? Éstas y otras mil preguntas se le venían a la cabeza. Knut, disimuladamente, ya se levantaba. Lo que iba a ocurrir a continuación lo había visto en otras ocasiones. La mano de Karl dispararía el muelle de su navaja y, en menos que se tardaba en pensarlo, su hoja se alojaría en el pecho de aquel chivato; a continuación, ambos saltarían por la ventana de la pieza. Si había que morir, mejor hacerlo matando. Y solo podrían saber si fuerzas de la Gestapo los aguardaban en el jardín si intentaban ganar la calle.

Knut ya había llegado a la mesilla de centro como si buscara una revista. Súbitamente, la voz del hombre sonó de nuevo.

—Guarda tu navaja, Karl. ¡Soy yo, hermano! Ahora sí que creo que nadie va a reconocerme...

A la vez que Manfred se daba a conocer, la puerta se abría y el amable rostro del doctor Wemberg aparecía en el quicio de la misma.

—Conste que ha sido cosa de él hacer esta prueba; perdónenme, pero ha insistido. Éste ha sido el motivo por el que no ha querido que le visitaran durante la convalecencia.

Luego, todo fueron parabienes. Los hermanos se pusieron en pie y se fundieron en un apretado abrazo.

—Quería haberlo alargado más, pero me he dado cuenta de que si me descuido, éste me mata. —Señaló a Knut.

—Es increíble, Manfred. Jamás había visto cosa igual. ¿Donde está el taumaturgo?

—El doctor Rosemberg ya ha salido de Berlín. Está, como le dije, terriblemente solicitado —comentó Wemberg. Luego les dio un sinfín de explicaciones, traduciendo los puntos técnicos a un lenguaje coloquial que Sigfrid y Knut pudieran comprender.

—¡Es sencillamente asombroso! —exclamó Sigfrid.

Después, ya más tranquilos en el despacho de Wemberg, Manfred solicitó, nervioso:

—¿Cuándo me voy? Hacedme las fotos que queráis y dame mi documentación. En cuanto pueda despedirme de Hanna, ya no tengo nada que hacer aquí.

Sigfrid no pudo impedir que su cara reflejara el impacto que la solicitud de su hermano le había causado y el hecho no pasó desapercibido a Manfred.

—¿Qué es lo que pasa aquí?

—Creo que tiene derecho a saberlo, Sigfrid —terció Karl.

—¡Queréis hacerme el favor de hablar de una puta a vez! ¿O creéis que a estas alturas del jodido partido existe algo que pueda sorprenderme?

—La han cogido, Manfred... Esos hijos de perra han cogido a Hanna. Va camino de Flossembürg.

El mazazo hizo que Manfred, que estaba en pie junto a la ventana, tuviera que sentarse.

Preparando la huida

Los casi cuarenta días del postoperatorio de Manfred sirvieron a Sigfrid para perfilar la huida de su hermano. Con el ánimo derrotado pero con la convicción de que estaba haciendo lo que debía, se dedicó, en el local que le facilitó la condesa Ballestrem, a fabricar los documentos que avalarían la personalidad de Manfred, y lo hizo con un esmero y pulcritud excepcionales, sabiendo que de ellos dependería la vida de su hermano. Trabajó sin desmayo siguiendo las pautas que, a través de Lagi Solf, recomendó Gertrud Luckner, la eficaz y extraordinaria representante de Caritas que tan buenos oficios respecto a personas perseguidas realizaba en Berlín. El trabajo quedó listo, a excepción de las fotografías y los correspondientes matasellos que debían ir sobre ellas, pues no se podrían hacer los retratos en tanto el doctor Rosemberg no diera por concluida su intervención tras la prevista convalecencia.

Sigfrid lamentó finalizar la tarea ya que, en tanto dedicaba su tiempo a tan delicado menester, su mente estaba ocupada en otras cosas y no pensaba en Hanna.

Luego de la total recuperación de su hermano, decidieron que la ambulancia lo devolviera de nuevo al refugio, no fuera caso que la policía, por algún imprevisto, lo parara en la calle sin documentación y todo el esfuerzo realizado se viniera abajo.

Sigfrid no acababa de acostumbrarse al aspecto de Manfred y le parecía imposible que aquel individuo fuera ni tan siquiera pariente suyo.

La sesión de fotos se realizó en el mismo sótano, colocando en la pared del fondo una sábana. Manfred se sentó en un taburete de bar, frente a la Hasselblack de Karl, que fue quien disparó el obturador. El resultado fue excelente. Las fotos carnet que visionaron los tres, luego del revelado, mostraban la imagen de un hombre de unos treinta y pico de ojos rasgados, nariz aplastada, boca carnosa, pelirrojo, y agradable en su conjunto. Las gafas enmarcaban una mirada que traslucía un algo tenebroso. En cuanto Sigfrid tuvo en sus manos las fotografías, se dedicó a terminar su trabajo, y una mañana compareció en el sótano portando el resultado de sus desvelos.

Manfred examinó sus nuevos papeles con mirada crítica. Pasaporte, tarjeta de la Seguridad Social, carnet de conducir, todo ello holandés, además de un documento de Caritas que lo acreditaba como inspector internacional y visitador destinado a Roma por el organismo. Su nueva identidad correspondía al ciudadano Ferdinand Cossaert van Engelen y la mismísima Gertrud Luckner iba a viajar con él. La ruta elegida, por ser la más propicia, partía de Berlín y, pasando por Munich, saltaba a Austria; ya en territorio austríaco iba hacia el paso del Brenero, atravesando Scharnitz e Innsbruck, para terminar en Bolzano, al norte de Italia, y de allí, en un coche que los estaría aguardando, partirían hacia Roma, donde el padre Robert Leiber, prácticamente secretario del Pontífice, esperaría a Manfred en el lugar elegido para hacerse cargo de él.

—Antes de partir, tengo algo que hacer.
—¿Qué es? —indagó Sigfrid.
—A mí ya me lo ha contado y me parece bien —aclaró Karl.
—Si sois tan amables, me gustaría enterarme.

La noche del siguiente viernes, tras enterarse de sus rutinas de fin de semana, tres sombras se introducían en el garaje de la villa del doctor Hans Fedelman, en Wilhelmstrasse, y al lunes siguiente, en las páginas de sucesos de todos los rotativos, se daba la noticia de que el vicerrector de la Universidad de Berlín había sufrido un accidente en la autopista que iba a Hannover al rompérsele al Wanderer la cremallera de la dirección, y salirse de la ruta. El ilustre académico había perdido la vida.

El 22 de septiembre de 1943, Ferdinand Cossaert van Engelen, luego de un sinnúmero de vicisitudes que entorpecieron su viaje, al tener que esconderse en diversos lugares aguardando los días oportunos en que en los trenes fueran revisores y jefes de tren adictos a la resistencia que colaboraran en amagarlos, llegaba a Roma aprovechando el desorden que subyacía en la recién tomada ciudad. Al cabo de dos días, se dirigía a la Pontificia Universidad Gregoriana del Vaticano y se ponía en contacto con el padre Leiber, a quien en la clandestinidad llamaban Gregor.[262]

La renuncia

Esther sufría un terrible desgarro interior. Una vez dados los pasos pertinentes para poner en solfa decisión tan importante, comenzó a adentrarse en un mar de incertidumbres y remordimientos.

Aquella mañana, Rubén había partido para Córdoba para, en la banca de dom Solomón, industriar los medios oportunos para que ella pudiera partir cuando quisiera con los pertinentes documentos que la acreditaran como poseedora de una importante fortuna. Ni por un instante se le pasó por las mientes a Rubén regatear cuestión alguna, ya que, amén de ser consciente de que todo aquello pertenecía a su esposa, pensó que por ley luego sería de sus hijos y que para cubrir sus morigeradas necesidades, con lo que él ganara en el ejercicio de su ministerio tendría suficiente. Puso en venta la quinta del Arenal y entonces se alegró de haberse trasladado a Archeros, pues en aquella vivienda estaba a tres pasos de su sinagoga.

La renuncia suprema de ver crecer a sus hijos la compensaba pensando que algo terrible iba a ocurrir y que no tenía derecho, por mor de cumplir con su conciencia, a arriesgar la vida de los pequeños, y si todo eran falsas aprensiones, tiempo habría de acudir donde estuvieran para, además de gozarlos, intentar recuperar el cariño, que no amor, de su mujer, cuya temerosa actitud atribuía únicamente al crispado clima que se vivía en Sevilla debido a las cada vez más incendiarias proclamas de aquel implacable enemigo de su pueblo, alterada como estaba ella por la prueba que tuvo que sufrir en Toledo y por la inacabable retahíla de anónimos.

Esther, entre tanto, rumiaba su decisión cargada su conciencia de negros augurios y absolutamente desorientada. Pero ¿qué podía hacer? No quería engañarse con falsas excusas y era consciente de que ahora el auténtico motivo de su ultimátum era la recuperada ilusión por la vida que la venida de Simón le había deparado. Sin embargo, también era una absoluta verdad que por nada del mundo quería permanecer en Sevilla, pues los mensajes se sucedían frecuentes e inquietantes pese a haberse desplazado a la calle Archeros y finalmente estaba el incontrovertible aserto de que Rubén se negaba a partir dejando a los fieles de su sinagoga en el más absoluto de los desamparos. Cada día que pasaba, estaba más asustada, confusa e irresoluta.

La noche anterior, Rubén le había presentado la redacción del Sefer Kritut[263] para que ella lo ratificara y supiera qué era lo que iba a firmar cuando acudieran de nuevo a la casa de Mayr Alquadex. No obstante, cuando le hizo el comentario de que, según la leyenda, «cuando una pareja se separa, los ángeles del cielo lloran lágrimas amargas», Esther se desmoronó y comenzó a sollozar amargamente.

Entonces su conciencia le exigió la obligación de ser honesta con aquel ser bondadoso y entero que su padre le había asignado como marido, y le explicó, sin herirlo con el relato de los sucesos acaecidos en la quinta del Arenal, quién era su perdido amor, milagrosamente reencontrado, y lo que la llegada de Simón a Sevilla había representado para ella. La sangre desapareció del rostro de Rubén, y la lividez cadavérica que se instaló en él indicó a Esther el profundo impacto que su confesión le había ocasionado. Luego habló, con una voz queda como venida de un lugar muy lejano, y Esther, al oírlo, se quedó sin habla.

—Grabad en lo más profundo de vuestro corazón cuanto voy a deciros. Gracias por estos años de felicidad que me habéis regalado, esposa mía. La vida me ha premiado con vuestra compañía durante un tiempo que por lo visto robé a otro. Fuisteis mía porque pensasteis que vuestro enamorado había muerto, y me siento como un usurpador que ha tomado algo que no le pertenecía. Me habéis dado dos hijos hermosos a los que amo desesperadamente y que prolongarán mi estirpe. Ahora soy yo quien quiere el divorcio, pero lo hago por vos, porque tenéis derecho a ser dichosa en algún lugar del mundo. Casaos con Simón y sed feliz; si lo lográis, habrá valido la pena mi sacrificio. Tres cosas, sin embargo, os pediré. La primera: si salgo con bien de todo esto, es mi deseo que me permitáis ver a mis hijos allá donde os encontréis. La segunda: si por el contrario muero, decidles que su padre se inmoló por cumplir con su deber y que los quiso hasta la extenuación. Y la tercera: ¡no me obliguéis a verle...! Me niego a conocer a la persona que se lleva mi dicha.

Hablaron, hablaron sin parar, en el salón de la casa, hasta la madrugada. Ella, de buena fe, le sugirió que enviaran a los niños a Jerusalén a la casa de Ruth acompañados de Gedeón y de Sara, y que ella se quedaría a su lado, pero Rubén argumentó que si algo les ocurriera a los dos, sus hijos crecerían en el mayor de los desamparos y que, sabiendo que amaba a otro, no quería que por él sacrificara su vida. «Es mejor así, Esther; ahora ya está todo dicho.»

Un llanto convulso atacó a la muchacha, que se abrazó al que había sido su marido hasta aquel día, y de esta guisa permanecieron juntos hasta que una luna llena preñada de amenazas con el aspecto de una calavera amarilla asomó entre un jirón de nubes desflecadas y se coló por la ventana.

El radioescucha escocés

Al rasgar el sobre y ver la fecha, Eric dedujo que la carta había sido escrita con posterioridad a la de su madre. Sin embargo, llegaban juntas, pues la correspondencia se amontonaba en las bases de los submarinos y hasta que no salía la «vaca» correspondiente, las cartas quedaban retenidas.

Por los ruidos que hasta él llegaban, supuso que la operación de trasegar gasóleo de un barco a otro iba mediada, ya que ahora el sonido de las bombas de llenado venía de la banda de estribor.

Se retrepó en su litera y se dispuso a leer la segunda carta. Lo primero que hizo fue buscar la firma, y en cuanto comprobó que era de Sigfrid, se aprestó a recordar las claves acordadas antes de su partida para poder interpretar cualquier noticia que su amigo intentara decirle entre líneas y que pudiera comprometerle, en el caso de que la carta cayera en manos ajenas o por si entre la tripulación del barco hubiera, como así era en efecto, elementos acérrimos partidarios del régimen.

Berlín
15 de agosto de 1942

Querido amigo:
Ignoro cuándo te llegará mi carta y tan siquiera si te llegará, pero me dirijo a ti con la esperanza de que algún día puedas leer estas líneas.

La carta estaba llena de tópicos, lugares comunes y comentarios sobre la muerte de Heydrich con respecto a lo que había significado para el Reich. Pero las noticias que pudo entresacar de ella usando las claves acordadas fueron demoledoras y llenaron su ánimo de zozobra. Le hablaba de «aquella muchacha con la que fueron ambos a la final de esgrima en la olimpiada», y le comunicaba que ya no estaba en su domicilio y que había partido sin dejar dirección alguna. Luego se refería a Manfred nombrándolo como «Margaret, la amiga de aquella muchacha que tuvo la desgracia de caerse al tender la ropa en el patio de su casa», y le decía que la habían nombrado corresponsal de un organismo internacional y que ya no estaba en Berlín, pero que ignoraba cuál era su destino y cuánto tiempo pasaría hasta que pudiera incorporarse a él. También le comunicaba que tenía muy avanzada su tesina de final de carrera de historia, que el tope de entrega era el 12 de enero y que versaría sobre el levantamiento del pueblo de Madrid contra las tropas napoleónicas. Por último, le decía que había ido al médico por su dichoso estómago y que éste le había recetado un medicamento que debía tomar cada cuatro horas, día y noche, durante medio año, que la hora más inoportuna eran las cuatro de la madrugada porque le cortaba el descanso, y que aunque era muy incómodo, valía la pena porque se encontraba muy aliviado. Concluía deseándole lo mejor y rogándole que no se olvidara de ponerse en contacto con él en cuanto tocara tierra.

Eric dobló la carta y, anonadado, comenzó a descifrar los mensajes que subyacían ocultos en ella.

Hanna había desaparecido y Sigfrid ignoraba su paradero. La noticia, conociendo Eric lo que significaba algo así en la Alemania nazi, no dejaba lugar a dudas. A su novia la habían detenido e imaginó el motivo. Manfred había huido disimulado en un cargo de un organismo internacional. No le decía ni adónde ni cómo, pero sí que ya no estaba en Berlín. Finalmente, lo más importante: el 12 de enero era el 12 del 1, y añadiendo dos ceros a cada cifra indicaba que la radio de onda corta que transmitiría noticias para él se encontraba en una frecuencia entre 1.200 y 1.000 kilociclos. La banda 2-5-18.08 y el código de letras MA equivalían a la fecha del 2 de mayo de 1808 y a la ciudad de Madrid. Intuyó que su amigo había buscado un hecho histórico que conviniera al mensaje que quería transmitir, y que coincidiera en números y letras con el mismo. Por lo tanto, en la frecuencia y en la banda indicadas de la onda corta alguien saltaría al éter cada cuatro horas durante seis meses, y al nombrarle las cuatro de la madrugada quería indicarle que intentara, si podía, estar a la escucha en los múltiplos de cuatro. A las 8, 12, 16, 20, y a las 24 del meridiano de Greenwich, y a él le correspondería hacer la traslación caso de hallarse en otro huso horario. Muy mal tendría que irle para que, en los ratos que no tuviera guardia, no pudiera sintonizar, alguna vez, la frecuencia indicada, con el potentísimo receptor de onda corta de la nave.

El U-Boot *285*, luego de haber cargado combustible y con los depósitos a tope, recibió la orden de volver a casa, hundiendo a su regreso cuantas toneladas pudiera de convoyes enemigos que, escoltados por buques de guerra, eran el auténtico cordón umbilical que mantenía a Inglaterra aún viva.

Eric, siempre que sus obligaciones a bordo se lo permitían, y fuera de servicio, se colocaba los cascos de sonido auxiliares y se dedicaba, a las horas señaladas y si la circunstancia era propicia, a estar a la escucha en la frecuencia y en la banda indicadas. A tal efecto, le perjudicaba la simpatía que le profesaba el comandante ya que en cuanto navegaban en superficie, lo hacía subir a la torreta a departir con él.

El submarino, aquella mañana, navegaba cerca de las Orcadas, con un viento frontal fuerza cinco nudos que hacía que, al haber marejada, frecuentes rociones de espuma barrieran la proa de la nave, cuando sin duda cazó al amigo escocés.

Eric, con el dial de sintonía fina, ajustó la emisora y, con el corazón encogido, se dispuso a escuchar. Los mensajes eran enviados al éter, periódicamente y sin esperar respuesta, por una emisora controlada por el MI6,[264] dependiente del almirantazgo, y los textos que se difundían iban destinados a marinos embarcados en naves enemigas para minar su moral y ponerlos en contra del régimen. Eric extrapoló el aviso a él destinado de entre otros textos, que concernían a navegantes incluidos en las dotaciones de otros barcos. Cuando su mente asimiló el mismo, la sangre se le heló en las venas a tal punto que su compañero, que en aquellos instantes estaba al cargo de la guardia controlando el código de la máquina Enigma, lo miró con extrañeza.

—¿Qué ocurre, teniente?

—Nada... una música que me recuerda tiempos más felices. Con ella me declaré a mi novia.

—Cambie de emisora; estando tan lejos, la nostalgia es mala compañera.

Eric casi ni oyó la recomendación de su subalterno.

La voz, en el éter, repetía el texto: «Para ti, amigo marinero, si es que puedes escuchar mi voz amiga. La muchacha que se fue luego de la olimpiada a Viena, que tiene un pariente cojo y que regresó con otro nombre, ha sido condenada, luego de ser presionada en el cuartel de la Gestapo, a trabajos forzados en un campo. Ya puedes imaginar cuál será su final. Desde el lugar que ocupes, boicotea al régimen criminal de Hitler, que ha ahogado con leyes inicuas la libertad de Alemania. Colabora en la medida que esté en tu mano a derribar la dictadura. Cada cuatro horas repetiremos el mensaje durante tres meses. ¡Buena suerte!»

La voz se apagó, pero Eric no necesitaba oír nada más. Continuó a la escucha cierto tiempo, más por cubrir las apariencias que por otra cosa, y luego se retiró a su litera, a rumiar los pasos que debería dar al llegar a la base.

—Si hay algo, me avisas. Me voy un rato a la «cueva».

—Descuide, mi teniente.

Flossembürg

La locomotora del tren de la ignominia entró en Flossembürg, en medio del crepúsculo, llevando en su interior su carga cotidiana de miseria y muerte, en tanto que el cielo protestaba de tanto horror, llorando un aguacero de millones de lágrimas lanzadas por una multitud de seres humanos que en otras épocas y circunstancias habían sufrido las persecuciones y atrocidades del único ser de la creación que mata simplemente por crueldad y fanatismo: el hombre.

Detuvo su caminar en medio de un chirriar de metales y de nubes de humo y de vapor que salían de su caldera, en tanto que los ladridos de los perros, sujetos por las traíllas a sus amos, y los zigzagueantes rayos de las linternas rasgaban las entretelas de la noche. Las puertas de los vagones de transporte de ganado se abrieron, vomitando de sus entrañas una vaharada de orines, excrementos y miseria acumulados en su interior tras siete días con sus noches de ininterrumpido viaje.

Entre aquel ejército de desheredados del mundo estaba Hanna. Una Hanna desconocida y arruinada físicamente, con diez kilos menos, a la que únicamente mantenía en pie la fuerza de su espíritu y el inquebrantable tesón que alimentaba la esperanza de volver a ver a Eric.

En cuanto abrieron desde el exterior la corredera y el aguacero mojó el rostro de los que estaban en la primera fila, los demás se precipitaron al exterior como una manada de búfalos que, muertos de sed y ante la proximidad del agua, iniciaran una estampida. La altura del vagón era considerable, pero al caer unos sobre otros, el montón fue creciendo hasta el extremo de que los últimos lo hicieron sin tener que saltar, pasando únicamente sobre los caídos, que habían formado una alfombra humana sobre el barro del campo. Al haber estado tantos días hacinados, muchos de ellos en pie, haciéndose encima sus necesidades, las piernas se negaban a obedecer las órdenes que transmitían sus cerebros, de manera que aquella masa se tornó insensible a los latigazos que con sus rebenques les propinaban sus captores, incomodados en su descanso por aquel tren que llegaba a deshoras de la noche, al haberse tenido que desviar a causa del descarrilamiento de un vagón de un convoy anterior que había bloqueado la línea.

Hanna, que como todo equipaje había subido al tren con la muda que le habían dado en la cárcel, daba su brazo a una mujer de más edad que se aferraba con una mano a un hatillo y al estuche de un pequeño violín, como lo haría un náufrago a un tablón, mientras que con la otra se agarraba a ella, pues al saltar parecía haberse lesionado un tobillo. Ya en tierra, volvió la vista atrás y pudo observar que, al irse los soportes humanos que las apuntalaban, una serie de personas yacían inertes en el suelo del vagón, sin duda muertas desde hacía varios días.

Las imprecaciones de los guardias unidas a los ladridos de los mastines consiguieron que los restos de aquella humanidad doliente y miserable, arrastrando viejas maletas y bultos de ropa atados con cordeles, fueran formando colas, separados los hombres de las mujeres, a la orden de una voz que salía por unos grandes altavoces en forma de pera, ubicados en las torretas de centinela que marcaban las esquinas de las altas alambradas.

Aquella masa hambrienta se puso en marcha a los acordes de una música wagneriana y fue conducida hasta unos barracones tras cuyas cerradas ventanas se veían los rostros desnutridos y curiosos de otros miserables que habían recorrido anteriormente los mismos caminos. El hambre atenazaba los estómagos de aquellos desgraciados privándoles de la cualidad del discernimiento, y se miraban unos a otros como perros desconfiados a la espera de un hueso. En todo el trayecto, únicamente cuatro veces en sendas paradas sus guardianes habían echado por las aberturas, que se ubicaban junto al tejadillo de los vagones, una especie de bazofia que un can habría despreciado y que, con las manos extendidas, fue disputada fieramente por aquella turba de desventurados.

Hanna, famélica y derrengada, tiraba de la mujer impidiendo que se fuera al suelo. Los que iban quedando por el camino eran cargados en unos carretones que, conducidos por guardianes checos subsidiarios de los alemanes, desaparecían de la vista de los demás hacia unos edificios del fondo de cuyas altas chimeneas brotaba un hollín pegajoso y gris que impregnaba, junto con el agua de la lluvia, las ropas de todos los que transitaban por el embarrado y lúgubre lugar.

Finalmente, llegaron a las puertas de un barracón y un grupo indeterminado de mujeres fue obligado a dejar la fila y a entrar allí. Cuando la última estuvo en el interior, una matrona de las SS cerró la puerta y ordenó que todas las presentes se amontonaran en el pasillo que recorría la nave entre dos filas de literas superpuestas.

—Como podéis ver, ha llegado otra remesa de presas acusadas de obstruir el camino de la gran nación alemana que, auspiciada por el Führer, dominará Europa y el mundo entero. Sus culpas, como vosotras lo haréis a partir de mañana cuando os hayan despiojado, las purgan trabajando en la mina de granito que motiva este campo.[265] Hasta nueva orden, en casi todas las literas descansarán por turnos dos personas, de manera que nunca estarán desocupadas. Cuando al amanecer partáis hacia la mina, otro grupo ocupará vuestros sitios, así que os sugiero que me entreguéis cuantas pertenencias hayáis traído que tengan algún valor, pues de esta forma evitaréis que a alguna ligera de dedos se le ocurra, durante vuestra ausencia, vaciaros los alijos ya que, como sois un atajo de ladronas, la que venga se encargará de limpiar la maleta de la que marche al trabajo.

»No quiero desórdenes nocturnos, y a la que me obligue a levantarme e interrumpa mi descanso, puedo asegurarle que tendrá una ración del jarabe que tan bien conocen las veteranas y que hará que tenga un recuerdo imborrable de mí.

Este último párrafo lo subrayó moviendo en el aire violentamente el bastón que llevaba en la diestra y golpeándose con él la palma de la otra mano.

Aquella bestia dio media vuelta y partió. Antes de salir, se volvió de nuevo y espetó al atribulado auditorio:

—Mañana, mejor dicho, dentro de un rato, sonará la sirena. Tenéis cuatro horas, aprovechadlas.

Cuando partió la guardiana, las mujeres comenzaron a interrogar a las recién llegadas demandando noticias, queriendo saber de dónde venían, quiénes eran y si conocían a zutano o a mengano, y qué estaba pasando en Alemania. La solidaridad se hizo patente entre aquellas desgraciadas y, con algunas excepciones, se dispusieron a alojar y a orientar a las nuevas. Las literas superpuestas eran ocupadas, tal como anunció la celadora, por dos reclusas que, al irse a trabajar, dejaban su sitio a otras dos, de manera que en el barracón se amontonaban, en veinticuatro horas, más de ochocientas mujeres que con sus miserias hacían el ambiente irrespirable de miasmas, orines y sudor. Hanna dejó a su compañera en una de las literas bajas y se sentó en el suelo a su lado, sin aliento y sin casi ganas de sobrevivir. Pese a las recomendaciones de las veteranas, era inevitable que el rumor de las conversaciones, aunque intentaran hablar a media voz, formara un continuo murmullo. Las reclusas vestían unas batas a rayas negras y blancas de una sarga barata, y calzaban lo que podían; las más afortunadas, zuecos atravesados por dos gruesas tiras de cuero en la suela que las resguardaban algo de la humedad y del barro.

Hanna, con la espalda apoyada en la pared del barracón, respiraba agitada oyendo únicamente los atenuados lamentos de la mujer a la que sin duda había salvado la vida, cuando una voz amable se dirigió a ella.

—¿Cómo te llamas?

Alzó la vista y sus ojos vieron a una muchacha de mirada bondadosa que, en tiempos, debió de ser gruesa, cuya bata caía desmadejada e inmensa.

—Renata Shenke —dijo, no queriendo aventurarse a dar a una desconocida su verdadero nombre.

—Si quieres, en mi litera y en mi turno, hay sitio.

—Gracias. —A Hanna se le humedecieron los ojos al comprobar que la caridad, en tan tremendas circunstancias, aún florecía entre los seres humanos, pero ni ánimos tuvo para repreguntar.

La otra se adelantó.

—Mi nombre es Hilda y soy de Maguncia. ¿De dónde eres tú?

—De Viena, vine a estudiar a Berlín.

—No voy a preguntarte por qué te han traído aquí, no vale la pena. ¿Quieres chocolate?

La muchacha, ante la incrédula mirada de Hanna, echó mano al bolsillo de su bata, extrajo de él una pastilla de cacao y se la entregó.

—¿Por qué haces esto? —dijo, alargando su mano.

La otra, encogiéndose de hombros, respondió:

—Hoy te hace más falta que a mí.

Un llanto convulso atacó a Hanna. Era el primer gesto amigo que alguien tenía con ella desde su apresamiento y cuando estaba a punto de perder la fe en los seres humanos. Hilda tocó su cabello amablemente.

—No llores —dijo—. El día que llegué, también alguien fue amable conmigo.

Hanna ya se iba a llevar ansiosamente la chocolatina a la boca cuando el gemido de su compañera le recordó que alguien sufría, en aquel momento, más que ella.

Dirigió su mirada al bulto yaciente y dijo a Hilda:

—Dáselo a ella.

—Cómetela tú. Ya buscaré otra.

Hanna se alzó del suelo e inclinándose hacia la mujer que había arrastrado hasta allí le acercó la pastilla al la boca. La mujer, al olor del chocolate, abrió los ojos y dirigió su mirada hacia Hanna.

—Gracias, hija mía —dijo, soltando por primera vez el estuche del violín y sacando la mano del rebujo de ropas que la atenazaban para tomar lo que le ofrecía—. Tenía una hija de tu edad que, como tú, siempre pensaba en los demás antes que en ella misma. Hoy ya te debo la vida dos veces.

La mujer se llevó la chocolatina a la boca y comenzó a masticarla.

—De cualquier manera, no te esfuerces por mí. Mañana no podré levantarme; tengo el tobillo roto.

Su ángel de la guarda intervino de nuevo y, dirigiéndose a la mujer, dijo:

—¿Me dejas ver?

El tobillo de la desdichada estaba hinchado y, tras una mirada crítica, Hilda partió a buscar ayuda. Al rato compareció con otra mujer. A Hanna todas las caras le parecían iguales.

—Esta es Astrid. Había sido comadrona y entiende de esto. Deja que te eche un vistazo.

La nueva levantó la ropa de la mujer sin pedir permiso y dirigió una mirada crítica a la parte lesionada. Luego, con cuidado, le quitó el zapato y la destrozada media y movió el tobillo de un lado a otro, mirando a los ojos a la lastimada.

—No parece roto, pero requerirá un vendaje compresivo. —Entonces se dirigió a Hilda—: Dile a la Jefa que cambie el turno de limpieza, a mí me toca quedarme mañana en el barracón, con Elsa. Ya nos arreglaremos para que ésta descanse... Y busca algo para vendarla.

—Pero ¿no ha dicho que hemos de ir a la cantera? —preguntó Hanna.

—Lo dicen siempre para acojonar a las nuevas. Allí sólo van las castigadas y los judíos del otro lado; a nosotras nos asignan diferentes trabajos, aunque esto, como comprobarás, no es una feria.

Cuando todo estuvo terminado, Hanna se acostó al lado de su nueva amiga en una de las literas superiores. La encargada del barracón hizo apagar las luces. Una montaña de preguntas se agolpaban en su mente, pero decidió aplazarlas hasta el día siguiente. Se durmió totalmente agotada, pensando que la solidaridad era una rara avis que florecía mucho más lozana entre los desheredados de la fortuna que en otras partes más propicias. Tuvo unos sueños atormentados e inconexos. Una sirena insistente y atronadora la devolvió al mundo de los vivos y, sin casi tiempo para ponerse en pie, se encontró en el patio donde pasaban lista.

Bukoski

Tres conjurados habían acudido al apartamento de Sigfrid: August Newman, Klaus Vortinguer y Karl Knut. Lo habían hecho tomando las consiguientes precauciones. La reunión la convocó Sigfrid, pero a todos les vino bien pues había habido muchas novedades y era necesario coordinar voluntades. Desde la reunión en el velódromo, la partida de Manfred y la captura de Hanna, los acontecimientos se habían precipitado y cada uno de ellos tenía que reportar primicias y averiguaciones a los demás.

Karl, que conocía el lugar de otras veces y la manera de acceder a él sin llamar la atención, acudió ejerciendo de guía de los otros dos, pues era la primera vez que éstos iban a una cita convocada por Sigfrid. Estaba el escondite en Markgrafenstrasse junto al Krakenhaus y se lo había proporcionado Peter Spigel, el fiel notario de su padre al que esporádicamente visitaba para restaurar su economía. Según entendió, en su día había sido una *garçonnière* en la que un rico empresario bávaro había ocultado sus amores con una mezzosoprano de la Ópera de Berlín que había huido del país durante una de las *tournées* que la compañía realizó por el extranjero pues, aprovechándose de su origen judío, la ofendida esposa de su amante, que pertenecía a una influyente familia, buscaba su ruina.

Sigfrid ocupaba la planta baja desde que se vio forzado por las circunstancias a abandonar el apartamento que había compartido con su hermana; al irse, tuvo buen cuidado de ocultar a Hanna la ubicación de su nuevo domicilio, ya que de esta manera evitaba peligrosas e involuntarias indiscreciones. La vivienda era el bajo de una villa de tres pisos que había edificado un aristócrata prusiano en el siglo XIX y que, posteriormente, y aprovechando la fachada exterior, se había rehabilitado, construyendo en su interior tres apartamentos y una buhardilla. La planta baja era la que ocupaba Sigfrid y, aunque pequeña, tenía la ventaja de gozar de un amplio jardín cuya puerta de hierro daba a la calle de detrás. Acostumbrado desde pequeño a la mansión de sus padres, adoraba los espacios abiertos y las plantas. Al conserje no le extrañó la llegada de tres jóvenes, ya que según su mujer, que era la encargada de la limpieza, se reunían allí, a veces, gentes de diferente condición y variado pelaje, que invariablemente dedicaban sus ocios al juego y a las francachelas.

Sigfrid, que en aquel instante se ocupaba de cuidar las adelfas, en cuanto los vio llegar, dejó a un lado la regadera y los guantes de jardinero y se precipitó cojeando a abrir la puerta para evitar que tuvieran que tocar el timbre.

Entraron los tres. Tras los saludos de rigor, dejaron sus abrigos en la banqueta de la entrada y pasaron al interior.

La pieza era una pequeña salita con una puerta que daba al jardín. Las estanterías de las paredes llenas de libros, un viejo tresillo de cuero alrededor de una mesa alargada de metal cromado y cristal, y un mueble bar empotrado constituían el mobiliario. Todos se acomodaron, y en cuanto se hubieron sentado frente a las bebidas que les sirvió Sigfrid, pasaron a comentar los temas que habían provocado aquella reunión.

—En primer lugar, quiero pedirte excusas por las palabras de la otra noche. —Sigfrid se refería al encuentro en el velódromo—. Debes entender que la noticia del apresamiento de mi hermana alteró mis nervios.

August, templado como siempre, respondió:

—No tiene importancia... y lo comprendo. A todos nos ha descompuesto la detención de Hanna.

—¿Qué se sabe de Manfred? —indagó Knut.

—Ya está en Roma. He hablado con la condesa Ballestrem y me ha dicho que ha llegado sin novedad; no sabe nada más. Lo que está claro es que la única vía segura es el Vaticano. Creo que, por el momento, lo han enviado a allí.

—Si tienes noticias, no dejes de hacérmelas saber. Sigamos con lo nuestro. Cuando hemos hablado, me has dicho que había una tarea importante a realizar. ¿Cuál?

—Cierto, a través del notario de mi padre he sabido que los Hempel regresan a Berlín. No querría comprometerles ya que las cosas están cada día más difíciles.

—Y él, ¿cómo lo ha sabido?

—Tío Stefan le llamó por teléfono, para que avise a Herman, el viejo criado de mis padres, que estaba en su pueblo, y le entregue las llaves, que están depositadas en la notaría; así Herman podrá abrir la casa y preparar las cosas. —Karl ya iba a preguntar cuando el gesto de Sigfrid le detuvo—. Tal como sospechaba, regresan. No tiene sentido que permanezcan en Checoslovaquia cuando han anunciado todos los periódicos que la mujer de Heydrich retorna a Berlín y que la recibe el mismísimo Führer.

—¿Y qué vas a hacer con la emisora?

—Por eso te he avisado. Hay que desmontarla; cada día es más difícil salir al aire sin que localicen la frecuencia. Además, el perjuicio para los tíos, si siguiera emitiendo estando ellos, sería grande; no merecen este riesgo. Las cosas no son como eran. Voy a emitir por última vez para despedirme de mi contacto en Escocia, que por cierto envía cada día el aviso que le pasé para Eric por si el azar hace que pueda pescarlo, pero ya no podré seguir mandando mensajes.

—Entonces ¿qué debo hacer ahora?

—Te explico. Como sabes, la emisora la montó Eric; yo solamente sé manejarla. Conviene que avises a Fritz Glassen, el técnico de sonido que montó lo del Berlin Zimmer contigo y con Manfred, para que venga con nosotros. Cuando emita, la utilizaré por última vez. Luego la desmontaremos... Lo más peliagudo va a ser la antena que rodea el torreón y la cubierta de la buhardilla por el exterior.

Al escuchar el nombre de Eric, August se puso tenso y la expresión de su rostro varió imperceptiblemente.

Vortinguer, que hasta el momento había permanecido callado, intervino.

—Como imagino que habrá que acarrear trastos, contad conmigo.

—Y conmigo —apuntó August—. No tengo vuestra fuerza física, pero sé conducir un coche y las labores de vigilancia no se me dan mal.

Hubo entre los cuatro una mirada de complicidad y August prosiguió.

—Quiero decir algo respecto a Hanna. Para eso he venido. Klaus ya lo sabe.

Sigfrid asintió.

—He pedido la excedencia en la universidad. La excusa, la edad de mi madre y su viudedad; como hijo único, debo cuidar de ella. Eso es lo que me ha evitado, por el momento, tener que incorporarme al ejército, y cuando me toque me asignarán servicios especiales dada mi hipermetropía. Todo esto tiene una explicación. No creas que es un impulso repentino, lo he pensado mucho. El primer responsable de lo que le ocurrió a Hanna, tal como tú dijiste, fui yo, y como tal, debo ser el primero a la hora de intentar hacer algo.

—Y ¿qué es lo que quieres intentar? —indagó Sigfrid.

—Desde aquí, por supuesto nada. Voy a irme a un pueblo muy próximo a Flossembürg, Grünwald es su nombre. Gracias a una persona a la que conozco desde hace muchos años, voy a ver si puedo intentar alguna cosa, por lo menos contactar con alguien que me proporcione noticias de ella, y entonces trataré de hacer algo para mejorar sus condiciones de vida en el campo.

Tras una pausa, Sigfrid habló.

—Eres un tío, August. Poca gente sería capaz de intentar lo que vas a hacer.

—Más hizo ella por nosotros. De haber hablado, Vortinguer y yo ya estaríamos dentro o muertos. La demostración más palpable de su entereza es que nadie ha venido a por nosotros. De todas maneras, no quiero que pienses que voy de héroe por la vida. Soy un intelectual, no un hombre de acción. Una cosa es intentar hacer algo desde la clandestinidad y otra embarcarme en algo que me supera. Pero quiero decirte algo: me siento responsable de lo que le ha ocurrido a tu hermana... Su novio es un tipo afortunado, pero si me importa lo que le ocurra a ella, no es únicamente porque me sienta responsable.

Sigfrid simuló que no había atendido a la segunda parte del discurso del otro.

—Los que ignoran el peligro son los temerarios. Los valientes son los que tienen miedo, se sobreponen y hacen lo que deben. ¿Cuándo piensas partir?

—No tenía nada decidido hasta hoy, pero, dadas las circunstancias, te diré que en cuanto desmontéis la emisora.

—¿Cuentas con dinero?

—Me arreglaré.

—No me refiero a ti, quiero decir si podrás sobornar a quien convenga.

—Si ésa es la manera, entonces te diré que el sueldo de profesor no da para tanto.

Sigfrid, sin añadir una palabra, se dirigió a la chimenea, que estaba apagada, metió una mano por debajo de la campana y buscó en el tubo. Al momento, extrajo de su interior un pequeño paquete de hule negro y regresó junto al grupo.

—Toma, August, esto lo dejó mi padre para los tres hermanos por si nos encontrábamos en un apuro. El de Hanna no puede ser más gordo.

Y tras deshacer el envoltorio extrajo tres brillantes envueltos en papel de seda y un fajo de billetes, que alargó a August.

Todos se quedaron sin habla.

—Gracias, pero no...

—¿No qué? No seas imbécil, se trata de la vida de mi hermana, ¿en qué quieres que gaste mejor lo que te doy?

August tomó el paquete y lo guardó en el bolsillo del pantalón. Sigfrid, mientras tanto, envolvió de nuevo el resto de los brillantes y fue a guardar el envoltorio en el mismo sitio.

—Lo que vamos a hacer es peligroso. Si me ocurre algo, los que quedéis ya sabéis dónde he guardado esto. Y ahora, vamos a trabajar, a enhebrar la aguja. Karl, llama a Glassen y dile que nos veremos en el Goethe dentro de... —Miró su reloj—. Dentro de dos horas, a las nueve y media.

En tanto que los tres continuaban hablando, Knut se dirigió al teléfono, que estaba en el pasillo, y marcó la clave para que Fritz se pusiera el aparato.

La intensidad de la conversación de Karl y el tono de su voz hicieron que la charla de los tres bajara de volumen. Al cabo de un tiempo, con el rostro desencajado, Knut entró en la salita.

Tres pares de ojos lo observaban.

—¡La Gestapo ha cogido a Bukoski! Glassen va a esconderse hasta ver qué pasa.

Un silencio ominoso descendió sobre el grupo. Sigfrid se levantó y acudió al mueble bar de la librería. Sin decir nada, tomó una botella de coñac, regresó a su lugar y la dejó sobre la mesita central para que todos rellenaran sus copas.

—No perdamos los nervios, Karl. Esto nos atañe únicamente a ti y a mí. Hace mucho tiempo que decidimos prescindir de Bukoski. De Manfred no sabe nada desde antes de su operación e inclusive ignora ésta; por lo tanto, desconoce también que ya no está en Berlín. Por cierto, llama ahora mismo al doctor Wemberg; dile que ha caído Bukoski y que ha de levantar el campo.

Karl partió al teléfono de nuevo y al cabo de nada regresó junto al grupo.

—Ya está. No ha hecho falta que le dijera nada, ya lo sabía. Le ha dado tiempo de recoger los archivos y volar. Me ha dado un número y una clave por si nos hace falta contactar con él. ¿Qué hacemos ahora?

—¿Cuánta gente conoce tu escondrijo, Sigfrid? —preguntó Vortinguer.

—Gente del Adlon que ha venido algunas noches a jugar al póquer.

—Bukoski sabe que frecuentabas sus salones desde el asunto del zafiro… y nunca sintió la menor simpatía por los judíos. Seguro que cantará y largará lo que sabe a la Gestapo, y a lo mejor, hasta lo hace a gusto. En cuanto le hayan sacado información, les va a faltar tiempo para interrogar a personas que te conocen y que conocen tu madriguera. Tienes que largarte inmediatamente, y yo no puedo volver a mi casa ni a la fábrica —apuntó Karl.

August intervino.

—Klaus y yo sabemos dónde podéis ocultaros por el momento, ¿no es cierto?

Vortinguer asintió con una leve inclinación de cabeza.

—Procedamos con orden —dijo. Su mente analítica había desmenuzado en pocos segundos la situación—. Lo primero es proveeros de una nueva documentación, tanto a ti como a Karl.

—No hay problema, estaba previsto; en mis ratos libres he trabajado en ello. Tanto Karl como yo tenemos escondidos documentos nuevos. Por cierto, son perfectos… hasta el papel es el que ellos usan; a través de Lagi Solf me hice con una resma.

—¿Cuánta gente del Adlon sabe dónde vives?
—No demasiada, pero desde luego algunos. Tarde o temprano los interrogarán. El tiempo apremia.
—Está bien. Recoge lo necesario, que nos vamos.
—¿Adónde?
—A un refugio seguro. El doctor Harald Poelchau es un cura católico amigo mío. Había sido sacerdote de una cárcel de Berlín, y asistió a mi padre en sus últimos momentos. Pertenece al Círculo de Kreisau, y tiene muchos y buenos contactos. Junto con su mujer, Dorothea, esconden en su piso a gente perseguida, sobre todo a judíos.[266] Es oriundo de Grünwald; él fue quien me proporcionó el contacto .

Las Adoratrices

A última hora hubo cambios. Harald Poelchau había conectado con su hombre en Grünwald y la partida de August era inaplazable, de modo que éste tuvo que partir sin demora a cumplir la misión que él mismo se había impuesto. La charla con el sacerdote fue breve y en el acto entendió la comprometida situación que se había creado al ser detenido Bukoski.

En aquellos momentos, Poelchau ocultaba en su casa a cuatro personas: al matrimonio Schneider, a Leontine Cohn y a su hija Rita.[267] Ante la falta de espacio físico y la emergencia de la circunstancia, se puso en contacto con la hermana Charlotte, superiora del convento de las Adoratrices en cuya capilla de Saint Joseph Kirche, en Menzelstrasse, celebraba la misa, y solventó temporalmente la situación alojándolos en la sacristía.

La detención de Bukoski precipitó los acontecimientos y obligó a tomar decisiones apresuradas. Era urgente desmontar la ampliación que había realizado Eric. Si al regreso de los

Hempel se descubriera que en su ausencia se había usado la abandonada residencia para montar una emisora clandestina, ellos quedarían totalmente al margen del tema y exonerados de toda culpa. Si por el contrario tal cosa sucediera habiendo regresado, nada podría salvarlos. La decisión era inaplazable. Al día siguiente de la partida de August para Grünwald, aprovechando que Glassen se había puesto en contacto con Karl Knut, decidieron, tras comprobar que la mansión que había sido de los Pardenvolk continuaba abandonada, proceder a desmontar la emisora luego de salir al aire por última vez. Querían notificar al mundo que en el campo de Belzec se había experimentado un nuevo gas, el Zyklon B, para acelerar la muerte en los crematorios, y que, de esta manera, habían gaseado a seiscientos mil judíos. Así mismo, explicaron que se estaban llevando a cabo esterilizaciones masivas en Birkenau.

Glassen acudió al convento de las Adoratrices y la hermana Charlotte le introdujo sin demora en la sacristía, donde se habían refugiado sus compañeros.

Arrimados a la pared se veían dos catres que eran los que ocupaban Sigfrid y Karl. Vortinguer, que había acudido al igual que Glassen, no corría peligro ya que no había tenido contacto alguno con Bukoski. El miedo se dejó sentir durante los días posteriores a la detención de Hanna. Él y August vivieron en la angustia de saber que cualquier noche podrían detenerlos, pero al pasar los días y tras el juicio y el posterior envío de la muchacha a Flossembürg, dedujeron que la Gestapo no había podido doblegar su ánimo y que Hanna no había hablado. La joven había soportado los interrogatorios demostrando que en el interior de su esbelto cuerpo se alojaba un espíritu de acero templado.

La hermana Charlotte les había habilitado un pequeño refugio, y su higiene personal la solventaban en un cuarto al fondo del jardín que, así mismo, durante los días en que el jardinero acudía a arreglar los arriates del pequeño huerto de las monjas, lo usaba éste pues, como hombre que era, no podía entrar en la clausura de las hermanas.

Glassen, al verlos y tras los correspondientes saludos, fue al grano.

—Es evidente que ese cerdo os ha vendido. Esta mañana, siguiendo las indicaciones que me ha transmitido Karl, me he acercado al taller metalúrgico de Libenstrasse que nos servía de centro de reunión... La Gestapo estaba dentro. ¿Qué hacemos ahora?

—Sentémonos, será mejor que nos pongamos cómodos; hay que tocar muchos temas y sopesar bien cuáles son las prioridades.

Los cuatro huéspedes de la sacristía se sentaron en los catres. En un tablero que se utilizaba para depositar los ornamentos de la liturgia, se veían restos de comida que Charlotte había tenido a bien proporcionarles. El padre Harald Poelchau había acudido por la mañana y, tras la celebración de la misa, había departido con ellos y les había demandado qué podía hacer. Le respondieron que bastante había hecho y quedaron de acuerdo para que él actuara de enlace en caso de que fuera necesario comunicar alguna cosa al exterior.

—He meditado toda la noche. No creo que a Bukoski le convenga nombrar a los Pardenvolk; sería para él muy comprometido que, como jefe de la célula, lo relacionaran con quienes llevasteis a cabo el atentado de Berlin Zimmer. Si niega la mayor, y quiere eludir la responsabilidad que le cupo, ha de desentenderse de mi hermano y por tanto de mí, y de rebote, de ti y de Karl.

—Tal vez —opinó Knut.

—No dudes que no es lo mismo ser un viejo jefe comunista, al que recluirán en un campo reformatorio de antisociales, que haber liderado un atentado. Los grados de tortura de esa gente no son los mismos. Sabemos de camaradas que aún sobreviven en los campos de trabajo.

—Tal vez tengas razón... Bukoski es un viejo zorro del asfalto y tiene el instinto de conservación muy arraigado.

—Lo único que me hace pensar es que quizá pueda más su odio a los judíos que ese sentido de supervivencia al que aludes —argumentó Vortinguer.

—Si puede alegar que fue ajeno a lo del Berlin Zimmer y que el atentado se hizo sin su conocimiento y que lo perpetraron elementos judíos que querían vengar la Noche de los Cristales Rotos, entonces da por seguro que echará toda la mierda que pueda sobre Manfred, del que afortunadamente ignora tanto la operación de estética como el paradero, y por consiguiente te salpicará a ti.

—De todos modos, ignora dónde está instalada la emisora... Y pase lo que pase, no puedo cargar a los tíos el muerto; de manera que si alguien tiene miedo, lo doy por excusado, y lo digo en serio, pero yo voy.

—Yo contigo —dijo Karl.

—Yo se lo debo a tu hermana —afirmó Vortinguer.

—Yo estoy cagado de miedo y lo reconozco, pero creo que soy el único realmente imprescindible. Nada sucede la víspera. Si ha llegado mi hora, iré al encuentro de mi destino. Y si aún no ha llegado, juro, porque yo soy un comunista que cuando está en apuros cree en Dios como todos, que es la última vez que me meto en algo así.

—Dijiste lo mismo el día del Berlin Zimmer.

—Lo sé. Soy un imbécil que jamás escarmienta... Pero esta vez será la ultima.

Entre el amor y el deber

Y llegó *tammuz*.[268] Las dudas de Esther persistían, y luchaban dentro de su corazón dos fuerzas antagónicas e igualmente poderosas. De una parte el amor hacia Simón y el descubrimiento de lo que era la pasión de la carne alumbraba sus noches; de la otra, un sentimiento de lealtad y la profunda bondad que emanaba de Rubén presidían sus días, haciendo que, una vez salvada la seguridad de sus hijos, sintiera que su obligación era permanecer en Sevilla, junto a él, y hacer frente a lo que viniera.

A los dos días del regreso de Córdoba, ya con todas los temas fiduciarios diligenciados, Rubén requirió su presencia de nuevo, a fin de informarle de todas aquellas cosas que hasta la fecha habían sido de su exclusiva competencia y que a partir de aquel momento pasarían a ser responsabilidad de Esther. Sobre la mesa del pequeño escritorio estaban esparcidos una serie de documentos. Dom Solomón, haciendo honor a su amistad y al revés de otros muchos banqueros —sobre todo genoveses, que habían especulado con la desgracia de los que, sospechando lo que se avecinaba, habían intentado pignorar sus bienes y vender sus propiedades—, se había limitado a cargar en los pagarés y letras que había entregado a Rubén, a cambio de dinero, metales preciosos y joyas, el justo y correspondiente montante que figuraba en los documentos. Cualquier banca de cualquier país canjearía sin poner dificultad alguna aquellos documentos. La manera de no malbaratar las propiedades que, aparte de la quinta del Arenal, habían comprado en Sevilla —dos almacenes, una cuadra y tres casas que tenían alquiladas a sendas familias— fue dejar las escrituras correspondientes en custodia del banquero cordobés, quien a su vez las consignó en la ceca de un mudéjar[269] amigo, por si el incendio que estaba aventando el arcediano llegaba hasta Córdoba, y a la libre disposición de Esther.

—Rubén, si halláis el medio para poner a salvo a nuestros hijos, permaneceré a vuestro lado, aunque no como vuestra esposa, hasta que el peligro haya cesado. Me siento mal dejándoos aquí y huyendo como las ratas cuando el barco está en peligro de zozobrar.

—La suerte está echada, Esther. Esta mañana, en la sinagoga, he recibido otro escrito amenazante. Ved lo que pone en este papel. —Al decir esto último le entregó un escrito, y Esther pudo leer: «Recordad la pasión de Nuestro Señor. Éste es el último aviso. Un amigo»—. Ahora soy yo quien teme por su familia, y aunque no sé bien qué quiere decir, intuyo un gran peligro, que me ha hecho tomar una decisión irrevocable.

Ella le devolvió el escrito, temblorosa.

—¿Cuál es?

—Como padre de los niños, y todavía como vuestro esposo, os exijo que partáis hacia Jerusalén, en compañía de Sara y de Gedeón. A través de dom Solomón, he obtenido cinco boletos para *La Coímbra*, una galera portuguesa que debe zarpar de Sanlúcar a Túnez cuando la marea lo permita, que será el día doce de este mes, fecha en la que la luna ya habrá alcanzado el plenilunio. Ocuparéis, junto con los niños y con Sara, el mejor camarote de la nao, que es el que está bajo el castillo de popa, en cuya parte superior se aloja el capitán; Gedeón viajará en la toldilla. Sara y él aman en demasía a nuestros hijos para obligarlos, en su vejez, a quedarse conmigo y perder así el único motivo que todavía les hace estar vivos, amén de que eran criados de vuestra casa y, por grande que sea el afecto que sientan por mí, jamás igualará al que os profesan a vos y a los niños. Cuando lleguéis a vuestro destino, partiréis hacia Jerusalén en una caravana que irá protegida hasta atravesar Egipto. Al llegar allí, quedaréis instalada cerca de vuestra madre. Y ahora quiero deciros lo más importante... Lo he meditado a fondo, y no quiero conocer al hombre a quien entregasteis vuestro corazón. Y comprenderé que, guardado el tiempo que obliga el decoro, lo desposéis. Si decidís vivir en Jerusalén, bien está. Y si fuera en otro lugar, deberéis hacérmelo saber; tengo derecho, como padre y tal como os dije, a conocer el lugar donde vayan a parar mis hijos para poder acudir a verlos cuando mis obligaciones me lo permitan. Sé que mejor que con su madre no estarán con nadie e igualmente sé que la persona que ha elegido vuestro corazón cuidará de ellos; de otra manera, sería impensable que lo aceptarais. No hace falta que lo penséis; creo que tengo derecho, por lo menos, a esto. Si os ama tanto como vos lo amáis a él, que vaya a reunirse con vos en Jerusalén.

Esther sintió que nada al respecto podía añadir, pues las decisiones que tomaba Rubén y que afectaban a sus hijos eran inamovibles. Además, pensó que su ruego era justo y que se lo debía. Pero pasado un instante preguntó:

—Y ¿por qué no venís con nosotros hasta ver cómo quedan las cosas y luego regresáis?

—Es inútil, esposa mía. Precisamente si acontecieran las cosas que tanto os atemorizan es cuando más cerca debo estar de mis fieles. No quiero alejarme de Sevilla ni un día, que no digan que he huido y que he abandonado a los míos. Si ocurriera algo, quiero estar con ellos, al frente de mi sinagoga, cumpliendo con mi obligación.

—Entonces, si esta es vuestra decisión definitiva y no queréis considerar alternativa alguna, creo que es mejor que agilicemos los trámites de nuestro divorcio. Buscad a diez hombres justos y que dos de ellos sean testigos del rompimiento de nuestra Ketubá.[270]

Al decir esto último, los bellos ojos de Esther sonreían con tristeza, y una lágrima furtiva pugnaba por escapar de ellos.

El padre Leiber

Era por la tarde; la hora, las siete. Un cielo de nubes desflecadas anunciaba un crepúsculo lluvioso sobre la Ciudad Eterna. El claustro de la prestigiosa Pontificia Universidad Gregoriana estaba prácticamente vacío. Dos hombres daban lentas vueltas bajo sus abovedados arbotantes en tanto un surtidor de cantarinas aguas añadía su nota armónica en aquel marco de paz incomparable. Uno de ellos era un clérigo de unos cincuenta y pico, y sin duda, por su empaque y distinción, de alto rango. Su rostro tenía un perfil romano, cejas prominentes que sombreaban unos ojos inteligentes, una gran nariz sobre la que descansaba el puente de unas gafas sin montura y de alto precio, la boca generosa y una agradable sonrisa. Negra sotana impecable, ceñida en su cintura por la ancha faja negra característica de la Compañía de Jesús; sobre su pecho, una cruz cuyo vástago inferior se ocultaba entre la botonadura de su traje talar; un solideo morado completaba el atuendo.

El otro, más joven y algo más bajo, tendría unos treinta años, facciones correctas en las que desentonaba una nariz de púgil, ojos negros, pómulos marcados y un pelo rojo ensortijado. Vestía ropas comunes: pantalón gris de canutillo y jersey verde oscuro abierto en pico, una camisa blanca y una trenca abierta que le llegaba por encima de las rodillas; calzaba botas tobilleras de cuero negro.

Al padre Leiber,[271] hombre de vastísima experiencia, consejero papal y catedrático de historia de la Iglesia, no podía pasarle inadvertida la mirada huidiza y la expresión atormentada de aquel joven que se presentaba ante él con la referencia explícita de su parentesco con Frederick Kausemberg, viejo amigo de los lejanos tiempos de Munich y la de la no menos influyente Gertrud Luckner, valerosa mujer de ascendencia inglesa que empeñaba sus mejores esfuerzos para, a través de Caritas, propiciar la salvación al mayor número posible de personas perseguidas por los nazis, sin distinción de credos ni razas.

Las voces eran quedas, como correspondía a las circunstancias, y para mayor abundamiento, el chorro del agua que salía de las bocas de cuatro retorcidas carpas de piedra ubicadas en las esquinas del surtidor apagaba sus ecos.

—¿Y qué tal están mi buen amigo Frederick y su distinguida esposa?

—Hace mucho que nada sé de ellos, pero imagino que seguirán en Viena. En caso contrario, mi padre me habría dicho algo.

—¿Y me dice usted que sus padres se refugiaron en Austria, en casa de sus tíos, antes de que estallara el conflicto, y que ahora están en Budapest?

—Exactamente, padre. Mi miedo es que se enteren de alguna manera de la desgraciada suerte de mi hermana. Mi madre moriría. Es por eso que le ruego que si pudiera hacer algo por ella... Mi gratitud sería eterna.

—Intentaremos hacer algo, pero nuestra esfera de influencia es relativa. Son infinitas las peticiones que recibe el Vaticano de escalofriantes casos particulares que afectan a familiares y amigos. Pero la política requiere distinguir objetivos y gastar energías en cuestiones que afecten a grandes grupos de personas, por no emplear esfuerzos baldíos y comprometidos en causas terribles pero relativas y perjudicar de esta manera a los católicos alemanes que, no olvidemos, están bajo la férula del nazismo. No podemos ignorar que desde 1933 se han cerrado más de quince mil colegios religiosos; no existe organización juvenil alguna de corte católico que no se haya anexionado a las Juventudes Hitlerianas, sus dirigentes han sido apresados, amenazados o han huido... Y la reacción del gobierno alemán cuando el anterior pontífice, ayudado por Michael von Faulhaber, arzobispo de Munich y Frisinga, publicó subrepticiamente en las iglesias la encíclica *Mit brennender Sorge*,[272] fue terrible.[273]

—Comprendo lo que me dice, pero ¡es mi gemela y es una criatura! Su gran delito ha sido mostrarse disconforme con la política de los nazis y, aunque no debió hacerlo, pues ya conocemos qué entienden por democracia esas bestias, se atrevió a opinar y la culparon sin pruebas de repartir unas octavillas en su universidad.

—Imagino que las octavillas dirían algo y, además, debía de repartirlas ella.

—Decían la verdad de lo que está ocurriendo en Alemania, pero para ellos era propaganda subversiva. Y aunque realmente las lanzó ella, me ratifico en que no tienen prueba alguna.

—Comprendo desde la caridad cristiana cuánto le afecta la situación de su hermana, pero, usando palabras del secretario del Vaticano, el cardenal Maglione, debo decirle que la Santa Sede, que aspira a que Roma sea considerada por los contendientes Ciudad Abierta,[274] «no desea verse involucrada en una situación en la que se haga preciso pronunciar una sola palabra de desaprobación al gobierno alemán».[275]

—Pero ¡existe un concordato!

—Un concordato que ellos pueden ignorar pero nosotros no. No olvide que el Papa ya no tiene cañones como antaño.

El padre Leiber, tras quitarse las gafas, se masajeó suavemente la marca que éstas habían dejado en el puente de su nariz.

Manfred quedó en silencio y el alto clérigo prosiguió:

—Y... ¿dónde la han internado?

—En Flossembürg, padre.

—¿Cuál es su nombre?

—Ése es el problema.

Entonces Manfred le relató las vicisitudes corridas por su hermana y le comunicó su esperanza de que todavía creyeran los nazis que su nombre era Renata Shenke, ya que de lo contrario, si descubrían a la judía Hanna Pardenvolk, su destino estaría sellado.

El imponente clérigo extrajo del fondo del profundo bolsillo de su sotana una libretilla de cuero negro y con una estilográfica del mismo color que llevaba en el ancho cíngulo apuntó el nombre de Hanna.

—El asunto es en extremo delicado, pero intentaremos mover los hilos pertinentes a través de los canales habituales. No le prometo nada. Y ahora, hablemos de usted.

—¿Qué quiere saber?

—No me refiero al pasado, me refiero al futuro. Es innecesario que me oculte su historia, pues estoy al corriente de ella, pero me gustaría que me hablara francamente de sus intenciones aquí, en Roma... Y antes querría hacerle unas reflexiones. Los momentos que vive la ciudad son en extremo delicados y nos movemos al filo del abismo. Como usted sabe, el gran consejo destituyó a Mussolini el 24 de julio y se estableció el caos. El mando del ejército lo asumió Víctor Manuel III, y el del partido fascista, el mariscal Badoglio. Ante tal desorden, el 11 de este mes los alemanes entraron en Roma. El mariscal Kesselring manda en el ejército de ocupación, pero en la ciudad conviven dos autoridades. De un lado, está el general de la Luftwaffe Kurt Maeltzer, quien, digamos, es el gobernador, personaje que se mueve en ambientes exquisitos y que vive en el Excelsior... con eso creo que he dicho todo; con él tenemos una... pasable relación... De otro lado, está el jefe de la Gestapo Herbert Kappler, que actúa como director general de la policía y que es el *Sturmbannführer*[276] de las SS bajo las órdenes directas de Himmler. Kappler es un personaje mucho más tosco y peligroso. En su rostro luce una *mensur*[277] de la que está muy orgulloso. Así están las cosas, y le pongo en antecedentes para que sepa que cualquier acción en contra del gobierno alemán puede perjudicar a miles de personas. Usted pertenece al Partido Comunista, pero me consta que no es comunista, ni por sus convicciones ni por su familia... Supongo que en Berlín no tenía otra opción. Mi condición me impide aprobar cualquier tipo de violencia. Crea, hijo mío, que la venganza deja un regusto amargo en las entrañas del que la practica. Sin embargo, me hago cargo de que aquellos que son perseguidos tienen derecho a defenderse. ¿Me ha comprendido?

—A medias, padre. Me dice que tengo que procurar por los míos, y no obstante me recomienda que no haga nada.

El padre Leiber eludió el dilema con una hábil y política maniobra. Extrajo de su sotana, tirando de la cadena de oro a la que estaba unido, un hermoso reloj del mismo metal y, apretando el botoncito que soltaba su muelle, abrió la tapa para consultar la hora.

Al ver la mirada curiosa de Manfred, aclaró:

—Es un regalo del Jefe.[278] Mi tiempo es escaso y mi condición me prohíbe enterarme de ciertas cosas. Voy a darle una dirección y un teléfono. Y por lo que respecta a su hermana, si tengo noticias, se las haré llegar. En caso de mucha necesidad, póngase en contacto con mi secretario, el padre Walter Carminatti. Él me dará su recado. 283297, tome nota, éste es su número.

Después, el clérigo apuntó en un papelillo un nombre, una dirección, un teléfono y algo más. Luego de repasar el escrito, se lo entregó.

Cuando el padre Leiber se separó de él, Manfred leyó:

> Padre Pankracio Pfeiffer. Iglesia de los Salvatorianos, vía Flaminia, número 321, segundo confesionario entrando en la capilla a la izquierda. De 3 a 5.
> Estimado hermano: Ocúpese del portador y atiéndalo como de costumbre. Está en necesidad.

A las cuatro de la tarde del día siguiente, entraba en la pequeña capilla de los Salvatorianos. La penumbra reinaba en la nave y él se subió el cuello de la trenca, pues el ambiente era frío. La lucecita roja del segundo confesionario estaba encendida, y Manfred se fue a arrodillar junto a la rejilla.

—Ave María Purísima —dijo.

La portezuela que cubría la celosía por la parte interior se abrió, y una voz profunda respondió:

—Sin pecado concebida.

Sin nada añadir, Manfred, hizo pasar, a través de uno de los cuadradillos del enrejado, un canutillo que había hecho con la nota del padre Leiber. Al punto notó que alguien tiraba de él desde el interior y que el papel desaparecía de su vista. Una tenue luz iluminó el interior del confesionario y a través del enjaretado pudo ver a un fraile de hábito pardo y canosa barba que, calándose unos quevedos, se disponía a leer el mensaje.

Cuando el religioso observó la letra de la misiva y leyó su contenido, se levantó de su asiento y, tras quitarse los lentes y apagar la luz, salió de la caseta. Después se asomó al lateral donde Manfred permanecía arrodillado y, con una voz que era un susurro, musitó:

—Sígame, joven.

Manfred se alzó y, luego de sacudirse el polvo de las rodilleras, se dispuso a seguir al fraile, quien, atravesando el crucero central de la iglesia, se introdujo por una puertecilla del fondo que estaba tras el altar. Dejando a un lado la sacristía, pasaron por dos galerías cubiertas y subieron por una escalera que les condujo al primer piso. El fraile, llegando a una puerta, extrajo una llave del bolsillo de su parda sotana, abrió con ella y lo invitó a entrar.

La celda era monástica. Contaba con un catre pegado a la pared; junto a él, un reclinatorio frente al que pendía un crucifijo; una mesa de pino llena de legajos con un silloncito giratorio tras ella y dos sillas delante; en la otra pared, una ventana que daba a un patio interior; en la tercera pared, una librería atestada con múltiples anaqueles, en uno de los cuales se veían unos lentes de motorista, una bufanda y una gorra.[279]

El hombre nada tenía que ver con el padre Leiber. Enjuto, el pelo blanco cortado al cepillo con la preceptiva tonsura, algo desaliñado en su porte, ojos penetrantes de mirada vivísima, manos expresivas y una edad imprecisa que, según calculó Manfred, rondaría los sesenta y pico.

A la entrada, acarició con las puntas de los dedos de su diestra los pies del crucificado y musitó:

—Ayúdame, amigo mío, volvemos a tener problemas.

Luego, dirigiéndose a Manfred, le invitó a sentarse al tiempo que él lo hacía en el sillón giratorio de detrás de la mesa.

A Manfred la sonrisa del fraile lo desarmó. Era franca y abierta, y de su persona emanaba tal bondad y amor que, nada más verlo, supo que aquel hombre iba a ser muy importante para él en Roma.

Las horas que Manfred estuvo con el fraile le pasaron volando y casi sin darse cuenta le relató la peripecia de su vida paso a paso. Vomitó su angustia y sus odios, y no rehuyó la parte más cruda de su historia. Al terminar, se notó vacío, abocado a un abismo interior al que daba miedo asomarse.

La claridad fue desapareciendo de la ventana y el fraile, apretando la perilla, prendió la lámpara que estaba sobre la mesa de despacho. La pantalla metálica esmaltada de verde proyectó una luz difuminada sobre el ambiente. Manfred tenía los ojos enrojecidos. El padre Pankracio Pfeiffer, fino conocedor de los hombres, percibió su angustia.

—Si quieres, esto te sirve de confesión.

—No, padre, gracias. Además, tengo entendido que para recibir la absolución hay que arrepentirse, y yo no me arrepiento de nada de lo que hice. Más le diré, siento en mi interior una rabia profunda... y sé que cada muerte que inflija a mis enemigos es una victoria. He matado a seis hombres, tal como le he revelado; he herido a otros treinta y volvería a hacerlo. ¡Malditos sean ellos y su raza de criminales!

La suave voz habló de nuevo:

—Has matado en defensa de los tuyos; esto es una guerra y en la guerra hay bajas. Cada mañana en mi capilla doy la comunión a partisanos que, me consta, han matado y volverán a hacerlo. No son asesinos, son patriotas. Yo no tengo las limitaciones ni las ataduras de Leiber. No lo juzgues con acritud; él tiene que nadar y guardar la ropa. A Dios gracias, las altas políticas del Vaticano no van conmigo. Aunque soy alemán, me considero italiano de adopción y siento que mi patria está invadida. En la reunión de Wannsee, Eichmann declaró ante Heydrich, Kluge, Meyer y Roland Freisler, entre otros, que Italia debía colaborar en las deportaciones con un cupo de cincuenta y ocho mil judíos, y en cuanto se aposenten en la ciudad y tomen el pulso a la situación, temo por toda la comunidad judía que mora en el Trastevere desde hace más de cinco siglos.

—¿Ha dicho Roland Freisler, padre?

—Eso he dicho.

—Ése es el hombre que envió a mi hermana a Flossembürg. Y usted, ¿cómo sabe eso?

—Digo el pecado, pero no el pecador. Uno de los que estuvo allí es católico y se ha confesado conmigo en un par de ocasiones. A veces el confesionario sirve para salvar a gentes amenazadas, y pienso que la misión que me ha encomendado Jesús es defender a cualquier ser humano, sea cual sea su credo y a cualquier precio. Cualquier cosa que pueda hacer para arrebatar a uno solo de sus garras será una victoria.

—¡Necesito que me ayude, padre! Quiero seguir mi lucha y en Roma no conozco a nadie.

—¿No te han traído a Roma los comunistas?

—No, padre. He venido por mis propios medios. Ya no me fío de mis antiguos compañeros, con la notable excepción de uno de ellos. Karl Knut es su nombre.

El salvatoriano se mesó la barba.

—Entonces ¿a qué grupo pretendes incorporarte?

—A alguno de los que defiende a los judíos.

—¿Lo dices porque imaginas lo que ocurrirá?

—Imagino que lo mismo que está pasando en Berlín. No sé a qué se refiere exactamente, pero si se trata de hacer daño a quienes tanto daño me han hecho, cuente conmigo.

El padre Pfeiffer simuló no enterarse de lo último que había dicho Manfred.

—Van a deportar a un gran número de judíos romanos. Son tan italianos como el que más. Hace más de dos mil años que se establecieron en la ciudad... Sus ancestros pudieron presenciar el asesinato de Julio César. Antes de que hubiera cristianos en Roma, ya habitaban junto al Tíber. Contemplaron la decadencia del Imperio, los saqueos de los visigodos y los *programs* de la Iglesia tridentina. Siglos antes de que los nazis les obligaran a ponerse la estrella, ya se les obligó a llevar distintivos amarillos.[280] Ahora vivirán en la ciudad unos siete mil, y la misión que me he impuesto es intentar salvar a cuantos pueda. Si quieres entrar en este juego y ayudar, cuenta conmigo. No puedo aprobar la simple venganza para que paguen con muerte lo que te hicieron. Si alguien ha de morir en el empeño de salvar a muchos, lo entenderé. Si hiciera lo otro, sería un ser tan inhumano y obcecado como ellos. Otra cosa es que en la operación haya daños irremediables... ¿Me has entendido?

—Lo he entendido. Ayúdeme a contactar con los que luchan contra los fascistas, que son los mismos perros con distintos collares, y yo haré cuanto esté en mi mano para ayudarle a usted en su empeño.

—Está bien. Ahora arrodíllate, voy a darte la absolución... aunque las circunstancias te obliguen a volver a matar mañana.

Cuando Manfred escuchó la voz del sacerdote enunciando el «*ego te absolvo*», un llanto convulso agitó su pecho. Luego se alzó del suelo como si hubiera descargado una maleta de muchos kilogramos de peso.

—Ahora te irás al altar de Cristo Salvador y rezarás un rosario.

—No recuerdo los misterios.

—Pues entonces cinco padrenuestros y cincuenta avemarías. Luego te sientas y esperas hasta que alguien se ponga en contacto contigo. Ese alguien puede ser tu lazarillo en Roma.

Angela

Manfred, tras la absolución que le impartió el salvatoriano, se refugió en el último banco de unos de los altares laterales. Allí arrodillado se reencontró a sí mismo. Recordó a Helga, y un regusto amargo le vino a la boca; pensó en su hermana, su querida gemela, y esta vez fue un lacerante dolor casi físico el que atravesó su costado. Ante los ojos del recuerdo desfilaron, en rápida sucesión, las imágenes de sus padres, de Sigfrid y de Eric; por la espiral calidoscópica, apareció Karl Knut, el fiel amigo que había estado a su lado desde el principio de su lucha; finalmente, su mente evocó las escenas terribles del Berlin Zimmer: vio cuerpos desmembrados, dolor y sufrimiento, mucho sufrimiento; sin embargo, no supo o no pudo arrepentirse. El llanto fue una terapia paliativa y al cabo de un rato se encontró más aliviado.

El chirriar de los goznes de una puerta y el ligero aletear de unos pasos breves y contenidos resonando en las losas del suelo le anunciaron que alguien había accedido al templo. Entre los bancos se veían salpicadas, acá y acullá, unas pocas mujeres que, pasando entre los dedos las cuentas del rosario, rezaban devotamente. La intrusa vestía falda azul marino, blusa blanca, rebeca azul pálido y un ancho cinturón negro, y también llevaba una mantilla que le ocultaba el rostro y un saco de cuero en bandolera. Manfred intuyó que era la persona que estaba esperando. Ésta se dirigió a la pila del agua bendita, humedeció los dedos en ella y se santiguó. Llegó entonces hasta el altar mayor y, tras una rápida genuflexión, desapareció por la puerta de la sacristía. Pasaron unos minutos, luego un cuarto de hora y después media. Al cabo, salió por la puertecilla por la que había entrado. La muchacha se detuvo en la barandilla del comulgatorio y observó; acto seguido avanzó por el pasillo central, mirando a uno y a otro lado. En cuanto divisó a Manfred, atravesó el trecho que los separaba y sin dudar se sentó a su lado.

Lo primero que llamó la atención de Manfred fue el suave olor que emanaba la piel de la joven. Era un aroma antiguo, tal vez de los lejanos tiempos de sus veranos en el campo. Olía a espliego, a verbena y a hierba recién cortada. Ella lo miró de arriba abajo, cual si quisiera cerciorarse de que los rasgos físicos y la indumentaria que le había descrito el fraile coincidían con él, y al comprobar que así era, supo que estaba ante la persona indicada.

—Hola, bienvenido al infierno.

El desparpajo de la chica sorprendió a Manfred, que la miró con curiosidad.

—En todo caso al purgatorio; el infierno es de donde vengo.

La muchacha, retirándose con un gesto breve y decidido la mantellina que le cubría cabeza y hombros, dejó que viera su semblante; el abierto escote de su blusa también permitió entrever a Manfred el arranque de sus senos.

Se sorprendió. Hacía mucho tiempo que no reparaba en una criatura tan espléndida. Su rostro era alegre y expresivo; tenía los ojos de color miel, la nariz respingona y los labios carnosos; una nube de pequeñas pecas invadía sus mejillas y su nariz, y lucía una melena trigueña. El perfil de la chica, el tono de su piel y su mirada franca y chispeante hicieron que recordara a Helga. Entonces, un relámpago de tristeza, que no pasó desapercibido a la muchacha, veló su rostro.

Ella lo observó con curiosidad. El padre Pfeiffer la había puesto en antecedentes, no de toda, pero sí de parte de la historia de Manfred, de su lucha y de su condición de medio judío. Por si se daba cuenta le insinuó, sin decirle el motivo, que había sido sometido a una operación de estética que ella atribuyó a un accidente. En un rapto de espontaneidad femenina indagó:

—Antes de tu accidente, ¿todavía eras más guapo que ahora?

Hacía mucho tiempo que Manfred no sonreía, pero ante

la directa pregunta de la muchacha, no pudo dejar de hacerlo. Ella se dio cuenta entonces de que sus ojos parecían pertenecer a otro rostro, pues su mirada, pese a la curvatura de sus labios y el forzado intento de una media sonrisa, permanecía triste.

—Me he visto con el fraile. Aquí no podemos hablar. Vamos a mi apartamento, está muy cerca.

—¿Habrá alguien? Preferiría charlar contigo a solas.

—Vivo con una compañera, pero no regresará hasta la noche.

—Está bien. Como quieras.

La muchacha se puso en pie.

—Sal detrás de mí. Cuando llegue a mi portal y entre, esperas cinco minutos y me sigues. La portera no está nunca, pero si estuviera y te preguntara algo, dile que vienes a ver a Angela.

—¿Solamente Angela?

—Sí, solamente. Su hijo, pese a que ella era de Mussolini, es de los nuestros. El piso es el segundo, y la puerta, la primera. Vamos.

Partió decidida, de manera que Manfred apenas tuvo tiempo de recoger su trenca.

Algún que otro rostro se volvió al escuchar el taconeo de los pasos de la muchacha, pero después las mujeres siguieron con sus rezos.

Salieron a la calle. Lloviznaba. Manfred se caló la gorra y la chica se resguardó con un pequeño paraguas. La gente iba a sus ocupaciones, apresurada y temerosa. La lluvia mojaba el pavimento, dejándolo resbaladizo y peligroso. La basura se amontonaba en las esquinas de las calles, y los perros y los gatos destrozaban las bolsas para proveerse de alimento. Roma estaba sucia y desaliñada. Parecía una vieja meretriz entrada en años y venida a menos que, con afeites y maquillaje, pretendiera cubrir sus miserias y las cicatrices que el tiempo, la vida y los hombres habían dejado en su alma. Las paredes que iban viendo al pasar aparecían llenas de carteles medio arrancados. En uno de ellos se veía a un soldado con el uniforme de la Wehrmacht, el barboquejo del casco suelto y los rizos rubios escapándose de él, sonriente, los dientes inmaculados, los ojos azules y la mano extendida; debajo, en letra gótica, una frase: «Tu amigo alemán». En otro cartel aparecía una mujeruca de campo totalmente vestida de negro con una manteleta en la cabeza y en el pecho la cruz que otorgaba Mussolini a las madres de los soldados muertos en combate. Abajo se leía: «Yo ya he pagado, ¿y tú?». Al lado de los carteles, alternándose, pintadas de «viva» y «muera», y también eslóganes políticos. En uno de ellos, Manfred pudo leer: «*Tutto per il popolo, per il lavoro e per l'impero della patria*»; debajo: «*La mamma di Mussolini è una puttana*». Manfred concluyó, atendiendo a lo que veía, que por lo menos en Roma el pueblo expresaba su opinión con grafitis y que a nadie parecía importarle lo más mínimo. La muchacha avanzaba delante de él con paso elástico y resuelto. Súbitamente, dobló una esquina y Manfred aceleró para no perderla. Antes de entrar en un viejo portal, miró hacia donde él estaba para ver si la seguía. Le dedicó un guiño disimulado y cómplice, en tanto plegaba el paraguas, y desapareció de su vista.

Manfred consultó la esfera de su reloj. Habían transcurrido tres horas desde que había llegado a la iglesia de los Salvatorianos. Para aliviar la espera, se resguardó bajo una cornisa saliente, sacó su petaca de picadura y tomando una hoja de papel engomado del librillo de tapas cuadriculadas blancas y negras, con gestos rápidos y reflejos, hijos de la costumbre, lió hábil y rápidamente un cigarrillo. Lo miró con ojos expertos y lo enderezó antes de llevárselo a los labios. Luego extrajo del bolsillo de la chaqueta una caja de cerillas, ahuecó la mano zurda para mejor prender el fósforo con la diestra y, dando una larga calada, encendió el pitillo y expelió el humo por la nariz.

Transcurrido el tiempo acordado, se dirigió al portal. Miró a uno y a otro lado; nadie se veía con pinta de interesarse por él, de manera que con zancada decidida se introdujo en el viejo edificio; tampoco se veía a nadie en la garita de la portera. Un cartel de cartón que lucía colocado en la puerta de la jaula del ascensor anunciaba en letras de palo que éste estaba fuera de servicio. Manfred, desde la puerta, lanzó a un charco de la entrada el cigarrillo y se dispuso a subir a pie hasta el segundo rellano. La escalera seguía las pautas de la calle. Estaba llena de pintadas en las que artistas profanos proclamaban sus amores o sus odios a unas u otras personas, y el blanco del yeso asomaba bajo los desconchones de la pintura; en los ángulos de la barandilla se veían los pernos que, en mejores tiempos, debían de haber sujetado los florones de porcelana. En el primer piso le sorprendió el ruido de un cerrojo. Era un viejo con camiseta afelpada, pantalón de pijama y pantuflas que en aquel momento sacaba la basura y que, al verlo, se sobresaltó más que él. Apenas cumplida su tarea, el anciano cerró rápidamente la puerta; no estaban los tiempos en Roma para hacer nuevas amistades. Llegado al segundo piso, la primera puerta del rellano se abrió y el bello rostro de la muchacha se asomó, invitándolo a entrar.

Manfred obedeció la indicación.

—Dame.

La voz cantarina, que hasta aquel momento había percibido únicamente susurrante, le invitó a entregarle la trenca.

—Está empapada.

—No importa, la pondré en la cocina junto al fogón para que se seque. Pasa a la salita, no tiene pérdida; como verás, esto es un puño.

Manfred pasó al fondo, y en el acto se dio cuenta de que en aquel pisito vivían únicamente mujeres. La muchacha le hablaba desde la cocina.

—Sírvete lo que quieras. Hay algo de licor en el armario.

—No quiero nada, gracias —se oyó decir.

—Algo para el frío, tómate un coñac. Aún queda una copa grande en el aparador.

—En todo caso, cuando tú lo tomes.

En tanto la muchacha terminaba su tarea y acudía, Manfred se entretuvo en observar la estancia. La pieza era de reducidas dimensiones y denotaba sencillez y buen gusto. El calor provenía de una salamandra y, tras los coloreados vidrios de su ventanilla, se veían las rojas brasas. La decoración no correspondía al lugar y se adivinaba que sus inquilinas eran estudiantes metidas en un barrio humilde. De igual manera, algunos de los objetos que estaban a la vista procedían de lugares muy distintos del que los albergaba. Las fotografías de los marcos delataban ambientes muy alejados de aquella cruda realidad y las gentes que sonreían desde ellas nada tenían que ver con grafitis y paredes llenas de desconchones. Manfred tomó una fotografía de la mesa, en la que también se veía un libro abierto, y encendiendo la luz de una lámpara de pie observó la composición. Tras un grupo de cuatro personas de diferentes edades, en el que se encontraba Angela, aparecía, al fondo, sobre la repisa de una chimenea, un candelabro de siete brazos en cuyo centro se distinguía perfectamente la estrella de David.

Un olor a algo parecido al café asaltó su sentido del olfato, y al momento apareció Angela con una bandeja en la que se veían dos tacitas y una cafetera Cona de dos bolas de cristal.

—Lo malo es que no tengo café y tendré que ponerte un sucedáneo. Pero en estos tiempos a mí me sabe a gloria. ¡Ah! Y azúcar tengo porque me lo llevo, siempre que puedo, de los hoteles de lujo.

Manfred la miró con extrañeza. Ella, en tanto prendía la mecha empapada en alcohol del infiernillo que calentaba la bola inferior de la cafetera, a fin de que subiera el agua, y llenaba el filtro de achicoria molida mezclada con un poco de café, se explicó:

—No pienses mal. Settimia y yo vamos de vez en cuando

al Excelsior, a via Veneto, donde su padre trabaja, en el almacén, de encargado de suministros, y allí nos proveemos.

—¿No es allí donde se hospeda Maeltzer?

—Cierto. No tiene mal gusto... El pueblo lo ha bautizado como Tiberio o el Rey de Roma; le encantan el buen vino y las mujeres, juega a dandi y pretende codearse con la vieja aristocracia... o lo que queda de ella.

—¿Quién es Settimia?

—Mi amiga; compartimos el piso. La conocí hace dos años cuando me matriculé en historia en la Universidad Gregoriana.

—¿Estudias en la Pontificia?

—Allí conocí al padre Pfeiffer.

El agua, al hervir, subió y atravesando el filtro descendió de nuevo, ahora con un color ambarino muy oscuro. La muchacha desarmó la parte inferior del artilugio y sirvió el café llenando las dos tazas.

Cuando se hubieron instalado en el sofá, ella abrió el fuego.

—¿Cómo quieres que te llame? Me ha dicho Pfeiffer que te lo pregunte a ti.

Manfred, a quien sus años de clandestinidad le habían formado una segunda y desconfiada naturaleza, respondió:

—Mi nombre es Ferdinand.

Ella lo miró, socarrona.

—Está bien. El mío tampoco es Angela. Cuando ambos confiemos en el otro, aquel día nos los diremos.

—No es desconfianza, Angela, es seguridad. Si de mí depende, nunca más volveré a involucrar a alguien en mis cosas... y menos aún a una mujer. El precio que tuve que pagar fue demasiado caro.

Durante unos instantes únicamente se oyó el ruido que ambos hacían al sorber el negro mejunje y el crepitar de la leña en la salamandra. Ella se había puesto seria.

—¿Era muy guapa? —sondeó.

A Manfred se le empañó la mirada.

—Preferiría no hablar de ello, por ahora.

—Lo entiendo, es tu decisión. Perdóname, soy muy curiosa. —Entonces, para salir del mal paso al que su curiosidad la había abocado, cambió el sesgo de la conversación—. Háblame de lo que quieras y dime en qué puedo ayudarte.

—¿No te ha explicado nada el fraile?

—Pues sí, me ha dicho que quieres conocer a gentes de la resistencia y, a ser posible, que no sean comunistas.

—Exactamente. Mi intención es luchar contra los nazis y, de cualquier manera, ayudar al pueblo judío si está en mi mano.

—¿Eres judío?

—Podemos decir que a medias. Mi padre lo es, aunque no ortodoxo. Yo me he educado en la religión católica. Tú lo eres —afirmó más que preguntó Manfred.

—¿Por qué lo dices?

—He visto una foto en la que estás junto a tres personas y detrás se ve una *menorá*.

—Me pasa lo que a ti. Mis padres lo son, aunque yo soy agnóstica. No me planteo si Dios existe y cuál es el verdadero. Cuando vaya para allá, si hay algo, ya lo veré. Y si no hay nada, no vale la pena preocuparse. Hay que ser bueno con los demás; en ellos está mi Dios.

—¿Temes a la muerte?

—No. No recuerdo qué filósofo griego decía: «Cuando ella llegue, ya no estaré, y mientras yo esté, ella no está».

Hicieron otra pausa.

—¿Sabes lo que es el GAP? —preguntó Angela.

—No, no lo sé.

—Es el Grupo de Acción Patriótica. Antonello Trombadori es su jefe. Me ha dicho Pfeiffer que te conduzca hasta él.

—Eso es lo que quiero. Háblame del GAP.

—Son partisanos. Lo que es igual a decir que son patriotas. Están en Roma y en el campo; antes luchaban contra el fascismo y ahora luchan..., mejor dicho, luchamos contra los nazis.

—Perteneces al GAP.
—Ciertamente.
—¿Y tu amiga también?
—No, ella no cree en la violencia; es un alma de Dios o de Jehová, como prefieras.
—¿Settimia es judía?
—Mi amiga es judía.
—Entonces lo tiene mal. Yo conozco de qué va el palo que juegan esos bestias.
—¿Lo de Alemania ha sido tan terrible como dicen?
—Peor. No se puede explicar con palabras lo que los nazis han hecho y están haciendo con los judíos alemanes. Más te diré: donde han plantado su bota han hecho lo mismo... Austria, Polonia, Checoslovaquia, Francia y ahora Italia.

Angela reflexionó unos instantes.

—¿Te interesa conocer a Trombadori?
—Cuanto antes. Si necesita personas dispuestas a cualquier cosa, aquí hay una.

La muchacha se levantó y se dirigió al teléfono. Habló con alguien unos minutos. Luego regresó junto a Manfred.

—Ya está, el viernes nos encontraremos a las diez en el bar grande de la Stazione Termini.
—Me va perfecto, vivo muy cerca de allí, pero ¿no podría ser antes?
—No estará en Roma hasta ese día. Has tenido suerte, es un hombre terriblemente ocupado.
—Está bien, gracias por todo. Ya te he incordiado bastante, así que me voy.

Manfred se levantó y se dispuso a partir. A Angela le habría gustado hallar una excusa para retenerlo un poco más. Tan sólo se le ocurrió decir:

—Dame un teléfono y toma el mío.

El muchacho apuntó el número de ella en un papel, que

guardó en el bolsillo del pantalón, y a su vez le entregó el suyo.

—Acordemos una contraseña.

Manfred recordó la que empleaba con Karl en Berlín y le sugirió la misma.

Cuando ya la tuvo, Angela preguntó:

—No sé dónde encontrarte en caso de necesidad.

—Me alojo en la pensión Chanti, en la via del Corso, muy cerca de la estación.

Ya no se le ocurrió nada más para alargar la velada.

—Aún no se te habrá secado la trenca.

—Da igual —dijo él—. Sigue lloviendo.

Había anochecido y una media luna roja preñada de sangre asomaba por la ventana de la salita.

Al llegar a la calle, Manfred se subió el cuello de la trenca y se caló la gorra. Ella, apartando el visillo, lo estuvo siguiendo con la vista hasta que dobló la esquina.

La última duda

Se habían citado una vez más en El Esplendor. La manera de operar era siempre la misma: Simón recibía un mensaje críptico, mediante el correo que ejercía el bueno de Gedeón o el recado que le transmitía Myriam, por el sencillo sistema de lanzar a la ventana que daba a la plaza de Doña Elvira un puñado de arena, y al día siguiente y a la hora preestablecida, ambos se reunían en la quinta del Arenal. Los tiempos que vivían, el clima de incertidumbre que respiraba la ciudad y las dudas de Esther hacían que los amantes debatieran en interminables conversaciones las decisiones que iban tomando en tardes sucesivas. Simón estaba angustiado, y si bien comprendía la actitud de su amada, cuyas dudas y ambigüedades le traían a mal traer, no estaba dispuesto a renunciar a su encontrada felicidad por mor a los escrúpulos de conciencia que la asaltaban; al fin y a la postre, el divorcio, aunque no común, estaba establecido y perfectamente tipificado dentro de las leyes judaicas

En aquella ocasión, Simón y Domingo se habían adelantado y la puerta que daba al palomar permanecía todavía cerrada. Ambos habían descabalgado de sus monturas y luego de atarlas a unas anillas, colocadas en el muro a tal uso, permanecían a la espera de que la blanca hacanea de Esther apareciera por el recodo del camino.

Simón deambulaba arriba y abajo con pasos nerviosos, instalado en la permanente angustia que las vacilaciones de su amada le proporcionaban; Seis, en tanto, jugaba con el mastín que había sido de Benjamín y que, pese a las protestas del niño, había quedado en la finca. Esther se lo había regalado a Domingo en prenda de gratitud por haber salvado la vida a su amado y porque el animal, que era un buen perro de guarda, excelente ratonero e infatigable trotador a los pies de los caballos, se había convertido en una complicación, ya que el patio de Archeros era mucho más reducido que el espacioso jardín de la quinta. Ello obligaba a que alguien tuviera que desplazarse a El Esplendor, un día sí y otro no, a proporcionar al perro el condumio necesario, una tarea que resultaba mucho más engorrosa, pesada y frecuente que el hecho de, una vez por semana, llenar de grano los comederos y de agua los bebederos de las pocas palomas que todavía quedaban en el palomar.

Súbitamente, una figura envuelta en una acogullada capa que le ocultaba el rostro y montando a horcajadas un brioso corcel castaño, enjaezado con unos excelentes arreos y silla de montar cinchada sobre una gualdrapa morada, dobló el recodo de la trocha que serpenteaba al costado del río y se dirigió hacia la casa, desorientando a Simón, pues él esperaba una mula blanca con montura de mujer. El corazón del muchacho comenzó a acelerarse, y más cuando su duda quedó disipada ante los alegres ladridos que, al reconocer a Esther, comenzó a proferir Peludo, pues tal era el nombre del can, el cual, dejando a un lado sus juegos, se precipitó al encuentro de la caballería de su ama. Esther llegó hasta su altura, y nada más ésta se retiró el embozo del rostro, supo Simón que las nuevas que traía iban a ser un plato amargo para él. La ayudó a descabalgar sin poder dejar de admirar su talle gentil y la airosa donosura que mostraba vistiendo aquel atuendo de hombre, y con el ánimo encogido tomó la llave que le entregaba para que abriera la puerta del jardín, a la vez que depositaba un beso en el trocito de blanca piel de su muñeca que asomaba entre el guante y el principio de la manga de su capote. Domingo, en tanto, sujetaba a Peludo por el collar y se retiraba unos pasos para no interferir en el ahogado diálogo de los amantes.

—Os veo muy acongojada, bien mío. ¿Por qué vestís ropas de hombre?

—El ambiente en la calle es terrible. Se ven grupos incontrolados en las tres puertas de la aljama y, de no vestir de esta manera y montar un animal de cierto empaque, me habría sido imposible llegar hasta aquí.

—Pero ¿cómo habéis podido salir de vuestra casa vestida de tal guisa?

—Me he cambiado en casa de Myriam y estas ropas son de su marido, que es menudo y enteco, amén de que, ¡Adonai sea alabado!, está de viaje. El caballo es de su cuadra.

Luego de recibir esta explicación, Simón cambió de tema.

—¿Habéis reflexionado sobre lo que os dije el último día?

—Mi decisión está tomada, aunque ello me ha creado una angustia insuperable. Pero abrid esa puerta y entremos.

El pestillo cedió y el portón giró chirriando sobre sus goznes, obstaculizado por los jaramagos que crecían, salvajes, entre las losas de la abandonada quinta.

Entraron los amantes en el jardín y la orfandad del mismo entristeció el desasosegado espíritu de la muchacha. El agua del estanque había adquirido un tono verduzco, del surtidor central no manaba el alegre y cantarín chorro de agua que siempre la había acompañado en tanto sus hijos tomaban el sol, los nenúfares permanecían lánguidos y sus céreas flores parecían sin vida; hasta los pececillos de colores se mostraban tristes y erráticos, y los aleteos de las pocas palomas que aún permanecían en el palomar no eran lo vivarachos y bulliciosos de antes. Domingo se quedó fuera de la alquería vigilando las cabalgaduras y lanzando lejos un palo que Peludo le traía incansable una y otra vez.

Simón seguía a la muchacha con el ánimo abatido, sabiendo que las noticias que le traía eran malas nuevas. Esther, subiendo los escalones que la separaban de la puerta posterior de la casa, extrajo de su escarcela una llave de menor tamaño, la introdujo en la cerradura y la giró, empujando luego la gruesa puerta de cuarterones que, al igual que la otra, chirrió quejándose del escaso uso. La estancia estaba en penumbra, ya que las ventanas permanecían cubiertas por mantas y tapices que resguardaban el interior de la reverberante luz del verano que ya se anunciaba.

Esther se aproximó al ventanal del salón y retiró la sábana que lo cubría. Una luz opalescente y tornasolada entró a través de los policromados vidrios, tiñendo la amplia estancia de irisados colores, en tanto una nube de fino polvo se movía agitada por el vuelo del lienzo que en aquel momento doblaba Esther. Luego de este obligado preámbulo, los amantes se sentaron en la otomana del centro junto a la apagada chimenea.

Ella encogió las piernas sobre el diván y protegiéndose, en un movimiento instintivo, con un almohadón que apretó junto a sus senos, comenzó a sollozar.

Iba Simón a acercarse cuando un gesto breve de la mano de ella le hizo desistir.

—No, Simón, hoy no. Cuando me tomáis en vuestros brazos pierdo mi capacidad de discernimiento.

—¿Qué es lo que ocurre, bien amada? ¿Qué es lo que acongoja vuestro espíritu hasta el punto de impedir que os expliquéis?

El muchacho esperó pacientemente a que se recobrara y respetó su angustia. Cuando se hubo rehecho, y tras un largo y quejumbroso suspiro, ella comenzó a expresarse.

—¡Todo es tan difícil, Simón...! Es que ya he perdido el rumbo, no sé lo que está bien y lo que está mal, y no sé qué hacer con mi vida. Solamente soy una pobre mujer atribulada y confusa que lucha entre el amor que os profeso y la obligación que siento de proteger a mis hijos, contra lo que me dice el sentido de la lealtad que debo a la persona que Jehová me destinó como esposo y el hecho de huir, cuando tan hermoso ejemplo me está dando él de lo que debe hacer un buen judío.

—Explicaos, Esther.

Esther expuso punto por punto los planes que había diseñado Rubén para su partida y acabó diciendo:

—Esta mañana hemos firmado la Ketubá. Rubén está conforme y nada aduce al hecho de nuestra separación, pero mi honestidad me ha llevado a explicarle el verdadero motivo que la sustenta, y si bien es verdad que al principio no hubo otro que el temor de que algo ocurriera a mis hijos, en cuanto llegasteis vos supe que ésta no era más que una excusa vil, y que el argumento principal es que os amo y sueño con ser un día vuestra esposa.

—Es justo que así sea, amada mía. La vida, al igual que nos separó entonces, nos ha reunido ahora. Y no por ello me siento como un ladrón que roba algo, ya que fue él quien me robó a mí, pues vos me pertenecíais. ¿Decís que es buena persona? No lo pongo en duda, pero ello no os obliga a deberle lealtad hasta el punto de hipotecar vuestra dicha y la mía. Os ha tenido seis años y le habéis dado dos hijos; ni en el más elucubrante de sus sueños habría podido imaginar tal cosa.

¿A qué más puede aspirar? De acuerdo estoy en el hecho de que no quiera conocerme; yo tampoco tengo interés alguno en conocerlo a él. En cuanto al hecho de seguiros hasta Jerusalén, he llegado hasta aquí en pos de una quimera, ¿cómo no voy a seguiros ahora, sabiendo que sois una realidad y que me amáis? Formalizaré las gestiones necesarias para poder partir más o menos en las mismas fechas que vos lo hagáis. Pero no os esperaré en Jerusalén; cuando lleguéis a Túnez, os estaré aguardando.

Hubo un largo silencio.

—Tengo mucho miedo, Simón; hoy han vuelto a intimidar a los míos.

—¿Qué es lo que ha ocurrido?

—Han enviado otro anónimo amenazante.

—¿En qué términos?

—Han aludido a la pasión de su Mesías, aquel judío que crucificó Roma hace más de trece siglos.

—Por lo mismo, hemos de partir, Esther, y cuanto antes mejor. Si decís que vuestro bajel parte el día doce, no queda mucho tiempo. Hoy es día tres, y necesitaré un par de jornadas para poder dejar Sevilla. Luego deberé diligenciar los medios y hacerlo desde Sanlúcar... No es fácil encontrar pasaje en esta época del año; tened en cuenta que cuando el mar se encalma todo el mundo aprovecha para desplazarse. Además, debo partir en una nave de carga donde pueda llevar mis caballos.

—Tengo mucho miedo, Simón. ¡No os vayáis de Sevilla sin mí! ¡No quiero volver a perderos! Prefiero ser yo la que os aguarde en Túnez hasta que vuestro barco llegue. ¡Esta ciudad me aterra!

Simón la miró con ternura, abrió sus brazos y ella se refugió en ellos como el gorrión que acude al nido. Una extensa pausa se instaló entre los dos hasta que Esther observó que Simón fruncía el entrecejo.

—¿Qué estáis pensando?

—¿Decís que el nombre de la galera para la que tenéis los pasajes es *La Coímbra*?

—Cierto, Simón, ése es el barco que sale el día doce.

—Bien, voy a intentar, desde Sevilla, obtener mis pasajes para el mismo bajel. Si lo consigo, embarcaré con Domingo antes de que lo hagáis vos con vuestros hijos y vuestros criados, y no saldré de mi camarote hasta que estemos en alta mar; de esta manera, viajaré con vos y no deberéis temer nada durante la travesía. Caso de no conseguirlo, como aún faltan días, tiempo habrá de deciros cuándo parto y en qué galera. De cualquier manera, os aguardaría en Túnez.

—Si pudiera viajar con vos, sería la mujer más feliz de este mundo.

Cazando al ruiseñor

La moral de los berlineses había sufrido un notable cambio. El inflamado discurso del mariscal del aire Hermann Goering anunciando enfáticamente que «podían llamarle Meyer —notorio apellido judío— si algún día los aviones enemigos conseguían atravesar la defensa antiaérea del Reich»[281] había resultado una falacia. Desde la caída de Stalingrado, el 2 de febrero, debida principalmente a la tozudez del Führer, al negar la posibilidad al VI ejército de Paulus de retirarse cincuenta y seis kilómetros para unir sus fuerzas a las columnas de tanques de Von Manstein,[282] los alemanes ya no creían en falsas promesas ni en milagros y se disponían a vivir la parte más aciaga de la guerra. La suerte estaba echada.

La fisonomía de la capital del Reich había cambiado totalmente. Se podía decir que hasta principios del aquel año 1943 la ciudad no había sufrido. Los bombardeos se habían limitado a los distritos de Pankow, Lichtenberg y Kreuzberg, aunque los principales monumentos y edificios oficiales, cercanos a la mansión que había sido de los Pardenvolk, tales como la Cancillería Nueva, el hotel Kaiserhof, el palacio de la UFA, la iglesia en recuerdo del emperador Guillermo, el Gloria Palace y el Romanisches Café, se veían protegidos por defensas y sacos terreros. A comienzos de marzo, la RAF envió doscientos cincuenta aparatos sobre Berlín que provocaron seiscientos incendios, destruyeron, entre otras iglesias, la catedral católica de Santa Eduvigis y ocasionaron más de setecientos muertos e infinidad de heridos. ¡Qué lejano quedaba 1940, cuando a la caída de París, desde la estación ferroviaria de Anhalt y hasta la Nueva Cancillería, Hitler recibió el entusiasta y multitudinario homenaje de los berlineses, acompañado por el tañer de campanas de la iglesia de la Trinidad, cercana a la Wilhelmsplatz!

Sigfrid, en su escondrijo, reflexionaba. En cualquier momento los Hempel regresarían a Berlín, y en aquellas circunstancias la emisora resultaría un riesgo injusto para sus tíos. La Gestapo, enrabietada por el rumbo de los acontecimientos, ejercía una cruel política con los disidentes, achacándoles el giro de la guerra.

La noticia del transporte de un cargamento de casi dos mil judíos a Bergen-Belsen, uno de los campos más siniestros, y la situación de las nuevas defensas antiaéreas serían las últimas informaciones que habría de enviar al éter, junto con la noticia de que en el campo de Belzec se había experimentado un nuevo gas, el Zyklon B, para acelerar la muerte en los crematorios, con el que habían gaseado a seiscientos mil judíos, y que, así mismo, se estaban llevando a cabo esterilizaciones masivas en Birkenau. Luego, ayudado por Karl Knut, Vortinguer y Fritz Glassen, pues August había partido ya para Grünwald, desmontaría el emisor e intentaría ocultarlo en algún escondrijo de los muchos que ofrecía el convento.

Los pormenores de la operación se llevaron a cabo en la

sacristía de las Adoratrices, donde seguían ocultos, y en el exterior todo se pudo organizar gracias a la inapreciable ayuda del padre Poelchau, que los visitaba todos los días antes de decir su misa para las hermanas.

El plan era el siguiente. Procedería, como últimamente acostumbraba, a aprovechar el caos que se organizaba en las calles en cuanto las sirenas anunciaban aviones sobre el cielo de Berlín, para cumplir la misión que se había propuesto y emitir una vez más, sólo que, en esta ocasión, al finalizar, desmontaría el emisor. Acudirían en una camioneta robada, con las matrículas cambiadas para más precaución, a la puerta del parque de la antigua mansión de los Pardenvolk, una de cuyas llaves obraba todavía en su poder. Allí, tras ocultar el vehículo entre los frondosos árboles del caminal, se dirigirían a la azotea. Luego de que Sigfrid lanzara al éter su último mensaje, en tanto Glassen, que era el técnico, desmontaba la instalación comprometedora, Knut subiría al tejado y retiraría la antena que, oculta entre la hiedra, posibilitaba las transmisiones.

El día oportuno no se hizo esperar. Al caer la noche las sirenas comenzaron a ulular y los rayos de los potentes reflectores asaetearon el cielo de Berlín, buscando afanosamente el metálico reflejo del fuselaje de los aviones. Las superfortalezas volantes rastreaban fábricas, estaciones y nudos ferroviarios, en tanto la artillería antiaérea poblaba el firmamento de mortales florones blancos.

Los conjurados se pertrecharon rápidamente y fueron al pequeño cobertizo; allí se encaramaron a la camioneta y partieron raudos hacia la antigua mansión de los Pardenvolk, en tanto el torrente humano buscaba los refugios antiaéreos y las bocas de los metros. Tomaron por Paulsbornerstrasse para desembocar en Kurfürstendamm; luego, una patrulla los desvió hasta Budapesterstrasse, donde, al pasar junto al zoológico, los rugidos y ruidos de sus espantados inquilinos saturaban el aire; de allí subieron por Broller Hitzigerstrasse desembocando en Charlottenburgerstrasse. Un pequeño desvío, y Vortinguer metió el morro de la DKW en el vado de entrada de la finca. Nadie se ocupaba de cosa tan baladí entre tanta confusión. Sigfrid saltó del asiento del copiloto, en el que estaba instalado, y luego de asegurarse de que nadie le controlaba, se dirigió a la cancela de hierro. Del bolsillo de su chaqueta extrajo una llave de regular tamaño y la introdujo en la cerradura. El óxido y el tiempo habían hecho mella en la misma y le costó trabajo dar la vuelta al mecanismo. Finalmente, el muelle cedió, pero cuando intentó abrir la cancela, observó que estaba totalmente trabada. Con una señal, indicó a Vortinguer que le ayudara a abrirla. El otro se apeó y, retrocediendo unos pocos pasos, tomó una corta carrera y dejó caer el martillo pilón de sus poderosos hombros sobre la media reja; los goznes cedieron al segundo envite, dejando el espacio suficiente para que entrara la camioneta. Los hierbajos crecidos sobre el carril de deslizamiento dificultaron la operación. Chirriando y gimiendo, cedió completamente la gran cancela y, mediante un rápido acelerón, Vortinguer introdujo el vehículo en el antiguo caminal de hayas, lleno de maleza y abrojos. Una vez dentro aguardó con el motor en marcha a que Sigfrid cerrara la verja y se subiera a la cabina. Con las luces apagadas, tosiendo y quejándose, el motor encaró la cuesta.

La pérgola abandonada, la enredadera encaramándose salvaje por las columnas del torreón de la entrada y el estado de deterioro de la finca hicieron que Sigfrid, que hasta aquella noche siempre había accedido por la puerta de atrás del parque, creyera que aquélla no era su casa.

—Esconde la camioneta al fondo del caminal, entre los árboles, junto a la cabaña de troncos de mi hermano, y espera. En cuanto hayamos terminado, te avisaremos para que la traigas aquí y podamos cargar lo que desmontemos —ordenó Sigfrid.

Glassen y Knut ya estaban junto a la puerta de la casa y, en tanto Vortinguer iba a amagar el vehículo, luego de abrir la puerta de la entrada con el llavín, los tres se introducían en la mansión.

A Sigfrid le pareció que había transcurrido una eternidad. Los muebles estaban cubiertos con fundas, las mejores pinturas habían sido retiradas, y en los estantes y vitrinas no se veía objeto alguno. A la luz de las linternas, Knut y Glassen subieron la escalera tras él. La maldita rodilla atormentaba a Sigfrid los días que la niebla del Spree era más intensa. Llegaron a la azotea. Todo estaba tal como lo había dejado. De pronto, el estruendo del silencio se hizo manifiestamente amenazador. Las sirenas habían cesado su frenética oscilación y eso quería decir que los aviones abandonaban el cielo de Berlín molestados por la debilitada caza de la Luftwaffe, que todavía estaba operativa.

—¡Démonos prisa! Cuanto antes terminemos y podamos largarnos, mejor nos irá —indicó Sigfrid.

—Si te parece, lo dejamos para otro día.

—No, Karl. Ya estamos aquí. Mejor será terminar de una vez.

Glassen, sujetando la pequeña linterna con la boca, se había sentado frente al panel de la radio y, manejando los controles, movía los diales para buscar la frecuencia de onda corta.

Sigfrid se dirigió a Karl.

—Mejor será que te subas al tejado. En cuanto te haga una señal con la luz, comienzas a recoger el hilo de cobre.

—Está bien. Déjame coger las herramientas y voy afuera.

Knut se inclinó sobre la bolsa y se guarneció con un cinturón de cuero en cuyos herrajes podían colocarse herramientas tales como alicates, cortafríos, linterna, tenazas y llaves de diferentes tipos.

—¿Cómo alcanzo el tragaluz? —inquirió.

—Súbete a mis hombros —respondió Sigfrid.

—Esto ya está. Cuando quieras, estamos en el aire —dijo Glassen, en la penumbra, mientras depositaba los auriculares encima de la mesa.

—En cuanto Karl esté en tejado.

Sigfrid dobló la pierna buena y, con los brazos alzados, invitó a su amigo a que se encaramara.

—¡Listos! Cuando quieras.

Knut, tomando las manos de su compañero y apoyando un pie en la pierna flexionada de Sigfrid, se subió a sus hombros con un ágil movimiento. Desde allí, en precario equilibrio, abrió el pestillo del tragaluz y, dándose impulso, salió al tejado. De momento desapareció; luego asomó de nuevo su rostro por el agujero.

—Cierro el cristal. Voy a inspeccionar por dónde va la antena. En cuanto hayas transmitido, me avisas con la luz y comenzaré a desmontar.

Sigfrid asintió con un gesto. En cuanto Karl desapareció de su vista, se acercó a la mesa a fin de ponerse en contacto por última vez con su desconocido amigo escocés y proceder luego a desmontar la radio. Miró la esfera luminosa de su reloj. Eran las doce en punto de la noche. Se colocó los cascos de sonido y entregó otro juego a Glassen para que pudiera escuchar la transmisión.

—Avutarda llamando a Whisky, Avutarda llamando a Whisky. ¿Me copias?

Un fondo de carraspeos y toses llegó hasta los oídos de los dos. Sigfrid repitió hasta tres veces su llamada sin recibir señal alguna de que en algún lugar alguien le escuchara. Miró a Glassen y éste manejó los diales, buscando una sintonía más fina. Sigfrid repitió la llamada. Finalmente, entre un fondo de interferencias, surgió la voz de su escucha.

—Whisky recibiendo, Whisky recibiendo. Te copio mal, pero intentaré captarte. Cambio.

—Se ha hecho demasiado peligroso emitir. Ésta va a ser la última noche. ¿Me escuchas? Cambio.

De nuevo mucho ruido de fondo. Luego, la voz se fue abriendo paso entre las interferencias.

—Estaré a la escucha durante un tiempo a la misma hora.

Es importante que sigas transmitiendo, Avutarda. Te copio.

—Van a deportar más de mil ochocientos judíos de Berlín a Bergen-Belsen, y están experimentado un nuevo gas, el Zyklon B, para acelerar la muerte en los crematorios, y han gaseado ya a seiscientos mil judíos, y se están llevando a cabo esterilizaciones masivas en Birkenau. Es importante que los aliados destruyan las vías de ferrocarril que conducen directamente a los campos. Cambio.

—Te copio mejor, Avutarda. Dime si la defensa aérea de Berlín responde con igual eficacia o se ven en el aire menos aparatos.

Ante la posibilidad de perder aquella fuente de información, el escocés intentaba aprovechar al máximo la que sería, quizá, su última emisión. Sigfrid tenía tanto que emitir que bajó la guardia y se alargó en exceso.

Karl Knut, que en aquel momento se hallaba al otro lado, ya que había estado circunvalando la inclinada cubierta del tejado por ver de localizar hasta dónde llegaba la antena, quedó aterrorizado. Silenciosamente y a la vez, ya que desde su privilegiado observatorio se divisaban en su totalidad los límites de la finca, observó cómo dos camionetas de la policía se detenían frente a las dos puertas y que de ellas descendía un indeterminado número de hombres de la Gestapo al mando de un oficial. Con presteza y en silencio se fueron colocando a diez o doce pasos de distancia en todo el perímetro de la propiedad.

La Gestapo y el servicio de contraespionaje de las SS vigilaban desde sus respectivas sedes cuantas emisoras clandestinas intentaran, desde la capital y sus alrededores, ponerse en contacto con el enemigo, dando y recibiendo mensajes. La paciente espera les llevó a la conclusión de que había un «pianista» que durante los bombardeos intentaba salir al aire por medio de una potentísima emisora de onda corta. Sin embargo, era tan cuidadoso en el tiempo y en la extensión de sus mensajes que no habían conseguido localizar el lugar desde donde emitía. Aquella noche, y pese a las bombas, tres coches con radiogoniómetros y antenas giratorias instaladas daban vueltas cerca del lugar donde la última vez habían perdido la señal. Los tres Volkswagen, a través de cuyas capotas emergían las antenas giratorias, se movían por los aledaños de la zona. Dentro iban cuatro hombres: el conductor, el encargado del goniómetro, el servidor de la antena y el cartógrafo que marcaba en el plano de la capital las indicaciones que le ordenaba el localizador. Súbitamente, las señales se cruzaron, marcando en el mapa un punto exacto. ¡Por fin habían cazado la onda de aquel componente de la Capilla Roja que tantos quebraderos de cabeza les había proporcionado! Las voces se tornaron ladridos y, dando secas órdenes, se dispararon.

Al cabo de cinco minutos, dos camionetas de la policía desembarcaban frente a las puertas de hierro de la mansión que había sido de los Pardenvolk.

Vortinguer, desde el asiento del conductor de la vieja DKV, observó, preso del pánico, cómo las dos escuadras de la policía rodeaban la casa. Al principio, el miedo le impidió reaccionar, y cuando se iba a precipitar a la entrada para avisar a sus compañeros, vio que la verja se abría y que el caminal se llenaba de luces y de hombres. Saltó por el lado contrario y, agachado, intentó llegar hasta la parte posterior para tratar de escapar. Se le ocurrió tocar la bocina insistentemente, pero pensó que a aquella distancia y mezclada con los ruidos de la calle, con las sirenas que, de vez en cuando, todavía ululaban y con alguna que otra lejana explosión, los de la azotea no la oirían y su sacrificio sería inútil.

Knut vio, desde su privilegiada posición, que su amigo saltaba de la camioneta y, medio gateando, se dirigía a la parte posterior del parque. El tableteo de una arma automática sonó, y el cuerpo desmadejado de Vortinguer cayó doblado como segado por una hoz.

El grupo principal había ganado la puerta de la casa, y Karl, lo más rápidamente que pudo, ya que las tejas resbalaban mojadas como estaban por el relente de la noche, se dirigió a la otra vertiente para, desde el tragaluz, avisar a sus compañeros. Se sujetó al hierro del pararrayos y luego a la base de la primera chimenea y, echándose sobre el vientre, se dejó deslizar sobre las tejas hasta alcanzar el tragaluz. Dentro estaba oscuro. Agarrándose a un saliente con una mano, golpeó el vidrio con la otra. Allí, iluminados por las linternas que descansaban en la mesa, pudo ver a sus camaradas, atentos a los diales con los auriculares puestos y de espaldas. Entonces comprendió por qué no le habían oído. Golpeó de nuevo, pero ya era demasiado tarde. Horrorizado, vio cómo la luz se encendía y por la puerta del estudio aparecía un oficial, pistola en mano, al que seguían dos hombres de la Gestapo con la metralleta amartillada. Todo sucedió como en una película de cine mudo. Los labios del oficial dibujaron claramente la orden y sus amigos levantaron las manos; en la derecha de Glassen, brilló una llave inglesa. El sonido del disparo llegó hasta sus oídos amortiguado por el doble cristal. Fritz cayó hacia atrás, en tanto un florón de sangre roja se agrandaba en la pechera de su camisa. Con las lágrimas descendiendo por sus mejillas, Karl se retiró de la claraboya y se acurrucó detrás de la gran chimenea, dispuesto a lanzarse al vacío antes que caer en las manos de aquellos asesinos.

Desde donde estaba, no le llagaba ni un sonido del interior. Al cabo de poco rato, pudo ver a Sigfrid, que salía amanillado entre dos policías, y a Glassen, envuelto en una manta. En tanto, tres agentes se metían en la DKV y la registraban para, acto seguido, meter en ella el cuerpo sin vida de Vortinguer, poner el vehículo en marcha y seguir a sus compañeros.

El rapto

—Ama, ¿sabéis si Gedeón va a volver antes de comer?

—Vete a jugar, Benjamín. Estoy guisando las berenjenas que tanto agradan a tu padre y ahora no tengo tiempo para ti. Recuerda que tu madre ha dicho que no pises la calle.

—¡Siempre me deja ir a la plaza del zoco con Gedeón! ¿Por qué no puedo ir hoy?

—¡Que no pises la calle te digo… y no se hable más!

Esther había acudido al pasaje del Pez a visitar a Myriam, a la que tenía al corriente tanto de su vida como de sus propósitos, en demanda de consejo. Antes de ir a casa de su amiga, había prohibido a su hijo que saliera a la calle, ya que en aquellos días el clima de Sevilla era irrespirable, por lo caluroso, y turbulento, por el peligro latente que viciaba el aire. Las gentes estaban apostadas a las puertas de la aljama; se temía que se produjeran disturbios. Los cristianos, alentados por las prédicas del arcediano de Écija y envalentonados por el nulo castigo que recibieron quienes habían tomado parte en los desmanes del marzo anterior, se atrevían a tirar piedras a todo aquel que intentaba salir de la aljama, ante la pasividad del alguacil mayor, don Pedro Ponce de León, que parecía no querer enterarse de lo que se estaba fraguando en la judería. La pequeña Raquel estaba en el patio trasero de la casa, al cuidado de una criada, tomando el sol del mediodía. Rubén, como de costumbre, había acudido a la sinagoga para preparar la circuncisión de un nacido —era inaplazable, porque la criatura iba a cumplir el octavo día— y para limpiar la *menorá*, oscurecida por el humo de los cirios. En tanto, Benjamín buscaba desesperadamente al viejo criado, pues era el único que, en aquellas circunstancias, le hacía caso.

El pequeño se asomó al patio y vio el moisés de su hermana con el parasol que la protegía del astro rey. Frente a Raquel estaba la doméstica, agitando ante ella un sonajero hecho con una pequeña calabaza hueca en la que había unas semillas. Benjamín dio media vuelta, se dirigió a la entrada principal y echó un vistazo al exterior; la calle estaba desierta y el crío estaba aburrido. Se le ocurrió, de repente, que era fácil que Gedeón hubiera acudido a la tertulia que se formaba todos los días en la plaza del zoco junto a la travesía del Aceite, en una taberna en la que se reunían una tropa de viejos judíos venidos de todas partes que contaban hazañas de sus tiempos mozos, ocurridas en las ciudades de las que eran originarios. El niño fue a su cuarto, donde tomó su espada de madera y se la colocó en el cinto; también cogió el mango de una escoba al que Gedeón había fijado una cabeza de caballo de mimbre. Acto seguido, partió hacia la calle en busca del criado, suponiendo que estaría de vuelta antes de que su madre regresara. Subió por Archeros hasta la plaza de Azueyca y al llegar a ella giró por la travesía del Tinte hacia la taberna. Los transeúntes con los que se cruzaba caminaban deprisa yendo a sus avíos, huyendo de un sol que caía a plomo, y nadie reparaba en un niño de su edad que, al parecer, iba en busca de alguien o a hacer un encomienda de su madre.

El bachiller Barroso y Felgueroso se habían turnado durante semanas empleando su tiempo en observar las costumbres y los horarios del viejo servidor, así como descubriendo los lugares que frecuentaba acompañado del niño. El plan de los villanos estaba pergeñado y únicamente esperaban la ocasión para llevarlo a cabo. La vesania había ganado la partida al ansia de dinero de Barroso, y ya no le importaba el cobro de la segunda parte de lo estipulado con el obispo, pues era consciente de que aquella hazaña iba a superar en mucho la intención del prelado, el cual quería pero a la vez dolía en su intención de apartar aquel incómodo obstáculo de su camino. A él no le importaba un adarme que el rabino se convirtiera al cristianismo, arrastrando a su comunidad con él, o se marchara a otros pagos con viento fresco. Su odio había aparcado todo aquello y lo que deseaba era hacer un daño irreparable a los descendientes de aquel influyente judío a quien cargaba la deuda de los costurones que cruzaban su espalda. La ocasión que le proporcionaban aquellos agitados días era pintiparada para sus pérfidos planes.

Una voz resonó a la espalda del niño en un tono amable y misterioso.

—¿Adónde va el valiente Macabeo,[283] jinete en su corcel y bien armado a hora tan temprana?

Benjamín, como cualquier infante, siguió el juego.

—Debo rescatar a una princesa que ha caído presa de los moros.

—Ya sé a quién os referís... La bella Dorotea está encerrada en la celda de un castillo cuya cancela guarda un terrible dragón.

—Y bien, ¿sabríais vos conducirme hasta ella?

—Sin duda, buen caballero, pero tendréis que entrar vos solo en la mazmorra, pues mi valor no alcanza para enfrentarme a la fiera.

—Vos conducidme hasta la puerta y dejadme a mí; veréis de lo que es capaz un caballero.

—Entonces, tened la bondad de seguirme, aunque deberemos ir por calles disimuladas, no fuera a ser que alguien nos viera y avisara a los guardianes del castillo.

—Conducidme, voy tras vos.

Y de esta manera, Felgueroso, seguido por Benjamín, se dirigió por los límites interiores de la muralla hacia la cuadra donde él y Barroso habían habilitado el tabuco perfectamente disimulado en el altillo e insonorizado por la cantidad de balas de paja que se podían llegar a amontonar junto a su portillo. Las gentes que con ellos se cruzaban no paraban la menor atención, pues podían pasar perfectamente por un padre amante que caminaba junto a su hijo y al que permitía desfilar con sus juguetes.

La desigual pareja llegó a la cuadra. Al fondo de la nave se hallaba Barroso, cargando con un horca los pesebres de las caballerías. Al ver a su compadre en compañía de Benjamín, no pudo evitar dar un respingo y casi soltar el útil con el que estaba trajinando.

—¿No es cierto, maese Rodrigo, que conocemos el lugar donde se halla encerrada la princesa pero no somos capaces de enfrentarnos al dragón que la guarda?

El Tuerto captó al punto el mensaje que le mandaba el otro.

—Cierto, y no creo que exista en el mundo caballero capaz de llevar a cabo semejante gesta.

—¡A fe mía que ésta no es hazaña que esté al alcance de cualquier malandrín! ¡Decidme, por mi vida, dónde se halla la bestia, que yo sabré vencerla y humillarla! —Y Benjamín, sin tener en cuenta que su religión era la semita y llevado por lo que oía decir a los niños cristianos en sus juegos, dejando su caballito de mimbre apoyado en uno de los pesebres, exclamó—: ¡Por san Jorge!

Ambos hombres cambiaron entre sí una cómplice mirada y continuaron la farsa.

—Seguidnos, buen caballero, y no dudéis que, caso de que consigáis vuestro empeño, nos haremos lenguas de vuestro valor e hidalguía.

Felgueroso encabezó el desfile, Benjamín iba en el medio y Barroso cerraba la marcha. De esta guisa se encaminaron a la escalera de palos que, apoyada en el altillo, permitía el acceso al mismo. Cuando los tres hubieron alcanzado la altura, el bachiller, luego de comprobar con una rápida mirada que nadie había fisgoneando en los alrededores, comenzó a apartar, con la horquilla de madera que aun sostenía en las manos, las balas de paja que disimulaban el portillo de la ergástula. Ante los asombrados ojos del niño apareció una portezuela. A lo primero, ante la evidencia de la aventura, sintió miedo, pero pensó que era la mejor ocasión que había tenido hasta aquel día de salvar a una princesa, y se dijo que luego de sus rimbombantes manifestaciones, no podía quedar en ridículo ante aquellos bellacos. Felgueroso, con una llave que había extraído de su escarcela, ya estaba abriendo el cerrojo de la puerta. Con un rechinar de goznes, quedó a la vista del niño el agujero. Benjamín miraba hacia el interior con desconfianza.

—Asomaos, la princesa está en el fondo y, al parecer, la gran bestia está dormida.

Benjamín, con el corazón latiéndole descompasadamente, desenvainó su espadita y se asomó al interior. De pronto sintió un empujón brutal y dio con sus pobres huesos en el suelo mientras, aterrorizado, oía cómo el portillo se cerraba tras él y veía que la oscuridad se adueñaba de la estancia. Fuera, durante unos instantes, los dos hombres trasegaron balas de paja junto al tabique... Luego, el silencio más absoluto se apoderó de todo.

Grünwald

A los tres días de abandonar Berlín por carreteras secundarias y caminos de montaña poco transitados, y con la inestimable colaboración de gentes a las que conoció gracias al doctor Poelchau, August Newman llegó a Grünwald.

El pueblo era uno de tantos de la Alta Baviera colgados en la falda de las montañas, y en aquellos momentos los ingresos de los comerciantes y de los pequeños industriales procedían de dos balnearios —que alojaban a oficiales distinguidos, allí enviados en sus tiempos de descanso—, un hospital dedicado a las afecciones de pulmón, y el matadero, que suministraba carne para la guarnición de las SS del campo de reeducación de antisociales de Flossembürg y para los antedichos centros.

El pequeño Wanderer, en el que hizo el último trayecto, frenó en la plaza del pueblo frente al ayuntamiento. El conductor, uno de los amigos de Poelchau, detuvo su marcha, sin parar el motor, luego de observar si alguna patrulla alemana estaba por la zona.

—Puedes bajarte ahora. El matadero está en el camino de la antigua estación de invierno. Hasta allí no puedo llevarte; si me ven por aquí, fuera de horas, podrían retirarme el cupo de gasolina e inclusive el automóvil. Dile a Harald, cuando lo veas, que su madre está bien.

August abrió la portezuela y descendió del coche. Ya en la calle, cargó su mochila al hombro, se ajustó las gafas de oscuros cristales y, tras mirar a uno y a otro lado, se agachó hasta la ventanilla del vehículo.

—¡Gracias, Toni, muchas gracias! Espero volver a verte.

—En estas condiciones, mejor no; es demasiado peligroso. De todas maneras, si estás en un apuro, tienes mi número; el lugar ya te lo he dicho. El viejo molino abandonado de la izquierda del río es seguro, por que si te buscan por el camino, puedes huir por el agua y viceversa, y además desde el ventanuco de la azotea se domina todo el paisaje. ¡Suerte! ¡Ah! Y dale recuerdos a Werner.

Ya no esperó a que August comentara alguna cosa; embragó el coche y, acelerando, desapareció de su vista entre una nube de polvo.

August, en colaboración con Harald Poelchau, había trazado un plan. Sus papeles eran los que correspondían a un veterinario especialista en infecciones de vacuno. En el matadero trabajaba alguien que había tenido algo que ver con la Rosa Blanca y que cubriría sus deficiencias como veterinario. Su nombre era Werner Hass, y su casa se hallaba a la salida de Grünwald, en el camino que arrancaba después de la plaza de la Iglesia y junto a uno de los afluentes del río. Con la mochila al hombro, tras ponerse su forrada canadiense, August encaminó hacia allí sus pasos.

El municipio estaba ubicado entre dos riachuelos. En sus buenos tiempos había alojado, durante los veranos, a familias de enfermos internados en el sanatorio y a clientes de los balnearios, que acudían a tomar las aguas, y en invierno, a aficionados al alpinismo y al esquí. Era el clásico pueblo de montaña de la zona bávara, con sus casitas de tejados de pizarra a dos aguas, rematadas con balcones de madera y ventanas cuyos postigos, pintados de verde, mostraban en su centro el hueco de un corazón o de un trébol, y en el exterior, colgadas de sus alféizares, cuadradas macetas llenas de flores del campo. La calle principal lo atravesaba de arriba abajo, y a ella se asomaban las laterales que conducían a los dos arroyos.

August consultó un papel que extrajo de uno de los bolsillos exteriores de su Bergman[284] y se orientó hacia el lugar indicado en la nota, siguiendo las instrucciones del pequeño plano que Harald Poelchau le había dibujado. Cuando ya acababa el pueblo, halló la dirección que buscaba. La casita daba al río por su parte posterior y estaba rodeada de un pequeño jardín que, en aquel instante, un hombre estaba cultivando. El tipo era alto y enteco; lo más notable de sus facciones eran unos intensos ojos azules que rezumaban una infinita tristeza. Vestía una camisa a cuadros marrones y ocres, y sobre ella, un mono de tirantes; calzaba botas altas de caucho, y se cubría la cabeza con un gorro de orejeras de tonos verdosos del que salía un pelo blanco que anteriormente debía de haber sido rubio. Junto a él, alzaba las orejas, vigilante, un mastín.

Cuando August llegó a la puertecilla de la cerca, el perro corrió hasta él ladrando para impedirle la entrada. El hombre dejó en el suelo el azadón que tenía entre sus manos y, en tanto silbaba al can, se acercó hacia él.

—August Newman, sin duda.

—Werner Hass, imagino.

El hombre, al tiempo que sujetaba al perro por el collar, abrió la puertecilla.

—Pase, le estaba esperando desde ayer.

August, descargando la Bergman de su espalda, se introdujo en el jardín.

—Siento interrumpir su trabajo de jardinero.

El hombre sujetó el mosquetón que pendía del collar del animal a una correa fijada a la entrada de la caseta de madera y ordenó al can que se echara.

—Jardín era antes, ahora es un huerto. Son mejores las coles que las flores. Pero pase, no se quede ahí.

Partió el hombre hacia el interior de la casa seguido por August. Al llegar a la puerta, se quitó el gorro y se frotó la coronilla. En la chimenea ardía un fuego que, nada más entrar, se ocupó de avivar.

—Deje en cualquier rincón sus cosas y acérquese, aquí dentro se está mejor. ¿Quiere tomar algo?

—Gracias, lo que usted vaya a tomar.

El hombre no respondió. Se dirigió a una alacena ubicada en la pieza contigua, que August supuso era el comedor, y tomando dos vasos y una botella sin etiqueta, los depositó en la mesa que se veía entre la chimenea y el viejo sofá tapizado con una pana floreada en el que ambos se sentaron. Luego de servir dos generosas raciones, Werner alzó su vaso y brindó.

—*Prosit!*[285] Por sus intenciones, que sin duda son las mías.

Bebieron y, luego de paladear el fuerte licor, el anfitrión aclaró:

—Es casero; lo fabrico en mis ratos libres, que son pocos. Ahora, cuénteme. Después de escucharle, le diré si lo que me propone es posible o un auténtico suicidio. Harald me ha hablado de usted. Sé quién es, lo que le ha ocurrido y lo que ha estado haciendo hasta ahora para luchar contra esta locura que está asolando Alemania. Eso nos une, amén de otras circunstancias de las que luego le hablaré.

August comenzó a desgranar la triste historia que le había conducido hasta allí con la vaga esperanza de intentar hacer algo que aliviara su conciencia. Al terminar, el día agonizaba. El hombre quedó unos instantes pensativo y luego, tras ofrecer tabaco de pipa a August y encender la suya, comenzó a explicarse.

—Vaya por delante que haré cualquier cosa que me pida Harald, y en esta ocasión todavía con más motivo... Pero no olvide que, por el momento, no tiene constancia de que Hanna haya muerto. ¿No es así?

—Ciertamente, pero si no hago algo morirá.

—Haré lo que esté en mi mano para ayudarle; tengo motivos más que suficientes. Atienda a lo que voy a contarle y entenderá por qué, como le he dicho, nos unen muchas cosas.

»Quedé huérfano de padre y madre a los nueve años, y el pastor de mi iglesia y su mujer me acogieron en su casa y me educaron como si fuera uno de sus hijos. Eran los padres de Harald Poelchau, que llegaron a Grünwald desde Silesia cuando él tendría tres o cuatro años. Aquí desarrolló su ministerio e hizo muchos favores. Hay gentes que le recuerdan con agradecimiento. A los veintiséis me casé y al año era padre de una hermosa niña. Hildebrand se llamaba. Era la alegría de mi casa y mi esperanza en el futuro, que soñaba lleno de buenos augurios, junto a mi esposa, y en una vejez rodeada de nietos. Cuando cumplió los dieciocho, quiso ir a Munich a estudiar y se afilió a la Rosa Blanca. El año pasado, tras la caída de Stalingrado, como usted sin duda ya sabe, los cogieron a todos y a seis de ellos los decapitaron en la prisión... Hildebrand estaba entre esos seis. Mi mujer murió a los tres meses. Ésta es mi historia. ¿Comprende ahora por qué quiero ayudarle?

De los garzos ojos del hombre se escapaba una lágrima y August respetó su dolor.

—Supe de la muerte heroica de los hermanos Scholl, pero ignoraba que uno de los encausados fuera su hija... y Harald nada me ha dicho.

Werner se enjugó los ojos con un arrugado pañuelo.

—Eso es ya historia... triste historia, para mí. Pero ocupémonos de los vivos. A los muertos ya no pueden hacerles más daño. Pregunte lo que quiera y cuente con mi ayuda si es que puedo servirle de algo.

August meditó unos instantes.

—¿Hay manera de enviar un mensaje al interior del campo de Flossembürg?

—Es difícil, pero no imposible. Eso, claro está, si se tiene dinero.

August, por el momento, obvió la respuesta.

—¿Por qué medios?

—Hay que sobornar a alguien, y depende del motivo por el que la joven esté detenida: si lo está por antisocial, cabe la posibilidad; si lo está por judía, no hay nada que hacer... Eso en el supuesto de que aún esté viva, cosa bastante improbable.

—Entonces ¿cuál es su consejo?

El hombre se mesó la mal rasurada barbilla.

—Primeramente, hemos de enterarnos de si está viva y en qué parte del campo trabaja. Luego, ya veremos. Si la han enviado a las canteras es como si estuviera condenada a muerte. Quienes van allí duran de medio a un año.

—Y ¿cómo se envía un mensaje?

—El camión de la carne entra todos los días llevando las reses del matadero que comen la tropa de las SS y la oficialidad. Una vez dentro, yo sé qué teclas hay que tocar para que suene el órgano. Si la chica está en el grupo de los antisociales, hay dos o tres soldados a los que el dinero les gusta mucho; unos son más caros que otros, pero también más seguros.

—¿Y si está en la cantera?

—Si está en la cantera y aún vive, hay que llegar al jefe de los *sonderkommandos*.

—Y ¿quiénes son ésos?

—Son las ratas. Judíos que vigilan y venden a sus hermanos por un plato de lentejas.

—¿Y si se quedan el dinero y no entregan el mensaje?

—Se les acabaría el negocio... No, no hay cuidado. Además, se les paga una parte antes y otra después, cuando el resultado perseguido ha sido, de alguna manera, confirmado.

Tras una pausa, que aprovechó Werner para atizar el fuego de la chimenea, argumentó:

—Todo esto tiene un coste elevado, insisto. ¿Dispone de dinero?

—Por este tema en concreto, no se preocupe.

—Está bien. He de ir al pueblo. Tiene comida en la cocina; puede calentarla en la chimenea. Luego váyase a descansar; mañana será otro día. Su habitación está al final del primer piso. Yo aún tengo cosas que hacer.

—No voy a poder dormir, pero lo intentaré. Gracias por todo.

—No hay por qué darlas; lo hago por mi hija y por el viejo Harald.

Ambos hombres se levantaron. August tomó su mochila y fue a dejarla al dormitorio asignado. Desde la ventana de su cuarto observó el río. Atada a un poste de la orilla con la popa en medio de la corriente se veía una barquita azul y blanca con un pequeño motor fuera borda. Cuando volvió a bajar, Werner se había ido, y el cuco del reloj asomaba burlón su pico rojo de madera punteando la media noche.

La hora de la angustia

Los sucesos se precipitaron y una constelación de causalidades hicieron que las fechas del 4, 5 y 6 de junio quedaran marcadas en la mente de Esther, al rojo vivo, como con un hierro candente. Al llegar de regreso a su casa y ver que Benjamín no estaba en ella se alteró, pero supuso que estaría con el viejo criado; cuando el niño volviera, ya se ocuparía de darle su merecido por haber desobedecido sus terminantes órdenes. Sin embargo, su angustia se desbordó cuando al regreso de Gedeón pudo comprobar que Benjamín no estaba con él.

Sus gritos se oyeron desde la calle y los lamentos de Sara acabaron de desquiciar sus nervios.

—Pero ¿cómo es posible que estéis tan sorda y tan ciega para no daros cuenta de que Benjamín falta de la casa, según me decís, desde media mañana?

—Estaba guisando en la cocina y le he dicho que no pisara la calle, pero ya sabéis cómo se ha vuelto de desobediente e inquieto desde que lo constreñimos entre estas cuatro paredes, que para él son una cárcel, comparándolas con el espacio abierto que tenía para jugar en el jardín de la quinta.

—¡Se me da un ardite que le guste o no le guste, Sara! Vos sois la encargada de vigilarlo en mi ausencia, pero, por lo visto, ya no estáis capacitada para ello.

Esther descargaba su furia con la vieja ama lastimándola donde más le dolía, al llamarla incapaz por anciana.

Sara estiró el gesto y compuso la cara de dignidad ofendida que tan bien conocía su ama.

—Realmente estoy ya muy vieja y no sirvo ni para vigilar a un crío; será mejor que me quede aquí, en Sevilla, con vuestro esposo cuando partáis hacia Jerusalén.

A Esther le cogió de sorpresa la respuesta de su septuagenaria nodriza, ya que hasta la fecha nada le había dicho todavía de su separación ni de los planes que tenía con respecto a su persona.

Entonces aparcó por un instante su angustia y replicó:

—¿Qué queréis decir, ama?

—Que oigo muy bien y, sobre todo, que os conozco mejor que nadie; seré vieja, pero no necia, y en esta casa las paredes oyen.

—Ya hablaremos en mejor ocasión. Perdonadme si os he ofendido. Ahora busquemos al niño. Yo iré a la sinagoga. Vos, Gedeón, acudid al zoco y preguntad, no vaya a ser que haya ido en vuestra busca y se haya cruzado con vos por el camino. Sara, id a casa de Myriam; tal vez, al negarle vuestro permiso haya acudido en mi busca a fin de recabar el mío.

Y vos, Rebeca —se dirigía a la joven mucama que cuidaba de la pequeña Raquel—, quedaos al cuidado de la niña, y si en el ínterin se presenta mi esposo, decidle lo que ha ocurrido, que yo regresaré al punto.

Los tres partieron a sus respectivos cometidos, pero algo en el interior de Esther le decía que el día de la gran prueba había llegado.

El clima en las calles y plazas era tenso. Los grupos de hombres que comentaban los sucesos de aquellos días y los coros de mujeres que indagaban las diferentes actitudes adoptadas por las distintas familias invadían los portales y los mentideros habituales. En la puerta de los baños, anteriormente siempre concurridos, no había nadie y en el ambiente se palpaba el drama. Cada uno de los tres había ido a cumplir su encargo, y Esther, en cuanto veía una cara conocida, se acercaba a inquirir si por casualidad alguien había visto a su hijo, pero nadie supo darle razón. En llegando a la sinagoga advirtió que la puerta principal estaba cerrada y dio la vuelta para dirigirse a la entrada que daba a la parte posterior de la misma. Llegada a la portezuela por la que entraban los rabinos oficiantes, golpeó con la aldaba y esperó. Cuando estaba ya a punto de partir, suponiendo que Rubén ya había marchado, se abrió la mirilla y apareció el rostro de su marido, quien había adquirido la costumbre de mirar a través de la rejilla, cosa impensable en otros tiempos, por ver quién era el que lo buscaba.

—¿Está con vos Benjamín?

La angustiada voz de su mujer, el tono de la misma y el hecho de indagar algo sin siquiera saludarlo encendieron todas sus alarmas. En tanto Rubén retiraba el pasador y abría la puerta, preguntó:

—¿Qué es lo que pasa, Esther? No, no está conmigo.

—Antes de las doce salió de casa y nadie sabe ni adónde ha ido ni qué pretendía hacer; únicamente faltan su espada y su caballito de mimbre.

—Pero Gedeón y Sara...

Esther interrumpió al padre de sus hijos y en pocas palabras le puso al corriente de los avatares acaecidos aquella mañana. Rubén fue al interior de la sinagoga, y tras recoger su picudo gorro y colocárselo, cerró la puerta y, seguido de su ya ex mujer, se dirigió a paso rápido hacia su domicilio. Sara había vuelto de la casa de Myriam y Gedeón llegaba en aquel instante de la plaza del zoco. Al niño se lo había tragado la tierra. El desconcierto y la angustia se instaló entre ellos, y cada uno en su interior se responsabilizó del dramático suceso. Para Esther, era el castigo que le enviaba Yahvé por su infidelidad; para Rubén, la pena por haber antepuesto sus obligaciones como rabino a las que sin duda tenía como padre. Gedeón andaba como alma en pena por no haber estado en casa aquella mañana para recoger a Benjamín como tenía por costumbre, pues de haber hecho tal cosa, nada de lo que estaban lamentando habría sucedido. La pobre Sara pensaba por vez primera que tal vez sí fuera ya vieja y no se hubiera enterado bien de lo que le decía el niño.

—Me voy a ver al alguacil mayor. Alguien ha de responder de esto y adecuar los medios necesarios para buscar a nuestro hijo. Le mostraré los anónimos recibidos y me hará caso.

—No os dejarán salir de la aljama. Las puertas están cerradas y tras ellas se amontona una caterva de desalmados que no buscan otra excusa que alguien les provoque para asaltarla.

—Me haré acompañar de dom Mayr Alquadex; él sabrá qué hay que hacer.

Fue tarea inútil. Dom Mayr intentó sin éxito salir de la aljama para entrevistarse con el alguacil mayor y, al no conseguirlo, le hizo llegar una misiva a través de uno de los guardias que custodiaban la puerta de Minjoar, diciendo que no se movería de allí hasta que llegara la respuesta. Ésta llegó al cabo de dos largas horas de espera. Don Pedro Ponce de León, en una breve y desabrida nota, le informaba de que entre sus funciones, en aquellos turbulentos días, no se hallaba precisamente la de hacer de ayo de niños judíos perdidos, cuyos padres habían eludido, sin duda, el deber de cuidar de ellos. Añadía que tenía toda la ciudad soliviantada y que aquellas minucias no eran oficio de sus hombres; que buscaran dentro de la aljama ya que, gracias a su providencia al haberla sellado, les sería mucho más fácil encontrarlo. Finalmente, advertía que bajo ningún concepto salieran de los límites de la misma.

Rubén regresó a su casa con el ánimo encogido pese a que dom Mayr le aseguró que haría una llamada al vecindario para que todos aquellos que no tuvieran cosas puntuales que hacer dedicaran su tiempo a buscar al niño. Cuando abrió la cancela del patio, por la expresión de Esther supo que en su ausencia algo grave había ocurrido. Ella se llegó hasta donde él cerraba la puerta y le entregó, con los ojos llorosos y una mirada desquiciada, como de loca, una nota bañada en lágrimas. Rubén, temblando, desplegó la misiva y ante él apareció la ominosa y conocida caligrafía.

> Vuestra terquedad ha condenado a vuestro hijo a las mismas penas que vuestros antepasados infligieron a Nuestro Señor. El niño será azotado, coronado de espinas y crucificado. Cuando todo se haya consumado, os diremos adónde debéis acudir a recogerlo para enterrarlo, tal como hizo José de Arimatea... Con la salvedad de que vuestro hijo no resucitará al tercer día.
>
> El amigo cuyo consejo desechasteis

En aquel instante, el cuerpo de Esther se desmadejó y cayó al suelo del patio como un odre vacío.

Cuando Esther despertó, la planta baja de su casa estaba llena de amigos y vecinos que habían acudido a su encuentro, pues la mala nueva había corrido por el barrio, en boca de las comadres, como una mecha encendida.

Nadie había visto a Benjamín desde la mañana y, por tanto, nadie podía dar razón de su paradero A su lado se hallaba Myriam, velando su descanso y humedeciendo sus sienes con un pañuelo empapado con agua de verbena.

En cuanto sus sentidos rigieron, se incorporó en el lecho y volviéndose hacia su amiga preguntó:

—¿Se sabe algo?

El sereno rostro de Myriam negó con un suave gesto.

—Oigo voces abajo, ¿quién ha venido?

—La casa está llena, Esther. Personas que quieren ayudar y otras que acuden siempre que acontece alguna desgracia.

Los ojos de Esther se contrajeron, y una mirada de odio contenido asomó en ellos.

—Myriam, bajad y decid a Rubén que suba. Y luego hacedme el más grande servicio que me haya hecho alguien jamás.

—¿Qué es ello, amiga mía? Pues si está en mi mano ya está hecho.

—Id a la hostería donde se aloja Simón y ponedle al corriente de lo que pasa; que cualquier novedad me la haga saber a través de vos y... ¡por Yahvé, no me dejéis en este trance!

Partió la amiga y sin demora entró Rubén en la estancia; el gesto, cansino; el rostro, cariacontecido.

—¿Cómo estáis, Esther? —Desde la visita a la casa del gran rabino para firmar los documentos de la separación, evitaba llamarla «esposa mía»

Esther se arrancó hecha un basilisco.

—¡No sé quién tenía razón, si yo en mis aprensiones o vos que, con vuestra tozudez y vuestro sentido del deber, decíais que pese a los anónimos nada iba a pasarnos! Pero los hechos son empecinados, y vuestra cerrazón, como yo temía, ha acabado perjudicando a esta familia y... y la vida de Benjamín corre peligro. Quiero que sepáis que si algo le ocurre a mi hijo, no os lo perdonaré de por vida y maldeciré la hora en la que os conocí. Debíamos habernos ido cuando las cosas se torcieron y empezaron las amenazas, y quiero que sepáis que preferiría mil veces haber hecho apostasía de nuestra maldita religión y ser conversa en otra ciudad, y por tanto estar allende de estos malditos muros, que permanecer aquí como una oveja esperando que el cuchillo del *shohet* descienda sobre mi cuello y el de los míos. Pero ya sé, porque lo habéis repetido hasta la saciedad, que vos nos preferís a todo muertos... eso sí, dignamente y conservando la religión de vuestros mayores. Jugad con vuestra vida, si es que os place y sois tan obtuso que no entendéis que la primera obligación de un buen judío es subsistir al precio que sea, pero no ofrezcáis en sacrificio la vida de aquellos que todavía no tienen criterio para decidir por sí mismos. ¿Qué os creéis que sois? ¿Acaso os habéis investido del poder de Yahvé para decidir quién debe morir y quién no?

Después de esta perorata, los sollozos interrumpieron el discurso de Esther, que se dejó caer hacia atrás, reposando su cabeza sobre los almohadones. Rubén se llegó hasta su lado y fue a tomar su mano en un gesto de comprensión y consuelo.

—¡No me toquéis! ¡Dejadme, y si algo queréis hacer por mí, encontrad a mi hijo! Sabed que a partir de este momento me noto desligada de vos... Sentiré en el alma cualquier cosa que os ocurra, pero ya sois mayorcito. Y mi única obligación son los niños, ya que, por lo visto, su padre tiene otras prioridades.

Rubén, calmo y con una voz ronca que Esther no había conocido anteriormente, respondió:

—Es éste un triste final, Esther. Voy a luchar por mis hijos, que lo son tanto como vuestros, con todas mis fuerzas, pero quiero deciros que sé que no es por este último argumento por lo que os pierdo... pues hace mucho que ya no sois mía. Estemos unidos por el bien de los niños en este trance. Luego podéis marchar a donde queráis, y tratad de ser feliz. Prefiero recodaros como erais antes que como sois ahora. Y sabed que no os tomo en cuenta vuestras últimas palabras; me habéis dado demasiada felicidad durante estos años para que un momento de ofuscación y rencor, que, por otra parte, comprendo, deshaga tan bellos recuerdos. Intentad recuperaros y unamos nuestras fuerzas para encontrar a Benjamín. Tiempo habrá después para que me echéis en cara todos vuestros desafectos y rencores, que en el fondo son solamente rechazos hacia mi persona ante vuestro deseo de ser libre; no busquéis excusas, bien mío, no os hacen falta. Y pese a este triste final, yo os amaré siempre.

Tras estas palabras, Rubén abandonó la estancia en tanto que un sollozo convulso sacudía a Esther de una forma incontenible.

El violín

El campo de Flossembürg, instaurado en 1938, estaba situado en la Alta Baviera cerca de la frontera checa, entre los de Buchenwald y Dachau, y ocupaba una extensión de treinta hectáreas. Estaba rodeado de una doble cerca de alambre electrificada que soportaban unos postes de hormigón curvos de más de cinco metros de altura. En las esquinas se alzaban unas torres de vigilancia, hechas de piedra, con una sola entrada; bajo su tejadillo a cuatro vientos, se abrían unas ventanas que permitían vigilar tanto el interior como el exterior del campo. Hacia la mitad de las alambradas, se elevaban unas casamatas de madera que cubrían toda la extensión del terreno, por cuyas aberturas asomaban las negras bocas de cuatro ametralladoras, acompañada cada una de ellas por un potente reflector móvil.

El acceso principal arrancaba en un arco de medio punto, que daba acceso a una bóveda en forma de vuelta de cañón que atravesaba el edificio transversalmente y se hallaba en medio de una fachada de piedra. La construcción era de planta rectangular y tenía una altura de dos pisos más un tercero de buhardillas, bajo una cubierta inclinada a cuatro aguas. En su frontis se abrían veintinueve ventanas: diez en la planta baja, trece en el primer piso y seis en la buhardilla. Cada una de estas últimas tenía su tejadillo individual. En el último piso, sobre el arco de la entrada, había una galería, que era el despacho del *Standartenführer*[286] de las SS que gobernaba el campo, cuya claridad provenía de tres grandes ventanales de pequeños vidrios emplomados. En el interior y dando al túnel se abrían las dependencias; a un lado, el cuerpo de guardia que controlaba las entradas y salidas; al otro, junto a la sala de banderas, el despacho del oficial de día. La administración del campo, los despachos de mayoría, las dependencias de la administración, la biblioteca de los oficiales, la armería, el cuarto de claves, la sala de radio y de telefonía y el economato estaban distribuidos por todo el edificio. La puerta del ferrocarril estaba instalada en la entrada sur y las vías, completamente bordeadas por otra fuerte alambrada, marcaban el límite de las dos zonas del campo, de manera que si el tren transportaba antisociales u otra laya de gentes destinadas a trabajos forzados, sus vagones se abrían a un lado. Por el contrario, si el cargamento era de judíos, entonces se abrían hacia los barracones dormitorio y los de las duchas, que eran en realidad hornos crematorios disimulados, cuyo perenne penacho de humo tóxico y pegajoso saliendo día y noche por la boca de su alta chimenea era mudo testigo de los horrores que allí se cometían. Otra puerta de servicio fuertemente custodiada se abría en la zona destinada a los presos comunes, donde se agrupaban separados hombres y mujeres. Allí, además de los consabidos y alienantes dormitorios, donde por turnos intentaban descansar hacinados como animales aquellos desheredados, se hallaban las diferentes dependencias en las que desarrollaban sus trabajos. Éstas eran un barracón comedor, las cocinas, una enfermería, varios almacenes destinados a distintos usos y una cantina. En esta última se podían comprar ciertos productos pagados a precio de oro, con billetes del campo que las familias lograban suministrar a los presos, según los casos, no sin antes cambiarlos por billetes de curso legal, tras detraerles un treinta por ciento, que era el costo que el Estado justificaba por el trabajo de imprimirlos. En un extremo del campo y junto a un frondoso bosque, alejadas pues de ambas zonas, se ubicaban las casitas donde vivía la oficialidad con sus familias, alrededor de las cuales se cultivaban pequeños jardines que competían cada año, el día de la fiesta de la Rosa, por la Rosa de Oro, trofeo que se disputaban todas las amas de casa y que se entregaba en el marco de un gran baile.

Un *Standartenführer* era la máxima autoridad de Flossembürg y cada una de las zonas, la destinada a los judíos y la de los delincuentes comunes, estaba al cargo de sendos *Sturmbannführer*[287] que residían respectivamente en dos construcciones que dominaban su territorio. La ubicación de la primera se escogió debido a la proximidad de la cantera de granito explotada por el Reich en la que trabajaba gran cantidad de judíos, antes de agotar sus fuerzas en el inhumano trabajo y ser enviados a los crematorios. La segunda había sido una villa de recreo expropiada a una familia semita y se destinó a vivienda del comandante de la zona de los presos comunes. Se amontonaban en ella prisioneros de guerra del frente del Este, gitanos, testigos de Jehová, asesinos, delincuentes habituales, disidentes políticos, y la media de supervivencia, debido a la pésima alimentación y al brutal trabajo, era de menos de un año.

Habían transcurrido cinco meses desde el infausto día que el maldito ferrocarril atravesó los límites de Flossembürg. Todo transcurría ante la mente de Hanna como los pasajes oscuros de la más espantosa pesadilla.

Al día siguiente de su llegada, hicieron formar a las nuevas en la explanada del campo y, tras una inacabable espera, les pasaron revista. Luego les proporcionaron unas batas rayadas y les hicieron colocar unos signos para identificar el motivo por el que estaban allá dentro. A ella le entregaron dos triángulos, que debía coserse en la ropa a la altura del pecho. Uno era rojo y el otro negro. El primero la identificaba como presa política y el segundo la asignaba al grupo de las antisociales. A continuación, según el criterio de las guardianas, se repartió el trabajo. Aquel primer día la enviaron a clasificar cantidades de ropa usada que un camión iba depositando a la entrada de un almacén en el que las reclusas destinadas a esa tarea, ubicadas frente a largas mesas de madera, iban seleccionando. Por la tarde, luego de darles un cuenco de sopa de col a todas luces insuficiente para alimentar a un ser humano, les hicieron formar de nuevo.

Un sudor frío comenzó a bañar su espalda, y en aquel instante comprendió que si era reconocida, allí iban a finalizar sus días. Por el extremo de la fila avanzaba, lento y enfático, el *Sturmbannführer* de las SS, que era sin duda el amo y señor de las presas. Vestía uniforme gris azulado de campaña, con cuello y tapas negras en los bolsillos de la guerrera, charreteras también negras con bordón plateado, botas del mismo color y una gorra en la que, además de la insignia que mostraba su graduación, lucía la temida *totenkopf*.[288] El *Sturmbannführer* avanzaba golpeándose la caña de las botas con una fusta de montar. Sus ojos glaucos observaban con mirada gélida aquella masa de carne puesta a su disposición. Súbitamente, la memoria de Hanna seleccionó un viejo cliché. Recordaba una de las veces en que, de niña, había acudido junto a sus padres al internado donde cursaban estudios sus hermanos; en aquella ocasión, acababan de readmitirlos, gracias a la influencia de tío Frederick, tras haberlos expulsado temporalmente porque Sigfrid había abrasado a un alumno, tomándolo por el cuello y metiendo su cara en la sopa hirviente, por haber intentado humillar a Manfred a la hora de la cena.

El oficial de alto rango que avanzaba inspeccionando a las presas tenía una gran quemadura en la mandíbula, y pese al tiempo transcurrido, Hanna reconoció sin dudarlo a Hugo Breitner. Su mente iba disparada, y al irse aproximando a donde ella estaba encogida, por consejo de Hilda, en la fila de en medio, se reafirmó en su certeza, entre otras razones porque en la fotografía de los anuarios de los sucesivos cursos, Manfred se lo había señalado infinidad de veces. Habían transcurrido más de trece años; la Hanna que visitaba a sus hermanos tres o cuatro veces al año por aquel entonces era una niña saludable, y adornaban su cabeza unos largos tirabuzones; ahora era una mujer, pesaba treinta y nueve kilos y su pelo estaba cortado al rape; no era fácil que la recordara. Cuando él llegó a su altura, Hanna bajó la vista y comenzó a rezar.

La voz resonaba hueca en su memoria.

—¡Escoria! Habéis tenido la inmensa suerte de que el Reich haya creído, en su generosidad, que, recibiendo el tratamiento adecuado, alguna de vosotras podrá ser recuperable. Personalmente, no opino lo mismo, pero no estoy aquí para opinar sino para obedecer. Sois el desperdicio que la sociedad deshecha, para resguardarse, al igual que la basura. Sois un virus maligno y contaminante ante el cual el país debe vacunarse. Sois la mierda que expulsa el cuerpo humano... Pero la mierda no come y vosotras sí lo hacéis, de manera que, tristemente, Alemania ha de alimentar esa mierda y eso cuesta dinero. —Hizo una pausa y siguió paseando arriba y abajo, golpeándose la caña de las botas con la fusta, seguido de un oficial—. De modo que se os enseñará un trabajo y con él pagaréis la deuda que habéis contraído. ¡Que nadie intente boicotear la producción! Al finalizar cada trimestre, debo dar cuenta a mis superiores de la labor realizada por mi grupo, y desde luego no mancharé mi hoja de servicios por culpa de una colección de prostitutas vagas.

»Éste será un trabajo duro, mucho más duro que abrirse de piernas... que es lo que hacéis habitualmente, pero os acostumbraréis, ¡os juro que os acostumbraréis! De no ser así, la que no rinda irá, con las componentes de su escuadra, al "bosque encantado" donde está el castillo de "irás pero no volverás". —Al decir esto último señaló con la fusta las chimeneas del crematorio de la parte judía del campo—. Por el contrario, si sois buenas chicas tendréis alguna ventaja. Y si hacéis que al finalizar el trimestre mi grupo supere en beneficios al de los judíos que explotan la cantera, a lo mejor doy buenos informes de alguna y, ¡quién sabe!, quizá vuelva a ver a sus hijos.

Tras haber empleado la vieja táctica del «palo y la zanahoria», Breitner cambió el tono de su discurso.

—Las celadoras tomarán nota de las habilidades de cada una. Si alguna de vosotras puede responder afirmativamente a cualquiera de las solicitudes que se requieran, tendrá algún que otro privilegio adicional... e inclusive pagaré tal aptitud, con bonos del campo, cambiables en la cantina. Hacen falta médicos, enfermeras, veterinarias, costureras, cocineras... Cualquiera que tenga carrera u oficio, si trabaja bien, podrá ser favorecida.

»¡Ah!, se me olvidaba. Me entusiasma la música clásica... Me han encargado la formación de un grupo para amenizar las jornadas de trabajo en la cantera tocando marchas alegres que estimulen el esfuerzo y mejoren el ambiente de los trabajadores a fin de optimizar su rendimiento. —La otra finalidad de la música se la calló—. Si hay entre vosotras alguna dotada para la música, que dé su nombre a la celadora y diga qué instrumento toca... además de la flauta, que ésa la tocáis todas. —Se rió de su propia gracia, invitando con ello a los guardias que, serviles, hicieron lo propio—. Y ahora ¡bienvenidas a vuestro nuevo hogar! Y no olvidéis la máxima: "El trabajo os hará libres".

Tras esta disertación, el comandante dio media vuelta y salió del patio seguido por su ayudante.

Sonaron los silbatos de las vigilantas, se deshicieron las filas y cada una acudió a su módulo para recibir instrucciones.

Hilda sabía que Hanna tocaba maravillosamente el violín. Una tarde que se celebraba la fiesta que conmemoraba el *Putsch* de Munich de 1923,[289] Hanna tomó en sus manos el precioso instrumento de la mujer a la que había salvado la vida y, luego de afinarlo, desgranó las notas de una pieza de Schubert. Todas las presas sin distinción —políticas, asesinas convictas, ladronas y alcahuetas— se fueron acercando al barracón, sentándose en el suelo, y un silencio extraordinario se apoderó del lugar. Al terminar, algunas de aquellas desgraciadas, que nada tenían, rompieron a llorar y todas a aplaudir.

—Tienes que presentarte. Te ahorrarás muchas cosas y ganarás bonos. Además, las vigilantas conocen tu habilidad.

Y así fue que Hanna se encontró tocando en un conjunto de cuerda con una pianista polaca concertista del Conservatorio de Varsovia, una bajista de la Ópera de Praga, una violonchelista rumana que había sido discípula de Pau Casals y una arpista húngara. Esta última llevaba en el pecho el triángulo marrón propio de las reclusas de etnia gitana; las tres primeras, el distintivo triángulo negro con la A blanca que las proclamaba internas con fines educativos. La cosa no iba mal. Al saber las celadoras que al comandante le privaba la música y que se sentía orgulloso del conjunto, no se atrevían a limitar los horarios de ensayo y consideraron a Hanna, por su carácter, y a la pianista, por su categoría musical, las líderes del grupo. Las prebendas, como había augurado Hilda, eran varias. Además de saltarse las rutinas habituales, le daban vales de comida para la cantina, que repartía entre sus compañeras, e inclusive les asignaron camastros individuales. De esta forma, se saltaba las interminables colas y no necesitaba emplear los subterfugios que la experiencia había enseñado a Hilda, tales como no ponerse en la fila cerca de alguna que, por alta, por baja o por cualquier otra característica física, pudiera servir como punto de referencia. Era prioritario no dar facilidades a las guardianas, quienes resolvían las necesidades de todas llamando a las más fáciles de distinguir, de manera que eran cotidianas exclamaciones como: «A ver, la de detrás de la alta», o bien: «La de la izquierda de la de los lentes». Por lo tanto, primera regla para evitarse problemas: disimularse siempre. La segunda era: guardar en un bolsillo de la bata un mendrugo de pan, aunque el hambre invitara a comérselo de inmediato, ya que el día era muy largo y lo peor era desfallecer en el trabajo. La tercera regla era: cuando repartan sopa, colocarse al final, pues el resto que queda en el fondo del inmenso perol tiene más sustancia. Éste era el manual práctico de la subsistencia.

Un rayo de luz

Un hecho extraordinario vino a alumbrar su esperanza. Luego del ensayo de la mañana, que había sido largo pues estaban preparando la música para la fiesta de la Rosa que se iba a celebrar el martes siguiente, Hanna había acudido a la cantina a la espera de que acabaran sus respectivas tareas y acudieran a su encuentro sus dos amigas, Hilda y Astrid. Esta última era la comadrona que había auxiliado a la mujer que se había lastimado el tobillo el día de la llegada, al bajar del tren.

Hanna estaba en la entrada del barracón cuando un camión, con el rótulo del matadero municipal que traía las reses muertas para las familias de la oficialidad, ingresó en el campo por la puerta de servicios tras ser inspeccionado por el centinela. El hecho no le produjo extrañeza alguna, pues era cotidiano el trasiego de vehículos que atendían al servicio del campo. El camión desapareció de su campo de visión al doblar la esquina, para volver a aparecer al realizar la maniobra que aproximaba su parte posterior al muelle de carga. Tres hombres descendieron de él. El primero, llevando en las manos unos papeles, se dirigió al despacho del economato. Los otros dos, tras colocarse sobre la cabeza un saco abierto que les cubría hasta la cintura, se dirigieron a la trasera del camión para descargar las piezas de vacuno, procurando evitar mancharse excesivamente de sangre. Abrieron las puertas y uno de ellos se encaramó a la caja del vehículo para depositar sobre los hombros de su compañero, que lo aguardaba de espaldas, media res. Éste, con la carga al hombro, comenzó a caminar hacia las cocinas.

Hanna no pudo evitar que su pulso se acelerara. En ningún momento pudo divisar las facciones del hombre, pero de ser posible habría jurado que aquel caminar cansino y desmadejado que le había llamado la atención desde el primer día y que tan bien conocía era el de August Newman.

El plan estaba diseñado y parecía factible. Werner regresó al mediodía con noticias del matadero. Cuando August escuchó los alegres ladridos del perro, se asomó a la ventana de su dormitorio y, al ver a su benefactor, bajó la escalera precipitadamente. El día era gris, y una lluvia intermitente y monótona tecleaba sobre las losas de la entrada. Werner plegó su inmenso paraguas y, tras dejarlo en el paragüero, colgó su chaqueta, que estaba empapada, en uno de los vástagos del colgador de la entrada, conformado por una tabla de rústica madera barnizada de la que sobresalían cuatro patas de ciervo invertidas y dobladas en ángulo recto. Frotándose las manos, se acercó a la chimenea.

—Te traigo noticias.
—¿Buenas o malas?
—Buenas.
—¡Alabado sea el Señor!
—Estaremos mejor sentados.

Ambos se instalaron en el floreado sofá, y apenas acomodados, August indagó:

—¿Qué has averiguado?

—Renata Shenke está viva y no está internada por judía, de lo cual se infiere que, por el momento, no han descubierto su auténtica personalidad.

August amagó el rostro entre las palmas de sus manos y quedó un momento en silencio.

Cuando ya pudo hablar, musitó:

—Gracias, Werner.

—No me las des, aún no hemos conseguido nada.

—Para mí, mucho. Saber que vive es la mejor noticia que podías darme. ¿Cómo lo has sabido?

—Hice una generosa gestión en el economato del campo. Dije a mi contacto que tenía que entregar una nota a alguien, pero que desconocía si aún vivía. Le ofrecí una buena suma y le hice saber que todavía podía ser mucho mayor.

—¿Cómo sabes que no te ha mentido y se ha quedado con el dinero?

—Primeramente, porque es de confianza; su mujer y su hijo reciben ayudas. Además, le exigí que averiguara ciertas cosas que nadie puede saber si no conoce a la persona.

—¿Cuáles son esos indicios?

—La interna está en reeducación acusada de repartir propaganda subversiva y además toca el violín. Estaba en el módulo tres y ahora la han trasladado al C.

—¡Dios mío! ¡Es Hanna! Aclárame eso del traslado.

—El C es un barracón de privilegiados; no conozco el motivo, pero así es.

—Y ¿qué hacemos ahora?

—De momento quiero que entres en el campo el próximo día. Habrá bastante barullo. Celebran cada año la fiesta de la Rosa, y hay un reparto de premios y un baile. En fechas así, descuidan algo la vigilancia; ya sabes, la euforia de hacer algo diferente. Si encuentro en el economato a la persona indicada, supongo que podré entregar una nota y, de paso, tú tomarás el pulso al campo. En casos así la diligencia y el silencio son importantísimos. Si hemos de intentar algo, a ella le tranquilizará ver ese día una cara conocida. Cualquier duda o dilación puede dar al traste con todo. No olvides que nos jugamos la vida.

—Haré lo que me digas. ¿Cuándo va a ser el día?

—El martes, en la descarga de la mañana.

Faltaban cinco días, y en ese tiempo podían pasar muchas cosas.

La fiesta de la Rosa

La fiesta se iba a celebrar en el pabellón Heydrich, así llamado en recuerdo del protector de Bohemia y Moravia vilmente asesinado en un atentado llevado a cabo el año anterior en Praga.

El local estaba adornado para el evento. Se había levantado una tarima de doce metros de ancho, ocho de profundidad y un metro y medio de altura, a la que se accedía por una escalera central y por dos rampas laterales por si había que subir la silla de ruedas de algún inválido. El fondo estaba cubierto por una inmensa esvástica roja y negra, y a ambos lados destacaban, colocados en sus respectivos soportes, los estandartes de los diversos regimientos de las Waffen SS, la guardia negra del Führer. Delante se veía una gran pista de baile, rodeada por las mesas de los comensales de la cena de gala, y el techo del local estaba cruzado en todas direcciones por gallardetes de papel con las banderas de las naciones amigas o aliadas del Tercer Reich. La iluminación provenía de las más de trescientas bujías de las arañas del techo, y frente al estrado se levantaba un soporte de tres metros por dos en el que se habían colocado dos focos de carbones de arco voltaico destinados a alumbrar el reparto de premios. En el escenario, a la vista de todos y en una mesa adornada con un tapiz rojo se podían admirar, en sendas peanas de mármol, tres rosas, de oro plata y bronce respectivamente, que se entregarían a las tres ganadoras del concurso. En los extremos del pabellón se habían instalado otras dos tarimas: la mayor era para la banda de música del campo, que tocaría los himnos a la entrada de las autoridades y luego la música del baile; la menor estaba destinada al quinteto de cuerda del mayor Breitner, que amenizaría la cena y el posterior concierto. Sobre esta segunda tarima se habían dispuesto un piano de cuarto de cola y cuatro atriles con sus correspondientes sillas y sus respectivas luces horizontales, que iluminarían las partituras.

A Hanna y a sus compañeras las habían recluido desde la tarde en una de las habitaciones del primer piso del edificio de la entrada, ubicado sobre el cuerpo de guardia, en uno de cuyos rincones se veía un piano vertical. Allí acudieron dos presas dedicadas a la peluquería que las adecentaron colocándoles en sus rapadas cabezas unas pelucas, que a Hanna le parecieron de pelo natural. Una sastra les ajustó unas batas negras ceñidas por un cinturón, con el cuello blanco, en cuyo bolsillo superior estaban bordadas unas siglas: QCPCF (Quinteto de Cuerda y Púa del Campo de Flossembürg). También les proporcionaron medias negras, y finalmente de la zapatería les llevaron unas cajas de zapatos del mismo color para que cada una tomara los correspondientes a su número.

Excepto Myrskaya, la pianista, mujer de gran temperamento, las otras tres estaban, más que angustiadas, horrorizadas. Hanna las confortó.

—¡No penséis! Imaginaos que estáis tocando ante un auditorio normal. No podemos hacer nada, ni siquiera negarnos. No sólo repercutiría en nosotras, sino también en nuestras compañeras. ¡Pensad únicamente en la música! Esto pasará pronto.

Las cuatro desgraciadas se dieron las manos y se dispusieron a hacer el último ensayo.

Al cabo de una hora, un oficial, acompañado de dos soldados, fue a buscarlas. Tomaron sus instrumentos y se dirigieron en fila hacia el pabellón donde se iba a celebrar el acto. A la entrada, quedaron abrumadas por lo que vieron sus ojos. Las luces y el empaque del lugar acongojaron sus atormentados espíritus y un temblor especial agarrotó sus músculos. Los uniformes de la Wehrmacht y los de las SS se mezclaban con los trajes de las damas y con la vistosidad y la pompa con la que estaba ornamentado el recinto.

—Yo no puedo tocar —musitó al oído de Hanna la húngara.

La polaca la oyó.

—Tú vas a tocar, ¡idiota! ¿Qué pretendes, arruinarme la noche?

Hanna la oyó, extrañada. Aquella mujer odiaba cordialmente a los alemanes y le sorprendió su respuesta. Entendió que su alma de concertista superaba el reparo de tener que actuar para sus verdugos.

—¡Callaos inmediatamente! —La voz del *Sturmscharführer*[290] resonó a su espalda.

No hubo tiempo para más disquisiciones. La banda había terminado su actuación y se retiraba por la salida del lado opuesto. Casi sin darse cuenta, se encontraron subidas en su tarima y, en tanto la gente ocupaba sus lugares junto a las mesas, ellas iniciaron su repertorio, elegido por el mayor Breitner: Mozart, Schubert, Schumann y Beethoven, entre otros.

La noche fue transcurriendo con milimétrica puntualidad germánica. Terminó la cena y el mayor subió al escenario para cumplimentar a las autoridades visitantes y, tras una pausa, nombrar a las ganadoras del concurso de la Rosa de Oro. Finalmente, tras los plácemes de ritual, se inició el baile. La orquesta, compuesta por músicos de la banda militar, comenzó a tocar los ritmos que estaban de moda en Berlín. Corrió el vino, subió la temperatura del local y la animación llegó a su grado máximo. A la hora en punto terminó la danza, y todos se dispusieron a escuchar el pequeño concierto que iba a ofrecer, para cerrar el acto, el quinteto de cuerda y púa del campo. La gente tomó las sillas de las mesas de la cena y las fue colocando en anfiteatro frente a la pequeña tarima desde la que iban a actuar las intérpretes. Se apagaron las luces de las arañas del techo y los focos iluminaron el espacio, centrando al grupo en un círculo blanco. Un general de la Wehrmacht con la solemne banda roja a lo largo de su pantalón y el *Standartenführer* Wasserman, jefe de Flossembürg, presidían el acto. A un lado y en pie, se había colocado el comandante Breitner dispuesto a recibir, al finalizar, los parabienes que sin duda propiciaría su iniciativa.

Dirigió la mirada a su superior, éste dio su venia con una leve inclinación de cabeza y comenzó el concierto.

La música sonó melódica y ajustada. El quinteto estaba magníficamente conjuntado. El comandante había programado un solo de violín y otro de piano que cerrarían la primera parte y abrirían la segunda respectivamente. Hanna atacó su pieza y lo hizo con brío, procurando abstraerse de las circunstancias que la rodeaban. En un momento dado, le pareció que Breitner la miraba con un inusitado interés. Estaba, si no borracho, si en un estado etílico avanzado. Terminó la sonata y el público aplaudió, entusiasmado, su actuación. Hanna se hizo a un lado y aguardó a que la pianista atacara su solo. De nuevo se apagaron las luces de la sala y el círculo se circunscribió sobre la pianista. Un estremecimiento de horror recorrió la espalda de las cuatro componentes restantes. La polaca, con un aire de venganza y refocilándose en lo que estaba haciendo, atacó *La Polonesa* de Chopin, el más odiado de los compositores polacos.

Al principio nadie se atrevió a moverse; luego, todo ocurrió rápidamente. Breitner pareció recobrar la lucidez. Dio una orden seca, y dos soldados subieron a la tarima e hicieron que cesara la música, permaneciendo expectantes a continuación, en espera de nuevas órdenes. Y Breitner ladró, más que ordenó. En tanto el público se levantaba de sus sillas, las componentes del quinteto fueron arrastradas a la parte posterior del pabellón. Breitner se dirigió a ellas.

—¿Así pagáis mis desvelos, atajo de furcias?

Se volvió hecho un basilisco hacia su ayudante.

—¡Deme su pistola!

El teniente, desabrochando la funda de su Luger, le entregó el arma.

Breitner, totalmente cegado, encañonó a la pianista. Myrskaya le dirigió una mirada entreverada de odio y desprecio pero que no delataba el menor temor, y le escupió en la cara.

Sonó un disparó; luego dos, tres y cuatro. Una a una, las compañeras de Hanna se desplomaron, abatidas, sobre los retazos del crujiente encaje de sucio hielo que la nieve formaba al deshacerse. Hanna cerró los ojos, pensó en Eric y entendió que su última hora había llegado, pero la detonación no se produjo. Entonces escuchó la voz de su verdugo:

—¡Teniente, acompañe a esta zorra a mi pabellón y quédese con ella hasta que yo llegue! Voy a ver al coronel y luego acudiré. Responde usted con su vida si ésta intenta algo, aunque sea suicidarse... Ella mandaba el grupo.

Acto seguido, se dirigió a Hanna.

—¡Vas a arrepentirte de haber nacido!

La búsqueda

El desasosiego había anidado en el pecho de Simón. El ambiente en Sevilla aquel 5 de junio de 1391 era terrible. El arcediano, «inductor y protagonista de los más execrables hechos», la mañana del día anterior, desde el púlpito de la catedral y desobedeciendo a su obispo, había lanzado anatemas y diatribas contra los judíos, soliviantando todavía más, si ello fuera posible, a un populacho sediento de sangre, que únicamente necesitaba una excusa para derribar las puertas y desbordarse por el interior de la judería, arrasándolo todo. Su labor había comenzado muchos años antes, allá por 1378, en tiempos de Enrique II. Una albalá promulgada le recordaba entonces: «Los judíos son de nuestra cámara y no tenéis derecho a proceder contra ellos sin mandamiento real». A ello replicaría Ferrán Martínez, defendiendo su actitud y justificando el proyecto de destrucción «de las veinte y tres sinagogas que están en la judería de esta ciudad edificadas contra Dios e contra derecho, y si cupiere cegar los caudales que alimentan a esta raza de malditos quemando sus negocios, pues ésta es la interpretación que cabe hacer de las directrices que llegan de Roma». Así estaban las cosas y a aquel punto, sin posible vuelta atrás, habían llegado.

La ventana del cuarto de Simón era un observatorio impagable para poder desde ella advertir lo que ocurría en la aljama. Por otra parte, sólo tenía que asomarse a la puerta de la posada que daba a la plaza de la Contratación para constatar el caldeado ambiente que se vivía en la parte de los cristianos.

Comentaba Simón en aquel instante los sucesos acaecidos aquel día con dos comerciantes mozárabes que debían partir para Granada y que no lo hacían por temor a la atmósfera de la calle, cuando apareció Seis en lo alto de la corta escalera que desembocaba en el piso donde se hallaba su habitación, abarcando con su mirada la pieza que hacía las veces de comedor. Simón lo llamó con un gesto de su mano y Domingo se precipitó hacia él, sin duda portador de alguna nueva que afectaba a su amo. Éste, despidiéndose de sus interlocutores, salió a su encuentro.

—¿Qué ocurre, Domingo?
—Subid, amo. La señora Myriam se ha llegado bajo nuestra ventana y ha lanzado un puñado de arena contra el postigo, la he abierto y me ha dicho que os anuncie que es portadora de un mensaje urgente para vos.

Sin decir palabra, Simón subió la escalera saltando de tres en tres los peldaños, entró apartando de un empellón la entornada puerta de la estancia, se precipitó hacia la entreabierta ventana y se asomó al exterior. Al pie de la misma se veía el bulto de una mujer, oculto el rostro por la capucha del manto que le cubría el pellote, que, inquieta, miraba a uno y a otro lado de la calle.

—¿Qué es lo que sucede, Myriam? ¿Le ha ocurrido algo a Esther?

—Y algo grave, por cierto. ¿Podéis bajar? Ya sabéis que no podemos salir de la aljama y me es imposible hablar desde aquí a voz en grito.

—¡Aguardad un momento, en un instante estoy con vos!

La maniobra ya la habían hecho Seis y él en otras ocasiones, pero esa vez y debido a como estaban las cosas, Simón decidió andarse con más cuidado.

—Domingo, dame la capa de viaje y ten preparada la maroma para cuando regrese. Seguramente no podré pasar por la puerta, ya que la orden del alguacil mayor ha sido terminante: no se puede entrar ni salir de la judería.

—¿Voy con vos y dejo atada la cuerda en la baranda de hierro?

—Iré solo, y no me vengas con prédicas de vieja diciendo que tu abuela te encargó que te ocuparas de mí. Estate atento a mi regreso y ayúdame a subir cuando te avise.

En tanto esto decía, Simón se colocó la capa de viaje sobre sus ropas, en cuyo hombro derecho había cosido el infamante círculo amarillo para mejor poder moverse por la aljama sin llamar la atención, y asomándose a la ventana, luego de mirar a través del callejón hacia la plaza de Doña Elvira, con un ágil salto se deslizó hasta el suelo, yendo a parar a los pies de la muchacha.

—A fe mía que habéis adoptado un ingenioso sistema para entrar en la judería.

—Escogí esta posada sin pensar; la suerte me ha deparado

la ocasión y me limito a aprovecharla. Pero decidme qué ha pasado.

—Vayamos a algún sitio más disimulado; las calles están llenas y no es conveniente que alguien me descubra hablando con un desconocido en tal día como hoy.

—Seguidme, a la vuelta de la esquina vive un guarnicionero al que le he dado a ganar buenos dineros; en la trastienda de su negocio podemos hablar.

Partieron ambos como dos conspiradores mezclándose entre la gente que, inquieta y preocupada, iba a sus negocios queriendo de esta manera dar un tono de normalidad a sus vidas, con el deseo de ignorar el peligro que se cernía inminente. Llegaron hasta el mesón del Moro y doblando el muro estaba el establecimiento del guarnicionero. Sobre la puerta, un cartel anunciaba su oficio y el patronímico de la ciudad de procedencia: CUEROS Y ARREGLOS DE TAFILETERÍA EL SEGOVIANO. Y luego, al lado de la puerta y en letras de menor tamaño, se podía leer: «Se componen bridas, barrigueras, cinchas, francaletes, colleras, apelazos, cabestros y morriones»; aquí, la lista de los remiendos que hacía el Segoviano estaba medio tapada por un bando de reciente disposición. Por indicación de Myriam, que quería asegurarse de que nadie les había seguido, se detuvieron a leer el bando antes de entrar.

> QUIERO, MANDO Y ORDENO QUE:
> NADIE DE LOS JUDÍOS DE LA ALJAMA ABANDONE NI AUN POR CAUSA JUSTA Y CONOCIDA LOS LINDES DE LA MISMA. NI CON NI SIN RAZÓN INTENTE VALERSE DE SALVOCONDUCTO EXPEDIDO ANTES DE LA FECHA DE ESTE BANDO PARA INTENTAR SALIR HACIA OTRA CIUDAD O INSTALARSE EN DOMICILIO EXTERIOR A LOS LÍMITES NI AUNQUE SEA PROPIO. LOS PARIENTES QUE ALOJAREN EN SUS CASAS A DEUDOS O AMIGOS RECAERÁN EN LAS MISMAS PENAS QUE CAIGAN SOBRE ÉSTOS Y QUE COMENZARÁN, A CRITERIO DE LOS JUECES, EN EL PAGO DE MULTAS

DE MIL MARAVEDÍES PARA ARRIBA, CINCUENTA AZOTES Y, EN CASO DE QUE ALGUIEN INTENTARE SACAR SUS BIENES DE LA ALJAMA, HABIDA POR GENEROSIDAD Y GRACIA DEL AMADO Y DIFUNTO MONARCA JUAN I, INTENTANDO, DE ESTA MANERA VIL, HURTARSE DE PAGAR LOS DEBIDOS PECHOS AL REY, RECAERÁ SOBRE EL QUE TAL HICIERE LA PENA CAPITAL.

Dado en Sevilla, a 4 de junio de 1391

Firmado:
El corregidor mayor
DON PEDRO PONCE DE LEÓN
SEÑOR DE MARCHENA

Leído el bando y ante la ausencia de inoportunas miradas, Myriam y Simón se adentraron en la tienda del guarnicionero. Estaba el hombre en su banco con la lezna en la mano remendando la cincha de una cabalgadura y colocándole una hebilla nueva cuando, al apercibirse de la presencia en la cancela de ambos, levantó la vista del trabajo que estaba concluyendo y reconoció al punto a aquel tan generoso cliente que en días anteriores le había proporcionado buenos maravedíes por el arreglo y repaso de una cantidad grande de arreos, amén de la compra de una excelente silla de montar repujada en plata y confeccionada al estilo árabe.

—Que Yahvé presida vuestros días, maese Pérez.

—Que Él os acompañe. ¿A qué debo la visita de vuestra persona?

Myriam se mantenía en un discreto segundo plano.

—Necesito que me prestéis vuestra trastienda durante un breve tiempo. Debo mantener una conversación lejos de oídos indiscretos, y en días como hoy los figones y tabernas están llenos de desocupados que distraen sus ocios metiendo sus orejas donde no les incumbe.

—Dom Simón Silva, clientes como vos honran mi casa, ¿cómo voy a negaros favor tan sencillo? Lo único es que el lugar no está acondicionado para recibir a visitantes de calidad y que, al ser almacén de cueros, los olores no son ciertamente gratos para el sensible olfato de una dama.

Al decir esto último, el adulador comerciante cruzó con Simón una elocuente mirada referida a Myriam.

—No importa, sabremos disimular el inconveniente y sabré agradeceros el favor.

El hombre se levantó del banco donde estaba trabajando, y en tanto se despojaba del mandil de cuero y dejaba sobre él la lezna que estaba manejando para mejor atender a sus visitantes, alegó:

—Comprendo que busquéis un lugar discreto para conversar con una dama. Hoy en día no se puede acudir a ningún sitio sin sufrir molestias... Ayer, sin ir más lejos, en la plaza del Pozo Seco, un bribón intentó meterme el «dos de bastos» en la faltriquera para sacarme el «as de oros»[291] en tanto su socio me preguntaba la dirección de una calle para mejor distraerme.

El guarnicionero introdujo a la pareja en un pequeño cuchitril y se apresuró a acercar un par de banquetas que aparecían arrimadas a la pared, en tanto que melifluo decía:

—Siento no poder ofreceros nada más acorde con vuestra categoría, pero esto es apenas un pequeño desahogo donde guardo trozos de cuero para remiendos pequeños; de esta manera, no debo bajar al almacén a cada momento.

—No os preocupéis, estaremos bien y, sobre todo, alejados de escuchadores indiscretos.

—De eso podéis estar seguro. Nadie que no pase antes por la tienda tiene acceso hasta aquí, y yo me ocuparé de que tal no ocurra hasta que vuestra merced tenga a bien avisarme.

Y tras estas serviles palabras, el hombrecillo del delantal de cuero se retiró, cerrando la puerta tras de sí.

Myriam se despojó de la capucha y dejó en el respaldo

del banquillo la capa, en tanto que Simón, tras hacer lo propio, indagaba ansioso:

—¿Por qué tanto misterio? ¿Qué es lo que pasa?

—Mi marido está de viaje y todavía tardará un tiempo en regresar, pero es muy celosos. No me gustaría que alguien nos viera y fuera a tener problemas a su vuelta. Esto lo hago por Esther. La condición de la gente es muy mala, y nada hay que destroce mejor el buen nombre y la honra de una dama que la maledicencia, que siempre es hermana de la envidia, y que alguien intuya maldad donde únicamente hay un recado que dar porque una amiga está en grave apuro.

—¿Qué es lo que pasa, Myriam? ¡Hablad de una vez!

La mujer se había sentado en el escabel y Simón permanecía en pie ante ella.

—Han raptado al hijo de Esther y le han enviado un terrible y amenazador anónimo diciendo que van a crucificar al pequeño. Como podéis comprender, la madre está al borde de la hipocondría; me ha encargado que os lo diga y que hagáis todo cuanto esté en vuestra mano para encontrarlo.

Ante la noticia, quedó Simón anonadado y, a lo primero, sin respuesta. Luego las preguntas y aclaraciones se fueron sucediendo hasta que se hizo cargo de toda la situación en su conjunto. Preguntó el cómo y el cuándo, y así mismo qué era lo que decía el anónimo y cuál era la actitud adoptada por el padre del niño. Myriam le fue aclarando hasta donde ella sabía. De ello dedujo Simón que alguien había aprovechado el terrible clima de inseguridad que reinaba en aquellos días para asestar un golpe cruel a aquella familia, guiado sin duda por su rencor personal, ya que por lo visto no reclamaba rescate alguno. Por tanto, el móvil no era económico; de otra forma, algo así era inconcebible.

—No se me alcanza por el momento lo que yo pueda hacer, pero decid a Esther que dedicaré al asunto todo mi tiempo y empeño. Voy a indagar por posadas y figones, principalmente fuera de la aljama, y si descubro alguna cosa, me pondré en contacto con vos a través de Domingo, mi criado, para que le transmitáis cualquier averiguación a la que tenga acceso. Visitaré las tahonas del exterior, iré al afamado barrio del Compás, donde se aloja la flor y nata de los malandrines sevillanos, por ver si capto algo, ya que imagino que, tal como decís, el interior de la judería estará registrado por muchas más personas que desde este instante ya estarán buscando al niño y que, además, no pueden salir de ella por ahora. —Llegado a este punto hizo una pausa y luego prosiguió—: Decidle que la amo con todo mi corazón, que sé cuánto sufre, que no he de parar hasta saber algo y que cuando eso ocurra nos ocuparemos de poner en marcha nuestro proyecto de futuro, que ahora lo único importante es su hijo... Y gracias, Myriam, por arriesgaros tanto por nosotros.

—Lo hago con gusto y nada es demasiado para aliviar el pesar de mi mejor amiga. Hacedme saber cualquier novedad que descubráis a través de vuestro criado, y ¡haga Yahvé que sea pronto!

La mujer, tras estas últimas palabras, se puso en pie y tomando su capa del respaldo se la colocó sobre el brial, echándose la cogulla sobre el rostro.

—Dejadme partir a mí en primer lugar, pues no es bueno tentar a la fortuna. Prefiero salir sola. Adiós, Simón.

Salió Myriam a la tienda y, con una breve inclinación de cabeza dedicada al guarnicionero, que estaba de nuevo en su banco de trabajo, ganó la calle.

El mensaje

Dos horas después de que la Gestapo se llevara a sus amigos, un aterido y acongojado Karl Knut, luego de descender hasta el suelo bajando por el canalón del desagüe que se deslizaba por el ángulo del edificio, cruzaba el parque, silencioso y encogido como un gato, tras saltar la verja que delimitaba la posesión que había pertenecido a los Pardenvolk, y se mezclaba entre las gentes que, saliendo de los refugios, regresaban a sus casas para ver los desperfectos que hubieran podido causar las bombas, pese a que en aquella ocasión el ataque aéreo había sido en otras zonas.

Karl estaba desorientado. Vortinguer y Glassen habían muerto sin duda y Sigfrid había caído en manos de la Gestapo. Su suerte estaba echada.

De momento y sin saber bien el porqué, se encontró caminando en dirección a Menzelstrasse, hacia el convento de las Adoratrices. En el recorrido pudo observar edificios derruidos en anteriores raides aéreos en la mitad de una manzana, que parecían inmensas melladuras en la boca de un monstruo gigantesco. Grupos de gentes, aprovechando la calma y la luz naciente del día, se afanaban en buscar, entre los calcinados escombros, objetos queridos o tal vez enseres ajenos que les hicieran falta en sus viviendas y que estuvieran abandonados porque sus propietarios hubieran muerto. Patrullas de vigilancia rondaban en coches por las calles y, en un momento dado, le pareció prudente meterse entre las ruinas de un inmueble y trajinar una vieja mecedora simulando que estaba buscando algo. Cuando la patrulla se alejó, tiró a un lado el deteriorado balancín y siguió su camino. Sus ideas se iban aclarando. Fritz Glassen, el pusilánime camarada de las primeras horas que, pese a sus miedos, siempre cumplía con su deber había muerto, al igual que Vortinguer; este último había sido un buen compañero y, pese a no ser comunista, había luchado junto a ellos hombro con hombro defendiendo a Alemania, si bien desde otro prisma. Sentía con igual intensidad ambas muertes, pero al menos no habían tenido tiempo de torturarlos. Otra cosa era Sigfrid. No estaba en su mano ayudarle y rezar no era lo suyo. No creía en Dios. Su dios era Yósif Stalin, pero al parecer estaba muy ocupado. Entonces cayó en la cuenta del motivo que le llevaba al convento de las Adoratrices. Necesitaba el consejo de Poelchau. Si todos los curas fueran como aquél, tal vez volvería a creer en el Dios al que le hacía rezar su madre cuando era pequeño.

Llegó hasta la capilla de Saint Joseph Kirche y buscó a la hermana Charlotte. Esta acudió a la sacristía en medio de un rumor de cuentas de rosario. Al ver la expresión de su barbudo rostro, se alarmó.

—¿Qué ha ocurrido?

Karl no respondió a su pregunta.

—Hermana, avise al padre Poelchau.

La superiora, ante el aspecto del hombre, se asustó y partió a avisar al sacerdote. Éste llegó al cabo de un cuarto de hora. Al oír sus pasos en el corredor de la sacristía, Karl se levantó del camastro. El religioso, tras un discreto golpe en la puerta, se introdujo en la pequeña estancia y, prevenido por la hermana, ordenó sin demorarse:

—Cuéntame qué ha pasado. Hay demasiado en juego.

Knut se llevó el reverso de su diestra a la cara y se restregó los enrojecidos ojos.

—Ha sido horrible, padre. Han matado a Glassen y a Vortinguer, y a Sigfrid lo ha cogido la Gestapo.

Poelchau quedó unos instantes en silencio.

—Explicármelo todo con pelos y señales, y deprisa... Si Sigfrid se va de la lengua, estamos perdidos.

—No hablará. Puede que lo maten, pero no hablará.

—No estés tan seguro. He conocido a hombres durísimos que se han venido abajo.

—Él no.

—No es tiempo de porfías, siéntate y habla.

Ambos hombres se acomodaron en los catres, y Karl relató al cura las vicisitudes acaecidas aquella terrible madrugada. Cuando finalizó, habló Poelchau.

—Confiemos en que Dios le dé fuerzas. Si habla, estamos perdidos... Pero no puedo ocultar en otro lugar a las personas que escondo en mi casa; hay un matrimonio mayor, y ella no puede moverse. Amén de que perjudicaría grandemente a las hermanas si yo desapareciera. La Gestapo no distingue, cuando detiene a alguien, si es un religioso o un seglar. Los hábitos no son una salvaguarda como lo eran en otras épocas, y no creerían que las monjas ignoraban mis actividades. A ti hay que quitarte de en medio. No puedo perjudicar al convento... y tú eres una bomba de relojería.

—Estoy desorientado, padre, no sé qué hacer. Al esconderme aquí cuando apresaron al jefe de mi célula, no tuve tiempo de avisar a mi contacto de lo que iba a hacer. Si tengo algún mensaje, será en mi buzón secreto, donde mi correo deposita cualquier carta o nota que llegue a mi antiguo domicilio si no he comparecido por mi casa. No es la primera vez que he tenido que ocultarme.

—No entiendo.

—Es fácil, padre. Mi portero es un buen comunista. Cuando voy a casa me da las cartas en mano, pero si por circunstancias no voy, su mujer, al cabo de dos días, deposita mi correspondencia en un falso cepillo de la iglesia de San Bartolomé, cuyo párroco está sobre aviso. El cepillo está en el altar dedicado a San Tarsicio Protomártir y yo tengo la llave. Si tengo alguna orden del partido, allí estará.

—¿No dices que tu jefe cayó?

—Siempre se establece una doble vía por si pasan cosas así.

—Dame esa llave, yo iré a buscar tu correo y... ¡que Dios nos proteja!

—No querría causarle más molestias.

—¡No digas estupideces y dame la maldita llave!

Partió el cura a cumplir su cometido y Knut, agotado por los acontecimientos de la noche anterior, se recostó en el camastro y cayó en un atormentado sueño.

No supo cuánto tiempo había transcurrido, pero al despertar la luz se colaba por el ventanuco de la sacristía, tenía hambre y al principio extrañó el lugar. Miró la hora en su reloj de pulsera. Las manecillas marcaban las cuatro de la tarde. Se levantó y, acercándose al pequeño lavabo en el que el sacerdote se aviaba antes de decir la misa, orinó y se mojó la cara. Unos pasos recios sonaron en el pasillo. Karl miró la puerta con aprensión. Era Poelchau, que asomó su rostro con tiento pensando que aún descansaba.

—¿Ya estás despierto? Me he asomado hace dos horas y descansabas como un bendito. He pensado que daba igual... estamos en manos de Dios.

—¿Había mensajes? —inquirió Karl, ignorando el piadoso comentario del cura.

Poelchau metió la mano en el bolsillo de su sotana.

—Dos —respondió—. Y algún dinero que alguien, devoto de san Tarsicio, había depositado. Lo he metido en otro cepillo; los caminos del Señor son infinitos y todos llegan a Roma.

El sacerdote sacó de su cartera dos sobres y los entregó a Karl.

—Si no le importa, voy a leerlos ahora. —Señaló uno de los sobres—. Éste es de mi contacto, y este otro... no sé de quién puede ser. No conozco a nadie llamado Eric.

El reposo del guerrero

El U-Boot *285*, tras siete largos meses de navegación, surcaba las aguas a muy pocas millas ya del fin de su viaje. Al cabo de dos días debería llegar a Kiel. Las pérdidas alemanas en buques de superficie habían sido cuantiosas. El Führer, por la propaganda negativa que ello implicaba, no por otra cosa, era reacio a dejar salir a los «acorazados de bolsillo»[292] de sus bases. El 27 de mayo de 1941, en el golfo de Vizcaya, había perdido al *Bismarck*. El almirantazgo británico no perdonó al poderoso y modernísimo buque el inmenso agravio inferido a su orgullo al haber hundido el gran crucero de combate *Hood*, uno de los buques insignia de la marina británica, y haber ocasionado graves daños al *Prince of Wales*. Fue tal el empeño del almirantazgo por vengar la afrenta infligida a la Royal Navy que la consigna dada a todos los buques de la zona fue una lacónica orden, concisa y directa: «Hundir el *Bismarck*». El almirantazgo se saltó el procedimiento, que obligaba en todo momento a considerar y valorar el parte meteorológico; aquella semana, por cierto, anunciaba que una galerna terrorífica se abatiría sobre el canal. Un afortunado torpedo alojado entre el codaste y el timón del acorazado alemán, lanzado por un pequeño avión del portaaviones *Ark Royal*, le obligó a navegar en círculo ininterrumpidamente. Se hundió, enhiesta la bandera de combate y disparando los cañones de 381 milímetros de las baterías de estribor hasta agotar el último obús, mientras el *Rodney* y el *King George* lo machacaban sin piedad, en tanto el *Prinz Eugene*, el crucero escolta del *Bismarck*, después del primer combate, se refugiaba en Brest.

El hecho provocó una herida incurable en el amor propio del Führer y fue un mazazo terrible para su enfermiza megalomanía, pues dio al traste con los planes que el gran almirante Diether von Roeder tenía para la Kriegsmarine.

Eric se dirigía a su base con el ánimo encogido. Las últimas noticias recibidas sobre el paradero de Hanna lo estaban matando. El tema del desarrollo de la guerra, que él podía juzgar por los datos que llegaban a través del éter, le hacía ser pesimista acerca del resultado final de la contienda, y entendía que si era posible lograr una paz honrosa con los aliados para que su patria pudiera dedicar todo el esfuerzo bélico y todos sus recursos para derribar al enemigo del Este, quizá aún cupiera alguna esperanza.

Algo en aquella espera le compensaba. Podía presumir de

que el comandante Otto Schuhart era su amigo. El Sabio le había cobrado afecto y, cosa insólita, hasta hablaba con él de política, veladamente, claro está, y siempre que estuvieran solos, cosa que acontecía únicamente cuando, navegando en superficie, hacía subir a Eric a la torreta. En cierta ocasión, le preguntó si estaba afiliado al partido nazi y, antes de que respondiera, le aclaró que él se sentía únicamente alemán y que, como tal, su obligación, como hombre y como comandante de una nave de guerra, era hundir cuantos barcos enemigos se pusieran, en el visor de su periscopio, al alcance de sus torpedos. Prefería el mar a la tierra, y se lamentaba explicándole que él era un marino y no una estrella de la UFA. Añadió que estaba harto, incluso antes de pisar tierra, de las recepciones oficiales que el ministro de Propaganda Joseph Goebbels se ocupaba invariablemente de organizar, siempre ante las cámaras de los noticiarios, para mostrar a todos aquellos comandantes que regresaban victoriosos.

El día antes de llegar a puerto, le pidió una dirección y un teléfono por si tenía que contactar con él, fuera de los canales oficiales. A Eric le extrañó la petición, pero no tuvo inconveniente en facilitarle ambas cosas, aunque antes de dárselas aclaró:

—Yo le daré mi dirección en Berlín, pero ya sabe, mi comandante, que todo está programado y que iré a donde me ordenen; los lugares de descanso no los escogemos nosotros.

Schuhart le respondió, misterioso:

—A veces las circunstancias obligan a cambiar los planes.

A Eric el corazón le dio un brinco, pero se contuvo. A lo mejor se le ofrecía la ocasión de poder hacer en persona lo que, por el momento, imaginaba que tendría que resolver a través del teléfono.

Le embargaban las ansias de llegar a tal extremo que la misma comezón le impedía conciliar el sueño, de manera que prefería tener guardia antes que meterse en su litera y empezar a dar vueltas sobre sí mismo, pues otra cosa no era posible. Cada noche sacaba de su cartera la foto de Hanna y la besaba. En cuanto llegara, contactaría con Sigfrid para aclarar qué era lo que había ocurrido y dónde estaba Hanna; así mismo, trataría de buscar cualquier influencia para sacarla de donde fuera. Y en caso necesario, recurriría a su padre, cuyo ascendiente en el Reich era inmenso, ya que toda la producción de la región de Essen pasaba por sus manos y conocía y trataba a todos los gerifaltes del partido. Tener noticias de su amor era la primera y gran prioridad de Eric.

La nave ya había arribado a puerto. Los barcos allí atracados hacían sonar sus sirenas y la dotación de la nave, formada sobre la estrecha cubierta de la «astilla de acero», correspondía a los saludos de las otras tripulaciones agitando las gorras en tanto los niños de las Juventudes Hitlerianas, ubicados en los pantalanes laterales y comandados por sus jefes de centuria, agitaban, frenéticos, sus gallardetes mientras, en una plataforma construida ex profeso, una banda de música tocaba los himnos.

El submarino desapareció de la vista de todos al adentrarse en un túnel excavado en la roca que, protegido por seis metros de hormigón armado para evitar posibles daños en los bombardeos, alojaba en su interior los muelles de atraque y los diques de reparaciones. En ese refugio inexpugnable se iba a ocultar el submarino. Finalmente, las maniobras y operaciones para amarrar la nave concluyeron. Una nube de operarios fueron tomando posesión de la misma, y Schuhart repartió entre su tripulación unos permisos controlados que obligaban a los hombres a descansar en unos determinados lugares, teniendo en cuenta su estado civil, su graduación, sus apetencias y sus aficiones. Los motivos que justificaban tal medida eran de variada índole. En primer lugar, al estar casi todos juntos eran fácilmente controlables y, en caso de necesidad, podían ser trasladados a bordo sin demora. En segundo lugar, tendrían las visitas familiares restringidas, con lo cual se conseguía que las filtraciones sobre las misiones llevadas a cabo fueran mínimas. Por otra parte, podían así proporcionarles diversiones —mujeres y grandes dosis de alcohol—, servidas en bandeja y sin limitaciones, que les hicieran olvidar y les compensaran de las privaciones y peligros vividos.

La oficialidad tenía las mismas ventajas, pero en mayor grado. A los casados se les permitía ver a sus hijos un día a la semana y a las esposas se las invitaba a compartir el permiso con sus maridos. Todos eran alojados en pabellones de la armada integrados en acuartelamientos de los que no podían salir. Allí se les agasajaba, se les montaban fiestas, bailes, distracciones y competiciones deportivas. Canchas de tenis, gimnasios, piscinas... todo estaba a su disposición. En invierno, a los aficionados a la nieve se les alojaba en centros arrendados o incautados a particulares que en tiempos de paz habrían explotado las estaciones de esquí. Todas las tardes, durante un par de horas, se les daban conferencias que versaban sobre las novedades que se iban a encontrar al regreso a bordo de su nave, referidas a nuevos sistemas de navegación, detección del enemigo y armamento. En aquella ocasión, aunque todo eran bulos y suposiciones, se intuía que el permiso iba a ser largo puesto que habían llevado a cabo una meritoria y larga misión de muchos meses, y el barco necesitaba urgentes y complejas reparaciones. Este supuesto se lo confirmó a Eric su comandante la mañana del tercer día luego de abandonar la nave.

La tripulación había partido en unos autocares el día anterior. Quedaban en el hotelito de la base el comandante, el segundo, el contramaestre, Eric y su amigo Oliver Winkler.

El teléfono de la habitación que compartía con Oliver sonó y éste descolgó el auricular. Eric, al ver que se cuadraba, intuyó que la voz que se oía a través del hilo era la de su comandante.

—Sí, mi comandante, ahora mismo se lo paso.

Oliver le entregó el teléfono a la vez que decía en un murmullo:

—El jefe.

—Sí, mi comandante. Acudo ahora mismo.

Eric depositó el negro auricular en la horquilla y, respondiendo a la interrogadora mirada de su amigo, aclaró:

—El Sabio. Dice que acuda a su cuarto inmediatamente.

—¿Qué quiere ahora?

—Te lo explicaré a la vuelta.

Eric tomó su gorra de plato y luego de observarse de refilón en la luna del armario ropero y estirarse el azul jersey de cuello de cisne, salió en dirección a la habitación del Sabio.

Subió dos pisos y, atravesando el pasillo donde se ubicaban las estancias de los jefes, llegó a la puerta de la de Schuhart y tocó con los nudillos, en tanto emitía la reglamentaria voz:

—¿Da usted su permiso?

—Pase, Klinkerberg.

El asistente le abrió la puerta y dirigió la mirada a su jefe por ver si debía quedarse o retirarse.

—Espere fuera. Si le necesito, ya le avisaré.

Tras el preceptivo «A sus órdenes», partió el muchacho dejando a ambos hombres frente a frente.

Eric se cuadró ante su jefe, gorra en mano.

La estancia constaba de dos piezas. La primera era un discreto despacho amueblado sobriamente con un tresillo de reducidas dimensiones y una mesa equipada de un modo convencional. En la paredes había fotos y cuadros, todos ellos de temas marinos. La habitación era impersonal, dado que la habitaban los comandantes de los submarinos en ocasión de su arribada a puerto o bien en los casos que debían vigilar las reparaciones de sus naves. Schuhart, sin embargo, había dado carácter a la estancia colocando en ella fotos de su mujer y de sus dos hijos. La segunda estancia, tras una puerta, debía de ser el dormitorio con el aseo, supuso Eric.

—Siéntese, Eric, la conversación que vamos a mantener a

lo mejor se alarga un poco. Desde ahora, todo lo que le diga fuera de servicio será estrictamente confidencial.

Eric se sentó en la silla que estaba frente a la mesa escritorio, en tanto que su superior lo hacía tras ésta.

—Señor, puede contar con mi absoluta discreción.

—Está bien. Desde el primer día que subió usted a bordo, intuí que había tenido la fortuna de enrolar a un buen alemán.

Eric rebulló, inquieto.

—Gracias, señor, por su lisonjera opinión, que espero merecer.

—La primera condición que distingue a un jefe es la perspicacia para clasificar a su tripulación, y yo presumo de ser un fino catador de hombres.

—La verdad, señor, no sé adónde quiere ir a parar.

—Ya llegaremos, tómeselo con calma. Usted me dijo en una ocasión que no pertenecía al partido. ¿Lo recuerda?

—Ciertamente, mi comandante, y recuerdo que me habló usted de que su misión era hundir barcos enemigos.

—Exacto. Fue el día en que avistamos aquel convoy y hundimos dos mercantes y un buque de escolta.

Ambos hombres se miraron a los ojos y Schuhart dio una vuelta de tuerca sin descubrir su flanco.

—¿Cómo es que usted, Klinkerberg, no pertenece al partido siendo su padre uno de los industriales que más íntimamente colabora con ellos?

Eric calibró su respuesta.

—Mi padre tiene su punto de vista y yo el mío. Sirvo a Alemania, señor, y por lo menos, antes de que los nazis llegaran al poder, se suponía que éramos una democracia. Mi obligación estriba en obedecer a quien haya ganado las elecciones porque es quien ejerce la autoridad que el pueblo ha otorgado a un hombre, a una idea o a un partido.

—Entiendo, teniente, pero percibo que no está muy conforme con la manera que tiene esta gente de llevar las cosas.

Eric se enrocó.[293]

—Imagino que igual que usted, mi comandante.

Schuhart abrió su mano de cartas y clavó sus ojos grises, veteados por una miríada de arrugas, en los de su subordinado.

—Desde luego que no —admitió el comandante.

Un silencio momentáneo se abatió sobre ambos hombres y la atmósfera se tensó a tal punto que habría podido cortarse con un cuchillo.

Eric se jugó el todo por el todo.

—Tengo motivos para no estar conforme con lo que está ocurriendo.

—No es usted una excepción. Todos los tenemos.

—¿Y bien?

—Antes de incomunicarse en el paraíso artificial donde van a recluirle, va a llevar a cabo una misión en Berlín, tal como le dije. ¿Le gusta la idea?

A Eric le cambió la cara.

—Infinitamente, mi comandante. Iba a hacer unas gestiones algo delicadas a través del teléfono y del correo, y ahora podré hacerlas en persona.

—Bien. De cualquier manera, pernoctará usted todas las noches en la dirección que me facilitó a bordo. Cuando haya conectado con quien tengo que hacerlo, recibirá instrucciones.

—Desde luego, mi comandante.

—Si tiene que ver a alguna muchacha, véala durante el día.

—La persona que quiero ver no está en Berlín e ignoro en qué situación se halla.

—Comprendo. Bien, saldrá para la capital con un pase que le facilitará la oficina de la Abwehr[294] en Kiel. Yo personalmente me ocuparé de ello. Nadie osará molestarle.

—Lo que usted ordene, mi comandante.

—Por cierto, invente una excusa para su amigo Winkler; no debe saber nada de lo que aquí se ha dicho.

—Descuide, no estoy casado con él. Si mete las narices,

ya me ocuparé de decirle que no es de su incumbencia lo que se ha hablado; cosas del servicio, por ejemplo, que me han de dar instrucciones para el manejo del nuevo aparato emisor que van a instalar a bordo.

—Puede retirarse. Mañana a esta hora estará usted metido en el tren camino de Berlín.

La bajada al infierno

Hanna fue esposada y conducida a tirones hasta la villa de Breitner, que estaba ubicada en un montículo desde el que se dominaba la zona del campo destinada a las reclusas no judías ingresadas allí por diversos motivos, que iban desde los raciales hasta los antisociales, pasando por los subversivos y los religiosos.

El oficial encargado de su custodia pidió que le trajeran del cuerpo de guardia dos pares de esposas. La amenaza del comandante había sido tajante: «Responde usted con su vida si ésta intenta algo, aunque sea suicidarse». Si aquella mujer recurría a alguna estratagema durante la conducción, al no poder pegarle un tiro, que era la medida que se adoptaba siempre que un preso intentaba algo, él cargaría con las consecuencias y no estaba dispuesto a tener que pagar el fiasco, de ahí que tomara sus precauciones por si le acontecía algún incidente y tenía que tragarse el sapo.

El miedo y la congoja de Hanna eran totales. La rebeldía de Myrskaya y su irreflexiva acción habían ocasionado, además de su muerte, la de tres de sus compañeras, y ahora sin duda le iba a tocar a ella, aunque no sabía con qué sutiles y pérfidos refinamientos estaría aderezado su fin, si bien podía suponerlos. Estaba dispuesta a morir, pero estaba convencida de que no iba a resultar tan sencillo. La férrea mano que tiraba de ella la obligaba a seguir la zancada de su propietario, sin poder remediar que sus pies se metieran en los charcos que el deshielo de la nieve provocaba haciendo que el barro salpicara sus medias.

A la vez que las luces del campo se abrían paso desmayadas intentando horadar los jirones de niebla, así mismo una claridad meridiana inundaba su interior clarificando sus ideas y obligando a su cerebro a seleccionar la opción más favorable o, mejor dicho, la menos siniestra. La decisión que tomara debía afectarla únicamente a ella. No quería perjudicar a ninguna de las personas que la habían ayudado y a las que de dentro de aquellas alambradas consideraba amigas. Era muy común entre los nazis hacer pagar las culpas de cualquier acto de rebeldía a gentes que nada tenían que ver con él, cargando en la conciencia del sujeto que lo provocaba las secuelas que su actuación originaría. Eso era lo que había ocurrido con la irreflexiva conducta de Myrskaya.

La villa era una apaisada construcción de dos alturas, encajada entre dos torreones, en la que destacaba la balaustrada de madera barnizada del balcón del primer piso, situado en el centro de la fachada, que se sustentaba en la acristalada tribuna de la planta baja. Los tejados eran de pizarra vitrificada, a dos aguas el de la parte central y a cuatro los que correspondían a las torres. Un anemómetro y la antena de un emisor rematában la torre de la derecha, y un altísimo pararrayos, la de la izquierda. La entrada se hallaba en un lateral y se accedía a ella ascendiendo una corta escalera de tres peldaños. El conjunto estaba rodeado por una valla de madera que circunvalaba el jardín. En el exterior y junto a la entrada, se ubicaba la garita del centinela. En el interior, echados junto a su caseta y sujetos por sendas cadenas, se veían dos perros dóberman negros con el pecho color canela; nada más olfatear el viento, enderezaron sus orejas adivinando que algún extraño se aproximaba y se pusieron a ladrar furiosamente.

Llegando junto al uniformado SS que estaba de guardia,

el *Obersturmführer* que la acompañaba se presentó y el otro, cuadrándose y saludando, dejó el paso franco.

El consiguiente tirón de la cadena casi hace caer a Hanna de bruces al suelo. Se rehizo y trastabillando siguió a su captor. Los perros estaban acosándola, furiosos y alzados sobre su patas traseras, aunque sin poder alcanzarla. La desigual pareja subió la escalerilla de la entrada, y el oficial hizo sonar el timbre. Al punto se abrió la puerta y el criado, asistente del comandante, apareció en el iluminado quicio. Al ver al oficial al que conocía de otras veces, se cuadró.

—Traigo un poco de carne para el comandante —dijo mostrando a la muchacha—. Y digo «poco» porque está muy flaca. No puedo dejártela, como otras veces; he de esperar hasta que regrese.

El hombre se hizo a un lado.

—Está usted en su casa, mi teniente; ya sabe el camino.

—Voy a esperar en la salita de trabajo. Tráeme una copa, me hace falta. La velada ha sido agitada: esta perra a ocasionado un incidente que ha puesto en entredicho la solvencia del comandante y lo ha colocado al límite de la histeria... Vendrá de un humor peligroso... se ha cargado a tres de estas putas. Conviene andar finos, porque la noche aún es joven y pueden pasar todavía muchas cosas... y no precisamente buenas.

El hombre, mientras cerraba la puerta, agradeció la advertencia.

—Gracias, mi teniente, no echaré en saco roto el aviso. —Y añadió después—: ¿Le va bien coñac?

—Me va bien.

Hanna, en tanto seguía al hombre, maquinaba un final digno. De haber tenido ocasión, habría intentado arrastrar a su carcelero, de un brusco tirón, hasta la alambrada electrificada y, de esa forma, habrían muerto los dos achicharrados; pero no había tenido oportunidad, ya que el camino que conducía a la casa transcurría alejado de los límites del campo.

Llegaron a la estancia y el teniente, soltándole las manos,

la esposó por el tobillo, mediante la cadena y otro par de esposas, a una pata del piano que estaba a un lado de la salita. El asistente entraba en aquel momento por la puerta portando en una bandeja de plata una copa balón de coñac francés, que depositó sobre una mesilla auxiliar.

—Y ¿qué es lo que ha ocurrido, mi teniente?

El otro, que ya estaba paladeando el excelente licor, cesó en su cometido.

—Esta zorra, que era la encargada del quinteto de cuerda que había montado el comandante, se ha puesto de acuerdo con la pianista, y delante del general visitador y del *Standartenführer* jefe del campo, se han atrevido a variar el repertorio y tocar una pieza de uno de los compositores cuya música fue símbolo de la resistencia polaca.

—¡Esta gente no tiene derecho a la vida!

—Pues eso es precisamente lo que ha pensado el comandante. Las ha hecho salir del salón y se ha cargado a cuatro... A ésta me ha ordenado traerla aquí.

El criado la observó de arriba abajo, displicente.

—Con su permiso, mi teniente. Está muy flaca... a mí me van las hembras con mas turgencias.

Hanna miraba al suelo. Las reclusas tenían prohibido mirar a la cara a sus carceleros.

—Pues ésta come bien; las disposiciones del comandante acerca de las componentes del quinteto han sido generosas, hasta incluían el capítulo de raciones. Las quería mostrar sanas y bien alimentadas.

—¡Así se lo han pagado!

Sonó el timbre de la entrada.

—Ya está aquí.

El criado partió, en tanto el teniente dejaba su copa en la mesilla y, poniéndose en pie, se estiraba la guerrera.

Una voz estropajosa y ronca avanzaba por el pasillo.

—¡¿Dónde está esa maldita puta?! ¡Se va a enterar de quién es el comandante Hugo Breitner!

La imagen apareció, como una tromba, encuadrada en la puerta: el lacio cabello rubio sobre la frente perlada de sudor, la mirada de loco, la señal de la quemadura de la mandíbula enrojecida, la guerrera desabrochada, las negras botas sucias de barro y la fusta en la mano. Breitner abarcó de una turbia ojeada el cuadro. A un costado y en postura de firmes, se hallaba su oficial ayudante; la reclusa estaba atada por una cadena a una pata de su piano de cuarto de cola. Las luces estaban encendidas. La estancia parecía moverse bajo sus pies como un barco en la tempestad. Súbitamente, pareció serenarse y una expresión helada se instaló en su rostro.

Hanna no osaba alzar la mirada.

De repente, la voz de Breitner se dejó oír.

—Teniente, ¿a usted le gusta la buena música alemana?

—Desde luego, mi comandante.

Breitner se paseaba por la estancia ignorando completamente a Hanna.

—Descanse y relájese; ya he visto que estaba bebiendo mi coñac favorito, cosa que celebro.

El otro se movió, incómodo. Las reacciones de su comandante en tales situaciones eran legendarias, y la incontinencia de sus ataques de furia, famosos.

—Perdone, mi comandante. Me he tomado la libertad pensando que tal vez...

—No importa, teniente.

Entonces se dirigió a la muchacha.

—Imagino que sabes tocar el piano.

Ella, sin levantar la vista, respondió:

—Un poco.

—¡Un poco, mi comandante!

Y acompañando el exabrupto con la acción, le cruzó la cara con la fusta.

Hanna, al estar sujeta por un tobillo y cogida por sorpresa, cayó tropezando sobre la banqueta del piano, llevándose las manos a la cara.

Él, como si nada hubiera ocurrido, indagó:

—¿Schubert, por ejemplo?

Hanna no respondió.

El oficial ayudante estaba pálido.

Breitner, como si estuviera solo con su ayudante e ignorando completamente a Hanna, prosiguió su perorata.

—Hace muchos años presencié en Ginebra una memorable actuación en una sala muy peculiar. Yo era muy jovencito... El local, aún lo recuerdo, se llamaba Bataclan. ¿Ha oído hablar de él, teniente?

—Claro, mi comandante.

—¿Sabe cuál era su peculiaridad?

—La imagino, mi comandante.

Breitner, como si no hubiera oído la respuesta de su subordinado, prosiguió.

—La pianista, que por cierto era mediocre como por lo visto nuestra amiga, tocaba el piano en cueros. Ése fue su éxito.

Hanna temblaba como una hoja.

La orden estalló en su cerebro como una explosion de dinamita.

—¡Desnúdate, guarra, y toca para el teniente y para mí!

Aunque Hanna lo hubiera intentado, no habría podido, tal era el terror que la embargaba. De repente, aquella bestia se le vino encima hecho un energúmeno y, sujetándola de los pelos, la obligó a levantarse.

La voz silbó de nuevo, ahora baja y amenazadora:

—Te he dicho que te desnudes.

Hanna temblaba como una hoja al viento y temió lo peor.

—Teniente, deme su pistola.

Hanna fue consciente de que su último momento había llegado y en una fracción de segundo repasó los hitos principales de su existencia. Estaba paralizada ante el negro cañón de la Luger, al igual que un pajarillo lo está ante la amenaza de la bífida lengua de una serpiente.

Aquel animal se dio cuenta, en medio de los vapores del alcohol, de que aquella mujer no le obedecía, no porque no quisiera, sino porque el terror la incapacitaba.

—Teniente, ¡ayúdela!

El ayudante, pese a que no le gustó la orden, se dispuso a cumplirla. Sabía de sobra lo ligero que su superior tenía el gatillo y lo peligroso que resultaba con una pistola en las manos y tres copas de más.

Hanna sintió, más que vio, cómo el ayudante se llegaba hasta ella y de un fuerte tirón le desgarraba la bata, haciendo saltar botones al arrancársela.

—¡Las bragas también! —ladró la voz.

—He de soltarla; tiene el pie sujeto por la cadena, mi comandante.

—¡Use su machete, oficial!

Hanna notó que la hoja de la daga rasgaba la tela. Entonces, cubriéndose con los brazos, intentó ocultar sus partes pudendas.

—Ahora vas a tocar para mí.

A la vez que oía esto último, sintió el frío metal del cañón de la pistola en su sien derecha.

Las ganas de sentarse para ocultar su desnudez y el instinto de conservación hicieron que de repente se viera en la banqueta del piano interpretando una partitura de Schubert.

La música salía a empellones al igual que sus lágrimas.

Luego que hubo finalizado, quedó inmóvil cubriéndose la cara con las manos y el perfil de sus pechos con los antebrazos.

En el rostro del beodo había asomado la lujuria.

Una orden sonó queda y amortiguada:

—Retírese, teniente, y espere fuera.

El oficial, dando un seco golpe con los talones, salió de la habitación.

Breitner y Hanna quedaron solos.

—Acuéstate en la alfombra, perra, y abre las piernas.

Hanna, llorando silenciosamente, no se movió de la banqueta y pensó que prefería morir.

El comandante, fuera de sí, comenzó a golpearla con tal saña que ella dejó de cubrirse, se dobló sobre sí misma y cayó al suelo, desmadejada, dándose en la sien con la esquina del piano.

El verla indefensa aún lo excitó más. Se quitó la guerrera y la lanzó sobre un sillón; luego se desabrochó el pantalón y lo dejó caer a la altura de sus botas; finalmente, separándole las piernas, se echó sobre ella.

La muchacha estaba inconsciente.

El comandante de las SS Hugo Breitner, jefe del campo de Flossembürg, con una brillante carrera por delante, quedó consternado. Por más que lo intentó fue inútil. La erección no llegó debido sin duda a los efectos de la borrachera. Con el gesto hosco y pálido como un muerto comenzó a vestirse. Si alguien se enteraba de aquel fiasco, las burlas y el descrédito entre sus compañeros estaban garantizados. La anécdota de su gatillazo sería el comentario en la sala de banderas y en los corrillos de sus subalternos.

Hanna comenzaba a recobrar la conciencia. En su embriaguez, Breitner había imaginado que ella no hacía nada por complacerlo y que, aunque había adoptado una actitud pasiva, sí se daba cuenta de todo.

Ella, agarrada a la banqueta del piano, intentaba sentarse y cubrir su desnudez con los rasgados restos de su bata.

—Puedes morir de muchas maneras, perra... La mejor es de un tiro; es rápido e higiénico. ¡Como digas a alguien lo que ha pasado aquí, te meto con los judíos! ¡Y juro que esparciré las cenizas que salgan del horno en la pocilga de los cerdos!

Hanna creyó que se refería a su violación. Estaba demudada, espantada y dolorida por las torpes acometidas de borracho de Breitner. Se calló, se ensimismó y no abrió la boca.

—¡Teniente!

La puerta se abrió y asomó el ayudante.

—Llévese a esta basura a su barracón. Diga a la celadora que me responde con su vida de la vida de esta zorra. —Luego se volvió hacia Hanna—. Vas a volver aquí cuando yo lo ordene. Si eres buena chica, serás mi amante, y eso es subir en el escalafón de las presas. Cuando me canse de ti, te pasaré al prostíbulo de la tropa, y cuando te haya violado todo el campo, desearás estar muerta. Y ahora, ¡largo de aquí!

El oficial se agachó y abrió las esposas que la sujetaban al piano. Luego permitió que se vistiera y salieron de la estancia. Breitner se había recostado en un sillón orejero y su criado intentaba sacarle las botas. La muchacha notó que le ponían sobre los hombros un capote militar. Su mente se aclaraba. Al día siguiente aprovecharía cualquier descuido para abalanzarse sobre la alambrada electrificada y acabar de esa manera con su tormento. Sabía que no iba a salir de allí con vida y ya todo le daba igual; se notaba sucia y deshonrada.

De esa guisa llegaron a su barracón. Lo ocurrido al salir del concierto había llegado a los oídos de las demás reclusas. El oficial transmitió a la celadora la orden del comandante y la nueva jerarquía otorgada a la presa. Ésta vio en ello una oportunidad y decidió cuidar a la querida del jefe, pensando que quizá algún beneficio podría recaer sobre ella.

Hilda estaba despierta. Pese a las terribles circunstancias que habían jalonado la jornada, Hanna intuyó que se ocultaba algo en el gesto misterioso de su rostro. Al llegar junto a ella se encaramó a la litera y comenzó a llorar. La otra creyó que el motivo era la muerte de sus compañeras y empezó a acariciarle el pelo y a consolarla.

—No ha sido culpa tuya, muchacha.

—¡Es horrible, lo que me ha pasado es horrible!

La otra no hizo caso y fue a lo suyo.

—Me han entregado en la cocina algo para ti.

Hanna, desecha en llanto, no atendía. Creía que su amiga

quería animarla dándole alguna chocolatina o alguna otra cosa que a veces hurtaba para ella.

La muchacha lloraba desconsolada intentado que sus agitados sollozos no despertaran a las demás.

—¡Toma!

Entre la bruma de sus lágrimas, Hanna creyó ver que Hilda le entregaba un billete. Lo tomó, y desdoblándolo a la luz de la linterna que bajo la manta había encendido su amiga, pudo leer:

> El próximo miércoles, día 23, intenta por todos los medios estar cerca de las cocinas, en el muelle de carga, a la hora que llega el camión de la carne, aproximadamente a las 10.30.
> ¡Ánimo! Vamos a sacarte de aquí.
>
> AUGUST

¡La nota había tardado en llegarle tres días! El 23 era el día siguiente.

Karl y Eric

KARL
Se sentó al borde del catre y abrió el primer sobre. Era una escueta nota de su enlace. Decía así:

> Camarada: El viejo Bukoski ha muerto. No sabemos exactamente qué ha podido piar a la Gestapo. Toda precaución es poca. La célula está prácticamente deshecha. Conviene que te esfumes y procures ir a donde tu concurso sea todavía útil al partido.
> ¡El comunismo ganará la última batalla! ¡Suerte!

Karl, dobló la nota y se detuvo un instante a meditar. Si Bukoski había muerto, debería aguardar escondido unos días y después indagar cuál de los refugios habituales seguía en activo. Supuso que habría sucumbido en el tormento. Su corazón estaba muy tocado. Lo que no hubieran podido sacarle quedaba a salvo. Imaginó que el astuto zorro habría dado a sus captores las suficientes pistas para que se dieran por satisfechos, salvaguardando los muebles lo mejor que pudiera. E imaginó, así mismo, que la cervecería de Goethestrasse, que ahora pertenecía a su yerno y cuyo sótano tan buenos servicios había rendido al partido, habría quedado a salvo. Cualquier decisión al respecto quedaba a la espera de la pertinente verificación.

Luego abrió la segunda carta.

El matasellos procedía de un departamento cercano a Kiel. Decía así:

> Apreciado Karl:
> No nos conocemos, pero Sigfrid, mi íntimo amigo y futuro cuñado, me dio tu teléfono y dirección para que, en caso de que no pueda contactar con él, cosa que ya ha sucedido, me ponga en contacto contigo por los medios que ha puesto a mi alcance. He telefoneado al número que me proporcionó, pero no hay respuesta; he intentado llamar a diferentes horas, y nadie atiende al teléfono. Es por ello que recurro al correo. Voy a estar en Berlín una semana. Mi número es el 275286, mi dirección es Schillingstrasse, 121, 4.ª, y mi nombre es Eric Klinkerberg. Es urgente que contacte contigo. Estaré en este domicilio desde las nueve de la noche hasta las nueve de la mañana durante una semana, más o menos. ¡Ponte en contacto conmigo, es vital para mí!
> Gracias anticipadas,
>
> Eric Klinkerberg

ERIC
Los hilos del telégrafo que iban enlazando los postes de la electricidad subían y bajaban al ritmo del traqueteo que producían las ruedas del vagón al pasar las juntas de los raíles. Eric observaba el paisaje acodado en la ventanilla de su compartimiento. Sus compañeros de viaje eran un oficial mutilado que regresaba a casa, un pastor protestante que hacía el viaje enfrascado en su Biblia, una madre y una hija que volvían a Berlín luego de haberse reunido en unas cortas vacaciones con el esposo y padre, respectivamente, y un técnico en fortificaciones que regresaba tras inspeccionar las defensas que protegían las rampas de lanzamiento de cohetes en las costas noruegas.

Su mente no podía apartarse de Hanna. Desde una cabina telefónica de la base de submarinos y antes de que supiera que iba a poder ir a la capital, había intentado contactar con Sigfrid; vano empeño. Por más que lo intentó, a diferentes horas y respetando la clave convenida, el teléfono sonaba una y otra vez en el vacío más absoluto. Luego hizo un nuevo intento llamando al número que le había proporcionado para, en caso de que no lo encontrara, probara a contactar a través de él; empeño baldío. Al tal Karl Knut parecía habérselo tragado la tierra. Finalmente, al día siguiente de que Schuhart le informara de que iba a visitar Berlín para llevar a cabo una misión que, por el momento, desconocía y antes de recluirse en el refugio de descanso por él escogido entre las varias opciones que se le ofrecieron, envió una carta a la dirección que, así mismo, le había facilitado Sigfrid a nombre de Knut. El mensaje informaba a su destinatario de que iba a estar en la capital más o menos una semana, y le facilitaba su teléfono y dirección, que era la que figuraba en el interior y en el remite. Además, le indicaba que entre las nueve de la noche y las nueve de la mañana permanecería todos los días a la espera. Le rogaba que se pusiera en contacto con él para que le diera noticias de unos amigos comunes, y firmaba con nombre y apellido. Lo que Eric ignoraba en aquel momento era que su carta, antes de llegar a las manos de su receptor, tendría que hacer un extraño recorrido cuyo trayecto pasaba hasta por el cepillo de una iglesia.

El tren tuvo que hacer un sinnúmero de paradas para dejar paso a otros convoyes cuya prioridad era manifiesta, por su destino o por el tipo de mercancías que trasladaban. Otras detenciones se debieron al estado de la vía férrea, continuamente perjudicada por los bombardeos aliados y por los sabotajes de patrullas de guerrilleros que, conocedores del terreno, boicoteaban el paso de trenes causando estragos en los raíles mediante la colocación de cargas explosivas, escondiéndose a continuación, impidiendo con sus acciones que el flujo de la sangre de la industria de guerra, tan necesaria para inclinar la balanza del curso de la contienda, fluyera vital por las arterias de Alemania acudiendo a los frentes de combate.

En una de sus múltiples paradas, el tren de Eric fue obligado a detenerse en el apeadero de un pueblo. Por la megafonía de los vagones, se anunció que el convoy permanecería allí más de una hora. Eric decidió apearse para estirar las piernas y tomar algo en la cantina de la estación. Descendió al pequeño andén y le extrañó ver en las inmediaciones una compañía de las SS, aguardando en descanso la llegada del convoy que les había obligado a detenerse. Pasó por alto el curioso incidente, pues en aquel recóndito lugar le pareció que no había circunstancia ni cosa alguna que vigilar, y se dirigió a la cafetería. Estaba tomando una cerveza cuando vio que, por el ramal de la vía que acababan de abandonar, aparecía una cansada y piafante locomotora arrastrando una larga retahíla de vagones de ganado, que se dirigía al depósito de carbón a cargar el vital alimento de su fogón. Apenas el tren se detuvo, la compañía de las SS, obedeciendo las atropelladas órdenes que gritaba su *Hauptsturmführer*, lo rodeó, impidiendo que persona alguna pudiera acercarse hasta él. A Eric le extrañó que un convoy que obviamente no transportaba vehículos ni plataformas con armamento pesado requiriera de tanta vigilancia. Entonces, los pitidos de la máquina y el silbar del escape del vapor de su caldera se amortiguaron, y le pareció percibir, desde la lejanía del andén de la estación al que se había asomado, que de los vagones salían gritos y lamentos de gentes que iban allí encerradas. Lo primero que se le vino a las mientes era que podía tratarse de prisioneros de guerra que fueran conducidos a cualquier lugar. Pero entonces, afinando la escucha, logró distinguir que entre los sonidos se oían nítidamente llantos de niños y chillidos de mujeres. Eric, sin poder remediarlo, se dirigió al capitán que mandaba la compañía.

—Buenas tardes, capitán.

El oficial vio ante él a un teniente de la Kriegsmarine que lucía en charreteras y bocamangas el distintivo de la prestigiosa unidad de submarinos del Atlántico Norte, y percatándose de que no le había saludado con el preceptivo «a sus órdenes», respondió con un seco:

—¿Qué se le ofrece, teniente?

Eric, simulando que su malestar radicaba en el retraso al que se había visto sometido su convoy por tener que ceder el paso al mercancías, indagó:

—¿Qué tan importante material transportan, capitán, para que nos hayan metido en este aparcadero?

—Las órdenes que se me han dado son de vigilarlo. Lo que transporten me trae sin cuidado; no es de mi incumbencia e imagino que de la suya tampoco.

En aquel instante un grito más fuerte y más angustiado que los demás rasgó el aire. El militar se movió, incómodo.

Ante la mirada inquisitiva de Eric, el otro reaccionó a la defensiva.

—Material confidencial. Yo no me cuestiono las órdenes; me limito a obedecerlas.

Eric ignoró la última parte del discurso del oficial.

—Un material confidencial que grita y gime. ¿No es eso muy extraño?

El otro se descaró.

—¡Dedíquese a lo suyo, teniente! ¡Creo que lo que se transporta en ese maldito tren tampoco le atañe a usted!

Eric, que venía muy lacerado por el internamiento de Hanna, se solivantó al comprobar de primera mano que las tan terribles deportaciones eran un hecho incuestionable.

—Pues, mire por dónde, capitán, sí me conciernen. —Extrajo del bolsillo superior de su guerrera el pase de privilegio que le había facilitado Schuhart y lo puso bajo las narices del oficial—. ¡He de llegar a Berlín lo antes posible y me encuentro con que me detienen a cada momento! ¡Y lo que es peor, demando información para saber a qué atenerme, por si es conveniente que me busque un transporte por carretera, y se me contesta de malos modos!

El otro observó de refilón, en el salvoconducto, el grafismo de la Abwehr, el temible servicio de contraespionaje militar, y decidió no complicarse la vida.

—Mano de obra judía, eso es lo que transporta el maldito tren.

—Y los niños... ¿también son mano de obra cualificada?

—Imagino que es por no separar a las familias —respondió el militar, desabrido.

—¿Y los vagones de ganado?

—Es lo que hay, teniente, estamos en guerra. ¿Piensa usted que hay que transportarlos en coches cama? Si usted precisa un transporte por carretera, déjeme hacer una llamada e intentaré facilitárselo.

Eric entendió que había ido demasiado lejos y le convino bajar velas. Alguien podría indagar el motivo de su pase y comprometer con ello a su comandante.

En aquel momento, un sirenazo hondo y seco anunció que la máquina había repostado carbón y que se disponía a arrancar.

—Parece que la vía va a quedar libre —comentó el oficial.

—Eso parece. Que tenga usted un buen día, capitán.

El otro, queriendo salvar el incidente mostrándose amable y haciendo alusión a su grado de oficial de submarinos, respondió:

—Lo mismo le deseo, teniente: buena navegación y mejor arribada a puerto.

A las diez de la noche, tras un sinfín de rodeos, el tren de Eric entraba en la estación berlinesa de Potsdamerplatz en Leipzigerstrasse. La gente se preparaba en los pasillos para abandonar el vagón, harta de aquel incómodo e inacabable viaje. Eric tomó su maleta y una bolsa de lona de la redecilla que estaba sobre los asientos y, tras ayudar a la madre y a la niña a recuperar su equipaje y despedirse de sus compañeros de compartimiento, se dispuso a apearse del tren.

La mitad de los focos de la gran armadura metálica que cubría los andenes estaban apagados, con los cristales rotos y cubiertos de forma que su luz llegaba al suelo amortiguada. Imaginó que era a efectos de evitar en lo posible los bombardeos de los nudos ferroviarios. Las gentes iban a sus asuntos recelosas y atemorizadas, comprendiendo que estaban en zona peligrosa. Las despedidas y los abrazos de bienvenida eran breves; convenía no demorarse. Sacos terreros se apilaban en las bases de las curvadas columnas de hierro que sustentaban el armazón.

Eric atravesó la zona y, luego de acreditarse a la salida de los andenes, cruzó el gran vestíbulo central y salió a Hafenplatz. En la parada de taxis no se veía ningún coche. Berlín estaba desconocido. Se dirigió a Schönebergerstrasse para ver si allí tenía más suerte. Las expresiones de los rostros de los viandantes que se cruzaban a su paso eran hoscas y desconfiadas. Finalmente, en la lejanía divisó la luz encendida de un coche, alzó la mano y lo detuvo al tiempo que una mujer intentaba hacer lo mismo. Eric dudó un instante, pero el chófer le sacó del apuro; luego intuyó que el pretexto había sido su uniforme. La mujer abrió la portezuela de un costado en tanto él hacía lo mismo por el otro.

—Lo siento, señora, en tiempo de guerra primero son los militares.

La mujer se retiró cerrando la puerta violentamente y murmurando frases sobre «la maldita guerra», y Eric se encaramó al asiento posterior. El coche era un Horch —la prestigiosa marca de los cañones cruzados— que había vivido mejores épocas. Tenía la tapicería desgastada, las alfombrillas agujereadas y el cenicero lleno de colillas. El conductor, un hombre ya entrado en años, que observó su examen a través del espejo retrovisor, quiso excusarse.

—Son los tiempos; no vale la pena ocuparse de conservarlo limpio. Faltan taxis y el coche hace dos turnos; cuando lo dejo yo, lo coge mi cuñado.

—No tiene importancia, está bien así.

—¿Adónde vamos? —quiso saber el conductor.

—Blumen esquina Schilling, cerca de Alexanderplatz.

El hombre puso la primera y el poderoso motor de seis cilindros impulsó suavemente el vehículo.

—No ha bajado la bandera —indicó Eric al observar que el hombre se había olvidado de poner en marcha el taxímetro.

—A los héroes de los submarinos los llevo gratis.

—No tiene por qué hacerlo, paga la marina.

—Con mayor motivo. —Luego comentó con sorna—: ¡Iba yo a subir a la gorda esa pudiendo llevar a un oficial del arma con más prestigio del Reich...!

—Bueno, pues muchas gracias.

El chófer tenía ganas de hablar, y a Eric le vino bien enterarse de todo lo que iba ocurriendo en la retaguardia.

Durante el trayecto, pudo observar los desperfectos causados por las bombas aliadas en su ciudad y maldijo el momento en que aquel loco había alcanzado el poder. Al cabo de quince minutos, llegaron a su destino. La casa que sus padres poseían en Berlín y que usaban cuando iban a la capital se mantenía en pie, y el barrio no parecía ser el más damnificado. El coche se detuvo junto a la acera.

—¿Le va bien aquí?
—Perfectamente. ¿Insiste usted en no cobrar?
—Es un honor el que usted me hace. Cuando esta noche se lo cuente a mi nieto, que cuando sea mayor quiere ser submarinista, no se lo va a creer.
—Entonces, si me lo permite, voy a hacerle un regalo para el niño.

El hombre se giró en su asiento y lo observó con curiosidad. Eric rebuscaba en su bolsa de viaje. Al poco encontró una fotografía de su nave, obtenida por su amigo Winkler desde la nave nodriza en uno de los reportajes. Sacó el capuchón de su Mont Blanc y preguntó:

—¿Cómo se llama su nieto?
—Richard.

En tanto escribía, fue deletreando.

—«A Richard, futuro compañero de armas. Su amigo, Eric Klinkerberg.»

Luego sopló en la imagen a fin de secar la tinta para que no se corriera sobre la satinada superficie y entregó la foto. El hombre encendió la lucecilla del espejo y, ajustándose los lentes, la observó.

—¡Se va a morir, señor! En nombre del niño y en el mío propio le doy mis más efusivas gracias.
—No tiene importancia. —Y aclaró—: Está hecha en un punto del Atlántico Norte, desde otro barco.
—¡La ampliaré y la colocaré en un marco! A mi cuñado le va a dar un ataque de envidia... Muy amable, capitán, muchas gracias.
—Teniente, solamente teniente. Y el agradecido soy yo.

Descendió del coche, se abrochó el cinturón de su trinchera azul, se puso la gorra, tomó la bolsa y, cerrando la portezuela, tras saludar con la mano libre al amable taxista, se dirigió a la casa de sus padres.

El reloj de la torre del edificio de la Winterthur que se hallaba al otro lado de la calle marcaba las diez de la noche. La portería estaba cerrada. Los transeúntes que se cruzaban con él le miraban, como si viniera de tomarse un café en el bar de la esquina, sin darse cuenta de que regresaba de una patrulla por el océano en la que había estado a punto de morir en varias ocasiones y que, a su vez, había ayudado a hundir un exorbitante número de naves enemigas que se habían ido al fondo del mar, arrastrando consigo una inmensa cantidad de hombres que tenían mujer e hijos a los que nunca más volverían a ver.

Extrajo el llavín del bolsillo del pantalón y, tras abrir la pesada cancela de hierro, se introdujo en el viejo y suntuoso portal. La memoria del olfato lo retrotrajo a tiempos más felices. El silencio era absoluto, y recordó las dos veces que había subido con Hanna, en ausencia de sus padres y venciendo ella sus escrúpulos, a hacer el amor. Tomó el viejo ascensor que se elevaba encajonado en una jaula de alambre y pulsó el botón del cuarto. El camarín crujía en tanto ascendía lentamente. Se miró en el espejo y casi no se reconoció. Barbudo, macilento y agotado. Su cansancio, más que físico, era de otra índole. Su vida y la de su querida Alemania caminaban hacia un fatal desenlace. El mundo estaba en contra de ellos por causa de las barbaridades que aquella pandilla de enajenados había obligado, por vía democrática, a hacer al buen pueblo alemán. Y el mismo pueblo que había dado a luz genios como Wagner, Beethoven, Goethe, Schopenhauer, Schubert y muchos otros, en todas las disciplinas tanto artísticas como científicas, había caído en errores imperdonables.

La cabina del elevador de detuvo en el cuarto piso. Cuando Eric estaba cerrando las puertas, se abrió la de sus vecinos de toda la vida y, curiosa, asomó la señora Eckberg vestida de riguroso luto. La mujer quedó un tanto sorprendida al verle; al parecer, no le reconoció. Luego se iluminaron sus facciones, salió al rellano y, llorando, se abrazó a él. Eric permaneció quieto un instante, respetando su dolor, pero al momento indagó el motivo de su luto. Su hijo mayor, con el que en infinidad de ocasiones había jugado de pequeño, había muerto, aún no hacía una semana, en el frente de Rusia. Eric la consoló como pudo.

—Mi marido —dijo ella, entre hipidos y lágrimas—, desde que llegó la noticia, no se ha levantado de su sillón.

—Es una guerra terrible, señora Eckberg. ¡Ánimo!

—¡Si al menos su muerte y la de tantos jóvenes sirviera para algo...!

Luego cambió de tema.

—La semana pasada estuvo tu padre; entró a darnos el pésame. ¿Sabe que ibas a venir?

—Ni yo lo sabía. Estoy en misión especial, mañana los llamaré a Essen.

Se despidieron y Eric se metió en su casa.

Todo estaba igual que siempre. El tiempo se había detenido entre aquellas paredes. El gran cuadro que representaba la batalla de Solingen seguía presidiendo el recibidor; bajo él se hallaba el alargado sofá de torneadas patas cubierto de almohadones a rayas salmón y gris, a juego con el respaldo; en el rincón estaba el paragüero y, al otro lado, junto a la puerta que daba al salón grande, se encontraba la consola donde se dejaba la correspondencia. Solamente había una carta; supuso que su padre se había llevado las que había encontrado. Él, tras tantos meses fuera de casa, no esperaba ninguna. Se acercó. La carta estaba dirigida a él y no llevaba remite. Rasgó el sobre con vehemencia y desplegó la hoja de papel.

Únicamente se leía una frase:

> Ponte en contacto con la hermana Charlotte, superiora del convento de las Adoratrices.
>
> KARL

Armagedón

Amanecía el 6 de junio de 1391. Las llamas de las antorchas iluminaban temblorosas y fantasmagóricas una madrugada de perros. La multitud vociferante se había aglomerado frente a las tres puertas de la aljama, pero, no satisfecha con tal medida, estaba ya apoyando escaleras en los contrafuertes del muro ante la pasividad de los guardias. Éstos, desde las garitas y las casamatas que custodiaban las esquinas de la muralla, observaban con inquietud, conscientes de que eran incapaces de detener aquella marea humana.

Los gritos, las imprecaciones y los reniegos invadían el aire, y de esa guisa se iban dando ínfulas unos a otros, esperando a que alguien osara ser el primero en liderar el asalto. Súbitamente, ante la puerta de las Perlas apareció un grupo portando un ariete y sin demora comenzó a golpear, con saña y al ritmo que marcaba uno de los cabecillas que dirigía el cotarro, el centro de las gruesas hojas de roble macizo, las cuales resistían crujiendo el brutal envite.

Esther, que había recibido la tarde anterior el mensaje de su amiga, lloraba desconsolada sin saber qué más podía hacer ni adónde dirigirse para buscar a su hijo. Las gentes que anteriormente habían colaborado en la búsqueda se habían retirado para ocuparse de sus cosas ante la gravedad manifiesta de la situación. El sol aún no había salido, y ya andaba ella por las calles, enloquecida, acompañada del viejo criado, ora indagando ora preguntando y siempre gritando a voces el nombre de Benjamín. En cada una de sus desgarradoras demandas subyacía la angustia desesperada de una madre doliente a la que habían arrancado el motivo principal de su existencia.

Rubén, totalmente desbordado por las circunstancias por las que estaba atravesando su familia, no tenía más remedio que atender a cuantos acudían hasta él en busca de consuelo y amparo, sin dejar por ello de ir gestionando la situación y enviando a personas de su confianza a todos los mentideros de la ciudad, a fin de que le informaran de cualquier rumor o novedad que tuviera algo que ver con la desaparición de su hijo. Para ello, había organizado su cuartel general en la sinagoga y desde allí igual aconsejaba a uno de sus feligreses que atendía al portador de cualquier nueva que pudiera conducirle hasta Benjamín.

Simón, luego de la visita de Myriam y acompañado de Seis, cuya envergadura le facilitaba mucho las cosas en aquellos ambientes, se había pasado la tarde anterior visitando figones, tugurios y lugares de encuentro, sobre todo en aquellos locales donde la clientela era de la más baja condición y particularmente en el barrio del Compás, por si a sus oídos llegaba alguna noticia que le orientara sobre el lugar o la circunstancia del rapto del hijo de su amada. En ocasiones, hizo correr la confidencia de que «alguien estaba dispuesto a recompensar generosamente a cualquiera que le aportara la más pequeña luz sobre el asunto», e indicó el lugar donde, si la hubiere, tenía que remitir la noticia.

La mañana había despuntado y a la sinagoga de Rubén fueron llegando nuevas alarmantes. La multitud había saltado los diques de contención de la muralla por varios lugares y las hojas de la puerta de las Perlas habían cedido, dando paso a una riada de elementos incontrolados que había ya incendiado las casas de los barrios extremos y degollado a varias personas. Grupos de aterrorizados judíos iban acudiendo junto a su rabino y se arremolinaban en las puertas del templo, discutiendo posibilidades y en busca de no se sabía qué consuelo o qué seguridad. Un Rubén apesadumbrado y sereno se dirigía desde la *bemá* a todos los presentes, dando ánimos y diciendo que Adonai estaba sobre todas las cosa, que nada ocurriría sin su consentimiento y que si enviaba a su pueblo aquella prueba de desolación y quebranto, era porque por sus pecados la habían merecido. En un momento dado, un acólito le comunicó que Esther lo buscaba en la dependencia posterior. Rubén se excusó con los asistentes y, descendiendo el peldaño de la tarima, se dispuso a acudir junto a la madre de sus hijos. Su visión le impresionó. La mirada perdida, los cabellos desparramados por su espalda, sin redecilla ni cofia alguna, el escote de su pellote desgarrado, el borde de su brial deshilachado y lleno de machas, y las *sankas* llenas de barro hasta los tobillos... Esther parecía talmente la imagen de la locura.

—Benjamín sigue sin aparecer, ¿qué hacemos ahora?

—Todo lo que está en mi mano ya está hecho. Pese a las circunstancias por la que está pasando la aljama, tengo hombres registrando todos los rincones; más no cabe hacer. Ahora estamos todos en manos de Jehová... Pensad que, ante lo que se avecina, lo nuestro es una gota de agua en el mar, aunque entiendo que es nuestra gota.

—¡Ya os dais cuenta de lo que vuestro Dios permite que le ocurra al pueblo escogido! ¡Para este viaje no hacían falta alforjas! ¡Quizá habría sido mejor que no nos hubiera escogido! ¡Perdonadme, Rubén, pero un dios que permite que estas cosas sucedan ya no me interesa!

—Desbarráis y lo comprendo, pero no es este momento de dilucidar el porqué de los designios de Yahvé. Si me admitís un consejo, en este tiempo de tribulación solamente cabe que rezar.

—¡Vos todo lo arregláis orando! Yo prefiero morir buscando a mi hijo. Pero antes de partir, quiero deciros algo: ¡Adiós, Rubén!, pues presiento que ésta es la última vez que nos veremos en este mundo... y no sé si hay otro. He intentado ser hasta el final una buena esposa; nunca os engañé diciendo que os amaba. Pero encuentre o no a mi hijo, si es que no muero en el intento, ¡marcharé de vuestro lado para siempre!

—Si cambiáis de opinión o algo no sale como habéis planeado, y salgo yo de esto con bien, sabed que os esperaré siempre. Y ahora, permitid que intente aliviar la angustia de tantos que me buscan.

Simón y Domingo habían acudido a la cuadra para enjaezar las cabalgaduras, cincharlas, embridarlas y colocarles las alforjas, por si fuera necesario huir rápidamente. Simón estaba decidido a agotar las posibilidades de encontrar al pequeño Benjamín. Sin embargo, habiéndole llegado noticias de lo que estaba ocurriendo dentro de la aljama, estaba dispuesto también a salvar la vida de su amada, aunque fuera en contra de su voluntad y a pesar suyo.

En aquella situación, la ventaja de la ubicación de su posada era inmensa ya que, con su agilidad y la fuerza de Seis, salir y entrar de la aljama saltando y regresando por la ventana de su habitación no representaba dificultad alguna. Las calles de la judería eran un pandemónium de gentes yendo y viniendo como hormigas ciegas, sin tino ni concierto alguno, y las noticias que llegaban de los barrios extremos eran alarmantes e inciertas.

Simón había concebido un plan, pues era consciente de que la hora suprema había llegado y ya no cabía aguardar fecha alguna. Había que huir de Sevilla y alejarse antes de que aquella hoguera lo arrasara todo. No estaba dispuesto a permitir que el destino gobernara de nuevo su vida sin luchar hasta el final para que las cosas sucedieran como él las había planeado. Por la mañana se había llegado a los aledaños del Guadalquivir, y en la orilla donde se hacían las transacciones comerciales, había alquilado la galera de un mercader fenicio que había descargado el día anterior y al que le vino de perlas encontrar un cliente que le arrendara la nao hasta Sanlúcar, desde donde, sí tenía carga para regresar a su país, bordearía la costa en cabotaje, tocando varios puertos de la ribera mediterránea, ya que su bajel solamente podía navegar viendo tierra. En él pensaba Simón embarcar a Esther y a sus hijos —caso de que encontrara a Benjamín—, junto con sus criados, y así mismo meter en ella su equipaje, el de Domingo y los caballos. Una vez en Sanlúcar ya se ocuparía de encontrar una carabela que lo condujera lejos de la península Ibérica.

Por el contrario, y caso de no hallar al niño, según como fueran las cosas escondería a Esther y a los suyos en cualquiera de las alquerías que bordeaban el río, y cuando las aguas volvieran a su cauce, regresaría a Sevilla para seguir buscando a Benjamín ya que intuía que sin su hijo, o por lo menos sin la certeza de conocer cuál había sido su destino, su amada se negaría a partir. En cuanto a Rubén, en aquellos momentos ni le venía a las mientes; tal era el trágico futuro que auguraban los acontecimientos. Solamente cabía esperar y ver en qué paraba aquel drama, y actuar en consecuencia. Al fin y a la postre, Esther ya era una mujer divorciada y por lo tanto independiente.

Llegaron a la cuadra y, cosa rara, no vieron a nadie a su cuidado. La mula estaba comiendo en el pesebre y los caballos relincharon y piafaron, alegres, presintiendo la llegada de sus amos. Peludo, que iba sujeto a Seis por la correa, en cuanto entró en la cuadra se puso a olfatear el aire, moviendo inquieto el rabo.

—Suelta al perro, Domingo, y vamos a embridar los caballos. Si cuando terminemos no ha aparecido nadie, dejaremos los dineros de la cuenta en uno de los pesebres y partiremos.

El gigante se agachó y, liberando el gatillo de la traílla, dejó suelto al animal, que comenzó a seguir rastros por la cuadra.

—Debe de olfatear alguna rata, amo.

Dejaron a la vez de atender las idas y venidas del animal y se dedicaron a enjaezar los caballos. Las sillas, las bridas y el resto de los arreos estaban en la pared, colocados sobre unos vástagos de hierro que sobresalían de la misma.

Domingo empezó por la mula ya que, siendo el animal más díscolo, siempre le ocasionaba más trabajo. Simón principió a embridar a su caballo. Iban ya por la mitad de la faena cuando los ladridos de Peludo hicieron que ambos pararan en su quehacer y atendieran al extraño comportamiento del can.

Éste, de pie sobre sus cuartos traseros, ladraba sin parar hacia el altillo superior, al que se accedía mediante una escalera de mano que yacía arrumbada junto a una de las paredes.

—Arriba, entre la paja, debe de haber una rata grande. Si no, no se pondría de esta manera, amo.

—Déjalo que ladre, el instinto guía a los animales y es inútil luchar contra ello.

Siguieron ambos a lo suyo, pero el perro no cejaba.

—¿Me dejáis que lo suba? La rata debe de ser enorme, y no es bueno contrariar el olfato de un can; si no se les permite actuar cuando su instinto los acucia, luego creen que aquel olor no es perseguible y en otra ocasión no señalan la presa.

—Haz lo que mejor te cuadre, pero primero termina de enjaezar tu caballo.

Seis se dio buen tino, y al poco subía por la escalera de mano con Peludo sujeto entre sus brazos. Simón seguía a lo suyo cuando vio asomar la cabeza de Domingo que, desde el altillo y venciendo los histéricos ladridos del perro, quería decirle algo. Dejó lo que estaba haciendo y, luego de sujetar el caballo en una anilla de la pared, fue hacia la parte exterior para mejor oír lo que intentaba explicarle Seisdedos.

—Si no haces callar al animal, no puedo oírte, Domingo.

El otro colocó sus manos a modo de bocina junto a su boca y soltó un escueto:

—Subid, amo, esto es muy raro.

Trepó Simón por la escala de barrotes y, nada más asomar la cabeza al nivel del suelo superior, pudo ver que el perro se había encaramado sobre las balas de paja y se descosía ladrando hacia el tabique de madera del fondo, frente a él, sin intentar rascar con las patas buscando rata alguna. Terminó Simón de subir la escalera cuando ya Domingo, provisto de una horquilla de cuatro puntas que halló clavada en una de las balas, comenzó a apartar la paja con golpes certeros y poderosos. Ya llegaba al final de la tarea cuando por la escalera asomó el rostro demudado de Felgueroso.

—¿Qué es lo que hacen aquí arriba vuesas mercedes, si es que se puede saber? —les interpeló, desabrido—. ¡Dejen esto y vayan de inmediato abajo, que es donde tienen sus cabalgaduras!

En la actitud del dueño de la cuadra y en el tono conminador vio Simón algo extraño, a la vez que Domingo, con aquel raro sentido de la anticipación del que hacía gala en contadas ocasiones y con voz contenida, murmuró:

—Amo, lo que buscáis está cerca.

Y apenas dicho lo dicho, comenzó a retirar con violencia las balas de forraje que ocultaban la pared del fondo.

Entonces, Felgueroso se equivocó y, a la vez, evidenció que algo muy importante se ocultaba tras el fondo del altillo. Subió hasta el final de la escalera y, sin mediar palabra, se abalanzó sobre el gigante con ánimo de impedir que acabara de apartar la paja. Ni tiempo tuvo Simón de actuar. Cual si un molesto insecto quisiera obstaculizarle la tarea, Seis, al notar sobre su espalda el peso del otro, hizo con los hombros un ligero escorzo rotando, y el socio del bachiller Barroso salió volando por los aires y aterrizó en el enlosado suelo del piso inferior. Los gritos del individuo advirtieron a su coima, que estaba en un cobertizo vecino a la cuadra y que acudió presto, creyendo que se había prendido fuego o algo parecido.

—¿Qué es lo que ocurre aquí?

—¡Ved que lo han hallado! —se limitó a decir Felgueroso.

La frase espoleó a Domingo, que en dos patadas, dejando a un lado la horquilla, terminó de retirar con la ayuda de Simón las balas de paja que ocultaban el portillo, instigados ambos por los ladridos de Peludo, que intuía la presencia de su antiguo compañero de juegos. El individuo del ojo velado ya estaba asomando en el mismo borde del altillo portando un cuchillo de monte en la boca, en tanto que su compañero, mientras daba voces llamando en su auxilio a dos mozos que trabajaban para él y que ya aparecían por el fondo de la cuadra, le seguía escalera arriba. Simón estaba absorto en el grueso candado que aparecía ante sus ojos cuando la voz de Seis le previno.

—¡Cuidado, amo, nos requieren cuatro!

Ante el aviso de su criado, Simón dejó de atender el asunto del candado y, tomando del suelo el tridente que había abandonado Seis y una gualdrapa vieja que colgaba de un clavo, se dispuso a repeler el ataque. Felgueroso, a su vez, ya había coronado la escalera y la tropa de refresco subía por los laterales del altillo. En aquel limitado espacio iban a enfrentarse contra cuatro individuos cargados de malas intenciones.

—¡Yo os enseñaré a meter las narices en negocios que no os incumben! ¡Por mi vida que pagaréis cara vuestra osadía!

Simón, ante la amenaza de Barroso, avanzó la punta del tridente, cual si fuera un reciario,[295] hacia el rostro del bachiller en tanto hacía voltear la gualdrapa sobre su cabeza. El Tuerto se agachó y dio vueltas a su alrededor, cuchillo en mano y con un odio siniestro brillando en su única pupila. Entretanto, los otros tres se habían ido hacia Domingo. En un momento determinado, cual si se tratara de un ritual, aquel ballet siniestro se puso en movimiento evocando una primitiva danza de la muerte. El grito de un niño rasgó el aire e hizo de desencadenante de lo que ocurrió a continuación. Simón y Seis se dieron cuenta al unísono de que no podían perder tiempo en aquel envite. Uno de los mozos de cuadra, el más corpulento, se vino hacia Domingo; éste flexionó las piernas y dejó que medio cuerpo del otro pasara sobre su hombro izquierdo, y acto seguido se enderezó. Con el corpulento individuo sobre su hombro dio medio giro y, cual si de un corderillo se tratara, lo lanzó por los aires sobre su compañero de fatigas, que recibió el impacto de aquel montón de libras, yéndose ambos a estrellar sobre el enlosado suelo de la planta baja de la cuadra y dándose una descomunal costalada. Uno quedó allí aullando y cogiéndose con ambas manos la rodilla izquierda, en tanto que sobre el otro, que intentaba subir de nuevo, se lanzaba gruñendo la sombra canela y negra de Peludo, que, derribándolo hacia atrás, cerraba sus poderosas fauces sobre su hombro derecho, inutilizándolo. En aquel momento, y a la vez que el trapo volaba al encuentro del bachiller, éste se abalanzaba sobre Simón, a quien la artera acometida cogió desprevenido, por lo que cayó hacia atrás, golpeándose la cabeza contra un saliente y viéndose obligado a soltar la horquilla, que voló hacia un extremo del altillo. Una vez en el suelo, el Tuerto, aprovechando su aturdimiento, se lanzó sobre el muchacho cuchillo en mano y, colocándose a horcajadas encima de él, se dispuso a rematar la faena asestándole una puñalada definitiva. Simón, cuando vio el brazo alzado y armado con la daga, creyó que su último instante había llegado. Su pensamiento evocó los momentos vividos con Esther, recordó a sus padres y a David, y pasaron ante sus ojos las más importantes vivencias de su existencia; coronando todos aquellos recuerdos, estaba el primer encuentro con su amada en El Esplendor. Se encomendó a Yahvé y alzó instintivamente el brazo derecho para protegerse en tanto que con la mano izquierda intentaba coger la muñeca de su enemigo.

Seis había hecho frente a los otro dos, pero de refilón vio lo que estaba a punto de suceder y, lanzando un patadón terrorífico al brazo alzado de Barroso, consiguió que el machete saliera volando por los aires en tanto el bramido de éste se mezclaba con el grito angustiado del niño, que sonó, de nuevo, al fondo del altillo. Las fuerzas se habían equilibrado; eran dos contra dos y ninguno estaba armado. Simón, aprovechando el desconcierto del Tuerto, consiguió zafarse de su adversario y se hallaron de nuevo en pie y forcejeando. Felgueroso cometió un error fundamental: se lanzó, armado con una hachuela que descolgó de un gancho de la pared, sobre

Domingo. El gigante no se inmutó, apartó el armado brazo de la trayectoria que le había dado su propietario, como quien aparta un molesto insecto, y tomándolo por la cintura, lo alzó en el aire y lo lanzó contra el suelo con tan mala fortuna que cayó sobre la horquilla de agavillar la paja que yacía en un rincón. El rostro de Felgueroso iba del terror a la incredulidad cuando vio asomar por su pecho tres de los cuatro pinchos de la herramienta; al punto, su camisola se cubría de sangre. En aquel instante, el bachiller, consciente de su inferioridad y aterrorizado, pidió cuartel.

—¡Clemencia, por Dios santo, tened piedad de un pecador que irá a los infiernos si muere sin confesión!

Seis ya se iba a abalanzar sobre él, cuando la voz de su amo lo detuvo.

—¡Alto, Domingo! Cuando hayamos abierto la puerta del fondo, concluiremos, si cabe, nuestra tarea.

De la parte baja llegaban los gemidos de los dos mozos mezclados con los gruñidos de Peludo, que, ante la llamada imperativa de Simón, había soltado la presa y, mostrando sus afilados y brillantes colmillos, mantenía a ambos inmovilizados.

—¡Abrid de inmediato este candado y mostradnos lo que tan arduamente habéis defendido!

—Nada hay, dómine. El hijo de este pobre —dijo uno de los mozos, y señaló a Felgueroso—, que no está en sus cabales, y al no tener madre, lo encierra aquí mientras trabaja en la cuadra e inclusive le ha de suministrar un calmante para que no se pase el día gritando, pues no tiene con quien dejarlo ni quien cuide de él.

Simón iba a replicar, cuando la voz de Seis sonó queda y amenazadora.

—Vuestro compadre ya la ha espichado.[296] Si no queréis que os envíe a reuniros con él para hacerle compañía en tan incómodo viaje, cosa que me causaría un placer ilimitado, ¡ya estáis abriendo esta puerta!

El bachiller, que como buen jugador de quínola sabía perfectamente cuándo, al llevar malos naipes, tenía el envite perdido, evitó el órdago, se acomodó al punto intentando sacar alguna ventaja y, dirigiéndose a Simón, aventuró:

—¿Me juráis por vuestro Adonai y por el Arca de la Alianza que respetaréis mi vida si os facilito la entrada en este reducto del que la única noticia que tengo me la ha dado este desventurado?

Simón no quería perder el tiempo porque apremiaba.

—Va en ello mi palabra.

—No es suficiente... ¡Jurad!

Ya se iba Seisdedos de nuevo hacia el Tuerto, cuando el gesto de Simón le detuvo. La mente de Barroso pensaba a mil leguas por minuto. Si conseguía que lo dejaran con vida, ya habilitaría los medios de encalabrinar al personal y salir tras ellos, arguyendo que habían asaltado su cuadra, matado a sus compañeros y, lo más importante, que eran unos puercos judíos.

—De acuerdo, lo juro.

—Que vuestro Dios os lo demande si lo hacéis en falso.

Entonces, llevándose la diestra al cuello, deshizo el nudo de un fino dogal de cuero del que pendía una pequeña llave y se dirigió al portillo. Simón y Domingo se mantenían expectantes junto a él para impedir cualquier felonía. Introdujo la llave en el ojo del candado y, tras soltar el cierre y retirarlo de las anillas, abrió la puerta. Se hizo a un lado con la esperanza de que sus enemigos mordieran el anzuelo y entraran primero para, de esta forma, y con un hábil movimiento, poder encerrarlos junto con el niño. La añagaza no surtió efecto; la poderosa garra de Seis lo tomó por el cuello de su ropón y, forzándolo a agacharse, lo introdujo en el cubículo. Lo que vieron los ojos de Simón cuando se acostumbraron a la débil penumbra reinante le aterró. Allí, tirado como un animalillo, acurrucado en un jergón de paja, con un cuenco de bazofia a su lado, yacía un bulto gimiente que no era otra cosa que

Benjamín, el amado hijo de la dueña de su alma, al que reconoció al punto pues lo había visto jugando muchas veces por los aledaños de su casa.

Eso no era todo. Dando fe a la amenaza anunciada en aquel vil anónimo, arrimada a la pared se podía ver una cruz de madera de una vara y media de alto, una corona hecha con espinos, tres grandes clavos, un vergajo de siete colas y un gran mazo de mango de roble y cabeza de hierro.

Simón se volvió hacia Seis.

—Dame el mazo, sube a los otros dos y enciérralos con esa escoria aquí dentro. ¡Y vayámonos, que el tiempo apremia! —Y dirigiéndose a Barroso—: ¡Si movéis un dedo, os descalabro!

Al oír esto último, las neuronas de Barroso se pusieron a funcionar y con voz lastimera rogó:

—¡No hagáis eso, señor, nadie oirá mi llamada cuando hayáis partido y moriré de hambre! ¡Os juro que no me asomaré al exterior hasta que vos no me lo mandéis!

La orden de Simón fue determinante.

—¡Enciérralos!

Domingo, tras mirar con desconfianza al bachiller y recomendar a su amo que tuviera cuidado, bajó a cumplir el mandado.

Barroso decidió rápido, ya que de no hacerlo estaría condenado a una muerte lenta y terrorífica; allí no había agua, le constaba que el escondrijo era totalmente seguro y discreto, y sabía que su enemigo tenía prisa. Entonces, decidió quemar sus naves. Con un gesto resuelto lanzó la llave hacia el exterior del altillo, justo donde se hallaba amontonada la paja, y la llave se perdió entre ella. Seis, seguido de Peludo, que se había encaramado por un lateral, ya llegaba trayendo consigo a uno de los coimas en su hombro y al otro andando, vigilado por el can. Cuando la comitiva entraba en la ergástula, la voz de Barroso sonó, impertinente:

—Ved que tenéis prisa, amén de mi palabra —dijo meloso—. Mejor os convendría marchar y fiaros de mí; ya veis que la llave se ha extraviado.

Domingo se hizo cargo al punto de la situación. A la vez que Simón dudaba, descargó el fardo en el suelo. El perro se fue gimiendo junto a Benjamín, que yacía drogado con jugo de dormidera y procedió a llenarle la cara de lengüetazos húmedos y calientes, en tanto gemía. El otro permanecía pálido como la muerte, esperando cuál iba a ser su condena.

—No creáis que soy un ingenuo —dijo Simón—. En cuanto me dé la vuelta, saldréis tras de mí.

—El tiempo apremia, y puedo deciros que sé de buena tinta que esta noche la aljama estará ardiendo.

Entonces Seis exclamó:

—Amo, dejadme hacer a mí.

Se abalanzó hacia el bachiller y de un golpe tremendo en la quijada, que habría derribado a un mulo, lo abatió. Luego, ante los aterrorizados ojos de sus compadres —el segundo ya había despertado—, se llegó hasta el fondo y tomando la cruz y uno de los clavos la acercó a Barroso, que yacía exánime Después se volvió hacia Simón, que no entendía lo que Seis hacía.

—Dadme el mazo.

Simón ni atinó a moverse y Seis cogió de su mano la herramienta, regresando a continuación junto al cuerpo desmadejado de Barroso. Entonces le tomó una mano y la colocó en medio del madero. Con unos golpes secos y precisos, hundió el grueso clavo en el mismo centro, doblando la punta por detrás de modo que era imposible, sin una adecuada tenaza, extraerlo. El otro, ante el insoportable dolor, abrió los párpados un instante y, al ver su diestra clavada en la cruz, con un grito horrísono, se desmayó de nuevo. Los desorbitados ojos de sus compadres no acababan de creer lo que estaban viendo.

—La cruz le impedirá, cuando despierte, salir por el portillo —aclaró—. Amo, ¿hago lo mismo con estos dos?

El que estaba en pie con el hombro destrozado por los colmillos del can, llevándose una mano temblorosa a la faltriquera, dijo:

—Yo tengo otra llave, pues yo era quien traía la comida al niño.

Simón había reaccionado.

—¡Dádmela!

El individuo entregó a Simón la llave del candado y éste, a su vez, se la alargó a Seis. De inmediato se fue Simón hacia la criatura y, tomándola con sumo cuidado en sus brazos, se dirigió al portillo seguido del perro, que, moviendo el rabo, no dejaba de saltar a su alrededor. Salieron los tres, y Domingo, agarrando el candado y colocándolo en los cáncamos, cerró el pasador para, a continuación, colocar grandes brazadas de paja cubriendo la puerta.

Salieron a la calle; Benjamín, atravesado sobre la cruz del caballo de Simón; éste, enarbolando en su diestra el rebenque de siete colas, y Seis, sujeta la brida de la mula a su garañón y portando en la mano libre un hacha que había recogido en la cuadra. Las gentes que pretendían entrar en la judería se abrían a su paso cual manteca al corte de un cuchillo caliente. En tanto ambos se acercaban a su posada, los grupos que se cruzaban con ellos, que se dirigían a sumarse a los que ya estaban dentro de la aljama, los miraban con desconfianza, pero si a alguno se le pasó por las mientes interceptar su camino, el tamaño y la catadura del jinete que, montando un imponente garañón arrastraba la mula, le disuadió de tal cometido. Detuvieron las cabalgaduras, y Simón indicó a Domingo que sujetara la brida de su caballo. Entonces, con sumo cuidado, tomó el bulto que era el niño y se lo echó al hombro cual si fuera un fardo. De esta guisa y seguido del perro, en tanto Domingo se quedaba fuera vigilando las cabalgaduras, se introdujo en la posada. Nadie había a la vista, ningún huésped; o estaban en la calle viendo los acontecimientos, cuando no participando en ellos, o, si su talante era timorato, se habían resguardado en sus habitaciones por si la cola del temporal les afectaba. Entonces Simón, tras asegurarse de que nadie lo observaba, subiendo la corta escalera que conducía al entresuelo, se dirigió a la puerta de su habitación, la abrió con su llave e introduciéndose en ella la cerró tras de sí. A continuación, depositó con sumo tiento al niño en uno de los catres y suavemente apartó de su rostro el lienzo con que estaba envuelto. En aquel instante, Benjamín se despertaba de su atormentado desvanecimiento,

—¿Quién sois?

La vocecilla del niño sonó en la oscuridad.

—Un amigo. No tengas cuidado que nadie te va ha hacer daño.

—¿Dónde estoy y dónde están mi madre y mi padre?

—Ahora descansa, aquellos hombres malos ya no regresarán jamás y cuando despiertes tu madre estará a tu lado. Además, no debes temer nada, pues te dejo en compañía de tu perro.

Los ojos de ambos se habían hecho a la penumbra y aun en la tenue oscuridad se distinguían. El niño reconoció al perro y su sonrisa denotó la confianza que sentía en presencia de su fiel amigo. El can, como si hubiera entendido el mensaje, se echó a los pies de la cama, dispuesto a velar el descanso de su pequeño amo. Simón puso su mano en la frente del infante y fue consciente de que la fiebre le había atacado. Se fue hasta la jarra que estaba en la mesilla y tomando un cuenco lo llenó de agua. Luego regresó junto al niño y arrimó a sus labios el cuenco, en tanto que con la mano libre incorporaba al pequeño, que bebió con avidez. Cuando terminó, Simón lo acostó nuevamente, y al ver que la modorra derivada de la droga que le habían suministrado aquellos engendros de Satanás todavía le hacía efecto, le habló con voz queda y cariñosa.

—Descansa, tú eres un chico valiente y aquí nadie te ha de molestar. Ahora voy a buscar a tu madre. Y te lo repito, cuando despiertes, ella estará contigo para no separarse de ti nunca más.

Cuando Simón pronunció la última palabra, el niño dormía otra vez un agotado, artificial e inquieto sueño. Colocó un cobertor sobre su cuerpecillo y, dándole una última mirada, se dirigió de nuevo a la salida.

Domingo esperaba, inmóvil como un árbol, a que Simón regresara. Un silbido corto le avisó de ello y acercó el caballo a fin de que su amo pudiera montarlo. Éste, de un ágil bote, saltó sobre la silla. En tanto calzaba los estribos y se hacía con las bridas del corcel, habló con su fiel criado.

—Domingo, vamos a dejar los caballos en la cuadra que hay al lado del mercado de la Contratación, que está abierta día y noche, y luego iremos en busca de Esther. Quiero comprobar qué ocurre en las puertas con los que intentan atravesarlas a pie. Si tengo la fortuna de encontrarla, seguramente no estará sola, y si somos varios y hay mujeres, no existe otra vía de escape... Las cosas no están para andar con miramientos. Ya la perdí una vez en Toledo y no quiero volver a perderla; no voy a permitir que alguien se oponga, y si tal ocurriera, ya vería la forma de actuar.

Al decir esto último, Simón pensaba que tal vez Rubén, por mor de no perder a sus hijos, se resistiera a su partida, pero al estar ella resuelta, estaba decidido a defender, con uñas y dientes, lo que consideraba suyo.

Seis no chistó; para él nada había en el mundo más importante que los deseos de su amo.

—Amo, cuando mandéis, estoy dispuesto.

Ambos se pusieron en marcha hacia la cuadra. Tras dejar los caballos atados junto al abrevadero interior del mercado, luego de que bebieran y de colocarles, así mismo, los sacos con alfalfa para que comieran, pagaron el correspondiente óbolo al encargado del lugar y se dirigieron a la puerta más cercana de la aljama, que era la de la Carne.

A medida que se iban acercando, Simón se fue haciendo a

la idea de lo que debía de estar ocurriendo al otro lado de la muralla. En el camino fueron encontrando grupos de hombres que caminaban en dirección contraria, ebrios de vino y ahítos de venganza, que en medio de mofas y algazara portaban sacos rebosantes de hurtos y despojos obtenidos en el interior. Simón coligió que los dueños de aquellas mercancías no habrían cedido de buen grado sus pertenencias; aquello olía a muerte y a pillaje. Aceleraron el paso y llegaron a la puerta. La multitud que allí se apiñaba era pavorosa. Unos, los más, pugnaban por entrar incentivados por las muestras de riquezas que portaban los que intentaban abandonar la aljama. En la puerta, milicias ciudadanas controlaban a todo aquel que intentara salir si tenía aspecto de judío y no iba acompañado por fraile o clérigo que lo avalara. Simón pugnaba contra aquella corriente humana que le impedía avanzar más rápidamente. En un momento dado, Seis lo superó. «Dejadme a mí», dijo. Y empleando sus poderosos brazos, cual si fueran remos, comenzó a apartar gente.

Luego de que Domingo abriera brecha entre la multitud de exaltados que se arracimaba frente al arco de la entrada y tras arduos esfuerzos, se encontraron dentro.

La calle era un caos, la noche había caído y aquí y acullá se veían fuegos, unos incipientes y otros ya más crecidos. La muchedumbre enardecida, portando antorchas y armada con guadañas, azadones, dagas, hoces y toda clase de útiles cortantes, había invadido la aljama, cometiendo tropelías sin fin. Ni un soldado, alguacil o autoridad se veía por lado alguno, de modo que aquella multitud incontrolada y cegada por un odio visceral se había adueñado de la situación que, a cada segundo, se tornaba más y más caótica. Los judíos, aterrorizados y corriendo como conejos asustados perseguidos por podencos, se habían refugiado en las sinagogas, donde habían atrancado las puertas para impedir que el populacho pudiera profanar sus templos y mancillar sus sagrados símbolos, para lo cual intentaban ocultar sus *menorás* y sus torás en los sitios más inverosímiles, en la vana esperanza de que, en cualquier momento, aparecieran hombres del rey que detendrían aquel aquelarre. Otros, los menos, se dejaban bautizar en las calles por frailes que, habiendo entrado con el torrente humano, intentaban atraer a aquellos desgraciados a la verdadera y, para ellos, única religión. Los tales clérigos acompañaban a los nuevos cristianos, con lo puesto, hasta las puertas y en ellas les libraban un salvoconducto provisional que portaban en sus bolsas y, arrancándoles el círculo amarillo que llevaban sobre sus ropajes, les permitían traspasar los límites y huir con el único capital evaluable, el de sus vidas. Las casas eran asaltadas y los bienes de sus propietarios esparcidos por las calles, de modo que cada quien tomaba lo que le venía en gana creyendo resarcirse, de alguna manera, de los dineros que los recaudadores semitas les habían arrebatado anteriormente. El capítulo de violaciones fue terrible. Una turba de desalmados que habían entrado a tiro hecho con esa obsesión en la cabeza se refocilaba con las mujeres que les salían al paso, luego de asesinar a sus parientes y amigos, pues sabían que tal grave falta contra el sexto les sería exonerada en confesión, pues la habían cometido con mujeres judías y lo habían hecho para desenraizar aquella maldita raza, ya que los frutos, si los hubieren, que nacieran de aquellas aberrantes y bárbaras acciones serían con seguridad nuevos cristianos dado que los judíos ya no existirían.

Los ayes y lamentos batían el aire e iban *in crescendo* a la vez que caía la noche. A Simón, la vista de aquel siniestro espectáculo le heló la sangre.

—¡Deprisa, Seis, hemos de alcanzar Archeros! Me parece que la sinagoga de la plaza Azueyca está ardiendo.

El gigante, presto a repeler cualquier agresión y hacha en mano, iba junto a su amo. Tan aprisa como las circunstancias permitían, fueron avanzando, ahogados por el humo y las llamas, apartando a un lado o a otro a todo aquel que les iba saliendo al paso. De esta guisa llegaron frente a la sinagoga; el edificio ardía por los cuatro costados. Grupos de energúmenos colocados en las puertas, armados con hoces y guadañas, degollaban a todo aquel que quisiera ganar la calle. El espectáculo era apocalíptico. Algunos judíos que se habían encaramado al tejado, por no morir abrasados, se tiraban al vacío desde la altura, estrellándose contra el suelo y siendo rematados al punto por los que aguardaban, entre risas y jolgorios. Los que arriba estaban dudando eran animados por los espectadores, que en medio de burlas les decían: «¡Lanzaos sin miedo al vacío, no tengáis cuidado, que un ángel os salvará! ¿Acaso no abrió Yahvé las aguas del mar Rojo para que pasaran vuestros padres?».

Simón no lo pensó ni un instante y, agarrando la manga del ropón de Seis, se dirigió, con el alma encogida por la angustia, a la casa de la calle Archeros. Llegó hasta ella y las lágrimas asaltaron sus ojos; el edificio estaba en llamas. Cuando Domingo quiso darse cuenta, él ya había atravesado la cancela y se hallaba en el interior. Todo era oscuridad y estrago. Pasó el recibidor y se asomó a las estancia inferiores; nada había en su sitio. Los muebles estaban por el suelo; los cortinajes, arrancados; los armarios, descerrajados y su contenido esparcido por doquier. El calor era insoportable. Simón se asomó a la cocina, seguido por su criado. Mojó un trapo en una jofaina, que aún permanecía llena de agua, se lo colocó sobre la cara y, cubriéndose la boca, se precipitó escalera arriba como un poseso.

—¡Amo, amo!

Entre el crepitar del fuego y el crujir del maderamen, Simón ni siquiera oyó la voz de Domingo, quien le advertía que la techumbre estaba a punto de ceder. Llegado al primer piso, fue abriendo a patadas las puertas de las alcobas secundado por Seis, que lo había seguido ante lo inútil de sus advertencias. Cuando la evidencia se impuso, el dolor atenazó sus músculos y se quedó en medio del distribuidor, con la voluntad anulada y la mente en blanco, sin saber qué hacer ni dónde más buscar. Entonces, los brazos poderosos de Domingo lo cogieron, cual si fuera una carga liviana, y cargado sobre el hombro de Seis alcanzó la puerta que conducía al patio trasero de la casa y se encontró apoyado en una columna, tosiendo como un tísico y porfiando para que, en sus pulmones, entrara un brizna de aire. Cuando se recuperó, sin saber lo que hacía y transido de dolor, miró al cielo; de sus labios salió un profundo lamento de animal herido, abrumado de desesperanza, y el nombre de su amada resonó en medio de la noche, dominándolo todo.

—¡¡¡Esther, amada mía, dónde estáis!!! Yo también quiero morir... ¡Maldito seas, Yahvé, una y mil veces, por robármela de nuevo!

Las nubes se desflecaron y en aquel instante comenzó una tormenta de rayos y truenos, corta y violenta pero seca, pues no cayó una sola gota de agua, que tan bien habría ido para apagar fuegos. Simón quedó quieto, pensando que aquélla era la respuesta que le enviaban los cielos. Seis, respetando su dolor, no intervino para obligarlo a entrar en el pequeño porche.

Un rayo, luego un trueno y, cuando ya los ecos del mismo rebotaban por los cerros de alrededor, un grito desesperado rasgó el aire, nombrándolo.

—¡Simón, auxiliadnos, estamos aquí!

El muchacho se volvió hacia su amigo para ver en sus ojos si sus oídos habían escuchado lo mismo que los suyos. En su expresión atenta entendió que no era una elucubración de su mente y que el grito percibido había sido real.

De nuevo la voz...

—¡Aquí, Simón, por favor!

Un relámpago iluminó el patio, venciendo la oscuridad, y en ese instante percibió al fondo del mismo una pequeña construcción que el fuego no había alcanzado.

—¿Quién llama?
—¡Soy yo, Myriam!

Ahora sí reconoció la voz, amén de que ya divisaba la alta figura de la muchacha ocupando el quicio de una pequeña puerta que se había abierto en el cuartucho del fondo del patio. Ambos se precipitaron a su encuentro. Cuando llegaron a su altura, lo primero que preguntó Simón fue:

—¿Está Esther con vos?

—Y Sara también; se ha quedado a cuidarla.

Una luz especial le invadió el alma.

—¡Dejadme paso!

Myriam se retiró de la cancela y Simón se precipitó al interior. El cuartucho del lavadero era muy pequeño y estaba a oscuras. Al principio, Simón no distinguió las formas; luego, la luz que penetraba por el enrejado ventanuco le permitió ver algo. Sentada en un barreño colocado boca abajo estaba Esther con una expresión ida, acunando a su hijita; a su lado, la vieja ama la sujetaba por los hombros, doliente como una plañidera y con una expresión de sorpresa en el rostro; junto a la puerta, angustiada, se hallaba Myriam. Seis se había quedado fuera, siempre vigilante. Simón se precipitó junto a su amada y se arrodilló a sus pies, abrazando su cintura. Lo que vieron sus ojos le causó un espanto indescriptible. Esther tenía el pelo desgreñado, la mirada perdida, la tez pálida, el pellote sucio y el brial rasgado... Pero lo que más le afectó fue su expresión ausente, a tal punto que dedujo que aunque reparaba en él, parecía no reconocerle.

Sus labios murmuraban por lo bajo:

—¿Qué le han hecho a mi hijito? ¿Dónde está Benjamín? Es aún muy pequeño y le da miedo la oscuridad... ¡Que alguien me lo traiga!

—¡Esther, el niño está a salvo y en poco tiempo lo tendréis en vuestros brazos!

En el primer momento, la muchacha pareció no entender lo que él decía. Después, sus ojos intentaron enfocar el semblante de Simón, cual si volvieran de algún lugar muy lejano, y la cordura pareció regresar a su rostro.

Las palabras de Simón penetraron cual una barrena en su cerebro y dieron vida a aquella estampa que, poco a poco, fue saliendo de su letargo. Myriam y el ama se miraron, alborozadas, en tanto que Esther, levantándose del barreño y entregando a la pequeña Raquel al ama, se abrazaba a Simón deshecha en un llanto histérico, intentando que su mente captara la grandiosidad de la buena nueva.

Simón miró a las dos mujeres, que todavía lo contemplaban con incredulidad.

—¡Os digo que Benjamín está a buen recaudo, y si conseguimos salir de aquí, dentro de nada podréis abrazarlo!

En aquel instante, Esther pareció recobrar totalmente la conciencia, y exclamó:

—¡Lo sabía, lo sabía! ¡Si alguien me iba a devolver a mi hijo, ése erais vos!

—Ha sido una concatenación de casualidades. Metatrón, el ángel de las buenas obras, ha guiado mis pasos.

Las tres mujeres hablaban a la vez.

—¿Cómo ha sido? ¿Dónde estaba Benjamín? ¿Quién lo había cogido?

—No hay tiempo ahora, lo primero es salir de aquí. ¿Dónde está Rubén?

La que respondió fue Sara, que estaba enterada de todas las peripecias ocurridas a la pareja y de todos los pormenores, que había sabido de boca del pobre Gedeón ya que éste se había sentido incapaz de guardar el secreto, dominado por la fuerte personalidad de la mujer. Sin embargo, ésta nada había dicho a Esther de la indiscreción del viejo sirviente. En primer lugar, porque no lo reprendiera; en segundo lugar, para que Gedeón continuara suministrándole noticias de cuantas cosas sucedieran, y finalmente, porque le venía bien aquella situación de pretendida ignorancia, ya que no quería sentirse de nuevo cómplice de aquellos encuentros, como lo había sido en Toledo, y porque además guardaba un profundo respeto y un gran afecto al joven rabino.

—Mi amo —dijo Sara, recalcando ambas palabras— se ha ido a su sinagoga, cumpliendo con su deber, y Gedeón ha ido con él.

Simón, en aquellos momentos, no tuvo corazón para decir que el templo de la plaza Azueyca estaba en llamas y que lo más probable era que nadie hubiera salido de él con vida.

Simón llamó a Domingo, que aguardaba vigilante en el patio, hacha en mano, para decidir lo que convenía hacer, ya que pasar a través de toda la judería con tres mujeres y una niña era tarea harto comprometida.

El gigante dio su opinión.

—Amo, debemos ir bordeando la aljama por el pie de la muralla ya que, al no haber en ella casas donde rapiñar, es menos probable que haya grupos armados, amén de que por lo tanto habrá menos fuegos.

La noticia de la recuperación de su hijo y el saber que dentro de poco podría estrecharlo entre sus brazos habían devuelto la fuerza y la cordura a Esther, quien, ansiosa por abrazarlo y conocer las vicisitudes por las que había pasado su pequeño, no se soltaba de la mano de Simón, a pesar de la reprobatoria mirada de su ama. Sara, pese a las dramáticas circunstancias por las que estaban atravesando y aun conociendo el hecho consumado del divorcio, juzgaba aquella situación con acritud. La suerte estaba echada, y a Simón le pareció bueno el consejo de Seis.

—Hemos de componer la apariencia —dijo—. Es necesario que lo que vean las gentes que se topen con nosotros coincida con la explicación que demos.

—No entiendo qué queréis decir, amo.

—¡El disfraz, Domingo, el disfraz! Necesitamos que la imagen y el argumento coincidan con la historia que relatemos.

Las tres mujeres atendían confusas a la aclaración de Simón. Éste se dispuso a esclarecer su idea.

—Vamos a ser unos de tantos que se han dedicado a expoliar casas judías. Para ello, os sujetaremos mediante una soga cual si fuerais nuestros rehenes y haremos ver que, luego de haber acabado con los varones de vuestra casa, nos hemos decidido a llevaros con nosotros para pedir un rescate.

—Es inútil, amo, no nos dejarán salir por ninguna puerta, ya habéis visto cómo estaba el asunto cuando hemos entrado en la aljama.

—No saldremos por ellas. Iremos hasta el pie de nuestra ventana y entraremos en nuestra posada por ella. No olvidéis que hemos dejado la maroma oculta tras la balaustrada, y entre vos y yo será fácil izar a las mujeres.

—Haced lo que sea, pero hacedlo pronto. Las ganas de abrazar a Benjamín son más fuertes que el peligro que podamos arrostrar —dijo Esther.

—Hemos de ser prudentes, amada mía, precisamente para que podáis abrazar a vuestro hijo.

—Y ¿qué dirá el amo cuando regrese y vea que nadie hay en la casa?

—Ved, Sara, que no hay casa. —Simón señaló con un gesto el edificio quemado—. Y la vuelta de vuestro amo es asaz problemática.

—¿Qué insinuáis? —recabó la mujer.

—Lo que pueden ver los ojos de cualquiera. En estos momentos, ninguno sabemos qué será de nosotros... Y la hora siguiente puede ser la última, tanto más cuanto el quehacer de rabino es el más perseguido por esas bestias sedientas de sangre.

—De cualquier manera, él sabrá, si sale con bien, dónde encontrarnos. Y, sea como sea, ya hallaremos los medios oportunos para ponernos en contacto con él —apostilló Esther—. Pero ¡por Yahvé, démonos prisa!

—Y vos ¿qué pensáis?

Simón interrogaba a Myriam. La tensa serenidad de la que siempre hacía gala la joven le impresionaba.

—Seguiré la suerte de Esther. Estoy sola; los dos criados

mudéjares que servían en mi casa me abandonaron cuando el edicto último del alguacil mayor prohibió a cualquiera de otra religión a servir a un judío. Mi esposo, ¡afortunado él!, no ha regresado de su último viaje, y esto quizá haya sido su salvación, pues cuando he salido de mi casa, había comenzado a arder y me he escabullido por la trasera. Lo primero es salvar la vida y el único camino es salir de Sevilla —concluyó, buscando la mano de su amiga.

—Pues adelante entonces; lo primero es buscar una soga.

—Amo, yo tengo una; siempre la llevo por si hemos de escalar la ventana.

Diciendo esto, Seis extrajo de su alforja un trozo de cuerda de regulares medidas y la entregó a Simón.

—Simón, si es posible, quiero llevarme dos cosas que han jalonado este tiempo de mi vida.

—¿Qué es ello Esther?

—En primer lugar, la *mezuzá*, que es la que estaba en la casa de mi padre, allá en Toledo. Después estuvo en El Esplendor; luego, la coloqué aquí.

—Sea. Si aún está en la jamba de la puerta y el fuego no la ha destruido, contad con ello. Seis, id a buscarla —ordenó Simón. Luego que Domingo entrara en la casa y desapareciera por la puerta trasera, prosiguió, interrogando—: ¿Y lo segundo?

—Aquella maceta —aclaró Esther, señalando una pequeña vasija roja ubicada entre las florecillas que se veían junto a la tapia. Y ante el gesto extrañado de Simón, cuyas cejas interrogantes pedían una explicación, aclaró—: Ahí está enterrado el pequeño trocito de piel que le cortaron a mi niño el día de su circuncisión.[297]

—Entiendo.

Simón se llegó hasta ella y, tomándola del suelo, la introdujo en su alforja. Seis ya regresaba con el pequeño pergamino en la mano que, luego de mostrarlo, entregó a Simón y que siguió parejo camino.

—¿Deseáis algo más?

—Éstos son todos mis tesoros.
—Entonces procedamos.

Simón tomó la cuerda y comenzó a enlazar a las tres mujeres. La primera, Myriam, a la que sujetó las manos a la espalda, para proceder después a atar la cintura de Esther, dejándole las manos libres para que llevara en brazos a la pequeña Raquel, y en último lugar ató a Sara, a la que ligó las manos delante. Talmente parecían una cuerda de galeotes.

—Perdonadme, pero es irremediable si queremos dar a nuestra comedia un tinte de realidad.

El aspecto de las tres, luego de las vicisitudes vividas, era deplorable y ello coadyuvaba a la credibilidad de la farsa.

Atravesaron el pequeño recibidor, donde las llamas aún lamían las paredes, y saliendo a Archeros pisaron la calle. La aljama ardía por los cuatro costados, y el llanto y el crujir de dientes del pueblo semita era total. El caos era absoluto, el pillaje y los asesinatos eran moneda común, y en cada esquina se realizaba un desafuero. La injusticia y el abuso eran palpables. Los judíos ni tan siquiera trataban de defenderse. El populacho, ebrio de vino y de resentimiento, degollaba a cualquier ser viviente que oliera a judío.

Cuando las tres mujeres vieron el espectáculo quedaron sobrecogidas, ya que al haberse encerrado en el lavadero al primer estallido de odio, no habían podido calibrar el alcance de aquella barbarie. A lo lejos pudieron ver el resplandor brillante y el humo, fruto sin duda del incendio cuyas llamas habían destruido la sinagoga de la plaza Azueyca. Los ojos de Esther se llenaron de lágrimas en tanto el ama gemía en silencio.

La voz de Simón sonó autoritaria, ya que en aquellos instantes no cabían sentimentalismos.

—No hay tiempo que perder, cada segundo cuenta.

Él habría la marcha llevando en su diestra la punta del cabo que sujetaba a «las presas»; detrás, desfilaban las tres mujeres, acobardadas y transidas de espanto, y cerraba el cortejo la imponente mole de Seis con el mango del hacha pegado a su extraña mano.

Los grupos de incendiarios se habían hecho los amos de la calle. Cada cual iba a su negocio y una locura colectiva parecía haberse apoderado de todos. En la plaza Azueyca, dos mujeres eran violadas por un grupo en tanto que sus correligionarios reían y jaleaban. El suelo de la calle estaba resbaladizo a causa de la sangre y el barro. Los cinco dejaron atrás el denigrante pasatiempo y se dirigieron, siguiendo los límites de la muralla, a la plaza de Alfaro, para desde allí intentar llegar, dando un rodeo por la calle Ataúd, hasta la plaza de Refinadores. Allí pareció que su buena estrella les abandonaba. Una banda de patibularios, al frente de los cuales iba un herrero conocido como el Martillo, en clara referencia a su oficio y a su musculatura, los detuvo.

—¿Adónde van vuesas mercedes en tan curiosa compañía?

—Son nuestras, trabajo nos ha costado prenderlas y no creáis que sus deudos las han soltado fácilmente.

—Y ¿qué vais a hacer con ellas?

—Conozco a alguien que pagará un buen rescate.

—¿Por la vieja también?

Las carcajadas del grupo atronaron la calle.

—¡Venga ya! ¡A otro perro con ese hueso! ¡Entregadnos a las dos jóvenes y os permitiremos partir con la abuela! Debe de tener la entrepierna reseca como la mojama, pero acomodada por lo anchurosa.

Los acólitos se rompían las ternillas riendo y se daban fuertes golpes en la espalda bailando el agua al jefe.

Súbitamente, Seis abandonó la cola del grupo y se colocó a la altura de Simón. El Martillo era algo más bajo pero quizá lo igualaba en anchura de espalda.

—Nos estáis haciendo perder un tiempo precioso y no creo que tengáis autoridad para exigirnos explicaciones. —Éstas fueron las palabras que pronunciaron los labios de Domingo y no, por cierto, en voz demasiado alta.

Las risas cesaron y una rara tensión rodeó al grupo.

—Ahora vais a quitaros de en medio y cada quien seguirá su viaje, claro es, si cuadra a vuesa merced.

—¿Y quién es el que tal suscribe?

—Quien puede. Y ¡vive Dios que se han terminado las explicaciones! Mi amigo y yo vamos a seguir viaje con nuestra carga, que bien ganada la tenemos, y vos os iréis con la barragana que os parió.

Todos seguían la escena con el morbo de ver en qué acababa todo aquello y, en el fondo, con la curiosidad de ser testigos de algo que hasta aquel momento jamás había sucedido: por una vez, alguien plantaba cara al matón de su jefe.

Éste entendió que estaba en juego su prestigio y que su fama se resentiría caso de no resolver aquel incómodo envite rápida y eficazmente.

Las tres mujeres estaban aterrorizadas. Y la diestra de Simón, bajo la capa, asía fuertemente la empuñadura de su daga.

El herrero se vino como un alud sobre Seis y éste hizo lo que había hecho mil veces en la cantera de maese Antón Peñaranda. Aplomó los pies, se agachó algo y, en el embroque, sujetó al otro por la entrepierna y por un brazo y, cual si fuera una piedra, se lo cargó en los hombros talmente como si estuviera en una de las ferias donde Simón lo llevaba para ganar las apuestas de los labriegos. Entonces, con un volteo, lo descargó de espaldas sobre su pierna derecha encogida, partiéndole el espinazo y dejándolo caer sobre el polvo de la calle.

Ni falta hizo ahuyentar a los demás, pues todos pusieron pies en polvorosa. Los talones les tocaban las posaderas, y el último dobló la esquina de la calle en menos que canta un gallo.

A Simón no le extrañó la hazaña de su amigo dado que había visto demostraciones de su fuerza en otras ocasiones. El ama y Esther estaban sobrecogidas, pero en los ojos de

Myriam había un brillo extraño que fluctuaba de la gratitud a la admiración.

—Gracias, Domingo, me has salvado la vida dos veces esta noche, y con la otra ya son tres; no lo olvidaré jamás.

El gigante, serio y como si el hecho no tuviera la menor importancia, masculló:

—Mi abuela me encomendó...

Simón interrumpió su manido discurso.

—Ahora sí que hemos de partir. Éstos pueden volver con refuerzos.

La comitiva se puso de nuevo en marcha y de esta guisa alcanzaron el callejón

El pasaje estaba a oscuras. Alguien había arrancado los dos cuencos que, con sendas mechas bañadas en aceite y prendidas, y alojados en sus respectivas jaulas de hierro, servían para iluminar las esquinas del mismo. La calle estaba desierta y, como intuyó Seis, el hecho se debía a que lo que no era lienzo de muralla eran paredes de casas de cristianos que daban al otro lado, y sus propietarios habían tenido buen cuidado de pintar en sus muros con pintura blanca grandes cruces que, jalonando la calle, marcaban el territorio para recordar, a quien correspondiera, que aquél era un barrio de cristianos que únicamente lindaba con la judería. Lo primero que hicieron al llegar fue retirar las ataduras de las mujeres que, aliviadas, se frotaban las muñecas para restablecer la circulación de la sangre.

—¡Alabado sea Adonai que ha permitido a estos sus siervos llegar con bien hasta aquí! —rezó Esther.

—Por siempre lo sea —repitieron las otras dos mujeres.

—Ya hemos llegado, amor mío. Tras de esta ventana, está vuestro hijo.

Esther palideció.

—¿Y cómo podemos alcanzar esa altura?

—Ya lo hemos hecho otras veces, ahora veréis.

Domingo se había acercado y juntaba sus manos para que

Simón colocara en ella uno de sus pies y se aupara. El muchacho lo hizo al punto y, apoyando su otro pie en un saliente, se encaramó hasta el alféizar. Desde allí, abrió el entornado postigo y se introdujo en su habitación. Luego, dando media vuelta y asomando medio cuerpo por la ventana, indicó a su compañero que le alzara a las mujeres. La primera fue Esther. El gigante la tomó por la cintura y la levantó hasta la altura, de modo que Simón pudo asirla por las muñecas y subirla hasta la barandilla de hierro. En un segundo estaba dentro. Peludo se acercó a ella meneando el rabo y ladrando alegremente al reconocerla. Casi sin ver, Esther se abalanzó sobre el catre donde el pequeño bulto descansaba dormido, tomándolo en sus brazos y apretándolo cual si quisiera recuperar los días que no lo había podido hacer, en tanto que sus labios exclamaban: «¡Hijo mío de mis entretelas! ¡Cuánto he sufrido!». Ahora la que entraba por la ventana era Myriam, y dándose la vuelta, aguardaba a que Simón le entregara a la niña. Pero la que entró, magullada y rendida, fue la vieja ama, que no se tenía en pie, víctima de la tensión y el cansancio. Entonces, Simón largó a Seis la cuerda que habían dejado anudada en el hierro de la barandilla. Domingo la asió con una mano, mientras con la otra sujetaba junto a su pecho a la pequeña Raquel, y con una poderosa contracción del bíceps de su brazo y poniendo los pies en la pared, se aupó hasta alcanzar la ventana para pasar a la estancia, entrando primero una pierna y luego la otra. ¡Se habían salvado... aunque fuera por el momento!

El buey

El plan estaba pergeñado. Luego de entrar varias veces en el campo y tomar el pulso a la rutina, Werner Hass, con la inapreciable ayuda y colaboración de dos trabajadores del matadero, había llegado a la conclusión de que era factible sacar a Hanna de aquel infierno.

Lo primero fue averiguar si Renata Shenke estaba viva. La gestión la hizo Werner a través de un contacto que tenía en el economato, no sin antes lubricar convenientemente la relación con un fajo de billetes. La muchacha no solamente vivía sino que gozaba, si en aquel lugar algo así fuera posible, de una situación de privilegio con respecto a sus compañeras. Su virtuosismo con el violín la había colocado en franca ventaja en relación con las otras presas, ya que el comandante del campo, furibundo melómano, había formado un quinteto de cuerda del que ella era líder. Esa actividad le ahorraba otras tareas mucho más desagradables y vejatorias.

Otra prerrogativa era que pasaban lista a las componentes del quinteto únicamente dos veces, una por la mañana y otra por la noche, de lo cual se inferría que, si lograban llevar a cabo su plan, nadie echaría en falta a Hanna hasta el anochecer.

En aquellos momentos, lo que August ignoraba era que una de las funciones del grupo consistía en amenizar, desde un improvisado estudio y ante un micrófono que amplificaba sus notas, el trabajo de los esclavos de la cantera y, peor todavía, acompañar con briosas marchas la entrada en los vestuarios de los judíos, donde se les obligaba a dejar sus pertenencias en perchas numeradas para luego entrar en las duchas de cuyas alcachofas en vez de agua salía Zyklon B. Una de las fórmulas que empleaban los *sonderkomandos* para que no crearan problemas era recordarles que debían tomar la precaución de memorizar el número asignado en los vestuarios a fin de recoger posteriormente sus cosas; de esta manera, al creer que regresarían, aquella retahíla de desdichados iba resignada y conforme al encuentro de su destino final. Cuando las componentes del quinteto supieron a qué fin servía su música, se plantearon negarse a interpretarla; sin embargo, y tras largas discusiones, entendieron que era inútil tal actitud, ya que, de negarse, sus verdugos lograrían el mismo efecto con la amplificación del sonido de cualquier grabación, y ellas no solamente perderían sus prebendas, que beneficiaban a muchas compañeras, sino que, sin duda, acabarían en los hornos. De todos modos, realizaron una votación a mano alzada. Hanna y Myrskaya, la pianista polaca, votaron en contra y se inclinaron por negarse a tocar, pero sus compañeras decidieron optar por la vida y eso hizo que continuaran llevando a cabo aquella tristísima misión. Mientras que del violín de Hanna salían dolientes notas, tristes como lamentos, de sus ojos manaban amargas lágrimas.

Helga la consolaba por las noches.

—No puedes evitarlo; de una manera u otra los matarán. ¿Te digo lo que ocurrirá? Marcharán a la muerte más confortados.

Todo esto sirvió para que August dedujera que nadie había descubierto la verdadera identidad de Hanna, ya que, de ser así, no estaría recluida en la parte del campo destinada a reformatorio de antisociales ni gozaría de privilegio alguno, sino que estaría, o ya no, en la parte judía.

—¿Tú crees que es factible, Werner?

—Nada hay seguro, pero creo que se puede hacer. Sé que nos jugamos la vida en el envite, pero da igual. Si nos descubren o saben que ayudamos a los de las montañas a boicotear las líneas férreas o que participamos en cualquier otra misión que emprenda la guerrilla, también estamos muertos. Hoy toca esto, y no olvido que Poelchau se juega la vida en Berlín todos los días. Además, ahora ya no es posible dar marcha atrás; mañana es el día. La chica ya debe de tener tu nota en las manos. Si intenta algo y nosotros fallamos, su final está cantado y nosotros la habremos empujado hacia él.

—A mí no me cabe duda, porque a mí me corresponde hacer lo que esté en mi mano; es por mí que está ahí dentro. Pero vosotros os la estáis jugando.

—Nosotros nos la estamos jugando cada minuto, o ¿crees que la de mañana será la última acción que llevaremos a cabo antes de que esto se acabe? Pasado mañana, si todo va bien, te habrás ido, y nosotros estaremos planeando otra maniobra para joder a esos asesinos.

—De acuerdo, vamos allá.

El matadero de Grünwald proveía de carne, además de a la guarnición del campo, a los dos balnearios, al hospital de la zona y a la antigua estación de esquí. Sus instalaciones estaban compuestas por una nave en la que se sacrificaban las reses, además de una oficina, vestuarios, lavadero, cámaras frigoríficas y secadero, así como el correspondiente muelle de carga de camiones.

Hacía cuatro días, se había sacrificado una partida de vacuno proveniente de Normandía en cuyo lote se encontraba un buey de extraordinarias proporciones. A Werner, al ver el tamaño del animal y luego de escuchar de labios de August las características físicas de Hanna, se le ocurrió un plan. El animal había pesado seiscientos veintidós kilos en canal. Descabezado y desollado, una vez colgado en el frigorífico, hacían falta los brazos unidos de tres hombres para rodear su tronco. Werner, ayudado por dos de sus socios, había preparado la inmensa res. Por la parte interior habían cosido, taponando el boquete de su cuello, una recia tela de saco capaz de soportar un peso de sesenta kilos. A continuación, habían forrado su interior con una lona tintada de rojo que imitaba el color de la carne de buey y, finalmente, habían cosido la parte correspondiente al esternón con hilo de saco. Cuando la tarea estuvo finalizada, Werner introdujo a August en el frigorífico, como si fuera un trabajador del matadero, para que viera su obra finalizada y diera su conformidad.

—La chica, caso que le hayan dado el mensaje que le dejamos el otro día, estará cerca de la zona de carga y descarga de camiones. Una vez allí, si mis cálculos no fallan, no habrá nadie en los alrededores. Saltará a la trasera, le daremos la ropa enrojecida que tintamos el otro día, la ayudaremos a introducirse en el costillar del buey y ataremos la pata del animal en un saliente interior del camión para que con el bamboleo no se dé la vuelta y su lomo siempre dé a la parte posterior de la caja. En la puerta, a la salida, solamente nos obligan a abrir la trasera y revisan el interior del camión desde fuera. Luego, si todo sale bien, la llevaremos al molino del río. Allí te recogerá Toni para llevarte a donde pueda. Mi misión habrá terminado.

De no ser por el mensaje que le había pasado Hilda, al día siguiente y antes de que la llevaran de nuevo a la presencia de aquella bestia, Hanna se habría arrojado contra la valla electrificada que rodeaba el campo.

Cuando leyó el billete, apenas podía creer lo que veían sus ojos. ¿Cómo era posible que August hubiera llegado hasta allí? Y lo que era todavía más increíble, ¿cómo había industriado los medios para poder sacarla de aquel infierno? Su cabeza no estaba para hacer cábalas y sí para aferrarse a la esperanza como a un clavo ardiendo. Aquella noche descargó en el hombro de Hilda toda la amargura de su desgracia, relatándole con pelos y señales desde el asesinato de las componentes del quinteto hasta su horrorosa experiencia en la villa de aquel animal.

—Olvídalo ahora. Es mejor morir intentando huir de este infierno que arrojarse contra la valla. No mires hacia atrás, la vida está delante —la animó su amiga.

—Me echarán en falta.

—Habrán pasado lista por la mañana, y tú no formas otra vez hasta la noche. Si todo va bien, ya estarás lejos.

—Y ¿cómo llego hasta las cocinas?

—Déjame hacer a mí. Vamos a explotar la ventaja que te ha dado tu triste experiencia y a estimular la ambición de la guardiana de día. Conozco bien su ruindad y su codicia.

La noticia de que el comandante había escogido para su

solaz una nueva querida corrió como la pólvora entre las guardianas de aquella parte del campo, máxime cuando la circunstancia venía adobada con el luctuoso suceso que la había provocado. Hilda, que era el enlace habitual entre las presas del barracón nueve y las celadoras, fue al encuentro de la jefa, una marimacho que se había ganado una justa fama de crueldad y avaricia.

Llegó a la estancia que hacía de despacho a la interfecta y, con los nudillos, golpeó la hoja de la puerta, que se encontraba ajustada. La jefa estaba desayunando.

—Pasa, 93, ¿qué quieres ahora?

Hilda se adentró en el pequeño aposento con la gorra entre las manos.

—¡Habla!

—La 113, la del violín, ha amanecido medio muerta. Si quiere que aguante, ha de evitar que vaya a la cantera; si no lo hace así, pocas noches podrá atender a las demandas amorosas del comandante.

—A ti se te da un higo lo que le ocurra a la zorra esa, ¿por qué me vienes con eso?

—Se lo digo porque usted, mi *Rottenführer*[298] siempre me ha tratado bien, y creo que si la tiene en buena forma el comandante sabrá agradecérselo. —Y añadió—: Y usted a mí.

—Y ¿qué es lo que sugieres?

—¡Qué sé yo! Que riegue los parterres, que asista al economato. Cualquier cosa que no sea trajinar piedras.

—Está bien, ocúpate de ella. Que no trabaje mucho de día, así podrá hacerlo de noche. —Su amarga risa rió su propia chanza.

—A sus órdenes. ¿Puedo retirarme?

—Lárgate. Y a ver si entre unas y otras me dejáis desayunar.

Partió Hilda a decir a la celadora del barracón que Renata debía cubrir una baja en el economato para, a continuación, ir en busca de su amiga.

Cuando llegó Hilda con instrucciones, la mujer respiró, aliviada.

—Llévatela a donde te dé la gana. No quiero líos. Siempre que el comandante cambia de amiguita, hay que despabilar. Todas cogen ínfulas y creen que son las amantes del Rey Sol.

Luego Hilda fue en busca de su amiga, y la encontró hecha un manojo de nervios. Los días anteriores a aquella hora estaba con el quinteto ensayando o tocando para incentivar el trabajo de las presas, y aquella mañana, cuando sus compañeras de barracón se hubieron ido dejando libres sus camastros para las del turno de noche, ni ella supo qué hacer ni su guardiana le encomendó tarea alguna, temiendo ganarse las iras de su superiora, de forma que Hanna deambulaba por el barracón, escoba en mano, haciendo ver que barría y vigilando con el rabillo del ojo la puerta de entrada.

Finalmente llegó Hilda. Eran las nueve de la mañana, faltaba una hora y media para la cita.

—¿Qué ha pasado?

—Deja esa escoba y sígueme.

Hanna dejó el escobón arrimado a la pared y siguió a Hilda. Se colocó a su lado y fueron caminando en dirección a las cocinas con la vista baja, como era preceptivo. El humo de las chimeneas del lado judío era más espeso que nunca; no acababa de llover, y la polución y aquel pringue especial invadían todos los rincones del campo.

—¿Adónde vamos?

—A donde dice el papel que debes estar a las diez y media.

—¿Qué pasará luego?

—Ya lo sabes: si nos cogen, nos matarán, y si tenemos suerte, a lo mejor sales de este infierno... aunque no lo creo, ésa es la verdad.

—Y ¿qué te pasará a ti cuando vean que no estoy?

—Ya me las arreglaré para estar con el jefe del economato

a esa misma hora. Yo te habré dejado abajo, acarreando cajas, y no sabré nada más de ti. Si yo palmo, palmarán conmigo dos o tres vigilantas. En cuanto a cómo te sacarán de aquí, no tengo ni la más remota idea.

La actividad cerca de los almacenes era febril. La logística para alimentar a una masa humana de treinta y cinco mil personas era trabajosa y sumamente complicada. En el reloj del campo daban las diez. La mujer habló con voz contenida.

—No hagas nada, ni el menor gesto para despedirte. Ahora irás al fondo y te daré una caja vacía y cerrada que he preparado esta mañana. Con ella te pasearás desde el economato hasta el muelle de carga. Cuando llegue el camión, que Dios te ayude. Y cuando esto acabe, si es que acaba algún día, búscame en la dirección que ya sabes. ¡Adiós, Renata!

Hanna habría querido abrazar a su amiga, pero se contuvo. Hilda se dirigió a la escalera metálica que conducía a los despachos del economato y que estaba al fondo del cobertizo. Al llegar, y en tanto comenzaba a ascender los escalones, le hizo un gesto con la cabeza señalando un montón de cajas. Hanna la vio entrar por un puerta del metálico pasillo y desaparecer. Se dirigió al montón de cajas de embalaje y tomó en sus brazos la indicada, que era muy voluminosa pero a la vez ligera. Eran las diez y cuarto.

El camión frigorífico, de cuatro plazas en cabina, llegó a la puerta exterior del campo. El centinela estaba en la garita. El oficial, saliendo del cuerpo de guardia, se acercó a la cabina del vehículo.

Werner iba al volante.

—Abre atrás y muéstrame la guía de lo que entras.

—¿No se aburre usted de cada día la misma historia? ¿Cree que alguien en su sano juicio querría entrar en un sitio como éste?

—Cualquier grupo de hijos de perra partisanos con la

pretensión de liberar a unos cuantos de estos desgraciados. ¡Abre!, que no tengo todo el día.

August estaba inmóvil sentado en el asiento del otro lado, en tanto el colega de Werner lo hacía en la banqueta posterior. Werner descendió del camión y mientras abría las puertas rezongó al alférez:

—Si en cada descarga tengo que pasar revista no acabo ni mañana.

Abrió las dos grandes puertas. El vapor blanco de la congelación que se producía en el interior del frigorífico, que se mantenía a dieciocho grados bajo cero, salía al exterior. El oficial echó una mirada al interior; la caja del camión quedaba a una altura de más de un metro respecto del suelo. En el interior se podían ver nueve reses desolladas, colgadas por los cuartos traseros y sujetas a dos barras de hierro que iban afirmadas en el techo del vehículo en sentido longitudinal. Las piezas se balanceaban suavemente a efectos de la frenada. La última por la derecha era una inmensa res de un tamaño poco común. El oficial tomó una pértiga que le alargó uno de los guardias y rastreó con ella el suelo del camión. Luego de comprobar que allí no había nadie y de revisar los papeles, dio permiso para proseguir.

Werner, en tanto cerraba las compuertas y preparado la salida, comentó en voz baja aunque suficientemente audible para dejar el mensaje en la mente del alférez:

—A veinte bajo cero no hay quien aguante; si no que se lo digan a nuestros soldados en Rusia.

El centinela presionó el contrapeso de la valla y ésta se abrió, dejando el paso franco al vehículo, que se internó en el campo en dirección a la parte posterior del muelle de carga.

Werner ordenó al de atrás:

—Desconecta el compresor y abre la trampilla del techo; de lo contrario, la chica morirá congelada.

Al ver el camión, Hanna creyó que se le iba a caer la caja de las manos. El vehículo maniobró arrimando su trasera al muelle. La cabina se abrió por ambos lados y descendieron de ella tres hombres. Hanna, en el acto, distinguió a August. Depositó un instante la caja en el suelo y se caló el gorro hasta las orejas, dejando al aire sus facciones. En el acto, August la distinguió entre las presas que trajinaban cajas y una oleada de calor invadió su pecho. ¡Dios, aun con aquellos harapos, qué hermosa era! Las puertas de la parte posterior del camión se abrieron, y en tanto otro hombre, con una capucha de saco, cargaba inmensas piezas de carne sobre sus hombros, el tercero, a indicación de August, hizo una ligera señal a Hanna que ella interpretó al instante. Se aproximó con su caja al camión y, aprovechando que su compañera posterior aún no había doblado la esquina y la anterior ya había entrado en el almacén, ayudada por August se encaramó a la cámara frigorífica, y en el mismo instante él cerro media compuerta.

—Deprisa, Hanna, dame tu ropa y ponte esto.

Ella se quitó la bata y el gorro sin chistar y se los entregó. Luego se puso un viejo pantalón de lana, un jersey y un anorak rosáceo que él le había tendido y, finalmente, se caló un pasamontañas tintado del mismo color.

—Ven.

August se dirigió al fondo del camión. En tanto, el que se había quedado fuera plegaba el cartón de la caja vacía y lo metía en la cabina y el del saco en la cabeza seguía trajinando inmensas piezas de carne; desde el interior se oían sus voces.

Hanna vio ante ella el inmenso hueco que se abría en medio del costillar de una res.

—¡Te has de meter aquí, yo te ayudo! ¡Deprisa!

No lo pensó dos veces y, ayudada por August, se deslizó dentro del buey. Lo cierto era que, desde sus tiempos del equipo de gimnasia rítmica, había sido siempre muy elástica.

—Encógete cuanto puedas.

El interior del animal estaba guarnecido con un hule, que aislaba la humedad de las serosidades que rezumaba la carne de la res muerta, y con un forro de gruesa tela. El frío era tremendo, pues el animal estaba congelado. August, antes de colocar sobre su cabeza un trozo de tela rojiza, la animó.

—Hanna, has de aguantar media hora como sea; el frío irá disminuyendo.

Luego la dejó sola. Desde su escondite, Hanna podía oír las voces del exterior. August interrogaba en voz baja a alguien. Su interlocutor se llamaba Werner.

—Si a la salida han puesto perros, ¿qué pasará?

—Nada, el olor de la carne es mucho más intenso que cualquier rastro; aunque les den algo de ropa suya, no la olfatearán.

Luego oyó que la voz del tal Werner se dirigía a otro.

—¡Date prisa, Zimmerman! Aunque hayas parado el compresor, ahí dentro hace un frío de todos los diablos. Como te entretengas, la encontraremos congelada.

Pasó una eternidad. Hanna temblaba como una hoja, no sabía si de frío o de miedo. Finalmente, las compuertas se cerraron, y la claridad que hasta aquel momento había llegado hasta ella a través de las telas se difuminó.

El camión arrancó de nuevo, y el chirriar de la cámara y el bamboleo de las reses produjeron nuevos ruidos. El frío era intensísimo.

Una nueva parada. A través de las paredes, oía nuevas voces, que se hicieron más nítidas al abrirse las compuertas.

—¿Adónde vas hoy? Parece que llevas más carne que los demás días.

—A la estación de invierno y a los dos balnearios. Por lo visto, hoy llegan oficiales de la armada a descansar durante una quincena.

Hanna sintió que algo golpeaba las paredes del camión y el suelo.

—Con esa pieza que llevas al final, puede comer un regimiento entero.

—Pues como no se dé prisa, mi alférez, habrá que tirarla.

Se me ha estropeado el compresor, y si se rompe la cadena de congelación, toda esta carne se echará a perder en menos tiempo del que empleo en explicárselo.

—Déjame ver.

Hanna notó que alguien subía a la caja del vehículo. En aquel instante una voz lejana reclamó al oficial.

—Mi alférez, le llaman de mayoría.

Las ballestas del camión, al verse liberadas de un peso importante en su parte posterior, crujieron levemente. La voz, al cerrarse las compuertas, llegaba hasta Hanna amortiguada.

—¿Puedo irme ya?

—Lárgate. ¡Y que te aproveche la carne!

—¡No es para mí, alférez! En casa solamente comemos sopa de remolacha, col y algún bratwurst… Y eso cuando hay.

El vehículo arrancó y se alejó con su carga de esperanza casi congelada.

La reunión

Eric y Karl se encontraron en la capilla de las Adoratrices. La hermana Charlotte hizo de correo. La capilla era un buen escondite, y ambos se saludaron como viejos amigos.

Durante un rato, estuvieron el uno junto al otro haciendo como si rezaran. Luego, cuando una monja leyó desde el presbiterio unos avisos para varias mujeres que estaban presentes, ambos se pusieron a hablar en voz baja.

—He oído tu nombre infinidad de veces desde el atentado del Berlin Zimmer.

—Yo también sabía de ti. Sigfrid te nombraba a menudo.

—No voy a interrumpirte, explícame todo lo ocurrido.

Karl, aprovechando el murmullo de las mujeres al responder a las oraciones de la hermana, fue desgranado en el oído de Eric las vicisitudes ocurridas a Hanna y la detención de Sigfrid.

Al terminar, los nudillos de Eric estaban blancos de puro prietos.

—O sea, que a Hanna la atormentaron y la llevaron a Flossembürg, y a Sigfrid lo cogieron la noche que desmontabais la emisora.

—Exacto.

—¿Qué se puede hacer?

—¿Crees en Dios?, porque yo no. Si crees, reza. De los campos, al principio de la guerra, salían algunos; ahora nadie vuelve. Al que no muere de miseria lo matan trabajando. Tú estás en la armada, y tengo entendido que te llamaban «el patriota indefinido», ¿sigues pensando igual?

—Si así fuera, no estaría aquí. Además, hasta ayer creía en Alemania; ahora ni en ella creo. Si este país tuviera lo que hay que tener, ya se habría cargado a ese asesino.

—Yo tengo la conciencia tranquila, he hecho lo que he podido.

—Yo no, pero todavía estoy a tiempo.

«Monedero falso»

Sigfrid fue conducido a Nattelbeck. En la central de la Gestapo fue investigado al día siguiente de su llegada, y una circunstancia realmente extraordinaria le salvó de la muerte.

Luego de encerrarlo en una celda, lo sacaron por la mañana y comenzó a sondearlo un capitán «especialista». Sigfrid sabía cómo acababan aquellos interrogatorios. Lo inmediato era el tormento, y cuando habían estrujado al reo y consideraban que estaba totalmente exprimido, lo enviaban, si antes no se les iba de las manos, al paredón de fusilamientos.

Lo sentaron en un banco frente a una mesa de burda madera, debidamente esposado. Ante él se instaló su verdugo, que comenzó simulando un tono amable.

—Bien, bien, bien. Finalmente, ha caído el pájaro.

Entonces comenzó a leer un informe que estaba sobre su mesa. Luego levantó la vista y avanzó.

—Si le parece, vamos a ahorrarnos, los dos, engorrosas situaciones. Yo, trabajo... Y usted, una cantidad de inconvenientes que ni le quiero nombrar... Total, para al final acabar en lo mismo. Desde luego, usted acabará muerto, pero... se puede morir de muy distintas maneras.

Sigfrid estaba dispuesto a afrontar la muerte como fuera, pero su instinto de luchador y su carácter irónico le impulsaron a librar su última batalla.

El otro prosiguió.

—No se tome la molestia de negarlo, porque entre otras personas el fiel portero de sus padres, al que hemos llamado, lo ha reconocido. Además, un sinnúmero de fotos halladas en el que fue domicilio de sus padres confirma quién es usted. Lo que ocurre es que quiero saber desde cuándo radiaba usted mensajes por la emisora de onda corta.

Sigfrid simuló colaborar.

—Mis padres tuvieron que huir a Austria. La casa la compró en su día el doctor Hempel, que, le recuerdo, fue engañado irremisiblemente, ya que si hubiera sabido que mis padres no regresarían, habría denunciado el hecho a las autoridades, no olvide que era el médico de Reinhard Heydrich. Cuando se fueron, y aprovechando que la casa estaba cerrada y que yo tenía una llave, monté la emisora.

—Ya. Quiere usted hacerme creer que el doctor Hempel no sabía nada de todo ello.

—No es tan sencillo. Yo quedé comisionado por mi padre para ajustar los últimos flecos de la operación y entregar las llaves. Luego de su marcha, se me fijó un plazo para abandonar la casa, porque todo fue muy precipitado. El doctor era amigo de la familia, no lo niego. Pero las leyes que se promulgaron contra los judíos nos distanciaron mucho. Como usted comprenderá, mi estancia en la casa era una molestia y no tenía sentido que se prolongara; ni ellos ni yo estábamos cómodos. Cuando alguien compra una casa es para vivir sin huéspedes.

—Sigo sin creer lo que me cuenta.

Sabiendo que era inútil, Sigfrid decidió jugar la carta de la ironía.

—Por qué no se lo pregunta a él.

El otro admitió el duelo dialéctico.

—No dude que en cuanto regrese del extranjero será interrogado.

—Imagino que aprovecharán el día que le dé libre la viuda del... «protector».

Ése era el título otorgado por el Führer a Reinhard Heydrich tras su muerte, y Lina, su viuda, era temible por los terribles ataques de cólera que la asaltaban cuando intuía que alguien la trataba con menos deferencia que la que habría mostrado en vida de su marido. Los grandes jerarcas del partido procuraban complacerla en cualquier cosa que demandara, pues era capaz de presentarse ante el mismo Führer a exponer sus quejas.

—No abuse de mi paciencia; puedo ponerle la muerte muy difícil.

Pese a la velada amenaza, el capitán no varió el tono. Entonces extrajo del cajón central la documentación de Sigfrid y la extendió sobre la mesa.

—Quiero que me diga quién ha fabricado esta documentación.

—Me la he hecho yo.

La cara del capitán cambió. Sus ojos se achinaron y su mirada adquirió la dureza del diamante.

—Me lo está poniendo muy difícil, pero todo es cuestión de tiempo... Su hermano tiene una cuenta pendiente por un atentado que costó muchas vidas al partido. Usted ha estado transmitiendo noticias al enemigo y eso es delito de alta traición, y ahora intenta cubrir a una red de falsificadores. Me va a obligar a ser un mal chico... y no me gusta.

Sigfrid no se inmutó y vio un resquicio para entrar en el flanco de su enemigo.

—Suminístreme el material que le pida y le demostraré la calidad de mi trabajo.

El otro quedó en suspenso unos segundos, sopesando la respuesta de Sigfrid. Luego, llamando al guardia que cautelaba la entrada de su despacho, ordenó:

—No pierda de vista a este individuo ni un minuto, es peligroso.

Tras estas palabras, se levantó de su mesa y abandonó el despacho.

¡Debía ganar tiempo! ¡Tenía que encelarlos de alguna manera para que intentaran aprovecharse de sus habilidades! La guerra estaba perdida, y día que pasaba aumentaban las posibilidades de supervivencia de todos aquellos que el nazismo había encerrado en sus mazmorras cercenando sus libertades. Todo consistía en que, en el envite, creyeran que era más útil vivo que muerto. La ruleta del destino giraba enloquecida.

Himmler, el personaje tal vez más poderoso de Alemania tras el Führer, había fundado junto con Kaltenbrunner la AMT F6, adscrita a la RSHA (Departamento de Seguridad y Abastecimiento Interno). Muy pocos jerarcas nazis estaban al corriente de sus funciones. Desde antes de la guerra, esta sección de especialistas se dedicaba a la falsificación de documentos y papeles para el espionaje alemán. En 1942 sus funciones fueron ampliadas, y su actividad principal consistió en la fabricación de planchas de cobre para imprimir libras esterlinas y dólares americanos. El gran problema era la calidad y el gramaje del papel. Al frente de ese complicado entramado se colocó a Bernhard Kruger, de manera que la tarea pasó a llamarse Operación Bernhard.

En agosto de 1942 llegaron al campo de Sachsenhausen, en Oranienburg, una población cercana a Berlín, los siete primeros prisioneros «especialistas»; luego, el número aumentaría hasta alcanzar la cifra de ciento cuarenta. Tenían que ser judíos puros o de media sangre, ya que si por algún motivo fracasaban, no quedaría ni rastro de ellos. Los colocaron en un sector del campo protegido por una triple alambrada de púas electrificada y vigilados por un destacamento especial de las SS. Los cambios de guardia eran frecuentes y no se permitía la entrada a nadie ajeno al plan. Era tan riguroso el sigilo que unos SS que, en estado etílico, comentaron que custodiaban un recinto secreto fueron condenados a quince años de cárcel.

A los prisioneros se les advirtió que quien tratara de comunicarse con otros detenidos sería ejecutado. Por el contrario, Kruger les prometió que si hacían bien su trabajo, tendrían privilegios de comida, periódicos, cigarrillos, radios y hasta tenis de mesa. Si ganaba la guerra Alemania, trabajarían para el gobierno y tendrían casa con jardín, pero si perdía, serían eliminados. Todo habría resultado inútil de no ser por la aparición de un personaje que revolucionó el campo de la falsificación: Solomon Smolianoff, un judío ruso que contaba entonces cuarenta y cinco años de edad. En 1924 ya había sido detenido por falsificar seis mil libras esterlinas, y sus billetes fueron tan perfectos que solamente el Banco de Inglaterra pudo detectar la falsificación. Capturado de nuevo en 1940, fue condenado a cinco años de cárcel. En 1943, Smolianoff logró fabricar un billete de cincuenta libras tan perfecto que retó a Kruger a detectarlo entre otros varios... y Kruger perdió la apuesta.[299]

Éste era el motivo por el que el oficial que interrogaba a Sigfrid, conociendo la prioridad de la orden que mandaba sin excepción que cualquier detenido que presentara cualidades para el grafismo o los trabajos de plumilla, si era judío, cambiara de jurisdicción, y antes de crearse un problema, consultó con su inmediato superior.

—¿Da usted su permiso, mi comandante?

—Pase, capitán. ¿Qué se le ofrece?

—Abajo tengo un detenido acusado de alta traición y judío por más señas que...

—Y ¿qué espera para enviarlo al campo que corresponda, capitán?

—Es por lo que he venido, mi comandante.

—Prosiga.

—Dice que es capaz de copiar cualquier documento.

El rostro del otro cambió de expresión. La conversación duró media hora.

El capitán regresó a su oficina.

—Retírese —ordenó al centinela. Luego se dirigió a Sigfrid—: Van a darle de comer, y por la tarde hará una demostración de sus habilidades ante un especialista. Si ha intentado engañarme, le juro por mi madre que se arrepentirá. ¡Guardia! —gritó.

El SS asomó por la puerta, cuadrándose con un fuerte golpe de tacones.

—Baje al prisionero al primer sótano, póngale en una de las celdas que tiene luz natural del patio y denle de comer.

El centinela cogió al esposado Sigfrid del brazo y le ayudó a incorporarse.

Cuando Sigfrid tomó posesión de su nueva celda, intuyó que sus enemigos habían comenzado a morder el anzuelo que les había preparado. Le trajeron, al poco rato, una bandeja de comida bastante decente y, al terminar, sin tener otra cosa que hacer que esperar, se acostó en el catre que había en la pared bajo el enrejado ventanuco que daba al patio y se durmió.

Por la luz que entraba a través del tragaluz, supuso que serían las cinco de la tarde o algo más. El ruido del cerrojo al descorrerse acabó de despabilarle. La puerta se abrió y esta vez comparecieron dos guardias. Lo amanillaron y lo condujeron, a través de varias dependencias, a una sala de regulares proporciones en cuyo centro se veía una mesa equipada con todos los aditamentos para la escritura. Allí quedaron los tres a la espera de alguien.

Al cabo de cinco minutos, llegó el capitán que lo había interrogado por la mañana, acompañado de un hombrecito delgado de unos cuarenta y pico, de cara redonda y orejas enormes, de tal manera que el conjunto recordaba el perfil de una marmita con asas.

—Éste es su examinador. Que tenga suerte, Pardenvolk, es su oportunidad. —Y dirigiéndose a uno de los dos guardias, ordenó—: Quítenle las esposas. —Luego se volvió hacia Sigfrid—. Siéntese y haga todo lo que él le diga.

Sigfrid se acomodó en una banqueta de tornillo graduable, y friccionándose las muñecas a fin de restablecer la circulación, esperó a que el hombrecillo hablara.

Éste lo hizo con una voz apagada, algo nasal y poco acostumbrada a dar órdenes.

—¿Cuál es su especialidad, señor?

El capitán permanecía a un lado, expectante, y Sigfrid decidió ignorarlo.

—Cualquier cosa que sea a plumilla... Y cuanto más pequeño sea el detalle, mejor.

—Está muy bien —comentó el hombrecillo como si hablara consigo mismo—. ¿Maneja la técnica del microscopio?

—No es mi especialidad, pero puedo intentarlo.

—Vamos a ello.

Y arrimándole los tinteros de tinta china, un surtido de plumillas, un trapo para secarlas, un tipo de papel especial y una lámpara que a la vez era lupa, preguntó, al tiempo que colocaba una muestra en la pequeña bandeja que, sujeta al vástago, estaba bajo la bombilla:

—¿Sería capaz de intentar copiar esta orla? —Dentro de

un óvalo y bordeado por una cenefa se veía el perfil del presidente americano Franklin Delano Roosevelt.

—Puedo intentarlo.

—Entonces, comience.

Al cabo de tres horas, la tarea estaba finalizada. Su examinador y el capitán se retiraron a un lado de la sala, y el hombrecillo, luego de inspeccionar su trabajo con detenimiento, colocándose en el ojo derecho una pequeña lupa de relojero, habló al otro en voz muy queda. Sin embargo, Sigfrid pudo distinguir algunas palabras sueltas, tales como «magnífico» y «excelente trabajo».

El capitán, dejándolo bajo la vigilancia de dos centinelas, partió con el de la cara de marmita, abandonando la estancia.

El recién ascendido a *Oberführer*[300] de las SS Ernst Kappel era quien mandaba en Nattelbeck. Su imponente despacho ocupaba media planta del primer piso del siniestro edificio. Su impoluta hoja de servicio y la influencia de su ex suegro, que había tapado el desgraciado incidente del Berlin Zimmer, le habían aupado hasta aquel importante cargo. Su odio a los judíos era legendario y el apellido Pardenvolk concitaba en él antiguos recuerdos llenos de amargura. Todo ello acrecentado porque aquel individuo causante de su desgracia, la pérdida de su amor y de su posterior rotura matrimonial, había logrado escapar a su venganza al igual que el agua se escurre de entre los dedos.

La vida, el destino o lo que fuera había puesto en bandeja de oro su tan esperada revancha, y ahora, en el momento en que mascaba su victoria, aquel incómodo personaje venido especialmente del despacho del *Reichsführer* Heinrich Himmler, amo y señor de vidas y haciendas gracias a su cargo de jefe de la policía secreta del Reich, pretendía hurtarlo de sus garras.

Ambos personajes, cómodamente instalados en el despacho del primero y fumando dos excelentes habanos, intentaban llevar el agua a su molino.

Kappel era quien hablaba en aquel momento.

—Como comprenderá fácilmente, no puedo permitir que un prisionero acusado de alta traición salga de aquí sin intentar que antes vomite todo lo que sabe, comandante.

El otro, sin descomponerse ni una tilde, y tras dar una fuerte calada a la boquilla de ébano y plata de su cigarrillo, argumentó:

—Créame, coronel, no es nada personal, por mí como si en el interrogatorio se va al infierno, pero no soy yo quien da las órdenes.

—Hay circunstancias especiales, comandante. Ese individuo nos ha estado burlando, ha sido un trabajo proceloso el atraparlo, ha estado emitiendo durante casi dos años y debe ser una fuente de información. Permítame que intente sonsacarle lo que pueda durante dos días y luego se lo entregaré sin problemas. Todo suyo, comandante.

—Usted sabe, señor, que luego de un interrogatorio de la Gestapo, poco o nada queda por recoger.

—Lo siento, comandante. Bajo mi responsabilidad, voy a desobedecer esta orden.

—Me cuesta decir lo que voy a decir, *Oberführer*. Como comprenderá, estoy informado… y muy bien, por cierto, del lamentable incidente del Berlin Zimmer, y comprendo su inquina personal hacia el apellido Pardenvolk, pero esto no es problema que concierna a Alemania; no me obligue a telefonear a quien sin duda le obligará a obedecer. Hay prioridades, y si por un casual durante el interrogatorio nuestro hombre quedara inválido o muriera, perderíamos un elemento absolutamente insustituible y de un valor incalculable para los intereses de Alemania, si es que es verdad cuanto nos han dicho nuestros expertos.

Ambos hombres se observaron, retándose.

—Vamos a ver si hallamos un punto de encuentro, una tercera vía. Usted me dice que su único interés es que el detenido cante cuanto sepa.

—Ciertamente.

—Y el mío es que no reciba daño para que pueda desarrollar una labor altamente beneficiosa para el servicio secreto. ¿Cierto?

—Imagino.

—De manera que si halláramos el medio de hacerle hablar sin tener, seamos claros, que torturarlo. Usted, coronel, se daría por satisfecho.

Kappel no contestó.

—Veamos pues si hallamos la fórmula de compatibilizar intereses.

El comandante extrajo de su portafolios una carpetilla y se la entregó.

—¿Qué es esto, comandante?

—Lea.

Kappel se colocó a caballo de su nariz unas gafas de pinza y se dispuso a leer.

A medida que sus ojos recorrían las apretadas líneas, la expresión de su rostro iba cambiando.

—¿De dónde ha salido este informe?

—El servicio tenía sus dudas sobre la identidad de la acusada. Cuando el juez Roland Freisler dictó su veredicto, nos dedicamos a buscar sus huellas entre la multitud de las que se hallan en nuestros archivos. La tarea fue laboriosa, pues en esos días de tantísimo trajín resultó difícil dedicar hombres y horas a un esfuerzo que podía resultar baldío. Finalmente, nos sonrió la fortuna, de manera que al revisar la sección de pasaportes se hallaron las de la interfecta, extraídas del duplicado que se hizo antes de que la chica marchara a Austria con sus padres, a finales de 1936. Así pues, la huella de Hanna Pardenvolk resultó ser la de la denominada Renata Shenke, recluida en Flossembürg por antisocial y provocadora... Algo parecido a una terrorista aficionada.

—¿Cómo es posible que no se hallaran antes?

—Eso debería preguntárselo yo. ¿O no es la Gestapo la

policía de este país? Además, debo decirle que la tarea de la RSHA comenzó cuando un acto puntual reclamó nuestra atención. No es asunto nuestro inspeccionar las documentaciones de los universitarios alemanes.

—¿Por qué no se me informó?

—Órdenes directas. Conviene que se muera allí trabajando. El *Reichsführer* considera que, al haber sido sus padres amigos del doctor Hempel, el que fuera médico de Heydrich, y bien sabe en cuánta estima lo tenía mi jefe, no quería tener un incidente con Lina, su viuda, cuyo carácter es temible y siente por el doctor una verdadera predilección desde que salvó la vida a uno de sus hijos. De esta manera, la chica habrá desaparecido sin hacer ruido... y el final va a ser el mismo.

—Entonces ¿qué pretende al mostrarme esta carpeta?

—Ya ha pasado un tiempo prudencial. Si la Gestapo reclama a la muchacha, dejando fuera a nuestro departamento, como si sus hombres hubieran descubierto el hecho de que Renata Shenke y Hanna Pardenvolk son la misma persona, y la trajeran a Berlín, la responsabilidad del *Reichsführer* quedaría a salvo. Y entonces, si se la interroga hábilmente delante de su hermano, tal vez éste, por ayudarla, soltará lo que sabe, claro está, sin recibir daño alguno. ¿Comprende lo que quiero decirle, coronel? Usted tiene su venganza y yo tengo un «monedero falso» de primer orden.

—Mañana estará en Berlín. No lo dude.

—Tiene usted setenta y dos horas por delante. Pasadas éstas, deberá entregarme al prisionero sin falta y, desde luego, sin tara o defecto que pueda mermar sus capacidades.

El Guadalquivir

No cabían vacilaciones. La suerte estaba echada. Era fácil augurar que al día siguiente las masas insaciables y todavía incontenibles cual crecida de un río desbordado, espoleadas por la rapiña de la noche anterior y la impunidad con la que habían obrado, se dedicarían a buscar a los pocos judíos que quedaran con vida tras la matanza para acabar con ellos y, de esta manera, extirpar cualquier huella de semitismo en la ciudad de Sevilla.

La situación, en la pequeña habitación donde se habían refugiado, apremiaba. La decisión había de tomarse de inmediato, ya que de ello dependía que tanto esfuerzo y tanto desasosiego y angustia no se dilapidaran.

El cuadro era múltiple. De un lado, las tres mujeres rodeando al niño, todavía sin acabar de creer en el milagro. En la cama contigua, la pequeña Raquel iniciando unos pucheros en demanda de alimento. Y al otro lado, Simón y Seis evacuando consultas.

—Amo, ¿qué es lo que creéis que deberíamos hacer?

—No sé qué decir, Domingo. Pienso que deberíamos partir de inmediato; la noche es buena compañera y todavía faltan unas horas para que amanezca. No obstante, soy consciente de que si aguardamos un día, podré contactar con el capitán de la nave que nos ha de llevar y preparar el viaje. Bien sé que es un peligro quedarnos aquí, pero paso tan drástico, sin nada preparar, es como lanzarse a un río turbulento en medio de la crecida sin una mala madera donde agarrarse.

La voz de Esther interrumpió el dialogo de los dos hombres.

—He escuchado lo que estáis diciendo y pienso que tal vez sería una buena opción salir de aquí ahora e irnos a El Esplendor; la casa está muy alejada de la aljama. Hay una llave oculta en una de las macetas del jardín, que se encuentra junto a la primera columna del porche. Siendo aquel un barrio cristiano, no es fácil que nos busquen, entre otras cosas porque las gentes saben que la alquería está vacía y, además, porque, al igual que los chacales, todos están encelados con la rapiña de los deshechos más próximos y éstos son los restos de la judería. Habremos de entrar de noche, y una vez dentro, ni asomarnos ni hacer el menor ruido hasta que decidáis partir. Pero una cosa os ruego, Simón, y es que no querría irme sin saber lo que haya podido ocurrir a Rubén y a Gedeón. Mi marido, que al entender que me avine a ser su esposa porque creí que habíais muerto, me ha permitido recobrar mi libertad; además, siempre fue bueno conmigo, y al fin es el padre de mis hijos y tiene derecho a despedirse de los niños y, si cabe, a saber cuándo y cómo vamos a viajar. En cuanto al viejo criado, estuvo en la casa de mi padre desde que tengo uso de razón. Ambos merecen que me preocupe por saber cuál ha sido su suerte, amén de que si podemos demorar un día nuestro exilio, partiremos hacia él en mejores condiciones.

—No quiero ser agorero, pero creo que las noticias que podamos obtener de lo ocurrido en la judería van a ser escalofriantes, y no solamente al respecto de Rubén y de vuestro criado, sino de todas las familias que la poblaban.

—Entendedlo, Simón, quiero tener la certeza. Rubén ha sido mi esposo siete años y me ha dado dos hijos. Si os dijera que su suerte me es indiferente, os mentiría. Si Adonai hiciera posible que hubiera salvado la vida, junto con mi buen Gedeón, y que escapando de aquí pudiera seguir ejerciendo su rabinato en otra ciudad, yo daría por bien empleado todo lo que hemos pasado y me consideraría una mujer afortunada.

Myriam intervino.

—Ha sido terrible todo lo ocurrido. No alojéis en vuestro corazón vanas esperanzas, amiga mía; la sinagoga estaba en llamas, no creo que nadie haya salido con vida de aquella hoguera.

Un silencio se instaló entre los presentes, interrumpido únicamente por los sollozos de la pequeña Raquel, que lloraba de hambre.

—Amo, lo que haya que hacer hay que hacerlo pronto.

Simón reflexionó unos momentos.

—¡Ea! La suerte está echada. Domingo, tú y yo vamos a salir, antes de que amanezca, a buscar las cabalgaduras. Las traeremos a la puerta del figón, y aquí, Esther, os recogeremos y partiremos hacia El Esplendor. Al regreso, intentaremos traer algo de leche para la niña. Cerrad la puerta y no abráis a nadie hasta nuestro regreso. El perro quedará aquí; él será vuestro guardián, aunque nadie ha de venir a estas horas a indagar nada.

Los hombres se despidieron. Myriam cerró la puerta tras ellos y pasó el cerrojo.

La posada estaba prácticamente vacía y los pocos huéspedes que en ella se alojaban permanecían encerrados en sus habitaciones, esperando que aquella noche terrible escampara. Gritos lejanos se percibían de la parte de la posada que daba a la aljama, pese a que todas las ventanas de aquel lienzo de pared estaban cerradas. Simón y Seis ganaron la calle. Unas sombras fugitivas envueltas en capas se desplazaban por el barrio cristiano yendo y viniendo a sus afanes, no queriendo participar en la ordalía que se estaba llevando a cabo al otro lado de la muralla.

En dos pasos llegaron a las cuadras.

—En tanto yo enjaezo los caballos, busca al mozo, y pregúntale si te vende un cuenco de leche. Me pareció ver, cuando arreglamos nuestro negocio, que al fondo del establo pesebreaban dos vacas lecheras.

Domingo ni replicó, y en cuanto pisó las losas de la cuadra se dirigió al muchacho que, sentado en un pequeño taburete de ordeñar de tres patas, estaba precisamente desempeñando tal cometido con las manos en las ubres de una de las rumiantes. Simón, en tanto, comenzó a colocar bridas, cinchas, cabezales y francaletes en las cabalgaduras. Al poco, Seis regresó con un cuenco de loza rebosante del blanco líquido en precario equilibrio entre sus inmensas manos, y, dejándolo en lo alto de una madera, comenzó a ayudar a su amo en tanto decía:

—No me ha querido cobrar nada.

Acabaron la tarea y, con las cabalgaduras arreadas, partieron hacia la puerta de la posada, llevando Domingo la brida de las tres y Simón el cuenco en precario equilibrio. En llegando a ella, las amarraron a la barra que para tal menester había en la entrada y, quedando el gigante de guardia, subió Simón, portando la vasija de leche, a buscar a las mujeres.

A través de la puerta pudo percibir Simón el ahogado llanto de la criatura. Bien podría haberse despertado algún huésped por los lloros, pero aquella noche nadie, por hecho tan baladí, se animaba a abandonar sus habitaciones.

Llamó con los nudillos suavemente y al punto, en el arrastrar de pies, notó Simón que alguien estaba tras la puerta.

Un breve y silente «Soy yo, abrid», y Myriam abría la cancela.

Benjamín había despertado ya totalmente y con sus inmensos ojos devoraba a su madre charlando sin tregua. En el otro catre, el ama intentaba acunar a la niña. Simón alargó el cuenco a Sara y ésta, sin dilación, lo dejó sobre la mesilla que separaba ambos lechos, empapó la punta de un pañuelo en el blanco líquido y lo introdujo entre los labios de la pequeña, que al instante silenció su llanto comenzando a mamar.

—¿Y Domingo? —demandó Myriam.

—Está abajo con los animales. Todo está preparado.

Esther había puesto directamente el tazón en los labios de su hijo y éste, a su vez, bebía calmando su sed y su apetito. Pasó un tiempo, y cuando los niños estuvieron saciados y el silencio reinaba de nuevo, habló Simón.

—Hemos de partir sin demora; de no hacerlo de inmediato, las calles se llenarán de gentes y el peligro será mucho mayor.

Rápidamente los conjurados se pusieron en marcha. La intención de Simón era regresar al día siguiente para recoger el grueso de sus pertenencias y pagar al casero. De esta manera, podría enterarse de la gravedad de los sucesos acaecidos durante la noche y saber en qué había quedado el asalto de la judería. Luego se dirigiría a donde anclaba la nao en la que pensaba embarcarse para ir hasta Sanlúcar, y allí ajustaría precio, hora de embarque y condiciones para, al anochecer del día siguiente, aprovechar las sombras del crepúsculo y la subida de la marea, y así iniciar el camino de la salvación.

Simón encabezaba la marcha. En el tablero del vigilante, aquella noche imprevisible, no había nadie. Ganaron la calle y al poco cabalgaban los siete, bordeando los jardines del alcázar, hacia la salida de la puerta de Jerez para, dando un rodeo, llegar hasta el río. A la grupa del corcel de Simón iba Esther, llevando acunada a la pequeña Raquel en su brazo izquierdo en tanto que con el diestro se sujetaba a la cintura de aquél. Tras de Seis, montado en el inmenso garañón, cabalgaba Myriam, y a horcajadas ante el gigante, lo hacía Benjamín. El pequeño, con esa maravillosa cualidad de abstracción que tienen los niños, olvidado el inmenso peligro corrido y completamente despejado, sujetaba con sus manitas las riendas, creyendo que él era quien gobernaba al gran caballo y viviendo intensamente aquella aventura. Atada al caballo iba la mula, y sobre las alforjas iba montada una Sara transida por el dolor y sabiendo que a su edad nunca más se reharía de aquel segundo destierro. Correteando entre los pies de los caballos, trotaba inquieto Peludo, pues intuía que se dirigían al campo.

La caravana se encaminó hacia El Esplendor. Muchas eran las gentes que en aquellos días se movían por los márgenes del gran río, ya que la temporada en que el Mediterráneo habría sus rutas a la navegación estaba a punto de comenzar, de manera que nadie reparó en aquel grupo que de semejante guisa se desplazaba por aquellos andurriales. El camino estaba expedito y al poco apareció ante sus ojos la visión de la cuadrada construcción. En llegando junto a la puerta trasera, y luego de descabalgar a Myriam y al niño, en tanto Simón ayudaba a Esther y a la vieja sirvienta, Seis tomó una manta de la alforja del mulo y, luego de encaramarse a un poyete de piedra que marcaba una de las esquinas de la tapia, la lanzó doblada sobre la misma, cubriendo de esta manera el filo de vidrios de colores que la coronaba para impedir que los intrusos saltaran al jardín. Luego, con una poderosa contracción de sus brazos, se alzó sobre el muro y saltó al otro lado. Una vez dentro, se avivó para descorrer el cerrojo de la portezuela y, abriéndola, dejó el paso franco para que aquel grupo de angustiadas personas ganara la seguridad de las recias paredes que circunvalaban el jardín de la quinta, entrando en él junto a sus caballerías.

—Estáis sangrando —comentó Myriam al observar que del antebrazo de Domingo manaba abundante sangre.

—No es nada, ha sido con los vidrios de la tapia.

—Luego os curaré.

—No hará falta.

—Es lo menos que podemos hacer por vos tras salvarnos la vida.

Pese a las terribles condiciones en las que se habían visto inmersos aquella noche, Simón apreció un brillo especial en los ojos de Myriam y pensó que, tal vez, el amor nacía en las más extrañas e impensables circunstancias; si tal ocurriera, se alegraría por su amigo, quien en la vida había gozado de la alegría de ser amado por una muchacha.

Encontrada la llave en la maceta, entraron en la casa, dejando al perro en el exterior y a las cabalgaduras apañadas en las cuadras, en las que aún se hallaban sacos de forraje. Tantas emociones habían hecho mella en todo el grupo y, tras organizarse, se dispusieron a descansar. La luz ya se filtraba a través de las tapadas ventanas y la rosada aurora, como todos los días, insensible a los avatares de aquella jornada, aparecía en el horizonte.

Esther no quiso separarse de su hijo y se acostó con él en la gran cama adoselada del dormitorio principal. Sara se dispuso a ocupar la que siempre había sido su estancia en el segundo piso y se encaminó a ella con la niña en brazos para que, si lloraba, no despertase a su madre. Myriam, por su parte, se instaló en uno de los aposentos habilitados para los huéspedes. Simón hizo un aparte con Seis.

—Domingo, es prudente que nos repartamos la vigilancia y que ambos hagamos turnos en el jardín. Si te cuadra, yo vigilaré en primer lugar durante cuatro horas; seguidamente, tú me sustituirás para que pueda dormir algo. Luego, cuando me despierte y las mujeres lleven ocho horas descansando, proyectaremos qué conviene hacer, aunque creo que ya lo sé.

—No estoy cansado, amo. Dejadme a mí la primera guardia. Peludo y yo nos ocuparemos de ello y, en tanto, buscaré en el huerto si hay alguna fruta o verdura que podáis comer cuando os despertéis. O quizá éste —añadió, y señaló al perro— levante la pista de algún conejo.

—Me parece bien, si así lo quieres. Mira lo que he pensado: cuando salga el día, regresaremos a ver en qué ha quedado todo, recogeremos nuestras pertenencias en la posada y luego volverás aquí mientras que yo me acerco al fondeadero de Triana para ver de localizar al capitán del bajel, el fenicio aquel con el que acordé el viaje hasta Sanlúcar, y decirle que las condiciones y los pasajeros van a ser otros. En caso de que no se avenga, buscaré otra nao que nos acomode para poder partir hacia cualquier puerto del Mediterráneo.

—Id tranquilo a descansar, que nadie perturbará vuestro reposo si el perro y yo quedamos fuera.

Simón, sin saber bien por qué, en aquel preciso momento echó los brazos al cuello del gigante.

—No sale ni un día el sol sin que dé gracias a Yahvé porque me encontraras en aquel bosque. A nadie he conocido más fiel ni más desinteresado, y jamás pude hacer mejor negocio que empeñar mi palabra con tu abuela cuando me pidió que me ocupara de ti. En verdad, has sido tú quien se ha ocupado de mí. ¡Tu Dios o mi Adonai te bendigan siempre!

Domingo se apartó de él suavemente.

—Con vos aprendí hasta a hablar —repuso Seis—. Sois todo lo que tengo en este mundo y nadie me lo va a arrebatar, ni moros ni cristianos.

Y diciendo esto último, el gigante, seguido del perro, se dirigió al jardín.

Simón se fue a asomar al dormitorio de Esther para comprobar si ésta y el niño ya descansaban, antes de echarse un rato en el diván del salón, cuando se topó, al pie de la escalera, con Myriam, quien, portando en sus manos una escudilla llena de un líquido que olía a desinfectante y en su antebrazo derecho un paño de lino, se dirigía al jardín.

—¿Adónde vais a esta hora?

—Vuestro amigo tiene una fea herida en un brazo. Justo es que me afane algo por él cuando él tanto se ha ocupado de nosotros.

Y sin nada más que añadir, la hermosa mujer traspasó la gruesa puerta luego de empujarla con el pie.

Cuando Seis despertó a Simón, habían transcurrido más de cuatro horas y la luz del día había vencido a las tinieblas de aquella terrible noche. Simón retiró el paño que cubría la ventana de la gran pieza y divisó con horror que una gran nube de hollín y ceniza flotaba sobre el cielo sevillano cubriéndolo todo, a la vez que el viento empujaba un repugnante y dulzón olor a madera y cuero quemado, invadiendo su olfato.

Al lado de Domingo se veía en el suelo una cesta llena de verduras del huerto y una gallina con el cuello roto. Al ver que Simón la observaba, Seis se justificó.

—Es todo lo que había; para hacer un buen puchero ya nos alcanza.

—Está muy bien, Domingo. Cuando vuelva de Sevilla, veré de traer algo de víveres por si hemos de demorarnos más de lo planeado.

—Querréis decir «cuando volvamos de Sevilla».

—No, Seis, lo he meditado bien. No quiero dejar aquí a las mujeres indefensas sin nadie que cuide de ellas. Es mejor que te quedes. Yo regresaré a Sevilla, veré lo que ha ocurrido, recogeré nuestro equipaje del figón y, tras de ir a buscar al fenicio que me arrendó su nao y pactar las condiciones del viaje, regresaré aquí.

—No sé qué deciros... Si malo es que queden solas, peor es que vos partáis hacia aquel infierno sin llevarme a mí.

—No te preocupes, sabré cuidarme bien y, desde luego, estaré más tranquilo sabiendo que te quedas.

—Llevaos a Peludo. Puede prestar mejor servicio a vos que a mí.

—No, es mejor que se quede. Si he de entrar en la judería y volver por la ventana, más será un estorbo que una ayuda. Pero ahora descansa un rato, que llevas sin dormir casi dos días.

—No voy a poder pegar ojo, amo. Hay mucho que hacer; idos ya, que cuanto antes partáis, antes estaréis de vuelta.

Simón meditó un instante su respuesta.

—De acuerdo, voy a partir, pero antes quiero encomendarte algo.

—¿Qué es ello, amo?

—Si algo me ocurriera, júrame por tu Dios que las sacarás de este país. Dejo en mi alforja todo mi dinero, que, por cierto, es cuanto tengo... Hay suficiente para que lleguéis a cualquier lugar; después, ¡que Jehová cuide de todos!

—Si eso os tranquiliza, dadlo por jurado.

—¡Gracias, amigo mío! Ahora ayúdame a arrear al mulo, que me lo llevaré para cargar sus alforjas. Si no he regresado en un día, haz lo que creas conveniente. —Luego, al observar el apañado emplasto que lucía el antebrazo de Seis, añadió—: Veo que te han curado.

—Ha sido la señora Myriam —respondió el muchacho, arrebolado cual infante sorprendido en falta.

—Bien, vamos a lo nuestro.

Y Simón, seguido del coloso, se dirigió a las cuadras.

Al poco partió Simón, sin despedirse, pues el resto descansaba tras los hechos acaecidos aquella atribulada noche. Iba el jinete en su caballo y llevando al mulo sujeto al arzón de su silla. La mañana inundaba de luz el paisaje. Las hojas de las encinas y de los chopos del borde del río lloraban todavía lágrimas de rocío de la madrugada, dotando a las cosas de unos reflejos opalescentes y mágicos, como si fueran sensibles al drama vivido aquella noche por el pueblo judío. Cuando se acercó a la puerta de Jerez, Simón fue consciente de que cualquier viajero ajeno y, por lo tanto, desprevenido al respecto de los sucesos acaecidos la noche anterior se daría cuenta fácilmente de que algo fuera de lo común había ocurrido. La vigilancia era extraordinaria, y la revisión de documentos por parte de la patrulla que cautelaba la entrada, exhaustiva. La cola, que se había formado a media legua, avanzaba lentamente y los comentarios de los grupos eran variados porque diversas eran las deformadas noticias que iban llegando hasta el final de la misma, auspiciadas por la natural alteración que sufren unos hechos concretos al ser transmitidos de boca en boca. Por lo que coligió, Simón sacó en conclusión que el alguacil mayor, don Pedro Ponce de León, ante la magnitud de lo ocurrido y temiendo las iras del Consejo de los Veinticuatro[301] —y, por ende, las negativas consecuencias que para su hacienda personal pudiera tener el hecho de haberse abstenido de intervenir a tiempo para velar por los intereses de aquella comunidad, que tan pingües beneficios proporcionaba a la corona—,[302] había decidido remediar en lo posible su fatal abandono, intentando poner, aunque a destiempo, puertas al campo a fin de contener aquellos desmanes. Las medidas adoptadas eran terminantes: nadie debía entrar en la ciudad sin la pertinente documentación, tanto de su persona como de los bienes que portara para feriar, y en modo alguno podía acercarse a la aljama, que estaba circunvalada por un cinturón de hombres. A Simón, caso de ser cierta, cosa que no sabría con seguridad hasta llegar a la puerta, no le preocupaba tal providencia, ya que llevaba en toda regla sus cédulas de comerciante en tránsito en el fondo de su faltriquera. Lentamente, llegó su vez y, mostrando sus papeles al comandante del puesto, sin más inconveniente se introdujo en la ciudad. El clima que se respiraba era denso. Muchos irresolutos, viendo las ganancias obtenidas por los asaltantes de la noche anterior, intentaban introducirse en la judería saltándose el control de la tropa, bien usando del soborno, bien entrando subrepticiamente por los fallos que en la muralla hubiere por causa del asalto del día anterior. Los que habían obtenido pingües ganancias intentaban repetir experiencia pertrechados con medios propios para ello, ya fueran sacos, alforjas y algún que otro carretón de mano. En cuanto a los novatos, éstos imitaban a los veteranos pretendiendo sacar fruto del asalto aunque no hubieran participado en la ordalía de la víspera. En llegando a la plaza de la Contratación, Simón observó que la nube de polvo y cenizas que flotaba sobre la aljama era todavía más densa e irrespirable, y que a los olores percibidos anteriormente se sumaba un nauseabundo hedor a carne quemada. Las gentes caminaban con trapos colocados sobre el rostro, ya fuera para poder respirar mejor o mejor mantener el incógnito. La algazara y el jolgorio eran los propios de una feria. La ciudad parecía liberada de un cruento cerco de enemigos que la hubieran tenido sitiada y hubieran estado a punto de entrar en ella y destruirla. Los veteranos de la masacre de la noche anterior que habían entrado en la aljama relataban sus hazañas a los corros de curiosos, que se agolpaban a su alrededor en los aledaños del mercado, cual si hubieran realizado una notable gesta, exagerándola y acrecentándola, incentivando con ello el ansia de rapiña y venganza que anidaba en el corazón de todo el populacho.

Simón llegó a la puerta de su figón y al primero que vio en la cancela fue al comerciante mozárabe, quien, no atreviéndose a partir con su caravana por miedo a que lo confundieran y fuera asaltado, permanecía recluido en la posada esperando a que la tormenta escampara y a que se adhirieran a su partida otros viajeros, a fin de formar un grupo más numeroso al que compensara alquilar una escolta para, de esta forma, partir para Granada.

Desmontó de su caballo Simón y, en tanto ataba al equino y al mulo en la anilla de la pared que estaba desocupada, quiso hacerse de nuevas e interrogó al comerciante cual si llegara de un corto viaje de una jornada y no estuviera al tanto de todo lo acontecido el día anterior.

—Con Dios, buen amigo. ¿Qué es este ajetreo que agita la ciudad y dónde ha sido el incendio que ha provocado esta nube de humo que envuelve todas las cosas?

—¿Acaso no lo sabéis?

—Tuve que salir ayer de mañana para Écija, apenas terminé de hablar con vos, para un asunto que requería mi urgente presencia... Y al regreso, me encuentro con este pandemónium. Si bien algo ha llegado a mis oídos, son noticias distorsionadas y controvertidas; es por ello que requiero de vos, que me merecéis crédito, el relato fidedigno de los hechos.

—Os diré lo que hasta mí ha llegado, pero no puedo dar fe de primera mano ya que, dada la gravedad de lo acontecido, no me he movido de la posada.

Simón, que quería conocer los hechos acaecidos a última hora, a la vez que arreglaba los arreos de sus cabalgaduras y les colocaba la albardilla, simuló inquietarse, como si estuviera totalmente ajeno a la gravedad de los sucesos, y aventuró:

—¿Se ha quemado una de las sinagogas?

—No vais desencaminado. Pero si solamente fuera eso, no sería suficiente motivo para esta algarabía.

—Entonces, decidme, ¿qué ha ocurrido?

—Han asaltado la aljama. Los muertos se cuentan por millares; los atropellos, las violaciones y las rapiñas son incontables... El pueblo se ha desmadrado sin que nada hayan podido hacer los hombres del alguacil mayor, que llegaron cuando todo estaba consumado. Y lo peor es que el asalto continúa y que, si Dios no lo remedia, este fuego alcanzará a otras comunidades.[303]

Simón simuló un desconocimiento absoluto.

—Pero ¿se sabe de alguien que se haya salvado?

—Las noticias son confusas, amén de que los hombres de Pérez de Guzmán han estado provocando a los de don Pedro Ponce de León a causa de la rivalidad que, como sabéis, sostienen ambas familias, y éstos han preferido atender a sus negocios que proteger a los judíos.[304] De cualquier manera, debo deciros que la principal inquina ha caído sobre aquellos que tenían más influencia en la aljama ya que, descabezada la gente, es más factible acabar con toda la masa, la cual, a falta de un liderazgo, se entrega más fácilmente.

—Debo haceros una confesión, amigo mío. De siempre, mi familia fue amiga de un rabino cuya ascendencia era notable entre los suyos y al que los míos le debían importantes favores. Su sinagoga era la de la plaza Azueyca, ¿sabéis si se ha salvado?

—No lo creo. Ya os he dicho que el interés de la turba ha sido acabar con los más significados de entre ellos y, como es lógico, y según las noticias que han llegado a mis oídos, han comenzado buscando a los siete Viejos de la Aljama,[305] después a los *dayanim* y, finalmente, a todos los rabinos. Ha sido tan terrible que esta mañana, y aunque los semitas no son santo de su devoción, sintiéndose responsable de hechos tan reprobables, el obispo don Servando Núñez Batoca ha acudido a la catedral y, según se dice, se ha enfrentado al arcediano lanzándole agrias palabras y fuertes reproches. Me han asegurado que a la salida su rostro era una máscara de impotencia y de horror.

—Gracias por vuestras noticias, y si no vuelvo a veros, os deseo un buen retorno a Granada.

Simón ya había escuchado lo que le interesaba oír y, decidido a comprobar cuánto había de verdad en aquellas luctuosas noticias, subió a su habitación con la intención firme de descolgarse por la ventana de su dormitorio y, sumándose a cualquiera de los grupos de incendiarios que todavía se movían por la aljama, llegarse hasta la sinagoga donde Rubén había ejercido el rabinato, para, de esta manera, conocer de primera mano el resultado del incendio y, tal vez, enterarse de cuál había sido su final, ya que sabía que éste era el íntimo deseo de su amada, quien si bien estaba dispuesta a huir con él, no por ello olvidaba los años pasados con aquel que era el padre de sus hijos. Era consciente, pues, de que para que ella partiera al destierro sin remordimientos y que nada se interpusiera entre ambos, debía llevarle noticias del destino que había corrido quien hasta hacía bien poco había sido su marido.

Tras el mostrador de la posada había un muchacho que, por la palidez de su rostro, Simón intuyó que mejor habría querido estar a buen recaudo antes que en el visible lugar en el que se hallaba, tales eran las movidas e inconvenientes circunstancias que se desarrollaban aquella mañana. Simón, cambiando un breve saludo, se encaminó a la corta escalera que conducía a su aposento en el entresuelo del mesón.

Su plan estaba trazado. Se descolgaría, como había hecho en otras ocasiones, desde su ventana, teniendo la precaución de llevar en su zurrón una cuerda rematada con un gancho que habilitaría con el arponcillo de un cepo para peces que tenía en su valija y que le había servido, más de una vez durante su viaje, para cobrar piezas en los ríos que habían venido atravesando. Al entrar solo y no contar con la inapreciable ayuda de Domingo, debía adoptar precauciones, ya que, de otra manera, no alcanzaría el balaustre de su ventana y al regreso no podría encaramarse.

Una vez en la pieza, se ocupó de las pertenencias que quería llevar consigo. Aparte de la soga y el gancho, se hizo con una buena capa y un sombrero que le ocultara el rostro. Además, disimuló en una de las polainas que cubrían sus pantorrillas una daga de hoja afilada y mango de asta de ciervo, la cual le había rendido grandes servicios en sus jornadas de obligada caza cuando en su viaje desde Toledo no hallaban mesón en el camino ni yantar que llevarse a la boca.

En cuanto estuvo pertrechado y a punto, abrió los postigos y, luego de comprobar que en aquel retirado callejón adherido a la muralla no había moros en la costa, con un salto ágil y medido, se plantó en medio del polvo de la calle. Con el sombrero calado hasta las cejas se fue, por el perímetro de la muralla y por la parte opuesta a la que habían recorrido la última vez, hacia la plaza Azueyca, atravesando la calle de los Tintes y el callejón del Vidrio. La fiesta de fuego y destrucción continuaba, aunque tal vez en menor escala. La turba, ahíta de sangre y de rapiña, continuaba su labor demoledora si bien, quizá, con un furor decreciente, pues lo que querían haber llevado a cabo ya estaba hecho. Nada quedaba en pie de las cuidadas casas y los hermosos patios; las sinagogas eran un amasijo de hierros, ladrillos y maderas en ruinas de las que todavía salían tirabuzones de fuego y espurnas ardientes.

Los cadáveres que medio desnudos yacían amontonados por doquier eran incontables. A algunos de ellos les habían arrimado piras de leña y les habían prendido fuego, de ahí la irrespirable hediondez a carne quemada que había asaltado la pituitaria de Simón; a otros los habían mutilado, de manera que, aunque su rostro no se hubiera quemado, resultaban irreconocibles. Cuencas vacías que miraban hacia nada; narices cercenadas; bocas agrandadas por el simple hecho de haber hurgado en ellas con un cuchillo por ver si, por un casual, había alguna pieza de oro[306] aprovechable; senos seccionados… Aquello era la sima del horror humano, fomentada por siglos de odio e incomprensiones mantenidos latentes desde las prédicas del arcediano, pasando por la ira que provocaba la rapiña que ejercían algunos usureros judíos y concluyendo en la envidia desencadenada por los monarcas al conceder excepciones a aquellos conversos que constituían una burla para el pueblo llano, ya que, además de seguir practicando su religión en el interior de sus hogares, habían alcanzado, con su falsa conversión, los cargos de mejor y más alta responsabilidad cerca de los reyes, perjudicando desde ellos a los cristianos viejos.

Simón se llegó salvando obstáculos y grupos de gentes que le invitaban a ir con ellos, hasta la sinagoga de Azueyca.

Todo era destrucción y cenizas. El fuego había remitido, se había venido abajo la techumbre, por lo que era imposible ver lo que aquel amasijo de vigas y madera, proveniente del derrumbe de la galería de las mujeres, guardaba bajo él. Con un pañuelo cubriéndole boca y nariz, paseó Simón entre aquellos despojos. Era imposible ver algo; harían falta muchos días y el esfuerzo combinado de muchos hombres para lograr desescombrar aquellos humeantes restos. Cuando ya se iba a marchar, el puño de un cadáver calcinado llamó su atención. Estaba junto al lugar que había ocupado la *menorá*, y entre sus dedos crispados asomaba una punta de piedra. Se acuclilló junto a él e intentó separárselos. Al hacerlo, descubrió lo que con tanto ahínco había querido guardar el desdichado. Una estrella de David de alabastro que él había regalado a Gedeón en agradecimiento a sus servicios, una de las veces que éste le había llevado un mensaje de Esther. La había comprado en uno de los comercios que se instalaban en la plaza del zoco; era de piedra, y por ello había resistido al fuego. Aquella huella era el testigo mudo de que aquel hombre había sido en vida el criado de Esther.

Nada más cabía hacer allí, ni tan siquiera dar una sepultura decente al muerto. Simón se puso en pie y la oración de los difuntos vino a sus labios. Rezó por él y por todos sus hermanos que en aquellas dos aciagas jornadas habían alcanzado el seno de Abraham. Luego, teniendo la certeza de que era imposible dar con el rastro de Rubén, decidió partir, ya que el tiempo era oro y cualquier demora podía malbaratar sus planes. Diose la vuelta y al regreso decidió cambiar su itinerario por terminar de ver hasta qué punto había llegado la destrucción de la aljama. En primer lugar, se asomó a la calle Archeros para cerciorarse del estado en que había quedado la casa de su amada. Por lo visto, dedujo que tras su partida habían vuelto las turbas a finalizar su vandálico ejercicio, ya que el lavadero, en el que se habían refugiado las tres mujeres con la pequeña, aparecía así mismo totalmente calcinado. Con el vello del cogote erizado al imaginar la tragedia que allí se habría vivido caso de no haberlas encontrado, tomó por Adarve de Abenmandaque, que corría desde la puerta de la judería hasta la calle Pedregosa, e internándose por el pasaje Verde retomó la periferia de la muralla para llegar a la plaza del Pozo Seco. No sintió el menor remordimiento ante el espectáculo que vieron sus ojos. La cuadra donde habían quedado aquellos hijos de Satanás encerrados había ardido por los cuatro costados. Yahvé, el Señor de los ejércitos, le había hecho instrumento de su venganza. Dio media vuelta y, sin perder un adarme de tiempo, se dirigió a su callejón. Miró a ambos lados; al fondo se veía un grupo desvalijando una tienda y trasegando los objetos del interior a una carreta de mano que manejaban dos individuos. No lo pensó dos veces. Estaban muy ocupados en lo suyo, y si lo veían, lo tomarían sin duda por otro asaltante que dedicaba sus esfuerzos a otros menesteres, cual era el robo con escalo. Extrajo de su escarcela la cuerda en cuyo extremo había fijado el garfio y la lanzó hacia la balaustrada de hierro de su balconcillo. El pequeño arpón hizo presa al segundo intento. Simón, tras comprobar, tensionando la soga, que había hecho firme, colocó los pies en la pared y en un santiamén estuvo dentro. Cerró las contraventanas dejando una estrecha rendija para que entrara la luz y así poder ver lo que hacía, y comenzó a empaquetar sus pertenencias. Debía partir de inmediato; había mucho que hacer todavía. Tenía que ir hasta la ensenada del río y pactar el embarque con el fenicio; después, aguardaría la noche y se dirigiría, conduciendo al grupo y aprovechando las sombras del crepúsculo, hasta la orilla del Guadalquivir. Luego, si Adonai le era propicio, ¡la libertad!

Canaris

Las noticias facilitadas por Karl Knut dejaron a Eric sumido en la zozobra más absoluta. Se encerró en el piso de sus padres, donde escuchaba los partes de guerra que daban las emisoras o dormía. El primer día había llenado el frigorífico, y la cafetera siempre estaba en el fuego. Para nada pisaba la calle, aguardando la anunciada llamada de su comandante.

El negro aparato de baquelita repiqueteó a la tercera noche. La voz de Otto Schuhart sonó misteriosa.

—¿Qué tal va todo, Eric?

El comandante lo había llamado por su nombre.

—Mal, mi comandante, muy mal.

—¿Problemas?

—La palabra no es exacta, estoy asqueado.

—Véngase mañana a las ocho y media a la central de la comandancia de submarinos del Atlántico Norte. Le esperaré en mi despacho. He hablado mucho de usted y hay alguien que quiere conocerle.

—A sus órdenes, mi comandante. Allí estaré.

A las siete menos cuarto, Eric se levantó de su cama. Tiró de la cincha que obligaba a subir a la persiana de láminas de madera de su habitación y miró la calle a través de los cristales. Aún no había amanecido. Fue al baño y se acicaló con parsimonia. La ducha fría le reconfortó; luego, frente al espejo de aumento, se rasuró con cuidado, se dio una buena friega de una loción de lavanda y se puso el uniforme. Miró su reloj de pulsera. Faltaban más de tres cuartos de hora para la cita. Fue a la cocina y, en el armario del *office*, buscó betún negro y un cepillo y se lustró los zapatos; después, cargó un cacillo de café, colocó un filtro nuevo en la cafetera y, apenas salió el humeante líquido, se sirvió una taza y se lo bebió casi abrasándose sin ponerse azúcar. Salió de su casa; luego de cerrar la puerta con doble llave, bajó la escalera, y cuando pisó la calle decidió ir a pie al lugar del encuentro, pues aún le iba a sobrar tiempo.

La sede del edificio de Comandancia estaba en la confluencia de Jägerstrasse con Kurstrasse. A la entrada, un centinela con el uniforme azul reglamentario y polainas blancas que, fusil al hombro, daba cortos paseos junto a la garita se cuadró a su paso al observar en su bocamanga las insignias de su rango y la prestigiosa escarapela del arma de submarinos. Eric subió los breves escalones y, pasando la acristalada puerta, se dirigió al mostrador de información.

—Me espera el comandante Schuhart.

El sargento encargado de la recepción, en tanto tomaba un teléfono, respondió, respetuoso:

—¿Me dice su nombre, teniente?

—Eric Klinkerberg.

Al otro lado del hilo respondió una voz y el recepcionista se apresuró a anunciar al visitante.

—El teniente Klinkerberg está aquí abajo. —Colgó el aparato y, en tanto apretaba con la palma de su mano el pulsador del timbre de mesa llamando a un ordenanza, dijo a Eric—: Ahora mismo lo acompañan.

Eric fue tras el muchacho. Llegaron al inmenso ascensor del fondo con capacidad para veinte personas. El ascensorista abrió las puertas, y el teniente y su acompañante se introdujeron en él.

—Vamos al cuarto —indicó el guardiamarina.

El otro cerró las dos puertas y, manipulando la palanca de latón con mango de madera torneada que, imitando el «avante» de un vapor, sobresalía de una rueda numerada con gruesos caracteres romanos en relieve, obligó a la inmensa cabina a ascender.

Llegaron a su destino, y siguiendo por el pasillo a su guía, se plantaron ante el despacho de Schuhart.

—¿Permiso, mi comandante?

La voz de su cicerone, tras demandar licencia, procedió a anunciar a Eric.

—El teniente de submarinos Eric Klinkerberg.

—Gracias, puede retirarse.

Partió el muchacho cerrando la puerta en tanto Schuhart, saliendo de detrás de la mesa de su despacho, se llegaba hasta Eric, quien aguardaba cuadrado marcialmente, con la gorra de visera en la mano. El comandante le estrechó con efusividad la diestra mientras con la otra mano le apretaba el antebrazo con confianza.

—¿Qué tal, teniente, cómo va el famoso mareo de tierra?[307]

—No me entero demasiado... me paso el día acostado.

—¿Y eso, Eric? —El comandante ocupó su lugar tras la mesa de despacho y le indicó que se sentara frente a él—. Está desvirtuando la leyenda que persigue a los marineros cuando tocan puerto, y eso no puede ser.

Schuhart jugaba con el mango de una lupa. Al ver la expresión del rostro del muchacho, quien pese a su acicalado aspecto lucía unas importantes ojeras, habló, afectuoso:

—Si le ha de aliviar y quiere hacerlo, cuénteme lo que le pasa.

Eric no pudo dominar su angustia.

—Mi comandante, lo que me ha ocurrido ha sido terrible.

Su jefe dejó de manipular la lupa y se echó hacia delante.

—Si cree que puedo hacer algo, estoy a su disposición.

Eric dudaba. Su comandante le inspiraba absoluta confianza, pero la cuestión era tan delicada que pensaba que tal vez descubrir su secreto era perjudicar todavía más la situación. El tema judío encrespaba a los alemanes, que sospechaban o, mejor, se percataban aunque de lejos de lo que estaba ocurriendo. Eric había conocido a más de uno que escondía la cabeza bajo el ala prefiriendo ignorar. Por tanto, decidió por el momento obviar el tema y encararlo del lado de las revueltas estudiantiles.

—Mi novia se ha metido en un lío.

Schuhart estaba serio.

—Explíquese.

—Es impulsiva y valiente, odia las injusticias, y en la universidad se metió en política. Ella siempre va a favor de los perdedores.

El comandante tamborileaba en la mesa con los dedos. Súbitamente, se levantó de su sillón, se dirigió al aparato Telefunken que estaba en un rincón y lo encendió; cuando tuvo el dial en una emisora en la que daban música clásica, aumentó el volumen. Luego regresó a su sillón y, antes de sentarse, señaló con el dedo la lámpara central.

Eric captó la señal. Schuhart le indicaba que en su despacho habían colocado micrófonos ocultos.

—¿En un lío gordo? Porque perdedores somos todos aquellos que no somos nazis, claro está.

—Está en un campo. La han condenado por antisocial.

—Me da mala espina, hijo. Comprendo que estés preocupado.

Eric se dio cuenta al instante de que Schuhart le tuteaba.

—Estoy desorientado, no sé qué hacer.

—Tú solo no puedes nada. En cambio, sí puedes hacer algo para que toda esta pesadilla termine cuanto antes. Si entre todos lo conseguimos y llegamos a tiempo, habrás ayudado a tu novia y a millones de alemanes.

Eric se avanzó, sentándose en el borde de su sillón.

—¿Qué tengo que hacer, comandante? Sea lo que sea, estoy dispuesto.

—Piensa lo que dices. Si das el paso, como han hecho otros, no habrá marcha atrás.

—Hace ya mucho tiempo que no comulgo con los códigos que manejan esas gentes. No quiero negar que al principio creía en el resurgir de Alemania que ellos preconizaban, pero mi fe en sus planes se quedó por el camino.

—Te creo, porque he hablado contigo muchas veces en el puente de mando de mi nave. Sé que eres un buen alemán, y ser patriota en estos tiempos no es ser nazi, precisamente.

—Disponga de mí, comandante. Estoy a sus órdenes.

—De momento, vas a conocer a alguien a quien he hablado de ti.

Schuhart pulsó uno de los botones del intercomunicador que estaba sobre la mesa y aguardó. Una voz metálica y desfigurada salió por el parlante.

—Diga, Schuhart.

—El paquete ha llegado. Si quiere, puedo subírselo.

—Le espero... —La voz pareció dudar—. En cinco minutos —añadió.

Otto Schuhart se levantó otra vez, fue hasta el receptor, lo apagó y, con un gesto reflejo, se alisó la guerrera.

—Sígueme, Eric.

Salieron ambos, y tras cerrar la puerta con llave, Schuhart lo condujo por un largo pasillo, al final del cual se hallaba un pequeño ascensor privado.

El comandante abrió la puerta exterior y se metió en la cabina, haciendo sitio para que cupiera él. Una vez dentro, extrajo un llavín sujeto a una cadena, lo introdujo en la ranura correspondiente que hacía las veces de botonera y le dio medio giro. La puerta exterior, presionada por su muelle, se había cerrado, y cuando Schuhart volvió a guardar el llavín en su bolsillo, la interior se deslizó por su guía y el elevador comenzó a subir.

Eric lo miró, interrogante.

—Ten paciencia, enseguida se te informará.

El ascensor subió dos pisos, y cuando desde el exterior se les abrió la puerta, Eric se dio cuenta de que daba directamente a un despacho impresionante.

Schuhart salió delante de él y se colocó en posición respetuosa ante una inmensa mesa de despacho, tras la cual pendía un enorme cuadro de Hitler, aguardando a que terminara su trabajo el hombre que los había llamado. En aquel momento estaba firmando unos documentos, mientras un ayudante, inclinado a su costado, con un curvo secante que sujetaba en una mano iba secando la tinta y con la otra pasaba las hojas del portafolios, a fin de facilitarle la tarea.

Eric quedó anonadado. Aquel individuo menudo de pelo blanco y completamente liso, de manos pulcras, vistiendo impecable el uniforme de almirante de la Kriegsmarine, con cuatro cintas de cruces y medallas cubriendo la parte derecha de su guerrera era ni más ni menos que el jefe de la Abwehr, Wilhelm Franz Canaris.

—Enseguida estoy con usted, Schuhart —dijo, sin alzar su nívea testa.

Eric, con disimulo, paseó la mirada por la estancia. El techo era una inmensa superficie de caoba oscura artesonada, solemne y magnífica, que producía en el visitante el efecto de un templo. En las paredes laterales, vio mapas de todos los mares y océanos. Al fondo, junto a la puerta de salida, había un panel con relojes que marcaban todos los husos horarios del mundo, y en un rincón, un teletipo que iba soltando cinta sin cesar. Alejado del grupo del despacho propiamente dicho, destacaban dos juegos de inmensos tresillos de cuero granate equipados con sendos sillones, cuyo tamaño era tal que el ocupante que se acomodara en ellos podía perderse. En el centro de la estancia, Eric apreció una mesa magnética alfiletereada de formaciones de pequeños barcos de metal, que se movían sobre una superficie lacada en azul mediante unos rastrillos que, al igual que los tacos de un billar, reposaban en sus respectivos soportes.

—¿Qué, le gusta mi juguete, teniente? —comentó Canaris sin levantar la vista. Después, dirigiéndose a Schuhart, añadió—: Haga los honores en mi nombre, comandante.

—Ahora mismo, señor.

Schuhart, indicando a Eric que le siguiera, se acercó a la imponente mesa.

—Aquí figuran todas las naves del Tercer Reich, tanto las que están navegando como las que están en astilleros o en diques flotantes. Cada día se controlan los hundimientos propios y del enemigo. De esta manera, el alto mando está puntualmente informado de nuestras operaciones. Mire, Eric. —Ahora volvía a hablarle de usted—. Nuestro U-Boot, ¿lo ve? Ya lo han colocado en la dársena de reparaciones. Si le parece, vamos a sacarlo del dique.

El comandante tomó amorosamente en su mano el *U-285* y lo entregó a Eric.

—Es algo más pequeño, ¿no le parece?

Canaris había terminado su tarea y, luego de despedir a todos los ayudantes y ordenarles que nadie le molestara hasta nueva orden, indicó a los dos hombres que se dirigieran al primer tresillo.

Eric dejó el barquito sobre el tablero y siguió a Schuhart.

El almirante ocupó uno de los inmensos sillones, y Eric y Schuhart se sentaron en el sofá.

—O sea, comandante, que éste es, a su criterio, el hombre indicado.

—Pienso, señor, que el teniente Eric Klinkerberg es ante todo un buen alemán. Y en cuanto a si está capacitado para la misión, puedo asegurar que, además de estar altamente cualificado, le adornan cualidades como la serenidad y el temple que le hacen aún más que apto para tan delicada tarea.

Canaris se dirigió directamente a Eric.

—¿Qué piensa de los nazis, teniente?

Eric miró a Schuhart, esperando su aquiescencia, que se tradujo en una brevísima inclinación de cabeza. No supo bien por qué, pero confió en aquel hombre, y después, al repasar la escena una y mil veces en los días posteriores, comprendió que en aquel momento se había jugado la vida. La rabia y el rencor que anidaban en su corazón fueron el desencadenante.

—Creo que son el cáncer de Alemania, señor, y que si alguien no hace algo, el mundo civilizado nos tildará durante siglos de asesinos de inocentes.

Canaris y Schuhart cruzaron una mirada de inteligencia.

—Me congratulo de haber confiado en su criterio, Schuhart. Desde los lejanos tiempos en los que fui profesor suyo en la Escuela de Submarinos, siempre tuve fe en su evaluación de riesgos y en su capacidad de discernimiento para juzgar tanto a sus subalternos como las circunstancias que rodean cada decisión. —Acto seguido, interrogó directamente a Eric—: Usted, teniente, llegado el momento, ¿sería capaz de dejar incomunicada una zona restringida, es decir, sin radio, teléfono... ni siquiera telégrafo? Y me refiero a la parte técnica...

Eric meditó la respuesta unos instantes.

—Si se me dan los medios y únicamente tengo que ocuparme de silenciar la zona y durante mi trabajo, que imagino será en una central, no soy interrumpido, puedo hacerlo.

—¿Y estaría dispuesto a correr ese riesgo? Eso es lo más importante.

Eric dejó transcurrir unos largos segundos. Su mente en rápida galopada fue de Hanna a Sigfrid y de éste a Manfred; luego, en una digresión doliente, se desplazó hasta Essen y vio el rostro de Jutta, su madre, nazi convencida, y sopesó el daño que haría a su familia si realizaba un acto que sonara a traición, fracasaba y no le daba tiempo a explicarse.

—¿Cuándo he de hacerlo excelencia?

—Piense que si fracasamos, todos seremos juzgados; en este juego jugamos muchos.

—¿Cuándo, señor?

—Está bien, teniente, queda admitido en el círculo. Por el momento, no es necesario adelantar acontecimientos. Su comandante le tendrá al corriente. Desde ahora queda relevado del servicio y, luego de los días preceptivos de descanso a los que se ha hecho acreedor, se incorporará usted a su nuevo destino en el Estado Mayor de la armada en calidad de oficial ayudante experto en transmisiones, a las órdenes directas del comandante Schuhart. ¿Ha quedado claro?

—Como la luz, excelencia.

—¡Felicidades, Schuhart, por su ojo clínico! ¡Bienvenido a bordo, teniente!

Caprichos del destino

El pequeño autobús de diez plazas, color azul oscuro, con los distintivos de la Kriegsmarine rotulados en dorado en sus laterales, avanzaba por la sinuosa carretera de montaña llevando a nueve oficiales de submarinos hacia la estación de esquí que habían escogido para pasar los días de asueto estipulados para su descanso al tiempo que disfrutaban de los deportes de nieve. A Eric igual le daba un sitio que otro —su mente estaba en otra historia—, pero su buen amigo y compañero Oliver Winkler, gran aficionado al esquí de fondo, había insistido en que lo acompañara.

—A ti te da igual —le había dicho—. Y si estamos juntos, lo pasaremos mejor. Me han dicho que esta vez han traído a unas mujeres impresionantes.

—Te las regalo todas.

—¡Venga ya! No seas mojigato. Cuando lleves en medio del océano cinco meses, no me negarás que el recuerdo de una hermosa hembra puede aliviarte la noche.

Eric no podía decirle que ya no volvería a estar otra vez en medio del mar y salió por la tangente.

—No entiendo por qué historias no puede escoger cada uno lo que le venga en gana y ver, en vacaciones, a quien quiera. ¡Tanto misterio y tanta leche cuando es evidente que Alemania está perdiendo la guerra!

Oliver miró receloso a ambos lados, pese a que su amigo había expresado tan peregrina opinión en un tono muy bajo.

—¿Te has vuelto loco? ¿Acaso pretendes que nuestras vacaciones terminen en un castillo? —murmuró—. En primer lugar, la estación de esquí es estupenda. En segundo, aparte de unas horas destinadas a instruirnos sobre nuevos adelantos de la industria alemana referidos a nuestra especialidad, el resto del tiempo es libre. Y en tercer lugar, vamos a vivir en un balneario que es la pera, y en el otro han instalado un casino. ¡Venga ya, Eric! El derrotismo no cabe en nuestra vida. Somos jóvenes y bellos como dioses, ¡no me quieras joder ahora las vacaciones!

—Da igual, te haré compañía e intentaré olvidar mis problemas. De cualquier manera… esto se acaba.

—Me parece bien que tengas a una chavala esperando que esto termine, yo también la tengo. Pero ¿qué tiene que ver que nos solacemos un poco ya que no podemos estar con ellas? ¿Qué quieres, llegar al matrimonio sin haber hecho prácticas? Es como pretender dar en el blanco con un torpedo sin haber manejado anteriormente un tubo lanzador.

—Tus teorías me parecen una argucia machista. ¿Te gustaría que fuera ella la que hiciera prácticas en tu ausencia?

—No me jodas, no es lo mismo.

Cada uno se recluyó dentro de sí: Oliver, mosqueado, imaginando que su novia de toda la vida le ponía los cuernos en su pueblo con aquel imbécil de alférez de la Wehrmacht que en cuanto se lo permitían sus permisos, por cierto bastante a menudo, acudía a visitarla con la excusa de que era amigo de su primo; Eric, yendo desde la visión terrorífica de

Hanna metida en un campo de reeducación hasta el recuerdo de su visita a la base central y a la charla mantenida en presencia de Schuhart con el mismísimo jefe de la Abwehr. Nada le habían avanzado de la misión encomendada; únicamente sabía que tenía que inutilizar durante un tiempo las comunicaciones de algún recóndito lugar, pero intuía que se había metido en un fregado muy importante.

Cuando se alejó el oficial, Werner se encaramó de un salto al puesto del conductor y, poniendo la primera, aceleró suavemente para no cometer el error de hacer algo diferente de lo que hacía todos los días y dar pie, de esa manera, a que su precipitación denunciara el intento de huida de Hanna. El camión, dejando la huella de sus neumáticos en el barro circundante, se alejó del infierno, llegó a la carretera principal y, luego de la pertinente parada, se incorporó al escaso tráfico dirigiéndose en primer lugar al balneario convertido, por circunstancias de la guerra, en provisional residencia de oficiales.

Hanna, encogida dentro del inmenso buey, se moría de frío a pesar de las ropas suministradas, y pensó que sería muy triste, ahora que veía lejana pero posible su salvación, acabar sus días de semejante manera. El interior del frigorífico, pese a haber parado el compresor y abierto la trampilla del techo, debía de estar a unos diez grados bajo cero. Lo malo era que en el exterior la temperatura era gélida. El olor a carne cruda la mareaba, y cuanto más rato transcurría, más notaba el hedor de los animales recién muertos y, así mismo, mayores eran sus exudaciones y serosidades. ¡No iría a desmayarse ahora, después de lo vivido en el campo! Distrajo su tiempo por ver de entretener el frío pensando en todo lo acaecido los últimos días. Si le hubiera cabido la menor duda de lo que estaba ocurriendo en su amada patria, la estancia en el campo la habría esfumado. En las ciudades, las gentes hablaban *sotto voce*, intuían, murmuraban, alguien conocía a alguien que había desaparecido... Pero el horror por ella vislumbrado ante las chimeneas que, día y noche, vomitaban al aire espurnas de miedo y horror no admitía dudas. Si salía de aquello, su misión estaba clara. El mundo civilizado tenía que saber hasta dónde había llegado la vesania de aquellos bestias con la aquiescencia del pueblo alemán, que no quería saber, ver ni oír y que, unos más que otros, se dedicaba con ahínco a esconder la cabeza bajo el ala.

Eric... ¿Que sería de él? ¿Habría regresado? ¿Sabría lo que le había ocurrido? ¿O estaría en una sima de las profundidades atlánticas, muerto en una tumba de acero? Su gemelo... ¿Dónde estaría Manfred? ¿Adónde le conducirían sus pasos marcados indeleblemente por la muerte de Helga? ¿Conocería alguna vez a una muchacha que le devolviera la fe en el amor? ¿Qué habría sido de Sigfrid? Su irónico hermano mayor siempre se había tomado la vida como una aventura y el peligro le estimulaba. Y sus padres, ¿qué habría sido de ellos? Todo su mundo se había venido abajo, y si salían de aquello, habría que reconstruirlo. Otra compuerta que se abría en su cabeza como un inmenso interrogante era August. ¿Hasta qué punto habría asumido su responsabilidad para con ella jugándose la vida para sacarla de aquel infierno? Su gratitud era todavía mayor al haberla salvado de la muerte, puesto que ella no estaba dispuesta a soportar lo que se le venía encima las siguientes noches y, antes que caer en las garras de aquel monstruo, sabía que se habría arrojado contra la valla electrificada. Todas estas elucubraciones la distraían, y parecía que notaba menos el frío; pero el frío estaba allí.

Estaba perdiendo el conocimiento... ¿O acaso era verdad que el camión se detenía?

—Vamos a dejar aquí parte de la carga. Si alguien llama desde el campo, todo ha de parecer normal.

—No va a pasar nada. Hasta la noche, has dicho que no pasan lista. Nadie la va a echar de menos.

La voz de un desconocido llegaba hasta ella matizada por el tabique de separación de la cabina.

Se percató de que abrían la puerta y, unos instantes después, percibió que aumentaba la luz en el habitáculo y que alguien subía a la trasera del camión. Luego, unos pasos. Una mano retiró la ropa que cubría su cabeza y ella, acuclillada desde su escondrijo, alzando la vista, vio al contraluz y a través del recorte del pasamontañas el rostro anguloso de August. En sus ojos, la muchacha vio reflejada la angustia que lo embargaba. Su voz no se dirigía a ella. Entonces, volviéndose hacia el exterior, habló con alguien.

—Werner, si no la sacamos de aquí, va a morir congelada; tiene el pasamontañas lleno de escarcha.

—¡Vamos, deprisa, August! Dejemos aquí el pedido acordado y vayámonos. Meteremos el camión en algún camino lateral y la bajaremos.

Hanna tenía los labios morados y ya casi no sentía nada.

En aquel instante, el ruido de un motor denunció la presencia de un vehículo que arribaba a su altura. La voz del otro conductor llegó inteligible hasta donde ella estaba.

—¡Sacad ese trasto de ahí, imagino que la descarga debe de ser por otro lugar!

Alguien nuevo había entrado en escena.

—La bajada que conduce a las cocinas está bloqueada por la nieve. ¡Un poco de paciencia!

—¡Si le parece, la oficialidad de la armada debe esperar, luego de más de doscientos kilómetros, a que un camión de carne desbloquee el paso!

De nuevo la otra voz.

—Sepan excusarme, caballeros. Si son tan amables y no les importa, desciendan por la parte posterior; enseguida nos haremos cargo de sus equipajes.

La voz de Werner sonó de nuevo.

—Cierra la puerta de detrás, August. Voy a mover un poco el vehículo.

Hanna estaba a punto de perder el conocimiento, y su semiinconsciencia le jugó una mala pasada y le pareció escuchar la amada y tantas veces recordada voz de Eric, que hablaba con alguien que se llamaba Oliver diciéndole algo referido a una maleta. En algún lugar recordó haber leído que el frío produce alucinaciones. Entonces, se desmayó.

Cuando llegaron al molino medio en ruinas, que distaba unos noventa kilómetros, Hanna estaba desvanecida en su escondrijo.

Entre los tres la sacaron de dentro del buey y la transportaron al interior. Rápidamente, Zimmerman se dedicó a avivar un fuego preparado en la chimenea, y en tanto August acostaba a la chica en un camastro, que junto a un sillón desvencijado, una mesa, una leñera, una tahona, un lavabo desconchado y un cubo de zinc era todo el mobiliario que allí había, Werner regresaba del camión con una botella de alcohol del que usaba como anticongelante, una bolsa de comida, un termo de café y tres velas, y entregaba todo a August. Después, mirando su reloj, observó:

—En tanto aviso a Toni y le digo que hable con Poelchau, hazle unas friegas y mantén el fuego encendido. Faltan tres horas para que pasen la lista de la noche; de habernos descubierto, ya lo sabríamos. Voy a terminar de hacer el reparto con Zimmerman. Si no lo hago, comenzarán a sonar los teléfonos. Hemos de hacer lo que hacemos todos los días. Te he dejado un botiquín de urgencia junto a la chimenea. ¡Buena suerte! Y si no hemos caído todos, ¡hasta mañana!

Werner, tras hacer el signo de la victoria con una mano, indicó a su compañero que le siguiera. Cerraron la puerta del viejo molino y al cabo de un instante el motor de la camioneta sonaba alejándose.

Un silencio helado se abatió sobre ellos, únicamente roto por el crepitar de los troncos encendidos y por las frases inconexas que profería Hanna en su delirio. August procedió con diligencia. Prendió el pabilo de una vela, arrastró el camastro junto al fuego y, cubriendo a la muchacha con una gruesa manta seca, procedió a desnudarla arrancando las empapadas ropas. Después comenzó a friccionarle el cuerpo con alcohol. Pese a lo angustioso de la situación, no pudo evitar sentir la tersura de su piel y la morbidez de su cuerpo. Hanna estaba ardiendo. A la vez que el calor reconfortaba sus tumefactos miembros, la conciencia volvía a vivificar su cerebro a intervalos. Súbitamente, abrió los ojos. Miró en derredor y tuvo la certeza de que aquel escenario no era el campo. Alzó los brazos y se abrazó al cuello de August, en tanto un llanto convulso e incontrolado asaltaba su espíritu.

Él la apretó, y mientras con una mano acariciaba su cabeza, con la otra le daba suaves golpes en la espalda.

—Ya pasó todo, Hanna, cálmate. No permitiré que nos cojan vivos.

—¡Antes mátame, August!

—¡Chist! Nadie te hará daño. Vamos a salir de ésta.

De pronto, ella fue consciente de su desnudez y la asumió con naturalidad. Eran dos viejos camaradas en peligro y aquello no era importante. El momento la retrotrajo al trasunto de la escena de la casa del comandante del campo, y una náusea le subió a la garganta. August se dio cuenta. Fue a un rincón y de la bolsa allí depositada anteriormente extrajo una muda de hombre abrigada; tras calentar las prendas en el fuego de la chimenea, se las entregó. Ella, sin destaparse, maniobrando debajo de la manta y temblando, cubrió su cuerpo; estaba ardiendo. Cuando recuperó algo las fuerzas, comenzaron las preguntas y las respuestas, y con la certeza de que el destino estaba de su parte y que la fatalidad marcaba la suerte de los hombres, esperando que en aquella ocasión los hados fueran propicios, Hanna comenzó un diálogo intermitente, dándole las gracias emocionada por haberla salvado de tantas cosas, además de salvarle la vida.

—August, eres el ser con el que he contraído la deuda

mayor que puede contraer el ser humano. Además de la vida, te debo mi honor, ¡gracias otra vez!

—No me las des, Hanna. Sigfrid me lo dijo claramente y yo lo entendí: un jefe no puede enviar a nadie al sacrificio sin calcular las posibilidades de éxito o de fracaso. Me equivoqué; te urgí a hacer algo para lo cual faltaba asegurar la retirada y no te di alternativas.

La muchacha respiraba con dificultad.

—Fue idea mía, August. Yo asumí el riesgo que quise y tú no estabas allí para consultarte qué debía hacer. Tú no tuviste la culpa de nada.

—Hanna, he intentado sacarte de ese horrible lugar porque he querido. Cuando te cogieron, entendí que eras mucho más importante para mí de lo que creía.

Hanna lo atrajo hacia ella, acercó sus labios ardientes a su mejilla y lo besó.

—Gracias por ser como eres —dijo en un susurro.

—¿Cómo soy?

—Bueno, generoso y valiente. Soy una chica afortunada... Amo a un hombre maravilloso y tengo el mejor de los amigos.

Hubo un silencio entre los dos que rompió ella.

—¿Se sabe algo de Eric?

August hizo de tripas corazón y en la distancia tuvo celos de aquel que en tan duras circunstancias sin duda ocupaba el pensamiento de Hanna.

—No, nada. Ten en cuenta que con tu hermano hablábamos de todo aquello que concernía a ambos. Yo a tu novio lo conozco de oídas. Tampoco tengo noticias de Manfred; solamente puedo decirte que llegó a Roma.

—¿Y Sigfrid?

—Sigfrid, acompañado de Vortinguer, Glassen y Karl Knut, acudió a vuestra casa a desmontar la emisora clandestina el mismo día que yo vine a Grünwald para intentar hacer algo.

La fiebre que la acometía le provocaba una verborrea delirante.

—Los Hempel... ¿seguían con la viuda de Heydrich?

—Hasta aquella noche, creo haber entendido que vuestra casa estaba vacía. Tus tíos siguen fuera. Y harán bien en no regresar. Cada día son más frecuentes los bombardeos sobre Berlín.

—Y ahora ¿qué vamos a hacer, August?

—Si todo sale como se ha previsto, mañana nos recogerán e intentaremos escondernos en Berlín. Es más fácil hacerlo en la capital que en el campo. Ahora están muy atareados y no tienen tiempo de ocuparse de otra cosa que no sea luchar por que la guerra no se desarrolle dentro Alemania.

Tras una larguísima charla, las emociones vividas aquel día pasaron factura a Hanna, y se quedó amodorrada en el catre en un duermevela febril. August añadió leña a la chimenea y luego, arrimando la desvencijada silla, se dedicó a velar su sueño mientras miraba el cambiante fuego de los troncos.

Ella deliró toda la noche.

En tanto, en el campo se pasó la lista de la fajina. Renata Shenke no estaba. El traumatismo que esta circunstancia causó en las celadoras fue devastador. Había que comunicar al comandante que su recién nombrada amante oficial había desaparecido.

Hans Brunnel, capitán ayudante del *Oberführer* Ernst Kappel, desde la puerta del despacho, demandó venia para entrar.

—¿Da usted su permiso?

—Pase. ¿Qué se le ofrece?

—Señor, tiene en la línea seis al comandante Hugo Breitner del campo de Flossembürg, jefe de la zona destinada a antisociales.

—Pásemelo.

El oficial se retiró y casi al instante uno de los negros teléfonos de la mesa de Kappel sonó una sola vez.

—Kappel al aparato. ¿Cómo andan las cosas por ahí, comandante?

—Intentando cumplir las órdenes recibidas, tarea bastante complicada, mi *Oberführer*.

—¿La producción no sale, comandante?

—Con dificultad, señor. Los reclusos a mi cargo son vagos indisciplinados y no sienten el amor por Alemania que hace grandes a los alemanes.

—Comandante...

—Sí, señor.

—Nos han colado un gol.

—No entiendo, mi *Oberführer*.

—Entre sus presas tiene usted a una judía que, sin embargo, ha ingresado juzgada como antisocial y elemento subversivo.

—Me extraña lo que me dice, señor. Todas las reclusas llegan con sus papeles, y en el archivo constan sus delitos y la sentencia de sus juicios.

—Entiendo, comandante, pero la presa a la que me refiero ha ingresado con documentación falsa que no corresponde a su verdadero nombre.

—No es misión del registro de entrada del campo comprobar documentaciones. Nosotros nos limitamos a sacar el mayor rendimiento del material que nos envían.

—Entiendo, comandante, y no le culpo por ello. Únicamente le digo que tenemos una pieza mal colocada y que debemos subsanar el error... enviándola al lugar correspondiente.

—Dígame su nombre y esta noche estará con las judías del campo.

—No pretendo eso, comandante. La reclusa me ha de ser enviada sin demora para otro fin mucho más importante y, aunque no debería, quiero aclararle algo.

—Usted me dirá, mi *Oberführer*.

—Ha caído en la red un pescadito al que no podemos tocar porque el servicio secreto pretende aprovechar sus capacidades para fines mucho más importantes para Alemania y la mercancía no puede deteriorarse. Es por ello que si cae en nuestras manos su hermanita y la manejamos convenientemente delante de él, tal vez consigamos sonsacarle lo que pretendemos y podamos enviarlo en un par de días a realizar su nuevo trabajo sin ponerle las manos encima y, por lo tanto, sin que se nos deteriore. ¿Me ha comprendido?

—Creo que sí, señor.

—Ya conoce usted la frase de ritual que se emplea en estos casos: «Hábilmente interrogado». Bien, quiero que me envíe a Berlín, sin dilación, a la reclusa que nos han colado como antisocial y que es judía.

—Dígame su nombre y en cuarenta y ocho horas la tiene ahí.

—Veo que me ha entendido. La reclusa ingresó en Flossembürg el veinte de mayo, hace ocho meses, condenada por subversiva, pues la pillaron repartiendo panfletos antinazis de la Rosa Blanca en la universidad. El juez Roland Freisler la condenó a ocho años. Su falso nombre, con el que ha ingresado en el campo, es Renata Shenke Hausser y el verdadero es Hanna Pardenvolk Kausemberg.

Un silencio notorio invadió la línea, y al oído del *Oberführer* Kappel únicamente llegó algún que otro chasquido de la estática.

—¿Está ahí, comandante?

La voz llegó distorsionada y opaca.

—Claro, señor.

—Entonces, comandante, no hay más que hablar. Búsquela y envíemela. Tengo cuarenta y ocho horas para que la secreta venga a recoger a su hermano.

—Perdone, señor, ¿podría decirme el nombre de pila del interfecto?

—Claro, comandante. Déjeme mirar... Si aquí está, Sigfrid Pardenvolk Kausemberg. Cincuenta por ciento de sangre judía aliviada, porque ya sabe que entre los de esa raza la estirpe la transmite la mujer y el judío era el padre.

Al otro lado del hilo se percibió una respiración agitada.

—¿Ocurre algo, comandante?

La cabeza del *Sturmbannführer* Hugo Breitner iba como una moto. Hacía tres días que, al pasar la última lista de la noche, en el barracón 9 había faltado la puta aquella. Por más que intentó ejemplarizar el castigo pegando un tiro en la nuca, delante de las demás reclusas, a sus dos amigas y pese a las amenazas proferidas ante todas ellas, incluidas las celadoras, había sido imposible averiguar cómo había podido escapar del campo aquella mujer, frustrando su venganza. Las salidas estaban custodiadas, nadie de entre los prisioneros podía ni tan siquiera acercarse a las puertas. Todos los camiones se controlaban a la ida y a la vuelta. En los registros o en las cercanías había perros que al menor indicio ladraban furiosos, delatando cualquier intento de fuga. Todo fue inútil; se la había tragado la tierra. Intentó buscarla en los sitios más impensados, ordenó el registro total de los barracones, vació los almacenes… Tarea vana. Aquella zorra le había humillado doblemente: ella dirigía el quinteto que le había puesto en ridículo ante los mandos del campo y ante el general visitador la noche de la Rosa de Oro, y ahora lo colocaba en una violentísima posición ante el *Oberführer* de las SS, un jefe de la Gestapo, Ernst Kappel. Pero lo más absolutamente increíble era que su hermano, causante de la indeleble marca que afeaba su rostro desde su juventud, al no poder entregar Breitner a la reclusa, escapaba de rebote a su venganza, produciéndole, además, un gravísimo problema.

—¿Está ahí, comandante?

La voz de Kappel le urgía de nuevo.

—Sí, señor.

—¡Pues tenga la bondad de informar!

Breitner, tragando saliva dos veces, puso al corriente a

Kappel de las vicisitudes ocurridas en Flossembürg respecto a la presa reclamada.

El silencio en la línea auguraba tormenta, y ésta estalló al poco rato. Pero Breitner jamás habría imaginado la intensidad de la misma.

La voz de Kappel tronó en el auricular con tanta virulencia que Breitner tuvo que separar el auricular del teléfono de su oreja, tales eran los gritos histéricos de su superior. La diatriba acabó de esta manera:

—¡Juro por Dios, por el Führer y por Alemania que se va a acordar de mí durante los años que le queden de vida, comandante! ¡Cuando esté en el frente del Este ante el ejército ruso, tendrá tiempo para meditar su desidia y se dará cuenta de lo bien que ha vivido hasta ahora en Flossembürg! —Luego la voz se tornó silbante y todavía más amenazadora—. Mañana le será comunicado su traslado.

El Aquilón

Éste era el nombre que figuraba en la amura de estribor. La nave era una galera de medio porte y de dos palos, mixta de pasajeros y carga, que, anclada en medio de la ensenada del Guadalquivir, lucía airosa con todas las lonas recogidas sobre sus botavaras y con el rezón tirado por proa. En el bauprés, así mismo, se podían ver una remendadas velas secándose al sol. Una chalupa aparecía en su popa, atada a una de las bitas del bajel mediante un cabo y lista para llevar a tierra a cualquiera que necesitara bajar del barco. Dos marineros subidos a un tablón, sujeto éste a media altura del casco, calafateaban el mismo con sendas brochas que empapaban en un cubo rebosante de negra brea.

Simón, montado en su caballo, se había acercado al río

luego de dejar apresuradamente al mulo, cuyas alforjas pendían rebosantes, en la puerta trasera de El Esplendor. Durante el camino, recordaba el diálogo mantenido con Seis, quien nada más verlo, le interrogó.

—¿Qué ha sido de las personas que habéis ido a buscar?

—Una muerta con certeza. La otra no tengo la evidencia, pero es más improbable que se haya salvado que se aparezca Metatrón en persona en este momento.

—Cosas más difíciles han sucedido. ¿Acaso no recordáis cómo os encontré... medio muerto en el bosque?

—Imposible, Domingo. Y no debo dar falsas esperanzas a Esther. La sinagoga está destruida, el techo se ha venido abajo, y todo es desolación y ruinas. De allí no ha escapado nadie, y mucho menos cualquier persona que estuviera cerca de la *bemá*... y ése es el lugar del rabino.

—¡Que vuestro Adonai lo haya acogido en su seno! Es lo único que puede hacer, después de cuidar tan poco de sus fieles.

Luego de reconocer cuán atinada había sido la observación de Domingo, inquirió noticias de los que habían quedado en la alquería.

Seis explicó que, agotados por los aconteceres de la noche anterior, las mujeres y los niños todavía estaban descansando.

—Mejor que recuperen fuerzas, pues lo que queda no requerirá menos arrestos que lo vivido hasta ahora. Y tú, ¿no has descansado nada?

—He descabezado algún que otro sueño, pero en cuanto el perro levanta la cabeza y olfatea el aire, ya estoy yo en pie.

—Voy a bajar al río. He de hablar con el fenicio con quien acordé el viaje. Descansa cuanto puedas, pues si todo va bien, hemos de partir esta noche... y me haces falta entero.

—No os preocupéis por mí, estos huesos lo aguantan todo —dijo, golpeándose el poderoso pecho.

En cuanto llegó al margen del río, Simón, sin apearse del caballo, comenzó a bambolear sobre su cabeza, de un lado a otro, un gran pañuelo verde, que era la contraseña acordada, hasta que uno de los dos calafateadores, encaramándose hasta la cubierta, desapareció en el castillo de popa; al rato salió con el fenicio. Éste, tras divisarlo desde la borda, ordenó que dos hombres fueran bogando en la chalupa hasta la ribera para subirlo a bordo.

En tanto que la falúa se arrimaba al margen del río, Simón ató su cuartago a una rama y esperó.

Al poco, se encontró balanceándose en medio de la corriente. En cuatro bogadas, el bote se halló amarrado junto al casco del navío, desde cuyo bordo le lanzaron una escalera de cuerda. Simón, colocándose en bandolera su talega y sujetándose a los laterales, comenzó a subir.

El fenicio, además de un piloto avezado que conocía el Mediterráneo como el forro del bolsillo de su jubón, era un avispado comerciante. A los nueve años, había comenzado a surcar los mares como grumete de un barco griego que llevaba a la Bética vino y especias, y regresaba con ánforas de aceite de oliva para surtir del mismo los puertos de las costas de Hispania, de la Galia y de la bota itálica, donde cargaba, en cuanto quedaba espacio para ello en sus bodegas, los productos de la región, a fin de transportarlos a otros lugares y, de esta manera, aprovechar al máximo las capacidades del barco. De tal suerte pasó a marinero, luego a piloto, para, finalmente, conseguir hacerse con un barco propio, primero con un socio armador que puso parte de los dineros para adquirir la nao, y al cabo de pocos años, cuando pudo comprar su parte, como único propietario de su destino. Justo era que él, que se jugaba la vida en el azaroso negocio de surcar los mares, se llevara el beneficio, ya que a las tormentas había que sumar el siempre peligroso encuentro con piratas de todos los países y con gentes de todos los pelajes, ya fueran berberiscos, catalanes, mallorquines o sicilianos, pues todos andaban en el mismo negocio, que no era otro que salir al encuentro de los barcos cargados con especias que pasaran por sus zonas y hacerse con ellas y con la nao. Las cosas se arreglaban unas veces pagando fuertes sumas, y otras, sufragando un tributo de protección. En fin, que el negocio era arduo y, por lo tanto, todos aquellos que quisieran usar de sus servicios habían de pagar los dineros correspondientes a tan encarecidas prestaciones.

Cuando Simón asomó la cabeza por la borda, Dracón, el fenicio, ya le andaba esperando. Era un hombre recio que rozaría la cuarentena, de ojos negros y vivaces, enmarcado su rostro por una rizada barba, vestido con una túnica de color pardo que le llegaba a media pierna, calzando unas sandalias de tiras de cuero entrelazadas que le subían por las pantorrillas y cubierta su cabeza con un gorro frigio que ocultaba su calvicie y le aliviaba de las inclemencias del tiempo. En cuanto vio a Simón, sus ojos despidieron un reflejo de avaricioso interés.

—No os esperaba a tan temprana hora... Aunque, bien pensado, y de ser ciertos los rumores que hasta mí han llegado, comprendo vuestra prisa.

El astuto fenicio preparaba el terreno para una ardua discusión sobre el precio del viaje. Simón, agarrándose al guardamancebos[308] y pasando, una tras otra, las piernas sobre él, se encontró en pie sobre la cubierta. Dracón le hablaba desde el castillo de popa en una situación de superioridad manifiesta, mala para entablar cualquier negociación.

Simón, que conocía los entresijos de las transacciones, pues pertenecía a un pueblo que había pasado su existencia mercando, se dispuso a iniciar una inevitable batalla dialéctica, pero en igualdad de condiciones.

—Soy vuestro huésped a bordo y bueno será, si hemos de negociar, que me ofrezcáis una taza de esos caldos que según me dijisteis transportáis en vuestras bodegas.

—Cierto es, pero no me habéis dado tiempo. Vamos a mi cámara, que está saliendo el día caluroso y en estas tierras cuando el rubio aprieta... —El índice de su diestra señaló al cielo—. Hay que meterse bajo cubierta, pues alto es el riesgo de coger un atracón de sol, que en ocasiones ha llegado a abrasar a gentes imprudentes.

Simón subió los cinco peldaños que conducían al castillo y el fenicio, con una gentil reverencia y un ampuloso gesto de su diestra, le indicó la puertecilla que daba a su camarote.

Era éste una amplia pieza con ventanucos a tres vientos —por el de popa se veía el fanal de navegación—, vigas en el techo y cuadernas vistas. A la pared de estribor, aferrada por unos pernos que evitarían su deslizamiento en caso de temporal, se hallaba una mesa atestada de papiros e iluminada por un candil que lucía apagado. Había un sillón con un gancho en su parte inferior, destinado al mismo fin, que se sujetaba en el suelo mediante un perno, y arrumbadas a sus costados se divisaban un par de banquetas. A babor se encontraba un catre, y sobre él vio Simón dos ganchos de los que pendía recogida una hamaca.

Dracón se fue hacia un armarito instalado en una rinconera y, abriéndolo, extrajo de él dos vasos de latón y una garrafa de vino. Los depositó sobre la mesa y procedió a escanciar una generosa ración del dorado líquido.

—Sentaos, amigo mío, y hablemos de las condiciones de vuestro viaje que, dadas las circunstancias y como comprenderéis fácilmente, han cambiado desde la última vez que nos vimos.

Simón, tomando asiento en uno de los escabeles, luego de llevarse el vaso a los labios y dar un generoso trago, habló al tiempo que paladeaba el vino.

—¡Excelente caldo, por Baco! ¿De dónde procede?

—Es siciliano, reserva especial para Dracón.

Hubo una pausa y después Simón se arrancó a hablar.

—Efectivamente, hay un cambio... Y comprendo que por él deberemos ajustar un precio.

El fenicio, a pesar de que era un hombre avispado, se sorprendió ya que el cambio al que él aludía no entraba en su cábalas que lo intuyera el otro, de modo que, guardándose su argumento, indagó.

—¿Cuál es el cambio al que os referís?

—Veréis, es inaplazable la partida y debe ser esta noche.

El astuto Dracón exageró la nota.

—¡Imposible, la marea no está crecida y me jugaría el barco en los bajíos del río!

—Estoy dispuesto a sufragar ese riesgo, siempre que lo cuantifiquéis con mesura.

—Eso os costará un dinero importante añadido, pero... no es todo.

—Pues, aparte de eso, ¿qué es lo que ha variado?

—Hay otros cambios.

—No entiendo a qué cambios os referís. El único cambio es que en vez de un hombre viajará una mujer, cosa que os comunico ahora, y eso afecta únicamente a nuestra comodidad y no a la cantidad de personas que vamos a viajar.

El fenicio se mesó su recortada barba, y achinando los ojos con un gesto de astucia argumentó:

—Veréis, amigo mío, en primer lugar, si parto esta noche, cosa que está por ver si es o no posible, dejaría de cargar unas mercancías que no estarán a bordo hasta el plenilunio, y ese quebranto alguien tendrá que pagarlo; no es rentable navegar con las bodegas medio vacías, amén de que resulta peligroso, ya que al hacerlo menos aplomado, el barco flota como un corcho y obedece peor las órdenes del gobernalle... Y en segundo lugar, ya sabéis que el precio de las cosas varía en función de la oferta y de la demanda, e intuyo que, dadas las circunstancias, muchas han de ser las personas que quieran estos días abandonar Sevilla por cualquier medio.

La mente de Simón hacía cálculos a toda velocidad. En el fondo de su faltriquera iba casi toda su fortuna, traducida en pagarés emitidos por la banca de dom Solomón y canjeables en todas las casas de cambio del mundo. Si se comprometía a pagar el precio que sin duda estipularía por sus servicios el astuto fenicio, partiría al exilio esquilmado y pobre como una rata, pero no le importaba; lo único que estaba por ver eran las provisiones para subsistir. Su cerebro era un corcel desbocado. Antes de responder, se le ocurrió una idea.

—Bien, supongamos que llegamos a un acuerdo y que soy el único arrendatario de vuestro barco.

—¿Y...?

—Que al no tener que aguardar a otros pasajeros ni cargar otras mercancías, si valoramos el hecho de partir antes de que suba la marea, podría seguir a bordo de vuestra nave hasta el final de mi viaje, sin hacer transbordo en Sanlúcar, y a partir del puerto en el que yo desembarcara, podríais coger mercancías y pasaje y seguir vuestra ruta hasta el final de vuestro trayecto.

—¿Os dais cuenta de que estamos hablando de muchos doblones?

—Sé que el negocio es caro, pero a vos y a mí nos interesa partir cuanto antes.

—Os interesa a vos, a mí me está bien como estaba.

—Tened en cuenta, ya que lo habéis insinuado hace un momento, que cuando las multitudes se aficionan a tomar gratuitamente lo que les apetece, si los hombres del rey no intervienen, cuando se acabe la rapiña en los barrios judíos bien puede ocurrírseles bajar al río y arramblar con cualquier cosa que se ponga a tiro, sea una alquería o tal vez un barco fondeado con pabellón de otro país.

Los ojos del fenicio parecían ahora dos rayas, y por su expresión supo Simón que su comentario era un dardo que había dado en el blanco.

—Lo que me estáis proponiendo podría ser, siempre que acordemos un precio. Lo que sí os diré es que en mi barco no hay sitio para animales ni modo de subirlos a bordo, de manera que vuestras caballerías no entrarían en el trato.

—Eso tiene solución.

Simón pensaba que, de ser necesario, vendería las tres caballerías a su amigo el comerciante mozárabe, quien buscaba socios para partir hacia Granada —el mismo que en más de una ocasión había alabado la casta de su caballo—, y los dineros que le diera servirían para aliviar su economía. Lo importante era ajustar el precio de su marcha.

—Y ¿cuándo querríais partir?

—Esta noche, en cuanto el sol se ponga.

—¡Imposible! Parte de mi tripulación está en tierra y no tengo medio de hacerla regresar.

—Deberéis intentarlo. Para mí es fundamental partir hoy; caso de no poder ser, deberé buscar otro barco o industriar un viaje a pie hasta la desembocadura del río.

Simón era consciente de que lo primero era improbable y lo segundo prácticamente imposible, dadas las circunstancias que remataban aquellos trágicos días.

Dracón quedó unos instantes pensativo. El trato para él era excelente. La necesidad de partir, dadas las noticias que le habían llegado de Sevilla, se había hecho evidente. La multitud enardecida, cuando acabara con la judería, cabía en lo posible que intentara calmar sus ansias de rapiña con otros objetivos, y era obvio que buscaría estímulos en personas y bienes ajenos a ellos... Su barco podía ser una próxima presa. De hecho, aquella misma mañana, dos bateles, eso sí, de menor porte que el suyo, habían abandonado la ensenada del río sin tener en cuenta que el plenilunio aún no había hecho subir la marea. Su cálculo fue rápido.

—Quinientas doblas castellanas y os depositaré, junto con las gentes que suban a bordo, en el puerto del Mediterráneo que deseéis, desde las columnas de Hércules hasta la punta de la bota itálica.

Al oír la cifra, Simón se quedó blanco; la sangre huyó de su rostro y un sudor frío empapó su espalda. Sin embargo, mantuvo su talante y respondió displicente como quien está acostumbrado a manejar negocios de altura.

—Creo que abusáis de la situación. Cierto es que os hago

partir de inmediato y también que alquilo para mi uso la totalidad de vuestra nave, pero que queráis cobrarme el doble, sin duda, de lo que costaría comprar un barco en situación de normalidad me parece, más que un abuso, una ignominia por vuestra parte, y por principio, no acepto vuestro precio. Ya encontraré quien me lleve. No se acaba el mundo en vuestro barco.

El otro intentó justificarse.

—Entended que voy a partir, con seguridad, con menos hombres de los que se requieren para el gobierno de mi bajel; voy a hacerlo de noche, y el riesgo de dejarme la quilla en los bajíos es grande. Además, debéis reconocer que en estos días muchos serán los que pagarán buenos dineros por alejarse de Sevilla.

—Así y todo, creo que trescientas doblas son dinero más que suficiente, inclusive para comprar vuestra nave... Sé que en cualquier otra circunstancia la venderíais conforme y encantado. Os pagaré la mitad al embarcar y la otra mitad a la arribada.

—Han de ser cuatrocientas. La mitad al embarcar, como decís, y la otra mitad cuando hayamos ganado la mar abierta.

Simón simuló que reflexionaba la oferta del otro, aunque en su interior era consciente de que estaba en sus manos y no tenía otra salida.

—La comida durante el viaje, sea cual sea el puerto de desembarque, correrá de mi cuenta —añadió Dracón, meloso.

—Trescientas cincuenta. No es que pretenda discutir con vos el despojo al que me sometéis, pero no tengo ni un solo maravedí más.

—¡Venga vuestra mano! Partiréis esta noche aunque tenga que manejar el gobernalle del barco yo solo. En verdad, los únicos imprescindibles son los galeotes, y, como comprenderéis, éstos no bajan a tierra.

La actividad fue ininterrumpida durante el resto del día. Simón se acercó a la quinta para dar cuentas a su amada de las circunstancias que habían rodeado aquella larga jornada.

Esther, al conocer la evidencia de la muerte del buen Gedeón y la más que probable de Rubén, no pudo reprimir su llanto. Sara, inconsolable, acompañó sus lágrimas. Simón, ayudado por Myriam, intentaba confortar su duelo.

—Ved que todo lo habéis hecho por vuestros hijos y que de no ser por la valiente decisión que adoptasteis, a estas horas la suerte que han corrido ellos la habrían seguido los niños.

Esther lo miró con ternura.

—Os debo todo, ya que ellos son todo para mí. Pero en mi interior sé que si no hubierais comparecido de nuevo en mi vida, tal vez me habría sacrificado con él. Vos habéis sido en definitiva el fermento de mis decisiones, y sin vos la historia habría sido otra.

Cuando ya la muchacha se rehízo, Simón pasó a relatarle los avatares de aquella todavía inacabada jornada. Al llegar al capítulo de sus negociaciones con el fenicio, ella le interrumpió.

—No os agobiéis por asunto económico alguno. Yo tengo arriba, en un escondrijo de mi antiguo dormitorio, dinero suficiente y documentos, consecuencia de los tratos a los que llegué con Rubén con respecto a la resolución de mi Ketubá; allí existen medios para realizar cualquier acuerdo de dinero.

—Os lo agradezco, y me da la paz el saberlo, pero creo que podré arreglarlo aunque salga de Sevilla esquilmado y pobre.

La actividad del grupo fue febril. Luego de consultarlo con Seis, llegaron a la conclusión de que lo pertinente sería vender los caballos al mozárabe y reservar el mulo para poder utilizar la carreta que todavía se hallaba en la cuadra de El Esplendor. Simón partió para la ciudad llevando consigo las tres caballerías. El plan era ponerse de acuerdo con el comerciante y, tras hacer el negocio, regresar a la alquería montando la mula. En tanto, Domingo y las mujeres recogerían lo imprescindible y al anochecer partirían hacia el río.

El mozárabe, que aún aguardaba en el figón a que se formara un grupo lo suficientemente numeroso que le garantizara el viaje a Granada, era un hombre cabal y no puso inconveniente para hacerse a buen precio con aquellos dos magníficos animales. De paso, puso al corriente a Simón de las vicisitudes habidas en las últimas horas. Éste estimó que si todo lo relatado era cierto, la vida de la aljama sevillana habría terminado para siempre y la comunidad judía jamás se reharía de aquella ordalía de sangre y destrucción. Quedaba por ver lo que haría el Consejo del Reino y qué medidas tomaría el rey Enrique III para resarcirse, cuando llegara a la mayoría de edad y fuera consciente del perjuicio ocasionado a la corona.

Cuando ya la operación se hubo realizado, antes de entregar su fiel caballo a su nuevo dueño, Simón no pudo impedir que un nudo se atara en su garganta, y abrazándose al cuello del noble bruto, le habló.

—Adiós, buen amigo... Fuisteis un leal compañero desde que erais un potrillo; os deseo un buen camino, larga vida y mejores pastos. Me consta que os cuidarán bien y que bien serviréis a vuestro nuevo amo. —Y dirigiéndose al mozárabe, añadió—: Os lleváis un animal magnífico, y sabed que únicamente la terrible circunstancia que estamos viviendo hace que me desprenda de él.

Simón se encaramó sobre las alforjas de la mula y, haciendo un gesto de despedida con la mano, se alejó dando talonadas en los ijares del animal, sin volver la vista atrás.

Cuando caía la tarde, el jinete, a lomos de la mula, regresaba de nuevo a la quinta.

La decisión estaba tomada: saldrían con el crepúsculo; las mujeres y los niños, en la carreta con los cofres y el equipaje de mano; Simón y Domingo caminarían a su costado hasta el río. Llegados allí, transportarían a bordo sus enseres en varios viajes con la chalupa. Finalmente, soltarían a la mula del enganche de la carreta y la dejarían pastando en la ribera, donde sin duda encontraría nuevo amo.

La noche se pobló de luces. Las estrellas brillaban en lo alto del firmamento, en tanto las antorchas de las gentes, que comenzaban a invadir los alrededores de Sevilla y se dirigían a las poblaciones vecinas para continuar su vandálica borrachera de sangre y de fuego, se asemejaban a una miríada de luciérnagas que, cual plaga de Egipto, se dispusiera a arrasar a su paso todo aquello que encontrara por medio.

Cargaron la carreta hasta los topes. Salieron por las puertas de las cuadras que daban al camino del embarcadero y partieron al destierro, sin saber bien ni adónde ni hasta cuándo. Los niños dormían el sueño de la infancia, ajenos a los embates que les deparara el destino. La vieja Sara pensaba que ya nada peor podrían ver sus cansados ojos y que su vida, al igual que la había ofrecido hasta aquel día al padre de Esther y luego a su hija, desde aquel momento y hasta que Yahvé tuviera a bien llamarla al seno de Abraham, la dedicaría a aquellos tiernos brotes nacidos del árbol de los Abranavel. Myriam pensaba en lo extraordinario del destino. Partía siguiendo la suerte de su amiga y guiada por la fatalidad. Nada le quedaba que la aferrara a la ciudad; su casa estaba destruida y a saber lo que había sido de su anciano esposo... Pero daba gracias a Yahvé porque, de no mediar la fortuna de haber conocido a aquel gigante bueno que caminaba al costado del carromato, su vida y su honra habrían terminado en cualquier calle de Sevilla. En tanto, Seis, a quien jamás había asaltado la menor duda sobre cuál era su futuro, ya que pensaba que su único destino era seguir la suerte de su amo, y que poco o ninguno era su conocimiento de las mujeres, no podía apartar de su pensamiento el rostro de aquella hermosa mujer algo mayor que él que lo trataba con una deferencia inusual y que no desperdiciaba ocasión de mostrarle su gratitud por los hechos ocurridos la noche de la huida de la aljama. Simón bendecía su destino y pensaba que la vida había sido generosa con él. Si milagro era que hubiera encontrado a su amada, los acontecimientos vividos le aseveraban que Adonai había posado la mano sobre su hombro y lo había conducido hasta aquel instante. Si salían con bien de todo aquello, dedicaría sus días a bendecir su nombre y a hacer lo imposible para que ella olvidara los terribles sucesos vividos, y consagraría sus horas a luchar por su felicidad en el rincón del mundo que les deparara el destino. En Esther, aún traumatizada por los acontecimientos, cabían un mar de sentimientos encontrados. Su corazón de madre rebosaba amor por el hijo recuperado, y entendía que su terca decisión había salvado la vida de sus pequeños. Su pasión por Simón estaba ahora entreverada de gratitud, ya que, sin él, todos habrían perdido la vida. A su lado se sentía segura, y algo en su interior le decía que nada podría ocurrirles. Lo amaba profundamente, y aquel sentimiento irracional de juventud se había tornado en un amor imperecedero y maravilloso. A pesar de ello, su única congoja era el recuerdo de Rubén. Sentía su muerte con una emoción encontrada: de admiración, por su lealtad hacia los suyos, y de pena, al saber que su comunidad y su religión habían sido para él más importantes que su familia. Rubén —pensaba Esther— siempre había sido bueno y considerado con ella, pero había antepuesto su condición de rabino de la sinagoga a la de padre y esposo. Lo último se lo perdonaba de corazón, pero para ella, antes, ahora y siempre, lo primero serían aquellos dos seres pequeños y entrañables que dormitaban bajo la lona de la carreta. Por lo demás, aquella vida que había estado a un tris de perder le brindaba otra oportunidad y ¡por Yahvé que iba a aprovecharla! Por primera vez se sentía auténtica dueña de su destino.

Llegaron en una hora y media a la orilla del río. Peludo ladraba a la imagen de la luna rielando en el agua. El fanal de popa de la galera estaba prendido y un vigía desde la cofa oteaba la orilla. Apenas llegados, la chalupa se apartó del casco y acudió a su encuentro. Varios fueron los viajes a realizar entre la orilla y la nao para que los pasajeros y sus enseres estuvieran a bordo.

Al cabo de dos horas y siendo negra noche, luego que la mitad del precio convenido por el pasaje estuviera a buen recaudo en su cofre, Dracón ordenó levar anclas. El rezón salió del limo del fondo, arrastrando en la cadena algas y lodo.

La nao comenzó a moverse lentamente río abajo. Los niños, Sara y Myriam estaban recogidos bajo el camarote del fenicio. En cubierta, la tripulación andaba atareada entre cabos, drizas, lonas y yerros. El contramaestre daba las órdenes precisas para que el casco se deslizara seguro entre los traidores bajíos del Guadalquivir. Seis echaba una mano a la escasa tripulación y, acodados en la aleta de popa sobre el castillo y al costado del gobernalle, que estaba en manos del fenicio, Esther y Simón observaban cómo los centelleos de las luces de la orilla se iban haciendo pequeños en la distancia y un horizonte de esperanza se abría ante ellos. Al cabo de seis horas y ya de madrugada, el cabeceo de *El Aquilón* les indicó que habían entrado en mar abierto.

Stazione Termini

Y llegó el viernes. Manfred salió de su pensión con mucho tiempo por delante, no fuera a ser que algo se interpusiera en su camino y llegara tarde a su importantísima cita. La ciudad había cambiado. Desde que Hitler había liberado a su amigo el Duce, mediante la arriesgada acción llevada a cabo por un grupo de comandos —al frente de los cuales iba el coronel Otto Skorzeny—, que lo rescataron del Gran Sasso con un avión cigüeña y planeadores, los neofascistas sacaban pecho y copiaban los métodos coactivos del invasor alemán. Ya no eran los palurdos milicianos de los camisas negras quienes apalizaban a los infelices que caían en sus garras y les daban a beber aceite de ricino, sino que ahora estaban a la orden del día las roturas de huesos, los tormentos como impedir el descanso o hacer las funciones naturales del cuerpo humano, las amenazas sobre las injurias que inferirían a las mujeres o niñas caso de que no delataran a sus correligionarios y la aplicación de electrodos en los sitios más dolorosos e íntimos de una persona. Los cuartos de tortura del palacio Braschi y de la pensión Jaccarino funcionaban día y noche. Las orgías de Bardi, de Pollastrini, de Fraquinet y de Koch eran famosas entre la población romana. Eso sí, con la aquiescencia de Caruso, el comisario general, a quien, en tanto atendieran sus periódicas demandas de gente para fusilar, deportar o robar, la forma en que se hiciera le era indiferente. La via Tasso era la maestra de la via Romagna, y los torturadores de aquella casa, donde existió en otro tiempo el Instituto de Cultura Alemán, fueron los maestros de los rufianes de la pensión Jaccarino. De no haber sido por los alemanes, los restos de las ratas del *fascio* jamás se habrían atrevido a salir de sus escondrijos, pero ahora, aupados al poder por sus invasores, acosaban a sus compatriotas en un nauseabundo contubernio y, saliendo de las tinieblas, atacaban a una población mísera. Así, vistiendo el uniforme de la milicia, con puñal y mosquetón, e inclusive el de las SS, malhechores salidos de las cárceles e ignorantes y achulados muchachitos extraídos del más inmundo magma social se vengaban con saña de los ciudadanos de Roma que salían de sus casas agobiados por la humana necesidad de buscarse el sustento.

En las radios volvieron a escucharse las cloqueantes apelaciones y los enfáticos embustes. Los periódicos, confiados a los ambiciosos colaboracionistas, eran una doliente carnavalada de mentiras. El director de *Il Messaggero*, Bruno Spampanato, publicaba día a día notas encomiásticas de Maeltzer, gobernador militar de Roma, justificando los fusilamientos en masa y clamando, con una prosa histérica, por el castigo de cualquiera que se atreviera a opinar en contra de aquellos asesinos.[309]

La circulación de los romanos era caótica. Al edicto publicado prohibiendo el uso de bicicletas, había respondido el pueblo añadiéndoles una ruedecilla de bicicleta de niño que no tocaba al suelo. De esta manera, al convertirlas en un triciclo, no infringían la norma.[310]

Acostumbrado al rígido comportamiento de los berlineses, aquel anárquico proceder de vehículos a motor y bicicletas, gritos irritados de conductores y aparcamientos en los lugares más inverosímiles no dejaba de asombrar a Manfred. Los coches oficiales, que portaban en su guardabarros delantero un banderín que indicaba la procedencia y el rango del usuario, se mezclaban con las motocicletas con sidecar, con las ambulancias y con los camiones del ejército, formando una ingobernable barahúnda. Muchos de los taxis romanos lucían en su parte posterior unos curiosos cilindros de hierro que, cual gigantescas calderas, consumían una variada cantidad de materias cuya combustión obraba las veces de carburante tradicional —leña o carbón, por ejemplo, en lugar de gasolina o gasóleo—. Esto hacía que, una vez sí y otra también, las averías fueran frecuentes, y la caótica circulación se veía agravada por cualquier detención que, en según qué momentos y calles, producía monumentales atascos.

Manfred llevaba encima su documentación y el carnet correspondiente a la actividad que, gracias a la influencia de Gertrud Luckner, le habían asignado en Caritas de Roma. Desde el 11 de septiembre, cuando los alemanes habían ocupado Roma, las detenciones se producían diariamente; las cárceles estaban llenas de patriotas que se habían alzado contra el *fascio*, que era lo mismo que hacerlo contra Hitler.

El ulular de sirenas era continuo y ya fuese por una ambulancia o porque la alarma antibombardeos funcionara, el caso era que los ciudadanos de la Ciudad Eterna —y por ende del estado Vaticano— vivían en continuo sobresalto, en tanto el Santo Padre perseveraba por que su ciudad fuera considerada, por ambos bandos, como Ciudad Abierta, libre por tanto del acoso de las bombas. Eso hacía que los bombarderos largaran su mortal cargamento sobre las poblaciones vecinas y, como consecuencia, una inmensa multitud de desheredados se agolparan en la entradas de Roma ocupando plazas y lugares públicos e inclusive haciendo pastar en parques y jardines a los pocos animales que habían llevado consigo.[311]

El Vaticano, en un difícil equilibrio, instaba al pueblo a que no participara en acción alguna que redundara en perjuicio de sus compatriotas, ya que las amenazas del gobernador romano acerca de las represalias que se tomarían en caso de atentados eran terribles. Los bandos y avisos proliferaban, y raro era el día en que una nueva proclama o un nuevo edicto no llamara la atención de los transeúntes. Estaba prohibido pasar por determinadas aceras, atravesar ciertas calles, llevar víveres, telefonear o telegrafiar fuera de Roma, pernoctar en casa ajena, entrar o salir de la capital sin el correspondiente salvoconducto; era peligroso llevar un paquete bajo el brazo, caminar apresuradamente, usar una barba que hubiera crecido demasiado aprisa e inclusive usar gafas negras. Escuchar Radio Bari o Radio Palermo podía llevar a la muerte. El toque de queda era a las nueve (luego se fue adelantando), y eran continuas las redadas de las milicias que vaciaban autobuses o entraban en las casas de un barrio —cerrado previamente— para llevarse a todos los varones de dieciséis a sesenta años. Eso sí, los alemanes, melómanos apasionados, iban a la ópera a disfrutar, cerrando los ojos, de las melodías de Verdi o de Wagner, lo cual no impedía que al día siguiente en sus despachos firmaran las correspondientes penas de muerte y reclamaran a la policía italiana cien o doscientos hombres para cavar zanjas en las carreteras batidas por el fuego o para cavar trincheras hacia el mar.[312]

Caminando lentamente, pues tenía tiempo sobrado y así la posibilidad de sufrir inconvenientes era menor, Manfred llegó hasta los aledaños de la gran estación. Los daños causados por el último bombardeo eran notables y los hombres, sin ayuda de máquinas, intentaban remediar en lo posible las principales deficiencias para que el tráfico ferroviario fuera lo más fluido posible. La inmensa estructura parecía el descarnado esqueleto de un enorme dinosaurio, ya que en toda ella raro era el lugar donde todavía se conservara un cristal. Ascendió por la escalinata central y se dirigió al bar. Un gran rótulo anunciaba el lugar, y la gente se arremolinaba frente a su mostrador entreteniendo el tiempo de espera, callando únicamente los diálogos las veces que los altavoces anunciaban un retraso o una partida.

Enseguida divisó la trigueña melena de Angela y, al igual que la primera vez, pensó que la muchacha era un soberbio ejemplar de mujer acrisolado por un sinfín de mezcla de razas, y se dijo que quizá en otras circunstancias y llevando una existencia normal, era el tipo de chica que le habría interesado. Ella, por su parte, lo divisó entre la gente y rápidamente, mediante una señal, lo invitó a acercarse. El velador estaba ubicado junto a la puerta de vaivén por donde entraban y salían los camareros con las bandejas llenas de consumiciones que la miseria de la guerra propiciaba: agua, sifones y cafés clarísimos hechos de una achicoria infumable, que demostraban que la auténtica pasión de los italianos era verse, hablar y comunicarse; eso era, sin duda, lo que les llevaba hasta allí, ya que el servicio era deleznable, y lo que se podía consumir, misérrimo. Junto a Angela se hallaba un hombre que, a bote pronto, le calculó Manfred unos cuarenta años, no más. Era corpulento, cubría su cabeza con una gorra y en su rostro mal rasurado destacaba una mirada incisiva que parecía tener todo controlado. Manfred llegó hasta la mesa, y cuando ella se iba a levantar para recibirlo, el hombre la sujetó por el hombro.

—Angela, no te levantes. Debo ver todo el rato al hombre que está en la puerta. Si me da el cante, saldré por la cocina.

—Entiendo, perdona.

—No es nada. Solamente son precauciones.

Manfred, sin esperar a que lo invitaran, se sentó en la silla libre que quedaba en el velador.

Angela hizo las presentaciones.

—Para lo que nos concierne, éste es Ferdinand y él... —Señaló al otro—. Él es Antonello Trombadori, el jefe.

—De todas formas, si te pones en contacto conmigo, llámame Claudio; es mi nombre dentro de esto. Ya me ha dicho Angela quién te recomienda; de otra manera, no habría venido. Conozco tu historia y, por lo que me han contado, eres un tipo de redaños. Tú quieres luchar contra toda esta mierda y a nosotros nos viene bien alguien como tú.

Manfred, tras escuchar el escueto saludo que denunciaba a una persona que tenía muy poco tiempo que perder y sobre la que se cernía el peligro, habló.

—Me alegra conocerte. Ciertamente tengo motivos personales para proseguir aquí mi guerra. Me alegro también de haberte conocido, y tengo razones para fiarme de ti.

—Es bueno que en estos negocios ambas partes salgan beneficiadas y que el riesgo sea compartido. Así se evitan indiscreciones, porque el miedo o, mejor, la prudencia guarda la viña de los dos.

—Te has referido a «nosotros» cuando has dicho que os convengo. ¿Quiénes sois exactamente?

—Gentes que han luchado y luchan contra Mussolini, y, por tanto, también ahora contra sus amigos nazis.

—Los enemigos de mis enemigos son mis amigos. El hecho de que luchéis ahora contra los nazis porque son los padrinos de Mussolini me acerca a vosotros.

Angela, que hasta aquel momento había permanecido callada, tomó la palabra.

—Los motivos son lo de menos. Los míos son otros. Lo que nos une son nuestros intereses comunes. Por favor, Claudio, cuenta a Ferdinand lo que se está tramando en las altas esferas respecto a los judíos de Roma.

—Me imagino que ya sabes que los alemanes exigieron a los judíos de Roma la entrega de cincuenta kilos de oro, que se pudieron reunir con la colaboración del pueblo de Roma. El Vaticano, a través de su secretario general, ofreció prestar lo que hiciera falta entregando a los judíos la cantidad precisa, eso sí, en calidad de préstamo, sin tiempo límite para la devolución. En cambio, el Santo Padre ofreció, en caso de que hiciera falta, fundir los cálices de oro del Vaticano, pero los judíos no lo aceptaron y ahora se rumorea que quieren deportarlos a todos.

—Ya conozco esa historia porque la he vivido, y sin duda ahora se enfrascarán en un mundo de discusiones y no tomarán decisión alguna.

—No vas desencaminado. El presidente de la comunidad, Ugo Foa, y el principal rabino, Israel Zolli, tienen opiniones encontradas. Mientras el primero aboga por seguir la vida como si nada ocurriera, el segundo sostiene que si no se marchan o se refugian donde los acojan, todo acabará en un baño de sangre.[313]

—No conozco a ninguno de los dos, pero el gran rabino tiene razón. En Alemania ocurrió lo mismo, y cuando se quisieron dar cuenta ya habían deportado a un millón y medio de personas.

Angela intervino.

—Yo únicamente sé que mi amiga Settimia Spizzichino[314] hace dos noches que no duerme en casa.

—Entonces ¿qué sugieres?

—Por lo pronto, voy a darte los planos que me ha facilitado un hombre que tengo dentro de la sección de alcantarillado del ayuntamiento de la ciudad.

—¿Qué debo hacer?

—Tú y Angela os estudiaréis las salidas y los accesos de ciertas calles que están marcadas.

—Y eso ¿para qué?

—Te responderé porque aún no nos conocemos, pero que no se te olvide que soy yo quien da las órdenes.

—Pues entonces déjame pensar si me interesa. Ya estuve en Berlín a las órdenes de alguien y comprobé que quien manda también puede equivocarse. Si quieres que colaboremos, tendrás que explicarme qué debo hacer, cuándo y cómo.

El otro pareció sorprendido.

—Es lógico, Antonello —dijo Angela.

—Está bien, tus credenciales te avalan. Te explicaré lo que te concierna.

—Adelante, pues.

—Las cloacas son un buen lugar por dos razones: la primera, para planear una huida, y la segunda, para colocar una bomba, ¿está claro?

—Como la luz.

—Así pues, iremos a los servicios y te entregaré un paquete, que te esconderás en los pantalones, y cuando tú y Angela os hayáis aprendido al dedillo los planos, ésta —dijo Claudio, y señaló a la muchacha— se pondrá en contacto conmigo.

Los acontecimientos se precipitaron. La orden de Adolf Eichmann, jefe de la sección IV B4 de la Gestapo, al finalizar la Conferencia de Wannsee en enero de 1942 era clara y tajante: Italia habría de entregar cincuenta y ocho mil judíos para sumarlos a los once millones que deberían ser eliminados. La cuestión era peliaguda porque los italianos no parecían dispuestos a colaborar en la entrega de uno solo de sus conciudadanos semitas. En la última semana de septiembre, Kappler, jefe de la Gestapo en Roma, informó a Eichmann de que no tenía suficientes SS para realizar una redada. Eichmann resolvió el problema enviando a Roma a Theodor Dannecker, *Hauptsturmführer* de las SS, especialista en temas espinosos referidos a los judíos. Provisto de una documentación que le ponía por encima de cualquier autoridad local y acompañado por un grupo de catorce oficiales y suboficiales y de treinta soldados de las Totenkopfverbände —los denominados batallones de la Calavera—, Dannecker tomó un tren hacia Roma a comienzos de octubre.

A las cinco y media de la madrugada del día 16 del mismo mes, al frente de trescientos sesenta y cinco Allgemeine SS y Waffen SS armados con metralletas, entraron en el viejo gueto del Trastevere. Llovía intensamente y todavía no había amanecido. El plan consistía en coger al primer millar y transportarlo al Collegio Militare de Roma, entre el Tíber y la colina del Janículo, a menos de ochocientos metros de la plaza de San Pedro. La idea era reunir a los judíos en un lugar desde el que resultara fácil introducirlos en trenes una vez fueran detenidos. Provistos de nombres y direcciones que habían obtenido hacía una semana, los suboficiales entregaron a cada cabeza de familia una lista de lo que podían llevar consigo, incluyendo comida para ocho días. Donde los había, arrancaron los cables del teléfono.

Al tiempo que la princesa Enza Pignatelli Aragona informaba a Pío XII de que había visto camiones cargados junto al lago Lungotevere y éste indicaba al cardenal Maglione que se pusiera en contacto inmediatamente con el embajador de Alemania en el Vaticano, el barón Von Weizsäcker, partían los grandes vehículos llenos hasta arriba de hombres, mujeres y niños y, atravesando un tremendo aguacero, llegaban hasta los sombríos barracones del Collegio Militare, luego de rodear el perímetro de la plaza de San Pedro para que los soldados alemanes pudieran contemplar la gran basílica antes de regresar a Alemania.

Se ejercía presión por todas partes. Ante el temor de que

la deportación provocara una violenta reacción del pueblo romano, el embajador alemán en Roma, Albrecht von Kessel, instó al Papa para que presentara una protesta oficial. De esta manera, si Pacelli protestaba inmediatamente y conseguía un resultado favorable, se aplacaría la indignación de la gente.

En la reunión que sostuvo en el Vaticano el embajador con Maglione, el diplomático instó al cardenal a que le respondiera qué iba a hacer la Santa Sede si seguían pasando aquellas cosas.

La respuesta del secretario de Estado fue notablemente ambigua: «La Santa Sede no desea verse puesta en una situación en la que se haga preciso pronunciar una palabra de desaprobación». Maglione concluyó su explicación pronunciando una segunda frase histórica: «Quiero recordarle que la Santa Sede ha mostrado gran prudencia sin dar al pueblo alemán la impresión de haber hecho o desear hacer la menor cosa contra los intereses de Alemania durante esta terrible guerra».[315]

El teléfono sonó las veces convenidas. Manfred esperó y tras comprobar la clave descolgó el auricular.

—Dime, Angela.
—¿Puedes venir a mi casa?
—¿Cuándo?
—Lo antes posible.
—Falta menos de una hora para el toque de queda. Si voy ahora, no podré volver.
—Es importante.
—Está bien, voy para allá.
—La portería estará cerrada... Estaré atenta en la ventana.
—Hasta ahora mismo entonces.

Luego de colgar el aparato, Manfred se colocó en la parte posterior del cinturón una Beretta del 9 corto, y poniéndose rápidamente el tabardo, se dirigió al triciclo a motor, aparcado dos calles más allá de la pensión Chanti, que la organización de Caritas le había proporcionado para la atención de los más necesitados y cuya matrícula del Vaticano le ponía a salvo de enojosos registros. La divisó enseguida. El logotipo y las letras de la institución lucían serigrafiadas a sus costados, y hasta aquel momento le habían resultado un cómodo salvoconducto. El pequeño motor Fiat que la propulsaba gastaba menos que un mechero y Trombadori le proporcionaba regularmente un bidón de diez litros de gasolina, que le duraba quince días. En cuanto a la decisión de ir armado, la había adoptado libremente luego de considerar la cuestión a fondo. Si todo marchaba y no había novedad, el hecho sería irrelevante, y si lo detenían y no podía evitarlo, entonces gastaría el cargador y la última bala la reservaría para él. Llegó a la altura del vehículo y se encaramó al diminuto pescante en el que, apretadas, cabían dos personas. Tras unas pocas toses y carraspeos, pues el estárter funcionaba sin que la palomilla cerrara totalmente la entrada de aire en el carburador y el tiempo ya era frío, lo puso en marcha y, separándolo del bordillo, se encaminó hacia el apartamento de Angela. Las gentes se dirigían apresuradas a sus domicilios porque la hora de queda se aproximaba y las detenciones a partir de las nueve eran frecuentes. Tomó la strada del Popolo y luego de recorrer la via Magoria desembocó en la travesía de Dante, donde encontró un resquicio, junto al vado de un garaje, para dejar el triciclo. Tras aparcarlo, cerró la portezuela y caminando se dirigió al edificio de apartamentos donde vivía Angela.

La muchacha estaba tras el visillo y, apenas lo divisó, se apartó de la ventana. Manfred imaginó que ya bajaba la escalera para abrirle el portal. Cuando él llegaba, por una pequeña puerta que se abría en una de las hojas del portón asomó la trigueña cabeza de la chica. Nada más verla, supo Manfred que pasaba algo. Salvando el umbral se introdujo en la oscura portería. Ella dio dos vueltas a la llave.

—¿Qué ocurre, Angela?

—Vamos arriba.

Subieron la escalera en silencio y llegaron al pequeño apartamento.

Ella abrió con el llavín y se adelantó para ajustar los postigos de la ventana de la salita. Él, luego de cerrar la puerta del pequeño recibidor, la siguió por el breve pasillo, y en tanto se quitaba la trenca y se desembarazaba de la pistola para dejarla sobre la repisa de la salamandra, volvió a indagar.

—¿Quieres decirme de una vez qué está pasando?
—Siéntate. Ha llamado Pfeiffer.
—¿Y...?
—Malas noticias.

Manfred supo que lo que iba a oír le lastimaría en lo más hondo y se sentó en una de las butacas.

Angela, con los ojos llorosos, comenzó a explicarse.

—El Santo Padre emplea al padre Pfeiffer de interlocutor en misiones delicadas con las autoridades alemanas, y en esta ocasión el mensaje era angustioso. Me ha llamado porque me quiere mucho y sabe que Settimia es mi amiga.

—¡No andes con rodeos, Angela, habla de una vez! ¡Por el amor de Dios!

—Han entrado en el Trastevere y se han llevado a casi todos los judíos. Están encerrados en el Collegio Militare. Van a deportarlos.

—Lo sabía. ¿Cuándo ha sido eso?

—Ayer por la noche. Corre la voz de que quieren llevarse a siete u ocho mil, entre ellos a Settimia. Fue a ver a sus padres y ya no pudo volver... La conozco bien, y, aparte, si intuyó el peligro, seguro que no quiso dejarlos solos.

—¿Qué dice el padre Pfeiffer?

—Le llamaron del Vaticano para que se presentara de inmediato. El Papa siempre recurre a él, porque habla italiano correctamente, y uno de ellos, creo que Eugen Dollmann es su nombre, acostumbra recibirlo. El caso es que lo consideraron interlocutor de bajo rango, ya que las órdenes vienen directamente de Berlín y nada menos que del departamento del mismísimo Himmler. Todo esto rebasa en importancia lo tratado hasta ahora. Están involucrados el jefe de la Gestapo Herbert Kappler y el mismísimo gobernador militar de Roma, Maeltzer, que son quienes no se han conformado con el padre Pfeiffer.

—Y ahora ¿qué pasa?

—Han convocado al obispo Alois Hudal, rector del Collegio Teutonico Santa Maria dell'Anima en Roma, conocido por su patente germanofilia,[316] y también al embajador Von Weizsäcker. Creo que todo está perdido... porque además han puesto al frente de la operación a un tal Dannecker, enviado especial de Berlín, con autoridad absoluta sobre el tema.[317]

—Las noticias no pueden ser peores.

—Sí, Ferdinand, sí pueden.

Manfred la miró interrogante.

—¿Qué más puede pasar?

—El padre Pfeiffer aprovechó su visita al Vaticano para entrevistarse con el secretario de Leiber, el padre Walter Carminatti.

Manfred intuyó que iban a comunicarle algo grave.

—Dime lo que sea.

—Tu hermana...

—¿Qué pasa?

—No sé cómo empezar.

Manfred se puso en pie y, tomando por los hombros a Angela, la zarandeó.

—¡Cuéntame lo que le ha ocurrido a mi hermana!

—¡Me estás haciendo daño, Ferdinand!

Manfred aflojó la presión de sus manos. Luego, pasándose el dorso de su diestra por la frente, se excusó.

—Perdona. No tengas cuidado, yo lo aguanto todo.

—Está bien. Tu hermana ya no está en Flossembürg. En la ficha figura como «desaparecida». Ya sabes lo que eso significa.

—¡Dios!

Manfred se sentó de nuevo en el borde de la butaca y hundió el rostro entre las manos. Cuando de nuevo alzó los ojos hacia ella, supo que había algo más.

—¿Qué más, Angela?

—Tu hermano Sigfrid... ha caído en manos de la Gestapo. Nadie da razones de su destino. Dice Pfeiffer que parece que la tierra se lo ha tragado; ha indagado por tres conductos, y nadie sabe nada.

Esta vez, un llanto contenido y convulso atacó a Manfred y sus hombros comenzaron a agitarse como impelidos por un oculto resorte. Angela se acercó y, tal como estaba sentado, le apretó la cabeza contra su vientre en tanto le acariciaba el pelo sin emitir palabra alguna.

Sanz Briz

La vida de los Pardenvolk en Budapest había cambiado radicalmente. Habían podido establecerse en la capital cuando la ocupación de Viena les obligó a huir y tras ímprobos esfuerzos consiguieron pasar a Hungría. El poderoso Gremio del Diamante no había dejado en la estacada a sus miembros y aunque nada quedaba del Leonard de los primeros tiempos, mal que bien, continuaba viviendo, eso sí, bajo el nombre de Hans Broster. Al sufrimiento que día a día atenazaba su gastado corazón se añadía el ver el deterioro de Gertrud, quien iba de un rincón a otro en el modesto pisito como un alma en pena, y en muchas ocasiones hablando sola con las fotografías de sus hijos. Las noticias que llegaban de Alemania eran desalentadoras. Las cartas que recibía de su notario, Peter Spigel, se espaciaban en el tiempo, y entre líneas adivinaba que las cosas cada día que pasaba iban de mal en peor; las de los Hempel eran poco frecuentes y seguían teniendo un barniz prohitleriano, pues hablaban de la victoria final de Alemania y de que tenían fe en que cuando ésta llegara las cosas cambiarían. Leonard quería comprender a su amigo Stefan y atribuía el tono de sus cartas a que, dada su situación, era muy difícil sustraerse de la influencia a la que estaba sometido y escribir en otra tesitura. El hecho era que los Hempel seguían junto a la viuda de Heydrich ya que ésta, después de la muerte de su marido, no permitía que el doctor se alejara de ella y de sus hijos. De su cuñado, Frederick Kausemberg, nada sabía, si bien posteriormente fue informado por el gremio de que había sido deportado.

Leonard guardó el secreto al respecto y nada dijo a Gertrud de la suerte que había corrido su hermano. La vida de su esposa transcurría entre la iglesia de Saint Joseph y su casa, y la de él se repartía entre el casino del gremio y el pequeño negocio que había montado con un socio húngaro que le había recomendado Frederick, Nikolay Esquenatzi.

En Budapest habían pasado y pasaban muchas cosas, y todas malas para los judíos.

Hitler había engañado miserablemente al regente, el almirante Horthy, y le había hecho pagar con creces el caramelo envenenado que resultó ser para Hungría la anexión del sur de Eslovaquia, Rutenia y una parte de Transilvania. El último acto de la comedia se escenificó durante la visita que, obligado, el regente llevó a cabo al castillo de Klessheim, donde el Führer le esperaba en audiencia especial *ad verbum*. Hubo muchas dudas sobre la conveniencia de realizar el viaje, pero se decidió aceptar la invitación, pues no se debía irritar todavía más a Hitler; además, no había alternativa: Hungría no podía resistir seriamente ningún intento de ocupación alemana. A tal punto había llegado la tensión que, a última hora, el almirante colocó dos veces en su bolsillo un revólver, pero al final desistió de llevarlo consigo. La reunión revistió caracteres dramáticos. A las reconvenciones de Hitler en cuanto a que las tropas húngaras habían sido un fiasco en el frente ruso, Horthy respondió quejándose de que el general Keitel le había prometido armamento pesado y éste nunca había llegado a las manos del ejército magiar. Luego se trató el tema de la aplicación en Hungría de los principios del congreso de Núremberg. Hitler le censuró, gritando con acritud: «¡Los judíos deben ser exterminados o enviados a los campos de concentración!». A ello, el almirante respondió que su primer ministro, Kállay, había tomado medidas antisemitas que se estaban aplicando. Horthy no se amilanaba y contestaba a voz en grito a las protestas de su oponente. Finalmente se retiró a sus habitaciones, ignorando que habían sido cursadas órdenes para detenerle en caso de resistencia. Para evitar que el almirante y toda la legación se fueran, el jefe de protocolo simuló una alarma aérea y rodeó el castillo de niebla artificial, alegando que la comunicación telefónica había sido dañada y que por lo tanto estaban momentáneamente incomunicados. Los alaridos fueron de tal calibre que, con posterioridad, Joseph Goebbels, el fiel ministro de Propaganda, escribiría en su diario: «El Führer se ha extralimitado en el trato dado a Horthy. Creo que las cosas debieron llevarse de otra manera». Al final, compartieron el almuerzo en una atmósfera muy cargada. En ella Hitler, simulando hipócritamente que todavía podía cambiar de idea, preguntó a Keitel si estaban a tiempo de anular la orden de invasión, a lo que éste respondió, como el comparsa que recita su papel, que era imposible ya que las tropas estaban ya en movimiento. En la estación, antes de partir de regreso, teniendo en cuenta el gran predicamento del que Horthy gozaba entre los húngaros, Von Ribbentrop pretendió que firmara un documento en el que se aprobaba de común acuerdo que, para la protección del pueblo húngaro, el ejército alemán invadiera el país, a lo que el regente se opuso, El tren de regreso se detuvo dos veces, en Salzburgo y en Linz, durante horas, con excusas de bombardeos imaginarios, a fin de que la política de hechos consumados surtiera efecto.

En resumen, la añagaza de Klessheim sirvió para mantener al regente fuera del país durante la invasión. Después, intentando dar un matiz de honorabilidad a la palabra del Führer, quien había asegurado —en el último momento y ya en la estación— que el ejército se retiraría en cuanto hubiera un gobierno de su confianza, la Wehrmacht se retiró pero entraron las SS, y Veesenmayer, el embajador extraordinario del gobierno alemán, se convirtió en el auténtico *gauleiter*[318] de la provincia. Finalmente, tras largas consideraciones fue nombrado primer ministro el general Dome Stojanovic, que gozaba de la confianza de Hitler.[319] Así mismo, y presionado por el rapto de su hijo mayor, quien fue sacado del palacio envuelto en una alfombra por un comando al mando del coronel Otto Skorzeny —el mismo que rescató a Mussolini del Gran Sasso—, el regente fue obligado a dimitir, y juró el cargo Ferenc Szálasi, fiel partidario del Führer.

En la noche que se llevó a cabo la ocupación de Hungría, se celebraba una recepción en la legación de España. Al recibirse la noticia, el encargado tuvo un susto mayúsculo, pues temió que los invitados se quedasen, sin más, en los locales, en calidad de exilados. El ministro del Interior, Keresztes-Fischer, que estaba jugando al bridge, comentó: «No me opongo». Sin embargo, aquella misma noche fue detenido por la Gestapo, junto con su hermano. El único que se resistió fue el arzobispo primado, Justiniano Serédi, que se opuso desde el principio a adoptar las leyes de Núremberg que promulgó el gobierno.[320] Pronto pagaría esa resistencia con su vida. La presión se tornó insoportable. La veda de la caza del judío se había abierto. La gente denunciaba a sus vecinos de toda la vida, y los flechacruces[321] campaban por sus respetos. Las unidades del ejército magiar que estaban en Budapest se unieron a ellos, y en las primeras semanas fueron deportados más de doscientos mil judíos.

El cinismo de Adolf Eichmann llegó a límites insospechados. En el hotel Astoria, convertido en cuartel general de las SS, era recibido Joel Brand, un pequeño judío miembro de la

Waada[322] de gran influencia en los círculos internacionales, y se le ofrecía una alternativa increíble.

Sin ni siquiera invitarlo a tomar asiento, el jerarca nazi lo recibió con estas palabras:

—¿Usted sabe quién soy? Yo realicé las «acciones» del Reich alemán en Polonia y en Checoslovaquia. Ahora le toca a Hungría. Le he enviado a buscar para proponerle un negocio. Antes he reunido información sobre usted y sobre las organizaciones que representa, la Joint[323] y la Sochnuth,[324] y he sabido que todavía disponen de grandes fondos. De modo que estoy dispuesto a venderle a usted un millón de judíos. ¿Me entiende? Mercancías por sangre o sangre por mercancías, como lo prefiera. Puede escoger ese millón usted mismo. Puede sacarlos de Hungría o de Polonia o de los campos, de donde quiera. Y le dejo seleccionar... ¿Hombres capaces de engendrar hijos, mujeres fecundables, ancianos, niños...? Siéntese y hable.[325] Usted me entregará diez mil camiones americanos y yo le entregaré esa basura.

Pulsando el panorama y dado el cariz que tomaban los acontecimientos, Leonard Pardenvolk decidió maniobrar para ver de salvar a Gertrud de un final cantado, ya que era vox pópuli que, al igual que en Italia los nuevos fascistas, los flechacruces actuaban persiguiendo judíos con más encono y vesania que los nazis. Para ello, acudió a la embajada de España y, tal como le indicó su socio, Nicolay Esquenatzi, preguntó por don Ángel Sanz Briz, jefe temporal de la legación española en Budapest.

El inteligente y audaz diplomático español había llegado a Hungría como encargado de negocios, cargo que ya ocupara en la embajada española en El Cairo. Pronto corrió la voz entre la comunidad hebrea de que, desde su puesto, Sanz Briz se servía de todas las estratagemas y argucias posibles para arrancar judíos —al principio, con antecedentes sefardíes; luego, de cualquier origen— de las garras de los alemanes, siguiendo instrucciones del gobierno de Madrid. La cantidad de gente que aguardaba a ser recibida era inmensa, pero los buenos oficios del socio de Leonard consiguieron abreviar la espera, y a los tres días, el 2 de marzo de 1944 a las diez de la mañana, se entrevistaba con el diplomático. La estancia era reducida y más lo parecía, atestadas como estaban sus paredes de legajos, carpetas y documentos que se apilaban en el suelo y desbordaban las estanterías, ocupándolo todo. El aspecto del encargado de negocios produjo a Leonard una grata impresión. Debería de rondar la treintena, tenía un rostro de nobles facciones, mirada limpia y, sobre todo, una sonrisa afectuosa que invitaba a la confidencia. Por una vez, Leonard bajó la guardia y en lugar de exponer el discurso que tenía preparado, prefirió contar la verdad. La entrevista duró una hora, cosa excepcional en aquellas circunstancias.

—Voy a hacer todo lo que pueda para ayudarle, señor Pardenvolk. En principio, solamente está en mi mano ayudar a judíos sefardíes expulsados de España en 1492 o anteriormente. Caso de ser ésta su situación, no he de negarle que el asunto sería más fácil. De todos modos, si ése no es su caso, nos moveremos en otros terrenos por ver de proteger a usted y a su esposa, quien, por lo que me cuenta, está en una situación precaria.

—¡Me da usted la vida, excelencia!

—¡Por favor!, llámeme Ángel.

—Realmente le cuadra más llamarlo así.

Leonard, emocionado, tomó las manos del diplomático entre las suyas, a través de la pequeña mesa, e intentó besárselas.

—¡Por Dios! ¿Qué hace usted, Leonard?

Llorando, el anciano respondió:

—Hace tanto tiempo que lucho que ya no tengo fuerzas. Los judíos únicamente nos realizamos a través de nuestros hijos. Yo ya soy un árbol seco a quien han arrancado las ramas.

—Según lo que me ha contado, no tiene la certeza de ello. Tenga fe. Mientras no sea evidente, no desespere. Esto se está acabando.

Leonard dio todos los datos que le demandó Sanz Briz y salió esperanzado de la reunión.

Al cabo de pocos días, sonó el teléfono y una voz le invitó a pasar de nuevo por la legación.

Fue como el preludio de su salvación y un rayo de esperanza iluminó su pecho. Le dijo a Gertrud que tenía un asunto pendiente que resolver con el jefe de la delegación española en Budapest y salió de su casa a pie y mirando de no tropezar con alguna de aquellas bandas de asesinos que campaban por la ciudad. Llegó a la embajada, donde las colas eran las de todos los días. Se acercó al empleado que daba los números y le dijo que le habían llamado a su casa para citarlo a las once. El individuo tomó un telefonillo interior y habló con alguien. En tanto esperaba, Leonard observó el comportamiento de los que hacían cola. Su pueblo era un pueblo resignado. Estaban allí ordenados y silenciosos, aguardando sin crear el menor problema ni saltarse un turno. De no haber tenido el complejo que arrastraban desde siglos, quizá las cosas no habrían sido tan fáciles para los alemanes. Discretos, silenciosos, vistiendo ropas que a la legua se veía que no eran las suyas habituales, como disfrazados y queriéndose adaptar a las circunstancias para confundirse con el entorno, así permanecían horas y horas. La voz del conserje le sacó de sus ensoñaciones.

—Don Ángel le espera.

El hombre arrancó y Leonard fue tras él.

Avanzaron por el estrecho pasillo, y en un instante se encontró ante la puerta del despacho del diplomático.

Unos golpecitos en la hoja de madera y, luego de despedir al ujier, el agregado de negocios de la embajada se dirigió a él afablemente.

—Hemos tenido suerte, Leonard. Ahora hemos de ver cómo «vestimos al muñeco».

En tanto se sentaba, Leonard preguntó, extrañado:

—¿Qué dice usted de un muñeco?

—No me haga caso, son modismos de mi pueblo. «Vestir

el muñeco» en este caso quiere decir arreglar un poco las cosas para darle visos de verosimilitud... Y por cierto que muchos de estos aforismos vienen de sus antepasados españoles.

—¿Por qué dice mis antepasados?

—Porque parece ser que tiene usted realmente antepasados sefardíes.

Leonard estaba sentado al borde de su silla con los ojos como platos, aguardando aquella extraña revelación.

—Mis abuelos provienen de los Países Bajos, y mi apellido, Pardenvolk, no admite dudas.

—Realmente cuando me dio usted sus datos pensé, como tantas otras veces, fabricarle un árbol genealógico que justificara su ingreso en la embajada... Pero la costumbre me inclinó a no romper la rutina, e indagar por si había suerte y encontrábamos un dato que nos ayudara.

—No entiendo. ¿Qué quiere decir lo de ingreso en la embajada?

—Tenga calma. La única manera que mi gobierno considera segura para proteger vidas y haciendas es dar la nacionalidad española a todos aquellos que puedan justificar sus orígenes. Cuando conseguimos esto, solicitamos del gobierno húngaro un cupo y éste nos lo dio de doscientas personas, que hemos convertido en doscientas familias y, de esta manera, hemos fabricado falsas familias de miembros ilimitados a partir de un apellido. En cuanto a usted, no nos haría falta si figurara en las listas como Pardenvolk, porque su caso es real, pero ahora se llama Broster. De cualquier manera, nos vendrá muy bien para poder utilizarlo para una nueva familia.

—Perdóneme, excelencia, pero no comprendo.

—Llámeme Ángel; ya quedamos el otro día.

—Está bien, don Ángel, pero no entiendo nada.

—En estos momentos, tenemos varios edificios en cuya entrada hay un cartel que dice: ANEXO A LA LEGACIÓN ESPAÑOLA. En ellos están refugiadas más de cinco mil doscientas personas, de las que únicamente unas ciento noventa son sefardíes. Usted me servirá de base para crear otra familia numerosa. En esos edificios se le dará alojamiento, comida y servicios médicos hasta que pueda sacarlo del país.

—Pero ¿en qué se basa para decirme que tengo antecedentes sefardíes?

—Verá usted... Jorge Perlasca, un amigo mío de la legación italiana que es un verdadero sabueso olfateando papeles y viejos documentos, con quien mantengo un vínculo de ayuda mutua, se ocupó de bucear en sus papeles, poniéndose al habla con un contacto excelente que tiene en Ámsterdam.

El diplomático hizo una pausa para encender un cigarrillo y ofreció otro a Leonard.

—No, gracias. Cuando salí de Berlín hice una promesa, que me ha ahorrado muchos sinsabores, ya que encontrar algo de tabaco es un problema insoluble.

Sanz Briz prosiguió.

—Hace más de cinco siglos, un antepasado suyo emigró de España, que entonces, para el caso que nos ocupa, podríamos decir que era Castilla, a los Países Bajos. Allí casó con la hija única de un joyero, y, como era costumbre, cambió su apellido para adecuarlo al país de acogida. En ocasiones, la gente tomaba el patronímico del oficio que realizaba y en otras adecuaba su apellido español al idioma de su nuevo país. Él hizo lo primero.

—Mi apellido es Pardenvolk... ¿Qué relación puede tener con un apellido español?

—Su apellido perdió, imagino que con el tiempo, una «a». De manera que, en un principio, debió de ser Paardenvolk.

—Y ¿qué relación pudo haber?

—Según me ha contado Perlasca, el patronímico de su antepasado era Caballería, y en holandés Paardenvolk significa «hombre de los caballos». Luego, al ser complicado, imagino que renunciaría a una «a», de manera que lo más parecido a Caballería era Pardenvolk. Además, y esto creo que podría ser una casualidad, su suegro era tratante en piedras preciosas y, según me explicó usted, el negocio de su familia siempre fue la joyería.

Leonard estaba asombrado.

—El nombre de su antecesor era David, que es, como sabe, un nombre semita; o sea, que su ancestro, que huyó de España como tantos otros, allá por 1390, fue David Caballería y su ciudad de origen fue Toledo. Pero ahora tenemos un problema. Es por lo que le he dicho que deberemos «vestir al muñeco». Ahora usted se llama Hans Broster... y no podemos alegar que ha entrado en Hungría con pasaporte falso. Por tanto, hemos de adecuar su documentación a sus datos actuales, y usaré su verdadero nombre para fabricar otra familia y ayudar así a otras personas que están en parecido aprieto.

La fascinación de Leonard iba en aumento.

—Lo que haga usted me parecerá perfecto —dijo, algo confuso por la noticia que acababa de recibir.

—El martes próximo pasará a recogerles por su casa mi buen amigo Jorge Perlasca, que es quien ha encontrado, como le he dicho, sus orígenes. Tome lo imprescindible porque de lo que se trata es de salvar la vida. Que nadie que les vea partir sospeche que usted y su esposa se van definitivamente. Perlasca les acompañará a una de las casas de acogida, donde quedará a cargo de un jefe de misión. El suyo se llama Adela Quijano.

—¿Una mujer?

—La mía.

—¿Quiere decir su esposa?

—Es muy tozuda; si no le permitiera hacer algo, no me dejaría andar en este juego. Además, no puedo contradecirla... está en estado de buena esperanza.[326]

—¡Adonai le bendiga, señor! No sé cuándo, pero mi pueblo jamás olvida. Somos un pueblo perseguido y por eso sabemos agradecer tanto a quienes nos ayudan.

—Olvídese de esto. De lo que se trata es de salvar a cuantas más personas mejor.

—Si me permite, querría colaborar un poco en su tarea.
—Y ¿cómo quiere ayudarme, Leonard?
—Verá, pude sacar de Berlín unos pocos brillantes escondidos en la cinta de un sombrero tirolés... Me gustaría entregárselos.
—Le agradezco el gesto, pero no acepto nada para mí. Creo que lo que hago es cumplir con mi obligación. Hay personas que consiguen resultados mucho más destacados. ¿Ha oído hablar de Raoul Wallenberg,[327] el agregado cultural de la legación sueca? Lo que nosotros hacemos multiplíquelo por diez. Yo no valgo tanto.
—La historia les dará el lugar que merecen. ¡Que Jehová les ayude en su tarea! Pero, perdone que insista, querría colaborar. Soy un viejo que ha perdido a sus hijos, y si no fuera por mi mujer, mi vida no tendría sentido.
—Está bien, cuando lo alojemos en nuestra casa le admitiré el donativo por los conductos oficiales.
—Me gustaría hacerlo ahora. Es peligroso andar por las calles con esta mercancía.
—¿No irá a decirme que lleva encima algo de valor?
—Permítame —se limitó a decir Leonard.
Y ante la mirada atónita de Sanz Briz, se descalzó el pie izquierdo. Después tomó de encima de la mesa un abrecartas e introdujo la punta entre el tacón y la base de su zapato. Entonces apareció un hueco y dentro de él una minúscula bolsita negra cuyo contenido desparramó Leonard sobre la mesa de su protector. Sobre la negra carpeta de cuero se esparcieron, como gotas de agua, unos purísimos brillantes.
—¡Madre mía! ¿Sabe a cuánta gente podremos salvar con su donativo?
—Me confortará saberlo. Si ayudo a salvar a alguien, me parecerá que ayudo a mis hijos.
—Tristemente, desde que el mundo es mundo, el soborno ha estado a la orden del día, y hoy más que nunca funciona el cohecho entre funcionarios corruptos más hambrientos de di-

nero que nunca, pues al entrever que esto se acaba, saben que lo único que puede ayudarles a escapar es el dinero. Hoy en día, en Budapest, todo lo que es factible de ser comprado en algún lugar se vende... Aunque el quid de la cuestión es saber dónde. Transformando en dinero su donativo, podremos obtener un montón de *schutbriefen*.[328]

—Entonces, con más motivo, le ruego me permita entregarle ahora mi pequeña colaboración.

—Vamos primeramente a fabricar sus papeles.

El diplomático pulsó dos veces el timbre de su despacho e instantes después asomó por la puerta un ujier.

—Mándeme, don Ángel.

—Diga a Margarita que venga a mi despacho, y después pida al administrador y al secretario que acudan. Acláreles que es algo importante... Y diga a Fabián, de mantenimiento, que mi dictáfono sigue sin funcionar.

Cuando el hombre partió, Sanz Briz fue recogiendo los brillantes y colocándolos en una cajita de chinchetas.

—¿Está seguro de que quiere hacerlo?

—Jamás he estado más seguro de algo.

—Tenga en cuenta que cuando consigamos sacarle de aquí, si es que lo logramos, pueden hacerle mucha falta.

—He conservado un lote para mi mujer y para mí. Vaya a donde vaya, sobreviviré... Los de mi pueblo siempre nos ayudamos. Tal vez la raíz del odio de otros pueblos haya que buscarla en esta faceta de nuestro carácter.

—Ser solidarios no es malo.

—Pero ser excluyente sí lo es. Espero que si esto acaba algún día, sepamos sacar enseñanzas del pasado.

Unos golpes discretos en la puerta, y la cabeza de una mujer de mediana edad apareció en el quicio.

—¿Puedo, don Ángel?

—Pase, Margarita. ¿Ha preparado los pasaportes con los datos que le pasé el otro día?

—Aquí los traigo.

La mujer extrajo de una carpeta unos papeles y los colocó en la mesa, frente al agregado. Éste se puso unas pequeñas gafas y leyó atentamente. Cuando lo hubo hecho, y en tanto firmaba el segundo certificado, pasó el rubricado a Leonard.

—Vaya leyendo. Este documento le permitirá acudir a la casa que le ha sido asignada y habitar en ella hasta que consigamos sacarle del país y llevarle a Madrid.

Leonard, a su vez, se puso sus lentes y leyó con interés aquel papel que representaba su salvación y la de Gertrud.

> CERTIFICO: que Hans Broster Schultz, nacido en 1878, residente en Budapest, calle de Katona Josef, 36, ha solicitado, a través de sus parientes en España, la adquisición de la nacionalidad española. La legación de España ha sido autorizada a extenderle un visado de entrada en dicho país antes de que concluyan los trámites que dicha solicitud debe seguir.

A continuación estaban la firma del embajador y los sellos de la legación.

El documento que en aquel momento signaba el diplomático correspondía a los apellidos que el Gremio del Diamante había asignado a Gertrud. Luego de firmar ambos, los devolvió a Margarita.

—Regístrelos y póngame con Perlasca.

En el instante en que la mujer abandonaba la estancia, llegaban el administrador de la legación y el secretario. Tras las presentaciones de rigor, Sanz Briz fue al tema de fondo.

—Quiero dejar constancia de la entrega que el señor Broster hace a la legación en calidad de préstamo...

Leonard interrumpió.

—No es un préstamo, excelencia; quede claro que es un donativo.

—¿Está seguro?
—No lo dude.
—Está bien. Entonces, dejo constancia del donativo que

hace el señor Broster para los fines que creamos oportunos y siempre dedicados a la labor que estamos llevando ahora a cabo. Es el siguiente.

A la vez que sus labios pronunciaban estas palabras, el diplomático abrió la cajita de chinchetas y volcó sobre la carpeta su contenido.

Las exclamaciones de ambos hombres fueron unísonas.

—Pero ¡esto es increíble! —comentó el administrador, sosteniendo entre sus dedos una de la preciosas gemas.

—Es por ello que he solicitado vuestra presencia. Quiero que quede constancia del hecho y deseo depositar en la caja fuerte de la legación tan importante presente.

—Pero ¿cómo lo valoraremos? —indagó el secretario.

Leonard extrajo de su billetero un documento y lo entregó a Sanz Briz.

—Ésta es al valoración que el Gremio de Ámsterdam hizo en su día de estas piedras. El documento les servirá para tener una idea de su valor en el mercado mundial. De esta manera, si las venden o las entregan a cambio de influencia o favores, sabrán lo que están entregando. La lista pueden cotejarla con cualquier entendido.[329]

—Gracias, Leonard, si me permite llamarlo así, por su donativo. Ni se imagina la cantidad de vidas que ha salvado usted en este momento.

—Jamás podré agradecerle lo que ha hecho por mi mujer y por mí.

—No me lo agradezca a mí, agradézcaselo a David Caballería.

Margarita asomó la cabeza de nuevo.

—Don Ángel, el señor Perlasca al teléfono. Pregunta cuándo ha de recoger el nuevo paquete.

Sanz Briz se dirigió a Leonard.

—¿Le parece bien mañana a las doce?
—Estaré preparado.

Carta a Jerusalén

Querida madre:

Deseo que al recibir ésta gocéis de buena salud y que Adonai continúe extendiendo su manto protector sobre las gentes de vuestra casa.

En cartas sucesivas os he ido relatando, durante este año, los avatares que han ido jalonando mi vida desde mi huida de Sevilla. Os imagino llena de zozobra al no recibir noticias mías, pero sabéis que las sacas de cartas viajan por mar y luego las caravanas se ocupan de hacerlas llegar hasta vuestras manos. Resulta todo ello un proceloso camino que hace que muchas se pierdan, de modo que procuro repetir noticias para asegurarme de que alguna llegará hasta vos.

En mi última misiva os hablaba, ahora que la pena me lo permite, de las vicisitudes que corrimos en nuestra huida, pero dado que me van llegando nuevas de otras gentes amigas y de otras vidas, quiero hacéroslas llegar para que seáis consciente de que es imposible, a distancia, juzgar actitudes y decisiones tomadas por otras personas, pues sin vivir lo que hemos vivido quienes por estos trances hemos pasado, nadie puede juzgar con equidad

Las turbas y el populacho, con la ayuda de arietes y de otros artilugios, entraron en la aljama abatiendo sus puertas y nos masacraron allí mismo, sin tener en cuenta ni edad ni condición. Muchos murieron como mártires, entre ellos mi marido, que, cual cordero inocente, fue inmolado. Él así lo quiso, de modo que imagino que ha rendido cuentas al juicio divino y ha hallado consuelo en la suerte que le cupo, ya que él la eligió y así se ha cumplido el sino propicio que, según él, le estaba reservado. Muchos se suicidaron ante la muerte infamante que sin duda iban a sufrir, lanzándose al vacío desde lo alto de las sinagogas, quedando sus cuerpos completamente destrozados al impactar contra el suelo; otros hallaron la muerte en la calle, y otros eligieron el bautismo como único medio de burlar su destino. Los menos hallaron refugio momentáneo en las ciudades de la provincia, aunque un niño habría podido contar su escaso número. A causa de nuestros pecados no queda un alma judía en Sevilla.[330]

Por si fuera poco lo ocurrido, hasta mis oídos ha llegado la suerte que corrieron muchos de los nuestros al intentar escapar. Os transcribo el relato: «Pero he ahí que por todas partes encontraron aflicciones, extensas y sombrías tinieblas, graves tribulaciones, rapacidad y quebranto, hambre y peste. Otros se metieron en el mar buscando en las olas un sendero; también allí se mostró contraria a ellos la mano del Señor para confundirlos y exterminarlos: murieron entre temporales infaustos y asaltos de piratas que, ante la noticia de un sustancioso rescate, se dedicaron con ahínco a perseguir, más que nunca, las naves que provenían de la Bética, intuyendo en ellas grandes beneficios, pues muchos de los desterrados fueron vendidos por esclavos y criados en todas las regiones de los pueblos y no pocos se sumergieron en el mar, hundiéndose como plomo».[331] En algo muy grave habrá ofendido nuestro pueblo a Yahvé, que tan duramente castiga a sus siervos.

Lo que fue una probabilidad se ha hecho real. Sé por alguien que estuvo muy cerca en los últimos momentos que el que fue mi esposo murió defendiendo a su comunidad de la ira del populacho y que aunque se le ofreció a última hora la oportunidad de ser bautizado renunció a ello negándose a ser un falso converso y entregó su vida en aras del empeño de morir siendo un ejemplo para tantas gentes, al hacer de la religión el motivo de su vida.

Debo confesaros que no es el mío precisamente, que no tengo vocación de mártir y que un dios que deja en este trance a los suyos no me interesa. Mi religión son mis hijos, que van creciendo como dos tiernos arbolitos y que en breve tendrán un hermano con quien compartir juegos y afanes.

Vos sabéis, madre mía, cuánto amé a mi padre, pero quiero significaros algo importante. Mis hijos, cuando llegue el momento, elegirán a la persona con la que deseen compartir su vida. La elección de mi padre, a pesar que os reconozco que Rubén fue un ser bondadoso y lleno de cualidades, no fue la acertada. Él no era el elegido de mi corazón, y los hechos y el destino han venido a darme la razón. Él antepuso su religión y su carrera a su familia, y quien ha hecho posible que ahora os esté escribiendo esta carta y que, si Yahvé así lo dispone, en la próxima Pascua nos veamos en Jerusalén ha sido Simón, al que conocisteis en Toledo y pese a vuestros buenos oficios y a vuestra comprensión no lo halló mi padre digno de ser mi esposo. Lo amo apasionadamente y además siento hacia él una gratitud ilimitada.

Las cosas económicas se han ido arreglando poco a poco; la influencia de dom Solomón se ha rebelado tan importante que hasta los banqueros genoveses, me dice Simón, cambian sus pagarés sin poner la menor traba, eso teniendo en cuenta que su casa de cambio de Córdoba ya no existe y que ahora negocia sus asuntos desde Ámsterdam.

Los tiempos son duros, pero la laboriosidad de nuestro pueblo se cotiza mucho más por estos lares que en la península Ibérica, a tal punto que el conde de Ferrara ha dicho públicamente al embajador de la Serenísima República de Venecia que «mal se puede tildar de buenos gobernantes a aquellos que arruinan a su pueblo para enriquecer al de otro».[332]

Ahora voy a daros una triste nueva. La fiel Sara, que tan unida a mí estuvo durante su vida y que me fue fiel hasta el último aliento, ha entregado su alma al Sumo Hacedor. Murió el mes de *siván*.[333] Una noche se despidió como lo hacía siempre y al día siguiente la hallamos yerta en su cama. Una sonrisa beatífica adornaba su rostro, como la de alguien que durante toda su vida cumplió con su deber. He sentido su muerte creo que tanto como sentí la de mi padre, que Jehová haya acogido en su seno. Si alguien mereció el premio de la otra vida por su fidelidad, honradez y bondad, ésa fue Sara. Es tal el volumen de su ausencia que todavía la llamo a voces reclamando su presencia, sin acabar de creer que ya jamás estará a mi lado. Benjamín la añora hasta límites insospechados y la pequeña Raquel la busca por los rincones de la casa. Al teneros lejos, aunque me consta que fue por deseo de mi padre, ella me hizo de madre, y si bien le costó mucho aceptar mi divorcio, en los últimos tiempos aceptó y amó a Simón hasta la extenuación y fue consciente de su calidad humana, de su generosidad y de su valor ilimitados, pues él consagró al principio su vida a mi recuerdo sin la más remota esperanza de encontrarme, y cuando lo consiguió, luchó con todas su fuerzas para que yo y los míos valváramos la vida aun a costa de perder la suya.

Deciros así mismo que Domingo y Myriam han unido sus vidas en cuanto llegó la noticia, hace ya dos meses, de que el que fue su marido había fallecido de unas fiebres en el camino de regreso a Sevilla. Adonai en su clemencia, que ejercita a su capricho, le ahorró una muerte terrible, que sin duda habría padecido caso de llegar a tiempo a Samarcanda.[334] Ella es consciente de que es varios años mayor que él, pero creo que su amor está entreverado de gratitud y también tiene un componente de amor materno. Simón y yo hemos sido sus padrinos y se han establecido al lado de nuestra casa, ya que Seis (ya os expliqué el motivo de su nombre) siempre quiere permanecer cerca de mi marido. Es ésta una vieja historia que os contaré algún día.

Las cosas aquí transcurren de una manera muy diferente a Sevilla, pero sobre nuestro pueblo pesa una terrible maldición, que, según opina Simón, le sigue desde hace siglos y le seguirá siempre. Como las gentes temen nuestra laboriosidad y competencia, los monarcas promulgan leyes a fin de cercenar nuestras libertades y sobre todo se nos prohíbe tener tierras y bienes raíces. Eso estimula nuestro ingenio y hace que estudiemos ciencias y letras, de modo que nuestras gentes se convierten en médicos, filósofos y administradores, superando su intelecto en mucho a las gentes que se han dedicado a los oficios y al cultivo de la tierra. ¿Qué es lo que ocurre? Pues que andando el tiempo la élite intelectual del país somos los judíos, y entonces los monarcas, para mejor recaudar sus impuestos, recaban de nuestra colaboración y buscan entre los nuestros a sus médicos, ministros y administradores, fomentando con ello la malquerencia de sus súbditos y la envidia; entonces sucede lo que ha sucedido en Sevilla, y vuelta a empezar. Amén de que el fuego se extiende rápidamente y han llegado nuevas de lo ocurrido en las aljamas de Córdoba, Lora, Écija, Guadalajara, Toledo, Madrid, Barcelona, Gerona y otras muchas.

He tomado una decisión, madre, que creo debo a mi pueblo y desde luego a los míos. Sé y me consta que plumas más documentadas que la mía relatarán nuestra historia para que la posteridad no incida en los mismos errores en los que cayeron nuestros coetáneos. Tal vez desde un punto de vista menos documentado y más prosaico, pero desde los ojos de una pobre mujer que vivió por dos veces los horrores que los desmanes, la envidia, la incomprensión y el odio hacia otros pueblos producen en el ser humano, quiero comenzar un diario que pasaré a mis hijos para que éstos, a su vez, lo pasen a los suyos y éstos a los hijos de sus hijos, relatando todos los acaecimientos que vivimos y todas las torturas que la rabia, la ceguera y la ambición que un hombre despertó entre sus contemporáneos. Si esta mi decisión ayuda a que alguna vez alguien, aunque sea una sola persona, levante su voz ante las injusticias y grite ¡ya basta!, me daré por satisfecha.

Otra cosa debo deciros, ya que creo que como cronista de hechos pasados he cumplido en exceso con mi cometido. Dado que los vientos de todo el Mediterráneo no nos son propicios, Simón ha recibido noticias de su amigo David Caballería, ¿lo recordáis? Casó en Ámsterdam y es feliz allí. Pues bien, parece ser que David aconseja a Simón partir hacia el interior de Europa, donde somos considerados y podemos ejercer libremente el comercio sin ninguna traba ni restricción, y según parece la ciudad elegida es la capital de Polonia.

En fin, caso de no veros por Pascua, os tendré al corriente de nuestra decisión, ya que si cambio de país y marchamos para Varsovia, bueno será que la primera en saberlo seáis vos.

Bueno, madre, saludad a todos los de casa, recibid el amor de mis hijos, el saludo respetuoso de mi marido y mis más amorosos besos con la certeza de que, desde la distancia, os sigue amando en el recuerdo vuestra hija

Esther

El atentado de via Rasella

Angela y Manfred estaban sentados en la cabina del pequeño triciclo ubicado en la esquina de la via delle Quattro Fontane aguardando a que pasara a la hora prevista el autobús que cada día conducía a los soldados del batallón de reserva Bozen, que estaba acuartelado en las buhardillas del Viminal, el edificio del Ministerio del Interior en Roma, a relevar a sus compañeros.

Habían transcurrido cinco meses desde la deportación de los judíos del Trastevere y Manfred había envejecido cinco años. Jamás agradecería a Angela sus cuidados y desvelos la infausta noche en que tuvo conocimiento de la desaparición de sus hermanos. La muchacha, tras convencerlo de que la hora de queda había sonado y de que era un riesgo inútil salir a la calle, se sentó a su lado en el sofá y, sin decir palabra, lo mantuvo recostado en su hombro hasta que él se encontró en condiciones de hablar. La luz de la pequeña salita estaba apagada y únicamente el resplandor que salía del recuadro del vidrio de plomo de la salamandra, alimentada con trozos de viejos muebles, iluminaba sus rostros con un fulgor rojizo y cambiante. Ella, de vez en cuando, tomaba una taza de un caldo espeso, que había aparecido allí como por ensalmo, y la acercaba a sus labios cual si fuera un niño de pecho. Manfred no recordaba nada de lo inmediato; en cambio, una memoria antigua y fundamental le traía uno tras otro un sinfín de los recuerdos que esmaltaban su infancia. Los años de su niñez aparecían ante él nítidos cual si los sucesos que evocaba su atormentada mente hubieran ocurrido el día anterior. Sus padres, los veranos junto al lago en los Alpes suizos, los juegos con su hermana, las confidencias con Sigfrid, la cabaña del bosque, su pubertad. Luego, cuando comenzó todo, las imágenes pasaban mucho más aprisa: su afiliación al Partido Comunista, la Olimpiada de 1936, las luchas callejeras, la guerra, el atentado del Berlin Zimmer, la huida y, sobre todo ello, la trágica muerte de Helga. Tantas y tantas cosas había vivido que a sus casi veinticinco años se consideraba un viejo. Todo aparecía en el espejo de sus recuerdos amontonado y confuso, en una batahola de remembranzas desordenadas y sombrías que adquirían al instante una presencia casi física y dolorosa. Y ahora la terrible noticia se iba abriendo paso lentamente en su cerebro, apartando a codazos, a uno y a otro lado, aquellas neuronas que querían conducirle por otros derroteros menos fúnebres hurtándole de sus desoladas fijaciones.

Fue la noche de las confidencias. La angustia que le atenazaba y la necesidad de abrir su corazón le impelió a explicar a Angela su vida desde el principio y quién era realmente Ferdinand Cossaert; le confesó también sus miedos y sus soledades, y le dijo que si salía de todo aquello, luego de saber lo que había sido de sus padres, le gustaría irse a un lugar recóndito, adonde no hubiera llegado la civilización.

—Los hombres son como bestias —dijo.

Entonces habló ella.

—Si admites un polizón o, mejor, una compañera de viaje en el barco de tu destino, partiré contigo. Yo también estoy sola.

—Créeme, Angela, mientras estés a tiempo, salta a tierra. Mejor será que te apartes de mí; soy un barco a la deriva... solamente propicio dramas a las personas que más quiero.

—¿Soy yo una de esas personas?

—No me preguntes ahora, Angela, no es el momento.

—Comprendo tu dolor. Debiste de querer mucho a Helga.

—Tal vez pasé junto a mi dicha y no me di cuenta hasta que la perdí.

—Su muerte ha aureolado su recuerdo, y lo comprendo. No quiero pedirte nada, pero si me das la oportunidad, un día intentaré llenar el hueco que ha dejado en tu corazón.

—Te lo ruego, dame tiempo.

—Tienes todo el que nos dé la vida, y tú sabes que podemos perderla mañana.

—Te diré algo. Hasta el día que te vi entrar en la iglesia de los Salvatorianos no había vuelto a mirar a una mujer.

Callaron un momento, después ella volvió a hablar.

—Quiero corresponder a tu sinceridad. Te lo dije el primer día, Manfred. Ni tú eres Ferdinand ni yo Angela. Mi nombre es Esther Labratski Fadioni. Soy medio judía. Mi familia es muy antigua. Llegó a Italia en 1391 y se estableció en Ferrara; procedía de Sevilla. Por lo visto, hubo una matanza terrible, que precedió a la diáspora obligada de 1492, y los judíos se disgregaron por toda Europa. Mi familia, luego de un par de generaciones, se bifurcó en dos ramas. La primera se estableció en Roma y la segunda partió hacia Polonia. Mis ancestros pertenecían a esta última. Yo nací en Varsovia, y mis padres eran educadores en la universidad; mi padre era físico y mi madre profesora de lenguas muertas. A mí, desde muy pequeña, me intrigó la historia del pueblo judío; recuerdo que preguntaba a mi madre la razón de la denominación de «pueblo escogido», y le decía: «¿Elegido para qué?, si siempre fue perseguido y expulsado de todas partes». Mi madre escribía un diario que había heredado de la suya. En él se hallaba relatada la historia de los míos desde tiempo inmemorial, y siempre se ocupaban de redactarlo las mujeres de la familia. Era como un legado que debíamos transmitirnos generación tras generación, para no perder la esencia de quiénes éramos, de dónde veníamos, y así no volver a caer en los mismos errores. Creo que fue ésta la razón principal que me impulsó a estudiar mi carrera, y que me trajo hasta aquí, pues el hecho era que la parte correspondiente a la familia que había permanecido en Italia se había perdido. Cuando terminé mis estudios, obtuve una beca y me planté en Roma. Quería profundizar en mi licenciatura y hallar la rama italiana que se instaló en el Trastevere. Me inscribí en la Pontificia Universidad Gregoriana, y fue allí donde conocí a Settimia, quien fue para mí como una hermana. Luego estalló la guerra, y mis padres, en cuanto Alemania invadió Polonia, me escribieron rogándome que no regresara. Cuando los encerraron en el gueto de Varsovia, hice lo imposible para rescatarlos, pero no lo conseguí. Al principio lograron enviarme alguna carta, y yo, a través de Pfeiffer, también conseguí contactar con ellos. Más tarde supe que habían deportado a muchos a Majdanek,[335] pero no logré averiguar si ellos estaban entre los que se llevaron Allí terminaron las noticias. Desde aquel día me incorporé, con Settimia, a la resistencia y me asignaron el grupo de Trombadori.

Todas estas remembranzas venían a la cabeza de Manfred en tanto esperaba con la muchacha el paso del autobús. Ambos jóvenes se sentían muy solos y se aferraban el uno al otro como náufragos a un tablón. Las circunstancias de su vida tenían mucho en común, pero divergían en un punto: Angela había perdido la huella de sus padres, aunque no tenía la certeza de que hubieran muerto; sin embargo, Manfred, además de ignorar lo que había sido de los suyos, sabía de la suerte que habían corrido sus hermanos, y siempre tenía presente el terrible fin de Helga. La tensión y la proximidad hacían que entretuvieran el tiempo hablando de mil cosas ajenas pero relacionadas con los momentos que estaban viviendo. El día anterior habían transportado en el triciclo, y al lugar que les había indicado Trombadori, una carga de explosivos que serían usados en el atentado que se avecinaba. El peligro era grande. De caer en manos de los alemanes o de la policía fascista, los atormentarían sin duda hasta la muerte, intentando sonsacarles los nombres de sus camaradas. Manfred llevaba su pistola presta. La muchacha le había arrancado un juramento: antes de caer en manos de sus enemigos, debía matarla. Luego dirigiría el cañón del arma contra él y acabaría con aquella vida absurda que ya no le interesaba.

—¿Sabes una cosa?

—¿Qué cosa, Angela?

—Llámame Esther. Hace mucho que nadie me llama por mi nombre.

—Me costará acostumbrarme, pero vale... Esther. ¿Qué cosa he de saber?

—He leído mil veces la historia de mi familia. Ha sido como mi Biblia particular. Debe de ser algo consustancial a los míos. La historia se repite.

—¿A qué te refieres?

—Hace muchísimos años, como seis siglos, un antepasado mío llamado Simón intentó introducir un carro de armas en una ciudad española, Toledo, junto a un migo suyo que se llamaba David Caballería.

—¿Lo consiguió?

—No, cayeron en una emboscada y él casi muere.

—¿Y el amigo?

—Se fue por Europa, no sé más.

—No es muy buen augurio que digamos; esperemos que a nosotros nos vaya mejor.

Luego permanecieron en silencio, enfrascados cada uno en sus pensamientos.

—¿Cómo eras antes de operarte?

—¿Quieres saberlo?

—Me gustaría.

Manfred se echó hacia delante y, apartando la culata de la Beretta, extrajo de su bolsillo posterior una cartera y de ella una vieja foto de familia. La muchacha la tomó entre sus manos y la observó atentamente.

—Eras muy guapo, pero me gustas más ahora.

Él sonrió.

—Eres increíble, Angela, perdón... Esther. Eres capaz de convencer a un enano de que es un gigante. El hombre que se case contigo será afortunado.

La muchacha, en tanto le devolvía la fotografía, lo miró a los ojos largo y tendido.

—Me agobias, Esther. Voy a buscar un quiosco por aquí cerca y traeré algo para leer. Así entretendremos la espera.

—¿Te da miedo hablar conmigo?

—Me das miedo tú.

Manfred le acarició la mejilla y bajó del pequeño vehículo en tanto ella se tocaba el punto donde él había puesto su mano. Cuando ya estaba en la acera, ella le comentó:

—No recuerdo que haya ninguno por aquí.

—No importa, ya preguntaré a alguien.

Se alejó. Esther le siguió con la mirada y se quedó con sus pensamientos

Trombadori había resultado ser un buen jefe. Adusto y poco amigo de dar explicaciones, tenía una visión rápida de las cosas y, en los momentos comprometidos, era sereno y eficiente. Cuando Manfred fue puesto al corriente, supo que, desde el apresamiento del coronel de Montezemolo, Trombadori era el auténtico jefe de los partisanos de Roma, y por lo tanto cumplió con celo y a rajatabla las órdenes que le dio el primer día, y lo hizo a conciencia. No sólo se aprendió el complejo plano de la red del alcantarillado y albañales de Roma, sino que, con Angela y durante muchas noches, se dedicó a recorrer parte de ellas. Para ello, se hizo con un primitivo pero eficaz equipo que le resguardaba del agua, de respirar miasmas y de las mordeduras de las ratas inmensas que atacaban a todo extraño que invadía sus territorios. Las botas altas y los pantalones de goma se los proporcionó el mercado negro. También contaba con dos máscaras antigás con los correspondientes filtros de carbono, que únicamente usaban cuando debían hacer grandes recorridos o atravesar el albañal principal, dado que el gas de los detritus los habría matado. Esas máscaras, casualmente fabricadas en Alemania, le fueron suministradas por un sargento del economato que había sido de los *carabinieri*, no sin un fuerte desembolso, que salió de la venta de un pequeño brillante de los que Manfred había podido guardar de la provisión que le entregó su padre.

Al anochecer del día siguiente en el que ambos se sinceraron, y luego de pasar casi todo el día encerrados y hablando sin cesar, se dirigieron en el triciclo a los aledaños de la via della Lungara. A medida que se iban aproximando, vieron que la cantidad de gente que, como ellos, se acercaba al lugar para dejar ropa, comida, cartas o simplemente enterarse de lo que ocurría iba en aumento, a tal punto que tuvieron que dejar aparcado el pequeño vehículo, junto a unos montones de adoquines que algunos se habían dedicado a arrancar de la calzada, y seguir a pie en medio de la riada humana. La mayoría de aquellas personas eran familiares, amigos e inclusive sirvientes cristianos que querían saber qué era lo que iba a ocurrir con los suyos.

Junto al recinto se formaban grupos que hablaban contando cada uno sus noticias. Por lo visto, las condiciones de vida dentro de los barracones eran infames: sin comida, ni agua ni los más mínimos servicios sanitarios adecuados. Se decía que una mujer judía había dado a luz durante la noche en el patio del recinto y que el bebé había ingresado bajo arresto junto a su madre, compartiendo su destino. También se especulaba con la noticia de que un batallón de las SS había exigido las llaves de los pisos a los detenidos y, con el pretexto de recoger ropa y comida, habían regresado la noche anterior a sus domicilios y lo habían saqueado todo, llevándose cuanto de valor había en sus hogares. Nadie pudo entrar y casi todo el mundo fue conminado a alejarse de allí de mala manera. Sin embargo, unos pocos consiguieron recabar noticias de los que estaban dentro, mediante el soborno y la influencia, e inclusive consiguieron enviar y recibir mensajes de los detenidos.

Manfred, viendo la desesperación de Esther, mostró su Pateck Philippe al oficial de puerta y le deslizó subrepticiamente en la mano una nota. Si le proporcionaba informes de una de las detenidas, con la evidencia de que eran ciertos, el reloj era suyo. La noticia y la certeza de la misma vino avalada desde el interior por la prenda de un pañuelito de batista con las iniciales de Settimia que ésta había entregado al mensajero; Esther lo reconoció al instante porque fue un regalo de ella el día del último cumpleaños de su amiga. Settimia estaba viva, había sido apresada junto a sus padres y se rumoreaba que el lunes a las cinco de la madrugada se los llevarían a una de las estaciones del ferrocarril para deportarlos a Alemania.

El padre Pfeiffer les confirmó, dos meses después, la noticia. Efectivamente. La madrugada del día 18, todos los judíos fueron conducidos en camiones militares a las cercanías de las vías del ferrocarril en las inmediaciones de la stazione Tiburtina. Allí fueron cargados en vagones de ganado en grupos de sesenta personas. Los que llegaron primero tuvieron que esperar ocho horas hasta el momento de la partida. Cuando al atardecer el convoy subía los Apeninos, la temperatura alcanzó los cinco grados bajo cero. El Vaticano recibió noticias puntuales del estado de los prisioneros. Al paso por Padua, el obispo diocesano informó a la Santa Sede de la lamentable situación de los deportados, urgiendo al Pontífice a que emprendiera una acción inmediata. Desde Viena se informó de que los infelices suplicaban agua. Pero el temor que inspiraban los *partigiani* comunistas a Pío XII excedía en mucho su eventual simpatía por los judíos. Lo mismo ocurriría con las autoridades alemanas, que temían un levantamiento en la ciudad.

Cinco días después de que el tren hubiera partido de la stazione Tiburtina, los aproximadamente 1.060 deportados fueron gaseados en Auschwitz y Birkenau; 149 hombres y 47 mujeres fueron destinados a trabajos forzados. Solamente 15 de ellos sobrevivieron, todos ellos hombres. A Settimia Spizzichino la enviaron a Bergen-Belsen, donde el doctor Mengele empleaba a seres humanos, especialmente gemelos, como conejillos de Indias para sus experimentos.

Esther dio un ligero golpe con el codo a Manfred. El pequeño autobús que llevaba al regimiento Bozen entraba por el extremo de la calle. Eran las 13.45 de la tarde.

Llevaban una semana comprobando horarios. El plan era colocar el potente explosivo que habían transportado en el triciclo unos días antes en un carrito de basuras y, a la señal de la persona que estuviera en la esquina de la calle, el encargado de hacerlo encendería una mecha de tiempo que explotaría al paso del vehículo. Se prepararían dos vías de huida. La primera estaría en la superficie y la segunda sería por la cloaca, una de cuyas tapas metálicas se abría justamente al doblar la esquina, casi debajo de donde ahora se hallaba el triciclo, junto a la via delle Quattro Fontane, en el barrio del Trevi. Manfred y Esther esperarían debajo de la tapadera y, en cuanto sintieran un repiqueteo metálico, la empujarían desde el interior, alzándola para que se introdujeran en ella los autores del atentado, que iban a ser Rosario Bentivegna, Carla Capponi y Pasquale Balsamo, en tanto que Konrad Sigmund y Johann Fischnaller, al mando de otros cuatro, les cubrirían la retirada lanzando granadas de mano que llevarían atadas a la cintura. La fecha designada para intentarlo era el 23 de marzo y la hora las 13.45 de la tarde.

Llegado el día, los acontecimientos se fueron desarrollando con la precisión de un cronómetro suizo. Dos horas antes, Manfred y Angela, por una de las alcantarillas que tenían estudiadas y cuya tapadera estaba ubicada a cinco manzanas de la que debía servir de escape, se introdujeron en la red de albañales de Roma equipados como si fueran dos operarios del servicio de desratización. A la misma hora y desde la cantina, salían Rosario Bentivegna y Carla Capponi, vestidos con la indumentaria propia de los barrenderos, con un carrito de basuras cargado con treinta kilos de trinitrotolueno y lo colocaban, en tanto simulaban barrer la calle, en el lugar acordado. Capponi se alejó hasta la esquina de la calle anterior para hacerle la señal convenida a Bentivegna en cuanto el autobús de los alemanes asomara por el extremo. La señal se daría, porque aquel día era soleado, con un espejito de bolsillo. Manfred y Esther fueron avanzando por el pestilente camino que les conduciría hasta su puesto de combate, siguiendo las instrucciones del plano, que iluminaban de vez en cuando con el potente haz de luz de una linterna. La oscuridad era absoluta, y allí dentro únicamente llegaban los ruidos del transcurrir de las aguas fecales, el chirriar de las ruedas de los tranvías y los chillidos espeluznantes de las ratas que huían, asustadas por la luz que distorsionaba su cotidiano vivir. A la hora prevista, ambos jóvenes estaban en el sitio adecuado. Esther consultó su reloj.

—Falta media hora —dijo.

El batallón Bozen se retrasaba. Por tres veces, Bentivegna había encendido la pipa para prender la mecha y por tres veces la había apagado. Tuvo que rebuscar en sus bolsillos colillas y trocitos de papel para cargarla de nuevo. A las 13.45 se le aproximó Pasquale Balsamo y le susurró:

—Si a las dos no han llegado, toma el carrito y márchate.

Pero los alemanes llegaron. Capponi hizo la señal convenida, el espejito parpadeó y Bentivegna prendió la mecha. El coche llegó a media calle. El algodón trenzado se iba consumiendo y los partisanos se fueron retirando hacia la vía de escape acordada.

La explosión fue terrorífica, los edificios del barrio se estremecieron y los cristales saltaron hechos añicos. Las bombas que llevaban atadas a la cintura los partisanos que debían cubrirles la retirada, a efectos del calor y de los cascotes, explotaron. Murieron tres de ellos, y únicamente pudo ser identificado Johann Fischnaller di Rodengo a causa de sus hirsutos cabellos.

En aquel momento Herbert Kappler llegaba a su despacho situado en la villa Wolkonski, en Letrán, y en un principio no dio importancia a la explosión.

Los soldados que no cayeron al instante y pudieron reaccionar comenzaron a disparar al azar contra los edificios de via Rasella, creyendo que desde las ventanas de aquellos palacios les habían lanzado bombas. Al ruido de la explosión, comenzaron a llegar soldados y oficiales alemanes que no entendían qué había pasado. Los gritos de los heridos y la confusión eran totales. Al cabo de quince minutos, Kappler fue informado por teléfono de lo ocurrido, y cuando llegó al lugar encontró a Maeltzer bramando y amenazando con una horrible represalia. La sangre y los miembros desgajados de cuerpos lo invadían todo.

—¡Voy a volar con dinamita todos los edificios de esta maldita calle! ¡Miren lo que han hecho con estos pobres muchachos!

Aprovechando los primeros momentos de confusión, Bentivegna y Capponi llegaron a la altura de la tapa de la cloaca. Unos golpes sobre ella con un objeto metálico, y la gruesa rueda de hierro se levantó lentamente empujada desde dentro por Manfred.

En un suspiro descendieron por la escalera de gato a aquel rincón del infierno y, conducidos por la luz que portaba Esther, se fueron adentrando en aquel laberinto, cuidando de no caer en aquella emponzoñada ciénaga. Llegando a un enclave determinado hicieron un alto. En el viaje de ida, Manfred y la muchacha habían dejado allí ropas y zapatos para que Bentivegna y Capponi se cambiaran. Apenas cruzaron con ellos unas palabras. Ahora lo inmediato era salir de las catacumbas y poner en conocimiento de Trombadori el resultado de la acción, que liberaba a cada uno vengando sus demonios particulares: a Manfred, la muerte de sus hermanos; a Esther, la muerte de sus padres y la deportación de Settimia, y a los demás, de las cuentas pendientes que cada uno tuviera. Habría que contar las bajas en combate.

Las Fosas Ardeatinas

La furia de Hitler sobrepasó lo humano cuando le notificaron que una compañía del tercer batallón Bozen había sufrido un atentado en via Rasella en el que habían muerto treinta y tres hombres. Las voces y los improperios que lanzó sobre el mensajero que le llevó la ingrata nueva pudieron oírse en el último rincón de la cancillería. La reacción fue inmediata. Las casas del barrio debían ser dinamitadas y por cada alemán muerto deberían ser fusilados diez italianos.

Muchas cosas sucedieron en Roma cuando el alto mando conoció la decisión del Führer. La primera providencia fue maniobrar en el más absoluto secreto por temor a que los partisanos calentaran al pueblo de Roma incitándolo a que se levantara en armas contra el ejército invasor y que asaltara la cárcel de Regina Coeli.

El general Kesselring, comandante en jefe de los ejércitos del Sur, desde su refugio del monte Soratte se inhibió del problema juzgando, no sin razón, que éste atañía a las autoridades de la ciudad, ya que el atentado había sido efectuado contra miembros que se podían considerar de la policía.

Maeltzer, el gobernador militar, hombre de mediana edad, más conocido como Tiberio por su afición al buen vino y a las mujeres, que residía en el hotel Excelsior, intentó desviar su responsabilidad al coronel Kappler, jefe de la Gestapo, cuyo superior era el general Wolff. Y cuando éste intentó devolver la pelota al tejado del mando del batallón Bozen, aduciendo que eran ellos quienes debían llevar a cabo la orden de fusilamiento ya que eran, en definitiva, quienes habían sido atacados, se le argumentó que sus componentes eran hombres mayores y que jamás habían disparado un tiro, y menos a corta distancia. La lista con nombres de condenados a muerte por otros motivos y que aguardaban su ejecución en la cárcel de Regina Coeli fue entregada a Kappler para su estudio, en tanto que las gestiones oficiales entre el Vaticano y Ernst von Weizsäcker, embajador del Tercer Reich en la Santa Sede, se multiplicaban.

La radio iba lanzando continuamente soflamas instando a la población romana a denunciar a los culpables bajo la amenaza de que, en caso de que no se diera con los responsables del atentado, pagarían justos por pecadores.

A las órdenes directas del *Obergruppenführer* de las SS Karl Wolff se hallaba un oficial eficiente y muy culto, Eugen Dollman. Había sido intérprete de confianza del mismísimo Führer en sus entrevistas con el Duce y conocía perfectamente el italiano, ya que en el período de la anteguerra había acudido a Roma para realizar un estudio sobre la figura del cardenal Alejandro Farnesio. En aquellos momentos, había sido designado por el *Reichsführer* Heinrich Himmler como oficial de enlace entre Berlín y el general en jefe del ejército del Sur, el mariscal Albert Kesselring. Sus dotes para la diplomacia eran de sobra conocidas, y al enterarse el Santo Padre de la disparatada pretensión de Hitler, habiendo agotado las vías oficiales, ante la inminente ejecución de la misma, fue convocado por el secretario de Estado, el cardenal Maglione, para que, en compañía del padre Pfeiffer, acudiera de inmediato al Vaticano a fin de intentar mediar en aras de que no fuera consumada aquella aberrante venganza.

El coche de Dollman aguardaba en la plaza de San Pedro, frente al intercolumnio, a que el padre Pfeiffer llegara. Éste se retrasó un poco, pues el tráfico rodado de la ciudad había empeorado y desde el suceso de via Rasella las medidas de seguridad adoptadas eran extremas. Pelotones de soldados de las SS custodiaban los edificios oficiales y agentes de la Gestapo y de la policía fascista detenían, pidiendo documentaciones, a cualquiera que les pareciera sospechoso. En cuanto Dollman divisó al sacerdote, descendió de su vehículo y fue a su encuentro. Tras los saludos de rigor, se dirigieron a la gran puerta de bronce a cuya entrada se hallaba un retén de la Guardia

Suiza. Impecable, atildado casi hasta la afectación, culto y mundano, Eugen Dollman siempre había pensado que, de no mediar las terribles circunstancias que los rodeaban, aquel sacerdote habría podido entenderse con él perfectamente e, inclusive, habrían llegado a ser amigos. Les unían más cosas de las que les separaban. Pfeiffer y Dollman hablaban el mismo lenguaje.

Luego de traspasar la cancela, giraron a la derecha y ascendieron por la escalinata de mármol que conducía al patio de San Dámaso. Llegados a éste, otra escalera los condujo al primer piso, donde uno de los guardias suizos, vestido con su peculiar uniforme abombachado azul y amarillo, y con su no menos original casco, armado con la simbólica adarga, custodiaba la puerta de las dependencias cardenalicias, bajo las mismísimas habitaciones papales. Allí los esperaba el padre Leiber para conducirlos ante su superior. Ambos eclesiásticos se saludaron afectuosamente. Luego les indicó que le siguieran. Primero entraron en una galería, luego en una ancha y espaciosa sala, en la que había una mesa dorada y, sobre la misma, un crucifijo y un birrete rojo, que les daba a entender que se hallaban en las habitaciones de un príncipe de la Iglesia. De allí pasaron a otra estancia tapizada de damasco escarlata y amueblada con una sillería dorada. Bajo un baldaquín se veía un cuadro monumental con el retrato del Pontífice, y bajo éste, un estrado con un trono —donde se sentaba el Santo Padre cuando tenía que despachar con el secretario de Estado— que, conforme a una antigua rúbrica, siempre se hallaba vuelto hacia la pared, ya que solamente al Papa le era dado usarlo.[336]

Llegados allí, el jesuita que los acompañaba, tras indicarles que el cardenal los recibiría de inmediato, se retiró. Ambos hombres aguardaron de pie la entrada del secretario. El roce de una sotana de seda y el apresurado y amortiguado paso de unos escarpines sobre una alfombra les anunció la entrada del prelado. La hizo éste por una puerta lateral, y su presencia les confirmó la idea que corría por Roma; a saber:

Maglione era el álter ego del Pontífice. Lucía traje talar ribeteado de encarnado, esclavina color escarlata, ceñida la cintura con ancha faja del mismo color, pectoral adornado con un crucifijo de oro y gafas con los cristales montados al aire. Llegado a su altura, saludó a Pfeiffer llamándolo «hermano» y extendió su mano hacia Dollman. Éste, como buen católico, se la besó.

—Gracias, Eugen —dijo, llamándolo por su nombre de pila—, por atender a mis súplicas con tanta diligencia, y sepa perdonar la falta de tacto en la premura de la convocatoria, pero las circunstancias me han obligado a ello. Pero ¡siéntense, por Dios!

El alemán y Pfeiffer ocuparon los dos sillones ubicados frente a la mesa y el secretario lo hizo tras ella. Por romper el fuego, Dollman comentó:

—La última vez que estuve en este despacho acompañando al general Wolff, creo que no estaba este tapiz.

Tras el sillón de Maglione destacaba un hermoso tapiz en el que estaba representada Juana de Arco sobre el fondo de un paisaje de su aldea de Domrémy, presidiendo el marco la cruz de Lorena.

—Es un regalo del Santo Padre. Soy muy devoto de la santa. En mi elección puede ver cuánto simpatizo con los hombres de armas que saben esgrimir la prudencia antes que la espada. Santa Juana de Arco fue una guerrera de la paz y, créame, si en este siglo existieran órdenes de caballería como en el tiempo de las cruzadas, no dude que mi máxima ambición habría sido pertenecer a una de ellas… Templarios, caballeros del Santo Sepulcro, hospitalarios de San Juan…, da lo mismo, pero los monjes soldados siempre han despertado en mí una singular simpatía.

—Imagino, reverencia, que no se habría conformado con ser un simple monje; por lo menos, gran maestre —apuntó, socarrón, Dollman.

—Se sirve a Dios en cualquier escalafón de la Iglesia, el

caso es poner a su servicio todas las capacidades que han sido dadas a todos los hombres, a cada uno en su esfera. No dude que envidio la paz y el silencio de los claustros más que cualquier otra cosa en el mundo.

—Lo comprendo, porque a mí me sucede lo mismo sin que intervenga en ello la vocación religiosa, pues no tengo; pero la tranquilidad del estudioso, ya sea investigando la historia, haciendo catedrales como mi abuelo, que fue el arquitecto de la corte de Luis II de Baviera, o desempeñando tareas científicas... Crea que cuando termine este conflicto no descarto dedicarme a alguna de ellas.

—Para ello habrá que tener la conciencia en paz. De no ser así, no se puede desempeñar labor alguna.

—En verdad, lo que hay que hacer es cumplir puntualmente las obligaciones que la vida nos impone en cada momento. Ahora, reverencia, soy tan sólo un soldado.

—Pero un soldado con influencia... y muy cercano a los lugares donde se toman las grandes decisiones.

Pfeiffer seguía el diálogo de los dos personajes sabiendo que aquella esgrima previa amagaba el auténtico motivo de la visita.

Como si hubiera adivinado su pensamiento, Maglione comenzó a descubrir sus cartas.

—Quiero recalcar que hasta el día de hoy la política del Vaticano ha sido impecable y nos hemos cuidado sobremanera de no intervenir en asuntos entre potencias que pudieran perjudicar los intereses de nuestros fieles, particularmente en Alemania. Imagino que estará de acuerdo.

—Yo soy un pobre peón y no pinto nada en este envite, pero debo reconocer que el afán de no entrometerse en cuestiones que atañen únicamente a los beligerantes por parte del Pontífice ha sido y es notorio. Amén de que, si me pregunta, le diré que, al no ser una potencia terrenal, al Vaticano no le cabía otra actitud.

—Cierto, pero no olvide que un poder al que siguen quinientos millones de personas, si se decanta a un lado u a otro, puede muy bien inclinar la balanza.

—Su deducción es correcta, reverencia, pero el Vaticano debe considerar los costes que su decisión reportaría. Roma es respetada por Alemania como Ciudad Abierta, y si se inclinara por el enemigo, podría perder esa cualidad.

—El Santo Padre simpatiza con el pueblo alemán. No olvide que desde su nunciatura apoyó a Hitler. Pero esta condición no es óbice para que se oponga a ciertas cosas que, a todas luces, son injustas.

—Se está refiriendo sin duda a la decisión de tomar represalias contra los autores del atentado de via Rasella.

—Exactamente, pero no contra otras personas inocentes.

—Permítame, excelencia. Lo primero que debe saber es que el general Maeltzer está dispuesto a que nadie pague por otro, en caso de que los terroristas se entreguen. Pero, como comprenderá, ni el gobierno ni el ejército alemán están dispuestos a permitir que una panda de asesinos maten a sus soldados a traición y en la retaguardia sin tomar las correspondientes medidas.

Ahora intervino Pfeiffer.

—La policía de cualquier país civilizado debe encontrar a los responsables de cualquier acción punible y ponerlos ante el juez. Lo que no puede hacer es entrar en un barrio donde se ha cometido un asesinato y arremeter contra los vecinos del mismo porque no encuentra a los culpables.

—Eso, padre, puede estar muy bien en tiempos de paz, pero estamos en guerra y rige el código militar. Si no castigamos la comisión de delito tan incalificable con un escarmiento ejemplar que desanime a todos aquellos que quieran transitar estos procedimientos, de aquí a dos días perecerán más soldados alemanes en la retaguardia que en el frente.

—Comprendo, y el Vaticano ya se ha pronunciado sobre tal punto en su emisora de radio, pero la policía debe buscar con diligencia a los responsables de esta incalificable carnicería antes que adoptar métodos que repugnan a los seres humanos y que pondrán al ejército alemán a la altura de esos asesinos.

—La inmediatez es parte de la ejemplaridad. No hay tiempo para consideraciones morales.

—No me hará creer que viene de dos días la ejemplaridad a la que alude, y tampoco creo que, con la cantidad de amigos y confidentes que posee la policía, aún no se tenga ninguna pista —apuntó Pfeiffer.

—Ciertamente. Voy a hacer una confidencia por ser ustedes quienes son. La Gestapo, a través de uno de los porteros de la via delle Quattro Fontane, tiene una pista. Un triciclo con el escudo y las siglas de Caritas ha estado aparcado varios días seguidos antes del atentado en la misma esquina y, al parecer, un hombre se apeó del mismo para preguntar al individuo dónde había un quiosco de prensa. Se busca el triciclo, y repasando las listas de los colaboradores de Caritas, se ha encontrado la documentación con la foto de carnet de un individuo que ha sido reconocido por el portero como el hombre que le pidió la dirección del quiosco. Su nombre es Ferdinand Cossaert van Engelen, y hace poco llegó de Alemania. Vivía en la pensión Chanti cercana a la Stazione Termini, y desde antes del atentado no ha comparecido por allí. Se van a hacer ampliaciones y se va a empapelar Roma. En circunstancias normales, por ese hilo se sacaría el ovillo, pero no hay tiempo. El Führer ha ordenado un escarmiento inmediato.

—He hablado con el embajador Moellhausen[337] y se siente impotente para detener la debacle que se avecina. Es por ello que le he llamado, pero me gustaría que me confirmara, porque corren muchos bulos, en qué va a consistir dicho escarmiento.

—Se han pedido diez vidas por cada una de las víctimas.

Maglione cruzó una mirada con Pfeiffer, de cuyo rostro había desaparecido el color.

—Ya le he adelantado lo que había, padre.

Pfeiffer saltó.

—Pero ¡esto es una barbaridad! Su país no puede caer en esta clase de barbarie.

—Nos han obligado a ello. Bastante se ha conseguido. La primera orden era demoler las casas del barrio. Si se entregan los culpables, no habrá víctimas inocentes. Lo que debe hacer el Santo Padre, si me permiten el consejo, es incitar al pueblo de Roma, como pastor suyo que es, a denunciar a los miserables que han cometido tamaña fechoría.

Maglione no cejaba.

—El Papa ya lo ha hecho, pero ya sabe usted que las fuerzas partisanas están dominadas por los comunistas... y sus acólitos no colaboran con el Vaticano.

—Entonces lamento informarle de que la represalia se llevará a cabo mañana a las tres de la tarde.

—Eugen —dijo el cardenal, llamándolo por su nombre de pila—, sé que tiene usted un gran ascendente sobre el general Wolff. La vía diplomática está agotada... debe ayudar al Santo Padre para que esa horripilante venganza no se lleve a cabo.

—Lo lamento, reverencia. Lo que me pide escapa completamente a mis posibilidades. Si el general no cumple las órdenes directas que han llegado de Berlín, según mi opinión, lo único que puede hacer es pegarse un tiro.

Luego de una larga pausa, Pfeiffer preguntó:

—Y ¿quiénes serán los escogidos para el sacrificio?

—No se preocupe por eso. Kappler ha ordenado que los trescientos treinta y cinco rehenes se escojan de entre los condenados a muerte que aguardan su momento en la cárcel de Regina Coeli, de tal forma que tan sólo se adelantará su ejecución puesto que, de todos modos, eran hombres muertos.

Maglione intervino nuevamente.

—Entonces le suplico, en nombre de Su Santidad, que mire si en esa lista está Giuliano Vassalli.[338] No es un delincuente ni ha atentado contra nadie; está condenado por sus ideas políticas. Su familia es muy allegada al Pontífice, ¡sálvelo!

Dollman extrajo un libretita de tapas de cuero del bolsillo superior de su guerrera y anotó el nombre.

—No me comprometo a nada. Veré qué puedo hacer.

—De cualquier manera y en nombre de Su Santidad, le doy las gracias.

—Y ¿cuándo y dónde se llevará a cabo? —interrogó Pfeiffer.

—Mañana, día veinticuatro, en las canteras de arena que hay a un kilómetro de Roma entre las catacumbas de Domitila y de San Calixto en via Ardeatina. No hace falta que les diga que este punto es totalmente confidencial, ya que hay órdenes de que si existe el menor alboroto entre los presos de Regina Coeli, a los que se va a engañar obligándoles a coger sus enseres para hacerles creer que se trata de un simple traslado, entonces el resultado será mucho peor.

Pfeiffer intervino de nuevo.

—Entonces ¿qué es lo que nos queda por hacer?

—Rezar.

A las siete de la noche sonó el teléfono. Esther descolgó el auricular. Era al padre Pfeiffer.

—Hola, Angela. Conviene que vengas a mi despacho. He estado en el Vaticano... Hay noticias pavorosas, he de verte.

—¿He de venir yo sola?

—Tú sola. Que Ferdinand no pise la calle bajo ninguna excusa. La situación es muy grave, ya te contaré.

—Voy para allá.

Luego de ayudar a escapar a Bentivegna y a Capponi, Manfred y Esther se refugiaron en el pisito de esta última, dejando el triciclo abandonado en una calle lejana. La radio oficial comenzó a dar noticias. A las cinco de la tarde decidieron que Manfred se quedaría en la casa en tanto no se aclarara la situación, aunque estaba seguro de que no habían dejado rastros. Habían recorrido la red del alcantarillado y habían hecho salir a los dos conjurados en dos lugares diferentes y muy apartados entre sí antes de dirigirse a la salida que tenían estudiada para ellos, que estaba en una travesía apartada de via Aulestia, en la falda de la colina del Viminal.

Cuando Esther colgó el auricular, ante la mirada inquisidora de Manfred, en tanto tomaba un abrigo y un pañuelo para cubrirse la cabeza, aclaró:

—Es Pfeiffer. Que vaya enseguida.

—Voy contigo.

—Ha dicho que vaya sola.

—¿Por qué?

—Imagino que debes de correr peligro.

—¿Y tú no?

—Manfred, he estado aquí contigo desde que hemos llegado, sé tanto como tú. Pfeiffer ha recalcado que vaya sola.

Sin decir nada más, la muchacha tomó las llaves y, luego de colocarse el pañuelo, salió de la estancia. Lo último que escuchó antes de cerrar la puerta del rellano fue:

—¡Anda con ojo, falta menos de hora y media para que den el toque de queda!

La casa de los Salvatorianos estaba a dos manzanas de la suya. Con paso apresurado se dirigió hacia ella y llegó al tiempo que las devotas salían del rosario de las siete. Como la sabía de memoria, hizo la ruta habitual. Luego de saludar al hermano Policarpo, que era el celador de la portería y la conocía de otras ocasiones, subió la escalera a la que se accedía desde la entrada y también desde detrás de la sacristía, y se plantó delante de la puerta del sacerdote. Unos golpes ligeros y ésta se abrió. Nada más ver al padre, supo que iba a comunicarle algo grave.

—Pasa, hija.

La muchacha entró en el austero cuarto y al punto se vio

frente a la inquisitoria mirada del fraile. Éste se sentó en el silloncito de detrás de la mesa y la interrogó.

—¿Qué ha pasado, Angela? ¿Qué habéis hecho? ¿Estáis implicados Manfred y tú en el atentado de esta mañana?

La muchacha permaneció muda.

—No hace falta que digas nada. Han muerto treinta y tres hombres y la represalia va a ser terrible.

Esther se defendió.

—Usted sabe, padre, que estoy con los partisanos, y todavía más desde que se llevaron a Settimia. Estamos en guerra y, si no lo tengo mal entendido, se trata de hacer el máximo daño al enemigo.

Pfeiffer se quitó las gafas y se restregó los ojos.

—Todo esto es terrible. La acción de esta mañana costará la vida a trescientos treinta y cinco hombres, escogidos de entre los presos de Regina Coeli.

La muchacha quedó sobrecogida. Luego reaccionó.

—¡Son unos canallas! Nosotros hemos atacado a un batallón de soldados. Ellos se vengan en civiles.

—Pues ¿qué esperabais, hija? ¿No conoces cómo las gastan esos bestias?

—Obedecemos órdenes.

—Pues quien las da debe sopesar sus consecuencias. Dime, ¿habéis intervenido directamente?

—No, padre. Manfred y yo únicamente hemos cubierto la retirada.

—La única referencia que tienen es una foto de Manfred. Mañana habrá carteles pegados en todas las paredes de Roma. Han encontrado el triciclo y saben que el sospechoso trabajaba en Caritas. Han registrado la pensión en la que vivía. No dudes que es una cuestión de honor para la Gestapo coger a un culpable, y a través de él a todos los demás, aunque esta circunstancia no es óbice para que lleven a cabo la tropelía que pretenden hacer.

Por la expresión de la muchacha, entendió el sacerdote

que la noticia le había calado hondo y que le había afectado en grado sumo.

El fraile prosiguió:

—Tengo un escucha en el Vaticano y cada movimiento que planifiquen me será comunicado. Me has dicho que Manfred está en tu casa.

Esther asintió con un gesto.

—Por el momento, y hasta que yo os avise, que no se mueva ni pise la calle bajo ningún concepto. Voy a preparar un escondrijo aquí, en el convento. No conviene que te veas involucrada. De ti no saben nada. Si cae, la red estará perdida. Ahora márchate y habla con él. No mováis un dedo hasta tener noticias mías.

—De acuerdo, padre. Esperaremos su llamada.

—Que Dios os perdone, hija mía.

—Dios nos perdonará, padre. Es amigo de Jehová y ninguno de los dos es nazi.

Cuando Esther regresó y puso al corriente a Manfred de todo lo hablado con Pfeiffer y de las intenciones de los mandos alemanes, el desespero del muchacho fue inmenso. Saber que le perseguían, aunque ignoraba cómo habían logrado localizarlo precisamente a él, le afectó mucho menos que la noticia de que, por la acción de la mañana, iban a morir trescientos treinta y cinco inocentes. No pudo evitarlo: se sentó en el sofá y, escondiendo el rostro entre las manos, lloró amargas lágrimas.

Cuando logró dominar el llanto, se enjugó los ojos con un pañuelo y habló.

—Voy a pegarme un tiro.

Esther se sentó a su lado y le acarició el rostro.

—No vas a hacer nada. Vas a vivir y a luchar para que esto se acabe lo antes posible. Ellos no entienden de guerras limpias o sucias, tú lo sabes bien. Su lema es acabar con todos aquellos que no comulgan con sus credos y ya está. Recuerda a los tuyos como yo me acuerdo de los míos y de Settimia.

¿Vas a pretender jugar limpio a estas alturas del partido? ¡No seas ingenuo!

—Pero Esther, ¡van a morir trescientos treinta y cinco hombres y yo habré colaborado en su asesinato!

—¡Tú sólo obedeces órdenes! Los que están más arriba planifican la estrategia.

—Pero ¡no los han cogido a ellos! Tal vez si me presento como cabeza de turco confesando que he puesto la bomba, salve la vida de esos infelices.

—A veces creo que eres un crío, Manfred. ¿Quieres que te diga lo que ocurrirá si te entregas? Pues que antes de colgarte como a un perro te sacarán los hígados y te harán confesar todo lo que sabes, y además mañana fusilarán igualmente a los rehenes.

—¡He de hacer algo!

—No vas a hacer nada más que lo que ha dicho Pfeiffer.

—Si me quedo, te comprometo, y esta empanada ya me la tragué una vez.

—No quiero que te vayas, Manfred. ¡Si te pasara algo me moriría!

Él la miró a los ojos. Ella se levantó y lo tomó de la mano.

—¿Qué vas a hacer?

—Estás cansado. Vas a descansar y mañana verás las cosas de otra manera.

—De acuerdo, pero mañana me iré. No quiero involucrarte en toda esta mierda.

—No me has involucrado tú, en todo caso te he implicado yo a ti. Recuerda que ya estaba en ello antes de que llegaras a mi vida. Ven.

La muchacha le condujo hasta el pequeño dormitorio.

—¿Qué haces?

—Todavía nada. Voy a hacer.

—¿Qué vas a hacer?

—Voy a hacer el amor contigo.

—No, Angela, ya me ocurrió una vez. No quiero hipotecar tu mañana por un momento en el que la compasión te impele a actos de los que puedes arrepentirte. El mañana no nos pertenece.

—Pero el hoy sí. Ven, y ten claro que lo que voy a hacer no me lo inspira la compasión.

Los latidos alocados de sus corazones apagaron el lejano ruido de las bombas que se escuchaban en la lejanía.

Retazos

La pulmonía puso a Hanna a las puertas de la muerte. El tremendo frío que padeció escondida en el interior del buey, aunque se hubiera desconectado el compresor del frigorífico, le pasó factura. August veló sus sueños y se preocupó de que el fuego se mantuviera encendido para calentar en él un caldero de agua con el que periódicamente rellenaba dos botellas que metía debajo de las mantas. Desvarió toda la noche, temblando como una hoja, y en su delirio habló inconexamente nombrando a Eric y a sus hermanos, también salió a colación el nombre de Helga, y así mismo los de Hilda y Astrid, pero cuando pedía ayuda le nombraba a él. Al día siguiente, la fiebre devoraba a la muchacha. Súbitamente, a August le pareció oír el ronroneo de un motor. Tomó la pistola y, amartillándola, se encaramó por la escalera de gato a la parte superior del molino, donde en tiempos se almacenaba el grano y desde cuya tronera se divisaba todo el entorno. La parte posterior de la vetusta construcción daba al río y en sus aguas semiheladas todavía se hundían las deterioradas palas de madera de la rueda que, sumergida en la corriente, hiciera girar otrora las muelas. El ruido provenía de allí. Doblando el meandro que se veía al fondo apareció, entre los carámbanos de hielo que se agarraban a las orillas, la proa de una pequeña embarcación azul y blanca. No había peligro. A la popa de la bote y llevando la caña del timón divisó a Werner. Apenas tuvo la certeza de que era él, bajó precipitadamente la escalerilla y se dirigió al pequeño embarcadero donde tiempos ha se descargaba el trigo que los labriegos de la región traían para hacer harina, pagando al molinero un quinto de cada saco. Sin soltar la caña y dejando una punta de gas para que la corriente no arrastrara la pequeña embarcación, Werner le lanzó el chicote de un cabo[339] para que amarrara la proa a una oxidada cornamusa[340] que todavía resistía en el embarcadero.

—¿Qué ha pasado? —interrogó August en tanto sujetaba la embarcación.

—Nada que no esperásemos. De no ser así, no habría vuelto. Una patrulla de policías del campo llegó a Grünwald en una camioneta, pero no preguntaron por nadie en particular. Imagino que tenían órdenes de no decir nada con respecto a una fuga; procuran fomentar la imagen de que es imposible escapar de Flossembürg. Se dividieron en dos grupos y registraron algunas casas. Traían perros, pero nada de nada. Además de que sacamos a la chica metida en una montaña de carne, tuvimos la precaución de no pisar el pueblo y traerla aquí directamente. Para seguir una pista, el agua y los caminos helados son un impedimento grave. Aun así, no hemos de bajar la guardia; los conozco bien y sé que volverán. La chica y tú tenéis que largaros lo antes posible.

La barca ya estaba amarrada y Werner, tras cerrar el contacto, había saltado a tierra.

—Por ahora es imposible. Hanna tiene una pulmonía, ha de verla un médico. Si la sacamos, morirá.

Werner estaba bajando de la barca un saco de lona y la mochila de August, dejó todo sobre el maderamen del podrido embarcadero y alzó su vista hasta el otro.

—¿Cómo sabes que es pulmonía?

—No soy médico, pero es evidente. Se ha pasado la noche delirando y debe de tener cuarenta grados de fiebre.

—Intentaré traer a alguien, pero debemos sacarla de aquí cuanto antes. Los nazis acostumbran trazar círculos cada vez más grandes y a husmearlo todo. Dentro de un tiempo, alguien llegará hasta aquí, y para entonces esto debe estar vacío. Vamos adentro, quiero verla.

Ambos, cargando los pertrechos, se dirigieron al interior del molino. Werner había traído una petromax,[341] y bombeando su mecanismo y arrimando un fósforo, le inflamó la camiseta. Una luz blanca fue aumentando a la vez que el artilugio prendía, ayudando a la pobre claridad que entraba por el tragaluz. Hanna dormía un sueño inquieto bajo las mantas. Werner le puso la palma de una mano en la frente.

—Está ardiendo —dijo.

—Ya te lo he dicho. Si la sacamos de aquí, morirá.

—Me voy, mantenla caliente. En la bolsa tienes sobres de caldo, latas de conserva, salchichas ahumadas, frutos secos, aspirinas y otras cosas. También hay una botella de coñac. Traeré a un médico que está en la resistencia. Que Dios te ayude.

Luego volvió la vista sobre Hanna.

—Es una chica valiente, no merece morir.

Los Hempel

Los Hempel habían regresado a Berlín. La Gestapo, apenas llegados, los importunó un par de veces. El parque que rodeaba la mansión de los Pardenvolk parecía una selva y el viejo Herman, avisado por Peter Spigel, el notario, había abierto las habitaciones indispensables para que el matrimonio pudiera instalarse. Anelisse y Stefan discutían frecuentemente. La mujer seguía aferrada a la idea de que los nazis habían hundido Alemania y que el genocidio judío era un hecho incuestionable. Stefan, en cambio, aún mantenía que aquél era un mal pasajero pero comprensible y que, así como el cuerpo humano requiere vacunas para evitar epidemias, de igual forma se debía aplicar una terapia preventiva a la nación para extirpar de raíz a todos aquellos colectivos que perjudicaran la salud del Tercer Reich. Argumentaba además que solamente atañía a grupos de judíos grandes, eso sí, pero de baja condición, como comunistas, terroristas, testigos de Jehová, gitanos eslavos y otras gentes que, de alguna manera y científicamente demostrado, eran inferiores a la raza aria.

Desde los tiempos gloriosos de la Olimpiada de Berlín, habían transcurrido ocho años. Sin embargo, ambos se veían envejecidos y parecían mucho mayores de lo que correspondía a su edad. Los viajes, la presión y la responsabilidad del cometido de Stefan junto al protector de Bohemia y Moravia hasta el día de su muerte y posteriormente la atención a su viuda, cuya histeria respecto a los temores que abrigaba relativos a sus hijos y a su posible envenenamiento era notoria, habían causado estragos en la pareja.

La biblioteca se había transformado en la salita de estar y hacían vida allí, ya que, al ser su tamaño más reducido que el salón y que el comedor de la galería, la estancia era mucho más fácil de calentar, pues el combustible escaseaba en el Berlín de aquellos días.

Anelisse tejía una interminable bufanda que quería regalar a su marido en el día de su cumpleaños, en tanto que Stefan leía un grueso tomo de *Guerra y paz*. La leña crepitaba en la chimenea. Súbitamente, cerrando el libro y sacándose la pipa de la boca, comentó:

—Todo el desastre vino del retraso que sufrió la Wehrmacht para atacar Rusia. Si no hubiéramos tenido que intervenir en Grecia para ayudar a los inútiles de los italianos, habríamos llegado a Moscú antes de que entrara el invierno y el fiasco de Stalingrado no habría ocurrido jamás.

—¿A qué viene eso ahora, Stefan?

—El Führer debería haber leído a Tolstoi. No hay nada que hacer contra el invierno ruso... Napoleón también fracasó.

—A lo mejor no lo sabía.

—Sí lo sabía... Incluso escogió el mismo día, ciento veintinueve años después. Eligió el 22 de junio de 1941, y no fue una casualidad.

—Ahora ya es tarde para reconvenciones. La guerra está perdida, Stefan, tú lo sabes, y quiera Dios que lleguen a Berlín los ingleses y los americanos antes que los rusos.

—¡La guerra no está perdida, Anelisse, y posturas derrotistas como la tuya son las que hacen daño y minan la moral del pueblo y de los combatientes!

La mujer dobló la bufanda sobre sus rodillas y miró extrañada a su marido.

—No lo ves, Stefan, o no lo quieres ver. Cada dos noches hemos de bajar a la gruta del jardín donde mandaste construir el refugio antiaéreo porque cada noche nos bombardean. ¿Dónde está la Luftwaffe de Goering? Él dijo que antes de que cayera una bomba sobre Berlín habría que llamarle señor Meyer.

—¡Las mujeres no entendéis nada! ¿No has leído el último discurso del Führer?

—Pero Stefan, ¿quieres que repasemos todos los discursos de dos años a esta parte? Verás como han querido que comulguemos con ruedas de molino...

—No eres una buena alemana, Anelisse.

—Lo que no soy es idiota.

—Pues en el último discurso del día de la Patria Alemana aseguró que, en tanto quede un avión y un piloto, la victoria final será para Alemania.[342] ¿Qué quiere decir esta afirmación?

—Quiere decir que Hitler trata a los alemanes como si fueran niños de pecho.

—Quiere decir que está a punto de descubrir un arma terrorífica que pondrá a los ingleses y a sus aliados de rodillas y que obligará a que todos juntos reconstruyan Alemania, como se hizo con nosotros en la Gran Guerra.

—¿Será posible que un hombre tan inteligente como tú todavía venga con esas pamemas infantiles? No te puedes imaginar las veces que me acuerdo de las profecías de Leonard. También entonces decías que era un aprensivo y que hacía una tempestad en un vaso de agua, y resulta que todo ha ido ocurriendo como él profetizó.

Stefan quedó en silencio.

Anelisse prosiguió:

—¿Qué habrá sido de ellos?

—Ya lo sabes, Anelisse, siguen en Hungría. Manfred y Sigfrid están desaparecidos... Y, por cierto, de no estar nosotros fuera de toda duda, habrían podido meternos en un buen lío.

—Y ¿qué ha sido de Hanna, Stefan? ¿No has podido hacer nada por ella?

—He hecho gestiones, pero he perdido la pista de Renata Shenke en Flossembürg. Se metió en un juego muy peligroso, y suerte que la carta de Lina Heydrich al juez llegó a tiempo; de lo contrario, no sale con vida. Tuve que contarle una historia y aprovechar que ella no tenía un «no» para mí, ya lo sabes, diciendo que yo no la conocía personalmente pero que un amigo mío que ya había muerto y con quien había contraído una deuda de honor me había recomendado encarecidamente, en su día, a la familia Shenke. Gracias a esa gestión, Freisler la condenó como antisocial; más no pude hacer. Ten en cuenta que cuando me escribió Leonard suplicándome que hiciera lo que pudiera por Hanna, yo tenía que recomendar a Renata Shenke sin decir que era judía, que había entrado en Alemania con una identidad falsa y que se llamaba Hanna Pardenvolk, y obviar que su padre era amigo mío y que habíamos simulado la venta de su casa para que pudiera huir. Todo fue muy complicado. De no ser así, no le habría arrancado la carta de recomendación a Lina Heydrich. Piensa que la subversión se paga con la vida, y Hanna atentó contra la seguridad del Estado.

—Era una muchacha idealista y fantástica. Tengo tanta pena por ella que no me quito de la cabeza a los Pardenvolk, particularmente a Gertrud... No olvides que somos amigas desde los seis años.

—Leonard debería haber tenido más fe en Alemania.

—No te entiendo, Stefan, a veces creo que no eres el mismo hombre con quien me casé.

—Es muy difícil mantenerse fiel a dos lealtades contrapuestas. El ser humano está destinado a escoger durante toda su vida. Leonard siempre supo que, ante todo, yo era un buen alemán. Y conste que le ayudé cuanto pude... y si estuviera en mis manos, pese a todo, aún le ayudaría.

Unos discretos golpes en la puerta y la rala cabeza de Herman apareció por el marco.

—¿Qué ocurre, Herman?

—Señor, dos oficiales de la Gestapo desean hablar con usted.

—Abra el salón y dígales que voy enseguida.

—El salón estará helado, Stefan.

—Mejor, así se irán más rápidamente.

—¿Qué es lo que quieren ahora?

—Imagino que lo mismo que la otra vez. No te preocupes, vuelvo en un instante.

Stefan se levantó, vació la cazoleta de la pipa en un cenicero a la vez que dejaba el grueso tomo sobre la mesa y, ajustándose el cinturón de su batín de lana, salió de la estancia.

Vio a los inspectores desde el distribuidor central y se dijo, una vez más, que si los hubieran uniformado, no se les distinguiría mejor: los delataban sus abrigos largos de cuero negro y sus sombreros de ala ancha del mismo color. Cuando llegó, ambos se pusieron en pie.

—Buenas noches, señores, ¿en qué puedo servirles?

—Perdone la hora, doctor Hempel, pura rutina.

—Siéntense y acabemos cuanto antes. Mi intención, esta noche, es ir a la ópera,[343] si me lo permiten.

Los tres se sentaron en el inmenso salón que ciertamente estaba helado. Uno de los dos hombres de negro sacó una pequeña libreta con tapas de hule y se dispuso a tomar notas.

—El motivo es el mismo de las otras dos veces. Estamos cerrando el caso y nos faltan algunos detalles.

—Pues ustedes dirán.

—¿No es cierto que Sigfrid Pardenvolk, después de comprar usted esta vivienda a su padre, continuó un tiempo en la casa?

—Cierto, inspector. Su padre, que fue en tiempos amigo mío, lo dejó encargado de cerrar ciertos flecos de la operación, pues él iba a estar un tiempo, según me dijo, fuera de Alemania. No tengo que añadir que en cuanto las gestiones finalizaron se marchó de la casa.

El otro individuo preguntó:

—Y ¿no le dijo adónde iba a establecerse?

—Ni me lo dijo ni tenía por qué. Cuando un hombre de su edad se despide de uno, no tiene por qué explicar nada.

—Pero usted era su médico.

—Cierto, y él me hizo de alguna manera responsable de su cojera.

—Entonces ¿cómo entiende que se atreviera a montar en su azotea una emisora de onda corta?

—Ya lo he explicado un par de veces, inspector. Sin duda sabía que la casa estaba deshabitada. La prensa se ocupó de airear que mi mujer y yo partíamos para Checoslovaquia en el séquito del *Obergruppenführer* Reinhard Heydrich. Imagino que el muchacho se quedó alguna llave de la entrada; conocía la mansión al dedillo y, necesitando una altura y asesorado por alguien, decidió aprovechar mi ausencia.

—Así pues, doctor, ¿sostiene que usted es ajeno a cuanto sucedió?

—La viuda del mariscal podrá ratificar dónde me hallaba yo por aquellas fechas. Si quiere, puedo llamarla ahora mismo y decirle que unos inspectores de la Gestapo desean hablar con ella. No olvide que, por aquellas fechas, incluso estuve presente en la operación con la que intentamos salvar la vida al protector después del atentado.

—¡No, por Dios, no hace falta! Su palabra es suficiente. Permítame otra pregunta.

—Usted dirá, inspector.

—¿Sabe usted algo referente a una carta de la señora Heydrich al juez Roland Freisler hablando de una tal Renata Shenke?

Stefan cambió ligeramente de tono.

—Como comprenderán ustedes, Lina no me tenía al corriente de su correspondencia. —Stefan había mencionado a la viuda de Heydrich por su nombre de pila para que entendieran la relación íntima que mantenía con ella.

Los hombres de la Gestapo comprendieron que además de nadar era necesario guardar la ropa.

—Una última pregunta, doctor Hempel.

—Está bien, inspector, pero que sea la última.

—¿Ha vuelto a saber algo de Sigfrid Pardenvolk?

Stefan decidió jugar fuerte.

—Yo no, inspector. Y por cierto, me gustaría... ¿Ustedes saben algo de él?

—Estamos en ello.

—Pues les ruego que si descubren algo, tengan a bien informarme.

Aquí se terminó el diálogo. La Gestapo no volvió a molestar a los Hempel nunca más.

El capitán Brunnel

El *Hauptsturmführer* de las SS Hans Brunnel, ayudante de confianza de Ernst Kappel, tenía una misión que llevar a cabo en el campo de Sachsenhausen.

Los años de camaradería con su inmediato superior y los servicios prestados a nivel particular le habían hecho depositario de confidencias e intimidades que hacían que su relación fuera mucho más allá de lo oficial.

Una de las noches en que las sirenas obligaron al personal a bajar al refugio antiaéreo construido bajo el edificio de Nattelbeck, Ernst Kappel abrió el grifo de las confidencias. El *Oberführer* de las SS, en el inmenso sótano y protegido por gruesos muros, tenía adjudicado un pequeño despacho totalmente equipado y conectado por radio y teléfono con el exterior, y allí dirigieron sus pasos ambos hombres. Se aposentaron en el pequeño recinto, donde tras abrir el mueble bar, Kappel invitó a su ayudante a sentarse; luego colocó frente a él una copa balón y le sirvió una generosa ración de un acreditado coñac francés, mientras él se servía otra.

—Bebamos, Hans, que esto se acaba.

Brunnel miró con extrañeza a su superior ya que la exposición, aunque fuera velada, de una opinión con tintes derrotistas podía acarrear a quien la manifestara, máxime en el estamento militar, funestas consecuencias.

Al ver la expresión del rostro de su subordinado, Kappel aclaró:

—No tenga aprensiones, si he aprovechado este momento es porque el lugar está insonorizado y es mucho más seguro que mi despacho. —El *Oberführer* prosiguió—: Brunnel, lleva usted a mi servicio muchos años, hemos pasado juntos muchas cosas. Hay algo que quiero decirle, en primer lugar porque se lo debo y en segundo porque me hace usted falta.

—Soy todo oídos, señor. Ya sabe que cuenta conmigo incondicionalmente.

—El caso es que le debo una explicación porque usted está implicado en el asunto, pero antes quiero exponerle una situación global de lo que está pasando en Alemania.

Brunnel aguardó con interés, acrecentado por aquel preámbulo, la explicación de su superior.

—Lo que voy a decirle es de la máxima confidencialidad, pero los momentos que vive Alemania me obligan a cautelar el futuro y necesito depositar mi confianza en alguien totalmente seguro.

—Me honra usted, mi *Oberführer*.

—Alemania agoniza. Mi ex suegro, el *Obergruppenführer* Von Rusted, con el que guardo una buena relación, me tiene al corriente de muchas cosas que, claro está, no salen en los periódicos. Prácticamente nuestros cazas no pueden contrarrestar las incursiones de la aviación aliada. Berlín se hunde bajo el peso de las bombas enemigas. Ayer, sin ir más lejos, sufrimos un bombardeo de más de dos mil quinientos aviones, casi todos fortalezas volantes B-17 escoltadas por cazas de largo alcance, que causaron importantes destrozos en el barrio gubernamental, en el de la prensa, en Zimmerstrasse, y enormes daños en el zoológico.

—Pero el enemigo sufrió bajas considerables —le interrumpió Brunnel—; perdieron cuarenta y cuatro bombarderos y una quincena de cazas, que fueron derribados.

—El chocolate del loro, Hans, eso no es nada. América fabrica aviones como Munich salchichas. Déjeme continuar. El Reich está condenado a la derrota. Los aliados, pese a la feroz resistencia de nuestras mejores divisiones, se están abriendo paso desde las cabezas de playa de Normandía, y los rusos avanzan hacia el oeste y están a las puertas de Varsovia. Ahora, y porque le conozco bien, voy a hacerle una confidencia que quizá le escandalice y comprometa. Si usted prefiere que no se la haga, dígamelo, aún está a tiempo... Si decide ir adelante, considérese implicado.

La curiosidad de Brunnel superaba su temor a enterarse de cosas que estaban enmarcadas en el delito de alta traición. Aun así, pensó que, amén de que le tenía ley a Kappel, si algo ocurriera era su palabra contra la de su superior; no tenía buenas cartas para aquel envite, pero su instinto de jugador le impelió a proseguir.

—Adelante, señor. Si usted va, yo también.

—No esperaba menos de usted, Hans. —El *Oberführer* Kappel bebió un sorbo de coñac de su panzuda copa—. Hay un núcleo importante de hombres que está intentando pactar una paz separada con los aliados para salvaguardar nuestro ejército y unir nuestras fuerzas contra el enemigo común, que es el comunismo.

Brunnel sintió que la sangre abandonaba su rostro. Kappel, como si no se hubiera dado cuenta, continuó:

—El intermediario de esta jugada es el mismísimo Santo Padre. Por nuestra parte, lleva las gestiones, en nombre del general Beck, amigo de Pacelli allá en los lejanos tiempos en los que éste era nuncio en Munich, un abogado muniqués que goza de credibilidad en los ambientes vaticanos; su nombre, Josef Müller, al que llaman *Ochsensepp*.[344] Por parte del Vaticano conducen las negociaciones el cardenal Maglione y el padre Leiber, un jesuita influyente y muy allegado al Pontífice; por parte de los ingleses, su embajador, Francis Osborne. Si la jugada no sale bien, estamos perdidos. Hete aquí donde comienza la segunda parte de mi plan, que es en la que usted interviene.

—No comprendo, mi *Oberführer*.

—Enseguida comprenderá. Una suerte de casualidades colocó bajo mi férula al hermano del criminal que organizó el atentado del Berlin Zimmer. Lo recuerda, ¿no es así?

—Perfectamente, señor.

—Pues bien, su amigo Sigfrid, proveedor oficial de piedras preciosas, ha resultado ser el hermano del asesino que atentó contra mí y mató aquella infausta noche a Stanislav Karoli y, de cuya pérdida aún no me he rehecho.

Brunnel carraspeó, algo violento.

—Perdone, mi *Oberführer*, si mal no recuerdo, el terrorista se llamaba Sikorski o Pardenvolk.

—Cierto, su apellido en realidad era este último, y el de su amigo, como hemos descubierto posteriormente, también.

—¿Qué me está diciendo, señor?

Kappel, sin hacer caso de la exclamación de incredulidad de su subordinado, prosiguió:

—Lo que no estoy en condiciones de asegurar, porque no me han dejado interrogarle, ha sido si tomó parte en la preparación del atentado o meramente el terrorista hizo uso de alguna confidencia involuntaria de su hermano y preparó el crimen aprovechando la coyuntura y sin que él lo supiera.

—Me deja usted de piedra. Pero ¿cuál fue el motivo de su detención?

—Informaba al enemigo, desde una emisora clandestina de onda corta, de las noticias que captaba entre los oficiales que frecuentaban el hotel Adlon, quienes en noches de francachela, de mujeres y de vino, en cuanto se desabrochaban la tirilla de la guerrera, se les soltaba la lengua. Pero es que aún hay más. Ambos hermanos eran medio judíos y tienen una hermana que fue la estudiante que lanzó los panfletos de la Rosa Blanca en la universidad y a la que el juez Freisler, incomprensiblemente, no condenó a muerte.

—Estoy anonadado. Jamás habría sospechado de él. Perdía, sin inmutarse, grandes cantidades de marcos al póquer, era amigo de todo el mundo y si podía hacer un favor lo hacía invariablemente, a usted le consta.

—Los espías que juegan en campo contrario forzosamente han de ganarse la confianza y la simpatía de la gente, es su cometido.

—Mi *Oberführer*, ¿por qué dice que no le han dejado interrogarle?

—Ahora llego a este punto. Por lo visto, es mucho más importante vivo que muerto, y las altas instancias han prohibido interrogarle y me lo han arrancado de las manos. En principio se me ofreció un intercambio con la hermana a fin de que, interrogándola «hábilmente» delante de él, usted ya me entiende, se le soltara la lengua, pero al parecer esta última ha volado de Flossembürg, donde cumplía condena.

—Pero ¿cómo es posible?

—Estamos rodeados de ineptos, amigo mío; de otra manera no estaríamos perdiendo la maldita guerra. Al comandante del campo de los antisociales se le escapó la paloma. Imagino que no tengo que decirle que me he ocupado personalmente de que envíen a ese incompetente al frente de combate y precisamente allí donde, en estos momentos, se esté batiendo el cobre con más virulencia.

Hubo una pausa en la que Hans Brunnel intentó asimilar el caudal de información que había recibido en un instante. Después, cuando pudo salir de su asombro, dijo:

—En parte, me siento culpable del daño que le han inferido, mi *Oberführer*. Estoy a sus órdenes para lo que quiera mandar... si con ello contribuyo a remediar mi estupidez.

—No tiene usted ninguna culpa, Brunnel. Su única falta fue querer facilitarme, a petición mía, un zafiro maravilloso para Stanislav. Pero vamos a lo que nos concierne.

Entonces, el *Oberführer* Ernst Kappel puso al corriente a su subordinado y fiel ayudante de todas las vicisitudes ocurridas a causa de su ex amigo Sigfrid Pardenvolk y de los planes que tenía para intentar cobrar su deuda.

Era por ello que un coche oficial se detenía aquella neblinosa mañana en el edificio de entrada del campo más vigilado de Alemania: Sachsenhausen.

El taller donde desarrollaba su actividad Sigfrid estaba en la segunda planta del edificio dedicado a producir las planchas de cobre que servían para la falsificación de libras esterlinas y de dólares. Su trabajo consistía en reproducir, con un buril y en un papel encerado especial, la parte de los billetes encomendados a su maestría. Smolianoff había formado equipos de cuatro hombres que se turnaban sin parar a lo largo de todo el día, parcelando el trabajo de manera que cada uno se especializaba en un fragmento de los billetes que, como era lógico, terminaba haciendo a la perfección. A su grupo le habían encomendado todas las orlas y las cenefas más complicadas. La tarea tenía un ritmo de trabajo prefijado y nadie podía retrasarse, pues el fallo de uno solo afectaba a la cadena de producción.

Smolianoff se acercó, con el paso leve que le caracterizaba, a la parte posterior de su alta banqueta e, inclinándose, le susurró al oído.

—Pardenvolk, deje su bata colgada y adecéntese, le llaman a la puerta de entrada.

Sigfrid se volvió, extrañado; la situación era anómala. Raramente hacían subir a los falsificadores a las dependencias del edificio principal. Quien lo reclamara debía de ser alguien con poderosas conexiones dentro del partido, del ejército o del gobierno. Se apeó del taburete, no sin antes dejar sobre el inclinado tablero los artilugios que estaba usando, y sin responder se llegó al perchero, donde colgó la manchada bata y la visera verde, y se puso la chaqueta.

En la puerta del taller le aguardaba un SS que sin decir palabra, como era preceptivo, se dispuso a acompañarle. Descendieron la escalera. A aquellas horas, el patio donde paseaban los reclusos durante los tiempos de asueto se veía vacío. Una vez se hallaron ante el edificio principal, Sigfrid se dirigió a la entrada, pero el otro, con un leve gesto de su metralleta, le indicó que subiera la ancha escalera que conducía al primer piso. Llegando a él, lo acompañó hasta la puerta del salón donde se recibía a los visitantes de rango. Sigfrid estaba desorientado y no tenía ni idea de qué iba aquella rara circunstancia. El acompañante abrió la puerta para que entrara y la cerró a su espalda.

El individuo que le estaba esperando fumaba de espaldas, indiferente, junto a uno de los ventanales y al oírlo entrar ni se molestó en darse la vuelta. Sigfrid aguardó tranquilo, observando el cuadro con las piernas separadas y las manos atrás. Las volutas de humo, que por el olor intuyó Sigfrid que salían de una pipa, llegaban al techo de la estancia.

—¿Cómo está usted, querido amigo? Desde luego, no ha sido fácil encontrarlo.

¡Aquella voz…! El timbre de aquel individuo vuelto de espaldas, y sin duda con una pipa en la boca, le era vagamente conocido.

Hacía mucho tiempo que todo le daba igual. Sabía que los días que estaba viviendo eran de regalo y, tras los avatares sufridos por los suyos, poco le importaba vivir o morir, de manera que su natural curioso le impulsó a sumarse al juego que le brindaba el desconocido visitante.

—Aquí se está bien, no tengo queja. En todo caso, el servicio deja que desear, no corresponde a un cinco estrellas.

Sigfrid se atrevía a vacilar al visitante; sabía que su trabajo en el centro de falsificadores era imprescindible y que, de trasladarlo a otro lugar, la cadena de montaje se resentiría durante unas fechas que eran fundamentales para el buen fin del proyecto.

El hombre comenzaba a darse la vuelta.

—«La pecera» del Adlon es más acogedora, sin duda.

Se refería Brunnel al gran mirador que daba a la calle y donde acostumbraba ubicarse Sigfrid en los viejos tiempos.

A medida que el otro se giraba, la voz iba cambiando de inflexiones y, antes de que hubiera completado el giro, Sigfrid ya lo había reconocido.

—¡Por mi vida, Hans! Aunque no lo crea, me alegro de verle. ¡Hace tanto que no veo a alguien que me recuerde los viejos tiempos…!

Brunnel no pudo dejar de admirar la sangre fría de aquel individuo al que en tantas ocasiones se había enfrentado en una mesa de póquer.

—A mí también me complace visitarle, aunque sea en estas extrañas circunstancias. Debo reconocer que jamás una orden ha sido cumplida más a gusto.

Aquel par de hombres, a pesar de que la vida, sus ideas políticas y sus razas les habían enfrentado, en el fondo se respetaban.

—Sentémonos, Sigfrid, tenemos mucho de que hablar.

El comandante indicó con el gesto el gran sofá de debajo del ventanal y ambos se acomodaron en él.

Entonces, el militar extrajo de una cartera de cuero que había dejado en el sofá una cajita de baquelita negra con varios botones y apretó uno de ellos, dejando posteriormente el aparatejo a su alcance. Ante la mirada atónita de Sigfrid, aclaró:

—Es un interferidor de frecuencias. Si alguien quisiera escuchar lo que aquí se va a decir, lo tendría complicado.

—¿Les permiten usar estos juguetes?

—A los de la AMT F6 adscritos a la RSHA desde luego; nuestro jefe es el mismo Himmler. A usted le habría convenido instalar uno en el altillo de la casa de sus padres; de haberlo hecho, habría puesto las cosas más difíciles a los de la Gestapo.

—Veo que le han puesto al corriente de la situación, y me alegro. Habría sido embarazoso y complejo comenzar a tener que explicar ahora muchas cosas, porque imagino que no tiene usted demasiado tiempo.

—No he de decir que no es importante, lo mismo que el suyo. La prueba es que desde que está usted aquí, ésta es la primera vez que lo distraen de su trabajo.

—Cierto.

—En aras de la vieja amistad que nos une, aunque se haya fomentado a través del póquer, quiero ser claro con usted.

Brunnel extrajo del bolsillo de su guerrera una petaca y le ofreció un cigarrillo en tanto que él cargaba de nuevo la cazoleta de su pipa.

—Gracias, capitán. El tabaco que venden en el economato es malísimo.

—Una serie de circunstancias que no vienen al caso hacen que sea usted un tipo interesante para un superior mío que tiene gran influencia tanto por su posición dentro del partido como por sus lazos familiares... El hombre al que me refiero se asombró al comprobar la perfección de su documentación cuando usted se llamaba Sigfrid Flagenheimer.

La mente analítica de Sigfrid desmenuzaba rápidamente el hecho. Su persona interesaba a alguien influyente. En ese instante, su vena de jugador salió a flote. Tenía que sacar provecho de la coyuntura. Si conseguía vender aquello que alguien buscaba en él, aunque muy tenue, habría una esperanza.

—Si no se explica con mayor claridad... todo me parece un jeroglífico.

—Verá, Pardenvolk. —Brunnel quería hacerle notar que sabía quién era y que era judío—. Mi jefe sabe por qué está usted aquí y, tal vez, sus servicios le hagan falta.

—Su jefe debe de saber que estoy aquí precisamente por dichos servicios y también que en modo alguno me soltarán.

—Me reconocerá que hasta el día de hoy nadie se había entrevistado con usted en estas condiciones.

—Eso es cierto.

—Pues entonces comprenderá que si se ha conseguido esto, también se pueden conseguir otras cosas.

—Aunque el mío me trae sin cuidado, creo que su tiempo es importante. Si no me habla claro, no le entiendo.

—Se necesitan pasaportes, libretas de la Seguridad Social y carnets de conducir de diversos países, que no pueden ser sacados por conducto oficial por motivos obvios, entre otros, porque la fotografía de la misma persona se repetirá con distintos nombres en varios documentos.

—Me extraña que una persona de tanta influencia no tenga otros medios para dotarse de documentación falsa, y sospecho que es para huir cuando todo este tinglado se venga abajo.

—Siempre me gustó su estilo, Sigfrid. Es usted un jugador temible. Cuando está acorralado, ataca. Pero acabemos, ¿le interesa el envite o prefiere que mi superior gaste su influencia intentando meterle en un campo? No vendrá de un judío falsificador.

Sigfrid se cubrió.

—Está bien, aunque hay varios problemas.

—Lo supongo, pero quiero que los enumere.

—En primer lugar, sin salir de aquí es totalmente imposible. En segundo lugar, no podría hacer ese trabajo sin que se me proveyera de medios adecuados. Y en último lugar, necesito un tiempo para recuperar mis habilidades; tenga en cuenta que hace meses que solamente hago el remate de los billetes de diez libras y de cincuenta dólares… He de «hacer dedos», es así como se dice recuperar el tino en el argot de los falsificadores.

—Es evidente que se le ha de sacar de aquí y conducirlo a donde pueda trabajar, eso ya estaba previsto. En cuanto a los medios, los que usted pida.

—Antes que nada, he de tener los tipos de papel de los documentos que debo falsificar. Después, le daré una lista de herramientas, tintas, sellos y demás que me harán falta para tan delicado menester. Además… —Sigfrid decidió jugar su carta—. Capitán, soy consciente de que esto se acaba y de que antes de que llegue el fin y para no dejar testigos de todo esto acabarán con todos nosotros; ése fue el trato. La contrapartida era que si ganaba Alemania seríamos funcionarios estatales y hasta nos proporcionarían una casita con jardín. Por lo que me pide, puedo ver que esperar tal milagro es una utopía. Si ustedes, personas importantes, están preparando los medios para huir, imagínese el paño que me queda a mí por cortar.

—Ahora quien divaga es usted. Concrete sus peticiones. Estoy autorizado a pactar. ¿Qué es lo que pretende?

—Es muy sencillo, Brunnel. Cuando le entregue la documentación y en el camino de regreso, tendremos un percance con el coche... Usted me suelta en medio de Berlín. Yo me arreglaré.

Ahora quien reflexionaba era el capitán. Seguían siendo dos jugadores junto a una mesa de póquer.

—Se le ha olvidado un detalle. Desde el momento en que no me pide dinero, deduzco dos cosas. Una: tiene medios económicos, y como el dinero alemán no vale nada y menos valdrá, he de suponer que guarda usted dólares o algo de valor en algún lugar. Y dos: deduzco que, desde luego, tiene donde esconderse.

Sigfrid intentó cebar el anzuelo.

—No soy cicatero, me conoce bien, capitán. Si me deja escapar, antes de separarnos repartiré con usted el resto de una pequeña fortuna en brillantes. Le consta que puedo hacerlo.

Brunnel decidió jugar una mano de póquer sin repartir el beneficio con Ernst Kappel. El premio era demasiado jugoso para no pensar en su porvenir. Fuera donde fuese y acabara como acabase, los brillantes tenían valor en cualquier lugar y circunstancia. Llegado el momento y cuando el premio gordo estuviera sobre la mesa, sería fácil deshacerse de su rival y decir a Kappel que al intentar huir había tenido que pegarle dos tiros.

—De acuerdo, Sigfrid. Mañana por la tarde vendré a recogerle en un coche oficial. Su pase vendrá firmado por el mismísimo Kaltenbrunner,[345] director de Seguridad y Abastecimiento Interno. Al día siguiente, le serán remitidas todas cuantas cosas demande para realizar su cometido. Se alojará en el cuartel de la Gestapo que está en el número seis de Delbrückstrasse. El mismo día que me entregue el pedido, usted será un hombre libre y yo seré un hombre rico.

—Deme dos semanas.

El crepúsculo de los dioses

MANFRED Y ESTHER

En la madrugada del 24 de marzo, horas antes de que los alemanes consumaran su venganza en las Fosas Ardeatinas, una sombra pegada a las paredes de la calle se dirigía a la iglesia de los Salvatorianos. Manfred se opuso frontalmente a que Esther lo acompañara. Sabía que su rostro aparecería empapelando las calles de Roma y no estaba dispuesto a que una patrulla lo sorprendiera acompañado de la muchacha. Una mezcla de sentimientos asaltaba su espíritu. Los sucesos del día anterior y sus consecuencias le atormentaban sin descanso; sin embargo, se asombraba de la capacidad de abstracción del ser humano; la noche de amor vivida con Esther le había demostrado que no estaba muerto. Manfred había llegado a pensar, luego de la tragedia de Helga, que ya nunca más volvería a amar a alguien. Pensaba que si ello sucediera se sentiría como un traidor que había aceptado el sacrificio generoso de la muchacha para seguir gozando de la vida. Aquella noche, Esther le convenció de lo contrario. En un momento de pausa del amor enfebrecido que vivieron, le confesó que, tras la muerte de Helga, no había vuelto a tocar a una mujer porque pensaba que se sentiría mal cuando sucediera. Esther le dijo que si bien era admirable el sacrificio de Helga, no debía caberle la menor duda de que había sido un sacrificio egoísta; Helga hizo lo que quería hacer, algo así como la madre que se lanza al mar para salvar a un hijo pequeño del ataque de un escualo. Recordaba las palabras de Esther: «Tu obligación a partir de esa infausta noche es vivir, así te lo pidió Helga en sus últimas horas, y hacerlo con toda la intensidad que la vida y el momento te piden. No dudes que, de tener que afrontar el sacrificio supremo, yo haría lo mismo». Esos pensamientos asaltaban a Manfred mientras arrimado al muro se acercaba a la puerta de la iglesia de los frailes, cuya campana sonaba llamando a los fieles a la misa de las seis de la mañana.

Dio la vuelta al edificio. El hermano Policarpo lo esperaba sentado en su pequeña garita de madera y cristal.

—El padre Pfeiffer ha dicho que subas en cuanto llegues.

Subió los escalones de tres en tres. En un instante estaba en la celda del fraile. Luego de detallarle todo el suceso de la via Rasella, atendió los consejos del religioso.

—No puedes pisar la calle, considera que para ti Roma está minada. Solamente tienen tu cara. Dentro de muy poco, la ciudad será liberada. Hasta aquí has llegado, y sería una fatalidad que, luego de vivir tantos peligros, cayeras a última hora. Están desesperados, y esa circunstancia les hará dar palos de ciego y cometer barbaridades como la que se avecina. Por otra parte, empieza a entrar en sus duras molleras que el momento de «sálvese quien pueda» está llegando.

—Según me ha dicho Angela —dijo Manfred, pues la costumbre le hacía referirse a ella con su nombre de partisana, cuando hablaba con Pfeiffer—, van a asesinar a trescientas treinta y cinco personas si no encuentran a los culpables.

—Y si los encuentran, también. Te prohíbo, fíjate bien en lo que te digo, te prohíbo que hagas el menor movimiento respecto a entregarte. No pongas más difíciles las cosas.

—Entonces, padre, ¿qué debo hacer?

—Te quedarás aquí. Arriba hay dos celdas vacías, pertenecen a los hermanos legos. Vivirás encerrado hasta que termine todo. Estoy bien informado. Lo máximo que durará tu encierro serán tres o cuatro meses.

—¿Y Angela?

—No sufras. Si descubrieran algo respecto a ella, yo lo sabría a tiempo. Entonces habilitaría otro escondrijo. De todas maneras, y dado que tienes el plano de la red del alcantarillado de Roma, el hermano Policarpo te indicará un acceso a la cloaca que está inutilizado, al que se accede desde el patio de detrás del lavadero. Si te avisaran desde la portería, mediante un timbre de urgencia que haré colocar y que sonará en tu celda, de que vienen a por ti y tuvieras que huir, lo harías por allí.

—¿Cuándo quiere que ingrese en el convento?

—Ahora. Yo avisaré a Angela y estaréis en contacto a través de mí.

HANNA Y AUGUST

La fiebre de Hanna no cejaba. La carestía de medicamentos les obligaba a luchar contra ella con medios muy primarios. August mantenía caliente la estancia impidiendo que el fuego del hogar se apagara. El peligro era el pequeño penacho de humo que salía por la desvencijada chimenea.

Werner acudió por la tarde del cuarto día.

—Tenemos que sacarla de aquí. Las pesquisas de esa gente continúan. Solamente es cuestión de tiempo que den con vosotros. La abrigaremos con todo lo que pueda encontrar. Si muere en el camino, será una desgracia inmensa, pero si la cogen, será mucho peor para todos.

—Pero ¿cómo la sacamos? —inquirió August.

—Por el río.

—¿Por el río, dices? ¿Cómo y adónde vamos por el río?

—He hablado con el médico que la vio el otro día. Debemos abrigarla con todo y, especialmente, mantenerle el pecho caliente. En el garaje de casa tengo un viejo trineo que nos hará de camilla. Pondrás una olla de agua en la chimenea, yo traeré un gran termo y dos botellas de goma. La meteremos en la barca y llenaremos todos los recipientes. Una de las botellas de goma se la pondremos en el pecho y cuando se enfríe le colocaremos la otra, que a su vez rellenarás con el agua del termo, y de esta manera se las irás cambiando hasta que lleguemos al lugar donde nos estará esperando Toni con su coche, que está río arriba. Desde allí hasta una mina de magnesio abandonada hay unos treinta y cinco kilómetros. En su interior, podremos mantener un buen fuego sin que el humo nos delate. Allí acudirá el médico.

—¿Y después?

—Actuaremos sobre la marcha. Esperemos que en pocos días esté en condiciones de viajar. He hablado con Toni, que ha contactado con Harald Poelchau; si hallamos la manera de entrar en Berlín, él os acogerá en su casa. La madre y la hija que estaban allí parece ser que han hallado acomodo en otro lugar. Hay sitio para vosotros dos. El problema es que ahora Hanna está totalmente indocumentada; sin embargo, la ventaja es que a medio Berlín, a causa de las bombas, le ocurre lo mismo y que hay demasiado trabajo para que la Gestapo pierda el tiempo.

SIGFRID

Las dos semanas transcurrieron. Brunnel había facilitado a Sigfrid todas cuantas cosas le eran necesarias para fabricar documentaciones falsas. Por lo que pudo comprobar, los viajeros iban a ser dos. El propio Brunnel y su superior, Ernst Kappel, quien por desgraciadas referencias conocía perfectamente. Tuvo que hacer dos juegos completos. Al primero, siguiendo instrucciones, le asignó la identidad de un súbdito brasileño, João Pinto Acevedo, residente en Uruguay, y a Kappel la de un argentino descendiente de griegos cuyo nombre sería en el futuro Kouros Kamanlis Andreopulos.

Cuando llegó el día de la entrega, Brunnel examinó minuciosamente todos los documentos y quedó asombrado.

—Comprendo que su vida fuera más importante que otra cosa. ¿Cómo ha llegado a esta perfección?

—Con buenos maestros y practicando mucho. Cuando perdí la pierna, copiar documentos antiguos fue mi principal entretenimiento.

—A fe mía que le va a sacar buen rédito. Mucho mayor, desde luego, que ganar una medalla olímpica.

—Entonces, si he terminado, recuerde que tenemos un trato.

—No se me olvida. Y recuerde usted que dicho trato tiene dos vertientes. Cumpla la suya, que yo cumpliré la mía.

Los B-27 dejaban caer su carga mortal sobre la atormentada ciudad arrasando fábricas, viviendas, y monumentos. Las estaciones del metro se llenaban de gentes que corrían alocadas a refugiarse. Las bombas no hacían distingos y caían por igual en locales públicos, colegios, casas particulares. El renombrado zoo berlinés estaba pasando momentos delicadísimos. Al estallar la guerra, el parque contaba con catorce mil animales de toda clase, de los cuales apenas quedaban mil seiscientos en la primavera de 1945. Más de cien bombas habían alcanzado las instalaciones del zoológico, que contenía, además del acuario, un insectario, casas de elefantes —de los nueve originales sólo quedaba uno— y de reptiles, así como cines, salas de baile y edificios administrativos. El primer raid aéreo, en noviembre de 1943, causó ya la muerte de muchos animales. Poco después, buena parte de los restantes fueron enviados a otros zoológicos, pues su vida se hizo cada vez más difícil en el racionado Berlín. Había mucho heno, paja, tréboles y vegetales, pero era casi imposible obtener todo lo demás. Tanto las aves como el resto de los animales estaban a menos de media ración diaria. El día elegido por Brunnel cayeron dos bombas incendiarias, reventando jaulas y haciendo que animales de toda índole huyeran espantados a refugiarse a donde su instinto los condujera. Los chacales, hienas, cebras, jirafas, osos y tigres mezclaron sus bramidos con el ruido de las bombas. Únicamente el pequeño hipopótamo de dos años Knautschke permaneció sumergido en su charca sin salir en dos días, hasta que volvió la calma. Numax, el león macho, el rey del zoológico, famélico y desesperado de hambre, paseó su hirsuta melena por las calles adyacentes al recinto, caminando por una selva de ladrillo y acero derruida; saltando un seto, se ocultó en un jardín que halló a su paso cuyos arbustos y altas hierbas le parecieron un medio mucho más amable para él. La aviación de caza salió al encuentro de los aparatos invasores para intentar defender lo indefendible, los rayos de luz de los reflectores se mezclaban a su vez con el tronar de los cañones y con el tableteo de las ametralladoras antiaéreas, cuyos proyectiles trazaban su huella de luz sobre la incipiente noche.

A toda velocidad y con las sirenas que anunciaban incursión aérea sobre Berlín aullando como locas, el coche oficial que había recogido a Sigfrid en Delbrückstrasse se dirigió, por indicación de éste y conducido por un hombre de las SS, a Markgrafenstrasse junto a Krakenhause, donde se encontraba la antigua villa remozada de una soprano judía que había sido la residencia de Sigfrid en los últimos tiempos.

Hans Brunnel iba en el asiento trasero junto a él. En un momento dado, extrayendo de su bolsillo la pequeña llave, le soltó las esposas.

—Ahora somos socios —se justificó—. Espero que no me obligue a reconsiderar mi decisión.

—Yo he cumplido la parte del pacto que me corresponde y voy a cumplir el resto. Espero, Brunnel, que usted haga otro tanto.

—Descuide, siempre pago mis deudas de juego.

Cuando estaban llegando a su destino, Sigfrid indicó al conductor que aparcara el coche junto a la cancela de hierro del jardín posterior. Brunnel, al reconocer el lugar, comentó:

—Recuerdo haber venido aquí más de una vez.

En la lejanía, el ruido de las bombas ahogaba sus palabras. Al descender del vehículo y luego de ordenar al conductor que aguardara en la esquina de la calle, añadió, refiriéndose al bombardeo y mirando al cielo:

—Es imposible acertar cuándo van a venir ni qué barrio van a atacar. Mejor así, nos conviene que estén ocupados mientras terminamos nuestro negocio.

Ambos hombres se encontraron en la calle en tanto el coche se alejaba.

Sigfrid advirtió los destrozos que las bombas habían causado en aquel otrora barrio tan tranquilo. Su casa estaba en pie y eso era lo importante.

Metiendo el brazo derecho entre los barrotes de la verja, Sigfrid hurgó con la mano la tierra de una maceta que estaba junto a ella y al poco dio con la llave de hierro de la cancela. Brunnel seguía atentamente sus maniobras. Pardenvolk metió la llave en la cerradura de la puerta y, forzándola, la obligó a girar entre gemidos debidos al poco uso. Penetraron en el jardín y se dirigieron a la puerta de la galería, en la que no quedaba cristal alguno. El interior estaba lleno de polvo, pero las cosas se veían en su sitio.

—Y ¿ahora? —indagó Brunnel.

Sigfrid, sin responder, se dirigió a la chimenea, y arrimando su rostro a la campana, metió su mano por el tubo. El otro lo observaba sin perder un gesto. El rostro de Sigfrid se iba perlando de sudor en tanto reflejaba el rictus de una duda.

—¿Qué ocurre, tal vez ha huido la mercancía?

Apenas Brunnel pronunció estas palabras, cuando ya en la mano de Sigfrid aparecía un paquete forrado de hule negro y atado con varias gomas elásticas.

—Los objetos no tienen piernas. Aquí está mi pequeña fortuna.

—Querrá decir nuestra pequeña fortuna.

Sigfrid no respondió. Se llegó al interruptor, pero la corriente estaba cortada. Y entonces, variando de criterio, arrimó una mesilla portátil a la puerta de la galería para que la débil claridad exterior le alumbrara. A la vez, en la mano de

Brunnel apareció una linterna con cuyo haz de luz iluminó las manipulaciones de Sigfrid. Poco a poco, el muchacho fue soltando las resecas gomas y deshaciendo los pliegues del hule negro. Antes de deshacer el último, depositó la mercancía en la mesa. Ante los asombrados ojos del otro, aparecieron dos paquetes de dólares americanos y uno de libras esterlinas; entre los dos habría una pequeña fortuna. Sin embargo, no fue esto lo que captó la atención del militar e hizo que en sus ojos apareciera un brillo especial. Sigfrid desenvolvió otro paquete que se hallaba dentro del primero y esparció, bajo la luz de la linterna, una docena de piedras cuyos fulgores iridiscentes obligaron a lanzar un silbido de admiración a Brunnel. En aquel instante, por la mente de cada uno pasaron pensamientos diferentes. Sigfrid contó rápidamente las gemas y llegó a la conclusión de que faltaban tres. Recordaba a la perfección que el día de la huida comentó con sus amigos que si a alguno le hacía falta coger alguna, allí quedaban a disposición de todos. August había partido para Grünwald e ignoraba si había regresado con vida; Vortinguer y Glassen habían muerto; únicamente quedaba Karl Knut. Posiblemente y en estado de necesidad, Karl habría regresado y tomado lo justo del paquete, dejando el resto, lo cual indicaba que por lo menos durante un tiempo estuvo vivo. Brunnel pensó otra cosa. Allí no habría testigos. Si salía de la casa con Sigfrid y lo llevaba hasta el coche, la incómoda presencia del chófer hipotecaría su proceder, limitando su maniobra y creando un incómodo espectador. La suerte estaba echada. Desenfundó lentamente su Luger y se apartó de Sigfrid.

—Bueno, querido amigo, esta historia se ha acabado y reconozcamos que ha durado demasiado. Ha jugado con fuego durante demasiado tiempo… y esta vez tiene malas cartas.

Una miríada de pensamientos pasaron por la mente de Sigfrid en tanto analizaba la situación. Realmente su instinto de jugador le avisaba de que no llevaba cartas para aquel envite. Intentó un farol.

—Me equivoqué con usted, Brunnel, nada hay que me moleste más que sentarme a jugar una partida con un truhán. Yo creí que era un caballero y, por lo que veo, me equivoqué.

—Querido amigo, las circunstancias no dan para más. Como comprenderá, en este envite está en juego mi futuro y el suyo, y entre ambos no tengo opción. Sin embargo, debo reconocer que siempre me cayó usted bien.

—Y yo debo reconocer que he sido un imbécil al pensar que era usted un hombre de honor. Olvidé que es un nazi y que ambos conceptos son contradictorios.

Sigfrid intentaba ganar tiempo desesperadamente. La luz de la linterna le hería en los ojos, pero de refilón vio el brillo de las piedras sobre la mesilla.

—Yo seré un nazi vivo y usted un caballero muerto. Como comprenderá, entre ambas opciones no hay elección posible.

—Tengo otra oferta que hacerle, Brunnel. Déjeme aquí y llévese todo esto. —Señaló las piedras—. Ya me las arreglaré.

—Lo siento, es un lujo que no puedo permitirme, sabe Dios cómo acabará todo esto. El mañana es muy largo y no puedo dejar a mi espalda testigos de cosas tan comprometidas. ¿Creía usted realmente que pensaba comparecer ante mis superiores diciendo que un prisionero tan valioso como usted se me había escapado luego de hacerme dos documentaciones falsas? Lo siento, amigo mío, es usted un incauto. Si cree en algo, rece.

Todo ocurrió en un segundo. A la vez que Sigfrid daba una patada a la mesilla en la que estaban los brillantes y los lanzaba por la ventana rota, esparciéndolos por la alta hierba del jardín, un exabrupto salía de la boca del capitán y un fogonazo seco del cañón de la Luger iluminaba la estancia y hacía que un empujón brutal derribara a Sigfrid de espaldas. Brunnel, tras observar cómo caía, se precipitó al exterior maldiciendo su suerte. Sigfrid agonizaba. Un florón de sangre roja iba ganado espacio en la pechera de su camisa en tanto una sonrisa incrédula asomaba a sus labios de jugador. Toda su existencia pasó en un momento ante él. Recordó a todos los suyos, pensó en sus padres, en las vidas truncadas de sus hermanos y en el terrible precio que habían pagado por ser judíos. Pensó en su amigo Eric, en el fiel Karl y en el insospechado personaje que había resultado ser August. Apareció difuminada ante sus ojos su lejana niñez y pensó en Alemania, su querida patria que aquellos infrahumanos habían convertido en la vergüenza del mundo civilizado. Supuso entonces que la debilidad de la sangre perdida le hacía ver visiones.

Numax, el gran león macho del zoo, estaba hambriento. En aquella selva de ladrillo y hierros retorcidos en que se había convertido la orgullosa capital del Tercer Reich, no había caza. Hacía dos días se había ocultado en un pequeño trozo de frondosidad, y en aquel momento un animal, el más torpe de la selva, iba hacia donde se hallaba, sin ventear antes las circunstancias ni tomar precauciones. El miedo al ruido de las explosiones aterraba al león, pero el hambre lo acosaba y lo obligó a atacar.

Brunnel, agachado para recoger las gemas esparcidas y ocultas entre la hierba, vio que una sombra parda, emitiendo un rugido que le heló el alma, se abalanzaba sobre él. No tuvo tiempo de nada; las gigantescas fauces se cerraron en su cuello y allí terminó todo.

Sigfrid se moría, y en la elucubración de su mente le pareció ver que su enemigo, como si de un muñeco se tratara, era arrastrado por un inmenso felino hasta ocultarse tras los arbustos de su jardín. Luego, por el boquete del pecho se le escapó la vida, y cerró los ojos.

ERIC
Luego de estar recluido tres semanas en la estación de esquí de montaña, Eric y su amigo Oliver regresaron a Berlín.

Las ideas se habían ido ordenando en la cabeza del marino y tenía muy claro cuál era su obligación respecto a Alemania.

Al día siguiente y después de contactar con Schuhart, comunicó a Oliver que se quedaba en tierra.

—Pero ¿es que acaso has solicitado un cambio de destino? —preguntó su amigo.

—Desde luego que no. Lo único que puedo decirte es que ni el comandante ni yo regresamos al submarino.

—Pues no sabes lo que me fastidia la noticia, hasta el punto de que yo sí voy a solicitar un cambio de destino. No tengo ganas de conocer a un comandante nuevo ni de comenzar una singladura de siete u ocho meses por el Atlántico Norte sin los pocos ratos de ocio que me brindaba tu amistad. ¡Esta guerra es una mierda!

De momento así quedó la cosa. Los amigos se separaron aquella mañana, y Eric fue consciente de que estaba a punto de cerrar otro capítulo de su vida y de que tal vez aquélla fuera la última ocasión de abrazar a Winkler.

Por la tarde, lo citó Schuhart en su despacho. Acudió a la cita cinco minutos antes, como era su costumbre. Tras los trámites de rigor, se encontró sentado frente a su jefe. En aquellas jornadas la mirada de Schuhart había cambiado y una tensión inusitada parecía agobiarle.

—¿Qué tal ha ido ese descanso, Klinkerberg?

—No ha sido descanso, mi comandante. La verdad es que me he sentido como si me hubieran metido en una cárcel.

—¿No ha ido su amigo Winkler con usted?

—Cierto, pero es que resulta que luego de doscientos noventa y seis días de navegación ya nos lo hemos contado todo.

—¿No se le habrá escapado algo referente a lo hablado en el despacho del almirante?

—Descuide, sé muy bien lo que he de callar... Amén de que no me gustaría comprometer a mi amigo. En asuntos como el que nos atañe, se está voluntariamente o no se está.

—Me gusta oírle hablar así. Ahora prepárese para saber muchas cosas que comprometen a mucha gente. Cuando se las haya explicado, ya no podrá dar marcha atrás. ¿Está dispuesto a ello?

—Dispare, comandante, soy todo oídos.

Obligadamente, Schuhart se dispuso a explicar a su subordinado tan sólo una parte del complot para derrocar al tirano porque era obvio que muchas cosas por el momento debían quedar en el más profundo secreto. Además, también era consciente de que Canaris le había explicado a su vez una parte de la arriesgada empresa, que no se conocería en su totalidad hasta el final y sólo si ésta llegaba a buen fin. Schuhart sabía que si salía con bien de aquel lance y vivía años, la historia iría revelando pormenores de cómo se gestó todo.

—Está bien, Eric, marquemos el rumbo y vayamos al encuentro del convoy.

La mirada del teniente Eric Klinkerberg no podía denotar más atención.

—Usted sabe lo que son los compartimientos estancos en un submarino, ¿no es cierto?

—Evidente, mi comandante.

—Hágame el favor de explicarme para qué sirven.

Eric lo miró extrañado; sin embargo, decidió seguir el juego de su superior hasta el final.

—Está bien, señor. Se supone que una carga o un torpedo pueden dañar la nave y hacer que se abra una vía de agua. Si el submarino no estuviera compartimentado, sería el final para todos; de esta manera, al cerrar las compuertas herméticas, el agua no progresa y la nave queda reducida en su eslora pero el resto de la tripulación queda a salvo.

—Perfecto, Eric. Y ¿sabe usted la orden que debe dar un buen oficial caso de que algunos de sus hombres se encuentren atrapados en la parte inundada?

—Evidente, comandante. La orden será «cierren compuertas», y a continuación se detallarán los números de las que se deben cerrar.

—Entonces...

—Se salva la vida del resto de la tripulación a costa del sacrificio de unos pocos.

—¿Aunque entre esos pocos estuviera un íntimo amigo suyo?

—Así es, mi comandante.

—Muy bien, Eric, ahí quería llegar. El gran submarino del Reich se hunde. Unos deben morir, si llega el caso, para que otros puedan vivir... e incluso me atrevería a añadir que quienes tengan que morir que lo hagan pronto para que quienes sobrevivan puedan hacerlo con dignidad. ¿Me explico?

—No del todo, mi comandante.

—Enseguida aclararé sus dudas, Eric. Se está preparando un complot para derrocar a Hitler. Las piezas se están ensamblando, y cada una debe saber cuál es su misión y conocer lo mínimo de la siguiente por si fuera necesario cerrar las compuertas para salvar al resto, caso de ser descubiertos, y tener que abortar la operación antes de poder llevarla a cabo.

—Ahora sí voy comprendiendo.

—No crea que yo lo sé todo. Me parece que solamente una o dos personas tiene el plan completo en la cabeza. Lo que sí le adelantaré es que hay en el empeño muchas personas importantes y, por la confianza que me merece, le diré que en el asunto se encuentran mariscales de campo, generales, almirantes, diplomáticos destacados y representantes de las Iglesias cristianas.

Aunque esperaba algo muy gordo, la revelación dejó anonadado a Eric. De cualquier manera, decidió seguir adelante.

—Le dije, mi comandante, que iba con usted al fin del mundo. Ahora, y después de tener la certeza de lo que está pasando, me ratifico en ello. Lo que se me escapa es lo que yo pueda aportar al conjunto.

—En su momento se le informará de todo. Pero a grandes rasgos le diré que el día convenido, y al frente de un comando compuesto por especialistas, su obligación consistirá en enmudecer la radio y los teléfonos de cierta parte de Prusia Oriental y mantenerlos durante un par o tres de horas en ese estado.

—¿Cree usted, mi comandante, que a estas alturas será efectivo apartar del poder a Hitler?

—No estoy capacitado para responder a esta pregunta, pero confío en aquellos que si lo están. Y pienso que los aliados se avendrán a otorgarnos una paz honrosa si les ofrecemos la cabeza del tirano, pues eso creo que es Hitler. Voy a decirle más: el año pasado se celebraron conversaciones en Casablanca... y la condición sine qua non era ésta.[346]

—Entonces, comandante, ¿qué es lo que debo hacer de inmediato?

—Se recluirá usted en un centro de la armada y convivirá con los hombres que deberán acompañarle. Allí recibirá usted un cursillo acelerado de manejo de explosivos y tácticas de comando, por si fallaran nuestros cálculos y hubiera que hacer el trabajo... digamos que basado en la fuerza y no en el engaño.

—¿Para cuándo debo estar listo?

—A mediados del próximo mes de julio las piezas del rompecabezas deben estar preparadas.

La gran conspiración para eliminar a Hitler estaba gestándose. Liderada por el coronel Klaus Graf Schenk von Stauffenberg y secundada por una pléyade de importantes personajes de todos los estamentos, se había puesto en marcha la operación Valkiria. Ninguno de los conjurados imaginaba en aquellos momentos el dramático final que les aguardaba.[347]

MANFRED Y ESTHER

La represalia llevada a cabo por los alemanes el 24 de marzo de 1944 en Roma fue terrible. De las cárceles de via Tasso y de Regina Coeli fueron trasladados en vehículos de la Cruz Roja trescientos treinta y cinco presos, debidamente esposados para impedir cualquier maniobra, hasta las Fosas Ardeatinas y allí fueron fusilados. Al mando de la ejecución estuvo el mayor Herbert Kappler, segundo del general Wolff.

Pese a los esfuerzos de incontables personas de todos los estamentos sociales como la condesa Agnelli, el padre Leiber o Eugen Dollman, entre otros muchos, la rabia de Hitler desbordó los lindes de la irracionalidad y la sentencia se llevó a cabo.

El teléfono de Pfeiffer sonó. Al otro lado del hilo estaba el padre Nasalli Rocca,[348] que era el confesor titular de Regina Coeli.

La voz sonaba agitada.

—Pankracio, todo ha terminado, los han fusilado hace una hora. Han muerto trescientas treinta y cinco personas, entre otras el padre Pietro Pappagalo, que se ha negado a abandonarlos. ¡Es terrible![349]

A lo primero, el salvatoriano se quedó sin habla; luego reaccionó.

—¿Cómo no me has avisado antes?

—Era inútil, ni siquiera el Vaticano ha podido impedirlo.

—¿Entonces...?

—Se va a desencadenar una persecución terrible en la que se conjugarán fuerzas encontradas. De un lado, la dominación alemana dará sus últimos coletazos, ayudada por los milicianos del *fascio*. De otro lado, los partisanos querrán sacar partido de la situación antes de que entren los aliados. Cualquiera que haya participado, directa o indirectamente, en el atentado de via Rasella está condenado a muerte. Ahora, además, también son buscados por las familias de los asesinados. Todo es un caos. Me ha llamado Carminatti... Leiber quiere verte urgentemente.

—Y yo necesito verle a él. Tengo a un recomendado suyo, que me envió con una nota manuscrita, escondido. Si las cosas son como me cuentas, está en un callejón sin salida. Voy para allá.

Los acontecimientos de aquellos días estuvieron guiados por la locura, y aunque al principio el destino pareció ser contrario a Manfred, finalmente una terrible circunstancia vino a ayudarle.

Cuando comunicaron a Leiber que Pankracio Pfeiffer había sufrido un accidente de moto al ir a su encuentro atravesando el caos de Roma, y que en estado gravísimo únicamente solicitaba su presencia, acudió de inmediato a su lado.

El hospital era un desconcierto. La influencia del alto prelado le facilitó la entrada en aquel laberinto. El doctor Amalfio, cirujano jefe, le recibió en su despacho. Tras los saludos de rigor, la conversación fue concisa.

—La ciencia nada puede hacer... Al padre Pfeiffer le queda poca vida. La moto lo ha arrollado y el impacto en el hígado ha sido tremendo. Ha perdido mucha sangre. En los días actuales y con los medios de que disponemos, no hay esperanza. Únicamente abre la boca para llamarlo a usted

—Lléveme a su lado.

El galeno en persona salió de detrás de su mesa y condujo al prelado a través de pasillos atestados de camillas, en las que gemían heridos a la espera de ser atendidos, hacia la pequeña habitación, que no era más que la sala de curas de un quirófano adyacente, donde, cubierto con una sábana en una camilla de ruedas, agonizaba el padre Pankracio Pfeiffer. El prelado se acercó a su costado en tanto el médico se retiraba, respetando la confesión del moribundo. Al tacto de la cálida mano de Leiber sobre la suya, el salvatoriano abrió los ojos. Cuando distinguió el noble rostro de su amigo y superior, pareció sonreír.

—¡Gracias por acudir, padre!

—¡Qué desgracia más grande, hermano! ¿Cómo ha ocurrido?

La voz de Pfeiffer era un susurro, a tal punto que el jesuita tuvo que arrimar su oído a la boca del moribundo.

—Nada importa eso ahora. La Providencia así lo había dispuesto... Hay poco tiempo y mucho que hacer.

—Dígame lo que quiera, hermano.

La voz de Pfeiffer era un gorgoteo.

—Tengo amagado en el convento, en las celdas de los legos, a su recomendado... Si no le ayuda a escapar de allí, lo encontrarán, y unos u otros lo lincharán. He visto su rostro repetido en mil carteles por las calles. Ayudó a escapar a los del atentado que tantas vidas ha costado... Es un muchacho joven, idealista, y su alma está muy herida. Queda bajo su responsabilidad.

Luego de este esfuerzo, Pfeiffer quedó exhausto. Su pecho subía y bajaba, rendido.

Leiber le pasó la mano por la frente perlada de sudor.

—Gracias por todo, Pankracio. Voy a absolverle. Quede tranquilo, yo me ocuparé de lo terrenal... Pida por mí allá arriba.

El prelado dio la absolución a su amigo y hermano en religión, y aguardó, sosteniéndole la mano, a que la parca se hiciera cargo de él. Tardó una hora en venir a buscarlo. Aquellos días en Roma andaba muy atareada.

Al mediodía, el hermano Policarpo llamó a la puerta de la celda de Manfred. Éste, al reconocer la forma de llamar, abrió el pestillo.

El rostro del clérigo, que llegaba acompañado del hermano coadjutor, le anunció que algo muy importante iba a serle comunicado. Los dos religiosos ocuparon la totalidad del pequeño espacio.

—Siéntese, hermano —ordenó el coadjutor.

Algo le dijo a Manfred que no debía interrumpir la noticia que iban a darle y, sin nada objetar, se acomodó en el borde del catre, en tanto que el lego y el coadjutor lo hacían en las dos únicas y desvencijadas sillas que había en la estancia.

—He de comunicarle la más triste de las noticias que podía caer sobre esta comunidad. Pero es que... le atañe a usted de forma directa.

—¿Qué es? —indagó Manfred con apenas un hilo de voz.

—Nuestro prior y a la vez protector suyo ha fallecido este mediodía en un desgraciado accidente de tráfico cuando acudía al Vaticano a entrevistarse con el padre Leiber por ver de protegerle a usted.

Manfred quedó mudo. Un sinfín de preguntas pasaron por su mente. ¿Por qué cuantos se acercaban a él para ayudarle sufrían siempre desgracias irreparables? ¿Por qué atraía la maldición sobre todos aquellos que más necesitaba?

—Roma está infestada de delatores —prosiguió el coadjutor—, gentes vengativas que buscan un beneficio denunciando a cualquiera que represente para ellos una ventaja. Su cara está expuesta en mil paredes; eso hace imposible que pise usted la calle.

—¿Por qué me explica todo esto? Comprendo que soy un peligro para el convento... Descuide, padre, no sé adónde pero partiré de inmediato. Estoy harto de huir.

—Mal pago sería éste para los desvelos y molestias que se tomó Pfeiffer por usted.

—¿Qué quiere decir?

—La última persona que lo vio vivo fue el padre Leiber, y parece ser que fue a él a quien encomendó su cuidado. ¿No fue el padre Leiber quien le envió hasta esta casa porque era amigo de un familiar suyo? ¿No fue él quien recabó las tristes noticias que le llegaron de su hermana? El padre Pfeiffer lo último que hizo fue devolverle su responsabilidad. De manera que esta tarde vendrá una de las ambulancias vaticanas, que son los únicos vehículos que respetan las turbas en esta ciudad sin ley, y bajo la cautela del padre Walter Carminatti le conducirán al hospital del Vaticano. Allí esperará que esto termine, pues aunque los últimos coletazos prometen ser terribles todos sabemos que es cuestión de semanas... No lo dude, el fin está próximo.

—Lo siento, padre, no me iré sin Esther.
—¿Quién es Esther?
—Perdone, no me iré sin Angela.

Y llegó la noche del 3 al 4 de junio. Los generales y jerarcas del partido nazi y los fascistas más destacados habían emprendido la huida. Los directores de aquellos periódicos cuyos editoriales espurios habían servido a los intereses del invasor escaparon así mismo como ratas. El alto comisario Zerbino huyó confundiéndose en la tiniebla de la noche. Desapareció Pietro Caruso, el fascista rabioso perseguidor de sus conciudadanos, para ir a estrellarse contra un árbol cerca de Bagnoregio.[350] Pietro Kock, Eugen Dollmann y los esbirros de via Tasso hicieron lo mismo. Roma era una ciudad sin mandos de ninguna clase. Las gentes, desorientadas, no sabían qué hacer ni cómo comportarse. El miedo todavía latente les empujaba a respetar el toque de queda y a dirigirse a sus domicilios; sin embargo, se refugiaban en sus portales y hablaban con sus vecinos para intercambiar noticias y rumores. Desde las azoteas se veían las colinas de los *castelli* envueltas en humo; las explosiones resonaban en la distancia. Algún coche alemán todavía se demoraba, jactancioso, corriendo arriba y abajo. De pronto, se aproximó el combate: tableteo de ametralladoras y ladridos de bombas de mano. Después, el silencio de nuevo, limitado por un ronroneo sordo de motores.

Manfred y Esther, refugiados por el padre Leiber en una casa anexa al Vaticano, habían vivido aquellos tres meses pendientes de las noticias que les llegaran del exterior por diferentes conductos. Una mañana, el padre Walter Carminatti, en una pequeña ceremonia celebrada en la capilla del Santo Espíritu, los declaró marido y mujer. Y aquellos dos seres que se creían solos en el mundo se aferraron el uno al otro como la hiedra se pega al árbol. La alegría de su amor recién estrenado les sustrajo de los terribles momentos vividos. Manfred había renacido, y de nuevo la savia de la vida irrumpía furiosa por sus venas. Esther estaba embarazada de dos meses. Súbitamente, viendo la ciudad al fondo desde su ventana, Manfred exclamó:

—No puedo quedarme aquí sin vivir este momento único en la historia de Roma. Voy a salir a la calle.

—Es una imprudencia, Manfred, alguien puede reconocerte.

—Han pasado tres meses y han ocurrido demasiadas cosas. Los alemanes están huyendo y las calles estarán llenas de gentes embriagadas por el sentimiento de libertad que nos embarga a todos.

—Está bien... Si tú vas, yo también.

—No, tú no, Angela. —A veces, todavía la llamaba por su nombre de partisana.

—Yo también, te digo.

Ambos se vistieron con ropas disimuladas, pañuelo en la cabeza ella y el cuello de la cazadora sobre el rostro él. En dos zancadas ganaron la calle.

La noche romana de junio, ajena a los sucesos que estaba alumbrando, mezclaba su crepúsculo con el haz plateado que la luna creciente desvanecía sobre la ciudad. Los jóvenes esposos se dirigieron a via Veneto. A lo lejos sonaban vítores, aplausos y vivas. Cogidos del brazo, aceleraron el paso y se mezclaron entre las gentes que, queriendo vivir aquel momento único, avanzaban temerosas pero radiantes, sonriéndose unas a otras sin saber bien por qué. En la puerta del Excelsior toparon con el conserje de noche, compañero del padre de Settimia, quien reconoció a Angela. Sin poder contenerse, se abrazaron los tres en medio de la calle. Las gentes se besaban sin saber quiénes eran, y la alegría iba desbocándose al tomar conciencia de que el infierno acababa de concluir. Manfred preguntó al hombre qué había sido de Maeltzer.

—Aunque le parezca imposible, le diré que ayer, borracho como acostumbraba, salió de su habitación silbando con el gorro al través y fue al piso de abajo deslizándose por la barandilla de la escalera. Le esperaba un Mercedes negro, que partió a toda velocidad.

De repente, el ruido de tres potentísimos diésel atronó la calle. Frente al hotel se detuvo el primer Shepard. La tapa de la torreta se abrió y apareció la figura de un tanquista demandando instrucciones para llegar al puente Milvio. La gente comenzó a aplaudir, y de no se sabía dónde aparecieron flores, que las mujeres comenzaron a lanzar a los carros. Los monstruos de hierro desaparecieron en persecución de los alemanes.

Esther y Manfred, tras volver a abrazar al conserje y a los demás sirvientes que habían salido del Excelsior, se precipitaron hacia piazza Barberini, de donde llegaba un lejano jadear de motores. La plaza estaba desierta bajo la luna. Un enorme tanque estaba parado junto a la esquina de via delle Quattro Fontane, que tan extraordinarios recuerdos tenía para ambos. Tras él, una hilera de armados monstruos aguardaba la hora de avanzar. A su alrededor, zumbaba una pequeña multitud curiosa y animada que no aclamaba, que no gritaba… no acababa de creerse su ventura.

Un soldado flaco y huesudo, muy alto, mascaba chicle junto a la catenaria del primer tanque, esperando, con la negra boina tirada hacia atrás y las gafas colgando del cuello. Manfred le preguntó en inglés:

—¿Adónde vais ahora?

—Ahora no lo sé, pero pasado mañana a Berlín, a ver si tengo suerte y puedo trincar a Adolf.

La columna comenzó a moverse. El soldado lanzó a Esther una banderita con las barras americanas y una sola estrella y, mientras se encaramaba al tanque, aclaró:

—Soy de Texas.³⁵¹

La columna arrancó. Cuando el último carro desapareció por el extremo de la calle pisando la tapa de la cloaca por donde habían huido la mañana del atentado, Esther y Manfred se abrazaron y lloraron ebrios de dicha, solos en medio de una multitud que no creía lo que estaba viviendo.

ERIC

La operación Valkiria estaba en marcha. El coronel Stauffenberg, desengañado del nazismo y totalmente opuesto a la política llevada a cabo contra los judíos, había tejido una tupida red de hombres muy importantes, aunque sabía que si fallaba, muchos de ellos se apearían del carro del fracaso y de la ignominia. Si el plan llegaba a buen puerto, el general Beck debía ser el nuevo jefe de Estado. Goerdeler, el antiguo alcalde de Leipzig, sería el nuevo canciller. Entre los conjurados, se hallaban el mariscal de campo Von Witzleben, Rommel —al que conocía el pueblo alemán como el Zorro del Desierto—, los generales Von Stülpnagel, Adler y Oster. Diplomáticos como Von Hassell y representantes de la Iglesia cristiana.

El atentado se llevaría a cabo el 20 de julio, a las 12.44 horas, en Wolfsschanze (la Guarida del Lobo) en la Prusia Oriental, cerca de Rastenburg. En aquellos días, sus instalaciones se hallaban en pleno proceso de ampliación.

La residencia particular de Hitler estaba situada en el perímetro defensivo número uno, y en esa misma zona residían sus más íntimos colaboradores, entre ellos el mariscal Keitel y el general Jodl.

El día 20 de julio se inició como otra jornada cualquiera. Desde primeras horas, los oficiales del Estado Mayor elaboraron el informe de la situación militar que habría de ser sometido a la opinión del Führer.

Aquel día, la reunión en la sala de situación tuvo dos particularidades. Se realizó en un barracón de madera construido en el exterior en vez de en el búnker habitual, que estaba siendo reconstruido, y la hora se adelantó a las 12.30, pues esa misma tarde el Führer recibiría a Mussolini.

Cuando Hitler entró en la sala, el general Heusinger, que representaba al general Keitel, ausente por enfermedad, inició su informe. Unos minutos más tarde, llegó Stauffenberg con una gran cartera negra bajo el brazo. Keitel le presentó a Hitler y éste le miró sin saludarlo.

Después de esta breve interrupción, Heusinger continuó su exposición, y ninguno de los presentes se dio cuenta de que Stauffenberg, luego de dejar la cartera junto a la pata de la mesa de roble, a unos dos metros a la derecha de Hitler, había salido de la sala.

Exactamente a las 12.42 horas, una atronadora explosión sacudió la estancia. Hitler salió cojeando, apoyado en Keitel; tenía la cara tiznada de humo y los pantalones hechos jirones. La pata de roble de la mesa y el hecho de que la cartera molestara al conferenciante y éste la empujara con el pie, alejándola algo, salvaron la vida a Hitler, contribuyendo a engrandecer su leyenda. Inmediatamente, fue trasladado a su residencia, donde recibió atención médica.

Durante dos horas y media, Rastenburg estuvo incomunicado con el exterior. La acción de Eric al frente de su pequeño comando de ingenieros había anulado el transformador principal, desviando el resto de las llamadas a un repetidor lejano que enmascaraba la señal bloqueando el circuito.

A las 15.45, se restablecían los contactos. Himmler se hacía cargo del mando del ejército interior de Berlín.

A las 16.00, Hitler mostraba a Mussolini los efectos del atentado en la Guarida del Lobo. Goebbels pudo contactar con Hitler a las 17.30, y en el acto se dispuso a anular los efectos de la operación Valkiria, que se había iniciado una hora y media antes.

Stauffenberg, creyendo que el atentado había sido un éxito al ver salir del barracón un cadáver que intuyó era el de Hitler, se dirigió a Bendlerstrasse para comunicar a los conjurados que la operación estaba en marcha.[352]

A partir de ese momento los sucesos se desarrollaron con la velocidad del rayo.

Eric había cumplido su cometido con brillantez. Tal como le demandó Schuhart, el transformador fue anulado durante dos horas. El comando lo constituyeron seis hombres que, perfectamente equipados, se desplazaron en un camión de la armada hasta las cercanías de Rastenburg, donde se hallaba una subcentral de conexiones. Todo funcionó como un mecanismo adecuadamente engrasado. A la llegada, les esperaba un oficial que estaba con los conspiradores. Entregándole la documentación que traían, les dejó el paso franco para realizar la operación pertinente. Eric había estudiado durante semanas los esquemas y los diagramas de las conexiones. Las torres metálicas estaban a cinco minutos de la pequeña central. El material que llevaban con ellos era de última generación. No fue difícil anular una líneas y desviar otras, de manera que cuando llamaban de la central daba la sensación de que había un cruce que se estaba arreglando. Dos de los componentes, además de Eric, trabajaban con auriculares puestos y con una boquilla de teléfono con la correspondiente rueda de números frente a la boca. Cada vez que se intentaba conectar desde la Guarida del Lobo, surgía la voz de uno de los tres conjurados, para que no fuera fácilmente identificable, indicando en las llamadas convenientes que se estaba reparando una línea y permitiendo pasar, en cambio, llamadas de cercanías para asuntos sin importancia, como eran los relativos a abastecimiento o intendencia. Se pretendía con ello que tardaran en darse cuenta de que estaban realmente aislados. Eric tuvo la certeza de que aquello no habría sido posible si dentro de la Wolfsschanze los conjurados no hubieran tenido otros aliados. Siguiendo las órdenes y a la hora indicada, las conexiones fueron restablecidas, y moviéndose dentro de los vectores del código preestablecido, Eric llamó a Schuhart por la línea secreta facilitada por Canaris y dijo la frase clave: «El guacamayo ya habla». Luego, ya en Berlín, se despidió de sus camaradas, a los que conocía únicamente por sus números y, dejando el camión en la legación de la armada, se fue al piso de Blumenstrasse a esperar órdenes. En el viaje de regreso se habían desprovisto de sus disfraces de soldados de las SS, y había vestido cada uno sus ropas.

Lo primero que Eric hizo al llegar fue poner en marcha el inmenso aparato de radio del salón de la casa de sus padres para seguir puntualmente las noticias que se darían, sin duda, al respecto del atentado. Tenía curiosidad por ver si las altas instancias decidían ocultar el hecho al pueblo alemán o, por el contrario, propalaban a los cuatro vientos la muerte del tirano. La llamada de Schuhart se retrasaba. Eric fue a la cocina y se preparó una gran taza de café negro muy cargado y, tomando un azucarero y una cucharilla, se instaló en el salón, en el sillón orejero de su padre, junto al Telefunken, dispuesto a esperar. La música se alternaba con boletines informativos referidos al frente de guerra y con temas que versaban sobre la actualidad berlinesa. En tanto esperaba, su mente divagó errática por muchos parajes. Estaba extrañamente tranquilo. En los días que se preparaba el atentado, pensó a menudo en la responsabilidad que había adquirido frente a la historia al brindarse a ser una pequeña ruedecilla del engranaje que iba a derrocar al tirano. Luego, metido en la vorágine del entrenamiento, no tuvo tiempo de pensar demasiado. La tarea fue dura. Todo lo que conocía debía ser hecho cada vez en menos tiempo. El último día, los componentes del grupo especializados en el tema consiguieron desmontar y montar un transmisor receptor en menos de nueve minutos. Por las noches, enfrentado a su destino, pensaba en Hanna. Sin duda estaba muerta, y el consuelo de Eric era confiar en que había muerto pensando en él. Por las noches, en el dormitorio que compartía con los que iban a ser sus compañeros de aventura, una extraña laxitud le invadía, e imaginaba que su acción iba a devolver a Alemania el honor ante el mundo y a vengar a la vez todas las atrocidades cometidas contra el pueblo de su amada. Su mente viajera, por afinidad, voló hasta Sigfrid y después pasó, como en un calidoscopio retrospectivo, todos los tramos de su vida vividos junto a aquella familia que fue la suya en Berlín, ya que, desde su época de estudiante y al residir sus padres en Essen, pasaba los días y las noches en casa de los Pardenvolk. ¡Qué fácil fue enamorarse de Hanna! Su mente seguía hurgando en el recuerdo, y su memoria se iba afilando a tal punto que veía, más que recordaba, las escenas que aquélla le iba convocando, y lo hacía como la vieja Taxifoot de casa de sus padres, con la que se entretenía de muy pequeño poniendo clichés de cristal en su portaobjetos y en la que, al darle a la manivela, aplicando los ojos sobre el correspondiente visor y tras ajustarlo a sus dioptrías, aparecían los negativos ampliados, en relieve y en color sepia. Vio de nuevo a Hanna en la estación a su llegada de Viena, recordó las veces que hicieron el amor y la noche de su despedida. Luego le vino a la mente el submarino, su amigo Oliver Winkler y la madrugada en que escuchó en clave la horrible noticia.

A las 18.40 la entrevista que en aquel momento estaba haciendo un periodista deportivo a Leni Riefenstahl, la famosa directora de cine que había realizado los reportajes de la ya lejana olimpiada, se interrumpió. La voz tensa del locutor anunció que el ministro de Propaganda del Reich iba a dar una importantísima noticia al pueblo alemán; luego sonó una música solemne que, a su vez, se detuvo para dar paso a la metálica y chillona voz de aquel enano deforme.[353] Eric, instintivamente, intentó ajustar el dial del aparato. La noticia fue como un mazazo. «El Führer —dijo— ha sufrido un terrible atentado del que ha salido ileso. La Divina Providencia ha vuelto a demostrar la impotencia de los enemigos de Alemania y la invulnerabilidad de su líder. No dude el buen pueblo alemán que la victoria final está próxima.» Al cabo añadió: «Los traidores, en su mayoría, ya han sido detenidos y la Gestapo dará con los que faltan». A continuación, Goebbels comenzó a dar nombres de personas que Eric jamás habría sospechado que estarían implicadas en el complot, añadiendo que algunos, en su cobardía y ante la evidencia de los hechos, se habían suicidado. Los nombres de Canaris, Beck, Erwin Rommel y otros saltaron a las ondas.[354] De Stauffenberg dijo Goebbels que había sido detenido en la comandancia militar del ejército, en Bendler, junto al canal Landwehr, y que sería ajusticiado aquella misma noche, tras un juicio sumarísimo en el que no había negado nada. Goebbels cerró su alocución anunciando que el mismísimo Führer se dirigiría a la nación a la una de la madrugada. El hábil ministro sabía lo que se traía entre manos. El pueblo alemán, creyendo que la Providencia había salvado, con una finalidad evidente, a su líder, renovaba el pacto fáustico con él adquirido y se confabulaba, obediente y dispuesto, a seguirlo hasta la muerte.

Eric ya no quiso escuchar nada más y apagó el aparato. Ahora comprendía por qué Schuhart no le había telefoneado, y pensó que tarde o temprano irían a por él. Se dio cuenta de que, sin quererlo, su mente ya había trazado un plan alternativo cuidando aquella contingencia. Lo primero que hizo fue ir a su cuarto y tomar su pistola de reglamento. Luego buscó en su cartera la fotografía de Hanna, papel de carta y dos sobres, y llevó todo consigo al comedor. Después, con la pistola al alcance de la mano, se dispuso a escribir una extensa carta. Lo escrito le ocupó dos cuartillas. Al terminar, dobló las hojas ajustándolas al tamaño del sobre. Finalmente tomó la fotografía de Hanna y, tras mirarla largo y tendido, la besó y la metió también en el sobre. Tras humedecer con la lengua la parte engomada de éste, cerró la solapa y puso en la parte anterior, con letra de palo, la dirección de la casa de sus padres en Essen. Una vez terminada esta tarea, siempre con la pistola a su alcance, redactó otra misiva, ésta mucho más breve, la releyó y puso la dirección del destinatario en el sobre, para acto seguido cerrarlo. Tomó la correspondencia y bajó prudentemente a la portería; depositó ambas cartas en el buzón general de la escalera a fin de que al día siguiente el portero, como de costumbre, las echara al correo. Luego regresó al piso, cerró puertas y ventanas, fue al botiquín del cuarto de baño y buscó una venda fuerte. Calmosamente, se vendó la cabeza ante el espejo, pegando el final de la gasa con un ancho esparadrapo. Regresó al salón y, agachándose, tomó del estante un viejo disco, que era el favorito de Hanna, y lo colocó en el tocadiscos. Tras poner el plato en marcha, puso a todo volumen el aparato y con la aguja buscó las últimas estrías a fin de que la música terminara pronto. Después, se sentó en el sillón de su padre y, lentamente, amartilló el arma para que una bala pasara del cargador a la recámara, respiró hondo y, colocando la boca del cañón del 9 corto en la sien derecha junto a la venda, se descerrajó un tiro. La potente música impidió que el estampido alarmara a algún vecino. Al cabo de nada, el disco y la vida de Eric se detuvieron casi al mismo tiempo.

AUGUST Y HANNA

Pasaron ocultos en la mina de magnesio veintitrés días. La conexión de Werner no falló. El doctor acudió y, dentro de la precariedad del momento, cuidó a Hanna con medios primitivos, pero la juventud de la muchacha hizo el resto y a las dos semanas era otra. Desde aquel momento, planearon lo que debían hacer y llegaron a la conclusión de que donde mejor se disimularían sería en Berlín. La capital, bombardeada como estaba y con montones de gentes de la periferia refugiándose en ella, era el mejor escondite; la policía no tenía tiempo de controlar aquella masa de inmigrantes que buscaban refugio en los lugares más insospechados. Y tanto Werner como Toni se encargaron de contactar con Poelchau.

En el suministro de intendencia también colaboró Toni. Venían de lugares separados y casi opuestos, el uno por el río y el otro en coche, que dejaba a una distancia de ocho kilómetros para hacer a pie el último tramo.

El restablecimiento de la muchacha coincidió con la noticia del atentado sufrido por Hitler. Werner había acudido a su encuentro con dos periódicos. Al leer los titulares, August comentó:

—Lástima que no se lo hayan llevado por delante.

—Pobres, todos los que han intervenido. El juez es el mismo que me envió a mí a Flossembürg.

—Eso es algo que se me escapa y que no entenderé jamás. Alguien poderoso debía de estar tras tu caso, si no, aunque tuvieran la certeza de que no tenías nada que ver con las octavillas y aunque solamente hubiera sido para dar un escarmiento, ese animal tenía que haberte condenado a muerte por intento de subversión y colaboración con terroristas —comentó Werner.

—Pues ten la certeza de que nadie se ocupó de mí. Si vieras lo que hicieron conmigo los de la Gestapo, entenderías lo que te digo… Más vale morirse antes.

En aquel momento, Werner indicó con el gesto que guardaran silencio. A lo lejos sonaba el ruido de un motor que subía una cuesta, luego se detuvo.

—Ése es Toni —comentó August, reconociéndolo.

Al poco asomaba por la senda que hasta allí trepaba la panocha inconfundible que coronaba la cabeza de su amigo.

Llegó jadeante. Apenas cruzaron un saludo.

—Tenéis que largaros, hoy han husmeado por el pueblo. No venían a por ti. —Señaló a Hanna—. Era un registro rutinario. Han comprobado los nombres de la gente que aún no está en el ejército. Hay una orden de movilización general. Somos contados los que por nuestro trabajo estamos exentos de defender el país. La guerra ya no es invasora, ahora es defensiva; dentro de nada el ejército ruso invadirá Alemania.

Han llamado a filas a todos los que puedan empuñar un arma, aquellos que tengan entre quince y sesenta y cinco años. Hitler lo ha bautizado como el Volkssturm, el Ejército del Pueblo.[355] Solamente se salvan quienes trabajan en cualquier rama de la producción de guerra.

—Y ¿qué pasa con los que tenemos alguna deficiencia? —indagó August, señalando sus gruesas gafas.

—Como no seas deficiente mental... no te salvas.

—Entonces te queman para aprovechar tu grasa para hacer jabón y tu pelo para hacer colchones. Yo lo sé muy bien —apostilló Hanna, llorosa, pensando en Hilda y en Astrid y en lo que habría sido de ellas tras su fuga.

Los tres quedaron un instante en suspenso respetando el dolor de la muchacha, pero ante la información que traía Toni, August reaccionó.

—Hemos de poner en marcha, ahora más que nunca, el primer plan que trazamos. Ocultaré a Hanna en casa de Poelchau y me incorporaré. De mí no saben nada desde que dejé la universidad con la excusa de mi madre y mi defecto de visión. De esta manera, estando en Berlín, podré ocuparme de ella.

—No hace falta, August, déjame y ocúpate de ti. Ya te debo bastante después de salvarme la vida.

—¿Sabes lo que dicen los chinos?

Los tres miraron interrogantes.

—«Cuando se salva la vida a alguien se es responsable de él.»

—¿Y eso por qué? —preguntó Hanna.

—Simplemente, de no haber intervenido el salvador, aquel ser ya no existiría. Por tanto, Hanna, toda mi vida tendré que protegerte.

Werner sonrió y añadió, dirigiéndose a la muchacha:

—Como estás en buenas manos, remito en August mi ración de responsabilidad.

—A mí todo me parece bien, pero démonos prisa. La camioneta de mi cuñado ya está preparada, ahora sólo resta confiar en la providencia. La carta de Poelchau, indicando la mejor ruta para entrar en Berlín, ya ha llegado.

—Entonces ¿a qué esperamos? Yo regresaré a Grünwald por el río, dejaré la barca en casa y con el velomotor iré a vuestro encuentro para despediros y para comprobar que el camino esté despejado.

—De acuerdo, Werner. Nos vemos a la entrada del puente. Primero despejemos la mina y deshagámonos de todo lo que no sea imprescindible.

Los cuatro se introdujeron en la galería. Aunque pareciera mentira, Hanna tenía un recuerdo hermoso de aquel lugar que jamás olvidaría. Simplemente, allí había vuelto a la vida, y se prometió que si salía con bien de todo aquello, algún día regresaría con sus hijos, si Dios se los concedía, al molino del río y a la mina de magnesio.

Hicieron una pira con todo lo desechable y le prendieron fuego. Lo restante se cargó en la barca de Werner, que atracaba en la parte posterior de su casa y al que no le sería dificultoso deshacerse del resto. Antes de partir, Hanna abrazó a Werner.

—Gracias por todo lo que has hecho por mí. Jamás lo olvidaré.

—Eres una gran mujer, Hanna, he podido comprobarlo todo este tiempo. Si salimos de ésta, a la nueva Alemania le van a hacer falta muchachas como tú.

Luego, sin volver la vista atrás, se separaron.

Werner, según lo pactado, recorrió con el velomotor la ruta preestablecida, y luego de comprobar que el desvío del puente estaba expedito, les hizo la señal convenida. El coche se dirigió rápidamente hacia el cobertizo donde esperaba la camioneta, llena de trapos, y al pasar junto a Werner, Hanna con la punta de los dedos, le lanzó un beso. El otro saludó con la mano.

La entrada de Berlín no ofreció problema. El cargamento del pequeño camión fue un montón de trapos viejos, y sobre ellos se colocaron August y Hanna, esta última vestida como un hombre y con una gorra calada cubriendo sus cabellos, que ya empezaban a crecer. La intención, siguiendo el consejo de Poelchau, era ir recogiendo gente a la entrada de la ciudad, de manera que llegaran a la periferia con la caja del camión atestada. El recorrido que les recomendó estaba muy transitado, y a la entrada, los dos confabulados estaban instalados en medio de un racimo apretado de personas que se fueron encaramando a la caja a lo largo del trayecto. La riada humana era demasiado grande para que la policía perdiera el tiempo registrando una camioneta cargada de trapos y de personas hasta los topes. Se vigilaba únicamente a las que pretendían salir de la ciudad por si entre ellas iba algún desertor. El numeroso grupo se fue apeando en marcha del vehículo a medida que iban atravesando barrios, y pocos fueron los que llegaron hasta Menzelstrasse. Allí, junto a la entrada del convento de las Adoratrices, les esperaba Poelchau.

En cuanto la camioneta entró en el jardín y se detuvo, el clérigo se precipitó a la portezuela.

Hanna descendía en aquel momento; nadie había en los aledaños. August hizo las presentaciones.

—Padre, ésta es Hanna.

—¡Gracias, Dios mío! No sabes, hija, lo que he rogado por vosotros.

Toni, que era el chófer, sin parar el motor y sin apearse, preguntó:

—¿Hago falta para algo más, padre?

—No, ya puedes irte. Recuerda que el viernes espero otro cargamento. Si funciona el teléfono, te diré por dónde has de venir la próxima vez; las facilidades van variando todos los días.

—Está bien, Harald, me voy. ¡Buena suerte, muchachos! Si esto acaba algún día, a ver si volvéis a Grünwald a tomar las aguas.

Hanna y August saludaron con la mano, y ella no pudo

contener una lágrima que asomó a sus ojos. ¡Debía tanto a tantos que pensó que jamás podría pagar su deuda!

La camioneta dio media vuelta y, ganando la calle, se perdió a lo lejos. Cuando hubo partido, Poelchau reaccionó.

—Hemos de darnos prisa. Las cosas se están poniendo feas. No es bueno que nos entretengamos aquí, vamos a mi casa. La señora Cohn y su hija Rita se han marchado, así que por el momento tengo dos sitios.

Los tres partieron hacia el domicilio del clérigo, que estaba a trescientos metros. El barrio tampoco se había librado de las bombas. Cuando ya llegaban al portal, Poelchau les dio la noticia.

—¿Sabéis quién, si puede, vendrá al anochecer?

Ambos se detuvieron; no se les ocurría quién podía ser. Hanna mantenía viva la llama de la esperanza, pues en ocasiones innumerables, durante las noches pasadas junto a August, éste le había puesto al corriente de los avatares acontecidos hasta su partida hacia Grünwald; sabía que la última vez que se habían visto había sido el día antes de desmontar la antena de radio de su casa. La memoria le trajo la escena explicada mil veces de cómo su hermano se había jugado la vida para enviar a Eric el mensaje de su detención.

—¡Sigfrid! —aventuró.

August observaba el rostro de Poelchau y le pareció que una sombra nublaba su mirada durante una fracción de segundo.

—No, Karl Knut —respondió.

—¿Qué sabe de mi familia, padre?

—Nada desde hace mucho tiempo. Karl es quien está al corriente —mintió.

Un Karl Knut más que desmejorado, esquelético, compareció a las ocho y cuarto. La mirada huidiza, las ropas colgando, el rostro pálido, indicaban que pasaba muchas horas sin ver la luz del sol. En cuanto vio a Hanna y a August, los tres se fundieron en un estrecho abrazo. Pasaron a la salita, donde el anciano matrimonio Schneider se retiró discretamente para dejarles hablar con tranquilidad. Las preguntas y las respuestas se encaballaban, pero en cuanto Hanna se interesó por sus hermanos, al instante supo que la noticia que iban a darle era trágica.

—Sigfrid ha muerto.

Hanna se cubrió el rostro con las manos en tanto August pasaba el brazo por sus hombros

En el acto, al ver la expresión desolada del rostro de la muchacha y para intentar compensarla, añadió:

—He tenido noticias de los compañeros de Roma... Manfred está vivo, y he visto a Eric.

Hanna alzó los ojos llorosos e interrogó con ellos a Karl.

—¿Dónde está?

—Lo ignoro; únicamente puedo decirte que hace un par de meses vivía.

A partir de ahí, todo fueron preguntas atropelladas y respuestas que intentaban aclarar aquel torrente de interrogantes. Knut relató la extraordinaria situación que le llevó a descubrir la muerte de Sigfrid.

—El día que trincaron a Bukoski, como tú sabes, August, Sigfrid nos dijo que si a alguno de nosotros nos hacía falta dinero o medios para salvarnos o para seguir nuestra lucha, en la chimenea de su apartamento quedaba el paquete con los brillantes y con el dinero. Hace un par de meses, tuve una necesidad, acudí a la casa y me hice con tres brillantes, que sirvieron para salvar la vida a dos compañeros y a su hijita. Bien, hace una semana volví de nuevo; tenía otra emergencia y sabía que, habiendo muerto Vortinguer, como os he relatado, y habiendo sido detenido tu hermano, aquello no sería útil a nadie; decidí recuperarlo y ponerlo a buen recaudo... De ti —aclaró señalando a August— no sabía nada, tan sólo que había llegado a tu destino, según me dijo Poelchau, y pensé que si regresabas ya me buscarías. De manera que esa noche me llegué a la casa y entré, como la otra vez, por el jardín. Algo terrible había ocurrido. Tu hermano Sigfrid yacía muerto... No hacía muchos días. Un tiro en el pecho había acabado con su vida. En el jardín encontré el cadáver de un oficial de las SS completamente mutilado, sin cabeza y con el cuerpo destrozado, pero no por el estallido de una bomba, no, parecía desgarrado por las zarpas de un animal. En la mesilla que había junto a la ventana estaba el paquete del dinero y algún brillante; otros se encontraban en el suelo… y hasta recogí alguno en el jardín. Imagino que todavía deben de quedar unos cuantos más por allí.

Hanna y August seguían el relato sin pestañear. Ella, de vez en cuando, se llevaba el pañuelo a los ojos. Karl prosiguió:

—Fui al cuarto donde tu hermano guardaba los trastos del jardín, tomé un pico y una pala y lo enterré junto al arriate de la pared, lo cubrí de tierra, la apisoné como mejor pude y me fui. Allí quedaron los restos del oficial que, imagino, alguna relación tendría con tu hermano. Se me ocurrió colocarlo a sus pies, como en *Beau Geste*,[356] pero pensé que aquel perro no merecía tal honor y me marché de allí para esconderme en mi refugio.

Tras un minuto de silencio, habló Hanna.

—Quiero ver su tumba.

—Es muy peligroso pisar la calle sin papeles.

—Tú, Karl, no los tienes, según me has dicho, y sales.

—Cumplo con mi deber.

—Y yo cumpliré con el mío.

August intentó terciar.

—Hanna, yo te aconsejaría…

—Ahora ya no hay jefes, August, ahora sólo hay personas que intentamos cumplir con lo que nos dicta la conciencia sin pensar si nos arriesgamos o no, para poder seguir mirándonos en el espejo. De no ser así, y si tú hubieras obrado como me aconsejas que haga, yo ya no estaría en este mundo.

—Está bien. La noche que pueda ser, te acompañaré.

—Yo iré con vosotros.

—Por cierto, Karl, ¿dónde te escondes?

—Tengo las llaves del antiguo refugio del Goethe. Bukoski no denunció al dueño para proteger a su hija. Al irse de Berlín, me dio las llaves. En los estantes del sótano todavía quedan conservas de pescado y botellas. De eso y de lo que me trae la mujer viuda de un compañero es de lo que vivo. El local, que tiene la persiana reventada, ya lo han expoliado veinte veces, pero nunca han dado con el escondrijo... Y si me encontraran, todavía podría huir por el túnel que atraviesa la calle. Ahí pienso resistir hasta que lleguen los míos.

August miró a Knut con condescendencia.

—¿Crees que los «tuyos» serán mejores que los nazis?

—En Rusia todos los hombres tienen las mismas oportunidades. Ha costado muchos muertos, pero el comunismo igualará a la humanidad.

—¡Qué buena gente eres, Karl! El hombre lleva la maldad en las entrañas y siempre habrá quienes querrán dominar a los otros. A los de mi raza los han machacado aquí y allí, y cree que sé muy bien lo que me digo.

—Ésa es tu opinión, Hanna, que yo respeto pero no comparto. Si luego de consagrar mi vida a estos ideales las cosas fueran como tú dices, me pegaría un tiro.

La conversación duró hasta el anochecer. Luego de consultar con Poelchau, decidieron que Hanna se quedaría en la casa. August se alistaría al día siguiente, pues de no hacerlo tendría que vivir proscrito en Berlín. Karl Knut seguiría oculto en el Goethe. La manera de estar en contacto sería a través de Poelchau o, en su defecto, a través de la hermana Charlotte, que estaba sobre aviso.

Los últimos días de Berlín

La vida cultural berlinesa, ya limitada a consecuencia de la contienda, cayó en la inanidad más absoluta al ordenarse el cierre de casi todos los teatros, cines, espectáculos de variedades y *Kabaretts* con el fin de ayudar al esfuerzo supremo de la guerra. La aviación norteamericana volvió a atacar y mil doscientos bombarderos de largo alcance, acompañados de seiscientos cazas y de ciento cincuenta Mosquito de la RAF, lanzaron ochocientas toneladas de explosivos en oleadas sucesivas de cincuenta minutos sobre la zona industrial del noroeste de la ciudad, el barrio viejo de Spandau y la zona de Kreuzberg. La ciudad antigua a orillas del Spree, la catedral luterana junto a Lustgartenstrasse y la estación de Anhalterstrasse, así como los alrededores de Potsdamerplatz y numerosos edificios de la puerta de Halle resultaron gravemente dañados. Las bombas afectaron seriamente a la iglesia de San Nicolás y a la zona del Tiergarten. En el ataque murieron, según fuentes alemanas, más de dos mil seiscientos berlineses. Dos de los artefactos alcanzaron de lleno la casa de los Pardenvolk en un momento en el que el doctor Stefan Hempel estaba operando prácticamente en los pasillos del Hospital Central. Anelisse y el viejo Herman murieron, y sus cuerpos se volatizaron, de manera que sus restos no pudieron ser hallados entre los cascotes. Lo único que quedó en pie de la soberbia mansión fue el torreón medieval y la casa de los guardeses, que estaba abandonada. En medio del viejo parque, el cráter de una bomba dejó la muda huella de un inmenso agujero.

A finales de enero, los rusos habían llegado al Oder, en cuya orilla establecieron una cabeza de puente. El 30 de enero, duodécimo aniversario de la toma del poder por los nazis, el Führer lanzó a través de la radio alemana el que sería su último discurso a la nación.

Al conocerse la noticia de que las tropas rusas habían cruzado el Oder, los berlineses tuvieron la certeza de un inminente ataque soviético a la capital. Apenas cincuenta kilómetros separaban los barrios orientales de la ciudad de las avanzadillas enemigas y en la capital no se había tomado ningún tipo de medidas ante la eventualidad de la llegada de los rusos. A toda prisa, Goebbels y el ministro Speer intentaron organizar unas endebles defensas, que merecieron un comentario festivo entre los sufridos berlineses: «Si los rusos llegan a Berlín, necesitarán una hora y dos minutos para ocupar la ciudad. Primero, se partirán de risa ante las barricadas; luego, tendrán dos minutos para destruirlas».

Los rusos sumaban dos millones y medio de soldados bajo el mando de los mariscales Sokolovski, Koniev y Zhukov, en tanto que los alemanes podían oponer tan sólo doscientos cincuenta mil hombres de tropas heterogéneas reunidas entre la Luftwaffe, el Volkssturm y unidades de las Juventudes Hitlerianas. Berlín, por su parte, había conseguido reunir unos noventa mil hombres desigualmente armados y entrenados para su defensa, dispuestos a defender cada palmo de su ciudad con su vida, fieles al pacto fáustico que habían sellado con el Führer.

Tras cuatro días de intensos combates, el 20 de abril, la capital estaba al alcance de las piezas de artillería soviéticas.

Ese día era el cumpleaños de Hitler, quien recibió, en su 56 y último aniversario, la sombría felicitación de los principales jerarcas nazis: Goering, Goebbels, Himmler y Ribbentrop. Por la tarde, un grupo de las juventudes del partido fue recibido por el Führer en los desolados jardines de la cancillería, con la tétrica música de fondo de los obuses soviéticos cayendo sobre Berlín. Fue el último acto del Tercer Reich antes de su definitivo colapso.

En poco tiempo, la situación militar alemana se agravó considerablemente. Los rusos llegaban a Bernau, Fürstenwalde, Beelitz y Jössen; es decir, ante las primeras casas de la enorme aglomeración ciudadana que era el gran Berlín. El éxodo de las columnas de fugitivos de la capital cobró toda su intensidad. La gente utilizaba caballos, coches, bicicletas, carros y toda clase de transportes. Patrullas de las SS fusilaban en las cunetas a cualquiera que intentara marchar de la ciudad y estuviera en edad de tomar las armas. El aspecto de la capital era impresionante y trágico. Los hospitales y refugios estaban llenos de heridos y de enfermos. La ciudad carecía de comida y, lo que era peor, de agua potable. En las estaciones del metro se hacinaban miles de mujeres y niños depauperados junto a militares y civiles heridos.

Sin embargo, todavía se celebró el 12 de abril, en el semiderruido Teatro de Conciertos, en la plaza de la Academia, una última representación musical. La gente acudió y escuchó el concierto en una sala sin calefacción, todos sentados en los asientos que habían traído consigo y sin despojarse de sus abrigos. En la primera parte se interpretó la última aria de *Brunilda*, y se cerró la segunda con *El crepúsculo de los Dioses*, adecuado y melancólico gesto ante el inminente hundimiento del Tercer Reich. Presidió el acto el ministro Speer, quien pocos días antes había impedido el reclutamiento de los ciento cincuenta componentes de la Filarmónica de Berlín en el Volkssturm. Eran los mismos intérpretes que el año anterior habían ofrecido, tras un accidentado viaje debido a la guerra y al diferente ancho de vía, una serie de conciertos en el Palau de la Música de Barcelona. En esta ocasión, llevaron trajes oscuros en vez de sus habituales esmóquines ya que éstos, acompañando a los excelentes planos de la orquesta, las arpas, las famosas tubas de Wagner y las partituras musicales, habían partido de la ciudad tres semanas antes en un convoy secreto que sería escondido en Plassenburg, cerca de Kumbach, a trescientos ochenta y cuatro kilómetros al sudoeste de Berlín, con el fin de que los norteamericanos, en su avance, lo encontraran a su paso.

En Berlín se iban cerrando poco a poco las fábricas y casi todos los servicios se colapsaban. Algunos tranvías todavía funcionaban; el metro había interrumpido parte de sus recorridos, excepto los destinados al transporte de obreros, considerados indispensables para lo que quedaba de la industria de guerra. Ya no se recogían basuras y el correo iba dejando de entregarse. Los periódicos, a su vez, habían desaparecido de la circulación. El último fue sustituido por un libelo de cuatro páginas editado por orden de Goebbels que únicamente salió a la luz seis días, cuyo título, *Der Panzerbar* (El Oso Blindado), hacía alusión al carácter tenaz y combativo que debían exhibir los habitantes del gran Berlín. El 22 de abril, la oficina de telégrafos que llevaba funcionando cien años cerró por vez primera en su historia. El último mensaje recibido venía de Tokio y su texto decía: BUENA SUERTE PARA TODOS. Ese mismo día partió para Estocolmo, desde el aeropuerto de Tempelhof, el último avión de Lufthansa, llevando nueve pasajeros a bordo. La ciudad se iba apagando poco a poco ante la inminente catástrofe. En los grandes almacenes Karstadt, en Hermannplatz, habían comenzado los saqueos.

Todo el ficticio entramado montado por el partido nazi, el Reich que debería haber durado mil años, se desplomaba como un castillo de naipes.

Desde el día 21 de abril y siguiendo los consejos de Goebbels y de sus propios demonios interiores, Hitler decidió morir por su propia mano cuando ya la defensa de la cancillería fuese insostenible. Desde el día 15 le acompañaba Eva Braun, su casi desconocida amante, la mujer que, por libre voluntad, escogió permanecer junto a su Führer en las últimas semanas de su vida. El día 25 la ciudad había sido ya completamente cercada, pero pese a la considerable desproporción entre las fuerzas soviéticas y las alemanas, la lucha se prolongó durante doce días. Los combates fueron particularmente intensos en Tempelhof, Charlottenburg, los puentes del Havel y en los distritos del centro junto a la Potsdamerplatz y Friedrichstrasse. El día 29, con los rusos a unos quinientos metros del búnker, Hitler dictó su testamento político. Expulsó del partido a Goering y a Himmler por traidores, y contrajo un efímero matrimonio con su fiel Eva Braun. Nombró jefe de Estado al gran almirante Doenitz y canciller del agonizante Reich a Joseph Goebbels, quien al fin seguiría su misma suerte junto a su mujer, Magda, y sus seis hijos, a los que había bautizado, en honor a su Führer, con nombres que comenzaban por H.

Al día siguiente, poco después de que las tropas rusas izaran la bandera roja en el ala este del Reichstag, a las tres y media de la tarde, Hitler y su mujer se suicidaron. Sus cuerpos fueron incinerados con gasolina en el jardín de la cancillería junto a un depósito de cemento.

A las diez y media de la noche del 1 de mayo, unos sordos redobles de tambor precedieron un anuncio de Radio Hamburgo que emitía la muerte de Hitler. Tras una pausa, la emisora radió un fragmento de la *Quinta sinfonía* de Beethoven. En el encabezamiento, su autor había puesto las siguientes palabras: «Así llama el destino a la puerta».

Durante todos esos días, Hanna se refugió en la casa de Poelchau, August se incorporó al Volkssturm y fue designado a una ametralladora antiaérea, y Karl permaneció escondido, saliendo únicamente por la noches y yendo a los lugares que anteriormente se habían prefijado. Una tarde, August compareció en la casa sin previo aviso. La señora Schneider avisó a Hanna, que al menor timbrazo se escondía detrás de un falso tabique que se había construido mucho antes y que había salvado la vida a más de un judío. La muchacha, al saber que en hora tan extemporánea August la buscaba, acudió a la salita, inquieta.

Acercó sus labios al barbudo rostro de su amigo, macilento y demacrado, y le dio dos besos a la vez que preguntaba:

—¿Pasa algo especial, August?
—Todo lo que ocurre estos días es especial.
—¿Entonces...?
—Tengo muy malas noticias, Hanna, tan malas que me gustaría que reconsideraras la posibilidad de marchar de Berlín.
—Ya hemos hablado de esto muchas veces. Para empezar, no tengo a donde ir ni hay manera de salir de esta ratonera.
—Déjame a mí. Te proporcionaré algún medio de alguien

que se ponga en camino y en algún lado te meteré; aquí no puedes quedarte.

En aquel momento, entró Poelchau; traía el rostro demudado y había escuchado la última parte de la conversación.

—Tiene razón August. Las noticias que están llegando son terribles: la soldadesca rusa no respeta a nadie y parece ser que tiene vía libre para cometer toda clase de atrocidades. No se salva nadie. La hermana Charlotte va a partir al frente de sus monjas, pues ha recibido noticias de la hermana Kunigunde, madre superiora de Haus Dahlem, clínica de maternidad y orfanato, y lo que allí ha ocurrido es espeluznante: cuando llegó el segundo escalón de tropa compuesto por batallones cosacos y campesinos, fueron violadas monjas, mujeres embarazadas y madres recién paridas en una ordalía de lujuria contenida durante largos meses. Los rusos son muy primitivos; hay pobres muchachas que han sido violadas repetidas veces por un pelotón de hombres, uno tras otro. Piensa, Hanna, que puede ser terrible. Quieren vengar las atrocidades cometidas por las SS en su país.

—Si quieres, las monjas te harán un lugar entre ellas.

—No insistas, August. Si el padre Poelchau no me echa de su casa, me quedaré.

—Te lo ruego, piénsalo.

—Vente conmigo.

—Imposible, Hanna. Berlín aún resiste, en las afueras hay pelotones de las SS que fusilan a cualquiera que pretenda partir y todavía pueda empuñar un arma.

—Entonces te ruego que me dejes morir a mi manera. Después de lo que he pasado, no hay nada en el mundo que pueda asustarme. He tenido mucho tiempo para pensar. Eric está por esos mares de Dios y mis padres en paradero desconocido, si es que viven. Sigfrid ha muerto y Manfred se encuentra en algún rincón de Italia, imagino que aguardando a que esto se acabe. Solamente te tengo a ti, August, y no quiero perderte. Si es que no me apartas a patadas, me quedaré contigo. Recuerda lo del aforismo chino. Lo siento, no haberme salvado.

—Eres como una mula, Hanna, y perdona.

August miró a Poelchau en demanda de auxilio.

—Hanna, aquí no puedes quedarte, y conste que no es por mí. Sé de buena tinta que suben piso por piso en las casas de los barrios que ya han conquistado. Los hospitales de la periferia están atestados de mujeres violadas: madres, hijas y niñas pequeñas.[357] Si no quieres irte, debemos esconderte… Y el único lugar que se me ocurre es donde está amagado Karl Knut. Han transcurrido varios meses y no han dado con su paradero. En aquel agujero se puede aguantar porque hay comida y los americanos están llegando por el otro lado. Karl te protegerá, por el momento, y yo podré acudir. Cuando todo se desmorone, y no me controle nadie, tiraré este uniforme en algún basurero y me esconderé contigo hasta que salga el sol.

Hanna pensó un instante.

—Está bien, dame una pistola y me esconderé donde me digáis hasta que vengas a por mí.

Las noches berlinesas, en cuanto cayó la ciudad, se convirtieron en una cacería de mujeres. Las madres ocultaban a sus hijas, y ninguna mujer se arriesgaba a salir a la calle en horas que no fueran totalmente seguras y por motivos totalmente irremediables como hacerse con botellas de agua, comida u otros artículos de primera necesidad. Los soldados adquirieron la costumbre de entrar en los búnkeres e iluminar con linternas los rostros de las mujeres para llevarse a las más jóvenes o a las más agraciadas. Con el paso de los días, los límites de las violaciones y de la prostitución se fueron difuminando, y muchas Berlinesas tomaban amantes rusos a cambio de protección, comida o cigarrillos.

El sótano del Goethe resultó un escondite fantástico. Las conservas caducadas podían considerarse un festín en aquellos días. Karl cuidaba de Hanna y ésta no pisaba la calle por ningún motivo. El tronar de los obuses fue remitiendo, y únicamente se oía el tableteo de las ametralladoras y la explosión de las bombas de mano. La batalla se libraba casa por casa y ya nada funcionaba. El jefe de la batería antiaérea que estaba al mando del puesto asignado a August le encargó llegarse a una cabina telefónica que el día anterior aún funcionaba y llamar al mando del grupo para que le dijeran si había llegado ya el momento de desmontar la ametralladora para retirarla a lugar más cubierto.

August, que había previsto la posibilidad, decidió poner su plan en marcha y, aprovechando la coyuntura, desertó.

El pelotón del sargento Korneiev avanzaba registrando todos los edificios del barrio de Windscheid. Súbitamente, le pareció ver que alguien desaparecía tras un montón de ruinas. El sargento ordenó al pelotón de cuatro hombres que fueran tras él. Agachándose bajo la reventada persiana metálica, se introdujeron en un local totalmente destruido que debió de ser una bodega o algo parecido. En aquel instante, la silueta del hombre se esfumaba tras una trampilla. Sin dar tiempo a que cerraran, un forzudo soldado tiró de la anilla e impidió que la tapa, formada por cuatro trozos de parquet, encajara en el rectángulo del suelo. La voz amenazadora y el rostro del sargento asomándose conminaron a los que se ocultaban en aquel escondrijo a salir a la superficie. Ante el pelotón armado con fusiles Mauser, apareció en primer lugar el rostro de Karl Knut y tras él el de Hanna. Los soldados se miraron con glotonería. Ambos salieron a la penumbra del destartalado local, brazos en alto.

El sargento chapurreaba alemán e indagó quiénes eran y qué había allí abajo.

Karl le respondió que era un buen comunista y que estaban allí amagados de los alemanes, esperando que las tropas rusas los liberaran.

—Soy comunista, camaradas —exclamó—, y ella es mi

mujer. —Cerró el puño y gritó dos veces—: ¡Viva Rusia y viva Stalin!

Uno de los soldados fue a echar mano de Hanna y Knut, viendo que los motivos patrióticos no funcionaban, tentó al que parecía estar al mando.

—¡Alto, camarada! Mira lo que tengo.

Bajó los brazos rápidamente y sacando la cartera del bolsillo extrajo de uno de los compartimientos para sellos un diminuto paquete, que abrió. En la palma de su mano aparecieron dos brillantes.

El otro alargó la mano y pareció observarlos con desconfianza. Luego los mostró a sus hombres y cambiaron unas palabras en ruso.

—De acuerdo, te dejaremos ir... Pero a ella, no.

—¡Pero es mi mujer!

—Lo siento... *Frau is Frau*.[358] Cuando hayamos terminado con ella, podrás llevártela.

Hubo unos segundos de tensión y los cuatro hombres, en tanto el sargento amartillaba su fusil, dejaron sus respectivas armas apoyadas en la pared y se dirigieron, entre bromas, hacia Hanna, mientras el primero comenzaba a desabrocharse los pantalones.

La ráfaga sonó seca y corta desde la desvencijada persiana. Ra-ta-ta-ta, una pausa, luego otra vez ra-ta-ta-ta. En primer lugar, cayó el sargento; los demás lo hicieron cuando, al darse cuenta de que eran atacados, intentaron tomar sus fusiles. Hanna quedó sola en pie al lado de la trampilla, con las manos sobre la nuca, pálida como la misma muerte y descompuesta; los demás estaban en las posturas más violentas y extrañas, uno doblado sobre el polvoriento mostrador, otro agarrado a la base de una columna y otros tres en el suelo. Fue inevitable, en su deseo de salvar a la muchacha, August había matado a Karl Knut.

El arco iris

La guerra había finalizado hacía tres años. Los acuerdos de Potsdam repartieron la capital de Alemania entre los vencedores: Estados Unidos, Unión Soviética y Reino Unido, a los que posteriormente se adhirió Francia. El proceso de Núremberg había decapitado al nazismo y sus principales gestores habían sido colgados o sentenciados a diversas penas. Ribbentrop, Keitel, Kaltenbrunner, Rosenberg, Strecker, Jodl y un largo etcétera fueron condenados a la horca, de la que Goering y Ley se escaparon porque antes de sufrir la ignominia se suicidaron. Los demás fueron condenados a penas de prisión y con el tiempo, excepto Rudolf Hess, todos fueron liberados.

Aquella mañana, un viejo encorvado, vestido con una americana que parecía hecha para alguien mucho mas corpulento que él, esperaba, en la parte destinada a los visitantes, a que se abriera la puerta del otro lado del cristal y apareciera la persona que había ido a ver. Cada mes y en el día que le era asignado, repetía la visita. Y cada vez la escena se repetía. La puerta se abría y Stefan Hempel comparecía vigilado por un centinela de la nacionalidad que aquel mes tenía a su cargo la custodia de la cárcel de Spandau. El prematuramente envejecido era Leonard Pardenvolk.

La puerta se abrió y el centinela, en aquella ocasión inglés, se hizo a un lado para que el preso, vestido con un uniforme gris, se acercara a la ventanilla y descolgara el negro auricular que estaba a su derecha, en tanto que el visitante hacía lo propio.

Al principio, el diálogo era entrecortado y difícil; después se iba agilizando, y cuando más fluido era, llegaba el momento de terminar.

Ambos hombres se miraron a los ojos.

—¿Cómo va todo, Stefan?

—Seguimos muriendo, Leonard. ¿Cómo estáis los que vivís en el mundo?

—Pasando mucha penuria. Levantar este país va a representar un esfuerzo titánico. Ríete de lo que fueron las condiciones del Tratado de Versalles luego de la Gran Guerra.

Hubo una larga pausa. Ambos hombres sentían el uno por el otro un afecto entrañable. Cada uno había pasado por situaciones terribles y, pese a sus discrepancias, su amistad siempre había prevalecido.

Leonard, por decir algo, comentó:

—Ya todo pasó, Stefan. ¿Qué harías fuera que no puedas hacer aquí dentro? ¿Por qué no escribes tus memorias? Mejor ocasión no tendrás. Nadie te molesta ni te interrumpe. ¿Por qué no lo intentas?

—Porque para hacer algo hay que ser libre y hacerlo en el pleno ejercicio de tus derechos... Y, además, porque para escribir unas memorias hay que recordar, y prefiero correr un velo tupido sobre lo que he vivido ya que de no hacerlo me volvería loco. —Hizo una pausa y luego añadió—: Has de reconocer que hasta que la guerra terminó no tuvimos idea fidedigna de lo que ocurría en los campos, y al principio el nacionalsocialismo no fue eso. A mí me han encerrado por ejercer la medicina. Yo no tuve la culpa de salvar al hijo de Heydrich y que éste me obligara a acompañarle a Checoslovaquia, lo que para mí representó un destierro. La ley la dictan los vencedores, ¿qué tribunal juzgará algún día a los americanos por haber exterminado a los indios? ¿Y a los rusos por las salvajadas cometidas en Siberia? Yo te lo diré: nadie y nunca. Pero tienes razón, me da igual estar fuera que dentro. Anelisse ha muerto y mi mundo está acabado.

—Nuestro mundo, Stefan, nuestro mundo. Yo también perdí a Sigfrid, y Gertrud no se ha repuesto ni se repondrá jamás. Y de no ser por ti, habría perdido a Hanna.

—Pero te quedan dos hijos; a mí no me queda nada.

—Te queda mi familia, que es la tuya, y seis años pasan pronto. Todavía reanudaremos nuestras charlas en la pequeña biblioteca que ahora tengo.

—¿Cómo os habéis arreglado?

—Vivimos en el pabellón de los guardas. De lo que era la casa grande, como tristemente sabes, tan sólo ha quedado en pie el torreón.

Una muchacha jovencita se asomó a la parte posterior de la casa donde Hanna intentaba arreglar con un rastrillo unas tomateras que se encaramaban por unas cañas. Lo que en tiempos había sido un cuidado parque ahora era un huerto del que los Pardenvolk sacaban verduras y hortalizas.

—Señora, una mujer que no ha querido decir su nombre quiere verla.

Hanna se quitó unos gruesos guantes y los dejó en un cestillo junto a una pequeña azada, unas tijeras y otros artilugios de jardinería.

—Hazla pasar a la salita, no estoy para que me vea nadie.

La chica, que era una nieta del fallecido Herman, se dirigió al interior de la pequeña construcción en tanto Hanna se deshacía del viejo delantal y se retiraba un rebelde mechón de pelo que le caía sobre la frente. No se le ocurría quién podía ser la visitante. Su hermano Manfred estaba, como cada mañana, trabajando en Tempelhof,[359] ayudando a coordinar el río de alimentos que entraba por el puente aéreo organizado por los americanos con el fin de burlar el bloqueo soviético. Su cuñada, Esther, trabajaba como intérprete de inglés, polaco e italiano en el cuartel de la zona y dedicaba su tiempo en particular a atender a los muchos judíos desplazados que buscaban noticias de sus familias. Su madre, los días que estaba bien y si el tiempo lo permitía, bajaba hasta el jardín e iba indefectiblemente a visitar las ruinas de la vieja casa. Su padre, como cada día 15, había marchado muy de mañana a

Spandau a visitar a tío Stefan, condenado en Núremberg a diez años de cárcel. Y August, asignado a la zona inglesa, se ocupaba de racionalizar las tareas de estudio de los niños alemanes que habían perdido a sus familias.

Hanna se recogió el pelo y, alisándose el vestido, se dirigió a la salita. A través de la puerta abierta observó a la visitante. Era una mujer de unos cincuenta y cinco a sesenta años, totalmente vestida de negro, que al verla fue a su encuentro.

—Perdone, señora, ¿nos conocemos? —preguntó Hanna.

—Yo sé quién eres tú... La fotografía no te hace justicia.

—No la entiendo. Pero siéntese, por favor.

Ambas mujeres se sentaron; la visitante, en el sofá que había bajo la ventana, y Hanna, en el silloncito del extremo.

—Usted me dirá.

La mujer metió la mano en su bolsón negro y extrajo una carta.

—Creo que te debo esto. —Y al decirlo alargó a Hanna un sobre.

Ella lo tomó cuidadosamente y leyó en su parte anterior: «Sra. Dña. Jutta Branner de Klinkerberg».

Las manos de Hanna comenzaron a temblar nerviosas. Alzó la vista y pudo ver cómo los ojos de la visitante sonreían levemente y su cabeza hacía signos asintiendo.

—Soy la madre de Eric. Creo que te debía esto, y también se lo debía a su memoria. Eric murió.

—Lo sé, vino a verme un compañero suyo, el alférez Oliver Winkler, y me comunicó su muerte. Creo que fue en el mar.

Una sombra cruzó el rostro de la enlutada mujer.

—No, hija, tal vez eso fue lo que su compañero quiso que creyeras, pero su muerte fue mucho más honorable. Mi hijo fue un hombre de honor, y si en algo dudó al principio de este drama que ha resultado ser el nazismo, que desencadenó el infierno sobre Alemania, fue culpa mía. Lee.

Hanna abrió el sobre, y en cuanto sus ojos reconocieron

la caligrafía de Eric, comenzaron a manar un atlántico de lágrimas.

La carta decía así:

> Querida madre:
>
> Llegado al punto culminante de mi vida, ese en el que el hombre debe enfrentarse a su destino, los fantasmas del pasado me acechan y temo los misterios del futuro. Le escribo estas letras que serán mi último abrazo de despedida.
>
> La educación que recibí de sus manos, ya que mi padre estaba casi siempre ausente, me forjó una idea de mi patria como algo inmarcesible que venía a ser algo así como mi segunda madre. Crecí en su amor, y tanto mi hermana como yo aprendimos a amarla hasta la exageración. Todo giraba alrededor de Alemania. Cuando los nazis alcanzaron el poder, de sus labios oí mil veces que por fin la patria se levantaría y se sacudiría el yugo esclavo que las injusticias de las naciones habían colocado sobre sus hombros. Con esta idea, abandoné Essen y partí para la Universidad de Berlín a completar mi formación.
>
> Aquí, madre, pude comprender, pese a que la siembra era muy fuerte, que había otras opciones y que había gentes que pensaban diferente. Cuando en 1933 Hitler golpeó con su puño la mesa de las naciones y puso en pie a Alemania, me sentí dichoso y atribuí los desmanes que se cometieron al principio al nacimiento de algo nuevo y maravilloso. En la universidad, me reencontré con un muchacho estupendo que había conocido en los campamentos y enseguida fui amigo suyo. La única dificultad que se me ocurría atribuirle era que su padre era judío, y como usted una y mil veces me había prevenido contra estas gentes, al principio lo miré con recelo. Pero conocí a su familia, y día que pasaba me fui convenciendo de que cada cual es cada cual y de que aquella gente era tan buena como lo podía ser lo que usted llamaba «un buen alemán».
>
> Recuerdo que en 1936 fui a casa antes de la olimpiada y estuve a punto de hablar con usted porque por primera vez me había enamorado, pero, conociendo sus recelos, no me atreví. Con quien sí hablé fue con Ingrid, haciéndole jurar que me guardaría el secreto.

Mi amigo tenía una hermana, una criatura maravillosa de la que era muy fácil enamorarse. No es que fuera hermosa —hay muchas muchachas bonitas en Berlín—, es que era inteligente, buena, entera y sobre todo justa, terriblemente justa. En fin, madre, ella era el anillo perfecto para mi dedo. Un buen día, le declaré mi amor y, ¡oh dioses!, me correspondió.

Viví feliz aquellos días, los mejores de mi vida, y desde luego pensé en hablar con usted y con mi padre en cuanto tuviera ocasión. Supuse, así mismo, que al principio se opondrían, pero también sabía que cuando la conocieran todos sus prejuicios se desharían como la cera en el fuego, así que decidí no preocuparme hasta que llegara el momento.

Pero de repente estalló todo mi mundo en mil pedazos y comenzó esta locura que ha sido y es esta guerra. Como sabe bien, me incorporé al arma submarina y, prescindiendo de quién mandara y de cómo lo hiciera, intenté cumplir con mi deber de buen alemán, tal como usted me había inculcado.

Entonces fue cuando tuve la evidencia de que nos mandan una panda de asesinos desalmados. Cogieron a Hanna en la universidad y la encerraron en un campo… —déjese de paños calientes y tergiversaciones— de exterminio. Hace unas semanas, viniendo desde mi base hasta Berlín, pude comprobarlo viendo un tren en el que iban arracimados como animales al matadero una ingente cantidad de judíos. Entonces en mi cabeza fue bullendo un algo inconcreto que se fue convirtiendo en un odio acerado y frío, cuyo catalizador fue la opinión de hombres muy importantes que no quiero ni debo nombrar y de cuyo amor a Alemania no puedo dudar; ellos fueron quienes dieron sentido a mi vida, confiándome una misión sagrada que cumplir. He sido, madre, y lo digo con orgullo, una ruedecilla insignificante de la maquinaria que ha intentado salvar a Alemania anulando al tirano.

Cuando esta carta llegue a sus manos, para bien o para mal, todo habrá terminado. La radio ya ha dado nombres y han comenzado las venganzas tildando de traidores a hombres heroicos a los que la historia hará justicia. No quiero morir en el deshonor. Cuando acabe de escribir esta misiva para usted, me quitaré la vida. No deseo ser colgado como un cerdo para escarnio de los míos y vergüenza pública. Si llega a tiempo, le ruego acuda a Berlín, si es que puede, y se ocupe de enterrar mis restos; dé parte al juez y diga que la llamé por teléfono anunciándole mi decisión. No habrá problemas. Es innumerable el número de oficiales alemanes de todas las armas que en estos días toman la misma senda que voy a tomar ahora.

Cuando esto acabe, haga por acercarse a la casa de los Pardenvolk —la dirección está en el reverso de la fotografía—, búsquelos y entérese de qué ha sido de ellos. Y si, por aquellos milagros, Hanna hubiera sobrevivido a este holocausto, dígale que la amé hasta la extenuación y que muero con su nombre en el pensamiento, en el corazón y en los labios.

Un beso a mi padre y a Ingrid, y usted reciba todo el amor filial de su hijo que siempre la adoró,

Eric

En aquel instante llegó August. Se quedó parado en el vano de la puerta, observando la extraña escena: su mujer, hecha un mar de lágrimas, en presencia de una desconocida.

—¿Qué ocurre, querida?

Hanna se enjugó las lágrimas.

—Es la madre de Eric —dijo simplemente, y volviéndose a Jutta, añadió—: August, mi marido.

Sin mediar palabra entregó la carta a August, quien la leyó con atención.

—Señora, su hijo fue un héroe... Y Hanna lo quiso mucho. En honor a la verdad, debo admitir que de haber sobrevivido él, yo me habría retirado. Luchar contra un mito es muy difícil.

—No digas eso, August.

La dama de negro no decía nada.

—Se lo voy a demostrar. Hanna, ¿dónde está el niño?

—Imagino que donde siempre, jugando con su prima Angela en el agujero de la bomba.

—¿Sabe cómo se llama mi hijo?

—¿Cómo? —dijo la mujer.
—Eric.
—Me gustaría conocerlo.

Salieron al jardín. Al fondo, dos niños construían una cabaña. Los tres se acercaron al cráter que había dejado la bomba. Hanna los llamó. Los críos subieron las paredes del agujero haciendo el remolón.

—Eric, da un beso a esta señora.

El niño miró a su madre y obedeció.

—¿Yo también? —preguntó Angela, la hija de Manfred y de Esther.

—Tú también.

La mujer miró fijamente a la parejita y luego besó a la niña.

—Sois el futuro de Alemania. No dejéis que nadie disponga de vuestras vidas ni hagáis caso a nadie que predique el odio. Sed siempre como sois ahora.

Los niños se miraron sin comprender.

Una semana después, en un pequeño cementerio de la periferia, junto a una tumba, se veía un grupo formado por ocho personas. Hanna y August, Esther y Manfred, Leonard, Jutta, Ingrid y el padre Poelchau, que conducía la oración. Al finalizar la misma, Hanna se adelantó y depositó una rosa roja sobre la lápida que cubría la sepultura y en la que, en letras góticas, se podía leer:

> Eric Klinkerberg Branner.
> Teniente de la Kriegsmarine
> 1917-1945
> Ofreció su vida por Alemania
> Descanse en paz

August pasó el brazo derecho por los hombros de Hanna mientras con la mano izquierda le ofrecía un pañuelo para que enjugara una lágrima furtiva que rodaba por su mejilla. Luego el grupo enfiló la salida del camposanto.

La primavera estallaba en Berlín. Los rododendros estaban en flor.

CHUFO LLORÉNS
*Puigcerdá-Barcelona-Toledo-
Berlín-Sevilla-Barcelona,
julio de 2000-diciembre de 2002*

NOTAS

1. Mes que corresponde al enero del calendario cristiano.
2. Ceremonia de la mayoría de edad de un muchacho judío al cumplir los trece años.
3. Presentación del novio a la novia; simbólicamente, la realiza un casamentero.
4. Condiciones o estipulaciones escritas para el matrimonio.
5. Arras, dinero que pagaba el novio a la familia de la novia.
6. Erudito que sobresale en el estudio del Talmud.
7. «Fieles hasta la muerte.»
8. Hay dos escuelas, la palestinense o jerosolimitana, que nació en Palestina, más sucinta y antigua, y la babilónica, posterior y por tanto más moderna, que nació en Mesopotamia.
9. «Paz.» Saludo judío; se responde con la misma palabra.
10. Uno de los nombres de Dios.
11. «Dios lo quiere.» Fue el grito de guerra que promovió Pedro el Ermitaño para enardecer los ánimos de los cruzados que partieron hacia Jerusalén bajo el mando de Godofredo de Bouillon en la primera cruzada.
12. Cerdo.
13. Ángel celestial, custodio de las buenas obras, en la religión judaica.
14. En alemán, Partido Nacionalsocialista de los Trabajadores Alemanes.
15. Col fermentada; plato típico de la cocina alemana.
16. Carnicero judío que vigila y ejecuta la matanza de todos los animales.
17. Adecuada para el consumo humano según las leyes judías en cuestiones dietéticas.

18. El hálito de Dios en el hombre, el alma.

19. La paciencia divina.

20. Pastel típico que en España puede equivaler a la tarta selva negra.

21. Pentateuco, los cinco libros del Antiguo Testamento, fundamento de la religión judía. Se acostumbraban enrollar en un cilindro labrado en plata.

22. Demonio judío.

23. Chapines con suelas de madera para evitar la humedad. Las Cortes de Jerez de 1268 prohibieron a las moras y a las judías que las dorasen.

24. Judíos obligados por las circunstancias a abandonar su fe y adoptar la de los cristianos. Se los denominaba falsos conversos.

25. Nombre con el que se designaba a los judíos. Algunos autores atribuyen su etimología al verbo «marrar», equivocarse (los equivocados), pero el pueblo llano lo equiparaba a la palabra «cerdo».

26. Premio Nobel de física 1901, descubridor de los rayos X, los cuales supusieron un avance fundamental para combatir el cáncer y para poder ver a través de cuerpos opacos.

27. Sistema de telegrafía de puntos y rayas por pulsaciones que lleva el nombre de su inventor, Samuel Finley Breese Morse.

28. Literalmente, «día del Perdón». La más celebrada de las festividades hebreas.

29. Lugarteniente de Heinrich Himmler, conocido como la Bestia Rubia. Diseñó la lista de muerte de la Noche de los Cuchillos Largos en la que las SS se impusieron a los camisas pardas y murieron más de mil personas. Durante la guerra fue nombrado «protector» de Checoslovaquia y diseñó en Wannsee la Solución Final. Murió en un atentado de los partisanos checos, por lo que hubo una terrible represalia.

30. Principio del himno alemán: «Alemania, Alemania por encima de todos».

31. Autor, entre otras obras, de *Un mundo feliz*, 1932.

32. El 30 de junio de 1934 Hitler acabó con el que había sido su socio en los principios, Ernst Röhm, quien fue eliminado en una bacanal de homosexuales, a las que eran muy aficionados los mandos de las SA.

33. General prusiano que, tras participar en Waterloo contra Napoleón, dirigió la Escuela de Guerra de Berlín y teorizó sobre esta última. Su mujer, tras su muerte, publicó su obra más importante: *Vom Krieg* [De la guerra].

34. Cornudo. Si llegaba a ser del dominio publico, el marido podía ser castigado por los tribunales y escarnecido públicamente, paseándolo, montado en un pollino, en tanto el pregonero proclamaba su vergüenza a los cuatro vientos.

35. Danza popular al uso.

36. Un real era el precio de la piel de un cordero, de ahí el nombre.

37. «Que produjiste.» Término con que se conoce la bendición del pan y que debe pronunciar el varón de más edad.

38. «Mujer de valor.» Alabada en el libro de los Proverbios como ama de casa virtuosa. Luego se amplió a madre y esposa modelo, y mujer de espíritu abnegado.

39. Fiesta de las Luminarias. Conmemora la fugaz victoria que los macabeos lograron sobre las tropas de Antíoco IV Epífanes y la consiguiente reinauguración del Templo de Jerusalén.

40. Baño ritual en el que se sumergen las mujeres después de la menstruación.

41. Casamentero, oficial que actúa profesionalmente.

42. Contrato definitivo para cerrar un matrimonio. Caso de extravío de este documento, en la antigüedad la pareja no podía yacer hasta rehacer dicho documento.

43. El almuédano o muecín es el encargado de llamar a la oración, desde el minarete, a todos los fieles.

44. «Estudiante perpetuo», persona que dedicaba la mayor parte del día y de la noche al estudio talmúdico, durante toda su vida.

45. Familia, ancestros y descendientes. Tiene el sentido de clan.

46. La orden era la de hacer desaparecer gentes de toda condición ocultando el hecho, de manera que cuando la familia se dirigía a la policía para recabar información, se le decía que no había ninguna noticia de desaparición del interfecto. Este sistema fue usado bajo la misma denominación en la Argentina de los gobiernos de los generales Viola y Bignone, así como del almirante Massera.

47. Jueces que tenían rango de alcaldes y cuya autoridad únicamente era sometida a la del rabino mayor.

48. Candelabro judío de siete brazos.

49. Cuerno de carnero que se sopla en algunas festividades.

50. Los reyes consideraban a los judíos como una propiedad, y en aquellos casos en que se cometía con ellos alguna tropelía, la corona demandaba una indemnización.

51. Impuestos especiales que pagaban al rey únicamente los ju-

díos y del que estaba exento el resto de las culturas que poblaban el reino.

52. Se refiere al pacto al que llegó Enrique II con la madre de Pedro I, María de Portugal, la cual, por vengarse de la madre de éste, Leonor Núñez de Guzmán (a la que mandó asesinar por ser la amante de su marido, Alfonso XI), se puso de parte del bastardo contra su hijo, que era el auténtico heredero.

53. Cristianos cuyos ancestros se remontaban hasta ocho generaciones incontaminados de herejía y de oficios deshonrosos.

54. Durante la Olimpiada de 1936 y en honor al equipo americano se autorizó el jazz, que estaba prohibido por ser música de negros.

55. Todos estos deportistas fueron eliminados por su condición de judíos. Con Helene Mayer no se atrevieron para no ofender a Estados Unidos ya que ésta se había consagrado allí.

56. «El Atacante», literalmente. Semanario antisemita que durante los días de la Olimpiada de Berlín de 1936 no salió a la luz.

57. El atleta, que era oficial del ejército, fue degradado posteriormente por ese gesto de deportividad.

58. Telefunken estrenó el *Fernesh Kanone* («cañón de televisión»), una imponente cámara totalmente electrónica que, montada en la *Funkturm*, una torre emisora que incorporaba un estudio gigante, transmitía más de ocho horas diarias para los berlineses.

59. Pandora fue la primera mujer, en la mitología griega. Creada por orden de Zeus, abrió su caja y desparramó sobre la tierra todos los males que afectan a los hombres, quedando en su fondo, únicamente, la esperanza.

60. El primer Volkswagen salió de la fábrica el 26 de febrero de aquel mismo año.

61. Brindis hebreo que significa «por la vida».

62. Pequeña y fina hoja de cuero labrado de animal *kosher* sobre la cual se escriben pasajes del Deuteronomio que comienza con el salmo «Escucha, ¡oh, Israel!, mis palabras [...] Has de escribirlas en las entradas de tu casa y de tus ciudades», y que metido en una porta *mezuzá*, se oculta en la jamba de entrada de la casa, al lado derecho y arriba, a fin de que siempre sirva de recordatorio al judío y la mansión quede protegida de los demonios.

63. Pan judío untado con clara de huevo.

64. Nombre que se daba a los eruditos místicos que se dedicaban a la cabalística y a descifrar los nombres de Dios.

65. Orquesta Roja, o también Capilla Roja, fue el nombre que la Gestapo dio a los componentes del espionaje soviético que trabajaron durante mucho tiempo en Alemania y a los que, desde Rusia, dotaron de medios suficientes para conectar por radio con Moscú. «Orquesta» porque en la jerga del espionaje el aparato transmisor se denomina «piano», el radiofonista es el «músico» y el jefe del servicio es el «director de orquesta»; «roja» porque la música se dirigía a Moscú.

66. El 20 de enero de 1942 se reunieron en Vannsee, a las órdenes de Reinhard Heydrich, los gerifaltes del partido para redactar las leyes y tomar las decisiones oportunas para la llamada Solución Final de todos los judíos que se encontraran en los territorios ocupados por los nazis; se tuvieron en cuenta todos los matices en cuanto a consanguinidad, nacionalidad y actividad privada. Mantuvieron con vida como esclavos a los trabajadores y condenaron a las cámaras de gas a todo aquel que tuviera el menor matiz de intelectualidad.

67. Todas estas leyes se fueron promulgando sucesivamente desde 1933 hasta 1937.

68. Poderoso demonio judío.

69. Vestido de doncellas adineradas para estar por casa.

70. Dar el soplo.

71. Aduana interior, puesto recaudador.

72. El alemán Max Schmeling y el americano de color Joe Louis disputaron dos combates de boxeo; cada uno ganó una vez.

73. Escritor satírico que firmaba con el seudónimo de Peter Panter o Theobald Tiger. Se suicidó en Suecia en el año 1935; se ignoran las causas.

74. En la mitología griega, gigante siciliano, hijo de Poseidón, que apresó a Ulises y a sus compañeros, y al que cegó el primero clavándole una estaca en su único ojo.

75. Acepción de Satanás.

76. La población de Oberammergau es famosa por la representación de *La Pasión de Cristo*, cuyos papeles interpretan, cada diez años, sus habitantes.

77. Se refiere aquí al famoso pico de los Alpes suizos.

78. Cordaje destinado a sujetar a dos escaladores para formar una cordada o para deslizarse por una pared.

79. Famoso actor de cine nacido en Suiza pero nacionalizado alemán.

80. Mujer polivalente. Fue bailarina y actriz de cine especialista

en escenas que entrañaran riesgo. Un accidente la colocó detrás de la cámara. Hitler la favoreció, y dirigió la filmación del Congreso de Núremberg de 1935, si bien con la condición de que nadie fiscalizara su trabajo. Es famosa porque filmó la Olimpiada de Berlín de 1936, y revolucionó la técnica del rodaje de escenas móviles usando por vez primera lo que en la actualidad se llama *travelling*, que consiste en instalar junto a los elementos móviles que se quieran filmar (los corredores, en su caso) un raíl por el que se desliza la cámara. Falleció en 2003, a los 101 años, y la historia parece haberla reivindicado.

81. En 1938 Alemania invadió la región de los Sudetes y, por los Acuerdos de Munich, Francia e Inglaterra le reconocieron sus derechos.

82. Los cristianos rompían los bancos donde se instalaban los semitas para realizar sus operaciones de cambio. De ahí el nombre de «bancarrota»

83. Cuenco, recipiente.

84. Hitler cobraba derechos de imagen hasta por prestar su perfil para las estampillas de correos. Murió millonario.

85. Esta ley se promulgó el 23 de noviembre de 1939, pero por conveniencia de la historia, el autor la sitúa en el año 1938.

86. Pequeña tarima cubierta por un baldaquín y abierta por los cuatro costados que representaba la hospitalidad de un hogar judío.

87. Diez era el número requerido para que pudiera celebrarse la ceremonia.

88. Manto que la novia regala al novio y con el que el rabino celebrante cubre los hombros de los contrayentes durante la ceremonia; representa la unión bajo un solo hogar.

89. La novia se cubría con el velo, que le evitaba el mal de ojo, la ocultaba de las miradas de otros hombres y simbolizaba, según la tradición, que el novio no cancelaría el matrimonio al ver las imperfecciones de su rostro.

90. Simbolismo que quiebra el mal de ojo.

91. Banco mercantil en el mundo musulmán. De ahí la expresión «Ir de la ceca a La Meca» con la que se quiere indicar que alguien está muy ocupado.

92. Sencillos sudarios, a fin de evitar diferencias entre ricos y pobres.

93. *Tefilín*, en hebreo. Pequeños pergaminos en los que aparecen inscritos algunos pasajes bíblicos y que se guardan en dos correas de

cuero. Una de ellas se enrolla en la cabeza, en torno a la frente, y la otra, en el brazo izquierdo y en el dedo corazón. Su uso aparece legislado en el Deuteronomio.

94. Custodia que se realiza para honrar al difunto y acompañarlo.

95. Estas dos últimas profesiones generaban muchos odios entre los cristianos de Toledo.

96. Albañiles o constructores.

97. Recaudadores de impuestos.

98. Principales profesiones de los judíos de Toledo.

99. Hoy día se cree que el cementerio principal estaba ubicado en la Vega Baja, concretamente en el pradillo de San Bartolomé.

100. Pequeño solideo, que puede ser liso o bordado, con el que los judíos cubren sus cabezas al entrar en la sinagoga, en los cementerios, o al celebrar cualquiera de sus ceremonias.

101. Manto que coloca sobre su cabeza y hombros el judío adulto para conducir las oraciones. Es de forma rectangular y penden de sus lados flecos menores con un cierto número de nudos, correspondientes al valor numérico de las letras que forman el nombre del Eterno.

102. Libro de plegarias.

103. Oración por los difuntos que es recitada por los familiares durante once meses.

104. La costumbre judía era que los amigos aportaran la comida el día del entierro y los días subsiguientes, pues se consideraba que la familia, transida por el dolor, no estaba para esos menesteres.

105. Ano.

106. Monje que dirige los cantos de sus hermanos en la capilla.

107. Plural de *goy*, palabra hebrea usada por los judíos para referirse a los gentiles o no judíos.

108. En Castilla, charla que se acostumbra hilar en los pueblos después de la cena o al anochecer.

109. Nombre que se daba a las prostitutas que seguían a los soldados.

110. Judas, Jonatán y Simeón, los Macabeos, de la familia de los Asmoneos; héroes del pueblo judío hijos del sacerdote Matatías que se enfrentaron y vencieron a las tropas de Antíoco IV Epífanes y sucesores, del 175 al 134 a.C.

111. Famosa fortaleza judía que resistió durante años el asedio de los romanos; cuando por fin éstos la tomaron, todos sus defensores habían optado por el suicidio.

112. Así llamó el pueblo a la noble que se hizo con parte de los

bienes de Samuel Leví, administrador de Pedro I, tras ser éste muerto con tormento por su rey. El autor aplica este hecho a la liquidación de la herencia de Isaac Abranavel.

113. Símbolo, distintivo, divisa.

114. Kriminalpolizei. Policía criminal, controlada por las SS.

115. Histórico.

116. Parlamento alemán.

117. Uno de los causantes del Holocausto. Al terminar la guerra, huyó a Argentina, donde fue cazado por el servicio secreto israelí. Trasladado a Israel y juzgado, se le condenó a muerte.

118. Nombre despectivo que la gente usaba para referirse a Hitler, en recuerdo de su graduación en la guerra de 1914.

119. Este hecho desencadenó lo que la historia ha llamado la Noche de los Cristales Rotos, de la que el autor hablará más adelante.

120. Se suponía que se refería a violaciones de mujeres judías.

121. Histórico.

122. Histórico.

123. Posteriormente, durante la guerra, fue destinado a una peligrosísima unidad de paracaidistas de asalto por ver de acabar con su vida y, de esta manera, deshacerse de él rindiéndole honores. Sin embargo, salió indemne, y en la posguerra fue embotellador de Coca-Cola en Hamburgo.

124. Histórico.

125. Esta organización surgió en Munich tras la caída de Stalingrado, pero el autor, por conveniencia, la ubica antes de la guerra.

126. Fue uno de los mejores y más ocurrentes cabaretistas de Berlín, artista cómico y propietario de varios establecimientos dedicados al ocio. El régimen llevó a cabo una tarea de vigilancia cerca de los teatros de variedades, ya que temía la afición del pueblo alemán hacia el género y vigilaba con especial atención a los cómicos. Como bandera de libertad, Herman Goering se hacía explicar, cada mañana, los chistes y chascarrillos que de él se contaban.

127. Junto con los hermanos Hans y Sophie Scholl, los miembros dirigentes de la Rosa Blanca fueron, Christoph Probst, Willi Graf y el alegre Alexander Schmorell. Su ideólogo y mentor fue el profesor de filosofía de la Universidad Maximiliana, de cuarenta y nueve años, Kurt Huber.

128. Extraído de el diario de Hans Scholl.

129. Histórico.

130. Los hermanos Scholl fundaron la Rosa Blanca al conocer a

través de Kurt Huber la cara terrible del nazismo. Junto con un reducido grupo de estudiantes se dedicaron a desprestigiarlo, mediante panfletos y cartas metidas en el correo, y a intentar abrir los ojos al pueblo alemán. Un bedel de la universidad los vio tirar papeles por el hueco de la escalera desde el último piso y, cerrando las puertas, avisó a la policía secreta; la Gestapo los detuvo. Juzgados sumarísimamente, fueron decapitados delante de sus padres junto a Christoph Probst, y a los pocos meses cayeron Kurt Huber, Willi Graf y Alexander Schmorell. En su honor, se levantó un monumento en el campus, donde están grabados sus nombres y su historia.

131. El rey Enrique II ordenó, tras la traición que se cometió abriendo dicha puerta a sus tropas, que cada noche se guardaran las llaves de todas las puertas de la muralla de Toledo en el convento de Santa Clara, donde residían como novicias las dos hijas menores de su canciller, don Pedro López de Ayala, quien traicionó a Pedro I como venganza al haber deshonrado éste a su hija menor.

132. Impuesto que devengaban las mercancías que entraban en las ciudades.

133. El carcelero alude aquí a la frase que dijo Cristo al buen ladrón: «Hoy estarás conmigo en el Paraíso» (Lucas 23, 43).

134. De Maritornes, personaje de *Don Quijote*. En sentido popular, homosexual.

135. Se denomina de esta guisa al homosexual al que la circunstancia obliga y siempre al que ejerce de hombre en la pareja.

136. De ciscar, defecar.

137. Se toma aquí la expresión de «bachiller» en su acepción de persona que habla mucho e impertinentemente.

138. Alude al famoso episodio en el que el mercenario Du Guesclin ante la lucha cuerpo a cuerpo de Pedro I y su hermano Enrique, enzarzados en el suelo, puso al segundo encima del primero.

139. Histórico.

140. Pedro I el Cruel mandó asesinar a su hombre de confianza (algunas fuentes sostienen que descuartizándolo entre cuatro caballos a fin de que confesara dónde guardaba sus tesoros) con la excusa de que se había enriquecido a su costa.

141. Enrique de Trastámara, aun siendo bastardo, consiguió el trono tras matar al rey legítimo, Pedro I. En cuanto alcanzó el poder, cambió radicalmente su postura al respecto de los judíos, que de enemigos

pasaron a ser protegidos, ya que los semitas le rendían, aparte de buenos servicios, grandes beneficios.

142. Teniente coronel.

143. Héroe del régimen abatido en su casa por los comunistas en las luchas que mantuvieron éstos con los nazis. El Tercer Reich le honró poniendo su nombre a infinidad de plazas y calles. Hitler explotó su figura con fines propagandísticos y cada año, en el aniversario de su muerte, organizó un espectáculo en su tumba. Su himno fue uno de los que más sonaron en Alemania y tuvo un batallón con su nombre, que fue el último que defendió el búnker de Hitler antes de su suicidio.

144. La bella y menuda húngara era una de las actrices preferidas tanto del Führer como también de su ministro de Propaganda, Joseph Goebbels.

145. El del primero fue en París y provocó la Noche de los Cristales Rotos, y el de Wilhelm Gustloff, jefe del partido Nacionalsocialista en Suiza, fue en Davos y perpetrado el 4 de febrero de 1936 por el estudiante de medicina judío David Frankfurter, de nacionalidad yugoslava.

146. Marinus van der Lubbe fue un solitario albañil holandés, infeliz e idealista, que incendió el Reichstag la noche del 27 de febrero de 1933, intentando despertar la conciencia del proletariado alemán. La maquinaria de propaganda del partido nazi atribuyó el incendio a un atentado terrorista de los comunistas. El infeliz fue ajusticiado el 10 de enero de 1934, y el efecto de su acción fue el contrario al pretendido, pues contribuyó a aupar a Adolf Hitler al poder.

147. Cuerpo sin vida.

148. Siete días de luto que se siguen a la muerte de alguien.

149. Demonio femenino que en las leyendas judías se cree que seduce a los hombres y que es causa de todo lo maligno.

150. Típico plato judío que inclusive tiene una canción.

151. Nombre hebraico de Satanás.

152. Espíritu que posee a un hombre y le hace perder el control.

153. La compasión de Dios.

154. Presencia divina.

155. Coronel.

156. Famoso cartógrafo y viajero musulmán que desde los tiempos del Califato había trazado todas las rutas de Almanzor y de Abderramán III.

157. Tal era el nombre que designaba a los jinetes que montaban alguna de las cabalgaduras que iban enganchadas a las galeras.

158. Escuela rabínica.

159. Encargado de conducir los rezos en la sinagoga.

160. Bab el-Chuar es su nombre en árabe. Fue, anteriormente, una de las mezquitas que el rey Alfonso X donó a los judíos de Sevilla para que se hicieran sinagogas.

161. Persona especializada en realizar circuncisiones. Los niños judíos son circuncidados al octavo día de su nacimiento.

162. Cuentos que servían para distraer a los niños, o se utilizaban para entretener largas veladas nocturnas.

163. Incautos.

164. Maleantes.

165. Mediación en el rescate de esclavos.

166. Histórico.

167. Al no existir los seguros, los judíos acostumbraban aplicar esta fórmula en cuanto un viaje representaba riesgos; principalmente se usaba en viajes marítimos con peligro de tempestades y de piratas.

168. La UFA (Universum Film Aktiengesellchaft) fue una fábrica de películas y reportajes durante el conflicto.

169. Noticias extraídas de recortes de prensa del año 1938.

170. Porcentaje real de estudiantes alemanes afiliados al partido nazi en 1939.

171. En alemán, literalmente, «guerra relámpago».

172. Sinónimo de tunda o paliza.

173. El cardenal Gómez Barroso llegó a llamar «contumaz, rebelde y sospechoso de retejía» al arcediano de Écija, Ferrán Martínez.

174. Las amonestaciones reales llegaron cuando fue visitado por el procurador de la aljama, Yehudá ibn Abraham, el 13 de febrero de 1388 para conminarle en forma legal a un cambio de actitud. El arcediano rechazó las cartas reales y lo tachó de «perro judío», y atacó al Papa por autorizar la construcción en Sevilla de una nueva sinagoga.

175. En Granada, el sultán Muhammad V obligaba a los judíos a llevar una tela cosida a los hombres, *sikla*, y una campanilla a las mujeres, *yulyul*. También se les prohibía montar a caballo.

176. Todas estas obligaciones ya figuraban desde los tiempos de Alfonso X el Sabio en el *Código de las siete partidas*, con castigos de diez azotes en público por cada vez que se les sorprendiera sin los consabidos distintivos, amén de una multa de treinta maravedíes.

177. Hombres de frontera.

178. Nombre que se daba a las aljamas en algunas partes de España.

179. Ancianos.

180. Máxima autoridad referida al poder ejecutivo, que despachaba con los veinticuatro corregidores y con el alguacil mayor.

181. De *al-munya*, «finca» en árabe. De ahí, como ejemplo, la localidad zaragozana de La Almunia de Doña Godina.

182. Academia rabínica donde los jóvenes judíos adquieren la etapa superior de su educación religiosa, basada sobre todo en el estudio del Talmud.

183. Apelativo con el que se conocía a Heydrich.

184. Teniente.

185. Espía y bailarina holandesa de la Primera Guerra Mundial que fue fusilada por los franceses.

186. U-Boot, abreviatura de *Unterseeboot*, «nave submarina». Era el nombre oficial que se daba a los submarinos alemanes durante la guerra.

187. Muchos conversos adoptaron la fe católica y fueron más papistas que el Papa. Pablo de Santa María redactó las conclusiones de Santa Catalina que regulaban las obligaciones de los nuevos conversos.

188. Nombre que daban los moriscos a los cristianos.

189. Los notables, que tenían mucho más que perder que las gentes sencillas, ante los ataques del arcediano cambiaron de religión, aunque en ocasiones conservaron en secreto sus costumbres y ritos poniendo en marcha una religión criptojudía.

190. Comienza con la primera estrella salida en la noche del viernes y termina veinticuatro horas después. Sus preceptos, que prohíben cualquier actividad, incluida la de guisar —lo cual llevan a cabo el día anterior—, les obligan a una pasividad casi absoluta.

191. Es el libro más influyente del misticismo cabalístico. Se escribió en Guadalajara entre 1280 y 1286.

192. Oración de la mañana; es la más importante de las tres que se rezan al día.

193. Histórico.

194. Gran número de refranes castellanos tienen su origen en el pueblo judío: «Más vale pájaro en mano que ciento volando», «Quien con niños se acuesta meado se levanta», «Mejor cola de león que cabeza de ratón», etcétera.

195. Estrado o púlpito desde el que se leen las secciones de la Torá o del Libro de los Profetas, y desde donde el oficiante se dirige a los fieles.

196. «Rescate del primogénito.» Fiesta que se celebra a los treinta días del nacimiento del niño, legislado en el Éxodo 13, 2. Los padres deben rescatar al recién nacido para evitar que se lo lleve un hombre, Shenofer, enraizado en la casta sacerdotal y que asiste a la ceremonia.

197. «Alabado sea Dios, Señor del Universo, y «Alabado sea Dios único».

198. Pagado el día de San Martín.

199. Así llamado porque se liquidaba en marzo.

200. Gravaba la recompra del derecho de morada.

201. Recompra del servicio militar.

202. Gravaba el paso de rebaños trashumantes.

203. Tasas aduaneras marítimas e interiores, como el paso de mercancías por los puertos de montaña.

204. Pago sobre propiedades rústicas.

205. Este hecho es posterior y se atribuye al franciscano Fernando de la Plaza.

206. Mezcla de frutas troceadas, nueces y especias que representa la argamasa utilizada por los esclavos hebreos en las construcciones ordenadas por el faraón en la cautividad de Egipto.

207. Febrero-marzo.

208. «Acudieron al rey de los más honrados del regno.» Los citados, acompañados de otros hombres notables, acudieron a la presencia de Juan I para quejarse de las prédicas del arcediano y pedir protección para los suyos.

209. Cuando el alto mando de la Kriegsmarine decidió que sus submarinos atacaran cualquier barco que entrara en la zona de guerra, que era alrededor de toda Gran Bretaña, incluidas Escocia e Irlanda, decidió que lo hicieran en grupos de cuatro o cinco para asegurar el ataque a los convoyes con las máximas garantías y, de esta manera, protegerse mejor de los contraataques de los destructores británicos.

210. Las «vacas lecheras» eran submarinos gigantes que, reunidos en un determinado punto del océano con una jauría de «lobos grises», los dotaban de cualquier cosa que fuera necesaria para que éstos pudieran seguir con sus correrías de destrucciones y hundimientos sin necesidad de regresar a sus bases a repostar.

211. Hasta que el destructor británico *Bulldog* no capturó al submarino *U-110* del comandante Fritz Julius Lemp, en las costas de Groenlandia, el 1 de mayo de 1941, los ingleses no pudieron hacerse con una de las ingeniosísimas máquinas Enigma ni con sus libros de có-

digos y, de esta manera, dar un vuelco casi definitivo a la guerra submarina.

212. Histórico.

213. Siguiendo la costumbre de los caballeros teutónicos de adornar sus escudos, los comandantes de los submarinos acostumbraban colocar en el centro de sus torretas imágenes curiosas y rotuladas, a fin de diferenciar su barco de los demás gemelos. El comandante Prien, héroe de Scapa Flow, dibujó un toro; otros portaron una flor edelweiss, la caricatura de Winston Churchill con un elefante encima de la cabeza o la silueta de Gran Bretaña con un puñal clavado en el centro.

214. «Clérigo tuerto.»

215. Los U-Boote alemanes tenían el casco exterior en forma de uso, y esto hacía que navegaran en superficie mucho mejor que los británicos. El casco interior era un tubo de acero compartimentado, donde se alojaban todos los elementos que constituían aquella terrible máquina. Entre ambas estructuras se alojaban los tanques de inmersión que, según se llenaran o se vaciaran de aire comprimido, hacían que la nave subiera o bajara.

216. Pistola de reglamento de las Waffen SS.

217. Toda la terminología submarina se ha extraído del relato de la hazaña del comandante Prien cuando entró en Scapa Flow hundiendo al acorazado *Ark Royal*.

218. El Zyklon B fue el gas destinado a las cámaras para la eliminación de los judíos de los campos.

219. Hitler hizo cercar el pueblo de Lídice, de donde se sospechaba que eran oriundos los terroristas, fusiló a todos sus hombres, deportó a todas las mujeres y los niños, y no dejó piedra sobre piedra.

220. El futuro Pío XII, sin sospechar ni remotamente cómo se comportaría Adolf Hitler al respecto del problema judío y de otras minorías religiosas y étnicas, recomendó a los católicos alemanes, en un listado de ocho argumentados puntos, que el 12 de noviembre de 1933 votaran para el Reichstag la lista del partido nazi.

221. El partido Nacionalsocialista premiaba con la Medalla de Oro a las madres de más de cuatro hijos. Propugnaba el retorno de la mujer a las tareas del hogar y la estimulaba para que tuviera el mayor número de hijos posible. Para todas estas tareas, la preparaba en cursos especiales y obligatorios; su lema era: «*Kinder, Küche, Kirche*» (Niños, cocina, iglesia). La rama femenina de las Juventudes Hitlerianas era la *Bund Deutscher Mädel* (Liga de las Jóvenes Alemanas), jocosamente

conocida por sus homónimos masculinos como *Bund Deutscher Milchkuhe* (Vacas Lecheras Alemanas). Ya en 1934, en el congreso del partido, Hitler culpó a los intelectuales judíos de la emancipación de la mujer: «La mujer alemana en nuestros tiempos no necesita emanciparse».

222. En esa época, el sueldo medio de Alemania era de veintisiete marcos semanales.

223. «Las simpáticas facciones del monarca, su trato amable y su elevada posición habían levantado un sinfín de esperanzas entre sus súbditos.» Histórico.

224. La princesa Beatriz estaba prometida a don Fadrique, duque de Benavente, hermano bastardo del rey

225. Los médicos atribuyeron el inesperado fallecimiento a la fuerte impresión que produjo en su ánimo la alegría de saber que don Juan estaba próximo a llegar y, al estar recién parida de un parto tan peligroso, opinaron que la fiebre se apoderó de ella y le quitó el aliento por no permitir la debilidad de sus fuerzas el peso de ninguna impresión tan vehemente. Histórico.

226. Histórico.

227. Marzo-abril.

228. En la sinagoga las mujeres estaban aparte, en una galería (a semejanza de un coro de iglesia), y únicamente coincidían con los hombres a la salida.

229. Agosto-septiembre.

230. Edificio público con habitaciones, establos y almacenes. En ellos se hospedaban los comerciantes forasteros que llegaban a la ciudad, almacenaban sus mercancías y se realizaban las transacciones de compraventa y distribución a los zocos.

231. Aposento de humilde condición. De ahí que a las prostitutas que visitaban estos domicilios se las denominara «piltroferas».

232. Funcionario encargado de la vigilancia y comprobación del cumplimiento de la ley en lo que a pesos y medidas se refiere, así como de otras cuestiones relativas al buen funcionamiento del mercado: producción artesanal, higiene y justicia.

233. «Señor del zoco», funcionario encargado del orden público y que todavía conservaba el nombre que tenía en tiempos del Califato.

234. Socios para delinquir.

235. Mención referida a partir hacia la otra vida, según la mitología griega y recogido por Virgilio en la *Eneida*.

236. Ropaje abierto por los laterales que se colocaba entre la camisa y la túnica; las mujeres ricas lo sustituían por el pellote.

237. Consignas de la Rosa Blanca tras la caída de Stalingrado.

238. Jefe de distrito.

239. Este suceso, ocurrido en febrero de 1943, desencadenó una revuelta estudiantil que terminó con la detención de los hermanos Scholl.

240. La hazaña más notable de los submarinos alemanes, en los que al principio no creía Hitler, fue el hundimiento en la bahía de Scapa Flow, en Escocia, de un acorazado inglés y una nave de acompañamiento en cuya acción murieron más de setecientos hombres. Karl Doenitz, el contralmirante que mandaba el arma submarina, en la que había servido brillantemente en la Primera Guerra Mundial, buscaba un golpe de efecto que entusiasmara al Führer. La entrada en la bahía —debido a los barcos hundidos unidos entre sí por cadenas que había en sus embocaduras y a las corrientes marinas— era dificultosísima y la salida resultaba prácticamente imposible. El ministro de Propaganda, Goebbels, supo aprovechar la coyuntura, de tal manera que Prien, el comandante del *U-47*, tras la recepción de Hitler y la concesión de la Gran Cruz de Hierro de primera clase, confió a un amigo suyo: «Yo soy un marino, no una estrella de cine».

241. Histórico.

242. Se puede interpretar en esta ocasión como la paciencia divina.

243. Tradujo la *Ética* de Aristóteles al hebreo; en la introducción, alude a las molestias de sus idas y venidas a la corte. Fue nombrado rabino mayor de todos los judíos en Castilla y durante las persecuciones de 1391 fue el escudo protector de su pueblo.

244. Lagi Solf es un personaje real. Ayudó a salvar a muchos judíos de la Alemania nazi, y aunque pudo huir con su madre, Johanna, pese a sufrir muchas peripecias al ser descubierta por la Gestapo, murió al terminar la contienda aquejada de una depresión sobrevenida al no poder salvar a su marido, oficial del ejército en el frente del Este, al que los rusos mantuvieron prisionero.

245. Equivalente a capitán de la Wehrmacht.

246. Un comando inglés en colaboración con partisanos noruegos destruyó las instalaciones de Peenemünde, retrasando de un modo capital la puesta a punto de la famosa V2 que tanto daño hiciera posteriormente volando sobre Londres.

247. La encíclica «*Sumi Pontificatus*», que promulgó Pío XII, cau-

só mucho daño al régimen nazi, de forma que se pidieron explicaciones al Vaticano.

248. El atentado se produjo el 27 de mayo a las 10.30 de la mañana. Un comando compuesto por tres hombres, que habían sido suboficiales del antiguo ejército checo, el primero provisto de un espejo retrovisor y un pito para avisar cuando divisara el coche y los otros dos armados con una granada Mills y un subfusil, formados y dirigidos desde Londres, esperaron al Mercedes verde del protector de Bohemia y Moravia en una curva muy cerrada de la barriada de Holeschowitz en Praga. El seguro del ametrallador falló, pero no así la bomba de mano que llevaba el segundo hombre en el morral. El fallo del conductor, Klein, fue detener el vehículo cuando se dio cuenta de que eran atacados. Heydrich, herido por la explosión, disparó con su revólver contra el ametrallador, que huyó. El chófer intentó dar caza al segundo, quien así mismo escapó en una bicicleta. La represalia ordenada por Hitler fue terrible.

249. Nacida en Liverpool en 1900. Empleada de la asociación alemana de Caritas. El acuerdo de la Santa Sede con el Reich protegía su actividad. Ayudó a infinidad de gentes a escapar del horror nazi. El 24 de marzo de 1943 fue detenida e interrogada por la Gestapo a causa de una denuncia e internada hasta el final de la guerra en el campo de Ravensbruck. Al finalizar la contienda, siguió con su incansable actividad.

250. Los alemanes entraron en Hungría en marzo de 1944. Eichman recibió instrucciones de Himler al respecto de formar un grupo especial de las SS a fin de eliminar a todos los judíos de Hungría, enviándolos a Auschwitz. La postura prosemita del embajador en Budapest, Miguel Ángel Muguiro, generó una crisis diplomática que terminó con su cese. Fue sustituido por Ángel Sanz Briz, quien salvó a 4.295 judíos documentándolos como sefardíes aunque no lo fueran y alojándolos en casas compradas por el gobierno español.

251. Oración de la noche.

252. Fórmulas de la confesión.

253. Las honras fúnebres que se prodigaron a Heydrich se podían comparar, sin desdoro, a las de Hindenburg.

254. Histórico.

255. Los rabinos talmúdicos indicaron que los siete días de abstinencia sexual se deben contar desde que termina el período de la mujer. Este precepto estaba gravado a fuego en la mente de las mujeres.

256. Mayr Alquadex lideró la marcha de los supervivientes de las matanzas de Sevilla y se constituyó en líder de su pueblo.

257. Según el Deuteronomio 25, 5-10, cuando una mujer quedaba viuda sin hijos, su cuñado debía casarse con ella a fin de perpetuar el nombre del difunto. El primer hijo del nuevo matrimonio llevaba el nombre del fallecido y era su heredero. Si el hermano del difunto rechazaba tomar por esposa a la viuda, debía celebrarse la ceremonia llamada Halisá, mediante la cual él quedaba liberado de su obligación y ella quedaba libre para contraer nuevo matrimonio con quien quisiera; de lo contrario, sin dicha ceremonia, una viuda sin hijos no podía volver a casarse.

258. Don Yuçaf Aben Verga aparece mencionado en la década de 1390 como «tesorero mayor del rey en el regno de Toledo» y don Çulema Aben Arroyo y otros judíos figuran entre los miembros de la Cámara de Cuentas de la Cancillería Real. Los conversos gozaban de privilegios que todavía enconaban al pueblo contra ellos en mayor medida.

259. Diez eran los testigos necesarios para validar un divorcio.

260. Llamada la droga de la verdad. Aunque no era segura, servía para que muchos interrogados cuya mente era afectada respondieran, medio en sueños, a las preguntas a las que eran sometidos.

261. «En caso de duda, a favor del reo.»

262. El padre Robert Leibér hizo destacados servicios a Pío XII, y llevó los tratos con el abogado Josef Müller, quien llevó de Berlín una propuesta de varios generales para pactar una paz honrosa con los británicos condicionada al asesinato de Hitler. El embajador inglés, Osborne, recomendó desechar la propuesta alegando que era una maniobra del servicio secreto alemán para sorprender la buena fe del Papa, intentando implicarle en tan oscuro negocio. El caso fue que la propuesta era cierta.

263. Libro o documento del divorcio que se debe firmar en presencia de diez testigos. El acta han de rubricarla el oficiante y dos de ellos. En ese documento, llamado *guet*, que acostumbra estar escrito en arameo, se establece la rotura del vínculo matrimonial que se había establecido en la Ketubá.

264. Servicio secreto inglés.

265. La mina de granito de Flossembürg daba trabajo a un número de presos del campo que alojaba a antisociales, criminales, presos políticos y soldados del frente ruso. En él fue fusilado, pocos días antes de

terminar la guerra, el almirante Canaris, acusado de instigar el atentado a Hitler perpetrado por Stauffenberg en el búnker de Berlín.

266. Harald Poelchau era hijo de un cura conservador y se crió en un pequeño pueblo de Silesia. Desde su puesto de sacerdote de una prisión, tuvo contactos con muchas personas de la resistencia y desde él aprovechaba para pasar mensajes, fabricar documentos, brindarles ayuda material y animarles. Trabajó asiduamente con el grupo llamado del Tío Emil, que socorría a judíos, y también con la resistencia judío-comunista de Herbert Baum.

267. Estas personas, entre otras, salvaron su vida gracias a la valerosa acción de los Poelchau.

268. Junio-julio.

269. Los mudéjares eran los musulmanes que, mediante pactos o el pago de tributos, habían obtenido permiso para seguir practicando su religión y residiendo en tierras cristianas. Tras la conversión forzada posteriormente, en tiempo de los Reyes Católicos, se los denominó moriscos.

270. Ésta era la condición que regía en la ceremonia del divorcio. En él quedaban muy protegidos los derechos de la mujer.

271. Los datos que se aportan del prestigioso jesuita son ajustados a la realidad en cuanto a su ímproba labor para salvar vidas humanas y el difícil equilibrio que hubo de mantener para no indisponer al Santo Padre con los mandos de la ocupación alemana.

272. «Con profunda preocupación.» Éste fue el nombre de la encíclica que, redactada por el cardenal Von Faulhaber y perfilada por Pacelli, publicó Pío XI en 1937.

273. Más de diez mil sacerdotes y religiosos sufrieron tortura en forma de interrogatorios, calumnias y apaleamientos. Doscientos cincuenta perecieron en defensa de la fe en los campos de exterminio nazis.

274. El Vaticano, luego de los bombardeos de Roma por parte de los aliados, consiguió de los contendientes que la ciudad fuera respetada. Con todo, recibió cuatro bombas en sus jardines, lanzadas por un piloto aliado que, al parecer, desatendió la orden.

275. Ésta fue la respuesta que le dio el cardenal Maglione al embajador alemán en el Vaticano, Von Weizsäcker, al respecto de la deportación de judíos italianos, aunque ciertamente lo hizo llamar para interceder por la suerte de aquellos desdichados.

276. Coronel de las SS.

277. La *mensur* no era otra cosa que una puñalada en el rostro. Tal

distinción era considerada como un signo de valor entre las gentes de las SS.

278. Así llamaba el padre Leiber a Pío XII.

279. El padre Pfeiffer, colaborador incansable del Vaticano e interlocutor válido ante los alemanes por su nacionalidad, al conocer a fondo su idioma, murió desdichadamente en un accidente de moto.

280. Fueron perseguidos de generación en generación, pero también hubo papas que los protegieron. En el siglo VII, Gregorio el Grande protegió su liturgia. Inocencio III prohibió la violación de tumbas. Y Benedicto XIV denunció el Edicto Sangriento.

281. Esta alharaca de Goering le costó, además del descrédito, no pocas alusiones en los chistes de le época.

282. El VI ejército se encontró en la bolsa de Stalingrado sin municiones ni combustible. Fue una cuestión de orgullo en la que se enfrascaron Hitler y Stalin. El mariscal Von Manstein, el más prestigioso general del Reich, logró acercarse más allá de Jarkov tras durísimos combates. Hitler prohibió a Paulus que intentara romper el cerco y unirse a las tropas de Von Manstein, forzando un pasillo. El 2 de febrero de 1943 caía la ciudad, en la que se luchó casa por casa, y en Berlín se decretaron tres días de luto nacional.

283. Alude la pregunta a los hermanos Macabeos, famosos guerreros judíos que derrotaron a las tropas del rey de Siria.

284. Tipo de mochila muy popular en Austria.

285. Brindis alemán.

286. Coronel de las SS.

287. Equivalía en la graduación de las SS a comandante de la Wehrmacht.

288. La calavera con la tibias cruzadas, el distintivo de las SS.

289. Hitler intentó alcanzar el poder por medio de un golpe de Estado *(Putsch)* antes de alcanzarlo en las urnas. Su reclusión le sirvió para escribir el *Mein Kamft* [Mi lucha], evangelio del partido Nacionalsocialista.

290. Correspondía a suboficial mayor en la especial graduación de las SS.

291. Se refiere a meter dos dedos en la bolsa para extraer el dinero.

292. Los «acorazados de bolsillo» fueron un arma terrible. Aunque más pequeños que los de los ingleses, estaban potentemente artillados y su potencia de fuego era terrorífica. Los más famosos fueron el *Bismarck* y el *Admiral Graf Spee*, cuyo capitán, Hans Langsdorff, al verse acorra-

lado y tras fracasar los intentos diplomáticos, hizo bajar a tierra a su tripulación y se hundió con su barco en el estuario del río de la Plata.

293. Jugada de ajedrez en la que el rey se cubre con la torre.

294. La Abwehr era la sección de contraespionaje del ejército y de la marina. La Gestapo le disputaba la preeminencia.

295. Gladiador romano de origen númida cuyo armamento consistía en un tridente y una red, con la que intentaba envolver a su adversario.

296. Ha muerto.

297. El prepucio que se recorta se entierra en una maceta. Este precepto ha sido cumplido por el pueblo judío aun en los peores momentos de su existencia. Muchas veces se prohibió a los judíos practicarlo y debieron pagar con sus vidas el hacerlo. Incluso en las infrahumanas condiciones posteriores de los días del Holocausto, el judío trató de cumplir con este precepto.

298. Cabo de primera en las SS.

299. Todos estos datos y las precisiones que siguen han sido extraídos de «Prisioneros, falsificaciones, billetes de banco y filatelia» de Héctor Ramón Bolatti, superintendente de la Policía Científica de Buenos Aires. Smolianoff confeccionó planchas de cobre para fabricar billetes de cinco, diez y veinte libras. Su equipo trabajaba las veinticuatro horas del día en turnos de doce horas. Los billetes se clasificaban en cuatro categorías. Los mejores iban a parar a países neutrales y eran destinados a la compra de material bélico; los de segunda servían para pagar a los agentes alemanes en el exterior; con los de tercera se pagaba a los agentes extranjeros (tal fue el caso del espía turco Cicerón), y, finalmente, los de la cuarta categoría se reservaban para lanzarlos sobre Gran Bretaña, creando una terrible confusión.

300. En las SS, grado intermedio entre general de brigada y coronel.

301. Grupo de notables que, por designio testamentario del rey Juan I, tuteló la minoría de edad del futuro Enrique III el Doliente.

302. Según consta en el *Libro del mayorazgo*, el pueblo de Sevilla, a través de su ayuntamiento, estuvo pagando durante más de diez años, pues no pudo hacerlo al contado, cantidades ingentes de oro y plata para compensar al monarca Enrique III en su mayoría de edad de la pérdida de la aljama. De los más de cinco mil judíos que la habitaban, apenas quedaron unas docenas, que con dificultad llegaron a cubrir el número suficiente para completar una sinagoga. Cuando se produjo la expulsión ordenada por los Reyes Católicos, todas las ciudades del reino se resintieron menos Sevilla, pues en ella ya no quedaban judíos.

303. La persecución alcanzó en días sucesivos a las comunidades de Córdoba, Andújar, Jaén, Úbeda, Ciudad Real, Alcalá de Guadaíra, Cazalla de la Sierra, Carmona, Montoro, Toledo, Madrid, Barcelona, Huete, Cuenca, Valladolid, Zamora, Palencia y Castellón. En 1492, Tomás de Torquemada los expulsó de España, pero pudieron salvar sus vidas. Las prédicas del arcediano de Écija, Ferrán Martínez, desencadenaron una matanza que fue el prólogo a la que en el siglo XX desencadenaría Hitler.

304. La rivalidad entre las familias de don Álvar Pérez de Guzmán y de don Pedro Ponce de León adquirió los tonos que tuvo posteriormente en Verona la de los Capuleto y los Montesco.

305. Algo así como un Senado Consultivo.

306. Las gentes adineradas empleaban dientes de oro y de otros materiales preciosos.

307. Es conocida la sensación de mareo que asalta, al tocar tierra, a todos aquellos que están embarcados durante mucho tiempo.

308. Cabo que, pasando por la argolla de los candeleros, rodeaba la borda de un barco, impidiendo que en las tormentas los marineros cayeran al agua. De ahí su nombre.

309. Información extraída del libro *Roma, 1943* de Paolo Monelli, Plaza y Janés, Barcelona, 1946.

310. Histórico. Ésta y otras soluciones ingeniosas sacaban de quicio a los alemanes.

311. Histórico. Si conseguían salvarlos de la rapiña, los vendían en el mercado negro, que funcionaba todos los días, ya que las cartillas de racionamiento eran ridículas. La cantidad de pan asignado a cada ciudadano era de ciento cincuenta gramos.

312. Histórico.

313. El gran rabino fue duramente criticado porque abandonó a su comunidad y se refugió hasta el final de la dominación alemana en el Vaticano.

314. Esta heroica mujer fue deportada a Bergen-Belsen para ser usada como conejillo de Indias en los experimentos del doctor Mengele. Sobrevivió, luego de estar cinco días entre un montón de cadáveres. A su regreso, criticó sin piedad la política del Vaticano. La relación de Settimia con los personajes de este libro es, lógicamente, una libertad que se arroga el autor.

315. A la muerte de Maglione, el Santo Padre, que había sufrido lo indecible a causa de la cuestión judía, decidió dejar vacante el cargo de

secretario de Estado para no verse involucrado en decisiones que no compartía.

316. Hudal conseguiría cierta fama más adelante, como figura clave en la ayuda a los criminales de guerra nazis en su huida de la justicia a través de las casas religiosas de Roma.

317. Todos estos hechos son históricos.

318. Gobernador de una provincia.

319. Los datos del encuentro de Hitler con el almirante Horthy han sido extraídos de la *Historia de Hungría* de Oliver Brachfeld.

320. Estas leyes incluían la obligación de llevar la estrella de David, el traslado de todos los judíos a casas destinadas como guetos (que sus inquilinos no judíos debían desalojar) y las deportaciones en masa a los campos de exterminio de Alemania. Según los nuevos decretos, hasta los católicos de origen judío debían lucir la estrella de David, incluso los sacerdotes. El cardenal protestó enérgicamente, y lo mismo hizo en su parroquia de provincias un oscuro párroco, József Mindszenty (nacido József Pehm), quien fue inmediatamente detenido por los alemanes.

321. Ex miembros de la policía, elementos de la ultraderecha, facinerosos y gentes de toda laya que se afiliaron a este órgano paralelo que actuaba como lo habían hecho en Alemania los camisas pardas, con mucha más saña que los propios nazis. Sus acciones de arrojar a las gélidas aguas del Danubio a hombres, mujeres y niños, desnudos y atados con alambre de espino, son conocidas.

322. Organización humanitaria que intentaba por todos los medios, legales o ilegales, aliviar el terror nazi.

323. Nombre abreviado de la poderosa organización benéfica judía de Estados Unidos.

324. A la sazón, única representación del sionismo mundial.

325. Este trato es histórico, y pese a los buenos oficios de Brand, fue torpedeado por la burocracia de varios países.

326. Los datos que se aportan sobre don Ángel Sanz Briz y su esposa son ciertos.

327. Este sueco de apenas treinta años pidió a su gobierno ser nombrado agregado cultural de su embajada en Hungría. Desde esta posición, salvó la vida a cuarenta mil judíos. Hecho prisionero por las tropas soviéticas, murió en una prisión de la URSS, después de la guerra.

328. Salvoconductos tramitados por las autoridades húngaras.

329. Todos los datos históricos que se manejan en este capítulo son

exactos. Ángel Sanz Briz está, junto a Schindler y Wallenberg, en el Museo Yad Vashem de Jerusalén.

330. Extracto de la carta de un judío de la aljama de Barcelona posterior a los hechos de Sevilla, debidamente ajustada a la historia para encajar la época.

331. Entresacado de *La vara de Judá [Shevet Yehudah]* de Salomón ben Berga.

332 Esta frase se atribuye a Bayaceto II, sultán otomano, referida a Fernando el Católico, con motivo de la expulsión, en 1492, propiciada por Tomás de Torquemada.

333. Mayo-junio.

334. Se refiere Esther al cuento del comerciante que queriendo huir de su próxima muerte, que le auguraba un adivino, marchó a Samarcanda para evitarla, sin tener en cuenta que allí residía ella, de modo que evitó a la parca tener que ir en su busca.

335. Uno de los campos de concentración de la zona polaca, junto con Auschwitz, Birkenau, Sobibor, Belzec, Treblinka y otros.

336. La descripción de las estancias del cardenal secretario ha sido extraída del libro sobre la vida de Eugenio Pacelli, cardenal y secretario.

337. La República Federal de Alemania le otorgó la Budesverdienstkreuze de primera clase por su coraje y sus merecimientos humanitarios en relación con los perseguidos por el nazismo durante la Segunda Guerra Mundial.

338. Giuliano Vassalli, detenido por los alemanes y condenado a muerte; salvó la vida por la intercesión de Pío XII. Destacó como jurista, catedrático en varias universidades y por ser autor de más de cien textos de derecho penal y criminología. Ministro de Justicia en los gobiernos de Giovanni Goria y de Ciriaco de Mita.

339. En términos marineros, «el extremo de una cuerda».

340. Pieza de metal o de madera encorvada en sus extremos donde se amarran los cabos.

341. Lámpara que se alimentaba con petróleo a presión.

342. Hitler se refería a la bomba atómica, que luego lanzaron los americanos sobre Hiroshima.

343. En Berlín hubo conciertos y funciones de teatro hasta última hora. La Orquesta Nacional ofreció su último recital sin uniformes.

344. El Buey Josef, llamado así por su robustez y su tenacidad. Fue el enlace, fichado por el almirante Canaris, entre los generales alemanes decididos a eliminar a Hitler y el papa Pío XII.

345. Lugarteniente de Himmler y gran rival de Canaris en cuanto a hacerse con el mando absoluto del contraespionaje del ejército.

346. Dichas conversaciones se llevaron a cabo. Alemania intentaba evitar la rendición incondicional.

347. Stauffenberg estuvo a punto de cambiar el curso de la historia. Militar de la escuela prusiana, al comienzo de su aventura creyó en Hitler, pero la caída de Stalingrado, que pudo ser evitada, y los horrores cometidos por las SS contra los judíos le abrieron los ojos. Destinado a África, perdió un ojo, la mano derecha, parte del brazo y dos dedos de la mano izquierda por causa de una mina que explotó bajo su vehículo. Le dieron la baja, pero se reintegró al ejército a petición propia. Intentó varios atentados, el más conocido fue el de la bomba oculta en una caja de champán metida en el avión que transportaba a Hitler de regreso del frente ruso. Fracasó, pero al ser ascendido a coronel jefe del Estado Mayor y al tener trato directo con el Führer, decidió hacerlo en persona.

348. Posteriormente, fue elevado a la púrpura cardenalicia.

349. El padre Pappagallo quiso morir con sus fieles, y aunque tuvo la oportunidad de librarse del fusilamiento, la desechó.

350. En el accidente se fracturó una pierna. Fue reconocido y detenido, y más tarde ajusticiado.

351. El actor mueve a los personajes de la novela en el escenario de la entrada de los aliados en la Ciudad Eterna que describe Paolo Monelli en su libro *Roma, 1943*.

352. La cronología de los sucesos de la Guarida del Lobo están extraídos de *La operación Walkiria*.

353. Goebbels tenía una malformación congénita y cojeaba visiblemente de una pierna, hecho que disimulaba mediante un aparatoso zapato ortopédico.

354. El tribunal popular presidido por Roland Freisler juzgó a los principales encausados en la Corte Suprema del parque Kleist, instalado en un edificio de 1913 (hoy conocido como el Kammergericht), y los condenó a muerte. Fueron ejecutados de forma deshonrosa o, mejor dicho, fueron asesinados, pues a algunos los colgaron en ganchos de carnicero.

355. Hitler convocó la última leva de muchachos y ancianos para oponerse al avance de las tropas rusas tras el fracasado intento de la ofensiva alemana en Bélgica.

356. Famosa novela de Percival Christopher Wren (también película, dirigida por William A. Welman en 1939) en la que un joven legiona-

rio coloca el cuerpo del sargento a los pies de su hermano muerto, en recuerdo de los juegos que, de pequeños, realizaban en la finca de su abuela simulando un funeral vikingo.

357. Se calcula entre cien mil y ciento cincuenta mil, según los datos de los hospitales de Berlín, el número de violaciones llevadas a cabo por los soviéticos al entrar en la capital. Diez mil mujeres murieron a causa de la agresión, y en su mayoría el motivo fue el suicidio. Se estima que en toda Alemania fueron violadas traumáticamente más de dos millones de mujeres.

358. «Una mujer es una mujer.»

359. En este aeropuerto berlinés llegaron a aterrizar novecientos aviones al día.

AGRADECIMIENTOS

Con mi agradecimiento a:

La gente de Random House Mondadori, a los equipos de Grijalbo y Debolsillo, que tan bien han sabido conectar mis novelas con los lectores. Me hace mucha ilusión tener toda mi obra con vosotros.

Pilar Soler, doctora en Farmacia, que me informó al respecto de antiguas fórmulas, cuyo empleo ha sido de mi sola responsabilidad.

Mi nuera, Conso Macías.

Mi nuevo nieto, Alex Majó Valentí.

Y Pili Rived, quien desde siempre ha seguido mi historia.

Dejo para el final a Pepa Bagaría, documentalista y bibliotecaria excepcional, sin cuya colaboración esta novela habría sido otra. Mi especial agradecimiento.

ÍNDICE

Nota del autor 9
Relación de personajes 11

Toledo 15
Tenorio 20
Esther 25
Los Pardenvolk 27
Manfred 41
Simón 44
El plan de Tenorio 53
Posturas encontradas 59
Horas inciertas 67
El bachiller Rodrigo Barroso 76
Preparando la boda 80
El castigo 82
Padre e hijo 83
Tiempos tenebrosos 93
El alcázar 99
Rindiendo cuentas 104
La olimpiada 107
La hora de las confidencias 112
La estación central 115
La paloma 129
Audiencia real 138

La decisión paterna	143
Manfred, 1938	150
Sigfrid	160
Eric	161
Hanna	164
La respuesta	169
Las armas	172
El regreso	173
La emboscada	176
Un año y medio después	185
Íntimas revelaciones	186
La carta	198
Dando explicaciones	200
La otra cara	203
Consecuencias	205
Furtivos	208
Preparando el regreso	217
La procesión	226
Restañando heridas	240
La revelación	247
Hanna, 1939	250
La boda	253
El entierro	261
La justicia del rey	265
La conversación	283
La llegada	287
El despertar	301
El encuentro	312
La partida de Esther	316
Leyes nefandas	327
Schiller Kabarett	338
Cruce de caminos	350
La suelta de la rata	353
Las ventajas del póquer	369
Las piezas del puzle	373

La vuelta a casa	379
Tirando del hilo	390
El atentado	402
Córdoba	415
Confidencias	433
La guerra	440
David	441
Sevilla, 1385	449
Destinos	458
Asuntos personales	462
La otra carta	474
El regreso de Volandero	480
La noche triste	488
Futuro compuesto	495
Servando Núñez Batoca	499
El arcediano de Écija	505
Despedidas	512
Distintas vías, mismos propósitos	522
La amenaza	530
La Rosa Blanca	536
El U-Boot *285*	542
El viaje de Simón	553
Los panfletos	572
La luz	579
¡Por fin un nombre!	583
La Ketubá	586
Metamorfosis	590
El cambio de rostro	596
La galería de las mujeres	600
Bordeando el precipicio	610
La visión	615
Lluvia de octavillas	619
El Esplendor	627
Medidas y decisiones	636
Cirugía plástica	641

La sección IV	645
El divorcio	651
La parodia	657
«¡Soy yo, hermano!»	661
Preparando la huida	666
La renuncia	668
El radioescucha escocés	671
Flossembürg	675
Bukoski	681
Las Adoratrices	688
Entre el amor y el deber	691
El padre Leiber	694
Angela	704
La última duda	713
Cazando al ruiseñor	719
El rapto	728
Grünwald	732
La hora de la angustia	738
El violín	745
Un rayo de luz	752
La fiesta de la Rosa	755
La búsqueda	759
El mensaje	766
El reposo del guerrero	770
La bajada al infierno	778
Karl y Eric	787
Armagedón	798
El buey	827
La reunión	838
«Monedero falso»	839
El Guadalquivir	850
Canaris	867
Caprichos del destino	875
El Aquilón	887
Stazione Termini	900

Sanz Briz	913
Carta a Jerusalén	927
El atentado de via Rasella	932
Las Fosas Ardeatinas	943
Retazos	956
Los Hempel	958
El capitán Brunnel	965
El crepúsculo de los dioses	976
Los últimos días de Berlín	1011
El arco iris	1021
Notas	1031
Agradecimientos	1057